爱猫咪的小樱 ｜ 著

上

辽宁人民出版社

图书在版编目（CIP）数据

明月却多情 / 爱猫咪的小樱著 . —沈阳：辽宁人
民出版社，2022.8
　　ISBN 978-7-205-10420-7

　　Ⅰ . ①明… Ⅱ . ①爱… Ⅲ . ①长篇小说—中国—当代
Ⅳ . ① I247.5

中国版本图书馆 CIP 数据核字（2022）第 033128 号

出版发行：辽宁人民出版社
　　　　　地址：沈阳市和平区十一纬路 25 号　邮编：110003
　　　　　电话：024-23284191（发行部）　024-23284304（办公室）
　　　　　http : //www.lnpph.com.cn
印　　刷：北京长宁印刷有限公司天津分公司
幅面尺寸：165mm × 235mm
印　　张：64.75
字　　数：950 千字
出版时间：2022 年 8 月第 1 版
印刷时间：2022 年 8 月第 1 次印刷
责任编辑：赵维宁　段　琼
封面设计：王　锐
版式设计：一诺设计
责任校对：冯　莹
书　　号：ISBN 978-7-205-10420-7

定　　价：168.00 元（全三册）

目录

3

楔
子

大周后宫，交泰殿

此时正值初夏，正午日头火辣，众秀女都站在殿外苦等，个个香汗淋漓。而江心月的辛苦更甚，身为八品佐史的女儿，她无疑是排在最后殿选的。

天气苦热，皇家还在这种时候选秀，从礼官到秀女都叫苦连天。江心月倚在一处宫墙下贪凉，出身卑微，免不了一开始就会很艰难。不过……既然进了宫，就注定了她一生的艰难，这样的安排，这样的宿命，岂是她有资格选择的？

她从没有想过，自己会有这样的一天。数月之前，她还只是伺候小姐的丫鬟，每日服侍着那些贵气逼人的姑娘，她心里就止不住地悲哀。她知道那些花朵儿一般的人，她们的美丽都是为了这座皇宫。然而，这样的命运竟然也轮上了她。

云梦湖里的莲初绽了花苞，绿叶接天恰是夏风十里一潭碧的好风光，不时有怡人的清香浮动，幽幽弥漫至一众秀女的身侧。或许是心焦，或许是暑热，女孩们都无暇欣赏。

只江心月一人轻闻着莲香，觉得满身满心都舒坦了许多。都道宫里的

1

物什是全天下最上品的，可在她看来，这里的莲花比之王府还是远远不及的。

放松了一会儿，她心里便沉静了，她本来就是个福薄的人，如今又何以哀叹命运呢？不若自己放开了心，不去想那沉重罢。

站在外面的人越来越少，众秀女被叫到名字，或紧张或欣喜地进殿，却大半又沮丧地回来，被送出宫。今日是殿选的最后一天，秀女中不乏姿色出众或家世显赫的，多半三三两两聚在一起，互相拉拢。而江心月并没有参与其中，始终一个人站在角落里，低头掩面。不仅是她身份太低，没有资格和这些天朝贵女攀谈，也是她实在不希望旁人看到她的面容。

终于，那个身着绿色蟒服、手执拂尘的大太监再次出现在后院，他的嗓音尖细却字字清晰，点的正是江心月在内的五位秀女的名字。

江心月将一将额边的发髻，深吸一口气跟了上去。

绕过九曲长廊，一座大殿出现在五人眼前，隐约可见繁盛的仪仗。

五人低头，均是目不斜视地走上前来。江心月不敢抬头，却也能感觉到殿上端坐的三人的威仪。

"平阳校尉赵树方之女赵千紫见驾！"

被点到名字的赵千紫上前一步，行稽首大礼，拜道："臣女赵千紫叩见吾皇万岁！拜见太后娘娘千岁，皇后娘娘千岁！"

倒是没出错，而且字句流畅。问题就是太流畅了，一看就是背出来的，可见她紧张如此。

皇帝显然毫无兴趣，挥一挥手，太监便尖声道："撂牌子，赐花。"赵千紫便被带下去，无人理会她欲哭的沮丧模样。

下一位是秦连馨，太监正准备叫名字，她却粉脸一白，晕了过去。

三位主子都透露出厌恶，立刻有太监将这秦连馨拖了下去。殿前失仪，她被送回原籍后婚配都很困难。

和江心月一道的秀女也都是家世低的，自然没见过世面。加上日头盛，身子虚，晕倒也是常有的。

皇帝虽然有宫女打着扇，但天气闷热，一天殿选下来，眉宇间也都透着疲累。皇后体贴，见皇帝如此，婉声道："皇上身子要紧，余下的秀女都是七八品小官的家世，不如您和母后先回宫，臣妾请淑妃和毓妃来协理选秀，如何？"

"嗯，皇后想得周全，这几人看完朕就回罢。"皇帝慵懒地说道。

底下的三位姑娘都暗暗心忧，家世低，皇上都懒得认真看了。

江心月微叹一口气，略思忖着，还是成竹在胸。被叫到后，她莲步轻移上前，稳声道："邹城佐史江荀之女江心月，年十五，叩见吾皇万岁！拜见太后娘娘千岁，皇后娘娘千岁！"

落落大方，倒是不错。三位主子都较为满意。

皇后轻扯嘴角，佐史，正八品的小吏，这女子能过关斩将到最后的殿选，倒是有点本事。看她行礼也周正，是个稳重端庄的。

皇帝依例叫起，又道："抬起头来。"

大周天子郑昀睿今年二十有八，大周国力强盛，后宫充裕，却仍要三年一选秀。郑昀睿嫔妃虽多，却只有一位皇子、一位公主，不得不说子嗣凋零。

江心月微抬头，平视前方。皇上叫抬头，她也不能看皇上，只能盯着皇帝的龙靴。

皇帝懒懒瞥一眼底下的姑娘，却在当场愣住，满面惊愕，从原本的疲惫一下子变得精神满满。

皇后更是惊得不能自已，但还是强压下怒火，狠狠瞪了一眼旁边给她打扇的秋雨。秋雨心惊，差点掉了扇子。

她明明吩咐过将出色秀女的信息一点不漏地打探出来，可是，眼下这情况……

"心月，真是美人如斯。"皇上笑着赞道。

江心月莞尔一笑，迷人更甚："回皇上，臣女本蒲柳之姿，又常年生着面疮，谁知入宫后面疮不治而愈，定是受了皇上的龙气，太后娘娘和皇后娘娘的凤气，臣女感恩戴德。"

皇后因为恼怒，脸色又青又白，这江心月真会说，自己出身低贱，又

3

怕这副容颜遭人暗害，就伪装成生面疮，真是好本事。

江心月偷瞄皇后惊恼的神情，暗自惊心：身为秀女，果真是早就被后宫中的高位者所监视着的，好在她有着在王府里十年的历练和调教，早已谙熟这种自保的法子。

不过是伪装而已，很简单，也很顺利。

太后从江心月抬头，就一直皱着眉。宫中毓妃和宝妃已是绝色，侍奉先帝时，也不乏倾城佳人，而和眼前此女相比，竟没有一个能越过她的美貌。太后心里微叹，什么叫狐狸精啊，今天可算见识了。

若是江氏入宫专宠，再生个一儿半女的，那自己的侄女淑妃就更不好过了。

又是静默了一会儿，江心月能感觉到皇帝贪婪欣赏的目光。她心中轻笑，都说当今圣上是明君，可又有哪个男子能抵挡美色之惑呢？

太后轻咳一声化解了场上的尴尬，她声音低沉严肃道："江氏容颜过于妖冶，不是后宫女子注重的端庄之美。"

皇帝脸色一沉，不得不承认太后说得很对，这个女子凤眼向额角飞扬，鼻骨俏挺，樱唇含丹，的确是妖冶之美。

然而，就像天下所有的男人那样，妩媚妖娆比端庄淑雅更具吸引力。皇帝不肯妥协，只皱着眉头沉默着。

太后不满地瞥了一眼皇帝，向着江心月问道："你可有什么才艺？"

低门小户家的女儿，大都粗俗鄙陋。待会儿这江氏什么都拿不出来，皇帝也会知道她不过空有一层好皮囊。

"回太后娘娘话，臣女无才，只上过一年学，略微识几个字。不过臣女祖母信佛，臣女自幼为祖母抄录佛经，自觉只有书法能入人眼。若太后娘娘不嫌弃，臣女就写几个字罢。"

"哦？受过佛家熏陶，这很好。那就依你吧。"太后脸色稍霁，她也是念佛之人，这女子年纪轻轻，能尊佛礼，性子应该不错，也弥补她的妖冶了。

"臣女遵旨。"说话间，已有两个小太监手脚麻利地搬来了一张雕花文案，笔墨纸砚俱全。她稳定心神，提笔，落字，挥洒自如间，已成。

两个太监上前将宣纸展开，给上首的主子验看。三人一看，"国泰民安"四字跃然于纸上，笔锋凌厉，气势磅礴，根本不像一个女子能写出的。

大周女子都勤修柔婉，闺房书法以娟秀为美，而这四字不但别出心裁，其精彩更堪比国手大学士，没有十年的苦功必然不成的。

"好！好！国泰民安，本宫和皇上看了甚是欣慰！臣妾看，这江心月真是内外兼修啊。"说话的是皇后，她的大力赞美令江心月不由得愣神，接着惶恐地跪下道："臣女微贱，不过家教严厉，会写几个字罢了，怎堪当内外兼修。"

皇后温婉地笑笑，道："快起来，你自然担得起本宫的赞赏。皇上，这江氏臣妾看着很好，您看如何呢？"

哼，这样的出身，即便得宠又能风光几天呢？无权无势，被淑妃她们处理掉还不是早晚的事。皇后轻笑着，她脑中挥之不去的是宝妃那绝色的容颜，还有这些年淑妃、毓妃二人在宫中的横行。宝妃，再来一个丝毫不逊于你的倾城国色，你还能霸着皇帝的心么？

皇帝听了皇后的话，原本还有些顾忌，现在只觉得龙心大悦，只笑着说道："慧茹说得好，朕也是这个意思。"

旁边的大太监王云海得令，正色道："江心月，留牌子，赐玉。"

皇后微微勾起嘴角，自己的丈夫喊着"慧茹"二字，听在耳中实在很舒服。皇后贤惠大度，自然不会扫了皇帝的兴致。郑昀睿最满意的就是嫡妻的这一点。

过了殿选后，中选的秀女都被安排在储秀宫暂住，等三日之后领旨册封，才算正式入了后宫。

掌事常嬷嬷引着江心月回储秀宫，到了门槛，她身子一顿，继而调整好神色，轻轻踏了进去。

果然，宫内的秀女都齐齐望向她，想必她们也刚得了消息，倒要看看这个八品佐史芝麻官家的女儿是何等国色。

江心月并未做声，只是愈加低头敛眉。这里一共有七八位秀女，除了最后一天地方州府送上京的秀女，因着刚到还等着分屋子，前两天选的些京城贵女，也有几个出来凑热闹，不过是想打探一二，心里有个准备。

这几位中有二人衣饰不俗，其中一位容长脸儿，腮颊凝脂，眼角有暖暖的和气，观之可亲。另一位柳叶眉顾盼神飞，脸上满是倨傲之色，江心月便知她是不好招惹的。

这之中只有一位江心月认得，是和她同出自山东郡的蒋希涵，山东巡抚之女，有才女美名。余下也都是各具姿容，其中有两位稍有特色，一位小家碧玉，一位温柔娇弱。

众人看清心月容貌，身为女人，还是拥有同一个夫君的女人，她们心中都在翻江倒海。但又见她拘谨，也暂时打消了找麻烦的念头。大周女子修内德，重操行，美丽很重要，但端庄更重要。江氏到底是小门小户的女儿，空有妖媚，实不中用。跟一个卑贱的人计较，反倒失了身份。

江心月趁机偷偷打量儿位姑娘，根据她们的衣饰神情，那位小家碧玉的女子稍逊，但估计家世也在自己之上。今日应该不会有新的秀女进来，自己就是今年秀女中出身最低的了。

祸兮，福之所倚？江心月轻轻一笑。

她照着规矩给众秀女行了一个平礼，那位高傲的贵女果然看她不顺眼，端着架子，冷哼一声转过头去。只有蒋希涵略显亲热，拉着江心月坐在了远离众人的椅子上。

江心月立刻做出受宠若惊的表情，有人肯待见自己，她当然应该高兴。本来以蒋希涵的身份是用不着拉拢一个八品官的女儿的。然而她还是拉拢了。

由于二人来自同一个郡，先是聊些家乡话，说着说着就有意无意地扯到了选秀之事。她向江心月介绍道：

"那两位气度不凡的姐姐，一位是皇后娘娘的堂妹，上官大人家的贵女上官合子小姐。一位是开封府尹家的方绮梦小姐。那位小家碧玉的是幽州都督家的次女冯雅萱小姐，气质柔润如水的那位是豫章巡抚家的沈碧珠小姐……"

蒋希涵一一说着，即使隔着距离，她仍说得很客气，可见她谨慎。她只是介绍各人的出身，其余的消息却一概不肯透露。宫里凡是有价值的东西，都不会随便得到，消息更是如此。原来那位架子颇大的秀女名叫方绮梦，贵气而温和的那位是上官合子。开封堪称第二皇都，府尹之位可见方家权势。而幽州都督，这官职并不低。江心月思虑片刻，便问道：

"这位冯姐姐……"

蒋希涵见状，也知这江心月是个通透的，当下压低声音说道：

"冯小姐是庶女。"

果然，江心月淡淡一笑，再不做声。庶女在家中毫无地位，自然气度与她家世不符。这位小家碧玉的冯小姐恐怕也没料到自己会中选吧。而她的名字，萱，萱草，也昭示了她的身份。

不多时，常嬷嬷与两名内监进来，念着名字分好了屋。蒋希涵听了自己的安置，忙掏出一袋金锞子塞在常嬷嬷手里，眼神中颇有哀求。

常嬷嬷见状，语气恭顺却是严肃："您别为难老奴了。宫里哪像外头，可以随意挑选住处？"

蒋希涵见她油盐不进，只能气馁作罢。江心月在一旁窥视着，便知这嬷嬷是御前的人，不是好拉拢的。

她顺从地跟着内监去往自己的屋，到了屋外，她一抬眼扫见窗栏上的一只香囊，便知道了这里头还有一位姑娘在住呢。她回头看那内监低头的模样，心里不喜——因她出身低微，连小太监也不想待见她，故意不告诉她里头有旁人，更别谈把那位姑娘的讯息透露给她。

她一挥手令内监退去，而后为自己调整出一个和气而不会惹祸的神色，轻轻叩开了房门。

"杵在门口作甚呢？还不快进来！"等丫鬟过来开了门，里头的姑娘就笑对着她冒出了这么一句话。

江心月愣愣地盯住她的面庞，盯了一会儿却猛然疾奔了过去，拉着她的衣袖惊喜道："小姐……"

话一出口，她又赶忙捂了嘴，改口道："澹台姑娘，想不到我们能在这儿见着。"

澹台瑶仪一努嘴令丫鬟紧闭了门，抬手点在江心月白皙的前额上，嗔道："日后可得记好了，别再不小心叫错。再说现在你是江家的嫡女，再也不是奴婢了，我们都是一样的身份。"

"是。"江心月应着声，脸上仍然是掩饰不住的喜色。

澹台瑶仪朝她身后瞥了一眼，惊疑道："你怎么没有带半个人进来？王爷没有给你丫鬟吗？"

"原本是给了的，就是和我一同伺候您的花影。可……她自小和我同亲姐妹一般，我怎么忍心让她进宫。"江心月小声嘟囔着。

瑶仪摇头笑笑，"你呀，就是不忍心让别人受苦。可你以后在这深宫里，总要有贴身的人。我父亲官位不高，只准带一个家生的丫鬟，又没法子帮你。"

说着，瑶仪拉着她坐下，轻言道："以后的路不好走，我们俩也是有个照应了。我比你大一岁，你以后就叫我姐姐，可不能说出'小姐'二字了。"

江心月笑着应声，她服侍了瑶仪多年，这位小姐是难得一见的好脾性，对下人极宽厚。在王府里，瑶仪也是把她当妹妹的。

她握紧了瑶仪的手，却突然想起了什么，问道："我们怎会这么巧，分在一个屋里？"

瑶仪笑着道："常嬷嬷是王府的人。"

江心月听了微叹，宫里从来没有天上掉馅饼的好事，这当然是使了手腕的。

想起王府，她又小声地问道："这次中选的，就只有我们两个？其余的人……"

她自己生着一张妖冶的面孔，容颜堪称绝色；瑶仪则是纯真之美，一双澄澈的美目仿佛能把人的魂儿都吸进去。她们其余的同伴，个个也都有着惊艳的美貌。可是，她们却都没有入选。

"能进来两个就不错了。你可知道，圣上的防人之心多么重，即使隐藏了我们和王府的联系，也容易被怀疑。陈家的女儿，可是一个都没能进来呢。"

江心月轻轻点头。大周的掌权者，不只是皇帝，而是皇帝、陈家和礼亲王三者的势力相争。皇帝对于陈家，对于礼亲王，都有十二分的防备。

王爷那么多的棋子，只有她和瑶仪二人成功了，可以后的路，却会更加艰险。

第二章

杨才人

之后的两日，众人都在常嬷嬷的教导下学习宫廷礼仪。虽然这种教导从她们一个月前刚进皇宫的初选时就开始了，但众人都学得很认真。好不容易走到这一步，谁也不想在这关键时候出差错，影响了自己的册封。

这年入选的秀女共计十二位，听说往年还要多呢。其中不乏如右相上官家和太后娘家陈家这样显赫的家世。秀女们莺莺燕燕，娇态万千，互诉姐妹情深，倒是没出什么乱子。

江心月秉承着肉食者谋之不关己事的原则，努力把自己透明化，除了瑶仪，她刻意地避开所有的姑娘。

不过无论她怎么逃避，她的容貌都让她无可逃脱。时不时这个来讽刺几句，那个不小心把茶水洒她身上，但江心月始终谦卑恭顺，即使受了委屈也不敢有怒色。大家便知道她真是个胆小的。

到了第三日，上面便下了旨，将户部尚书之女杨氏提前册封为才人。她毋庸置疑地成为众人的焦点。

秀女中有不少急于行动的人，但只有杨氏"偶遇圣驾"成功，得了皇帝青眼，真是羡煞旁人。和杨才人同住一屋的蒋希涵自然被安排搬屋子，好让身份高的杨才人独享一屋。蒋希涵本来和她住在一起，受了不少气，现在迁屋子也是迁到了一处厢房里。她只是苦笑，并不敢多加评论。

江心月并不关注这样的事，因为她觉得现在一切还未成定论，多行动反而易出错，不如等所有人都册封完了，再去把自己的对手们摸个透彻。

当天晚上，杨才人在储秀宫大摆筵席，庆贺册封之喜。众秀女心里愤恨她张扬，却不得不承认她的地位暂时高于众人，此时大家在行礼时就不是行平礼了。

"虽有今日之喜，但也不会忘了诸位姐妹的情谊，以后大家还要互相提携才是……"杨才人频频举杯，众秀女连声附和。

"妹妹也祝杨姐姐隆宠不断。"轮到江心月敬酒时，她平淡无奇地说了这么一句祝贺词。

而正在兴头上的杨才人却很不高兴，因为这江心月是这里出身最低却最美貌的，谁见了她心里都膈应。其他人姐姐妹妹地叫也就罢了，就凭她也有资格和自己称姐妹？杨才人觉得恶心，她登时拉下脸来：

"怎么，江姑娘进宫一月有余，还不清楚规矩吗？这称呼岂当是随便的？"

"臣女有罪，但臣女也是之前姐妹相处惯了，觉得小主您亲热……"江心月说着请罪，也不忘了分辩，她脸上一点悔恨的表情都没有。杨才人也是个蠢的，她这句话不但教训了江心月，也把其他的秀女一并得罪了。只有她是小主，其余人都不是，按规矩也没资格叫她姐姐。

"哼，有错当罚，可不能这么算了。"杨才人不依不饶。

江心月听了反倒开心，现在是她和其余十个人的利益一致，共同面对杨才人一个敌人。要是今天自己真被罚了，大家同仇敌忾，肯定会拿她当姐妹。得罪一个人换来十个人的好，这事怎么说都很划算。

杨才人说着移开目光，却抬眸瞪了一眼右侧的瑶仪，挑眉凌厉道："澹台姑娘也越发不会行事了，整日和放肆之人混在一处。"

江心月一听，自然上来几分火气。她刁难自己还不够，还要连着瑶仪一并辱骂。江心月心里不快，却是在瞬间就把火气压了下去，仍低头向杨才人请罪。她一向是善于隐忍的，不过是言语的挑拨，有何不可受的呢？

一旁的瑶仪也是一副怯怯的模样，仿佛很怕杨小主会惩治她。

杨才人正思前想后不知该怎么处置，王云海公公大晚上带着圣旨又踏进了储秀宫。

众秀女下跪接旨的同时，都以为又要出一个小主了。没想到，王公公清了清嗓子，朗声宣道：

"奉皇上口谕，才人杨氏，骄纵奢欲，败坏后宫风气，着褫夺封位，贬入针黹处。"

杨才人愣了半晌，继而呼天抢地不肯接受这个事实，抓着王公公的袍角要见皇上。

王公公被扯得烦了，呼一声"来人"，就上来两个小太监，粗暴地将杨才人拖着下去了。她凄厉地哭号着，不相信片刻之间，她已从云端跌进谷底，并且再也回不去了。

"时辰已晚，姑娘们都歇息吧，别坏了规矩。"王公公对余下的人说道。

江心月从地上爬起来，有意无意地看了一眼蒋希涵。她正望向杨氏被拖出去的方向，脸上透出不屑。不过江心月想想又低下头去，就算不是蒋希涵撺掇的，杨氏张扬的性子也免不了大肆欢庆，这样的结果是她咎由自取。

第三章

下人（二）

这天晚上，秀女们都失眠了。

第二日清晨，圣旨就下来了。十一位新人领旨之后，都各自收拾，去了安排好的宫殿。今日起，她们就是天子嫔妃了。这样的日子本该是这些千金小姐的出嫁喜日，但是她们得到的只有薄薄的一张圣旨。她们都看着自己的位分，有人欢喜有人忧，却不知到底值不值。

江心月还是喜多于忧的。

"小主，这些奴才都是内务府选好的，您看着满意的尽管挑吧。"内务府总管刘康堆着笑，脸上的肥肉都在颤。这位小主的出身极差，但竟然封了从七品选侍，还有两个采女在她之下呢。看着那张连自己都垂涎欲滴的面孔，刘康认为这位主子是个有前途的。

"有劳刘公公。"江心月客气道，又从怀中摸出一张银票递了过去。

刘康笑呵呵地收着，他这个总管虽然是奴才，却是所有主子都争着巴结的。银子他见得多了，况且这小户出身的小主能有多少银子呢？此时他倒是有点不屑。

但就在刘康把银票往袖子里塞的时候，他无意间一瞥，刹那间就跟吃了个棒槌似的，眼睛都鼓出来了。

"刘公公，以后还请多多提点着了。"江心月依旧客气地笑着，给刘康一点时间好让他缓过来。

刘康在宫内行走多年了，他真是头一次见到这么大额的赏银。别的主子娘娘不过赏几个金瓜子，而这位看似寒碜的小主，一出手就是一千两啊。这价钱都足够叫他去给主子下毒了，可江心月只是要些"提点"。

他欢喜够了又略带小心地看着江心月，这不符合常理啊，这江心月肯定有问题。想到这里，刘康又犹豫了。

太监收银子是惯例，但白花花的银子才好收，那些带着血的，说不定能把命赔进去。

"刘总管，一看你就是个能干的。"江心月又说了一句。

刘康尴尬地应了一声，心里却安稳多了。小主说我能干，那便是日后用着我的时候多。这银子也合理了。至于这小主什么来头，我也不用管了，反正是个有前途的。

底下站着的十多个宫女太监都垂首肃立，不敢动一下。江心月说话滴水不漏，他们也只当是在奉承刘总管。

"能为小主尽力，是奴才的本分。"刘康又堆满了笑。

江心月很满意。她进宫时，王府里给她的家私，绝对超过任何大族的小姐。虽然宫里用得着银子的地方多，她必须俭省，不过这一千两花得一点也不冤。这刘康都做到总管了，还是出了名的贪财，这样的人用起来最省事。要是换了御前的王公公，她定不敢这么做，否则必然暴露身份。

她转过身去，打量那些下人们。

然后，她就依着选侍的份例，挑了三个宫女、三个太监。刘康不解道："小主您府上的丫鬟，也可以陪嫁进宫的，您这人数……"

"刘公公放心，我怎会多挑呢？实在是我小门小户家，没有能随我进宫的丫鬟。"

底下人一听，都不由得撇嘴。这是什么家境啊，连个陪嫁丫头都拿不出来。而江心月已经挑好的六个人均神色如常。

他们的主子已经是江心月了，他们不敢造次。

　　江心月被赐居的宫殿是华阳宫的偏殿萦碧轩。华阳宫靠近皇帝的寝宫乾清宫，宫内布置又十分奢华，这样的好地方是所有嫔妃都梦想的。圣旨下来的时候，常嬷嬷对她说分赐居所本是皇后的职责，皇上却单独下旨将她安置到这里。她听了之后急忙跪下叩谢隆恩，同时心中也是欣喜异常，只一面，自己就在皇上心中留下了波澜，这第一步走得十分顺利。

　　然而到了地方，她却再也高兴不起来了。因为华阳宫的主位毓妃是出了名的跋扈。

　　她观赏着萦碧轩院内的假山流水，怒放的玉兰和木槿，脸色慢慢好转。不过是偏殿，也能得如此布置，真是自己这低微身份的造化了。江心月不是偏爱淡雅的人，这番景致也较为合心。

　　她选的这六人，三个宫女分别唤作菊香、兰香、梅香。小太监分别是小术子、小平子、小德子。

　　她指了稍显稳重的菊香做掌事姑姑，和兰香一并贴身伺候，又令梅香和小平子做二等奴才在屋外伺候，其余两人便是粗使太监。

　　底下六人恭谨有礼，暂时也都看不出什么。她依例训诫道：

　　"今日你们虽分了等次，但也只是暂时，以后的日子长，做得好自然有提拔。"

六人眼中皆有喜色，他们也有了前途了。

"我不是苛刻的主儿，当我的奴才，不需要多聪明，只要忠心。但若是你们谁犯了不忠心这一条，我虽位分低，但处置个奴才还是绰绰有余的。"

六人当下惊惶地跪下齐声称"是"。

江心月挥一挥手，令他们各司其职。

"小主，您初来，不妨先进去歇息吧。"刚成为贴身大宫女的兰香心中喜悦，凑上前来殷勤道。

"放肆，我现在应该去拜见华阳宫主位。懈怠宫规，你担待得起？"江心月厉声呵斥。

兰香跪地请罪，江心月又一把拉起她，并没有罚，只吩咐赶紧更衣上妆。

不过片刻，兰香和菊香就手脚麻利地给主子收拾了一番。江心月对着铜镜，只见一袭嫩黄色束腰委地长裙，青丝绾成简单的堕马髻，上只插了一支银翅蝴蝶簪并几朵珠花。一身上下简约不失风范，是怎么挑都挑不出错。

"菊香好心思。"江心月夸道。菊香梳头的功夫确实了得，但她竟猜透主子心思，梳了个尽显娇弱毫无奢华的堕马髻，叫江心月心中赞赏。

江心月位分低，毓妃受宠多年性子跋扈，娇弱小心的状态最好不过了。

菊香面上并无波澜，只是稳稳回道："小主谬赞，菊香不过在尽自己本分。"

江心月看着她，明眸微动。这丫头要真是个本分的，便堪当大用。

江心月带着两个贴身宫女，信步来到华阳宫毓秀殿前。华阳宫的主殿本名是"和婉"二字，因着毓妃受宠，皇上特命更名为"毓秀"，以应和毓妃的封号，也取其钟灵毓秀之美名。

毓妃的一等宫女芷音见是江选侍，便迎上来，粗粗地行了一礼道：

"给江选侍请安，奴婢这就去通传，还请小主稍候。"

第五章

毓妃

江心月见她行礼腿都不弯一下，也不计较，只应了她。

今日虽然不是大晴天，但架不住是夏季。在外苦等了半个时辰，她们都站得头昏脑涨。

又过了约莫一刻钟，芷音才不疾不徐地走出来，道：

"小主久候了，我家娘娘刚起了午觉，便赶着叫小主进去。还请小主见谅。"

"哪里，娘娘午睡要紧，嫔妾打扰已是不敬，岂有见谅一说？"江心月十分谦卑，对着奴才也是言语恭谨。芷音嘲讽地扯起嘴角。

这还没到午饭时间，睡什么午觉啊。再说就算毓妃不方便，也该把人请进厅堂候着，哪有让人顶着日头站在外面的道理？江心月心下愤恨，又不能表露出来，一会儿更大的难关还在里面呢。

她理理衣袖，随芷音进殿。毓妃室内奢华大气，名珍古玉无数，江心月看得眼睛都直了。她此时心里略略回转，便觉着自己的神色应该符合自己的出身，于是任凭心中对这奢华的艳羡在脸上流露。

她规规矩矩地行大礼，初见主位，理当如此。

"嫔妾选侍江氏拜见毓妃娘娘，娘娘万福金安。"

"起来吧，赐坐。"毓妃高傲地叫她起身，手中的帕子却捏揉得不成样子。都道今年秀女中出了个国色，还是穷乡僻壤出来的女儿，她就一直不以为意，因为她对自己的美貌很自信。今日一见之下，她顿时有种咯血的冲动。

然而，看江心月初进殿时刘姥姥进大观园似的表情，毓妃却是连讥讽之语都懒得说出口了。再看她在外站了许久，娇弱欲倒的模样，心下慢慢安定下来。貌美又怎么样，我自信收拾得住你。

"江选侍姿色果然出众，本宫自叹不如啊。"

江心月慌张地跪下道："娘娘才是雍容华贵，凤仪万千，嫔妾卑贱，怎可与娘娘相较？嫔妾入了华阳宫，必会安守本分，尽心侍奉娘娘。"

毓妃瞟她一眼，淡淡道："起来罢。你既是这么说了，本宫也听说你常服侍人，这功夫必定不错，过来给本宫捶捶腿。"

"娘娘，嫔妾并不是婢女出身，不知娘娘从哪里听说的……"江心月咬着唇站起来。不管她说什么，毓妃都能找着麻烦，侍奉是吗？

"哦？那是本宫记错了啊。江选侍以前的确不是服侍人的，而是八品佐史家的小姐对吧？不过……本宫怎么觉着这和婢女差不了多少啊？"

"回娘娘，官籍和奴籍天壤之别，恕嫔妾不敢苟同。"我确实和奴才差不多，但八品也是官，本小姐就是官家女儿。

"那么江选侍不想来给本宫捶腿了？"毓妃闲闲地摸着手上的雕花祖母绿护甲。

"娘娘……"江心月站在原地，她今天要是真给毓妃捶腿，那就把自己等同了宫女，在宫中永远都抬不起头了。

"砰"的一声，一只茶盏被摔碎在江心月面前。毓妃怒道："江选侍是听不懂本宫的话，还是不想侍奉本宫啊？"

第六章 刁难

"毓妃娘娘，嫔妾……嫔妾……"江心月吓得当即跪下，声音颤抖中带着哽咽。尖利的碎瓷片扎进了她的膝盖，在嫩黄色宫衣上洇出点点鲜红。

"江选侍快起来，本宫可担不起你这么跪来跪去的。"

江心月自然不敢起身，只一味地哭叫求饶。

毓妃鼻翼微动，轻轻吸了一口好闻的鹅梨帐中香，面上竟换上了忧愁哀叹的神色，那愁色里却是掩不住的狠辣。她轻轻一叹，对着底下跪着的人幽幽道："侍奉主位是你的本分，你不想做；本宫的命令，你也不肯听。唉，本宫真是命苦啊，自己宫内的新妃竟然看不起本宫。这藐视主位之罪……"

江心月听得此话，立即装出骇极的模样，将头深深地磕在地上，有些许得意跳进了脑中——毓妃，性子太急。

"娘娘饶命啊，藐视主位此等大罪嫔妾万万担不起，千万不要将嫔妾送到皇后处治罪啊！娘娘饶命……"没等毓妃说完，江心月就磕头如捣蒜，娇躯乱颤，梨花带雨，我见犹怜。最后竟然晕倒在地。

"你……"毓妃绞着帕子，几乎将一口银牙咬碎。江心月，好狠啊，抬出皇后来压本宫。嫔妃有错，她还可以处置；但有罪，就只有皇后有资格处置。毓妃心里又悔又恨，早知道就该给她套上个小错惩治一番罢了，套上个藐视主位之罪……反而拿她没办法。

"娘娘，这江选侍如何处置？"芷音小心地上前问道。

"还能怎么处置？抬回萦碧轩去！再给她传太医！"

"可是，江氏冒犯娘娘，这罪过……"

"真要把她送到皇后那里，倒霉的肯定是本宫，皇后正愁抓不着本宫把柄，最后本宫就成了苛待新妃的毒妇！还不快把她给我抬下去，本宫看着烦！"毓妃几乎歇斯底里地吼叫着。

"姐姐，这是怎么了？"新封的姚贵人姚妹妹一踏进华阳宫，就看见一女昏迷不醒地被抬出来，而自家姐姐毓妃怒不可遏。

姚贵人是毓妃的亲妹，寿安侯嫡次女，家世显赫，又和姐姐一样美貌，故在此批新进秀女中位分最高。

"她是江选侍，刚刚在本宫这里耍遍了花样。"毓妃端起一盏龙井，灌了一口却仍觉心里堵得慌，根本压不下那火气。她只得放下，兀自抚着胸口顺气。

"就是萦碧轩的那个狐媚子？姐姐莫急，她既是住在咱华阳宫，还能翻出咱的手心不成？以后，有的是机会收拾她啊！"

"妹妹，不是姐姐妄自菲薄，而是这江氏美貌至极，又善耍弄手段，实在是大威胁。"毓妃边摇头叹息，边起身拉过妹妹。这是他们全家最疼爱的小妹妹，过于任性又心机不足，要是一进宫就被那江氏抢足了风头，日后被皇上完全忽略也未可知。

突然毓妃像是想起了什么，她又轻轻勾起嘴角，缓声道："妹妹说得对，她人在华阳宫，就翻不出本宫的手心……"

第七章 调养

“小主醒了，快给小主拿水！”

江心月等着外头的人都散去，才睁开了眼睛，只看见菊香一脸的焦急，兰香端着茶盏凑到她嘴边。她顺着喝了一口，赶忙问道：

“毓妃娘娘那里怎么样？”

“小主放心，毓妃娘娘仁慈，传了太医为小主诊治，还吩咐好生照顾小主，丝毫没有降罪。”

江心月嘲讽地一笑，她当然不会降罪。自己哭着闹着一口一个皇后治罪，都捅到这份上了，毓妃也只有宽容大度，否则就得等着被皇后抓把柄。

“不过小主，太医说……说小主您……”菊香在一边支支吾吾。

江心月猛地一惊，抓着菊香的肩膀道：“太医说什么？”

“太医说，小主晕倒是因为身体虚弱，需要调养，暂时不宜侍寝……”

“调养……哼，好，好得很呐！”江心月撑起身，一手攥着锦被。她的身子一向没有问题，哪来的虚弱，又哪来的不宜侍寝？刚刚在主殿，她装着昏迷过去，却着了毓妃的后手，实在是自己疏忽了。她心里暗骂，按着毓妃的意思，她这身子一年半载是调养不好了，到时候皇上又怎会记得曾经有过她这号人物？

"这太医是哪个？"

"回小主，是太医院院判章太医。"菊香低声回道。

院判是不小的官，上面只有正副院使了。江心月闭了眼，院判的诊断他人不信也得信。毓妃横行后宫多年，要是真拿自己没办法就枉为毓妃。不过……江心月猛地一睁眼，心道：皇后！

那天殿选，她就知道皇后拉拢的心思。今日自己又明着抬出皇后来压毓妃，侧面向皇后表了忠心，想必皇后也收到了消息。皇后能由着毓妃打压自己？想到这里，江心月心中顿时放松下来。

凤昭宫主殿

"娘娘，此次新封的秀女，除了咱上官家的婧美人，毓妃家的姚贵人，还有一位方才人是开封府尹家的小姐，其余宝林、常在、选侍、采女各两位。而太后家族的几位姑娘都未入选。"

皇后靠在软榻上，听大宫女秋雨禀报着。陈大将军家已经出了一个太后，一个淑妃，皇帝早就起了打压之心了。皇后心下舒坦，陈梓童，本宫看你这淑妃还怎么往上爬。

"本宫还听说，华阳宫的江选侍去主殿参拜，竟然被毓妃吓得晕了过去，抬回去就病倒了？"

"回娘娘，确实如此。且章院判说江小主身子虚弱，不宜侍寝，要好生调养呢。"

"嗯，本宫早料到毓妃会如此。可怜那丫头了。"皇后语气怜悯，江心月在华阳宫哭闹的情况她早就探听到了，倒是个懂得自己心思的丫头，好好栽培必堪当大用。

皇后理了理云鬟，又吩咐道："去把婧美人叫来，今晚就是新妃侍寝了，本宫少不得叮嘱她。"婧美人上官合子是宗族里精心培养出来的贵女，自是不错的，皇后想着，自己的这个助力，较之毓妃那个不安分的妹妹要好得太多了。

第八章
养精蓄锐

今晚，这十一位新人谁会拔得头筹，已是全宫上下的焦点。江选侍抱病的消息传出后，不少人都在暗自偷笑。无论大周是怎样一个尊崇孔孟圣道的国家，无论女子如何看重德行操守，容颜，永远是女人最强大的武器。无论江氏出身多么卑微，她的出现，都令后宫所有人警惕。

江心月此时倒是闭门不出，遵医嘱安心养病，好似今晚即将到来的风雨与自己无关。

"兰香，我饿了，去传晚膳吧。"

兰香应了声退下，走到门口却担忧地回望一眼自家小主：主子倒是心态平和，眼看着就要失宠了，竟一点也不着急。莫不是失了上进的心不成？那这一班奴才还不得跟着倒霉啊。

江心月又望向一旁打扇的菊香，道："现下我倒是清闲了，闲来无事，你给我说说这后宫诸位娘娘，好让我有个准备。"

菊香眼一亮，就知道小主是韬光养晦之计。她娓娓道来：

"回小主，皇后娘娘、毓妃娘娘您都稍有了解，皇后是皇上还是王爷时的结发妻子，虽然已经不再年轻，但年少时的情分还是在的。皇后娘娘有贤德美名，皇上十分敬重。皇后娘家上官家是近十年崛起的新秀，其兄右相上官大人是皇上一手提拔的，最是忠心可信。

"毓妃本是寿安侯家的郡主，身份尊贵自不必说。太后娘娘是先帝的皇后，却并不是皇上生母，她出身于最尊贵的陈家。而淑妃娘娘则是太后的侄女，大皇子的生母，地位不言而喻。小主您必定也有耳闻，陈大将军手握天下兵马，位高权重，深得皇上倚重。太后无亲子，皇上虽为太后养子，但当年帝位之争，陈家也是头一份的大功臣。

"目前淑妃娘娘和毓妃娘娘一同协理六宫，在后宫颇有权势。而除这二位高位，还有一位宝妃娘娘，是大长公主之女，不仅出身高贵，且有着'大周第一美人'之称，进宫后仅一年就从容华晋位为妃。且'宝'字封号大周历史上绝无仅有，足见其恩宠。皇上还为宝妃斥巨资修建畅月楼，那是整个皇宫最高的楼阁，颇有金屋藏娇之意……"

"好了，说说妃位以下的吧。"江心月打断了菊香。宝妃隆宠自己早有耳闻，可江心月早在王府时就被无数次地叮咛，帝王家根本无爱情可言，再隆宠也只是宠，不是爱。

"是，小主。"菊香依主子之意，不敢再废话，只拣有用的说。江心月闭目静听，心下默默记全了：

岳昭仪、良淑仪是在王府时就侍奉皇上的，在宫内还不算太受冷落，尤其岳昭仪还育有公主。宫里受宠的嫔妃除了淑、宝、毓三妃，还有莹贵嫔、梅嫔、张婕妤、宜宝林等人。一个个数过来，皇上真是多情啊。

算上此次十一位新人，现在后宫嫔妃多达七十多位，江心月一叹，这是好事还是坏事呢？皇上好色，她在这方面占绝对优势；可是对手太多，又麻烦得很。

而淑妃……江心月在心里苦笑，她背后的陈家，可是手握重兵，连皇上都礼让三分的。当年郑昀睿不过是一个低阶嫔妃的庶子，被当时的陈皇后扶持着登上皇位，虽坐上了龙椅，皇权却被陈家钳制。

江心月微微闭了眼，想了一会儿后宫诸位嫔妃。半晌，又问道："菊香，你之前是在哪个宫里当差？"

"回小主，奴婢曾是花房的杂役丫鬟，不曾伺候过主子，身份低微。"

江心月点了点头，道："身份什么的，我并不看重，你在我宫里尽心做事，我自是倚重你的，往后莫要轻贱了自己。"

菊香惊异地抬头，复又急忙跪下给江心月磕头："小主如此看重奴婢，奴婢定为小主赴汤蹈火，在所不辞！"

"好了，我知道你的忠心，快起来吧。"江心月柔声道。菊香这丫头，目前看着还是不错的，但愿她的忠心确如她所说的那样。

第九章　罚跪

　　入夜，凤鸾春恩车从华阳宫门前轧轧而过，姚姝姝倚在宫门口，脸上尽是失落与不甘。

　　"你给我回你的琦雨轩去，大半夜的杵在这儿叫人看笑话！"

　　毓妃不知何时站在了她背后，恨铁不成钢地斥责道。姝姝是家里最小的嫡女，从小被捧在手心里长大，一点委屈都受不了。毓妃见妹妹这样，又心疼又生气。

　　今夜皇上翻的是婧美人的牌子。她虽不及姚家姐妹妩媚，但气质清雅，端庄大方，饱读诗书，在京城早就美名远扬。皇上中意于她是意料之中，毓妃觉得这次输给皇后一点也不冤。但再看姝姝，才华性情都不占优势，心机就更别提了。空有美貌没有智慧的女子能走多远？毓妃心里十分担忧，琢磨着定要好好提点妹妹。

　　第二日，婧美人就被晋为贵人。然而，这不是重点，重点是她在乾清宫龙吟殿待了整整一晚上。要知道，除皇后外，嫔妃侍寝时只有特别受宠的才有此待遇。一时间，婧贵人彻底被推到了风口浪尖上。

　　后面几日，郑昀睿每日都召幸不同的新人。但只有冯雅萱得到了晋封，成为了冯才人，另有瑶仪得了"纯"字封号。其余仅得了些珠宝赏赐。众人这才明白，晋封也不是容易的事。

华阳宫内

"啪！"姚贵人一记响亮的耳光抽在了一宫装女子脸上。女子跪在院内的青石砖上，捂着脸浑身瑟瑟发抖，正是江心月。

"毓妃娘娘和本贵人近日心中总是不顺气，定是受了你的病气玷污。娘娘玉体有恙，你说你该当何罪！"

"嫔妾该死，无论小主如何罚，嫔妾都不敢有怨！"江心月显然被吓坏了，伏在地上抽泣请罪，样子甚是可怜。

这几日皇上轮流宠幸新妃，但位分最高的姚贵人始终没被翻牌子。她和毓妃心里可不是一般的气不顺。

江心月也已经是第三天跪在这里了。

"哼，本贵人在你这待久了就会更不舒心。今日，你就暂且跪到五更吧。"姚贵人愤愤地带着人离去。毓妃早告诫过她，出出气也就完了，做得太过分传出去就不好了。

江心月心里却苦不堪言。五更啊，这是要跪一晚上了。前两日都让她跪了三个时辰，今日则变本加厉，不知明日又会如何罚。

她轻轻地挪动了下酸痛的膝盖，又用手按在了肚子上。姚贵人根本没准她吃晚饭，这还得饿着肚子挺一夜，实在难熬得紧。

突然，一袭青葱翠衣出现在江心月面前。她疲惫地抬起头，竟是梁采女。

梁采女是上届选秀进宫的，她不出众，家里又没落了，仅得了一次临幸就被皇帝抛之脑后。三年来，她都幽居在华阳宫偏殿守着活寡。

梁采女望了望四周，方才从袖口中掏出一块包着糕点的手帕，塞在江心月手中："嫔妾也只偷偷来这里的，快吃了吧。"

说完不等江心月答话，她就提着裙子匆匆离去了。江心月望着她消失在朦胧月色中的背影，急忙抓了一块糕点嚼在嘴里。说实话，梁采女的日子不好过，这食物的工艺自然很差。然而江心月吃着却像是在品味珍馐佳肴。

第十章
端午

幸好，皇上在最后一天终于召幸了姚贵人。凤鸾春恩车来到华阳宫的那一刻，江心月松了口气：总算不用再罚跪了。

按规矩，众妃每日需要向皇后晨昏定省；但新妃只有侍寝过才有这个资格。也就是说，一个新人如果没有被召幸，她就不被皇家承认，没有资格面见嫡妻。而现在，因病无宠的江心月成了满宫的笑柄。

华阳宫，萦碧轩

"小主，奴婢还要做些洒扫的活计，烧水这样的事，还得等一等，咱宫里的人本来就不多……"

梅香说着将已经凉了的半壶水放在桌上，竟不等江心月发话，就自顾自退出了屋子。

正在给主子捶腿的菊香尴尬地说道："梅香不懂事，奴婢也管教不来，小主别生气……"

"无妨，我现在这番境况，也怨不得他们如此。"江心月面上淡淡的，看不出表情。她扫向案几上的夏兰插花，心中有了些许安慰。到底是银子好使，虽然如此落魄，内务府也没苛待她。顿了顿，又道："这几日，咱宫里还有谁不安分？"

"回小主，兰香和小平子也如梅香一般。"

江心月冷笑，不忠心的丫头，是不可留的。

她在华阳宫中受苦，还好瑶仪已经得了皇帝垂青。瑶仪的容颜清秀纯美，性子最是温柔和气，更要紧的是，王府里数年来给予她的调教，早已让她能轻易抓住一个男子的心。就算那男子是府中传闻的冷酷异常的帝王，也不得不稍稍动情。

而她，也自信不会比瑶仪差。只要得到了机会……

"小主，皇后娘娘那儿来消息了。"菊香突然压低声音说道，"秋雨姑姑传话说，端午家宴之时小主定要准备好了。"

江心月轻轻点头，脸上渐渐染上了笑意。几日前她送了皇后一幅百鸟朝凤双面绣，想不到这么快就得到了机会。毓妃，凭你一个体虚卧病就能将我困住？

百鸟朝凤，江心月轻挑眉毛。皇后，嫔妾定会尽心侍奉您的。

姚贵人是在半夜里被送回来的，听闻她下轿时满面春风。因为她虽未晋位，皇上却赐了她封号"谨"。这么个封号，实在有意思。然而无论如何，谨贵人的欣喜是不言而喻的。这么多新人中，只有包括她在内的四个人得了额外的恩宠。皇上，终究是中意她的。

端午家宴，也称"粽席"，就定在几日后的晚上。

宴会自然是隆重的，但因为是家宴，大家也无甚拘谨。郑昀睿使用的全是雕刻"艾叶灵符"纹饰的餐具，众人吃着工艺考究的五彩九子粽，宴会上觥筹交错，倒是一大家子的其乐融融。

"皇上，臣妾敬皇上一杯，愿吾皇祥瑞安康。"皇后率先敬酒，这个头一开，众妃也纷纷向皇帝举杯。

郑昀睿心情不错，但也只是不错。今年的宴会仍是皇后安排的，不过是些歌舞、雅颂，看似繁盛，却毫无新意。

"皇上，太后娘娘那边传话说，今日忙于礼佛，就不来凑热闹了，让您和宫嫔们好好过节。"王云海走上前来，对着郑昀睿禀报道。

"嗯，母后为国祈福，朕甚感恩。既是如此，也不便去叨扰母后，你将今日吐蕃进贡的九眼天珠，还有朕亲手包的玉粽尽数送入长乐宫内。传朕原话，儿子这点孝心，还请母后不要嫌弃。"郑昀睿履行着一个孝子的义务，面上却淡淡的，叫人猜不透心思。

第十一章 红莲

蒋希涵坐在低等席位上,远远望着龙座上的大周天子。那冯才人刚刚向皇上敬酒,皇上还很给面子地向她颔首。而她,位分低又不得宠,连个冯家的庶女都不如,她的心里不知是什么滋味。

那日殿选,她偷偷地一瞥,就认定这位冷峻英气的帝王会是自己一生的良人。皇帝当时赞赏她的才华,她真的以为,皇上心里会有她。然而,上官合子的出现碾碎了她的少女春怀。"婧"字,代表着女子有才品。皇上将这个封号赐给了上官合子,就昭示了她才是大周后宫的才女。而她蒋希涵,注定湮没在此人的光环之下,不得翻身。

"皇上,宴会已经进行了大半,可宝妃她还没到……"皇后犹豫了半晌,还是对郑昀睿说出了口。

"不碍的,紫衣身体不好,以后这些小事皇后就不必苛求她了。"皇上果然有些不悦,语气冷淡。皇后心里一抽,又顿时冰冷下来。竟然说我苛求,端午何等重要的节日,嫔妃无故缺席到了她这儿竟变成了小事,我依着规矩说说她就变成了苛求。宝妃,罢了。这些年都如此啊。

坐在近处的淑妃明显听到了皇帝的话,满面冷笑,丝毫不见对宝妃的嫉妒之情。

皇后回转心思，又道："皇上，今日臣妾还准备了不寻常的节目，您看？"

皇帝一听，就朝舞台上看去，却不见人影，再定睛一看，才发现远处的荷花池上徐徐驶来一条花团锦簇的龙舟，十几个绿裳舞姬众星拱月般托着一位粉衣女子，她衣袂飘飘，青丝灵动，宛若天上仙人。

郑昀睿饶有兴致地看着那龙舟驶近。龙舟一靠岸，众舞姬便迈着小碎步登上殿台，而那粉衣女子，竟然从高高的船头上飞身而下，在空中舞起全身的丝带，最后稳稳地落在了舞台上。

"好！"郑昀睿立即被吸引住了，拍手赞扬。

粉衣女子轻轻将衣袖抛起，右手在腰间一抽，转眼间手中竟多了一把柔水软剑，剑柄系着长长的五彩丝带，原来这软剑竟是她的腰带，而她周身飞扬的丝带做了剑穗。

众舞姬在她的四周踏着音乐舞起，只见她手执软剑，纤纤楚腰，婉转旋姿，柔美的剑术带着五彩丝带漫天飞舞。这丝带甚长，但她却控制得得心应手，远远望去，就如一朵旋转的红莲，伴着四周纷飞的丝带花雨，在周围绿叶的衬托下绽开。

这样的舞，实在是新意百出的。软剑舞多以刚气为主，而这个女子在执剑的过程中，结合了汉朝"翘袖折腰"的技巧，随着音乐的婉转多变，她忽而极缓慢地深深折腰弯身，侧头倚袖，尽显窈窕身段，忽而又迅疾地起身，剑光洒脱地急旋而出。刚柔接洽之处天衣无缝，更是将女子的妩媚展现到了极致。

只听一个激昂的鼓点，那女子就腾空而起，又在空中翻转出许多花样。

在座的嫔妃一开始都脸色不善。她们看着皇帝目不转睛地盯着这名舞女，就知道又要添一个争宠的对手了。然而随着那朵红莲越舞越疯狂，她们竟然也抛弃了偏见，投入到了这精彩的表演之中。

郑昀睿的表情自然是无比欣喜的。他极力盯着这舞女，却因为相隔较远看不清晰，倒是心里急得很。

第十二章
帝王

"咚"的一声，鼓点收尾，女子转头定身，笑意盈盈地看着皇帝。

"好！"郑昀睿龙心大悦，他向皇后颔首，赞赏她的安排。又立即站起身，竟然走出席位，向着那舞女道：

"好技艺，何不上前让朕看看美人？"

女子听命，莲步轻移，缓缓走上前来。待她一走近，毓妃和谨贵人一众都愣住了。

郑昀睿这才看清女子容颜，脸上是掩饰不住的惊喜，道："是你？朕记得你一直病着，如今可大好了？"

"回皇上，吾皇洪福齐天，嫔妾受您庇佑，如今能做此剑舞，可不大好了吗？"江心月笑靥如花，她本就妩媚，笑起来简直让郑昀睿神魂颠倒。

那日殿选，她也是这般莞尔。

毓妃一张粉脸气得发青，谁也想不到她竟然会舞剑。她这么一舞，谁还会觉得她体虚抱病？自己再找章太医来说就是胡诌了。

在座的嫔妃大多不认识江心月，但也都听闻有位容颜极美却抱病的新妃，此刻见了，都在暗暗咬牙，现下这位狐狸精病好了，以后还不知怎么折腾呢。

"那日朕觉得你字写得好，不想你竟还会舞剑。你真叫朕惊喜。"皇帝满面笑颜，宫中善舞的女子不少，可眼前女子的舞技实属上上乘。

江心月娇羞而笑，心里却一波一波地涌上无穷的苦水。

红莲舞是她最得意也最下苦功的一支舞，可是，这样的妖娆美丽，本是为着他而准备，却不想在帝王面前派上了大用。他那样喜爱莲花，若他看了，不知可会动心？

江心月心神渐渐恍然了，却冷不丁被一只大手搭上了玉肩，惊得她浑身一颤，终是清醒过来。她抬眼看着眼前的威严男子，换了一张愈加妖媚的面孔，以掌心覆上帝王的手。

薄而桃红的舞衣着在她身上，凸显出玲珑的身段，皇帝看得神情都有些迷离了，柔声道："绿叶红莲，真是好意境。婀娜似仙子，清风送香远，可红莲的美，却不及你万分之一呢。"

她不着痕迹地将身子往帝王跟前挪了几分，柔媚道："皇上说笑了，嫔妾只是喜欢莲花，才编了这个舞，哪敢和花儿比美？"

皇帝畅怀一笑，侧头对着王云海道："江选侍爱莲，你明日把云梦湖里的'西子倩装'移几株到她那儿。"

"西子倩装"是碧台莲里最珍稀的品种，碧台莲又是莲花中的珍品，云梦湖里，这种金贵的莲拢共也没有几株。江心月忙推辞道："皇上，嫔妾位卑，不敢受贵重之物。"

皇帝又笑了，道："你是朕心爱的女子，朕疼惜你，当然要把珍品赠与你。"他拉了她的手，"心月，你的喜好朕以后可会记牢了。"

江心月听了心中甚喜——帝王要记住她的喜好？从来都是后宫女子苦心钻研帝王的喜好。而帝王若能记住人，就已经很不错了。宫中无宠的女子，多半是皇帝连名都叫不出的。

她掩饰着面上的得意，心头微动：上天是眷顾她的，她的这一步又走得十分精彩。

第十三章
宝妃

淑妃看江心月的眼神一直是愤恨中透着不屑的。她是将门之女，最瞧不起这类花拳绣腿。她瞧了一眼那妖娆的身段，口里轻哼一声道：

"江选侍舞姿动人，比之汉朝飞燕也丝毫不差。"

江心月心里咯噔一下，竟把她比作赵飞燕？燕燕尾涎涎，木间仓琅琅，红颜媚主的赵氏受尽历朝的唾骂，也不断提醒着君王勿要被迷惑。

淑妃的话，郑昀睿却一句都没听进去。他只顾拥着江心月，又唤来身边的一个小太监，命他在自己的龙座旁边加一席桌椅。江心月不敢坐，却拗不过皇帝，最后还是惶恐地沾了小半个椅子，坐在了帝王身侧。

端午宴会成了这副样子，众人都没了兴致，净看着皇帝和那江选侍言笑晏晏。江心月在诸人不善的神色中，当然是不舒服的。

她移目至较远的席位上，一眼便见正对她颔首微笑的瑶仪。她心中这才稍稍松弛，对着瑶仪也回了一个柔柔的笑。

"皇上，臣妾来晚了，请皇上恕罪。"突然，一个清冷的声音，在喧嚣的宴会中幽幽响起。

所有的嫔妃都停住了动作，定定地看向那说话的女子。

江心月循着众人的目光看去，却一瞬间，惊得愣在当场。

白衣！这女子竟然一身素缟，来参加这个吉祥的宴会。

"宝妃妹妹，端午节，就不好这样了吧……不过也无妨，快过来坐吧。"说话的是皇后，谁都能听出她言语中的尴尬和隐忍。

郑昀睿却对此视而不见，他露出少见的温柔至极的微笑，对着宝妃点头。

宝妃行了礼，走向江心月身边的那个空位，轻轻坐下。

江心月和宝妃挨得极近。她发现所有的嫔妃都在打量她们二人，因为，她们均是倾城容颜，这样挨在一起，实在太好看了。

江心月是媚骨妖娆，而宝妃是宛若天仙。

宝妃的头饰很简单，只是普通的珠玉，连步摇都未戴，根本不符合她高贵的身份。然而，她那种清丽脱俗的气韵，反倒会让人觉得，那些贵重的首饰根本配不上她。

江心月早在王府之时，宝妃的隆宠就已经如雷贯耳；后来她进了宫，才知后宫七十多位佳人，宝妃一人占据了每月近半数的侍寝时日，且听闻皇帝在畅月楼时，即使不行房事，也乐于陪着宝妃娘娘入眠。

而那一座高高耸立于宫中，俯瞰众生的畅月楼，也是极奇异神秘，不准人随意接近的。

唯一令人惋惜的是，宝妃在数年前就已经无法生育。传言，此事与淑妃、皇后都有些干系，只是皇上顾忌陈家，最终不了了之。这之后，宝妃也就开始了避世，再不肯参与六宫事务，并求了皇上下旨，令诸妃不得擅入畅月楼。她独自一人守着皇宠，隆宠甚盛却似与世隔绝一般。

直到很多年后，这个女子的模样都在江心月的脑海中挥之不去。她一直觉得，这个不食人间烟火的魏紫衣，只是误入凡尘。

宝妃发现江心月在看她，就回过头，对着她温和一笑。江心月赶紧低头算是行礼，她只是选侍之位，宝妃高出她太多。

第十四章

侍寝（二）

　　端午的热闹褪去时，江心月搭着菊香的手，缓慢地被扶着回去。

　　她突然觉得有点无力。

　　这一天的晚膳极为丰盛，端午宴上的红莲舞已经传遍了满宫，御膳房马上就把她当成了祖宗伺候。她手执象牙箸，心神不定地挑着菜。案几上那株夏兰，边角稍稍发黄，颇有凋谢之意。

　　她得知自己要进宫的那一刻，虽然万般不愿，最终却还是顺从了——只要是为了他，又有什么不能做的呢？可是进了帝王家，又到了这一步，那些压抑着的苦楚和悲凉还是如影随形地翻卷出来。本以为早已接受，却发现自己从未停止过哀伤。

　　是啊，我是女子啊，有着和天下女子一般无二的夙愿，有着对命中之人或奢侈或朴素的幻想。可是，我注定只能幻想。

　　也罢，这是宿命，即使她此生不能留在他身边，但可以为他牺牲，成为他的助力，她应该满足了。

　　她这样想着，就有内监急促而不杂乱的脚步声传来。果然，郑昀睿翻了她的牌子。

　　"请小主赶紧收拾一下，车轿就在外面。"

菊香稳稳地替主子应了声，扶着江心月至梳妆台前，卸下她的钗环，将一头秀发理顺。又拿过一盒首饰，放在她面前。

江心月素手捻起两支通体厚重古朴、头部镶黑白双色玉的发簪，递给菊香。

"'菩提'，小主倒是有禅意。"

"我哪里懂禅，不过戴着它来净心。"江心月说着，黑白双色玉，人生悲喜剧。

她站起身，菊香便为她更衣。当她穿上那件半透明的睡裙时，脸上止不住地羞赧。菊香见此，赶紧给她套上了外袍。她穿好后出屋，坐上了承恩的轿辇。

又是这熟悉的轧轧声，承恩的车轿总有一种别样的味道。江心月轻挑开轿帘，看到的是远处谨贵人固执的背影。

到了龙吟殿，她在外间被要求脱下外袍，然后是司寝的晴芳姑姑在她身上反复地检查，以确定她没有带进危险物件。

"小主，您的肌肤真是水嫩，皇上定会中意小主的。"

"借姑姑吉言了，但愿如此。"江心月故意羞涩地微笑着，晴芳又恭顺地向她行了一礼，退了下去。

最后，一床大红色的锦被将她裹起，两个内监上前，架起她向内室走去。

整个过程中她都极为顺从。层层帷帐在眼前打开，袅袅的龙涎香在室内熏得人醉，朦胧的粉色笼罩之下，那些暧昧随着夜幕慢慢渲染开。

乾清宫，龙吟殿

她被放在蟠龙雕花的明黄色龙床上，两个内监只将她搁下，就匆匆退去了。内室已经空无一人，她锦被裹身，动作被限制着，也不敢动，只能老实地坐着。

静坐了半个时辰，仍不见皇帝来。她不免地烦了，上下蠕动着想挣开被裹。但是她的位置极靠床边，这么一挣扎就哗啦一声摔了下去。

"想不到你，还忒调皮。"很有磁性的声音在殿内响起，江心月慌张地扯开被子想爬起来，郑昀睿却快步走到她身边，双手将她打横抱起，拥到床上。

"皇上……"她缩在男人宽阔的胸膛里，紧张地低低唤着。

"你还赖在朕怀里了，现在该伺候朕更衣吧？"

第十五章 二

侍寝（二）

她不敢拒绝帝王。她可以不要命，但她还背负着那个人的嘱托……不要紧的，不要紧的，这一切都是为了他，这就是牺牲，这就是她的价值啊！

良宵帐暖，帝王沦陷于眼前的女子，沉醉不知归路。女子的面容上，却是沉痛入骨髓的哀伤，渐渐有明亮的晶莹，从她的眼角渗出……

想到五岁那年，母亲带着她和妹妹，从发水灾的家乡逃荒到龙城。她们在街头流浪，向行人叩首，饥寒交迫。

然后，她眼睁睁地看着母亲倒下，年幼的她和妹妹再也没有了依靠。

她本以为自己会像母亲一样，等待死亡。但就在那样一个瞬间，她四周的尘土飞扬而起，明亮的喧嚣里一乘华贵的马车在她面前停下，从里头探出一个面容俊朗的少年，他指着她们，面色温柔地道："带回去吧……"

她活了下来，妹妹也活了下来。她们成了王府的丫鬟，成了那高贵少年的奴。她和他一年一年地长大，卑微的她再也没有被他记起。

每至夏日，王府里的莲花就铺满了塘，芬芳飘洒于空中。礼亲王府为此请来了最顶尖的花匠，听说，宫里的莲都不如这里开得好。他，每一日都会低下头去，双手如对待珍宝一般捧在硕大红艳的玉瓣上，将头埋至苞蕊中，久久嗅闻不愿离去。

41

　　他不知的是，她一直都会在那远远的不见光的角落，注视着在亲王随从前呼后拥里影影绰绰的他。他也不知，他对莲的喜好已经渗入她的心田，同样成了她的喜好。

　　慢慢地，她的心思随着个头的蹿高而悸动起来，幼年时的纯真，竟被酝酿成了醇香的少女情怀。

　　她是奴，却是一个与众不同的奴。有先生教她读书认字，有师傅教她练舞习琴，有丫鬟教她如世家小姐一般优雅的举止，甚至有不同寻常的"阿妈"，教她取悦男人的法子。府里这样的奴不止她一个，她们都拥有美貌，管家大人曾告诉她们：

　　"出众者就会成为妾室……"

　　这样的规矩，几乎在所有的世家大族中都是存在的。贵公子们会从出色丫鬟中，挑选出通房甚至是有名分的侧室。

　　时光如白驹过隙，少年到了弱冠之年，他已经长成了一位俊朗的君子，她也越发的袅娜，姿容比一同学习的任何女子都耀眼。自小养育的感恩和敬重，让她理所当然地把心交给了他。为了管家的那句话，她比其余的女子更勤奋百倍地学习技艺。

可是，他却从未把这样的爱慕放在眼中——他是整个王府的主子，她是最低贱的奴，连名字也是嬷嬷随意叫出来的"阿奴"，怎配令他注目。

后来，突然有很多美貌又高贵的小姐也进了王府，她们被安置在一座极隐秘的豪宅中。而她，被安排进去服侍这些高贵的女子。

在那个见不得光却奢华异常的宅子里，她虽然是下人，却和所有的小姐一同接受调教。调教和之前类似，却苛刻得多，而且还多加了两样——一是要她们牢牢记住一个男子的喜好，二是教授她们谋略与心机。那不是一般的为人处世的心机，是残酷到极致的冷酷手腕。

她知道她服侍的贵女们，都是为着帝王而准备的。她们的家族，明面上都和王府没有联系，但事实上，却都是王府的死忠。她不是平头百姓家单纯的女儿，她自小养在王府，早已从他人口中知道了那座金玉其外的皇宫，是如何的败絮其中。

那是一座不见血的杀戮战场，善良的她为贵女们的命运而惆怅，为瑶仪而叹息。她渐渐明白了，已然成人的王爷，心中也有了帝王家宿命一般的野心与谋略。

为何要谋夺那个位子呢？

这么些年过去，他的性子都极淡然，终日醉心于诗书，他的诗、画、字、词、扇都是龙城贵女千金难求的墨宝，他的俊朗也随着才名一同传遍了整个大周。却不曾想到有这么一日，这样突然地，他抛弃了闲逸，投身于疯狂的刀光剑影之中。

她的心里没有什么评价——她这一辈子最倾慕的人，无论做什么，落在她眼里都是好的。她只是急切为他担忧起来，担忧他险恶的前路，也担忧他为什么婉拒所有华贵女子的倾心，至今不肯娶妻。同时，她也担忧着自己。她所求不过是能陪在他身边而已，可所谓的"纳妾"，府里再也没有了消息。

　　她的小姐——澹台瑶仪，出身于并不显赫的澹台家族，她的父亲只是腰缠万贯的富商，用银钱买来了权势，然后努力地爬到了六品的闲职。但瑶仪却比其他高官家的女儿们更加稳重，也更受王府的重视。

　　和她一同伺候的小丫鬟花影，容颜不出众，心思却机灵聪颖。她和其他的下人一样，没有机会跟着小姐们学习，却被单独安排去学习医理。

　　瑶仪的善良宽厚，使阿奴的日子一日比一日好过，她的心里却一日比一日忧愁。直到有一日，她终于有机会见到了管家，她问他：

　　"您不是说过，我非常出色吗？那我何时才能成为姜室？"

　　管家摇头道："不可能了。"

　　她惊恐道："怎会？王爷年纪不小了，不但未娶妻，连一位姜室都没有。这个时候，王爷一定是会纳妾的吧？"

　　管家在她面前长长地叹息："王爷再也不会纳妾了。和你一同学习的女子，除了你来了这儿，其他人都被赶出府去了。"

　　她惊得不能自已，脸上也是绝望的灰白，管家用一贯的凶恶眼神盯住她道："不要试图改变，你要做好你现在的职责。你是王府的人，你的妹妹也是，你要完全听命。"

又过了三年，他，终于出现在她面前——从十年前他将她带回来以来，这是他第一次来见她。

她内心雀跃着，他注意到了自己，是么？十年前，她如一粒尘埃一般，柔软而卑微地躺在龙城车水马龙的街巷，身后就是母亲的尸身和病重的妹妹。这个从天而降的少年，就在那样短暂而疯狂的瞬间，占据了她的整个生命。

从此，她为他而活。

他无视了她眼中的深情，负手侧过身去，淡淡地道：

"你实在太出色了。以后，你不必做下人了，你不再是阿奴，你是邹城佐史江荀的嫡女，江心月。"

江心月？这个名字她听说过，是听瑶仪小姐说过的。那是位家世低微的小姐，同样在府中学习，却因不愿进宫，忤逆家族之意，在昨日被逼自尽而亡了。

她茫然地看向他。他玉冠缬带，白锦软靴，棱角分明的面庞令人移不开眼。他低头，一手挑起她的玉颔，凤眼微眯道：

"这，就是绝色呵……他所有的嫔妃，都及不上你。"

他转过了身，声色幽然：

"阿奴，进宫去吧。论姿色，论智谋，你都是我所有棋子中最优秀的，你定不会令本王失望吧？"

她此刻只觉大地都崩裂了，有什么东西"砰"的一声撞上她的胸口，令她疼痛万分，瞬间丧失了欢颜，只是睁着一双渐渐蒙眬的美目，望着他的剑眉星目怔怔地发呆。

良久，她终于有了说话的力气："只有小姐们才有资格进宫……"

他倏地笑了："你已经是江小姐了。"他盯着她一张完美到极致的面孔，眉眼中都充斥着喜悦，"人的价值，不是用出身来衡量的。你是逃难的平民之女，身份不如那些贵女们，心机却比她们高明百倍，那是你天生的财富，是老天赐予你的聪慧。你定能得到宫中最顶端的权势，甚至，你可以霸占到帝王心，将他玩弄于股掌，那样的话，我就能够把他从皇位上拉下来……"

有很多很多的纷杂，同时在她的心里纠缠着，但突然，她抓住了一丝清明。

就像是凡人无法拥有月亮，却会拥有照在身上的月光。爱慕一个人，并不需要得到他。

她幡然醒悟，如果这是命运，那她甘愿做他手里的棋子。她会完成他的嘱托去征服帝王，征服那个皇宫，成为他成就霸业的助力，本就无比值得。

她想看他坐在皇座上的样子，他的心愿，她都愿意去襄助。

她低头，如往常一样顺服："是，奴婢……必不负所托！"

第十八章 三
晨省（一）

江心月醒过来的时候，只觉得全身都是酸的，而天已大亮。她一摸身侧，皇帝不知何时离去了。

"小主醒了？皇上吩咐了奴婢不要叫醒小主的。"晴芳亲自至龙榻前，恭敬地向江心月说道。

"现在什么时辰了？"

"回小主，已经卯时了。"

江心月一骨碌爬了起来。

立刻有两个宫女捧着宫装进帐，晴芳上前撤下榻上的铺垫。江心月看到那上面的一抹鲜红，霎时脸蛋绯红，赶紧撇过头去。晴芳则笑着向她道喜：

"小主好福气，头一次就整夜侍寝了呢。"

江心月不答话。她不是上官合子，有做皇后的宗族姐姐撑腰。她根基未稳，就被推到风口浪尖上，不知道会摔得多惨。

她看向那两个侍奉更衣的宫女，见衣服是萦碧轩的，便知道菊香在外头。她快速穿好衣服，将菊香叫进来，吩咐道：

"马上给我梳妆，我们直接去凤昭宫。"

"小主，您还没进早膳……"

"来不及了，宫中晨昏定省是在辰时，万不能迟了。"江心月一边说着一边自顾自理着头发，一旁的宫女们急忙端来盥洗的用具。

菊香不敢怠慢，迅速为主子梳洗上妆。她领着萦碧轩的人等了半夜，也不见主子回来，就大清早地捧着衣物等在龙吟殿外。以为主子待会儿定要回萦碧轩的，她拿来的衣物均是极简约的，头饰也不多，却恰好合了主子的心意。

凤昭宫就在乾清宫正后方，距离很近。江心月一身桂子绿齐胸瑞锦襦裙，外罩淡蓝色的水雾薄纱，炎炎夏日，看着十分清爽。

她今日绾的是双刀髻，毕竟觐见皇后，不能太粗糙了。两支"菩提"仍旧插在上面，江心月抬手轻抚，以后可就再无宁日了。

不多时就到了凤昭宫，江心月进了大红宫门，往主殿里边望去，见许多宫嫔都候在里头了。

"嫔妾给谨贵人请安。"谨贵人姚姝姝带着宫女刚跨进门槛，经过江心月身边，江心月就迎上去屈膝行礼。

姚姝姝转身一见是她，登时脸上现出愠怒。江心月不等她发作，就再次行了一礼道："经过昨日这一夜，不知谨小主今日是否气顺，嫔妾愿小主安康如意。"

"你……"谨贵人被激得气血上涌，这江氏在龙吟殿待了一晚上就不知天高地厚了，"你今晚是不是还想罚跪"这句话在喉咙里呼之欲出，却被身后的贴身宫女红鸾死死拉住，好一番工夫才生生地压了下去。

江心月看着她轻笑，若她真在凤昭宫说出罚跪这样欺压低位姐妹的恶劣行为，皇后定不会错过这个打压毓妃的机会，连皇帝都会厌弃她。

谨贵人强忍着怒火，狠狠瞪了江心月一眼，转身快步走进大殿内。江心月不在乎地一笑，后宫规定只有五品以上嫔妃才能进凤昭宫主殿请安，谨贵人自然有这个资格，但江心月却差得远。谨贵人气极，发作不得就拿这个讽刺她。其实这一条规矩本是没有的，可是郑昀睿的嫔妃太多了，凤昭宫主殿根本坐不下，才不得不加了这个规矩。

不过，这位分，还能永远不变么？

第十九章

晨省（二）

皇后很快从内室出来了，搭着秋雨的手行至主位坐下，众嫔妃纷纷行礼，恭声道："臣妾等给皇后娘娘请安，娘娘千岁！"

江心月在殿外蹲膝行礼，深深弯下腰去对着皇后遥遥相拜。没有皇后的提携，也就没有她的今天。

她默默地将众人表现尽收眼底，见多数嫔妃的态度都是不错的，也知皇后贤德的表象确实做得不错。

皇后扫视大殿，一宫女上前道："禀娘娘，宝妃娘娘遣了贴身宫女来禀报，说是身体不适，不能来觐见，请娘娘恕罪。"

皇后点点头，脸色如常，也未多加询问。看来宝妃不来请安已是家常便饭。

待皇后叫起，殿内众妃坐定，江心月就缓步上前至殿门口处，跪下，行三跪九叩大礼。按规矩，嫔妃第一次侍寝后，都应在次日向皇后行此大礼。

"江选侍来得很及时啊，本宫还以为你来不了了呢。"说话的不是皇后，而是坐在左侧第一位的淑妃。她今日的妆很华丽，尤其身着的一件玫瑰紫霏缎宫袍，上面竟绣着大朵红色芍药，贵气逼人。宫中只有皇后才能穿正红色，淑妃却喜欢穿这样类似的服饰。

江心月依旧跪在地上，给皇后行礼，皇后还未说话，淑妃却插嘴。淑妃这句话点明了江心月昨日整夜侍寝，甚至皇帝起了自己都不起，很成功地在已经嫉妒到极点的嫔妃们心中加了一把火。众妃此刻都看向江心月，神色很不善。

"江妹妹快起来，你昨夜辛苦，还早早来给本宫请安，很是懂规矩。"皇后对着江心月柔声道，又轻瞥一眼淑妃，似无意地说道："在宫里，安分守己最是要紧。"

"谢娘娘。"江心月低头恭谨地谢恩，给人怯弱的印象。刚刚她在思考要不要讽刺淑妃以讨好皇后，但最终还是放弃了。淑妃势力太大，现在还不到得罪她的时候。

淑妃瞥向她，眼中是满满的轻视。

很好，淑妃，你没有看得起我。

"江选侍，先进来拜见各宫主位吧，都是姐妹，互相熟络下吧。"皇后说道。

宫里规矩，新人侍寝后第一次来凤昭宫请安，也要一并拜见后宫主位，就是嫔位以上可称呼主子娘娘的嫔妃们。江心月依命进殿，先到淑妃面前，端正地行了一礼。淑妃微微冷哼一句，叫了声免礼，就撇过眼去不再理她。

江心月神色波澜不惊，缓缓起身，又转头向毓妃拜下。毓妃看着她，低声道："那日端午，江妹妹和诸位姐妹早就熟络了，我等都对江妹妹印象深刻呢。"

立刻有一嫔妃附和道："毓妃姐姐说的是，江选侍舞技了得，任谁都会被勾去了魂。"

江心月抬眼瞥向那说话的女子，她座次并不靠前，却化着浓浓的艳妆，脸上的脂粉不知有多厚，眼线用螺子黛一直勾到额发，头戴轻坠垂肩的步摇，看上去艳丽无比。但江心月看着她却不由得嫌恶，化成这副德行，哪里是高贵有气质的天子嫔妃？

"这位姐姐，嫔妾的确在端午宴上得了皇上青眼，但侍奉皇上是后宫姐妹的本分，我们在座的哪个不是中了皇上的意，照姐姐说来都是皇上被'勾了魂'？妖妃媚主，嫔妾万万不敢当，况且当今圣上贤明盖世，怎会有此一说？"

江心月面上冷冷，这女子竟然敢说出勾魂这种皇家忌讳的词语，往大了说，就是对皇帝的大不敬。

那嫔妃脸色一紧，立刻被噎得说不出话来。她本想讽刺江氏以卑贱优伶之行径得宠，不过以色侍人，哪知江心月看似柔弱，说的话却极为严重，反击起来简直让她毫无招架之力。她现在真想抽自己嘴巴，要是皇后想惩治她，这么个机会就足以让她再无翻身之日。

皇后稍有愠怒，道："张婕妤，以后管好自己的嘴巴。"

张婕妤舒了口气，急忙跪下道："谢皇后娘娘宽恕，嫔妾今后一定慎言。"

皇后一向贤德大度，当然没有过多地为难她。

"毓妃，江妹妹还在拘礼，你这又是什么态度？"皇后又转向毓妃，她刚刚一直听着张婕妤和江心月斗嘴，面上竟然津津有味，也顺便故意晾着江心月。

"哎哟，臣妾疏忽了，江妹妹赶紧起来。"毓妃以手帕掩嘴，轻笑道，皇后看了她一眼，不再发话。

皇后一无子嗣，二不再年轻，一点都压不住淑妃和毓妃这两个。

江心月起身，又看了一眼那张婕妤，想起菊香提过她也是较受宠的嫔妃。她不由得心下玩味，郑昀睿，你的喜好真宽泛啊。

她回过身去，给其他娘娘们请安。郑昀睿的妃子实在很多，光是给嫔位以上可以掌一宫主位的娘娘们请安，就折腾了好一阵。

其中岳昭仪和良淑仪都是恭慎知礼之人，她们虽不甚得宠，却侍奉了皇帝近十年，因性子好受到郑昀睿的敬重，在宫中也有些地位。江心月向她们行礼，二人都态度温和，未见刁难。

余下嫔妃多是不待见江心月的，虽碍着皇后，不能明着讽刺，但也甩了不少脸色。江心月则始终神色恭谨，行礼周正。

而宠妃之一的梅嫔，她面色淡然，却也不似淑妃那般轻蔑江心月，江心月一时间捉摸不透她，似乎她根本不在乎哪位受宠。

江心月一一见过礼，就依规矩退出殿外站着。婧贵人上官合子因只是贵人位分，江心月新人初次晨省，是不必拜见她的。这端庄典雅的丽人从头到尾竟也不发一言，更不似谨贵人一直和旁边的姐妹私语，端的是温婉沉静。

她一边恭谨地站着，一边抬眼偷瞥众人，寻觅了许久，却没见着瑶仪的影子。

殿外几名低阶的嫔妃朝江心月靠过来，均是奉承之意。江心月见都是些采女、更衣，只敷衍了她们几句，不想拉扯过多。然而，刚被晋了位分的冯才人也转过身去，对江心月祝福道：

"江妹妹初得圣恩，愿妹妹日后隆宠不断。"

"谢冯姐姐吉言，皇上爱重姐姐，姐姐才是有福之人。"江心月礼貌地回道，二人均保持着得体的微笑，好似一对和睦的姐妹。

第二十一章 晨省（四）

"恭喜妹妹了。"又是一个祝贺的声音，江心月回过头去，见是梁采女，她站在一旁的角落里，并没有凑过来。

江心月柔和地冲她颔首，梁采女笑笑，不再多言。江心月突然发现梁采女是个很清秀的女子，也许在宫墙内的三年中，她都是这么站在角落里，无声无息又不灭不休地活下去。

殿内嫔妃陪着皇后说话，毓妃和谨贵人又扯了一些侍奉皇上、今年新选的秀女之类事情，其余人时不时地被刺激着，都向江心月甩脸色。最后还扯上了婧贵人，皇后看不下去，说了毓妃几句才止住了她的嘴。

"今日本宫乏了，散了吧。"今天围绕着这江选侍，也说了一早上的话了。皇后朝诸妃一挥手，这晨省就结束了。

江心月舒了一口气，她今日处在风口上，免不了受人挤对，这折磨终于该结束了。她刚准备随众人一起恭送皇后，却从殿外传来一个突然的声音：

"禀娘娘，奴才来传皇上旨意。"竟是王云海王公公来了，他直接进了主殿，打着千儿笑道："各位主子、小主既然都在这儿，老奴就想着偷个懒，不必再跑去晓谕各宫了。"

皇后笑着对他点头，王云海清了清嗓子，朗声道："江选侍接旨。"

江心月一听，心想自己这么多天除了侍寝，就没有别的事能让皇上上心了，现在来传旨，定是要晋封或赐号了。她紧张而兴奋地跪下来，几个宫嫔看了她一眼纷纷撇嘴：还没有宣旨就高兴成这副德行，一点都不知道收敛自己的表情。此时她们都觉着江心月是个没有心机的了。

"皇上口谕，晋封选侍江氏为宝林，钦此。"

江心月显然没有料到会如此，猛地抬头，却只看见王云海一张老练干瘦的脸孔。她机械地答道："嫔妾谢皇上隆恩。"

殿内殿外的嫔妃们，有些甚至比江心月本人还要震惊，她们或恼怒，或嫉妒，或把毒辣的目光射向江心月，看得她浑身不自在。她们料到皇上满意江氏，大约是要晋位或赐号的，不想竟然越过了常在，直接封了宝林，她才真正是新妃中头一份的隆宠。皇帝好美色，看着那张倾城绝色的面孔，难道，她果真前途无量吗？

江心月缓了缓心劲，深吸一口气才站起来，一边紧紧抓着菊香的手。整夜侍寝，越级晋封，这一下，她成功地聚焦了后宫的仇恨愤懑。

她想起昨晚一夜的温情，心里却是冷冷的：即便有绝世的容颜，也不过是皇帝的玩物而已。若是真心喜欢，怎会让王云海把圣旨传到凤昭宫，还当着那么多嫔妃的面？这不是把后宫的醋意往她身上集中么？她在这后宫是死是活，皇帝丝毫不会在乎。

再一想，随即又释然了。这宫里头的人，很多连玩物都算不上呢。

"恭喜江妹妹了。"皇后率先给江心月道喜，众人这才反应过来，纷纷三言两语地恭喜她，本来已经结束的晨省请安立刻又热闹起来。江心月昨夜没睡好，早上又未进膳，现在少不得与众人应酬，忍受那铺天盖地的嫉妒讽刺，被她们折腾了半日只觉得疲累至极。

第二十二章 处置

等众人散去，她才得以退下回宫，顿时感觉如蒙大赦一般。

江心月跨进萦碧轩大门，便看见她的几个下人都在院里跪迎，刘康大总管又带着十几名宫女太监站在一边，旁边还有捧着各式礼盒的太监。萦碧轩并不大，这么多人真是站满了院子。

刘康见江心月回来，脸上肥肉立即堆起，挂起他那招牌式笑容，谄媚道："奴才恭迎江宝林，给宝林小主请安！宝林小主您看，这些都是皇上赏赐给您的，足见圣上隆宠啊！"刘康一手指着那些丰厚的礼物。

这重复的，好像怕别人不知道江心月新封了宝林。江心月看着那些赏赐，做出兴奋的模样，连声谢恩。

几个捧礼盒的太监身后，还立着两位花房的姑姑，手里小心端着从云梦湖中移植过来的"西子倩装"。江心月眼角瞥过这几株贵重的花儿，脸上的笑意更浓了几分，迭声对二人道：

"姑姑们辛劳，快把花儿移栽到这假山下的小池中吧，小心点莫要损坏根茎。"

两个姑姑伶俐地应声，兀自做起活来。

底下跪着的梅香等人叩头请安。江心月一抬手免了礼，转向兰香，声色冷淡平静道：

"兰香，你是大宫女，怎么我一回来就领着他们行这么大的礼啊？好了，都快起来吧。"

说着，又换了柔和的声音，对旁边的刘康道："刘公公事情多，还劳烦亲自送来皇上的赏赐，快进来喝口茶吧。"刘康在江心月落魄的那几日，吃穿用度都不曾克扣她，倒是不曾忘了那一千两银子。

刘康脸上堆起了更多的肥肉，连忙推辞，道："奴才来还要请小主挑下人呢，您晋了位分，这伺候的人也该多了，您看这些……"

"刘公公，先不说这些了，本小主实在饿了。"她从凤昭宫回来跑那么快就是为了肚子，如今这事情一大堆，她还是得先吃饭。

菊香立即扶着她回屋，早膳早就撤了的，但好在屋里有不少糕点瓜果，江心月不论什么，赶紧往肚子里填。

刘康还是被菊香请进了屋，江心月命那几个送赏的太监将礼盒规整地放到一边的桌上，就吩咐他们回去了，而兰香等人依旧战战兢兢地站在屋外。

江心月连吃了五个白糖糕，终于觉着饱了。她看到二十几号人都在等着自己，不禁感叹当宠妃的感觉实在不错。她对着刘康道：

"刘总管这次为着下人的事来，正好本小主这里也有这样的事。我宫里的兰香、梅香、小平子三人实在看不起我这个主子，刘公公带回去罢。"

门外的兰香等人立即跪爬着至门槛，不住地磕头求饶。江心月毫不理睬，刘康也立即会意，命人将他们拖了下去。这三人获罪被送回内务府，多半会被赶到外围去——宫里的奴才分为两种，一种是在内廷伺候主子的，一种是在外围各司各院做杂役的，而外围宫人的地位要低下很多。

江心月对着小术子和小德子说道："那几日我卧病，你们伺候得周到，就升为二等太监，不必做粗役了。"

第二十三章 花影

两人先前还在恐惧，竟不知还有这等好事，连忙给江心月磕头谢恩。江心月淡淡笑过，老实尽心的人，她终归不会薄待的。

顿了顿，江心月又将那十几个人叫了进来。刘康指着为首的一个道：

"这是小福子，原先在刘容华那儿做大太监，容华在几个月前殁了。小主您如今的位分，也合该有个首领太监协助掌事。"

小福子伶俐地上来请安见礼，江心月看向他，她昨日得宠之后，就多了份小心。之前的她可以说是默默无闻，但现在不一样了，会有不少人往她这儿插眼线。那位殁了的刘容华，她并没有听说过，眼下这小福子实在不敢用。不过……江心月心里思量着，自己在后宫无势力，再去挑一个保不准也是眼线，想了想也没什么好法子，还是应下了。

江心月再次扫向站着的众人，一一细细地打量，挑了数名模样周正的宫女、太监。当她看向最后排的一名宫女时，见那女孩身量十分娇小，看着像个孩子。江心月心下微动，想着年纪小心机浅，也容易调教，遂叫她抬起头来。

女孩缓缓抬头，她稚嫩的双颊透着豆蔻粉红，一张樱桃小口娇俏润泽，双目灵动，婉转地看向江心月。

霎时，江心月似着了定身法，一手紧紧抓扶在椅子上，愣愣地盯着这女孩。

"刘公公，我挑好了，你带着人下去吧。"她抬手，指着最后的这名女孩道。

待刘康走后，江心月命所有人退下，独留了最后挑的这名宫女。

她朝窗外望了望，又把门窗全部关好，才转过头，看向那宫女。

宫女缓缓跪下，对着她道："小姐……"

泪水如决堤的洪流，在江心月的面庞上肆意淌下，她倏地撇过头去，恨恨道：

"我费心把你留在王府，你为何一定要进这吃人的地方？"

女孩跪爬向她，抓着她的裙摆泣道："阿奴姐，我在府里只有你一个姐妹，我不跟着你，还能跟着谁呢？"

江心月回首摇着她的肩急道："你这么好的姑娘，就该找个好人家嫁了，何必跟我受苦！你明明知道，在这个地儿，不是受苦这么简单，很多时候，连自己的命都无力保全！"

"正因为这地儿太辛苦，我才要进来，你一个人在这，我怎么放心？而且你别忘了我通医理……"

花影说得言辞都激昂了，江心月定定看着她，半晌无语。她依稀记着自己还是不满十岁的女童时，常扯着花影和阿媛两个去府里的后院玩耍，阿媛身子不好就喜蹲在一边看蚂蚁，花影则每每拽着她要她摇秋千……

再看此时花影倔强的模样，她心里一酸，继而长长呼出一口气，终是点头：

"算了，我是赶不走你了。"

"那小姐肯留下我了？"

江心月笑笑，只道："宫里规矩大，以后不能叫我小姐了。"

"是，奴婢明白了。"花影朝她规矩地行了一礼，倒叫她差点笑出声来。

江心月止了笑，急急地问道："阿嬷可好？他可好？"

花影看她焦虑的模样，忙道："都好，王爷会有什么不好？阿嬷在府里也给安排了人伺候，身子上的病是难治，可日子比以往好多了，因着你进宫，王爷特吩咐了要礼遇她。"

"这就好。阿嬷身子那样差，我不在了，总归需要人照顾。"

江心月喃喃地说着，她在这世上，除了阿嬷，也再没有血亲了。其实王爷礼遇阿嬷，也有钳制她的意思，她想着只觉得苦：上位者，总是疑心重，生怕手里掌控的棋子不听话。可她连魂都被他拿去了，何须他再钳制？

萦碧轩多的这几名下人，除小福子为首领大太监，江心月再添置花影为贴身大宫女，其余人都只做二等、三等奴仆。

待宫人们领旨各司其职去后，她唤来菊香，指着花影道："这丫头是我的同乡，也是可信任的人。以后的日子不安宁，你是掌事，定要约束好宫内。"

又对二人吩咐道："那小福子来历不明，保不准是个危险，你要额外留心他。还有，我如今得蒙皇恩，宫里的人少不得多几分傲气。传我的令下去，若谁敢在外头张狂浮躁，行事不规矩，不用等别人抓小辫子，我第一个就把他打死。"

二人领命。

她心里沉吟了一会儿，又对菊香问道："纯常在今日为何没有去请安？"

"回小主，是禧贵嫔犯了头风，西福宫里所有的嫔妃都要去伺候呢。"

江心月听着，手掌当即拍在小几上，腕上的暖玉镯都被磕得清脆出声："禧贵嫔不过是一宫主位，又不是皇后，也摆这么大的架子令满宫的人去侍疾？"

菊香诺诺道："是呢，禧贵嫔是淑妃提拔上来的，和淑妃的性子都有些像……"

江心月低眉不语，她初得盛宠，不过是一小小的宝林，如何有力量去帮衬瑶仪？几日前她受冷落时，瑶仪听闻她被罚跪，也是又急又气，可又能有什么法子？

她们，不过是这宫里的蚍蜉，那些大树，她们是万万无力抗衡的。宫中的法则，其实也如丛林野兽一般简单，不过弱肉强食而已。

唯一不同的，便是她们所有女子的一切，都微妙地系于一个男子之身，他可令你昌，也可令你亡。

劳累了一上午，江心月倚在榻上，窗外渐有雾气缭绕的沉闷，点点玉兰虽红白相映，也不似往日精神了。

随着光线暗淡，她慢慢起了睡意，刚阖下眼，夏日的雨就倾盆而至。菊香进来放下了帘，外头雷声阵阵，江心月却仍睡得安稳。

这天还未到黄昏，敬事房总领柴进便进来传旨，让她准备侍寝。

这一晚，郑昀睿一如昨日那样，对她似孩子一般地怜悯疼惜。江心月经过前一晚，早已不再惊惶不安，在帝王身下婉转缠绵。妖媚的女人，终究可令这威严帝王温柔如水，郑昀睿毕竟是凡间男子，怎能不愈加动心？

第二十五章

洪灾

江心月原本担忧，自己一时风头太盛，只会招来祸患。没想到第二日朝廷就接到豫章[1]大江[2]决口的消息。全河继流，灾情严重，郑昀睿为此焦头烂额，一连几日不进后宫。

"小主，这是天香蜜露，皇上说今日那宁心茶喝着顺心，特地赏赐了小主。"乾清宫的小太监小安子捧着一只精致小巧的玉瓷瓶，恭谨地对江心月道。

江心月欣喜地接过，道："有劳安公公了，皇上日夜操劳，嫔妾不过尽自己本分，哪里就该赏了呢。"

皇上这几日整天召众臣议事，极为辛苦。各宫嫔妃不敢打扰，均是往乾清宫送些清爽糕点为圣上分忧。

江心月也不例外，却是花了大半日的时间，收集了清晨的荷叶露又费了不少工序才蒸煮出一壶宁心茶。现在看来，这辛苦一点也没白费。

一边的菊香顺手抓了几个金锞子，塞给小安子。

---

[1] 豫章：今江西。

[2] 大江：今长江。

小安子笑着接过，又说道："小主，您恐怕不知道这天香蜜露的妙处，它采自天竺进贡的纳兰提花，任何汤类、清粥，只需几滴就可芬芳四溢，香甜可口。"

江心月听罢，不由得吃了一惊，道："这纳兰提花，听闻是天竺大僧和贵胄们的宠物，珍贵罕见，别说开花，养活都很难。这么一小瓶蜜露，不知要多少花才可采成。小安子，这样的珍稀东西，皇上还赏给了谁？"

"回小主，只送了太后一瓶，再赏了皇后、宝妃两位主子。"

江心月暗暗心惊，嘴上却道："嫔妾位卑，何以令皇上如此看重……"

小安子走后，菊香上前轻声道："小主别太忧心了。"

江心月无奈地看她一眼，菊香在宫中时日久，又生着一双慧眼，早明白了受宠不一定是件好事情。如此隆宠，表面风光无限，实则如临深渊，那些没有得到赏赐的嫔妃，指不定在背后怎么咬牙呢。

"这蜜露这样珍贵，一定是难得的美味。"一旁的花影却开了口，盯着那玉瓷瓶两眼放光，看得江心月哭笑不得。只得趁着菊香退下去时，把蜜露塞给了她。

郑昀睿辛苦了好些日子，终于将事情处理得差不多了。而他闲下来的第一个晚上，竟是去了皇后宫中。

听闻，此次修堤、赈灾，又是右相上官霆出力最大。水利之事本是工部的职责，长江决口，郑昀睿派了右相为督察协助工部，右相却查出了当年工部尚书勾结豫章巡抚贪赃，修堤不力导致现在的决口。郑昀睿立即将这二人革职抄家，但抄得的赃款远远不够赈灾，就准备增加其他郡县的税收，以重新修堤。哪知右相大人才智绝顶，竟然在工部尚书陈家掘地三尺，挖出白银三千万两，其中除了贪污的赃款，大部分是陈家经商所得。然而陈尚书获罪，这些银钱尽数进了国库，拨给豫章的赈灾款只花了个零头。

第二十六章

抄经

"江宝林，你是新宠，一月不见皇上，好不容易等皇上忙完了，却也轮不上你，想必是寂寞难耐吧。"毓妃靠在贵妃榻上，两个宫女跪在她脚下给她染着指甲，而江心月站在一旁的文案前手不停笔地抄录。

"回娘娘，嫔妾从不敢有此意。"江心月平静地答道。

"江宝林倒是好心性。"毓妃冷笑着看着她，又道，"不过皇后娘娘还是多亏了有位能干的兄长，上官大人才三十岁，就官至右相，在朝中深受倚重。"

江心月执笔的手一顿，立即在宣纸上碾了一道浓墨，她抬眼，道："娘娘，请恕嫔妾不能苟同，皇后娘娘是为国母，皇上理应多去凤昭宫。皇上爱重结发妻子，与上官大人何干？"

毓妃定定地看着她，冷哼出声，低低道："江宝林性情好，明大义，又写得一手好字，本宫叫你来抄录佛经实在太对了。太后也念佛，你理应多去长乐宫，以尽孝心呐。"

江心月撕下那张废了的宣纸，手心稍有冷汗渗出。

自从出了洪灾一事，皇上就冷淡了太后，连太后遣人送到乾清宫的吃食都被退了回去。陈尚书是陈家的支脉，家中在商业上有不小的作为，只有陈尚书一人入仕。哪知此人爱财如命又吝啬到家，丁点的银子都要贪。此次右相在陈家抄出的巨款，是陈尚书为整个宗族积攒的老底，明眼人一看就知道是为陈家嫡系陈大将军准备的。手握重权的世家大族多半如此，族中有人入仕，有人经商，财权两不误，互相照应。陈尚书出事后，陈大将军拉拢了不少人暗中保全，可皇上和右相雷霆手段，不仅斩了陈尚书，还使陈家损失惨重。

皇上和太后，真如民间赞颂的那样母慈子孝，家和为乐？

自己端午那日如何得了宠，恐怕太后早已洞悉。皇后和淑妃水火不容，自己是皇后的人，哪里再敢去长乐宫？

"嫔妾位分低，没有资格拜见太后。"江心月小声地回道。

"哦？"毓妃轻轻一声，低下头看那玫瑰红的指甲，又缓缓说道：

"江宝林也闲来无事，就替本宫把《地藏经》和《金刚经》也一并抄录了吧。统共三十遍，宝林可要字字用心呐。大周洪灾泛滥，百姓流离失所，我等嫔妃理应为国祈福。"

"是，娘娘忧国忧民，嫔妾谨遵娘娘懿旨。"江心月又接过两部经书，恭声道。

"宝林理当勤勉，半月之内能给本宫是最好，本宫也好早日送往国寺。"毓妃探头看江心月抿嘴蹙眉的样子，不禁柔媚一笑，抬起手细细观赏，刚染的玉甲透着圆润鲜艳的光泽，更衬得削葱十指白皙水嫩。

"小主，半月就要抄完，可不累坏了人？"花影为江心月按摩着右手，在手上的几个穴位处轻轻按压，就让江心月没了酸痛的感觉。

"她是主位，我寄人篱下，以后的罪还有的遭的。"江心月垂下眼睑。毓妃不容人，她宫里的人只有失宠受难的份，她能得宠已是使了手段，日后必定是越来越艰难。菊香忙着搬来纸笔，为江心月磨墨。

第二十七章　来访

写了些时候，二等宫女柳絮进来禀报，说蒋宝林求见。江心月停了笔微微蹙眉，便叫请到主厅稍候。

她等了一刻钟，才去见那蒋宝林。蒋希涵今日一身玄色的绣蝶古纹宫装，仅簪数支素银簪，看上去清减了不少。

二人互相行了平礼，蒋希涵淡淡一笑，面露些许的憔悴。

"蒋姐姐今日怎么得了空，来我这宫里是为何事？"江心月不与她絮叨，直接开门见山。

"妹妹这说的，姐姐无事，就不能登三宝殿了么？不过叙叙姐妹情谊。"蒋希涵脸色略有尴尬，不过还是欣喜的，江心月是新人中最得宠的，还肯叫她声姐姐。

"姐姐来我这也不是易事，毕竟要拜见主位毓妃娘娘的……"江心月低下头，面露愁苦之色。

蒋希涵闻言道："是，姐姐这不是趁着晌午时候，娘娘睡了午觉才来的。"因毓妃受宠，皇上额外照顾，故以前的华阳宫嫔妃很少，偌大的宫殿几乎是她一人独享。现下有了人惹她心烦，又是自己宫里的，江宝林面上风光，回了宫不知受了多少欺辱。蒋希涵看着面前愁苦的江心月，心中觉着拉拢的把握又多了一分。

"妹妹可曾听闻，皇上今日在凤昭宫动怒了呢。"蒋希涵身子微微向前倾，颇为神秘地说道。

"哦？嫔妾未曾听闻。"江心月露出感兴趣的模样。

"听说皇上本在和皇后娘娘进午膳，辰佑宫的掌事钱姑姑就去求见皇上，说有急事回禀。皇上召了她进殿，竟说是辰佑宫的沈采女因父亲获罪，自觉有罪于大周，在宫门前顶着烈日跪瓦。辰佑宫主位淑妃娘娘劝不动，又怕她出事，不得不来求见皇上。"蒋希涵说起来的时候眉飞色舞，江心月也不得不装出津津有味的模样。

"可那沈采女之父为何获罪？"江心月故意不解。

"妹妹忘了么？沈氏之父就是修堤不力，刚被流放的那位豫章巡抚。沈采女不但没有为父求情，还自责至此，这样心性纯良，连皇后娘娘都以为皇上定会疼惜此女。哪知皇上听了之后盛怒，说沈氏为了救父要挟圣上。嫔妃不得自戕，皇上最后以此为由将沈氏打入冷宫。"

江心月认真地听着，脸上默然。蒋希涵这消息传得真快，午膳时发生的事，午后她就知道了，还知道得这么清楚。不过，这也太快了点，而且细节之处都这么清晰。对了，此事是在凤昭宫发生的……

江心月感叹道："天威难测，我等嫔妃一定要安守本分，不得触犯宫规。"

"妹妹，只是作此想么？"蒋希涵有些不甘心。

"蒋姐姐和皇后娘娘走得近，我们姐妹，日后一定要用心侍奉娘娘。"江心月抬眼，笑盈盈地看着她。

蒋希涵面色一沉，江心月连这都能看出来，真不是个普通角色。不过她立马恢复了微笑，自己已经是皇后的人了，和江宝林自然是同盟，当下便连连称是。

第二十八章 拉拢

"江妹妹，嫔妃在宫中的地位，和家中的势力密不可分，沈采女家里败落，就遭到了弃置，实在可怜。你我姐妹出自同一个郡……"蒋希涵一咬牙，最后还是直白地说了出来。

"姐姐，我们只管侍奉皇上，莫要说这些有的没的了，朝中官员之事哪里是女子该操心的。"江心月正色，打断了蒋希涵。

"是，姐姐失言了。"蒋宝林急忙以帕掩口，目光透出恼怒。自己好心好意准备提携她那八品官的父亲，哪知人家根本不领情。也罢，江氏以色事人，想封高位定得吃亏在出身上，到时候即便是来求自己，自己也不会理她。

待蒋希涵走后，江心月脸上的笑意慢慢变为厌恶。

蒋希涵殿选那日的拉拢再次浮上江心月的心头。山东郡美名远扬的蒋才女，也不过是这般四处拉拢、嘴碎的女子。才女的清高，早就随着入宫一并磨去了。

而她说的"沈氏家中败落才遭了弃置"，江心月冷笑，连这个缘由都看不出，实在是蠢。很多嫔妃受宠确实是因为皇上将其背后的家族当作工具，但沈采女被罚，果真是因为家里没了势力，不中用了？

她在宫中行走，确实需要不少帮手，但绝不会是蒋氏。她的"父亲"，自有王府这样的大树，何须她提携？

那位沈采女沈碧珠，当时只在选秀时与江心月有过一面之缘，记忆中是个温柔如水的女子。她父亲和陈家交好，她入宫后也被淑妃安排在了辰佑宫。陈尚书这件事，皇上是狠狠扇了陈家一巴掌。淑妃急不可耐，跪瓦的主意八成是她给沈氏出的，想为沈采女博宠，日后好襄助自己。想不到皇上狠厉，毫不留情地发落了沈氏，卸了淑妃这条胳膊。

皇上对陈家，确实是万分忌惮。不过宫里还有一位太后一位淑妃，怎么着也不能太过火。陈家树大根深，皇上当年不过是一低位嫔妃的庶子，全靠太后和陈家襄助才得了帝位。现在想收回权力，谈何容易？

而可怜的沈碧珠，有陈家这么个大靠山，是福是祸只有她自己清楚了。

"对了菊香，"她唤道，"皇后娘娘现在的心情定是不错的，你去将我从家带来的红宝石手钏进献给娘娘。"

菊香得令而去，花影却立即上前，焦急道："小主，那红宝石，太贵重了，怎可随意送人？"

"就是这样贵重的东西，才有价值。"江心月淡笑着，又道，"皇后娘娘母仪天下，本小主自当尽心。"

给皇后的东西，定是要最好的。

刚坐着抄了一会儿佛经，就有内监在院内高声道："皇上驾到。"

江心月吃了一惊，皇上只去陪了皇后一晚上，第二日就来自己这里，自己这是排在后宫诸人的前面了。就连隆宠如宝妃，也没能排上第一号。

她忙至殿门口，行礼道："嫔妾给皇上请安。"

"免礼。"皇帝亲自扶起她，笑道，"这些日子朕忙，好久不见你倒甚是想念。"

第二十九章 心里有你

江心月做出惊喜万分的模样，感激道："嫔妾也无时不在想念皇上。但嫔妾明白自己的身份，能侍奉皇上已经是几辈子修来的福分，怎有资格爱慕天子？不管多爱慕皇上，想念皇上，也只能憋在心里。想不到……想不到还能让皇上记挂着……"说到最后，她声色哽咽，几乎喜极而泣。

皇帝听了动容，立刻拥住她娇小的肩，柔柔道："心月的情意朕明白，爱慕无关身份地位，在朕心里，早有了你的位置。"

心里有我？江心月更加惊异，抬头看着帝王温柔如水的眸子，那里面的真诚足以令任何一个女子感动。

可是，身为帝王，怎会真正把女子放在心上？这样哄人的话，去骗骗别人还好，却瞒不过多年在王府受教的阿奴。

朱墙粉饰的深宫内，有不少女子陷进了这样的话，从而万劫不复罢？

江心月稍调整了心绪，那些女子虽可怜，却也不是她该惆怅的。她装出无比幸福的表情，轻轻偎依在男人怀里，心中却一片苦涩。

这是她真正的夫君，却不是她的爱人，倚在他怀中的感觉，只有无尽的苦楚与哀伤。

花影早就退了出去，二人温存，说了些暧昧的暖话，直到江心月脸蛋红到了耳根。皇帝抚上她的面颊，又在粉颈上留了一吻。江心月娇羞不自胜，更看得皇帝心猿意马，当下把她压在了床上。

"皇上，毓妃娘娘在外头呢，您听那琴声……"

皇帝侧耳一听，果真，便道："毓妃性子急，以后你谨慎些便是。"说着便罢了手。

江心月心中冷笑，在皇帝心里，毓妃比她重要得多。这样明着抢人，皇帝虽没被抢走，却也停止了临幸。谨慎些？哼！

"皇上，不如嫔妾为您作红莲舞，如何？"江心月盈盈地笑着，不临幸，那我便歌舞，总之是不会让你毓妃好受。

自己和毓妃的梁子已经结得够大了，光是谨慎，就能躲过去吗？

江心月至屏风后换了舞衣，这次她没有拿软剑，只携了两条长长的丝带。虽一人独舞，也十分耐看，粉红舞衣旋动，套在白玉脚踝上的细碎银铃发出愉悦的节奏，郑昀睿满足地欣赏着，不时抚掌欢笑。

一连三日，皇帝都宿在萦碧轩，甚至叫王云海把奏章都搬过来了。早上早起上朝，下了朝就立刻赶过来，批奏章的时候还喜欢叫江心月作舞。江心月起初推辞，劝皇帝用心国事，哪知郑昀睿说什么有美人在侧作舞，才更有精神处理政事，江心月哭笑不得还是应了他。

三日以来的隆宠，已经让后宫打翻了醋坛子。毓妃中间来请过好几次，都没能把皇帝叫走。直到第四日，江心月好说歹说，好在她一贯口舌灵巧，又搬出一些"贤德为妃"的大道理，才终于把皇帝劝走。

第三十章　帝王心

现下已是三伏，当是酷暑难耐。皇帝走后，江心月就忙着抄录。屋内冰块慢慢消融，清冽的滴水声倒是能让人静心。"菊香。"她突然想起了什么，唤道，"梁采女日子不好过，咱屋里的冰块好歹也不少，给她送去一些吧。"

"是，小主。"菊香领命。

"还有，你亲自去送，顺便陪采女说说话。"

"是。"菊香领一个三等太监搬了冰块走。那日小主被谨贵人罚跪，后来也跟她说了梁采女之事。陪梁采女说话，她自然知道说些什么。

花影给江心月端了一碟水晶莲藕，江心月屏退了下人，和眼前的小馋猫一起享用美食。二人吃得很开心，想想宫里虽苦，还是有不少好处的，至少满足了味蕾。

"小姐，这次入宫的新人里，皇上对您也是极宠爱的，看来，皇上也不是如王府里所说的那样……可怕。"花影边吃着，边跟她咬耳朵。

"花影，你不明白。"江心月阖了下眼，缓缓吐出一口气。

"你知道帝王真心为什么难求吗？因为他是帝王，一旦他对谁动了情，那这个女人就会成为他帝王大业的羁绊，成为他最大的弱点。一个帝王，不可以交出真心。"

她的声音极低沉，似从无限幽远处传来，字字句句敲打在人心上。花影吃惊不已，张着嘴巴说不出话来。

"前朝确有帝王之心系于一人之身的先例，可那些沉湎于美色的君王都招致了亡国之祸，他们根本不配为王。咱们的皇上，不可能那样。"

"那……小姐您可怎么办？竟会这样艰难？"过了好一会儿，花影才小声问道。

"说难求，并不是不可求。"江心月淡淡一笑，道，"世上的事，都没有绝对，说一个人心如铁石，那是不可能的，是人，就可以被征服。"

她瞥一眼窗外半含苞蕊，吐纳明辉的"西子倩装"，心里的抑郁消退了许多，含笑道："我不动情，却要帝王为我动情。这种事情，谁先认真谁就输了。如我一样的人，心里早就被另一个人掏空了，怎可能动情？我定不会输的。"

花影听了这句，却是哽住了喉咙说不出话来。阿奴……一直是很苦的……

"禀小主，长乐宫的秦嬷嬷来传话，说是太后娘娘召见。"小福子在门口禀告，吓得花影赶紧抹抹嘴站到一旁。

"知道了，请秦嬷嬷稍候。"

江心月站起来踱了两步，唤来门外的柳絮，吩咐道："你去将菊香叫回来，要快。"

柳絮听了一溜烟地小跑出去。花影赶忙上前为江心月更衣。

等了约一刻钟，还不见菊香回来。江心月越发地焦急，却听秦嬷嬷在屋外叫道：

"小主怎的还没好？太后召见，岂是能耽搁的？"

江心月一跺脚，还是答道："这就好，不敢让太后久等。"

她回头拍了拍花影的手，二人心里均明了，此去长乐宫恐怕是不会顺利。而菊香不在，花影对后宫不甚熟悉，也没个帮衬的。也罢，太后不喜自己出身低贱，靠献舞得宠，且又投靠了皇后，左右不过受些责难。

第三十一章 太后

　　江心月着了一身素淡的轻纱紫烟长裙，青丝绾成如意髻，虽然素雅也不失庄重。她搭着花影的手，出了华阳宫，便随着秦嬷嬷去了。

　　毓秀殿内，毓妃捻起一颗葡萄送进嘴里，看着窗外江心月远去的身影。

　　"哼，连太后都看不下去了，也合该好好地教训了。"

　　到了长乐宫，秦嬷嬷示意，江心月端正神色，稳步跨进了殿内。

　　一进殿，才发现梅嫔和方才人也在内。太后端坐在主位上，一身湘红色滚边锦缎自是雍容华贵，面目看着慈祥，却也不怒自威。她奢华的妆容之下犹可见眼角细碎的纹，脖子上的青筋清晰难掩。当年太后为先帝皇后时，也曾艳冠一方，然而红颜不敌岁月，宫中女子老去时，若不似她这样手握重权，便会是那些凄惨的太妃，饱受欺压孤苦终老。

　　江心月轻轻吸气，然后至太后跟前，庄重地行了一个大礼。

　　太后正在和梅嫔二人言笑晏晏，方才人口舌灵巧，逗得太后不时地笑出声。江心月规规矩矩地跪在地上，深深叩拜，而太后似乎和方才人说得津津有味，一眼也不看江心月。

　　待过了一炷香的时间，江心月腿都软了，太后才似刚发觉一样，吃惊道："怎的江宝林还在叩拜？哀家都没发现，快起来，赐座。"

江心月心下虽苦，却一言不发，保持着恭谨乖巧的模样。

方才人方绮梦瞥向她，对着太后柔声道："太后娘娘，这位江宝林，可是皇上心尖上的娇贵人，不知跪了这些时候，身子可有不适？"

江心月立即跪下道："嫔妾很好，不敢当才人之语，皇上不过是看着嫔妾新鲜罢了……"

"好了江宝林，动不动就跪，还当哀家苛待你了。"

江心月神色更加惶恐，又不得不坐下来。

太后看着她越发不喜，这一套胆小模样想在她这儿蒙混，她这几十年岂不是白活了。

"不过哀家倒是忘了，江宝林的身体哪里会差，端午那日红莲剑舞，哀家没去看实在是可惜啊。"太后品着新贡的洞庭碧螺春，有意无意地淡淡道。

江心月听了却是一惊，抬眼只见方绮梦一脸阴阴的得意之色，梅嫔无意地瞥过她，神色淡漠。

"太后娘娘，嫔妾……嫔妾不过为着皇上开心罢了。"

"那皇帝忙于国事时，你在侧作舞，也是为着皇上开心？"太后"砰"的一声放了茶盏，厉声道。

竟然是为这事……江心月心思百转，跪下道："太后娘娘恕罪，嫔妾年轻不懂事，只想着多得皇上眷顾，所以，才作此舞。"

嫔妃耽误皇帝处理政事是大罪，立即就可赐死。若说是皇上叫她作舞，那她不但是祸国妖妃，还把责任推到皇帝身上，这是帝王家最厌恶的。如今江心月只能说自己是为了争宠，好歹逃过一死。

"江宝林，后宫女子为得圣眷，多想些法子也不为过。可是……就算江宝林无心，却也的确耽误了国事。那红莲舞十分艳丽，尽显女子妖娆，舞起来真是妩媚动人。"梅嫔声色淡淡的，江心月听了却是猛抽了一口气，身形晃动。

"妩媚动人？当是红颜祸水！江氏，真是个不知廉耻的妖女！"太后一掌拍在桌子上。

梅嫔这个清丽的女子，竟也有狠辣的一面。江心月的心不断地往下沉，按说自己目前并没有威胁到淑妃，一个家世低的新妃再得宠，也难以阻碍身为大皇子生母的淑妃。而今天，太后明显是起了杀心，才会用误国这个理由。现在看来，今天的召见，和梅嫔、方才人都脱不了干系。

花影早被秦嬷嬷带到下人房去等主子，自己孤身一人，今天就是死在这里都不会有人管。

江心月跪在地上，心乱如麻。

"江宝林，哀家还听说，这红莲舞最初是皇后的安排？"太后怒极，反而声色缓缓。

江心月大惊，几乎瘫倒在地。竟然扯上皇后，此事实在太险。她连磕了三个头，高声道："太后娘娘明鉴，当时端午家宴，皇后娘娘只知道嫔妾善于舞蹈，而到底作何舞，实在是嫔妾自己的主意，娘娘根本不知情。嫔妾入宫时间短，不知这红莲舞过于柔媚不适合皇家观赏，嫔妾真的是无心之过啊！"

绝对不能扯上皇后，不能！否则今天就算自己回得去，皇后也不会饶了自己。

太后定定地看着底下的女子，脸上浮现出狠色，朱唇轻启，缓缓吐出两个字："传杖。"

有内监抬来了春凳，立即有两个大力太监上前，将江心月按到了刑凳上。她强行压下心中的慌乱，脑子里思索起来。就算她承认了皇后的罪过，太后也不会放过她。而不承认，就是杖打至死。

两个内监各捧着一尺五寸长两寸宽的木板，站到了她的身侧。

"啪！"木杖结结实实打在皮肉上，江心月只感觉到身后直入骨髓的剧痛，竟不知这宫廷大板如此厉害，却是死死地咬住了牙。

待打到十下，她终于承受不住，痛呼出声。身后渐渐渗出点点鲜红，她痛得全身都是冷汗，双手紧紧抓着凳子的边缘，泛白的关节根根突出。

"啊！"随着一杖落下，那惨叫声越来越凄烈。方才人和梅嫔看着她受刑的惨状，都惊惧地用帕子捂住了嘴。

江心月嘴边一抹血腥渗出，她的肩膀被死死摁住，只能咬着嘴唇来抵抗那剧痛。

"太后娘娘，求您……求您饶了嫔妾……大周以孝治国，皇上对您也会为难……"

江心月惨呼着，却是连她自己也被这句话吓了一跳。没办法了，实在没办法了，她不能死，只能兵行险着，皇上刚处置了陈家，还冷淡了太后，如果太后不希望她和皇上的关系恶化，就不能杀皇帝宠妃。

可是，这句疯狂的话，很可能使太后怒不可遏，当场杀了她。

她在赌，赌太后不是真心要她死，只是受了梅嫔二人挑唆，只是想通过她来打压皇后。

太后一只手抓住了茶盏，额上的青筋暴起，却是没有砸下去，就这么僵持着，看着木杖继续打在江心月身上。

第三十三章 脱险

"皇上驾到。"内监高亢的一声，让江心月心里猛地松下来，那股本就苦苦支撑的内气顿时散了。可最后一板子却已经举起，由着惯性一杖落下，她痛彻心扉，惨烈地高呼出声。

"都住手！"皇帝大踏步跨进殿内，脸上的怒气显而易见。

行刑的太监见皇帝发怒而来，均放下了木杖，吓得跪地求饶。是太后命他们打人的，可皇帝的火不能发到太后身上，只会拿他们开刀。江心月瘫在刑凳上，虽未晕过去，却是浑身抽搐，低声呻吟着。

"儿子，给母后请安。"

"皇儿，莫不是为了江宝林而来？此女耽误皇上国事，万万留不得！"太后平稳了心神，强自压下火气。

"正是，不过母后，此事并非母后听闻的那样。"郑昀睿龙袖一甩，帝王威严顿显，"朕这些天处理北域的琐事，他们不识抬举，给我大周找麻烦，朕实在恼火。但又怕意气用事，处置不当。朕心中烦闷，才叫江宝林作舞，以消除郁结。母后，朕确实是批不下去那些折子，看看歌舞舒心，才能去应付那些事。"

太后一口气上来，却不得不憋住，她没想到皇帝为了这个女人，给出这样的理由。可她还是不甘心，那上官家的，十年来她都看着不顺眼却不得不看下去。

"皇帝，哀家明白了。可是，红莲舞过于妖娆，有媚感之嫌，若此风气盛行，那嫔妃们以后什么行为都能做出来，把娼妓那一套搬过来也未可知。皇后也不懂事，掌管后宫竟然让这种舞流入后宫。"

"此事儿子要向母后认错。端午宴上，是儿子赞了几句好，皇后才没有管这舞。皇后也是为着儿子开心，不想夺了朕这个喜好。江宝林刚进宫，不知道这里头的利害，儿子以后定不让跳了。"皇帝眼中闪过凌厉，却是低了头，语气恭敬惭愧。

太后看着皇帝，张了张嘴，终是颓然，徐徐道："好了，好了，既如此哀家就罢了，皇帝回去吧。"皇帝都认错了，她也不能再追究。这些天皇帝冷淡她，她心里不好受，现下皇帝态度缓过来了，她也得卖皇帝个面子。

"儿子谢母后。"皇帝躬身道，然后转头去看江心月，那娇小的身子，下身大片都染红了，嘴唇也被她咬得鲜血淋漓。皇帝微皱了眉头，王云海立即会意，招来几个太监，轻轻把她抬上了轿辇。

"马上去请太医，让太医用心，不要让她落下病根。"皇帝吩咐道。

梅嫔和方才人草草行了礼，逃似的离开了。

太后看了看他们，又叹一口气，脸上露出疲惫和憔悴的苍老。贴身的李嬷嬷急忙上前扶住她，回了内阁去。

"咱们后宫，怎么会出这样一个妖女！皇上还那样护着她！"

"太后娘娘，皇上还是顾念养育之恩的，至于这些不成气候的小嫔妃们……您别太心急了。"

"哀家明白，可是养母不同于生母，终究多了一层隔阂。咱们的皇帝喜好美色，这些年不断地选妃，唉，保不准哀家的大皇孙就地位不保了。皇帝虽只有这么一个儿子，却甚是木讷，难承大统，要是再有皇子出生……"

第三十四章

审问

"太后勿要忧心，江氏这样低的出身，生的皇子也是低贱，没有继位资格的，成不了气候。"

太后摇了摇头，没再说下去，江氏不成气候，还有毓妃、婧贵人这些，不但有宠爱，还有家世，自己拿她们一点办法都没有。这些虎狼之辈，难道也能随便叫到长乐宫打死？

当年为郑昀睿选正妃，是太后认为的这辈子最大的错误。那孩子就看着上官家的好，自己一时动摇，想着不能一再地拂郑昀睿的意，怕与这孩子生出嫌隙，就顺了他一回。没想到……就这么一回，就误了日后的大事。虽然这些年皇后没了姿色，早就不受宠，淑妃也有了不低的地位，但皇后就是皇后，后宫大权握在外人的手里，她心里无论如何都不会顺气。

"禀皇上，太医去瞧过了，江宝林无碍，只是皮肉伤，调养半个月就会痊愈。"

乾清宫内，王云海回禀着。

"好。还有，不会留疤吧？"郑昀睿问道。

王云海是郑昀睿年幼时就跟着的，十分亲近。当下狡猾地一笑，上前恭声道："皇上，太医说了，宝林定会恢复如初，不会留疤的。皇上，您是不是对这江宝林······"

郑昀睿抬眼一看他，佯怒道："就你敢问朕这个。"

却又笑道："江氏美貌，哪有男子不喜欢的。她出身不好，朕现在需要的就是这样的女人，毓妃她们，家里势力太大，就算陈家垮了，也会再出来个姚家。不过你还真说对了，论男女之交，江氏确实符合朕的心意。"

敬事房的太监端了牌子进来，皇帝扫一眼，翻了宝妃的。

"从来没和紫衣这么久不见，朕实在想念得紧。"皇帝微笑着，每次提到宝妃，郑昀睿都会放下平时的威严，换上这样愉悦温馨的笑容。王云海心道，江宝林大约只是一时新鲜，还是宝妃娘娘是皇上心尖上的人。这宝妃实在太过受宠，唉······都快赶上商纣的妲己了。不过还好自家皇帝是明君。

萦碧轩

"都是奴婢没用，害得小主这样······"花影跪在床前一味抽泣着，反而是江心月在劝她："你家小主身体好，这不是回来了么，又没伤到筋骨。好了别哭了，快把我扶起来。"

花影这才止住眼泪，轻轻挽起江心月，让她侧倚在软垫上。

江心月脸色略苍白，虚弱地倚在床上，美目向下一扫，却是凌厉顿生。

床前，跪着十多个下人，仅花影一人伺候着江心月。

"柳絮，你说，我命你出去喊菊香回来，你到底去做什么了？"

柳絮被点到名，浑身筛糠一般，抽噎道："小主明鉴，奴婢真的去了绯烟阁（梁采女居所），可菊香姑姑不肯出来，梁采女的宫人也说菊香姑姑根本没有来过。"

江心月狠厉地瞥向菊香，菊香却是神色平静至极。

这时，门外的小福子回禀道梁采女求见。

"请进来。"江心月说道。今日之事，梁采女必定是不干净的，也正好问个明白。

"嫔妾给小主请安，嫔妾是来看望小主的。不知小主可好？"梁采女关切地问道。

"我没事，劳你费心了。"江心月面色如常，若是梁采女没有害她，她不能表露出怀疑的样子。

"嫔妾想跟小主单独说说话。"梁采女上前一步。

江心月挥手叫他们去门外跪着，花影带上了门。

"妹妹，今天的事情，姐姐也不兜圈子了。看妹妹正在处置下人，姐姐也急着来解释。"

"姐姐请说。"

"今天柳絮确实来绯烟阁叫过菊香，菊香也确实在我那里。"江心月听着，微微眯起双眼。

"但是我命下人把她藏在了屋里。柳絮来叫的时候，菊香说是受了妹妹的命令，要藏在我这里，又说柳絮是个吃里扒外的。我知道菊香是妹妹贴身的，想是个忠心的，就信了。难道是她……害了妹妹？"

"菊香这样说？"江心月惊诧，心里思索起来。

梁采女也一惊，急急道："真是她？那姐姐也是害了妹妹了！"

"姐姐别急，要真是菊香害我，姐姐也是无意的，怎能怪罪。"江心月连忙道。

"那后来呢？"

"后来菊香等柳絮走了，就离开了绯烟阁。"

江心月心中思虑，只觉得很不对劲。梁采女告辞离去，她叫外头的人不必跪了，又单独叫进了菊香。

"菊香，事情我都知道了。你要给我解释。"江心月闭了眼，声色冷冷。

"回小主，奴婢假借小主命令，对梁采女说谎，奴婢罪该万死。"

"为何要如此？"

菊香跪了下来，道："因为奴婢不能去长乐宫。小主您曾经问过奴婢的来历，奴婢只说了一部分。其实奴婢的母亲，曾是太后做皇后时的贴身宫女。"江心月猛地一惊。

"但后来母亲从宫中逃了出来，在一个偏远之地嫁了人，还生下了奴婢。奴婢很小的时候就跟着母亲四处逃难，母亲说，是皇后娘娘想杀她。但躲躲藏藏多年后，母亲还是遭了难。所以，奴婢进宫是为家母报仇。"菊香声音中透着颤抖。

"那么，你不能见太后，是因为，你和母亲长得太像？"

"正是。"菊香抬眼望向江心月。

江心月长叹一声，拉过了菊香的手，道："是我冤枉了你。今天长乐宫一事，我一直不知道是谁去请了皇上。现下看，幸好你没有跟我去。"

"小主，这还多亏了小福子。"菊香道，"奴婢等了许久不见小主回来，知道是出了事，就去叫皇上。可奴婢根本进不了乾清宫的门，还是小福子，他和皇后跟前的夏韵交好，想着去求皇后，正好皇后那时在宫里，是皇后娘娘亲自去请的皇上。"

"小福子？"江心月惊诧。小福子虽是首领太监，但因为江心月不信任，一直让他在殿外做些杂活，宫中的事都是菊香掌管。

江心月点点头，道："小福子也是个不错的。"这些日子以来，每每问起花影小福子的动向，都说是一切如常。

"不过，小福子的家底一直查不清楚，还是要提防。"江心月又皱着眉头加了一句话。菊香一愣，却没有多说什么，还是应下了。

　　小福子如此尽忠，主子还不肯信任，这是多大的城府？菊香心里充斥着恐惧和狂喜，她隐隐感觉到眼前出身寒微的小主不是普通女子，然而，这样是不是说明，她跟对了主子？

　　江心月心里苦恼着，皇后亲自去求皇帝，真是好大的阵仗。皇后派秋雨去就能请动皇帝，她偏要亲自去，自己这回这个人情可欠大了。

　　"菊香，你真的觉得，我有这个能力为你报仇？"她看着菊香，突然问道。

　　"小主您是不一样的。"菊香低了头，道，"奴婢会拼尽全力，辅佐小主坐到足够高的位置，拥有足够和太后抗衡的能力。"

　　"好，很好。那我也答应你，若我真的有那一天，定为你报仇。"江心月重重地说道。菊香再次跪下，给江心月磕了三个头。江心月拉起她，二人均默然。

　　"菊香，你能否告诉我，你的母亲和太后有何怨仇？"

　　"回小主，不是奴婢隐瞒，而是奴婢根本不知道。奴婢曾问过家母，母亲斥责了奴婢，还叫奴婢之后永远不要过问此事。想来，那事情若是知道了，便是杀身之祸。母亲也不敢告诉奴婢。"

江心月点点头，宫中秘闻，大多是如此，否则太后也不会急着灭口。

"对了，我今日在长乐宫见到了梅嫔。你去打听一下，此人是否是淑妃一派的。"江心月才想起了这事。

"小主，这个奴婢知道，梅嫔颇为受宠，没有倚仗任何人。不过她刚进宫时，皇后娘娘十分提携她，但后来二人就疏远了。"

江心月心里惊诧，梅嫔刚进宫被皇后所用，后来地位稳固了不再受控制，倒也说得过去。可今日在长乐宫，她费心思撺掇太后，只是嫉妒自己受宠？是她意气用事还是认定自己今后是个大威胁？

此事到底针对谁，看看谁受害谁受益即可。如果不是针对自己的话，那梅嫔的目的，就是皇后……

江心月心里一亮。

可是，太后对自己，也是不喜至极了，这全要怪她在新人里太过受宠，太过引人注目，且投靠了与淑妃作对的皇后……她本是万分小心淑妃一党，却不想被背后的太后盯上，她的运气，真不是那样的好。

宫里的党羽之争，比之朝野丝毫不逊色。

"小主，小安子刚刚来报，说皇上今晚不能来看您了。"花影在门外回禀。

"皇上不来就不来了，也是好事。"江心月淡淡的，皇上能去救她，说明还是喜欢她的。虽然这喜欢很有限。

她叫了花影进来，告诉她菊香仍是萦碧轩的掌事，又叫回去安抚一下柳絮，今天冤枉她们二人了。

瑶仪是傍晚时分才过来的，她进屋就急切地进了内阁，不顾礼法地掀开江心月的被衾要看她的伤。

"你可吓死我了。你怎会被太后训诫？"

江心月摇头道："我没事的，你别担心。"

瑶仪眼中稍有泪迹，低首道："宫里的险恶，临到咱们自己身上，才觉比王府里师傅说的厉害百倍。"

第三十七章

莲魂

　　江心月见她这样，强撑着起身反握她的手，道："我们怎么能怕这些？人总要往前看，只待我们成了高位，就不会轻易被碾死……"说罢，她看着瑶仪面色憔悴不少，一身衣着也是简约的藕色罗烟纱裙，心里不禁替她难过："这么些日子，禧贵嫔还病着？你还要去服侍她？"

　　瑶仪担心她的伤，自己却还被禧贵嫔扣在宫里做丫鬟使，每日心焦，江心月心里也是疼的。

　　瑶仪苦笑，朱唇轻轻被两排贝齿压住，低语道："她哪里是病，不过是效仿唐朝梅妃[1]，却也如梅妃一般的可怜罢了。她欺软怕硬，只会苛待我们这些人。"

　　江心月明了，一手抚过她的面颊，心疼道："我听闻她对你格外'注目'，她病的这些天，你是西福宫里最受累的，整日被她支使……"

　　瑶仪为自保不曾依附于任何的势力，虽没招来杀身之祸，也过得无比辛苦。

　　"连你都知道了。"瑶仪不再隐瞒，坦言道，"也没什么，我这不是从那

────────────

　[1]唐朝梅妃在杨贵妃得宠后失宠，便常常谎称疾病，以求皇帝垂怜，但终究无力复宠。

儿出来了么。今日她病得厉害，听闻皇帝在龙吟殿念叨了她几句，她喜得什么似的，还令小厨房备膳。我见着风头不对，就借故告辞，她还夸了我一句'懂事'。"

瑶仪说着便冷冷笑了："谁想皇上到底也没来。现在她不知是哭还是闹。"

她在榻边上坐了，二人多日不见，闲话家常，不知不觉就扯得远了。直到入夜，她才告辞离去。

这些日子，江心月都窝在宫里，碍着她有伤，毓妃无法似往日一般刁难她，倒是过得惬意。她虽然只是皮肉伤，皇后却十分照顾，免了她一月的晨省请安，还特地说了毓妃两句，叫江心月不用抄佛经了。

江心月想着，这伤虽是为皇后受的，红莲舞的起因却是在自己，说到底还是自己给皇后添麻烦了，皇后还出力去救她，以后要更用心侍奉皇后为好。

郑昀睿间或来看了两次，都没有多留，而是顺便去毓妃那里过夜。而承恩次数最多的仍是宝妃，宫里的日子似乎回到了选秀之前，新秀中只有婧贵人引人注目，再就是冯才人和瑶仪分了几日的侍寝。

江心月有伤不能侍寝，看样子像是沉寂下来了。不过她也不着急，她想着，侍寝的次数是应该控制的，盛极必衰。

她的伤势很快就无碍了，日子平淡得像水，她开始与常来看望她的梁采女做些风雅的事情，或对弈，或品茗，或研诗。她发现，和一个诗书满腹却极静婉的人相处，是一件多么涤荡心神的事情。皇宫里那些刀光剑影的疯狂，死里逃生的惊心，争权夺利的烦躁，都渐渐地被驱散，随风而去。

萦碧轩前院小池里的莲花一日比一日开得好，到底是名贵的花种，盛夏之时，花苞绽满盛硕的玉瓣，满轩幽香弥漫，清雅异常。她常在院内小坐，有时便喜欢学着他的样子，双手柔柔地捧起一朵莲，然后俯下身去将面颊埋入其中。这样细细地赏玩着，她仿佛进到了他的世界，更仿佛手中捧着的就是他的魂……

第三十八章

惊孕

　　皇都龙城的夏季终于慢慢过去，那一丝凉爽消退了宫中的烦闷，却带来一个不寻常的消息：毓妃有孕了。

　　江心月窝在宫里打发日子的时候，华阳宫的主殿是一派喜气。毓妃刚有了半月多的身孕，被章太医诊治出来，就急不可耐地禀明了皇上。皇帝指了章院判负责这一胎，又调了四个嬷嬷、数名医女将毓妃看顾得严严实实。江心月看到这一切的时候，不止一点的吃惊。

　　她吃惊于皇上对毓妃的爱重，对子嗣的上心。听闻毓妃曾经流产，那一次她为了保住孩子瞒了四个月的身孕，不想还是着了道。这一次，她大张旗鼓地说出来，完全依仗皇帝的庇护，不知能不能保住。

　　今年选秀进宫的嫔妃没有一个有喜报的，倒是让毓妃抢了先，她确实是有福气。

　　江心月从库房中挑出一尊送子观音玉佛像，送给了毓妃。佛像不是吃食，难以遭人嫁祸。菊香送过去的时候，谨贵人正侍奉在侧，见了她便要江心月亲自来，菊香回了话说江宝林未痊愈，身子虚。江心月听了回禀后发笑，挨了顿板子已经调养了一个月，哪有不好的道理，这伤得倒好，蒙混了她们，否则没准还得被叫去为毓妃捶腿之类的，那可如何是好。

"小主小主，咱后院里的桂花开了。"花影小跑着进来，欢喜道。

"桂花？"江心月奇道，"这才七月份，就有桂花了？"[1]

说着便急急地出去，后院是一片空地，除了几株桂树再无其他，但见其中一株，其上有星星点点嫩黄的花蕊。

"桂花吐蕊了，咱宫里的桂花定是最早的，这是吉兆啊！"菊香欣喜地说道。

"是，再等半月其余几株也会开了，正好做桂花糕。"花影在一旁道。

"朕道是哪来的幽香，原来是在你这里。萦碧轩也忒奇，夏天的玉兰就开得比别宫好，这不到八月桂花就抢先开了，真是个好地方。"

众人一看是皇帝，赶忙行礼。菊香原在花房当差，善于侍弄花草，这些都不足为奇，想不到引来了皇帝。江心月道："皇上怎不多陪陪毓妃娘娘，还屈尊跑到后院来找嫔妾。"

"小丫头还吃醋了？"郑昀睿上前去捏她的小鼻子，江心月娇笑着躲过，携着他进殿来。

"你这身衣服很不错。"

她今天穿的是一件浅粉色罗裙，并无特别之处，只是这颜色是皇上喜爱的。她在王府中时，早就把他的喜好烂熟于心。

"嫔妾也喜欢这颜色。嫔妾还听闻，有心上人的女孩儿都爱穿粉色。"

郑昀睿看着她扑哧一笑："那心月的心上人是谁呢？"

"何须多问，自然……近在眼前。"

皇帝又笑了，宽厚的手掌捉住她的手，柔柔道："身子好利索了？"

"是，嫔妾已大好了。"

"太后那边，朕也是没有办法，往后小心些，不是每次都能救你的。"皇帝注视着江心月，认真地说道。

"嫔妾明白，定会尽力保护自己。皇上就是嫔妾的天，无论什么时候，嫔妾都会站在皇上这一边。"江心月抬眼与帝王对视，目光坚定。

---

[1] 文章用的当然是农历，所以涉及时间时，大家都要把思维往后推一个月。桂花是农历八月开。

第三十九章 方才人

　　皇帝听了，心里多有触动。太后……虽然养育了他，却也不得不走到这一步，帝王家的权力之争啊。他本就中意江心月，今日看她真诚倚仗自己，自然高兴。

　　这一晚，理所当然地是江心月侍寝。

　　毓妃的主殿里，又碎了一地的茶盏瓷瓶。

　　皇帝这天本来是来看她的，却变成了这样。第一次有不成气候的低位嫔妃，在眼皮子底下抢走了她的宠。

　　或许真是一时新鲜，江心月伤好后，又成功地得到了隆宠。但要是皇帝来得太勤，她多半会劝皇帝去皇后宫里。郑昀睿爱女色，出入后宫从来都很勤快，在宝妃盛宠的光环笼罩下，毓妃有孕不能侍寝，江心月几位新人分了不少的宠，张婕妤一众不似从前受宠，倒颇有哀怨。

　　几个月安稳地过去，毓妃有孕被特殊照顾着，虽没出风险，心里却是愤愤不平，怀孕之后束手束脚，连协理六宫大权都被剥夺了，也不能侍寝，倒便宜了江心月。

　　虽然控制着侍寝的次数，但江心月在其他方面着实下了功夫。她不善厨艺，只好做最简单的蒸糕，郑昀睿爱吃果泥糕，她便在菊香的指点下，硬是把果泥做出了许多花样，隔三差五地送去乾清宫。郑昀睿见她如此用心，更加喜欢。

郑昀睿逐渐对江心月上了心，甚至提拔了她的父亲。邹城原县令年老归乡后，佐史江苟便顶了上去。

这一日，江心月一如往常从乾清宫回来。走到半路，突然听一女声在背后叫住她。她回头一看，却是方才人，

江心月心里哀叹一声，向她躬身行了一礼。

"江宝林甚是得帝心。"方才人看着她身后两手空空的花影，冷冷吐出一句话。二人都是从乾清宫回来的，而方才人的侍女却把食盒原样提回来了。

江心月敛眉不语。

方才人移步上前，盯着眼前的绝色美人，这张脸……让皇帝流连忘返的脸……一股郁结在心的厌恶顿时涌了上来。她猛地抬手，"啪"的一声，一记响亮的耳光抽在江心月的脸上。

"江宝林，本小主准你起身了么？行礼都不知道规矩了么？"

背后的花影早就捏紧了袖子，江心月也咬着嘴唇，生受了这掌掴之辱。

"嫔妾有错，请小主宽恕。"

看着方才人脸上露出的得意，江心月无奈，才人之位在她之上，方才人动手是训诫，她顶嘴就是冒犯。

"好，本小主宽恕你。"说着，方才人的另一只手向江心月掴来。

江心月不料她竟如此不依不饶，心下愤恨，却也不得不忍住。一抬眼，却看见她扬起的左手上戴着两只长长的护甲。这一巴掌要真打下来，实在是保证不了这张脸的安全。她顾不上礼数，立即抓住了方才人的小臂。

"你……你竟敢……"方绮梦怒气上涌，柳眉倒竖。江心月立即松开她的手，跪下解释："才人手上戴着护甲……"

方才人抬手，看着那两只泛着金光的护甲，冷笑一声，怒火不减反增。她恨不得毁了江心月的脸，却是不敢这样做。

第四十章 婧贵人 三

"方才人这是动了什么气？"

突然一个娇好的女声传来，二人不由愣住。方才人不得不憋住火气，对来人行礼道："给婧贵人请安。"

婧贵人稳步走来，颇严厉地道："江宝林这是犯了什么错要被才人一再掌掴？在宫中动手，岂不坏了嫔妃风范！"

方才人听了，争着辩解道："是江氏不识礼数，嫔妾训诫她理所应当！"

婧贵人听得她这样顶嘴，正要呵斥几句，却见一华服女子立在不远处，身后跟了不小的仪仗。三人立刻惶恐地屈膝行礼，道："给淑妃娘娘请安。"

"你们吵什么？还吵到本宫的宫门前！"

江心月心里叫苦，竟然忘了这里是淑妃的辰佑宫。

淑妃听完了三人的解释，不过是鸡毛蒜皮的小事，却高声争吵，扰了清静也坏了规矩。这三人中，虽然大部分错在动手的方才人，但得宠的江心月和婧贵人都是皇后的人，因此淑妃自然多了一层怒火，当下道："江宝林，婧贵人，你们二人罚跪三个时辰，方才人行为不规矩，罚跪四个时辰。"

三人虽然心中苦楚，却都急忙谢淑妃饶恕。罚跪的时间是长了点，好在跪完了就完了，不过皮肉之苦。

"都是嫔妾不好，连累姐姐了。"江心月小声对身边的婧贵人说道。婧贵人知道她是皇后的人，本是好心帮她，却无辜被罚。

"没事，也是淑妃娘娘她……"婧贵人明白淑妃存心拿她撒气。

现下快入冬，龙城位置很偏北，天气已经比较冷了。三人跪在冰冷的石板路上，只觉得寒气侵骨。

跪了约两个时辰，江心月只觉得又冷又累。她看向一旁的婧贵人，却见她脸色惨白，身体微微发抖，无力地靠在她的侍女身上。

"姐姐怎么了？可是不舒服？"江心月赶忙问道。

"我全身没劲……好冷……"

婧贵人穿的是上好的锦缎，方才人衣着单薄都没事，她却虚弱至此。

江心月心里一紧，叫身后同跪着的花影来扶她，顺便给花影使了个眼色。花影会意，从后面搀起婧贵人，手搭在了她的手腕上。

花影按了一会儿，脸上倏地惊讶不已。

"怎么了？"江心月惊问道，难道是什么大病不成？

"小主，"花影惊惶地极小声道，"婧贵人有了身孕。"

婧贵人一惊，道："我怎的从未发觉……我月信不稳，两个月不来也没放在心上，不想竟然……"

"婧小主，您的确有了两个月身孕，而且……小主本身贫血，现在跪在风口上，身子虚弱至极，很是危险啊！"花影焦急地说道。

"江妹妹，你这宫女懂医术？我……确实有贫血的……"

江心月点了点头。

婧贵人只觉得身体越来越难受，两片无半点血色的嘴唇在寒风中簌簌地抖，她的宫女几乎急出了眼泪，道："奴婢去和监罚的宫女说，让她快去禀报淑妃娘娘……"

"不可！"婧贵人一把按住她。江心月也了然，此时若让淑妃知道了婧贵人有孕，那才是真正的危险。

当下，花影只好先搽住婧贵人，在她手臂上的几个穴位上按揉。婧贵人暂时好受了些，却也十分危险，不知能不能撑过剩下的一个时辰。

"贵人小主和江宝林在说什么呢？罚跪倒成了聊天了。"和二人相隔不远的方才人注意到了这边的动静，挑着眉毛说道。婧贵人今天帮着江心月，她心里已经不待见了。

江心月看着她那轻狂模样，心下便有了计较。

"方才人，贵人姐姐说什么容得您指点？您行为已经不规矩了，言语上一定得谨慎呐。"

方才人霎时愣住，一张脸生生憋得紫红。"行为不规矩"是淑妃的原话，她不能说什么，而这江心月……骂起人来如此露骨，涵养再好的人也忍受不了，何况是她方绮梦。

"江心月你这贱蹄子！"方绮梦呼地一下站起身，不顾身后监罚的辰佑宫宫女，三两步上前扬着手又要抡下去。

江心月反手抓住她的手，道："才人小主训诫嫔妾事小，伤了贵人姐姐就是以下犯上了！"

监罚的宫女赶着上前拉住方绮梦，却被她一手挣开，又张牙舞爪地扑向江心月。江心月今日才知，开封府尹家的大小姐与市井泼妇一般无二。

方才人气得面目狰狞，举着长长的护甲要打下来。江心月尖声叫着："才人小主饶命，不要毁了嫔妾的脸！"身子却是灵巧地朝旁边一扭，方才人扑了个空，身体不受控制地朝前倒去。

"啊！"这次是方绮梦尖利地惨叫起来，她倒下去的地方正好是路边一丛花叶凋零的灌木，只剩下密密麻麻又细又硬的枝条，当她捂着脸爬起来的时候，指缝间都淌着鲜血。

"不好了不好了！方才人出事了！"

当淑妃惊慌地跑出来时，只看到满脸是血的方绮梦，和一旁吓得缩成一团的江宝林和婧贵人。

"淑妃娘娘，快去请皇后娘娘来啊！方才人伤得这么厉害，可不是小事情啊！"江心月膝行至淑妃脚边，呜咽道。

淑妃经她这么一提醒，也猛然一惊，方才人一张脸看着是要毁容了，已经不是自己能担待得起的了，不得已只能去请皇后。皇后很快就到了。

上官合子看到皇后，全身的劲都松了下来，瘫倒在宫女身上。

皇后见她这样也是一惊，江心月赶紧给皇后使眼色，皇后便吩咐了稳妥人，将上官合子快速地送回了凤昭宫，又请了亲信的太医去瞧。

"方才人怎么样了？"

"皇后姐姐，太医瞧过了，说……脸部的伤口很深，难以恢复。"淑妃站在外室，硬着头皮向皇后回禀。

皇后冷冷叹一声坐到了主位上，嫔妃毁容，哪能再伺候皇上。

"今天是怎么回事？"

"皇后娘娘恕罪，她们三人挑对方行礼不周正，高声争执，臣妾就略施惩戒，却不知在跪的过程中又起了什么矛盾，方才人对江宝林动手，不小心就磕伤了脸……"

"罚跪还能打起架来！监罚者何在？"皇后眉头冷皱，凌厉地喝道。

一个跪在门外的宫女手脚并用地膝行进来，磕头道："皇后娘娘饶命，奴婢看小主打起来，也上去拉的，可力气太小被方才人推开了……"

第四十二章 小惩淑妃

"好好回话！你说，当时是怎么打起来的？"

"是……当时方才人发火，上前对江宝林动手，江宝林拦着说不能伤了贵人小主，方才人的火气更大，扑向江宝林就打。江宝林喊着求饶，说是'别伤了嫔妾的脸'，身子往一边躲，方才人没站稳就摔了。哪知那旁边恰好是灌木丛，方才人倒下去，就被划伤了脸……"

"方才人虽有错，但也够可怜的，况且这里头还少不了江宝林的份。"淑妃瞥一眼江心月，双眸汪着一潭黑水，透出丝丝的寒气。皇后抬眼看了看江心月，江心月急忙跪下道："皇后娘娘，当时的情形的确如此，才人训诫嫔妾本不敢躲的，可才人打嫔妾的手上戴了好长的护甲，嫔妾实在害怕，就躲了……"

皇后点头，道："方氏也实在不懂事，随便就掌掴人，要是江宝林不躲，那伤了脸的不就是江宝林了么？"

淑妃低着头剜了皇后一眼，颇不服气却又无从反驳。江心月这个可恶的丫头，有皇后护着，所有的罪责便都落到了她淑妃身上。

皇后漠视了淑妃的无礼，继续威声道："这件事确实是方氏咎由自取，出现这样的后果也是意外。不过，人是淑妃罚的，你监管不力，就禁足三

95

日以作惩戒吧。监罚的宫女，不必再伺候主子，送到辛者库去。"

淑妃一张脸倏地拉了下来，禁足三日，本没什么实质的损失，但她协理六宫，这事一出，少不得被笑话，连自个宫门口的事都管不好，还去管六宫。

而那宫女，她被送进辛者库那地狱般的地方，三五月就会被折磨而死，皇后本是一贯的宽仁风范，如此处置只因她是淑妃得力的人。此时淑妃的面色已是泛白了，却终是不能够违抗皇后，只能低头谢恩。

皇后回了凤昭宫，就传出婧贵人有喜的消息。皇帝龙心大悦，立即晋婧贵人为容华，指了皇后引荐的御医为婧贵人保胎，另派四个嬷嬷、数名医女跟着，和毓妃一般无二。最后还叮嘱皇后，说婧容华是第一胎，定要好生照料着。

消息一出，淑妃当即变了脸色，她回想起江心月一贯不喜欢惹麻烦，却出口讽刺方才人，惹得她动手；而之后婧贵人被皇后匆匆带走。她想着想着，就掰断了梳子的一齿，这八成是江心月算计的一出好戏，还把她也给赔进去，扫了她的面子。

江心月，你已经得罪了本宫。

萦碧轩内

"小主，皇上已然下了旨意，道方才人举止不端，送到北三所禁足思过。"花影在主子跟前回禀着。

"嗯。"江心月略一点头。方才人的错本犯不上幽闭北三所，但郑昀睿的脾气就是如此，没有了价值的人，统统会被弃置。

北三所是宫内嫔妃犯错静思己过的地方，明面上还是主子居所，但进去了也就如同被废位入冷宫一般。方才人一辈子都别想出来了。

菊香轻轻道："方才人不安分，落得这样的下场，却也着实可怜。"

"是呵，我也没有办法的。"江心月沉沉出声，那声音里，竟有着许多的愧疚。

第四十三章

烦了

　　方才人满脸鲜血的样子，本不是她想见的。她从未想过要害得旁人毁掉一生。可是，方才人不仅仅是与她交恶那样简单，方府尹大人，不久前才依附了陈家，方才人也常去太后宫中尽孝。

　　这个人，是挡了他的大业的，她唯有狠心除去。

　　她经历过淹没了全村的洪灾，和娘在街头流浪时见惯了尸横遍野的惨状。经历过残酷的人，根本不再是胆小的普通女子。可是，她讨厌宫里的杀戮，讨厌自己的手也沾上血腥，为此，府里的嬷嬷曾多次训诫于她：

　　"你这样的性子，不是一个优秀的权谋者。你的善心，只会浪费你的智慧。"

　　她骤然紧了紧眸子，喃喃道："呵，是么？虽然身不由己，虽然不得不杀戮，但人的残忍，是应该有个限度的，否则，我无法接受那样可恶的我……"

　　婧容华怀孕的时机十分好，前头有毓妃，她不必站在风口浪尖上。她大张旗鼓地说出来，皇帝又爱重她，保护得很周全，减少了很多风险。

　　江心月听闻皇帝对上官合子无微不至的照顾，心里有了不小的触动。皇帝对于子嗣，实在是太上心了。她暗自下了决心，今后无论何时何地，都不能对皇嗣动手。

一时间两位宠妃有孕，后宫再也无法平静。郑昀睿的嫔妃多，此时就更加热闹了。除了宝妃这颗稳居第一、光辉灿烂的夜明珠，其余嫔妃趁着这个空当用足了劲争宠，张婕妤、宜宝林之类，都急切地想恢复到新秀进宫前的受宠程度。

而令人惊异的是，怀着身孕的婧容华得皇上留恋，皇帝常常到凤昭宫陪她，即使无法侍寝也喜欢她睡在一旁。毓妃的华阳宫，又是一地的碎瓷片。

"本宫是正二品妃，竟不如一个小小的容华！"毓妃说着，一个海瓷琉璃花樽又遭了殃。

"姐姐不要动怒，伤了身子就不值得了。"谨贵人在一旁劝道。她进宫以来，总共只得了三两次的宠幸，她心里比毓妃难受百倍。

"给我把江氏叫过来，要她侍奉本宫！"

"娘娘，江宝林如今受宠，不能太过火啊。"贴身的苏嬷嬷赶紧上去劝，谨贵人却在一旁添火道："姐姐是华阳宫主位，她来侍奉是她的本分，快去叫！"

"顺便告诉她，把手上的镯子护甲什么的都去了再过来，她那样的出身，给本宫洗脚都算抬举她！"

苏嬷嬷无奈地摇头出去，却在门口惊得愣住，跪下道："皇上万岁！"

皇帝铁青着脸进来，众人赶忙行礼。

"亏得心月还劝朕来看你，朕不来还不知道你平日里怎么欺辱她！毓妃，你的性子朕烦了！"

毓妃扑通一声跪下，"皇上恕罪，臣妾知错了，臣妾一定改……"

"改？你这毛病不是一次两次了！"

皇帝说完，看都不看她一眼，拂袖而去。

毓妃扶着妆台，无力地瘫软下去。她凄凄的声音从皇帝身后传来："皇上……烦了……"

萦碧轩撩起的百叶纱放了下来。

"小主，毓妃娘娘这回是得到了教训。"花影回头，笑看着江心月。

"她受宠多年，现下又有孕，想扳倒她还差得远。"江心月舀了一勺莲子羹放入口中，淡淡的伴着幽香的苦涩在唇齿间蔓延，她轻轻咬下去，觉得心里清净了许多。

"小主，婧容华都有了孕，您也受宠多次，也该有动静了吧……"

"小丫头，小小年纪还说起这事了。"江心月脸上羞红一片，说着便要来捏花影，二人在房间里娇笑起来。

"小姐，"花影突然正色道，"我来的时候，王爷还叫我带了话，要您……定要产下皇子！"

江心月突然哽住，她抓住了花影的手，玉肩簌簌地抖动着，颤颤道："他……真这样说？"

他要她进宫，要她博宠，她都做了，可是，她还必须要产下不爱之人的子嗣？对于女子来说，这何其残忍。

花影低低地点头，王爷的命令，从来都是不容抗拒的。

静默了半晌，江心月终是妥协："好，花影，你过来给我看看吧。"

子嗣，确实是必不可少的，甚至，他可以效仿陈家拥立大皇子那样，只要她的孩子能入主东宫，接下去，他便会扶持幼子逼宫……

这是一条不错的道路，毕竟，她能如妲己一般，把帝王心整个地拿在手上的可能性太小，若最后她还做不到，那就让她的皇子来成就他的霸业吧。

花影的三指搭上心月手腕。少顷，她指尖微微颤抖，脸色也越来越沉，目光中闪烁着异动。

"怎么了？"江心月看着不对劲，问道。

"小主，"花影复又按了一会儿，才低低道，"您的体内，有寒毒。"

萦碧轩内室，江心月靠在贵妃榻上，脚下跪着的是一名簌簌发抖的小宫女。

"青离，我再问你一遍，萦碧轩的焚香里，为什么会出现雪桂草？"

青离哆嗦着，额头都磕破了，哭叫道："小主，奴婢真的不知啊……"

"狡辩，宫里的香炉一直是你负责，还敢说不知？"花影狠狠踹了她一脚。雪桂草性阴寒，可伤害女体导致不孕，却是无色无味难以察觉，也不像红花那样容易诊断出来。一般的太医请脉，都会误认为病人天性体虚，开出一些补药了事。

"花影……"江心月伸手，指向远处的炭盆。

在青离无比惊惧的目光中，江心月接过了花影递过来的火钳。它本是用来拨弄炭火的，在炉内烧了多时，通身泛着鲜艳的红热。

火钳一寸一寸地接近青离，她的心理防线也在一寸一寸被攻破，手脚无济于事地在地上划拉着，身子拼命往后缩。

恐惧如一只毒虫一般，噬咬着她的心神。她终于坚持不住，大声哭喊起来："奴婢知错了，奴婢全都说……"

江心月满意地放下火钳，青离呜咽道：

"奴婢，被辰佑宫所迫……"

只一句，江心月便明了。

"你说的可是真话？若是蒙骗……"花影厉声道。

"奴婢说的全是真的，不敢有半句假！但是，奴婢的母亲受淑妃娘娘钳制，奴婢愿意一死，只求小主不要透露给淑妃娘娘，不要伤害奴婢的母亲……"

江心月神色一软，这青离倒是至孝。

"好了，别哭了，本小主不会要你的命。单独叫你问话，就是有心饶你。"

她又细细地问了青离家住何方，母亲在哪里，青离见江心月言语松动，才觉得自己似再次活过来了，呜咽着道：

"之前母亲病重，奴婢四处求人借钱，不想被淑妃娘娘得知，专门派人去照顾母亲，奴婢原本万分感激，可是……可是后来淑妃娘娘就告诉奴婢，母亲今后会永远被'照顾'，天下没有吃白食的好事，奴婢必须为她做事……"

"那你的母亲现在怎么样了？"

"回小主，前些日子收到消息，说母亲医治得很好。"

江心月微微皱起眉头，淑妃那样的人，骄傲狠辣，会把奴才的命当回事么？

"青离，只要你今后忠心于本小主，今天的事便就此揭过。"江心月淡淡地一瞥，道，"你继续和淑妃那边来往，不要露出任何的异常，只要把淑妃的动向禀报于我即可。这样，淑妃不会起疑，也不会去伤害你的母亲。本小主会尽快找到你母亲，你就不必受淑妃钳制了。在找到你母亲之前，本小主也绝对不会把你的事捅出去。"

青离听了喜不自胜，小主竟这样宽恕了她，还考虑了她的家人。当下跪下磕头，发誓一定为江心月尽心。

"对了青离，这香，你点了多久了？"

"回小主，已经点了三个月了……"

"三个月！"花影立刻急急地拉住江心月的手腕，又按了好一段时间，最终松了口气，道，"小主身体好，仔细调养几日就不成问题了。"

青离退出去后，江心月对着窗外，疲累地叹了一口气。

"花影，这宫里，真难对付。以后萦碧轩的吃食、香料之类的，必须要在你手里过一遍，绝不能再出这样的事。"

"是，小主。"

想来，入宫半年，除了上官合子一人，其余都未有孕，淑妃应该是给所有的新妃都下了药，只有靠山强大的上官合子识破了她。而入宫前，宫里子嗣稀少，除了淑妃，其余的人也是不干净的罢。这个地方，又有什么是干净的呢……

"对了花影！"她突地惊道，"你快去纯常在那儿，把她宫里也查验一遍。"

花影得令，急急地跑出去，却在两刻钟之后就慌张地跑了回来，对着江心月道：

"小主不好了！纯常在落水了，就在云梦湖边上，您快去看看吧！"

"什么，落水？"江心月倏地从座上立起，现在的皇城寒冬冷冽，瑶仪又不通水性，天知道落水会有什么样的后果！

她急急地披衣，带着花影和菊香两人往云梦湖去。只见瑶仪和另一名宫装女子一同被人扶在湖边，衣衫尽湿，一旁陆续来了一些宫女太监，准备着把两位主子抬回宫去。

江心月忙奔过去，解下大氅披在瑶仪身上。瑶仪冻得两片嘴唇发紫，还好并未昏过去，让江心月稍稍放心。瑶仪却推开她，急切道："我没事，你快去……快去看看另一个……"

"怎么回事？"江心月忙问道。为何会有两个人同时落水？

瑶仪对她摇头道："冯才人，此人很厉害……总之你先过去帮她，趁着现在淑妃没有来，皇上也没有来，一切都还来得及……"

江心月骤然明白了些，转身去到冯才人处。

冯才人显然比瑶仪严重得多，她如一片枯叶般飘在地上，双目紧闭，脸色苍白如纸，口中还不停地吐出污水。

"真是够狠心。"江心月低低呢喃，能狠下心来把自己糟蹋成这样的，定不是等闲人物。冯才人的宫女正托着她的头将她的上身抱起，江心月止住她们道：

"溺水之人不能坐起，只会让污水积于胸。"她是经历过水灾的人，最明白溺水应该如何救治。她看一眼一众慌张的宫人，对着一个大宫女模样的女子道：

"把你家主子翻过身来，以膝顶住她的腹部，而后在背部拍击……"

那宫女看着江心月的神色一直透着怀疑，但看自家主子一直昏迷，也顾不上许多，忙照着江心月所说的去做。

少顷，太医终于到了，淑妃也急切地赶到，当她看到江心月之后，脸色瞬间就晦暗了。尤其是她看到江心月正忙着施救，脸上阴沉得都有些灰白了。

江心月上前给淑妃行礼，神色极谦卑。淑妃看向她的目光如锋芒毕露的刀刃，看得她如芒刺在背。

她知道，淑妃已经不再轻视她了，以后的路，荆棘遍地。

瑶仪二人被送到最近的辰佑宫，皇帝听了消息，因着二人都是宠妃，他也很给面子地亲自来了。皇后本也要来，但淑妃平日就喜与她争夺管束六宫的大权，竟遣了人去凤昭宫禀报，道皇帝已经来了，不需要皇后再来。皇后听闻愤然却发作不得。

皇帝在内室陪着昏迷的冯才人，瑶仪被另安置了屋子。外室，淑妃恼怒地看着江心月和一众杂乱的宫女太监。

"说吧，到底是怎么回事？"

瑶仪的家生丫鬟阿珍抢先道："是两位小主相邀在湖边行走，奴婢就见小主们正说着话，就一齐掉了进去，想是不小心绊到了。"

淑妃拧眉，对着冯才人身边的太监道："本宫听闻的是，纯常在和冯才人有了争执，纯常在一时情急之下，才把冯才人推到了湖里，然后自个也不小心掉进去了。"

那太监一凛，竟附和道："是是是，两位小主确有争执，然后，奴才就看见纯常在推了冯才人。"

江心月越听越急，她忙跟着众宫人跪下，朝淑妃道："娘娘明鉴，嫔妾虽然没有亲眼所见，但落水不过一瞬间的事，且是两个一齐掉进去，怎么就能确定是一个推了另一个呢？"她看着那不老实的小太监，挑眉道："很可能是冯才人故意绊倒了纯常在，又假意落水，纯常才在落水之时与她推搡。"

她又对着冯才人的大宫女道："二位小主被救上来后，还是纯常在要我快去救助冯才人，我说的可对？"

那宫女也是一愣，却不知该说什么好，只是嗫嚅着不答话。

淑妃见是这个情况，知不可强为，冯才人已经尽力了……可，纯常在心思不浅，反应也够快，竟跟着冯才人同时跳下去。后来还来了个和稀泥的江宝林，还那样卖力地去救冯才人……

第四十六章
后怕

此时，皇帝已从里头出来，吩咐太医道："雅萱身子不好，多调养着些吧。瑶仪也是，叫她们二人这些天安心休养，也不必去晨省。"

淑妃赶忙上前，对着皇帝禀报方才的话。她无法咬定是纯常在故意为之，只能把境况混说一通，明里暗里地将矛头指向她。

皇帝听了面色波澜不惊，却是转头向着淑妃，不悦道："朕方才也听见了外头这些人所说，明明只是意外，却被你说成是存心，你协理六宫，眼睛就这么不清不楚么？"

淑妃骇然，慌忙跪下了道："臣妾……臣妾只是疑心……"被皇帝说一句"眼睛不清不楚"，她以后还怎么掌权？怎么管理宫闱？

真是很严重的打脸。

皇帝烦闷地蹙眉道："好了好了，以后不要再生事了。"说着，头也不回地朝外头而去，边走边道："朕政事积压，就由你去好好安抚雅萱。哦，还有，"他突然顿住，复又道："多亏了江宝林施救，否则雅萱会比现在严重得多。且纯常在良善，不顾自己的安危要江宝林去救治别人，就传旨，将她们二人都晋一位吧。"

江心月忙叩头谢恩，瞥着淑妃青白发紫的面皮，心里对这意外的馅饼倒是不太高兴。她这一回，怕是彻底惹恼淑妃了吧。

淑妃纵是不甘，也只能压着火气。这几个新进的宫妃，一个比一个难对付，先是婧贵人竟然有孕，又冒出来个江心月狐媚惑主，还不时地来坏她的事，她虽然挑中了心机出色的冯才人，可不想纯常在也不是省油的灯……

江心月见她阴沉着一张脸，忙行礼告退，往瑶仪的屋里逃去了。

瑶仪是坐在榻上的，见她推门进来，扯着嘴角苦笑道："我差一点就被她们设计了。现在想来，我都后怕，那些人，简直比冬日里的湖水还要冷。"

江心月摇头道："姐姐快别伤神了。宫里这样险恶，哪有时间留给我们后怕？"

五岁时经历过的最残酷的生离死别，早已让她无比深切地明白，当你身处险恶之时，不断向前才是唯一的生路。

花影在背后扯了扯主子的衣袖，江心月突然醒悟过来，忙道："快给纯小主诊脉。"

花影诊了片刻，无奈叹一声道："果真，一模一样的症状。"

瑶仪不明所以，看着二人神色沉郁，不禁急道："我的身子出什么问题了么？方才太医和我说，我只是受凉，没什么大碍的。"

江心月抬手覆上她的掌心，轻柔道："没事的，事情还有转圜的余地。"说着，她凑近了瑶仪的耳旁。

一阵低语之后，瑶仪几乎要跳将起来，脱口道："这样狠毒！她……"她的话未说完，就被江心月掩住口，低低道：

"姐姐慎言，这里可是她的辰佑宫！"

瑶仪强把声音吞回喉咙，长叹一声，眉眼里翻滚着的都是恨意。淑妃，当真在后宫里一手遮天，竟然……

若不是发现及时，她这一辈子，就都无法有孩子了。

花影劝慰着道："纯小主别急。您的身子是易于受孕的体质，药物的伤害并不重，小心调养就能恢复如常。待会儿您回宫，奴婢就去查验您的琼茗阁，找出做了手脚的物件就无事了。"

瑶仪轻轻地点头，江心月往她的榻里挪了挪，以手抚在她的背上轻拍着。瑶仪慢慢平复着呼吸，又和她说起了以前的事儿。

她缓缓而低沉地诉说着，她谈起了未入王府前的日子，那时父亲是极疼她的，可后来，父亲依附了王爷，就不犹豫地把她送进王府，接受那些调教。

江心月随着她的一喟一叹，心里也越发地怜悯与心疼。瑶仪在王府时，一贯是温柔含笑又好脾性，从不肯跟人抱怨些什么，旁的哪个小姐遇上伤心事，都是她如春风一般去暖别人的心。如今宫里的激流，也将她那些苦楚全部搅了上来，让她惆怅伤感，内心脆弱而无力承受，反倒需要别人来劝慰她了。

"父亲有着从商的精明，在官场上也丝毫不差，很受王爷重视，听闻近期又要提拔了。"瑶仪低首声色沉沉，又道，"我在新人里较得宠，父亲欢喜异常，说是家门有望了。我虽有些怨父亲，但我这条命，也是为澹台家而活的，我又能怎样……"

说了一会子，瑶仪的大宫女从门外进来，道："小主，衣服都拿过来了。"

瑶仪点头道："快给我换上，我躺在辰佑宫里心里总也不安稳，还是早些回宫的好。"

江心月扶着她起来，看着她将衣衫理得一丝不苟，又令宫女细细地净面上妆，虽然面色仍苍白憔悴，装束却是整洁而端庄的。

江心月知她自有着骄傲与倔强，从不肯让对手看出软弱，心里不禁又是一酸。

瑶仪收拾妥当，由江心月扶着一同出去，却侧头对着她道：

"你是我宫里唯一的帮衬，我们二人，定能渡过这些难关的。"

江心月猛地点头，紧紧握住了瑶仪的手。她依附了皇后，却不过是受人利用。只有瑶仪，唯有瑶仪，才是她真正的姐妹。

第四十七章　公主

十一月三日，淮阳公主的生辰。

郑昀睿只有一儿一女，大皇子不聪慧，自然不讨喜。而年仅七岁的淮阳公主，却是郑昀睿的心头肉。

公主都会有封号，而"淮阳"，不是封号，是封地。她只有七岁，就成了食邑千户的郡王。大周传到郑昀睿这一代，藩王都被削得差不多了，分封制[1]基本被废，若是哪位皇子被赏赐了封地，那多半是传位的先兆。

对一个年幼的小公主，这样的宠爱显得有些过分。大周的公主生辰，大半是由其母妃宴请一些高位和交好的嫔妃，而淮阳公主身份高贵，她的每个生辰，都如皇子的生辰一般满宫的嫔妃齐齐到场。

不知是不是因为地处太靠北，江心月觉得宫里的冬天格外冷。公主生辰，照例在后宫摆家宴。花影给她披了厚重的白裘，又塞了一个镂金小手炉，才扶着她出了门。

江心月走着，用手触摸金瓦下的红墙，很硬很冷，刺得她缩回手去。

---

[1] 分封制：就是皇子、公主或异姓王被赏赐一块领土，在受中央领导的前提下是自己封地内的王，享受封地的税收，掌握封地政治军事经济。

月光洒下，她低低地看着自己的脚尖。

"小主，快点吧，都要开始了。"花影在后头催促。江心月朝她一笑，加快了脚步。

宴设在岳昭仪的怡和宫，江心月进殿的时候，发现皇后已经到了，方意识到自己来迟了。她有些惶恐地行了礼，皇后朝她温和地笑笑，示意她坐下。

江心月的席位偏远，落座之后，只规矩地坐着，不肯和一旁凑过来的嫔妃窃语。瑶仪还在宫里静养，她一人来此赴宴，虽身处喧闹之中，却甚觉孤寂。

皇后坐主位，淮阳公主坐在她的左手第一位。她的母亲岳昭仪在右手第三位，相隔不近不远，目光略带着小心，一直定在女儿身上不肯移开。

江心月带着好奇打量起初次谋面的公主，她像瓷娃娃一样精致，和普通的贵族小女孩一般无二，只是眸子里多了一分英气。

第一眼，江心月就对这孩子有了好感。她记得大皇子的眼神，寂寞，伤感，是宫里孩子特有的印记，而公主的眼睛却并没有这种死气。

宴会开始了好一会儿，宝妃姗姗来迟。她今日虽不是白衣，却也是一袭淡青色锦缎，真是爱极了素雅。她上前向皇后行礼，皇后对她甩了个冷脸。而一旁的淮阳公主却笑嘻嘻地开口，叫道："仙女姐姐。"

众妃哗然，岳昭仪赶紧责怪道："玲珑，宝妃娘娘是你母妃，怎的这般没大没小！"

"不碍的，玲珑一向喜欢我，我也听着开心。"宝妃柔和地笑着，笑容让人如沐春风，更像是仙女了。她没有自称本宫，而是说"我"，宝妃确实是喜欢公主的。岳昭仪讪讪地笑笑，心里却是欢喜的，宝妃何等得宠，女儿与她交好是好事。

筵席氤氲的气氛浮上来，热气弥漫。江心月裹着厚厚的大袄，额头上渗出了细密的汗珠。再看其余的嫔妃，穿的都是薄薄不显身形的缎子，宫里嫔妃在冬天都是怕冷的，穿得太多太臃肿，哪里有美形可言。江心月拭着头上的汗珠，心里有些自嘲，这次倒是她受热了。

一阵杂乱有力的脚步声传来，有内监高声呼道："皇上驾到。"

众妃停了下来，她们没有想到，公主的生辰竟会让皇帝亲临，很多人都赶紧整理衣衫，或是后悔自己穿得不够艳丽。郑昀睿在皇后让出的主位上坐下，对内监道："不必加席位了，玲珑来，坐到朕腿上。"

众妃再次哗然，不过很快就恢复了表情，皇帝对公主一向如此。

玲珑开心地爬到父亲腿上，在郑昀睿怀里扭股儿糖一般蹭来蹭去，郑昀睿笑着去摸她的小脑袋。对面的淑妃看着他们父女二人，脸色难看至极，郑昀睿是个威严的帝王，即使在大皇子生病的时候也不会去探他的额头。男尊女卑，皇家更是如此，然而在这个宫里，淮阳公主的地位远远高于大皇子。

今日，是公主的生辰。按着祖制，淑妃不出席也是可以的。然而，这位受宠到极致的公主，竟迫得淑妃不但自己要来，还要把大皇子也带来。

一个公主而已，也配得起她的大皇子亲自来祝寿？淑妃端坐着，心里却直咬牙。

"大皇儿最近功课怎么样？"郑昀睿看向大皇子。

淑妃心里一喜，赶紧回道："清儿近来很用功，师傅都说有长进了呢。"

郑昀睿听了微微点头道："嗯，我儿勤勉最好。"

淑妃脸上立即染上了春光，欣喜地坐了下来。她旁边八岁的郑怀清却怯怯地低着头，不敢回一句话。

"毓妃快五个月了吧？"郑昀睿又转向了毓妃，关切道。毓妃上次被郑昀睿责骂后，一直郁郁寡欢，现听得此话，不禁受宠若惊，笑着向皇帝点头，说些胎儿安好的话。

郑昀睿舒心地笑笑，吩咐下人将进贡的酸梅赏给毓妃、婧容华。二人谢恩，自是欣喜。

下人端上了锅子，滚热的水里煮着菜肴，江心月顿时觉得更热了。她起身低声道："花影，扶我出去透透气。"

外头的月亮正好，晚风习习，晃动着萧索的枝叶。江心月迎着风，不禁打了个寒战，花影赶紧给她披上白裘大氅。

"小主，外头风大，一会儿就回去吧。"

"你家小主什么时候是个娇贵的？里头热，人又多，我不喜欢。"江心月笑笑，在一块假山石上坐下。

有星星点点冰凉的东西落在了额头上，江心月向前伸出手去，细白的小颗粒落于掌心，转瞬即化去。

"下雪了，真好。"花影开心道，她从小喜欢玩雪。不一会儿，雪大了起来，纷纷扬扬，触目均是柳絮般地往下洒。

"啊呀，雪下大了，我们快回去吧。"江心月急忙拉着花影往回赶。

此时，一个端着大罐汤盅的宫女从旁疾步走过，脚步很快。武者的灵敏让江心月注意到了她。

她的身形看上去无异样，但节奏不一的脚步声出卖了她内心的慌张。

"你站住。"江心月在她背后叫道。宫女身形一顿，停了下来。

江心月慢慢地走到她面前，"你端的是什么？"

"回小主，是雪蛤红枣鲷鱼汤。"她声音努力保持着平静，但眼神却不自在地飘移着。

江心月眯起眼看着她，一丝鱼汤的鲜味从盅盖下面飘了出来。突然身后的花影猛地扯了一下，江心月愣住，趁着这个当口，那宫女匆匆一屈膝，端着汤朝殿内走去。

"花影，汤里有问题？"

"是，那里面加了一个毒方'凶天'，可使孕妇流产，幼儿中毒，均难逃一死。而且，它的奇妙之处有二，一在于其毒辣非常，不必入口，闻其味便可杀人；二在于只对孕妇和孩子有效。这方子流传已久，不想还有人能配出它。"

"什么？"江心月惊得不能自已。

"不会有错的，这东西世间鲜有人识，但奴婢认识，却也只是认识，不知道其配方和解药！"

"这么阴狠的方子！殿内有两名孕妇，两个孩童，都会遭到毒手！"江心月大骇，大罐的汤盅必是给殿内所有人分食的，一汤下去数条人命，一下子就能除去这么多人。

"小主，我们快回去吧，事不关己，还是少参与，对方势力太大。"花影去扯江心月的袖口，却不想扯了个空。

江心月快步追上那宫女，一手钳住了她端着汤罐的手，盯着她的眼睛道："这汤太过大补了，皇子公主幼小，喝了会受不住。"

花影猛地惊叫出来："小主！"她知道自家主子的性格，她见不得有人对年幼的孩童下狠手。可是……她这样，太危险了。

宫女原本慌乱的身形微微发颤起来，她竭力压下一口气，梗着脖子回道："小主，这汤……是御膳房的主厨做出来的，自然考虑到这方面，用料都很有分寸，不会有问题的。"

江心月勾起一抹冷笑，徐徐道："本小主不放心幼子的身体，还是请太医来检查一下，再做定论吧。"

宫女倏地绷紧了身子，院内正下雪，她的鼻尖却生出细密的汗珠。她心里疯狂地思考起来，张了张嘴却还是没有说什么，她想着，"凶夭"古方就算宫里的太医也不会识得，主子早就算计得天衣无缝。

"花影，你去禀告皇上，告诉皇上去请刘院使来。"她没有说禀告皇后，因为她认为皇后的嫌疑很大。

这宫里，有胆子、有实力做出此事的无非就是那么几位，而淑妃有大皇子，毓妃有身孕，太后又非常宠爱大皇子，把他作为陈家的希望，这样排除下来只剩下皇后一个，虽然上官合子是她的堂妹，可皇宫里就算是亲姐妹又能怎样？若是一下子除掉这么多皇嗣，牺牲上官合子一个又何妨。

更关键的是，上官合子得宠，日后一定会爬到嫔位以上，她会拥有抚养自己孩子的权利。宫里嫔位以下的嫔妃生子必须交由高位嫔妃抚养。上官合子的孩子只能是她自己的，不会是皇后的。

那宫女听完，瞬时面无血色，一般的太医不认识"凶夭"，不代表刘院使不认识，刘大人掌管整个太医院，博学多才，且为人正直，不为任何主子收买。真把此人请来，她们就是死路一条了。

宫女绝望地看向江心月，她的手死死地钳住自己，脸上是玩味的冷笑。宫女深深吸了一口气，这位江小主，真的要置她们所有人于死地了。

突然，她将汤盅猛地往地上一砸，跪下大声哭喊道："小主，求您放了奴婢，这诛九族的事，奴婢死也不敢做啊……"

远处的侍卫、内监闻声，全部往这边跑了过来。杂乱的脚步声在原本清冷的外院响起，呼叫声纷纷乱乱，殿内主子娘娘们受惊而出，一时间院内人声鼎沸，大雪弥漫下江心月和花影二人手足无措地看着跪着哭号的宫女。

江心月回过神来，感觉自己正被拖向一个血淋淋的漩涡，猛地一耳光甩在宫女脸上，喝道："大呼小叫什么！本小主根本不认识你，你是受了谁的指使来污蔑本小主！"

众多的太监侍从将三人围在了中间，江心月看着四周，心里突突地跳了起来。毓妃站在殿门口，指着她们说道：

"还不快把她们三个押进来！这宫女说什么诛九族的大罪，肯定不是小事情，都给我带进来由皇上审问！"

两名侍卫扭住江心月的肩，将她推推搡搡拖到了殿内。那宫女同样被押起，却仍在哭号着："小主，奴婢死都不能干这样的事……"

皇帝坐在主位，阴沉着脸。江心月拼命挣扎着，喊道："放开我！为何要押无罪之人！"

皇帝看着她，脸上软了下来："放开她。"

江心月感激地看向皇帝。

皇帝指着那名宫女，道："你把话说清楚，什么诛九族的大罪？"

"回皇上，奴婢万死，是江才人命奴婢在汤内下药，要害主子们呐！"江心月狠厉地望向她，她却继续清清楚楚地回禀道，"此事是江才人早有谋划，奴婢的妹妹在才人手中，不得已只能听从。但事到临头，奴婢才得知这药会害死怀孕之人和幼小孩童，奴婢实在不敢造这伤天害理诛九族的罪孽，所以才和江才人起了争执。奴婢不想主子们受害，只好砸了汤盅，喊得人来把事情禀报上去。"

在座的嫔妃无不吃惊地以帕掩嘴，一碗汤，六条人命，实在又狠又大胆。宫女复又磕了一个头，声泪俱下道："奴婢自知死有余辜，但求皇上不要牵连奴婢的妹妹，看在奴婢悬崖勒马没有酿成大罪的分上，饶了奴婢妹妹吧！"

郑昀睿的面孔越来越阴沉，直到覆上一层厚厚的冰霜。

"这药，是什么药？"

"回皇上，是上古毒方'凶夭'，是极其猛烈的毒方，但只对孕妇和孩童有效，即使不入口，其气味吸入体内，也会造成极大的伤害。有毒的汤羹就洒在外头，皇上一验便知。"

皇帝一掌拍在桌上，青花瓷盘内的汤食晃动，洒了出来。他怒声喝道："来人，宣太医来验汤！"

顿了顿，又道："江才人，你解释给朕听。"

江心月心中微松，稳声回道："皇上，嫔妾冤枉，是嫔妾在外院看到这宫女脚步慌乱，行为异常，就怀疑她欲害主子们，才上前查看，不想被她嫁祸。此事事关重大，请皇上一定要细细查问，审出那幕后主使。"

皇帝点点头，"如此说来还是江才人立了大功。"

又转向那宫女，威严地道：

"你叫什么名字，是怡和宫的宫女吗？"

"回皇上，奴婢青玥，是辰佑宫的洒扫宫女。因着家宴怡和宫人手不够才被抽调过来帮忙的。"

江心月猛抽了一口气：是淑妃，怎么会？

淑妃听得，脸上透出不安的神色，手里绞着帕子。

皇帝看向王云海，他恭谨道："回皇上，的确如此。"

淑妃有些慌张地起身解释道："虽然这宫女是臣妾宫里的，但臣妾对这阴谋一无所知，皇上请相信臣妾，臣妾断不会犯这等危害大周朝的重罪，况且……况且臣妾还有清儿啊。"

淑妃说到了点子上，皇帝一挥手让她坐下。若是淑妃为凶手，也会害死自己的儿子，就算她不让大皇子喝，"凶夭"古方闻其味便会杀人，任何人都会觉得这事和她没关系。

"皇上，凭这个宫女的一面之词，难以叫人信服啊。"一直不曾开口的皇后向皇帝说道。江心月没有抬头，她不知皇后这话的目的，是想博取贤名么？

若所有的皇嗣被害，最大获利者便是皇后。真的是皇后做的么？那她应该急于让自己这个替死鬼顶罪，怎么还会为自己开脱？

江心月越来越迷茫了。

突然，宫女青玥高声道："禀皇上，此事的确是江小主指使，奴婢的妹妹叫青离，就在萦碧轩当差！"

她的话，一石激起千层浪，瞬间扭转了局势。江心月心里一紧，怎么会这么巧，她竟是青离的姐姐！皇帝立刻命人去叫青离。

青离很快被带到。皇帝问道：

"青离，你身边的宫女是你姐姐吗？"

青离看到青玥狼狈地跪着，又看到一旁的江心月，心中升起了不祥的预感。她诺诺道："回皇上，青玥确实是奴婢的亲姐姐。"

"青玥说，她受了江才人指使谋害皇嗣，且江才人以你来胁迫她。朕问你，你在萦碧轩是否受到江才人的威胁？只要你说实话，朕便饶你性命。"

"皇上，"青离猛地一抬头，满眼的不可置信，"姐姐不会的，姐姐怎么

117

会做这样的事……"

"朕问你话！如实回答朕！"

"奴婢……"青离想说什么，却突然哽住，江心月回头一看，淑妃！她的眼神中满是威胁，死死地盯住青离，一会儿还朝江心月的方向狠厉地闪烁一下，意思再明确不过了。而青离，正被那目光逼得惊惧不已，冷汗涔涔，心里仍在挣扎着。

江心月的脑袋轰的一下，心里彻底乱了。怎么会，怎么会！她被拖进了这个疯狂的阴谋中，成了最惨烈的牺牲者。主谋不是皇后，真的是淑妃。

青离和青玥的母亲在淑妃手上，她前几日才得知此事，却还没有来得及去解救。

江心月慢慢感觉到淑妃的厉害，从心底都透出寒气。她所用的是下在汤盅里的药方，不是香料一类，更不容易被发觉；而她选择了这样的毒方，谁能想到天底下会有一种食物，你不用入口，只闻其味，便会受害呢？这么可怕的方子，天道宫都没有，她却能弄到。

淑妃为了大皇子，定是有着一些保护的手段的。但在这么厉害的方子面前，再如何保护都是风险极大的。真是，什么都敢去赌。

青离缓缓闭上了眼睛。虽然她不清楚具体的弯弯绕绕，但她明白淑妃的意思，也明白自己绝无反抗的可能。她深深地呼出一口气，向着江心月磕了一个头，复起身，一字一顿道："奴婢，的确是受江小主威胁的。"

第五十章
慎刑司

"江氏，给朕跪下！"青离的话音刚落，殿内便响起了一声怒吼。

江心月看着皇帝，只觉得彻骨的寒冷疯狂蔓延到了全身，身子微动，膝盖缓缓软了下去。江氏，你叫我江氏，很好啊，郑昀睿！两个宫女随口胡说，你就信了，就如此对我，昔日的温情暖语果然无半句真话！

此时，刘院使也检验出了那罐残汤，的确是"凶夭"。

"江氏，人证物证俱在，你还有什么可说的？皇上，江氏嫉妒成性，一手谋害两位有孕嫔妃、两位皇嗣，其行为令人发指，请皇上立即诛之，以正后宫！"淑妃跪下道。

毓妃平时对江心月恨之入骨，此时只觉得大快人心，不由得随着跪下，动情道："皇上，江氏谋害您的孩儿，可怜我还未出世的孩子，差点，就遭了毒手了……"

"轰"的一声，极大的震动吓得很多嫔妃尖叫出声。皇帝一手狠狠地推翻了席案，满桌的羹汤伴随着瓷器破碎的声音，哗啦啦流淌下来，铜铸的锅子砰然落地，砸在厚厚的长毛毯上，仍发出了沉闷剧烈的撞击声。

"江氏谋害皇嗣，给朕拖出去，五马分尸！"皇帝一张铁青无血色的脸，几乎是把字字句句狠厉地挤出来的。"江家，满门抄斩！"

119

花影猛地抬头，惊在当场却手足无措，一点办法都没有。江心月看着冲过来的侍从，大声道："皇上！嫔妾冤枉！青玥姐妹受人胁迫，皇上！她们说的全是假的！"

"皇上，此女罪大恶极还想狡辩，请皇上当机立断，除此罪孽！"淑妃喝道。

侍从按住了江心月的双肩，扭着她向下拖去。这一刻，她却出奇地冷静下来，感觉到心中突有些许的光亮，顿时高声道：

"皇上，嫔妾从不知道什么古方'凶夭'，请问刘大人，此方是否是极为难得之物？"

此言一出，向来耿直的刘院使跪下朗声道："回皇上，古方'凶夭'失传已久，世上识得它的人都很少，它的配方几乎不可得！"

皇帝一听，顿时微微发愣，一抬手制止了拖着江心月的两个侍从。

"皇上，嫔妾不过一个六品才人，嫔妾的父亲是七品县令，嫔妾从何弄到这样稀有的方子？"

皇帝紧锁了眉头，思虑起来。

淑妃原本轻松的面孔上，再次涌起了不安。她略一思忖，说道："皇上，江氏说的有几分道理，可能其后另有人指使，臣妾听闻，皇后娘娘向来照顾江氏，而且皇后多年无子嗣……"

"淑妃！你怎可血口喷人！本宫和此事无任何瓜葛，宫女青玥是你宫里的，很可能是受你指使，不料在半路因为举止慌张被江才人看穿其害人的心思，她慌乱之下嫁祸给江才人！本宫听闻，陈大将军驻守西北边疆，西域盛产奇方古药，而且陈家在商业上势力庞大，什么珍奇东西都能得到！"皇后不想脏水竟泼到自己身上，顿时奋力反击。

淑妃被这句句责难震得愣住，却稳住心神，胸有成竹道："皇上，这方子如此毒辣，气味入鼻即可致命，清儿是臣妾的命根子，臣妾怎么能让他赴险！"

两个后宫中身份最高的女人在殿上争吵不休，皇帝见了，只觉得心烦意乱。他龙袖一甩，厉声道："都给朕闭嘴！是非黑白自有公道！"

"皇上！容微臣回禀，淑妃娘娘所说虽有道理，但古方'凶夭'其实是有解药的，不过这解药只是一个传说，比'凶夭'此方本身更为难得！"刘院使再次回禀道，惹来了淑妃一个狠厉的眼神。江心月感激地看他一眼，这位年过六旬的刘大人确实是医者的典范。

皇帝的眉头皱得更紧了。

门外，漫天白雪飘洒，雪片如鹅毛般倾泻下来，厚重而压抑地湮没了天地，地面也覆着一层厚厚的积雪。龙城的第一场雪，汹涌而浩大，漫无边际。

"皇上，此事疑点颇多，依臣妾看，还是先把江氏押入慎刑司，再细细探查，不能错杀也不可放过。而且现下臣妾和淑妃都受到怀疑，此事不清，难免日后遭人诟病啊。"

皇帝点了点头，道："皇后说得对。"他扶着椅子，威严地起身，看也不看江心月，声音不带一丝温度地冷冷道："只废去江氏的位分，暂时留她一命，押入慎刑司等候发落。"

顿了顿，又道："青玥，杖毙，但不罪及家人。青离就押在怡和宫，日后再处置。皇后淑妃都有牵连，毓妃又有着身孕，此事就交由岳昭仪主审，所有的细节都给朕追查出来，不得漏掉半分！还有，外头的脏东西都仔细冲洗，莫让那剧毒伤了皇嗣。"

殿内，只剩下了青离撕心裂肺的哭号。

……

慎刑司里，江心月的手指抠在牢房阴冷的石墙上，狠狠地用力，指缝渗出了一丝鲜红。

十天了，她在这里已经待了整整十天。

几个枯瘦形如鬼魅的女人和她关在一起，此时她们都在鼾声大作。这里的人，都知道睡眠是多么珍贵，因为每天只有两个时辰给她们睡觉，其余的时间都要做苦役。江心月却睡不着，狱卒说得对，刚来的都睡不着，但过一段日子就跟她们一样抢吃贪睡，被折磨得人不人鬼不鬼，认命却疯狂地活下去了。然后再过上两个月，被折磨而死。

她一直很奇怪，虽然除了皇后、淑妃、毓妃还有一向不过问后宫事务的宝妃外，只有岳昭仪够资格主审，但她是个老实又无能的人，让她查案，能查到什么呢？

那个惊人的答案在心中呼之欲出，她却不敢去相信。玲珑，不过才七岁……

头上冰冷的污水滴下来，江心月紧了紧被子，缩在了墙角。粗劣的麻布摩擦着身体，然而她已经习惯了。她不得不适应，她身下铺的是稻草，被子只有薄薄的一层。

好冷啊。龙城太偏北了，这里的冬天，实在太难熬了。

外面的雪化了吧，龙城今年的第一场大雪，她被送到了这里，暗无天日。

这是残酷的皇宫内最残酷的场所，然而，江心月必须活下去。她这条命是为他而生的，还有多少未完成的事等着她去做，她不可以死在这里。

"你定不会令本王失望吧？"他的嘱托，于她就像无可逃脱的魔咒，仿佛还带着男子温热的气息在她耳畔吹拂。

他本就是她的神魔，抽走她魂魄的神魔。"不可以的，我不可以令他失望……"她双手抱紧了膝，身子越发地缩起来，在这地狱中独自呢喃。

"起来！都给我起来！干活了！"

突然，一个干瘦而面丑的嬷嬷打开了牢房的锁，凶恶地吼叫着。牢里的女人们如见夜叉，手脚并用地爬起来，嬷嬷的鞭子还是落到了她们身上。

江心月见了嬷嬷，不但没有惊恐，眸子里反而透出莹莹的光亮。她跪爬至嬷嬷的脚边，哀哀道："嬷嬷，好嬷嬷，您可是见着了纯宝林？"

秋嬷嬷将鞭子绕在手上，低头看她，却少见地从干瘪的嘴角上挤出一丝笑，道："不是我不帮你，实在是我人微言轻，又在外围当差，哪能随意见着主子？"

江心月的神色骤然灰败了。她在这儿和外界隔绝，消息送不出去，怎么自救？

青离为何会扯谎，只有她和花影知晓其中奥秘，更知晓青离的家乡在何处。礼亲王虽势力不小，可若不知道这个消息，又何从下手？又怎样解救她？

她获罪之后，宫人都被遣散至各处，不想淑妃对她恨得咬牙切齿，做主把花影和菊香送进了辛者库。那个地方是每日的苦役，还被人严加看管着，想把消息传出去也是难于上青天。

她被押送到慎刑司里，一身金玉都被人掠去，好在她将小块的红宝石妥当地偷藏，终是没有被抢走。那秋嬷嬷第一次见着天底下最昂贵的宝石，拿在手里两手都不停地抖，只满口道："小主就是小主，你要我帮什么？我都应你……"

可是……唉，她早就知道不会这样容易。淑妃的势力遍布全宫，秋嬷嬷收了好处，却不肯办事，也是惜命之为，她是一点法子都没有。

她闭眼平复了下心绪，道："我如今是罪女，嬷嬷肯帮我，已是天大的恩德，只是事情确实有些难了，辛苦嬷嬷了。"

秋嬷嬷尴尬地笑笑，又俯下身去对她道："你真是个通情达理的。"

她谦卑地朝秋嬷嬷笑笑，以手伸入喉中，胸口几经起伏，从中拽出一块由丝线拴着的小指盖大小的红色宝石，三指捻着举到秋嬷嬷眼前，道："这是最后一块了，也是最大的一块。罪女别无所求，只劳烦嬷嬷多关照一二。舂米那样的活，我做不好，这牢里的被子也有些薄……"

秋嬷嬷直着眼睛盯那块红色的小石头，她真没想到，江氏竟然把这东西吞进口去，再将丝线的一头缠在牙齿上。枉费她在牢房里头扒拉了好几次，又把江氏的衣服也偷偷摸了无数遍，却没半点收获。

不过，现在总归全部到了自己手里了。秋嬷嬷想着，一张老脸便绽开了花，亲自将她拉起来道："你是金贵的身子，怎能做粗活？老奴还等着你来日从这里出去，也好提拔下老奴呢！"

江心月苦苦一笑，口里感激道："多谢嬷嬷关照，若罪女真有出去的一天，定不忘嬷嬷大恩。"

红宝石无法换来一个消息，那就换她的身子吧。她这条命，定要撑到出去的那一天。

而消息……贿赂的法子显然不能用了，可是，她此时突然想到了淑妃与青离……

长乐宫

"一碗汤下去六条命，你真是敢做！"

看着跪在自己脚边的淑妃，太后气不打一处来，扬起巴掌抽在了淑妃脸上。"那方子剧毒，就算你有解药也很可能出意外，清儿的命，你都敢拿出来赌！"

解药这种东西，根本不是万无一失的，何况清儿这么小，"凶夭"方子又这么凶险。

"姑母，不入虎穴焉得虎子，迈过这一步就是春天了！本来计划是万无一失的，可实在没想到被江庶人看出了端倪……"淑妃捂着脸道。虽然清儿是皇长子，但皇帝一点也不喜欢他。她要是不赌，等毓妃和婧贵人生下皇子，她的清儿哪还会有地位。而不让清儿犯险，皇帝第一个怀疑的就是她。

"你还有脸说！现在皇帝起了疑心，是阴谋就会有破绽，你怎么收这个尾？哀家看你是偷鸡不成蚀把米！"

"姑母息怒，臣妾把所有的证据都处理得干干净净，卖方子给陈家的人也已经死了，根本查不到臣妾身上，到时候就是一个悬案，皇上为了平定后宫，只能让江庶人顶罪，而且这事皇后也被怀疑，皇上拿臣妾根本没办法。"

"你……这么个大事，你竟然不跟哀家商量……"

淑妃默然，清儿是太后的心头肉，她怎么会同意让清儿犯险。

"姑母，姑母勿要忧心，青玥是个机灵的丫头，而且恰巧青离在江庶人手下，姑母您看，连老天都在帮我们！"淑妃上前拽着太后的衣袖。青玥见事情败露，哪里敢牵扯出她淑妃，她就算满门抄斩也会先杀了青玥的母亲。

江氏，谁叫你爱管闲事。

太后一手甩开她，冷冷道："哼，青离现在不是还没死？她被皇帝庇护着，你根本无从下手！她不死就有翻案的可能！"

"姑母，不会有事的。"淑妃起身扶住太后的臂膀，沉声道。她虽动不了青离，青离却也不敢反口，眼下这么僵持着，只要等待，等时间一长，皇室为了颜面，就不得不草草结案。

她定会是赢家。

淑妃走后，太后长叹着，颓然瘫坐了下来。

李嬷嬷上前宽慰道："淑妃娘娘虽然行事欠妥，但有狠心，有胆量，假以时日定会长进的。"

"光有这些哪里够！"太后一听，就拍着桌子连声怒喝起来，"她泯灭良心，让清儿冒险，可清儿仅仅是她的儿子么？他是皇帝唯一的皇子，关系到整个朝堂整个大周，连一丁点的险都不能冒！她鼠目寸光，还要多少时间才能长进？我们陈家又哪有时间等她长进？"

若皇帝所有的皇嗣同时夭折，皇帝年近三十而无子，朝堂必将大乱，前朝就有立皇太弟的先例，那礼亲王，定不会放过这个机会。况且，大周不仅有内患，还有外敌。她早有耳闻，礼亲王与大理有不少的联系，一旦真的乱起来……

太后眼角的纹路抽动着，猛然剧烈地咳了起来。李嬷嬷大惊，一手摸出了一只薄荷香囊，递到太后的鼻翼之下，又用手抚着太后的胸口。

"小姐，是奴婢不会说话，又让小姐生气了……"李嬷嬷声色哽咽着，她不想自己的劝慰竟引来太后更大的恼怒，不禁满心的愧疚。

太后又咳了几声，呼哧呼哧地喘着，好一会儿才平复下来。她对着李嬷嬷叹道："不怪你，是梓童不争气。她以为，她的对手只有那些嫔妃，可若是朝堂大乱，外敌趁机来犯，陈家又如何抵挡！礼亲王哪里是等闲人也！而且，你看看她做下的这个事，根本是漏洞百出，皇帝何等精明，怕是早就猜到一二……"

太后兀自揉着胸口，不再说了。淑妃不懂得顾全大局，等她百年之后，怎么放心把陈家大业交给她！太后本想多挑几个陈家的姑娘送进后宫，哪知皇帝油盐不进，让她一点法子都没有。

太后思量着，突然道："不行，这事太大了，哀家要替她收尾，哀家怕，怕她被人抓住破绽。"她虽对淑妃不满，但眼下没有更好的接班人，她只能保住淑妃。

淑妃回了辰佑宫，就见岳昭仪带着人等在宫门口，见了她回来，忙行了礼，道："案子还是没有着落，为了娘娘清誉着想还是要进去搜一搜。请娘娘恕罪。"

淑妃睨了她一眼："搜搜搜，你都来第三趟了，根本就没有结果。案子是要紧，可是有你这样办案不力的人，不但案子没有进展，还扰得后宫不得安宁，整天地搜宫还让不让人过日子了！"

"娘娘请恕罪。"岳昭仪不怎么会说话，只好一味地告罪。皇帝给了她这样的权力，就是淑妃也无法阻拦。

淑妃冷冷看着她，岳珮除了公主什么都没有，也敢得罪于她。然而自从她负责这个案子，皇后那儿也搜了几次，均无结果，这么办下去，岳昭仪就是把她淑妃和皇后一起得罪了，真是出力不讨好。

揉了揉眉心，淑妃还是一抬手，放了岳昭仪进去。"凶夭"是有些剩余的残渣，但被她连药方一起埋了，那东西只对孕妇和小孩子有效，埋在土里其上的花草均不受影响，想搜？根本无从下手。

果然半个时辰后，又见岳昭仪一脸沮丧地出来，向她赔了罪匆匆离去。淑妃望着她的背影，冷哼一声，转头进了辰佑宫。

又是一天过去了。江心月的指甲在墙上用力刻出了一条痕迹。

此时，铁门轻响，秋嬷嬷干瘦的身子探进来，坐下朝她笑道："你少划几下吧，净磨了好看的指甲。"

江心月淡然道："我人都成这样了，还管什么指甲。"她抬眼望向秋嬷嬷，倏地笑了道：

"嬷嬷的腰腿好些了么？"

"嗯，想不到你本是金枝玉叶的贵女，还会一手捏揉的手艺。"秋嬷嬷的笑都有几分慈祥了，她在慎刑司待的日子多了，腿脚受风受潮，上了年纪之后腰腿都落下了毛病。江心月那一日见她走路有些许蹒跚，就细心地询问了她，还日日拉着她为她按摩。她待牢里的罪女们从来不曾客气，可对这江氏却心下怜悯，这种于她来说难得一见的情感，并不全是受了钱财的缘故。

其实秋嬷嬷这样的人，外表狠厉，整日与刑具打交道，内心也不是一点人性都没有的。

她的差事是苦差，整日窝在阴冷潮湿的牢房里，吃睡都不好受。每每有犯人送进来，身上都是被内务府扒得一干二净，她一点油水都捞不着。且她在宫里没什么人，在此地做了数十年也未曾提拔。

比之有头有脸的女官、太监，她的心机和毒辣都远远不如。那些人每日勾心斗角，刀光剑影，他们的杀戮比刑具更甚。无心机的人，只需要那么一点温暖，连哄带骗，就能换得她的感动。

江心月边给她揉着腿，边笑着说道："多亏了嬷嬷，我在这能盖得一床棉被，也能吃饱。待我出去了，定把嬷嬷调到内务府去，甚至到内廷去做嬷嬷……"

她说着，又转头瞧着她道："对了嬷嬷，我的衣裳破了，能否借我一些针线缝补？"

秋嬷嬷满口答应道："好，不过这点小事。我连棉被都照应你了，这些还不能照么？"

第五十二章

平安坠

礼亲王府的院里，一个黑影从高墙跳入，脚下生风，七弯八拐地疾行着，转瞬间就窜到了亲王的正房。

他猛地推开门，差点撞上正准备从里头出来的郑昀淳，他也顾不得请罪，一手撕下面上的黑巾，急急地道：

"王爷，一点消息也无啊，慎刑司太打眼，江小姐又是重罪，不许探监，我们无法潜入；澹台小姐那边倒是联系上了，可她也连一点有价值的消息都拿不出来……"

"那宫外头的事呢？可查到了青离姐妹有什么亲眷被掌控着？还有那毒方查得怎么样？"

黑衣人身子一颤，舌头打结地道："没……都没有进展……"

郑昀淳数日来积压的火气，这一日终于爆发出来。他不客气地揪住了这名忠心暗部的衣领，怒喝道：

"你们是一群饭桶么！这么多天了，日日都如此来报，养你们有何用？！"

衣领被主子狠狠地一甩，黑衣人顺势在他脚下单膝跪了下来。他稍稍压住火气，不再苛责暗部，而是一手捏拳，口里低沉出声道：

"也不能怪你们，一点线索都没有的事，甚至不能确定设局者是上官家还是陈家，怎能查出什么。那个方子，又是世间罕见的东西，必被凶手处理得干干净净，哪里能被我们抓住。"

他说着说着声色都晦暗了："只能怪她，是她自个儿招致的祸患！本王恨不得舍了她这颗棋子！"

本来可以置身事外的她，却自己把自己搅进了浑水中，最后迫得他动用暗部去救她出来！不过一个棋子而已，坏了他的大计，又令他累心劳神，简直可恶！

"王爷，不可啊，我们统共只有两枚棋子，不到万不得已，怎能折掉？"从他的身后步出一个精干的中年男人，对着他连连劝道。

"是，阿伯。我说的也只是气话。"郑昀淳颓然道，又朝着暗部挥手，"你退下吧，接着去查。"

暗部一句话也无，又风一般地蹿上了屋顶，施展轻功而去。郑昀淳回头恼恨道：

"阿伯你看，我早就说过，她这个弱点早晚会是致命的！"

"王爷，不如……去联系魏小姐，她最得圣宠，或许能进到慎刑司里头打探消息……"

郑昀淳整个身子都悚然了，面目突地一瞬就变得狠辣，口里厉喝道："阿伯！"

平日里饱含温情的两个字，此时说出来，竟如刺骨的冰霜，唬得被称作"阿伯"的管家再不敢出声。

郑昀淳缓缓往屋里踱着步子，半晌，才长长叹气道："阿伯，你要记住，手段永远要服从于目的。"

"是，王爷。"管家知多言无益，只是沉沉地应声。

可，自家主子的目的，真的是对的么？他不敢苟同，却无力扭转王爷的心意。

慎刑司牢房里的刻痕，一日一日地爬满了生冷的砖墙。江心月这一日在墙根底下无聊地数着，一道又一道，竟然有三十多道了。

牢里无人，这个点儿罪女们在服役，只有她一人得了关照，吃好睡好还得清闲。只是牢房低矮阴冷，里头又飘着污秽的骚臭味，即使不受苦役折磨，常人进去也是难以忍受的。

前头隔两道墙的刑房里，还不断传来惨呼和血腥的气味。

她从被子里伸了伸胳膊，把身子活动了下，抬眼正好看见秋嬷嬷从杂役房那边踱过来取水喝。她从铁栏里探头道：

"嬷嬷，莫喝生水，对你那腰腿不好的。"

秋嬷嬷听话地把杯子放下，凑到牢房前头，叹着气道："你分明是冤案，是哪个杀千刀的做下歹事，再嫁祸给你？唉，你且放心，圣上贤明，定会还你公道的。"

江心月从主子落到这步田地，境况十分可怜，她做了一辈子的底层奴才，家世也甚是凄凉，二人同样落魄，互相吁长问短，二十多日的相处下来，已经颇有情谊。

此时，江心月轻垂眼睑，手里慢慢停了下来，口中道："嬷嬷，这公道，不是别人还的，是要自己去争的。"她看着秋嬷嬷茫然不解的样子，轻柔一笑，将手伸进怀里，在秋嬷嬷越发惊惧的眼神中，掏出了一只素淡的白玉平安坠，一晃一晃地，摇在她的眼前。

秋嬷嬷方才还慈祥的面孔，霎时变得面如土色，瞪着两只鱼泡似的浑浊的眼珠子，口里喃喃不成语句："你……"

"嬷嬷，这样，你肯去见纯宝林了么？"

秋嬷嬷此时什么也听不进去，只扑着身体过来抢夺那只坠子，江心月把手往后一缩，年迈的她就一头撞在铁栏上，却还是没能抢着，只撞得满身狼狈。

江心月心下稍有不忍，却没有去帮她，只是叹息着道："嬷嬷，你在世上再无一个亲人了，这东西是你的命根子，你就应了我，事成了我就把它还你。你要是不应我，我现在就能把它砸了……"

"别，别呀！"秋嬷嬷嘶叫着，眼里已经急出了泪。

江心月解开坠子上的红线，照着之前的做法将红线一头绕在门牙上，另一头系紧坠子，张口吞了进去。她笑着对秋嬷嬷道："它就暂时放在我这里。你不要耍花招，你若是命人过来强行抢夺，鬼知道它会不会碎。"

秋嬷嬷双手扶住铁栏，颓然瘫坐于地，低头沉沉道：

"你原来从一开始就算计着我了。我早该知道，你们当过主子的人，都是从杀戮场上下来的，我怎可不设防？你给我捏腰捶腿，却趁机摸到了它，我还真一点也没注意……"

江心月轻垂了首，威胁的法子虽冒险，却最适宜解情急之需。且这次用来，她没想到会如此简单如此顺利。她和秋嬷嬷的情谊一日一日地深了，秋嬷嬷无事也常和她闲话家常，她用尽所有的手段，窥视观察，每日弯弯绕绕地说些闲话，只为找到秋嬷嬷的软肋。

她在为她揉腰时，发现了这只她从不离身的平安坠。细细观察之下，这只坠子竟不是妇人应佩戴的，而是孩童的物件。她隐约知晓秋嬷嬷无亲无故，唯一的儿子也在二十年前离她而去，再略一思量，她已经明白这只坠子于秋嬷嬷来说有什么样的意义。

秋嬷嬷孤苦伶仃的一个人，此生值得她去守护的东西，也只有这只寄托哀思的平安坠。人已不在，她若没有了这物件，也就没有丁点念想了。

原本，江心月想要抓的是她的把柄，是她在宫里做了哪些见不得光的事，那种一旦捅出去就会要命的事。宫里的人都不干净，她不愁秋嬷嬷没有做过这种事。

可是，最后竟抓住了这么一只玉坠子。玉坠子不是秋嬷嬷的儿子，却已经被她当作儿子的魂了，她每日贴身佩戴，不时用手细细地去摸，长年累月下来，玉坠上的纹路都有些不清晰了。

江心月在心里苦笑，她，和淑妃又有什么两样呢？秋嬷嬷此人贪财，又好欺压犯人，江心月并不喜；可是，她也不愿做拿捏他人亲情的人。

她解开衣裳，从内里摸出一块破旧的布条，交与秋嬷嬷道："嬷嬷，不过跑一趟的事，你把它，送到纯宝林手里。"

秋嬷嬷拿过一瞧，上头绣的是一句再平常不过的话。她狐疑道："就这么个消息？"

"是了，就是这么个消息，我和纯小主交好，只是不想让她担心。"

看到秋嬷嬷听话地把布条收在袖中，江心月身子猛地松垮下来，倚在墙上。在看到了生的希望之后，她的心神骤然放松，积压了多日的疲累都翻卷上来。牢狱施加在身体上的苦楚，哪里及得上内心中万分之一的焦虑之苦呢？

她该做的已经做完了，其余的事，全要看天意了。而外头，不论是陈家，还是礼亲王府，或是上官家，都再也无法安生了。

粗麻布条几经转手，终于送到郑昀淳手中。他紧盯着看了两眼，上面只有短短的一句话："心月性命安好，请勿忧。"

他微微蹙眉，这不像是她能说出来的话。

他抬手捉住了最后一字上的线头，轻轻一扯，一排丝线随之松了开去，此时呈现在粗麻之上的则是新的一行字：

青离之母，淑妃，沛县柳家庄。

他的眸子猛地一亮，朝着立在面前的黑衣人道："即刻按照这上面写明的地点人物去查。还有，事态紧急不宜拖延，你把此消息暗中透露给上官家，他们一定也会拼命寻访。"

淑妃是主谋，而皇后却是清白受冤，上官家定是想早日洗脱皇后身上的冤屈。

又是二十多日过去，牢狱里的日子单调而压抑，江心月再无可筹谋的事，只每日无聊地闲坐着。牢外冰雪覆盖，牢里则又多了几具冻死的尸体。秋嬷嬷一如既往地照应她的吃食，却再不肯正脸看她一眼。

这一晚，正是明德八年的除夕。进宫第一年的除夕之夜，她竟然在这里度过。

突然响起一阵铁链滑动之声，牢门被打开了。这一次，来人不是秋嬷嬷，而是一位肥硕的公公，他叉腰站在牢门口，并没有拿鞭子，只朝后一抬手，就上来两个小太监，将江心月拖了出去。

江心月略慌张地盯着这公公的面孔，终于想起，他是慎刑司的总管掌司。掌司亲自来把她提出去了，会有什么大事发生么？

她往四周匆匆地寻觅过去，却见秋嬷嬷颤颤地立在隔壁的屋子，看着即将被拖往刑室的她，几次想步出询问些什么，却终是不能够。

有些许愧疚涌上江心月的心头，她猛地一踉跄，便瘫在了地上。押着她的人一愣，继而麻利地把她拖拽而起，继续往刑房拖去。

秋嬷嬷抻着脖子，直看着他们走远后，才慌乱地疾步奔过去，扑在地上，双手捧起了那只平安坠，口里只道："你总算有些良心……"

第五十三章 酷刑

"贵人小主，人带到了。"昏暗的刑房内，张掌司恭谨地对身前一位紫衣丽人回禀道。

江心月缓缓地抬起头，目光所及之处，均是琳琅满目花样繁多的刑具。再看自己面前的小主，呵，谨贵人，竟然是她。

谨贵人柔媚一笑，丽色顿生。她上前，一手捏起江心月的下巴："江庶人，别来无恙啊？还认识我么？"

"回小主，民女自然认得您，不过民女有一问想请教，民女身上背负着重案，您来此审问，可曾得皇上或昭仪娘娘准许？"

"啪！"一记耳光甩在了她脸上，力道之大使她嘴角立刻淌下了鲜红。

"贱人，竟然自称民女，你应该自称罪女！张公公，你都是怎么做事的！"

张公公吓得立即跪下道："小主恕罪，平日里罪人们都没少调教，这蹄子都自称罪女的，今天竟然……"说着他往旁边一努嘴，就有一个小太监去拿了鞭子，狠狠地朝江心月抽下来。

一道一道的血印显现在她枯瘦的娇躯上，翻开的皮肉向外冒着血珠，一口银牙咬得咯咯作响，却是不肯惨叫出声。

"好了张公公，我时间有限，来这里不是为了教她怎么说话的。"

执鞭的太监罢手退到一旁。

谨贵人略一挑眉，朗声道："我奉太后娘娘口谕，怡和宫家宴毒方一案悬而未决，致使后宫不宁，人人自危。为平定后宫，特命本小主来此协助审讯。"

张公公跪着接了旨，江心月猛然心惊，急道："皇上……"

"太后娘娘已经下了旨，何需皇上的旨意？"谨贵人怒道，回想起了太后娘娘的交代。

"妹妹，哀家知道你最恨江庶人，故此把审讯她的任务交给你。皇帝对她怜香惜玉，下不了手，所以哀家口谕，令你秘密到慎刑司去，等那江氏认罪伏法，再禀明皇帝，皇帝自然不会怜惜她，你也会因此立下一个大功。"

"还有，暂时不要告诉你姐姐，毓妃的身子六个月了，胎象不稳，听不得这些打打杀杀的。"

姚妹妹内心狂喜着，江心月不死，她心里就一直有个疙瘩，而太后娘娘说"皇上怜香惜玉"，这句话明显刺激到了她。她当下接了旨，在除夕之夜直奔慎刑司。

现在，看着被折磨得一身污秽的江心月，她几乎大笑出声。终于有这么一天，夺走她宠爱的贱人跪在她脚下任她宰割。

"张公公，早就听说你手段超群，今日，你表现的机会来了，给我把你的本事都使出来吧。"

江心月被吊在房梁上，囚衣被鞭子撕成了一道道的烂布条，带着钩刺的、有拇指粗细的铁鞭仍在一下一下啃噬着她的身体。

一鞭扬起，飒飒生风，皮肉惨烈地翻卷开，钩刺带起来的破碎的肌肤被从身体上扯下，一片血雾弥漫开来……

没有惨叫，没有求饶，只有一声声清脆的鞭笞声，在阴霾的狱中回荡。

谨贵人坐在椅子上，面露焦灼。突然，她听见了江心月口中模糊不清的喵喃，道："她在说什么？在求饶吗？"

"回……回小主，她好像，在计数……"张公公在一旁战战兢兢地回道。他在慎刑司这么多年，很久没见到这么硬的骨头了，听得那幽幽的计数声，他纵是心狠手辣也不禁打了个寒战。

"一百零五,一百零六……"

谨贵人也不由得一惊，不想江氏看似柔弱，却这么能扛。

"小主，这么下去不是办法，而且还容易把人打死……奴才还有更好的手段。"

江心月被放了下来，昏昏沉沉地瘫倒在淋漓的血泊中。一盆冷水从头浇下，她清醒过来，却看到一副满是铁刺、周身铜铸的物件套在了她的十指上。

铜铸的拶子，还被张公公加以改进，加了密密麻麻的硬刺。她苦笑一声，这么狠毒地屈打成招？怕是青离的母亲已经被找到了，淑妃惶急如热锅上的蚂蚁，才不得不出此下策。

太后呵，亲自下了旨，真不怕与皇上生分了。不过也没办法，她不招，淑妃就会死，甚至牵扯上整个陈家。

不出两日，事情就会有定论，而淑妃想趁着这最后的时间扳回局面。而且，淑妃是不敢弄死她的，那样她就彻底洗不清了。

困兽之斗，何足为惧？

江心月猛然抬起头，注视着谨贵人，不屑地扯出了一个冷笑。

"给我打，往死里打！"姚姝姝仿若鬼魅般喋血的目光剜在面前奄奄一息的女子身上，拶子猛地收紧，尖利的铁刺没入骨髓，手指上传来恐怖的咯吱咯吱挤压骨头的声音，一声凄厉不似人声的惨叫响彻了刑房……

这一年的除夕，因着皇嗣差点被害的大案，皇后又有着嫌疑，故而根本没有好好操办，只是草草设了宴了事。郑昀睿命封锁了消息，在案子有结果之前不得对外宣扬，所以前朝的官员们除了陈大将军这样的重臣，都不清楚内情，只是在奇怪除夕为什么过得这样简单。

然而，除夕刚过，案子便有了结果。

怡和宫主殿内，皇帝召集了各宫嫔妃，听岳昭仪回禀。青离一人跪于地上，嫔妃们不知结果如何，均人人自危。

瑶仪位分低，是和一众低阶的嫔妃一同站在外头的。她偷偷地抬头，去瞧那殿里头的情况，却被禧贵嫔一个眼刀子甩过来，警示她勿要在殿上耍花招。

她赶紧做出骇极的模样低下头去，不敢再抬头。心里却冷笑，你何须恐吓呢？是非黑白自有公论，她一个小小的宝林没有出言的资格，淑妃这样的高位难道就能一手遮天么？

"皇上，臣妾经多方查证，案子已然清明了，江氏实在是受了极大的冤屈。"殿里，岳昭仪正色回禀道。

皇帝面露惊色，原想是江氏受人指使，不想竟是全然冤枉。遂集中了精神，道："说下去。"

岳昭仪刚准备继续回禀，却听外头有人高声吵闹，喊着："人命关天，快放我进去见皇上……"

皇帝蹙眉不悦，道："什么人高声喧哗？什么人命关天的，带上来！"

一太监被抓了上来，他跪下道："皇上恕罪，奴才是慎刑司总管太监张文礼，闯殿冒犯了主子，但实在是关乎人命，不得不急于向皇上禀报。"他擦了一把汗，不等皇帝开口就急急道：

"关在慎刑司的江庶人被严刑审讯了两日，现在已经快断气了！奴才知道她是重犯，不能随便死了，又劝不住谨贵人，才不得不来禀明皇上！"

皇帝听得心惊又迷茫，问道："谨贵人在审讯？谁让她去审讯的？"

"回皇上，除夕之夜谨贵人说受了太后娘娘口谕，要尽快了结此案，奴才见是太后娘娘的旨，遂遵小主之意对江氏用刑。可是谨贵人拷打了两天两夜，江氏都没有招供。"

"皇上，江妹妹是冤枉的，现下受了酷刑，性命堪忧，您快救救江妹妹啊！"淑妃突然跪下，动容地回禀道。她一口一个妹妹，似乎当日家宴上威逼江心月认罪的不是她。

殿外的瑶仪听着，心神都被揪紧了，酷刑？真的是阿奴在受么？

"先把人抬回萦碧轩，宣太医去治！"皇帝头上的青筋暴起，看向淑妃，刚想说什么却又住了口，转身喝道："来人，把谨贵人从慎刑司拖过来，再把母后请到怡和宫！"

太后口谕？！哼，朕的好母后，竟然在屈打成招，真凶不是你们，又会是谁？！

情况突变，殿内嫔妃都不明所以，皇后和岳昭仪瞠目结舌又什么都说不出来，而毓妃却兀自绞着帕子，她有一种不祥的预感，姝姝为什么会去审讯江氏，还不跟自己商量？

太后急急地赶到了，谨贵人姚姝姝也被迅速地带到。一见着皇帝，太后便关切道："皇儿，是不是毒方一案有了结果？这些日子后宫不宁，早些结案实在太好了。"

"母后，"郑昀睿看着太后，强压怒火，深吸了一口气道，"孩儿很想请问母后，您为什么下旨令谨贵人刑讯江氏？"

"什么？哀家何时下过这样的旨？"

殿内的人都瞪大了眼睛。谨贵人扑通一声跪下，惊惶道：

"太后娘娘您明明下旨令嫔妾审讯江氏，您……您密诏嫔妾，亲口对嫔妾说的……"

"谨贵人满口胡言，哀家什么时候下过这样的口谕！"太后怒气顿生，"再说这么大的案子，哀家想审讯江氏必定会和皇帝商量。若是下旨，也不会是口谕这么简单的形式，你说得了哀家口谕，必是假传懿旨！而且，你一介小小的贵人，哀家怎么会让你去审理这个案子！"

句句诘问唬得姚姝姝手足无措，说不出话来，一旁的毓妃却挺着肚子跪下道："皇上，这其中必有隐情，还请皇上细细探查啊！"

皇帝却是怒极，连声喝着搜华阳宫，又宣了刘院使。

殿内几十位主子都静静地坐着，气氛诡异沉闷。皇帝一手握着拳，胸口不停地起伏着。

第五十四章 审案

众妃猜不透皇帝心思，只道是动了大气，现有两个宫女信口胡说，又有一个贵人假传懿旨，把帝王尊严都当成什么了。

"禀皇上，在华阳宫琦雨轩（谨贵人居所）发现了一张可疑的方子，和方子放在一起的还有一些宫外的首饰。"搜宫很快出了结果，毓妃和谨贵人霎时愣在当场。

刘院使不敢怠慢，立即上前查看。看了一会儿蹙眉回禀，说自己才疏学浅，只会凭颜色、气味、症状识别"凶夭"剧毒，并不知道其配方是什么。皇帝立刻要他在后厨按此方煎药，刘院使接了旨下去。

太监将搜到的东西呈给皇帝，近前的青离看到那些首饰，突然瘫倒在地，喃喃道："娘……娘……"

皇后看到青离这样，不禁脸色一变，却听淑妃道："皇上，岳昭仪不是有证据和结论要回禀么？皇上还应该听听别的证据啊。"

皇帝点头，岳昭仪看眼下情况有变，却不得不按照原先交代的来，于是道："青离，你来说。"

青离趴在地上，六神无主，哽咽了半天说不出话。皇帝心烦，不由得怒道："你这贱婢上次就信口胡说，这次又想编什么来诓骗？"

青离一震，突然猛地挺起身，似乎用尽了全身的力气嘶喊道："是谨贵人指使奴婢姐妹二人！奴婢的母亲在谨贵人手中，姐姐受她钳制才做了糊涂事，家宴当晚对峙时奴婢为保母亲性命只有把罪责推到江小主身上，奴婢愿意领死，但谨贵人罪大恶极，求皇上将此恶人惩处！"

此言一出，嫔妃们均目瞪口呆，皇后、岳昭仪更是惊得脸色都泛白了，怎么会……不是给她看了母亲的尸体，她也声泪俱下地说一定要为母报仇指证淑妃，现在为什么会变成谨贵人……

其实在青离之母发病时，淑妃根本就没有去医治她，却诓骗青离姐妹，让她们心甘情愿为自己卖命。待"凶夭"案发后，不知是那老妇已经病死，还是陈家人动了手，她已然成了一具冰冷的尸体，被隐秘地埋在自己家乡沛县。可怜姐妹二人一心救母，最后反而害得母亲惨死。

死人的确比活人难找得多，陈淑妃对此相当得意，且她封锁了一切的消息，满心以为皇帝若想查案，连个线头都不会找到。可没想到，青离母亲的消息不知怎的漏到了皇后那儿，上官家的人手也不知怎的变得十分迅捷，短短二十日就把人挖了出来，还偷运进宫。

皇后从得到消息，到最后青离反口，她也认为局势已经扭转。可是，就在这最后的最后，青离竟再次改了心思。她此时看向身前肃面含威的太后，心里不由得蹿上一股无名火。

谨贵人立刻疯狂地号哭起来，喊冤之声不绝于耳。毓妃挺着肚子跪在地上，凄凄地辩解道自家妹妹不会做此事，而皇帝却一手紧抓着案几，一言不发，脸上是嗜血的狂暴。

大殿上几十位嫔妃诺诺着不敢出一声，只听得谨贵人的哭号和毓妃的啜泣。

好一会儿，太后才喊了一声"皇帝——"，接着道："谨贵人假传哀家懿旨，定是发觉事情败露，才对江氏严刑逼供，企图让江氏认罪，且青离是萦碧轩的人，和谨贵人同处一宫，定是早就被收买的……"

她的话没有说完，皇帝突然"砰"的一声拍在案几上，其上的砚台打翻，墨汁溅上皇帝的龙袍。太后被拂了面子，看皇帝在气头上，也不好计较。谨贵人一惊，吓得立刻闭了口，却是在兀自呜咽着，满面惶惶然，似乎心神都被抽走了。王云海在皇帝身后嗫嚅了几声，终是没敢开口。

煎药的时间是十分漫长的，殿内的气氛紧张到了极点，却还要熬着，太后、淑妃和皇后一众都等得心焦口燥。而皇帝只坐着不说话，沉默中无形的龙威压向众人，嫔妃们更是大气也不敢出。

等了足足一个时辰，刘院使才出现在众人面前。他跪下，声音颤抖着回道："禀皇上，这……这确实是古方'凶夭'，想不到其配方竟能流传于世……"

皇帝双目瞪圆，满腔的怒火马上便要爆发出来，却听得青离一声惨号："皇上！谨贵人谋害皇嗣，当满门抄斩啊！求皇上诛灭罪人！"说完，她猛地起身，一头撞向梁柱，周围众人都没反应过来，她已经满面淌血，白花花的脑浆溢出，当场死在殿上。

殿内的嫔妃均捂住了嘴巴，脑浆横流的场面实在恶心骇人，有几个胆小的竟晕了过去。皇后迭声道："快把她抬下去，别污了圣目。"

跪着的谨贵人反而安静下来，她拭干了泪水，面无表情。

皇帝终于开口了，声音不疾不徐："姚氏，你为何要谋害皇嗣？"

"因为嫔妾嫉妒姐姐和婧容华，嫉妒有子嗣的嫔妃，嫔妾入宫半年无宠，嫔妾姐姐却深受皇上爱重还怀上龙子，所以嫔妾嫉妒！嫔妾想要姐姐和皇上的孩子都去死！"

毓妃猛然抬起头，张着嘴巴想说什么，却被姚姝妹一个眼神制止。是的，她读懂了妹妹的意思，太后陷害了她们，但皇帝一定会怀疑毓妃也参与了此案，淑妃她们也会趁机往毓妃身上扯，姚姝妹必须自己扛下来，她要保住她这个姐姐。

我自小受姐姐庇护，我任性，不懂事，现在我轻信敌人，落入陷阱，这次就让我自己去背吧。

"谨贵人姚氏，谋害皇嗣，假传太后懿旨，罪大恶极。着废去封号位分，押入慎刑司，凌迟处死。"皇帝目视前方，吐出了这么一句话。

毓妃的眼前模糊起来，凌迟处死啊，要我眼睁睁地看着最疼爱的妹妹受此极刑，却无能为力……不过我记得上次对江氏，是五马分尸……风水轮流转，祸事也轮流转，太后，淑妃……毓妃想着想着，五内俱焚，晕倒在了殿上。

皇后命人将毓妃送回华阳宫。姚姝姝望了姐姐最后一眼，在被带下去的那一刻，突然大叫道："太后娘娘，您智慧超群、手段卓绝，大周有您这么一位太后，定能昌盛万年，嫔妾就在天上看着您，希望您在午夜梦回时仍会安稳……"

太后两片嘴唇发青，抖了几下，便厉声叫道："还不快把这贱人拖下去！"

"朕的后宫，就是这么乌烟瘴气！"皇帝突然站起了身，猛地吼道。

皇后立即跪下请罪，淑妃协理六宫，也跟着跪下了。

皇帝没有理她们，而是看向太后，行了一礼道："母后近来的身子越来越不好了，还请母后安心礼佛，后宫的事，不应该再操心了。本来嫔位以上的后妃每三日到长乐宫请安定省，以后你们也不要去打扰了。"

皇帝的声音极其柔和，听在太后耳中却如五雷轰顶。她颤颤地撑起身子，面孔突现沧桑的老态，刚想说什么，却见皇帝龙袖一甩，往殿门外走去。

太后这些年的身子一日不如一日，此时心神受创，又猛然剧烈地咳喘起来。李嬷嬷急忙拿了香囊给她，另一个嬷嬷为她拍背抚胸。

太后浑浊的干咳声没有得到皇帝丝毫的怜悯，他只是头也不回地朝前走着。

走到殿门口，皇帝又止住了脚步，缓缓道："江氏保全皇嗣有功，又身受冤屈，晋为贵人；慎刑司总管张文礼，错信奸凶，罚入辛者库。'凶夭'古方，烧掉，此物不应该再流传下去。"

皇帝一走，皇后便一挥云袖，令诸妃各自散去。众人受了半日的惊吓，早就归心似箭，听到赦令都快速地告退离去。

怡和宫内再次清冷了下来，岳昭仪愧疚地对皇后行礼，沉沉道："是臣妾没用，让恶人逍遥法外了。"

皇后扶起她，郁郁的面上勉强挤出了一丝笑，安慰道："不要自责，你们也已经尽力了。只是……玲珑那孩子，年少老成，却过于刚气了，不跟你我商量，就去冒险，真让人担心。"

岳昭仪感激地又是一拜，皇后和她是府邸里就相互扶持着过来的，是真心向着她们母女的。

皇后忙止住她的礼，又道："以后少让玲珑接触这些危险，一个公主，最应该稳中求胜，等到了年岁风光地嫁一个贴心人就是。这样的风险，理应大人去承受。"

岳昭仪面色惭愧地点头，都是她太过无能，不能给女儿安稳的日子，反倒需要女儿来保护她这个娘。

皇后很快就离去了，岳昭仪独自坐在主殿上，面色忧愁。

一个粉嫩的小肉团突然从内阁探出来，声音细细地道："母妃。"

"玲珑啊，以后……莫要做这样不要命的事了，太后娘娘岂是我们能得罪的！"岳昭仪素来胆小，说此话时声色都颤抖了。

玲珑乖乖地抿着嘴站着，就像刚刚偷了糖被抓现行。过了一会儿，才皱着小脸轻轻道：

"都是玲珑没用，事情搞成了这个样子，害得父皇忍气吞声。"

岳昭仪忙着搜宫，淮阳公主却忙着打探淑妃、太后和皇后的动向，得知了谨贵人被太后密诏，她忙偷偷去禀告了父皇，可恨当时竟没有猜到太后的意图。

而父皇，即便心里明白，也是拿她们没办法。

第五十五章
欲擒故纵

太后纵横后宫几十年，当真不是好对付的，短短两日内就令淑妃起死回生。几件青离母亲的首饰让青离认定谨贵人为杀母凶手，一张方子在毓妃眼皮子底下放到了琦雨轩，谨贵人在慎刑司折腾了两天两夜外界却一无所知……实在好手段！

这一天晚上，皇帝毫无疑问地去了萦碧轩，却又面色烦闷地退了出来，独自回到龙吟殿就寝。第二日，第三日，这个流程不断重复着，直到第四日，皇帝去了宝妃宫里。

"江氏晋了贵人又如何，她怕是对陛下寒了心，今后哪会受宠。"辰佑宫里，大宫女画屏殷勤地为淑妃顺着气。

"那是自然，遭了那么大的罪，回来还自己跟自己过不去，对皇上推三阻四，也不见得有什么后福。"淑妃手执玉轮轻轻揉着脸，又是一笑，"真是可怜。"

"娘娘这话错了，最可怜的可不是她。"

淑妃手一滞，却是随手将那羊脂玉轮赏了画屏，笑道："这话本宫爱听，凌迟处死啊，这宫里好久没有上演这套刑了。"

画屏喜滋滋地接过，刚要谢赏，却又听得主子阴寒道："可惜本宫只有一颗解药，在家宴前喂给了清儿，否则琦雨轩搜到的就不仅是一张方子和几件首饰，终是没有扳倒姚明玉那个贱人……"

是的，搜到了解药，就能指证毓妃为幕后主使，不论姚妹妹如何为姐姐开脱，也无法令人信服。

孩子真是好使，救了淑妃也救了毓妃。

淑妃阴沉着脸，忽又笑了起来："这事，虽然败了，但本宫一次不成，还有下一次……"

皇帝怀疑了太后，她一点也不担心。怀疑又怎么样？有她的好姑母替她受难。太后于她，不过是工具。其实在太后眼里她又何尝不是如此？

郑昀睿往萦碧轩跑了三日后，终是再也不肯去了。一是怕再次被赶出来，二是他有错在先，君王无法放下尊严去面对他的错误。

他每日召幸不同的嫔妃，心里却有一根刺深深地扎着。

"皇上，皇上……这折子老奴拿去晾晾……"龙吟殿勤政阁内，郑昀睿刚打翻了一个茶盏，摊在桌上的折子立即遭了殃，墨字迅速渲染开，根本就是废了。

"晾什么晾，这上面不过是建议更改习俗这样的小事，却写得通篇的废话。废了就废了，直接拿去扔了。"

王云海被喝得手抖，还是小心地拿着折子在边上犹豫着：奏章是不可以扔掉的，再不好的折子驳回去就是……唉，官员们上折子哪个不是废话连篇，从前也没见皇上这么烦呐……

他还在踟蹰着不肯走，郑昀睿却又是一声大喝："杵在这等死么？还不去扔了！"

王云海颇委屈地连声称是，赶紧快步退了下去，走出大殿止不住地用袖子擦着脸。

小安子凑上来道："师傅，大冬天的您怎么流这么多汗呐？"

王云海被骂了一通正没地儿撒气，这时候一把抓过了小安子，劈头骂道："小兔崽子笑话起师傅来了？"说着还加了一巴掌在他头上。

小安子老实了，王云海看着手里的奏章，叹道：江小主哎，您可别跟皇上恼气了，这几天我们做奴才的也太不好过了……

帝王烦闷的情绪积压在后宫上方，令人透不过气。

第十日，一卷丝帛从萦碧轩递到了龙吟殿。郑昀睿打开一看，当下直奔萦碧轩。

萦碧轩，毫无新年的迹象。柳絮一班下人都好好地回来了，静候在院内，没有劫后余生的欢欣，更没有主子晋位的得意。

阔步走进殿内，花影和菊香行了礼后立在一边，静谧无言，一个太医并两个医女瑟缩在屏风后。

"心月，朕来看你了。"

帐中人不语。郑昀睿手触到百合暖帐，花影突然跪下道："我家小主对皇上的心意，想必皇上已经明了，可是，小主为了皇上，日夜忧心，小主很怕皇上来看她……皇上，还是请回吧。"

这丫头的话，郑昀睿听不大懂，心里却被激了起来：

"为何又拒朕于门外？山有木兮木有枝，心月，你在思念朕？心悦君兮君不知，是什么样的思念，朕没有知悉吗？"

"是，皇上。您不曾知晓小主的思念，您不知道小主有多苦……"

郑昀睿再也忍不住，他撩起了帷帐。

昔日如花美眷，如今，她一张枯瘦的小脸，两只大眼睛凹陷下去，衬着暗黄的面颊。胸口以下缠着厚厚的白纱，裹得她像一只粽子。

眼神中透出欣喜却哀伤的光芒，她的手向上伸去，想要去触摸帝王的龙袖。慢慢地，极为费力地向上抬起。

郑昀睿疯了一般去抓她的手，却滞在半空，她的那只手，被白纱包裹得连形状都辨认不出，染着大片的暗红，触目惊心。郑昀睿不敢去碰，忽又双手抓住了其下的手腕。

那只手腕只能摸到突出的骨头，却至少是完好的。

"皇……"女子艰难地张了张嘴，模糊不清地吐出一个字。她的嗓子，因为过度的尖叫而嘶哑。

"心月。"郑昀睿喃喃地唤着，他说不出别的话。

"嫔妾，太丑了，不敢见皇上……"她胸口起伏着，竭力把话说清楚。

"说什么呢，三次不肯见朕竟是因为这个？朕怎么会厌弃你呢？"

"嫔妾……很爱皇上，不希望皇上看到嫔妾这样……可是，嫔妾太想念皇上，嫔妾忍不住……"

郑昀睿听得，几天下来心里的堵顿时消散，化为满满的眷恋和疼爱，还以为她在生气，不想竟是因为太爱他而怕被嫌丑。

这个女子为他保下了两个孩子，两位有孕的嫔妃，竟受到如此残忍的折磨。汹涌的愧疚与心痛淹没帝王的心，他不敢想象，十天之前，眼前的女子是什么样子。

郑昀睿小心翼翼地放下她的手，擎着双手不敢碰她，最后轻轻抚在了她脸上。

"贵人江氏，晋容华，赐号'莲'。"

莲者怜也，即爱之意。"芙蓉如面柳如眉"，莲花的美又兼有对女子容颜的盛赞。江心月极满意这个封号，莲花，一直是她唯一钟爱的花儿。

呵，皇上，真是没忘记了当初端午家宴上的一句承诺——你的喜好，都会牢记。

浑身发抖的齐御医[1]被王云海拎了出来，他老老实实禀报了江贵人的病情：鞭伤密集，遍布全身且伤口较深。双手受伤最重，多处骨碎，很可能残废。脾胃受伤，消化能力极弱。

这样的伤很难复原，可要是恢复不了，他这太医的下场……

花影跪下来哭诉，原来江心月在受过鞭刑和拶指后，被绑在刑床上用润湿的草纸覆住鼻子，往口中灌下大量热辣的汁水，再重击腹部生生呕吐出来，再灌……如此往复。

郑昀睿听不下去了，他向王云海道："慎刑司总管张文礼不是在辛者库么？把他和姚氏一起凌迟。"

---

[1]太医院品阶：正副院使，正副院判，御医，医官，医士，医女。医女人数很多，是为了方便内廷女眷而设，地位比宫女稍高，但不能在太医院晋升。

姚氏凭一个空口无凭的口谕就进了慎刑司，张文礼不但没怀疑她，还任她大肆折腾了两日。然后在怡和宫结案的时候，他很适时地去闯宫。

他是太后的人。

"皇上，嫔妾怕，会残废……"她的声音飘在空里，破碎而不真实。

郑昀睿赶紧止住床上人的话，她这几日只能进稀薄的米粥，身子太虚了。

"不怕，有朕在。朕会让你好起来。"

"不，皇上，您会离开嫔妾。您不信任嫔妾，要把嫔妾……嫔妾很怕，很怕。"

郑昀睿仿佛猛然被扼住了喉咙，把嫔妾什么呢？是五马分尸，他亲口下过的旨。

他从灵魂到躯体都开始逃避开来，是的，他是个自私的人，他讨厌认错。他是帝王，他没有错。

郑昀睿的身子不由自主地往后撤，却听得她再次嘶哑低语：

"我怕，求皇上信我，不要离开我……"

信我……郑昀睿猛然一惊，人受酷刑容易神志不清，心月那么柔弱，竟然硬挺了两天。她忘记了自称嫔妾，她刚刚的话，是内心最深处的意念吐露。

"信你，朕以后都会信你。"郑昀睿恳切地承诺道，只有情深，只有爱极，女子才会执着于男子的相信。心上人的不信是一个人最恐怖的噩梦。

然而，她没有回答皇帝，她迷迷糊糊侧过头，眼前阵阵发黑。

菊香上前道："皇上，小主太虚弱，这几日总是如此，请皇上不要说太多话了。"

郑昀睿轻轻给她拉好被子，道："朕今晚就宿在这。"

又转向齐御医："你好歹是个御医，要是治不好莲容华，就脱了官袍滚回老家吧。"

齐御医不由得哆嗦得更厉害了，但还是磕头应承下来。

"皇上。"江心月清醒了些，又不安地朝郑昀睿伸手。郑昀睿赶紧转过头去哄她，要她别动。

第五十六章

因祸得福

医女端来了一碗乌黑的药汁，郑昀睿接过，殷勤地喂到她嘴边。哪知她露出万分的惊恐，楚楚可怜地对着郑昀睿摇头。花影立即上前按住她的两只手腕，道："皇上快给小主喝下去，每次都要折腾好久，小主总归畏惧您，这次不会敢反抗的……"

郑昀睿哭笑不得，虽然心软，可这药不能不喝，于是摆出帝王的威仪，严厉地瞪着她一勺一勺灌了下去。一碗灌完，又急忙舀了蜜水给她。江心月鼻子眼睛皱在一起，仿佛又在受刑。

"皇上，您去其他姐妹宫里吧。"江心月好不容易缓过劲来，说道。

"不，朕要陪着你。"郑昀睿说着，忽又欣喜道，"心月的嗓子清了许多，这药这么管用？"

一旁的齐御医急忙爬过来道："皇上，微臣开的药对炎症有奇效，可以很好地治疗小主的嗓子和外伤，可是，可是这药本该一日一副煎两碗，小主十分抗拒，最后才勉强答应一日喝一碗，喝的时候还拼命挣扎导致只能咽下半碗……"齐御医是皇帝的心腹，自然对江心月用心。可小主因为怕苦极不配合，让他不知如何是好。他本来不敢说，说了会得罪小主，但不说小主病情拖延就会得罪皇上，他只好说了。

江心月气鼓鼓地盯着告状的齐御医，皇帝憋着笑，又回过神来想着绝不能这么下去，于是郑重地下了旨："莲容华必须遵医嘱服药，若有违抗就绑在床上强灌。"

花影和菊香接了旨，有了圣旨，小主再反抗她们就可以冒犯了。

郑昀睿温柔地触到她的小脸，道："朕每天都会来，看你还敢不吃药。"

江心月再次晋位并赐号的消息立即晓谕了各宫。淑妃听闻后气极，在辰佑宫连声怒骂。无人之时，还不时忍不住狠狠道："江氏这个狐狸精，坏了本宫的大事，竟还得了圣宠，本宫定不饶她……"

皇帝每日都会驾临萦碧轩，亲自喂汤药，晚寝前先把莲容华哄睡再离开，甚至宿在萦碧轩的外间，为莲容华守夜。

郑昀睿服侍一个嫔妃是绝无仅有的事情，宝妃也不曾。张婕妤甚至说出"也希望去慎刑司走一遭"的话。

郑昀睿在萦碧轩特设了小厨房，并赏赐了御膳房手艺好的厨子。嫔位以下的小主们只能每日由御膳房送膳，没有资格开小灶，但圣旨道莲容华脾胃虚弱，故特地照顾。

诸人只知江心月的荣光，却不知其苦楚。每天的两碗中药，在郑昀睿的监视下灌得干干净净。她从小怕苦，连药丸都难以忍受，现在只觉得叫天天不应，叫地地不灵。

郑昀睿照顾得十分精心，加上花影过人的医术，还有齐御医的尽心照顾，江心月恢复得很快，伤到骨头的手指，也被太医院的名贵药材慢慢地治愈。唯有被糟蹋坏的肠胃，花影说这是需要调养的，没有捷径。江心月是个喜爱美食的人，现在每顿只能喝粥，而郑昀睿担心她身体消瘦，就严格命令她喝足够多的粥。每日灌药灌粥，她的日子简直乌云密布。

这些天，第一次有人在皇宠上压过了宝妃。江心月最终惶恐，跪下请命，又说自己已经能下床，菊香也保证会令主子乖乖服药，郑昀睿才离去，不再日日来伺候。

江心月看着皇帝走，心里微微舒了一口气，隆宠之下就如芒刺在背，其实并不好受。此时花影从外头掀了帷幔，一踏进来，就青着一张脸不肯言语，往日的嬉笑半点也无。

江心月调笑她道："你这丫头今日噎着了么？"

花影腾地一下起身，张口想说什么，却欲言又止，只压了火气坐下。她这样子江心月看了更好笑，直抬袖掩口嗤嗤地笑。花影被她取笑，终于憋不得，愤愤地开口道：

"小主您还笑呢！您可不知，后宫里头那些嘴碎的人，她们……算了，污言秽语，说出来您只会徒增烦恼。"

江心月敛了敛袖口，淡笑道："我还当什么事呢，言语之辱也值得你置气么？"

那是一众长日无聊的女子，她们的话，江心月也早有耳闻。一个"莲"字，古人云其"濯清涟而不妖"，可她江心月的容颜，恰恰是极致的妖冶。

"真不知这是恩宠，还是告诫她莫要狐媚主上呢！"莹贵嫔在绚烂绯红的宫粉梅树下笑得花枝乱颤。

"小主！那些位高者还罢了，咱们动不得，气人的是，几个采女、更衣甚至是小宫娥都不识体统地编排您，如此放肆，您定要抓几个严惩才行！"

江心月听了失笑："严惩？我若是真在乎这些，那用不着淑妃她们来设计我，我自个儿就能气死了。既是污言秽语，那说话的人就是脏的，跟那种人理论什么！平白失了我的身份。"

她看花影似乎受教的样子，又扭头转向菊香，道："我身上有令她们嫉妒又得不着的东西，才会招来编排。总好过那些失宠受冷者，他人连编排都懒得编排了。"

菊香颔首淡然道："小主，确实是因祸得福了。"

"是呵，菊香。"江心月自嘲地笑笑，被夫君蒙上奇冤，打入地狱折磨去半条命，只有她这样的女子才能对那男人继续温情罢。

只有她这样，一门心思系于另外的男子之上，将夫君作为实现目的的工具。对这所谓的夫君，她无以为爱，亦无处生恨，又哪里能感觉到委屈？

她在慎刑司的两个月，郑昀睿雨露后宫，禧贵嫔、莹贵嫔一众旧人颇得圣眷，冯才人和宜宝林两位则各晋了一级。没有她的日子，她的对手们的生活舒坦了很多。

她以最高明的手法原谅了帝王，利用他的愧疚与爱怜赚得盆满钵满。

但她会提醒帝王，曾经说过"五马分尸"四字。逆来顺受的女人不会得到珍惜，所以郑昀睿心里，必须留下这个疙瘩。

她接过菊香递上的一盏盈香缭绕的"黄花云尖"，轻啜一口，又吩咐了菊香、花影二人定要约束好宫内，令萦碧轩的宫人们踏实静心，不得有半分的骄色，更不得在外仗势轻狂。

瑶仪来时，外头正飘着细小的雪花。这是一年中最冷的时候，雪却是一阵一阵的小雪，远不如前头几场雪那样声势浩大，鹅毛漫天。瑶仪的身子畏寒，她扶着丫鬟，在冰雪里轻轻踩下去，身上的锦缎大氅裹得极紧，生怕透进了一点风。

还未进得萦碧轩的门，她的声音就传了进去："你不要身子了么？大冬天的把门窗都打开。"

江心月从屏风后探出头来，娇笑道："我闷得慌嘛，都躺了这么些日子，没病也能捂出病来。"

瑶仪进门解下大氅，抬手吩咐人关门关窗，快步至她的榻前，点着她的额头道："前些天死命地不准我来看你，现在自己倒从床上下来了，还在这里折腾。"她说着说着眼眶微红，忙以袖扶额做掩饰，却仍被江心月看了个真切。

那日在怡和宫结了案子，她不曾回宫，直接就赶到萦碧轩里，却被花影她们拒之门外。后来几日她每日都焦急地赶过来，花影只好为难地劝她走，和她一同来的还有同住华阳宫的梁采女，也一样被劝了回去。

她心知阿奴在掩饰，不想让她看见那些重伤。可阿奴越是不让她进来，她就越是放心不下。那是多么严重的伤势，让她一再地躲着自己。

她看着眼前娇小的女子，叹一口气道："你总是这样，不肯让别人分担你的痛楚。"

江心月无言地低了头。瑶仪趁着这个空当，眼疾手快地抓住她的臂膀，一手把衣袖捋起来，只见上头爬满了扭曲如毒蛇般的长长的伤痕，再看她仍缠着棉纱的手指，骨碎处尚未长好，透过棉纱都能看出手指仍有些许的变形。

她猛然惊住，再也抑制不住自己的泪珠，呜咽道："他们……怎么这样狠！"

"样子是可怕了些，里头其实养得差不多了。瑶姐姐，我再苦，不也都过去了么。"江心月嗫嚅着，又强自笑笑道，"姐姐别看了，我拒了你二十多日，是我的不对；可你看了只会徒增担忧，只有皇上看了，这罪受得才值。"

"让我如何说你，你真是……本不该参与的事，你偏要搅和，合该有这样的教训！"瑶仪不搭理她关于皇上的说辞，只挑着眉头，声色严厉又掩不住哽咽。

"你太不珍惜自己了，何时才能懂得惜命啊！"她每说一句，江心月的头便要低一分。瑶仪的脾气极好，从不曾有凌厉的语气，今日这么指着鼻子训诫她，也是担忧得厉害了。在这宫里，除了瑶仪，还有谁能和她说出这番话来呢？

"瑶姐姐，都是我不好，害得姐姐焦心。"

瑶仪连连摇头道："我在这深宫里除了你，就一无所有了，你要是有个三长两短，我一个人怎么挨下去？怕我自己都能把自己闷死了！"

江心月听着，心头猛然震动了，原来她一直高估了瑶仪的坚强。瑶仪从成为家族的棋子到成为王爷的棋子，再被无形的手推上这血腥之路，深宫于她，简直是地狱。

和瑶仪有着同样命运的她，可会这样惆怅，这样孤独？当然不会的，因为她心里有至坚的念头，只要她不死，无论多么残酷的绝境都无法打倒她。

就算死，她也会让这死亡成为他皇座之下的砖瓦。

第五十七章 保护宝妃

瑶仪一手抹了脸，轻言道："我今日来，不光是看你的，还是给你送些话来。是府里的话。"

江心月一听，立马回过神来，正色凝眉看着她。

瑶仪小心地放下她的手，一努嘴命自己的丫鬟去门外守着，看屋里只剩了花影一个宫女，才开口道："王爷对你动了气。王府安插在宫里头的神龙卫王渊昨日过来见我，传了王爷的话，说你若再有一次糊涂，他就绝不出手救你，宁可舍弃。"

江心月低头道："是，这一次我陷入险境，都是自己不该，害主子费心了。"

瑶仪叹一口气道："阿奴，宫中险恶，能保住自己就已经很难，哪里能去为别人挡灾？"

江心月沉默不语，这一次确实是她冲动了，她清楚自己的弱点，心里便无时不绷着一根弦，一个衡量人事的度。她深切地知道，这样的地方，不容她仁慈，她的善心只能在可行的情况下才会被允许散发出来；一旦事物的危险程度超过了那个度，她就必须狠下心来。

可是，她在公主生辰宴上，明明知晓了此事背后是何等的危险，却还是没能抑制住自己的冲动。

再多历练一些，多在这宫里浸染一些，时日长了，她也就能把持住这个弱点了吧。

瑶仪等她自己静思了一会儿之后，又再次道："王爷还说了一事，他令我们保护宝妃娘娘。"

江心月不解道："宝妃？她是大长公主之女，身份尊贵，何时又和我们礼亲王府有了交集？"

"这是王爷的命令，我也不知为何。想必那位宝妃娘娘，也背负着你我二人一样的使命吧，且宝妃隆宠，恐怕我们二人进宫只是小卒，宝妃娘娘才是王府的主帅。王爷朝野上的权谋，岂是你我二人能猜度的，我们只依命做事便好。"

江心月点头称是，只在心中默默地祈祷王爷能早日达成心愿。

瑶仪伸手过去，为她将了将额前的头发，又道："我那日见到了绯烟阁的梁采女，她和你的交情不错，你也该找机会提携她。我们势单力薄，有个帮手也是好的。"

江心月的神色突地顿住，而后摇头道："她心性太淡然了，我若把她引荐给皇上，让她卷入这是非窝里，恐是不合她的意。"

瑶仪听了，点头道："她真是个聪明的女子。"她说着，面上竟现出几分艳羡，而后声色低低道，"可惜，我们连淡泊的权利都没有。"

江心月知她伤感，也不好多言。瑶仪坐了一会儿便告辞，走时还叮嘱她不可把门窗开得太大，另外要按时吃药，不准剩粥。

待花影送了瑶仪出宫门，江心月朝门外一唤，将菊香叫进来道："你在宫中时日长，对宝妃娘娘也颇有了解吧？"

菊香回道："小主，宝妃娘娘虽然隆宠，却是个避世的人，奴婢之前没有额外注意她，故也没有多少她的消息。小主是想了解宝妃，以便于分她的皇宠么？"

江心月敷衍地"嗯"了一声，心里想了想，又问道："那一些面上的消息，你总会知晓吧。听闻畅月楼是宫内最奢华的宫殿，可是真的？"

菊香轻笑道："这么打眼的事，怎会有假。那里头的规制和摆设，比乾清宫还要贵重三分。"

江心月惊道："怎能逾越乾清宫？"

历史上，只有夏桀商纣那样的昏君，才会为了宠妃造出一座"鹿台"，而郑昀睿是一位有作为又勤于政事的帝王，竟也能造出这么一座畅月楼来。很多时候江心月都在疑虑，莫非宝妃娘娘就是帝王真爱之人？可细想一想，她又"扑哧"一声笑了出来，若真是这样，那王爷早就完成了大业，也用不着送她和瑶仪两人进来了吧？且她平日里对郑昀睿察言观色，每每涉及宝妃之时，郑昀睿都是无比宠溺，但，也只是宠溺而已。

爱和宠，二者之间相隔的岂止是鸿沟？

她受礼亲王之命，本应早日去拜访宝妃娘娘的，可畅月楼有圣旨，不许人随意进入，宝妃也一直避世，不和宫内嫔妃交往。她对着菊香道："你日后要多留心畅月楼的消息，有什么事及时向我禀报。"

菊香虽是不解，也没多问什么，只应下了。江心月心里想着，她进宫以来，宝妃都远离事端，又有皇帝庇护，暂时是用不上她来保护的，她只能在暗中搜罗着消息，以防不测。

瑶仪走后不久，便有一内监进来禀报道："禀小主，淑妃娘娘来看您。"

江心月正对这一碗蛋花汤愁眉苦脸，听到这话，直接将碗掷了出去。淑妃的翻身，是她也没有料到并为之气极的。

淑妃在门口被残汁溅到，脸上不由得一抽。

"给淑妃娘娘请安，恕嫔妾不能起身。"

淑妃十分恼火，江心月是坐在案几后进膳的，身体不至于太差，却连头都没低一下，给她请这个安。

她看了看裙角的污物，更是蹿火，兀自坐到一边瞪着江心月。

给主子奉茶的柳絮刚进了殿门，便看到淑妃难看至极的脸色，柳絮胆子小，战战兢兢地把茶放到淑妃眼前时，淑妃把对江心月的怒火撒在了她身上，回头便是一个眼刀子，柳絮吓得一惊，放下茶身子不由自主地深深蹲了下去，算是给淑妃行了个不小的礼。

一旁的江心月见此，却比淑妃还要愤怒，向柳絮丢来一个更狠厉的眼刀子，吓得她几乎晕过去，好容易站直了身子，便逃一样地离了殿。

"淑妃娘娘，请快些回辰佑宫吧，嫔妾今日劝皇上去您那儿，您好久不见圣上，可别错过了机会。"

淑妃简直气得要跳起来，宫里传得没错，江心月骂人太露骨了。

"娘娘您脸色不太好啊，是嫔妾说话冒犯了娘娘么？不过您可要明白，嫔妾身上有伤，经不起您的训诫。"

江心月眉目婉转，看向淑妃，欣赏她由白变青再变紫的脸，然后轻吐道：

"娘娘好像忘了，皇上下了旨，嫔妾这儿不许人打扰的，娘娘您在抗旨。"

凤昭宫

午后刚传来淑妃在萦碧轩心绞痛晕倒的消息，太医诊断说是肝火攻心。淑妃的宫女喊着要治莲容华犯上之罪，皇帝不置一词，只好由皇后来打发。

"皇后娘娘，萦碧轩的事……怎么处置啊？"

"不用处置，给辰佑宫送些藏地菊花茶，望淑妃安定心神，莫要犯了嫉妒。"皇后翻查着这月的账簿，缓缓道。

"娘娘，莲容华到底年轻，得了宠张狂放肆，明面上就这么过火，还是对品阶高她许多的淑妃。"

"莲容华……秋雨，此人不得不防。"皇后放下账簿，秋雨上前为她揉着太阳穴。莲容华年轻浮躁？哼，她是狡诈多端。她对淑妃，只能针锋相对。"凶夭"一案，其实皇帝心里明白，江心月在这个时候把淑妃活活气得晕倒，只会合了皇帝的心意。

皇帝和莲容华的心境是一样的罢，痛恨一个人，却拿她没办法，只能做些表面的动作。

皇后将手中的帕子缠在指上，不自觉地捏揉着，面上渐渐浮起郁色："秋雨，你说，如果你来给江氏赐号，你会给她什么字呢？"

秋雨不料主子这样问她，不由得一顿，稍加思量便道："自然是'丽'

字最适合了。"

"呵呵，你说的很对，本宫原本也是这么想的。"皇后冷冷地笑着，缓缓吐出一口浊气，眼中渐渐蒙上尘翳，"然而本宫没有料到，皇上给了她个'莲'字，是想把对她的怜爱每日挂在口上么？所以本宫说，她，不得不防。"

帕子被护甲扯裂了一个口子，皇后厌恶地随手丢在桌上，眼中的冷色更甚。

能够把天大的委屈生生压制，还对皇上使出欲擒故纵的把戏，这样对自己心狠的人，才是最可怕的。

"娘娘，宝妃求见。"门口太监突然的禀报，打断了皇后的思路。

皇后愣了一下，宝妃有事只会找皇帝，从来不会来见她。她稍作思忖，还是把人叫了进来。

"给皇后娘娘请安。"宝妃极规矩地行礼，皇后对她一贯不好，只冷着脸色叫起。

宝妃起身坐在一侧，顾盼左右，皇后会意，令秋雨带着众人退了下去。

宝妃将一只大红锦盒呈上案几，打开。

皇后倏地张大了嘴巴，一手轻摸在锦盒的一角，声音颤颤："你，有何所求？"

宝妃暖暖一笑，道："臣妾想在今年南巡时随皇上出宫。"

"你为何不去求见皇上？"

宝妃稍有失神，轻叹道："他不会答应的。"

皇后略略回想，宝妃所求皇帝必应，然而，凡是出宫，皇帝好像一次都没有带上她，以前皇后还觉得奇怪。

"臣妾从未威胁过娘娘的权势，臣妾要做的事情，对娘娘有益无害。上官大人这次也要随侍南巡，娘娘又向来受皇上敬重，您的劝说皇上一定会听进去的。"

皇后神色猛然黯淡，对着宝妃苦笑一声道："你哪里懂，我所想无关乎权势的……"

第
五
十
八
章

南巡

宝妃稍显歉疚地看她一眼，缓缓道："娘娘心里苦，怎知臣妾就比娘娘好多少呢，臣妾得到的也并非臣妾所想要的。很多事情，并不是表面上看到的那样，就如娘娘您，也如臣妾我。"

皇后没有细想她的话，她正贪婪地盯着盒中之物，不肯移开目光。

她终于重重点头，道："本宫会竭尽所能。"

宝妃倾颜而笑，深深行了礼辞去。

皇后"啪"的一声合上锦盒，心中抑制不住地狂喜：碧藕[1]肉，大补之圣物。大周朝上次得到它，是在太祖时期，当时的皇后服用后，在四十岁高龄怀孕生子，从此此物被奉为圣物。然而传说这种东西，本不是人间该见到的，太祖是受神明庇佑，赐下此物以得嫡子。

皇后手里的这一盒，是一个婴儿腿的形状。人们都知，人参中的极品会长得像人。碧藕肉百年才得现世一回，而这一株，恐怕千年才得一见。

想到这儿，皇后猛然一惊，婴儿，可这一盒只有一条腿……那么其余部分仍不知流落人间何处！

---

[1] 碧藕，神话传说中仙人所食的藕。

不过，碧藕中的上上品，只需一条腿也足够了。皇后的体质不易受孕，年纪又大了，难道，真是神明要赐她一子？

紫碧轩

江心月坐在主位上，紫碧轩的宫女太监都跪伏在底下，大殿内肃静无声。二等宫女柳絮则单独跪在众人之前，滴滴泪珠从脸上落下，却竭力忍着抽泣之声。

"哼，一个淑妃你就怕了？你小主我在你跟前，你怕什么？做什么把身子蹲得那么低，存心丢咱紫碧轩的脸么？"

江心月说得严厉，柳絮全身都在哆嗦。

"你们都给我听好了，你们是我的奴才，不是别人的奴才！就是皇后、太后来了，你们也得以本小主的令为尊！天塌下来本小主顶着，要是今日本小主要你柳絮去给淑妃一个耳刮子，你也得照做！"

底下众人诺诺称是，江心月不是苛待下人的主子，却十分严厉。一个好主子，多半对下人很亲厚，但江心月认为威严是更重要的。她若不管束好宫内，宫人出去惹了祸再被别人抓住，那可就不是责罚，而是会送命的。她宁可在自个儿宫内对他们严厉。

见着主子生气，站在江心月身侧的菊香跪下请罪，道自己掌管不力，未能督导好下人。并按照宫规道，柳絮违了主子心意，请求责罚二十戒尺，自己身为掌事自请罚两月月银。

柳絮立即吓得痛哭起来，也不顾哭声惹了主子心烦，戒尺虽不如内务府的板子厉害，但二十下也足够她皮开肉绽了。

"罢了，柳絮也只是胆子小了些，就罚两月月俸吧。菊香罚一月月俸。"

她又瞥一眼下人，道："我向来要求下人规规矩矩，我如今盛宠，你们既不能在外头张扬惹事，学着欺负人，也不能在淑妃一类面前胆怯。可都记牢了？"

众人一凛，皆叩拜道："奴才（奴婢）谨记小主教诲。"

明德九年二月，帝南巡，礼亲王、右相随驾。

二月初，龙城还是银装素裹，南巡的目的地齐州是大周的最南端，已经桃兰芬芳。南巡，也有避寒的意思。

皇帝点了淑妃、宝妃、梅嫔、张婕妤、冯美人、宜才人等一众十多名宠妃随侍。郑昀睿好美色，出宫总会带不少宠妃，淑妃经由"凶天"一案后，莫名其妙地不得宠了，但皇帝仍然带了她。莲容华最得宠，却因为有伤无法随行。皇后留守，打理后宫，照顾有孕的毓妃和婧容华。

宝妃本不在名单内的，但在皇后的大力劝说下，皇帝最终带上了她。

绵延十里的皇家仪仗，在太后、皇后所率的诸妃和文武百官的恭送下，浩浩荡荡离了皇宫。

"皇上，齐州以南，就是大理的国土了，您……会有危险的。"明黄色的銮车上，右相正和皇帝对弈，眉目间有些许的忧虑。圣上南巡，只带了五百神龙卫。

"不必忧心，朕此次可不是去游玩的。"郑昀睿平静地落下一子，礼亲王和北域、大理勾结，他早有耳闻。这一趟南巡，看起来确实危机四伏，却也是不可多得的良机——自古，胜在险中求。

上官霆点头，皇上一向勇毅，这次也是有着不小的筹谋，或许能一举除了那礼亲王。而那众多随行的宠妃，怕只是皇帝为麻痹敌手的掩饰罢了。

他想着，却不由得担忧地望向后头嫔妃们的车马。此次出宫必有战事，她们都是可怜之人。旁人倒罢了，他也无能为力，可一想到她也会遇险……上官霆已然皱眉出神起来。

"阿霆，齐州是个什么地方？"

上官霆被帝王的声音吓了一跳，忙回过神来道："回皇上，鱼米之乡。"

郑昀睿长长地叹了一口气，道："齐州以南更是富饶！然而，这些地方却不属于我大周！"

上官霆默然，天下，大周国力最强，占据面积最广阔的中原；大理的国土最为富庶、商贾发达。最近几年，大理颇有异动，还不是因为那位礼亲王？

郑昀睿凝眉望向车窗外，冷声低语："朕的皇弟，这些年的野心越发大了。"

郑昀淳少年时心性闲散怠懒，当年帝位之争，他主动退出漩涡，无心权柄。后来郑昀睿登基后血刃手足，其余三位皇子连性命都不被留，只有郑昀淳得以幸免。

皇帝本以为，郑昀淳是个懂得自保又懂得安享富贵的人。却不想，他愈加地令人忌惮了。当年皇帝初登位，陈家猖獗，他为了制衡朝野还分给郑昀淳一些兵权，而现在，看着这位皇弟正如一头豺狼一般成长起来，他万分后悔当年的决定。

"大理国主也是虎狼之辈，朕不南巡，如何引得他们现出狼子野心？朕又如何有机会反手一击？朕不会有事的，带上淑妃，就是要倚仗陈家。"

郑昀睿说是南巡，途经之地都未多停留，草草看过了事。因此，一路上车马不耽搁，直奔齐州。

龙城的冬日仍旧严寒，偌大的皇宫里没了皇帝，众嫔妃们也安生不少，连宫花苑内都少有人走动了。

江心月在自己宫中闲坐着，花影在一边道："这伤得真不是时候，纯小主都能随驾出宫，那是多么大的荣光啊。"

江心月垂眸淡淡道："我看，这伤得正是时候。我因隆宠已经招致了六宫侧目，若还得了出宫伴驾的恩宠，宫里的人还不把我生吞了。"

屋里的银丝炭丁点烟气也无，只把整个屋子烘得十足的暖。再看殿内的摆设，不乏湘绣孔雀翠珠帘和红木镶玉贝四扇围屏之类的华贵之物，连香囊一般的小物件都是织造司精挑的上品送过来。这样的寝宫，已然有了几分毓秀宫的奢华气派，而这里的主子不过是容华之位。

花影吐吐舌头不敢再说话了，主子说得一点没错，在宫里想要活比想要得宠难得多，也重要得多。

江心月点着她的面颊，柔柔道："你才十三岁，年纪太小了，不如你菊香姐姐稳重，也不如她看得透彻。你要和她好好学。"

花影忙不迭地点头道："是，奴婢一定会长进，奴婢明白，只有能干的人才能帮小主把事情办好。"

江心月笑着道："是，你是个聪明的孩子，不愁学不来。"

她抬头往窗外看去，今日的天气很晴，暖暖的冬日悬在空中，看着好似不那么冷了。她不由得掀开膝上盖着的毛毯，站起身道："我都在屋里憋了月余，再不出去，就要发酵了。"

她身上的伤好得差不多了，手指也已能够抚琴，只差等其上的疤痕褪去。

菊香刚端着紫砂观音熏炉进来，听了主子的话扑哧一笑，过来扶着她的手臂劝道："您身子未好全，不良于行。还是少出去为好。"说着就要把她往榻上按下去。

"菊香！"江心月反抗着，嘟着嘴道，"齐太医不是说过了么，人在病中，要心绪顺畅才有助于康复。你们整日把我关在屋里，我不高兴，怎能康复得好？"

菊香听她这么说，一时之间竟找不出话来反驳，刚一愣神，却见主子已经从榻上跳起，还指使着花影把衣服都拿了来。

她无奈地摇头，主子今年不过十六岁，还是喜好玩乐的年纪，尤其是这次南巡出宫的好机会，主子嘴上说为着宫里的生存，没有这份恩宠反而好，其实心里指不定怎么遗憾呢。

宫里的日子是压抑而艰辛的，刚进来时日不长的嫔妃，都会巴望着出去。然而，宫女尚且可以期盼，等年岁大了，求一求某位得势的主子，就可放出宫去。可嫔妃，只能一辈子老死宫中。

江心月朝她笑笑，道："菊香你放心，我会小心。"

菊香柔柔地笑了，不再反驳。她想着，还是放任小主这一回吧，她是真怕小主闷坏了。

"好了，我们该出去走走了。"江心月起身搭着她的手，又突然想起了什么似的，问道，"菊香，皇后娘娘这些日子怎么没遣人来萦碧轩？"

上一次她受杖之后，皇后不仅派人嘘寒问暖，还送医送药，似长姐一般关照她。可这次，皇后好似都不记得她这号人物了。她有伤，皇帝免了她的晨省，这么一来，她真是和皇后久未谋面了。

菊香拧眉沉思了半晌，也没想出个什么，只道："回小主，皇后娘娘确实未派人来探望您。"

江心月笑笑道："皇后娘娘统领六宫，事务繁杂，现下还有两位宫妃有孕，恐一时半会儿也顾不上我了。"她说着脚步已经跨出了门外。

第五十九章　圣驾回銮

菊香不敢怠慢，忙转身去接过小丫鬟捧着的狐裘欲给主子披上，却不想刚转过头来，就见主子足下一顿，继而软软地瘫在了花影怀里。

花影大骇，两手撑着主子的身体，可她身量太小，竟被江心月压得也往下倒去。一旁随侍的几个二等宫女和太监都慌了神，菊香忙道：

"快先把小主抬进来……"

江心月醒过来的时候，天已然擦黑了，红烛在床前映着幽幽的光，几个宫女都垂首侍立。

她一抬头，便被床前的花影按下身去，接着口中就吃了一勺苦涩至极的药汁。她抗拒地连连推搡，却又有两个小宫女上来，三人按着一齐喂了下去。

她勉强吞下药汁，身子一动，便觉小腹中有坠坠的酸疼。她两眼望着花影道："我这是怎么了？"

菊香进来将几个二等宫女屏退出去，靠近了床前，轻道："您突然晕倒，我们只以为是伤情的缘故，可花影诊了脉之后，却发现是宫寒之症发作。"

花影苦着脸道："小主曾被大量的雪桂草所伤，进了慎刑司之后，又受了冬日阴寒的侵袭，还有姚庶人对您……这样一折腾，您……已经不容易有孕了。"

江心月猛然一惊，不易受孕？这怎么可以……这是他的嘱托啊，虽然她万般不愿产下帝王的子嗣，但若她不能生，她这颗棋子就损了大半的作用了。

花影见她害怕，忙道："小主别怕，只是不容易，并不是不能。若调养精细，假以时日，再配合房事中的技巧，就能够受孕。"

江心月焦灼地拉住她的手，急道："那快给我调养啊！以后，喝药，喝粥，我都听你们的，什么样的苦药我都能喝！"

花影眼眶稍稍发红，将手掌覆在她的手上，轻道："小主放心，奴婢学了这么些年的医理，不是白学的，不敢称堪比国手，比之太医院的医官们是一点不差的。"

"小主，这第一条，便是冬日里绝不可受凉了。"菊香在一边道。

"嗯，我不出去。"江心月低着头道。她以为，她这一次是大难不死因祸得福，可谁想会把自己的身子赔进去了呢？

淑妃，太后，此等狠辣之人，我必不饶……善心不是软弱，她阿奴可以对无辜者施以援手，但对歹人，她只会比她们更加狠辣，不死不休。

又有几日过去，后宫依然风平浪静，皇后待众妃宽和，又管束得当，当真没出什么乱子。"凶天"一案过后，毓妃不但未受牵连，还因着身孕越发荣光。但听闻她无法忍受丧妹之痛，整日也如江心月一般闭门不出，再不似以前骄横了。

江心月静心地调养，长日无聊，幸好有梁采女常来叙话。这一日，她正绣着一只荷包，抬头定睛一瞧，梁采女清雅的身形已立在她的面前。

梁采女一见她手上的荷包，就止不住笑，直爽地道："你绣出来也是没法佩戴的，快罢手吧，一会儿扎了手指可怎么好。"

江心月惭愧地收起针线，道："让姐姐见笑了，我是趁着没人才敢绣，不想被你撞见了。"

梁采女笑着在一侧坐下，捻起手边毛毛糙糙的荷包，刚想自己拿针线来改，再看一看又笑得更厉害了："还是算了吧，没见过你这样手拙的，我都没法子改了。"

江心月更加低头不语了，她在王府时，字画和舞技都是最出挑的，琴艺略输于瑶仪，而说到女红，她只能想起嬷嬷的一句"朽木不可雕也"。

她本是个不服输的人，无奈在府中苦练许久，惹得嬷嬷都烦了，也没有半点长进。梁采女的绣活她见过，鸣虫鸟兽，翔云野鹤，无不信手拈来，绣成后仿若虚浮于丝帛之上，七分逼真，三分灵动。

此时梁采女来，她在府里因女红引发的不快也被勾了起来，拉着梁采女道："好姐姐，你教我罢。"

梁采女无事正想打发时光，看她好学，也乐得传授了。她执着丝线，一一指给她看各样的针法。

二人说笑地学了一会儿，外头却稍有些响动。江心月朝门边的宫女道："可是哪位嫔妃来了？"

"回小主，是皇后娘娘和太后娘娘来了，但并非是往我们萦碧轩而来，是去探望前头的毓妃娘娘。"

江心月笑道："两位正主都来了，真是热闹。"

小宫女附和着道："是呢，好大的排场，太后娘娘是十六人抬的金舆圣辇，全套的丹墀凤后仪仗。毓妃娘娘已经从屋里出来，在门口拜见呢。"

江心月"哦"了一声，不再问了。只听一旁的梁采女道："毓妃娘娘月份不小了，外头冷风吹着，还要在门口拜见，真是辛苦了。"

江心月朝她一笑道："娘娘是有福之人，能得隆宠还怀上皇嗣，哪像你我二人连参拜太后的资格都没有。"

梁采女闻言会心一笑。皇后一直不喜毓妃，太后更时常训斥她，此时太后倒是很少见地亲自来探望她。

可是，名为探望，却执着全副的仪仗，迫使毓妃从屋内出来参拜，这哪里是孕中的关切，分明是下马威。

毓妃处于风口浪尖之上的辛苦，不是旁人能想象的。

好在江心月与梁采女均是嫔位以下只能称"小主"的低阶妃妾，不必前去参拜的。此时她们二人窝在后头练练针法，倒也悠闲。

转眼又是一月过去，江心月不得不恢复了晨省。她经过毓秀殿时，通常是想方设法避开，而里头的毓妃渐渐地生出些波澜来，江心月待在萦碧轩内时也能听到前头摔打砸物的声音。

毓妃并没有出屋子，也没有去招惹谁，只在自己宫内发着无名火。宫里其余的嫔妃本就惧怕她的跋扈性子，现在又听闻她孕中心绪不佳，更不敢去探望，连平日依附她的几人也去得少了。

皇后吩咐了人来安抚毓妃，自己则懒得亲自过来。

天渐渐地回暖了，江心月仍甚少出门，依着花影的药方调养身子。这一日，她止不住心痒难耐，又看外头太阳暖和，就命人拿了厚厚的靠垫在前院的石凳上小坐。

突然柳絮从朱门外急急地迈进来，连行礼都不顾，慌乱道："小主，皇上……回来了！"

江心月一惊，不可置信道："才走了一月有余，这么快就圣驾回銮？消息可是真的？"齐州距龙城足有千里，来回也要一月多的。

"千真万确，各宫的娘娘、小主们都赶到城楼那边去了，您，您也快去吧。"

江心月见柳絮话语慌张，眉目间略有愁颜，便按下心来问道："南巡，可是出了什么事？"

柳絮嗫嚅道："听闻……圣上遇险，是疾行着赶回来的呢……"

江心月腾地站起身来，惊道："遇险？那纯……"话音刚落，她便觉出不妥，忙掩嘴改口道："那皇上可有受伤或受惊？"

柳絮摇头："圣上倒是无碍，只是……听说几位嫔妃……"

江心月一听"嫔妃"二字，不等她说完话，就忙不迭地提起裙子，喊着："花影，菊香，即刻随我去城楼……"

她焦灼地赶去城楼上时，见皇家车马停在九重宫门之下，其上的华贵已然沾染了不少尘泥。皇帝威仪端坐于龙辇之上，由大清门进了皇宫，百官与嫔妃位列两侧跪迎。江心月在众人之后不起眼的角落里跪下，抬眼偷瞧圣驾，却见龙辇上坐着的不止皇帝一人，还有温柔偎依在皇帝怀中的瑶仪。

　　她见瑶仪未受伤，终于一颗心落下地来，却猛然又被悬起。这样隆重的仪仗，百官列队迎圣驾，瑶仪怎可和皇帝同坐一辇，同受参拜？

　　皇帝的身后是依次坐在轿内的淑妃、宝妃一众。莹贵嫔几人从后头的轿子里挑帘往外瞧，神色均是愤然的，想是对前头的瑶仪极为不满。

　　瑶仪眼看着龙辇步入宫中，朝中大臣和皇后娘娘都在列，忙侧头对皇帝道："嫔妾这个样子不成体统，还是下来吧。"

　　"不，你是朕心疼的女子，又怀了龙嗣，坐一路又何妨。"

　　瑶仪暗自咬牙，皇帝一向无情，此时由着性子把她禁锢在辇上，却丝毫不考虑她会因此招来祸患。她暗自思忖了下，只好道："正是因为嫔妾怀有龙嗣，才更应知礼仪，守规矩，为腹中的孩子积福。"

　　皇帝拉着她的手略略一顿，终于道："那好吧，你懂事也很好。你就下辇回自己的轿内吧。"

　　瑶仪松了口气，还是龙嗣最有用。她令轿夫停下，匆匆行了礼，扶着丫鬟往后走去。

　　明德九年三月，帝南巡遇险。

　　以往皇帝出宫而归，诸妃都一面欣喜地迎接，一面羡慕那些能够随行的宠妃，然而这一次，后宫里一片黯然，她们都在庆幸自己没有随行。

　　张婕妤在乱战中被叛军拖出车外砍死，连尸首都找不着，葬身荒野。冯美人腹部中箭，奄奄一息地被抬回来，满身的血十分骇人。其余的人或是轻伤，或是受了极大的惊吓。

　　皇帝下旨追封张婕妤为容嫔，风光大葬，晋冯美人为贵人。纯宝林有孕，又侍驾有功，晋位美人。

第
六
十
章

瑶仪有孕

西福宫，琼茗阁

"幸好你没有去，你可不知，王爷的人一路追着皇上的车马，皇上竟然不管后头的嫔妃，只吩咐保护宝妃一人，若不是我怀了身孕，皇上将我移到了圣驾之内，否则我今日就回不来了……"

殿内所有伺候的宫人都被屏退出去，瑶仪一人坐在榻上边抹泪边语无伦次地说着，江心月止不住她的哭，只能双臂环着她，一手扶她的脊背。

她们都只是女子，虽然已习惯了宫内的杀机与险路，可到了战场的刀光剑影里，有哪个不怕？张婕妤的车子就在后头生生地消失不见，冯美人一身血的模样更是吓坏了许多人。江心月自诩聪慧有胆识，在宫内也曾历经杀伐，但听着瑶仪诉说这些惨事，还是止不住地身上发抖。

后头的追兵是王爷，他知晓瑶仪在内或许会吩咐留心保护。可是刀剑无眼，箭矢纷飞，又是战场之上，兵将们怎可能把过多的心思花在一个女人身上？而皇帝又明明下旨不管后头的嫔妃，听闻不少嫔妃的伤，还是神龙卫不小心失手造成的。天知道瑶仪是怎么经历这一个多月的时光？她还怀着孩子。

又哭了半日，瑶仪渐渐疲累，声音也小了下去。江心月见她心绪稍稍地恢复了，才开口问道：

"你光说路上如何遇险，你可知道王爷和皇上是怎么交锋的？结果又如何呢？"

对江心月来说，他才是她的整个世界。他此次挑起事端，险些令郑昀睿丧命，却终是未得成功。然而回来之后，就听闻他在府中闭门不出，朝野上下也未有"礼亲王谋反"之类的些许风声。

瑶仪抽噎一声，慢慢吐匀了气，才用极小心且细不可闻的声音道："王爷和大理那边，都出动了人手，本想出其不意地来此一击。虽然成功偷袭，且直冲进了圣驾所在的逐鹿城内，但陈家在齐州的屯兵超出了预计，所以，皇上终还是突围了出去。王爷不甘心，在圣驾之后追击，但皇上在沿途各城秘密安置了不少神龙卫，最后未能得手。不过还好，王爷行事周全，未能让皇上抓到丁点把柄，皇上明知内情，却苦于没有证据，只能将这次遇险算到大理头上。"

江心月一字不差地细细听完，终是松了口气道："无事就好。以后总还有机会的。"她心里翻卷着，还是有些不安，又问道："你肯定王爷没有受伤么？"

"当然没有。王爷本不善于习武，根本就没有出现在战局之中，应该是在后方被保护起来了吧。"

江心月这才点头放心。

她一手抹抹瑶仪的面颊，轻道："别哭了，孕中不好落泪的。"

提及身孕，瑶仪终是破涕为笑，道："我的命，是这个孩子救回来的呢。"她说着面上染了柔柔的笑意。她本就温柔，此时脸上泛出爱子的情切，更让人忍不住怜爱。

江心月笑着看她，或许有了这孩子之后，瑶仪在宫里就有了依靠，就不会活得那样苦，那样孤寂。

她叫来贴身的丫鬟为她净面，将温热的毛巾敷在双目上以消去红肿。她这样按了一会儿，又对着江心月道：

"回来这一趟，我虽心惊，却发现了一件奇怪的事。"

她保持着手按的姿势，继续道："嫔妃们的车驾，是依据位分高低而排的。受难的张婕妤和冯贵人，都是排在倒数第二位和第四位。宜才人位分最低，排在最后，却毫发无伤。"

"宜才人？"江心月疑道。宜才人冰氏，单名一个"瞳"字，无论姓氏还是名字都是少见的，当然非世家大族出身。听闻她是宫女承恩，虽身份低微，但较得圣眷。

这位宜才人以前从来不显山露水的，也从未被江心月注意过，不想却是有些本事。

瑶仪的身孕刚满两个月，因为受惊，胎象有些不稳。遂江心月这一晚没有回宫，待在琼茗阁陪她同睡。她遣了花影回华阳宫向主位毓妃请示，本以为会受些刁难，不想这次毓妃懒得连一句话都不肯说，芷音看着主子不发话就轻松地替主子允了。

江心月听到回禀后笑笑，心里想毓妃这一胎还真是很辛苦，什么都顾不上了。

第二日，她晨起醒来，看瑶仪已然安坐了。

"姐姐不多睡会儿？皇上免了你十日的晨省的。"

瑶仪揉眼笑道："有你在，我昨晚睡得很好。而且不知怎么的，我是被惊着了，一觉醒来心里头竟比南巡之前还安生。现在我觉得精神很好。"

江心月舒心地道："姐姐有了孩子，不再是孤身一人了。"

瑶仪这般温柔的人，定是一个好母亲吧？不过才两个月的身孕，她就为了这孩子，硬逼着自己坚强起来了。

"瑶姐姐，如今禧贵嫔娘娘待你如何？"江心月想了想，还是心里不安，不由得多问几句。

瑶仪冷笑一声，压低了声音道："还能如何？当然是越发不喜我了。如今我位分虽低，但宠爱已经远远压过她去。以往她依着自己是主位，常有苛待，拿我做丫鬟指使我也只能忍气吞声。但现在我怀有龙嗣，咱们的皇上对子嗣极其重视，她以前的那些把戏是统统不敢再用了。"

她絮絮地说着，又低垂眼帘在江心月耳边轻笑道："听闻她奈何我不得，只好在主殿内咒骂我呢。"

江心月眼中也流露出不屑，禧贵嫔之类张扬于外、欺压于内的人，竟也能得贵嫔之位。她转头对瑶仪道："姐姐如今有孕，虽然宫里仍有两位比姐姐显眼得多，但还是要谨慎。"

瑶仪点头道："这个自然。子嗣十分重要，无论是于我，于王爷，还是于我们澹台一族。我就算拼了全力，也定保得万无一失的。"

江心月仍旧不放心，指了花影去将琼茗阁里里外外细细地查验了一番，还好未发现任何异常。她不断地嘱咐瑶仪，道房内不可熏香，不可燃混杂香料的炭，食具全部要换成银质的，等等。

二人一同用过膳，江心月便往皇后宫中请安。皇后今日脸色倦怠，想是一夜未睡好。她早早令诸人散去，自己则领宫女拎了食盒往龙吟殿而去。

江心月闲闲地踱步回宫，路过毓秀殿时，她心里一突，略略犹豫，还是想着顺路去拜见一番。

她想着，今时不同往日，经过"凶夭"这个案子，想必我们之间的敌对也该放下了。后宫没有永远的朋友，也没有永远的敌人。

进了殿门，只有几个三等奴才在扫院子，门口连个通传的丫头都没有。江心月见此，只得招了个三等小宫女，要她进去禀报。

等了不多时，就见芷音从里边出来，向着江心月行礼。江心月看她面色郁郁，也不多问，只低了头进屋。

屋里挂了层叠的纱帐，帐垂于地，仿佛已经入夜，银炭烧得极暖，一进去，便觉得晦暗无光，并有闷热抑郁之气扑面而来。外殿不见毓妃，只有皇帝派来的那四个嬷嬷侍立。江心月皱了皱眉，向着内室走去。

"江氏，怎么是你？"毓妃卧在榻上，头也不抬地低低道。她一头青丝枯败失去了光泽，往日娇美的容颜此时也是蜡黄。她刚说完，便止不住地干咳起来，面色痛苦地捂着胸口。芷音慌乱地上前，捧着茶喂给她。

江心月没有料到毓妃落魄至此，也是上前，给她抚着胸口顺气。毓妃见是她，不禁恼怒，强自撑起来一手推开了她，喝道："你不过是来看本宫笑话，何必惺惺作态！本宫……本宫还用不着你来可怜！"

毓妃显然是病倒了，愠怒之下也使不上力气，江心月只被她推到一旁。毓妃的肚子高高地突出，身上却更加枯瘦，她本就是瓜子脸，此时更是下巴都削尖了。江心月看着她，不禁惊诧，"凶夭"一案，皇帝不但没有迁怒毓妃，还多加疼爱，嘱咐了皇后小心照料她的身孕。看毓妃屋里的用度都是最上乘的，根本没有受到苛待，怎么会憔悴至此？

　　心里思量了一会儿，江心月仍然跪下道："娘娘，嫔妾是真心来探望娘娘的，过去的事情都过去了，嫔妾对娘娘，已经没有丝毫怨怼了。"

　　毓妃抬头，恨恨地盯着她，半晌突地冷笑一声，别过脸去。

　　"娘娘不相信嫔妾的话吗？"

　　毓妃好似听得了什么天大的笑话，尖声狂笑起来，声音听得人心惊。她复又一手指着江心月的鼻尖："真心探望？哈！你是皇后脚边的狗，什么时候想着攀上本宫了？你还是马上给本宫滚出去，在这儿待久了本宫的屋子指不定就出了问题呢，本宫可是怕得紧！"

　　江心月跪着不说话，却也不肯起来。多日不见毓妃，她竟成了这副模样。

　　"小主您还是快走吧，娘娘近来情绪波动很大，这会儿又不舒服。"芷音端着残茶去劝江心月，她改了心性令江心月十分惊异，却也怀疑是绵里藏针。

第六十一章　虞美人

　　江心月本不欲理她，芷音却伸着手来扯她。江心月被扯得烦了，转过去拂她的手，却看见她碗里茶色浓浓，不似平常的贡茶，不禁问道："这茶是什么茶？成色这么奇怪？"

　　"回小主，毓妃娘娘这些天精神不好，打听了个偏方来提神的，这茶喝了一月，很有效用呢。"

　　身后的花影主动上前，查看起那杯茶来。只一眼，她就惊得煞白了面孔。

　　"娘娘，这茶，名叫虞美人，属于罂粟类目的花，是伤身的东西。娘娘您没有叫章太医来看一看吗？"

　　"罂粟，伤身？"毓妃一听，猛地从床上坐起。

　　江心月也是一惊，却听花影继续道："娘娘，凡是通医道的都会识得罂粟的，此花绚烂值得观赏，也可入药，其效止痛，除胃热。然而它却是一把双刃剑，如果服用过多，就会……成瘾。"

　　毓妃粉脸色变，喃喃道："难怪……我喝这茶，一天比一天喝得多。那，这东西有什么伤身的呢？"

　　"回娘娘，成瘾之后可致人消瘦，身体衰弱，喜怒不定，出现幻觉，却愈加依赖此物，一日不食全身痛痒，受尽折磨。身体强健者服用数年后，就会虚弱至死。而对于孕妇，它对胎儿的损伤是极为严重的，多食后胎儿就会畸形，或是死胎，母体本身也会严重受创……"

虞美人，真是个好听的名儿。但在宫里，大多外表美好的事物，内里都是险恶的。

"闭嘴，闭嘴！不要再说了！"毓妃惊恐地捂住耳朵，却因为急促地说话又干咳起来，咳着咳着面色又痛苦不已，在床上翻滚起来，最后竟爬起来去抢夺芷音手里的残茶。

芷音大惊，牢牢握着茶不肯给她，毓妃身子虚弱却不知哪来的力气，拼着劲儿去扒芷音的手。江心月见状，猛地上前，一手夺了茶盏砸在地上，抓着毓妃的两手道："娘娘，娘娘，您要忍着，忍着啊！您想想孩子，您不是一直想要孩子吗？"

毓妃被她惊醒，乖乖缩了手，却又一头栽倒在榻上，痛苦地呻吟着。江心月对着芷音迭声道："还愣什么，快去请章太医啊！"

芷音慌乱地小跑着离去，江心月和花影、菊香一同上前，三人一起按着毓妃，怕她伤了腹中的胎儿。四个嬷嬷在外间听到动静，都忙不迭地跑进来，江心月却朝她们喝道："娘娘不知为何突然发了病，芷音已经去传太医了，你们都退下，不要添乱！"

四个嬷嬷诺诺地低了头退下，江心月一眼扫过她们，果然见其中一个眼珠转动着，似乎有些心思。她暗暗地记下了那人，又转头忙着压住毓妃。

毓妃体弱，哪里挣得过习武之人，被死死地摁住动弹不得，只扭曲着一张脸，承受着极大的痛苦。

只一会儿，章太医就提着药箱匆匆赶来，有医女上前为毓妃牵了手线，菊香帮着芷音将屏风搭了起来。

"章院判，你是负责毓妃这一胎的，娘娘身子这个样子，你怎么丝毫不知？"江心月愠怒着指责章太医，章太医想起先前莲容华刚进宫时自己使的绊子，不禁冷汗涔涔，倒不知如何回话了。

"章院判倒是说话啊，我是为着毓妃娘娘的身子着想。"

章太医听了才放下心来，颇委屈地回道："回小主，微臣本来是该每三日诊一次脉的，可……可照顾的嬷嬷说娘娘情绪不好，举止激动，遂……不好让外男进殿……这事禀明了皇后，皇后娘娘也同意了。嬷嬷是皇上指派下来的，照顾产妇很有经验，成嬷嬷又通医道，所以……所以就让嬷嬷们一力照顾……"

"糊涂东西！怀孕的主子竟然没有太医看顾，这太荒唐了！"江心月怒道，心里却思忖起来。

皇上离宫，皇后掌管全宫，此事又是皇后同意了的。如此，为害的那人，也就明白是谁了。

"虞美人"创伤人的神志，扰人心绪，毓妃本就是跋扈性子，也难怪她这些日子常在宫内摔打物件。

自从那案子结了后，江心月因祸得福，连晋三级，隆宠无限。而淑妃一党没有多少损失，反而此次南巡归来后，陈家抗敌立下大功，皇帝回宫后一改对太后、淑妃的冷淡，不仅立即去了长乐宫拜见太后，且连接几日留宿在淑妃宫里。谁都明白，太后再次掌权，淑妃也复宠了。皇帝多年来被陈家压制，现在还要低着头去向太后求和，江心月看着都觉得可怜。而皇后趁着南巡的机会对毓妃动手，是想趁毓妃丧妹失了心志，又怀孕体弱之际要她一尸两命。现在的毓妃的确是最弱势、最容易除掉的，然而此时绝对不是除掉她的时候。

江心月的真正对手，早已不是曾多方刁难的毓妃，而是差点置她于死地，且今后仍不想放过她的淑妃。

屏风后的章太医手执悬丝，三指颤颤，待发现毓妃食用过罂粟，不禁面上生出冷汗。多次诊脉后终是松了口气，开了些调养补气的方子，道服用的时间短尚有转圜之地。而罂粟的成瘾，则没有药物可介入，只能由病人自身的意志来克服。

江心月遣退了章太医，回过头去，只见毓妃刚刚过了那一阵的痛苦，正躺在榻上，双眼无神地盯着房梁。

"毓妃娘娘，毓妃娘娘？"

毓妃呆滞地侧过头，看着江心月，不由得凄凄苦笑。

"娘娘您听见太医的话了么？章太医说了，您的身子是能转圜的，只要以后再也不碰罂粟，安心补身子就无碍了。"

好一会儿，毓妃才渐渐清醒了神志，花影小心地放开她，她动了动被压了许久的右手，朝着江心月喃喃道：

"我记得，你已经是受尽隆宠的莲容华了，到底为什么，要来本宫这里？"

江心月拢一拢额前的碎发，温和地笑笑："嫔妾不是说了么，嫔妾是来探望娘娘的。"

毓妃疲累地苦笑，不再说话，却是朝着芷音抬了抬手。芷音会意，出了内阁，将外间的四个嬷嬷全都遣退下去。

"娘娘，刚刚听章太医说，成嬷嬷通医道。"

毓妃的眼中浮现出狠色，却是幽幽道："本宫知道她，她是皇后娘家的远亲。皇后不让本宫接触章太医，本宫没有法子，就只能自己防范。没想到还是遭此暗算。"

"娘娘您不要担心，皇上不是回来了么。今天的事，瞒是瞒不住了，皇后娘娘必然会知道您看穿了罂粟茶……嫔妾只求娘娘一件事，就是不要对外声称是嫔妾的宫女先看穿，并告诉了娘娘的。"

毓妃看着她，丝毫没有答话的意思，一会儿竟笑了："你还没有说，你为什么要来向本宫示好。"

闻言，江心月轻叹一声，缓缓抬头道："淑妃容不下嫔妾，嫔妾的日子不好过，只是不想再……开罪了娘娘您。而且，娘娘应该听说过一句话——有共同的敌人的人就是朋友。"

毓妃听了并不驳斥她，只是笑笑，复又挥挥手道："本宫今天谢谢你，不过你还是快走吧。"

江心月没有再说话，只是规矩地行了礼，退了出去。

江心月没有回去，而是出了华阳宫，往宫花苑而去。

花影看这路走得不太对，主子又脚步凝滞，不由得问道："小主您这是去哪儿啊？您刚刚不是说，想去宜才人的住所悦容阁里拜访么？"

"唉，在毓妃那儿折腾了半晌，现下毓妃这事不是小事，我心劲有限，也懒得去管那宜才人了。既然她和我无交集，那就等有交集了再去关心她吧。"

"小主，真不明白，皇后容不得毓妃，您不帮着皇后娘娘也就罢了，还要救下毓妃，这要是让皇后知道了……"

"花影慎言，这儿是宫花苑，可是什么人都有的。"宫花苑是宫里最大的园子，宫中的主子们长日无聊，多喜欢到此散心游玩，可谓人多眼睛多。

花影连忙掩住口，不安地朝周围望了望。一会儿又扯了扯江心月："小主，到底为什么啊？"

江心月轻轻道："你觉得这宫里，皇后和淑妃谁更难对付？"

"当然是淑妃，皇后虽为六宫之主，但家中不过是新贵，只有上官大人一人为高官，算不得世家大族。而淑妃娘娘不仅有皇子，有太后撑腰，还有陈家这样的第一望族，连皇上和礼亲王都不敢和他们相斗，二人势力强弱很明显。"

"是，你说的很对。然而现在毓妃弱势之际，皇后想趁此除掉她，那么毓妃死后，皇后娘娘会面对怎样的局面呢？"

"若是这样，毓妃一死，皇后娘娘就只剩淑妃一个对手了，可不是很省力么……"

"你想得倒好，可你若是站在淑妃的角度上想，毓妃一倒台，她就会集中力气对付皇后，皇后就会很危险。我并不是多关心皇后的生死，但现下我还只是个小主，还是和淑妃结了仇的，我可不想陪着胜算不大的皇后和淑妃死磕。你可知，三足鼎立才是最稳当的，二人针锋相对就会掀起巨浪。而在巨浪之下，我作为卷入局中的人，恐怕皇后还没输我就先被掀翻了。她们要改变这种平衡，也要等我成了高位，不会被淑妃轻易地打倒……"

第六十二章 柔更衣（一）

　　江心月还没有说完，就被菊香惶急地扯了一下，不禁一惊，抬头才发现远处几位宫妃互相簇拥着走近，她们穿得鲜亮，在初春回暖的勃勃气息之下，一团莺莺燕燕，人比花娇。

　　"哟，这不是莲容华么，莲容华一向喜欢窝在屋里，今儿也趁着春回大地，出来凑热闹了？"打头的一位嫔妃刚发现了江心月的身影，就忙不迭地远远招呼起来。

　　江心月规矩地行了礼，道："嫔妾给祥嫔娘娘请安，给云嫔娘娘请安。"

　　"免了免了，莲妹妹从来都是个规矩人。"云嫔再次热络地笑道。

　　两位嫔主身后的一众低阶嫔妃给江心月见了礼，江心月看过去，是蒋宝林和三个不太熟悉的面孔，听得三人问安，才知道了她们分别是顺才人、林选侍和柔更衣。

　　"我说姐妹们都站着也怪累的，咱不如到前面的怡心亭小坐，如何啊？"

　　"谢云嫔娘娘……"江心月和几位低阶的嫔妃都再次行礼，原来怡心亭是皇帝当年宠爱云嫔，特赐予她还给改了名字叫"怡心"，是喜欢云嫔直爽的性子，说是和她在一起总会舒缓心神。虽然后来云嫔不那么得宠了，但她为人开朗，从不计较这些，照样过得很滋润。怡心亭只是一处再普通不过的小亭，比起太液池畔赐予宝妃抚琴的静月居实在太不起眼了，故此也没有嫔妃和她争这处亭子。

七人按着位分坐了，菊香等一众宫女都立在亭外，因着亭子不大，七个主子已经很挤了。

有宫女上了瓜果点心，云嫔好吃，一张小嘴开开合合，边嗑着瓜子边说个不停。祥嫔是六嫔之首，位高于云嫔的，此时她坐在一边，只听着云嫔和众人说笑，不屑出言却不时神色不善地扫一眼江心月。

蒋宝林是居在祥嫔偏殿的，因着之前拉拢江心月不成，心怀愤恨，本就不想和她多说什么；又见主位祥嫔不理睬众人，当下更不肯说话了。

江心月和云嫔相谈甚欢，顺才人、林选侍二人是云嫔宫中的，此时也陪着云嫔谈笑风生，而瑟缩在角落里的柔更衣则一直低着头，双手叠交在膝上捏着帕子，娇小的身子紧绷着，透着紧张与惶恐。

"妹妹可不知那唱曲儿的人，每日都要吊嗓子，还不能吃生冷之物恐伤了咽喉，不过这罪受得也值得，当红的优伶哪个不是这么过来的。"

"台上一刻钟，台下十年功，可我还听说唱得好还需天生的好嗓子，否则后天再怎么栽培也是不成的……"

"莲容华，你这话可说到点子上了，要论天生的嗓子好，咱这儿不正好有一位么？"云嫔一众说得正起兴，却听得方才一言不发的祥嫔突然地插嘴，只唬得江心月一愣，遂才想起来在座位分最高的还是这位祥嫔娘娘，不得不住了口，听她说话。

祥嫔睨一眼众人，就一手揪起了角落里的柔更衣，半寸长的指甲掐进柔更衣的臂膀，直掐得她泪水莹莹满眶，却是强忍着不敢让泪掉下来，只是原本紧张的身子愈加地发抖了。

"柔更衣的嗓子啊，真真是黄莺婉转，柔媚动听。哎，你看你，怎的一副委屈的样子，怎么本宫当众赞扬你几句，还成了苛待你不成了？"祥嫔手上又用力了几分，江心月离得近，看到那指甲已经掐破了皮肉，隔着宫装透出一点鲜艳的红色。

柔更衣轻轻地"啊"了一声，泪珠儿终于滚瓜落下，脸色楚楚惹人怜悯。"嫔妾不敢委屈，只是娘娘夸赞，嫔妾自觉得担不起……"

"哎哟，这会儿还知道谦虚了？你的嗓子可是叫皇上一下相中的，怎能说不是绝妙？"

江心月抚着脑门回忆着，才想起菊香曾提起过这位柔更衣，是自己在慎刑司的那段日子，皇上看上了一个浣衣局的丫鬟，封了更衣还赐了封号。看着她容貌清秀，却也不是绝色，原来是靠着嗓子上位的。

柔更衣也是个命苦的，做了嫔妃却被分到了祥嫔的启祥宫里。在外头祥嫔都这样对她，可以想见在启祥宫她是过着什么样的日子了。

后宫的人，最喜欢做的便是恃强凌弱。女人们无聊打发日子，欺负人就显得很好玩。自己被他人欺负了，恶气无处发泄，也只好用更弱者来抚慰自己的屈辱。居高位者喜欢睥睨一切的凌驾之感，这种支配和掌控大半是由欺负人构成的，看到他人跪伏在自己脚边，可怜至极地哭泣、求饶，那磕头的声音其实是最悦耳的。低位者受了太多欺辱，一朝得势或等哪个主子失势，便会如恶犬般撕咬，以解心头的不甘。欺负人，是宫廷生活的重要组成部分，没有了这一环，费尽千辛万苦登上高位的意义在哪里？生活的趣味又在哪里？

"就是啊，祥嫔娘娘，柔更衣常为皇上唱曲解忧，这会儿也给我们唱上两句，娘娘您说如何啊？"蒋宝林最会奉承，此刻明白祥嫔的心意，也乐得欺辱这位宫女出身的低贱嫔妃。

江心月轻轻侧过头，笑看着蒋宝林。她是自己进宫所认识的第一个人，却也是自己最为不屑的人。原本还以为是祥嫔给她受了气，她投靠祥嫔不成，才去投靠了皇后这棵大树，没想到她在启祥宫里是巴结着祥嫔的。

世上的人共分三种，一种是很笨的人，什么都看不清，什么都不会做，譬如谨贵人；一种是聪明人，譬如太后，当然这聪明人又是分了好几个档次的；还有一种是夹在中间，不聪明也不傻的人，其实这样的人反而是最可悲的，因为他们只看透了事物的一部分便贸然行动，只懂得了一点点争斗的技巧就敢于去争斗，结果会比很笨的人还悲惨。

蒋宝林却很可怜地成为了这中间的人。她学会了拉拢人这么个不错的技巧，却太喜欢拉拢人了，她在宫中除了拉帮结派就没有别的手段了。可是她却同时上了两个敌对势力的船。祥嫔和皇后不但不交好，还颇有积怨。若是祥嫔或皇后其中的任何一派得知了她踩在对方的船上，她会有怎样的下场？

唉，谨贵人死得那么可怜，而蒋宝林，会有什么更可怜的下场？

"嗯，这主意甚好！我们姐妹在这坐了许久，倒有些无聊，柔更衣，你就开个金口，给我们献一两段吧。"

听了祥嫔的话，江心月又要在心里说：蒋希涵你的运气真好，祥嫔的脑子太不好使了，她竟然没有看出来。可是你觉得皇后的脑子和祥嫔一样不好使么？

事实上，蒋宝林虽然巴结到了皇后，却没有分得什么好处。因为她太平凡太不出众了，在皇后心里比起婧容华和莲容华差了岂止是十万八千里，皇后几乎都忘了她的存在。

一旁的云嫔蹙眉，她明明说得很开心，是祥嫔一个人无聊，却要拿这当理由欺负一个更衣。

柔更衣颤颤地站起身，却猝不及防地被祥嫔往前一推，差点站立不稳。她颤巍巍地站到众人面前，抽泣着，踟蹰着不肯开口。在宫花苑这样的地方，被人当歌妓戏耍，她纵然平日保持着胆小的态度，也不想受这样的侮辱。

看着她那梨花带雨惹人怜的模样，江心月从心底升腾起厌恶。胆小是么？可怜是么？你那时候勾引皇上的谋略与胆量又上哪儿去了呢？一个浣衣局的低等奴才能见着皇上，并成功地上位，这可不是普通人做得到的。而且你得宠之时，不正是我在慎刑司受难之时么？

祥嫔虽只是嫔位，但六嫔之首拥有的是管理其下低阶宫妃的权力，与淑妃的协理六宫大权一样惹眼，有了权力，旁人就难以奈何了。故此江心月一点也不想碰她这根大钉子，且也乐得看柔更衣受苦。

其余的四人都端坐着冷眼旁观，宫里的生活，麻烦事是能少惹便少惹，况且祥嫔是一个不小的麻烦。柔更衣见无人肯为她说话，哭得更厉害了，迭声道："娘娘，嫔妾……这几日吃坏了嗓子，不便唱曲，不能给各位主子献艺了。"

祥嫔性子急，火气大，忍了这许久她的眼中已经有狠厉，想是要好好惩治柔更衣了。江心月直接无视，不落井下石也不出言相助，只无言地将头撇向一侧。

这一撇不要紧，竟看见宫花苑九曲回廊之处有繁盛的仪仗走近，江心月心里一叹：真是会挑时候，也是柔更衣命好能逃过一劫了。她不犹豫，立刻起身对着祥嫔恭声劝慰："祥嫔娘娘，柔妹妹或许真是吃坏了嗓子，这会儿不方便呢，您看园子里春光正好，我们去赏花如何啊？"

祥嫔斜睨了她一眼，抬手抚着腕上一只水汪汪的翡翠镯子，徐徐道："莲容华怕是看不上柔更衣的技艺吧，本宫记得那时的红莲舞可是艳冠一方，只是……后来皇上再不让跳了，呵呵，实在可惜。"

第六十三章 柔更衣（二）

江心月的衣袖在于中攥紧，好你个祥嫔，我现下得宠你也敢这样讽刺，竟抬出大半年前的事来。柔更衣在一侧哭泣，却突然跪下大声道："祥嫔娘娘，求娘娘宽恕嫔妾吧，嫔妾再也不敢奢望皇上的宠爱，只求娘娘饶过嫔妾……"

祥嫔突地一惊，柔更衣也太不会说话了吧，争宠这种话，怎么能堂而皇之地说出来呢？后宫里的嫔妃提到这一类的事情都是尽可能地含蓄。而她这样说，无疑是辱骂自己因为嫉妒而刁难她。祥嫔面上得意起来，竟敢给高位嫔妃扣上嫉妒的罪名，以她的权力，可以当场治柔更衣诽谤之罪。

祥嫔的确是准备这样做的，她站起身，缓慢踱步至柔更衣面前，用观赏垂死挣扎的猎物的表情俯视着她，一手高高地扬了起来。

江心月郁闷地闭上了眼睛，祥嫔啊祥嫔，你的眼神怎么那么不好使呢？柔更衣也真是个戏子的好苗子，一副楚楚可怜又胸无城府的表象，想必会从远处那人处得到她想要的结果。

不过既然柔更衣在演戏，江心月也喜欢从中分得些许的好处，于是继续演着自己的戏份，做出同情的模样对祥嫔道："娘娘，您莫要动气啊，柔更衣有什么言语冒犯之处，想必也是无心之过，您大人有大量，就饶过她吧。"

祥嫔回眸不屑地扫她一眼，继而高举的右手狠狠落了下来……

江心月默默摇了摇头。

片刻之后，没有想象中的"住手"这一类的男子的厉喝，而是祥嫔被一脚踹在了地上，一声惨叫后，祥嫔顾不得吃痛，惊恐地爬起来："给皇上请安。"

江心月和在座的四人都呆愣在原地，一会儿才给皇帝行了礼。祥嫔怎么说也是较为得宠的，可郑昀睿竟然为了一个更衣对她动手，实在太不可思议了。平日里郑昀睿虽无情，但为了帝王的风度怎会打女人，宫妃犯了错都是按规矩处置的。江心月心里惴惴地慌乱，柔更衣究竟是使了什么法子能够让郑昀睿为她做到如此？

"祥嫔，你嫉妒成性，把兰贞刁难成这样，朕对你太失望了！"

祥嫔狼狈地向前爬了两步，张口欲分辩，却被郑昀睿一手甩到一边，怒道："朕懒得听你解释。"说着把跪着哭泣的柔更衣拉入自己怀中。

皇帝回过头，赞赏地对江心月道："心月一向德行好，心地善良，朕心宽慰。"

自"凶夭"一案后，后宫人均知江心月的良善，这样的品质在后宫极其少见，却也被不少人暗地里嘲讽。

"皇上谬赞了，柔更衣惹人怜爱，嫔妾出言相助也是人之常情。"江心月柔柔地看着皇帝，面露深情，让皇帝心生出更多的爱怜。皇帝想着这么多日子不见，真是怪想她的，遂温言暖语道："你的身子可好了？朕回来就听皇后说，你这些日子一直闭门不出的，朕还担心你的伤势。今儿春色怡人，朕在花丛里看见你，也甚是放心。"

"谢皇上记挂着，嫔妾已经不碍事了。"江心月欣喜异常，面上浮起一抹红晕，不由得低了头做小女儿态。

皇帝见她如此，温柔携起了她的手，却故作严厉地说道："怎么看你有些瘦了？是不是没好好用膳呐？"

"嫔妾不敢，嫔妾不敢，嫔妾每天都把该吃的全吃了的，您不信可以去问菊香……"

看着江心月孩子一般的娇憨模样，皇帝极舒心地笑了起来，又把她拉近了些距离："看看朕的心月，那时还嫌自己丑，现在休养好了，容颜越发倾城，让朕怎么移得开眼！"

身后的祥嫔跪地啜泣，眼角偷偷瞥着江心月和柔更衣，神色透出愤恨。云嫔一众被皇帝晾着，只默默地立在一旁，颇有尴尬。

"皇上，嫔妾不小心冒犯了祥嫔娘娘，能得莲小主爱护，只觉得深受恩德，日后定尽心侍奉莲姐姐。"被皇帝拥在另一侧的柔更衣见皇帝的注意力被江心月转移了，便适时地开口，对江心月的称呼已经从小主变成了姐姐。

柔更衣成功地将皇帝的思绪拉了回来，皇帝立即拥紧了她，神色中弥漫着宠溺，轻言道："兰贞和心月都是可心人儿，朕有如此内外兼修的美人在侧，真是朕的福气。"说着，他心疼地为柔更衣擦去脸上的泪珠，又说了些温情之语，柔更衣尽显娇柔之态，更讨得皇帝欢心。

"朕今儿就去兰贞那里吧。"说着说着，皇帝这么一句话，听在江心月耳中却如惊雷。

她没有料到是这样的结局，看着柔更衣娇柔的模样，心中渐渐有冰雪落下。越是外表柔弱的女子，越是不可轻易去怜悯，因为这样的人太善于伪装，一旦有了野心，她的力量会让你难以想象。

"柔妹妹娇俏可爱，连嫔妾都忍不住喜欢，皇上，您快去陪陪这美人儿吧。"江心月虽心中厌恶，面上仍然温婉，人家柔更衣都叫了姐姐，她也装出一副姐妹情深的模样。这后宫里，再讨厌的人，不也是名义上的姐妹么？越是互称姐妹的人，不也越是互相厮杀么？皇帝喜悦地赞了她一句，便陪着柔更衣缓缓离去。

看着皇帝与柔更衣的背影，江心月的神色中一片冷冽。兰贞，连姓氏都没有的贱奴，竟然压过了自己。

"莲容华，你看人家一个更衣，还不是把皇上的心抓得牢牢的。"祥嫔衣衫狼狈，却仍然倔强地抬头，直视着江心月嘲讽道。

"祥嫔娘娘，您以后还是要修身养性，心胸宽大了才好。"江心月丝毫不畏于她，就算她现在示弱，祥嫔对她的愤恨也不会减少。

嫉妒是女子恶性之一，在普通百姓家犯了这一条甚至会被休的，江心月把祥嫔的嫉妒说成心胸不宽大，已经是非常手下留情了。她在心里默默地奖赏了一下自己，这一次她骂得可没有那么露骨了。

"你这放肆的蹄子，出身卑贱，竟敢嘲讽于我……"祥嫔站起身，不顾身上沾惹的枯叶与泥土，一手指着江心月，口中不断地咒骂着，将这天受到的打击全发泄在了她身上。

江心月鄙夷地瞥她一眼，觉着眼下甚是无趣，匆匆告辞了离去，不理会身后祥嫔泼辣露骨的叫骂声。

她的心情不太好，遂直接回了紫碧轩。一旁的花影替她把该抱怨的都抱怨完了，她见花影把柔更衣说得不堪，倒没什么火气了，还要反过来劝慰这小丫头。

"人家现在也没对我出手，不过是得宠过分了些，这也招惹你了？"

"我只是……唉，宫里的女人太多了，我好担心，咱们的正事何时才能……"

"你年轻沉不住气，我都不担心，你看皇上虽然不是我一个人的，但对我的确也不错啊，你数数这宫里，除了宝妃，也就是你家小主我是第二份的恩宠了，婧容华、毓妃、梅嫔一众现在都不及我了。日子一天一天地过，事情总是有进展的不是么？我为了救下皇嗣，从慎刑司走了那么一遭，得到的补偿可是天大的。"

屋里没有旁人，姐妹俩有一搭没一搭地叙话，最后也调笑了起来，整日的阴霾一扫而空。江心月乐着，想有了花影这日子好过了许多。

蒋宝林是爱嚼舌根的人，不出半日，各宫都知道了宫花苑发生的事，而且是被添油加醋了的。祥嫔没有被处罚，但她是本朝以来第一个被皇帝亲自动手教训的嫔妃，这样的笑话如长了翅膀一般传得满宫热闹。而柔更衣，她的受宠令六宫侧目。

"毓妃那儿，真是一桩大麻烦。"江心月没有时间随众人去议论柔更衣，皇后和毓妃之间的对峙是关乎她生死的，她这个夹在中间的人极为危险。

江心月皱着眉筹谋起来，想着想着，突然一盏茶重重砸在桌上，恼恨道："事已至此，我该如何向皇后撇清自己！婧容华是皇后堂妹，却还偏偏知道花影你通医道，就算你看出那碗茶的事不被透露出去，皇后也会猜到是你，该死！皇后都已年近三十，怎么还这般思虑不周，心急地想要毓妃的命，还要本小主赔着命给她弥补……"

　　"小主，您莫要动气啊，您何不向皇后娘娘说明这其中的缘由，皇后还会赞赏您的苦心呢。"菊香刚进门便看到江心月在发火，不由得上前劝说。

　　"唉，不可。怎么说我也是先斩后奏，违了皇后心意的，她定怪我不把她放在眼里。说不定她还会以为我巧言令色，明明背叛了她还为毓妃开脱。皇后身居高位，骄傲的她怎会听进去我的语重心长。"再度拿起那盏茶，江心月五指扣紧，思量着如何向皇后应对。

　　突然花影上前一步，在她耳边轻道："小主，这事好办，您忘了婧容华她是如何得知奴婢通医术的？"

　　江心月听得，眼前一亮，倏地站起来道："是我心急了，竟然还忘了这一出。"她面上轻笑，当时救下上官合子，无疑是雪中送炭。宫里的恩惠，向来不是白捡的，这一份人情，自己早就记着要她还的。

　　"很好，花影。菊香给我梳妆，你去把那件红宝石石榴步摇找出来，石榴多子，最适合赠予有孕之人。"

　　花影起初为拿到了主意而欢喜，听得红宝石三个字，脸色又黯然下去。无奈她知道拗不过江心月，只得乖乖地拿了来。

　　江心月看花影嘟嘴的模样甚是可爱，只憋着笑，心想你阿奴姐哪会做亏本的买卖，这么贵重的东西送出去，难道只是为了解决此事？

　　江心月带着花影，赶着脚步就到了凤昭宫。她早已算好此时皇后会至长乐宫侍奉太后，到了一看并无变数，她向宫人禀明后，直接被带到了偏殿朝露阁。

　　此时上官合子刚沐浴而出，软软的锦发披泻而下，有宫女将坎巾搁在她的秀发之下，恐湿了衣襟。她闲闲地坐着，高高隆起的小腹透出莫名的温馨，又用手指轻挑案上古琴，随心拨弄之下也似珠落玉盘一般悦耳。

　　她本有贫血之症，怀孕之后极为辛苦，然而现在看她倒是面色红润，身子也如一般的孕妇一样日渐丰腴，可见皇上待她的确是极好的，又有皇后的庇护。江心月打心眼里生出羡慕，婧容华的命真好。

　　江心月站在殿外，透过大开的窗子将这美人的一举一动尽收眼底，真觉得此女虽不倾城，却自有一番气质。当宫女把自己到来的消息回禀于她时，她优雅地起身，忙笑着道请进来。

"姐姐有孕，妹妹早该来探望了。"

上官合子柔柔地笑着与她行了平礼，面露感激与欣喜，道："妹妹见外了，姐姐这一胎是如何保得的，还不全倚仗妹妹么？"

江心月淡淡一笑，径自坐在了主位下首的座位。她与上官合子没有多少交往，只有那一次救了她，她不仅记得很清楚，且还一出口就提及了这事，说得江心月颇为受用。

上官合子见她恭谦，当下笑笑，顿了顿坐到了主位上，柔柔地开口问江心月的身体是否恢复了。

江心月见她关心，也知道她是个好说话的人，遂有了些好感。她受冤进了慎刑司这事，后宫诸人都不愿意说起，因为她因祸得福，连越三级，并成为宝妃之下数得上的得宠之人，嫔妃们嫉妒的同时，连想讽刺都无从下口。莲容华是敢于为皇子挡灾，并受了大罪的，人们除了赞扬她的德行，其余什么都说不出。

上官合子的关心无疑是真诚的。

二人闲闲地聊了一会儿，身后的花影适时地奉上那支贵气逼人的石榴步摇，上官合子一见之下，纵是得到过无数珠玉也惊得愣住，她深知红宝石是所有珠宝中最昂贵的，而且这副成色血红，无丝毫杂质又颗颗硕大，连皇后手里的那串手钏也比之不及，当下不敢收，连连推脱。

"姐姐何须客气，妹妹今日来，是有求于姐姐的。"

江心月觉得和上官合子说话，最应该开门见山，当下毫不隐讳地说了出来。上官合子稍有愣神，继而挥手令下人尽数退出。

"妹妹进宫以来受到皇后庇佑，实在感激不尽，唯有尽心侍奉皇后。"

上官合子听着，保持着微笑的表情，并不发表任何观点。

"不过妹妹这些天，情急之下做了些事，可事后才发觉不妥。这事关乎皇后娘娘，妹妹来就是为了和姐姐商量，若是……姐姐也觉着不妥，那妹妹真是，对不起皇后娘娘，唯有任皇后娘娘处置了。"

江心月说到关键处，却欲言又止，装出不敢再说下去的模样。泪珠在眼里打转转，头渐渐地往下缩却正好令泪珠掉了下来，"啪嗒"一声滴在手背。上官合子见状，立即起身拉起她的手劝慰，江心月受到了鼓励，抽抽噎噎地再次开了口。

她说得断断续续，却也极为清晰明了，从偶尔至毓妃殿中拜见，到恰巧撞见毓妃犯病，到见毓妃病得厉害心里害怕，不得已才传了章太医，一切都是由巧合构成，她在不知情的情况下叫来了御医，却不知此事是皇后的主意，直到毓妃又偶尔提到了成嬷嬷，她才幡然醒悟，却为时已晚。

江心月自信上官合子有足够的聪明，可以想到这其中的关窍。因为毓妃的死亡给上官合子带来的麻烦一定比自己更大。自己虽上了皇后的船，但若皇后败在淑妃手里，她也能凭着手段换到淑妃船上，只是郑昀睿那边难以交代，失宠是肯定的，自己的计划也完不成了，但至少可以保命；而上官合子，她与皇后一样的姓氏决定了她没有资格换船。

"妹妹莫急，其实，这样做，反而是救了皇后娘娘呢。"上官合子只蹙眉深思了片刻，便面上一松，笑着给出了答案。

江心月吃惊于她的思考速度，却是装作迷茫的样子。上官合子将江心月心中所想丝毫不差地娓娓道来，江心月起初迷茫，而后猛然惊醒，拉着上官合子的手不停地道谢。

"唉，皇后娘娘一时心急，走了不该走的棋，可是娘娘一向睿智，这里头，怕是有些杂念的纷扰吧。"上官合子说完了，又轻轻叹了一句。

杂念？什么样的杂念造成了皇后的不理智？当然是那皇宫里不该有的感情。皇帝是宠爱毓妃的，这宠爱之中并不是全然的利用，那种点滴渗透的暧昧情愫，多少是有一些的。而对皇后而言，这一点点皇帝的真心，她曾经也拥有过，但现在都不复存在了。她只能反复回忆着曾经的甜蜜。她对毓妃的痛恨，不仅仅是权势相争那么简单。

江心月心里赞叹上官合子的通透，面上却对这句话迷惑不解，上官合子见她这样，也没打算把其中深意透露出来。

这种杂念是皇后的弱点，然而当上官合子叹出"杂念"这个并不好听的词语的时候，已经说明了她没有这项弱点。

"妹妹放心，皇后娘娘不会知道花影的医术。而成嬷嬷，说到底她和我的父亲更亲厚一些的……那罂粟是慢性的，到时候毓妃成功生产，皇后娘娘也只能当是她体质好，侥幸逃脱了。你我二人虽受皇宠，但日后还是要齐心协力的好。"

江心月略一思索，当下不是一点半点的吃惊。上官合子没有说谎，她在此之前并不知道皇后的计划，否则她会最先去阻止，因此成嬷嬷是皇后的人手而不是她的，这一点十分肯定；而上官合子和成嬷嬷同样有远亲关系，她为了替江心月掩盖，提出了要将成嬷嬷收到自己手中，将皇后完全蒙在鼓里，这是江心月始料未及的。她所想不过是上官合子不说出花影的医术，当皇后因为江心月"偶然"打破了她的计划而发火时，上官合子在皇后面前美言一二，就替她开脱了。然而这样皇后仍然会对江心月有怨怼，上官合子干脆自己出大力，将这事抹得一干二净……

江心月的心思千回百转，难道是上官合子认为，若皇后知道了毓妃逃脱，会再次出手，她为了保护毓妃才干脆让皇后什么都不知道？不是的，毓妃的肚子已经八个多月了，再出手，皇后根本没有时间。那是上官合子单纯想拉拢江心月？也不对，她有皇后庇护，完全用不着这么做，因为这是有危险的，万一被皇后发现她的背叛……因此唯一的解释便是，上官合子对皇后生出了二心，她感觉皇后的庇护太不保险，而且她从那支石榴簪子上看出了江心月的拉拢之意，因此才拉上她，以增强自己的力量……

江心月轻叹，此人，太聪明了。

上官合子本身的力量已经很强，她不会下这样大的本钱，拉拢一个没有实力的人。也就是说，她已经看出了江心月的伪装，她明白江心月是在完全没有偶然的情况下救下毓妃。

原本，按照江心月的计划，解决了毓妃这事，拉拢了上官合子之后，她留给了上官合子一个把柄，上官合子随时都可以用此事来威胁她，这是无可奈何也是无法解决的。然而上官合子把成嬷嬷拉上了，也就是把自己跟江心月捆在了一起，背叛皇后的事她也有份，以后还怎么去威胁江心月呢？

如果她想拿这件事来打击江心月，只能牺牲成嬷嬷，要成嬷嬷反咬一口说是被江心月收买，才背叛了皇后。可是成嬷嬷是上官家的家奴，她的家人也全在上官府，江心月怎么收买，怎么控制？到时候再一咬就把上官合子咬出来了。

上官合子送了江心月一个又一个的人情，几乎像馅饼一样把她砸得发晕。

江心月从馅饼堆中清醒过来时，便看到上官合子依旧笑盈盈的神情，不由得对她下拜，声泪俱下道："姐姐救命之恩，妹妹不知如何报答。"

上官合子满意于她的表现，江心月又坐下叙了一些话，才起身离开。

江心月边想着，不自觉地笑了起来。

这个合作伙伴，她实在太满意了。主动放弃一个把柄，这需要很大的魄力。用威胁的方法让一个人为你做事，是最下乘的手段，如果那人的实力高于你，那很可能在做事的过程中顺便把你除了；就算没有得逞，被那人记恨也是很不好的。

上官合子猜到了江心月的实力比较强，却并不知道有多强。但她做对了。

第六十五章 二

绿珠

　　"花影啊，你看到了没有，咱们那一支簪子，狱得了多大的收益啊。"江心月搭着花影的手，袅娜而缓慢地移步，漫无目的地在宫花苑里走走停停，似乎在欣赏初春的娇美。

　　"是，奴婢明白，而且奴婢觉得和聪明人合作很舒服。"

　　"呵，你说的确实有道理。"江心月不以为然地叹一口气，低低道，"合作的对方，可是虎狼之辈呢。"

　　江心月存着心事，脚步极为缓慢，等到了萦碧轩门口，不觉天色都黑了下来。

　　"奴婢恭迎小主。"院内跪着一个丫鬟，她身后是一众宫女太监，都跪得笔直。

　　"小主，您这是去哪儿了，可让奴婢们担忧了好半天。"那丫鬟见江心月缓慢踱步进门，立即殷勤地上前扶着，关切之语不绝于耳。

　　江心月漠视了她的贴心侍奉，只问道："菊香呢？"

　　"回小主，菊香姑姑去太医院拿药了，是齐御医给您开的补身子的方子呢。"

　　"拿药这样的粗活，为何要一轩掌事亲自去做？是菊香自己要去的吗？"江心月回头看着这丫头，即使夜色渐浓也能看出她眼中的怒色。

"回小主，这虽然看似是小事，但关乎小主您的贵体，特别是这样入口的东西要格外小心，被居心不良之人钻了空子可怎么好？故此奴婢建议了菊香姑姑，还是她亲自去拿比较好。"丫鬟丝毫不畏惧江心月的威势，抬头直视她，声色清晰地回禀道。

江心月看她这副样子，不禁笑了，轻轻道："月影，你这名字，还是太后娘娘给起的吧？"

"正是，太后娘娘说了，奴婢和花影姑娘同为大宫女，自然是名字相似的好，叫起来也顺口。"月影身板顿时绷得笔直，她是太后刚刚赏赐给江心月的丫鬟，因着曾是太后的人，故此额外骄傲，这几日连菊香这掌事姑姑都不放在眼中。太后给她起了这样的名字，她心中其实是不喜欢的，花影不过是个刚入宫的小丫头，运气好被小主看上，哪里及得上她。

"嗯。"江心月淡淡道，叫人分不清喜怒。她细细地看向月影，却在不经意间发现了她眼中的一丝嫌恶，顿时心中明了。

呵，既是不喜欢这个名，那就不要叫了吧，你怎么配与花影同阶？我本还为此事忧愁，太后赐名若是改了，便是不敬。你倒好，给我解决了这桩心事了。

"月影啊，你本来的名字是叫绿珠吧？"

"是，小主，奴婢觉着这个名甚好。"月影实在不喜欢现在的名字，现下听小主这么说，也一心希望改回原来的名字。

"那好，你还是叫原来的名字吧，这可是你自己的意思。"

月影一听，便觉着甚合心意，连连高兴地应下了，却并没有深思江心月的最后一句话。

江心月复又瞥她一眼，继而对众人道："我今日出去得久了些，害你们担心了。"

底下跪着的奴才们听得小主说话亲切，都心下感怀，参差不齐地说着不过是做奴才的本分之类的话。江心月淡笑着，令他们都起身。

忙碌了一天，江心月自是疲累，搭着花影的手往屋里走去。却在不经意间听到有人声色哽咽，不由得住了脚步，回头看去，却见小德子正偷偷用袖子抹脸，还与身旁的小福子说着些什么。

"小德子，你怎么了？"

小德子本以为主子已经进了屋，不想被主子发现他的异样，当下一惊，跪下道："奴才，奴才没什么事，眼睛被风沙迷了，奴才惊扰小主了，罪该万死！"

江心月走上前去，温声道："我怎会怪你？快起来，什么罪该万死的。"说着还一手去拉小德子的衣袖。小德子何曾被主子这样待过，心里既感动又惶恐，竟不由自主地还想跪下，却又见小主正拉着自己呢，便清醒了脑子一骨碌爬了起来。

江心月盯着小德子细细地查看，外头天黑，但江心月眼睛尖，细看之下便发现小德子两边脸高高地肿着，上面还有绯红的巴掌印。花影见此，心里也明白了几分，立即对着那些即将散去的宫人道："都别急着走！一个个全都到屋里来，小主有话要问！"

早有几个二等丫鬟进屋把殿内的烛台都点亮，垂首侍立在一旁，恭候着主子。江心月坐到了主位上，花影在身侧侍候，绿珠看花影伺候小主，自己也抢着过去站到了江心月的另一旁，却被江心月一个眼神逼退，乖乖退下去跟着众人一同跪在了地上。

小主问话，下人向来是跪着的。

江心月平日对一轩下人注重管教，虽只是小主，却在萦碧轩积威甚重。下人们被她调教得规规矩矩，跪在她面前时，连大气都不敢出。

江心月命下人们抬头，一看之下，连小德子在内三个小太监两个小宫女的脸都是肿着的，两个女孩子细皮嫩肉，脸上都破了皮。她对着绿珠一挑眉："绿珠啊，这些人可是你打的？是为了什么打？"

绿珠见主子言语不善，心里打起鼓来，但事实摆在那里她不得不承认道："是，是奴婢训诫了他们。"

"把话回全了！是为了什么打？"

"是因为……小主您很久不回来，奴婢命他们出去找，都没有找着，奴婢担心小主，怪他们办事无能，便打了。"绿珠是咬着牙说的，莲容华的严厉她早就听说过，可她却仗着曾侍奉太后，眼睛长在了头顶上，又是大宫女，有管教低等奴才的权力，对下人们动辄打骂。不想这回小主真的冲着自己来了。

"哦？就为了这个？本小主出去的时间长了些，他们就要受这样的罚？他们的脸肿成那样，是挨了十几二十几下的巴掌吧？真是罪过，本小主的过失倒让他们受苦了。"

江心月说得云淡风轻，绿珠却被吓得连连磕头，道："奴婢错了，奴婢再也不敢了……"天底下哪有主子给奴才认错的道理，江心月这么说是要重重地罚她了。

"你错什么了？"

"奴婢……管教不当……"

"呵呵，你管教得很好啊，本小主不在的时候，你是比主子还厉害啊！不知道的都以为你才是咱萦碧轩的主子呢！"

绿珠一听，当即软了下去，连求饶的力气都没有了。莲小主的严厉真是名不虚传，僭越主子的罪名可是死罪啊。

江心月瞧着她，真想趁此机会除了这个祸患，虽她不想杀伐，但也会把绿珠赶到下等杂役房里，让她再无翻身可能。可现下皇上向太后低头，前朝因为刚除掉了郑逸，正在清扫他的余党，陈家正给皇帝出着大力，皇帝日前对其可是十分倚仗的。江心月想着这些，不由得恼怒地闭了眼，一个丫鬟，自己却奈何不了她。罢了，待日后有机会，再去收拾她吧。

"绿珠，你下去领二十戒尺吧。"

绿珠如蒙大赦，一个劲地磕头谢恩，她本以为自己要领的至少是二十大板。

江心月赏了药膏给被打的下人，一挥手令他们散去。一会子菊香回来，听了江心月描述今日的情景，羞愧地跪下请罪："奴婢这个掌事做得不好，竟让绿珠欺负，惹得其余人也人心不定。"

"你不必自责，她是太后那儿送来的，连我这个主子都奈何不得，何况是你们做下人的。今日她不知我的去处，就这样惶急地打人，她必是得了太后的令，要时刻监视我的。可恨我却不能要她的命。"

"小主暂且忍一忍吧。"

"我哪里是不能忍的人，不过她在萦碧轩兴风作浪，这一轩的下人还当我软弱，这么久的威望这样就消耗光了。她虽然没什么脑子，但谁会喜欢别人的眼睛整日在自己跟前晃！"

江心月疲累地闭了眼。小厨房中的丫鬟端来了晚膳，她没什么胃口，便叫菊香、花影二人坐下与她同桌。菊香连连推脱，说这太不合宫规了，却拗不过江心月，便小心地坐在凳子的边沿，以示自己身份。花影在菊香不在的时候，和江心月根本没有主仆之分的，此时见菊香这样，不得不装出惶恐的样子，也只坐了凳子的边沿。

小厨房是江心月卧病期间皇上特赏的，她伤好之后，皇上却没有收回去，她便赚了一笔，以容华之位享用着嫔位以上的待遇。

"小主，您现在得皇上眷顾，纯小主也有孕，是老天爷开眼了。"花影看江心月不开心，就想着法地哄她。

江心月敷衍地笑笑，又道：

"唉，算了。菊香你既是掌事，就不必在面上怕她，万不可让人觉着咱们连一个丫头都弹压不住。再瞅着机会把她往外院赶，尽量别让她在我跟前晃。要是她闹起来，你就随宫规处置，只要不打死就行。"

菊香虽明白绿珠是个刺头，却想着小主平日里对自己的好，身为掌事她不管谁来管？便毫不犹豫地接下了这苦差事。

萦碧轩里寂寞了好几日，因着皇上整日宿在淑妃处，不仅是江心月，后宫所有的嫔妃都无可奈何，谁让人家有一个争气的娘家呢？

而那日在宫花苑中，柔更衣本是牢牢地把皇帝套了回去，哪知皇帝只和她共进了晚膳，就再次去了淑妃宫里，诸妃对柔更衣的愤恨瞬间转变为同情，只在自己宫里小声地咒骂淑妃了。

第六十六章
凤钗

萦碧轩几日的冷清过去，终于盼来了那人。

"皇上驾到！"

随着小福子一声喜悦至极的呼声，自南巡起别了一月多的皇帝再次踏足萦碧轩。

江心月虽对淑妃不满，但也是不急的，本想着皇帝宠幸淑妃后，还会到畅月楼留宿好些日子才能轮到自己。可没想到的是，她这一次又排在了宝妃前头。

她早早地在门口跪迎，见着皇帝来，极委屈地行了礼，不等叫起，就扯着皇帝的龙袖扑入怀中。

皇帝不但没怪罪，还连连道歉，道："这些日子没有顾上心月，是朕的不是。"

"嫔妾哪敢怪皇上啊。只能怪自己，是不是又丑了，黑了，惹得皇上不喜欢了。"江心月嘟着嘴嘤嘤出声。

"哎，要是连你都嫌弃自己的容貌，这后宫里的其他人就不必活了。"

"哎哟，皇上要是抛来了容颜这个缘由，嫔妾就更不依了。淑妃娘娘与皇上情分长久，即便姿容不如臣妾，也是圣眷浓郁的。"江心月说着说着脸上便染了浓浓的醋意。

皇帝听到淑妃二字，再看江心月一脸的醋意，他的眼神顿时从宠溺中生出几分赞赏。江心月是懂他的，淑妃的宠哪里是皇帝愿意的呢？不过是无可奈何罢了。而江心月明目张胆地与淑妃为敌，甚是符合他的心意。

江心月拉着皇帝坐下，两手抱着皇帝的龙袖不撒手，只把头埋在他怀中，声色哽咽道："嫔妾听闻，南巡时，皇上……嫔妾当时收到消息，去宫门跪迎时，心里就想着若皇上有丁点闪失，嫔妾也不能活了……"

皇帝哑然失笑道："朕若真有何事，早就会有消息送到宫内，怎会等到进了宫门你们为嫔妃的都不知呢？"他笑着刮她的小鼻子，"你平日冰雪聪明，今日倒转不过弯来了。"

"啊呀，也对！嫔妾哪里聪明了，向来都是这样笨。"江心月一边说着，心里发笑——她要的就是这个效果。只有热烈而纯真的爱，才会让人关心则乱，才会让人脑子不好使。

皇帝正如她所想，龙目中有些许动容的意思，手上不由得把她搂得更紧了。

皇帝理所当然地宿在了这里。

令江心月再次大吃一惊的，便是皇帝从这日之后就赖在萦碧轩了。一连五日，五日的隆宠，且又是除了上早朝，其余的时间都钻在她这儿。江心月心里喜也不是，忧也不是。她又费了好一番口舌，才在第六日把这尊大佛从屋里请了出去。

她送走了皇帝就赶着去凤昭宫请安，还好时辰早，她没有来迟。一早上皇后对她的态度都极为淡漠，让她心里发冷。

她想起皇后对付毓妃的手段，不禁全身冒冷汗。上官合子说的没错，皇后被杂念迷了眼。以前皇后把她当作臂膀，相互扶持，可如今，她深受隆宠，皇后对她必是厌恶的。

从皇后宫中出来，江心月心里抑郁，脚步都有些散漫。

走在她前面的是莹贵嫔，她走的正是宫中女子喜好的"莲步"，身姿摇曳，步步生莲。这样的步子很美，却走不快，不知是有意还是无意，莹贵嫔这样缓慢地走在前头，似乎在等待身后人。

"本宫只知莲容华姿容倾城，却不知在装束上也是好巧的心思。"江心月硬着头皮上前行礼，便听了这么一句带刺的话。

她微低着头做出谨慎的模样，眼睛却偷偷瞄向莹贵嫔，见她正盯着自己的发髻，江心月立马明白了过来。

今日皇上不情不愿地被自己劝走，却是颇留恋地把一支金累丝攒珍珠双鸾点翠步摇插在了她头上。她谢了皇赏，却不敢戴着这样出挑的步摇去给皇后请安，就叫菊香换了一支紫玉兰排串花簪。

但她忘了，这位莹贵嫔极为钟爱紫玉兰，当年她得宠之时，各色名贵的紫玉兰每日流水一样地搬去她宫里。莹贵嫔善舞，本就对以红莲舞博宠的江心月心怀芥蒂，现今江心月盛宠，她怎能不置气。

江心月回转了心思，更是低着头不敢出一声，她向来不喜欢惹麻烦。

莹贵嫔望着她，展颜娇笑，从头上拔下一支带凤尾的奢华发簪，掷于地上道："莲容华今儿的簪子不太好，本宫这一支可是三品贵嫔才有的份例，现在赏给你，想必你戴了一定很合适。"

江心月看着地上摔散了流苏珠子的凤尾簪，稍一迟疑，还是俯身拾了起来。

"戴上啊，本宫好心赏你，你可别不给本宫脸面。"

江心月咬着嘴唇瞥一眼她，握着簪子的手一紧，凤尾尖就刺破了手掌的一层皮肉。再次平复了下心神，她还是抬手，将那支紫玉兰拔了下来，插上了摔坏的这一支。

莹贵嫔笑着点头，道："本宫就知道，这散了珠子的簪子，和你十分的般配，也不枉本宫一番好心。"说罢就转身，踏着莲步翩然而去。

"小主，快拔下来吧，实在欺人太甚……"身后的花影扶着主子，气得两只眼睛圆睁着。

江心月苦笑一声，道："现如今我太过受宠，宫里除了宝妃再无人能抢过我的风头，这些人怎能不恨得咬牙。我出身不好，在宫里也空有宠爱没有权势，她这样作践都算是轻的了。"

宫里这么多的嫔妃，每个都有自己的喜好，她为了不惹麻烦已经小心得不能再小心，每日注意着不要撞色，不要太出挑，却终归百密一疏。再说，就算她没有插这支紫玉兰，醋意滔天的莹贵嫔也会找机会发难；就算莹贵嫔忍下来，其余的嫔妃哪个是好应付的？

她拔下凤尾簪，淡淡道："莹贵嫔的好心，我怎能辜负呢？这支簪子不要扔了，回去好好收着。"

刚回了萦碧轩，成嬷嬷就急急地来求见她。

"小主，老奴虽是上官家人，可现在却是为上官家小主办事的，您放心好了，老奴必定会保毓妃娘娘母子平安。"

江心月朝她微笑着点头，一点也没怪她之前的所作所为。上官家在宫里有两位主子，一位皇后称"正主"，一位上官合子称"小主"。人各为其主，现下甘心来到她们这边的阵营，她高兴都来不及。

"小主，您也知道，那东西……让人难受得很。毓妃娘娘也是遭了人罪了。"

"我明白的，定会好好侍奉娘娘。"江心月听了便知毓妃又不好了，当下仅带了花影一人，往毓秀殿而去。

二人远远地便听见室内瓷器碎裂的声响。喜欢砸东西是毓妃的特点，为了邀宠耍小性子，砸；吃醋受气发火了，砸；刁难低位的嫔妃，给别人甩脸色，砸；此时受罂粟毒害药瘾发作，当然还是砸。

她的殿内名珍古玩无数，碰上她这样的性子，不知是好事还是坏事。好事便是可以任她砸，坏事是实在太浪费钱。好在毓妃受宠，怀孕之后更是什么样的好东西都往她这里送，砸光了也会立刻送上新的。

江心月即便早有准备，一踏进来，却见毓妃披头散发，被两个贴身宫女狠狠压着还压不住，挣扎之中其身边的羊脂玉框铜镜又遭了殃，这疯癫的样子还是吓了江心月一跳。

"芷音，你去拿一捆麻绳，将你家娘娘捆在床上！"

"啊？"

"啊什么啊，娘娘这个样子，还顾得上什么礼法？"

自从江心月揭开了娘娘受害的阴谋，芷音对江心月已经是满心的感激。娘娘现在神志不清，她就唯莲容华之命是从了，立即跑出去抱回了一匹雪锦，剪刀"咔嚓"下去就把名贵的雪锦变成了碎布条。这种布料极为结实，又不会伤了娘娘的肌肤。

　　毓妃满脸惊恐地看着宫人将她押上床榻，锦缎麻利地缠在了自己手上，越勒越紧……她双眼直勾勾地盯着殿外的方向，口中绝望地嘶喊道："给我……茶拿给我！"

　　江心月上前，毫不客气地一掌掴在她脸上："你清醒一点！你还要不要孩子了？你还要不要自己的命了？你不是一直想扳倒淑妃么？你忘了你妹妹是怎么死的？"

　　……

　　折腾了半日，终于等到毓妃这一阵的痛苦过去。皇后的招数真是刁钻，姚妹妹以最惨烈的方式死亡，毓妃伤心欲绝，意志消沉，罂粟这种最能夺人意志的东西，正是通过毁灭人的灵魂来置人于死地，若毓妃服食的时间再久一些，恐怕就算知晓了此计也会心甘情愿地继续服食……

　　"奴婢谢莲小主救我家娘娘。"身后，芷音跪下，上身深深地伏在地上，字字掷地有声。

　　"芷音！给我把江氏这贱人轰出去！"刚刚清醒了的毓妃，竟突然抓着床沿挣扎起身，用尽全身的力气嘶喊着，"本宫叫她过来侍奉，她却惹怒本宫！"

　　江心月狠厉地回过头，盯着毓妃，倏地一梗脖子，喝道："既如此嫔妾就不伺候了！但愿娘娘能生得下来，啊？！"

　　芷音被二人的连声大喝吓住了心神，却突然反应过来，上前无礼地拽着心月的衣袖："娘娘宽恕小主冒犯已是大度，小主眼里若还有宫规，就请离开此地吧！"

　　……

第六十七章 宝妃夺宠

"小主，今日真是险，奴婢眼看着外头现出几条影子，希望芷音那话没被人听去了。"

回了萦碧轩，花影扶着被折腾得筋疲力尽的江心月，另一手不停地抚着自己的胸口。

"希望如此吧。毓妃的意志还算好的，那句话骂得真及时。以后你与菊香记牢了，在外人看来，咱们和毓妃的梁子只能越结越大，你见着主殿的人，不必给他们脸，就当是我这个新宠恃宠而骄，毓妃也仗着肚子苛待我。"

"是。"花影领命，又道，"唉，怎么办，这事太显眼了，说不定真会漏出去。"

"不会的！毓妃即使成了这个样子，也是瘦死的骆驼比马大，她会留心宫里人的。至于我们……不是还有婧容华么？三人合力，怎会输给皇后！"

江心月顺手折下一枝春梅，掷于地上，又压下一口气低低道："毓妃，你可不能比淑妃早死。"

"小主。"花影没有接主子的话茬，而是突然上前附上了江心月的耳根，极小声道，"毓妃殿门前的那个小花园……"

江心月听完，双目倏地瞪大了，继而又微眯了起来，口中喃喃道："真是好巧的心思……淑妃，太后，我起初还在奇怪，毓妃有孕之后你们为何还能坐得住？这么安稳实在太古怪了。原来你们是布置下了这么一招……"

宫里从来都是不缺少血腥的，眼见着，又要有一个无辜的孩子被……她闭了眼静思，太后的手法极狠厉，可是，她又无能为力，毕竟那草药厉害，且又混合了罂粟的毒。好半天她只叹出一句："幼子无辜。"

说罢，她却又自觉有心无力了。太后，淑妃，岂是她能阻止的？上一次的教训，已经够她受的了。她转向花影叮咛道："这事儿和我们没有任何干系。花影，记住，我们从不曾有丁点的发觉。"

花影连连点头："小主您定不能由着自己的性子。在宫里行走，很多事都是无奈的。"

毓妃是宠妃，怀孕之后风光无限，本应人人都赶着巴结的。但自从宫中诸人知道了毓妃孕中的火爆脾气，又听说一向知礼又懂得隐忍的莲容华都和她撕破了脸，针尖对麦芒，都恐其迁怒，不敢上门招惹她。如此一来毓秀殿竟门可罗雀。此时另一位怀孕的女子婧容华一向待人温和，其得宠又不逊于毓妃，眼下诸妃都日日钻到了凤昭宫朝露阁。但因着婧容华体弱贫血，皇后担心，又下了懿旨令众人不得叨扰，人们才悻悻而去。

而纯美人则是求见了皇帝，道自己南巡时受惊严重，胎象不稳。皇帝很干脆地下了"众嫔妃不得随意入琼茗阁"的旨意。

畅月楼内

"阿颜，皇上这几日都未来呵。"宝妃坐于最高的楼阁上，向无边际的远方遥遥而望，口中是无神的呢喃。她自从进到宫里，就喜欢上了从最高处望向最远处的感觉，远方的云和天都令她向往。

阿颜心疼主子，却也不知说什么好，只是柔柔地劝慰道："您别担心了，您在皇上心里的位置永远是不一样的。虽然这次，皇上又把莲容华排在了前头，可……不过是五日而已，您不是常有半月之久连续的隆宠么。而且她是因着救下皇嗣立了大功，又深受冤屈，皇帝心中愧疚，才得了这样的宠……"

宝妃听了她所说，身子不由得一顿，低低道："莲容华……她很是可怜。你莫要再说她了。"

阿颜不明所以，只应下声来，不再多说。

宝妃低头两手轻攥着衣襟之上的玄色流苏，沉沉出声道：

"要是放在以前，我哪里会管皇上几天未来畅月楼。但是，今时不同往日了。他这一次捡回了性命，可下一次呢？皇上根本不会放过他。他满身是血的样子，我受不了……"

阿颜猛地一惊，继而默然了。

宝妃紧抿了双唇，一手拉住阿颜，盯着她道："我不能再避世了。只要我赢了皇上的心，就能掌控皇上，他就有必胜的把握……"

阿颜惊得面色都白了，急道："您怎能去夺宠？！就算如今的境况，皇后她们已然容不下您，若……您不要命了么？"

"怎么就不能？莲容华她们做的事，本就应该是我来做的啊！"

"莲容华？难道她是……"阿颜惊疑着，没想到，王府这些年已然培植出了更多的人。

宝妃移目远望，喃喃出神道："皇上，怎么还不来啊，现在的我，多么希望皇上会来……"

许是宝妃的执念太重，皇帝从萦碧轩出来的这一日，真的来了畅月楼，而且还搬来了奏章。这个样子，又是准备长住畅月楼了。

皇帝把奏章搬到畅月楼是常事，每每都惹得皇后置气，甚至去闹上一场。嫔妃影响皇帝的国事，于公于私皇后都管得理直气壮。然后皇帝便会消停几天，过一阵子心痒难耐就又搬去了，把王云海夹在中间两头儿挨骂。

此时皇帝在畅月楼，被三摞折子埋得看不见头，他的腿上坐着宝妃。

而皇后则是刚被他打发掉，正满心愤恨地往回走。

"皇上，臣妾给皇上揉肩吧。"宝妃坐久了便急着下来，虽然皇帝经常这么抱着她，她仍然不习惯。

"紫衣，唉。"郑昀睿故作烦恼地轻叹，愁苦道，"你从小被你父亲宠坏了，在朕身边四年了都不会侍奉朕，哪有在写字的时候给人揉肩的？"

宝妃轻轻抿起嘴，一点也不见惧色，还自顾自跳下了皇帝的膝盖。

"那，臣妾给皇上泡茶吧？"

"算了吧，你哪会干这些啊。"这次是皇帝脸上有了恐惧，他至今忘不了第一次也是最后一次喝宝妃的茶时，一口下去当场就想找痰盂，可看着眼前的宝妃他还硬是咽下去了。

宝妃不再说话了，顺着郑昀睿两手一托，又乖乖上了膝盖。

"臣妾这样笨，皇上怎么还喜欢臣妾啊？"

郑昀睿看着她笑了，一手抚上她的面颊："当然是因为这里啊。"

宝妃娇羞地一笑，扭头蹭过了郑昀睿的手，却又嘟起了嘴巴，娇声娇气地道："要论这个地方，咱宫里是最不缺的，等臣妾年华逝去，再有那娇艳新人进来，皇上定会把臣妾关到黑屋子里去，再不肯见臣妾了。"

郑昀睿像是听了什么稀罕的笑话一样，哈哈大笑起来。宝妃一贯高傲，从不屑于吃醋的。而今，她态度的转变令皇帝心花怒放：宝妃是他的珍宝，如今这个珍宝也对他越来越上心了。郑昀睿宠溺地瞧着她道："那些人怎么能和你相比。朕虽然喜欢美色，对你难道是只看上这里了？你在朕心里终究是不一样的。"

郑昀睿的妃子哪一个不是在侍奉人上下了大功夫的？然而不管皇帝被伺候得多么舒服，她们都及不上什么都不会的宝妃。

郑昀睿这样温情的话令宝妃十分满意，精致的脸蛋埋在了皇帝的胸间。

"紫衣，朕知道你耐不住寂寞，出使波斯的使团刚回来，朕把那些珍奇的玩意都留给你，连太后那里朕都瞒着，怕抢了你的。你想玩什么，吃什么，朕都给你，只是再别闹着出宫去玩了，你看看这次，你不知朕费了多大心思保护你。"

每次皇帝出巡甚至去猎苑都不愿意带宝妃，他仿佛生怕宝妃一旦离宫便会像鸟雀一样飞走不见。这次南巡皇后意外地为宝妃开口，让皇帝心里极不高兴。

但就算他查清了是宝妃主动求了皇后，他对宝妃也发不出火来。宝妃在他身边，何曾听到过一句重话，便是他生气，也只会这样淡淡地说她几句。

宝妃身子一抖，却又将头埋得更低了，言语间皆是惭愧："臣妾让皇上为难了，以后再也不会了，还请皇上原谅臣妾贪玩……"

郑昀睿听得此话，只觉得心都飞上了九天，不仅火气一消而散，心里对宝妃的宠溺更进了一分。宝妃，真的改了性子了，还这样为他考虑……

畅月楼是整个皇宫最高的建筑，只因宝妃喜欢从高处眺望的感觉，皇帝便违了祖制为她斥巨资修建了畅月楼。祖制是什么？便是皇帝上朝的太和殿是全宫最高的宫殿，除了佛塔，因不是凡间的俗物，可以超过太和殿的高度，其余的宫殿建筑都不许。而畅月楼的高度是太和殿的两倍。

修这样高的建筑不仅忤逆了至高的皇权，惹得群臣联名驳斥，且这项工程对工匠来说也是极大的挑战，为了弥补技术上的缺陷，白花花的银子流水一般地往上砸，用最好的材料保证这座宫殿的成功。

宝妃此时柔柔地偎依在郑昀睿怀里，乖得像只小猫。她轻轻地抚上皇帝前襟上的衣扣，笋嫩的指尖绕着丝线划过去，那一处，竟是心脏的位置。

皇帝感觉到胸前的异动，停了笔分神看去，看到怀里的玉人那番痴情女子的模样，这一刻的甜蜜如惊涛骇浪般向他涌来，他狂喜着，一手紧握住了那柔荑……

第六十八章

万寿

凤昭宫内，皇后不耐烦地翻着这月的记档。

明德九年三月初二，帝留宿辰佑宫主殿。

明德九年三月初三，帝留宿辰佑宫主殿。

明德九年三月初四，帝留宿辰佑宫主殿。

明德九年三月初五，帝留宿华阳宫萦碧轩。

明德九年三月初六，帝留宿华阳宫萦碧轩。

明德九年三月初七，帝留宿华阳宫萦碧轩。

……

明德九年三月初十，帝留宿畅月楼。

明德九年三月十一，帝留宿畅月楼。

……

明德九年三月十四，帝召幸柔更衣。

明德九年三月十五，帝留宿凤昭宫主殿。

明德九年三月十六，帝召幸淑妃。

明德九年三月十七，帝留宿辰佑宫主殿。

明德九年三月十八，帝留宿畅月楼。

明德九年三月十九，帝留宿启祥宫黎星阁（柔更衣居所）。

明德九年三月二十，帝留宿凤昭宫朝露阁。

……

每月初一、十五都是祖制皇帝临幸皇后的日子。三月的初一，皇上忙着处理南巡的烂摊子，未踏足后宫；十五，皇上来了凤昭宫，却只陪了皇后前半夜，后半夜放心不下婧容华，就去了朝露阁。就连这短短的半夜，皇帝也只是睡在一边，根本没有碰皇后。

皇后一手甩了记档，她不记得是第几次做出这样的动作，每月当她拿起那本册子时，都会惹得心中一阵翻江倒海。

色衰而爱弛，人老珠黄，红颜如花碾作尘，便是这么的快。本宫今年才二十八岁，怎么就老了？呵，当然是老了啊，本宫的堂妹才十八岁。

罢了，跟自家姐妹吃什么醋，即便自己不得宠，合子得宠那不是一样的么。皇后强强压下心头的一口酸，兀自安慰着自己。

而令皇后最不甘心的，便是淑妃。前朝倚仗陈家清除郑逸乱党，皇帝便连宠了淑妃三日，之后仍圣眷不断。太后更是如日中天，自己日日都要去太后跟前侍奉，说是尽孝心，太后是变着法地折磨她！太后重掌权柄之后，杀伐决断较之前更厉，皇后受其压制，宫权被削弱大半，却是连皇帝都无可奈何。

只是太后的身子，确实如残灯枯蜡一般地衰败了，哮喘一日比一日发作得厉害。皇后每日侍奉着，虽受气，却也在等待对方死亡的期盼中默默兴奋着。

毓妃本受皇帝记挂，但莲容华在御前进言，道其孕中情绪波动剧烈，恐惊了圣驾，皇上便打消了去毓秀殿的念头。皇后想到这儿，才从抑郁至极的情绪中恢复过来。毓妃，活不了多久了，最后的这些日子竟也不得好过。莲容华给你使绊子，真是替本宫出气了。

"莲容华……"一想到此人，皇后的神色却更加黯然了。江氏从"凶夭"之难中死里逃生后，就一跃成为宝妃之后最受宠的嫔妃，甚至有不少传言道莲容华已经和宝妃平分秋色了。有宝妃一个，都足以令皇后日夜不得安寝，纵然她拿出圣物进献与皇后，也无法抹去皇后心中的那道坎，那道嫉妒却得不到的坎……而今再加上一个莲容华……皇后的心中越来越郁结，只是在不断地后悔：为何当初自己要提携江氏？为何自己没有料到她会有这么大的本事？此人，哪里是自己的同盟，江氏在自己心中，已然成了一颗钉子！

皇后默然地被秋雨扶至榻上，她习惯性地伸手去摸榻下那只长形的锦盒，手指触到软榻之中硌手的坚硬，她的心又习惯性地松了下来。然而，当她的目光扫到被下人整理好，规规矩矩置于桌上的记档时，顿时又被揪起了心——光有碧藕圣物养身，没有皇帝的临幸，一切还不是一场空！不行，不能让皇上这么疏离自己。

"皇后娘娘，淑妃派钱姑姑送来了万寿节的置办，请您过目。"大宫女夏韵进殿禀报道。

"过目？哼，她淑妃不是喜欢自己做主吗？不用过目了，给我扔回去！"

"娘娘……"夏韵捧着一本册子，走也不是，不走也不是。她侧头看去，便见辰佑宫的钱姑姑在外头不安分地向殿里张望，心里顿生厌恶。

"夏韵姐姐，这……"一个二等宫女小心地凑上来，盯着那本册子。她是负责传递东西的，外头的钱姑姑见殿里在磨蹭，正急着要呢。

"娘娘说的是气话，还能真把这东西送出去么。你去打发了钱姑姑，我再劝劝娘娘。"

宫女愁眉不展地出去了，钱姑姑品级高，压她一头，她还得送上去找不痛快。

夏韵知道娘娘这几日的气越来越大，还不是太后成天地叫过去侍奉，再百般刁难，让娘娘受气。她心疼地看着皇后疲累地歪在炕上，却仍站在那儿，不知怎么让娘娘消气。

"把东西给我，你先下去吧。"秋雨适时地凑了过来。二人虽同为大宫女，但秋雨机灵，点子多，宫里除了掌事嬷嬷，便是以她为尊了。夏韵心中不服，但此时她想不出来法子，秋雨却有办法，她不服不行，遂乖乖把册子交给了秋雨。

皇后虽然劳累，但心里气不顺，躺在榻上也睡不着，只一会儿闭眼，一会儿低头盯着锦被发呆。秋雨微微瞄一眼皇后，便大着胆子翻开手里的东西，细细浏览过去。

"皇后娘娘，这里说国宴上摆蝴蝶兰和万寿玫，娘娘意下如何？"

突然的声音使皇后清醒过来，她听得这话，并没有呵斥秋雨的僭越，只拧了眉，道："为何要用这样的花？"

秋雨见皇后应了自己，还未加怪罪，心里一喜，回道："淑妃在这里解释说，是因着寓意好，又是金贵的花种，给皇家撑脸面最好。"

"万寿玫寓意当然好，可蝴蝶兰这样的东西，虽然金贵，但还不是小家子气！皇家的脸面是单纯用银子撑起来的么！"

"是。"秋雨轻轻应了一声，不再多言。她知道自己这一条选对了。

皇后鼻子里哼出一声，道："这一条驳回去，告诉淑妃把蝴蝶兰换成青龙卧墨池。这么大的国宴，除了牡丹，还有什么花能登上台面？"

皇后在未嫁前，并不是多爱牡丹的，牡丹国色天香，但不如兰花妩媚，不如曼陀有神韵。不过自从郑昀睿登上皇位，她就只钟爱此花了。

而青龙卧墨池是牡丹中的珍品，论起金贵，比之蝴蝶兰也差不了几分的。

"娘娘英明。"秋雨应声道。

"把东西给我，我要条条细看。"

秋雨松了口气，双手捧着册子，在皇后面前屈身奉上。

宫里皇帝的生辰叫万寿节，太后的生辰叫长天节，皇后的生辰叫千秋节。而嫔妃们的生辰则是谈不上节的。

万寿节，便是四月初六。

负责操办的皇后和淑妃早就开始忙碌了，其余各宫也没有闲着，嫔妃们都在准备贺寿的大礼。

江心月亲自在库房里翻了两日，还是没有决定送什么。她派了花影出去打听其余各宫的礼，不想在这上面压过高位嫔妃惹来麻烦，也怕送得轻了入不了皇帝的眼。这种时候，最好的办法就是讨巧，心思用好了，便是礼轻情意重，远胜过那些贵重之物。故而江心月现在满脑子想的就是怎样去讨巧。

江心月为此事头痛，她会画不会绣，可一幅画总觉得太轻了些。

"菊香，你去看看梁采女吧。"

菊香明白主子的意思，万寿节的礼不可轻视，梁采女恐怕没有置办的银子。

毓妃被罂粟所害，根本无心理会华阳宫的其余人物，如此一来，江心月才发现其实皇后是在暗中照应着梁采女的，只是毓妃太过刁蛮，把所有的路子都堵得死死的，连皇后的照应都到不了梁采女手上。现下毓妃自身难保，才无力去欺负人了。

之前江心月总认为皇后是个表面贤德内里狠辣的人，可梁采女和皇后一点交集都没有，她这才明白，皇后的贤德竟然是货真价实的。

江心月低了头笑笑：皇后，原来也是个良善之人啊。倒是我小人之心度君子之腹了。

皇后当然是不干净的，可她所害的人，无一不是宠妃。她唯一在意的，只有她永远渴求不到的帝王之心。那是要多么热烈而疯狂的爱恋，才能让一个良善的人，一次次地举起屠刀？

江心月轻轻地抚着胸口，她此时心中只有悲凉。

菊香回来时，禀告说梁采女千恩万谢地收了银子，却没有多动脑子，只令下人去置办平常的玉器。江心月略略地失望，梁采女不善歌舞一类，诗书却很通，对古时的典故、佳话了如指掌。原以为她能在这方面花点心思，顺便帮自己想个法子呢。

不过她对皇帝是那样避祸般的性子，当然是往着最不起眼的方向走。罢了，还是自己想想吧。

第六十九章

朝服

　　万寿那日，皇帝晨起便要接受众妃朝拜，而后至前朝，祭天，祭祖，百官朝贺，这三项最重要的过了后便是皇家国宴，宴请五品以上的文武百官，并皇族亲王与皇子。晚上为后宫家宴，宴请所有嫔妃、皇子、公主。

　　后宫嫔妃有七十多位，除了宝妃和莲容华，像梅嫔一般得宠的一月也只侍寝三四次，这已经是隆宠了。一月能见到皇帝一次，也是宫里有福气的。大多数的嫔妃是半年才能侍寝一次，还有十几位是彻底失宠的，在后宫如透明的一样。

　　唯一令她们欣慰的，就是后宫宴会繁多，遇上重大的节日就会得见天颜，然后就有人挖空了心思在筵席上惹起皇帝的注意。此法百试不爽，若能博得一夜龙恩，甚至能一举成为宠妃。这可是江心月亲自体验到的巨大的甜头。即使没有好运，深宫寂寞，成年累月地见不到皇帝，能趁此看上皇帝一眼，说上一句话，她们也是开心的。

　　不过宫中比除夕还要重大的日子——万寿节，却会令大家失望。

　　清早是庄严肃穆的贺寿，礼仪甚重，嫔妃们连抬头看皇帝都是不允许的。而且这样重大的场合，如何敢在头上身上动心思？

　　国宴过后紧接着就是家宴，但一是皇帝一天下来会很累，二是国宴一顿奢华丰盛的大餐过去，皇帝不会再有肚子了，所以在家宴上皇帝总会象征性地露个面就赶着回去。

皇后是后宫中最高兴的，因为国宴上，除了皇后能随帝出席，嫔妃们均无资格露面。这是多么无上的荣耀，也是后宫这个黑暗混沌的大漩涡里，正统规范且无人可逾越的嫡庶礼法，是失宠的皇后面对诸多宠妃最强大的武器。而且依祖制，万寿、除夕当晚皇帝都会去陪皇后。

"皇后娘娘，您的朝服……"

凤昭宫内，秋雨战战兢兢地捧着一叠镶满东珠，上绣九尾凤纹，袖口滚金边的华服，对皇后支支吾吾地回禀着。

皇后一看那衣服，就气愤地喝道："这么点小事都做不好，你们就没有一点法子吗？"

这一件是皇后最正式的朝服，是为出席万寿国宴准备的。但衣服已经穿了几年了，即便一年只穿寥寥数次，也有脱线的地方，就送去了针黹处缝补。哪知缝补的宫女不小心被剪刀戳了，染上了大片血渍，针黹处的人折腾半日也没洗净，事情不得不报上去。最后凤昭宫将朝服送去了浣衣局，却还是洗不干净。秋雨犯了愁，又把衣服送到了皇后跟前。皇后朝服虽是大红色，但血迹染上后那一块便是暗红，洗不干净还是能看出来的。

皇后对下人甚少动气，这次语气凌厉，也是由于太过看重这朝服。秋雨见她这样，只能道："娘娘莫气，奴婢……再下去洗洗。"

皇后摇头道："浣衣局都洗不干净，你哪有她们的本事大。我不能难为你。"

可是，衣服上的污渍时间越久越难洗，若不快点弄好，难道她真要这么穿出去？

"启禀皇后娘娘，柔更衣在外求见。"

一小太监不识趣地在门口通传，被秋雨一个眼刀子甩过去，小太监诺诺地闭了嘴。上首的皇后本就不顺心，一听果然动了气，一掌拍在案上道："她怎么还来！本宫从没见过这样不要脸的人，真是下作东西！"

皇后骂过后便悔恨地掩上嘴，她一时情急，却口出污语，可不是一代国母该有的仪态。皇后的话虽然难听，但也是事实。柔更衣是连姓氏都没有的贱奴，被人牙子卖到宫里，连调教宫女的掖庭都无资格踏入，直接进了浣衣局。她是大周开国以来第一个没有姓氏的嫔妃，身份之卑贱令满宫侧目。在第一次觐见皇后时，她被百般羞辱，那日是罕见的皇后与淑妃意见一致，皇后甚至亲口道"后宫是正经地方，不是阿猫阿狗都可以进的"。柔更衣在殿外抹泪，却不出一言，连愤怒的神色都不敢有。

人都是有尊严的，受到羞辱都会生气。而柔更衣在受辱之后，十分殷勤地至皇后殿中拜见示好，皇后对此既厌恶又惊讶，她就像一个根本没有脸的人，无论皇后骂得多难听，或叫下人直接轰出去，她都丝毫不怨，次日再来拜见。由于后宫羞辱她的人太多，皇帝都有所闻，但每次问起她，她总是替诸人开脱，说后宫姐妹待她都很好。皇后受不了她出身卑贱却得宠，现在更受不了她的不要脸。她烦闷地朝殿外挥挥手，意思是马上轰出去。

小太监撸着袖子出去，却立马又回来了，对皇后道："娘娘，柔更衣她说，她听闻娘娘的朝服洗不干净，特地来为娘娘解忧的。"

皇后一听，又看看秋雨手里的朝服，叹一口气把人叫了进来。她知道柔更衣是浣衣局出来的，说不定真能把这事做好。现在她也没有别的办法了。

最后柔更衣亲手捧着朝服出了殿门，皇后坐在殿上说不出一句话，她实在不知道该说什么了。真是什么人都有啊，嫔妃这样的身份，竟主动给人洗衣服……

"皇后娘娘，其实柔更衣……也不是一个怪人，您忘了那日怡心亭，她便不肯受祥嫔的羞辱。奴婢看，她或许真是敬重娘娘您，只肯为您做这些事呢。"秋雨在一旁小心翼翼地开口，她觉着柔更衣得宠，纵然卑贱至极，也是该拉拢的。

"唉。"皇后没有反对，只道，"她的出身太低，宫规规定庶民不能上位嫔以上，却没有规定贱奴是怎样的，因为根本没有人想到贱奴有可能成为嫔妃，各代皇帝也都很忌讳这一点，再宠幸也不会给封位，怕失了身份。

此人无论有多大能耐，都是没有前途的啊。唉，也罢，好歹皇帝喜欢她，又这样殷勤讨好本宫，本宫就懒得再骂她了。"

秋雨的话提醒了皇后，柔更衣的确有能耐，祥嫔自那时就失宠了。柔更衣表面对嫔妃们不红脸、不顶嘴、不生怨，其实内里自有狠厉的一面，无形中就废了六嫔之首的祥嫔。

"小主，您真是的，怎么越临近万寿越不着急了呢？"

小丫头花影在江心月身边踱来踱去，一会儿踱至桌前去整理没收拾好的书籍和笔墨，干些二等宫女的杂活。因为她的内心烦躁，不得不找些事情干。

"花影啊，我不是不着急，我即使有点子也没法用啊。你再说一遍，皇后娘娘为皇上准备的贺礼是什么？"

"嗯，是一尊赤红南海珊瑚，足有半人高，价值连城。还有皇后娘娘要在国宴上亲自演奏《皇风之曲》。"

花影这些天费心打听各宫的准备，却发现一向琴技不佳的皇后每日都在练习《皇风之曲》，她花了二十两银子才得知皇后竟是要在国宴上顶替乐队琴师，亲自演奏。她回禀给江心月后，主仆二人都止不住地惊奇，皇后最重身份，如今竟为了讨好皇帝作优伶之态。

"皇后身为国母，虽然对皇帝非常上心，但从不会做这样下等的事。她这是为了皇宠下血本了。既然皇后的目的明确，那咱们还跟着争什么啊？争不到白费心思，争到了就成了皇后的眼中钉，得不偿失。皇后娘娘已经对我不喜，我万不可再去惹她，尤其不能用争宠去惹她。"

花影一听，手掌拍到了脑门上："还是小主脑子转得快啊，奴婢竟没想到。"

"好了别收拾了，我们送些再寻常不过的贺礼就是了。你去把那柄成色最好的玉如意好好地包起来，这事就别再费脑子了。"

花影应了声，前脚刚跨出去却又听得主子在背后道：

"花影，从我的例银里拿出三百两，分与萦碧轩的宫人，万寿节普天同庆，咱这儿也不要少了发红包。还有，那个绿珠不给，也不用说理由，她要是敢闹尽管用宫规处置。"

"三百两？是不是太多了啊？"

"不多。宫人的生活本来就苦，他们中又有不少人是因着家贫才进宫的，我这个做主子的能帮他们的只有这些了。"

"是。"花影领命而去。想起那绿珠，只觉着小主的法子甚好。不能明着收拾，江心月就暗里给穿小鞋，绿珠为人高傲，在萦碧轩待得都快崩溃了。可要是她敢告到太后那儿，说主子折磨她，凭江心月的一张利嘴，这些又是模糊没个准数的小事，到时候颠倒黑白，不但会让太后无计可施，还能借此说她污蔑主子，当场打死。

第七十章 生产 三

四月初五，柔更衣手捧皇后朝服进入凤昭宫。

半个时辰后，柔更衣手捧皇后赏赐，满面笑容地出了凤昭宫。

第二日晚，万寿节家宴，照例设在凤昭宫。

皇后刚过了国宴，与皇帝携手同归，她神色疲累，却透着掩饰不住的喜悦。

皇后在国宴上并不精彩的琴技，博得文武百官的齐声赞颂，皇帝龙心大悦，帝后二人携手回宫。

皇后的手圈在皇帝宽厚的手掌中，一步一步地向前走去，走在青石板上的每一步，她都铭记于心。

上一次这样牵着他的手，已经是多少年之前了？皇后不记得，却在努力地记住这一路，这一路从手掌中传来的温暖，那珍稀的、无价的温度。

到了凤昭宫，六宫嫔妃，包括宝妃在内，都着了相应品阶的朝服，肃立静候圣上驾临。

皇帝累得打不起精神，连落座都懒得，立在众妃面前接受了贺寿的三拜九叩。

他习惯性地粗粗扫一眼众人，就疲惫道："回龙吟殿。"

皇后不舍地松开皇帝的手，却感觉到耳畔暧昧的热气，一声"朕等你"落在耳中，让皇后的全身都浸在了暖暖春光中。

王云海朗声高呼，九銮仪仗排开，明黄的华盖再次举在了皇帝头顶。

在肃穆庄严的万寿气氛中，突然从凤昭宫宫门口传来一阵骚动。皇帝听得，立刻皱了眉头，不悦地向殿门口看去。

"皇上恕罪！是一个宫女擅闯凤昭宫，奴才这就去处理了。"万寿家宴是后宫最重大的盛宴，不是随便的宴会可以随意进出的，更何况想进来的只是一个下人。凤昭宫当值的小太监见这种节骨眼出了乱子，忙跪地连声请罪。

皇帝听了点点头，刚想一挥袖子叫那小太监下去处置，却听得门外传来的模糊的尖叫："皇上，我家毓妃娘娘要生了，不得不来此惊扰圣驾！"

芷音的嗓门几乎扯哑了，凤昭宫主殿和大宫门隔着十多丈的距离，为了这句话，她拼尽了全身力气。粗使太监的棍棒毫不留情地砸在她的手上、身上、头上，她感觉到猩红的液体从脸上滴下，却继续攒足了力气嘶喊出声。

皇帝终于听清了她的话，瞳孔骤然一缩，万寿中伴着疲惫的喜气顿时消散不见，脸色浮上一层担忧："把人叫进来。"

皇后猛地睁大了凤目，下一刻却不由得眯起了眼。

"你们都聋了吗？把人叫进来！"皇后也跟着喝道。

毓妃，你要生了？本宫这些日子，可一直盼着呢。罂粟这种东西，可致孕妇流产，也可致胎儿畸形，看来你是第二种呢。本宫很想知道，从你肚子里会爬出来一个什么样的怪物？也很想知道，你诞下妖孽之后，会被怎样处置？

宫人将周身狼狈发髻散乱的芷音押了进来，皇帝问了几句，便没了歇息的心，提着步子往华阳宫赶。皇后率一众嫔妃浩浩荡荡地跟在其后，身份最尊贵的她此时却微微低着头，双目低敛地盯着地上。

她的嘴角正不受控制地向上扬起，因此不得不低着头，掩盖自己的神色。

万寿大节，除了有孕且月份已多的婧容华和毓妃受了皇帝特殊照顾，其余的嫔妃无一人缺席。因此，现下东西十二宫共计七十多位嫔妃，均扶着各自的贴身宫女，熙熙攘攘地挤在了华阳宫内。帝后二人面色焦虑地坐在殿门口，下首坐着淑妃与宝妃，其余人，包括淮阳公主与大皇子都只能站立。

　　夜空，一轮银钩悬九天，银河落玉，辉灿如明。

　　皇后坐了许久，殿内的毓妃依然在惨叫着，挣扎着。她烦闷地抬头望了望天，宁静、美好的夜晚，却让她生出莫名的心慌。

　　刘院使和章院判全都被宣来了，医女和嬷嬷们端着一盆盆血水进进出出，殿内的惨叫声早已嘶哑。殿外的嫔妃很多都只有十七八岁，见到这骇人的场面，都惨白了脸。

　　"咣"的一声，接着是一宫女的惊呼："小主，小主你怎么了……"

　　"大呼小叫什么！还不快把你家小主送下去，在这惹得皇上心烦！"皇后见是一个低阶嫔妃晕倒在地，不禁更加烦闷，脱口责骂。

　　"皇后娘娘，臣妾看真正心烦的是娘娘您吧？您在这坐久了，一定累坏了。"淑妃淡淡瞥向皇后，朱唇轻启，嘴角微扬。

　　"你……淑妃你这又是什么意思？本宫是在为毓妃担忧！"皇后怒道。

　　"是么？娘娘的担忧好像很没有诚意啊。"

　　"好了！都这个时候了你们两个还在作口舌之争！都给朕闭嘴！"郑昀睿的一声怒喝不仅让她们闭了口，也让几个站着交头接耳的嫔妃不再出声。

　　殿门突然再次打开，刘院使和章院判出来，跪地回禀道："皇上，娘娘，请勿要担忧，毓妃娘娘是顺产。"二人身后是负责接生的成嬷嬷，她颤颤巍巍地跪于地上，回道："两位大人说的是，毓妃娘娘……娘娘的情况很好，孩子……已经露出头了……"

　　皇后倏地站了起来，喝道："毓妃一切正常？你们诊仔细了？"

　　不可能！她怎么会顺产？一般的人连喝了几月的罂粟，连难产都是轻的。母体和胎儿受毒，怎么会是顺产？

　　身边的皇帝被皇后吓了一跳，继而面色不悦，眼中流出阴沉的疑虑。

皇后意识到自己的失态，连忙解释："皇上恕罪，臣妾刚才听着毓妃那样高声惨呼，十分担忧，现在生怕太医出了差错，才这样说的。不过……刘院使医术精湛，必是不会错的，臣妾心里总算松了口气了。"

已经年过五十的成嬷嬷跪在皇后跟前，全身都在打战。当皇后神色呆滞地坐下，继而对她投去一个狠厉的眼神时，她几乎窒息。

"既然毓妃安好，朕就在这儿等，想必马上就会生出来了。"皇帝语气轻松起来，看着殿内的方向露出一抹柔和的神色。

皇后的指甲扣于掌心，轻易地刺破了皮肉，有鲜红从中渗出。她看着跪在她脚下簌簌发抖的成嬷嬷，神色越来越冷，口中喃喃念着："不中用的老东西……"

突然，她眼中的冷色变为厉色，点点精光流露其中。不行！不能这样放弃！她好歹喝了那么多的毒茶，我就不信她的身体好到这种程度。现在只要……再有一点点意外，她必定受不住，是，只要稍微的动作……皇后强压下脑子里的慌乱，她凤目流转，低下头，轻轻唤道："成嬷嬷……"

"成嬷嬷怎么还在这儿？你是四个嬷嬷里经验最足的，朕特地派你来照顾毓妃，还杵在这磨蹭什么！"皇帝听到皇后的声音，却是被提醒了，语气不悦地对着成嬷嬷催促道。

皇后一惊，快速地平稳下来，一把拎起成嬷嬷大声道："皇上说什么你没听见么？还不快去伺候毓妃！"说着，不经意间对她眨了两下眼皮。

成嬷嬷直直望着皇后，脸上闪过惊恐，却如一尊泥人定在那里动弹不得。皇帝看了心烦，刚想出声呵斥，却听得殿内一声高亢的啼哭，接着便是宫人喜悦的呼喊声。

殿外的所有人都被婴儿的哭声吸引了，皇帝一拍座椅站了起来，一个嬷嬷从殿内迈着小碎步，急切却并不慌乱地行至帝后面前，小心地将怀中用黄华锦包裹的小团子双手奉于皇帝面前。

"回禀皇上、皇后娘娘，毓妃娘娘诞下皇子，母子平安！"

皇后抓着成嬷嬷的手瞬间软了下来，成嬷嬷也瘫倒在了地上。皇后身形不稳地晃了两晃，两排贝齿紧紧扣在了嘴唇上，脸色已然成了灰白。身后的秋雨急忙扶住她，在其耳边轻言："娘娘，不可露出异样。"

江心月随着众妃跪下，齐声恭贺皇子出生之喜。她偷偷抬眼瞧去，看到皇帝脸上飞扬的喜悦沉淀为浓浓的暖意，夜色弥漫掩盖了他龙袍的耀眼金黄，却衬出一个平凡父亲的模糊身影。

是啊，他也是人，他也有心。

"皇上大喜啊，小皇子在万寿当日出生，是大吉之兆啊！"抱着皇子的嬷嬷显然是毓妃的心腹，她的话令皇后惨白的脸瞬间变为青白。

"自然是大喜！"皇帝的喜色浮上眉梢，扫一眼跪着的众妃，又温柔地接过那一团粉嫩，威声道：

"二皇子的生辰与朕同日，朕甚欣喜！传旨，二皇子赐名'熙'，即日迁往龙吟殿居住，朕亲自教养！毓妃于社稷有功，加晋从一品惠妃！"

众嫔妃吃惊地抬头，皇子由皇帝抚养，这，简直是闻所未闻。而毓妃，她的运气竟这样好，足月的日子也就在万寿之后的几日，她可以放心地强行早产几日。皇子与帝同日而生，这是比生产当日天现紫气更实在的福祉，对于子嗣凋零的郑昀睿来说，怎能不欣喜若狂？

第
七
十
一
章

宝
妃
相
邀

淑妃听完皇帝的旨意后，却是松了一口气：只是封为惠妃，还是在自己之下的。她生的是皇子，又是这样的好日子，自己一直都在担心她会获封贵妃。好在皇帝还是知道分寸的，知道不能得罪了陈家，这才没有越过她去。

然而……该死，她可是有封号的，而自己并没有。唉，日后协理六宫的时候，还会有许多麻烦的。

皇后的身子再次颤了两颤，却不甘心地提起一口气，踱步至皇帝面前，掀起了包裹皇子的锦被……

"皇上，臣妾心里实在高兴，让臣妾也看看。皇上您看，二皇子真是……"

哼！皇上您看看呐，二皇子真是个妖孽！让本宫的法眼，给你找出你身上是不是多了条胳膊，或少了条腿！你还想入住龙吟殿？哼！等本宫识破了你，你就和你母妃一起被扔到冷宫去吧！

当锦被的一角被高高掀起时，皇后脸上的疯狂、嗜血与希冀全部都在一瞬间被击碎，她呆愣地一手扯着锦被，脊背处硬硬的酸胀，仿佛已经支撑不住她的身子。她直直地盯着那和普通婴儿别无两样的小娃娃，五指紧抓着锦被连关节都突出了，甚至忘了一边抱着他的皇帝。

有汹涌的哀伤没过胸口，直到她喘不过气。

"皇后娘娘这是做什么呀？您这样掀着被子会让小皇子着凉的。"湮没在人群中的梅嫔突然出声，她的话打破了尴尬的死寂。梅嫔莲步轻移款款上前，她一手轻覆上皇后犹不想放下的双手，一抬头，眯着眼对上皇后呆滞的双瞳："娘娘，您看够了吧。"继而手上用力，毫不客气地掰开皇后的手，狠狠甩在一边。

皇帝亲手将小皇子再次好好地包裹起来，对皇后的失神略有不满。皇后终于清醒过来，长长地吸了一口气，声色飘渺而缓慢："皇上，二皇子真是乖巧可爱。"

皇帝只"嗯"了一声，他沉浸在得子的喜悦中，无暇理会众嫔妃。

"惠妃可好？"

"回皇上，娘娘只是虚弱，现在正在昏睡。"

皇帝放心地点点头，道："毓秀殿大小宫人，每人赏三月月俸。"

殿内响过一片谢恩的声音。芷音虽然是毓妃贴身的，但她被折腾得浑身不成样子，也就不能进去伺候。皇后本叫人先带她下去，可她不肯，定要在外间守着毓妃生产，皇后没心思管这些小事，就应了她。此时她深深地对皇帝叩头，礼过起身时，她当着帝后与满宫嫔妃的面，傲慢而凌厉地剜了一眼江心月。

江心月不甘示弱地瞪回去，二人一来二去的神色被皇后和淑妃尽收眼底。受尽了打击的皇后，此时却用同病相怜的眼神看了一眼江心月，让她心中不止一点的轻松。

莲容华和惠妃的不和，已经是满宫皆知了。

"皇上，"一宫女从殿内稳步而出，行过礼道，"毓妃……哦，惠妃娘娘醒了，娘娘说想和皇上在一块儿。"

皇帝满面染上笑意，刚想随那宫女进去，复而又蹙了眉，回头看向一旁的皇后。

不仅是祖宗规矩在那放着，且皇后今日为自己登台奏乐，皇帝的心中自然是感动的。而另一旁，刚刚生产的惠妃又让他不忍撇下。

今晚，到底留在哪里呢？

"皇上，惠妃娘娘是皇家的大功臣，且臣妾听闻惠妃孕中一直没有得见天颜，现在一定是万分思念。皇上，还是请您陪陪惠妃吧，想来皇后娘娘也会体谅皇上的。"

说话的仍是梅嫔，她的话一出，一些平日巴结惠妃的嫔妃都连声附和。而皇后被她这么一说，根本不知该说什么好。她为了这个夜晚已经付出了太多，她不想失去。

站着的江心月顿觉一阵恼人的烦闷，梅嫔真是会见缝插针，阻止皇帝探望惠妃的可是她莲容华，当时不过是怕皇后对她疑心，却不想被梅嫔牵连上，这下，自己在皇帝心中也要受些损失了。

梅嫔和众妃的劝言，好似给了皇帝一个台阶，也让他对惠妃愧疚了起来：只是因为她孕中情绪不佳，自己就顾忌着不去探望。现下，他心中的天平已经倾斜了，看向皇后的脸色便包含了请求。

皇后心中长叹，她今日为了皇帝已经损了颜面，而万寿当日皇帝留宿嫔妃殿中，传出去，又是一桩笑话了。她苦笑，微微咬了唇，声音低沉几不可闻："皇上陪陪惠妃是应该的，不必迁就臣妾了。"

皇帝面露欣喜，转身，脚下生风，急匆匆地进了殿中。

没关系的，本宫是皇后，让你一晚上又怎样？本宫不着急的。

皇后的面色依旧平静，缓缓踱步向宫门走去。

众人见皇后已经离去，也觉无趣，再无多言，纷纷扶了宫女回宫。

"莲容华，请留步。"

江心月驻足，回头一望，却是宝妃。

"今晚本宫心神寂寞，可否，到畅月楼一叙？"

"娘娘，难道有什么事么？"

宝妃笑了，依旧是柔柔的声音："无事。本宫只是长日无聊，想找个说话的人。难道不行么？"

"不是的，娘娘相邀，嫔妾受宠若惊。"

宫人朦胧的灯火打在二人身侧，映出莹莹的柔光。橘红色的光晕渲染开，江心月看到眼前宝妃清冷的身形，想必她是真的想找人说话了，那是发自内心的寂寞。

畅月楼很高。

江心月不常出屋，但每每在宫花苑闲坐，她都会不自觉地仰望这座楼台。它矗立在奢华殿宇之中，遗世独立，高傲而孤独。

宝妃进了宫门，稍稍放慢了脚步，道："我曾经邀约过淑妃，但她惧高，不敢上我的畅月楼。真是无趣。"

江心月跟在她的身后，轻启朱唇："淑妃娘娘惧怕的是您心中的清高。您和淑妃，志不同，道不合。"

宝妃轻轻地笑了两声，道："你很会看透人心。淑妃她们，不过是为利欲而活，当然和我说不上话。"

畅月楼层层的阁宇中，有微明朦胧的灯火，光色清雅，辉芒持久无丝毫跃动，看着似乎不是寻常烛火。宝妃见江心月疑惑的样子，低眉淡然道："那些不是烛火，是明月珠。"

江心月猛地吃惊，七层楼阁，层层这般布置，要耗费多少珠子？畅月楼的奢华，果真名不虚传。

"其实，隆宠有何不好。若能成为妲己那样的人物，我也不枉此生了。"宝妃倏忽转了语调，轻吐着"妲己"这样忌讳的词，笑吟吟地看向江心月。

"娘娘。"江心月一声轻呼，不可置信，傲然的宝妃竟也会钦佩狐媚的妲己。可……宝妃和自己同为礼亲王的棋子，若真能效仿妲己，将当今圣上变成纣王，那他的大业也就能达成了罢？

江心月回转了心思，对着宝妃会心一笑道："嫔妾的心愿与娘娘一般无二，嫔妾也会多加协助娘娘您。"

宝妃却突然地蹙了眉，一把扯起了她的广袖，道："我知道你的身份，可是，宫中有我就足够了，你和纯美人何必进来受苦？我会让王爷想个法子，把你们送出宫去。"

"出宫？"江心月摇头道，"我明白娘娘的善意，可我是不会出宫的。"

宝妃低低叹一声，问了一句不相干的话："你很喜欢莲么？"

江心月一愣，才道："是啊，娘娘您也知道么？"

"你不该喜欢这花。"宝妃轻叹着，面上泛着说不出的苦涩愁颜。她复看一眼面前与她同样貌美的女子，剪瞳流光，眉目如水，还想说些什么，却终是无话了，转身朝畅月楼而去。

"还以为她叫我来，是说些互相扶持的话呢。"江心月看着宝妃走远，回头对着花影摇头笑道。

第七十二章 受伤

正说着，她突然被人捂了嘴，拖拽到了宫墙的拐角处。她大惊，刚想喊叫出声，却见在她们五丈开外之地，一个人影匆匆闪过。

她看清了那人：竟是辰佑宫的掌事钱嬷嬷。

拖拽她的人此时才放开她，也放开了另一侧的花影，对着江心月屈膝行礼。

江心月见了她，更加惊异了："宜才人？你为何来此？"

宜才人笑道："我与莲小主您，与宝妃娘娘，都是一路的人。"

江心月此时才真正地惊了起来，方才宜才人拖拽她的动作，一看就是武力不凡的女子。想不到，王府把这么厉害的人都送了进来。

"我本是来见宝妃娘娘的，既然见了您，也顺带着告诉您。王爷的伤势已经无碍，你莫要担心。"

"什么？你说什么？王爷他受伤了？"

"您不知么？想是纯小主怕你担心才没有告诉你。不过已经无事了。"

江心月急道："他真的无事了？"

宜才人双手扶住她的肩，轻道："无事。您别担心了。"

江心月望着她，突然止不住地流下泪来，最终蹲身在地，双手掩面而泣。

他的大业，竟是这般的艰辛。

她哭得很厉害，她只觉在这样疯狂的险路上，她随时都会失去他，失去一切。为何，为何要争那个位子啊！他年少时性子从来都是淡然的，他为何这样，连命都不要地去争！

"莲小主，您别伤怀了。"冰瞳是习武之人，难得说出安慰人的话。她看江心月仍止不住泪，不禁硬了口气道，"我们唯一能做的，就是做一颗好棋子。"

江心月抬眼，怔怔地望着她道："我不愿他这样，皇位真的那么重要么？"

冰瞳突地哽住，讷讷不能言。片刻后才道："那是王爷的心愿。"

她看向江心月的眼神中，竟然是怜悯。然而，江心月蒙眬的泪眼，却无法看清她的神色了。她只低着头，兀自喃喃道："心愿么？我会助他，永远地助他……"

第二日，江心月起晚了。

当她匆忙地奔至凤昭宫时，殿内殿外的嫔妃已经挤得满满当当。她惶恐而惭愧地进殿，漠视了淑妃一众不善的神色，碎步疾行至主位前，扑通一声跪下。

"嫔妾误了时辰，请皇后娘娘责罚。"

"哟，莲容华一向最守规矩，怎么今日迟了这么久啊？"说话的是禧贵嫔，她是淑妃一手提拔上来的，自那日淑妃在蒌碧轩晕倒，她就跟着把矛头对准了江心月。

皇后和淑妃均没有发话。这二人今日都有些憔悴。淑妃平日里偏爱浓妆，每每露面都是华贵大气的。而今早，她的妆比以前还要浓，眼下却依稀可见脂粉掩不住的青色。

江心月昨晚耽误了睡眠，她们怕是整夜失眠了吧。后宫是一个大漩涡，没有风的时候都会起三分浪，何况惠妃掀起了这么一阵狂风。

皇后扶一扶面额，蹙眉看着底下跪着的莲容华。

江心月低着头，却一丁点都没有漏掉皇后的表情。她看着那张微微扭曲的高贵的面容，努力想从中看出作假的样子。可是，一点也没有。那川字的眉头和脸色以及身体的反应都是一致的，是皇后的真情流露，而不是皇后做给众妃的假象。

殿内很暖，地上也铺了厚厚的毯子，可江心月仍感到有寒气从膝下浮上来，心像被巨石坠着狠狠地往下沉。

她是皇后得力的助手，以前这种时候，皇后定会护着她的。可是如今，皇后很讨厌她。

她轻轻地苦笑，人呐，一旦交出真心，就什么都由不得自己了。她早听到了那些传言，说自己的皇宠可以与宝妃平分秋色。这样的自己，皇后哪里受得了。

皇后这棵大树，她已经靠不住了。

殿内无人再说话。一向喜欢沉默的上官合子此时却开口，轻言道：

"皇后姐姐，莲容华昨晚一定没睡好吧。和惠妃娘娘同处一宫，日子不太好过吧。"

皇后听了，脸色稍霁。虽然莲容华惹她讨厌，但现下惠妃风头正盛，莲容华心里不舒坦，和她是一样的，此时她倒是多了几分同病相怜。

"惠"妃？皇后在心底冷笑。这个字给了姚贱人，真是讽刺啊。她的跋扈性子可是宫内宫外都有名的。

皇后摆了摆手，温和道："莲容华一向守礼，这一次偶尔起晚了，本宫也不计较了。"

复又转向上官合子，颇严厉道："婧容华，什么话该说，什么话不该说，你连这些都不明白了么？竟说什么'惠妃让莲容华不好过'，惠妃是皇家的大功臣，又是皇上心尖上的人，岂是你可以随便诋毁的？"

上官合子惶恐地离了座，跪在地上请罪："嫔妾失言，求皇后娘娘宽恕。"

"记住，以后不准再如此评说惠妃。你是有身子的人，快坐下吧。"

皇后和上官合子一唱一和，满殿的嫔妃神情各异，或愤懑，或畏惧，或伤感。她们心中都在翻江倒海：惠妃现下可是宫里最得势的了，连皇后娘娘都不敢得罪于她，皇后的亲堂妹婧容华口出嫉妒之言，便立刻被斥责，她还大着肚子，就那么跪在地上，唉……我们这些人以后还敢说一句么？惠妃啊，谁让人家一举得皇子，还在万寿当日生产……

皇后看到诸妃脸上的不满，心下舒服多了。惠妃，你且得意几天吧，看看，满宫的人哪个不想吃了你？

江心月附和着众妃，也做出极愤恨的表情，踱步至自己的位子上坐了。她一侧头，看到正对面的婧容华扶着肚子小心地坐下，脸上不禁现出愧疚，复而对她投去一个感激的眼神。

上官合子淡淡一笑，柔和地冲着她点头。

江心月垂首，眼观鼻，鼻观心，保持着沉静的样子。她从慎刑司出来后，得了恩典在宫里静养，两月不曾晨省。皇上南巡回宫后，她才禀告上去，道自己终于病愈了，可以来给皇后请安了。此时她坐在这儿，一手轻抚上自己椅子的扶手，这个位置距离皇后的主位仍然很远，但是，她用短短数月的时间，从站在殿外，变成了坐在殿内，而曾经因为此事嘲讽过她的谨贵人，早已灰飞烟灭。

她想起那锅要命的"凶天"汤罐，却不由得心生感激。老天是厚待她的，百般的风浪过去，竟是无形之中给了她这么大的助力，让她轻易地走到这一步。

"本宫今日得知，冯贵人的身子好了许多，听太医说，再有三个月就可痊愈，本宫心里甚是安慰。"皇后闲闲地品着茗，热气氤氲中她的脸色十分柔和，满是关切之色。

众妃习惯性地道一句"愿冯妹妹早日安好"之类的话，便都撇过头去不再多言。冯贵人曾经也是受宠的，在她们心里，冯贵人死了才是最好的呢。

禧贵嫔没什么心机，更不善于收敛，想到什么便说了出来：

"皇后姐姐，臣妾听闻冯贵人伤得不轻，甚至……无法再有孕了。"

她的话一出，宫嫔们脸上都有了喜色，却都在一瞬间快速地掩下去，换上一副怜悯的面孔。

"唉，冯妹妹也怪可怜的。"皇后面上波澜不惊，只是平淡地同情着，而她话中的意思虽然是同情，语气却带着些婉转，听着倒像在品评"今天的茶很不错"之类。

冯贵人不但受过宠，且还是淑妃的臂膀，皇后岂能对她印象好？

江心月瞥一眼禧贵嫔，她真是运气好，这话说得虽不经过大脑，但合了皇后和众妃的心思，才没有惹来祸患。

冯贵人遭难之后，皇帝曾去看过几次。然而冯贵人实在伤得不轻，日日缠绵病榻，皇帝不愿整日去见一个病秧子，也不喜欢面对因自己才造成的伤害，就渐渐地不再去了。

冯贵人是淑妃宫里的，听闻刚进宫时，淑妃并未把她一个庶女放在眼里，却不承想她得了宠。淑妃见她有些本事，便收为己用。然而这段日子里，淑妃对她的态度却如皇帝一样，冷得不能再冷，俨然已抛弃了这枚棋子。

如今晨省的气氛是好不到哪里去的，惠妃是大家心中共同的疙瘩。皇后很快就说了声"散了"，众人纷纷告退，各自回宫。

第七十三章 野心

婧容华被宫女小心地扶着，略艰难地跨过门槛。她不顾身子，往前疾走了几步，追上了莲容华。

"莲妹妹。"

江心月听到带着气喘的声音从背后传来，回头一看是婧容华，便住了脚步。

"莲妹妹，我们二人一同走走可好？"

走走？婧容华可是住在凤昭宫里的，现在的她大着肚子，最好是直接回她的朝露阁，能少出宫就少出宫的好。主动邀江心月同行，必是有什么不简单的事了。

江心月忙笑着应下了。

婧容华温婉一笑，扶着宫女和江心月并肩而行。

她身子不方便，走得极慢，却是走了许久都没有停下来的意思。慢慢地二人行至了僻静处，四周的人越来越少。

再走了一会儿，待四周完全没有人，婧容华至一处亭子里坐了下来。

这是宫花苑的角落之处了，江心月也放心地坐下来，静静等候着上官合子开口。

二人随身的侍婢都自觉地退到了亭外。

"我叫你来，也不是什么复杂的事情。不过却是必须要你去办的。"上官合子走的路长了，先歇了一会儿，才慢慢地说了出来。

二人的位分是相同的，又都有着封号，地位完全是一样的。但上官合子的语气，没有一丁点的客气。那是上位者对属下的语气。

江心月霎时愣住了，却没有把不悦表现在脸上。她略略呆滞了下，便回过神来，顺从地点点头，别无他话。

江心月明白，自己与她的合作一开始就不平等——她的身份，是七品县令之女，而上官合子有上官一族，有皇后堂姐，她的势力不是江心月能比的，况且她还有着肚子里那块肉。

上官合子拉拢她，可凭什么弱势的她能和上官合子合作呢？宫里没有这么好的事，现在上官合子来讨要这份不平等，要她在自己面前谦卑，这一点，没什么过分的。她应该摆正心态，明白这不是合作，而是依附，是巴结。她对上官合子应该像对待皇后那样，尊卑分明。

原来，上官合子对地位是这样有野心的，她如此想要俯视别人的感觉。江心月对她，又生出一份小心来。

上官合子接着说道："我要你除掉祥嫔。"

江心月稍有不解，略加思索后便骤然明了：祥嫔并不是淑妃一派，也不是其他敌对婧容华的势力，对婧容华无半点威胁。但祥嫔占着六嫔之首的位子，虽然现在失宠，但她仍是六嫔之首，仍有管理低阶嫔妃的权力。这个好位子，是很多人都眼红的，权力可是天底下最好的东西。婧容华的目的很明显，她要定了这个位子。

"你知道，现在我在孕中，自然是全部精力都放在胎儿上面，就算如此也不是一定能保住的。我可没有办法去亲手解决祥嫔了。"

江心月又在兀自转着心思：上官合子现在是容华之位，宫里诞下皇嗣一般是晋一级，但郑昀睿子嗣太少，若诞下的是皇子，晋两级也是极有可能的——上官合子必是确定了自己怀的是皇子。唉，她的命可真好。

"这……真是不容易的。"江心月苦笑了一下，除掉一个人是有风险的，何况还是一个嫔主。

"正因为不容易，我才叫你去做。"上官合子笑道，"想必你一定会竭尽所能。"

江心月不答话，只抬眼望她，她在等着上官合子的下一句话。

下一句应该说的是给自己的好处。

她以前的倚仗是皇后，虽然很倒霉，这棵大树的树荫不想再给她了，可是她有恩于惠妃，不一定非要上官合子做倚仗的。

而另一点，上官合子手里又没有她的把柄。

所以，想请动她做事，必须要给酬劳，而且这酬劳还不能少了。多大的一件事啊。

可是，上官合子一直没有说话，反而撇过头去，素手抚上云鬓，理着几缕被风吹得散乱的秀发。

江心月的手在袖口中握紧，虽然她很喜欢这个倚仗，但如果上官合子对她太过分，要她整日做些刀山火海的事又不给酬劳，那这是个什么赔本的倚仗？干脆舍弃掉算了。

再次思索了一圈之后，她却倏地松开了手。呵，这样就想试探我？

她的头缓慢地低了下去，眼中现出的是不甘之色。她的余光看到昂着头的上官合子嘴角微微扬起。

心中轻笑，上官合子这是对她满意了。

上官合子的确只是试探她，看她能否被自己所掌控。她低头，是告诉上官合子，她是不敢拒绝的，日后也会老实地为她做事。而不甘，那是一个人正常的反应，上官合子的要求无疑是无理的，她流露出不满是理所应当。如果她一味地谦卑，反而会让上官合子觉得她在做假。

"呵呵。"上官合子突然轻笑出声，打破了二人的僵持。

"我虽然想取代祥嫔，不过要让你冒险，我还是于心不忍的。"她轻轻覆上江心月的手，还顺势拍了两下，语气依旧是柔柔的，"这件事，就以后再商量吧。"

等她撤了手，江心月便准备再说些表忠心的话，却见上官合子兀自站了起来，她的宫女连忙小跑过来扶住她。

"我坐久了也是累的，就先回去了。"云淡风轻的一句话，上官合子已经迈开了腿。

江心月张了张嘴，看着她已经转身离去的背影，也只好闭了嘴。上官合子做事最是不肯拖泥带水，正事说完了，连场面上的叙话都懒得说，就想着回去了。这样的品质，是她所欣赏的。

江心月笑笑，也用手抚了抚发髻。上官合子，嗯，以后当然会好好为你做事。和你合作可是很愉快的呢。

花影上前扶住她，道："小主，起风了，我们回去吧。"

"嗯，是要回去。"她懒懒道，"回去拜见惠妃娘娘。娘娘得子，又得晋封，我们还没有去恭贺呢。"

进了华阳宫，江心月并没有进主殿，而是回萦碧轩，取来之前备下的贺礼，只命花影送过去。贺礼简单而寒碜，只是一副平常的头面。

不出所料，一刻钟之后，花影被主殿的人用棍子打了出来，芷音在门前扯着嗓子骂道："莲小主是低阶嫔妃，我家娘娘大喜之日，竟只派个丫鬟来送东西，莲小主忘了自己的本分了么？你给我滚回去，叫你家小主亲自来！"

菊香小心地送了江心月出屋，自己并没有跟出去，而是用凌厉的眼神盯着殿外的绿珠。

花影挨了几棍子，装作愤恨的样子捂着手臂逃回萦碧轩，江心月没有喊她，自己一个人进了毓秀宫的殿门。

菊香以指按额，缓缓叹了一口气。萦碧轩里真是杂乱，小福子看着老实勤快，主子却仍防着，一直没有用的意思；绿珠又天天地生事。她一个掌事整日在殿里盯着这个，防着那个，连主子出门都只能花影一个跟着。

进了主殿，殿内伺候的人都流露出厌恶和不屑。

江心月并没有看到四个嬷嬷。她们在惠妃生产后，本应留下来，作为小皇子的教养嬷嬷。可是小皇子被送到龙吟殿去了，嬷嬷们也都跟着去了。

惠妃依旧是倚在榻上的，她没什么精神，只抬眼瞥了江心月一眼，就又沉下头去。江心月见她虽然憔悴，但也只是疲累至极，估计罂粟的瘾清得差不多了。

江心月压抑着不甘，上前给惠妃行礼。

惠妃仍没有抬头。在侧的芷音会意，昂着下巴看着江心月道："江小主这礼行得不太好，娘娘很不满意。请小主再次规矩地行一遍礼。"

江心月愤恨地瞪一眼芷音，却又咬着嘴唇低下头来，缓缓屈了身。

惠妃还是没抬头，也不做声。

芷音得意地看江心月一眼，肆无忌惮道："小主，请您再次'规规矩矩'地行礼。"

江心月这一次终于忍受不住，眼泪噼里啪啦地掉了下来，又看一眼惠妃，还是再次屈下身来。

殿内其余的宫女都不屑地望向江心月，有一个甚至笑出了声。

江心月拘着礼，这次是芷音狠狠地瞪着她，她触到那目光，不由得又把身子向下蹲，不想脚下一软，她一下子跪在了地上。

"哟，江小主怎么行这么大的礼啊。"芷音溢满了笑，任江心月跪着。她又回过头，对着殿内几个宫女道，"你们都退下，江小主来侍奉娘娘，也就用不着你们了。"

几个宫女并不明白实情，听了芷音的话更是露出好笑的神情，纷纷幸灾乐祸地看一眼江心月才出了殿门。

殿内无人，芷音亲自过来把江心月扶了起来。二人相视一笑，江心月的眼泪说掉就掉，说收就收。

江心月又在心里夸奖了一下自己：演戏的水平提高了。

"娘娘刚生产完，身子不爽，嫔妾自然该来侍奉的。"江心月笑盈盈地上前，竟用手轻轻按揉着惠妃的额头。

惠妃倏地一下抬起头，好笑地看着她道："你这性子改得太离谱了吧，真的伺候起本宫来了。"

江心月突然跪了下来，惠妃又是一惊，接着不解地看着她。

"娘娘，您曾经问过嫔妾为什么要救您。其实，嫔妾是有着私心的。"

她叹了一口气，接着道："嫔妾本来受皇后庇护，但是，嫔妾运气好，受到皇上越来越多的眷顾，皇后娘娘便对嫔妾改了态度了。皇上眷顾嫔妾，嫔妾处在风口浪尖上，却没有相应的势力来自保。所以嫔妾不得不来倚仗娘娘您。"

这一席话说得非常实在，真实的情况也是差不多的。江心月得到的宠爱太多了，超乎她想象的多，却没有较高的位分，若不巴结着惠妃和上官合子，后宫的女人们很容易就会吞了她。

这一点是早就考虑到的，江心月却在心里暗暗教训了自己一番——当初是因为她认定了皇后为倚仗，便放心地去争宠，在慎刑司受冤之后用那样的手段成功地套住了皇上。可是那令人惊叹的宠爱得到了，皇后那边却生了变故。她是怎么都没有想到，皇后的"杂念"这样重，以致蒙蔽了她的双眼。

想到这儿，江心月微微后怕——还好自己及时巴结上了另外的两棵大树，否则，会出什么意外她真是不敢想。

惠妃定定地看着她，终于认可了她的理由，柔柔道："皇后是个很固执的人，吃了多少亏也悟不明白……你快起来吧。你放心，本宫虽及不上皇后位尊，但脑子可没坏，你这样好的臂膀怎么会舍得扔呢？"

　　惠妃说的也是实话，她对皇帝虽有真心，却没有及得上她对权势的真心，对姚家的真心。

　　小皇子的降生给了惠妃最大的动力，她的野心在疯狂地膨胀——终于，可以有资本去博那个位置了。

　　"娘娘不要说什么位尊的了，小皇子得了天大的恩典，现在您才是这宫里最尊贵的呢。"

　　江心月的话甚合惠妃心意，惠妃当即轻笑了起来，抬手握起了江心月的手。

　　最后，芷音又是趾高气扬地把江心月送到门口，而江心月亦低头敛眉，做出万分委屈的样子。

　　她快步地走向萦碧轩，在路过那一小片花园之时，又忍不住多看了两眼，心中叹息：二皇子那样可怜，惠妃却还在做着她的春秋白日梦，不知到了那个时候，她又该如何接受这一切？

　　回了萦碧轩，却见王云海等在殿外，见江心月回来，忙上前打着千儿道："小主您可回来了，皇上在里头等着呢。"

　　江心月一惊，皇帝来华阳宫，没有钻到惠妃那里，来她这儿做什么？这宠爱也太过头了吧！

　　心里想着，脚下却不敢怠慢，疾走着进了殿内。

　　皇帝正闲闲地坐着，由菊香在一边上茶。

　　江心月行了礼，柔柔道："皇上，您真是勤快啊，嫔妾这儿都快甜死了。"她点着自己心房的位置说道。

　　皇帝的心情很好，当下不顾身份地拿手去揪小美人的脸颊，二人调笑成一团。

　　"明玉有了孩子，朕实在是高兴。心月啊，你什么时候也给朕这样的高兴呢？"

皇上一问，江心月就止了笑，从额顶到耳根都是红的，娇喘道："皇上，嫔妾……一定努力。"

皇帝被她的"努力"逗笑了，暧昧道："咱们现在就努力吧？"

江心月听不下去了，又是大白天的，唉，这个好女色的皇帝。

"皇上去陪陪惠妃娘娘吧。"

"朕早上才从那儿出来呢，现在朕想的是你。"皇帝柔柔道。他也听说了惠妃和江心月闹得不和，而且江心月还颇大胆地去顶撞。但后宫里的女人，哪个不是互相闹的？他作为男人不能明着去偏帮哪一方，不过念着江心月位分低，怕她被欺负了，才来这儿给她撑面子。

江心月自然是明白这一点的，心里有着小小的感动，还有着小小的成就感——那一次皇帝也是想大白天的临幸她，见毓妃在外头便停手了。那次是皇帝心里偏着毓妃。可现在，毓妃成了惠妃，成了皇帝的大功臣，皇帝竟然来偏着她。

自己走到这一步，得到这样的宠爱，实在应该感谢上苍啊。可是，她早已看清郑昀睿的无情面孔，他的宠在她看来根本就是对玩物的施舍。

唉，宠爱还是不要太过了。江心月现在满心想着把自己的宠降下来，她可不想在没有到嫔位之前，就真的和宝妃平分秋色了。

皇帝在她颈间留下一串香吻，温存过后他一抬头，便看见了铜镜台上一支散了珠子的金凤簪，拿起一看，奇道："坏了的东西还留着做什么？"

江心月闻言低了头："是莹贵嫔娘娘的赏赐，怎可扔掉。"

皇帝微蹙了眉，一点头不再多言。他又看向怀里的小美人，还是心痒难耐，便再次霸道地将她压倒在榻上。

江心月连连推诿，二人娇笑之时，门外忽有内监尖细的嗓音唤道："皇上，淑妃娘娘求见。"

皇帝面色不悦道："何事？若无要紧事，就明日再禀报。"

内监迟疑了片刻，还是答道："回皇上，是紧要的事。"

江心月听到是淑妃，心里也是不顺，但还是挽上皇帝的臂膀，柔柔劝道："皇上还是听听吧。"

皇帝点头，亲手拉了床帐，掩上她不整的衣衫，才对着门外道："叫她进来吧。"

"皇上，"淑妃今日的衣饰稍显素雅，她面色焦灼道，"纯美人小产了。"

江心月如闻惊雷，猛地拉开帷帐失色道："小产？！"

"皇上不必去看了，徒增伤感。臣妾已经查明，是纯美人身侧的宫女阿珍为害，她已经被杖毙。"

"淑妃娘娘，皇上还未去，您怎会如此肯定地'查明'？"江心月又急又恨，不顾皇帝在侧，张口便和淑妃顶了起来。

皇帝也是不信，披衣起身道："谋害皇嗣是大事，怎能这样就了结？皇后呢？她怎么说？"

淑妃的面色波澜不惊，望向江心月的目光里是几分隐隐得意。她正色道："皇上，查明此事并非臣妾的功劳，而是纯美人亲口所言，道是那小宫女一人为害。皇后娘娘已经赶去了琼茗阁，娘娘对臣妾的处置无半分异议。"

江心月颓然瘫坐于榻上。真是阿珍一人所为么？她可是瑶仪的家生丫鬟，从小服侍的人。怎会如此啊！

皇帝皱紧了眉头，终是叹气道："既是她自己这样说，皇后也无异议，那就这么处置吧。纯美人失子，晋位贵人以示安抚。"

"皇上——"江心月欲言又止，她想劝皇帝彻查，可如何查呢？连瑶仪自己都一口咬定是阿珍。

淑妃应了皇帝的旨意，又道："臣妾来还有一事。今日太后娘娘的哮喘又厉害了，卧床止不住咳，她老人家一直念叨皇上您呢。"

皇帝听着又蹙了眉，回过头劝慰江心月道："朕知你和纯美人交好。你莫要伤怀，现在就去她的宫里替朕看顾她吧。"

江心月听着这话，心里却丝毫欣慰也无，皇帝不去亲自看顾瑶仪么？

她面色苦苦，却终是一句话也说不出。瑶仪区区一个失子的低阶嫔妃，怎能抵得过太后的病情？且这也无法怪皇帝，他并不是愿意去长乐宫的。

她送了皇帝和淑妃出去，就赶忙唤来花影，草草拾掇了出门。一路上所遇的宫人嫔妃们，均是鲜亮的打扮，丝毫没有因宫中刚失了一位皇嗣而依规矩装束素淡。毕竟，宫里刚刚有了天佑福泽的二皇子，还有一位有孕的婧容华。

疾步前行着到了地方，琼茗阁的宫女见她，忙上前请安，禀道："莲小主，皇后娘娘刚走。娘娘吩咐留下品秀嬷嬷伺候纯贵人的身子。"

江心月微微一点头，感激道："娘娘有心了。"皇帝赏赐下来看顾胎儿的嬷嬷和医女，本是负责看顾孕中的嫔妃，等皇嗣诞下，就跟着去伺候皇子公主的。但若嫔妃小产，嬷嬷们要依着规矩回原来的地方做事。且品秀曾经是皇帝的教引嬷嬷之一，皇后留下她是真心想把瑶仪照顾周全了。

以往瑶仪得宠时，皇后并不十分待见她。可她如今遭了难，反倒得了皇后的怜悯了。

内室里瑶仪悄无声息地躺着，整个面上苍白如纸，衬着淡紫的米珠帐帘和床帐，更显得丁点血色也无。她的手抚在床沿，江心月细细地看去，那之上尽是深深的痕，而瑶仪此时五指仍扣在其上，仿佛不肯拿开一般。

有些许仍未散尽的血气，丝丝钻入江心月的口鼻。她苦苦叹一口气，鼻尖一酸，眼眶已然尽湿了。

"瑶姐姐，我……未能护好你。"她低垂了眼帘，朝着那床上人低低呢喃。一滴泪珠顺势滑落下去，落在了瑶仪颈边的妆玉锦面方枕之上，瞬时洇出了淡淡的水渍。

一丝征兆也无地，瑶仪就没了孩子。她那样看重孩子啊。

"阿奴——"几不可闻的极细的声色突地唤起，江心月猛然一惊，俯身以手覆上瑶仪的额，歉疚道："我吵着姐姐了么？"

瑶仪微睁眼帘，缓缓　抿泛白的唇，轻道："并不是。我一直是醒着的。"

"姐姐……再睡一会儿吧。"本有许多的话和事要说，到了跟前，江心月却不知该如何开口了。她如何去安慰瑶仪呢？再多的劝慰都是苍白无力的。

瑶仪惨然轻扯了嘴角，抓在床沿的手指微微动了动，江心月会意地在榻边坐下，握住了她柔若无骨的指掌。她再看瑶仪唇部有些干裂，便唤了外头伺候的人拿水喂给她。

瑶仪被她搀起，就着她的手喝了几口，却是极肃然地看着她，一字一顿道："我要和你说！阿珍她，她真的生出了二心，她是受了淑妃的收买！"

江心月手上倏地一紧，忙不迭地追问道："她是如何害你的？你手里总有些证据吧，为何不查下去呢？不求着皇上追究也便罢了，你为何把话说死，说是阿珍一人为害呢？"

痛心和焦心一齐涌上来，江心月只觉肺里都有些一抽一抽的疼。就这么算了么？怎可以放过淑妃她们！

瑶仪由她追问着，一句话也不答，半晌才颓然垂下头去，口中低低道："她用的是雪桂草，就放进了天香蜜露里。"

江心月闻言，整个身子都悚然了——天香蜜露是她送过来的，而雪桂草，也是当时青离在萦碧轩中为害，被她抓着了后，遣花影去给瑶仪诊治。

这两样，全是她手里出来的。

殿内霎时死一般沉寂，好一会儿，江心月才讷讷道："你……真相信不是我做的么？"

瑶仪突地双目凛然，用尽了力气道："当然相信！矛头越是指向你，我越要相信！"她说完，虚弱的身子已然瘫了下去，低低细语道，"若真是你，以你的聪慧，怎会把火引到自己身上？我若是真的查下去，不就是顺了仇者的意了么？"

"那是一个初成形的男婴，他还那样小。"瑶仪掩面不能言，从低低的呜咽，慢慢地喉间越发不受控制，最后她已然是嚎啕。

江心月猛地抱紧了瑶仪，为了撇清她，瑶仪亲自压下了失子的大仇。这份恩，她如何来还？

等瑶仪哭够了，江心月端着一小碗的清粥喂给她。她吃了几口便推开了，道咽不下。江心月罢了手，她懒懒地躺下身子，只道："你早些回吧。"

江心月如何肯回，便守在她的床前坐着。瑶仪闭目静默了一会儿，突地又睁了眼，无神地向上望着喃喃道："连阿珍都能害我。这世间还有什么可信的人呢？"

这话不知是说给自己听，还是说给江心月听。

江心月闻言，却是猛然心惊了，瑶仪，心里怎可能过得去这道坎……

她在琼茗阁又待了些时候，瑶仪一直劝着她回去，她不得不起身告辞。瑶仪一直躺着不肯起来，连宫女想给她净面她都懒得起身了。

萦碧轩里仍是奢华贵气的。她进屋见到那些金玉，眉眼间都是郁郁，当即叫了小德子来，令全部换成素淡的。整个宫的人都没有在意瑶仪这位低阶嫔妃的失子，也只有她能以此为那孩子哀伤了。

她又令菊香取来佛经，于案上执笔抄录。

菊香为她研墨。墨锭是加了好闻的雪梅制成，梅香清冽，本是清净心神的好香，菊香手里来回地磨着，心里却并不静。不觉手一抖，便有一星墨汁溅上了主子的宣纸。

"奴婢分心了，请小主宽恕。"

江心月放了笔，微微摇一摇头道："不怪你。你心里有什么话就说吧。"

菊香缓缓呼一口气，欲言又止，终是咬了唇道："奴婢僭越劝一句。说句不该说的，纯小主她，她对您……您知这宫里从来没有真正的姐妹。"

江心月叹了口气，闭目静思了好一会儿，才道："我何尝不知她心中的疙瘩。阿珍是从小服侍她的，陪了她十多年，都能做出那样的事。而我，与她不过四五年的情分而已。阿珍做出此事来，她已经不肯再相信姐妹情谊了。"

瑶仪选择信她，为了她不去追究亲骨肉的死。可是，她的相信，是因为她认为江心月不会用这么拙劣的害人法子，且不想因此顺了淑妃的意，而不是从心底的相信。瑶仪的内心深处，对她怎会一点隔阂都没有呢？

她失掉的可是她的孩子，她看重如生命一般的骨肉。

菊香说的也没有错，就算亲生的姐妹，在这宫里也会反目，可让她对瑶仪设防，她却无论如何都不想。

江心月双手撑住了额。瑶仪姐姐啊……

第二日，又是一个好天。江心月望向门外，天空是纯净的，湛蓝的颜色令人舒心，天上一丝云彩也没有。

她看着这天，那团抑郁之情仿佛也减了许多。外头的风光好，想必出去散心心情会舒畅不少，遂唤来花影道：

"天暖了，想必出去走走也不会受凉。我们去幽沁园吧。"

她常听梁采女说起，宫花苑人多纷杂，这一处的园子静谧清幽，景致也很怡人。梁采女闲来无事，最喜到这里来散心。

到了地方，江心月抬眼一瞧，见垂花门上书着三字"幽沁园"，里头有一汪碧绿的荷塘，花卉相当平常，远不如宫花苑里珍贵的花木。但岸边杨柳依依，芳草萋萋，也别有一番风情。

一边的花影跟着进来，眼睛立刻亮了——幽静的碎花石子路上，立着一架秋千。

正在打理园子的一众宫人见有主子驾临，纷纷跪地请安。她们都是做杂役的外围宫人，地位十分低下，给主子请安只能跪着，而不是蹲身。

江心月叫了起，回头看花影雀跃的模样，再看那扎在杏花树下的秋千，自己也不禁起了玩心，遂踱着步子直直地走过去。

一领头的宫人立即跪下磕头道："小主，这架秋千是皇上赏给柔小主的。"

江心月一听，笑道："你说的柔小主，可是柔更衣啊？"

"回小主，柔更衣已经晋为采女了。"那个宫人在回话之时，身子已经在发抖了。她们这一类低等的宫奴，眼见就要得罪于主子了，自然怕极了。

江心月心里好笑，她不知这么小的一处秋千都是有主子的，更不知柔更衣已经变成了柔采女，皇上是当真宠爱啊。

宫人看江心月仍盯着秋千看，手脚渐渐有些发抖了，她砰砰地叩头，声音颤颤地道："回小主，这……赏赐了的地方，您要用，要经由物主的同意的……"

她是负责这处园子的，柔采女的秋千自然也归她打理，要是事后柔采女问罪，她就没命了。而眼下这位是宫里相当得宠的莲容华，哪里是她能开罪得起的。

江心月虽嫌恶柔采女，却从不喜欢为难下人。她见宫人一副可怜相，脸上就软了下来，温言道："既是这样，就作罢了吧。"

抬眸扫见那宫人已然汗湿的衣裳，她心里又多了几分怜悯。她是做过奴才的人，多少次，她也这般可怜地跪伏在主子面前，心里或期盼、或骇然，只因主子的一句话可令她生，也可令她死。

她回头对着花影道："她们做活辛苦，每人赏五两银子吧。"

宫人们本都在惧怕，竟不知这位小主不但没有拿她们出气，还赏了银钱，均叩头谢恩，口里不断说着"小主大恩"之类的话，有几人的眼中已然有了泪光。

江心月摆手笑笑，不过几两的纹银，也好让人感激成这样。

然而无巧不巧地，柔采女此时正好出现在了园子门口。她疾走几步上前，规规矩矩地给江心月行了礼，低着头站到一侧。

江心月面露嫌恶，这个人太喜欢伪装了。

江心月自顾自闲闲地坐着，撇过头不理睬她，也没准备对她发难，只想等她自己离开。

胆小的柔采女并没有逃开，而是小心地开口，道：

"容华小主，嫔妾刚刚……听到了小主想玩这架秋千，才特地来园子里的。"她紧张地吸一口气，又道，"秋千能够为小主所享用，也是它的造化，请小主，尽管用吧。"

江心月看着她，面上无一丝表情："那我要好好地谢谢你了？"

"嫔妾不敢，不敢讨小主的谢意……"柔采女的身子又开始发抖。

江心月无奈地叹一口气，这个样子很像是她在欺负人，可她冤枉啊。唉。

"柔采女，你是浣衣局出身的，对吧？"

"回小主，是的。"

"你能有福气侍奉圣上，也是不容易的。眼下皇上喜欢你，我还要恭喜你晋封之喜了。"江心月轻轻道。她的目光在柔采女身上打着转，触到了那一双紧握在一起的、颤颤发抖的手。看着看着，她又笑道：

"柔采女天生就是做主子的命，你看你这一双细嫩的小手，十指又过于纤细，不适合劳作的。"

"这……只是皇上的隆恩，嫔妾卑贱。"

江心月听着她颤着声的回话，不由自主地观察起四周。还好，这附近没有皇上，也没有其余的嫔妃，她可不想被柔采女当祥嫔一样算计。

第七十六章
贵喜

看着那双小手，她不难想象这样漂亮又柔弱的手指日日浸在冰冷的水中，是多么的可怜。可就是这么柔弱的一个人，却有着超乎常人的手段。

江心月又看了看那双手，却惊讶地"咦"了一声，她发现那手上似有淡淡的伤痕。

"柔采女，把你的手给我看看。"

柔采女一听就被吓到了，立即把手缩进了袖子里。江心月见她这样，更是要看一看了，于是起身至她面前，握起了她的手腕细看。

这一看，她自己却被吓了一跳："天哪，这是怎么回事！"

柔采女的指尖上全是针眼，手背上则是一道被锐物划伤的痕迹，像是剪刀戳成的。

"小主，嫔妾没事，只是不擅长刺绣，做活的时候伤到了。"

"不擅长那你还做？再说你是天子嫔妃，有什么活不能让下人做？"江心月面上关切地问着，心里却已经猜到了几分。

"小主，求您别再问了。"柔采女的眼泪已经掉了下来。

江心月柔和道："我都看到了，你还掩饰什么？有什么委屈，尽管对我说吧。若是我不能帮你，好歹也能安慰你，不是么？"

呵，原来你进园子不是让我玩秋千的，是为了你的手吧。

"回小主，祥嫔娘娘的生辰快到了，娘娘喜欢绣品，不喜欢其他的东西，嫔妾……只好努力地绣，想着能让祥嫔娘娘高兴。"

江心月立即换上了愤恨的表情，道："祥嫔真是个怪人，哪有人只喜欢绣品，不喜欢其他的？这绣活又偏偏是你不会的。"

说到这儿，江心月在心里冷笑：祥嫔的脑子到底是怎么长的，这么明目张胆地欺负人，这双手要是被皇帝见了，那她会是什么下场？不过柔采女不是普通人的思维，她没有叫皇上看见，却叫其余的嫔妃看见了。到时候经由他人之口把这事传给皇上，其效果和她亲口去对皇上说是大不一样的。

皇上不但会对祥嫔大怒，且会极力赞扬柔采女的宽容，怜惜她的隐忍。

江心月把她的手放回去，同情道："住在启祥宫，真是可怜你了。"

她向前又移了一步，几乎贴到了柔采女身上，在她耳边轻道："我虽然和祥嫔有过节，却不是喜欢嚼舌根的。祥嫔张狂，多有树敌，你还是找旁人去吧。"

柔采女恐惧地后退一步，江心月却再次拉住了她，道："还要告诉你的是，示弱的确是不错的手段，但是，如果你总是示弱，你的心性就会被外表的假象所改变，是永远无法成为强者的。因为面具戴多了会拿不下来。"

江心月又一次贴近了她的耳边，低低出言："我很欣赏你，希望，你可以走得更远。"

再次看一眼她柔弱的面容，江心月一笑："今日我不想玩秋千了，这就先走了。"说着，迈步离去。

"小主，您为什么要提点柔采女呢？对您又没有好处。"花影边走，边嘟囔着。

"呵，我也不知道为什么。也许我真的，想看她走得更远。"

又是半个月过去，郑昀睿对畅月楼的眷恋与日俱增。后宫人人侧目，朝堂之上多有耿直者进谏，宫内宫外关于宝妃的传言似野草一般疯长：大周王朝，马上就要出一个苏妲己转世了。

但是，即便传言已经流入了百姓间，朝堂都没有大的动静。原因很简单，如日中天的陈家对此不置一词，百年大族的姚家为了讨好皇帝，甚至驳斥了几个进谏的言官。上官家势单力薄，只有右相一人能说得上话，但进谏了几次都碰了郑昀睿的钉子，最后也放弃了。

只因宝妃的皇宠太过单纯，从不染指宫中的权柄，淑妃、惠妃一众均不把她放在眼里，陈家更是如此。

郑昀睿在畅月楼留宿多日后，于龙吟殿召莲容华侍寝。

江心月是半夜里从龙吟殿被抬出来的，她衣冠不整，浑身丁点力气都没有了。

萦碧轩早就烧好了热水，主子被召幸是常事，可当菊香一众看到江心月回来，并且是以这样狼狈的方式回来时，他们不止一点地吃惊。

宫人手脚麻利地将主子扶了进去，直接进了浴桶，水汽弥漫，热到发烫的水温让江心月一点一点恢复着。

菊香用手指揉着她身上青紫的淤痕，心疼地絮絮道着"小主受苦了"，却不敢说些旁的话，滴滴苦楚可都是君恩。

江心月疲乏地覆上她的手："菊香，这里不用你伺候，皇上新赏的太监贵喜还在外头候着，你去安置一下。"

"是。小主，此人，是……怎么个安置？"

"皇上赏的人，当然要给好位子。可惜萦碧轩已经有了首领太监，只能让他做个大太监了。"江心月笑着道，面容上透出喜色，似在炫耀皇帝的赏赐。

菊香听了却是一愣，才沉声应了。她问的那句话，是为了小福子才问的。小福子虽是首领太监，但主子心里怀疑他，不肯重用。皇上派来的人多高的身份，若想趁此机会撤了小福子，旁人也挑不出一点错。可……主子这样做，又是个什么意思？连皇上的人都不信任？

江心月朝着侍奉的几个二等宫女挥手，待诸人退下，她拉了菊香的手，轻道："你不必疑虑。我对下人的要求很高，若想做我的人，心里必须只有我一个主子。"

她看着菊香越发敬畏的神色，又道："皇上赏赐了人，是对我的恩宠。可是，他却是皇上的人，不是我的人。就算他奉了皇上的旨意要护我，我也断然不会重用他。"

"小主，"菊香一边点头，一边道，"皇上，是越发地看重您了。"

皇帝一晚上的辛勤耕种，派心腹太监来伺候，再派一个御医专门看顾一个小小的容华，不出所料的话齐御医开的药方定是助孕的——这说明了什么？

皇帝想要江心月为他诞下子嗣！

一个二皇子根本无法让郑昀睿满足，况且这个皇子流的是姚家的血，一个树大根深的世家大族。另一个尚在母体中的皇嗣，却是新崛起并出了一位皇后的上官家血脉。

而江心月，七品县令之女，无疑是完美的人选。小门小户的出身，才无法导致外戚干政的局面。

"莲——呵。"她轻启朱唇，缓缓吐出了这个字。莲蓬多子，恐怕这才是皇帝赐予她这个封号的真正寓意吧。她舒坦地展了笑颜，轻道："如今，我的路是越发顺畅了。"

话刚出了口，她却又黯然了。此时她的道路是顺畅的，可瑶仪仍在苦难之中。瑶仪小产后皇帝只间或去看了两次，听闻只随意敷衍了她就走了，恰似皇帝对待重伤的冯贵人一般。皇帝一贯薄情，如今也轮到了瑶仪头上。

可她江心月，此时却正是隆宠。她一想到瑶仪，心底就满是愧疚，不论瑶仪是否从心底里信她，瑶仪都是为了她才压下了仇不肯查下去。

静了一会儿，江心月招了人进来侍奉出浴。

菊香扶她上榻，有宫女上前为她擦拭秀发，菊香没有离去，而是转身捧了一个珐琅大海碗，端着凑到江心月眼前。

"哎呀，真好看！"

菊香把海碗又向前凑了凑，笑道："这是梁小主刚送来的，都是挑的最漂亮的送过来呢。"

江心月显然被吸引了，忍不住把手伸进碗中。里面几尾五彩的金鱼受惊，嗖地一下蹿动起来。

"梁姐姐真是个灵性人，最会侍弄这些巧物了。"江心月由衷地赞美道。

"嗯，希望小主可以愉悦心神。"

再看碗中的游鱼，江心月的心却无意间被一丝惆怅攫住。宫里，最缺少的就是游鱼飞鸟的自由。想必，这也是喜欢金鱼的梁采女的梦想吧。

第七十七章

早产

天渐渐地明了，菊香放下海碗，起身去熄了几支红烛。

刚成为大太监的贵喜进殿，跪下给江心月行大礼。

江心月端坐起来，正儿八经地受了他的礼。礼毕，江心月笑着叫起，给他说了些紫碧轩的杂事杂人，又吩咐他道：

"小福子虽然是首领太监，但没什么本事。大太监除了他，就只有你一个，日后你要好好约束整个轩的人。"

她一番恳切的言行，无处不显出对贵喜的信任和倚仗。

皇帝派人来伺候妃嫔，除了监视，就是保护。江心月明显属于第二种，皇上送来保护她的人，当然是要倚仗的。

然而她心中真正的想法，他人就不得而知了。

贵喜叩头谢恩，神色稳重老练，无一丝被主子看重的兴奋。这样的表现看得江心月直头疼——真不是个简单的人物啊。她江心月与皇帝非但不同路，且还是互相对立的，若到了最后的时候，贵喜此人只能是个大麻烦。

贵喜刚退出去，小福子就进来禀告道："禀小主，祥嫔娘娘殁了。"

江心月一惊，道："什么时候的事？"

"回小主，就是今儿大清早的事。是自尽的。"

江心月皱了眉头：几日前，皇帝以"苛待嫔妃"为由，褫夺了祥嫔六嫔之首的位子，并将她禁足。皇帝没有说禁足多久，若是以后想不起她来，就是无期限的禁足了。祥嫔心气高是不假，但也不会因此自尽吧？

小福子再次开口道："柔采女受了委屈，皇上还晋了她为选侍。"

江心月一挥手，道："本该如此。"祥嫔当然是因为柔采女被罚的。而六嫔之首……难道？！

江心月的脑海中，那一些散乱的点骤然连成了一线。真是的，早该想到的。上官合子野心勃勃，她想得到的东西就必须要得到，即使在孕中也不会耽搁了筹谋。只是不知是柔选侍被她设计，还是她们二人合作了。

"确定是自尽？"江心月挑一挑眉，向着小福子问道。

小福子一愣，才回话道："这……当然是确定的了。"

江心月烦闷地扶一扶额，哪会是自尽这么简单。可是，杀一个嫔是有风险有代价的，上官合子把祥嫔从六嫔之首的位子拉下来，也就达到了目的，当然不会费心思去杀人了。

那么，祥嫔是怎么死的呢？

"不要总是示弱。"江心月回想起自己曾说过的话，轻轻地呢喃出声。

"小主，您说什么呢？"

"哦，没什么。小福子你先下去吧，这儿没你事了。"

小福子应了声是，低着头脸色忧愁地退了下去。他是萦碧轩的首领太监，却连个小太监都不如，只负责传个话，回完话了就要被赶出去。

"兰贞，你可真有意思。这就是你的强势吗？呵呵，真是够强。"江心月想着那张楚楚可怜的面孔，不禁轻笑出声。

一句话而已，就间接弄死了祥嫔，这提点人，也要找能干的来提点啊。

她身子疲累，慢慢地躺了下去。菊香却硬是把她拉起来，不顾她的不满，劝道："小主头发还是湿着的，就寝对身子不好。"

她看一眼菊香，嘟囔道："真是个老妈子。"却不得不坐了起来。

小福子出去了没一会儿，就再次进殿，禀道："小主，秋雨姑姑刚来传了皇后旨意，说婧容华早产了，令各宫嫔妃都赶到朝露阁去。事情匆忙，秋雨赶着去别宫里传旨，已经离去了。"

江心月立即直了身子，惊呼一句："什么！"

"小主，快拾掇一下，去晚了可不好。"菊香出言提醒道。

江心月点头，朝菊香和花影招了招手，吩咐她们立刻伺候自己更衣。

菊香打开妆奁最上的一层，那里面是最普通的首饰，皇嗣遇险，当然要打扮得朴素些。她刚拿起了一支素金钿，便被主子制止了：

"等一下。我的头发还是湿的，这样绾上去会损伤发质，就不要绾了吧。"

菊香和花影都惊道："这可怎么成！"

"就是要自然的状态，这样才显示出我行动匆忙啊。要是我把发髻梳得好好的，说不定会被当成有心思的人呢。"

江心月抬眸，快言快语地说着。二人都没有再问，而是手脚麻利地替主子更衣。

上官合子虽然贫血体虚，但一直被照顾得周全，胎象也稳固。突然早产，说不是人为，她实在难以相信。而现在的朝露阁肯定乱成一团，皇后却还要召满宫的嫔妃前去，这不是乱上加乱么？因此，这必然是在查凶手。

她由花影扶着出屋，疲累的身子大半压在花影的身上。花影身量娇小，二人整体看起来，不但无法显出弱柳扶风的美感，反而十分滑稽。

江心月别扭地皱着眉，却丝毫不敢耽搁。

朝露阁不大，二人赶到的时候，只看见外间挤满了嫔妃，还有一些低阶的妃子不得不站在院里。

江心月闻见了里头的一丝淡淡的血腥，突地就忆起那日在琼茗阁中，小产的瑶仪也是血气久久不散的。这些日子瑶仪一直闭门不出，也不肯见任何人，想到瑶仪，她心头又是一阵酸楚，几乎要落下泪来。

回过神来，她进了宫门，和几位嫔妃互相见了礼，就低着头进了殿门。

郑昀睿坐于上首，淑妃和皇后分别坐在皇帝两侧。二人的位子是看不出前后的，只是皇后遵循以左为尊的道理，坐在了左侧。这也是淑妃的一贯作风，每每喜欢用各种方式打压皇后。

下面依次就是岳昭仪、良淑仪一众的嫔主了，惠妃还在坐蓐期，而宝妃也如往常一样，借故推脱了。

淑妃绾着贵气的朝天髻，上插着凤首步摇，一对羊脂玉缠金丝镯子熠熠生光，在一众素雅打扮的嫔妃当中十分扎眼。

不过众人却没有谴责她的意思，因淑妃平日装束华丽，出门都戴两尾凤钗头冠的，遇上重大的日子更是会戴上一品妃最高等级的三尾凤钗，如今她的装扮，已经是轻简至极了。

然而，皇后看着她的眼神却极为狠厉。因为淑妃的发髻和衣服一丝杂乱也没有，根本是早就装束好了，就等着出了事就赶过来的。

皇后显而易见的狠厉，回应她的却是淑妃直着身板丝毫不心虚的高傲。淑妃是个狠辣到骨子里的人，杀人眼睛都不眨一下，怎么会对做下的凶案心虚。

皇后见她的目光没有任何效果，最终不耐烦地从淑妃身上移开了眼。她侧头一看，一眼扫到披头散发的江心月，一张脸就拉了下来：

"莲容华，你是怎么了？再匆忙也不能放肆成这样。"

皇后说得严厉，惹得江心月一阵不快，但还是低眉顺目地答道："回皇后娘娘，嫔妾刚刚在沐浴，接到旨意，头发一时干不了，只好这样来了。嫔妾仪容不整，还请娘娘恕罪。"

听了她的一番解释，皇后的脸色却更是阴沉了。大清早的沐浴？还不是因为昨晚被折腾得狠了。江氏，真是得宠。

皇后厌恶地看了她片刻，还是挥手道："莲容华不必请罪，也是事发突然，你本该如此。"

婧容华天不亮就出了事，殿内的嫔妃都是在睡榻上接到懿旨的，她们多少都是有点仪容不整的，哪个不是匆忙之中过来的？若是好好地梳妆了，不是像淑妃那样有心思的人，就是会违了懿旨来迟。江心月这个样子，皇后一点错都挑不出。

再看淑妃，皇后胸中一口恶气越积越多，做下凶案的人，竟然用这副高傲样子挑衅她，淑妃的模样就是在说：是我做的又怎样？你能拿我怎么办？

殿内依稀有痛苦而小声的呻吟，并没有想象中的高声惨叫。她是早产，却是这样的不顺畅，到现在都还无法正常生产，只在里头一直流血。七活八不活，婧容华的身子正好是八个月，人人都知道这里头的危险。

皇帝阴着脸，一众嫔妃也大气都不敢出。江心月本想询问婧容华的症状，见殿内是这样的气氛，也不敢发一言了。

江心月扫视众人，她不是在观察谁是凶手，而是在思量谁会被淑妃当成替死鬼。

陆续有住得远的宫妃进殿，见了殿中架势，都规矩地行了礼立在外头，不敢言语。

第七十八章 桩桩意外

　　禧贵嫔来的时候不早不晚，鬓发也是散乱的，可她却红肿了双目，请安时声色也是哽咽的。

　　禧贵嫔礼毕起身，却是多嘴道："臣妾得了这样的消息，实在心中悲痛……"

　　她的话一出，本来已经相当烦闷的皇帝立刻就爆发了，一掌重重地拍在桌上喝道："你悲痛？朕的孩子还没死呢，你就准备着哭丧了？"

　　禧贵嫔外强中干，这样一吓当即瘫了下去，继而才爬起来跪好，对着皇帝请罪。

　　皇帝看着她散乱的发髻，目露精光，却是没有再发作，只是令她跪到一边去。

　　江心月此时也注意到了，禧贵嫔的发髻不是梳得匆忙，而像是梳好之后，故意用手抓乱的。

　　愚蠢的禧贵嫔，真是会弄巧成拙。江心月再次小心地偷看淑妃，却没有任何发现，也是，淑妃这样的人物怎么会在关键时候露出一点异样。

　　江心月无意间一瞥，却是看到了站在殿门处的冯贵人，她的目光正在禧贵嫔和淑妃身上游走，面目中稍有担忧。

江心月倏地一怔，而冯贵人心思细腻，感觉敏锐，竟然发觉了有人在看她，立刻侧过头去追寻那目光。还好江心月反应快，急速地低了头，隐入众妃之中。

冯贵人伤势没有痊愈，却是支撑着赶过来了，而且和婧容华的早产脱不了干系。现下，江心月所知的就是淑妃党羽中至少有两个人参与了此事。只是不知这次的主使是淑妃一人还是太后也有参与。

皇帝心里不顺气，一眼扫过众妃，便指着一个头戴一排五支紫玉兰金簪的女子道："莹贵嫔，朕的小皇子还在受难，你却装束得鲜亮，毫无慈悲之心，实在令朕失望。传旨，废去莹贵嫔主位，降为贵人，你回去闭门思过吧。"

莹贵嫔闻此语，仿佛遭雷击一般瘫软下去，却立即被两个太监架起，拖出了朝露阁。

余下的嫔妃都吓得不轻，赶忙检查自己身上有没有不妥之物。皇帝真是会杀鸡儆猴，莹贵嫔再鲜亮，也比不过淑妃的奢华，皇帝动不了淑妃，就拐着弯地打脸。也不知莹贵嫔撞的什么霉运，竟被从贵嫔一下子降为贵人，还无限期地禁足。她这一辈子算是废了。

江心月正思量着上官合子早产的古怪，扶着她的花影却轻轻踮了脚，附上了她的耳根。江心月听完，脸上终于恍然了。

此时，内阁骤然响起一声惨烈的呼号，唬得整个殿的人都悬起了心。

有太医从内间步出，在皇帝面前跪下，道，婧容华终于开始生产了。

皇帝松了口气，问道："早产的原因有没有查出？"

"回皇上，是小主食用了太多的荔枝，导致肝火过盛，胎气紊乱。"

殿内的嫔妃均是一脸的不快，龙城的位置极为偏北，荔枝都是从江南水乡日夜兼程送过来的。上官合子喜食荔枝，且荔枝补气，正适合她的贫血之症，这样价值千金的金贵食物，几乎是尽数送进了朝露阁。

而现在她反而因为吃得太多，差点酿成大祸。别的妃子想吃吃不到，倒是被她这样浪费了。

皇帝面上泛出疑虑，他是不相信这么简单的理由的，遂迟迟不肯说话，只是兀自思量着。

江心月一撇嘴，当然没有这么简单。她看太医身上的官袍，知道他只是个御医。因着太后位高权重，刘院使这样的国手便被召去专心为太后诊治，而近日恰逢太后哮喘发作，婧容华出了事他也无法前来救治了。现下，这个并不出色的御医根本无法看透一切病因。

江心月瞥向淑妃，不出意外地捕捉到了那面孔上的一丝喜色。她低了头，嘴角却轻轻翘了起来——淑妃，你想全身而退？没那么容易。

淑妃……那一日瑶仪指天起誓，定会有一日亲手了结此人。瑶仪的恨，何尝不是她的恨。

她不着痕迹地靠近了禧贵嫔，顺手将腰上的香囊解开。这里头装着的是茉莉香，香气本是透过香囊慢慢散发出来，是极清淡的香。但她这么一解开，浓郁的茉莉香立即弥漫开来。

江心月不露声色地站着，努力闭着气。而禧贵嫔被这么浓的香熏着，不一会儿就咳嗽了起来。

内阁的惨呼声夹杂着禧贵嫔止不住的咳嗽，皇帝被吵得无比心烦。当下再次朝着禧贵嫔发火：

"你咳什么咳！"

禧贵嫔委屈地边咳边回话："皇上……恕罪，咳咳……臣妾实在忍不住。"

皇帝眼中的精光突然再次聚集了，他朝御医挥手，道："给禧贵嫔看看。"

御医匆忙之中无法悬丝，只好覆了一方锦帕在禧贵嫔腕上，按了片刻，便回头跪向皇帝，禀道：

"回皇上，禧主子无碍，只是过敏而已。"

淑妃闻此，霎时抓住了其中的一丝诡异，脸色已是有些惊慌了。皇帝一挑眉："因什么过敏？"

御医如实答道："应该是闻了浓烈的茉莉香。"

"什么？这殿中只有一盆小株的茉莉，而且是没开花的，哪来的'浓烈的茉莉香'？"皇后奇道，鼻子却不由自主地抽着，去嗅闻殿中的气味。

殿内的嫔妃们都在抽着鼻子，当即就有鼻子灵的嫔妃叫了起来："真有茉莉香，不过被秘齐香的味道掩盖了。"

秘齐香是波斯国赠与的重礼，传言可治百病，但毕竟只是传言。不过它对于孕妇确实是极好的。

茉莉是孕妇忌用的，不过但凡花香害人，都需要极大量才有效果，这么一小盆没开花的茉莉根本不足为惧。

皇帝对御医招了招手，又指向那盆茉莉。

御医会意，上前仔细查看。

不多时，他便得出了结论：这株茉莉是茉莉中最名贵的上上品，其枝叶都是香气馥郁的，若开了花，简直会香传十里。

众妃终于明了，皇帝怒道："这盆花是怎么进来的？"

几个伺候上官合子的宫女跪了下来，纷纷道："奴婢们冤枉，只是小主怀孕，什么都要最好的，这盆上上品的茉莉，便是花房的姑姑在除夕时孝敬的，想是花房的人没有说清楚这里头的利害，掌事姑姑也没有在意，以为是普通的茉莉，就给摆上去了……"

江心月心里冷笑，冬日里花枝打蔫，便闻不出味道，开春之后屋里又熏上了秘齐香，这花送得可真是时候。

皇帝握了拳，又是粗心，又是不经意间惹了祸！真的一点人为都没有？但他知道朝露阁的掌事是上官合子的心腹，上官合子正需要人照顾，也不好发落，只好下旨将花房的掌事赐死。

皇后恼怒地命人将那盆名贵的茉莉丢到极远的后山上，又将殿内开窗通风，散尽茉莉香。

淑妃隐隐地一笑，她做事周全，即使漏了出来，也是天衣无缝的。她为皇帝抚着胸口，温言道：

"皇上息怒，现下最重要的是婧妹妹，还是快让御医进去吧。"

皇帝回过身，一把甩开她的手，却是对御医道："里面还有两位御医，你不必进去，朕命你带着医女把整个朝露阁翻一遍，查查还有什么不妥之处。”

淑妃尴尬地被甩在一边，听了皇帝的命令却是顾不得面子，只顾着揪起了心。

此时她看着御医手脚麻利的样子，不禁气结：当时为什么没有把这个御医也一并收买了！

御医很快有了发现，他将一碟掺了马齿苋的小菜捧到了皇帝面前。

而这次，上官合子的几个贴身的心腹都从内阁出来，回禀道这份凉菜也是婧容华平日里爱吃的，她怀孕之后刻意地远离了马齿苋，可前几日却忍耐不住，点名要吃，那时胎象稳固，且是极少量地吃了点，想不到却成了这个样子。

“那这么说，这些事端都是婧容华自己惹的祸？”皇后不善地出口，凤目又剜向了淑妃。

淑妃的腰板却挺得更直了，一副正气浩然的模样。查出了倒好，不但扯不到她身上，反而给婧容华扣上一个伤害子嗣的罪名。

皇帝皱了眉头，这个样子他根本一点办法也没有，却是不肯相信这些真是上官合子自己的错。

一桩两桩三桩，都是“不经意”惹了祸，这怎么可能呢？

他郁郁地坐了下去，只道：

“你们进去伺候婧容华吧，既然危险都排除了，就让她安心生产。”

丝毫没有怪罪的意思。

顿了顿，又道：“今日的事太过蹊跷，眼下也查不出什么，就交由皇后细细探查吧，若是查不到异样那就最好。”

淑妃骇然，她没有想到皇帝根本不想了结此事，而是命皇后探查，那一句“查不到异样那就最好”，其实是给了皇后无限期探查的权力，皇后根本不用急着给结果，甚至在数年之后发现了异常都可以翻出来！

淑妃头大了。

江心月缓缓呼了一口气，淑妃很不好对付，这样都没办法把她拉下来。然而事情也没有了结，若日后有蛛丝马迹，还是可以打击淑妃的。

第七十九章
二纪争权

皇后接了旨，脸色终于好看一些，起身，对诸妃道：

"这里人多嘈杂，对产妇不利，你们都各自回宫吧。"

事情已经如此，她们这些人留下也没什么意义了，可那真正的凶手，正傲然地睨视着皇后，坐得端端正正，让人一点都看不出和此事有关的样子。

江心月随着众人行礼告退，走到门口时，还是忍不住偷瞄了一眼冯贵人。

冯雅萱身上有伤，站了这许久，已经体力不支，紧紧倚在她的宫女身上，苍白的面上眉头微皱。她可怜的模样却没有引起皇帝的关心，也不给她赐座，就让她这样站着。

江心月默默喟叹一声：真是失宠了。不过她也是个争气的，明明已经被淑妃厌弃，却再次巴结上来，再次成为淑妃一枚有用的棋子。此人，也是有些本事的。

回了紫碧轩，一日无所事事，江心月躺在榻上，一会儿闭目养神，一会儿逗弄那一碗金鱼。

花影在一边打着扇，道："莹贵嫔的事真是舒心，一支金凤簪就轻而易举地废了她。也怪她自己蠢笨，在装束上出了差池。"

江心月看她一眼，淡淡道："你把事情想得这般容易，她若是只犯下了这两个错，哪至于受到这么严厉的发落？"

花影忙问道："那是……"

"你可听说，大理寺少卿叶大人前日早朝时，帮着陈大将军进言……"

花影一凛，猛然明了："原来……是被家中所累。唉，依附陈家的，皇上都整日找机会去处置。"

江心月点头："官场之上难做事，你可知那些反对陈家、依附皇上的，暗地里又受了陈家多少迫害？"说罢，又笑道，"我父亲是七品小官吏，朝堂上的事连参与的资格都没有，我倒是省心了。"

直到傍晚，凤昭宫那里才传出消息，道婧容华产下了三皇子，皇子一切安好，只是小了点。而婧容华本来就贫血体虚，又是受外力导致的早产，经由御医诊断后，说她再也无法有孕了。

皇帝怜悯婧容华，越级晋封她为婧嫔，赐六嫔之首的位分，赐居仪瀛宫掌一宫主位。

三皇子已经赐名为"珪"，一切按祖宗规矩置办，皇帝并未像对待二皇子那样优待。

江心月问起了婧嫔的状况，花影对她回禀道：

"奴婢去凤昭宫那儿打听了下，听说婧嫔娘娘神情安好，并没有哭闹。"

江心月点点头，上官合子什么样的人物，终生不孕当然不会打垮她。

只是，她心心念念的"六嫔之首"，竟然是用这样的悲剧换来的帝王的怜悯，不知她心中作何感想。若非那些害人的东西都是她自己的"粗心"，她身为宠妃产下皇子，又受到这样大的伤害，皇帝或许会晋封她为贵嫔。

现在的婧嫔，定是恨极了淑妃，也恨极了她自己吧。若不是她筹谋六嫔之首的位子，就能把更多的心思放在她的肚子上，或许就会躲过淑妃的暗害。

江心月再叹一声：权势相争，真是误人呐。

这句轻飘飘的话出了口，她听着自己的声音，却是自嘲地苦笑起来：

上官合子为了争权误了自身，她阿奴又何尝不是如此？为了他的大业，她已是误了一辈子了。

婧嫔生产后，极度虚弱地昏睡了整整一天，她醒来之后，皇帝就得了消息，赶去朝露阁陪她。

"臣妾有罪，是臣妾没有护好孩子，导致皇嗣遇险。臣妾今后再也无法生育，就当是臣妾该受的惩罚吧。"婧嫔如浮萍一般虚弱的身子瘫坐着，在榻上给皇帝磕头请罪，玉容泪痕阑干，却只是默默地流泪，声色之中满是愧疚。

若是别人，此时早就扯着皇帝的衣袖哭闹不休，哭诉自己的苦难，再逼着皇帝彻查真凶。可是上官合子一点都没有给皇帝添堵，只是一味地自责。

皇帝也是无奈，他是一点证据都拿不出，根本无法找到真凶。他看到上官合子半掩着衣裳，形容憔悴地请罪，一颗心已是溢满了疼爱，当即过去止住她，把她瘦小的身子拥在怀里。

"合子识大体，懂得为朕分忧，此事，朕定会还你一个公道。"

上官合子紧紧偎在皇帝怀里，听得此话面目中无一丝喜色，只是低低地道了声："臣妾谢皇上爱重。"

郑昀睿最喜欢用不切实际的话哄人，每日的国事都忙不完，哪来的时间查后宫这些不干净的事。况且她上官合子不过是个普通的宠妃，怎么值得皇帝费心费力。等着他去给自己还公道，不如自己去找证据。

她郁郁着，却想起了那日殿外的禧贵嫔，想了想还是出言道：

"皇上，若是真有歹人作祟，臣妾认为……这样周全的一计三策，每一策又都是查不出头绪的，那这人定不是个简单人物。"

皇帝点了点头，没有说话。禧贵嫔虽然有异样，但这样的计策定不是她能想得出的。正是因此皇帝才没有当场对她发作。

不过……她若是帮凶的话倒是很合理。

不管怎么说，这个禧贵嫔，皇帝是不准备再宠爱了。

上官合子见皇帝沉思不语，知道他把话听进去了。但愿皇帝的疑心能烧到淑妃身上。

"你身子虚，快点躺下吧。朕今晚就在一边陪着你。"皇帝有力的臂膀环住了美人，却是极为小心轻力地将她按着躺下。

上官合子柔柔地拉住了皇帝的手，皇帝顺势躺在了她的一侧。

有宫女上前熄了红烛，榻上的男人很快沉沉睡去，上官合子却睁着大大的美目，因为失血而极度虚弱的身体连一丝困意都没有，只是任凭一波又一波噬心的剧痛侵袭着。她的眼角稍有湿润，但最终都没有落下泪来。

后面的几日，皇帝依旧眷恋朝露阁，婧嫔贤淑，不忍用不能侍寝的身子霸占天恩雨露，几次都把皇帝劝到了凤昭宫的主殿。

皇后终于盼来了皇帝真正的临幸，对自家堂妹的嫉妒也少了许多。

皇帝沉浸在连获两子的喜悦中，即使面对陈家也少了些郁闷。迎合着宫廷内冲天的喜气，二皇子的满月礼隆重而奢侈。

皇嗣的喜庆转移了众人的焦点，过分得宠的莲容华终于松了一口气。惠妃出月子后，又得到了协理六宫大权，其跋扈更甚从前，惹起满宫的不满。

五月十五，淑妃带着几名低阶嫔妃进了凤昭宫。

皇后听说来的是淑妃，铁青着脸把人叫了进来，淑妃一进门，就一改往日高傲的作风，扑通一声跪在地上，声色带着哭腔道：

"皇后娘娘，臣妾虽是协理六宫，却连自己宫里的人都保护不了，臣妾无能啊！"

皇后听得莫名其妙，淑妃这种人什么时候能说出"自己无能"的话来？再一看，却见她身后那几个低位嫔妃都跪地掩面而泣，她们相继把袖子拿开，脸上赫然是肿得老高的巴掌印。

"你们这是怎么了？"皇后惊讶地问道。

"回娘娘，嫔妾……嫔妾是被惠妃娘娘的宫女掌掴成这样的！"几人异口同声地边哭边回话。

淑妃回过头，对着一个脸肿得最难看的女子道："你们怎么受的委屈？因什么受的？把事情完完整整地向皇后回禀。"

那女子朝着皇后磕了一个头，抽泣道："皇后娘娘明鉴，是嫔妾等在云梦湖畔放风筝玩，风筝脱了线，飘到了一株极高的大杨树上。惠妃娘娘经由此地，见了树上的风筝，就命人将嫔妾等掌嘴。"

她复又磕了一个头，道："嫔妾等万分委屈，不知风筝线断了也是嫔妾们的过错，要受掌掴之辱。请皇后娘娘为嫔妾们做主啊！"说完又准备把头磕下去。

皇后赶紧制止她的第三次叩头："行了，别磕了，你是嫔妃不是奴才，不停地磕头像什么话！"

不等人通传，消息灵通的惠妃却不请自来，她见了殿内景象，也换上一副委屈的样子，给皇后见了礼。

淑妃凌厉地剜着她，道："惠妃，你来得真是及时，还不快向皇后娘娘请罪！国有国法家有家规，你怎可这般随意处置嫔妃！"

惠妃哀哀道："皇后娘娘，淑妃娘娘如此说，臣妾也是委屈得不行啊。风筝事小，可是那棵杨树是云梦湖畔的，云梦湖畔多为设宴场所，上面挂着个风筝要有多难看？杨树又生得那样高，普通的人谁能爬得上去？您不知道她们几个走了之后，是臣妾请了神龙卫的寒大人才把风筝拿了下来。"

顿了顿，惠妃又正色道："寒大人肩负着统率神龙卫、守护宫廷的重任，哪有闲工夫去做这样的事？你们几个玩乐不分场合，给寒大人添了麻烦，给后宫添了麻烦，要是因此耽搁了神龙卫的正事，扰乱了内廷安危，你们担待得起？"她的手指毫不客气地指着被罚的嫔妃。

淑妃被她一番慨然言辞唬得愣住，细想一想却都是小题大做胡搅蛮缠，不过一个风筝，竟然扯到了内廷安危，当下气结地指着惠妃，却不知该如何反驳。

第八十章 千秋祸 二

皇后头痛地揉着太阳穴，看着底下两个贵气逼人的一品妃，她们两个不仅互相争斗，平日里还没少削她的皇后大权，现在又为了一点小事扰得自己不得安宁。

淑妃、惠妃并一众肿着脸的嫔妃齐声道："臣妾（嫔妾）请皇后娘娘做主！"

做主？皇后心里冷笑。淑惠二妃什么时候把她当成主子看了？

她挥了挥手，只说在那里放风筝是不该，罚得这样重也是不该，余下也什么都懒得管，叫她们退下了事。

淑妃并没有讨得半分好处，一向热衷权柄的她对惠妃恨之入骨。二人互相瞪了一眼，都赌着气退了下去。

淑妃跨出了殿门，却见还没出月子的上官合子被两个宫女架着，勉强支撑着立在一旁。她脸色苍白，却硬是蹲身下去给淑妃行礼，口中一字一顿道：

"臣妾拜谢淑妃娘娘教诲，定当铭记在心。"

淑妃被阴狠的语气刺得一愣，却抬了眸子，蔑视着她道：

"既然得了教诲，就应知道蚍蜉撼树的悲哀。"

上官合子倏地笑了，憔悴的身形再次挺了挺，似一株迎风的傲梅，瞥着淑妃发髻上的点翠蝴蝶，幽幽道：

"臣妾是不是蚍蜉，也得等到最后才见分晓，还请娘娘耐心等待。"

淑妃柳眉狠厉地向上挑起，凤目微眯地盯向她，发现她身边服侍的贴身宫女小宛不见了，而是换了一张生面孔。淑妃微微惋惜，日后再安插人进来也是很难了。小宛虽然尽力了，可上官合子最终仍是把孩子生了下来，淑妃想着三皇子，不禁头痛起来。她不再多言，携着几位低阶嫔妃匆匆离去。

上官合子转了身，踉踉跄跄地往朝露阁而去。

夏季的暑气蔓延，萦碧轩里也早早准备了大量的冰块。

热烈的光透过玉屏珠帘洒进来，化成了点点柔光，室内隔绝了热气，配上翠绿色的纱帐只觉得清爽怡人。身为宠妃的莲容华在这个夏季过得十分安逸。

此时的莲容华满脸染着笑，看院里几个小太监卖力地在一个秋千架上忙活。她随手抓了一把金瓜子，吩咐菊香道：

"天气炎热，劳累他们做工了。待会儿弄好了每人都打赏一点。"

菊香笑着接过，道："小主待下人们还是很好的。"不过搭了个秋千，就得了这许多的钱，实在是很好的活。

贵喜在院里忙前忙后，吩咐做活的太监小心轻力，不要吵了主子，又叫几个宫女在一旁洒扫。他看到主子正扒着窗往外看，便恭顺地隔着窗子行礼。

江心月笑着对他点头，夸了他一句能干，贵喜依旧是宠辱不惊的样子，谢过恩就又忙去了。看着贵喜转了身，江心月原本笑靥如花的面容立刻黯淡下来。

这都什么事啊！我一个主子，连个奴才都控制不了！江心月只在心里不停地抱怨，连小声嘀咕都不敢。

谁让他是皇上的奴才呢？

透过珠帘的点点光芒倏地晃动起来，帘儿一掀，花影已轻快地踏进殿来。她捋着头发抹了一把额上的汗珠，行礼笑道："小主，刚得了消息，纯贵人已经搬至仪瀛宫了。是求了皇上的。"

江心月一愣，继而面上染了笑颜，又呵出一口气道："瑶姐姐终于有了依靠了。"

婧嫔如今是仪瀛宫的主位，又诞育皇子，且是得帝心的人，小产受冷落的瑶仪想靠上她，也是费了一番心力的。

瑶仪能这样谋算，她总算从郁郁之中走出来了。

花影告退正要下去，江心月却又唤住她，抬手提了袖子，露出细嫩的皓腕。

花影笑笑，上前三指按住了主子的手腕，边诊边道："小主真是心急，三天前不是才诊过么。"

江心月露出一丝苦笑，她当然心急。现在皇帝如此隆宠，花影也尽了最大的努力调养她，若还是怀不上，她只能欲哭无泪了。

花影诊了半晌，终是一声轻叹，沉着声道：

"小主，没有的。"

江心月缓缓呼了口气，闭目平静道："别灰心，花影你的医术我最是放心，我慢慢地调理，定能如愿的。"

花影又去太医院要了些更珍奇的药材，给江心月补身子。接下去一日日的调养，并未能让江心月得到喜讯，而作为一国之母的皇后娘娘，却是传出了喜讯。

已经年近三十的皇后，怀了自己的第一个孩子。这个消息昭告了天下，国母有孕，举国欢庆。

这个即将出生的孩子，不同于任何嫔妃的子嗣，他会是嫡子，而其余的只能是庶子。

很多人为此咬碎了牙，惠妃的宫里，更是碎了一柄寒玉镶金的尺余长的如意。

让江心月惊诧的是，太后和淑妃都无一点异样，太后整日礼佛，淑妃也没有发过脾气，一切平静，什么动作都没有。

她们是性子良善了？江心月笑笑，这怎么可能。大概是她们更善于隐忍了，定是在等待合适的时机吧。

宫中有皇后怀子之喜，齐州却传来大理犯边关的消息。还好陈大将军带兵老练，有勇有谋，并有一位新提拔上来的上官副将协助，虽然敌方来势汹汹，也被逼在交界地带，无法往前进一步。

皇后的千秋节越来越近了。她特命一切从简，为边关将士省俭军饷。然而，她在孕中又遇千秋，喜上加喜还是要好好操办的。因她有身子，千秋典礼的筹备工作，就落到了两位一品妃头上——她们二人为之抢得头破血流。

紫碧轩，千秋节

江心月一大早就起了身，国母生辰是宫里的大日子，皇后会着凤冠朝服，至太和殿接受众妃的贺寿。虽然没有皇帝万寿时的百官朝贺，但朝中有诰命在身的命妇们，都要早早地进宫参拜皇后。继而还有繁复的典礼仪式。

菊香端着几碟精致的凉糕，服侍着主子进早膳。

"小主，贺寿是极劳累的，您一定要多进一点。"

江心月听话地多吃了几口，却对菊香道："你别在这伺候了，快去把从四品的首饰挑出来，待会梳妆也好快些。"

菊香应了声道："小主莫急，现在时辰还早。"

"不早了。今日是大日子，我不能出一点差错。尤其皇后那边，还专等着挑我的错呢。"

她又吃了两口，便放下筷子，对着花影道："过来为我更衣。"

花影依命取来朝服，却当场惊呼一声：

"这衣服，怎么是破损的？"

江心月倏地站起来，扯过黛绿银丝绣纹的朝服，一看之下也是一惊——衣服束腰之处，开了一个很大的口子。

她盯着那缺损，眉心突突地跳了起来。竟然……还是着了别人的道。

"我和花影都不善于缝补，菊香，你来吧。"江心月沉着声道，又指着一个二等宫女道,"你,去找一些颜色相近的棉线和布料。"

"小主,这是最名贵的蝉翼纱,普通的布料替代上去,肯定会被看出来的。"花影紧张地举着那处破损的地方,插话道。

江心月细细一看,果然。不禁在心里苦叹,皇家实在奢侈,连一个从四品容华的朝服都要用蝉翼纱。可是这东西太珍稀,只用来制作朝服一类正式的服饰,平时都是不赏人的,她虽然深得隆宠,也是连半寸蝉翼纱都拿不出的。

"没有办法的,我们现在如何去弄到蝉翼纱?花影你拿着这衣服,挑一些可信的宫女太监到库房里去,一定要找出可以替代的布料。"

江心月闭着眼睛说完,又对菊香道:"快来给我梳妆。"

萦碧轩的众人们都忙活开来,菊香手脚麻利,一双巧手上下翻飞,为主子梳着一个繁复的元宝髻。

当菊香把象征着品阶的簪子插到主子头上时,江心月突然止住了她的手,继而把所有的头饰都拔了下来,置于妆台上细细查看。

捻起那支品级簪子,她的眼中渐渐出现了浓重的肃杀之意。接着便一掌拍下,怒道:"萦碧轩小小的一块地方,真是藏龙卧虎!"

菊香"扑通"一声跪了下去:"奴婢没有约束好宫内,愧对小主,请小主发落!"

"发落什么?现在这种情况,过了今日,我能不能有发落你的权力还不可知呢!"

菊香脸色瞬间惨白,她没想到竟然如此严重,更觉得对不起主子,只把头深深地叩下。

江心月又急又气,今日是千秋大日子,而身怀龙嗣的皇后此时是极受皇帝重视的,她却出了无故懈怠这么大的岔子,真是撞到刀口上去了。

她看到菊香的样子,却是心软了,不由得扶起她道:

"你快起来。我的对手都是虎狼之辈,咱这里的细作,皇后的、淑妃的、太后的,都是少不了的。你再怎么防范也会有纰漏。"

菊香到了节骨眼上心思极快,不等主子说完就爬了起来,拿起了那支有问题的簪子，道：

　　"小主不要急，奴婢也不能慌，小主今日定会平安，然后再回来罚奴婢。"

第八十一章 酒

　　她凝眉看着手里的簪子，簪首处本该八瓣的玛瑙玫瑰，现在变成了九瓣，若不细看还真看不出来。

　　九是个极为敏感的数字，只有皇帝、皇后和太后才有资格拥有它。菊香蹙了眉，踱步至案几旁，对着主子道：

　　"请小主放心，这个活说难也不难，奴婢半个时辰就能做好。"

　　江心月轻轻点头，又深深呼吸了一次，拿着螺子黛亲自动手为自己画眉。

　　殿内肃静，更漏一滴一滴清脆地砸在池里，也砸在江心月的心上。

　　半个时辰的煎熬过去，菊香顺利地去掉一枚花瓣，江心月也梳妆好，可花影仍然没有进展。

　　"不能再等下去了。"江心月一手攥了拳，咬牙道，"叫花影带上五百两银子，立刻跑去内务府，去找刘总管。其余的人，接着在库房里找。"

　　菊香应了声，江心月又道："菊香你留在我身边，一刻都不能离开，恐怕还有人准备趁乱折腾我。"

　　顿了顿，她无力地坐了下去，苦笑道："算计我的人定是早就计划周全了，刘康那里也定不会顺利。"

　　菊香忙上前扶住她，劝她宽心。

277

此时，远远地传来了典礼的烟火声，隆隆的巨响宣示着皇家的威仪，国母的威仪，震得江心月心神发慌。

朝贺，已经开始了。

又等了大半个时辰，花影喘着粗气一溜烟跑进来，却是没有拿到蝉翼纱，把五百两银子原封不动地拿了回来。原来刘康早就被皇后请到了凤昭宫里，说是典礼盛大，为了防止有纰漏，必须要他这个总管过去查看。她又拿着银子求了几个管事的嬷嬷和太监，他们却都手脚极紧，白花花的银子亮在眼前也不肯拿出蝉翼纱来。

江心月没有发怒，也没有叹气，只是丝毫不慌乱地起身，道：

"不能慌，虽然已经晚了，但我们必须去。"

"小主，这样怎么去？朝服不整，是对皇后的大不敬啊！"菊香和花影异口同声。

她朝花影眨了一下眼皮，道："没办法了，你现在去找你兄长。"

花影猛地一惊，但还是领了命，匆匆跑了出去。

花影的"兄长"，正是礼亲王安插在宫中的暗卫王渊。江心月进宫后，他便接近了花影，认作义妹。幸好，有这么一层关系，否则今日的千秋节，真不知该如何应付了。

江心月紧紧盯着窗外，确定贵喜一直在后厨房忙活，她才放下了心。

花影的速度相当快，王府在收到消息后也快速地行动起来。礼亲王位高权重，自然拿得出这样名贵的布料。整整一个时辰过去，蝉翼纱几经辗转，终于送到江心月手上。

花影和菊香不敢怠慢，为主子换上修补好的朝服，江心月带着花影小跑着往太和殿而去。

江心月一边跑，一边绞尽脑汁地想着待会儿的理由，想来想去只有生病这一个法子。可是称病是宫里嫔妃惯用的招数，别人怎会觉得你是真的病了？根本就是在找理由。

到了地方，她却被告知，皇后的朝贺刚刚结束，现在皇后娘娘已经领众妃和众命妇回了凤昭宫，正在进行盛宴。

江心月又提起裙子，小跑着折道凤昭宫。

到了凤昭宫，她极力放稳了步子，跨进大宫门，见极宽敞的宫院内，设下了数百桌的盛大筵席，帝后二人端坐上首，其下是各宫嫔妃和命妇。

凤昭宫的前台大院是极好的设宴场所，地方又大又贵气，几株参天的巨木敞开树荫，竟然在整个院落都投下了阴凉，这样华贵又雅致的场所，只有凤昭宫才会有。

在众人的席座之前，是一个身姿窈窕的绿衣少女，正抱着琵琶，素手挑弦，清脆之音如珠落玉盘。

一众站着服侍的宫人都垂首肃立，神色恭谨。

她深深吸了一口气，稳了心神，低着头上前跪下拜道："华阳宫萦碧轩莲容华给皇上请安，恭贺皇后娘娘千秋！"

琵琶霎时住了声，皇后凝眉看着眼前稍显狼狈的莲容华。一众妃嫔和命妇也都闭口端坐，不少嫔妃面露得意之色。

江心月咬牙道："嫔妾身体突然不适，因此来迟，还请皇后娘娘宽恕。"

皇后一挑眉，声色高挑着道："若是在平时，本宫当然会宽恕你。可今天你知道是什么日子么？"

江心月把身子低了又低，只道："嫔妾真的是身体不适。"

一直不曾说话的皇帝也是脸色极为不悦，他阴沉着声音，对底下跪着的人道："身体不适？你病得可真是时候。真是越来越放肆了！"

皇帝的一句放肆让江心月成了霜打的茄子，她不安地跪在地上，心里咒骂自己找的这个烂理由。

淑妃和皇后都没准备放过她，皇后脸色凌厉，盯着她不说话；淑妃在一旁添火道："莲容华盛宠，早就不把皇后娘娘放在眼里了。可国母的寿辰是后宫的大日子，莲容华今日坏了规矩，置大周国母于何地？置祖宗礼法于何地？"

皇后轻轻抬了下巴，嘴角上扬，她要的就是这个效果。

仔细看着莲容华的发饰，皇后略略失望了，此人还真是个心细的。

淑妃的严词，让江心月心神一紧，却没有自乱阵脚，她叩头道："嫔妾请皇后娘娘发落。但是嫔妾今日虽有过错，却希望能够对皇后娘娘行三跪九叩的贺寿大礼，请娘娘应允。"

皇后一抬手允了她。

江心月端端正正地行了礼，没有起身，只爬到一旁跪着。

她偷偷瞄着皇帝的神情，见他不肯看自己一眼，心里如巨石下坠一般沉沉地往下掉。

皇后此时却换上温婉的笑容，柔柔对皇帝道："莲妹妹想必是知错了，皇上就不要再生气了，回头臣妾罚她几月的月俸就是。"

皇帝脸色稍霁，转头拉了皇后的手，道："慧茹一向贤德，今天你最大，又怀着朕的嫡子，朕什么都依你。"

皇帝已经很多很多年没有对皇后说过这样温柔宠溺的话语了，皇后听得愣了神，继而眼眶都湿润了，连忙转过头去掩饰自己的失仪。

皇后稳了心神，对江心月道："既然皇上也宽恕了你，你就不要跪着了，落座吧。"

江心月惶恐地叩拜谢恩，起身行至自己的席位上。

她的心底是莫名其妙而又十分不安的，皇后理应用这个机会狠狠地惩治自己，怎么会这样轻轻放过？只是为了博得皇帝的好感？

清脆的琵琶声再次响起，皇帝的目光也再次盯到了抱琵琶的少女身上。江心月落了座，稍稍松口气，往台上一看，见那少女竟然是蒋宝林。

蒋宝林真不愧是才女，这一手的好琵琶至少是十年的苦功了。再看皇帝入神的模样，江心月暗自摇头，她已经不再是一个失宠之人了。

皇后身边最得力的秋雨亲自端来了贡酒，至江心月面前，施礼道："莲小主来迟，理应自罚三杯。"

江心月没有接过那酒，却定定地看着眼前的秋雨，似乎要把她看成透明的一般。

秋雨却没有丝毫慌乱，只恭声道：

"娘娘已经原谅了小主，请小主宽心，喝了酒当罚吧。"

江心月捕捉到了心底的一丝不安，依言接过了酒，却仍没有饮下去。

杯中醇香扑鼻，她低头看去，真应了那句"十分满盏黄金液，一尺中庭白玉尘"，显然是上上品的松醪醉。

她犹豫再三，正准备饮下去，身后的花影突然轻轻掐了她一下，又用手指在背上划了几笔，江心月彻底惊住了，捧着一杯醇香扑鼻的美酒呆愣在当场。

见血封喉之剧毒。她没有想到皇后用这样直接而狠厉的法子。

皇后竟然要自己的命！皇后，你为何如此容不下我？

她想起千秋筵席是惠妃操办的，先前淑惠二妃争执不下，却因为皇帝的偏袒，惠妃得到了操办大权。众人都知自己和惠妃结怨已久，要是今日毙命在此，惠妃就是皇后的替死鬼。

许是江心月犹豫的时间太长了些，好些嫔妃的目光都转到了她身上，连皇帝也在注意她。

眼前的秋雨突然侧过目光，看向江心月身后的小丫头花影，脸上渐渐露出玩味的冷笑。江心月看到秋雨这副表情，心里已经渐渐明白过来。

罂粟之事，竟然已被皇后洞悉！

这杯酒是皇后的试探，若她真的喝下去了，就说明花影不通医术，她也没有看出罂粟的毒，也就不曾救过惠妃；可是若她假装喝下去，皇后会信吗？秋雨会阻止她吗？

不会的，皇后容不下她这个宠妃，巴不得她死。而且皇后能设这个局，就说明已经收到了她背叛的消息，只是想确认一番。

若不喝，就是承认背叛，彻底和皇后撕破了脸。那样会有什么后果呢？

此时，她的脑子里全是花影娇小可爱的模样，她的心剧烈地痛起来，她知道皇后定不会放过花影了。

可是，死与未知之间，她只能选择面对未知。

她的脑子飞快地转了起来，想得出一个解决之策，但秋雨没有给她思考的时间，一手握住了江心月执酒杯的手，大声道：

"莲小主为何还不饮酒？难道连一杯酒都不肯给皇后娘娘面子吗？"

第八十二章

禁足

没有等江心月反应过来，她手上迅速用力，掰着江心月的酒杯，同时身子稍稍挪动了下，挡住众人射过来的目光。

江心月大惊，她知道这杯酒摔下去会有什么后果，她也手上用力，想挣开秋雨。但是秋雨明显是干过粗活的人，手上的劲道极大，江心月挣得手指都发痛了，却终是抵不过秋雨的力气。

她眼中出现了灰色的死寂，手指在秋雨的劲道下无奈地松开了，酒杯从掌心滑出，"砰"的一声碎裂在地……

接着，江心月跪下的动作和秋雨气极呼喊的声音同时发出，筵席之上的人们都停了箸，只听秋雨严词道：

"莲小主即使对皇后娘娘有愤懑，也不可这样冒犯啊！皇后娘娘贤德宽恕您，您竟然……竟然在大庭广众之下砸娘娘赏赐的贡酒！"

江心月苦苦地吸了一口气，道："嫔妾无冒犯之意，只是……只是今日不知怎的，身子不舒服，东西也拿不稳，不小心就摔了下去。"

唉，又是身体不适，这个烂到不能再烂的狡辩理由，只会加重皇帝的怒意。但她还是不得不说。

总不能说是故意砸下去的吧！

"不小心？刚才奴婢明明看到您是故意的！"

皇后站了起来，指着江心月道："莲容华，本宫一再忍让你，谁知你竟这样甩脸子给本宫！你让本宫如何宽恕你？"

皇后说完，装着委屈的样子看向皇帝，嘤嘤道："臣妾知道自己性格懦弱，被一个容华这样欺负，臣妾或许不适合做皇后……"

皇帝听了动容，正想说话，便有一个无宠的嫔妃为皇后抱不平道：

"皇后娘娘怎会是懦弱呢？娘娘贤德，待人宽容，后宫嫔妃都感念娘娘的恩德。若娘娘作为皇后还不称职，那老天都不会认同的。只是不知怎会有莲容华这样的刁蛮之人，辜负娘娘的贤德。"

话音刚落，立刻有几个同样无宠的嫔妃随声附和。她们说的全是真心话，不是皇后事先串通的，因为皇后对她们有恩，在她们眼里皇后就是这样一个千古贤后。

皇帝纵然平日里宠爱江心月，此时也被气得面色发青。

淑妃没有放过这样的好机会，她趁乱道："莲容华本是个守规矩的，想是隆宠之后，恃宠而骄了，而且还骄得不像样子。臣妾记得惠妃和莲容华一直不和，还听说莲容华经常顶撞惠妃呢。现在莲容华越发厉害了，连皇后都敢公然冒犯了！"

"不必再说了！江氏，你恃宠而骄，太让朕失望了！"皇帝厉声喝道。

江心月猛地抬头，看着皇帝。不过一日之隔，他嘴里的自己又变成了"江氏"。

惠妃在一旁沉言不语，她的脑子也在转，转来转去还是觉得皇后已经知道了罂粟的事情。既然知道了，那就彻底挑开吧，况且江氏虽然今日落败，但她曾是宠妃，以后也会有些用处。想到这儿，惠妃开口道：

"皇上息怒，莲容华之前虽然和臣妾有过矛盾，但她已经向臣妾认过错了。臣妾想今日之事也只是她年纪小，心气浮躁所致。您看莲容华一直在跪地请罪，想必是知道了自己的过错。臣妾认为莲容华今后必会改过，请皇上不要太过苛责她了。"

惠妃的一番话令皇帝止了心神，一是因为他宠爱惠妃，当然会听进去她的话；二是惠妃平日骄横跋扈，她能替江氏说话，那就是江氏确实向她认了错。

皇帝再看看江心月，终究有些心软。他龙袖一挥，道："江氏冒犯皇后，罚禁足半年。"

禁足半年，还好，没有褫夺封号，没有降位，也没有令她迁到偏僻的宫院去。可是，她怎么保证半年之后皇帝能记得她？

她失宠了。

然而即便如此，她也应该庆幸的。按照皇帝的绝情性子，一旦不喜欢哪个嫔妃，无限期禁足或打入冷宫都很正常。

皇后朝她扬了扬下巴，沉声道："你现在也不配再留在这里了，还不退下，回去闭门思过！"

江心月得了处置，目光却还留恋在筵席上，她在找人。

当终于看到上官合子的时候，她松了一口气，因为上官合子正在用嘴型对她说一个词：

忍耐。

没事的，她有惠妃，有上官合子相助，半年而已，熬过去了便又是春天了。

皇后瞟了一眼江心月身后不起眼的小丫鬟，脸上浮现出凌厉，道：

"主子有错，下人也不是个安分的。莲容华的这个丫鬟花影每每跟随主子出门，不但不劝诫主子，还经常和主子一道以下犯上，在惠妃那儿还多次闹起来。这样的丫鬟留之何用？"

皇后的再次开口，令江心月几乎心神俱焚。怎么办，怎么办？她不可以失去花影！

情急之下，她也终于急中生智。她倏地转向了皇后身边的惠妃，眼神中已是哀哀的恳求。

惠妃显然是愿意卖这个人情的——她现在的一句话，对莲容华都是天大的恩德。这么物超所值的人情，她如何不卖呢？

她轻笑着，对皇帝开口道："皇后娘娘想必误会了。花影这丫头是极为忠心的，主子什么态度她就做出什么态度。后来还不是一并跟着莲容华向我认错了么。而且今日是皇后的千秋，皇后娘娘又身怀龙嗣，若是仁慈处置定会给孩子积福的。"

皇后十分恼怒地瞥她一眼，这个惠妃，实在是太碍事了。可是皇帝却依旧听进去了，只淡淡地道：

"今日是大喜日子，还是不要打打杀杀的好。宫女花影就贬去辛者库吧。"

江心月如释重负地松了一口气，能活着就好……

惠妃的目光朝她射过来，她满面感激地回敬过去。她知道，罂粟一事中她对惠妃的大恩已经被抵消掉了。

人情这个东西，真是宝贵。

她俯身，叩首，对帝后二人恭谨道："嫔妾定当恪己思过，今后永不再犯。嫔妾告退。"

就如一个真正的罪妇那样，她满脸惭愧地碎步退出宫门，低着头转身离去。

她的身后，琵琶再次婉转出声，皇帝的心思也回到了蒋宝林身上。皇上从来都不会缺宠妃，你走了，马上有人顶上。

她曾经拥有隆宠，可失宠不也是一瞬间的事？她是怪皇上绝情，还是怪皇后的手段？都没有的，她只能怪自己，怪自己大意，着了别人的道。

她一直扯着花影，当几个粗使太监奉命来拖走花影时，她一人塞了一锭银子，说花影还要回去收拾东西，要他们通融。

几人收了银子，都住了手。

江心月的步子极沉重地印在地上，一步一步地往萦碧轩走去。

一路上，花影不曾说话，她也不曾说话。一些行走的太监宫女见了她，有的人倨傲地无视着走过去，有的还没得到消息，照例向她这个"宠妃"行礼，却立即被同伴拉住，一番耳语后也都面带鄙夷地匆匆而去。

萦碧轩的大门早就敞开了，处罚江心月的旨意刚刚被传话的太监宣到，菊香领着一众宫人，一直跪地等候。

进了门，她朝菊香露出一抹苦笑。

花影不等主子吩咐，就往自己的屋里走去。江心月一把拉住她，眼泪止不住地就下来了，呜咽道：

"对不起，你若不是为了我……"

花影一抬手堵了她的嘴，轻轻道："不要说了。为了……您，我死上一百次都是应该的。"

她很想说"阿奴姐"这个词，但是她克制住了。

她转身，很快从屋里拿了一个小包，对江心月道："奴婢没什么好收拾的，那些好东西拿了去也会被抢走。小主不要担心奴婢，只有小主您好了，奴婢才能回来。"江心月张了张嘴说不出话，她的花影，竟然要第二次踏足那个辛苦的地方。

花影也没有给她说话的机会，她跟着引路的太监，一转头就出了门。

十几个神龙卫奉旨守住了宫门，个个持刀肃立，满脸凶相，似乎里面关押的是阶下囚。

然后，朱红色的宫门被从外面关上了，一声沉重的木门吱呀的声响，把江心月的心震到谷底。

萦碧轩，从此由一个风光而奢华的宠妃居所，变得和冷宫无二。

再看底下的人，只见菊香的双眼肿得像桃子，望向主子的神色里全是愧疚。菊香身后是贵喜和小福子二人。后面有几个三等宫人，跪也跪不端正，面目上都是不屑。

绿珠正在诸人之中，她面上是满满的傲然。

江心月放下伤感，对着菊香道："别哭了，我能活着回来已是万幸，禁足半年又何惧。今日若不是花影，我早就……"

她在那杯贡酒面前死里逃生，可是，花影却进了辛者库。

想到这里，江心月心里猛地涌上一口气，怒火堵在心里不得不发：她疾步走到绿珠跟前，提了脚踹到她身上，喝道：

"你主子我还是莲容华，你摆着个臭脸是看不起主子我了么？"

绿珠疼得滚到地上，却更被激起了反抗之心，只昂首盯着江心月道："小主，奴婢何曾看不起主子？请小主不要冤枉奴婢。"

第八十三章 ~ 细作

江心月嘴角狠厉地一勾，又连踹了她三下，她狼狈地在地上边滚边求饶。

"没错，我确实失宠了，但要整治一个奴才还是绰绰有余的。"绿珠是太后的人，是她的对手，她万万不能留。

绿珠听出了江心月话中的杀机，不禁急中生智，大胆地抬头道："小主，您是因为恃宠而骄被罚，要是再苛待下人，想必会被加重处罚。您别忘了，皇上跟前的贵喜公公可在这呢，您可不能做出过分的事情！"

江心月听了不怒反笑，伸手捏起了她的下巴，继而毫不留情地左右开弓，一连串极响的巴掌声，让她很快见了血，又掉了牙，最后满嘴鲜血……

一众宫人看得傻了眼，菊香最先反应过来，上前拉住了主子劝道："小主，她说得有理啊，您现在千万不能被人再抓住把柄。"说着还瞥了一眼贵喜。

江心月停了下来，绿珠已经神志不清，当场瘫倒在地。

"贵喜。"江心月唤道。

贵喜虽然老练，但也被主子方才的行为吓怕了，身子不由自主地往后缩了一下，才回过神来道：

"奴才在。"

江心月看着他，竟淡淡地笑了："你曾经是御前的人不假，但既然皇上把你赏给了我，你今后就是我的人。今日这个小宫女的事，你还想去皇上跟前告状么？"

贵喜不答话，他不敢答。江心月接着道：

"今日早上我为何会迟到，萦碧轩里是怎么闹腾的，你在旁边也看得一清二楚。但你没有去禀报皇上，而是让皇后坐实了我恃宠而骄的罪名，对吗？"

贵喜吓得连连磕头，结巴着道："奴才……奴才……"

"奴才"了半天，贵喜都不知该怎么说。

江心月扫了眼跪了一地的大小宫人，对着贵喜道："你跟我来。"

说着信步进了大殿。贵喜跟在她后头，碎步跨进去后又伶俐地带上了门。

屋内依旧是一个宠妃的气派，但江心月的心境却不似从前了。

她心里一叹，轻言道："贵喜，明日把这些贵重的摆设都收拾下去。我戴罪之身，理应轻简。"

贵喜还在惶恐中，只低头应了声"是"，心里却不得平静：明日？萦碧轩里还有他的明日？

江心月转向他，声色也没了之前的狠厉："你放心，我不是要罚你，我这是在体谅你。其实你虽然是皇上的人，却没有王公公在皇上心里的地位，如果你去给我说好话，皇上还会以为你被我收买了。"

贵喜忙跪下磕头道："小主说得一点也没错啊。奴才万分感激小主体谅。"

"既然是这样，你以后就死心塌地地做我的人！因为皇上给不起你的，我给得起！"

贵喜愣住了，却又听得主子道：

"一心不能侍二主，这个道理你懂。我这个主子你也知道，对下人就要求绝对的忠心，有一点杂念都不行。皇上跟前的人多了去了，你恐怕都排不上号，自然得不到足够的信任。而你若是死心塌地地对我，我必定把你当成心腹。"

她顿了顿，给贵喜消化的时间。一会儿又道："我现在失宠了，但是你知道今日可是惠妃娘娘救我，你就该明白我定有复起之日。你脑子聪慧，不是那些个鼠目寸光之人，你应当知道我的价值。还有，若你今日不答应，或是口是心非，我就有一百种法子让你死。"

她止住了话，看到贵喜仍是沉思的样子，便抬眸转向一侧，口中幽幽地道："比如以前和我结怨的嫔妃，想趁我失势要我的命，就在吃食里花些心思，然后你又不小心吃了……呵呵，这样最好了，我也少少地吃一点，然后病在榻上，还能引起皇上的注意，说不定皇上会来看看我呢。嗯，这个法子真好……"

贵喜听不下去了，终于朝着江心月叩头道："奴才想明白了，日后定会对小主死心塌地，奴才心里除了小主，任何人都不会再装下。"

江心月笑看着他，道："你明白就好。我喜欢聪明又忠心的人，和聪明人相处也最舒心。你够聪明，日后你必会明白今日的选择是多么正确，也必会更加死心塌地地跟着我。"

萦碧轩的下人们太乱了，江心月贴心的只有花影、菊香两人，根本看不住一个大院子。她想过要处理掉贵喜，可又一想就放弃了。总不能把所有的下人都处理掉吧？能拉拢上的就尽量拉拢，两个贴心人的确不够用。她需要更多能干的人为她尽忠。

而贵喜这样的聪明人，最是会挑主子。只有她这个主子把智慧手段展示给他，让他觉得主子定会有前途，才会忠心。他之前跟着皇上当然最有前途，可惜皇上身边有王公公，有小安子，他最后竟被赏赐了出来，心里怎能不委屈。

江心月平复了下心神，开门出去，后头的贵喜也跟了出来。二人神色都平稳至极，叫底下的人猜不透心思。

菊香看着两人的默契，心里不禁一惊：贵喜，竟这样轻松地成了主子的人。

他是那样聪明的人，如自己一样，看出了这个主子的不一般吧。

江心月朝菊香笑道：

"今日我在凤昭宫，受了不少委屈，却也看透了一些东西。对了，你可知道成嬷嬷怎么样了？"

菊香回道："今日才传来消息，说成嬷嬷哮喘发作而死。"

她顿了顿，又道："奴婢在萦碧轩，也发现了很多东西。小主，所有的下人都在这，请您先进屋吧。"

江心月听闻成嬷嬷的死讯，却舒了一口气，因为上官合子安全了。

想想也是，上官合子何等手段的人，事情败露之后当然不会给自己留下危险。可是自己已经和皇后撕破了脸，今后上官合子帮忙也要暗地里帮了。

进了屋，江心月至主位上坐下，菊香站在她的身侧，指着小福子道：

"小主，此人的底细奴婢已经查清楚了。就等小主您回来发落。"

江心月冷笑着点头。今日皇后对上官合子的态度如常，再加上成嬷嬷已死，她便知上官合子那里没有出任何问题。惠妃也不可能透出消息，唯一的问题出在自己这里。

小福子藏了这么久，终于露出狐狸尾巴来了。可是，江心月却付出了惨重的代价。

即使她日夜防着小福子，却仍被他得手，实在是可气。她在心中自责着，她应该早早处理掉小福子，而不是想着小福子曾经救过自己，就心软地放过他。

她想起来当时在长乐宫受杖时，小福子可是去求了皇后，才请动的皇上。自己怎么就没想到皇后和小福子的关系呢？

菊香之后说的事情都在意料之中了。小福子在萦碧轩虽然不被重用，但一直小心谨慎，又极懂规矩，菊香忙着防范贵喜也就疏忽了他。他每日伸长了耳朵和眼睛，细细留心着宫里的一切，终于在一次江心月去惠妃殿中时，他听到了不该听的，就禀给了皇后，最后他受皇后之命，找着机会潜进殿，在朝服和簪子上动了心思……

小福子听着，已经面如死灰，连求饶都不肯了。最后江心月叫人拖他出去，发落到内务府处置，他竟然高喊了一声"奴才拜别皇后娘娘"……

江心月见他到死都想着为皇后尽忠，不禁更加气结。紫碧轩里，还有多少像他一样"忠心"的细作？

看到底下一群宫女太监之中，多有面色不服者，被打的绿珠刚清醒过来，正恐惧地低着头，却仍然流露出反抗的神色。江心月扶额苦笑，道：

"今时不同往日了，我哪里支使得动咱宫里这些人。"

菊香突然道："小主，的确是今时不同往日，现在您尽可将不安分的人全部打发了。"

江心月被这么一提醒，立即反应了过来。没错啊，她现在打发宫人可容易多了。

她抬眸扫一眼底下的下人，脸上依旧是愁苦的神情，对他们道：

"我现在遵了圣旨闭门思过，吃穿用度理应一切从简，也用不着这么些伺候的人了。我看你们之中有不少是想另攀了高枝去的，我也不留你们，想走的人，每人拿一锭银子，就和我再无瓜葛了。"

立即有三五个宫女太监表明了去意，绿珠也跟跟跄跄地上来拿钱。她没有想到，莲小主这么快就失势了，她这样走了，太后也不会要她了。

可留在这儿，莲小主是不会容她了。她如今是满面的愁颜，都怪这个莲小主，害得她从得脸的长乐宫宫女变成受气的紫碧轩宫女，又变成了彻底失去身份被赶出来的宫女。

菊香面色愤愤地分了银子，指着门口道："你们跟守门的通禀一声，就可以走了。现在紫碧轩的境况不好，还有谁想走，快点提出来，别耽误了自己的前程。"

又有两个小宫女上来告了罪，拿钱走人。

江心月看着底下仅剩的七个人，都是一脸忠心的样子。她蹙了眉头，拿着眼神询问菊香。她要菊香做主，因为菊香比她更熟悉宫里的人。

第八十四章

清净

菊香知道主子的意思。她抬眼细细地扫着除贵喜之外的六人，接着指了一个柳絮，两个一开始就跟着主子的太监小德子和小术子，对剩余的人道：

"宫里用不了这么多人伺候，也不留你们了，都走吧。"

三人都愣住了，想不到自己表了忠心却要被赶走。一个小宫女更是爬着上前抓着江心月的裙摆哀求，道自己如何忠心侍奉主子。

江心月随意敷衍了她几句，塞了她两锭银子，仍是叫她走。她恋恋不舍地出了殿门，再回头看了看主子，才跟着其余二人一同离去。

虽然她现在失宠，可也不保证淑妃她们会放过她。菊香不信任的宫人，他们却极力不想离去，这样的人江心月可不敢用。

殿内统共只剩下了五个下人。菊香对主子回禀道："剩下的人绝对是真正忠心的。"

柳絮人胆小，过分老实，从来不掺和任何事；小术子和小德子的家底她查过，都没有和宫中嫔妃有瓜葛。他们虽然不能干，不聪明，但忠心是没错的。菊香看着清清冷冷的大殿松了一口气，萦碧轩，终于清净了。

江心月缓慢地从主位上走了下来，站到众人之间，放下以往的严厉道：

"从今往后，我们就都是一家人了。柳絮你今后就是一等宫女，贵喜是首领太监，小德子、小术子你们就是大太监。我在宫里无依无靠，以后你们就是我的依靠。"

五个下人都湿了眼眶，没有人说话，但谁都把今日的话记在了心里。

看了看殿内，江心月苦笑一声道："现在可是三伏天，以后可没人给咱们送冰块了。小厨房的厨子一接到旨就跑光了，御膳房那也不会好好待我们。"

她轻轻舒一口气，又神情疲累地道："菊香去清点下咱宫里的米面吧，看看够吃几天，不够的话我再想办法。今晚咱就自己做着吃，记住，什么都别讲究，能吃饱就行。现下，吃穿都成问题了，在宫里失宠，就没好日子过了。"

一众宫人应了声，见主子伤神，都忙着劝慰主子。

江心月朝他们笑笑道："别担心，我怎么会灰心呢。左右不过是半年的事情。兴许还用不了半年呢。在宫里，心态最重要，咱们时刻都要记着'宠辱不惊'四字，眼下虽然清苦，但日子比以前更干净，更省心。"

她踱步至案几旁坐了，对小术子和小德子招招手："你们俩过来。你们一直想认字，现下我闲下来了，定会好好教你们。"

两人都愣住了，接着才想起来谢恩，然后稍惶恐地站到了主子身侧。

她又对余下的几人说："你们不用伺候我，下去先歇着吧。"

几人都感念主子恩德，一时间，萦碧轩的气氛不是失宠的死寂，而是安静祥和。

入夜，凤昭宫皇后睁着眼躺在榻上，身侧的皇帝早已熟睡。

就寝前，皇帝的温言暖语一句一句地在她耳边回荡，这些好听的情话，搅得皇后心中海河汹涌，导致她因为兴奋而无法入睡。她一遍一遍地记起十多年前少年夫妻的甜蜜，那个时候皇帝经常拉着她的手，或倾诉，或抱怨，甚至哭泣。她作为年幼皇帝唯一的依靠，在当年那样弱势的情况下，接纳了皇帝全部的脆弱。后来，皇帝不再脆弱了，他成长为一个英明而冷酷的帝王，他再也不需要她手掌中的温暖了。

现在，她再次得到了类似当年的温情。她感觉到冷了多年的心房，再次被焐热了。

在宫里过日子，就像在泥潭里挣扎。每日她都要打起十二分的精神，面对嫔妃扔过来的密集的刀子，面对太后明里暗里如死神一般地向她索命，面对漫漫长夜凤昭宫比地窖还冷的孤独。

但是，为了他，这一切都值得，都值得！

第二日，皇帝仍是来了凤昭宫，且是晌午刚过就早早地来了。

皇后殷勤地端了茶水侍奉，却被皇帝制止道："你有身子的人，不要做这些了。"

"可是臣妾是皇上的妻子，臣妾想为皇上做。"

皇帝笑道："有孕的妻子，理应被丈夫侍奉。"说着过来扶皇后落座。

皇后喜得手足都不知所措，由着皇帝待宠妃一般扶着她。

"慧茹。"

"嗯？"听到皇帝叫自己的闺名，皇后的脑子顿时有点短路。

皇帝脸上是商量的神色，缓缓道："朕要和你说个事儿。今日淑妃和惠妃来见朕，她们说你有孕不宜操劳，想多为六宫之事尽力，也好让你安心养胎。"

皇后一听，心里先是拧了麻花，对二妃的恨意顿时升腾起来。她们真不是省油的灯，这么快就开始分她的权柄。

可是，她知道皇帝不喜欢她和嫔妃们争抢。且……合子是怎么受的难，她至今都心有余悸。天大地大，皇嗣最大。纵然她是皇后，也要尽十二分的力才能保住孩子，才有可能保住！旁的心思，都暂且放一放吧。

皇后想着，便叹了气道："淑妃和惠妃都是能干的，臣妾放心。皇上便应了她们所请，臣妾也在此谢过她们为臣妾分忧了。"

皇帝舒心地笑道："还是慧茹你最识大体。后宫少些纷争，多些宁静，朝堂才能安稳。"

皇后低头谦逊道："皇上过誉了。"她的心里是苦的，皇帝一心希望她大度，少纷争，可是一个付出真心的女人，怎么会对夫君的其他女人大度？

皇帝轻轻吸了一口气，淡淡的荼蘼香冲散了脑中烦杂，不禁赞道："你心性沉静，香料都这样清雅，不似那些轻浮之人。"

皇后抬了头看着皇帝，眉眼都是柔柔的笑意。她没有答话，但心里的得意可是不止一二分，皇帝一句"轻浮"，便是厌恶了恃宠而骄的莲容华，贬了争权夺利的淑、惠二妃。

后宫宁静，少纷争；宫妃稳重，识大体，这才是一个像样的后宫，才能让皇帝安稳地忙于国事。可是，历朝历代的后宫，哪个能做得到？

"好了，朕去看看宝妃，明日再来看你。"皇后还沉浸在小小的得意中，却不想皇帝的一句话如冰水一般从头浇下，纵然三伏酷暑也难以抵挡那严寒。

宝妃……宝妃，该死的宝妃！

"皇上……"皇后扯了皇帝的龙袖，小声嗫嚅道。

看着皇帝仍是要走的样子，她心下叹了一口气，缓缓道："昨日千秋宴上，您觉着臣妾编排的节目可好？还有，听说柔选侍宫里的昙花今晚就要开了，您不去瞧瞧么？"

皇帝笑着想起了千秋宴上抱琵琶的少女，不由得住了脚步，转身对皇后道：

"你的安排甚好，涵儿是个可心的人。嗯……不过慧茹你说的昙花，也的确吸引人。"皇帝踟蹰了起来。

皇后听了这话，也是觉得苦的。心里想着这个，又挂着那个，人一颗方寸大小的心，究竟要分成几瓣？

最后，皇帝决定了去蒋才人处。

蒋希涵是在宴会当场被晋封的。

皇后勉强笑着，送皇帝出了凤昭宫。

柔选侍在启祥宫里，小心翼翼地守着一盆昙花，却等来了皇帝去蒋才人处的消息。

她略略失望地站起了身，看着那盆费尽心血的植物，却又笑了，对贴身的宫女说："皇上不来就不来了，昙花一现可是难得的美景，今晚咱们得好好观赏。"

那个宫女本是官家女儿出身，选秀落选了才被挑成了宫女。她一向看不起柔选侍，却觉得这个主子举止十分怪异。

受了屈辱不生气，被抢了恩宠不着急，真是个怪人。柔选侍看她不答话，也不恼，兀自就着方凳坐了。

宫女见她连下人的失礼都不介意，摇摇头，无声地退下了。这已经不是一次两次了，也许是天生的贱坯子吧。

柔选侍用玉指抚上碧绿的枝叶，喃喃道："我最喜欢的，便是昙花。为了仅有一瞬间的灿烂，甘心用整个生命去换。"

第八十五章 横生波澜

　　不知不觉两个月过去，淑、惠二妃"勤勉能干"，在后宫的治理上从不偷懒，费心费力的活也都抢着做，后宫的日子，就在皇帝再得龙嗣的喜庆中，维持着表面的奢华和平静。

　　惠妃如今和淑妃相抗衡，而皇帝偏向惠妃，现下皇后怀孕，她又得到了更多的权柄，心里自然是高兴的。

　　然而再多的高兴，也抵不了最深处的忧愁。

　　本来，大皇子不得帝心，她的二皇子最受看重，将来承袭大统是极有可能的。但皇后一旦生了皇子，那就是嫡子，二皇子再受宠，怎么能跟嫡子争？

　　真没想到，皇后年轻时都没有怀上，现在年纪不小了，竟然有了孩子。世事难料啊。

　　惠妃扶着额，侧头往窗外一看，看到的正是不远处萦碧轩紧闭的宫门。

　　她又该叹一声世事难料了，一年前她们还是针锋相对的敌人，现在变成了互相扶持的同盟。

　　萦碧轩内，江心月却没了之前的娴静。

　　许是好日子过得太久，眼下她竟不适应这清苦了。守卫的凶悍，内务

297

府的势利，御膳房的白眼，都消耗着她的心劲。她的身子，也如轻飘飘的浮萍，一日日消瘦下去。

菊香每日心焦，变着花样给主子备膳。江心月满含歉意道："我吃不下多少，还浪费你一片苦心。"

"是奴婢无能，以前小主都是每顿七道膳的份例，现下只有些粗茶淡饭，亏待小主了。"

江心月自嘲地笑笑："还提以前做什么。是我不争气，过不了清苦日子。"

她心里是十二分的别扭，若她真是侯府相国的千金也就罢了，可她不是，她从不是那样娇生惯养的人。现在这么一点点的苦楚，她竟然受不了了？真是奇怪。

小德子在她跟前打开几张刚练的笔墨，一个个地指着道："小主您看，这个是小德子的名，奴才练习了一整晚，这一张是写得最好的，您看看有长进吧？没有辜负小主的教导吧？奴才看着比小术子写的他自己的名还好呢。他的名多好写，都没有奴才写得好……"

小术子不服道："这哪里写得好了，明明是一群爬虫堆砌，小主您看他自以为是的样子。"

江心月被他俩逗得笑倒在床上爬不起来，一边对菊香说："我不能评判了，我要说哪个好他们一晚上都不消停了。"

菊香笑骂两人道："练了几天的人就在主子面前夸口，真不害臊！"

两人又打趣了几句，看主子仍捂着嘴笑，才退下去做活了。

看江心月一脸的病容去了几分，菊香趁机端着一碗酱鸭子凑到主子跟前，劝道："小主多少吃一点。"

江心月见了这道菜，不禁感叹，她现在的境况竟然还能吃上这样的龙城名吃，不知菊香花了多少心思才得来的。

心里这样想，她便拿了筷子夹了一大块，即便没有食欲也不好让菊香失望。

可油腻腻拌着甜酱的肉块刚送到嘴边，胸口就涌起一阵恶心，直冲得她扔下筷子，俯身干呕起来。

菊香忙去拍着她的脊背，再也控制不住地哽咽道："小主您必定是病了，可那些守卫不让我们出去请太医，您这个样子可怎么好？我们去求求惠妃娘娘吧……"

江心月前几日还强撑着，现在也受不了自己这副样子了，刚想答应了菊香去求惠妃，却听菊香突然惊道：

"小主，莫不是……有了身子？"

江心月倏地坐了起来，细细思虑着，道："上个月的月信来得极少，这个月又迟了好些日子……"

菊香道："小主可能真怀上了，那，奴婢现在就去惠妃娘娘那儿，让娘娘请个太医来看。"

江心月一抬手制止了她，道："不要急。我和花影学了些医道，喜脉还是会诊断的。"

花影平日常教她一些医理，还说什么"若哪天奴婢不在了，小主您也好护得自己周全"。

江心月低头轻叹，现下是花影被发配到辛者库，那以后呢？真会有那么一天么？

她为自己搭着脉，喜脉是很容易诊断的，片刻过后，她内心猛地涌上失神和惶然，而后以手抚上了小腹。

她心心念念的期盼终于变成了现实，却不想是在这样的时候。

之前花影曾那样勤快地给她诊脉，想是日子太短而诊不出来。算算日子，应该是禁足前皇帝最后一次临幸她怀上的。

这真是，老天的眷顾。

菊香几乎喜极而泣，不顾礼仪地扯着主子的袖口，兴奋道："恭喜小主！"

江心月赶紧捂住她的嘴，急道："你那么大声干吗？生怕别人不知道么？"

菊香忙住了嘴，不解道："小主不想把有孕的消息透出去？主子这个时候有孕，简直是上天的恩赐。皇上那样看重皇嗣，一定会解了主子的禁足。"

江心月轻叹一口气道："就算生生地禁足半年，我也不想这孩子有闪失。"

菊香听出了其中的利害，便不再问，脑子里却思虑起来。

现下皇帝刚拥有了两名皇嗣，这时候有孕并不是风口浪尖上的。而若是刻意隐瞒怀孕的消息，如果孩子有一点差池，便是懈怠皇嗣的大罪。

江心月明眸微动，看着她低低道："你真的以为，新生的两位皇子会替我挡住大部分的焦点？"

见菊香不语，江心月拉过她的手，缓缓道："太后娘娘太过工于心计，她想必已经猜到，皇上喜欢小户人家的女子诞下皇嗣。"

菊香一惊，口中喃喃道："太后……"

"对。其余的嫔妃，可能还想不到这一层。但太后不一样。'凶夭'一案，你也见识过太后杀伐皇嗣的手段了。"

菊香全身都惊起了冷汗。

江心月拿起茶盏啜了一口，次等的红茶浸得她牙齿发涩，她却抵住自胸口涌上的恶心，一口吞了下去。

"你放心，以后吃喝再怎样辛苦，我也会吃饱，一点都不会亏待孩子。"

她闭了眼睛，似乎在感觉腹中幼小的生命，一点一点随着她的心跳长大……

她今年十六岁了，普通的女子，这时候也该有了孩子。

原来为人母的心境，是这样的不一般。即使这不是她所爱之人的孩子，她也觉着，那肚子里的生命，就似她的整个世界一般重要。

这一日的晚膳，江心月吃了两大碗的饭，菊香高兴得嘴都合不拢了。

有孕的事情，除了菊香，萦碧轩里其余的下人都不知晓。不是江心月不信任，而是这么大的事，她实在是小心得不能再小心。

然而，萦碧轩这个地方，注定是一个不得安宁的波澜之地。

子夜时分，江心月正安稳地睡着，就听一阵猛烈的砸门声，接着有无数的人涌进院里，脚步声、呼喝声惊起了满宫的人。

江心月由菊香扶着，披着衣服急匆匆下来，就见淑妃带着大红顶盖的仪仗，两侧站着几十个持刀的神龙卫，气势汹汹地站在院里，暗夜漆黑都被火把照得通明。

淑妃头插着凤钗步摇，着金缕抹胸委地裙，一双墨玉耳环拖着一寸长的银苏子，直垂到她的肩上，一身的奢华繁盛衬得她贵气逼人。

没有等她开口，江心月就笑着福下身去道："给淑妃娘娘请安。娘娘好大的阵仗。只是不知这么晚了来此所为何事？嫔妾可是奉旨禁足，他人无诏不得踏入的。"

淑妃冷笑地看着她道："如今的莲容华，还是这样能说会道。"

江心月又笑笑，淑妃曾在她的口舌攻势下气得晕倒，自己口舌灵巧这个长处，淑妃当然忘不了。

"不过今日，本宫可是为了六宫安宁而来！"淑妃一挑眉，语气急转为凌厉："来人，给我搜宫！"

孔武有力的侍卫直冲而入，把萦碧轩主仆几人推搡在一边。此时淑妃指着江心月道："他们也都给我绑了，押到慎刑司去！"

"你们干什么！"菊香双手护在江心月身侧，却被一个侍卫像拎小鸡一样狠狠甩到门板上，她踉跄地爬起来，一摸脸，手上就有了鲜红的液体。

她没有管头上的伤，不死心地去拉扯那两个正押着江心月的侍卫，这一次她自己被另外两个侍卫押住，立刻两手都动弹不得，嘴里又被帕子塞住，就只盯着江心月看，兀自摇头挣扎着。

她身边的贵喜、小德子等人，都被压在地上边捆边挨打，狼狈不堪。

"淑妃娘娘，嫔妾虽然有错，但也是天子嫔妃，您不能这样对我！"江心月边挣扎着，边朝淑妃喊道。

"哼，本宫现在暂代皇后之职管束六宫，宫里出了案子，本宫当然有权审问案犯！江氏，等事情了结，你以为你还是天子嫔妃吗？你只会是乱坟岗上的一具尸体！"淑妃的话里满是得意。

押住她的侍卫丝毫不忌讳她的身份，粗暴地扭着她的双手，弄得她生疼。

　　她压下心底的慌乱，稳声朝淑妃道："娘娘说得有理。但第一，嫔妾不知道发生了什么；第二，即使嫔妾和某些不干净的事有联系，在事情查出来之前，嫔妾仍然是莲容华，娘娘此时的做法仍然违了宫规。还请娘娘为着自己的声誉，三思而后行啊！"

　　她现在不能被绑到慎刑司。那样就失去了行动能力，就会难以反抗。

　　淑妃气结地一手指着她，却又放了下来。没错，声誉啊，她的声誉要紧。反正江氏已经死到临头了，给她一点礼遇，又有什么关系呢？

　　想到这儿，淑妃抬了抬手，道："那就暂时关在萦碧轩厢房里。大小宫人一个都不准漏网，外加五十名神龙卫看守，给我看住他们！"

　　神龙卫得令，将主仆六人推着往前去。

　　此时，江心月却抻着脖子朝宫门外望去。

　　宫里肯定是出事了，而且她被搅和了进去。当务之急，是搞清楚出了什么事！

　　禁足之后消息闭塞，她几乎与外界隔绝，现在出了事，就只能干着急。淑妃绝不会告诉她的，能帮她的只有惠妃。

　　淑妃带人到她的华阳宫喧闹，本身就是在打惠妃的脸，这么大的动静，惠妃一定被吵了起来。

终于，江心月看到了惠妃身边的一个嬷嬷。她用急切的询问目光望向那嬷嬷，嬷嬷会意，用口型对她说了两个词：

皇后，孩子。

皇后的孩子出事了！

能出什么事呢？定是被人暗害了！而且是被她莲容华所害！

接着她被扔进了厢房里，房门"砰"的一声关上，又从外面加了锁。

外头是鼎沸的人声，和杂物落地的"砰""噼啪"声。他们在搜宫。

菊香哭了出来，她不知道发生了什么事，只流着泪看着主子。

江心月揉了揉红肿的手腕，抬手伸到她脸上，去检查她的伤。

"小主，都什么时候了，还管奴婢这点小伤。您看淑妃的样子，您现在的危险可不是一点半点的！"

江心月笑笑道："不到死的时候，永远都别丧气。"

一旁的柳絮呜呜地哭泣，吵得江心月直头疼，不由得严厉道："别哭了！哭有什么用？你听我说。"她对着其余几人道："都过来。"

柳絮不敢再哭，贵喜和其余几人也都从惊恐中醒悟过来，一同围了上来。

第二日天明，江心月被从厢房里提出来，押到了辰佑宫。

她被推搡到主殿上，殿内坐着的是皇上并淑妃、惠妃两位管事的妃子。皇帝一见她，却吃了一惊。

江心月的嘴角渗着血，脸颊是大片的乌青。她的宫女太监都是满身青一块紫一块，那个叫菊香的掌事头都磕破了。

"这是怎么了？"

淑妃又惊又怒，不知怎么回话。

江心月泪水涟涟，惠妃替她开口道："还能怎么了，淑妃娘娘昨晚来搜宫，就成了这副样子了。"

皇帝怒看着淑妃，道："事情还没了结，为何对她动手？"

淑妃跪了下来，咬着唇道："是下头的人不懂事……皇上，还是先听臣妾禀报吧。"

皇帝点了头，沉沉道："关系到皇后的龙嗣，此事定要严加惩处。"

江心月小心地瞧着皇帝的神色，见他两眼都是青黑的，面色极郁郁，神情都有些恍惚。她心里不禁一惊，郑昀睿不喜欢在人前展露脆弱，何时会有这样憔悴的模样？他怒极到脸色发红、发黑都是常事，可憔悴到极点的样子真是少见。

难道，皇后出了大事？

她来不及细想，接着就有太监呈上一个纸包，闻之浓香扑鼻，江心月急忙抬手捂着鼻子。

"皇上请看，这就是莲容华宫里搜到的麝香。"

然后又有一个侍卫并一个小宫女被押上来，淑妃指着他们道："这个侍卫原是奉命看管莲容华的，却被莲容华收买。这个小宫女昨日已经承认是她在皇后娘娘的膳食放下了麝香，就是受莲容华指使所为。"

江心月看到那宫女的容貌，也是一惊，她竟然是那日被赶走却扯着江心月的裙摆表忠心的小宫女。

"麝香这东西，每个宫都有。这一个侍卫，一个宫女，也难以服众。姐姐只有这些证据吗？"惠妃立即开口反驳。

淑妃瞥一眼她，暗恨她竟然和莲容华勾结。不过她的脸色依旧是得意的。她对皇帝道："宫女蒙儿本是莲容华的心腹，莲容华禁足时，找理由打发了她出去，其实是派她去残害皇后娘娘。她用银钱买通内务府，如愿被调到凤昭宫当差。前几日莲容华给了她二两麝香，然后她便下了毒手。在萦碧轩东北角桂树旁的墙根上发现了一个小洞，洞口处有麝香残渣，皇上派人去一看便知。"

皇帝听着听着蹙了眉，一抬手，两个小太监一溜烟跑了出去。

约莫两刻钟后，二人跑回来，回话道："回皇上，确实有一个两寸长，一寸宽，正好能伸进一只手的小洞。洞口极为隐秘，藏在杂草丛里，还有一块能活动的砖掩着。"

"那洞可能看出是什么时候打通的？"

"回皇上，洞口周边刻痕不是新的，应该是两日之前打通的。"

听到这儿，江心月不由得为淑妃叫好，连打洞的时间都算好了，这样皇帝就不会以为淑妃是临时打了个洞来栽赃。

皇帝看一眼江心月，站起身，烦躁地踱了几步，对那两个人证道："你们说，果真是莲容华利用你们，谋害皇后的子嗣？"

那侍卫把头磕在地上，道："皇上明鉴，小人鬼迷心窍，收了莲小主的财物，就暗地里协助莲容华和宫女蒙儿通过那小洞传递麝香……"

蒙儿边哭着边道："奴婢死罪，莲容华，您要救我啊，这些都是您命我做的……"

江心月厌恶地看一眼二人，对皇帝道："皇上可曾记得，您答应过嫔妾，以后都会相信嫔妾？"

皇帝的心情更加烦躁了，无条件的信任？这种时候，这样的境况，种种证据都指向你，你还来讨朕的这句话？

真是不懂事。

但君王一言九鼎，皇帝不得不应道："朕当然记得。你有什么要分辩的，朕给你机会说，这两个人也随你问。"

江心月转向那小宫女，问道："蒙儿，你说，我是怎样把麝香交与你的？"

"是……是……是小主您亲自交给我的，前日半夜子时，奴婢得到了张大哥的消息，准时到墙根底下候着，您就从那个小洞交与了我。"她指着那名侍卫说道。

"你确定，当时给你的人真的是我？你可只看见了我的一只手。"江心月提高了声音。

淑妃神色一紧，她知道江氏又要耍花招了，便道："蒙儿，你不是说，确定是莲容华本人无疑么？"

蒙儿道："是，奴婢还记得莲小主手上有旧伤，就在小主右手的中指上有一道长半寸的疤痕，那时候伸出的那只手，就是带着这样的伤痕。"

皇帝立即叫人来验，果然，江心月手上伤痕的位置长度都很准确，而萦碧轩其余的人都没有疤痕。那是在慎刑司受刑留下的。

江心月在心里笑了，蒙儿真是个细心的丫头。

她面上仍不服地道："皇上，臣妾还有一请。臣妾听说，麝香味浓，沾染过的人，三日之内都能闻得出来。这话有些夸张，但蒙儿既然说是前日才拿的麝香，那现在请医术高明的御医来查验臣妾，定能查出麝香的痕迹。"

皇帝看也不看她，只道："就依你吧。"

淑妃的嘴角勾了起来，请太医？你以为我会漏掉这个环节么？她对身边的宫女道："把李院使叫过来。"

她的话一出，惠妃的脸色就晦暗了。李院使是太医院副院使，官压章院判一级，她把章太医请来，意见相左也是无用。

一刻钟后，李院使就匆匆而至。他先命医女在江心月身上、手上闻了又闻，又接过医女引来的丝线，扯着线用右手三指捻着，左手捋着稀疏半白的小胡子，一副正直行医的模样。

按了半晌，他的额头就渗出密集的冷汗。

淑妃见他颜色不对，忙道："李院使，查出来什么没有？"

李院使支吾着不答话，汗珠都滴在了地上。

淑妃凌厉地看着他道："李院使，你可定要仔细！"

"仔细"二字，淑妃咬得很重。

李院使吓得一个激灵，脑子里全是被淑妃掌控的家人。他跪下道："回……回皇上，莲小主，的确沾染过麝香！"

江心月偷瞧着他，只见他两股战战，干瘦的老脸吓得发白。

真是不中用，竟吓成了这副样子。

皇帝没有像以前那样拍着桌子发怒，而是沉着脸静坐着。这让淑妃感到不安，但皇帝仿佛有着很灵的鼻子，嗅出了一丝阴谋的味道。

其实是郑昀睿和淑妃相处得太久，这样由淑妃大张旗鼓拉开的案子，且是完美的一套戏，十之八九都是陷阱。

他和江心月相处一年多，纵然她有许多伪装，他也了解一二了。江心月恃宠而骄，他信；但说她为了报复皇后，在禁足期间使出手段，他真不信她这样笨。

第八十七章
淑妃落败

冒这样大的风险害人，除非有巨大的利益或巨大的威胁，若说只是为了出口气……只有蠢货才会做。

她进宫以来遇上了多少险路，最后不但安稳了，还捞到了好处，她会笨？

江心月一刻也没有放过皇帝的神情。她看着他沉思的样子，心里稍稍轻松了下——皇上疑心重，倒是更加省事了。

她跪爬到皇帝脚边，泣道："嫔妾冤枉啊。"

皇帝并未甩开她，她就趁机扯着皇帝的衣角，瞪大了眼睛看着皇帝。皇帝回过头对上她的眼神，那眼神里是疯狂的哀求，还有急切？

皇帝被这眼神惊住了。

"求求皇上，请刘院使给嫔妾看看，求皇上开恩，皇上，嫔妾……嫔妾在此以江家一族起誓，若嫔妾和此事有半分联系，江家全族尽遭天谴，不得善终！"

淑妃一愣，她想不到江氏真能说出狠话，却听皇帝道："宣刘院使。"

"皇上，太后今日哮喘极严重，刘院使走不开呀。"淑妃虽不安，但仍是得意的，她做得太周全了。

江心月知道皇帝的疑心已经被激得越来越大了。她正想说什么，一旁的惠妃抢先道：

"皇上，这真是巧啊。臣妾记得上次婧嫔早产，太后娘娘也哮喘得厉害。"

皇帝额上的青筋顿时暴了起来，太后这两个字，不提便罢，提起来他就气闷，和那些祸事一同提起来，他就气血上涌。

但是，再如何气愤，他都要忍，忍耐比他更强势的太后，忍耐那些仁孝之道。

他攥着拳站了起来，道："母后身子要紧。王云海，你去把太医院所有的太医全部叫过来，包括医官和医士。"

江心月疲累地跪着，按照她的计划，本不用这样大张旗鼓的。只要把皇帝的心腹齐太医叫过来，一查出有孕，皇帝无论如何都要请刘院使了。不过这样也好，结果就更加可信了。

片刻，辰佑宫主殿里就呼啦啦立满了一群着官袍的太医。这里面，品阶高的几人，大多是各主子的心腹。

淑妃看着眼前大片的人，简直要气晕过去。

"今日你们都给莲容华诊治，看她体内有无麝香痕迹，再看她有无其他的异常症状。你们诊得不对，朕不罚你们，毕竟验看痕迹不是容易的事；但只要如实相报，每人都有赏。"

众人听了，都跪下颇惊诧地谢恩。

皇家的太医出诊，一向是要求只能对，不能错，错了轻则丢官，重则丢命。今儿太阳打西边出来了？

很快，医女们搭好了手线，太医们轮流诊治，然后将结果写在纸上折好封起，交由王云海。整个过程中不允许任何人交头接耳，诊完的人立即被隔离到里屋，由小安子去看管，防止他们向外传递消息。

江心月听了却在心中叫好——皇帝这么说，就防止了那些低阶的医者因为胆小，去剽窃高位太医或互相打听。

跪在地上的李太医几次想向同僚递眼色，却被皇帝瞪了一眼，直吓得僵住。

淑妃虽然心焦，但麝香痕迹这样的事确实难验看，到时候即使反对李太医的人相当多，她也能一番言辞扳回局面。

太医们一个个地上前诊治，皇帝一封封地拆开纸张，看着看着，脸上青白交加，特别当他看到自己的心腹齐太医也写了那惊天动地的话之后，他一掌拍在了桌上，喝道："不必看了，王云海，今日就是绑也要把刘院使绑过来！"

突然的变故让在场所有人都吓了一跳，淑妃抓住了那一丝的不对劲，正要极力反对，却听皇帝道：

"若母后实在身体不适，朕可以移驾长乐宫。就把这句话禀报给太后。"

一刻钟后，刘院使被顺利送了过来。皇帝脸色缓了缓，太后也是知道分寸的，再怎样，龙位上坐的是他不是太后。

接下去，刘院使的话，真是惊天动地了："皇上，莲小主体内没有麝香，而且莲小主有了两月多的身孕，胎象稳固，只是受了惊吓，需要静养。"

淑妃一口气差点背过去——她终于知道了，到底是什么不对劲。李太医的惊恐不对劲，皇帝的怒气不对劲，江氏的巧辩不对劲！

明明是自己设好的一个局，为什么会变成江氏给自己设的更大的局？

皇帝命一屋子的太医退下领赏，对着淑妃道："朕真是不明白，一个有身孕的女子，怎么会亲手去传递麝香？而且传递完了她一点麝香都没沾惹上？"

江心月已经泣不成声，伏地哀哀道："皇上，嫔妾终于清白了，但是，嫔妾这一晚，都是惊惧交加啊。嫔妾其实早就有了孕吐的症状，就怀疑自己有孕，然后昨晚淑妃娘娘闯进来，不由分说将嫔妾等关押，还令人动手……那些下人对着嫔妾又踢又打，嫔妾紧紧护着肚子，嫔妾害怕啊！协理六宫的淑妃娘娘一向看重宫规，看重自身的声誉，为何要违例责打嫔妾？"

皇帝眉头一紧，抱着她起身道："心月无辜受了这些罪，此事朕会给你一个公道的。你有了身子，别劳心了。"然后命人把她送回萦碧轩，又叫齐御医去照看着。

皇帝说着，又感叹道："那日千秋宴，你一直说身体不适，朕还以为你狡辩，朕怎么就没想到你是有了身子……"

江心月一愣，继而就有些哭笑不得了。那个时候她说身体不适，是实打实的狡辩，她根本没有不适。想不到反而歪打正着，把恃宠而骄的罪给抹了。

她回转心神，仍是低声哭泣着，楚楚可怜地望向皇帝，一手还紧紧扯着皇帝的袖口。

皇帝无奈，只好在她的额上吻了一下，哄她道："乖，朕说了会给你公道的。回去躺着，朕处理完这些事，今晚一定陪你。"

江心月没有再纠缠，邀宠也该有分寸的。辰佑宫大殿里的事，她相信经过她一番搅和之后，淑妃的结果定不会好了。

可是，想到皇帝最后那句"今晚陪你"，她又笑了。皇后不是最需要皇帝陪么？有了她，这么快又把皇后扔脑后了？

江心月不知道的是，在这个变数无穷的后宫，当她离开大殿之后，事情的发展已经超乎她的预料。

淑妃瘫在座上，面如死灰。对面的惠妃忙添油加醋道：

"淑妃姐姐定是早知道了莲妹妹有身孕，把皇后流产的事顺便嫁祸了，再找个满口胡言的李太医来瞒天过海，皇上眼皮子底下您都想谋害皇嗣啊！从昨晚闹腾到现在，姐姐才是咱们之中最明白的人。人有没有怀孕，这是多么容易诊断的，李太医堂堂副院使，平白无故地搞错了谁信呐？"

李太医年纪大了不经吓，听了惠妃的话，就彻底趴在地上了。

淑妃双手撑着爬起来骂道："姚明玉，你位分在本宫之下，可知诋毁位高于己的嫔妃会有何等下场！"

惠妃娇笑着道："事实都摆在眼前，要不是您早知道了莲容华有孕，为何要动手打她？不想莲容华命大没被您责打得失了皇嗣，却又差点被这太医给害了去。哎呀，对了，光顾着莲容华了。皇后娘娘又是谁害的呢？不会是淑妃姐姐吧？可怜皇后娘娘，生生失了一位皇子，若说是姐姐做下的，然后拉了莲容华替罪，倒真是合理。皇上您定要细细探查。"

"朕当然要细查！皇子眼睁睁地在朕面前流掉，朕不查出来，就枉为人父，枉为人君！"

皇帝突然喝了一句，言语甚是狠厉，吓得淑妃咬着舌头吞下了要反驳的话。

惠妃见得了皇帝的赞同，继续道：

"淑妃姐姐也应该知道谋害皇嗣会是何等下场。臣妾记得良淑仪就是被姐姐罚跪才流产，不过那时姐姐事先不知情，皇上就半点没有追究，现在看来恐怕并非如此呢。还听说在王府的时候，姐姐您的大院里从来无人有孕过，哦，好像和姐姐交往密切的人大多也都无孕呢……"

皇帝抬了下巴看着她们俩，对惠妃的丰富想象力丝毫不做干涉，听着她继续扯下去，嘴角反而不被察觉地向上翘了起来。

皇帝知道，陈家的人是后宫血腥味最重的，可其余的人，就如良善的皇后，也没有一个干净的。

那些陈年旧事，他现在想来仍是一团乱麻。

淑妃气得直喘粗气，但多年行走后宫的历练让她冷静下来。她扑到皇帝身前跪下，悲切道：

"皇上，皇后娘娘的事，确实冤了莲妹妹，是臣妾治理后宫不力，轻信这两个罪人胡言乱语。臣妾愿意请辞协理六宫的大权，以作惩戒。"

惠妃眯着眼睛看她：淑妃最重权势，何况是协理六宫的大权。可现在江心月的搅和让她惹上了更大的麻烦，她便以退为进。

真是很有手段。

"哼。"皇帝冷冷一声，道，"心月身上的伤是怎么回事？"

淑妃又道："臣妾事先绝对不知道莲容华的身孕。莲容华身上的伤，是搜宫拿人时，那些平日里势利眼的奴才干的，绝不是臣妾下的令，更不是臣妾故意要害莲妹妹的孩子。这两个罪人是昨日晚上被皇后宫里的人告到臣妾眼前，臣妾审问之后，才怀疑了莲容华。是臣妾失职，讯问出了冤案。"

说着，宫女蒙儿已经爬上前来，叩头道："皇上，是奴婢早与原来的主子莲小主结怨，调来了凤昭宫后又被皇后娘娘责罚，心中怨怼，就勾结了张大哥，害了皇后，又嫁祸给莲小主。"

张姓侍卫也附和她道："是啊，都是小人两人所为，和各位主子没有任何干系。罪人万死……"

皇帝冷笑着看向淑妃道："那李太医，他又是年老精神不济，才误诊了？呵，他今天这个样子，倒确实像是精神有问题。"

李副院使没能爬起来回话，他晕在地上，身上有骚臭味冒出，惠妃已经掩了鼻子。

淑妃没有强辩，只哀哀地望着皇帝道："皇上，后宫之事纷杂，您怎么就认定是臣妾所为呢？可能是惠妃，可能是后宫任何一个人，谁都有嫌疑！现在臣妾一张嘴，再怎么也说不清了，就要像莲容华一样被冤枉了……"

"是吗？可是表面上，很明显是你做的。朕只能处置你。"皇帝丝毫没有被她打动。

"皇上！"淑妃惊恐地张大了嘴。

不，皇上，不可以处置我，就算看起来是我做的，您也必须宽容我！因为我姓陈！

此时，有内监在门外禀道："淮阳公主到——"

玲珑依旧是小小的身子，穿着水嫩的俏黄色衣衫，八岁的她已经有了少女初成的姿色。

她进来，乖乖对着皇帝和嫔妃行礼。

皇帝的脸色并未因公主的到来而好多少，反而郁色更浓。玲珑说了声"儿臣有事回禀"，皇帝竟一掌掴在她粉嫩的小脸上。

"朕在为你母后的事情操劳，你来这里做什么？玩闹不分场合？你给朕滚回去！"

他几乎是吼出来的。

这声音吓坏了在场的主子和下人，惠妃、淑妃更是惊得捂了嘴。一向溺爱公主的皇帝，竟然动了手？

玲珑被打得跌在地上，然后爬了起来，也不哭，却大声道："父皇容禀！"

淑妃翻了个白眼，真是倔脾气，想是平日里被宠坏了。她的清儿见了皇帝，就跟老鼠见了猫似的，哪敢触逆鳞？

玲珑这一次不等皇帝开口，就急切道：

"儿臣所说之事，正是关系到母后流产。儿臣已经去内务府查清楚了。麝香此物虽然每个宫都有，根本查不出根源，但是今年却是不寻常的。因为这一年上供的麝香品质参差不齐，上等的分量极少，当时分发的时候，惠母妃正在孕中，忌讳麝香，宝母妃又不爱香料，内务府就将第一等的麝香尽数分与了淑母妃，其余嫔妃都不曾得呢。而母后膳食中残留的麝香，正是最上等的麝香……"

"你血口喷人！上等的麝香，可能是别宫里往年存下来的！"淑妃没有想到一波未平，一波又起，皇后的流产，竟然也查到了自己头上。玲珑的话一句一句砸在她头上，砸得她心神乱颤，却没忘了反击。

玲珑白了她一眼："这麝香却恰好不是往年的呢，是新鲜的当年的贡品。

刘院使大人现在还没走远，不信可以请大人回来验看……"

公主身后跟着的两个宫女，一人捧上一只托盘，盛放的分别是混有麝香的皇后的膳食，和内务府今年分发物资的记档。

淑妃的面色，终于涌上了灰白……今年最上等的麝香，除了她，只有太后、皇帝、皇后他们才会分到。可是，她敢说，凶手在这三个人之中么？

皇后恰好是受害者。

事已成定局。

皇帝没有急着处置淑妃，而是闭着眼，拧眉坐着。

皇帝不说话，淑妃六神无主，剩下的人也不再说话了。

淑妃身边的钱姑姑却叫了一声："皇上！奴婢有事禀报！"

殿内的死寂被打破，只听钱姑姑道："皇上，奴婢要为自家主子辩白，奴婢不相信主子会做出谋害嫡子的事。奴婢于数月前，曾在路上听几个畅月楼的宫女说什么'麝香泡上十天'，还说'埋在墙根下'，当时奴婢并未在意。可是眼下的事正是麝香惹了祸，奴婢就记了起来，想着这二者也是有联系的。皇上您忘了么？皇后娘娘是因为食用了上好的补品才有孕，可那种补品是宝妃进献的，现在娘娘的孩子出事，皇上理应探查宝妃娘娘。"

淑妃猛地一睁眼，她不知道自己的宫女为什么会把事情推给宝妃。宝妃一向不爱香料，哪来的麝香？其余的人也被突然的变故惊了起来，难道淑妃还有后手？

皇帝站起了身，却问了一句不接上文的话：

"玲珑，你有什么权力去查内务府？朕有给你协理六宫大权么？"

玲珑抿着嘴站着，不肯答话。

皇帝背过身，沉沉道："你太不像话了。王云海，传旨，淮阳公主贬到封地去，无诏不得入京。岳昭仪也不要留在宫里了。"

在场的人都呆愣了。

"王云海，你聋了吗？"皇帝又一声吼，把王公公吓得一激灵道："是是是，老奴马上去传旨……"

他用袖子大把大把地抹汗，小跑着从殿里蹿了出去。他不知道皇帝今天是抽了什么风，把未出嫁的公主赶出皇宫，贬到封地，这是多大的羞辱，简直是不要这个女儿了。他想不明白淮阳公主犯了什么天大的错，要被这样处置。

玲珑一点都没有分辩，她小小的身子跪下，对着皇帝的背影，道：

"儿臣，拜别父皇，望父皇照看好母后。"

接下去是她走出屋的脚步声，之后，殿内再无声息。

悄然中，有人似乎听见皇帝用力吸气的声音。

半晌，皇帝再次转过了身，脸上已是浓重的帝王威仪，对着淑妃道：

"你的婢女真是奇怪，恰巧就听到了这么一个故事。这事情也巧了，当初偏偏是宝妃进献补药给皇后，朕也不得不查下去。"

说着，他命了十多个宫人并神龙卫二十人，加上齐太医，搜畅月楼。

一个时辰后，众人无功而返。

钱姑姑听到结果，瞪着眼睛不肯相信。

皇帝对她冷笑道："神龙卫办的事情，容你怀疑么？"

率部的队长单膝跪地道："小人将畅月楼上下翻遍，每一个墙角都挖了，的确没有麝香的痕迹。连陈年的麝香都丁点也没有。"

钱姑姑当即就瘫软下去。

"淑妃，你可有什么话说？要不要朕去查宫女蒙儿和张侍卫的家底，还有李太医的家底？可能朕查不出什么来，那就不能证实你是有心害莲容华的。但皇后的孩子，可确实是你造的孽。"皇帝说话的时候，语气狠厉到极致。陈家，是他这辈子都深恶痛绝的。

到了这个时候，淑妃反而异常的镇定。她深深吸了几口气，让脑子清醒过来，道：

"皇上，上等的麝香，除了从内务府分得，也可以从自家运进宫里……"

"够了！"皇帝红着眼睛喝道，"你要狡辩到什么时候！"

惠妃恼怒地扶额，这淑妃真能干，都到这份上了，还能说出个一二三。

要真去深究的话，这事只有上等麝香一个证据，还真有可能是旁人从家里运过来的。

淑妃抬头直视皇帝，我不会有事的，我姓陈，即使我背负着最大的嫌疑，您也要接受我的狡辩。

皇帝闷闷地哼了一声，又坐了下来。

少顷，他低低道："淑妃，暂时押到天牢，等候处置。钱姑姑这老刁奴，拖到天牢里，杖毙。"

淑妃灰白的面孔上，仿佛展了一丝笑颜。她缓缓出了一口气，大周的朝堂，还是陈家说了算的，皇上您能给我什么处置呢？

辰佑宫这里未下定论便散了，皇帝身心俱疲，急急赶回了龙吟殿。

接着传出旨意，莲容华解禁足，晋为婕妤。

萦碧轩中，江心月一直等着皇帝。

一声脆瓷响动，便是几个下人的声音："怎么还这么多油花？小主有孕见不得油腻，不行不行，端下去重做！"

接着是烧饭太监的声音："德公公，您行行好吧，这都做第三遍了，不放油根本没法做啊，再怎样都是有油花的……"

江心月在里头隐隐地听了，捂着嘴笑道："他们真会作弄人。"

菊香也道："那几个厨子合该教训。小主失宠了他们一溜烟逃回御膳房，得宠了他们又一溜烟回来，没有骨头的墙头草！"

"好了好了，你快去说说他们，别折腾了，凡事不可太过。还有，本小主还等着吃饭呢！"

菊香一拍脑门："哎呀，奴婢耽误小主了，奴婢这就去……不行，奴婢要在这伺候小主。"

说着到门口叫了柳絮去。

江心月笑道："你一个掌事，怎么总在这伺候我，下去歇歇吧。"

"这不行。"菊香坚决道，"小主您把自己搞成这样，又有了身子，奴婢不放心。"

她的声音里还充斥着责怪。

江心月抚一抚青肿的脸，道："这些都是值得的。"

况且她下手极有分寸，怎可能伤了孩子。

菊香板起了面孔，道："小主是有身子的人，也好这样？您偏要打下去，我们拉都拉不住。是扳倒淑妃要紧，还是您自己要紧啊？"

江心月不说话了，乖乖听着教训。

第八十九章　天牢

少顷，贵喜回来进了殿，道："小主，今日事情的结果，奴才都打听出来了。"

江心月忙道："快说。"

贵喜吸了口气，缓缓将事情一一道来。

听着听着，屋内发出了好几次深深的吸气声。

贵喜一点一点地说完，最后江心月已经呆在了榻上。

"小主，没想到会是这样收场。"菊香摇头道，"奴婢都看不明白了。"

"别说你，我都看不明白。"江心月面上没有表情，这里头有太多的谜团，她讨厌看不透的东西。

她脑子里不停地转着，当时皇后有孕时，太后和淑妃的反应好像都不对劲，她们都太过沉稳了，一点动作都没有。而后来……后来好像淑妃忍不住了，在宫里抱怨了几句，又不停地在皇帝面前为大皇子说些好话……

她又想起来当时惠妃有孕时，花影曾在自己耳边说过的那个发现，那种生长在惠妃院中，如杂草般不起眼的植物，却是……

太后的布置又是多么精细，她早已得知皇后的罂粟毒计，却怕皇后失手，为保险起见，便借了罂粟的东风，使出一个更阴狠的招数。而惠妃还要等上数年，才会有所察觉，这何其恐怖！

这样深深潜藏得无丝毫痕迹的招数，这样借力的法子……那一次是用于惠妃身上，而这一次，会不会故技重施呢？

她努力地想理出个头绪，突然，她想起了在宫里遇见宜才人的那一晚。

那是在畅月楼附近，当时，钱姑姑鬼鬼祟祟地从不远处走过来，还差点发现了她。

钱姑姑！畅月楼！宜才人！

贵喜说了，当时钱姑姑说的是听见畅月楼几个宫女议论"麝香泡上十天""埋在墙根下"之类的话。而且，钱姑姑是太后当年为淑妃精挑细选的贴心人。

纷杂的事物和人慢慢串连起来，她猛然间清醒了。

狠狠吸上一口气，她咬着唇，喃喃出声："太后啊……"

那个老妇人实在太工于心计了。

宝妃进献的碧藕肉，明明是圣品，却被太后的细作浸在麝香里泡了十天。

太后竟然在数月前，就已经做下了套，而且做得万分周全。钱姑姑趁着半夜，在从不用香料的宝妃宫里埋下了麝香。

一旦皇后久久不孕，请了太医来查，查出体内的麝香之毒，背黑锅的就是宝妃，谁让那个打眼的碧藕肉是她进献的？平常不用香料的人，搜出了麝香那才真是见鬼。

这样暴殄天物的举动，却没有让碧藕肉完全毁掉，它仍然发挥了功效。于是，淑妃坐不住了，再次行动，同样是用麝香毒害皇后，她的手段却比太后逊色得多，终被淮阳公主识破。

没想到，太后的自保之策此时到了用武之地，钱姑姑把它拿出来救淑妃。

可是太后却栽了，她埋下的东西不翼而飞。

谁做的？当然是宜才人。她不是普通的女子，又是负责保护宝妃的，老天令她撞见鬼鬼祟祟的钱姑姑，她当然会了结此事。

江心月心里拧着团，大周的皇宫，简直是一潭深不见底的黑水，而且冷得彻骨……

原来，她从来都不知道水到底有多深。她自以为玩弄了别人，但可能水里正有一只手在拖着她往下沉。

她再次吐了一口气，喃喃道："我还是轻敌了。"

菊香没有接她这句不着头脑的话，却出声问道："淮阳公主，怎么会……"

"不要说了。"江心月打断菊香，道，"玲珑，她太让人难过了。"

是啊，郑昀睿他会非常难过。

她可以想象郑昀睿怒斥岳昭仪的样子：为什么，她的无能要玲珑来弥补？为什么，她没有看住玲珑，让公主一次一次地干不要命的事？

其实郑昀睿最恨的应该是自己吧，归根结底是他自己的无能。他未完成的帝王业，他旁落的皇权，竟然需要年幼的女儿为他飞蛾扑火般地去牺牲。

菊香更加惊诧了。江心月看着她道："皇上重重处置了淮阳公主，其实是在保护她。她在辰佑宫做出的事，太后能放过她？陈家能放过她？她是个多大的威胁啊，才八岁，就有本事把淑妃下天牢。"

菊香惊道："所以，才把公主贬到封地去，远离这个皇宫？"

江心月点了点头。

殿内又陷入了沉寂。半晌，江心月抬头问道："花影她还睡着么？"

菊香道："回小主，花影早醒了，嚷着吃东西。奴婢没把您受伤的事告诉她，她也听话，就在屋里待着。柳絮才去看过，她还在吃呢。"

江心月扑哧一声笑了，屋里的死寂骤然消散："我最担心的就是她，不过看起来她没什么事，这两个月就是馋坏了。"

"小主说得是呢，她还抢了我奶提子羹的份例……"

江心月更笑得起不来，安慰菊香道："我定给你补上……"

天牢里

淑妃坐在牢里，吸了吸鼻子，又捂住嘴，恶心地咳嗽起来。

她从不知道，密不透风的地下小房间，会臭成这个样子。

一只小鼠从她头顶上爬过，因抓不牢掉了下来，她吓得蹦了起来，身子撞到门上，撞得其上的铁链哗哗作响。

"不中用的东西，这点苦都吃不得！江氏也下过大牢，连受刑都扛得过，你比她差了何止一二分！"

突然出现满含威严的声音，把淑妃震得不再跳脚。

"出去看着，不要让外人进来。"太后又对着李嬷嬷挥手道。

淑妃转过来，哀哀道："母后，姑母，江氏那个贱人……"

太后喝道："闭嘴！技不如人就不要在这里抱怨！"

"姑母您还不是一样？宝妃那儿埋下麝香的事，钱姑姑临刑前已经与我说了，可最后……最后的结果是什么！"

太后被激起了火，这十多年来从没人这样顶撞她。她抬起手指着淑妃，腕上的白玉镯颤颤着："逆女！要不是你不听劝，惹了祸事，你何来今日的田地？我早就告诉过你，一切早就准备好，少安毋躁。可你不听，你急得不行，硬是要再来一手！还折了哀家送给你的钱芬！"

"姑母！那是碧藕肉啊，是圣物啊，她不但怀上了，还安稳了三个月，我哪里坐得住……侄女错了，是侄女年轻心急，侄女万万也没想到会被查出来，而且是个八岁的孩子！"

"八岁的孩子"几个字落在耳中，太后顿时萎靡了气焰，微微低着头不语。

她心里翻滚着，她几年前就看出玲珑的厉害，她在后悔，不应该把那丫头留到现在。

可是，现在她起了决心，就能如意么？皇帝竟把那丫头赶出了皇宫。

淑妃看太后不说话，心里害怕，以为真的把太后惹怒了。

半晌她才试探着道："姑母，侄女知错了，侄女知道全是自己惹了祸，活该到这里来。可……侄女不解，钱姑姑说一切都有后手的，为何埋下去的东西，没了？"

太后吐了一口气，沉沉道："此事，姑母也不逞强，就实话告诉你。姑母是真的算错了，这宫里头，人外有人，天外有天。"

淑妃惊恐地张大了嘴，她刚刚顶撞太后只是气话，不想太后亲口认输了。

天外有天呐……

是啊，这个宫里，变数无穷，能人辈出啊。

"现在没办法去查这个人了，此事，我们再不好动手。记住，不准动手，一指头都别动，多行易错。你在辰佑宫里的辩驳，都是没白费的，现在，你只是嫌疑大，不能定罪，还有翻身的机会。"太后顿了顿，哼出一声道，"你这一点倒是学到了本事。"

淑妃松了口气，太后还是看重她的，陈家必定会救她，她不会被舍弃的。

毕竟，她有大皇子。再送进来一个女儿，得子是容易的事么？

再说皇帝也不会让他们送进来了，去年选秀，他就那么铁着脸把陈家姑娘全剔除了。

"你骄傲而急躁，心胸又过于狭隘，日后若还不长进，怎么去继承陈家的将来？"太后又训了几句，淑妃都低着头，低眉顺目地认错。

太后不一会儿就转身而去。垂老的步子，由李嬷嬷扶着都有些踉跄。走几步，她咳嗽起来，李嬷嬷慌忙掏出薄荷香囊，放于她的鼻端。她抚着胸口呼吸着，浑浊苍老的喘气声从喉间发出，又渐渐平稳下来。

萦碧轩里的烛火亮到半夜，柳絮最后进去，见主子沉沉地歪在榻上，菊香也蹲坐着打盹。

她吹灭了灯，嘴里嘟囔一声："明明答应了小主的，真是……"

萦碧轩再等来皇帝，已经是第二日的黄昏。

江心月把自己包在榻上，嘟着嘴对皇帝道："皇上的话信不得，可是又去蒋才人宫里了？"

皇帝脸色是极疲累的，却还是来哄她，心疼地触到她尚且青紫的痕迹："这般会吃醋，可是恼那日你被贬，她正好得宠了么？"

一手佯怒地拂开皇帝，江心月小声道："嫔妾自然是恼的。"

蒋才人刚刚得势，是无法与她相抗衡的。这种时候，她只要吃些醋就能把皇帝的心从蒋才人那儿拉回来几分。

不过想起那蒋才人，她还真是想发笑：什么时候，这样无甚前途的人也值得她去费心思了？皇宫里待久了，心境都被打磨了，争与斗已然成了她的习惯。

无时无刻不在的习惯。

她回过神来，却又一手抓住皇帝的三指，咬着唇正色道："嫔妾错了，皇上定是去陪皇后娘娘了。国母失子，合该如此。"

皇帝赞赏道："朕的心月很识大体。不过你说的还是不对。"

皇帝说话的时候，脸上已经涌起阴沉。

江心月面上茫然，心里却舒缓了。她哪里知道皇上做什么去了，嫔妃整日打听皇帝的行踪，定是不讨喜的。

他一手狠狠地拂下龙袖，齿间摩擦了下，颇有咬牙切齿之感："数十个二三品的大员，这两日缠得朕抽不开身。都是边关吃紧之事，朕不得不应对。"

江心月拉皇帝在一侧坐下，柔柔道："皇上国事为重。"

皇帝将手抚在她的额发上，道："心月你一再地受委屈，朕心里不是滋味啊。"

江心月淡笑道："嫔妾无事的，只要皇上仍在嫔妾身边就好。就算皇上不在，嫔妾也因为心里念着皇上，无论什么委屈都熬得住。"

她心里暗笑，这样暖情却假意的话，她说来也是脸不红心不跳了，真是修炼到家了。

等了半晌，并没有收到想象中皇帝同样暖情的回应，却听他声色冷冷道："你说过，禁足的这些日子，已经发觉自己有孕……"

江心月的心神猛地震住，继而勉强地用意志克制住内心的慌张，怕他发觉自己的异样。她轻吸一口气，淡淡道："是，嫔妾稍有察觉，但是……禁足期间，无法把消息传递出去……"

皇帝放开了她，声音缓了缓道："不必解释了，是你自己不想透出去。"

他的面色透着不悦。

江心月松了口气，还好，不是怀疑她对淑妃下套。

她低了头，模样乖得像一只小猫，轻轻蹭到皇帝身前，小声道："嫔妾是害怕……"

她再一抬头，便看到皇帝仍然是不悦的神色，心里一沉，又生出些恼怒来。她为了保护孩子隐瞒消息，却也是对皇帝的不信任，不信任皇帝能保他们母子不被人暗害。

可是，郑昀睿真的有那个能力，能在后宫人人皆知的情况下，保得她万无一失吗？当然是没有的。他若想做到，那就要付出极大的代价——精力、时间、人手、心思，面面俱到的周全。可他这等薄情男子怎可能对她有丁点的上心！就算是为了皇嗣，他却还有繁重的国事，哪有那么多精力给她。

这样的男人，就是有一副可恶的德行，明明做不到的事情，却还要装作做得到，若你点破了他的无能，他就会恼羞成怒；若你顺着他，最后的苦果却要你自己去尝。

江心月心里厌恶，面上却不得不服软。她把头往皇帝的怀里钻，双手环上皇帝的腰，声音细得不能再细："嫔妾第一次有孩子，实在害怕，所以才违了宫规，请皇上怜惜……"

虽然这个样子有点不像话，矜持的女子，即使嫁作人妇，也是男子主动亲昵，哪有女子做出这样的动作。

可是这一招着实好使。皇帝感受到娇小的身子整个地倚在他身上，脸上突地有些无奈的苦笑。他叹一口气，道：

"朕怎会不怜惜你。心月担惊受怕，朕也实在心疼。"

江心月欣喜，似痴情少女一般道："皇上就是嫔妾的天，嫔妾不倚仗皇上，还能倚仗谁呢。"

郑昀睿低头用胡子蹭在她的面上，温言道："你肚子里是朕的希望，朕会让贵喜和齐太医竭力护你周全。"

江心月脸上染了甜蜜的笑意，抚着小腹，柔柔道："嫔妾第一次有孩子，实在高兴得忘乎所以，世间的一切苦难，嫔妾都不怕了，就算拼了命也会保护好孩子的。"

心底有那么一丝挣扎，明明自己不喜欢这个男人。但是，她的孩子……

现在，孩子无疑是最重要的。

皇帝吻上她的耳侧，在她耳边喷出暧昧的热气，轻道："等你给朕立了大功，朕便封你为嫔……"

江心月刚想推辞，话到嘴边却又咽下了：嫔位？那个位置是很多妃嫔想都不敢想的，尤其是她这样出身卑微者。然而，只有嫔位以上者才有资格抚育皇嗣，难道她能眼睁睁地看着自己的孩子被抱走？

那是任何一个母亲都无法容忍的。所以这个嫔位，也是她梦寐以求的。

可是，她刚刚从容华晋封为婕妤，若是生产后再得晋封，便是极不妥的——她的出身根本无法和上官合子相比，怎能求此殊荣？况且不是普通的晋位，是封嫔，是由小主变成内廷主位。

她沉思了片刻，醒悟过来之时却吓出了一身冷汗，因为她突然想到，皇帝怎会真心给她封嫔？宫中祖制，嫔妃封位要依据家世高低，小官人家的女儿，爬到贵人以上就极不容易了。皇帝怎会为了她一人去破坏后宫平衡，破坏祖制，搅起不应有的麻烦？这不过是试探……

她赶忙低了头道："皇上，嫔妾惶恐，嫔妾出身寒微，怎堪当嫔位。"

皇帝听了，脸上笑得极舒坦，柔柔道："朕真的希望，后宫女子都能像你这般。你总是会令朕舒心。"

江心月顿时松了口气：果然是试探。但她过关了，郑昀睿对她很满意。

若她欣喜地应下，那么她在郑昀睿眼中，便会成为一个不知分寸的蠢货，或者是一个喜欢往上爬的野心家。不管哪一种，都是万劫不复的。

又想到生产的那一天……她突然忧愁起来，真要经历那母子分离么？

郑昀睿为她细心地掖好被角，柔声道："你刚进宫那会儿，为了朕的皇嗣你连自己的命都不要，去挡那'凶夭'的毒。"

江心月一愣，她不知皇帝为何要提起那么久之前的事。

"那时候朕还以为，你是个空有善心而没脑子的。可现在这么多的事过去，朕看着你，才知你的聪慧。"

江心月听他说起善心和聪慧，不由得脱口而出，道："聪慧当然是不可少的，若没有这个，也无法存活下去。而善心，嫔妾以为，无论何时何地，都不可丢掉善心。但是善心这样的东西，用起来也应懂得分寸，该行善便行善，该置身事外就应置身事外，该心狠就应心狠。有善心并不是有勇无谋，也不是软弱，只是用自己仅有的力量去改变能改变的……"

她说着，却突然间醒悟过来，方觉自己言行太过大胆，竟说什么"无法存活下去"，还强为人师一般说些道理，不禁面色窘然，赶紧止住不敢再说。

皇帝看着她，却突地一声笑了，爽朗道："不想，朕的心月还有这般迥异于人的见识。何时何地都要心存善念么？"

"是——"江心月低头应着声，心里慌张。兀自思量了好一会儿，她猜度着郑昀睿此人最重"价值"，再咀嚼他之前所言，于是小心地道："皇上喜欢聪慧的女子吗？"

"当然。"郑昀睿笑着，又道，"莲字很适合你。"

江心月不懂他的后一句话，但他的前一句已经令她舒了口气。她也笑道："嫔妾一定努力，做个聪慧的女子。"

只有聪慧，才可为人所用，才会有价值。

正想着，却听皇帝道："你既然这般懂事，朕今日就允了你，只要你平安生产，就一定是嫔位。"

江心月猛地一惊，不想皇帝为了她，竟也不顾祖制了。

她稍稍迷茫地望着皇帝，不知这男人为何转变得这么快，上一刻还对她无甚在乎，随意呵斥她试探她，这一刻竟许她嫔位。

真是善变呐。也许他是要以这样的方式，严令她必须要保得皇嗣的安全吧。

但不论如何这个承诺都是令她欣喜异常的，这次可不是试探了，是真的许诺，是将来的嫔位！

皇帝扫一眼大殿，又道："你禁足后，把下人都遣散了。可如今你的人也太少了些，总归是不够用的。"

江心月迟疑了一下，便回道："是嫔妾喜静，不喜欢那么些人围在身边。"

"不可。你有了身子，哪能这么任性只管自己的喜好。回头朕就赏赐你一些伶俐的奴才。"

江心月听了一惊，又是圣上赏赐？那可不行，一个贵喜已经费了她那样多的心劲才收服……心里思量着，便道："嫔妾知错了。但是区区几个奴才也要皇上费心，嫔妾甚是惶恐，恐怕又要沾上恃宠而骄的名头了。过几日嫔妾去内务府自个儿挑吧。"

皇帝点点头，道："也好。心月知礼数，朕心甚宽慰。"

江心月看他点头的样子，不由得撇嘴，他竟真觉得自己恃宠而骄。也是，因为惠妃的事情，她装得有些过头了。

"不过你有孕，伺候安胎的人是不能少的。"皇帝淡淡道，"你安胎、生产都需要稳妥人。朕就把晴芳赏赐给你，她做接生有数十年了，是宫里数一数二的稳婆。"

第九十一章 陈贵嫔

"晴芳姑姑是御前的人，还是有品阶的司寝姑姑，皇上怎可……"

"别推辞了。"皇帝低头道，"你的孩子，朕不容许一点闪失。"

江心月感激地谢了赏，也安心许多——虽然又多了一双皇上的眼睛看着她，但只要对孩子有利，便一切都好。

"皇上——"她欲言又止，又在心里转了半晌的心思，才诺诺开口道，"嫔妾……孕中不便，皇上理应多去其余姐妹的宫中。"

她劝皇帝不要常来萦碧轩，不过是为着降低她的宠，若皇帝来得太勤，后宫之人眼红，那她的危险就会更大。在这样的关键之时，皇宠是能少则少。

可是，郑昀睿这类骄傲又自私的人，从来都是由着自己的性子宠幸嫔妃。就连宝妃当年也是因为隆宠甚盛，被人害至不孕，皇帝却依旧隆宠，丝毫不考虑因此带来的祸患。她说完这一句，舌头都有些发僵，生怕这话会惹恼了皇帝。

"哦，也是。心月很是贤德，后宫是应雨露均沾。"皇帝面色无一丝愠怒，只是平淡地应下她的话。

江心月顿时狐疑，却又被那欣喜拢住，再一抬头，皇帝已然起身，柔柔道："朕要去皇后宫里了。"

江心月不想他会这么听话，忙欣喜道："嫔妾愿皇后娘娘早日安康。"

她屈蹲了一礼送皇帝出去，随着心里的喜悦逐渐地消退，陈氏一张令人嫌恶的面容在她脑中浮现，她转过身，面目上尽是森严。

扯过手边一副绣了半日却极难看的龙纹里衣，她连带框架子一把掷了出去。

东西砸在门边，刚从门外进来的花影吓了一跳，又听自家主子喝道：

"边关吃紧！这么久竟然还在吃紧！"

须臾，江心月抬眸见是花影，忙道："你怎么来了？"

花影遣了屋里的柳絮出去，走过来盯着主子的脸道："我不来不知道您在胡闹。"

江心月低了头，小声道："我有分寸的……"

"以后别糟蹋自己，我不在身边却不想您这样。"花影舒了口气，又道，"我又没有伤着，只是干了两个月的粗活。整天窝在屋里好闷，您就让我出来吧。"

江心月拉过她细小的手，轻轻道："我又害苦了你。"

花影没接她的话，而是问道："边关出什么事了？"

江心月一听，噌地一下站起身来，愤愤道："没什么事，就是还如之前一样，一直吃紧！"她发泄着火气，下一瞬却颓然瘫在座上，闭着眼睛缓缓道："陈贵嫔已经从大牢出来了。"

"什么！"花影瞪圆了眼睛惊道，"贵嫔？！"

江心月点点头："圣旨：淑妃陈氏掌宫不利，致使皇后失子，妃嫔受冤，满宫动荡，着废去淑妃之位，降为贵嫔，迁出辰佑宫。"

花影手上拾起的绣品再次掉落，喃喃道："谋害嫡子一句也没提……"

"那当然，皇上被朝中大员纠缠了一整天。而边关仍然战事激烈。这正是仰仗陈家的时候，皇上还能怎么办。"

江心月的话里，透着深深的无奈。

花影长叹道："您别心急了，好歹她成了废妃，不过留一条命罢了。"

江心月修长的五指在案几上扣紧，沉沉道："我本就没有打算扳倒她的，现在时机还不成熟，陈家风头正盛。只可惜了淮阳公主。"

花影苦笑道："公主已经做得够多了。"

手指轻敲案面，江心月淡淡出声："现在的局势对咱们不利了。皇后掉了孩子，而我和瑶仪成了宫里有孕的人。我本想辛苦隐瞒，却横空生出这许多的事。"

她用手一指榻边的案几，那几上如小山一般堆满了后宫嫔妃的贺礼，单从许多华丽的锦盒上就能看出其中有不少贵重之物。

"你看看吧，现在整个宫里，哪个不想把我吞了。"

花影走过去，拿起菊香刚刚列出来的单子，细细地看着，道：

"宛修容赠暖玉镶银金丝钗环一副十二支……主子，十二支一副的钗环首饰虽然贵重，但……但凡好玉都是镶金，她却镶银，真是会打脸。"

江心月冷着脸点头，宛修容是宫里不受宠也不受冷的嫔妃，和她并无过节，却也起了不小的醋意。暖玉镶银？是想让她明白她这样的身份，就算怀了皇嗣也是上不了台面，只配镶银。

"禧贵嫔赠珊瑚手串一串……"花影继续念道，却是笑出声来，"这禧贵嫔真是个蠢物，一串简单的珊瑚手串就打发了？她讨厌主子您的心思可一点也不藏着。"

江心月听了也笑了。禧贵嫔向来没有心机，她是淑妃一派，与自己作对，便明目张胆地送了薄礼以示挑衅。

之后花影又拣着主要的念了，那些平日里不待见江心月的嫔妃，都用各自不同的心思宣泄自己的不满。江心月淡淡笑过，道："宫里的人都是如此，她们讽刺也好，打脸也好，我要是真计较了，早就气死了。"

花影忧道："现在小主您真的是风口浪尖上的人了。她们明面上是这些心思，却不知暗地里使了什么坏水。您可要小心防范。"

说着，花影又向下看去，道："皇后……赏赐云锦两匹，翠烟缠金丝镯子一对。这礼不轻不重，且太过循规蹈矩，也没有动什么心思。"

江心月笑道："皇后现在的境况，哪里有心思对付我。她满心满脑的都是对淑妃喋血扒皮的恨。"她回想着这一次的折腾——皇后落胎，淑妃搜宫，她们二人都以惨败收尾。这样想着，她心里有些幸灾乐祸，也好受了许多。比起她们二人，她的损失不过是暴露了身孕，实在应该感谢上苍。

她笑过，再看那些表面华丽内里藏着心思的礼盒，低了声音道："这些嫔妃虽然个个拿着刀子，但这些刀子加起来，也没有宫里最厉害的那一把锋利。"

"您是说，太后？"花影的面上已经现出惊恐。

太后的赏赐是长白山千年参两株，稍显贵重，却不是太越矩，仿佛她极疼爱莲婕妤，又不想让莲婕妤处在风口浪尖上。如此做派，倒显得江心月得太后庇护，她也赚得个慈爱祖母的好名声。

江心月却丝毫不喜，只嘲讽道："她多么重的心思，哪里会和年轻的嫔妃一样，在贺礼这样的小事上做文章？即便打脸了我也不会掉块肉。"

花影的脸色沉沉地发青，道："看她对付皇后和惠妃，手段何其可怕……"

江心月用贝齿抵在唇上，小声道："没事的，再高的山，都能过去，再厉害的人，都不能怕……"

她说着，狠狠平复了呼吸，再度抬头时，竟已经带了舒心的笑，对花影道："梁采女可送来了什么？"

"回小主，梁采女……嗯……她送了一件婴儿的里衣呢！"梁采女不起眼的贺礼被压在层层锦盒的最下头，花影费了好一番工夫才翻拣出来，拿给主子瞧。

江心月把那件小小的粉红色的里衣拿在手里，见其上绣着一只憨态可掬的扑蝶的小猫，看得整个人都轻松起来。双手轻轻摩擦着，柔柔的触感让她心生暖意。

"梁采女花了不少工夫绣出来的罢，这么鲜亮的图，摸着却一点也不扎手。"

花影也赞叹道："这样的贺礼，比起那些奢华之物好了百倍不止啊。"

江心月笑着点头道："宫里日子不好过，所以我才喜欢梁姐姐。"

正因为不好过，她才不能去计较其余嫔妃送来的东西，不能因为太后的狠厉而抑郁。在这样冰冷而漆黑的地方，梁采女就像微弱的烛火，让她心暖。

花影稍稍拾掇了那些锦盒，略疑惑地道："小主，自您传出有孕后，纯小主一直都未来过。她的贺礼也是与皇后一般的普通。"

江心月目中流转有淡淡的伤怀，垂眸轻道："她第一个孩子没了，心里的难过不是你我能体谅的。现下我又有孕，她怎会来这儿，徒增忧伤。"

她凝目兀自出了一会儿神，又道："我好久没有见着她了，很想去看她又不敢去。"瑶仪的失子是与她有着牵连的，且现在瑶仪受皇帝冷落，她连婕妤又是荣华风光的人，此时见面，只会生生地伤了瑶仪。

皇帝是急匆匆地赶去凤昭宫的，进门就见皇后瞪着眼睛盯着门口。

看到他来了，皇后瞬间松垮下来，虚弱地挤出一丝笑："臣妾恭迎皇上。"

皇帝对一旁的秋雨怒斥道："怎么伺候的，也不劝你家主子躺着！"

秋雨立即跪地请罪。

"皇上您不必责怪她，您早些来臣妾就不会这样了。"皇后的声音幽幽飘在空中，如极细的针芒钻进皇帝的耳中，让他浑身不舒服。

"朕在忙国事。"他拉下了脸。

皇后微微哂笑道："国事完了还是先去了萦碧轩……"

"够了！"皇帝一甩袖子，提高了声音道，"你是皇后，别失了分寸！"

皇后仿佛不认识他似的，定定地望着他的脸，想从中看出些什么，却最终低了头，苦楚道："皇上恕罪，臣妾失言了。"

爱猫咪的小樱｜著

中

辽宁人民出版社

5

第一章
皇后杀心

皇帝也觉得方才的话太过严厉，不禁软下来，坐在榻上，轻声道："你身子不好，快歇着吧。"过了一会儿，又道，"陈氏的事情，你暂且委屈下，朕也是没有办法。"

皇后抬头，朝他凄凄苦笑一声："皇上不必歉疚，您知道臣妾在乎的不是陈氏。"

皇帝蹙眉不语，更漏一滴一滴落下来，屋里一时静谧。半晌，皇帝长长地出一口气，道："你不应该这样，朕也不陪你了，朕还有些旁的事。"

说罢，起身踱向门口。

他今日本要留宿凤昭宫的，但见皇后这副心境，就匆匆地急着走。

十多年了，皇后还是不懂事。为何她那样固执，要那些他给不起的东西？

皇后没有说一句话，呆呆地目送皇帝出去。

少顷，她痛苦地用双手抓在了头发上。一头青丝因身体的憔悴而失去光泽，几缕碎发滑落在锦被上，仿佛被弃置的枯叶。

"为什么！我就这么不入他的眼！一点都不入！"

回应皇后疯狂的声音的，是一向机灵的秋雨："娘娘，小月里最不能伤心了，身子要紧啊。"

"身子？我的魂都快没了，还要身子做什么！"皇后推开秋雨劝慰的手。

皇后勉强止住眼泪，突然想起了什么，又对秋雨道："你快出去，看着皇帝去了哪里，快去！"

秋雨依命出去，两刻钟后跑了回来，脸色比鬼还难看。

"回娘娘……是去了畅月楼。他们说，皇上的话是宝妃娘娘那日搜宫被吓得不轻，需要安抚。"

皇后抬眼盯着外头高高的天，定定看了半晌，突然大笑出声："哈……哈！我这是在想什么呢？何必用你去打听，除了那一处他还能去哪儿！"

而后，她渐渐地止了声，双眸中聚集的芒点莹莹是刀锋般锐利的恨意，飘飘然从口中吐出一句话：

"敢做就要敢当啊，还吓得不轻，这些年本宫都看错了她，还真以为她是个慈软性子。就连陈氏，也是被她设计了……"

当初食用碧藕时，扑鼻直入的便是一股诡异的浓香。她曾用麝香害过人，对这危险的气味相当熟悉，但是内心中对碧藕圣物的崇敬和身边秋雨的催促，让她没有多想下去，她以为，圣物当然不是凡品，也许本该如此……

但是她错了。

锦被之下的玉指根根扣紧，她清楚地知道，那日她失去的不仅是骨肉，而且是她破碎的人生中唯一亮在前头的希望。

血债血偿的道理，无人不懂。

室内，一株茂盛的早秋金菊，吐着丝丝密集的花瓣顶起一蓬硕大的金盏，在因着层层帷幔垂地而暗淡无光的大殿里，如明目的满月那样灿烂。

这般的耀眼，一如高耸矗立的畅月楼。

皇后的目光倏地扫过那株价值不菲的金菊，眼中渐渐聚集起凌厉的肃杀，她抬手，指着花儿道：

"满目晦暗之中一枝独秀，晃得本宫眼睛疼。秋雨，给我剪了。"

秋雨颤抖着拿起银剪子，咔嚓一剪下去，艳丽的金色从植株顶上掉落，勃勃生机刹那间坠入死地。

皇后展颜轻笑，面色中恍惚透出一抹诡异。

江心月一觉睡得那样沉，醒来时，已是掌灯时分了。她睡眼惺忪地被菊香扶起来，齐太医已经在屏风之后跪着了。

"微臣给莲婕妤请安。小主，今日该请平安脉了。"齐御医低头恭谨道。

菊香给主子垫了两个枕头，江心月舒适地靠在上面，她才想起自己现在是怀孕的宠妃，合该由负责安胎的太医三日一请脉。

齐御医本就是受了皇帝旨意，专门看顾她的，现下她有孕，自然成了负责她的太医。

齐御医捻着红线，略略思索了片刻，便回话道："禀小主，龙胎一切安好。您在禁足期间的孕吐之症也轻了许多，都不碍事了。只是您甚少外出，身子怠懒，这不利于胎儿的成长。微臣建议您多出去走走，舒展筋骨。"

江心月听了笑道："本小主懒惰，让大人见笑了。"

菊香却是坐不住了，在一旁急道："小主，您可再不能窝在屋里了，这么下去您越来越不想动，再过些时候就该整日卧榻了。"

江心月又扑哧笑了出来，瞪了一眼菊香，这丫头竟把自己说得那样难听。

出去走走？她哪里愿意闷在屋里，不过是有孕之后，能少出去就少出去罢了。

她肚子里的肉，不知让多少人咬碎了银牙，染红了双目。回想起之前有孕的几位嫔妃——皇后一开始就注定了失子；惠妃每日风光却不知她早已被噩梦缠身，只待发作了；唯一保住了孩子的上官合子，自身却受到了最严重的伤害……

这些有家族庇护，在宫中势力不小，手段也不差分毫的人，都无力面对杀机。她这样的无权无势之人，怎有本事护住孩子？怎么敢随意出去走动，去招惹那些意外？

她抬头对着齐御医和菊香苦笑，以示拒绝。但小腹中却突然一阵悸动，江心月赶紧用手去摸，继而欣喜若狂道："菊香！菊香！他在动！"

才三个月就有了胎动了。这个孩子，还真是够顽皮的。

菊香在一边道："小主您不出门，肚里的宝贝都在向您抗议了。您看外头天朗气清，怎能不出去走走？"

江心月又被她逗笑了，细想一下，却觉得她说得极好——再怎样也不能委屈孩子呀！

她笑着朝菊香点头，菊香连忙扶住她起身，唤了柳絮过来一同为主子梳妆。

她换了一身玫瑰紫苏绣玲珑裙，因着未显怀，腰间也束着一根金边锦缎带，宽大的袖摆处绣着双飞振翅蝴蝶。头上繁复的灵蛇髻上，插着一支"沧海明月"步摇并数支翡翠簪子，耳边垂下的紫英石莹莹透亮。这一身虽算不上极致，也是较华丽的了。

她细细瞧着铜镜中的自己，不禁笑了——见那腮颊桃粉，凤眼飞扬，衬着身上这些锦缎珠玉，倒真有几分妖妃的模样。宫里女人嘴碎，常有流言，现在看来，那些人对于她的诋毁也不是全无道理的。

以往的她，虽然不喜欢素雅，也不敢穿得太过出挑，以免招来醋意和麻烦。但现在她有孕了，正是最要紧的时期，却反其道而行之，穿上这样打眼的装束——如此，那些真正有心思的人，也会觉得她性子张扬，有孕了便不知天高地厚，就会看轻她。若她一直稳重，她们才会惊心，就会用更狠厉的法子对付她。

她一手搭着菊香，又叫了贵喜和花影跟着，才放心地出了屋。这一次她没有去幽沁园，而是直奔了宫花苑。宫花苑中人多眼睛多，对方反而不容易下手，而那些偏僻无人的地方，却是最危险的去处。

宫花苑里，她遇见了一些低等嫔妃，都低着头向她行礼。江心月没有遇上刁难她的主子，又看到满目的秋菊盛开，心情也好了许多。

过了一个转角，便有两位衣饰不俗的宫嫔走过来，江心月定睛一看，却是禧贵嫔和冯容华二人。

冯雅萱雪白的颈上，挂着一串南洋粉珍珠，颗颗圆润又泛着淡粉色的光泽，晃得江心月眼睛疼。这价值不菲的饰物显然不是她一个不受宠的容华该拥有的，江心月想起冯雅萱近日服侍在太后身侧，讨得了不少的欢心，太后还做主给她晋了位分。

这串东西，也是长乐宫里赏的罢。太后还真是看重她。

冯氏……真是个不简单的。淑妃倒了，她竟然入了太后的眼，也不知使了些什么手段。不过她那样通透的人，想必早已看清太后和皇帝之间的博弈，她选择与皇帝作对走上这条路，也是一场豪赌。

"莲婕妤好兴致，有了身子也喜欢出来赏菊。"禧贵嫔朝着江心月挑眉，高傲地开口道。

江心月心下好笑，这禧贵嫔已经三月未见皇帝一面了，失宠之人也这般傲气。虽然心里不屑，但她仍是屈身，规矩地行了礼。

冯容华也朝着江心月福了一礼，起身时，身子不经意地往后挪了几分。她原本就跟在禧贵嫔后面，这样一挪，更是和禧贵嫔拉开了距离。

江心月眼尖，不露声色地瞧着她，心里却有些不安：怪异的动作，总是有目的的，而这个目的会不会是自己呢？她现在有孕，每时每刻都会有大量的意外等着她，那些毒物和香料她想想都头疼。

心里揣着万分的谨慎，江心月便闻见了禧贵嫔身上香包的玫瑰香，虽然气味明显不是麝香，江心月还是不由自主地往后退了一步。

"哟，莲婕妤身子还真是娇贵，行了个礼就站不稳了，本宫早知这样，就不让你守那规矩行礼了。"禧贵嫔尖酸的嗓音剜在江心月身上，显然是对她的动作极为不满。

江心月不答话，禧贵嫔又满是醋意地看一眼她尚且平坦的小腹，一手扯下了自己腰上的香包，递与她道：

"莲婕妤似乎很喜欢这个香包呢，本宫就赠与你，你可不能推辞。"说着，竟愤愤地丢在了地上。

第二章

剧毒

江心月觑着她面上的神情，见只是妒忌，并非狠辣，便放下心来拾起了香包。禧贵嫔虽蠢，也不至于笨到这么明显地来害她。

若是以前，一个无宠的贵嫔这样作践她，她定不会甘心受辱；但现在她是丁点的是非都不想惹，不过忍一时，又不会掉块肉。

禧贵嫔自失宠后，醋意和脾气都见长，行事也更加急躁，对受宠且有孕的莲婕妤欺辱得明目张胆。不过她的运气好，莲婕妤现在不想和她计较。

香包所用的是细密的苞芯缎纹绣，上盘了金丝银线，倒也是精巧之物。馥郁的玫瑰香扑鼻而来，禧贵嫔性子张扬，用香都是浓香。玫瑰不是害人之物，但花香过浓对孕妇不利，江心月闻着又皱了眉头，立刻不肯拿了，交与身后的菊香。

冯容华见此，又不着痕迹地朝后挪，好似她前面是火海一般。

江心月抬眼看她，又生出几分小心来。禧贵嫔头上戴着一支异常华贵的丽水红磨金步摇，泛着莹莹的柔光，一看便知价值连城。她不时抬手轻抚，好似对此十分的得意。

江心月终于注意到了她头上的步摇，细细看去，却是猛然大骇。

那看似寻常的步摇，其实是别有洞天的——那宝石中空可旋开，在其中添加毒物之后，人戴上去，若有剧烈的晃动就可把毒物散发出去。这样的物件，王府的嬷嬷曾经给她也制了几支，不过到现在她都没有用上。

看冯雅萱不断地远离禧贵嫔的样子，想是里头装的是极厉害的剧毒。而禧贵嫔却根本没有意识到危险，仍在用手去摸那步摇。现在那宝石还未脱落，毒物尚未散出来，可禧贵嫔再这样摸下去……后果不堪设想。

江心月心里的寒气越来越重，再也不敢留在此地。还好她受过王府的调教，这个步摇瞒不过她；若她是个普通妃嫔，今日就会丧命于此吧。

她对着禧贵嫔行了礼，装作禁不住委屈的模样，怯怯退去。

她转身时，却看到冯容华一脸的不甘心，心里顿时迟疑了：她就这样离去，心思细腻的冯容华保不准会以为她猜到了些什么，她一次失手，下一次便会更狠。

既然这样，那就让她永远没有下一次。她对自己的死敌，从不会手软。

心思千回百转，江心月走了几步，立即捂着肚子痛呼起来。

菊香、贵喜、花影三人都慌了神，江心月却回头，求助地看向禧贵嫔二人。

禧贵嫔见她这样也慌了，愣愣地站着不知所措。冯容华抬眼看了看禧贵嫔头上的步摇，手就在袖子里攥紧了，却见前边莲婕妤的呼痛声一声比一声高。

冯雅萱稳了稳心神，还是不得不上前去救助江心月。若一会儿把旁人引来，看见她袖手旁观，那可就麻烦了。

她小心地上前，江心月却突然一把攥住她细嫩的皓腕，眼皮一翻，晕厥过去。

她大骇，死了命地去掰江心月抓着自己的手，却不想后头的小丫头花影也跟着过来拽着她。她刚想叫自己的下人过来帮忙，却见不远处，已经有一众宫嫔从小道上寻声而至……

江心月醒来时，皇帝正坐在她的床榻边。

"皇上……"

听到床上的人儿嘤咛出声，皇帝立刻把她拥了起来，心疼道："你真是叫朕担心。"

江心月顺着皇帝的臂弯坐起来,惊道:"嫔妾这是怎么了?皇上!孩子无事吧?""放心,你只是受了惊,孩子一切都好。"皇帝柔声道。却又紧紧皱了眉头,道:"刘氏恶毒,朕已将她赐死。胆敢谋害朕孩儿的人,死有余辜!"

江心月听了心都跳起来,忙问道:"嫔妾晕倒时,是冯容华来扶,嫔妾好生感激……"

"不必提她了。她明明知道那个香包有问题,却因惧怕刘氏而不敢说出来。朕已经将她圈禁于冷宫。"

听了皇帝这话,江心月一颗心骤然跌进谷底。

冯氏竟然没有死!因胆怯而不敢说出来?为什么会有这样的罪名?

江心月困惑不解,皇帝却轻拍她的粉背,安慰道:"都是些脏东西,心月不必去知晓了,只安心养胎就是。"

江心月乖巧地回道:"那嫔妾就不去知晓。嫔妾只要有皇上护着,定能安然无恙的。"

她说完,再没有兴致和皇帝说情话,懒懒地躺着,推辞道自己身子疲累。皇帝安慰了几句,便起身离去。

"小主,奴婢刚刚出去打听了,果真是长乐宫的那位……"菊香刚从殿门进来,见主子无事,便放下了心,将事情一一回禀。

江心月急于知道内情,连忙坐起来听着。

菊香的话正如她所料,冯氏和刘氏今早果真是从太后宫里出来的。那一支步摇,本是太后赏了冯氏的。

江心月听了发笑。太后真是够狠,为了害她不惜牺牲冯氏。可步摇怎么跑到了刘氏头上?也是冯氏命不该绝,有刘氏这个蠢货给她利用。

而江心月晕倒后,扯着冯氏不松手。冯氏为了自己的性命,便无法用步摇里的毒来害江心月了。

"婧嫔娘娘来了之后,命人查看,却发现那个香包里装着麝香……"

江心月惊道:"麝香?那不是玫瑰香么?"

"这就是奴婢要说的了。奴婢们忙着看顾小主，却不想香包被冯容华调换了。禧贵嫔头上的步摇也不见了。"

江心月闭着眼睛连连咬牙，冯氏，真是不容小觑。

冯雅萱胆大心细，步摇是经了她的手的，若查出步摇来，她必死。她把问题引到无辜的香包上，这样就是禧贵嫔一手谋害皇嗣了。

她虽没有死，却落得了打入冷宫的下场，不必说，这定是婧贵嫔的功劳。婧嫔因这次救助她，已经被晋了位分。

但是，入冷宫是不够的，此人，必须死。

江心月回过头去给菊香解释了步摇的玄机，唬得菊香大骇："冯氏也是可怜，被太后拿着性命来利用。"

江心月点头，道："可她还不是不甘心被利用，然后再找个替死鬼！冯氏也是个狠角色，为了讨好太后敢拿自己的命冒险。"

此时，贵喜进门回禀道："小主，晴芳姑姑搬来了，另有皇上赏的两个太监和两位嬷嬷，您叫他们进来？"

"怎么又有赏赐？"江心月惊疑，顿了一顿便道，"快请进来。"

晴芳是她初次侍寝时，服侍过她的姑姑。只见晴芳规规矩矩地迈步进来，身后跟着两个太监和嬷嬷，五人一同对新主子行大礼。

"快起快起。"江心月笑道，"晴芳姑姑是御前的人，到我这里算是委屈了。"

晴芳脸上不见惶恐也不见傲气，只笑道："小主身怀龙嗣，奴婢能伺候小主，也是奴婢的福气。"

江心月对着后头两个低头的太监道："你们俩说说自己的名吧。"

二人方才抬起头，都是一脸的沉稳，各自回话，原来一个叫小杏子，一个叫小李子。

江心月正想笑他们的名儿都是吃食，却看他们的身形不似普通太监，她心里一紧，不自觉地去看他们的手。

两双手……关节粗大，指甲一看就很硬，一人的手上还有一道疤痕。

江心月倒抽一口气：皇帝真是看重她的孩子，把有武力的太监都赏给了她。而这些太监不是神龙卫，郑昀睿他到底在宫里养了多少暗中的势力？！

她叫柳絮带着晴芳姑姑下去安置，又把两个太监封为一等太监，叫他们先行退下。

拉了被子闭目躺下，江心月刚经历过太后的毒手，此时却倍感心安。

皇帝对她这一胎，是下了血本的，连当时的皇后都没有她这样周全。江心月面上浮出一丝笑，看来，前路也不是那样艰难呢。

许是太后知道了皇帝护得紧，对江心月也没了动静。日子一日日过去，江心月很少出门，菊香怕她太懒，只能每日扶着她在院里活动。

龙吟殿里，郑昀睿将一份六百里加急军情奏报拍在桌上，大笑道："大理国主敢犯我齐州，真是不自量力！"

"我大周强盛，皇上龙威齐天！"底下跪着的几个阁老大员齐声高呼贺喜。

大理此次虽声势浩大，但国力是万万不敌大周的。尤其陈将军用兵老练，短短数月已经逼得大理节节败退。

皇帝笑着扫一眼底下的臣子，突地又笑了一声，欠身坐于龙椅上，慵懒道："陈大将军劳苦功高，堪称我大周栋梁。就授陈将军为一等公，加太傅衔。"

他身后的王云海猛地一鼓眼睛，身子都颤了两颤。皇上今日是喝多了酒，脑子糊涂了么？陈家权倾朝野，皇上还嫌陈国忠的官位不够显赫么？

一众臣子都面带喜色，齐呼道："皇上英明。"

他们都是陈家的党羽，齐州战事大胜，陈国忠凯旋，他们就在这等着为陈家邀功。

待臣子们退下，皇帝脸上的笑意渐渐褪去，方才朝后头招了招手唤道："王云海。"

王公公趋步上前，只听皇帝道："摆驾长乐宫。朕该去向母后尽孝。"

　　王云海应了声，心里拧巴成了一团麻花：皇上真是奇了，待太后也这样好，好像野心昭然横行朝野的不是陈家一样。

　　皇帝瞅着他瘪着嘴想问又不敢问的样子，笑道："你有什么就说出来，憋着多难受。"

　　"奴才……奴才不明白。"王云海小心地道。

　　"要是你一下子就看明白，别人也会明白，那不就糟了。"皇帝拍着一本奏章，一甩手随意扔在案上。

　　第二日，江心月的屋里新添了几个小宫女，都是她去内务府挑的这年刚入宫的新人。皇帝说的对，萦碧轩的几个人根本不够做活，她不得不去添置人手。她没有自己的势力，只能选面相老实的新人，想着她们刚进宫，被收买的可能性很小。

　　此时两个小宫女正按照晴芳所教的手法，为主子捶腿揉腰。江心月渐渐地显怀了，身子也越发的重，每日都要按上一通才舒服。

　　刚过了晚膳，小安子来了萦碧轩，谦恭地传旨道：

　　"莲小主，皇上有旨，召众嫔妃都到凤昭宫去。"

　　菊香吃惊道："小主有孕向来不管后宫事，安公公，今日可是有什么大事？"

小安子正色道："自然是大事。您去了就知道了。"

江心月不敢怠慢，扶了菊香、花影，还带上小杏子、小李子两个，护卫周全地去了凤昭宫。

她这些天整日闷在屋里，不过问后宫诸事，进了凤昭宫，她瞥见同行的嫔妃都是神色肃穆、满怀心事的模样，好似只有她不知出了何事。

有传话的内监高声道："莲婕妤到。"江心月迈进大殿，猛然发现只有皇帝一人端坐上首，其余嫔妃按着位分落座，而皇后竟然跪在众人当中。

皇帝朝江心月伸出手来，道：

"快坐下，你有了身子，劳累你了。"

江心月依言落座，同时有无数的目光落在她微凸的小腹上，让她一阵发冷。

"皇上，后宫诸妃都到齐了。"惠妃坐在皇帝左手边第一的位子，青丝绾成奢华无比的凌云髻，上插着三尾凤钗，一身大紫赤金滚边华服，宽大的袖摆处各绣着金凤，颇有之前淑妃的尊贵气度。

她的对面是衣着素淡的宝妃，但今日的宝妃除了清丽之外，面上还隐隐泛着凄楚。

跪在底下的皇后虽然仍是一身大红，但其一脸的死寂，丝毫不见皇后应有的尊贵。

袅袅的茶芜香在殿中缭绕。华丽殿宇之外，一只小雀扑棱着翅膀飞过，婉转清啼。皇帝垂了眸子，沉沉道：

"今日召你们前来，不过是要当众宣一道旨意。前些日子在畅月楼搜出的巫蛊之物，现已查明是皇后上官氏对宝妃的诬陷，皇后就自此禁足于凤昭宫吧。"

江心月这才了然，皇后为罪，不同于一般嫔妃犯错，当然是大事情。她心神有些恍惚了，不料皇后会对宝妃出手。

本以为皇后要杀的应是陈氏。

皇后苦笑着抬眸："您怎不废去罪妾的皇后之位？皇后的尊崇，罪妾已不想要了。"

惠妃不甘地扯着皇帝的衣袖，娇声道："上官氏大罪，怎堪当皇后之位？皇上理当按祖宗礼法处置。"

皇帝没有应她，转身对众妃道："事情了结，你们都回去吧。"

江心月随着众人一同告退，有大力太监抬了步辇等在殿外，见她出来，对她下拜道："皇上赐莲小主从三品步辇，请小主上辇。"

步辇是从三品嫔位以上才有的份例，江心月点头谢恩，并没有动身，而是立着等一些高位嫔妃上辇。

宝妃也在其中，她一转头，不经意间便和江心月四目相对。

江心月向她行礼，轻道："娘娘受了冤屈，幸得皇上明察秋毫。"

"嫔妾从未怪皇后。"宝妃凄然一笑，"都是可怜的人。"

她身边立着的宜才人冷声道："天理昭昭，黑白自有公论。皇后恶毒，理当有此下场。"

宝妃不再说话，无声地上了步辇。

"都是可怜的人……"江心月喃喃叹道，随即也上辇离去。

殿里的嫔妃都不敢久留，纷纷散去。惠妃待了一会儿，自觉无趣，再看皇帝沉沉的面色，终究不敢再进言，也愤愤地赌气而去。

凤昭宫空旷的主殿里，只剩了帝后二人。

"朕不是没有告诫过你，可你太令朕失望了。"皇帝的声音没有一丝温度，皇后听得，只觉全身都覆上了冰霜。

皇帝无视她眼中的泪光，继续道："你是个聪慧的女子，可你这么多年，给朕的感觉就只有失望！你可知道，因为你那些非分之想，惹来多少祸事！反而需要朕一次一次地保你皇后之位！"

"是，我让皇上失望了，皇上需要的只是一个能平衡后宫能牵制陈家的皇后，不需要我这样情丝纷杂的女子！"皇后抹一把脸，几乎是拼着全身的力气嘶喊出声。

皇帝恼怒地一甩龙袖，道："你很聪慧，可这聪慧从来没有用对地方。你用巫蛊陷害宝妃的事，若不是梅嫔和宜才人，朕也难以查出端倪。可你应该知道，若你此次陷害的是陈氏，朕根本不会处置你！"

皇帝恨恨呼出一口气，郁郁道："如今姚氏也是个不安分的，姚家和陈家都是百年望族，怎能让后位落入她们手中……可是你这个皇后却偏偏只会令朕失望！"

皇后摇头，滴滴泪珠洒在地上，却轻道："阿睿，你除了失望，可还有……"

"旁的什么都没有！只有失望。"皇帝决然铿锵道，再不理皇后，兀自大踏步迈出了大殿，留皇后一人在他身后绝望地哭喊。

江心月回宫后，没有过多地打听宝妃如何受害，皇后如何获罪。她此刻除了叹息，再无他想。

日子静如止水。皇帝虽照拂着莲婕妤，却不似上官合子怀孕时那样勤快地探望，众嫔妃稍有言辞，道"江氏出身不好，遂不得皇帝看重"。江心月听了这些，内心倒窃喜了。

宫内惠妃掌权，对与之交好的莲婕妤极其看重，令内务府用嫔位份例对待莲婕妤。

一月又一月地过去，江心月成了宫里的有福之人，她的肚子安稳而平静，再也不曾发生冯氏和刘氏之类的肮脏事。她看到连萦碧轩的侍卫都多了几个精干的面孔，只在心里又惊又喜，不想皇帝肯对她这样上心。

明德王朝黑水一般的后宫，有孕嫔妃能得这样的福气实属不易。

郑昀睿不知何时对她转变成了这样。

明德九年的除夕，皇帝心情大好，命大办以彰显大周威仪。除夕冲天的喜气，和去年此时的清冷形成了两个极端。

转眼，明德十年的春天渐渐回暖，江心月已经临近生产。

这一日，她照例在贵妃榻上小憩，柔和的春光透过珠帘，碎碎地洒在她身上。她一手闲闲地放在隆起的小腹上，美目微阖，腮颊红嫩，全身透出初为人母的温柔。

小德子进门通传道："禀小主，长乐宫秦嬷嬷携了太后懿旨求见，说是太后娘娘召小主去往长乐宫。"

江心月猛地呆住，从榻上挣扎而起，全身的血仿佛都凝固了。

这些日子的安逸，仿佛已经磨平了她，让她生于安乐不知忧患。

却不想，该来的还是要来。

"贵喜，你即刻去龙吟殿。晴芳、花影、小杏子、小李子，你们四个跟我去长乐宫。菊香管束好萦碧轩。"她一字一顿地下了令，起身下榻，扶着高高隆起的肚子，脚步丝毫不乱地朝门外走去。

"小主……"花影上前挽住了江心月的臂膀。

"不要怕。凡事都可以过去，只要我们不怕。"江心月紧握着她的手，似安慰花影，也似安慰自己。

长乐宫里焚着纯净的檀香，太后正端坐着，执着一支狼毫抄录佛经。

她的身子今日好似比往日好了许多，闻着案几上的薄荷，咳嗽也少了。

江心月进了殿门，艰难地俯下身去："嫔妾给太后请安，太后娘娘福寿无极。"

"免礼，赐座。"太后未停笔，口中沉沉地说道。

江心月谢过，恭谨地坐了方凳的三分之一，低头静候太后发话。

太后又写了一会儿，抬头看着她身后道："这是长乐宫的大殿，你一个婕妤身边的奴才，有何资格跟进来？"

"回太后娘娘话，是因为嫔妾有孕，他们都是为了照料龙胎而随行，寸步不离。"江心月丝毫不肯让步。

太后不见怒色，只轻轻点头："你怀着我大周的龙嗣，理当如此。"

顿了一顿，又道："你父亲现在是邹城县令，你有功于社稷，哀家正想着和皇帝商量，什么时候提拔你的父亲。"

江心月听她提及自己所谓的"父亲"，难道是那事儿……她想着，手心不由得冒出冷汗，勉强维持着笑意道："家父平庸，任县令已经是皇上的恩德了，怎可提拔。"

太后脸上也露出了笑意，柔柔道："你真是个心性好的孩子，有你这样贤德的嫔妃侍奉皇帝，哀家也放心许多。不过……"她慈爱的声色陡然转为冷厉，"你对江家就这么不上心？"

第四章　杀

　　江心月心中大骇，似乎整个心神都被太后一句话抽走了。太后笑看着她青白的脸色，又淡淡道：

　　"莲婕妤带的这些奴才里，有几个是皇帝赏你的吧？你还是让他们下去吧，否则待会儿有什么后果，可不是你想见到的。"

　　江心月抬手屏退了花影四人，微微抬头，强压住心底的慌乱看向太后。

　　太后身边只有秦嬷嬷和李嬷嬷二人。她们是自幼服侍的，都是太后的心腹。

　　太后说的话多了，不免干咳起来，抚着胸口缓了缓，才正了神色对着她道："皇帝这些年，翅膀渐渐地硬了，势力也不小了。如今的天下，已经不是哀家说一不二的了，哀家想做的事情，也不是那样容易了，所以，哀家只好直接传召你……你是个通透的，定知道哀家心里所想。只要你顺应了哀家的心愿，你是不是江家真正的女儿，又有什么关系呢？哀家定不会追究的。"

　　江心月整个身子都抖了起来，太后的心愿？哈！这个老妖妇竟这样恬不知耻地说出来，简直令人不齿！

　　皇帝想保住她，对她护卫得相当周全，周全到连太后都无从下手！

皇帝虽然有能耐，可他却万万没想到，太后会探查江心月的家底，也万万没想到，江心月此人有问题！

江心月能怎么办呢？她只能顺应太后的意愿，自己拿掉皇嗣！

江心月缓缓从方凳上起身，跪下，叩头道："太后娘娘放心，嫔妾，不仅会顺应娘娘的心意，还会保证，以后都不会令娘娘烦心。只求太后娘娘您，高抬贵手。"

太后满意地点头，江氏不仅答应拿掉孩子，还敢于答应从此不再有孕，也结了她一番心事。

江心月模糊不清地看到，太后临摹的正是《妙法莲华经》，一部宣扬佛法之洁白、清净、完美的圣文。她下笔如游龙，其字如江心月一样柔美不足，刚气过重，磅礴的气势却比她尤胜一二分。

江心月定睛瞧了半晌，突然一字一顿道："嫔妾曾自诩善书，但今日见了太后娘娘您的字，方知不如。"

太后闻言，望着她轻笑道："古人言：'字如其人。'那日殿选，你不过十几岁的年纪，写出来的字就能有那般的气势，也是十分难得了。"

江心月颓然闭目，原来，太后从一开始就注意到了她。

字如其人。可不知太后用这样刚气而凌厉的笔锋去临摹佛经，可会令佛祖满意？

她轻轻摇头，太后其人，早该下十八层地狱了。

江心月从长乐宫出来的时候，步履跟跄，花影几人连忙上去扶住了她。

花影一摸她的衣衫，便惊道："小主怎的出了这么多的汗？"

"快些回吧，吹风了可不好。"江心月无力地道，由众人扶着朝萦碧轩而去。

她回到萦碧轩，便支开了所有的下人，只余花影一人。

她对守在门边的贵喜道："出去看着晴芳和小杏子他们三个。叫菊香看住其余的下人。现在本小主的寝殿里，不许任何人进入。"

殿内是暖暖的氤氲，窗外却愈加朦胧起来，少顷，贵如油的春雨滴滴泼洒而下，一点一点湿了回廊。淡雅的青绿色帷幕垂于地上，重重珠帘之下，主仆二人的身影都不甚清晰。

江心月闭目，从喉间低呃出声："这是我此生最大的一场豪赌。花影，你连夜去找王渊，我们需要王府的势力。"

第二日，天色尚且是沉沉的漆黑，萦碧轩就亮起了满殿的灯火，下人们慌乱地奔忙着。惠妃惊起，即刻派人去通禀了皇帝，又赶到萦碧轩守着。

"用力，用力啊小主！"晴芳跪在江心月的榻前，满头大汗。

郑昀睿很快从龙吟殿赶了过来，几个太医惶恐而忧虑的声音在殿外响起："皇上，莲小主不太顺利，有难产的征兆……"

接着就是郑昀睿充满龙威的声音："朕不想听你们的理由，朕只要莲婕妤母子平安！"

江心月双手拽着从雕梁垂至床榻的锦绫，腹中撕裂般的痛楚排山倒海一般袭来。

难产是早就预料到的。她的身子在一年前受青离的寒毒毒害，又下慎刑司受苦，腹内已经有了创伤，连受孕都是花影尽了十二分的力才得成的。

菊香抓着她的手，一边催她用力，一边不停地眨眼睛，看得江心月心下动容。她是在强忍着眼泪，怕主子看了心慌，影响生产。

她再次惨烈地痛呼一声，拽着锦绫的手又加了几分力，大喊道：

"花影呢！花影……"

"小主！奴婢……奴婢回来了……"一身黛绿色大宫女装束的花影从殿门直直闯入，不顾殿外皇帝和惠妃一众主子，直奔向江心月的床榻。

江心月看到她的瞬间，绷紧的身子终于松垮下来，一张痛到扭曲的面庞挤出一丝笑颜，声色虚弱地道：

"都退下……"

晴芳急道："小主还在生产，我们怎能退下？"

江心月闭了眼，强强撑起一口气，再次开口，终于字字清晰："本小主有令，都退下！"

菊香看到主子这个样子，明白定是有要紧事，当下不犹豫，拉着晴芳几人都退到厢房去。

殿里血腥弥漫，仍在血泊中挣扎的江心月，其苍白面颊上却覆上了冰一般的肃杀。

如果小杏子或小李子在此，必会感觉到身量娇小的花影也是浑身杀气腾腾。

肃杀，伴随着血腥，共同形成了屋里诡异的气氛。这里明明是产房，是生命诞生的温暖之地，却和战场无甚区别。

花影缓缓跪下道："您料事如神……"

江心月撑着力气道："我很早就发现，刘院使他不对劲，太后的哮喘是人为。刘院使根本不是正直行医，他是皇上的死忠势力……可笑满宫都以为他不为任何人收买！"

她喘着粗气，又扯了嘴角笑道："这一次是上天在帮我们，皇上早就布下杀机，我们只是把这个过程加快了。这么一来，就更加无人可发现，无人会牵扯到我身上……"

她艰难地抬头看着花影，道："刘院使手下的甄医女应该没出什么差错吧？"

"没有，一切顺利。她十分忠心于王府。"

花影边说着，又叹息了一声，苦笑道："小主，您知道甄医女刚刚和我说了什么？她在太后喝药之前，给太后诊了脉，其实太后的身子，从二十年前就不对头了。"

"什么？！"江心月猛然睁圆了双目，惊恐道，"二十年前？！那时皇上才不满十岁……"

久久，她终是长叹："太可怕了……"

她心里跳得厉害，身体的剧痛牵动着心口，更突突地打起鼓来。但是很快，这种不安就被压制下去。这一次的杀戮，绝对是万无一失的，真的是老天都在帮她。

王渊连夜向郑昀淳密报之后，郑昀淳令满宫所有的眼线协助莲婕妤行事。甄医女只是按照她的指示把刘院使药物的用量加重了一二分。而按照皇上的计划，太后娘娘只能再活半年了，她提前了这些时候，皇帝也不会起疑，太后这些年身子一日不如一日，早些去了也正常。

甄医女在刘院使手下做事多年，连皇帝都有几分信任她。她又是个稳妥人，定不会有事的。

江心月虚弱地大口喘着气，和花影双手握在了一起。

太后探查江家的事情，目前只查到了她是冒名顶替，并不知道她的真实身份。毕竟王府行事确实是滴水不漏的。可礼亲王再厉害，天下也是皇家的天下，太后要是真的不死心地查下去，鬼知道会不会牵扯出王府？

那时候一切都完了，她一个人，甚至可能牵扯出整个王府。

"已经赢了……"江心月彻底松下了心神。

花影不敢怠慢，扣起了主子的手腕按着，一边把晴芳几人都请了进来。江心月此时是难产，她不可以有事。

外头的皇帝烦闷地踱着步子，几个医官跪在他面前直呼"小主难产"。王云海觑着皇帝的神色，上前道："皇上，依祖制……"

皇帝突地被激了起来，朝他厉喝道："什么祖制！"

王云海是皇帝最得力的人，很少被这样斥责，被吓得跪下抖着腿道："奴才该死。"皇帝对此事怎会有这么大的脾气？以往不都是依祖制么？

皇帝一踢面前不中用的医官们，道："进去传旨，必保莲婕妤安好！"

他说完长叹一声，其实他何等需要一个皇子，一个母家无甚势力的皇子。但是，他的心境早已不同了，从那一日听心月讲"从善之道"，他就知道这个女子把他的帝王之心给搅浑了。

他清楚地知晓帝王无情的金科玉律，可他好像，无力控制了。

此时，殿门"吱呀"一声打开，齐太医提着官袍，迈开脚步，隐入一旁的屏风之后。接着他跪地朝江心月隔帘叩头，口中高呼道："奉皇上圣旨，必保得莲婕妤安好！"

保得莲婕妤安好？不是应该保得皇嗣安好么？皇家嫔妃难产，从来都是舍母保子。江心月脑子里嗡嗡地作响，此时又是一阵疯狂的剧痛，她已无法思考太多。一旁的晴芳上来急切道："用力啊小主！您听见了么，皇上不许您死……"

第五章 三
宫廷惊变

　　她感觉到身体淋漓涌出的鲜血，她知道自己的生命正在一点一点地流失。她的脑子里全是他，他的大业，他的嘱托。

　　"你定不会令本王失望吧？"

　　不！我怎么可以在这里死去！我要看他，看他坐上那个位子……

　　那一股即将耗尽的力气再次强强提起，随着她一声痛呼，晴芳惊喜地呼喊起来："小主，孩子露出头了！"

　　明德十年三月初二，莲婕妤产下公主。

　　同日，孝德仪太后崩。帝大哀，辍朝三日，尊徽谥号定为"纯禧恭懿孝德仪皇后"，停棺七日后下葬。举国致哀，帝传谕令上下素服三月。

　　十日后。

　　江心月卧在榻上，一针一线绣着一件婴儿的小衣，针法依旧不熟练。

　　御前的小安子进来，脸上早不似以往恭谨，只倨傲道："奴才奉皇上旨意，特恩命莲婕妤为小公主赐小字。"

　　菊香急急地扑过去抓住他的衣角，道："皇上自小主生产后就未来过萦碧轩，小公主却被抱到乾清宫抚养，小主都未曾看一眼公主，皇上……"

　　小安子一甩袖子，冷冷道："小主未能产下皇子，辜负皇上期许，且太医已经确诊莲小主今后难以有孕，小主有何脸面期望皇上会踏足萦碧轩？皇上亲自教养公主，又允许小主为公主起名，已经是天大的恩典，请小主不要得寸进尺。”

江心月抬头看他，神色不喜不怒，道：“嫔妾谢皇上隆恩，不敢妄求其他。”

“小主……”菊香心疼得几乎落泪。

江心月朝她强作了一个安心的笑，低头徐徐道：“公主的小字我早已想好。”说着她一手覆上绣了一半、针脚不匀的小衣，柔柔道：“就叫……媛媛。”

菊香惊疑道：“元元？”

江心月淡然一笑：“元，天地之始也。我怎敢用这么尊贵的字眼。犹残仙媛溷裙水，几见星妃度袜尘。我只是单纯地希望，她为女子之身，能有仙人一般的美善与情怀罢了。”

菊香起身，执笔偎墨，写下了一个“媛”字，交与小安子。

大殿空旷如许，花影送走了小安子，愤愤道：“他这般势利模样，真是可气！只因您产下的是公主而不是皇子，皇上就……当真如此绝情？”

江心月苦苦一笑，道：“皇上的脾性就是这样，我无法为他诞下皇子，已经没有了价值，当然就厌弃了。”

是呵。弃如敝屣。

郑昀睿需要的是皇子，而非皇女，他并不是个幸运的帝王，可以在拥有了足够多可继承皇位的皇子之后，为一位皇女的出生而欣喜异常。如今的三位皇子，都不是合适的继位人选。备受期望的她，也令他失望了。

他的眼里只有价值啊。

原来再一次从云端跌落谷底，也是这般的容易。

她不知该怪天不遂人愿，让她产下女胎，还是怪郑昀睿泯灭人性的无情。

这般很久很久的坚持，她只觉得累了。甚至她自己都有些绝望——郑昀睿，他岂止是一个薄情郎！

她应该庆幸，因为她从来都把他当作工具。若她是一个普通的女子，一个容易爱上又容易惆怅的女子，一个倾慕帝王的女子，她定会心碎而死。

又是十多日过去，江心月陷入了日复一日忧重的思女之苦中，如花容颜极快地憔悴下去。她别无他想，也再无力去思虑如何复宠。

门突地被撞开了，贵喜从门外火急火燎地跑进来，扑到主子床榻前道："小主，不好了，出大事了……"

"什么事？"江心月眉心乱跳。

贵喜上气不接下气地边喘边道："刘院使在太后宫中发现了一张太后生前的遗墨，上书……太后是被皇上所害而死！此事已经被陈大将军所知，前朝……已经乱成一团了！"

江心月额上的青筋猛地暴起，睁圆了双目道："怎可能……"

不管她如何不肯相信，短短几日过去，前朝后宫已是天翻地覆。

明德十年三月二十七日，太后枕下发现惊天遗墨。

同日，大将军陈国忠联合数十名武将文臣，上书"清君侧"，矛头直指以右相上官霆为首的三十多名"叛国逆贼"。

明德十年三月二十八日，陈大将军上书"明德帝逆天而行，孝德大亏"，奏请其退位，让位于大皇子郑怀清。

明德十年三月二十九日，明德帝罢朝。

江心月在小月中，虽不必与其余嫔妃一同往长乐宫中守灵，却也是麻衣素服。她每日卧在榻上，听到贵喜一日一日地禀报消息，眉头皱得越来越紧。

这些能够将郑昀睿彻底击垮的消息，却没有令江心月心急，只是令她一日比一日惊异。

她并没有发觉王府一丁点的异动。王渊只是传来消息，令她勿要忧心，朝堂一切都好。

她慢慢理清了思绪，那些沉浮于寒潭地底的真相渐渐在她的脑子里浮出水面，其实郑昀睿的输赢，并不像表面所展示的那样。

明德十年三月三十日，皇后上官氏自感罪孽深重，自认"谋杀太后，诬陷明德帝"的滔天大罪，因事关朝纲国本，暂且就地囚禁于凤昭宫。

当皇后获罪的消息传来时，她再也坐不住了，起身道："扶我去凤昭宫。"

天尚有春寒，她又未出月，花影和菊香给她裹上了厚重的白袄，不时在一边劝道："小主身子还没好，为何要出屋啊？皇后之事又不是我们该管的。"

江心月摇头道："不要再说了，我真的很想见她最后一面。"

她满心满肺都是巨大的震撼，为皇后的所作所为而震撼。这样剧烈的震动，搅起了她的心神，其实她和皇后，何其相似。

到了凤昭宫主殿殿门，她被人拦下了，从紧闭的门内传来绝望的嘶喊："阿睿他为何不来看我！阿睿……"

王云海不知何时站到了江心月背后，他的身侧是三名内监，每人捧着一红色托盘，盘中分别是白绫、匕首和毒酒。

王云海躬身行礼道："给莲婕妤请安。这里关押的是大周重犯，不是婕妤小主该来的地方。请小主早些回宫，以免受皇上斥责。"

江心月回过头去，王云海手中熟悉的明黄色丝帛刺痛了她的眼睛。她深深吸气道："皇上下旨了？"

"正是。皇上顾念夫妻情分，虽然上官氏犯下此惊天大罪，但仍恩赐自裁以得全尸。"王云海枯瘦的老脸依旧是干练的。

殿门终于被打开，拦着江心月的侍从不顾礼法地将她粗暴地推搡至一旁，王云海几人稳步迈入了殿内。

江心月缓缓闭了目。殿内的嘶喊声绝望而悲戚，但那声音无非只有一句：

"求皇上来看看慧茹……"

接着，有衣饰被拉扯的声音，嘶喊声逐渐变为呜咽，然后是液体灌下的声响，最后终于一切沉寂，只听"哐"的一声，是酒杯掉落的声音……

这声音清脆而决然，就像灵魂破碎一般。

看到王云海脸色波澜不惊地出了大殿，江心月猛然惊了起来，不顾一切地闯进殿门……

这一次守卫的神龙卫没有再拦住她，因为罪人已伏诛，王公公也回去复命了。江心月冲入内室中，只见往日奢华贵气的凤昭宫，已经是一片灰败之色，殿内冷清无一个下人，昔日侍奉在侧的秋雨也不见踪影。

一女子跌倒在冰冷的地面，嘴角潺潺地涌出鲜血，猩红的液体无情地流淌直至江心月的脚边。

她用尽了全身的气力，以手紧扣于地面发力使她的头能够抬起来。她望着前方模糊不清的人影，一手向前伸去，似乎要抓住什么。

她喉间艰难地一动，喃喃道："阿睿……"

跟在江心月身后的花影疾奔过去，探着她的鼻息道："是鹤顶红……只能支撑一小会儿了。"

江心月缓缓走近她，蹲下身来，望着她渐渐涣散的瞳孔道："慧茹，我来了。"

上官慧茹濒死的面容，猛然焕发出明亮的光彩，瞳孔竟然也聚集起了活力。她伸出手去抓紧了江心月的衣袖，艰难道：

"阿睿，我一直在等你……你终于来了，我……说过，我这一生，都是为你而活的，无论何事，都会为你去扛……包括今日的……一切，我要死了，但很值得……"

江心月用双手捧住她的脸，轻道："是，朕永远都不会忘记你的牺牲……"

"那你对我，可曾有真心？"

江心月怔住，手指颤颤地发起抖来，双目微微阖下，终是落下泪来："是，朕对你有真心。"

她的泪水一滴一滴落于地上，混入一地的血水中，滴在面前女子冰冷而孱弱的身躯之上。

女子抿嘴笑了，满面舒缓如静美的夏荷："我想，我的一生，终究会换得来你最后的这一瞬……这一瞬的真心。现在你来看我，我……已经很满足……"

然后，她倚在江心月双手中的头垂了下去。

江心月无力地瘫倒在地，血很快浸透了她的一身素麻丧服，染上大片狰狞刺目的鲜红。

她仿佛听到怀中女子疲惫的叹息，带着灵魂解脱的欣然。这一生的疲倦与执着都这样结束了，只留下凤昭宫主殿这洒满一地的猩红。

第六章 帝王谋 三

　　她低头，一手抚上女子柔和静谧的面容，复又抬首，双目透过窗子，望向极远的天际。

　　远处万里碧空，在重重殿宇之中显得那样遥远且不真实，前方的乾清宫太和殿高高地矗立着，琉璃瓦溢彩流光，金龙衔珠的檐角透出帝王无上的威仪。

　　似有朦胧的涟漪划过苍穹，转瞬而逝。

　　"一生，换一瞬？"她轻轻摇头，"您错了，娘娘。是他这个不值得的人，毁了您原本美而善的人生。"

　　门外忽有杂乱的脚步和气喘，"砰"的一声，猩红宫门被大力撞开，菊香不顾凤昭宫的礼法直直闯入呼道："小主不好了！梁采女她……请小主快回华阳宫去！"

　　江心月心神巨震，梁采女？！她顾不得多想，踉跄地朝门外奔去……

　　明德十年四月，废后上官氏伏诛，右相上官霆为其妹所累，辞官归隐。上官氏子弟均辞官或遭贬，上官一族败落。兵部尚书、寿安侯姚笃儒称病乞骸骨[1]，帝准。

四月四日，礼亲王离京戍守北疆。

四月五日，帝册立贵嫔陈氏为皇后，十日行册封礼。同日加封大将军陈国忠为上柱国[2]。

四月十二日，帝册立皇长子郑怀清为东宫太子。

四月十三日，陈皇后上表道："妖妃江氏，诞下公主之日却克死太后，理当诛之。"

十五日傍晚，萦碧轩里的江心月已然下床，正双手捧着一装满金鱼的海碗，立在窗边怔怔地发呆。

"小主您不要久站。"菊香的声色是极憔悴的，大殿里头也是沁骨的冷清。

江心月朝她摇摇头，道："你还有心思管我的身子。我去了之后，你们这一班人可怎么安置呢？"

一向沉稳的菊香顿时失声痛哭出来："小主，您怎能说这样的话！皇后虽狠厉，但做主的人还是皇上，只要皇上还念一点旧情，您就不会有事。什么'公主克死太后'，都是胡诌！"

江心月苦笑不语，皇上念旧情？真是天大的笑话。

那个男人眼里从来都只有他的帝王业，这样的关键时候，他会为了她拂陈皇后的心意？

"城门失火，殃及池鱼。若奴婢早知道太后一死，会给小主带来这样的灾难，奴婢定不会每日诅咒于她……"屋里的菊香一声一声地呜咽着。

"怎能怪你。"江心月笑笑，又道，"孝德仪太后风光大葬，你却还不知你母亲为何而死。你的家仇，并未报完。"

菊香以手掩面而泣，呜咽道："小主，您待奴婢就如姐妹一般，您也是

---

[1] 乞骸骨：臣子上书说自己年迈，要求辞官，希望朝廷"把自己一把老骨头归还"。

[2] 上柱国：自春秋起为军事武装的高级统帅。汉废。五代复立为将军名号。北魏、西魏时设"柱国大将军""上柱国大将军"等，北周时增置"上柱国大将军"。上柱国是武将的最高官衔。

奴婢的亲人，奴婢不能失去您……"

江心月心下动容，一手扶着她的肩，任她这样发泄着。

又过了半晌，她捧着手里的碗，递到菊香跟前，道："把它们拿了去罢，就到幽沁园的荷塘里放生。"

菊香眼眶湿着道："小主，这是梁采女的念想……"

碗里的鱼儿一直被悉心照料，此时正在碗里摇头摆尾，甚是活泛。江心月又看了一眼，怅然道："若梁姐姐还在，也会如我这样做的。飞鸟游鱼的自在，她一生未能拥有；但这些鱼儿被扣在一方小碗里，也是不自在的。你去放了它们，那个园子，梁姐姐一直很喜欢。"

江心月突地闭目，又长长一叹，默然落泪，却克制住了没有说出来——若不是她下手提前结束太后的生命，梁采女还能多活半年，兴许就在这半年又会有什么转机……

是她害死了梁姐姐。她在绯烟阁里晕倒的那一刻，就知道她终其一生都无法原谅自己。

菊香哽咽不再言语，接过海碗，极小心地捧着出了殿门。

此时，有男子沉稳有力的脚步声从门边响起，江心月听到这声响，脸上略微抽动了下，转身，面色冷冽如冰霜，对皇帝道：

"嫔妾正在这里等待三尺白绫，却没料到您会来。"

"你不为产下女胎而自责，反而连规矩也都忘了？"皇帝声色恼怒，江心月终于缓缓蹲身，道："嫔妾，给皇上请安。"

皇帝面色阴沉地坐了下来，道："朕费尽心力保你，你竟然给朕一个女胎，真是枉费朕的心血。"

江心月没有答话，而是昂首，满面愤恨地问道："梁姐姐犯了何罪，要被皇上赐死？"

皇帝猛然一手扫落桌上的茶盏，厉声道："朕是天子，你可曾忘记应如何与天子说话？你竟敢顶撞朕！"

江心月缓缓闭目，两行清泪潸然而下："嫔妾不敢。嫔妾只是为无辜之人伤怀。刘院使为皇上尽忠了二十多年，做下了不少见不得光的事吧？他全族八十一口无一人活命，而梁采女是他嫡亲的外甥女……"

刘院使为了保护梁采女，苦心隐瞒二人的嫡亲关系，数年来从不与她往来。但没有想到，郑昀睿还是得知了，并决然地下了杀手……

刘院使一生为郑昀睿效力，却落得如此下场，不知他可曾后悔？或许是报应吧，他身为医者，却满手血腥……

屋里只有皇帝和她两人，皇帝定定地望着她，嘴角勾笑道："朕早就知道，你是一个独具慧眼的女子。陈国忠都看不透的事情，你竟能看穿。"

江心月苦笑着道："嫔妾看穿了您的惊天计谋，嫔妾为您精彩的筹谋所叹服。"

皇帝冷笑出声，傲然道："确实是惊天计谋。"

陈家虽然是望族，但几代人都常患有哮喘之症。这种病症，是极容易遗传于后代的，当年他尚且年幼之时，就命忠于他的刘太医进生猛的海鲜和赤粉与太后享用，经年累月，太后的哮喘一日重于一日，却仍十分倚仗"行医正直"的刘太医。

本来按照他的计划，太后还可以活上半年的。但太后的身子确实是不行了。

太后病薨，皇帝早已准备好的"太后遗笔"被刘院使发现，此等弑母逆行之举震惊天下，陈家如饿虎扑肉一般上书逼他退位。然后，意料之中的，皇后替他扛下了罪名。

然而，皇后的顶罪，毕竟是漏洞百出的，若陈家想深究下去，他终究会难以收场。经此变故，身处劣势，帝位摇摇欲坠的他，不得不答应了陈家所请——封皇后，封太子，封一等公。若他不肯，对太后之死一事陈家便不会罢休，定会给他扣上弑母大罪，令他无颜面对天下人。

但是，陈家却忘记了一个古训——欲灭之，先纵之。陈家达到了登峰造极的地位，却也开始了最疯狂的躁动，也不再肯将郑昀睿放在眼里。

他们的放纵和轻敌，都是致命的。特别是陈氏的皇后之位——她由一个戴罪的废妃封后，日后废后会相当容易，还会连累陈家。

"若嫔妾猜得没错，皇上您定是早就搜罗好了陈家这些年横行跋扈的各大罪状，且右相上官大人辞官归隐是假，暗中探查陈家势力是真。还有寿安侯姚大人本身就手握不小的兵权，他根本没有病，而礼亲王也没有离京……"

郑昀睿淡笑道："再过半年会准备得更充分。但现在看来，连老天都不容陈氏妖妇了。朕起初并未筹谋得这样复杂，只想一边除了老妖妇，一边封赏陈家令他们麻痹大意，最后一网打尽。但朕发现陈家的势力实在太大了，朕暗地里的准备太容易暴露，才不得不用这种极端的法子，以身犯险，让他们最大限度地放松并放纵。"

为了这次的彻底一击，他已做好了万全的准备，且不得已与那礼亲王再次合作了。

江心月攥了拳，道："您连皇后最后一面也不肯见……"

"她是罪妇，见了面朕难以洗脱弑母嫌疑。说起皇后，她还是发挥了极大的价值的，朕很满意。"

价值？！江心月听了这两个字，突觉一阵浓重的血腥涌上心头，催得她几乎呕吐出来，眼前那些惨烈场景再次浮现出来——上官皇后服毒后满地的血红，梁真宁被三尺白绫悬于房梁之上的轻飘飘的身子，还有此案中如刘院使一样被牵连的人……

何谓王道？那便是踏着无数人的血走向那个至高无上的位置……

郑昀睿一抬手，捏起了面前女子的下巴，挑眉道："今日朕来，不是和你说这些话的。现在陈家的一切要求朕都要满足，都要无限地纵容。所以，陈皇后的上表朕也不得不满足。"

江心月不答话，他轻笑出声道："太医告诉你了吧，你以后不容易受孕了。你已经没有了价值。所以，朕再也不会费力保你，会随意处置你。"

江心月惨然一笑，她已经没有心思理会自己的生死，只道："皇上要如何处置公主呢？难道要为了满足陈氏，而迁怒于公主么？"

第七章 贬为宫女 三

公主的生辰恰好是太后的忌日，是她这个残忍母亲，将这样悲哀的诅咒带给了女儿。

"你放心，媛媛是朕的骨肉，朕定会好好待她。"皇帝沉沉道，"朕已下旨册封她为瑞安公主。"

江心月终是松了口气，毕竟血浓于水，郑昀睿早就将公主抱去乾清宫抚育，也是给了公主最大的保护。

而"瑞安"二字，她最是喜欢，她在这宫里穿梭于刀光剑影之中，她只希望，女儿一生祥瑞安然，不要再卷入权势与血腥。

想到公主，抑制不住的牵挂猛然揪紧了她的心，使得她脱口而出：

"可否允嫔妾看一眼媛媛……"

话音刚落，她已抬手掩住了口，哽咽道："还是算了吧，嫔妾哪里敢和公主见面。"

她如今是陈皇后的眼中钉，去见公主只能激起她对公主更狠厉的报复。

皇帝看着她道："陈氏虽狠厉，但朕答应你，会保媛媛无事。"

江心月感激地跪下叩头在地，皇帝是无情的，却又相当重视自己的骨肉。她直起了身子，闭目决然道："嫔妾已经说了，嫔妾一直在这等待着您赐下的白绫。现在公主能够安好，嫔妾再无忧虑。皇上请下诏吧。"

他大业未成，但她却这样输了。陈氏的一道上表，郑昀睿决然的弃置，像利刃一般斩断了她的前路。

抱歉，王爷。阿奴要先走了。只是不知，你完成心愿的那一日，可会记得我？

我这一生，竟从未为自己活过。阿奴，你可后悔？

当然没有。

皇帝起身而立，淡淡道："朕贬你去奉宸院。"

江心月猛然抬头，不可置信道："陈氏……"

皇帝将目光移至她姣好的面容之上，突地嗤笑道："你就这么一心求死？你和朕也有两年的情分了，若是想你死，朕今日何必来陪你说话呢？"说着又哈哈大笑起来，"你这般绝代佳人，死了岂不可惜？朕不喜欢暴殄天物。"

情分？！江心月内心激起了汹涌的愤慨，这个禽兽，这个根本不配说情与爱的禽兽，这个残忍践踏无数女子真心的禽兽，此刻竟说什么情分？

上官皇后死前的话，就如一把无声的锤子，字字敲打在她的心上。她明白，眼前的这个人，根本禽兽不如。

然而她却在下一瞬惊醒——没有赐死，没有赐死！

她的内心立即狂喜起来，只要她不死，就还有机会……

她抬头望向郑昀睿，眼中渐渐燃起火焰般的征服欲——我定会赢过你！终有一日，我会助你的皇弟登上皇位！你这般可恶的人，只待那一日，被我们踩在脚下吧。

她深深叩头在地："奴婢，叩谢皇上隆恩。"

郑昀睿转身朝宫门而去，面色稍有舒缓。从她生产后就冷了她，现在又贬到最下等的杂役房，陈氏应该会对她放松了吧。

侍立在殿外的王云海赶忙跟上去，小声道：

"皇上，皇后娘娘在龙吟殿求见您呢，奴才瞧着，是为了昨日您晋封婧贵嫔为昭媛的事儿……"

皇帝点头道："她就是不容人的性子，都成了皇后，清儿也封了太子，她还不满足。这般浮躁如何能成事。"皇帝脸色并未有丝毫不悦，反而隐隐现出得意。

他笑着摇头，又对王云海道："朕现在可是十分惧怕陈家，皇后有不顺心，朕当然要让她顺心。传旨下去，太子郑怀清改名为'瑁'。哦，还有，赐婧昭媛协理六宫大权，你找个机会暗地里告诉她，现在皇后独大，后宫险恶，要她好好利用朕给她的地位和权势，务必保得三皇子平安。"

王云海低了头领旨。

郑昀睿瞥一眼稍年迈的王公公，又笑道："快点先跑回去宣旨啊，朕可不想在龙吟殿碰见皇后。"

王云海急忙一溜烟地跑到了前头。

在龙吟殿外等候的陈皇后接到圣旨，颇疑惑地琢磨起这个"瑁"字。画屏抬眼觑着主子手里的圣旨，突地一拍脑门，喜道："娘娘，瑁这个字，可是不一般的啊！"

皇后不解地看向她，她喜滋滋地道："您想想，三皇子的名儿是什么？"

"是'珪'。话说，珪瑁……"皇后沉思着，当即在一瞬间醒悟过来，满面狂喜着道：

"前朝实行分封制，诸侯割据。有史料记载：'诸侯执珪以朝天子，天子执瑁号令诸侯。'珪，便代指诸侯、臣子；瑁，则是天子的象征。"她神情大悦，几乎要不顾皇后的仪颜在殿外手舞足蹈起来：

"本宫的瑁儿，就是真龙天子！三皇子只配称臣，哪会威胁到瑁儿的太子之位！"

画屏赶紧止住她道："娘娘慎言呐，殿下现在只是太子，真龙天子岂是能出口的？"

皇后立即掩了嘴，小心地看一眼四周，却随即又坦然了，神情倨傲道："怕什么，本宫不只是皇后，本宫是陈家的女儿！本宫的好姑母给陈家带来这么大的收益，现在的皇上早已被我们陈家架空！本宫说错了话又怎样！"

四月十六日，萦碧轩已然闲置下来。

江氏以及所有的大小宫人，均被内务府遣散至各处。

江心月此时着一身下等宫女的浅绿色棉料衣裳，和三十几名宫女一同跟在一名姑姑身后，小步行走着不敢抬头。

她从主子跌落为最下等的奴才，她知道，前路，荆棘密布。

以后会有很多很多苦楚的日子，后宫曾对她有怨的嫔妃也不会放过她，特别是痛恨她的陈皇后。

她没有丝毫的怨怼，就当这些苦是上天给她的惩罚，是她为害死梁姐姐而赎罪。

这一份罪，是她永远都赎不完的。所以，无论受多少苦，她都觉得万分应当。

她所要去的奉宸院是内务府七司三院的三院之一，掌景山、三海、宫花苑等处的管理、修缮，即掌管宫中各处的园林景致。

菊香和花影两个是被贬到重华宫去了。重华宫并非东西十二宫之一，而是一处佛堂。那儿的宫女是外围丫头里最无前途的，但也是最清闲、最没有危险的。她们二人原本是大宫女，现在遭贬了，反而安心。

其余贵喜几人的去处，江心月还未曾打听到。但想来也不会太好，肯定是去外围做粗活去了。

心里正想着这些事，突然听"哎哟"一声，是走在她前头的一个女孩踉跄了一下，想是不小心绊到了。姑姑听见响声不满地回过头来，对着那女孩厉声道："走路都走不好，规矩都白学了么？"

这一众的宫女，除了江心月之外都是刚被征召入宫的新人，刚学了三个月的规矩，今日才被分配到各处。三个月的折磨下来，她们对管事姑姑的恐惧是深入骨髓的。这名不小心绊到的女孩见姑姑动气，怕得身子都发抖了，但好在她长了个机灵的脑子，情急中也想到了应对之策，便回话道："回春姑姑，是后面的人撞了奴婢。"

江心月闻言心里叫苦，走路走不好就如做活做不好，都是要受罚的。若她是个普通的宫女，此时还能分辩一二。可她是遭贬的废妃，旁人自然喜欢作践她；更倒霉的是，这位春姑姑曾经是冯容华的宫女，冯容华获罪圈禁冷宫，她也被赶到了外围，却不知送了内务府多少孝敬得以做了姑姑。

若不是江心月和冯容华的恩怨，她能落得此下场？

此时江心月若是分辩，春姑姑岂能如她的意？兴许还会多加一个狡辩的罪名。

她心下苦叹，还是干脆地跪了下来，道："奴婢该死，是奴婢走路不小心。"

春姑姑顿时笑得万分舒坦，点头道："好，承认就好。不过咱们现在要赶着去奉宸院里，就等着到了再由女史大人罚你吧。"

江心月无奈，又看了前头那女孩一眼，却见她回头一个得意的白眼扫过来。

春姑姑带着宫女们绕过宫花苑，在小路上七拐八拐，走了好一阵子终于到了地方。

门外立着一名穿深绿色宫装的姑姑，边上还有两个服侍的宫女。她的身后是六个和春姑姑装束相似的姑姑。春姑姑领着众人行了一礼，上前道："严姑姑，新人都带过来了。"

江心月在人堆里低着头，面色极为恭敬。从严姑姑身上宫装的颜色，江心月便知她就是压春姑姑一头的女史了。

宫女的服饰只有绿色和粉色两种，不同地位的宫女则是以宫装颜色的深浅来区分的。如江心月这一身就是最浅的绿色，身份最低；严女史已然是较深的绿色了。

虽然女史是女官里品阶最低的一级，但对于她们一众低阶的宫女来说，就是头顶的天。

此时站在这儿，如牲畜一般等着被各位姑姑挑去干活，江心月终于明白了外围宫人代表着怎样的卑贱。

她想起曾为嫔妃时，那个在她跟前卑躬屈膝谄媚奉承的刘总管，身为主子的她，从来都是高贵的。而到了这里，刘康总管内务府七司三院，其下的奉宸院由掌司大人和几位典工、良署管理，再其下就是严女史一众，再其下才是直接掌管她们的春花等人。

第八章 忆朵三

　　而现在，她沦为最低贱的奴才，一个严女史就可以随意处死她，刘大总管已经成了挂在天上的玉皇大帝一般的人物。

　　严女史生着一张长长的脸，嘴唇薄而色浅，下巴稍有些棱角，一看就是个不讲情面的人。她朝春姑姑点了头，抬眼一瞟面前的几十名宫女，面上露出烦闷之色，道："咱们晗竹院最不受重视，分来的这些人也是不利索的，好的都被挑进内廷伺候主子去了，剩下这些上不得台面的才塞到我们这里来。"

　　她又瞥一眼春姑姑，接着道："不受待见就得受气啊。"

　　江心月听了这话，心里反而松了口气。晗竹院是负责宫花苑最偏远的角落，以及一些不起眼的小园子的，自然不受重视。而春姑姑的差事则是晗竹院里最不起眼的，严女史这样说，便是在借机打压她。

　　春姑姑和她有私仇，严女史却和春姑姑不和，这实在是好事。

　　春姑姑果然面色一沉，还是赔着小心道："女史大人莫置气。"她心里十分不快，晗竹院里她的活最低下，也最受排挤，连去领新宫女这样额外的活也是推到她头上。现在严女史还说这话，就是不准备给她脸。

　　她也扫一眼后头的诸人，方才想起了什么，又对严女史道："这一次分的这些人也算可以，就是有一个……"说着她一手指向江心月，婉转地道：

"女史大人恐怕认得她罢。"

严女史顺着她的手指看去，当下心里一惊，却又立马恢复了如常的面色，只沉稳地点一点头。

春姑姑继续道："她可不是个省心的。半路上，她因为心里不顺，还故意撞了前边人一下呢。"

江心月听着，脑子里出现了八个大字——落魄的凤凰不如鸡。

她想着想着就更加颓然了，她现在哪里只是鸡，分明是一只要被煮熟的半死不活的鸡。现在她只能赌，赌严女史和春姑姑的矛盾够大。

严女史抚着自己腕上的青玉镯子，一言不发。春姑姑又笑道：

"女史大人也不必为她头疼，干脆奴婢就领了她去，保证调教得服服帖帖的。"

春姑姑认为严女史定会答应她，因为这么一个不省心、喜欢闹腾的废妃，任谁都不会喜欢的，指不定何时就闹腾出事，当姑姑的也要受牵连呢。她主动提出来要领了去，也结了严女史的一番心事。

严女史定定地看了她半晌，突地笑了，道："春花你何时这样喜欢为别人分忧了？"

呵，你那点心思我还看不出来？这个江氏怕是和你有私仇吧。既然你想公报私仇，我就偏不让你如愿。

后头的一个姑姑听了，讨好地开口道："宫女如何分派当然是由严姑姑做主。"

言下之意便是你春花有何资格置喙。

春花听着不对，不禁抬头瞪了那多嘴的姑姑一眼。

严女史对着诸人笑笑，道："省心不省心还要看以后如何。"说罢，转头看着刚刚讨好她的姑姑道："忆朵你就领了江氏去吧。她在路上犯的错也由你来惩戒。"

忆朵听了大惊，她想要的是安安分分的好宫女，不想让江氏进来折腾她。可严姑姑却给了她一个不容抵抗的眼神。

春花更是不满，但在严姑姑的威势之下，也不得不妥协了。

江心月心里松垮下来，只要不是春姑姑，分到哪里都好。

不多时，几十名宫女都被诸位姑姑领了去。江心月扫一眼和她分在一处的几个新人，竟看见了那个栽赃她的女孩。

忆朵不悦地领着几个人，在前头走得飞快。不一会儿前头就看见了一个小院子，忆朵推门进去，后头的人也跟着进了正房。

"我是朵姑姑，你们今后就是我的人了。我们的活是负责宫花苑井亭一带的花木，规矩你们也知道，做不完活或做不好活要受罚，若弄坏了花木就是杖毙。"

底下的宫女听到"杖毙"二字，都吓得抖了抖身子。

朵姑姑十分满意众人的反应，拿起手边的一盏茶吃了一口，指着一个十四五岁年纪的宫女道：

"宫女的规矩是素颜素服，不得穿戴鲜亮的东西。你腰上的荷包是花了心思的吧？"

宫女听了害怕地跪下道："规矩奴婢明白，装束上不许用金银，更不许用珠翠的。这个荷包并未出格……"

朵姑姑撇撇嘴，对她的蠢笨十分厌恶。刚想骂出来，便有另一个机灵的宫女从怀里摸出一两碎银子，奉在姑姑面前道：

"奴婢们初来乍到，劳烦姑姑照应了。"

朵姑姑笑着点头："真是个懂事的。"

跪着的宫女终于开窍了，伸手把荷包解下来道："姑姑教训的是，奴婢这荷包太过鲜亮了，以后定不敢戴了，还劳烦姑姑给奴婢收着，可好？"

朵姑姑也笑着接下了她的荷包。荷包上绣的是好看的月季花，针脚细密，拿出宫外也能卖十几文大钱的。

几个宫女效仿着二人，也纷纷掏出身上的一点家私。如今朵姑姑手里握着她们的生死，如果哪个敢不掏东西，日后就别想过下去了。

江心月没有急着奉承，她是特殊的，朵姑姑必定会特殊对待她。

等诸人都送了供奉，朵姑姑才把目光瞧在了江心月身上。

江心月低头装着胆小的模样，从袖子里掏出一锭金子和一支翠玉镶金的簪子。

朵姑姑惊得嘴巴张开老大，她一个外围的姑姑，这辈子还没见过金锭子呢。

而簪子之类价值连城的首饰，只有主子们跟前有头脸的大宫女才能被赏赐，她以前是想都不敢想的。

她眼睛被金锭子晃得眯了起来，脸上笑得绽开了花。但是人的贪念是无穷的，江心月原本是小主，还是极受宠的小主，她的宫里珠玉堆得和小山一样。朵姑姑见她此时拿出这些东西来，便觉得她一定还有更多。

江心月看见朵姑姑一副不死心的模样，心下好笑，却一抬手解开了自己外头的宫装，露出里头半旧的粗棉料里衣，泣道："奴婢本来还有一个包袱，但是在内务府被拿走了，这些东西是好不容易留下来的。内务府的人别提多凶悍了，连奴婢原本的里衣都给扒了去。"

朵姑姑急不可耐地把金子和簪子攥在手上，又盯着她看了一会儿，见她里头的衣裳又破又脏，才相信了她的话。她也知道内务府的人拔毛都是拔得精光。

江心月舒了一口气，把衣服穿了上去。这件破烂的里衣可是她的宝贝，里面缝着大额的银票，还有她刚进宫时带进来的红宝石。

她不敢塞得太多，那些贵重的首饰全部都舍了，红宝石是珠玉当中价值最高的，极少量就能换来一座金山，也方便携带。

还好一路上，拔毛的人都没有怀疑到这一层上。

"好了，今日恰好是不上工的日子，你们都回屋歇息去吧。"朵姑姑给几人分了屋子，对着她们吩咐道。她又一手指了江心月，道：

"你来的时候犯了错，就去外头路边跪一个时辰吧。"

江心月施礼谢了姑姑训诫，心里轻松地出了门去。

等她看到朵姑姑说的"路边"，不禁叫苦连连：原本跪一个时辰是很轻的处罚，她以为朵姑姑看在她的孝敬上额外开恩了呢。却不想这条路是六棱石子路，跪下去双膝如针扎一般。

朵姑姑这样低位的人，自然有着受高位者欺压的愤慨和屈辱。江心月本是小主，现在落魄了，谁都喜欢上去作践。而且，江心月被严女史硬塞到她这里来，她本就是极不快的。

朵姑姑手底下有二十多名宫女，此时江心月正面色痛苦地跪着，就见这二十多人呼啦啦从身边跑过去，等她们回来，江心月又要叫苦了：

她们手上拿的都是饭。

她罚跪的一个时辰里，恰好是晚上的饭点。看着一众宫女跑得急切，她便知道，等她跪完了是不会有饭了。

跪足了一个时辰，江心月踉跄着起身，一瘸一拐地回屋里去。

推开房门，她看见两个女子正在炕上做针线活计。她忍着膝盖的疼，给她们二人施了一礼。

这二人里有一个就是栽赃过她的女孩，只有十五岁，名叫小桐；另一人看着年岁比江心月还要大，是前年进宫的宫女，叫玉红。

小桐见她受罚回来，如在路上那般丢了一个白眼不再理会。玉红照规矩给她行了礼，道："你也是新来的？咱屋里还有一个阿青，她去别屋玩去了。"

江心月在炕边上坐了，卷起裤腿，膝盖上肿得不轻，还破皮了。她忍痛用手一点点地揉，宫女可是没有药的。

"姐姐在做什么呢？"她伸着脖子去瞧二人手里的活。

玉红头也不抬地道："衣裳破了，缝补一下。"

江心月看着可不是衣服破了，她们是在宫装的袖口和领口上做绣活。宫女都是十几岁的年纪，正是爱美的时候，宫里却不允许她们穿红戴绿。于是宫女们大多在这些边边角角上绣花，争奇斗艳但也是以淡雅为主，不能出格。

第九章

梅贵嫔 二

江心月自然是不想动这些心思的，她一头倒在炕上就准备睡了。肚子里是空的，她还要饿到第二天，要是起来活动就会更饿。

小桐看她躺着的姿势，捂着嘴偷偷地笑了。

江心月耳朵灵，一听见笑声就诧异地起身，低头从头到脚地看着自己。一会儿她终于醒悟过来——宫女睡觉只能侧卧，蜷腿，不能仰身躺着。这是规矩，是怕睡姿不好冲撞了宫里的神明。

小桐在偷笑，玉红装作看不见一样还在低着头干活，反正两个人都没有提醒她的意思。江心月没心思理会她们，倒是自己犯起愁来：

新进来的宫女最难过的一关就是睡觉，三个月的调教下来，都是因着睡觉睡不好挨打的最多。你躺下时是正确的姿势，可你怎样保证睡醒了之后还是这个姿势？

瑜景宫里，梅嫔沉静地躺在榻上，她身边正坐着皇帝。

"这些日子朝堂大动，朕心里纷杂，还是若初你最让人安稳。"

梅嫔淡然一笑，并不答话。皇帝抬手抚着她柔顺的秀发，宠溺道："你一直是这般清雅的模样，谁见了都会少些烦躁的。"

"臣妾今日身子不爽利，不能侍奉皇上。"梅嫔干脆地拒绝道。今天是她来葵水的日子，却不想皇帝竟来了，难道是敬事房疏漏了么？

而且如今皇后势力如日中天，前日刚处置了莲婕妤，昨日又处置了一位得宠的柔选侍，另有几个宠妃在晨省时受了斥责，还有一些无宠的嫔妃在暗地里受到了皇后党羽的欺辱。

皇后跋扈横行，苛待众妃的一切，皇帝都百依百顺。谁都知道，这个天下，已经姓陈了。

现在她得宠，是非常危险的。

皇帝听了这句生硬的拒绝，脸上丝毫不见恼怒，反而笑意更浓了："朕喜欢若初的性子，不似她们娇揉造作的。"

郑昀睿的后宫里，各色美人俱全。博才者，善歌舞者，端庄者，娇蛮者，清丽者……各类无所缺。

惠妃虽然刁蛮，但偏偏是郑昀睿喜欢的类型；梅嫔冷艳清雅，也让他爱不释手。

梅嫔觑着皇帝的神色，心里更加迷茫。皇帝处在如此不利的形势中，表面上看似烦闷和不顺，可内里好似并非如此。她一直思量着，却看不透这翻天覆地的后宫里，真相到底是什么。

此时，宫里的首领太监进殿回禀道："禀皇上，皇后娘娘身边的画屏姑姑在外求见。"

皇帝一听蹙了眉，声音带了些许火气："朕已经说了后宫之事皇后处置就行，朕给了她这么大的权力，她还想怎样？"

太监小心地回道："是……是请皇上去凤昭宫，说是要赏月色……"

皇帝更加不悦，却是不再发火，他的样子打眼一看就是受臣子要挟的无奈帝王。皇后越发的厉害了，不仅要掌控后宫大权，还要夺宠。陈皇后早已不在乎皇宠，也早不再对皇帝有情分，她如此无非是跋扈霸道而已。

梅嫔坐起身，劝道："皇上还是去凤昭宫吧。娘娘刚成为皇后，皇上多陪陪也是应该的。"

皇帝摇头："朕今晚就在这里。"

梅嫔绷了面孔，转过头去："皇上将臣妾置于炭火之中，臣妾只能领受了。"

"放肆！"饶是郑昀睿喜欢梅嫔傲然的性子，也止不住愠怒了。

梅嫔在地上跪下，低着头却不开口请罪。

皇帝长舒一口气，拉起了她道："罢了，朕这就去皇后宫里罢。"

他大踏步向门外而去，抬手唤了王云海，边走边道："传旨，将梅嫔晋位为贵嫔，和婧昭媛一同行册封礼。"

梅贵嫔身子顿时僵住，在皇帝跨出大殿之后，抓了茶盏狠狠地砸在窗上。

"为了保护那些有子嗣的嫔妃，他就把本宫推到风口浪尖上，给皇后磨刀！"

皇帝给了婧昭媛和惠妃协理六宫的大权，可她呢？空有"皇宠"。

她性子烈，还想再砸，一旁贴身的宫女黎儿忙拉住她的手："皇上还未走远呐，主子不要命了？"

梅贵嫔放下了手，喃喃道："在找到他之前，我这条贱命还要留着……"

"上官大人还是没有消息，好似真的归隐了。遭贬的叔伯们都一问三不知。"黎儿小声道。

梅贵嫔咬了咬唇道："再去查。定要打听到他。那些叔伯都是远房，想也是不知情的。除了宫外的人，宫里还有姐姐生前从上官府带进来的几个奴才，就没有一个人知道他的下落？"

黎儿声色颤颤地答道："他们……全都死了，不知怎么就死了……"

梅贵嫔闻言色变，骇然道："怎么会？是陈皇后做的么？"

"应该是吧。除了她还会有谁呢？"黎儿压下了心底的不安，蹙眉思索，又道，"奴婢还是去仪瀛宫探探口风吧，婧昭媛是最有可能知道的。"

梅贵嫔一把扯住了她的手道："不是和你说过了么，万万不可！上官合子那样有手段的人，一旦被她得知我在探查上官霆，我们俩都不能活了。"

黎儿忙不迭点头："是是是，小姐放心，奴婢不去就好。"

"怎么会查不到，一个大活人就这么没了？！我好怕，陈家会不会已经对他动手……"梅贵嫔颓然瘫坐下来，继而双手掩面而泣。

黎儿挽着她至榻上，边抚着她的脊背安慰着，边道："小姐您别着急，这样的事情我们探查得极小心，所以进展就慢些。毕竟您和他……最不合礼法了。"

梅贵嫔抬头凄凄地苦笑，道："不合礼法？当年一切都是好好的，若不是他们兄妹把我送进这吃人的地方，哪来的不合礼法！"

黎儿看主子伤心，不由得也湿了眼眶，道："大小姐已经去了，您不能总活在恨里头。"

梅贵嫔听着，突地长叹一声，怅然道："是呵，姐姐死了。我恨了她一辈子，每日都和她斗，却不想她最终没有死在我手里。现在没有人值得我去斗了，我一个人在这深宫里，要怎么熬下去？"

原来在这个宫里，她除了恨已经一无所有了。

抬手抹了一把脸，她低低出声道："我不应该催你，上官大人那里，还是要小心为上。礼法真的惩治下来，我不怕死，可我不想牵连到他。"

黎儿低头略略思忖，突地侧头道："还有一个人可能知道……"

第二日天还未亮，江心月醒来，见同屋的三人已经起身，再看自己，根本就是个四仰八叉的姿势！她吓得一骨碌爬下了炕。

脚刚一沾地，朵姑姑就踹房门进来了。她见到江心月已经起身，脸上现出失望的神色，对着四人道："快些梳洗，马上就要上工了。"

江心月心里发惊，朵姑姑果真是来抓她睡觉姿势的，今日是她走运醒得早，否则还不知要怎么罚呢。

今日是要干活的，她快速穿戴好，拿着碗冲过去领饭。到了地方一看，不过是白米饭和清汤寡水的菜，饭菜有限，刚刚够众人分食。可宫人们都极贪心，先到的人都争着把碗盛得满满的。

原来这就是下等的外围宫人过的日子。内廷里伺候的人，连三等宫女都一定能吃饱，还有定量的荤菜。菊香这样的一等宫女更是精细饮食，糕点、夜宵都少不了。

为何宫里的人都喜欢争斗，喜欢踩着别人往上爬？不说主子和下人的差距，连不同等级的下人待遇都是天差地别。

江心月从人堆里挤出来，回屋赶着吃饭上工。她吃了两口，又听见同屋人的偷笑声，恼怒地一回头，就看见小桐三人都在大口地扒饭。

"她还当她是主子呢，看她吃饭那样儿，矜持给谁看呐！"小桐边吃边笑，也没有噎到或咬着舌头。

阿青也在笑，但看江心月回过头来就不笑了，她是个不喜欢惹麻烦的人。

江心月看着自己的碗，脸上有些哭笑不得。经年的嫔妃生活，已经让她这般娇气，养成了精细进食的优雅习惯。她学着别人大口扒饭的样子，心里对小桐直摇头。小桐年纪小又刚进宫，性格难免浮躁。这样的丫头在宫里不会活得长了。

江心月到了上工的地方，顿觉上天实在是太过厚待她了。以前宫里想让她死的人多得不计其数，现在她落魄至此，她们每个人都有能力一指头碾死她。但是上工的井亭靠近冷宫，是宫花苑最偏远的角落，主子娘娘们嫌晦气，都不会到这边来。

要活下去……江心月在心里不停地念着。

这一天的活是除杂草。朵姑姑指了几个年纪稍大的宫女，吩咐道："那五个新来的人都由你们教，要是她们拔错了草，你们就和她们一并受罚吧。"

几个宫女领命。

负责教江心月的正是玉红，她话不多，一边拔草，遇见花木就说一声："记着这个不能拔。"

江心月看一遍就牢牢记在心里。这可是顶要紧的，这里的一株花木，抵得上几条宫女的贱命，要是拔错了或者不小心踩到，直接就会被打死。

两个时辰过去，她一直弯腰蹲在地上，膝上的伤愈加痛得厉害。太阳升到头上，她的汗珠便落了下来，肚子里也在咕咕叫了。外围宫人的杂役真是累人。

江心月无聊又苦累，当玉红又说了一句"这个不能拔"之后便问道："姐姐，这是什么花？"

玉红喉咙一哽，皱着眉头道："不知道。"

江心月吐了吐舌头，干粗活的宫人只要把活做好就行了，谁还会教她们认识手底下的花木都是什么？

"我也不认识的，唐突姐姐了。"江心月追着补上了一句。她不想让玉红觉着她仗着自己曾经是小主，嘲笑她出身平民不认识花木。

玉红照样不多话，接着蹲身向前走。

"奴婢给梅贵嫔请安，给蒋美人请安。"站在一边叉腰监工的朵姑姑突然跪了下来，一众宫女也惶急地跟着跪下。

江心月跪的时候，眼前不免有些眩晕——这么快就有人找上门来了，她们也不嫌劳累，巴巴地跑到这么偏远的地方。

她如今的跪姿何其卑贱，她这样下等的宫人，连蹲身都是不可以的，必须跪地。可是蒋氏她们仍不肯放过她！

蒋希涵轻执团扇，对着一众宫人掩嘴轻笑道："都免礼吧，你们接着做活。"

江心月扶着膝踉跄起身，刚把手伸到一株杂草上，就有一只玉面锦履踩住了她的手，狠狠地往下碾着。

她吃痛地咬着唇，抬头直视蒋美人春风得意的面孔："小主请不要走这里，奴婢还要做活。"

蒋美人嗤嗤一笑，一抬脚竟踩了身边的一株碧绿枝叶的草药，声色婉转道："那本小主就换个方向走喽？呵呵，你看好了，这一棵不是杂草，是种在这里供太医院取用的黄连呢！"

江心月攥了拳，梗着脖子道："小主您损坏了它。"

蒋美人仿佛听了什么天大的笑话一样，大笑着道："你做了下等宫人，就真不知晓宫里的境况了么？本小主刚被晋位为美人，皇上何等爱重。这一株黄连，本小主说是谁踩的，就是谁踩的。本小主还记得当年江氏为宝林时，拒绝本小主的好意呢……江氏，你可明白？"

她把目光盯在江心月脸上，满足而得意地细细欣赏。什么倾城绝色，落到今日的地步，泥灰和着汗水黏在脸上，哪有半点美色？

江心月丝毫没有移开目光，依旧直视着她，幽幽道："宫里的事，奴婢当然清楚。听说得蒙皇恩的柔选侍已经被禁足，连每日领的饭菜都是馊的，日子过得生不如死。奴婢不知小主您晋位之后，皇后娘娘会如何对待您。"

蒋美人听着，面上已经现出惊惧，只听江心月继续道："柔选侍曾经是倚仗废后上官氏的，据奴婢所知，您也是如此呢。就连奴婢我，也是被皇后娘娘一道上表处置到这里来的。您看着奴婢如今的落魄，可要心存忧患呐。"

蒋美人手一抖，扇子就掉到了地上，她咬着牙道："主子的事情何须奴才来管？本小主处置你是绰绰有余的！"

朵姑姑已经跪下，头深深地叩在地上，惊惶道："小主，江氏不安分，合该处死，求小主饶了奴婢等人。"

她怕得额头滴着汗，早就知道江氏是个麻烦，就算她自己不折腾，也会有旧日的对头找上门来。损坏了草药，她也会被牵连；若蒋美人火气再大一些，她没准会赔上命。

"蒋美人，你性子太躁了。"一直未曾说话的梅贵嫔终于开口，蒋美人对她低头退至一边，脸上讪讪地笑着道："还请娘娘处置这个贱婢吧。"

江心月看着这二人，心里不禁发笑：蒋美人找靠山的本事越发厉害了，上官皇后没了，她就攀上另一位。

梅贵嫔曾在刚入宫时通过太后对江心月发难，除此以外二人再无过节。江心月不知她这次来，会怎样处置自己呢？

梅贵嫔淡笑着，对朵姑姑道："你记好了，这株黄连是本宫不小心踩了。"

她身边有伶俐的宫女立即道："黄连生的不是地方，污了娘娘玉足了。你上头的人要问起，你就这样回话。"

朵姑姑连连欣喜地应承下来。这位梅主子真是位宽和的人，肯替她们做奴才的着想。

梅贵嫔略感闷热，从宫女手里接过扇子，随意打了两下，又道："我宫里缺个粗使的宫女，想把江氏要了去，不知你肯不肯呢？"

朵姑姑一听顿时狂喜，忙道："娘娘能看上她，是她的福气，奴婢这里人手够，今日就叫她收拾了跟娘娘走罢！"她一心想甩脱江氏这个烫手山芋，不想老天开眼了。

江心月心里无比地惊惶起来——她讨厌看不透的东西！她不明白，梅贵嫔为何点名要她？

梅贵嫔亲手拉起了江心月，温和道："本宫知道你的日子不好过。今日来这里的是本宫，若明日来的是皇后娘娘，你会怎样呢？"

她看着江心月沉思的模样，轻柔一笑，又道："去本宫那里伺候吧。你就待在瑜景宫里不用出门，有本宫在一天，就有你一天。"

江心月从心底挣扎起来，梅贵嫔开出的条件实在太诱人了！能活下去，要活下去啊！

可是转念一想，她又止不住地犹豫——看如今皇后的势力，梅贵嫔真能保她么？她刚被晋封为贵嫔，此时正是自身难保。

现在皇后没有急着碾死她江心月，是因为她要忙的事情太多了，每日忙着党同伐异，整治后宫，她一个小小贱婢已经落到如此下场，皇后也暂时忽略了她。可是，如果她跟去伺候梅贵嫔，就是由外围宫女变成内廷服侍的宫女，这样的举动在皇后眼里，会代表什么呢？

那便是她江心月，要趁机复位！在内廷伺候与在外围做活最大的不同，除了身份更高外，就是有机会见到皇帝。

皇后的注意，才是最厉害的索命无常。

想到这儿，她手心已经沁出了冷汗。

"娘娘……"她嗫嚅着，不知该如何说。

"梅主子，您不必与江贱婢废话了，她怎有资格去服侍主子您？"蒋美人急切地道，她可不想让江氏交好运。

"蒋美人，你的话太多了。"梅贵嫔呵斥了蒋美人，又回头对着江心月，道，"你不必怀疑。天上当然不会掉馅饼，本宫要你，也是有本宫的用处。"

江心月轻蹙了眉头，再次跪了下来。

"你是要拒绝么？"梅贵嫔悠然一笑，又对着蒋美人点了点下巴，轻笑道，"你违背本宫的心意，蒋小主可不会饶过你。"

"奴婢不敢。"江心月沉沉道，"不想奴婢卑贱之躯，也可以为娘娘所用。只是，奴婢已然看开后宫之争，再不想踏足内廷。"

梅贵嫔眯起了凤目，盯着她不肯移开眼。有宫女从侧递上一捧楹芷百合，一旁打扇的宫人将清香随风送过来，梅贵嫔闻着，面色舒缓了许多。

"算了。"她终是松了口，道，"本宫也不勉强你了。你身处险境，可要多多保重。"

蒋美人不甘地瞪了江心月一眼，回头见梅贵嫔的步辇已经起驾，她急忙小步追上去，觑着梅贵嫔的神色，谄媚道："如今，盛宠的江氏成了这副模样，以前处处与您为敌的上官罪妇也有了报应……"

肃面端坐着的梅贵嫔瞥向她，眉头微蹙，冷冷打断她道：

"上官皇后再如何有罪，也曾是皇后，你一个低阶妃妾有何资格辱没她？"

蒋美人没料到会得到这样的回应，身子一愣，呆在了原地。

梅贵嫔收回目光，徐徐道："做墙头草可以，但歪得太过头就惹人恶心了。你记住，日后再不得对上官皇后不敬。"

"是，谨遵娘娘训诫。"蒋美人低头诺诺。

井亭这边，朵姑姑绷了面孔，对众人厉声道："都看着做什么？还不快点做工！江氏，你今日没有午饭。"

江心月向她告了罪，才起身做活。因为她带来的麻烦，朵姑姑险些获罪，日后这样的麻烦还会无穷无尽……

朵姑姑也会愈加严厉地苛待她。

她身边的小桐边做着自己的活，边拿眼睛瞟她，那目光里闪烁着不甘。身为外围的丫头，她多么想被主子看上，调到内廷去。内廷和外围尊卑分明，去内廷不亚于一步登天。可气的是，梅主子没看上她，看上的却是一个有罪的废妃。

这废妃竟然还不领情！

待正午的日头升起老高，一众宫女方才完工，都擦着汗往回走。

晗竹院里已经在领饭了，诸人顾不得洗手，纷纷回去拿碗抢饭。江心月一人待在屋里，白米和馍馍的香气从她鼻孔里钻进去，她只能用手按住了肚子。

小桐一手一个馍馍啃着，进了屋，瞥了江心月一眼，用拿馍馍的手去蹭她的鼻尖，笑道："你以前当主子的时候，从未看得上这样的粗食吧。"

江心月把头扭到一侧，不予理会。

肚子里又不争气地叫开了。她微微蹙了眉，这样子下午怎么上工？做不好活是要受罚挨打的。

第十一章

杀机

小桐喜欢看她落魄的样子，看着看着又高声笑了起来，嘲讽道："你长得真好看，可好看不能当饭吃不是？"

"朵姑姑安。"姑姑突然推门进来，小桐忙蹲身揖礼。

朵姑姑挑眉道："宫里什么规矩都忘了么？吃个饭还喧闹。"

小桐惊惧地跪下去，请罪道："姑姑恕罪。"她没想到一时得意犯了规矩还被抓现行，手里的馒头却攥得更紧了。

朵姑姑瞟一眼她，道："没说你。江氏，犯规矩的是你。"

又是青天白日里的嫁祸。可在这个地方，朵姑姑就是天，哪里讲什么黑白道理？她看谁不顺眼，犯错的就是谁。

江心月跪了下去，她觉得这朵姑姑的火气未免太大了些。

"你去外头的石子路上跪到上工。"

听了朵姑姑的处置，江心月不仅是叫苦了。朵姑姑这样苛待，太过分了些，好似与她有什么旧仇一样。

不行，不能这样下去。这样她不被仇家碾死，也会被朵姑姑折磨死，现在顶着日头在石头上跪一个时辰，又没有吃饭，就算铁打的身子也受不住，下午上工肯定做不好活……做不好活回来就要挨打，明日还要做活……

这样想着，她倏地惊惧起来——朵姑姑岂止是拿她发火，这分明是要她的命！

原来，朵姑姑打的是这样的算盘！为了避免日后的麻烦，唯有把麻烦的根源拔除，可是她没办法把这个烫手山芋甩脱开，于是干脆碾死。

一日一日地折磨着，她总有倒下的时候，朵姑姑就上报说江氏身体不好，不擅长做工……

她方才深切地意识到，自己的处境是何等的危险。

以为到了这样偏远下贱的地方，就能逃离漩涡，逃离杀戮么？

江心月心神俱焦，怎么办？

如今哪里会有人来帮她，昔日与她交好的嫔妃都是利益上的关系，她现在蝼蚁不如，对她们来说没有丁点价值。菊香他们是她真正忠心的人，却也一点力也使不上。

王府在宫中的细作本就不多，都在筹谋着扳倒陈家的大计，哪里顾得上她？且王渊那边已经有几分消息，因着她被皇帝弃置，连王府都准备弃置她这颗棋子了。

是呵，她于他来说，只是棋子而已。她的人生，一直是在被利用与被弃置之间穿梭。

她再次跪在石子路上的时候，脑子里就一刻也闲不下了。生路，生路在哪里？

现在是四月中旬，已经有些暑气了。日头晒在她头顶上，烤得她头脑迷迷糊糊地发晕。

在一阵眩晕之时，她的身子不由自主地朝一侧倒去，那一侧的膝盖就受到尖锐而突然的压迫，当即被石棱子刺破，她受痛呻吟出声，却也清醒了过来。

不能坐以待毙！她能得不死，来这里做工，已经是上天的恩典。她怎么能就此放弃？她还在等待机会，等待陈家倒台，等待她重新回内廷的机会！

她仔仔细细地思虑着，惠妃，婧昭媛，梅贵嫔……后宫诸人从她脑子里纷繁而过，天无绝人之路，一定会有她要找的人。

想了半晌，她无一丝头绪。

似乎唯一的生路只有那位梅贵嫔，只有她肯定了自己的价值。而且梅贵嫔上午不曾因为她的忤逆而处置她，这就是极大的生机了，她对梅贵嫔来说一定很有用。

可是她却想要自己去瑜景宫，那又是极大的危险。

梅贵嫔要她有何用呢？

江心月想着，却突然自嘲地笑了起来。她哪里管得了这么多，当下，是要活命。

梅贵嫔要她有用，或许她们可以谈谈。或许，她可以不去瑜景宫里伺候，也能达成梅贵嫔的心愿，还能获得好处。

很快又该上工了，江心月拖着极狼狈的身子，跟在众人之后。

到了井亭，她满眼的疲惫瞬间一扫而光。因为她看到梅贵嫔贴身丫头黎儿正立在花圃旁。

黎儿笑着对朵姑姑道："我家主子喜欢江氏这丫头，让我再来和她说说呢。"

朵姑姑一听就急切道："主子要人，哪有下人挑剔拒绝的理？您直接领走就成了。"说着她回头狠狠剜了江心月一眼。

黎儿温和道："不好这样，我还是劝劝她。"

她对着江心月招招手，道："你和我来。"

江心月听话地跟上去，脚步虽然蹒跚，走得却一点也不慢。

黎儿顺着小路，朝更偏远的地方拐去。终于，她在一处荒无人烟的宫墙边停下了步子。

"黎儿姐姐来这么偏僻的地方，定是有要事吧？"江心月边揉着膝盖边问道。

黎儿从手绢里掏出几块糕点，伸手给她，道："你看你，不肯跟着我家娘娘去，不过一中午的时间，就弄了这一身的狼狈。"

江心月连连道谢，接过糕点捧在手里。

黎儿看她不吃，嗤笑了一声，自己先拈起一块吃了，道："你的心思太重了些。"

江心月讪讪地一笑，跟着黎儿一同吃了起来。

她如今受人施舍的境况，只能用"狼狈"二字来形容了。

得到黎儿的雪中送炭，她感觉到自己的生机越来越大了。一边吃着，她一边急切地道："黎儿姐姐，奴婢现在的境况，也是很难过，若梅主子不照应，奴婢就活不了几天了。不知梅主子有什么地方用得上奴婢？只要不领着奴婢回内廷，奴婢什么都愿意做。"

黎儿抬手掩住嘴笑笑，道："你是真对内廷怕极了，呵呵。不过……你最好是跟着我回去，否则，我家主子不好交代你做事。"

江心月心里越发地惊了，是什么样的事情，偏要她跟着回去才能做？

她在心里一点一点地抽丝剥茧，这样的事情，只有两种可能：第一种是做事的地点在瑜景宫里，第二种则是……

梅贵嫔要完全地掌控她，才肯放心让她做事。

不！第二种情况不是这样简单！很可能是她做完了此事，会被梅贵嫔灭口！

她心神警惕起来，再看四周的荒凉，却当即恍然了，这么渺无人烟的地方，太危险了。

"黎儿姐姐，我不能久留了，我的活还没有做完……"她扶了膝盖就往回赶，却不料一把冰凉的匕首架在了她的脖子上。

"江姑娘，我家主子的事非同小可，你无论如何都要应承。"黎儿的匕首拿得很稳当。

她目光焦灼地盯在江心月脸上，威逼道："你一个贱婢想和梅主子抗衡吗？就算我在这划一刀下去，也不会有半个人来管你。"

"到底……是何事？"

黎儿温和地笑笑，轻道："不是什么费劲的事。我们只想打听一点消息。"

她欺身上前，凑到江心月耳上轻言道：

"我们想知道上官大人的情况。"

江心月一凛，却是笑道："我曾经身为嫔妃，现在身为贱奴，如何得知上官大人的情况？"

"你不必掩饰。上官皇后是上官大人的亲妹，你是上官皇后生前所见的最后一人，她应该有些许的消息透露给你。"

江心月急促地喘息起来，目光定定地看向黎儿的眼睛："今日我说与不说，都无法活着回去了吧。"

梅贵嫔一介深宫的嫔妃，为何要探查外男？

若是被皇后或其余有心思的人得知了，梅贵嫔会有多么严重的后果？后宫女眷，最忌讳的无非是红杏出墙。

可是，她没心思想这些了。她现在，不是已经得知了么？

黎儿没有回答她，而是把手上的匕首再次逼紧了一分。

怎么办？江心月心里疯狂地思考起来。

她看着紧逼的匕首，平复了下心神，道："上官皇后临死前，一直叫一个名字，除此之外她什么都没说。"

"谁？"黎儿急切道。

江心月长长一叹，缓缓道："阿睿。"

黎儿握着凶器的手倏地颤抖起来。

趁着她失神的空当，江心月一手扭上她的手腕。她已经顾不得许多了，只能赌，赌黎儿不是有武力的人。

黎儿被江心月这么一扭，刀掉了下来。江心月见她没有身手，心下大喜，扑上去抢地上的匕首。黎儿大惊，刚想和她扭打，脖子上却已经被匕首架上了。

"我们两个，是谁无法活着回去呢？"江心月大口喘着粗气，俯身在她耳边轻笑道。

黎儿顿时满面骇然，惊惶道："你……你不能杀我，我死了，梅主子定不饶你，她一指头就能碾死你……"

"杀你？我倒是很想。但是二十几个宫人都看见我们出来了，你死了，我怎么收尾？我可不像你有个主子做靠山，可以轻易地抹平一个宫人的死。"江心月心下不顺地道。

她对着黎儿点点下巴，又道："如今我知道了不该知道的事，你们不想让我活，我却偏要活。你回去告诉你家主子，敢动我一个指头，我拼死也会把这事透出去，我倒要看看是我这个下等宫人的命值钱，还是你家主子的命值钱。"

她看着黎儿不肯应承的样子，又笑道："我真的不知道上官大人的消息。上官皇后临死前，心里眼里只有她的'阿睿'，亲生兄长一句也没提。"

她说的是实话。

第十二章 三 生路

黎儿终于点头，道："你放心，只要你不说，梅主子就不会难为你。"

江心月大度地松了手，黎儿转身就从小道上跑得没影儿了。

江心月蹲坐下来，一只手愤愤地砸在了墙上。她很气恼，自己巴巴地来寻生路，不但没找到靠山，反而掉进了火坑里！

她这样求生路，本身就是在赌。可是她这次的运气太差。

梅贵嫔会放过她？不可能！傻瓜才会放任这么一个危机在外头！再看手里的匕首，她忙望向四周，见无一个人影，才赶紧把这要命的东西就地埋在了墙根下。

她抬手揉了揉额角。现在的处境，真是雪上加霜。

膝盖上又是一阵痛楚，她才想起来朵姑姑的麻烦还没有解决。

她急忙扶着墙起身，快速往回赶。

回到上工的地方，不出所料，朵姑姑叉腰站到她跟前，劈头道：

"你是最下等的杂奴，竟敢在上工时偷溜出去？且不说你偷懒摸闲，就说你违逆宫规随意走动，冲撞了主子是何等罪过？等着回去挨板子吧！"

江心月暗自咬牙，朵姑姑是真的不想让她活了，什么样的罪名都不分青红皂白地往她头上扣。这可不是个小罪过，她不知要受到怎样的惩处？

她无力再想下去，只用手撑着地往下蹲。她不仅肚子里饥渴难耐，小腹处还在揪着似的疼着。

她撑不了几天了，到底，谁可以救她？

玉红似无事一般继续给她指点花草，只管尽自己的责任。她顺着玉红手指的方向爬过去拔一株野雏菊，刚往前一动，身子就不听使唤地跌了下去。

她在失去意识之前，看到的只有朵姑姑得意的脸孔。

她醒来时，满身满心都是瘆人的寒冷，她打了一个哆嗦，睁开了眼一看四周，竟是晗竹院里的厅堂。外头天都擦黑了，红烛在她前头跳跃着，一点点跳亮了她萎靡的心神。

"竟然昏了这么久，可算是醒了。女史大人还等着问罪呢。"朵姑姑探头在她身前，满面凶相。

她全身酸痛，头上身上都湿透了。她用手在脸上抹了一把，手指所触之处，均是肿起的。

朵姑姑扇了她好几巴掌都没弄醒她，只好泼了她一桶水。

呵，如今的样子，真是狼狈到极致了。

等等！女史大人问罪？对了，她在做活的时候被黎儿叫出去，却被朵姑姑认定为偷溜……她不由得紧紧咬了唇，这一次，可以逃脱么？

朵姑姑边拧着她的胳膊，边对严女史道："江氏实在太不像话，她起初不服管教，常在房里喧闹，做活也怠懒；可今儿上午居然趁机偷溜，在内廷随意走动，这一条条一项项加起来，打死都不为过……"

"好了，忆朵你先下去忙吧。这丫头该定什么罪，怎么罚，岂是你操心的？"严女史一手敲着小几，对朵姑姑的越俎代庖十分不耐烦。

忆朵赔笑道："女史大人自有定论，奴婢不敢置喙。"说罢阴阴地瞥一眼江心月，行了礼退去。

江心月慌忙爬起来，对着严女史跪好，低头叩首在地道：

"禀女史大人，奴婢今日做工时，并不是乱闯宫闱，而是……"她边说着边抬眼偷瞧严女史的神色——她可不认为这位女史大人会网开一面，毕竟她这样的麻烦源头，不仅会牵连朵姑姑，还会牵连整个晗竹院。

严女史端着茶盏啜了一口，不理会江心月的辩白，只对着外头两个宫人招手。

江心月一见她的动作就心神大震：严女史是要处置她了！不可以，她要辩白……可是辩白又有什么用？一个聪明的女史是不会留下她这个麻烦的。

她急得额上直冒汗，小腹处又在往下坠着疼，直疼得她满脸发白。

严女史有一搭没一搭地磨着茶盖，头也不抬地对着进来的人道：

"赏这丫头二十板子吧。"

江心月一听反而松了口气，只是挨打而已，没有说打死。只要不死就好。

可是，二十板子……她现在的身子，饥寒交迫，小腹处还在发疼，她怎么去承受这样的刑罚？

严女史边品着茶，边赏玩着手上的两枚戒指，茶香从她的杯中直入江心月的口鼻。真是好茶，茶香馥郁但不过浓，闻着心神都舒坦起来。

这样的好茶，向来只有主子能享用。一个外围女史也能得到这么好的待遇，还真是不容易了。再看严女史手上的两枚戒指，一枚翠玉，一枚墨玉，都不是凡品，尤其墨玉是玉中最昂贵珍稀的。

江心月心里思量着，这位女史大人应该是个贪财的。她的衣衫里头有不少的好东西，若孝敬一二或许能免了责罚。

可是，她怎么拿出来？在这儿明目张胆地把衣服拆开？那里头可是她的全部家当，以后还要留着用呢，若都给严女史看到，她定会把所有的都夺了去。

唉，行不通。江心月满面愁苦，被两个宫女架着往外拖。外头已经搬来了刑凳和板子。

她不死心地继续盯着严女史，想从她身上找到应对的法子。

就在要被拖出门外的瞬间，她突然发现严女史腕上的青玉镯子有些熟悉。她努力地回想着，终于，脑海中有灵光乍现，她猛然大喊起来：

"女史大人，奴婢还有话说……"

严女史听见喊声，不耐烦地蹙起眉头，但还是向外头道："就先拖回来吧。"

江心月回到厅堂里，跪爬至严女史的脚下，急切道："奴婢为嫔妃时，和婧昭媛交好……"

严女史一听，立刻挥手令两个宫女退下。屋里没了外人，她探头到江心月眼前，谑笑道：

"那是以前的事了。现在你不是嫔妃，是下等奴才，你还能和昭媛娘娘交好么？"

江心月稳了稳心神，不慌不忙地道："女史大人可知，宫里的交好，多数情况下不是感情上的好，而是价值上的好。"

严女史又笑了："你现在沦落到此地，对昭媛娘娘还能有什么价值呢？"

说着她又抻着脖子准备喊外头的人进来，江心月一看便急了，道：

"女史大人，奴婢可以为昭媛娘娘做事，无论何事都可以。如今皇后跋扈，娘娘处境艰难，定有用得上奴婢的时候。"

严女史回过头来笑看着她，半晌才收住了笑，道："你怎么知道我的主子是昭媛娘娘？"

江心月抿了抿嘴唇，低头道："女史大人手上的青玉镯子，是昭媛娘娘的赏赐吧？其实那个镯子原本是萦碧轩的东西，是婧主子有孕时，奴婢命人送过去的贺礼。"

严女史点点头："你确实是个聪慧的，能从这点微末细节上找着生路。"

江心月欣喜地给她磕头，她听着严女史的话，只觉得自己的生机又多了一分。

严女史用手抚着那只水灵通透的青玉镯，徐徐道："你只认得这只镯子，可曾认得我这个人？你可知我为何只赏你板子，而不是把你打死？"

江心月心里一愣，转着脑子回想着这位女史大人，还是没能想起来她曾经和自己有什么交集。严女史也不恼，接着道：

"一年前，我还只是幽沁园里的领头姑姑，和忆朵她们是一个位置。那时候你还是莲小主，你去那园子里想玩秋千……"

她这样说着，江心月终于记了起来——原来严女史就是那日跪在地上，求她不要和柔选侍争秋千的奴才。

严女史笑道："要是一般的主子，心里嫉妒柔小主受宠，且因为我们做奴才的违了主子心意，想玩的不能玩，定会把火气撒到奴才身上。就算不是真心想玩秋千的，也会拿奴才开刀，借机打柔小主的脸。可是你当时不但没有对我们动气，还赏了我们银子。你可知，那时我的妹妹正染着重病，就是那区区五两的银子，让我请动了医女，救活了她。"

严女史说着微微一叹："唉，你一句话的事，在我们奴才眼里就是天大的恩德了。我今天留你性命，也算是报了你当时的恩。"

江心月听着，心里不禁更加怜悯这些奴才。那几两的纹银她从未放在眼里，对这些奴才来说，竟然是救命的钱。这样的举手之劳，竟能换得今日的生机。

严女史继续道："后来，我得婧主子赏识，被提拔做了女史，从此就成了她手底下的人。"她转头看向江心月，"你为嫔妃的时候，我就听婧主子说起过你，你是个聪明又有胆子的，婧主子对你十分满意。现在你虽然成了奴婢，聪明劲却一点也没少，想必会对娘娘有用的。"

江心月喜不自胜，赶紧给严女史磕头谢恩，口里连连道："日后娘娘的吩咐，就是上刀山下火海奴婢也不怕，定会给娘娘办好。"

"好，有你这句话就好。今日的责罚就免了，你暂且回忆朵那里去，我会嘱咐她不准再害你的。"严女史徐徐地道。

江心月听着这话，心里的喜悦却逐渐消退了。"上刀山下火海"，真的只是她说出来的奉承话么？不是的，听严女史的语气，恐怕今后她真的要上刀山下火海了。

第十三章 宫女杀手

上官合子那样的人能利用她做什么事呢？估计投毒杀人这样的事也是有的。虽然这是一条险路，但江心月没有法子，此时能活下去就很不错了，以后的事以后再说吧。

她撑着虚弱的身子回到自己的屋，见里头无人，想是上工还未回来吧。她再一抬眼，却看见炕上卧着一个碗，碗里盛着三个包子。

她的眼睛都发亮了，跳上炕一手抓一个包子往嘴里塞。

这就是生路，生路啊！严女史还命人给她备下了饭，真是不舍得她死了。

她大口大口地啃包子，一会儿三个大包子都下肚，顿时觉得全身都舒坦了，小腹处也没有那么疼痛了。

看看外头天已经漆黑了，此时小桐三人才疲累地推门进屋。

三个人都栽倒在炕上，嘴里叫唤着："累人呐，腰都直不起来了。"

小桐揉着自己的手道："搬了一下午，手都破了，明日还要做活。"

江心月看她的手，上面磨了好几个大水泡，有些地方都破皮流血了。这定是干了重活了。

此时，朵姑姑从外头进来，挑眉对着江心月道："你既然病了，就在屋里养两天吧，明日后日都不用去做工了。"

江心月心里狂喜，有生路实在是太好了。

朵姑姑看着她欣喜的样子，愠怒地瞪了她一眼，才推门离去。江心月看着她走时的眼神，心里惊了一下，那目光里有厌恶，有不屑，还有……嫉妒？！

她摇摇头，心里发笑。朵姑姑怎么也料想不到，女史大人不但没责罚她，还赏识了她，把她收为己用。她回想着这些天在晗竹院，朵姑姑对严女史曲意逢迎的模样，终于明白过来，原来这朵姑姑也巴巴地希望自己能被严女史赏识。

可是她不知道的是，严女史是为婧主子办事的，朵姑姑这样只有丁点小聪明，没什么大本事的人，怎能被赏识？况且被赏识了真是好事么？给婧主子办事，那可是要随时提着脑袋的。

江心月想起当时有孕时，冯氏被孝德仪太后利用，拿自己的一条命来赌她肚子里的孩子。她轻轻摇头，这样的悲哀也将降临到她的头上了。

小桐几个都惊诧地瞪着她，朵姑姑怎么会如此照顾她？还不用上工？再说她白天里被拖出去，不是应该挨板子么？

江心月朝玉红笑笑道："姐姐累了，快些歇息吧。"

玉红是最不多话的人，听着就上炕来，倒头便睡。其余的二人见有一个睡了，也跟着爬上炕。小桐颇不甘地瞪一眼江心月，好似被她欠了钱一样。

第二日，众人都赶着上工去了，江心月一个人盘腿坐在炕上做绣活。

她做了一会儿，看看手里歪歪扭扭的花样，终于看不下去，甩手扔到一旁。她下炕舒展了下身子，伸着手去拿早上剩下的一个馍馍。

不知道是干粗活劳累，还是刚生产过身子弱，她现在的胃口越来越大，早没了半点娇贵嫔妃的影子。她用手一捏，馍馍有点发硬。她一点也不嫌弃，张着嘴就往里送。

刚想贪婪地一口咬下去，她却发现原本放馍馍的地方残存着一些白色粉末。

她急忙放下了馍馍，小心地用手指蘸了那些粉末，细细看了半天才自嘲道："我和花影只学到了些皮毛，哪会知道这是些什么东西。"

不过，吃食上怎么会出现这样奇怪的东西？

她再不敢碰馍馍，又去外头打了水洗手。想想今早，那三个人都走得匆忙，到底是哪个做下的呢？

小桐最没有可能，那样肤浅的性子……可谁知道她是不是装出来的？还有那个玉红，常言道，会咬人的狗不叫。

阿青？她是个没主意的人，每天都是跟着玉红做事的，有时候还忍不住跟着小桐一块儿嘲弄她，是个再普通不过的宫女。

江心月双手抓着头发，心里又开始上火。谁说宫里只有嫔妃才是虎狼？这些下等人之中也是人才辈出啊。

在她边上火边思虑的时候，外头一个宫女敲起了门。

她迎上去，开了门就行礼笑道："英儿姑娘，可是女史大人找奴婢有事？"

英儿是严女史身边伺候的，年纪不大，一张脸也透着娇憨，对江心月笑道：

"是呢，女史大人很看重姐姐，叫姐姐过去呢。不过具体是什么事情，我就不知道了。"

江心月听她叫姐姐，连连推辞："姐姐是伺候女史大人的，和我们这些下等宫女不一样，我怎么担得起你一声姐姐？"

英儿笑着摇头："你比我大嘛。"

江心月不由得笑了，在这宫里，一声姐姐不仅是姐妹间亲昵的称呼，也是地位高低的区分。宫里的姐姐妹妹，岂是按照年纪来排的？

"我痴长你两岁，干活却不如你呢。要不你就叫我江姑娘吧。"

英儿笑嘻嘻地拉了她的手，叫了一声"江姑娘"。

江心月不再耽搁，笑着应下了，跟她往严女史住的正房去。

严女史屋里还是茶香弥漫，江心月鼻子好使，闻着觉得今天的茶和昨日不太一样，昨日是龙井，今日，好像是君山银针。

都是主子才能喝的好茶。她的案几上还摆着一个镂空的香炉，说是"香炉"，其实只是一只豆青釉双耳三足小手炉，两片球形玉瓷可开合，内焚香末，熏香便会从镂空之处溢出。瓷质精细，光润匀净，如脂似玉，双耳自然连接，高雅之中不失秀逸。

这些精巧之物，价值连城，那些不得宠的主子还得不着呢。

严女史看她来了，抬眼道："你今日的精神可好多了。"

"是，承蒙女史大人关照。"江心月恭敬又感激地低头回话。

不过，精神好了，就该做事了吧？

"昨晚我跟娘娘通了消息，娘娘的意思是，你身份低微，本没有考虑用你的。但看你一心想为娘娘办事，娘娘也就答应了。可是你必须要把事情做好了，要是出一点差错，你是担不起后果的。"严女史说话的时候，脸上无一丝表情，棱角也更加分明了。

江心月立即跪下，道："奴婢忠心为娘娘做事，即便拼了性命也不会出差池。"

严女史抬手让她起来，自己把身子往炕上挪了两下，从枕头底下摸出一个大瓷瓶。

"你把这里头的东西，放到春花的屋里，记住在炕上多放一些。"

江心月接过了这只硕大的瓶子，拿在手里还沉甸甸的。她诧异道："什么药粉要装这么多？"

严女史笑笑道："可不是药粉。"

她收敛了笑，神色骤然变得极为冷冽："我要先告诉你，里头的东西一指头都碰不得，碰了你这条命就别想要了。"

江心月更加惊诧了，是什么厉害的毒药，碰一下都不行？

她用手掂了掂瓶子，里头有沙沙的响动，瓶塞上还被挖了许多小孔。心里稍稍寻思了下，她突然明白了，身子一凛，朝着严女史行礼："奴婢会做好的。"

"这不是个小案子。你就不问问我为何要取春花的命？"

江心月听见严女史这句话，立刻又行礼，道："娘娘的吩咐，奴婢照做就是，哪有置喙的份。"

严女史点头，又问道："那若是这事儿漏出来了，你怎么说？"

"此事全是奴婢一人所为，只因春姑姑曾刁难过奴婢，奴婢怀恨在心。"

严女史阖了眼："你很好，是个能成事的人。这就回去罢。三天之内做好就成。"

江心月告退出门时，稍稍往后一瞥，就看见英儿在她后头探头探脑的模样，显然是严女史派出来探查她的反应的。她不禁一笑，这个看似娇憨的姑娘可没那么简单。

春花……她想着这个人，实在想不出为何上官合子要杀她。大概是她知道了不该知道的吧。她能心软么？不可以了。

江心月猜不到杀人的理由，她却知道，春花曾是冯氏贴身的丫鬟。

这个春花对原主子可是相当忠心的，现在冯氏被关在冷宫里，缺衣少食，过得比春花这个宫女都不如……

回了屋，她趁着无人，把瓷瓶埋到了屋门口的梧桐树底下。放好了瓷瓶，她沾着泥的双手猛地缩回来，她对这个瓷瓶有止不住地恶心和恐惧。

今日做工又拖延了，宫女们回来时已经不早，都开始领饭了。小桐三个提了衣服小跑着往回赶。

她们撞进门里拿碗的时候，江心月盯着这三个人急火火的样子，眼珠子忙得很，可她还是没看出来这三个人有什么异样。

甚至没有一个人在拿碗的同时注意一下自己。

那个人看到自己没死，不应该很惊异么？少说也要有一瞬间的愣神。难道是她掩饰的功夫太好？

这一次她躲了过去，那下一次、下下次呢？她不想留这么大的危险在身边。

她又想起了昨日威逼自己的黎儿，是梅贵嫔要灭口么？这个可能性很大。可是还有不少的主子也想要她命，比如皇后……

这一茬想不透，她又开始想严女史交代给她的事。弄死个人，本不是小事，可是死的人是个奴婢，也就简单了许多。

而且这次是个好机会，一箭三雕的好机会。

她想着，这事要尽快解决，瓷瓶子埋在地下，虽然她有意把泥土弄得松动透气，但过不了几天，里头的东西就得憋死了。

这一日的傍晚，一切事成之后，江心月把瓷瓶埋到了原来的地方，那里头并非空空如也，还剩了几只鲜活的毒蝎。

日渐入夏，屋里屋外都有些闷热。三个上工的人回来，扒过饭，都早早地睡下了。夜晚的蛐蛐在外头清脆地叫唤，几只蚊虫在屋里围着四个人打转，间或就能听见谁拍巴掌的声音。

梧桐叶子窸窸窣窣地在风里响，一会儿起风了，叶子响得更厉害了。风越刮越厉害，终于，一道白光劈开了天边的黑，把整个小屋都照亮了，随后是一声足以把屋顶震裂的"轰隆"声。

炕上其余三个人因劳累至极，都睡得如死猪一般。只有江心月被雷声惊了起来，吓了一跳，接着如注的雨水从天而降。

天打雷劈，是老天爷不满于她今日做下的命案？她的心随着雷声而震颤。

第二日的大早，凤昭宫里的画屏摸着黑就起来了，为服侍主子起床而准备着。自从自家主子受封为皇后，宫里的大小宫人就更加忙碌了。因为主子的要求太高，殿中的摆设是否气派，仪仗是否威仪，她都一再挑剔。因着每日清早都有众妃的晨省，凤昭宫里的一切必须奢华而一丝不苟，被提拔为掌事姑姑是最累的。

不仅如此，娘娘入主中宫后，脾气见长，待下人愈加苛刻，稍有过错便要严惩。画屏不仅劳累着，也整日地提心吊胆。

然而，面对这样的辛苦，画屏毫无怨怼。她每日在各宫行走，从敢于抬头看主子，到用鼻孔看人，再到用下巴看人，这么长脸的日子，哪儿找去？

这些都是自己那能干的主子的恩赐。

外头的大雨砸得窗栏噼啪作响，一个时辰之后，她听见主子的一声"画屏"，便忙小步至榻前，伺候主子起身。

陈皇后舒展着身子，任由四名宫女为她更衣。她抬手扯下悬在帷帐一角的香囊，懒懒道：

"这刀圭千步香里的百合陈了些。明日去内务府再要些新鲜的百合。"

画屏忙应了声，还不忘了谄媚道："主子熟谙香料，连哪一味不对都能闻得出来。"

皇后轻轻"嗯"了一声，陈家的女儿在富贵乡里长大，最喜欢耍弄奢华的东西。且她在后宫行走，香料这东西的用处太大了，陈家人又极喜欢用类似的法子做事，她怎能不熟谙？

画屏奉承完了，心里倒有些发苦——百合是内务府挑了最上等的送过来的，今年的百合是有些陈了，但送到凤昭宫里的，当然是最新鲜的。她再去找更新鲜的，恐怕不会有。

唉，可是不论怎样，主子的交代一定得办好，尤其主子最重这些奢华之物了。

陈皇后更衣梳妆完毕，正坐于席上进早膳，有宫人从前殿进来禀报道：

"回禀娘娘，诸位嫔妃们都到齐了。"

"一个都没少？"

"是。宝妃娘娘也早早地到了。"

诸位嫔妃们顶风冒雨也不敢不来请安，全是陈皇后整肃后宫的成果。她满意地点头，侧头对她吩咐道："本宫的早膳还未用完，你叫她们等等吧。"

那宫人恭谨地应了声，碎步退了下去。

如今是她入宫以来最好的时候。入主中宫，大权在握，无论朝堂还是后宫都是她的天下。

画屏用小银剪刀剪下一枝蔫了的牡丹花枝，笑着道："娘娘治理后宫有方，嫔妃们越来越规矩了。想当年的废后上官氏在位时，懦弱宽仁，以致嫔妃们多有怠懒，不成体统。娘娘您才是真正的国母。"

陈皇后轻抬了头，徐徐道："废后上官氏怎有资格和本宫相较，就如上官家和陈家，天上地下之分。且上官氏是犯了大罪的人，一提起她就晦气。"

画屏自知失言，低头请罪。皇后本来心情好，但想着想着就蹙了眉，闷闷道：

"真不知皇上是怎么想的，竟然在凤昭宫赐死上官氏，让罪人玷污了国母之殿。"

她迁到这个满宫里仅次于龙吟殿的殿宇来，本是此生最大的荣耀，不想这宫里是死过罪人的，真是白璧微瑕，令她大为惋惜。但不管怎么样，凤昭宫就是凤昭宫，独一无二的凤昭宫。

画屏吓得跪到地上，她的一句奉承真是拍马屁拍到马蹄子上了。

陈皇后瞥她一眼，道："起来吧，以后说话过过脑子。"

画屏擦擦汗，告罪起身，接着去剪枝子。

陈皇后细细地用着膳，丝毫不见急色。她往嘴里送了一口燕窝粥，侧头看着画屏修剪，道：

"本宫以前还没觉得牡丹怎样，现在是越来越喜欢这花了。"

她记得废后上官氏也最喜爱牡丹。皇后这个位置，能改变人的很多东西。

她还未享用完丰盛的早膳，就又进来一个宫人，言语急促却不慌乱地道：

"禀娘娘，冷宫里头死了三名废妃，都是今儿早上才发现的。"

陈皇后执箸的手稍稍停顿，继而又夹了一筷子鸡丝，淡淡道："死了就死了，废妃而已。不必费心查，都扔到乱葬岗里就行。"

宫人支吾道："可是……里头有一位是冯氏，娘娘您前些日子还说要接出来的那位……"

"冯氏？"陈皇后惊疑了起来，那么有本事的一个人，也能被人弄死？她还打算着把她接出来，继续帮衬自己呢。想不到，是冯氏福薄了。

微微蹙了眉，她停箸道："算了。她以前为本宫做过不少事，现在死了，本宫只能惋惜了。你去传我的话，找个清静地儿好好葬了她吧。"

宫人应了声，又犹豫道："娘娘，难道不追封……"

"追封什么。一个没用的死人，本宫没把她扔到乱葬岗，已经是本宫的恩德了。"

"是，娘娘所言极是。"宫人小心地应道。

皇后再次拿起象牙箸，问道："还有，前头的众位嫔妃可还规矩？"

"回娘娘，规矩倒是规矩，惠妃娘娘的装束也极淡雅，想是改了跋扈的毛病了。只是……有几位小主没有喝咱凤昭宫的茶……"

皇后哂笑道："倒是有许多谨慎的人。不过，和本宫作对是万万不可的，就算只在心里作对也是不行的！告诉内务府，好生'伺候'那几个人，让她们知道厉害。"

这一日上午，江心月什么都没有做，待在屋里好好地"养病"。夏日的雨来得快去得也快，雨水停歇之后，外头的天就放晴了，且晴得灿烂。

泥泞之处很快被日光抽干水分，天地间恢复了干爽，却更加燥热了。

中午，西院就听见宫女的尖叫声，接着，严女史收到消息，也带着人过去了。

宫女们吃过了午饭，都喜凑热闹，就三五成群地赶到西院那边看。江心月见众人都去，也不好例外，也跟着去看看。结果到了西院院门，她们就被人赶出来了，说是"里头可惨了，虫子爬得满身都是，把医女都请过来了，要灭虫"。

女人们本来就害怕虫虫蚁蚁，一听都吓得退却，怕沾惹上里头的毒虫。

午后，有人挨个屋地进来传话，道"夏日将至，室内恐会有毒虫，令诸人严加防范"。

身为掌管整个晗竹院的严女史，做起事来也很方便，这么一句话，春花之死就抹平了。

繁重的劳作，并未因发生惨案而有丝毫懈怠。到了下午，惊魂未定的众宫女们照样要去上工。

小桐一边拾掇自己的衣裳，一边尖刻地絮絮道："人家江姑娘病了就是好，连放两天假。可不知是怎么讨好了姑姑，假病也能成真病……"

江心月笑着说道："小桐姑娘，在晗竹院里就敢随意议论姑姑，你这张嘴可真厉害。"

小桐身子一凛，反应过来，立即不敢再说，却仍用白眼瞥江心月，好像结了多大的仇似的。她窝着火，伸手去地上提鞋，却猛然"啊"的一声惨叫起来。

她旁边的玉红正掀着自己的被子，也跟着"啊"起来，玉红一向沉稳，但看见这么骇人的东西，还是忍不住尖叫。

江心月看着她们惊慌失措的模样，心里笑着，毒虫果然是普通女子的软肋，任谁都会憋不住惨叫。可是，那个深藏不露且定力极好的人，却不怕这虫子。于她江心月来说，此人实在不该再活下去。

她从炕上下来，装作不知发生了何事的模样，好奇地去看缩在墙角的小桐。她的眼睛不经意间瞥过自己的鞋子，立即也跟着一声惨叫。一时间，屋里的三个女子都在尖叫，那声音比见了鬼还惨。

江心月最先镇定下来，这么叫下去惊动了朵姑姑就不好了。她抄起小几，"吭"的一声，先解决了自己鞋里的蝎子，又朝着小桐的鞋和玉红的被子里打去。

三只毒蝎子毙命，江心月朝吓得半死的两人道："别叫了，不都死了么！光知道害怕，若我下手再慢一点，待这虫子爬出来，我们都得死。"

两人这才安静下来，蹑手蹑脚地靠近了，看那大如幼蛇，长逾半尺，全身黑甲，尾刺锋芒尽露的毒虫尸体。玉红最先给江心月行礼，道："多亏了姐姐了。"

小桐年纪小，怕得最厉害，跟着玉红行礼的同时，看向江心月的眼神竟多了几分敬佩。

江心月没放过这个小细节，她看着小桐的样儿，知道这丫头以后不会和自己作对了，也知道她确实是个胸无城府的人。

她轻笑着迭声道："我们都是姐妹，不必这样客气。"

她又随着两人检查了自己另一件换洗的宫装，确定那里边没有毒虫。她抖着衣服，眼睛却看向了从头到尾无一丝反应的阿青。此时的阿青正不知所措地立在一旁，见江心月看向她，忙尴尬地道："西院闹毒虫，不想我们这儿也沾惹上了，你们没事吧？"

此时另外两个人也注意到了一直无事的阿青，阿青见三人都在看她，又加了一句道：

"是我运气好吧，没有被毒虫盯上，可不知这屋里还有没有虫。"

江心月笑道："咱们住的下人房空旷简陋，除了一个炕，一个小几，再就是脸盆和碗筷。你就放心吧，这屋里没有能藏虫的地儿。"

阿青看了看四周，果然如此，炕上的被子也全被当时害怕的玉红给掀了，确实不会有虫了。

她不死心地往头上看看，房梁上，屋顶上，全部什么都没有。她颓然地垂下了头。

她从西院看热闹被赶回来时，在自己的被子里发现了一只毒蝎子。她强忍着没叫出声，因为这是一个好机会，一个完成任务的好机会。上次主子给她的药粉，她都撒在馒头上了，却没能弄死江心月，主子必不饶她。眼下这只毒虫，怎能浪费？

于是她偷空用筷子把毒虫弄进了江心月的鞋里。可是古怪的是，同屋的其余两人也招了虫子。怎么就这么巧，屋里爬进来了三只虫？

眼下，她不但计划再次失败，且成了四个人中唯一没有招虫的人。

玉红最先反应过来，对着她道："好生奇怪，虫子只咬我们三个人，而且是一人一条虫，都藏在被子里或鞋子里，要不是小桐第一个发现给我们提了醒，我们都活不成了。"

她可是知道这毒蝎子的厉害。春花姑姑的死状她虽然没有亲眼见到，也是听宫女们传着说，那真是惨不忍睹。且医女说了，这样个头的毒蝎子咬一口就会致命。

这些蝎子也真古怪，专挑容易"伏击"、容易害人命的地方藏，它怎么就不爬到墙上？就喜欢钻到鞋里？

阿青看着玉红骨碌骨碌转着的眼珠子，脸色慢慢地变得和她的名字一样青了。

江心月朝众人笑笑道："你们还要上工呢，快别耽搁了。"

几人这才反应过来，也顾不上蝎子的事了，急匆匆穿好了往屋外去。

走在最后的阿青回头看向江心月，那目光里，明显是疯狂的恨意。

江心月朝那目光回敬了一个得意的笑——你忍耐不住自己的心绪之时，就已经输了。

她关门上炕，心里默默感激了下严女史，那一瓶蝎子实在太有用处了。

她早已在暗地里探查到，春花经常偷跑到冷宫那儿，通过墙根底下隐秘的洞口给冯氏送吃送喝。所以，她对春花下手之前，分了一半的蝎子到她的食盒里。结果是十分中意的，冯氏接到食盒后，对忠心的宫女丝毫不防备，最后不但送了命，还连累了冷宫其余的两名废妃。

春花这边送完了饭，却不知自家主子已毙命，只忙着往回赶。她急匆匆地推门进屋的时候，迎接她的便是爬了满屋的毒蝎子。

江心月留下来的几只活蝎子，每人一只送给了阿青、玉红和小桐。这样探查的结果令她心里发冷——只有阿青的蝎子没了，它被拿来设计江心月了。她没想到那个潜伏着的杀手竟然是阿青，这个不显山不露水最普通不过的宫女。

晚上阿青是惶急而郁郁地回来的。她已经无心去领饭，一推门就进了屋。

江心月正在屋里等她。

阿青嘴唇微动了两下，刚想说点什么或筹谋些什么，就见江心月一手把门带上，然后将一把寒光闪闪的短匕架在了她的脖子上。

她见到利器，被唬得心神大乱，因脖子被紧紧逼着只好把头抵在墙上，泥墙上的土灰簌簌地落在脸上、身上，她的全身都蹭上了泥，狼狈不堪。

她在慌乱之中筹谋了一下午，想得最多的就是"趁着屋里无人的时候，用最野蛮的方法解决掉江心月"，可是，鬼知道江心月从什么地儿弄来了利器！

现在变成了她会被此方法解决掉。

江心月看她惊恐的模样，笑笑道："别思量了，你输得很彻底，没有翻身的机会了。我必然不会让你再活下去了。你也别为我担心，现在咱屋里的人都对你很有敌意呢，你死了之后，我就说你不小心从炕上摔下来，撞到头死了。她们两个不会有异议。三个人说辞一致，姑姑也不会深究。"

阿青面上青了又白，死亡的恐惧把她的一双眼睛都染上了灰色。江心月凑近了她的耳边，如死神催命般幽幽低语道："说出你背后的人吧，我可以让你死得痛快一些。否则……"

随着那幽幽的声音，阿青的眼前出现了一只狰狞的黑甲毒蝎，长长的尾刺晃得她眼睛都眨个不停。

"原来，你早就布置好……"她刚嘶喊出声，喉咙上的匕首就又逼近了几分，眼看着就要划破她的皮肉。

"不要挣扎。你是多么聪明的人，应该有面对败局的气度。反正是一死，你一定不愿意再受罪吧？毒蝎尾刺刺入肉体后，受伤的部位会生起水疱，血骨坏死，皮肉尽烂，最后毒素攻入心口而死。至于会疼到什么地步，你可以想象得到……不把那人说出来你又有什么好处呢？你已经是必死的人了。"

江心月说这话的时候，心里是没什么底的。若她有家人在那主子手上呢？

不过，她这一次是幸运的。

阿青双目骇然地盯着在筷子上蠕动的大虫，额上的冷汗越积越多，再回味一番江心月"语重心长"的道理，她断断续续地说出了"陈皇后"三个字，还用目光示意江心月往她脖子下面看。

江心月从那儿掏出了一块翡翠玉牌，细细地看过之后，她确定这是陈皇后曾经佩戴的饰物。很好，阿青没有说谎，还这么卖力地证明自己。她怕极了那蝎子的"酷刑"。

然后，阿青一颗脑袋被干脆地撞到了地上，就和从炕上摔下来撞的一模一样。

看着阿青顷刻间流淌遍地的鲜血，缓缓散大的瞳仁，江心月突然蹲下去，以手覆上她的眼睑，轻言道："抱歉……"

阿青是无辜的，有罪的是她背后的主子，是这个吃人的皇宫。

可是阿青和她江心月之间，只能活一个。所以她必须死。

陈氏，她根本不肯放过自己！即便自己落魄到如此地步，皇帝对自己完全没有半分情面，自己对她也再无威胁，她仍是要赶尽杀绝！

之后的事情一切顺利。她将匕首扔进了水井里，两个上工的人回来，看阿青死了，害怕过后，都赞同江心月的说辞。她们也不会相信，身量娇弱的江心月，会弄死一个手脚健壮的丫鬟。

朵姑姑命人抬走了尸首，也懒得深究此事。不过一个宫女，又是意外而死，死了就死了吧。

第二日，江心月"养病"结束，要跟着众人上工去了。

她到了地方才知道，这两日她享清福，别人都在受苦难。原来这些天忙着修葺附近的亭子，抽调了晗竹院的人做帮手，一众下等宫人们干的是搬砖扛石的粗重活计。

一上午的重活下来，江心月腿脚发软，捶着自己的腰往回赶。她觉得小腹那一块儿又在痛，不知是不是生产之后调养不好的原因。

没心思管身上的痛楚，她像别人一样小跑着回去。每天的这个时候，都是最关键的饭点。

当她盯着前头不停地跑的时候，突然，从墙根处闪出来一个人影，她躲闪不及，硬生生撞了上去。

"啊呀……"她刚想叫出声，却被那人一把拉进拐角。

"小主，是我呀！您现在怎么样？有没有遇上麻烦事？身上有没有不好？"菊香扯着江心月的衣衫，急急地吐出一长串关切的话。

江心月见是她，吃惊道："你来做什么？我听说重华宫的管束甚严，你怎能乱跑出来？"

菊香红了眼眶道："奴婢放心不下，一定要来看看小主您。要不然，奴婢就寝食难安，活也做不好。"江心月看着她清瘦的面孔，突然也觉着喉咙哽咽，接着就落下泪来。

"姐姐……我很好……"她双臂抱住了菊香，二人都止不住地呜咽着。

"我听说陈皇后整肃六宫，瑞安公主可好？瑶仪可好？"江心月边哽咽着，边不迭地问道。

第十六章 三

小术子

"您别担心。公主在乾清宫养着，一点问题都没有。纯小主受昭媛娘娘庇佑，且又不是多打眼的人，现下还是安全的。"

公主的地位比不得皇子，养在乾清宫是极大的殊荣，论起皇帝的宠爱，怕是连二皇子都不如公主。

江心月听着，慢慢放下心去。菊香所言和自己打探到的消息相差无几，眼下，公主和瑶仪都是安全的。

菊香略略思忖了会儿，又道："听闻皇上溺爱公主，一点也不像不喜女胎的样子。或许，皇上对小主还是有些情分的，小主您莫要灰心……"

江心月苦苦一摇头，哂道："情分？你是没有看见上官皇后死前的惨状，她就一直念着那个名字，她明明知道那是利用，却还是甘心赴死，性命与名节都不顾了。就是如此，她也没换得皇帝的一眼……还有方才人、张婕妤、冯贵人、沈采女、梁采女，多少人都被弃置，被利用，被牺牲，他哪里有半点情分？"

菊香低了头，说不出话来。

"小主，我该回去了。"二人又哭了一会儿，菊香就急着要走。她的管事姑姑是个凶悍而苛刻的人，被发现了她可担不起后果。

"等一下。"江心月突地止住她，双手抹抹泪，眸子里映出几分严厉。她盯着菊香道："我问你，柳絮几个到底怎么了？"

菊香一惊，支吾道："没，没怎么，都好好的呢！他们还交了好运呢，在宛修容宫里做事，不必到外围干杂役……"

江心月大力晃动着她的肩膀，愈加严厉道："别胡扯了！你真当我成为下人之后，对内廷的消息一无所知吗？告诉我，他们有没有死？"

菊香见掩饰不过去了，才哽咽着道："他们……柳絮和小德子没了。小术子受罚之后，侥幸活了下来，被赶到庆丰司服役。贵喜在凤昭宫做粗使太监，他机灵，皇后没对他下手，现在他仍然待在凤昭宫。"

江心月瞋目怒颜，几乎目眦尽裂："是宛修容做下的？"

"宛修容已经巴结上了皇后，她是为了彰显自己的忠心，才对我们的三个人动手。"菊香边抹泪边道，"小主您知道了又有什么用？只图了一个伤心。"

江心月抓紧了她，厉声道："是没有用么？我成了下人之后，当真一点本事都使不出了？"她胸口起伏着，继续道，"你带话给花影，让她把我的话传给贵喜——我要贵喜成为凤昭宫的细作。"

看着菊香点头，她松了手，徐徐道："庆丰司是掌管牛马畜类的，小术子现在过的不是人的日子，你放心，我不会让他有事。"

菊香走后，江心月脚一软，就在墙根上瘫了下去。

随后，她双手撑着爬起，踉踉跄跄地往回赶去。

她要救小术子。

回去之后，英儿姑娘已经在屋里等她了。见她回来，英儿扬着一张小脸，笑嘻嘻道："江姑娘去哪儿玩了，这么久才回来。"

江心月一凛，她知道英儿不好糊弄，便思量了下道："唉，我这身子也不知怎么了，总是虚弱无力，小腹那儿还发疼。我本是赶着回来打饭的，不想跑到院墙那里，就两眼一抹黑，发昏软了下去。我挣扎了半天，才清醒了回来。"

她说着，一手捂住小腹，脸上也装出虚弱的样子。

英儿听了关切道："姑娘这样下去可不行。我去求严姑姑，让姑姑给你请个医女来。"

江心月不由得笑道："太医院都是伺候主子的，我们下等宫人，怎么能请医女？"英儿真会装，无论说什么，都是一副无心机的模样。要是别人听了她方才的话，定会笑话她连宫里基本的规矩都不懂。

英儿脸上显出焦虑，她扯着江心月道："那可怎么好！姑娘的身子……"

江心月面色感激地道："多谢英儿姑娘的关心。其实我也没什么，不过是从小娇贵惯了，初来做粗活不适应而已。"

她见英儿还是焦虑关切的模样，心里不禁厌恶，急道："女史大人还在等我呢，我们别耽搁了。"

"哎呀！我还忘了正事。"英儿惭愧道。

二人到了严女史处，英儿照例关上门守在外头。江心月进屋，对严女史见礼请安，就规矩地在一旁立着。

今日的严女史神色比往日肃穆许多。她本来就生了个肃穆严厉的面孔，这么绷着脸，都有几分凶相了。

江心月感觉到今天的事不简单。

严女史静默了片刻，抬头对她道："你上次的事办得很好，一点漏洞也没留下，不愧是曾经盛宠的莲小主。"

江心月不喜不怒，回道："奴婢尽心做事罢了，女史大人谬赞了。"

严女史不再多话，对着她道："这次的事儿，比上次要艰难百倍。主子命你去御膳房，把三皇子和二皇子的糖蒸八宝羹对调。我会给你个由头去御膳房，就说晗竹院想要些艾叶驱虫。"

江心月骇然，又是谋害皇嗣这样的大案子！让一个无势的奴婢冒如此大的风险！上官合子恐怕这一次就想牺牲掉她了。

可是，她怎么可以被牺牲！

她五指扣紧于掌心，低头小声道："事关皇子，娘娘为何不找心腹的宫女来做，反而找奴婢……"

严女史看着她笑道："还想推托？把你那点小聪明收起来吧。正是因为你不是娘娘心腹，一旦事发也不会牵连上娘娘。三殿下是娘娘的命根子，若找心腹人去做，惹人怀疑，还不一定能成事。"

江心月的心沉沉地跌了下来。她闭目道："奴婢会尽力的。"

"尽力？是要拼命才对。若这事做不好，你以为娘娘给你的处置，会比事情败露获的罪好多少么？"严女史侧脸瞟着她。

"是。"江心月沉沉应声，不再多言。

这是一个刻不容缓的任务。申时，是御膳房刚备好晚膳的时候，江心月已经到了那里。

上官合子要设计调换两位皇子的饮食，必是收到了消息，觉得三皇子今日的膳食有问题。现在太子的膳食最安全，可是太子已经长成少年，和年仅一岁的两位小皇子饮食差距太大，无法调换。她就只好选择二皇子。

若能因此害死二皇子，也是不小的收获了。

可是……又是对小孩子动手，这样残忍……

一刻钟之后，江心月背着一小袋艾叶出了御膳房，脚步都略有些不稳。

她没有立刻回去，而是绕小路跑去了内务府。严女史好不容易把她派出来，她不能浪费这个机会。

今日是各司各院向内务府报备的日子，故掌司大人们都聚在内务府。江心月蹑手蹑脚地进门，给了守门小太监几张小额的银票，只说自己是来找一位老乡的。

顺利通过了大门，她在内务府的大院里左转右转，一边寻觅着，一边低头掩饰自己。

少顷，两位着深绿色宫装的宫女迎面而来，她一见，便知她们是各司有品阶的姑姑，遂赶忙垂首侍立在墙根下。

两人端步昂首在她身侧走过，她偷偷地一瞟，却见走在前头的一位姑姑，衣服上绣着显眼的图纹，正是庆丰司的掌司大人。

这不是自己急着寻找的人么？她当下跪下道："掌司大人请留步。"

那姑姑闻声回头，却见下跪之人是个最低等的奴仆。她不悦道："何事？"

江心月把身子往前挪了挪，伸手就把一张百两的银票塞进掌司大人的袖口中，赔笑道："大人，奴婢在庆丰司有一位同乡，叫小术子，是最低等的杂役。奴婢身上统共就这么点家当了，恳请大人关照一二……"

掌司一眼瞟见银票上的数额，稍有惊诧，一个低等奴婢而已，怎么拿得出这么多银子？她不说话，只审视着这个宫女。

江心月早准备好了说辞，刚想解释，就听另一位姑姑道：

"江姑娘，你别想着诓骗庆丰司的掌司大人。我可知道你是谁。"

江心月听得此语，心神立即紧了起来，她不料会有此变故。本来，庆丰院是管理牲畜马匹的，和内廷无太多交集，这位掌司大人不会认识自己。可是，她当年是盛宠的主子，有不少人认识她，内务府人多眼杂，她保不准会碰上熟人。虽然冒险，但她没有办法。不想，今日她真的如此倒霉。

当她抬眼看说话的姑姑时，却不只是觉得倒霉而是心神大乱了。

她依稀记得这位姑姑，曾是梅贵嫔身边的宫女，江心月被贬为奴婢在井亭那儿上工时，便在黎儿身后看见过她。

可是，她为什么会来外围做掌事姑姑？江心月再看她宫装上的绣纹，呵，还是奉宸院的人。天下的事儿，真是无巧不成书。

这位姑姑和庆丰院掌司耳语了几句，那位掌司再度看向江心月的目光里，已经有了几分玩味与狠厉。

而且看那奉宸院姑姑的神情，就是一副不想让自己好过的样子。

她必须做成此事，小术子的命还攥在这位掌司大人手里。江心月朝二位姑姑叩头，道："不敢欺瞒大人。奴婢确实是废妃江氏。"

她不等掌司大人开口，又接着道："小术子曾是奴婢最忠心的奴才，他如今在庆丰司做苦役，受苛待，奴婢不能坐视不理。"

她说着，又将一张大额的银票塞进了掌司姑姑手里。那是一千两。

本来，她不敢拿出这么多的银子，一个宫女哪来这么多钱？平白地遭人怀疑，兴许还会惹祸。要说主子赏赐，上百两是可能的，但上千两就难说了。可是现在，她遇上了熟人，身份是彻底暴露了。

她已经无暇顾及之后的麻烦，眼下，要先过了掌司姑姑这一关。

银子向来好使，而且幸运的是，庆丰司平日远离内廷，和江心月无恩无仇，掌司姑姑受了大额的好处后，也松了口，点头道：

"你是个懂事的丫头。"

江心月舒了口气，小术子她是救下了，毕竟关照一个下等奴才，对掌司大人来说只是一句话的事儿，一句话换来一千多两银子，天下哪来这么划算的买卖？

两位姑姑还有正事要处理，就一前一后地忙着走了。那位奉宸院的姑姑走时，留给江心月的是一个极冷冽的眼神。

江心月看着那神色，心里惊了起来。一个可能慢慢地在她心中浮出水面……

等她回到晗竹院，把艾叶交给英儿，严女史却从屋里出来，指着她道："你跟我进来。"

昨日残留的雨水还积在花池里，里头的白芍却越发的娇艳。大雨过后，饱受摧残的植株并未打蔫，而是越发的繁茂，花木虫鸟都添了许多的生机。

江心月依命进屋，后头的英儿刚关上了门，严女史就是一记响亮的耳光抽在她脸上。

"叫你去做正事，你还跑到内务府去了？在我眼皮子底下就敢钻空子？"

江心月咬唇跪下道："奴婢知罪。"

被发现了，是谁这么长的嘴与耳朵呢？她大着胆子再次开口道："女史大人，奉宸院里新来了一位大人吧？"

严女史嘴角勾着笑："你想的没错，正是那位新来的姑姑把消息捅给了我，道'下等宫女离院随意走动，理应重责'，让我处置你呢！"她顿了顿又道，"是上头刚派下来的典工大人。"

江心月一惊，典工是辅佐掌司大人的，品阶在女史之上。她正儿八经地把"离院乱闯宫闱"的罪名给自己扣下来，若自己没有严女史的这层关系，现在已经被乱棍打死了吧。

女史手底下的人犯错，被典工大人抓现行，并亲自下令要求处置，一般的女史为了逢迎上司，也为了检讨自己"管束不力"的过错，定会严惩犯错的宫人。况且典工大人亲口说了要"重责"，这重责嘛，对于一个小宫女来说，就是打死。

梅贵嫔，她果然不会留这个危机在外头。

严女史起身踱了两步，笑道："你为娘娘做事，我怎会不保你？这次的事儿也做得很好呢，御膳房那儿没有丝毫的怀疑。"

"谢女史大人庇佑……"江心月感激道。但是，她觑着严女史的神色，却在其中发现了一丝危险的味道。

江心月自信十分擅长察言观色，严女史眼中细微闪烁的，与表象不和的暗流转瞬间就被掩饰下去，但江心月不会以为是她看错了。

她下意识地低头去看严女史袖口里的手，没错，那手是紧绷着五指的，是杀人之前的狠厉和说谎时紧张造成的。

她方才只是沉浸在有严女史这个靠山帮她挡灾的欢欣中，确有了一丝的不理智。她此时再次沉下心去，把整个事件抽丝剥茧……

她这次干的事非同小可，关系到两位皇子。虽然她将那碗汤羹倒出了一半，又多兑了不少水，若吃得不多也不会致死。可是，凶手用的必定是厉害的毒，那样小的孩子，也会是很严重的伤害。不出所料，被当成挡箭牌的二皇子今晚就会有异样，那时候皇帝就会查，纵然她在御膳房没有被发现，却也在特定的时间特定的地点出现，到时候一层一层扒下来，事情败露也不是没有可能……

关键就在于，事关皇嗣，案子太大了，调查的力度也会非常大。

如果她是上官合子，她会怎么做呢？当然是清理痕迹——清理一切和此事有关的人。

她一个最低贱，也是最直接接触案子的人，会有什么下场？

这么想着，她突然自嘲地笑了起来。费尽心力得到上官合子的赏识，上刀山下火海地为她做事，到头来，她不过换得了仅仅几天的生机。

最后还是个死。

在这样的生死徘徊之际，她不由得再次想到了郑昀淳。她明白这个称呼不是她有资格说出的，不论是在身份上，还是在情分上。

她在晗竹院里苦苦挣扎，王府那边的消息却是弃置。王府在宫内的势力是可以帮到她的，但是没有人来帮她。

这一刻，她再也无法自欺欺人。她被郑昀淳弃置了，此时的她即将赴死，但是郑昀淳丝毫不知，也丝毫不会在乎。

如今你仍然不后悔么，阿奴？

她无法回答了。

严女史没发现她的沉思，只声色温和道："我就赏你一顿板子，给典工大人交差了事。"说着她朝外头唤了一声。

赏一顿板子？江心月冷笑，是想叫人下狠手把她打死吧。严女史和婧昭媛本来就存了杀她的心思，现在一个新来的典工大人从天而降，把现成的机会送给了严女史，她可真省事了。

可是，即便到了这个关头，江心月仍不想放弃。她不可以，不可以栽在这里，前头还有好长的路等着她去走，她还要重回内廷，做回主子……

山重水复疑无路，柳暗花明又一村。这么烂俗却又经典的道理，她一直谙熟于心。

做人，尤其是谋事的人，实在应该有不见棺材不掉泪的品质。

江心月今日的运气也不算太差。她给婧昭媛做的第一件事是灭口春花，可是，那一件事，让她却有了意外的收获，那是春花临死前因不甘心而喊出来的话，被躲在门外等候她死亡的江心月尽收入耳中。

严女史屋里奢侈的用度，江心月本来就怀疑。还有，她作为低等宫女，虽然身份低贱，可饭食实在是太差，经常有力气小的女子因为抢饭慢，最后日渐消瘦而死。

再后来，江心月收到了作为下等宫人的月钱——只有寥寥五十文。

当春花这个人慢慢在江心月脑了里浮起来的时候，她的神色已经从惊慌变成了沉稳。

天不亡我，生路，我再次抓到了。

她看着从门外进来的人，一侧头把目光盯在严女史身上，低低道：

"上次春花的事，让奴婢得知了一些意外的东西，若奴婢猜得没错，正是那些东西，令春花送了命……"

严女史听了她这句丝毫不接上文的话，先是一愣，而后脸上就有些慌了。她立刻令人退下，把身子逼近了江心月，挑眉厉声道：

"你知道了就该憋在心里，你我可是一条船上的人，你是我的下属，还要指望着我的庇佑……"

江心月丝毫不惧她的威势，轻笑道："女史大人真的会庇佑奴婢？不尽然吧。"

严女史的一张脸本来就生得很长，此时听到面前小宫女的话，整个面孔都沉沉地黯然下去，脸拉得比马脸还长了。

她愤愤转了身，一手扣在案几上，其上依旧是金盏玉茶飘香，澄清透亮的茶汤微微晃动着，映出严女史的冰霜怒颜。

江心月不理会她的愤怒，接着淡淡道："女史大人莫动气。您贪图金玉的时候，就应该想到后果。为了那些身外之物冒险，值得么？"

严女史气得牙根痒痒，她倏地转头，怒道："你不过是一介小小宫女，也敢威胁我！你可知道我为何要用那么毒的法子处死春花？就是因为她和你一样，敢威胁于我！"

江心月又笑了："女史大人此言差矣。我可不是普通的宫女，我是经历过大风浪的人，哪会像春花一样败于您的手上？"她侧脸朝着门外道，"我的胆子很大，也很喜欢玉石俱焚。我现在就……"

"不！不要！我应了你就是……"严女史终于服软，她被春花发现了自己克扣底下人并贪赃的事之后，就假传婧昭媛的令把春花灭口。可是，没想到这个把柄被一个比春花厉害百倍的人抓到了。

江心月笑靥如花，徐步上前，双手扶住严女史："女史大人，奴婢不过是想活下来而已，奴婢相信，典工大人还有娘娘那儿，您应该能应付的……"

"典工大人还好说，可是昭媛娘娘她……不是好糊弄的。"

江心月摇头道："您曾经教诲于我，做事情不但要尽力，还要拼命。女史大人您说是么？"

严女史的面容顿时变得比死人还晦暗。

可是她没有法子。如果她贪赃的事儿被捅出去，还是那么大的金额，按宫规是死罪。而且，她若违抗江心月，保不准她还能把春花之死一并捅出去，反正江心月也是个死，那就按她说的，玉石俱焚……

第十八章 三

皇子之难

　　她心里不再有怒气，而是被慌乱充斥着。她最终妥协，颓然点头道："好，好，都依你……"

　　"不仅如此。那位典工大人是与奴婢有私仇的人，奴婢要再向女史大人讨个赏，请大人一直庇护奴婢吧。"江心月十分自然地得寸进尺。

　　这一日的傍晚，内廷一刻都没有安生过。

　　乾清宫西暖阁里，伺候的宫女、太监极慌乱地进进出出，他们端在手上的瓷盆因拿不稳而把水洒在了地上，又有太监不小心打翻了手里的药，大殿的地面已是一片狼藉。

　　这样的慌张，在乾清宫里是绝没有过的。

　　惠妃在外间候着，一边用帕子擦她那止不住的泪珠，一边盯着里头聚首焦灼的太医。殿里头已经乱得不像样子，她却没有心思去斥责下人们。

　　皇后是高坐于她上首的主位上的，她眼见着惠妃的呜咽声越来越大，不禁心烦道：

　　"别哭了！吵吵嚷嚷的。你就是哭死了，也帮不上二皇子半点忙。"

　　惠妃昔日的锋芒早已被强势的皇后磨得一干二净，她虽跋扈，却并不蠢，知道该低头的时候要低头。听了皇后的呵斥，她不由得一凛，忙以袖掩面，强自压制着自己的呜咽，只余一双肿成桃儿般的美目止不住地流着泪。

她又看一眼里头乱糟糟的情形，张了张口，终于小声嗫嚅道：

"皇后娘娘，可否请章院判过来？"

皇后朝她一挑眉，厉色顿显："里头有陈院使在，何须章院判过来？人多了反而添乱。"

惠妃面色黯淡如死灰，贝齿紧扣在唇上，却仍不罢休地反抗道："娘娘，章院判往日常给二皇子诊脉，较之他人更熟悉二皇子的体质……"

"惠妃，"皇后极不耐地道，"你是在怀疑陈院使的医术，还是在怀疑本宫举荐的人？"

"不敢。"惠妃咬着牙深深低下头去。

陈皇后，她这样明明做下凶案又狂妄傲然的模样，比婧昭媛当年难产时更甚，至少当时她还只是淑妃，而现在，她为皇后，陈家掌控朝野，再也无人可压制于她。

不过，这次她还是有些不顺的，凶案是做下了，可不知婧昭媛使了什么法子，最后三皇子没事，二皇子反而受害了。

惠妃狠狠地抽着气，似乎要把愤恨和痛苦全部咽到肚子里。陈皇后独大，不少嫔妃受其所害，几名宠妃幽闭、遭贬、入冷宫，不得宠的则被内务府苛待到衣食不足的地步，平日里和皇后结怨的人，如莲婕妤江氏，她们的下场最为可怜……

她贵为从一品妃，却早已没了昔日的威仪。

可是……惠妃的手已经在袖子里攥紧了，不论陈皇后如何强势，她这次都不能屈从，因为，那里头躺着的，是她的亲骨肉。

"皇后娘娘……求娘娘请皇上来吧，二皇子病成这样，眼看着就不行了，皇上知道了肯定会万分焦灼的。"

皇帝就在百步之遥的主殿龙吟殿中议政，可是这短短的距离，在惠妃眼前就如一条鸿沟。

陈皇后不料惠妃还有胆子说出这样的话，她本以为这些日子给她的教训不少了，她应该知道这后宫是谁的天下。现在看来，她还需要更多的训诫。她轻勾起一丝冷笑，竭力做出柔和的神色道："本宫知道妹妹着急，可是，皇上又不是太医，怎么会治病呢？"她轻摇着头，骤然提高了声调，狠厉道，"皇上近日忙于国事，连着几日没有召幸嫔妃，昨日夜里还召集几位大人彻谈到天明。政事这般繁忙，皇上怎有心思为后宫之事操劳？你巴巴地去请皇上，难道是想耽误国事么？"

这样大的罪名扣下来，惠妃却丝毫不惧，她看着里面口吐白沫的二皇子，身子一挺，瞪着皇后道：

"二皇子是皇嗣，和国事同等重要！"

此话一出，殿内守候的其余嫔妃都惊得张大了嘴。她们都是嫔位以上的高阶妃子，因着乾清宫庄严，不得随便进入，所以那些低阶的嫔妃就不必进来看望皇子。可是，纵然她们在宫里有些地位，也早被皇后的威势吓倒了，整日在皇后面前诺诺顺服，哪有一个人敢如惠妃这样顶撞皇后！

皇后气得脸色都涨紫了，她抬手，指着仍梗着脖子怒视于她的惠妃道：

"你一介妃妾之位，也敢对皇后言行无状！你忘了祖宗家法，忘了宫廷规条么？"

说着，她就给画屏使了个眼色，命掌嘴。

"熙儿还在里头病着，你们在外喧哗，成何体统！"一声男子威严的怒斥，喝退了举着手满面张狂的画屏。她身子一缩，见是皇帝驾到，忙跪了下去。

皇后忙领着众妃起身行礼，口中告罪，又让出了主位给皇帝。

皇帝瞥一眼如蒙大赦般的惠妃，径自至主位上坐下，凝眉道：

"皇后，你来说，二皇子现在怎么样？"

"回皇上，是……呕吐不停，持续昏迷，还伴有抽搐……"

"朕不懂这些症状，你说重点，太医诊断是得了什么病？"

皇后一顿，又吞吞吐吐地开口道："是中毒……"

惠妃心急，看皇后磨蹭的样子，抑制不住地插嘴道："是中了夹竹桃的毒，熙儿太过年幼，现在是性命攸关！"

皇帝没有斥责她的无礼，而是满面惊惧："夹竹桃的毒？"

此时，皇宫里最偏远的角落晗竹院里，江心月立在素白月色之下，凝望远方依稀可见的威仪殿宇。

今日的月亮是悬在天边的一根丝，朦胧地勾着，却比满月还要耀目。她站了一会儿，顿觉自己的行为可笑至极。她是参与了凶案的人，竟然在这儿祈祷不要事发？老天会保佑凶手么？

可是，老天也不见得会保佑在二皇子床前痛哭失声的惠妃。

小屋的门"吱呀"一声打开，从里头探出一个脑袋，朝她轻唤道：

"江姐姐，不睡觉么？"

江心月回头见是小桐，笑笑道："这就回去。"

其实，刚入宫的平民出身的女子，是非常好调教的。尤其是小桐这么单纯的人，在江心月频繁出入严女史的住处之后，被连唬带骗一通，已经对江心月又敬又畏了。

而江心月大度地不计前嫌之后，她竟然生出许多感激。

二更时，宫内诸人大多入梦了，章太医大半夜地被传唤到乾清宫。

皇帝连日来都很忙碌，可他却在西暖阁里待了一整宿。

外头的嫔妃们都被遣回去了，皇帝不喜欢她们假惺惺的面孔。只有执掌六宫的皇后和牵挂孩儿的惠妃守着。

终于，章太医从殿内徐徐步出，朝着皇帝禀报道："二殿下已脱险，因毒量并不大，施了针灸之后已经排清了毒素。"

惠妃听见章太医的禀报，立刻跪下对着皇帝叩头道：

"是皇上的龙福庇佑，熙儿才再得生机……"

她此时是真的感激皇帝，虽然他是一个冷酷的帝王，但对自己的儿女确实尽到了一个普通父亲的责任。

章太医跪在一边，见惠妃双目仍红肿着，抹着泪却欣喜异常的模样，他的身子不禁有些发颤。他心里挣扎了片刻，才嗫嚅道：

"回禀皇上、娘娘，二皇子虽然没有生命危险了，可是……可是……"

皇帝发现他神色不对头，忙追问道："可是什么？"

章太医叩首，身子哆嗦着道："小皇子有痴愚之症……"

惠妃一时没有注意到他，此时听见"痴愚"二字，一时间反应不过来："你说什么？毒素不是全部清出体外了么？什么痴愚？"

"回娘娘，此病症，是小皇子生来就有的，却因皇子幼小难以诊断出来。但是，夹竹桃的毒再次伤害了皇子的大脑，所以，小皇子表现出了明显的'痴愚'之症。"

章太医颤抖的声音落在惠妃耳中，宛如黎明惊雷，令她几乎支撑不住身体。

"那章太医你的意思是，二皇子是个傻……"皇后颇为得意地插嘴道，却因为得意而不小心说错了话，忙止住自己，顿了顿又道，"二皇子有痴愚之症，无法如常人一般了？"

已经心神俱焚的惠妃，此时望向皇后的眼神简直是一支锋利的箭矢。她扯着章太医的袍子，语无伦次道：

"你说，有什么办法可医？你有办法对不对？熙儿是受万寿福泽诞生的皇子，他……他怎么可能连常人都不如？"

章太医摇头道："皇子在母体时就受到了损伤，即便没有今日的一灾，日后也早晚会看出痴愚的。可以用补品调养，幼子的教养也可以特殊一些，但是……不可能恢复到常人的……"

西暖阁里的惠妃是一直哭闹到天明的。皇帝虽然也极伤心，但他一夜未睡，还积压了好多的政事，不得不早早地走了。皇后看惠妃一人在殿里撒泼，斥其有失内廷仪颜，命人拖回华阳宫去。但惠妃抵死不从，片刻也不想离二皇子左右。

最后是皇帝身边的王云海过来，半拖半扶地将她架出去。听闻惠妃出乾清宫的时候，鬓发散乱，衣衫污秽不整，哀泣若丧考妣。

第十九章 二

一枝独秀

五月一日，帝下旨令二皇子郑怀熙迁出乾清宫。

五月五日，帝承端午天佑，下旨册封二皇子为悯郡王。

同日，华阳宫惠妃上表请奏，求携悯郡王一同迁居重华宫，毕生抚育幼子，再不过问六宫事。帝准。

至此，曾在后宫翻云覆雨的惠妃隐退宫中，那位晃得无数人眼红的福泽深厚的二皇子，也从云端跌落谷底，成了从此与帝位无缘的痴傻儿。

龙吟殿里，皇帝依旧忙得废寝忘食。王云海不合时宜地进来禀报道：

"皇上，皇后娘娘在殿外候着。"

皇帝停笔蹙眉，道："朕在操劳国事。"

他低头看了看手里正批阅的折子，上书"陈府扩宅强占良田"，他又低头一瞥底下跪着的臣子——户部侍郎岳建充，他一个油光闪亮的秃头肥脑袋正透着门缝往外瞧。

"别看了！皇后的心思昭然若揭，哪里用得着你细细探查。"皇帝不悦道。他是个注重审美的人，对户部侍郎的外表极为不满，每每议政都不肯正视于他。

岳建充把脑袋转回来，抬头挤出一个谄媚的笑，对帝王小声道："皇上，小不忍则乱大谋，陈家的大罪小罪是搜罗得越来越多，现在正是关键的时候，不能让他们有丁点疑心，还是让皇后娘娘进来吧……"

"朕会让皇后进来。"皇帝脸色郁郁，却又低了头瞧他，怒道，"你在上谏的时候，可不可以不要做出那种表情啊？"那些言官们讽谏，都是一副正气浩然的样子，虽然忠言逆耳惹得帝王不顺心，但眼下这个谄媚的样子郑昀睿更加无法接受。

岳建充双手执玉笏于胸前，朗声道："回禀皇上，微臣秉承官场之道，理应趋于大同，以圆滑为策……"

郑昀睿脸上一抽，随即沉沉道："爱卿请即刻退下……"

岳建充出了殿门，忙对立在台阶前，身后跟着三重仪仗的皇后拱手行礼，脸上又挂起了谄媚的笑。

皇后见他的德行，不屑地移目撇过头去，待他走后才问向身后的画屏："此人有些熟悉，你可知道是谁？"

"回娘娘，是刚刚受到老爷赏识，而被提拔为户部侍郎的岳大人。听闻，老爷相当器重他。"

皇后轻扯了下嘴角道："这么个马屁精也值得器重？本宫看他不是个成事的。"

画屏附和道："是，此人是靠着银钱得用的……可是，给陈家送银钱的人成百上千，他是其中最受赏识的，大概是最会奉承的吧。"

皇后点头不再多言，提步进了殿。虽然她不看好此人，但皇帝这些天常召他议事，他又为陈家效命，皇后心里还是舒坦的。

皇帝埋头于堆积过肩的奏章中，不停笔地朝皇后问道："有何事尽快禀明，朕忙得很。"

皇后行了一礼，道："也无大事，不过是……端午上册封郡王的旨意，二皇子只有一岁，未免太……"

皇帝沉沉舒出胸中的郁结之气，徐徐道："熙儿是个苦命的孩子，朕疼惜他。"

"可是，封个贝子就差不多了吧。"

皇帝抬头，直视着皇后一张妆容艳丽的面孔。自从他给了陈家无上的权势，给了陈氏皇后的位子之后，陈氏就愈加张狂，常以女子之身左右帝王决策。

这对于郑昀睿来说，显然是好事。一个人张狂到极致，就会蠢到极致。皇后本来就没有学到孝德仪太后十中之一的城府，如今位尊极荣，更是将以前的才智也都抛得一干二净。熙儿已经没有夺嫡资格了，惠妃也隐退宫中，皇后却因着自己一贯的霸道，不依不饶地打压他们，这不是蠢得可笑么？

这样的皇后，这样的陈家，收拾起来指日可待。

可是，皇帝这一次不想再纵容皇后，熙儿是他心里的痛。

而且，他想着，一味地忍让恐怕也不对，他隐忍过了头，对方保不准就怀疑了呢。

他起身，俯视着皇后，愠怒道："此事不必再提了，你再有异议，朕会封他为亲王。"

皇后张大了嘴，想着辩驳，却终是稳下心来。郑昀睿毕竟是帝王，她再纠缠下去不会有好果子。

她不甘地俯身应了声，转身退下。

她回了凤昭宫，一个宫女从外头掀帘进来，俯了俯身子道：

"皇后娘娘千岁。奴婢有事禀报。"

皇后心里不顺，头也不抬地道："秋雨，你伺候了废后上官氏近十年，上官氏倒台，你却仍是凤昭宫的大宫女，真是好福气。"

"都是太后娘娘栽培奴婢，皇后娘娘看重奴婢。"秋雨敛眉回话，心里却是极不愉快，她奉孝德仪太后之命，在上官皇后身边做了近十年的细作，明里暗里为陈家做事，功劳和苦劳都是天大的。没承想，扳倒了上官氏，陈皇后竟然只给自己一个一等宫女的位子，她十年的辛劳就换了这些？

皇后没有在意她的别扭，只继续道："有什么事儿，你说吧。"

"是废妃江氏。她现在还活着，阿青却死了。"

皇后猛地一惊道："还活着？！"

这宫里想要江氏命的人多得不计其数，她派去的阿青也是个得力的，可江氏竟然活到了现在！

皇后一手打翻桌上的茶汤，怒道："她简直是一株杂草，一株又卑贱又命硬的杂草！"她抬眼看向秋雨，冷冽道：

"你不是很能干么？若是连这株杂草都拔不掉，你就滚到辛者库去吧。"

秋雨一听，不禁打了个寒战，这位陈皇后实在是太苛待下人了。以前上官皇后对忠心的下人连责打都少见，秋雨一直被上官皇后当作心腹，她习惯了宽厚的主子，真是不适应陈皇后的苛刻了。

她心怀畏惧地应下了，行礼告退，心里不停地筹谋着江氏的事情。

她的身后，皇后烦躁地起身，在屋里踱了两步，却看见牡丹盆景里恰有一株杂草，在亭亭娇艳的牡丹底下甚是扎眼。

皇后心里的火气猛地升腾起来，对着画屏喝道：

"这盆花你是怎么管的？怎的能生出杂草来？"

画屏吓得跪地请罪，她知道今儿主子心里不顺，先是在皇上那里碰了钉子，后又收到江氏未死的消息，一向蛮横的主子此时肝火正旺。她跪在地上，额头渗着汗，她可不想这时候招惹主子。

好在她并未乱了心神，稍镇定了下就回话道："禀娘娘，室内的盆景是小圆的差事。"她说着，已经手脚麻利地把杂草扯了下来。

皇后挑眉道："不中用的丫头。画屏，你去内务府回话，把小圆赶到外围去。"

"是，奴婢这就去，娘娘莫置气。"画屏口头上关切着，腿脚上却跑得比兔子还快，一溜烟就蹿出了大殿。

她正庆幸自己逃过一劫，却又听背后传来主子的声音道：

"等等——"

她心里一沉，苦着脸掉头回去。

皇后踱步至那盆牡丹跟前，鼻翼微动，嗅着其中沉韵雍容的香气。

半晌，皇后才抬头，玉指轻柔抚过花儿娇艳的蕊，似在赏玩一块绝世的美玉。

立在门口的画屏这才注意到，这一株牡丹仅有顶上的这朵开得最艳，最鲜亮。其余侧枝的几朵明显要小很多，颜色也晦暗一些。

"这株魏紫是花房新调弄出来的，很会揣摩本宫的心思。"皇后赏着牡丹，火气渐渐地消了下去，她不等画屏回话，又徐徐道，"这宫里呐，虽然少了一个惠妃，却还是有不少能折腾的人，很惹本宫心烦。本宫希望，她们就如这侧枝的花儿一样，晦暗无光。"

画屏连声附和："娘娘所言甚是。"

皇后朝着她抬手，道："婧昭媛的权柄越发大了，没想到惠妃最后还给我来这么一下子，把自己的权柄都移给了婧昭媛……还有那个梅贵嫔，其盛宠已逾越宝妃……"

画屏一凛，继而轻抽一口气以平定心绪，却不想连气息呵在口中似乎都是血腥的味道。

第二十章 祭拜 三

因着二皇子的病症有损皇室颜面，不宜传出去，夹竹桃的事皇帝没有彻查，只说了句"下头的人伺候不周"，把几个奴才杖毙，这事儿就这么结了。

江心月这些天的危机明显减弱了，那位典工大人被严女史敷衍过去，婧昭媛看着惠妃隐居，案子被压下，也不急着催她的命。

后来又有严女史在她面前多次劝说，道"江氏是个得力的人，死了可惜"，终是让上官合子放下了杀机。

一连数日过去，每日江心月跟着众人上工，干些男子才做的活，苦累是不必说的。而且，内务府对亭子的修葺催得很紧，严女史和众位姑姑对底下人就催得更紧，宫人们唯有越发地卖力。

原本做活就要做到天擦黑，这些天来，姑姑竟然要她们凌晨起床赶工。一天比一天大的日头底下，尘土被炙烤着飞扬而起，苦累与日俱增。众人连声叫苦，却不敢在姑姑面前表露出来。

入夜，挤在炕上的两个人正酣睡。小屋里蚊虫依旧肆虐，可她们都丝毫不觉，累到极致了，便是站着也能睡的，哪儿管蚊虫叮咬。

只有一个人是例外的，那便是"不会睡觉"的江心月。她生怕第二天早晨一醒又是四仰八叉的样，遂睡得极不安稳。

今日无风，门外的梧桐都安静得连一片叶子都不动，只有蛐蛐一众叫得越发欢畅，"咕儿"一声又一声。

这声音钻到了她耳朵里，不禁受到咒骂："热成这样，还叫！明儿把你们都捉了！"

蛐蛐感受不到屋里人的烦躁，铆足了劲儿继续嘶喊。然而此时的叫声里头却不那么清脆，似乎含着一丝丝幽怨之音。

江心月又暗骂道："叫就叫吧，你们还哭上了？还真像人哭。"

她这样迷糊着，终于渐渐入眠了。

第二日，她从床上起来，一看自己，直想击掌欢庆——她的姿势很好。而再看旁边的两个人，她们却都坐在炕上，满眼底的青黑。

"你们这是咋了？昨夜睡得可死，怎么还没睡好？"她笑问道。

"唉，别提了。"小桐揉着眼道，"昨个半夜里，不知是什么人在又哭又闹，那声音喊得可吓人，我们都被惊起来了。"

"啊？"

小桐继续道："江姐姐就你睡得死没听见，那声音刚刚才消失的，也不知是哪儿传来的……"小桐说着，突然脸一白，"该不会是鬼吧……"

"哪里有鬼，都是人，比鬼还可怜的人。"玉红闷闷道。

江心月听着她们抱怨，最后听了玉红的话，却猛然明白了些什么。昨晚她也听见了哭声，却迷糊地以为是蛐蛐。后来哭声大了，她却睡得如死猪。

声音从哪儿来的呢？晗竹院里住的都是下人，奴才是不准哭闹的，就是有天大的伤心事，哪个有胆子在夜里哭？

可是，晗竹院靠近冷宫……

啊，这宫里头，又有什么事发生了吧……声音大到能传二里地，那就不是一个人的，而是很多人。

她为这些苦难的生命摇头，心里涌起哀伤与怜悯的同时，那个在患难之中对她有恩的女子再一次挑动她的心神，绯烟阁里令她心痛晕厥的场景，也似乎挥之不去了。

她默然落下泪来，这个女子如云烟一般无声消散在了这宫里，可还会有人记得她？可会有人为她诵经祭奠？

江心月是在晌午时出现在重华宫里的。自从威胁了严女史之后，她已经能放心做这些不合规矩的事。

她虽是一身最低贱的杂役宫女的衣裳，却换了另一件刚洗好的来穿，那上头没有尘泥，不会叫人看出异样。

重华宫外院清冷，无花卉只植松柏；主殿大而空旷，因活计清闲，故分配的下人较别处也少许多，佛门重地却透着几分哀凄。这时候，恰有几位主子在里头礼佛，檀香混杂着藏地甘松香幽幽地飘出来，熏得人心静而沉沦。

江心月绕着外头的小碎花石子路，从偏门混进去。她往里头探脑，里头无论主子还是下人都无一丝响动，只能瞧见几位素雅衣衫小主的揽裙跪拜之姿。

"不巧了，她们怎么也来念佛了？"江心月心里稍忧虑，重华宫是宫里最大的佛堂，多是太妃们喜欢来此地叩拜，不想这些年轻的女子也沉得下心来参佛。

她透过大敞着的朱门，小心地望向正殿东面的那座殿，那是惠妃的住处。不过还好，惠妃甚少出门，更别谈撞上江心月了。

偌大的院堂只有几个丫鬟垂首肃立，管事姑姑正在里头伺候几位主子。江心月选了外院僻静的墙根立着，等主子们离去。

里头的主子们念了许久的经文，都没有走的意思。江心月自被贬以来身体就一直不好，站得久了就觉腿软，便想就地坐下。不承想她刚一往下坐，就一个趔趄压在了身边的芍药花圃上，口里也忍不住"哎呀"一声叫了出来。

姑姑在伺候主子们，并没心思注意到她，可几位主子中，一位着月白色绫纱襦裙的女子却出乎意料地转过身来，堪堪把举止异样的江心月看了个清楚。

江心月大骇，当即扑伏在地："奴婢给良主子请安。"

姑姑从门里出来，看见有外人擅闯，又惊又怒，也跟着跪下道："娘娘饶命，奴婢这就处置了她。"

良淑仪抬手以玉指轻挑门侧的一株翠柏，回眸细看着江心月，温言出声："无妨，就饶了她吧。"

那姑姑颤颤地行礼退步，江心月感激地叩首道："谢娘娘宽恕。"

"我记得你是莲婕妤，后被贬至了外围。你怎么会来这儿呢？"

江心月心里惴惴，她与良淑仪甚少有交集，只知她是个恬静又和气的人。想来，这位良淑仪和自己并无什么利益纠葛。她稍稍稳了心神，如实回话道：

"奴婢，是来为一位故人诵经。"

良淑仪闻言，目中似有淡淡的伤怀，她轻叹一声，对着江心月道："你虽然是外围宫人，但在本宫面前就不要跪着了。"

她看着江心月稍显不安地起身，又淡淡出言道："本宫也是来祭奠一位故人的。"

江心月面露疑惑。良淑仪身后是三名宫妃，都是不熟悉的面孔，身上的装饰也略显寒碜，应该是一些平日无宠的嫔妃。一位宫妃朝她走近了几步，出言道：

"虽然上官皇后不喜你，但你如今也被那……害至如此地步。都是可怜的人。"

江心月惊诧道："娘娘的故人难道是……"

良淑仪止住她道："慎言。若被上面那位知晓此事，我们都会被送入冷宫的。昨日夜里，一次就进去了八个，蒋美人被杖打致死。今日又下了懿旨，梅贵嫔也被送进去了。"

江心月听得脸都惨白了。冷宫和北三所是不一样的，进北三所还是名义上的主子，可进冷宫，就是废去封号位分成为罪人。

真是，十足狠厉。

"先皇后待人宽和，我们……很是感激。今时不同往日，现在宫妃们的日子都是不好过的。"良淑仪说着，声色渐渐低下去，"内务府一再克扣份例。这样艰难的日子，就越发想起了先皇后。"

"先皇后"这个称谓，是不应该说出口的，应该说的是"废后上官氏"。江心月虽谨慎，但看良淑仪都这样说，她自己也忍不住地说道："是，先皇后不是完人，却是个良善的人。"

"只是……她太固执了。"她说着，又不由得垂首轻叹一声。

良淑仪摇头叹息。少顷，她抬眼看天色已有些暗淡，才惊觉留的时间太长了，忙一手扶了宫女，对后头三位宫妃道："时候不早了，我们快些回吧。"

素雅的轻纱影影绰绰勾勒出她娉婷的身姿，正要跨出门槛之际，她回眸对着管事姑姑道：

"你今日为江姑娘行个方便，让她进去诵经吧。"

姑姑屈身应声。江心月正要谢恩，她已同后头三位宫妃匆匆出了朱红正门。

檀香再次点起，轻烟缭绕，幽香自口鼻直入心田。顶上漆红梁栋，其下佛祖与观音大士慈目下望礼佛人，内阁另供奉有大周列祖。虽然太庙才是参拜列祖列宗的庄重之地，但此地既为佛堂，列祖的牌位也不可或缺。

《地藏经》诵读了数遍，她亦叩首数次。梁采女"因病而逝"还得以葬入妃陵，然上官皇后以罪妇处决只能被弃于乱葬岗中，更不会被列入内阁的历代皇后之中。待为梁采女诵经毕后，她亦为上官皇后诵经，超度这位曾经为难过她的可怜女子。

身后响起衣袍摩擦大理石地面的声音，她心头一惊，姑姑和宫人们早出去了，只余她一人在此叩拜，怎么会有人来？

"小主——"身后人低语一唤，江心月一转身，瞧见了她，喜道："你又来看我了？不是说了不必担心我么？"

菊香面色一凛，接着急切地奔过去，极小声地道："小主，是要紧事。"

第二十一章 二 赌命

江心月紧了心神，袖中已经多了些东西。

佛经里的夹页残缺不全，还有许多虫蛀的痕迹，她小心地拈着一张一张老旧的纸张细看。越看越心惊，翻到最后，她的两手都颤抖了，已濡湿的里衣极难受地贴在身上。

斑驳的墨迹，只在重述着一个苍老的名字——恭颐太妃。她是当今圣上的生母，因出身过于低微，在明德帝登基后也只被追封为太妃。

"啪"的一声，她合上书塞回菊香手中，低低咬牙道："我们所有人的命，都系在这东西上了。你把它放回原处——那本就是个隐蔽的地方，万不能让任何人知晓。"

江心月回了晗竹院，进屋就忙把门死死扣上，将整个身子抵在门上，大口大口地喘着粗气。

她深知陈家将来必败，可是，皇帝赢了之后，难道会把她接入内廷恢复封位么？她摇头苦笑，怎么可能，他那样绝情的人，恐怕早已忘了曾有过一位莲婕妤吧。

她不但要在陈皇后掌权的时期保住性命，还要寻觅翻身的机会。而如今，机会来得这样快。

又是"砰"的一声，下人房里的门猛地被推开，江心月立在门口，狠狠地吸一口气，似下了极大的决心。

赌局，再一次开始了，而她能够押上的，只有命。

风簌簌地拂在面颊上，龙城的北风即使在夏日也是厉害的，而今日，似乎有几分山雨欲来之意。

江心月徐步至严女史住的正房中，门外英儿如往日一样，站着朝她甜甜地笑：

"江姑娘有事找女史大人么？"

"是，是要紧事。"

"可是，女史大人今日往内务府去了……"

"那英儿姑娘为何还站在这儿？"她凌厉地朝英儿挑眉，不留情面地揭穿了她的谎话。

英儿喉咙一哽，有些不适应江心月的疾言厉色，还有着被识破的尴尬。她很惊异堂堂严女史会被一个小奴婢威胁，但严女史只是苦着脸命她若江氏再来找，就尽力挡回去。

江心月看她磨蹭的样子，厌恶道："我们就敞开天窗吧，我今日来不是找女史大人讨什么好处，只是有相当要紧的事。这事，对女史大人也是百利无一害的。"

英儿警惕地看她一眼，她撇过头去，兀自抬手叩门。

严女史正从门内出来，一推门，便看到了江心月这张令她嫌恶的面孔，张口便道：

"我已经费了很多心血去庇护你，你还来这儿做什么？"

江心月急急地从门中挤进去，回手紧闭了门，抓着严女史的衣衫就跪到地上，一字一顿地道："大人，您想做掌司么？"

严女史吓了一跳，惊道："你这是做什么？又说的什么不着边际的话？"

她凝眸盯了江心月一会儿，便止不住地笑了："掌司？你又想玩什么花样？想利用我么？"

江心月也朝她笑道："您以为我在说胡话么？如今我手里握着的机会，

定会让您坐上掌司甚至内务府管事的位置！您想想，如果婧昭媛娘娘做了皇后，您会有多大的受益呢？"

严女史霎时就变了脸色，忙抬眼看屋里的门窗是否都已经关好。半晌，她才低头沉沉道："说吧，你准备筹谋什么？"

江心月深吸了一口气稳住心神，才徐徐地道："奴婢，发现了恭颐太妃的死因，这个证据足以扳倒陈家。"

她看到严女史面上明显的骇然，顿了顿，才道："奴婢早已效忠昭媛娘娘。如今此事，更需要我们的合作。至于您，只需要负责向昭媛娘娘传话即可。"

严女史倏地笑了："如今是陈皇后掌权。稍有不慎，我们会一起死。"

"富贵险中求，女史大人。若昭媛娘娘听了我的消息，即便赢的把握只有两三分，她也必然会去做，因她的野心不容许她此生受制于人，她为了后宫里最高的位置，会甘心付出一切……这就是您与娘娘的差距，女史大人。"

严女史双目已透出掩饰不住的波澜，她不得不承认江氏的话。她再次低了头道："你的消息是什么？"

"回大人，是冷宫中一名白氏废妃。她是人证。请昭媛娘娘必须控制住她。而最关键的铁证，应该在皇后娘娘手中，奴婢记得孝德仪太后的遗物都是被皇后娘娘收了的。这些东西能否重见天日，就只能靠昭媛娘娘了。"

"我们都是下人的身份，空口无凭与娘娘去说么？你应该把你手头的证据交与我。"

江心月面上顿生嘲讽："大人在戏耍奴婢么？奴婢日后是否能从中分得好处，就全靠那样东西了，把它交上去，昭媛娘娘一个翻脸，可就没有奴婢这号人了。"

这一日的晚上，江心月就被提拔做了严女史的贴身宫女，和英儿有了一样的位置。

而内廷里，凤鸾春恩车正载着纯贵人往龙吟殿而去。

第二日，皇后的懿旨传到仪瀛宫里，道纯贵人于龙吟殿整夜侍寝，有违宫规，发落至冷宫处置。

瑶仪一人在主殿朝婧昭媛拜别，俯身叩首，突地用极细的声色道：

"娘娘非要用这个法子么？"

婧昭媛朝她苦笑一下，道："如今的境况你也知道。皇后娘娘整肃六宫，这个宫里全是她的势力。这么大的筹谋，也只好把你送进去了。你要用尽一切办法令废妃白氏开口，还要拼死保她的命。"

"那，嫔妾……罪妾真能够回来么？"

婧昭媛哂笑道："你既是忠心于我，就不应有这些个抱怨与犹豫。"

瑶仪一凛，身子伏得更低了，额发都要贴到了地面。

"纯贵人——"婧昭媛陡然提高了声音，"本宫此生都会记得本宫无法再生育的事实。而你，不必我多说，这一生也不会忘怀你第一个孩子是如何失掉的吧？"

瑶仪听闻此言，整个身子都猛然颤抖起来，她狠狠咬住下唇，以额触地道：

"娘娘教诲得是，只要能取那恶人的命，我死上百次也不会后悔。娘娘交代的事，我都会做好。"

"这样很好。你记住，若这事漏出去，你就不仅仅是回不来了。"

"是。"瑶仪道，其实她不应有丁点抱怨的。她从小产之后就再不受宠，若没有婧昭媛庇护，她的下场连蒋美人都不如。天下没有吃白食的好事，婧昭媛用她，说明她还有用；若她真的无用了，马上就会被弃置。

如今的冷宫，怕是很热闹吧，连梅贵嫔都在那儿呢。

她依礼行三次稽首大礼，起身，朝殿外而去。在跨出门槛的一刻，身后又传来那慵懒的声音：

"此事若能成，这座宫，便是本宫的；而你也定会得到很多，至少澹台一族不会再默默无名。"

"澹台一族"四字落在瑶仪耳中，使得她全身都打了个激灵，眸中顿显点点芒亮。再次提步向前时，她脚下的步子稳了不止一二分。

她匆匆而去，殿外，站着的却是严女史和一名面上生着面疮的宫女。

瑶仪不经意地瞥向那宫女，心里陡然一惊，这样的伪装，她再熟悉不过了……

有宫人前来引了那宫女入殿，严女史则被宫人引至下人房中等候。她进了殿门，忙伏地跪下。

"起来吧，你是忠心本宫的人，不必行此大礼。"婧昭媛柔柔地笑着道。

殿内的宫人不知何时已悄然退去，走在最后的宫人伶俐地将殿门带上。江心月看着仪瀛宫里下人们的眼力价儿，都有些佩服婧昭媛的驭下之术了。

她微微抬首，偷瞄一眼上座的昭媛娘娘，却突地听她道：

"本宫很久未见莲婕妤，甚是想念。"

江心月身子一紧，不由道："奴婢……如今是下等宫人。"

"下等宫人？身份只是暂时的。本宫早就知道，你终有一日会再次爬上来。说吧，事成之后，你的条件是什么？"婧昭媛懒懒地将身子靠在座上，声色淡然。

江心月伏地叩首，才道："奴婢所求不多，只要能重回内廷即可。"

婧昭媛道："这个自然。你放心，本宫成为皇后的那一日，便会将你引荐给圣上。"

"只是引荐而已么？"江心月扑哧一声笑了，丝毫不惧地抬首与她对视道，"若娘娘只是将奴婢当作承恩的宫女引荐给圣上，让圣上重新想起奴婢来，然后封个采女更衣之类，那奴婢岂不是亏大了？"

"那你要怎样？"婧昭媛的眸子里精光流转，另有几分隐约的厉色。

"奴婢——希望皇上能够记住奴婢的功劳。"

"功劳？此话怎讲？"婧昭媛倏地脱口问道，她扶于凤座上的手也当即扣紧了五指，关节处都有些泛白。

江心月抬眼笑道："娘娘莫要装糊涂了。咱们的圣上到底在筹谋些什么，陈家是真的一手遮天还是另有隐情，您定是一清二楚的吧。恭颐太妃一事，我们给了圣上一个扳倒陈家的理由，您说，我们是不是圣上的功臣，是不是整个大周的功臣呢？"

第
二
十
二
章

交
锋

二

字字句句掷地有声，婧昭媛听着，面目都悚然了，好一会儿才问道："你怎会知晓这些？"

"因为……奴婢是上官皇后死前所见的最后一人。她临终时意识太过模糊，将奴婢当作了圣上，所以奴婢知晓一切。"

她说完这谎言，心里却不知是何滋味。上官慧茹临死前，哪里曾顾得上这些筹谋呢。

她再次抬首，道："娘娘您的运气一直很好。圣上的大业，上官家是头一份的功臣，不仅如此，娘娘您还为圣上的生母立下了这么一个大功。那个尊荣的位子，只能是您的。"

上官合子眯起了凤目看向她，道："那么你也想来分这一杯功臣的羹了？"

"正是。皇上弃置奴婢，是因为奴婢没有了价值。但是，只要您把奴婢在恭颐太妃一事中发挥的作用完完整整地禀报给皇上，奴婢相信，皇上定会复奴婢婕妤之位。"

上官合子盯着她，突地笑道："很好，莲婕妤。即便你身为最下等的奴才，也能做出这样一番筹谋来。皇上最重价值，你为皇上立了功，复位也

440

是必然的事。"

她说着，抬手抚上了额角，眉头轻蹙。复位么？那就不是一个虫蚁一般的采女了，而是婕妤，一位育有公主的婕妤！

真是可恶，江氏，果然不是她能轻易掌控的。

后宫中，无论朋友或敌人，都不是长久的。曾经她是嫔位以下的低阶嫔妃时，需要江氏的帮衬；可是她坐上后位之后，江氏此等善于筹谋又有着野心的女子，只会是她的麻烦。

"娘娘，您考虑好了么？"江心月见她沉思不语，不由笑着道，"您莫要犹豫。那本册子还在奴婢的手中呢。它不仅是证据之一，也是此事的全部线索。"

婧昭媛冷冷一笑，瞬间又恢复了温婉和善的容颜，瞧着她道："你的条件，本宫答应了。"

江心月展颜轻笑，虔诚地叩拜道："谢娘娘恩典。"

"你可知，等事成之后，你我便会站在对立的两面。"

婧昭媛的话是凌厉而透着些许劝诫的。她很希望，江氏不要这样野心澎湃地往上爬——做一个默默无名的采女，依旧忠心于她，这不是很好么？至少她可以保得一生平安。

"娘娘……"江心月依旧伏于地上，低低道，"奴婢心意已决，不得不忤逆您了。"

后宫依旧是平静而无波澜的。陈皇后处事果毅，嫔妃均严守宫规，再无逾矩者。而时常会有被处罚的嫔妃，这样的事端，已经是家常便饭，称不上是波澜了。

后宫的平静，终究无法持续太久。六月中旬，仪瀛宫一位采女莫名地暴病而亡，主位婧昭媛深感此事非同寻常，上表明德帝以求彻查。

当日，在那位采女的寝宫搜查出刻有其生辰八字的厌胜偶蛊，同时，陈皇后突现头风之症。后宫中人人自危，已有"厌胜之术流传宫中"的危言。

陈皇后起初不信这类事。然而，她的头风一日比一日厉害，心里也开始恐慌起来，终于去求了皇帝。

七月初，明德帝下旨满宫搜查。

在巫蛊的恐惧遍布全宫之时，江心月则沉静着，静候那筹谋开花结果。从内廷中传来的祸乱，却使得她的心里一日比一日安稳，而皇帝终于搜查了凤昭宫之后，她的前路仿佛出现了光明。

然而，即便是她算计了所有，在这瞬息万变的宫廷内，她的祸患，终于也逃不掉了。

这一日盛夏的傍晚，她正盘腿坐在炕上，和其余的两个人一起做些缝补的活计。突地"砰"一声响，门被撞开了，朵姑姑站在外头，指着三人道："都给我出来。"

庭院里，已经站好了上百个宫女，而被押在中间刑凳上的那人，竟然是严女史。

江心月看向立在众人面前的那位着深绿色宫装的姑姑，便知她就是奉宸院的掌司大人。

她的脑子轰地一下乱了。这位掌司大人，实在是太眼熟了，她本以为这个女子会随着上官皇后的死一起灰飞烟灭，然而，如今她站在了这里，她的身份是奉宸院的掌司。

秋雨呵……原来她也不是个简单的女子。

接下来，便是杖子不断地打在严女史的身上。她被汗巾堵住的口里一点声音都无法发出，而空气里，却渐渐地有了血气，血腥味在她的周围弥漫开来，她的身上也逐渐染上鲜艳的红色。百十个宫女，看着这样的场景都在颤颤地发抖，终于严女史的身子再也无法动弹，粗大的木杖却仍没有停下的意思，一声一声地闷响着，击在她早已血肉模糊的背上。

陈皇后，即使是头风发作，也不会耽搁了整肃宫闱……

等残忍的木杖停下时，四个内监上前，将早已无半分气息的严女史架起，如拖牲口一般将她往院外拖去。即使在黯淡的夏夜，她的尸体所过之处，也能现出令人作呕的猩红。一滴一滴潮湿的红色，从她身上滴落。

"你们都看好了，这就是贪赃的下场。"秋雨朗声朝着站立的宫人们道，随即抬眼，目光直直地打在人群中的江心月身上。

眼见严女史被杖打致死，江心月心底冷冷的，她哪里是因贪赃而死。

秋雨笑着，对她道："江姑娘，我竟不知你此时还在为婧昭媛效力。"

江心月扑通一声跪下，道："奴婢冤枉。"

"冤枉也无妨。即便你是安分的，皇后娘娘会网开一面么？"

江心月颓然闭目，唇边只余一抹苦笑，低低道："奴婢……只是想活下去。"

秋雨冷冷道："你本就没有活下去的资格。你是克死孝德仪太后的妖妃，你早就该死。"

说着，她朝身后的内监抬手，几人上来，不由分说地把江心月架了出去。

江心月此时，突地涌上说不出的悲伤，已经坚持了这么久，这么久，终究难逃一死么？

婧昭媛前日还给了她消息，道朝堂上的风雨，也就是这两日了。那样的风浪是乾坤颠覆，朝堂大动，后宫里一手遮天的陈皇后也会彻底落败。等一切平静之后，她江心月就会坐回婕妤的位子。

眼看就要赢了。可是，秋雨来索她的命了，这便是横祸么？

是呵，阿青死了之后，陈皇后还是不会放过她。陈皇后并不知晓自己惨烈的将来，却能够这样轻松地了结了她。

这样的感觉，好似经历了大风浪之后却在阴沟里翻船。

她被拖着踉跄地向前，裙角已经沾染上了严女史留在地上的血污，大片的暗红仿佛都在嘲讽着她。她无力反抗，即使此时距离她的翻身剩下仅仅两日，死亡距离她却只有短短的一刻。

龙吟殿里，郑昀睿已经两日未曾合眼。

岳建充和另外一人站在堂下，那人竟是早已归隐的上官霆。

紧闭的宫门突地一声响，王云海从外头匆匆而入，小声道："皇上，皇后娘娘身边的秋雨被派去做了奉宸院的掌司，她已连夜去了晗竹院……"

皇帝倏地拧了眉，沉沉道："皇后就是这样不容人。你亲自去内务府一趄，你知道该怎么做。”

王云海稳声应了是，忙小步退下，直奔着内务府而去。

皇帝回首握起案上一只盈寸的翠鱼，对着站着的两名臣子，长叹道："这么多年过去，朕太愧对母妃了。"

他一手抚着翠鱼上镌刻的"颐"字，目光中是沉沉的哀伤。都道当年，母亲是在他降生时难产而亡，却不知，是那妖妇将母亲随身的翠鱼佩饰凿开，内置毒粉，以关窍掩盖。等母亲生产之后，关窍便被细作宫女打开释放毒粉，最后再伪做成难产而死的迹象。

这么些年里，他不是没有怀疑过母亲的死。然而无论他如何暗查，都没有任何头绪，原来妖妇竟然用了这样狠厉而深藏不露的法子，将毒粉置于母亲的贴身之物上。

与当时的颐贵人交好的另一位白氏嫔妃，因对这只翠鱼起疑，当日便被皇后打入冷宫。那名身为细作的宫女也惨遭皇后灭口。然她大难不死竟逃出皇宫，并将此事完整记录于一部佛经中藏于重华宫内，待有朝一日能够昭告天下。

皇帝又叹一声，双目凌厉地一扫，对着两名臣子道："这便是在皇后宫里搜出来的东西。我们的准备也都差不多了，陈家，该倒了。"

七月二十日，帝以"罪妇"之名，将孝德仪太后迁出皇陵，废为庶人，尸身弃置于乱葬岗中。

七月二十五日，上柱国陈国忠因不满孝德仪太后一事，愤而逼宫，令明德帝退位。

当日，礼亲王率军攻入龙城，直捣宫内反贼。是夜，另有寿安侯率兵入宫护驾。

上官霆一直守在龙吟殿中，殿外，风声鹤唳，四处都是震天的喊杀声。

皇帝坐于龙位之上，面色波澜不惊，好似根本没有听到殿外的杀戮声。

"皇上，臣恳请您……移驾。此地是陈家的最终目标，这里太危险。"

"不必，朕是帝王，不待在龙吟殿又要去哪里呢？"

第二十三章 二
重回内廷

上官霆低头不再劝，他知郑昀睿决然的性子。好在他的人手已经把龙吟殿箍得铁桶一般，外层另有礼亲王他们的重兵，陈国忠想攻进来几乎不可能。

这场动乱，终于要见分晓了么？他心里突有沉沉的慨然，侧目向皇帝道：

"臣的妹妹……皇上会厚葬她么？"

郑昀睿突地顿住，他才想起他从未管过上官慧茹的身后事，依着宫里的规矩，她是被弃置于乱葬岗中的。

乱葬岗中成千上万的尸身，如何去找呢？

他两手稍稍紧了紧，才道："当然会。她是朕的功臣。"

上官霆瞥见皇帝闪烁的面色，心里猛然明了，整颗心巨石一般沉沉地下坠。他喉间一动，终是无力说出话来。

这便是帝王啊，慧茹已经死了，就算厚葬，又能如何呢？皇帝，你又何必掩饰于我。

怔忡的瞬间，"吱呀——"一声轰然，殿门被猛地撞开，冷冽的风将浓浓的血气灌进屋内，即便是夏季也让人觉出满心满肺的酷寒。上官霆倏地

445

转身惊道："可是战况有变？"

来人是上官家族的一位副将，他大口喘着气道："战况一切顺利。只是，二小姐在外……"

上官霆身子一抖，而后对他道："你在此地护驾。"转身就出了殿门。

夏夜，不知何时有了雨。倾盆的雨帘之中，是护卫圣驾的重重兵将，均肃然立在雨中，手上的刀戟寒光毕露，只是火把均被浇灭了。一眼望去本应是无边际的厚重铠甲，却多出了一抹清丽的素白身影。

那是一个女子，身着的素绡水纹襦裙宫装从上至下都浸湿了，发髻凌乱地散在肩上，领口稍染血污的衣襟处露着消瘦毕现的锁骨。

她朝从殿内步出的男子抬手，缓缓出声："我们，终于能见面了么？"

上官霆猛地一惊，立在原地迈不出步，他盯着这女子，却猛然发现了女子身上被雨水冲刷着的大片猩红，惊道："你……你是闯到这里的？"

"是，宫廷动乱，冷宫里的看守都不经事了，我才逃了出来。"她一手捂住了右胸处潺潺涌出的血水，那里插着一截断了的刀刃，还有隐隐可见的刀锋。

上官霆步履慌乱地疾奔过去，道："满宫都是刀光剑影，你竟然孤身一人闯来……我马上去传军医……"

"不必管我！"她猛地推开了他，冷声道，"你以为我不知晓么？皇上已经暗许，待大事得成后便将广陵郡主指婚于你……你早已弃置了我，此时何须管我！"

上官霆浑身簌簌，只喃喃地道："慧君……"

"哈！"女子猛然仰天冷笑一声，喝道，"我是莫氏若初！"

上官霆面色中透出怆然的哀凄，默然落泪，道："当年，为了慧茹在宫中的地位，将你送进宫来，是我此生最大的错误。"

"姐姐没有想到，我不但没有帮衬她，还成为了她的死敌！"女子冷笑着，姣好的面容渐渐地扭曲了，一手指着他道，"你和姐姐为了上官氏一族，一个入宫，一个入仕，最后还要把我这个养女也送进来！哈哈！你如今的作为，还不是为了权势！你协助帝王，再次搅进这朝堂之中，过了今日之后，上官家，就会取代陈家成为大周第一大族！"

她说得激愤，浑身都不由自主地震颤起来，声音却逐渐地低下去，絮絮低语道："姐姐已经死了，你还不肯退出这漩涡么？当年，我们三个人，那时候一切都很好，虽然是小门小户，我却从未奢求什么荣华。可是你，你和姐姐，偏要立志令我们上官家崛起。如今上官家真的成了大族，我，却什么都没有了。"

雨水，顺着二人的身躯流淌而下，女子单薄的衣衫勾勒出了她纤弱的身形，在苍茫雨夜中混杂着刀戟喊杀之声，只余悲凉。

她抬首，看着上官霆凄然苦涩的面容，突地笑道："上官慧茹已死，上官慧君也马上会跟去了。你一个人，继续走下去吧，看着上官家在你手里变得昌盛……你不需要记住我，你要记住的只是我进宫时为自己起的名字。我叫作莫若初。"

她说完，倏地抬手握住左胸之上的刀锋，决然向外猛地用力，血肉撕裂，猩红随着雨水疯狂地淌下……

战事是血腥而迅捷的。陈氏一族在龙城暗中布下的数十万兵马，竟在一夜之间败北。陈国忠攻入宫内的数十万大军，在第二日的黎明之时，已被消灭殆尽。

后有陈家从地方纠集的兵马，均被一一攻破。

原来，越是翻天覆地的大动，越是这样的利落。短短一个昼夜的时间，陈家大败，陈国忠于太和殿前引颈自裁。

陈氏外戚之祸，史称"明德宫变"。

血腥，从内廷一直延伸至朝堂。陈氏一族全族伏诛，上自老翁下至幼子无一幸免。八月，朝野十余名三品以上大员因参与宫变被斩于午门。另有百余名官员遭革职流放，其余贬谪者、辞官者不计其数。

陈家灭族当日，已被押入天牢的陈皇后以披帛自缢而亡。太子郑怀瑁为母求情不得，反被帝斥"为私情罔顾社稷"，夺其太子之位。

八月初十，帝追封生母恭颐妃为圣宪天佑孝颐显皇后。

八月十二日，帝册立昭媛上官氏为皇后，另又下诏"废太后系畏罪自裁，非为人所害"，追封受冤的原配皇后上官氏为孝仁懿皇后。

秋风，一日一日地吹散了遍染宫廷的血腥。宫廷的每个角落里，在明朗的奢华之下，杀戮的气息终于变得稀薄。晨曦照射进内务府的刑监之中，洒了一地的碎光。

"刘总管——"江心月回头，问那个明明身居要职，却不去忙于正事，而是每日如最下等的内监一般守在刑监外头的大总管：

"这个世道好生奇怪。奴婢为什么还没被处死呢？掌司秋雨姑姑可是罗列了奴婢很多的罪名，什么乱闯宫闱，与严女史同流合污之类……"

刘康苦笑道："这个世道，何止奇怪啊，实在是瞬息万变。再说秋雨在陈氏死后就被杖毙了。"

他自始至终是贪财的，且仅仅是贪财的，所以他这个总管在几番宫廷动乱之下反而坐得无比安稳。可是当王云海亲传了那道圣上的口谕之后，他不得不偏向了一方的势力，虽然这样会令陈皇后恼怒。

他明白，这个大周，这个皇宫，始终是属于帝王的。所以他听话地接旨，然后把从晗竹院里狼狈不堪地被拖过来等待处置的"罪女"江氏安顿在这处刑监里。

不仅如此，他还必须亲自看守，因为内务府里也有不少皇后的势力，若一个不小心，江氏有个三长两短，他只能提着脑袋去见明德帝了。

不过如今一切也都归于平静了，陈家，竟然说倒就倒，他这个总管今后会坐得更加安稳。

江心月轻轻低了头，以几不可闻的声色低低道："刘总管，您和……"

"王府"两个字，在她的舌尖上震颤，却终究没能吐出来。是她一贯的小心谨慎让她吞回了这两个字。

不过，除了这个理由，还能怎样解释刘康对她的庇护呢？

也许，郑昀淳他，真的是在乎她的，王府并不曾弃置她。她这样想着，眉眼间缓缓蔓延出一抹柔柔的笑意。在晗竹院内苦苦挣扎以求生路的艰辛，仿佛在此时，全部都烟消云散了。

"他不曾弃置。"她这般喃喃地念叨，心里的干涸也被雨露滋润一般了。

院外隐约有杂乱的人声，她侧过目去，见王云海已经携了圣旨立在她面前了。

嘴角轻勾了一抹浅笑，这样快，她已经赢了。

她跪下去，听着王云海依旧老练的声音，一字一顿的圣旨落在她的耳中，下一刻，她已经不由自主地惊异地抬头，道：

"难道不是婕妤么？"

"莲嫔娘娘，奴才只是负责传旨，并不知晓皇上的意思。"

圣旨中除了封位，还令她迁居启祥宫，掌一宫主位，并赐予六嫔之首的位子。莫说六嫔之首的恩典，单说一宫主位，就不是容易得来的。东西十二宫里，只容得下十二位主位，然而在后妃充盈的大周后宫里，嫔位以上的当然不止十二位。

她心中稍有纷杂，她讨厌看不透的东西。但是她转瞬间就理解了——那一日被贬入奉宸院之时，他玩味的一字一句，都在她的耳边回响：

"朕不喜欢暴殄天物。"

呵，不过是，玩物而已。给她一个内廷主位的位分，就如给宝妃无限的隆宠一般，她们，都不过是玩物。郑昀睿对于后宫，从来都是由着性子来，哪里有什么道理可分析。

宝妃的隆宠之下又是什么呢？是她永生无法再生育的残酷事实，是废太后埋在她宫墙之内的麝香陷阱，是上官皇后对她的巫蛊陷害。

即使她避世，从不染指宫内的权势，她的盛宠也一次次地把她拉进暗黑无底的漩涡。

不过，是玩物又怎样呢？短短的瞬间，她成了一宫主位，并得到了六嫔之首的位子。

从此她不再是一个弱势的低阶嫔妃。她不仅有了足以保护自己的力量，还有了碾死别人的力量。这就是权势，是比皇宠更贵重更难得的东西。

启祥宫的主殿，名为莜月殿。当江心月着一身三品宫妃的华服立于殿前时，抬首望着这三个烫金的大字，不由得发笑："这名儿起得真巧。"

"是呢，是皇上亲自下旨改了名，和惠妃当年是一样的荣光。娘娘，我们进去吧。"身后的贵喜笑得极喜庆。

"是要进去……"她轻轻呵气，面色淡然。总归是回来了，还带着这样的荣光和权柄回来。

莜月殿是主殿，比之轩阁要大很多。她淡淡扫过院内葱翠的湘妃竹，各色芍药、杜兰花圃，与活水荷塘之上的石桥，疑道："本宫记得，启祥宫并不是奢华的殿宇，这里的植株却都是上品……且，这儿何时多了一处活水？"

贵喜听了，疾走几步跑到江心月前头，朝她笑道："这些，都是皇上特命布置的，这一处的活水引自云梦湖的支流，是工匠日夜赶工完成的，足见皇上隆宠。"

他说完，又跪地叩头行礼，嘴里说着："主子晋位六嫔之首，掌一宫主位，奴才在这儿给主子道大喜了。"

江心月听他并不出奇的奉承，心里也是欢喜的。她起初还有些怕，怕皇帝即便给了她高位，也不一定会隆宠，毕竟她是遭过弃置的人。可眼下看来，皇帝的确是留恋于她的。

皇宠，从来都是必不可少的。

她侧头笑看着贵喜道："你这伶俐猴儿，还行起大礼来了？是来跟我讨赏的吧？你现在是首领太监了，废后陈氏的头风那事，你做得很精彩。"

她知贵喜在废后陈氏那里，不过是最下等的小太监，要把毒粉顺进陈氏的饮食中，是搭了性命才能做成的事。

"奴才哪里敢讨赏啊。娘娘赞一句好，就是那天大的赏了。娘娘的吩咐，奴才就算舍了命，也定会做好。"

江心月被他逗乐了，褪下腕上一只新得来的景泰双龙纹手钏塞到他伸着的手上，嗔笑道："你还觍着脸说嘴呢，这手早就伸出来了。"

贵喜嬉皮笑脸地把手钏妥当地贴身收好，迭声道："谢主子恩，谢主子赏……"

江心月止不住地笑着，其实贵喜的功劳哪里是这么一只手钏就能抵得上的？看他心满意足的样子，也知他不是居功之人。

花影领着几个洒扫的小宫女从殿内出来，行礼问安，再起身时她的眼眶都有些湿了。

"花影，你都长大两岁了，怎么还爱哭。"江心月柔柔地笑着对她道。

"主子，您……您瘦了许多。"

江心月将手搭在她的臂上，拾级而上步入殿内，一边缓慢而淡然地说道：

"我能回来，已经很不容易，宫变之后，后宫的嫔妃只余了四十几位了，其余多是被废后陈氏处置，或被乱军所害，我应该知足了。"

"娘娘说得是……"花影脸色黯然着，声色已有了些哽咽。

江心月顺着她的神色看去，就见她的三指正搭在自己的腕上。她惨然一笑，沉沉道：

"诊出什么了么？"

"娘娘——"花影欲言又止，眸中蓄了许久的泪却终于落了下来，"您，真的再无法有孕了。您生产公主伤了身子，本是有一二分的把握可调养，可现在……"

"不必难过，这宫中，得失已是太过寻常了，再者，皇后曾经不也承受过相同的苦楚么？我有何不能承受的。"江心月闭目轻叹一声，面色依旧静如秋叶。

她产下媛媛后就经太医诊断难以有孕，后在晗竹院为奴时，一波又一波剧烈的腹痛，已经隐隐暗示了这个残酷的事实。原来，这便是得失，她再也无法有孕，而且是永远无法调养好的。

可是，即便如此又怎样呢？她早已没有那一年在萦碧轩中晕厥之时的焦急心境，她应该明白了，在这宫里永远不能奢求太多。

能够回来，已是大幸。

花影侧目拭了泪，附上她的耳轻道：

"礼亲王府如今很是昌盛了，毕竟在宫变中有大功。还有王渊刚传了话来，王爷对娘娘您很满意。"

江心月浅浅地笑了："是呢，怎会不满意。"

她说着，唇角的笑意渐渐地淡去，却化为了一抹莫名的惆怅。她终究只是个棋子。

但是郑昀淳，他终于能够与帝王分庭抗礼。她轻轻摇一摇头，她应该为他高兴才是。

花影面上也露出笑颜，又道："还有件并不要紧的喜事。萦碧轩里的'西子倩装'，都小心地移过来了。"

江心月不由得惊诧："我遭贬之后，萦碧轩闲置无人居住，竟还有人去管那些花儿？我还以为早枯死了。"

"哪里会，都养得好好的。现下您晋位，重新得了皇上的欢心，皇上特命把它们移过来。"

江心月点头轻笑，吩咐好生照看那花儿。

菊香从侧殿挑帘入内，亲自奉了茶递给她，柔婉的面色中带着些许肃然，跪下，行稽首大礼：

"奴婢母亲的大仇终于得报。奴婢叩谢主子大恩。"

"不必如此——我应该感谢你的母亲。是她给了我翻身的机会。"江心月向她伸出手，想拉她起来。

菊香母亲留下的东西被巧妙地隐藏着，只有与当年之事有牵连之人才会看出端倪，而菊香看出的是母亲的字迹。

然而，菊香已经无法去评说什么了，母亲终是以生命为孝颐显太后的死付出了代价，为她的害人之心付出了代价。宫闱的纠葛，又有谁能分辨对错黑白？

菊香长叹一声，握紧了主子的手起身。

在宫外，她再没有什么羁绊了；在这寂寂深宫里，她也终于结束了这仇恨，却只剩无所依存的孤寂。她的主子，已经是她唯一的亲人。

江心月望向殿外进出的宫人们，看他们忙碌地安置着一应的物件，起身搭了菊香的手道：

"宫里的杂事交给花影与贵喜吧，我是没有心思了。我要去乾清宫看我的媛媛。"

菊香蹙眉道："这个时辰……正是皇上议事之时，外臣多有进出，嫔妃也是不许入乾清宫的。"

江心月略失望地低了头，仍觉心里如猫爪挠着一般，不禁道："还是去吧，我等不及。"

菊香点头应声，与贵喜说了两句，就扶着主子出了门。

宫门外，早有步辇静候。她的目光拂过启祥宫内的殿宇楼阁，雕梁画栋，朱墙金瓦，在她的视线触及之下的宫人们纷纷低下头去，蹲膝行礼。

提步上辇，四个内监稳稳地将她抬起。启祥宫和凤昭宫的距离不近也不远，她抬眼，用眸子打量四周，不知为何竟觉那朱红的宫墙上仍有洗刷不去的血迹。

那是杀戮之后的血腥。

她凝眉看了一会儿，又有衣饰鲜亮的宫嫔从她身侧走过，谦卑地向她行礼，而后朝着凤昭宫而去。另有三三两两手举托盘的宫人，捧着高位嫔妃的赏赐往各宫而去。

众人面上掩饰不住的笑意，已宣告着这座皇宫的重生。废后陈氏的横行终于结束，如今后宫的掌权者是令人充满期待的上官皇后，很多的嫔妃和下人互相谈论之时，总会提起她的宗族堂姐孝仁懿皇后。她们期待着皇后会如先皇后一般，仁慈而善良。

宫里，终是有许多欢喜，比如新册立的皇后，还有收回权柄的帝王。江心月自嘲地笑笑，宫墙上怎会有血迹呢？相隔数十日，早已被冲刷干净了罢。

只是，宫墙本身就是朱红而鲜艳的，这样的颜色，仿若是血水中生成的一般。

乾清宫厚重的宫门敞开着，江心月从辇上下来，步履急促地至一守门的小太监身前，道：

"本宫是启祥宫莲嫔，烦公公去通禀一声，本宫想进去看瑞安公主。"

守门的小太监不想一位主位娘娘会称呼自己为"公公"，忙受宠若惊地行礼，却又面露为难之色，道：

"娘娘恕罪，此时恐怕不便……"他指着正宫门内对着的龙吟殿，只见殿门紧闭，外有十几名宫人如石像一般，连喘息之声都不曾有，这便是帝王在与臣子议国事时的庄严了。他接着道，"乾清宫的规矩最为严苛，娘娘还是待会儿再来吧。"

一旁的菊香拿出几颗金锞子，那小太监却也不敢收，道这里规矩实在重，没有哪个敢犯。江心月知他真是不敢，也不多为难他，只觉心内愈加的烦躁，不由得昂首朝宫内张望。

此时小安子却从里头碎步疾走出来，满脸带笑地朝江心月打千儿，道：

"莲主子，皇上早就有令，若是您来看公主可直接进去。您随奴才来吧。"

　　菊香见他阿谀的嘴脸，虽厌恶至极，但也端着谨慎不和他说什么，只嫌恶地撇过眼去。

　　小安子见她的神色，脸上更多了几分挂不住，他知当时莲主子受冷时，他去萦碧轩传旨是连鼻孔都朝着天的。此时莲主子复位又受皇恩，只期盼不要和他计较才好。

第二十五章 三

决裂

江心月此时哪有心思计较他，看他在一旁讪讪地立着也懒得多说什么，只兀自搭了花影的手走在前头。

小安子暗自松了口气，忙回过神，在后头紧紧地跟了上去。

宫院内有淡淡的龙涎香浮动，想是从龙吟殿里盈溢而出的。"哎呀"一声殿门滑开，便有几位白须的老臣从内步出，江心月不想牵涉朝堂官员，忙疾走几步，将身子隐入了公主所在的耳房。

推门进殿，她往内一跨，却见皇帝正从里间出来，看她一眼，道："你回来了。"

她未料到皇帝此时会出现在这里，有些慌乱地蹲身请安，随即又想起她刚复了位，应给皇帝行大礼的，忙顺势跪在了地上。

皇帝踱着步子至她身前，闲闲地道："朕听说你来了，就打发了那些迂腐的老臣。"

她心里一惊，那是国事，怎可说打发就打发了……

她低着头心里惊疑着。皇帝久久未叫起，她心里越发的不安，难道是方才行礼的慌乱惹他嫌了？

正犹豫着要不要抬头去看他，只见一双手伸在她的胸前，钳住她的臂膀向上一托，就整个儿地把她拎了起来。她吓了一跳，抬眼正对上他的眸子，不禁又怯得低下头去。

帝王的眼睛，从来都是深邃的，而如今再见这双眼睛，里面的威仪较之前还要重——这便是宫变之后的郑昀睿。

皇帝放下她，回首对王云海道："传旨下去，令齐院使看顾莲嫔的身子。朕以后不想再看到她这样瘦。"

江心月一听急道："臣妾区区嫔位……"

她说着，瞟一眼皇帝已经现出烦闷的脸色，忙把后头的话吞了回去。

"给皇上请安，给莲嫔娘娘请安。"乳娘从侧抱着瑞安公主过来，行了礼又道，"皇上，公主这些天吐奶好了许多。"乳娘姓周，外表看去身子强健手脚粗大，眉眼间都是老实本分的颜色。江心月知她是稳妥人，便放心了许多。

皇帝面色霁然，道："这就好。"

他回过头，看着正不停地用手绞着帕子的江心月，对乳娘道："把公主给莲嫔吧。"

公主此时嘟着一张水嫩小嘴，正睡得沉。江心月双手捧着她接过来，看那小小的一团粉嫩，两手都有些颤颤的，黛色的睫毛微微抖动了下，而后便无法控制地滴下泪来，落在公主的颊上。

不知是不是小孩子的感觉太灵敏，怀里的小女婴好似也发觉了脸上的水滴，极不舒服地一睁眼，便张大了嘴巴"呜哇"一声，啼哭起来。

江心月头一次抱孩子，本就不灵巧，此时遇上这种状况更有些慌。她将公主贴紧了衣襟，想低下头去哄她，哪知公主感觉到自己被抱得更紧，哭得越发厉害，直在她怀里摇手蹬腿地挣扎开来。

"快给朕吧，她怕生。"皇帝皱着眉伸手从她怀里接过公主，熟练地两手抱着，又拍了两下，公主竟趴在皇帝的怀里又沉沉地睡了过去。

江心月愣愣地看着眼前的男人，很难相信他会这样擅长哄孩子。可是看他连公主吃奶的小事都记挂着，想也是太过喜爱媛媛了吧。

她此时有些困惑，不是说皇帝不喜女胎么？大约是因陈家倒了，他对皇子的降生没那么苛求了。

伺候公主的晴芳朝二人道："回皇上，公主的东西已打点好，此时即可搬去启祥宫了。"

区区一个公主，养在乾清宫确有违祖制，如今江心月成为嫔位，理应将公主接回去抚养。她心里喜不自胜，纵然公主在乾清宫是无限的荣光，她也希望可以亲自教养亲生女儿。

江心月看着皇帝点头，喜道："公主今日就跟臣妾回去吧。"

说着，她急不可耐地从皇帝手里接过公主，这一次她极小心，生怕再惊醒了媛媛。可不知怎么回事，公主一到了她手里，就不安分地动了动身子。待她抱着往殿门外移步时，公主感觉到即将离开这个屋子，竟又睁开眼睛啼哭，这一次她的哭声比先前响了不知多少倍，简直是嚎啕了。

她步子一顿，脸上已经是愁苦的神色，又学着皇帝的样子去拍公主，却根本无任何作用，她无法，只好用求助的眼神看向皇帝。

被皇帝哄好的公主交到她手里时，公主再次开始挣扎，她就又摊着手去求助皇帝。如此反复了几次，皇帝终于无可忍受，道："媛媛还是不要跟你回去了。"

江心月一张脸皱成了苦瓜状，却不知该说什么，若公主跟着她整日哭闹，那可怎么好？想了半日，她只好点头含泪道："是，公主还是放在皇上身边吧……"

"嗯。"皇帝却倏地笑起来，道，"媛媛很黏朕，还是跟着朕好。"

江心月在侧嗫嚅着开口道："公主扰了皇上了……"

"哪里会。"皇帝将公主递与乳娘，又对着江心月道：

"以后想媛媛，就来得勤快些。朕会下旨令你可以随意出入乾清宫。"

江心月惊道："皇上怎可！乾清宫是正宫，臣妾只是一介妃妾，扰了皇上国事怎么行？"

皇帝蹙眉看向她道："嗯？你不想来这儿，不想看媛媛？"

她低了头说不出话来，半响，才挤出一声"臣妾遵旨"。

行礼告了退，她面色郁郁地搭过菊香的手往外头而去，却听皇帝在她身后偷笑。她有些恼怒地想回头，终究是不敢。

她上了辇，菊香看她面色不好，小心地说道："公主养在皇上这里，也照顾得很周全，主子莫要忧心……"

"我哪里是忧心！"江心月苦着脸，道，"媛媛和我生分，这以后可怎么办？我何时才能把她接回来？"

"那……主子常来乾清宫吧，看得多了，公主就不认生了。"

江心月眉头皱得更紧，乾清宫这样的地方，怎能常来？可眼下似乎没有别的法子了。

她苦叹一声，回过头去看一眼身后的大殿，眼中满是不舍。

轿辇稳稳地行在路上，云梦湖边的垂柳正随风舒展，带着丝丝凉意的秋风从湖中拂过，吹在颊上是一阵舒畅的清新。江心月侧头看向广阔的湖面，以舒展心里的不顺。她看了一会儿，突觉湖畔立了一抹熟悉的娇弱身影，忙吩咐抬轿的太监往此方向拐去。

湖畔的女子发现了后头的轿辇，身子稍有晃动，随即迈开了步子往前疾走着，想避开江心月。江心月哪里肯让她避开，忙令人赶了几步，口中唤道：

"瑶姐姐——你跑什么？"

瑶仪不得已停了下来，回过头，却是蹲身低首道：

"嫔妾给莲嫔娘娘请安。"

她的面上是淡漠而谦卑的神色。

江心月身子僵硬地一顿，不由得开口轻叹一声："姐姐与我从不会这般礼数周全的。"

她和瑶仪，何时这般生疏了？

瑶仪微敛了眉，仍是谦恭道："嫔妾不敢受娘娘的一声'姐姐'。"

菊香往辇边靠近了几分，对着江心月低声道："主子，纯贵人已从冷宫迁至凤昭宫朝露阁，并晋位容华。连澹台大人也因皇后娘娘进言而受到皇上封赏，擢升为通政司参议，进京供职。"

"哦，迁至朝露阁……那里是皇后娘娘曾经的居所，倒是不小的荣光呢……"江心月细细低语，又长长地一叹，抬眸凝眉看向瑶仪，一字一顿地道，"皇后娘娘很是提携纯容华。"

瑶仪将头埋得更低了，蚊蚋般应了一声"是"，再不言语。

江心月心里突有些恍惚，眼前模糊着，只觉身前的女子仍是当年王府中良善宽厚的澹台小姐，不由得口中喃喃出声道"瑶姐姐"。

迷蒙的情愫涌上心头，她看到瑶仪在那一瞬间抬头，眸中似有泪光，却又猛地低了头去，久久地不肯再次抬头看她。

江心月看她越发低头，不由得身子往前一挺，手紧握在扶手之上，不甘心地用双目直直盯着她，道："你依附皇后虽好，可……你我同为那一处的人，我们还是待在一条船上的好。"

瑶仪以贝齿扣紧下唇，半晌，才开口道：

"皇后娘娘给了我们澹台家荣光与提携，我只能追随皇后娘娘。"瑶仪缓声说着，"皇后娘娘对您颇有微词，我……无法和您同船了。至于那一处……我当然会做一颗好棋子，但我也应该为我们澹台一族打算。这并不矛盾。"

"你……"江心月讷讷吐出一个字，却终觉喉中哽塞，半句话都无法说出了。原来她和瑶仪本就是没什么牵扯的。连王府这个唯一的牵扯，其实也并不存在。

瑶仪的做法有什么错么？没有的，她做得很对，她依附皇后可以给族中带来天大的好处。

江心月慨然闭目，有些许湿润顺着她的眼角滑下。

原来宫中的一切终究会如此脆弱。

原来她身边所珍视的一切，终究会变成令大家都无比尴尬的样子。

瑶仪已经行了礼退去，江心月独自坐于辇上。许久，她才道："不必回宫了，直接去凤昭宫吧。本宫该去拜见皇后娘娘了。"

瑶仪也是往凤昭宫而去的。只是，她在前头走得很快，江心月的步辇跟在后头，却行得很慢。她们终于一点一点地拉开距离，直到对方都在自己的视线中模糊不清。

江心月远远地听到凤昭宫内的热闹。她在宫门处下辇，里头已经坐了不少嫔妃。

皇后通身是华贵的大红金边滚漆宫装，下裳绣有振翅的金凤，宽大的袖摆如水婉转直垂于下裙。因着她年轻，并未用过于繁复雍容的发髻，但钗环发饰都无所简省，九尾凤冠衔珠流苏垂于肩上，随着她的一颦一笑自在地晃动。

菊香在主子的耳边细声轻言："如今的皇后娘娘，是颇受赞誉的。娘娘下的第一道懿旨，就是将冷宫中受陈氏迫害的废妃复位并加以安抚。连先帝的废妃白氏都接去了慈安宫，封作太妃。诸妃皆道皇后娘娘有孝仁懿皇后的风范。"

江心月心里冷冷一笑，她果然很会邀买人心。

皇后面色和婉地看着来人进殿，目光定在江心月发髻上一支象征着三品嫔位的品阶簪子，轻言道："莲嫔德行很出众，刚回内廷，就来本宫处请安。"

她的言语中有着些许瘆人的冷冽，尤其是"莲嫔"这个字眼咬出来的时候。

江心月微微抬眼，看着面前不满二十岁的皇后，原来她的端庄与才气，是如此地适合这身凤袍，并未有丝毫因年岁小而撑不起之感。她耳边一对三钳的南珠垂坠泛着柔柔的玫瑰色的紫光，在她妆容精致的颜面之上晕开。

"娘娘初为皇后，臣妾来此拜见是第一等的要事。"

她淡淡地回话，转过目去，打量殿内的诸位嫔妃。

皇后的身侧，分别坐着宝妃与良妃，而宝妃的装束也不再是素淡，她不知不觉间佩戴起了那些耀目的珠翠和绫罗，螺子黛淡扫蛾眉，胭脂醉红双颊。面对这样惊艳倾城的宝妃，江心月抚上自己的面颊，终于自愧不如。

原来宝妃的美胜过她十倍，只是她平日的用心装束和宝妃的刻意轻简淡化了二人的差距。魏紫衣不愧是名动天下的绝代佳人。

其余惠妃隐居佛堂，陈氏伏诛，几名依附陈氏的嫔妃已被赐死，还有许多平日与她相争的面孔都消失不见了。所有和陈氏有牵扯的人，都遭到最残酷的血洗，上自嫔妃，下至宫人，许多生命在政变冲天的血腥之中，灰飞烟灭。

而剩下的人，于"明德宫变"有功的外戚，在宫中为妃的女儿都得到了晋封，另有平日与皇后交好的嫔妃得了提携，还有曾经被废后陈氏所苛待的妃嫔也得到安抚，或晋位或封赏。

如今仍存在于宫中的人，都比以前更加尊荣，宫变之后的后宫，可以说是大封六宫了。

原来，剩者即为胜者。

江心月搭着菊香至自己的位子上，静坐品茗，为自己成为胜者之一而暗自欢欣着。

然而，她这样坐着，很快便感觉到了有不怀好意的神色朝她扫过。她抬眸一看，目光所触及之处，均是诸位宫妃或不忿或妒忌或胆怯的眼神——那样不友善的眼神，她该是多么熟悉。她做了几月的奴才，如今终于重新看到。

想是很多人没有料到她会重回内廷吧。她摇头不予理会，只用碗盖轻磕着茶盏，热气氤氲之中，她只觉自己内心的争与斗激流涌动着。不错，正是这样的心境，这样处在漩涡之中的心境，这样时刻都准备着拿起屠刀的心境。

内廷血腥之争，再次在她身上展开了。而她，丝毫不惧，只待见招拆招。

有内监稳稳地迈着步进来回话道："禀皇后娘娘，贤妃和淮阳公主到了。"

皇后从座上款款起身，笑颜道："快请进来。她们一路劳顿，不想今日就惦记着来给本宫请安了。"

皇后起身相迎的动作，令江心月心里不由得起了波澜，忙随着众妃一同从座上起身。那时岳昭仪与公主被赶出皇城，今日她已以一品贤妃之位被迎进宫中，因为那一夜逆贼逼宫之时，是淮阳的兵马截住了陈家从齐州的调兵。

这本没什么可惊叹，如今的户部尚书岳大人正是公主的亲舅父，当然使得动淮阳的兵马。然而公主在此事中的果毅与筹谋，也是被百姓争相谈论的——淮阳能够屯兵半年不被陈家所发现，且在最后给予致命一击，不仅仅是岳大人的功劳。

那是昨日，帝命内廷主位并三品以上官员立候在大清门之上的城楼，迎公主入宫。郑昀睿希望用这样逾矩的方式，洗去公主一年前的驱逐之辱。

繁复的仪仗中，帝立于城墙之上，向他身下的官员与百姓道：

"我大周，养女如养儿。"

轻帘微动，殿外一丝桂花的馥郁随着和煦的风飘进来，熏得人口里都觉得甜。

贤妃的面容一如那时和顺谦恭，只是眼角处多了几分脂粉掩饰不住的碎纹，她本不是艳丽的女子，如今镌刻了沧桑之后，已几乎失尽了姿色。她身后的玲珑却出落得很娇俏，那是一种灵动的纯美，还透着几分沉静的端庄。

小孩子总会成长得很快，玲珑更是如此。

贤妃领着公主向皇后叩拜，一跪，三叩首，如此三次，以示初次觐见的庄重。

之后，是所有的宫妃向她行礼。一别经年，她再次回到这里，已经成了皇后之下的最高位。

公主依礼向妃位以上的两位母妃问安。她行至良妃身前，屈膝，抬眸时，眼中竟潺潺地蓄了许多的伤怀：

"听闻孝仁懿母后薨后，良母妃曾于重华宫中诵经祭奠，玲珑在此谢过良母妃。"

良妃轻一颔首，却因哽咽而说不出话了。

"公主——"江心月突然出声，她看到玲珑款款地回转过身，那面色上已经没有了小女孩儿的娇笑，只有淡然而深邃的忧伤。

江心月稍有哽塞，因为以她的地位，是没有资格与淮阳公主这样说话的。

公主的神色无一丝责怪的意思。江心月放下心来，轻言道：

"臣妾只是嫔位，在皇上面前说不上什么话。只是，臣妾想，孝仁懿皇后的谥号虽实至名归，却……不是娘娘所喜欢的。"

她抬眸看公主面上浮动的波澜，再次道："若改'仁'为'贞'，或许更好。"

公主的眸中突地闪过汹涌的惆怅，她长长地一叹，年长妇人一般的叹息从她口中呵出，只觉说不出的伤感：

"你的心意虽好，可是，母后这一生……"

余下的话，她无法在大殿之上朗朗言说了。孝仁懿皇后的一生，终究是固执的，也是不值的。难道这样不值得的爱，也要随着她的灵魂带去轮回的彼岸么？

一个"贞"字，道尽她一生的执着，玲珑却希望，她的下一世不要如此执着。

江心月抿唇闭目，她与她何其相似，所以她才会这样深切地理解她。

很多事情，根本谈不上值与不值。

她朝着公主淡然一笑，缓缓道："娘娘定会很喜欢这个字，只要喜欢就好，不是么？"

玲珑抬眸，看尽她眼中的淡然，终是释怀了，道："也好，还是随了母后的心意吧。本宫会去向父皇进言。"

她朝江心月稍稍颔首以示礼遇，道："我应该谢你很多，包括凤昭宫里的那一日。"

江心月默然地垂下眸去，很多么？其实没有的，她哪里曾为先皇后做过什么。只是，她从未想过，她冲动的善举会成为尊贵国母此生最大的安慰。

即便是自欺欺人的安慰。

她将悲伤融进端庄的淡笑中回了一礼，再无多言。

凤昭宫里众妃和睦的觐见一直持续到晌午，皇后才柔婉地朝众妃淡笑，道一声"散了"。

江心月跟在云贵嫔的身后出殿，她看到在殿门外一位着藕荷色芙蓉对襟宫装的女子向她深深伏下身去，她的身侧另有两位装束素雅的女子，也朝着她极规矩地行礼。

她看清女子的姿容，略略吃惊道："你是柔选侍？"

"是，娘娘。嫔妾受皇上恩典，已被晋位宝林了。"

兰贞的身量本就纤弱，如今打眼一看，竟有几分入骨的消瘦，面庞之上更是连下巴都削尖了。江心月心下稍有怜悯，道：

"听闻废后陈氏曾将你禁足，竟是苛待至此么？"

柔宝林不料她会关心，稍有感激地道："如今一切都好了。"

江心月了然地点头，柔选侍曾因受宠令废后陈氏恼怒，下令禁足并命内务府每日送馊食。在陈氏横行的日子里，有两位嫔妃曾因受苛待而活活饿死，柔选侍受了不小的罪，晋位宝林也是应该。

侧旁的一位宫嫔再行一礼道："嫔妾是顺才人，同柔宝林、林选侍都是启祥宫偏殿妃妾。"

江心月此时才注意到其余两位女子，原来她们都是启祥宫内的人。她的记忆慢慢地流淌开，其实她从来不曾注意后宫中这些不受宠且默默无闻的女子，只因她们的存在对这座皇宫来说可有可无。顺才人和林选侍是祥嫔还在时，她已经有过一面之缘的人了，此时终于被她记起。

她打量着装束淡雅的二人，不知为何脑子里又现出梁采女的影子。

她就是这样默默无闻的女子，连死亡都不会在宫中留下丝毫的涟漪，她在宫内全部的痕迹，只有当年月下一捧绢帕包裹的糕点，瑞安公主身上的一件小衣，还有幽沁园塘中的几尾游鱼，还有，江心月心中那样深刻的烙印。

兰贞是三人中唯一姿容艳丽且较为受宠的人，她略显苍白的双颊衬着柔润的朱唇，小巧的鼻骨依旧娇俏着，美色并未因消瘦而削减半分。她谦和地对着江心月道：

"娘娘回宫后就出了宫门，我等都还未曾向娘娘行初次觐见的大礼，只好在此处等候娘娘。"

江心月颔首道："你很识礼数。"

四人回了启祥宫，柔宝林三人先是跪地，向新封的莲嫔行稽首大礼。江心月笑着将她们拉起，吩咐宫人上茶。

三人依礼落座，皆是恭谨且有几分拘束的模样。江心月心下好笑，顺才人二人平日就是恭谨之人，可柔宝林今日的谦卑却令她不解。

她似无意地往凤昭宫的方向瞥过一眼，缓声道："听闻，皇后曾有意赐予柔宝林'上官'姓氏。"

柔宝林手中一顿，继而放下茶盏，稳声回道："回娘娘，嫔妾并未答应。"

"哦？为何呢？你应该很需要一个显赫的姓氏。"

江心月的声色懒懒，柔宝林的出身太过卑贱，依着祖宗规矩是无法封高位的，若她应允了皇后，不仅这些问题迎刃而解，且会得到皇后的提携，实在是不应错过的美事。

柔宝林微低了头，道："即便是赐我姓郑，我也不会答应。我兰贞，只想为自己活。"

她的话依旧是柔婉的，其中凌厉与倔强却已毕现了。江心月听得此言，五指一时之间便被扣紧，而后渐渐舒展开来。

兰贞对待人生的态度，与她太过相悖却又令她欣赏。她抬眸淡笑着，对着眼前身姿柔弱的女子缓缓道：

"你的性子，本宫很喜欢。"

"嫔妾谢过娘娘的喜欢，日后也会尽心侍奉娘娘。"

三言两语已言明了她的投诚。江心月心里略有欣喜，还是轻笑一声，道："皇后如今掌着满宫的权柄，我不过一小小的嫔位，还为皇后所不喜，不知你怎会舍了皇后来倚仗我？"

"嫔妾……只是钦佩娘娘您。"

柔宝林的一句实心话，倒惊得江心月有些愣神。钦佩么？不过是钦佩她在这宫中的筹谋与手段，认为她终有一日能压过皇后。可是，江心月此时对她却有些钦佩与羡慕。

其实人本就应该为自己而活。

菊香从宫门进来，趋步入殿内附上江心月的耳边道："娘娘，刚从前头传来消息，道上官大人今日早朝时辞官了。皇上当即就应允了他。"

江心月一惊，她知如今的上官一族是大周望族，已官拜宰辅并加封一等公的上官霆为何会突然辞官？

她思虑了片刻，却有些许的了然，随即轻声道："梅贵嫔好似没有去觐见皇后。"

菊香微微低眸，沉沉道："是。她死于那夜的乱军之中。"

江心月突地涌上莫名的惆怅，她对梅贵嫔的了解，只是那样少又那样关键的一部分。她不知她为何会死去，却隐隐地知道上官霆为何会辞官。

在她和她短暂且并不友好的交集之后，她的生命在不经意间悄然消散在宫墙内。

为他人而惆怅是她善意的习惯，然而她发现，旁人的每一抹惆怅都会加深她对自己生命的惆怅。关于情，关于爱，关于羁绊，关于无奈，关于命运——她为这些本就无比酸楚的东西而惆怅。

她摇了摇头，不再想了，回转了心思道："皇后，真是个有福之人。"

菊香默然不语，皇后的运气始终很好。上官一族，正如当年的陈家一般地崛起，这是帝王所不喜欢的。然而上官霆的退出，使上官家群龙无首，也和望族无缘，只能是一普通的官宦富贵人家了。

皇帝当然会毫不犹豫地应允上官霆的辞官。而皇后上官合子，她原本并不稳当的后位，如今堪称岿然不动了。

她想着这些，脸上渐染上阴晦的愁色。菊香眉眼间也是忧虑的，她思忖了片刻，还是对着主子道：

"奴婢还有一事要禀报。您得皇上旨意能随意进出乾清宫的消息，还有皇上派齐院使看顾您的消息，都已经……传遍了满宫，诸妃都多有不忿。想是有人故意嘴碎，四处宣扬。"

有人故意嘴碎？皇后还真是心急。江心月点头叹息道："是呢。不承想如今我的处境还越发不顺了。皇后娘娘贤德受众妃赞誉，我却被众妃忌恨。"

她这些令人眼红的"隆宠"，都是拜那位所赐。正想着，就有敬事房的太监立在门外，向内恭声道：

"莲主子，皇上今晚要来这儿，请您早做准备。"

江心月惊道："现在还不到正午，皇上就安排下了？"

"是。"太监稳声回话道，"皇上亲口道，今晚不必翻牌子，去莲嫔处就好。"

江心月压下心里的慌乱和恼怒，对他道一声"知道了"，就令他退去。

待传话的太监出了宫门，她脸色已是青白了，抬眸对着下首的三位嫔妃挥手道："本宫身子乏了。"

三人识趣地行礼告退。顺才人和林选侍不明所以，觑着江心月的面色都露出迷惑的不解。江心月见她们的神色，忙强自挤出一抹笑来，做出承宠兴奋的模样。

她可不想让人传扬说她不喜欢皇上。

她待三人退去，一抬眸，就望见外头的石桥之上由于活水的冲刷，又是正午阳光充裕的时段，已经映出了一道艳丽的虹。她盯着那美景，丝毫没有今早刚搬来时对皇宠的欣喜，只觉心中无比烦闷。

她静坐了片刻，无事可做，便唤了小厨房传膳。待午膳预备上来，她挑了几筷子却又吃不下去，推开了叫人全赏给下头的宫人。

这么心思不安地等到傍晚，终于听到宫门外太监清脆的击掌声，正是龙驾。她哀叹一声，命菊香给理了理衣饰，就准备接驾。

等了片刻，从外传来王云海略显老态的声音："皇上驾临黎星阁——"

江心月刚跨出殿门的步子一滞，就收了回来，面上逐渐由郁色变为喜色，回头对菊香道："何时我也有这样的运气了？我记得柔宝林她今日没有刻意去邀宠啊？"

菊香低眉一笑，道："皇上喜美色又让人猜不透性子，临时改了主意也是有的。"

"嗯。"江心月颔首坐于案几前，笑着对外头唤道，"快传晚膳，本宫很饿了。"

心绪刚刚轻松下来，却从外头进来一个传话的太监，对着她道：

"主子，奴才有事回禀。因着莜月殿人手不足，皇后娘娘特赐下一名宫女来此。人已经在外候着了，是否要传进来？"

江心月一听就拧了眉头，道："莜月殿人手少是因着我不喜嘈杂，怎还用赐宫女？"

这哪里是赏赐宫女，分明是皇后派来的细作。上官合子行事的果断迅捷较之前更有进益了，才一天的工夫，就给她找了多少的麻烦！

可是，皇后多么大的权势，赏赐的宫女岂是她说不要就不要的？她叹了一口气，终是蹙眉对着小太监道："让她进来吧。"

小太监退步而去，片刻，一名着黛绿宫装的女子挑帘入内，端端正正地跪地行礼，口里道："奴婢叩见莲嫔娘娘，娘娘万安。"

江心月冷着脸叫起，抬眼一瞥她的容颜，霎时就惊得身子僵住，口里切齿道：

"怎会是你？"

"奴婢，确是绿珠。"绿珠听得主子话中的森然，身子稍稍抖了抖，继而胆怯却又不失傲然地回话道。

"绿珠……呵。"江心月指上鎏金镶墨玉的护甲微动了动，看向眼前的宫女，轻轻开口道，"我们也是旧相识了，如今你回来我这里，我自是很高兴。"

她侧目对着菊香道："你是掌事，就安顿她至后院做洒扫的活计吧。另，她是皇后娘娘的赏赐，本宫就给她一等宫女的位子。"

她看着绿珠青白的脸色，笑意渐渐浓了，道："后院的活计最轻快，本宫怕累着绿珠姑娘，特意给你选的。怎么，你不满么？"

后院远离主殿，是一处闲置之地，在那儿做活也就难以窥探主殿的情形了。

绿珠微微一咬牙，低头答道："奴婢谢娘娘恩典。"

江心月点头朝她抬手，道："这就好。你下去吧，日后可要用心做活。"

看绿珠退下，江心月眉眼间的怒气再也掩饰不住，猛地抬手扫落案几上的琉璃花樽，喝道："这才第一日，才第一日！"

菊香并殿内伺候的二等宫女纷纷跪地，迭声呼着"娘娘息怒"。

江心月一抬手，还想撒气，终是将手停在半空，而后颓然放了下来，郁郁道："本宫何时也学了惠妃的毛病了？可这宫里的事，真是叫人气不过，哪还会有好脾性。"

她低头拉了菊香起来，渐渐放缓了语气道："原本我不喜人多眼杂，故启祥宫的宫人能少则少。可现下，这竟成了皇后往我这儿塞人的理由了。"

"不若，奴婢明日去内务府，挑一些顺眼的，且刚入宫的宫人过来？"

江心月沉吟片刻，才道："不必多挑，只挑些手脚粗大，样子忠厚的人，用作三等杂役宫人。至于殿里伺候的人，确实还缺几个……我在晗竹院为奴时，有两个知根知底的丫头，我看着都不错。明日你传我的令去内务府要过来。"

小桐和玉红两个，一个胸无城府，一个不喜事端只求自保，虽不是忠心她的人，但至少好过从内务府新选的丫头。江心月如今是内廷主位，也可随意去外围调用奴才了。

菊香应道："是，这样最好了。"

说到下人，江心月凝眉问道："小术子从庆丰司回来了？"

"是……"菊香稍有哽塞，犹豫着答道，"是回来了，只是瘸了一条腿，是在内务府受刑时给打断的。"

江心月一叹，道："是我一人连累了他们了。柳絮和小德子二人，他们的尸首可找着了？"

"这……他们是找不着了，早就给丢进了乱坟岗。"菊香面有哀色。

江心月凄然苦笑，突地双目凛然，对着菊香道："宛修容她还活在这宫里，且还活得很不错！她在陈氏一案中临阵倒戈，去帮衬了上官合子，所以才未被赐死……且皇后如今正看重她呢！真是个擅长辨清形势又擅长自保之人！"

她说得胸口起伏着，一手紧紧攥在下襟处，连目色都透出冷冽的肃杀。

何时，她也有了这份肃杀？好似并不是今日才有的罢。

第二日时，她等至将近晌午，估摸着皇上那边的政事已毕，才动身去了乾清宫。

她吩咐了不用步辇，身上也是素淡的装束，果然一路行来，侧旁多有宫嫔朝她递过各异的神色，或是低位宫妃的暗妒，或是高位者的不屑与愤懑，连一些年纪小的宫女都对着她流露出艳羡。

是女子的妒……可是这样的情感在后宫中，是不容小觑的风险。

到了乾清宫的宫门外，她往里一瞧，见龙吟殿外的宫人没有昨日那样多，臣子们应该已经退去了。而几位御前姑姑的身侧，立着一个衣饰品阶稍低于几人的宫女，她定睛一看，正是宝妃宫里的阿颜。

她心里一愣，继而疑惑，怎的宝妃会进到乾清宫里呢？宝妃近来对皇帝上心是真，也不似以往一般避世，因着她主动的争宠，其隆宠已经如日中天。可是即便如此，宝妃对宫权和政事也是退避三舍的。龙吟殿是国事的重地，她怎会待在里头？

郑昀睿因着好色，昔日时常喜欢"红袖添香"，忙着政务也不会忘了美色。但"明德宫变"之后，他的雄心越发大了，已经严令宫妃无事不得进出龙吟殿，更不会在有国事时令人进去伺候。她江心月得了随意出入乾清宫的旨，也只是能入偏殿耳房，嫔妃们有事面圣，也是片刻的工夫就出来。只有入夜侍寝之时，她们才可光明正大地进入侍奉君王，然而那时殿内早已与政事无关了。

沉吟间，已有内监上来朝她行礼，笑盈盈地引她往公主的偏殿而去。她浅浅一笑跟在内监身后，抬脚跨过尺高的门槛入内行去，却见里头宝妃正从殿内出来，扶了阿颜移步而来。

她忙俯下身去见礼，宝妃的身子在她的身侧顿住，继而温和地笑看着她。

她神色和婉地在江心月身上打量了半晌，才道："莲嫔重得盛宠，我应当恭喜你了。"

江心月谦逊地笑道："谢娘娘。"

宝妃从腰间解下一枚润白无瑕、成色盈乳的玉环佩饰，交与她手上道："听闻你的身子不好，这是天竺暖玉，戴在身上可驱邪寒。"

江心月持着这枚玉环，只觉掌中柔润圆融，竟似握着一汪温温的泉水一般。玉中无金丝一类繁复的工艺，连雕纹都没有，但整块玉环浑然天成，打磨细致，虽简约却自有耀眼的奢华，凝目看去便知此玉绝非凡品。

她知世上确有"暖玉"一说，但一直不信，玉石怎可能有驱寒治病的奇效？今日见了这宝玉，方知这世上确有珍宝，也惊叹于宝妃竟能得来这样的物件。她心里又赞了一赞，却猛地从中醒悟过来，再一看面前的宝妃，忙蹲身推辞道：

"此物太贵重，臣妾怎么受得起。还请娘娘收回去吧。"

宝妃浅浅一笑，淡然道："你收着就是了，旁的我也无法为你做什么。"她的声音一分一分低下去，直至几不可闻，"我……一直觉得有愧于你……"

江心月迷茫地看向她，并不明白她的意思，且也未听清她最后的话。

宝妃侧过身从她身旁走过，不给她推辞玉环的机会。她无法，只好把东西收进袖中。

宝妃缓步摇曳地走在前面，突地脚下一顿，回转过身来道：

"莲嫔——"

江心月忙应声道："娘娘还有何吩咐？"

"你今晚可以至畅月楼一叙么？我想给你看些东西。"

江心月更是迷茫了，抬眼瞥着她姣好的容颜胡乱应了声"是"，只见宝妃柔婉一笑，回身轻移莲步而去。

江心月收回目光，提步往偏殿而去。里头瑞安公主正被晴芳逗着玩，边伸手去抓空中摇动的小鼓，边咯咯地笑着。

晴芳见她进来，施了礼起身笑道："公主很顽皮，每日的精神都很足。"

江心月闻言也笑了："才几个月大的小娃，就有这么多的精力，日后应不是个体弱的。"

"是呢。别的孩子这个时候每日除了吃奶，其余时间都是在睡。我们的公主睡得不多，倒要玩上好些时候。"

江心月自己抓了小鼓在公主的面前摇，一边摇一边唤着"媛媛"。

她玩了些时候，公主终于有了倦意，让晴芳抱去哄着睡了。她又问了一些公主的饮食起居，晴芳道一切都好，她才从殿门出去，准备回宫。

"莲主子——"身后突闻一声细而沉的内监的高呼，王云海一溜烟跟上来，对她道，"莲主子看过公主，就急着要走么？"

江心月并不懂他的话，只温言问道："公公有何事么？"

"奴才哪会有什么事。只是娘娘，您不去龙吟殿拜见皇上么？好歹来了一趟，理应进去。"

江心月一顿，想许是皇帝近来喜欢宫妃去伺候了，否则方才宝妃为何也在内呢？他本就是那样好美色。

她点头跟在王云海身后而去。

龙吟殿里的香稍稍淡了些，紫檀凭几之上的玉叶金花刚浇过了水，碧绿枝干上生着的皓白嫩叶闪着莹莹的水珠，上托着的金花展颜怒放，贵气又不失雅致，在满目明黄，帷幔华贵的龙吟殿里，竟然也显露出耀目的光彩。

皇帝头也不抬，只道一声"来了"，又接着埋头于政务。

江心月有些不知所措，这里没有她坐的地方，就算有，她也不会敢坐；她昔日来此送过些吃食，都是行过礼片刻就离去。皇帝正忙着正事，也没有理她的意思，她顿时不知该做什么了。

如往常一样至他身边伺候笔墨么？可此时是在忙政务，她怎么敢。

这样尴尬地杵了一会儿，皇帝忽抬头道："你在发什么呆？忘了该如何服侍朕么？"

"臣妾……"

"过来磨墨。"

"是……"

磨墨，对于善书的她来说是很简单的。她将右手水袖挽至肘处，熟练地执墨锭滑于砚台上，只是她的身子刻意离他的奏章较远，一双手直直地伸着，倒有些累。

"心月。"皇帝轻唤了一声，唬了她一跳。

心月……么？怎么好似唤猫狗一般。这个称谓何等熟悉，遭贬之前他经常这样唤，落难时他又会称"江氏"。真是个善变的人。

真是个薄凉的人。

她垂眸应了声"是"，慢慢地，唇边噙了一抹恰到好处的娇羞，就似那一年的端午宴上，她一舞倾城之后的醉人小女儿态。

不过这一次她是白费了。皇帝未抬头看她，却是双手执起一份厚重的折子，愠怒道：

"北域，再次来抢掠了。"

"皇上！"江心月一惊，不料皇帝会在她一介宫妃的面前说出重大的国事，惊吓得连墨锭都掉在了地上。

北域是严寒的国度，粮食一直是它的难关。每每临秋季大周丰收之时，北域大小部落便会南下进犯大周边界，烧杀劫掠，作乱边城，抢掠些财物以解冬日无食的困扰。那里的人们，善骑射，性粗蛮，向来战事上都是勇猛难以对付的。这一次的进犯，看样子比往年都要厉害呢，都加了红皮的折子报到皇帝这里来。

"连磨墨都做不好么？真是笨。"皇帝蹙眉责怪她道。一旁已经有手脚麻利的内监上前收拾地上的污秽。

皇帝抬眼看她惶恐的模样，一手拉过她的袖，突地笑道："你是朕的枕边人，朕怎会疑你？你听听这些，无妨的。"

"皇上……"江心月喃喃着，此时她倒有些五味杂陈，一是不知皇帝是真不疑还是假不疑，郑昀睿这样的人，怎可能真心信赖一个女子？二是她做贼心虚，她明明是窃取他帝位的细作。

第二十九章 二

晋位贵妃

"好了。"皇帝似想起了些什么，说道，"都过了晌午了，你还未用膳吧？你回宫去用吧，别饿着。"

江心月的心随着他的话一揪一提，听到那句"还未用膳"，她还以为皇帝会留她在龙吟殿一同进膳，吓得冷汗都要出来了，这传出去又是招人眼红的祸事。好在皇帝还是有理智的，令她回自己宫去。

这样不喜欢顾及他人的君王，她一直应对得很小心。

皇帝说完了话，她立即行礼告退，揽着衣裙急急地往殿门退去，好像殿里头有什么妖兽一般。

不过……她今日在殿里头伺候了，这……也是不小的祸事吧。

唉。

皇帝抬眼看她走远，方唤过了王云海道："今日莲嫔进龙吟殿的事，半句都不许透出去。"

王云海忙应了声"是"，龙吟殿里伺候的都是些什么人？半个不忠、不稳当的都不会有，帝王令不许透出去，那就根本不可能透出去。

皇帝点头，复又偷偷捂着嘴笑起来："公主不和她亲近也是好事。她就不得不勤快地来乾清宫里。"

后宫的倾轧，皇帝都是知晓的，当然不想因隆宠而把江心月推到风口浪尖上。但不宠她，他就想念得紧，只能令她常来乾清宫了。

日头落山时，江心月一直在启祥宫里惴惴不安，直到她得了皇帝至皇后宫中歇息的消息才把一颗心放了下来。如此一来，她刚刚复位，皇帝并未急着召幸她，后宫诸人也不会认为她有多么"隆宠"了。

"主子，您今晚有约。"菊香在她的身后，捧着盛装发饰的托盘，请她梳妆。

"是呢。"江心月心里沉吟着，她实在不知宝妃请她过去有何目的。难道又是"长日无聊"，想找个可靠的人聊闲话？

而上一次相邀，宝妃与她说的那些话也是令人费解的。

虽心里困惑，她还是妥当地梳妆，搭了菊香的手出门。她未乘步辇，行至正宫门时冷不丁地撞见一个幽蓝清丽的身影，吓了一跳，再定睛一看却是宜美人，且是一个下人都没有，孤身一人立在那儿。她不禁停下步子道：

"宜美人，大晚上的立在这做什么呢？"

"嫔妾给娘娘请安。"宜美人不疾不徐地开口，语气仍是一贯的冷硬，"嫔妾今日来有些话要对娘娘说。"

江心月笑道："真是不巧。本宫应了宝妃娘娘的邀约，要去畅月楼呢。"

宜美人低头笑了笑，道："嫔妾正是为此事而来。嫔妾希望，娘娘不要去畅月楼。"

"为何？"江心月更是困惑了。宜美人和宝妃两人，今日都这样怪。

宜美人突地"砰"一声，将膝盖磕在了地上，叩头道："请娘娘不要去。"

江心月一惊，伸手想拉起她，无奈她是习武之人，不是平常女子能挣得过的。她死命地跪在地上，如何也不肯起来，只重复道："请娘娘不要去。"

"你总要告诉我，为何不能去吧？"江心月无奈地弯下身子，看着她道。

宜美人略略直了腰，向前附上她的耳边，低低道："娘娘不需要知道原因。只是，我曾为礼亲王府的暗卫，如今进宫来，也是王爷最信任之人……为着王府，娘娘，您能听从嫔妾的话么？"

江心月听得"王府"二字，喉中一塞，便无话可说了。只听宜美人道："今日之事，嫔妾自会向宝妃娘娘说明。"

她的话说毕，起身行了一礼，就准备离去。江心月心里突然有些异样的微动，不禁扯住了她的衣袖，突兀地问道：

"那边……关于我，事成之后我会怎样呢？"她说着将身子贴近宜美人的身前，细声道，"我这颗棋子的结局会是什么？"

宜美人清丽的面庞略微松动了些，只是仍没有一丝笑意，低声回答她道："自然是论功行赏。"

"我说的不是这个。我是说……"

"您的意思，我很明白。听闻您曾当面求过王爷，求到时候能够给您一个后宫的位子。"

江心月急急道："是，正是此事，可是王爷一直未给我答案。"

宜美人道："我怎会知晓这些。但是，王爷他连妻妾都未娶，想是对所谓的后宫，没有什么兴趣吧。"

"是么……"江心月沉沉地垂下头去，呢喃道，"好似是这样……"

"请您不要考虑这么多。您应该将所有的心思都花在主子给您的任务上，这才是一颗好棋子。"宜美人的声音既低沉，又冷如坚冰，让江心月无从反驳，只能低声称是。

郑昀淳对她，从来都不曾留意，哪怕一丝一毫。她于他，只是他王座之下不起眼的砖石。棋子是么……除了被利用，她已找不出自己和他的半点牵绊。

江心月闭目黯然，只觉这般很久很久的坚持，她已有些力不从心；这样无任何回应的卑微的爱情，已缚得她心力交瘁。

几日的时光不留痕迹地过去，慢慢地，身处后宫的女子们，也听闻了北域进犯的势头之猛，因着这一年西北的大旱，那里人们对抢掠粮财已达到了疯狂的地步。然而很快，本就因旱灾而缺衣少食的北域，并不想在战争上耗费，因此北域王决定亲自至大周和谈。

皇帝对北域的"示好"，是喜恶交加的。战争的避免自然是喜事，然而那样的国度，骨子里就是蛮不讲理的抢，北域王又有"暴君"恶名，是个残暴蛮横之人，他们的"和谈"，会提出多少非分的条件？

江心月并未管这些，她的日子，算是较滋润了。她这一月只侍寝了一次，在其余的宫嫔眼里，这只能算是没有被帝王丢到脑后。而宝妃，那位势头愈来愈猛烈的主，她已经获准可随意出入龙吟殿侍奉。

明德十年九月初一，帝晋封宝妃为贵妃，并赐予协理六宫大权。

一向性子沉稳的上官皇后，在凤昭宫生生掰断了一根玉凤衔珠点翠步摇，那通透水润的白玉落于地上，狼狈地碎裂成三截，金凤的尾尖则深深刺入皇后的掌中，又被她不顾痛地死命拔出。

"皇后娘娘！"凤昭宫的掌事宫女云岚惊呼着，一边给主子用棉布包扎。她的十指在不受控制地颤抖，因着她伺候主子以来，从没见她这么冲动过。

皇后深深地提气，而后又重重一叹："本宫还以为，总算掌控这座宫了……原来本宫还真是小觑了那一位！"

云岚并不知该如何劝慰，她的心里，也是极愤懑恼怒的。越过四位从一品妃直接加封贵妃，这简直，太过逾矩。若是低阶的嫔妃，越级晋封也不是那样的打眼，可，高位妃的晋封极为庄重，怎能越级呢？她又不是贤妃那样于社稷有功。

皇后似是看穿了云岚所想，不禁苦笑一声道："你以为我在乎她的贵妃位分？呵——位分有何重要，就算贵妃也只是妾室。"她说着，声色陡然高了起来，"可是，宫内安稳祥和，本宫又得皇上赞赏治理有方，何须一个协理的妃妾！"

大周历代后宫，若皇后地位稳固且掌宫有方，是不需要嫔妃来协理的。毕竟嫡妻才是真正的主人。

她一手抓起案几上的宫账，"砰"的一声将其拍下去道："你看看，你看看！她竟然去要了内务府的账簿和敬事房的记档！里头还列了那么些改进之处，皇上竟然还夸赞她，按着她的意思来改动……皇上的意思是说本宫掌宫不够好么？！"

云岚小心地收拾起宫账册子，其实宝贵妃心细，她提的那些改进之处，都确实是合理的。如宫嫔夏季西瓜的份例太多容易吃坏肚子，不如多供应些酸梅汤，还有同一份差事却有好几拨人来负责，既浪费又容易推卸责任，等等，这些事可大可小，只亏得她确实有些掌宫的天赋才能想出点子，且她极小心地不损害任何宫嫔的利益，又体贴关心众人，所以除了皇后之外，其余人都对这位宝贵妃有些好感的。

可是……平日如贤妃一般温婉不喜事端的宝妃，竟然学了那江氏的钻营算计之道？实在可恶。

皇后气得脸色都有些发白，一贯不问六宫事的宝妃竟然夺了协理大权？曾经，宝妃一改往日的冷淡性子，刻意邀宠时，她就应该警觉了。可是……唉，终是疏忽大意。

宝妃接连侍寝的那些日子里，听闻她在畅月楼抚琴高歌，如戏子般在帝王前献艺，为夺宠早已抛弃了一贯的清高。原来不争的女子一旦认真起来，会比任何人都难以对付。

云岚和主子是一样的愤懑，她低低出言道："她盛宠了这么些年，如今还能把宫权给算计了去，竟这么得帝心。"

皇后瞥她一眼，道："得帝心？皇上虽喜欢召她侍寝，却并没真正花心思在她身上。"

她说着，突地轻笑出声："云岚，你可知有一种鸟儿叫作金丝雀？这种鸟儿外表过于美丽，又性子冷傲，难以被驯服。可一旦驯服，逗玩起来就极有趣。故达官显贵都喜欢豢养。"

第三十章 北域之乱 二

云岚已有些领悟了，道："您是说……"

皇后点头道："你看那畅月楼，奢华无比，多么像……一座金笼。"

"回禀娘娘，宛修容到了。"一传话的宫女进殿禀道。皇后略略回了神，抬手道："叫她进来吧。"

宛修容，这女子还是可用的。依附了陈氏却有能力自保下来的，定不是简单人物。

只期盼她不像江氏那样难以控制就好。

启祥宫里，刚分派过来的玉红已经在殿里伺候了。可是，本该与她一同来此的小桐却没有这样的福分。菊香去要人时，那小桐早已因犯了错被朵姑姑惩罚致死。

江心月听了消息，只能无奈地叹一声，小桐这丫头，果然是活不久的。

玉红将一块桂花糕送进主子嘴里，稍稍有些喜悦地道："宝贵妃娘娘十分厚待主子，知主子喜欢萦碧轩的桂树，特地吩咐花房给移栽过来。"

江心月敷衍地点点头，却低了声道："她这个样子，实在太冒险了。昔日，她避世之时，还有许多嫔妃羡慕她少事端，可如今……"

玉红不明白主子为何替别人担心，只不发一言地沉默着。

江心月看向她道："你如今也肯跟我多说话了，这很好。我虽然喜欢稳重的奴才，却不喜欢闷葫芦一般的奴才。若把话都憋在心里，不知劝谏主子，不知为主子出谋划策，这样的奴才就只能做杂役了。"

玉红听了，一惊，她一来就被提拔做了大宫女，原来……她还险些成为了三等的宫人。她忙跪下道："奴婢谨记主子教诲，对主子一定知无不言。"

江心月浅浅一笑，道："你记着就好。你要明白，到了内廷，就不可能避开是非窝。"

这个玉红，在晗竹院时就是每日事不关己高高挂起，是一等会自保不惹事的人，可她到了启祥宫，也还存着这份置身事外的心思么？

多少的险路等着她江心月来走，做奴才的怎能不跟着主子上险路？

玉红叩头道："是。"她沉吟片刻，又道，"奴婢恰有一事要禀，是在后院里做活的绿珠。奴婢听菊香姑姑说起，绿珠先前是个不安分的。可如今她做活用心，也不再惹事端，奴婢觉得奇怪……"

江心月点头道："嗯，这是个应该回禀我的事。"她拿绢帕拭去唇角的糕粉，道：

"她倒是学乖了，只是明面上不惹事，不知暗地里在搞些什么鬼。"

原来绿珠这丫头并不像她想象的那样愚笨。先前她为莲容华时，绿珠整日闹腾，自己却奈何不了她，因着她是太后的人；可如今她为皇后效力，较之太后来说，江心月要顾忌的少得多。

江心月倒是很想她闹腾起来，就能逮着机会碾死她。可是……她却不给她这样的机会了。

她以指轻叩几面，徐徐道："这样，本宫命你去留心她，你可能做好？"

玉红听了忙喜道："奴婢定不负所托！绿珠有丁点的动静，奴婢都会看好！"

她喜于主子能把这样重要的事交予她，绿珠这样的细作，最是要提防，而若监视的人也生出二心，那后果是不堪设想的。她只和江心月相处了几月，能得主子这般的信任，实在不易。玉红欣喜着，只觉得自己的前途愈来愈明亮了，想日后定会为主子尽忠。

江心月将她的喜色看在眼里，暗自轻笑，其实她怎可能把这事全盘交与一个初来的宫女，她早已令花影暗中留意绿珠，这么说不过是换得玉红的忠心罢了。

而绿珠……确实是要加紧留心着了。

殿门外突有些杂乱的脚步声，只听一声尖细而悠长的声音高呼道："圣上驾临莜月殿——"

江心月一惊，忙立起来道："皇上怎么突然来了？这几日北域王抵达宫中，前朝不是应该很忙乱么？"

玉红蹲身为主子理顺妃色水烟褶裙，只听殿门"吱呀"一声急促的响动，皇帝已然风一般地跨步进来，她忙慌乱地跟着主子屈膝行礼。

江心月见皇帝举止烦闷，便猜是前朝又不顺了。她觑着皇帝沉沉的面色，小心道："皇上今日劳累，臣妾这儿刚煮了些宁心茶，给皇上泡一盏来可好？"

皇帝面色略有缓和，点了头在座上坐下。江心月忙接过花影递来的茶具，冲好了热气氤氲的一盏捧至皇帝面前。

皇帝就着她的手轻啜一口，面上的沉郁之气顿时消散了大半，淡笑道："朕的心月就是这样的巧心思。"

江心月笑道："宁心茶本该采集莲叶之上的露珠冲泡。可如今是深秋，臣妾可惜再无法冲泡此茶，就想试试别的法子。这一壶，所用的是金菊之上的露水，没想到竟比莲叶之露还要清香宁神。"

皇帝点头道："你很是用心体贴。朕在你这里，总觉得舒心。"

江心月心里稍有得意。侍奉君王，最是要懂得排解君王的不顺心。皇帝在前朝的事务何其忙乱，心中又会有多少烦忧，驾临后宫就是为了找一份舒心。

皇帝有了不顺能来她的莜月殿，也是从心底里觉得她会令人舒心。

江心月觑着皇帝的神色，心里思量再三。虽然女子不应过问前朝之事，可是皇上已经来了这儿，就是想找人说说话的。若她装傻地什么都不说，可能还会令皇上恼怒。

她终是小心地道："皇上，可是那北域之事令您烦心？"

皇帝蹙眉一叹，道："正是。朕已下旨令先帝的令慧公主下嫁北域，还借了他们粮财以度过今年的冬日。可是北域王得寸进尺，索取甚多，竟要大周每年供给北域粮财……"他说着磕下了茶碗，恨恨道，"我大周是中原大国，本应令他们向我国上贡，哪有供给北域的道理！"

江心月听了也觉北域之人刁蛮无道，却不敢给皇帝出什么谋划，只低眉柔声道："皇上息怒。"

而令慧公主，她只有十五岁，却要嫁给年过四十的北域王。传闻，北域王邪魅粗暴，其妻妾常于龙榻暴亡，北域女子皆极惧入宫为妃。

十五岁的公主将要面临何等惨烈的命运呢？这一切，都无人会关心，朝廷只会关心北域是否会退兵。

皇室的公主，多半是用作和亲的。一个女子就能平息两国战乱，实在是很划算的事。

江心月正出神，却冷不丁听皇帝道：

"供给之事，你可有什么见解么？"

她一惊，便觉背后有冰凉的冷汗渗出，她知皇帝最重朝堂皇权，女子怎可置喙政事？可现下皇上又偏偏要她来说，真是的，放着岳大人这样能干的谋士不问，偏偏来问她？

这难道又是皇帝的试探么？试探她对朝堂有无野心？也许她应该说"臣妾才疏学浅，对政事一窍不通"之类的废话。可是，这样又是在敷衍皇帝。

她在绞尽脑汁地想，侧目瞥着皇帝的面色，极力想从中探究一二。好像，皇帝是真心在问她的，好像又不是……

"朕问你话呢！"皇帝见她犹豫着，不禁烦闷地开口道。

江心月被他这么一吓，心里一紧，舌头和脑子都打结了，道："皇上……臣妾想，臣妾想不可答允北域的要求！"

话一出口，她简直想将自己的舌头咬下来。真是太不小心了，被他吓唬得竟把自己对此事的真实见解给说了出来。

皇帝一听来了兴致，挑眉道："为何呢？说来听听。"

江心月颓然闭了目，只觉自己如上断头台一般，但事已至此她只好一股脑儿地说出去了："其一，北域要求无理，若答允就成了大周向北域上贡，有损我大周颜面。其二，北域虎狼之国，再多的粮财也无法喂饱，只会令他们得寸进尺愈加垂涎大周。其三，大周……虽表面强盛，但有大理数次作乱在先，又有陈家外戚为祸，国力消耗，百姓的日子并不好过。北域是国而不是藩地，供给他们会耗费大量的财物，是百姓之祸。"

她心中惴惴，因"表面强盛"这个词实在是不好听，帝王听了多半会恼怒。

好在郑昀睿算得上是明君，并没觉着不顺耳，只因这确实是事实。他看着她，眼里的笑意越来越浓，等她说完，只击掌道："想不到，你身为女子也会忧国忧民，真让朕惊叹。"

江心月并未因皇帝的夸赞而欣喜，却更加的惶恐了。"忧国忧民"？！那是君王和忠臣良相才该做的事，女子哪里有资格操心国事？

正想着该怎么脱险，她突地被皇帝一双大手拉入怀中，一惊之下再加上过度的紧张，只觉脊背都僵得不能动弹了，只好顺从地坐在皇帝膝上。

"朕心里，也是如你所想一般。"皇帝抚掌朗声笑道，"你与朕，果真是心思契合的。"

江心月听了突地蹿上一股无名火，心思契合？那是爱人之间的心灵相通，可谁会跟这种不懂得爱人的君王心思相通！

至少她是不想的。

第三十一章 三

和亲

不过眼下，江心月还是要做出柔顺娇羞的模样，温婉道："臣妾只是说出了皇上心中所想罢了，哪里有忧国忧民的远见。"

皇帝轻笑着又将她往怀里拉近了几分，刮着她的小鼻子道："朕是你的夫君，在夫君面前不必小心翼翼，有什么话就尽管说。"

江心月心里又是咯噔一下，皇帝看出了她的紧张和胆怯，竟然还安慰她日后"有什么话尽管说"？

好可恶的鬼话。这种话他应该拿去骗那些新进宫的小女孩们，来骗她有用么？

是夫君却也是国君，这座皇宫，这么一大家子人，所有的亲情与爱情都是扭曲的，夫妻非同心，姐妹非和睦，甚至母子都会反目。她一介宫妃，怎么有资格，怎么敢，把皇帝看作普通人家的夫君？

她敷衍地应了皇帝一声，再看天色有些晚了，皇上却没有要走的意思。她不禁担忧起另一件事来——皇上他该不会宿在莜月殿吧？

今日是初三，宫制初一十五是皇后侍寝的日子，初二为贵妃，其余一品妃顺延，一品妃以下的才是没有固定日子，随君王的心意来临幸。今日轮到贤妃，可贤妃不得宠，皇帝很可能跳过她去……

那么这样一来的话，她莲嫔若是抢了贤妃的日子，不说会和贤妃结下梁子，其余的宫妃也会眼红。她想着想着就忧愁起来，连忙在心里盘算着。若实在不行，就只好把柔宝林叫过来，看能不能把皇帝拉走……

正烦恼间，皇帝突将她从怀里放下，起身道："朕该去怡和宫了。"

江心月长长舒了口气，又躲过一祸了。她极诚心地蹲身行礼道："恭送皇上——"

院里的桂花渐渐地过了花期，到了九月中旬，前朝仍然是纠缠不清的两国纷乱。北域王蛮横不肯让步，甚至已经令北疆的大军逼至大周边城城墙之下，以战事要挟大周。郑昀睿怒极，连声呵斥几位和谈的文官。帝王之怒波及后宫，甚至连去龙吟殿请安的皇后都无辜受斥，六宫诸妃均胆战心惊。

只有宝贵妃不畏皇帝的脾气，依旧至龙吟殿侍奉。

朝堂上闹得不可开交，江心月一无谋权之心，二无在朝中为官的亲人，半点心也不必操，只管躲在启祥宫里享清福。

齐院使殷勤地三日来请一次脉，只是每次都苦着脸色回去，仿佛有什么天大的忧愁。

江心月暗自不解，她只是小小嫔位，又不是皇后，无法有孕有什么要紧？齐院使怎会愁成这副可怜的模样？

大概是此人太过老实了吧。

明德十年九月十六，宝贵妃病重，于畅月楼闭门不出。

大周后宫浮动的喧嚣中，诡异之暗流愈涌愈甚。浮云蔽白日，迷雾笼明宫，大周历史上最羞于启齿之事，永不会被载入正史之事，但在明德王朝实实在在地发生了。

"紫衣——"他在畅月楼里，笑得依旧温柔宠溺，"想不到，世上果真有可兴天下之女。"

魏紫衣缩在墙角，直视眼前大周的帝王，突地切齿道：

"你竟不顾帝王尊严！"

郑昀睿不怒，轻勾起一抹邪色，柔柔道："北域王体格壮硕，孔武有力……"

"他很恶心。可你比他更恶心！"

她说完，不受控制地瘫在地上低呕起来。

郑昀睿一手拿起条案之上的锦盒，笑道："你要争气，要坚持得久一些。你看，他待你多么好，将北域的圣药都给了你。有了这个，你就不会像其余女子一样一年就暴亡了。"

他无视她的狼狈与孱弱，继续笑着道："天下男子，根本无人可抗拒汝之绝色。朕是如此，北域王也是如此。他为了你，不仅答应退兵，甚至愿意臣服于我大周，做我国的藩国！"

魏紫衣费力地喘息着，那个魔鬼的话在她耳边回荡如魔咒：

"若不得你，本王愿自毁双目。"

那个邪王为她发了疯，回应她的却只有残暴的凌虐。

她一直恨自己生了这么一张脸。

郑昀睿笑得极畅快，他事先并没有想到一个女子会有这样巨大的效用，他只想令北域退兵。但是宝妃，是一个可兴天下，可亡天下之女。

可兴大周，可亡北域，倾城红颜可抵百万大军。

他趋前一步，俯身捏住她小巧的下颌："你是朕的珍宝，朕，很爱你。"

她昂首想甩开他的手，无奈只能被钳制得更紧。她吼道："你对我根本没有丁点的喜欢！"

"你说的什么话！这些年，朕给予你隆宠，给予你这座畅月楼，宫中其余的女人加起来也不及你的宠！你竟丝毫不感激朕的恩泽？"

魏紫衣低头喃喃道："我只是个玩物罢了……你宠我，只是因为我的美色。"

就如一颗至宝的明珠，被人珍藏于暗室中日夜耍玩。数年之后此人需要钱，于是将明珠卖掉。

明珠真卖了个好价钱。

"北域正宫阏氏已经被废位。你应感谢朕与北域王，将你捧上那样的高位。"郑昀睿拂袖转身而去，留下身后的女子向他嘶喊咒骂。

九月十七，令慧公主许嫁北域王，北域自此臣服于大周，宫中设宴为北域君臣送行。

江心月身为嫔位，理应出席送行的筵席。她身着正三品的朝服，坐在大殿的角落中默然沉闷地只顾吃喝。

她抬眼看了一眼坐于北域王身侧，一身大红嫁衣、面覆喜帕的令慧公主，只觉得一股无名的烦闷。

不知为何会这样烦闷。

旁边心直口快的云贵嫔闲不住嘴，低头与她碎语道：

"令慧公主虽然只有十五岁，体态却有些成熟的风韵了，难怪北域王迷恋得不能自拔。"

江心月敷衍着应了一声。

"这位公主一直被养在深闺，之前也未曾听闻她如何绝色，但……北域王竟为了她置国祚于不顾。"云贵嫔笑着摇头。

北域王虎背熊腰，髭髯满面，双目凌厉如雄鹰。他的目光向下扫过，江心月侧目触及那双鹰目，不自觉地身上就有些发颤，她一边的云贵嫔更是骇然道：

"果然堪称邪王！只目色就令人胆寒！"

"姐姐慎言！他武力盖世，耳力想必也很厉害。"江心月几乎要去捂她的嘴。

云贵嫔听了更惧，忙闭了嘴不敢再说了。

江心月觑着那北域王，只见他的目色转至令慧公主身上，立即就变成了邪魅的暧昧。他用粗糙而指节粗大的双手抚上公主的玉肩，肆意捏揉，面上淫笑不止。

江心月看到公主不受控制地战栗起来，像一株在暴雨中摇摆的玉兰。她眉头一紧，只觉有腐臭冲着她的喉间涌动，肚内翻滚便要呕吐而出。

国宴之上其举止都不堪入目，真不知卧榻之上会是何等光景。

突然地，她感觉郑昀睿是个不错的男人，她身处大周的后宫是多么的有福气，原来福气是在比较之中得出的。

她先前吃得太多了，此时那股恶心犯上来，她已经无法控制，只好抓着花影踉跄地朝殿外而去。

她在几个小宫女的服侍下吐得腰都直不起来。一个姑姑模样的宫女在侧低语："今儿不知怎的，已经有好几位主子出来呕吐了。"

江心月吐过之后，深吸了口殿外的冷气才得舒缓。她再次往殿内而去，不再看北域王，只专注地定睛在郑昀睿右下首的男子身上。

郑昀淳，很久都没有见过面了，不知你能否记起我的容颜？

算了，应该是不记得的，你脑中的我，只是棋子。

礼亲王的眼睛却定在令慧公主之身，他这样的神情，对北域王来说是无礼的，但他根本未顾及这些，只一味地盯着令慧公主不肯移开目光。

江心月的目光轻柔地在他面上拂过，他黑亮的发，英气的眉，星芒闪烁的目，直挺的鼻，这一切令她陶醉其中。很久的隔绝使她痴痴地思念，她比在王府时更用心地注视他。

突然，他双手撑于桌案，猛地起身。他站在国宴尊贵的席位之上，身形挺拔似剑。秋夜的风从门外灌进来，他的玉冠缨带随风纷乱地飞舞起来。

国宴之上的皇亲贵胄都抬眼看向他，筵席霎时因他的突兀而静默下来。

只有北域王没有理睬他，仍然自顾自地挑弄着公主。

江心月茫然看着郑昀淳，她只觉他的眼底一片漆黑。

然后那漆黑中突地燃起了红色的火焰。火，从他俊朗的星目之中喷薄
而出，尽数落在他眼前的两个同为帝王的男人身上。

"皇兄！"他吼道，"请皇兄顾及我大周皇室的颜面！"

郑昀睿没有回答他，而是朝着他眯起了龙目。好像，他的这个皇弟有
很多很多的秘密被隐瞒着。

他轻瞥一眼在北域王怀中的令慧公主，才懒声道："今日公主许嫁北域
王，对两国都是上佳的喜事。朕不知礼亲王谈及的'颜面'是何意？"

"皇兄，您应该很清楚。"郑昀淳切齿道。

"皇弟是喝醉了吧，你应出殿去醒醒酒。"

郑昀淳握拳砸于桌案，案几应声碎裂倒地，其上的汤羹珍肴狼狈地摔
落下来。他再一脚踏于污秽之上，一字一顿道："臣弟愿率兵征讨北域，只
求皇兄收回公主。"

四座皆惊。北域王粗蛮的身子扭动着站立起来，一双鹰目渐渐地瞪圆
了。在他的怀中被拉扯着的公主跌落下去。

公主朝着郑昀淳的方向艰难地膝行。北域王一手扭住她的臂将她拎起，

无人知晓喜帕之下的她嘴上被封着布条，连尖叫痛呼都不被允许。她想用手去扯开喜帕，撕开那个令大周颜面无存的事实，但是北域王另一只粗大的手已经按住了她的面。

她在邪王壮硕的身前无谓地挣扎着，她的双手伸着向前，她看不见，但她的手指准确地指向郑昀淳。

交泰殿的宫墙之后，绚烂的烟花开始绽放，黑夜被点亮，耀目地令人赞叹。

而墙的这一边，是拨不开的重重迷雾，是令人沉沦绝望的泥泞深渊，是凄美而惨烈的地狱。

所有的人，都瞠目结舌地望向殿前尊贵席位之上一幕幕的疯狂与挣扎。突然有许多纷杂的声音，在江心月的心房狠狠地叩动，回荡，然后震裂。

"他令我们保护宝妃娘娘。"

"宝贵妃病重，于畅月楼闭门不出。"

"令慧公主虽然只有十五岁，体态却有些成熟的风韵了。"

"这位公主一直被养在深闺，之前也未曾听闻她如何绝色。"

"请皇兄顾及我大周的颜面。"

那个女子根本不是令慧公主。

前席，郑昀淳手中狠厉的剑锋朝北域王刺去。大批的神龙卫在郑昀睿的皇令下潮水一般涌动而去。

在无人关心的黯淡的角落中，江心月大张了口，无声地呼喊着——郑昀淳，他并不会武的啊，他会死的。

但是他没有犹豫地拔剑了。他的佩剑是尊贵亲王的装饰，并不是实战中的利剑，因为真正的凶器是不允许被带进宫中的。

他为了他面前的"令慧公主"不计任何后果与代价拔剑指向北域王。他忘记了北域王名噪天下的孔武与骁勇。

她和他挣扎的身影在血与泪中交叠。

这个残酷的夜晚将会上演不止一出的悲剧，将会成为很多人的噩梦。

江心月双目直直地望向前席上的人们，她感觉到全身的力气都在汹涌地流失，蚀骨的痛楚将她的心房湮没。

然后，她沿着身后的宫墙缓缓倒下。她的意识模糊不清地一年一年回溯着，王府的莲，王府的少年，王府中早应存在却永远都不会存在的妻妾……

她曾经愚蠢至极地问他："事成之后，我能否成为你的后宫？"

他默然不语。

原来，她所牺牲的一切，他所筹谋的一切，竟是为了另一个女子！

原来她十二年的爱恋与倾慕都只是一个笑话，她一切的付出都只是无影的烟云，她一生的坚持都只是为了一个根本不存在的梦幻。

原来她永生永世都不可能挤进他的心房中，哪怕一分一毫。只因那颗心被另一个人溢满无一丝空隙。

原来他从不是为了皇位，他从来没有什么野心与权谋。

原来真相如此简单又如此残忍。

她心中最后的一道残垣轰然坍塌。她听到灵魂跌在地上的声音，就像莲花凋零的声音。

她再也无力去坚持，所有的苦楚、伤痛与疲倦终于在这一刻同时喷涌而出。这个残酷的夜晚，多少人在无尽的地狱中挣扎。

恍惚中，她听到从遥远的天际传来上苍的嘲讽：你们，都会在命运面前倒下……

这一日将会是大周史册上变数最多的一日。

明德十年九月十七，帝毁令慧公主婚约，命礼亲王发兵北域。北域王当晚拂袖而去，彻夜离龙城。

宝贵妃依旧病重，畅月楼更是不许任何人靠近。

十八日的正午，江心月勉强睁开眼睛，她看到花影坐在她的榻前。

启祥宫杏色的帷帐映着柔柔的光泽，江心月抬手揉着眼角以适应室内的光线，然后，她木然地被花影扶着起身。

花影给她端了一盏温热的白水喂她，等她顺从地喝完，才道：

"娘娘，您昨晚因受惊而晕倒，现在已经无碍了。宜美人正在殿外等候您。"

江心月的心里骤然一紧，宜美人！

宜美人耳力过人，她闻见殿内的声响，已经自顾自掀帘入内。

"娘娘。"宜美人缓缓踱至榻侧，对她行礼，然后坐下。她的所有动作都是自顾自的，并不遵守礼法。

她一贯是个冷硬的人，尤其是这种时候。她是王府的心腹暗卫，而江心月只是棋子，她能够行礼已经很好。

江心月呆呆地盯着她看，突然她浑身都战栗起来，她艰难地挪动着酸痛的身子，往床角里瑟瑟缩去。

她已经很害怕王府的利用。

宜美人无视她的紧张，稍稍趋前，朝她道："国宴之上王爷和北域王均被神龙卫拉开。王爷已经率兵离京，而王府的暗卫和宫内的人手，则有更重要的事要做。"

江心月愣了愣，才声色沙哑地开口："我，也要去做么？"

宜美人的面色冷了下来，道："当然。"她掐住了江心月的肩令她清醒过来："我很明白您此时的心境。但是，您当真只是为心中的执念而活么？"

江心月猛地惊了起来——礼亲王府中的阿媛，重重宫墙内的瑞安公主。

她从来都不是一个人。

梦幻破碎之后，她还有很多很多的羁绊和牵扯，她还有需要她保护的人。

她怎可自私地将一切生命都押在郑昀淳身上！她怎可不顾血亲和身边的人！她若陷在错爱的心伤中，那公主怎么办？阿媛又怎么办？

宜美人冷漠地瞥着她道："只有您完成最后的任务，我们才会保得阿媛姑娘平安。"

江心月同样冷漠地问道："果真么？恐怕礼亲王府已经没有能力保护任何人了。"

郑昀睿为何会毁约？又为何要应允礼亲王？

讨伐北域，这不是一个很好的机会么，一个除掉郑昀淳的机会。无论郑昀淳输或是赢，他和北域都将大伤元气。之后郑昀睿就会彻底地收拾两方。

郑昀睿此时在龙吟殿中欢庆，他没有想到上天给了他这么好的机会。

原来他愚蠢的皇弟根本不是个野心家，只是个被红颜迷住双眼的没出息的情种。

郑昀淳已经不配与他相较量。

江心月目色凌厉地看向宜美人，道："最后的任务，就是将魏紫衣送出宫去吧？这很难。而且就算成功了，他们二人能逃到哪里去？普天之下莫非王土。而且，王爷他应该无法从北域回来了……礼亲王府倒了之后，我的阿媛怎么办？"

宜美人摇头道："王爷已经允诺你，事成之后无论结果如何，都会将阿媛送进江府。您应该知道，江老爷只是七品，且和王府的联系极隐秘，皇上不会查到他。娘娘，您作为江家的嫡女在宫中盛宠，江府胆敢薄待阿媛姑娘么？"

"江府！"江心月猛然道，七品小吏的江老爷，本是礼亲王最不看重的最底层的党羽，只因其女的姿色才有了出头之日，后又因其女自戕，再次不得看重了。

没想到，正是这一份不看重，拯救了整个江家，也救了阿奴与阿媛。

宜美人松开了她的肩，她因体虚而软软地瘫在床上。她抬头，看到宜美人转身的背影。她突地低呃出声道：

"我会做好……"

宜美人回头，极难得地淡然一笑："希望如此。"

明德十年十月，礼亲王征伐北域。

千年之后，这位亲王已是周王朝最广为人知的人物，他非帝王，却比任何一位帝王都引人注目。

与他一同流传百世的便是令慧公主，一位庶妃所出的在宫墙之内默默无闻的公主。

驰骋沙场，只为红颜。

战争在苍茫的大漠撕开一道生死深渊。

北域王耶律敖干以举国之武力迎敌，只为得胜之后能够得到令慧公主。礼亲王亦动用了其所有的兵力。

这场因女子而爆发的战事惨烈到了惊人的地步，年轻而不通武艺的礼亲王要对抗的是骁勇善战的北域兵马，没有人认为他会赢。

源源不断的战报被送往大周龙城的宫廷，那一段时日，大周的帝王龙心大悦。

第三十三章 二

最后任务

周军克敌右翼军，戮三万，俘五千，帝于朝堂高声失笑；重镇大月城失守，帝不怒反喜。总之，无论是捷报还是失利，郑昀睿都是同样的心情。

宫廷内的诡异伴随着帝王的怪异，愈演愈烈。

宝贵妃在大权在握、如日中天之际如一丝烟云一般消散在众人的视线中，她的痕迹比隐居的惠妃还要淡。

因礼亲王在国宴之上的话，宫内已经有了许多谣言，然后有许多宫人莫名其妙地死去。

然后谣言"不攻自破"，宫内再也无人敢谈论宝贵妃此人。

十一月，周军以主兵力围困敌军于燕关。

大漠的冬日将是周军的噩梦，然两军仍然僵持在燕关。周军的弱点是畏寒，北域的弱点是粮草匮乏，生死深渊愈裂愈深。

一月又一月的严寒过去，周军的坚持史无前例，当冰霜冻结了将士们的盔甲之时，北域突围了。

这场战争惨烈而迅速，只因双方都太过急切。

北域邪王耶律敖干残暴的帝王之路因一个女人而永远地终止，他被射杀后，由礼亲王亲手操刀肢解为数十块碎肉，他粗蛮剽悍的身躯在大漠的深冬里化为血水。那个年轻且并不通武艺的礼亲王疯狂地只想取得耶律敖干的性命，最终他付出了数十万兵马的代价，还有他被斩断的右臂。

双方几十万生命在大漠葬送，竟然只是为令慧公主一人。

失去帝王的北域在一月之后终于放下了北国人倔强的尊严，向大周投降。

明德十一年的阳春三月，礼亲王凯旋，他的赢令众人瞠目。但，这样的说法显然不够准确，他所谓的"凯旋"，是四十万兵马出关，回来的只有不足两万。

在这个草长莺飞的三月，江心月立在与畅月楼隔水相望的怡心亭，她看到这座奢华高耸的殿宇隐隐泛出诡异的红色。

其实宜美人命她做的事很简单却也很危险，她只需利用她六嫔之首的权势调动几个相关的侍卫和下人，在幽闭的畅月楼内放一把大火。

夜晚在迷蒙的雾气中降临，她划着一叶木筏向畅月楼靠近。畅月楼被重重的神龙卫把持着，绝对不可能有人能够通过这条溪流，然而宜美人已经令细作们打开了一道缺口。她缓缓地靠近了，她抬头仰视，畅月楼即使在夜晚也非常奢华。

阿颜一个人小跑着从楼内出来为她开宫门，因为其余被皇帝赏赐来"伺候"的人全部被迷晕了。她随着阿颜一层一层拾级而上，火焰从侧殿而起，已经舔到了前院中的小园子里，她们心急地向上攀爬。

江心月疑惑地问她为何瑶仪不在此地。阿颜愤愤地道："澹台一族在王爷发兵出关之际就背叛了我们。"

背叛是当然的。如今的朝野，礼亲王昔日的党羽听闻礼亲王的兵马尽数耗尽，很多人就已经坐不住了。

宜美人和王渊背着魏紫衣从顶层下来，纵然宜美人平时沉稳能干，但此时她也有些慌乱了："快下去，已经有人往这边救火了，我们的人控制不了多久。"

江心月看向伏在王渊背上连头都无力抬起的女子，她瘦小的身子仿若一阵风都能吹走似的，这个样子，与重病濒死又有什么区别呢？

是郑昀淳在大漠刀口舔血的生死沉沦令她变成这般的脆弱，她定会因他而整日痛哭至昏厥⋯⋯

江心月突地有些释怀，她藏在心底的对魏紫衣的怨恨在这一刻奇迹般地消散了。她有多少话想要质问这个女子，她想要向她嘶喊为何她能够拥有一切而自己一无所有，为何她要成为自己悲剧的始作俑者。

可是现在，魏紫衣奄奄一息，她在她与郑昀淳的不归路上走到了尽头。

魏紫衣是无辜的，她只是不应该见到郑昀睿，不应该被帝王横加抢掠进宫，或许是郑昀淳不应该遇到她。

江心月已不再怨这个女子了。

突有一声细小的呻吟，魏紫衣在她面前缓缓伸出手，她瘦小的指掌之下握着一团揉皱了的绢帕。

江心月惊疑之下，接过打开，她看到被仓促地绣在绢帕上的密密麻麻的名字。

魏紫衣艰难地朝她抬头，从口中吐出破碎不堪的呢喃："对不起⋯⋯"

宜美人瞥着江心月道："这绢帕上的人，今后都会为你所用。这是娘娘在宫中培植的全部势力，他们和王府无关，难以被皇上察觉到。"

她是在用这种方式弥补她对江心月的愧疚。

江心月小心地收在贴身里衣中，轻轻地朝她点头："我会原谅你和他。"

从宫门外传来此起彼伏的呼叫声，宜美人失声道："没有时间了！"

几人急促地绕过前门，从侧殿宫门潜逃而出。浓烈的烟尘已经笼罩了整个楼阁，这座宫廷内最奢华的殿宇将在今晚化为灰烬。

阿颜没有随着众人一起走，她换上了宝贵妃一贯穿着的月白色的锦绣华服，朝着火海中奔去。

偏殿不起眼的宫门就在眼前，然而突地从侧杀出几名神龙卫，他们惊异地想要呼喊，但手握短刃的宜美人在他们出声之前就令他们毙了命。远处，又有大批的侍卫和内监奔来。

有王府的人手在外接应负责护送宝贵妃出宫，江心月的任务至此已经结束。她不知他们二人是否能在这个狭小而黑暗的天下存活下去。

天下之大竟容不下两个人。

在侧殿把风的花影惶急地上前搀住她，扯着她就往启祥宫的方向跑。这里已经是畅月楼偏僻的后院，从云梦湖引来的活水将这里变成一汪娴静雅致的荷塘。

江心月轻轻地呼吸着，她闻到了这世间最熟悉最刻骨铭心的气息。

她不由自主地闭上眼睛想忘记这气息，但清香却顺着她身体的每个毛孔肆意地向内钻去，使她无可逃避。

终于，她睁开眼睛，想要正视这一切。她看到在月光明亮的辉泽之下，一片一片的碧绿迎风而动，水波粼粼，映着她姣好的面容。

接天的莲叶比云梦湖中的莲还要盛，即使在迷蒙的月色中看到，即使如今不是开花的时节，也会止不住为此美景震撼心动，魏紫衣竟然对莲喜好到如此地步。原来不是宫内的莲花比不上王府，是最好的莲全部送到了这里，云梦湖中只剩次品。

原来魏紫衣那一晚的相邀是为了这些，她此时开始感激这个女子的善良。

她可以想象夏日来临之时，魏紫衣会在荷塘中捧起一朵硕大的莲，然后将面庞埋在粉白的玉瓣中。

果然啊，果然，就连她此生最喜爱的花儿都是从不曾属于她的，她的一切，无论信念还是梦幻全部是从别人处借来的。

对莲的喜爱是从魏紫衣那转移至郑昀淳手中，最后才转移至她手中。曾经无数个孤独冷寂的日夜，她抚着宫内的"西子倩装"，想若是郑昀淳他看到了会不会喜欢。

只是她没有想到，郑昀淳多年来在王府每一个怜爱至极的抚莲的动作，都是在想紫衣她会不会喜欢。

她深深吸一口带着香甜的清香，她知道她必须勇敢地正视这一切。

她的人生不是为郑昀淳活着的。她还有她的家人，她还有自己。

她回头看到身后熊熊的烈焰，今晚过后这里大片的美景全部会烟消云散，花已落，人却还会向前。

就让今晚切断她前十七年错爱的人生，就让这一池的莲葬送她破碎的梦。今晚她为郑昀淳做完了最后一件事，她这些年的效忠应该抵得上当年的救命之恩了吧。

她和他再不相欠。

他从来没有在意过她，今晚之后她也再不会记得他。

一切爱与怨，终于能够放下了。

她头也不回地从畅月楼最后一道宫门中跨出，撇下身后的火海与莲池，撇下不属于她的爱恋。

番外二
宝妃魏紫衣

从顺贞门出来的一刻，我终于能逃离这个生活了六年的地狱了。

我艰难地抬头，看到远处有潮水般涌动的宫廷侍卫们，火把照亮苍穹，就像此时畅月楼中熊熊的烈焰。冰瞳在我眼前倒下，她的胸口插着三支利箭，但她还是将短匕投出刺死了奔至我身侧的宫卫。她的血顺着地面流淌到王渊的脚下，我却连她的血水都无法触及。

我身侧熟悉的暗卫都在倒下，王渊也是。然后宫外有新的人手接过了我，继续我的亡命之路。无数的人为了我和他牺牲在这里，大漠之上还有三十多万的将士为了我和他而丧命。

那种熟悉的罪恶感又一次涌上心头，我从未想过我一个人会导致这么多人的死亡，但无奈的是，我将披着令慧公主的名号成为历史上著名的红颜祸乱，我一人引发了那场战争，我一人迫得北域臣服，我一人牵动了无数人的生死。

我真是一个罪恶的人。

在明德四年的那个初夏之前，我一直以为生命会如昔日一样顺畅而美丽地延伸下去。

我是大长公主之女，虽然我的父亲是个闲职，爵位也很低，但他平凡却细腻，善良而宽厚。于是我高贵的母亲不顾身份地嫁与了他，我的人生开始于一个脱离世俗权势的美好的人家。

父亲教导我，如果你爱上一个男子，那么千万不要计较他的身份与权势。我谨记着这个教诲，并且我不负父望做到了，年幼的我接受了那个在皇宫中最不起眼的皇子的倾慕。

他是个闲散的人，很没出息，当其他皇子在研读《资治通鉴》的时候，他在读女孩子喜欢的《诗经》。当其他皇子在骑马练剑的时候，他说太危险了，我胆子小。

我也是个没出息的人，我从父亲那里继承了这些缺点，我好耍玩，四体不勤，这导致了我琴棋书画无一能通，女子擅长的茶道和女红更是惨不忍睹。

我们俩好像很般配。

他天生的慵懒闲散使得上自皇帝下至兄长都没把他放在眼里，更何况他的母妃是嫔位以下的庶妃。

他经常在我的背后偷偷瞄我，他以为我不知道，其实我很清楚——我随着母亲进宫来，其余的皇子们都会在上书房或校场勤勉地历练，能偷看我的皇子只有他一个。我进宫来玩的时日久了，终于有一天他敢出现在我面前，他对我说："紫衣，你采莲的样子真好看，你试试把头埋在莲花里，看你和花儿哪个好看。"

我当时的脑子有点迟钝，我真的照着他的话做了，然后他拍着手笑起来，他眉里眼里映出的我的样子就像个公主。

父亲曾说过，他要我嫁给将我捧在掌心当作公主的男子，而不是一个身份尊贵却把我当成玩物的男子。

于是我接受了他的倾慕。

我开始成长，我在龙城名动，甚至在整个大周都被传遍，因为我的美貌实在太过惊人。而他，不出我所料地，甚至连参与皇位争夺的资格都没有，皇帝提起他的慵懒就大摇其头。

新帝登基后，他成了唯一保留了性命并保留了尊荣的亲王，原来这就是他惫懒的福气。我觉得没出息的人挺好。

我一年一年地长大，在少女羞涩的心动中等待他来提亲。

明德四年的初夏，他送了我整池的莲，我知道他的意思，我人生中的大日子不远了。

然而那一年的万寿，母亲破例要带我出席国宴了。我疑惑地问她："我们比不得那些有权柄的皇亲贵胄，怎会有资格携亲眷出席国宴？往年不是只有母亲您一人能去么？"

母亲摇头道："是圣上钦点了你。"

我突然捕捉到一丝危险的气息，但是容不得我多想，我们无法抗旨。

后来我才知道，那一年的初夏碾碎了我的整个人生。

明德帝贪婪地将龙目盯在我的脸上，目不转睛，他的模样和那些垂涎于我的市井之徒无甚区别，我从那眼睛中看到了玩味，我突然想起父亲的话："不要嫁给一个身份尊贵却把你当成玩物的男子。"

我悲伤得连眼泪都无力流出。

我是父亲唯一的孩子，老实巴交的父亲竟然为了我入宫向皇上抗议，他尖锐的倔强惹怒了冷酷的帝王。最终皇帝将我的爹娘流放宁古塔。

我几乎崩溃，我的母亲贵为大长公主，却因我而遭祸至此。皇帝钳着我的下巴道：

"只要你听话，你的族人就会安好。否则……宁古塔那种地方，你是知道的……"

毁了，全毁了——我的家人，我的人生，还有我的他。

我带着深入骨髓的恨意入宫，皇帝册封我为容华，赐号"宝"字。一年之后，我以疯狂的速度晋位为妃，他为我斥巨资修建畅月楼，效仿汉代之金屋藏娇。我求他将旧日公主府的莲移栽过来，他宠溺地答应了，但是那些花儿送过来我才知，皇帝命人在畅月楼修建了大池，然后赏赐我千百株最最上品的莲。我公主府中移栽的莲被埋没在那些贵气里。

真是可恶。我不得不经常乘着木筏进池去辨别属于我的莲。

我再也无法见到他的面。我痛恨这个皇宫，我每日装束素淡，我在各种场合穿着白衣来诅咒这一切，我冷冷面对皇帝的宠溺，我甚至在皇帝的茶水里加盐。

明德帝差点一口喷出来，我在心里笑得很畅快。

我以为皇帝会厌弃我，但是没有，我的一切努力都没有任何效果。我方才明白我的美貌到底是什么样的程度，后宫所有的嫔妃在我面前都黯然失色。

我是明德后宫最隆宠的嫔妃，我看到了其余女子眼中深重的恨意。

那一日，皇帝照例淫笑着爬上我的卧榻时，他不经意地流露出他在国事上的不顺心：

"朕的皇弟野心越发大了！"

我惊得不能自已，我不知昀淳什么时候开始热衷于权谋甚至威胁到帝王的权柄。但是，他以惊人的速度成长起来了，他从一个闲赋诗书的人变成了大权在握的王爷，他在朝堂之上党同伐异，追随他的臣子踏破了礼亲王府的门槛，他垂涎兵权，他甚至勾结了我国的外敌大理。

他将冰瞳送进宫来保护我，冰瞳告诉我他终有一日会将明德帝取而代之，只有如此才能赢回我。

我失声痛哭，我知道明德帝的狠厉，他是在走一条荆棘遍布的险路。

然而悲伤的事情远不止这一件。皇后和淑妃假言欢笑着来畅月楼和我叙话，她们送来许多名贵的礼物，我还必须当着她们的面喝下一碗据称是大补的药剂。我无法违抗她们，她们走后我晕倒了，后来御医告诉我，我此生无法再生育。

我明白了后宫女子的恨，今日我伤了身体，明日我就有可能丢掉性命。我请求皇帝不要再隆宠于我，我害怕这样身处风口浪尖的感觉。但是明德帝依旧淫笑着道：

"这怎么可以呢，紫衣？你这么美，让朕少碰你，朕怎么受得了？至于你无法生育，那没有关系，对于朕来说你只要令朕满意即可……"

我恨他。

但我不得不妥协，我依旧隆宠，只是我求他下旨宫妃不得擅入畅月楼。

我从此极少出现在后宫女子面前，我开始避世，唯有如此我才能活下去。

明德八年，我看到了那两个入选的秀女——江氏与澹台氏，我只觉得我在造孽，我的罪恶从此开始。

尤其是江心月，我明白她的心境，我惆怅她的人生。

那一年的南巡，我得知了他会随驾。碧藕圣物本应用来治疗我无法生育的身子，但我拿来换了出宫的机会，我只想见他一面。

没有想到的是，南巡是他弑君的阴谋，我满眼含泪地看着那么多兵马的厮杀，我印象中那个温文尔雅、醉心诗书的少年策划了这么一场惊天动地的刺杀。

他知道我在这里，他不顾战场的刀光剑影身着蒙面黑衣，骑马奔至我的车驾前只为见我一面，然后他因为武艺笨拙被神龙卫砍伤。

明德帝以指掌生生捏碎玉瓷茶盏，他下令将叛军全歼，若能捉到礼亲王必五马分尸。

我捂住了眼睛，我不敢看他满身是血的样子，我尖叫并痛哭。他在我身侧一字一顿地承诺："必有一日我会成为帝王，你等我……"

原来天下真有这样的男人，踏破山河为卿故。

南巡中他满身的鲜血令我幡然醒悟，我明白了我不能只求自保，我必须帮他做点什么。我开始夺宠，我开始向明德帝献媚，我说出的每一句恶心的话，做出的每一个恶心的动作都令明德帝神魂颠倒，他以为我转了性子。

我要以自己的力量征服这个帝王。但是很遗憾，无论我再怎么努力，他都是个无心无情的人，我无法掌控他。没有办法，于是我转而争夺权势。

宫中的权势，朝堂的权势。我终于发现我是个多么有才干的人，当一个人有了甘心以整个生命为代价来换取的梦想之时，什么都做得到。

陈氏一族说倒就倒，他的势力也越发大了。我利用明德帝的宠溺进到龙吟殿侍奉他，我是多么温柔体贴地对他，他却不知那些奏章已尽入我的眼底，几个进出龙吟殿的臣子也被我暗自收入营中。

我甚至命暗卫搜罗陈氏一案的漏网之鱼，我用陈氏的罪状拿捏了他们，威逼，利诱。我将无形的手伸到了朝堂上，为我的昀淳积蓄夺位的力量。

我又在后宫肆意钻营，最后我得到了协理六宫大权。新皇后上官合子比她的堂姐难以对付百倍，但我迎难而上，我一点点蚕食她的权柄，我邀买人心、暗植势力。我发现昔日我从不屑于做的事情如今做起来是多么顺手。

我满心以为我会这样不停地坚持下去，一直等到他帝位达成的一刻，但老天戏弄了我，它把一个北域王送到我的眼前。

我从未见过那样的男人，粗蛮如野人，狂暴如熊罴。明德帝笑看着我，我听到这两个男人的交易：

"若贵国肯让出此女，本王接受一切条件……"

"不仅仅是退兵，还有贡奉，还有……臣服，成为我大周的藩属。"

"没有问题！"

那个男人疯了。我终于明白什么是地狱，我死命地咬着手腕才能克制我想要死去的冲动，我不能死，我要等他。

我和昀淳苦心经营的一切，断送在北域王身上。昀淳他为了我在国宴之上抛弃了所有，我与他的事再也无法掩饰下去，皇帝在暴怒的同时策演了一出毒计。

他答允了昀淳出兵北域的请求，他用这样的方式同时消耗着北域和昀淳的势力。我则被囚禁于畅月楼，等待昀淳兵败的一日照样被送往北域和亲。

我在华贵的畅月楼里忽而大哭，忽而大笑。我不会让明德帝得逞，昀淳要是死了，我必会跟着去。但是，我没有想到昀淳竟然赢了。

那是怎样残酷的战争，他是拼尽了多少才会赢。原来世上真的没有做不到的事。

他手下的兵马被耗尽了，朝中的势力也被明德帝逐个清洗，我开始了出逃，我看着畅月楼在火海中坍塌，那座金笼终于化为灰烬。

阴狠的明德帝未察觉我的出逃，以为爹娘是我的软肋，但他不知，我辛苦的拉拢经营没有白费，早有人暗中将我的父母藏匿，和我们一同向南逃。皇帝恼羞成怒地命人追赶我们，但他再一次没有得逞，被我把持住的几个沿路的都督与巡抚无法违抗我，他们为我们敞开南逃的大门。

我们最终到了大理，那个富庶的国度。大理的王对待落败的昀淳再无恭敬，他只是像打发叫花子一样将我们收留，我们无法再拥有富贵的生活了。但我们仍然安顿下来了，我们成了一个小村庄里的最平凡的一对。他断臂了，我也是个无法生育的女人，但我们都很满足。我的父母也终于不必因明德帝的威胁而胆战心惊。

这就是结局。后来我听说明德帝将我追封为恭绵贵妃，我知道了他的怒火，他更愤怒的是一向柔弱的我会结党营私。他很讨厌这个"恭"字，只因他的母妃被废太后害死并被追封恭颐太妃，"恭"，是弱者的卑微。

郑昀睿此人终于被我玩弄了。

我是史上的倾城红颜，但我今后的路将平凡如雏菊。

我和他都已经重生。

明德十一年三月十五，礼亲王归来后因伤重不治身亡，帝大哀。

同日宫中走水，畅月楼尽数被毁，宝贵妃殒命于火海，帝追封其为恭绵贵妃。

江心月在启祥宫听到内监的禀报，只摇一摇头，再无多问。

第三十四章 二
明月公主

启祥宫

"皇上——"江心月欣喜地接过皇帝手中的瑞安公主，浅笑着行礼。

皇帝也笑道："她终于肯让你抱了。"

江心月笑着点头，复而低头逗弄媛媛。她这些天可是费足了心神讨好这个小祖宗。

媛媛好动，一手攥着她的指头不放，另一手朝上挥舞着去抓她发髻上的流云坠。她看媛媛好奇，当即令花影过来卸下坠子要给媛媛，哪知媛媛手快，一把扯住了往下拽，直拽得她鬓发散乱，揪着几缕头发才把坠子拽了下来。

"唔——啊——"江心月忍着被拽发的痛，又不忍拂开媛媛不听话的手，只好迭声道，"公主太顽皮了……"

一旁的明德帝笑出声道："也该让媛媛好好折腾你。"

江心月散着几缕头发道："皇上也经常被公主折腾吗？"

"嗯……"皇帝摸着自己的下巴。

江心月眼尖地朝他下巴看去，终于发现皇帝的胡茬似乎比前日少了些，不禁道："公主的手劲不小。"

不承想，郑昀睿这一类的人，也会被小孩子拔着胡子玩，那场面一定很有趣。

她笑过了，正色道："皇上，公主肯和臣妾亲近，就能抱回启祥宫抚养了。皇后娘娘前日还说了此事……"

皇帝也凝眉沉思起来，半晌才道："我朝确无公主养在龙吟殿的先例。"

他看向媛媛，媛媛注意到皇帝在看她，立马挥舞了粉嫩的小手隔空想抓皇帝的衣襟。皇帝眸色一紧，顿有浓浓的不舍之情流露出来。

"皇后的话虽在理，可媛媛还是更喜欢龙吟殿的。"皇帝蹙眉道。

"皇上，不仅是礼制的问题，公主待在龙吟殿，也会扰了皇上的国事。"江心月再劝道。

此时公主不安分地在她怀里蹬腿，然后一手指着皇帝叫道："爹爹——"

皇帝赶紧把她从江心月手里抢过来，道："公主还是不要挪地方了。"

江心月看着公主在皇帝怀里又蹭又拱的模样，顿觉心里泛上些酸气，嘟着嘴巴道："媛媛至今都不会叫娘，却在几月前就学会了叫爹。"

"所以朕才说，媛媛更适合居住在龙吟殿。"

"皇上若总带着公主，她何时才能学会叫娘呢？"江心月急道，此时她已不管什么礼制，光是媛媛偏爹不偏娘就让她下了决心定要把媛媛留下。

公主正扯着手里的坠子玩，玩了一会儿就丢开了，又伸着手去够皇帝手上的玉扳指。皇帝忙哄她道：

"这个东西不能玩，爹给你找些别的玩好不好？"

晴芳闻言将公主的小鼓在空中轻轻地摇动，"咚咚咚"的清脆音色却没能引起公主的注意，公主依旧把手伸向皇帝的玉扳指。

皇帝无奈地一笑，把公主放在晴芳怀里，继而竟褪下了手上的玉扳指递与公主。

江心月见此骇然，一手拉住皇帝的手臂道："皇上不可！"

玉扳指不仅贵重，且是先帝亲赐，此物之价值非同小可。可皇帝太过溺爱公主，竟说给就给了，若是公主玩坏了可怎么好？

皇帝不肯听她劝，依旧把玉扳指塞在了公主手里。江心月生怕公主不小心弄掉了，情急之下从公主手里抢过了玉扳指。公主不依，对着她哭闹起来。

"你看看你，把媛媛惹哭了！"皇帝皱眉道。江心月把玉扳指小心地套在皇帝指上，又褪下自己手上的翡翠指环塞给公主，公主看见类似的东西被吸引住，这才止了哭。

江心月舒一口气，又低眉道："求皇上将公主留下吧。"

二人争执了半天，最后公主终于被留在了启祥宫。江心月抱着公主露出得胜一般的喜笑，她怀里的小人儿却盯着皇帝跨出殿门的背影，瘪着嘴，泪珠啪嗒啪嗒地掉了下来。

"媛媛乖，娘亲在这呢，别哭……"江心月和晴芳一众侍候的宫人又慌了神，费心哄了好久才令公主止哭。

明德十一年五月，北域明月公主和亲大周。

这位公主，传闻是北域大草原上最耀目的明珠，其容色倾天下，故得"明月"封号。

江心月至皇后处晨省时，便能觉出皇后与众妃的不快。这一日，听闻送亲的车马已经抵达龙城，上官合子执茶盏的手都有些不稳，杯盏微微一动，便发出了清脆的磕碰之声。

宛修容蹙眉道："这几日天气沉郁，臣妾这心里都是闷的。"

皇后强笑一声，道："这么个天，总闷着也不下雨，谁心里会爽利。"

江心月心中黯然，宫妃们不爽利哪里是天气的原因。公主和亲之事关乎国祚，后宫女子不能因一己的妒意随意评说。众人心里愤恨，却不敢表露出来，只能如此抱怨一二了。

她正出着神，突闻宛修容冷冽的声音道："莲嫔向来是个谨慎的，心里不爽利也不知说出来。不过依臣妾看，咱们姐妹里怕是莲嫔的心里最不快吧。"

江心月猛地一惊，忙道："娘娘……这几日天不好，宫里的姐妹们……可不都是一样的不爽利么，臣妾怎的会特殊了……"

她暗自在心里直咬牙，这宛修容真是见缝插针。自恭绵贵妃"病薨"

后，她已经名副其实地"美色冠一宫"，而明月公主和亲后，恐怕她的这份殊荣就不复存在了。对众位嫔妃来说，和亲一事受影响最大的当然是她江心月。

可是此时宛修容的话，却是提醒了众妃：这宫里不仅要来一个明月公主，还有一个同样美艳的莲嫔。

江心月恼怒地侧目瞥过去，果然有许多不善的神色正朝她身上刮来。

宛修容优雅地用帕子掩了嘴，笑道："莲妹妹可要舒缓心神，保重身子，别被这不爽利的心绪给闷坏了。"

"是，臣妾定会好好调理心神，必不会令修容娘娘您担忧。"江心月低呃出声，我是必不会令你宛修容活得长久了。

皇后满意江心月吃瘪的样子，又絮絮说了一些和亲国宴上需注意的事宜，便一挥手令众妃散去。

此时的乾清宫里也是阴云笼罩。皇帝正发泄着龙怒，两个内监伏跪在他身前，怕得瑟瑟发抖。

龙案之上有凌乱的奏章，透过雕龙纹的桌案，方可见一文臣也跪在地上。殿内的柔光映出了他后颈上豆大的汗珠，乍看之下他竟比两个内监怕得还厉害。

皇帝龙袖一甩，指着那文臣道："汝既为礼使，执着我泱泱大周的牒案去迎北域公主，竟能被那北域压制？北域提了多少非分之请，且还有意脱离大周藩属，而你，竟辩驳不成，还带了他们的要求回国！"

那文臣已然骇极，半句话也嗫嚅不出了。皇帝也懒得再骂这等无能之辈，将其削官罢职拖出了大殿后，转身将手中的锦帖掷在两个内监头上，怒道："你们内务府真是会做事！看看你们拟的好封号！"

明月公主和亲之事，是由礼部和内务府一并操办的。锦帖之上，正是内务府掌礼司所拟公主的妃位封号，一字为"明"，一字为"和"，只待帝王从中选择。

"明"，日月之辉煌，契合公主尊贵的身份；"和"，字义简明却寓旨悠远，是两国和睦之意。二字都是用心拟定，不想皇帝见了，却怒不可遏。

皇帝发了这一通火气，终于缓缓踱步至龙椅上坐了，紧蹙眉头对着王云海道："明月公主色艳冠天下，想必比之恭绵贵妃也不会差。北域新皇是个权谋之辈，此次挑选绝色公主和亲，又趁机提出了数条非分条件，恐怕另有图谋。"

王云海只是内监，此时并不敢多话，但心里已经明了了。大周帝王有着好色的名头，北域以公主为诱惑，怕是其最终目的远远不只是脱离大周的掌控。

再看底下撞上刀口的两个倒霉内监，不禁摇头，他们恐怕难以活命了。

皇帝敛眉对着二人，便侧了脸朝殿外唤人进来。其中一个内监一见这架势，知道要受处置了，立刻磕头求饶。

皇帝被他吵得烦，丝毫不理会他，只令人将他们拖下去。此时，另一个内监却突地抬头，急急道：

"皇上饶命，奴才办事不力确实该死，但封号一事……奴才另有一字，求皇上听了奴才所说，再发落不迟。"

皇帝一听便来了兴致，挥手令其继续说下去。

"奴才这字倒也简单，便是一个'丽'字，容颜秀丽之'丽'。"内监稳稳地答话道。

"丽？"皇帝先是一疑，继而面色渐渐地舒缓了，颔首道，"这倒是个合宜的字。"

"丽"字只是单纯形容女子的美艳，甚至有些轻浮浅薄的意思在里头，身份贵重的嫔妃多半不会被赐此字。公主之尊却得这样的封号，实在是有些受辱。皇帝提笔写了个"丽"字给那内监，继而朝他道："刘康，你确实是个会做事的。"

刘康喜形不流于色，只磕头谢恩道："谢皇上饶奴才一条贱命，谢皇上赏识奴才。"

刘康一席话连带着他身边那名掌礼司的主事内监也捡回一条命。二人退下后，皇帝转头笑看着王云海道：

"刘康之前不显山露水，不承想确实有些本事，朕没有重用他是屈才了。"

第三十五章 二 丽妃受辱（一）

　　王云海见皇帝不再发怒，也对刘康抱了几分赏识，笑着回话道："皇上说的是。想'明德宫变'时，正是刘康在内务府保下了莲主子。那时陈氏掌着满宫的权柄，老奴去传令时，还担忧他会因畏惧陈氏而害了莲主子，不想他很会辨清局势。"

　　"如此，他也是个可用之才。"皇帝缓声道，"他虽为内务府总管，但并不是朕心腹，朕还特地插了不少人在内务府分他的权。日后也不必这般了，朕就将内务府放心地交与他。"

　　第二日，龙城已是延绵十里的红妆。九重仪仗从顺贞门缓缓驶入，国宴之上，明月公主受封为大周丽妃。

　　深重的宫墙之内，躁动不安的气息飘浮着，后宫诸人的心绪皆有不安。

　　恭绵贵妃数年的隆宠已经给这座皇宫的女子心中烙上了不可磨灭的印记，同是绝色，同是出身尊贵，这位公主难道会延续恭绵贵妃的专宠么？

　　况且，她初进宫来就受封为妃位。

　　江心月这一日早早地起身，准备去凤昭宫请安。她还未收拾妥当，皇后的掌事云岚就来了启祥宫，告知她皇后传召各宫嫔妃至华阳宫去，不必去凤昭宫晨省了。

江心月惊诧地向云岚道："华阳宫如今是丽妃娘娘的居所，不知皇后娘娘传召我等有何要事？"

丽妃昨日受封，自然是昨晚头次侍寝，此时的她应至凤昭宫觐见皇后，然后受妃位以下嫔妃的大礼。

云岚浅浅一笑，面目中有些许的得意："娘娘去了便知晓了。"

待江心月进了华阳宫，往内探眼望去，只见里头嘈杂一片。十几个有着异域容貌的宫人正跪在院内的六棱石子路上，头上均顶着满满一盆水。他们的身侧，凶悍的内监们执着鞭子，怒骂声、鞭笞声、哭喊声响成一片，不绝于耳。

她皱了皱眉头，扶着菊香的手往内走去。里头各宫嫔妃都到了不少，和她同行的兰贞在她身后小声出言道：

"看这情形，丽妃怕是有难了。"

江心月微微点头。进了主殿，里头的情形却和外头的凄惨大不相同。皇后一如往常娴雅地端坐，各宫嫔妃站立在侧，诸人的面目上都是满满的得意。

嫔妃们在异域公主面前端着贵重的架子，殿内的气氛便如晨省一般淡然敦肃。然而，殿外的哭喊声针针细密地渗进来，混杂着殿内的肃然，只能给人诡异之感。

这样的肃然，以极大的压迫力震慑着跪在大殿正中的丽妃。此时，江心月才看清这位和亲公主——

明月公主的美太夺目，像暗夜里闪亮过天际的雷电，像夏日里怒放垂枝的郁金香，那是一种令人疯狂的美，连女子都会被逼得移不开眼去。莫说江心月，怕是恭绵贵妃在此也会被比下去。

明月，果真名如其分。

然而，无论如何惊艳的容颜，都无法掩饰这女子其余的特质——她单薄的身子瘫在地上，从肩膀至下身都在发颤，那细小的手紧紧地交叠着，颈处露着瘦削的锁骨。那么小，那么小的身子，缩成一团。

一眼之下，便知这女孩绝不会超过十三岁。

天哪。

江心月没有想到会见到这样的丽妃。此时她跪在殿内受审，下人们又全部在殿外受刑，她嫁到大周的第二日便是这般光景。

上首坐着的皇后懒懒地向下扫一眼，道："姐妹们也都到齐了。"

一句姐妹，上官合子秉行着宽厚的风范，此时更是将平日里明争暗斗的诸妃们团结了。再不睦，也是宫里的姐妹，而这个丽妃，才是异域的敌人。

皇后的嘴角勉强勾出一抹弧度，转首望向丽妃，似笑非笑道："北域和我大周的宫廷大有不同。不知丽妃初来，可还习惯？"

她的声色缓缓的，淡然而优雅。丽妃虽很怕，却仍是竭力抬头回话道："回皇后娘娘，大周的衣食臣妾都很习惯，谢娘娘费心。"

"习惯就好。"皇后轻笑，"只是……本宫所指可不是衣食住行。听闻，北域先可汗在世时，王宫里的女子，行为操守与我大周女子略有不同……"

丽妃听闻，面目突地悚然了，也不知哪儿来的胆量，身子一挺，打断皇后道："臣妾的父汗在世时，王宫宫闱肃穆，并无一丝不妥！"她直视着皇后渐渐青白的面色，继续愤然道：

"娘娘大早来我华阳宫，不分缘由就将臣妾的宫人押至殿外受罚。臣妾向娘娘行三跪九叩觐见大礼，娘娘不但未曾令臣妾起身，且传召各宫嫔妃来此……此时臣妾跪地，而诸妃站立，不知臣妾贵为妃位为何需要向低阶嫔妃跪拜！"

皇后轻瞥她一眼，堆出几分拿捏好的笑意，面目中竟有猫捉耗子般的得意，幽幽地道："丽妃虽年幼，强辩的功夫却丝毫不差。若你无罪，自然不必久跪。可若有罪，那就另当别论。你的宫人们受罚，也是他们咎由自取，若是说真话何至于如此——本宫听闻，北域先可汗在位时，宫里的宫女们无一是完璧之身，甚至连公主都会被可汗临幸……"

恶毒的言语轰的一声在殿中炸开，四周的嫔妃多拿帕子掩着嘴幸灾乐祸地笑了起来，皇后轻一挑眉，朝立在她身后的几个姑姑道：

"我大周选秀，女子均是要验贞的。虽然和亲过来的公主不应有这一步，不过……北域实在特殊了些。大周的宫闱，可容不得一丁点马虎。所以，还是验贞吧。验贞了，就知道了个明明白白，也能给丽妃你一个清白。”

验贞，即便结果是清白的，丽妃也是被怀疑过不洁的女子。这样天大的侮辱，岂是女子能承受得起的？况且，若验贞时动个手脚，清白的也成了不清白了。

死在礼亲王手里的北域先可汗，其暴虐纵欲之名实在太过，“宫中女子无完璧”恐怕并非夸大。但是，公主毕竟是血脉至亲，俗言道，虎毒不食子啊。

皇后美目向下一扫，道：“本宫是大周的皇后，你以为本宫真的只凭北域听来的传闻便要做这么一通么？”她顿了顿，浅浅轻笑出声：

“丽妃，昨日你受封为妃，理应与皇上同房……可是，皇上却并未临幸你。既然皇上不愿意碰你，本宫怎能不怀疑你的贞洁！”

她的话音一落，殿内已经响起了阵阵的谑笑。兰贞低眉对着江心月轻言道：“皇上昨晚去了纯容华处。”

江心月一惊，那日，皇帝在乾清宫内动怒，她也多少清楚其中的缘由。只是不想，皇帝对丽妃厌恶至此。

丽妃也着实太过可怜了。

几个姑姑转眼便要上前。丽妃身边的人都在外受刑，她孤身一人，到底是年纪太小，看到几个姑姑凶神恶煞的面目，吓得竟不知反抗，整个人瘫在地上。

殿内的嘈杂声暴起。为首的姑姑一把拎起了丽妃，另一个姑姑将手里的东西往下一掷，“咣当”一声响，一个厚重的黄铜盆子撂在诸人的面前，灰白色的炭灰细细地铺满盆，惨白得如同姑姑们狞笑的脸。

两个膀大腰圆的姑姑开始撕扯丽妃的衣襟，三两下扒下了外裙，手就往下伸着去褪她的绸裤。丽妃疯了一般地挣扎，惨烈的惊叫声响彻了整个大殿。

秀女验贞，均是至紧闭的小房，平躺着由姑姑以手窥探。而骑坐香灰盆子的法子，则是对待女犯或青楼女子，手段粗暴，侮辱之意甚重。况且，殿内数十名嫔妃，众目睽睽之下，这简直是劫匪强盗一般惨烈的作践了。

原本嫔妃们抱着看好戏的心态来此，可看到丽妃这样惨，也都满面惊惧，仿若姑姑们扒的是她们的衣裳一般。丽妃又年幼，不少嫔妃心里对丽妃的嫉妒已经变成了同情。

贤妃心地软，实在有些看不过，掩面朝皇后道："娘娘，这也太……臣妾看还是算了吧。"

皇后瞧也不瞧她，兀自转着手上泛着黑色幽光的墨玉镯子，轻笑着看向苦苦挣扎的丽妃。

丽妃身量娇弱，半分也挣扎不过，几个姑姑正欲扒下她最后一层衣裤，却突地听得她尖利的惊叫声："你们谁敢！"

几个姑姑同殿内的嫔妃，霎时都愕然惊在原地，动也不敢动。再看丽妃，她手上闪着冷光的发簪直指咽喉，目色亦是冷然，喘着粗气道："受辱至此，不如一死！"说着手上发力，便要往里刺去。

皇后猛地一惊，她只是想折辱丽妃，若真闹出什么大事，那可是关乎两国，她可担待不起。惊恐间，在那簪子往里进的同时，猛然喝道："快止住她！"

几个姑姑都是宫里的老人，反应自然快，早已钳住了丽妃的两手，狠狠一扭，簪子应声落地。只是丽妃方才决然之下，簪子尖已经刺破了皮肉，点点的鲜红在她雪白的颈上甚是刺目。

江心月此时见丽妃的惨相，心里也有些受不住了。不过是个半大的孩子，沦为两国的牺牲品，此时还要受这样大的折辱。她跪下朝皇后道：

"娘娘宽仁，求娘娘停止吧。若为了大周宫闱着想，也可将丽妃娘娘移至耳房，请内务府的嬷嬷来伺候，这里青天白日的……丽妃娘娘如今也是大周的妃位，丽妃的脸面，也是我大周的颜面啊。"

第三十六章 二
丽妃受辱（二）

　　皇后一听她所言，面上已是掩饰不住的愤怒。江氏素来口舌灵巧，此事竟能被她扯到大周的颜面之上，自己哪里再能令丽妃受辱？

　　每每和江氏对上，都少不了一通麻烦，甚至最后可能都会惹上一身腥。

　　贤妃也跪下道："莲嫔所言极是，请皇后娘娘饶了丽妃吧。"

　　早有宫女上前擦拭丽妃颈上的血迹，好在她只是刺破了一层皮，片刻之后就未再见血了。她此时早已六神无主，软软地瘫在地上，连喊饶都不会了。

　　皇后恼怒地看向她，不想丽妃性子太烈，竟然真的要自戕。这样闹了半天，最后也没能把她的衣裤给扒下来，皇后心里实有不甘。

　　"一大早的，就听华阳宫里嘈杂！"突地一声威重的男声，殿内的嫔妃们均是一凛，皇后也忙起身行礼道："给皇上请安。宫廷纷乱，扰了皇上清净，是臣妾的过失。"

　　江心月一见皇帝来此，忙趁给皇帝行礼时从地上爬起来，起身后又隐入了诸妃的身后，尽量抹消自己的存在。

　　皇帝厌恶丽妃，她可不想搅进这趟浑水，让皇帝看见她帮丽妃求饶。

　　皇帝刚下了早朝，本想着去启祥宫看江心月，路过华阳宫却听得里头甚是嘈杂，派人进去一问，竟说丽妃要自戕，他不想见到丽妃的尸体，这才劳动龙体进来看看。此时他看丽妃虽然狼狈，但没什么大伤，便不想再理会她，只微蹙了眉头道：

"后宫诸事理当由皇后打理。"

皇帝的话一落，皇后面上顿生得意之色，她知道自己这出好戏做得太对了。

方才江氏阻止了自己，可如今皇帝又撂下这么一句话。既然后宫是由她打理，那怎样作践丽妃还不是她说了算。

江心月则心里一阵惊悸，皇帝不仅是由着皇后折辱丽妃，简直是鼓励。

丽妃虽年幼，又吓得不轻，但此时见皇帝来了就突有了些反抗的希望，当即朝皇帝膝行着跪爬过去，哭喊道：

"皇上，臣妾决不可受验贞之辱，求皇上……"

皇帝冷冷一瞥她，只见她鬓发散乱，衣衫不整，一双妙目哭得肿成了桃儿，一看之下楚楚可怜。丽妃本就是绝色，这样梨花带雨地哭泣求饶，即便是铁石心肠之人也会被打动。

可是，一贯好美色的郑昀睿却丝毫不为所动，看也不看她，提步朝殿外而去。丽妃一惊，深知皇帝走后自己就要任皇后宰割了，猛地上前抱住了皇帝的腿。

皇帝厌烦，毫不留情地一脚踹开了她。她瘦小的身子滚倒在地上，又挣扎着爬起来，想再次求饶。

贤妃实在看不下去，跪在皇帝面前，哀求道："皇上，丽妃才十三岁，求皇上怜惜她，救她这一回吧。"

皇帝看着贤妃，突地嘴角狠厉地一勾，扬手朝贤妃面上掴去。"啪"的一声脆响炸开，诸妃闻此，都悚然而立，一时间殿内死一般的沉寂。

江心月看着不禁摇头，贤妃实在是无能之辈，丝毫不会辨清形势，一头撞到皇帝的刀口上去。丽妃一个女子，牵扯的是整个北域和北域新皇的野心。帝王岂能容忍政权的威胁？

和丽妃牵扯过多，甚至会被视作不忠于大周。

江心月明白，其实皇帝对丽妃的怒火，也是因着恭绵贵妃的事情。丽妃和恭绵贵妃太相似，都是绝色，都隐藏着祸患。恭绵贵妃一贯是沉静不生事的人，谁能想到她暗地里会有那么多筹谋？若不是北域王之事阴差阳错，恐怕郑昀睿的江山都能被她和郑昀淳算计了去。

此时皇帝看丽妃，多少有些恭绵贵妃的影子，怎能不愈加厌恶。

皇帝不再看惊恐地跪在地上的贤妃，转向丽妃，徐徐低语道："丽妃的汉语说得很好，怕是早就习得了吧。"

皇帝发怒时，双眸是一贯的冷冽阴寒，这样的眼睛，连江心月都不敢与之对视，仿佛会被那深渊般的眸子吸进去一般。丽妃被他的声音吓得全身震悚，吞吐了好久才说出来一个"是"字。

"也就是早就筹谋好了嫁给朕了……"皇帝的瞳仁如针一般猛地缩紧，厉色顿显。丽妃不及答话，他突地转身，用粗大的手掌钳住丽妃小巧的下颌，狠狠道：

"你的皇兄，果真以为朕是个沉迷美色的昏君么？"

皇帝一松手，她便跌坐在了地上。此时外头悄悄地进来一个宫女，对着皇后小声道："娘娘，这些下人嘴硬得很，都道明月公主是清白的。且那个为首的还在叫嚣，辱骂娘娘。"

皇后微微点头，向那宫女耳语道："辱骂？哼，本宫是皇后，冲撞皇后是重罪，直接杖毙即可。"

外头不一会儿便响起了凄厉的呼痛声和沉重的杖责声。丽妃惊恐地朝外望去，继而绝望地看向四周，凄凄道："皇上不若赐死臣妾吧，臣妾会留下亲笔遗书，道是患了重病，也能给我皇兄一个交代。"

皇帝听了丽妃所言，突地紧皱了眉头。丽妃是真的有心求死，可是若她死了，北域可不是好交代的。

可不能让她死了。她年纪小，承受能力也差很多，如果真把她逼急了，折辱得狠了，指不定能出什么事。

皇帝瞥着她，吩咐道："今日的事，就到此为止吧，朕便相信了你丽妃的贞洁。"说完向皇后道："合子，给华阳宫拨几个能干的奴才，好好伺候丽妃。你平日里，也要多加管束。"

皇后对上皇帝眼中暗蓄的神色，当即明白了皇帝的意思，应声道："皇上放心，臣妾会做好。"

什么伺候、管束，其实就是监视着令她没有机会求死。

华阳宫的一通折腾，终于收了场。丽妃被几个孔武有力的奴才拖拽进了内室，江心月不忍再看她，也无力帮她什么，只能随着众人往殿外退去。

各宫嫔妃三三两两地散去，诸人此时都没有了来时的得意之色，不少人面色戚戚，还有些人神色中透着掩饰不住的畏惧。

江心月看着嫔妃们的神色，回头和兰贞对望一眼，二人均默然了。

上官合子是明德王朝第三位皇后。她入宫三载，一贯有着温婉贤良的风范，且颇受皇宠。她封后以来，仁慈宽宥，平日和诸妃说话都是温言软语，从未有严厉的行事。

然而，今日她对待丽妃，可谓是狠辣了。

一众嫔妃皆认为皇后仁慈，上官合子今日的这出戏，不仅是为了打压丽妃，更是为了杀鸡儆猴——她要告诉众妃，她和孝贞懿皇后不一样，她若想整治谁，是会往死里整治的。

恩威并施，刚柔并济，正是掌权之策。看着后宫诸人眼中对皇后的敬畏，江心月眉头越发皱得紧了，回头朝同行的兰贞道：

"皇后确有掌权者的风范。"

兰贞敛眉趋前一步，低语道："不仅如此。皇后是皇上宠爱信任之人。"

江心月突地顿住，苦笑着叹息道："是呢。当年孝贞懿皇后不得宠爱，现在的皇后娘娘可不一样。"

上官合子未做皇后前，就是得势的宠妃。今日在华阳宫殿内，皇帝唤她"合子"，还将丽妃的事全权交付与她，可见其宠爱与信任。

江心月突地涌上莫名的不安，她如今的处境，其实是万分危险的。上官合子是多么厉害的人，如今手握重权，她小小嫔位和她对上，未免有些不自量力。

后宫的险恶，从来就不曾有丝毫的减退。江心月疲累地闭目，她的人生被阴差阳错的命运锁在了重重宫墙内，这样疲累争斗的日子，何时才能有尽头？

想了一会儿，她突地想起了什么，对着兰贞道："你说昨日皇上弃置丽妃，然后去了纯容华处？"

"正是。纯容华受皇后的提携，渐渐有了复宠之势了。"

江心月淡淡一笑，道："昨晚她受宠，可真不知是福是祸呢。若论宠爱，纯容华是无法和兰贞你相较的，可皇上昨晚却没去你那里，反而去了她那里。"

兰贞神色一凛，继而心里清明了，稍惊惧地道："娘娘所言甚是。想方才在华阳宫里，纯容华手足都有些不安，诸嫔妃们看她的神色都是不满的。幸好皇上召幸的不是我。"

抢了和亲公主初次侍寝的日子，是令后宫人眼红的大事了。皇帝不喜丽妃，却偏偏召幸了瑶仪，其个中缘由，便是瑶仪是皇后提携的人。皇帝此举意在利用后宫女子的嫉恨打压瑶仪，也捎带着打压皇后了。

想到此，江心月嘴角不禁勾了一抹浅笑："皇后娘娘确实聪慧。但比起权谋之术，皇后不及皇上十中之一。皇上深知后宫平衡，不能一人独大。既是如此，那么皇后再怎么钻营，也无法一手遮天。"

二人回了启祥宫，江心月往莜月殿的殿门里一跨，便见王云海等在里头，朝她打千儿道："娘娘快进去吧，皇上已经在里头了。"

江心月忙粗粗理了下衣衫，揽裙步进院内。内殿的门扇敞开着，皇帝正站在明朗的逆光里，遥遥地朝她伸出手来。

　　他脸上的温和看得江心月一阵错愕，仿若在华阳宫里对丽妃狠下心肠的人不是这个男子一般。江心月抬头，对上帝王的眸子，立即做出了一副恰到好处的柔媚笑靥。

　　她也已经入宫三载了，习惯了虚情假意的面具，在任何时候，千万种风情姿态都能信手拈来，随意展现在脸上，以博取这个至高无上的男子的怜爱。

　　"心月。"皇帝突地唤了一声，声色里有着浅浅含蓄的叹息的味道。他细细看着眼前的这个女子，十一载的帝王之路，他最是会看透人心；后宫与前朝纷乱的牵动之下，他也最是明白后宫女子虚伪的假面。

　　古言说得半点不错，为帝王者，寡人也。郑昀睿此时看着眼前的女子，心里纵然有再多冲动的情愫，面目上即使有再温情的真诚，亦无法打动她一丝一毫。平生第一次对女子有了真心，郑昀睿只觉得无所适从。他习惯了哄骗与利用，如今倒不知该如何去用真心博得一个女子的喜欢，后宫纷杂的险恶，他又无法光明正大地宠溺她。

　　他朝着她移步而来，暖暖地牵起了她的手，粗大的掌心将她的小手包在其中。江心月心里突突地一阵跳，从掌心传来的温柔的热度也让她无所适从，最终却在心里感叹郑昀睿擅长情色，所有哄骗女子的招数都做得这样好。

皇帝拉着她进殿，温和地道："之前小杏子和小李子两人在你遭贬后回了乾清宫，今日朕已经令他们再次过来服侍你。"

顿了顿，又道："皇后心性有些大，你若有什么难处，定要及时告知朕。"

江心月咀嚼着皇帝的话，"心性有些大"，这个形容确实符合皇后，她一心想着掌控满宫的权势。而皇帝把两个孔武的太监再次赏赐来，也是有着深意的。

定是为着平衡后宫权势！江心月脸上顿现出舒缓之色，皇帝这是在扶持她，以此来分皇后之势。

皇帝有些无奈地看着她明暗忽变的神色，知道她又把自己单纯的保护往那复杂的权谋里头想去了。他几不可闻地一叹，道：

"听闻林选侍之母新添了幼弟，她数年未见家人，跑来和你诉苦，你竟去求了皇后让她得以见到母亲和幼弟……心月，你是六嫔之首，不仅有掌宫的才干，又有出众的善心，后宫有你真是朕的福分。"

他一席话说得情意极重，江心月听得都有些不安，口里直道："臣妾不过行本分之事，哪里敢和皇上论什么福分。皇上是天子，臣妾只是出身低微的妃妾，皇上是臣妾一辈子的福分呢。"

皇帝看她惴惴不安的样子，心下稍稍苦涩。迟疑了片刻，忽然想起了什么似的，道：

"心月也和家人离别数载了。不若，朕下旨令江家夫人进宫，可好？"

"皇上……"她听着皇帝的话，眼中已经现出泪光。

宫门一入深似海，宫里只有位分高且隆宠的嫔妃才有机会见家人一面，或是有孕时客请母亲姐妹来宫里伺候。江夫人进宫必定会带阿媛，她已经三年未见到阿媛了，那是她唯一的亲妹妹，惆怅的思念早就爬满了她的整个心房。

皇帝看她感激的样子，心里大喜，一个侧身揽住她。

温情的缱绻在殿内拂开，皇帝每月只召幸江心月一两次，平日也不敢多见面，这样几月下来，他明显吃不消了。他此时疯狂而温柔地吻着她，就像沙漠中饥渴的脱水者一般。

等二人翻滚够了坐起来，殿内已是遍地的狼藉，二人的衣裤也散在一边。皇帝为她拿了新衣披上，又抱她至榻上，柔柔地道："心月今日的身子比上个月要好，齐院使也着实尽心了。"

说到齐院使，江心月忙道："臣妾的身子既然好了，就不要让齐院使来诊治了吧。毕竟院使大人是专为皇上和皇后娘娘诊治的。"

"齐院使在未做院使时就常给你诊治，朕看这样安排最好。"皇帝不容辩驳地道。忽而，他的面色突现出几分黯淡，低了声音道："你到底也难有孕……"

每次他问起齐院使，齐院使都是一张苦瓜脸向他求饶道，莲主子被伤了数次，受孕一事实在无力回天。可……他多么希望，心月能再次怀上他的孩子。他没有法子，只能愈加宠溺二人唯一的女儿瑞安公主。

江心月并未答话。无法生育对于女子来说本是残酷的事，但她此时却觉得无所谓了。一则她并不喜欢皇帝，二是在深宫之中，她要保全一个媛媛就已经筋疲力尽，若再得子却遭人暗害，那还不如不生。

皇帝国事忙，未多留又走了。走时不忘在她的粉颈上啄一口，还撂下一句话："朕今日就下旨令岳母进宫，你好生等着，几日就能见上家人了。"

江心月听着吃惊不小，今日就下旨，真是快。可……皇帝方才唤了句什么？岳母？她不过是出身低微的妾室，她的母亲算得上哪门子的岳母？！

五月二十日，是江家夫人并小姐进宫的日子。

江心月吩咐了将启祥宫上下收拾得极妥帖，又备下了两大篓龙眼和螃蟹，这些都是阿媛爱吃的东西。

夫人林氏进了启祥宫，领着几位小姐给江心月行大礼。几人都是小心谨慎又极兴奋的神情，江家不过是七品县令之家，长居在邹城，头一次来龙城且是进宫，从进宫门到启祥宫，看着一路上的奢华与繁盛，直咋舌。

江心月微微侧身坐着，以示不敢全受母亲的大礼。待礼毕，她从座上下来，朝着林氏屈尊行了半礼。

林氏惶恐地扶住她，连说"不敢"。

江心月柔柔地笑着，两手搀着林氏落座，道："母亲切不要拘谨了，大周有君臣之礼，也有孝悌之礼。"

她虽然不是江家真正的女儿，但表面上的功夫还是要做足，一是不能让外人看出端倪，二是她要维持好和江家的和睦。

林氏受宠若惊地被她扶着坐下，面上都因惶恐而笑得极不自然。她稍稍稳了心神，才指着几个在侧的少女道："娘娘多年未见姐妹们了，故臣妇特地带她们进宫。"

江心月早将眼睛盯在一个身着嫩黄岫烟裙，半绾秀发的女孩身上。那女孩稍有拘谨地起身，行礼道："臣女……给娘娘请安。"

她发颤的声色里，透着掩盖不住的哽咽。江心月听了，眼里唰地落下泪来，忙挥手令殿内伺候的宫人尽数退下，自己一人行至这女孩身前，双手扶着她道："阿媛，你长这么高了。"

"是，姐姐。老爷和夫人都待我好，每日吃穿都是府里最好的，姐姐莫担心我……"阿媛听了江心月一句话，就哭得止不住了，两手抱着江心月不肯撒手。

斑驳的日影透过珠帘，星星点点映在火红的凌霄上，角落里的八角金兽浮出绵软的鹅梨香，熏得人口里都是香甜的。江心月垂着细长的眼帘，任汹涌的泪从中滑落，滴在怀里女孩的肩膀上。

第三十八章 二

江家野心

　　她细细地打量起妹妹，那一年她从王府来到宫里选秀，小她两岁的阿媛体弱多病，身体只有她的肩膀高，身上摸着尽是骨头，半点肉也不长。她江心月姿容出众，阿媛也是不差的，只是阿媛太过体虚，每日看上去都是病恹恹的，黄着一张小脸甚是可怜。现在三年过去，阿媛还是较同龄人瘦小一些，但脸色已是少女的红润，不像是久病之人了。这样打眼看去，阿媛的姿容极美艳，竟是不输于她江心月了。

　　江心月看着妹妹移不开眼，心里万分欣喜。阿媛的病不是大病，只是当年发水灾，全家逃难，五岁的她还能凭一口气撑着，阿媛却只有三岁，经受不住奔波和饥荒的折腾，落下了体虚的病根。这几年，阿媛无论在王府还是在江家，过的都是富贵的日子，身体终于渐渐地调养过来。

　　她这么看着阿媛，突然地，有些许光亮跳进她的心头——江府待阿媛好，全是因她在宫中隆宠，是她的尊荣给了妹妹一身的富贵。如果……如果她没有进宫，没有今时今日的地位，阿媛也不会有今日的好日子。

　　她在这世间的牵挂唯有阿媛和瑞安公主两人。原来，三年里的杀戮和艰辛，泥沼般挣扎不出的九重宫阙，无休无止的疯狂的斗争，这一切都值得。

江心月转身朝林夫人再行一礼，道："多谢母亲把阿媛照顾得这样好。"

林氏不敢再受她的礼，忙起身拉她起来，小声地道："阿媛入了江家族谱了，是嫡次女江心媛。娘娘看着可还好？"

"很好。"江心月抹一把泪，笑着点头。她和江家不过是互相利用，江府已经多次修书进宫来，说些官场提携之类的话。她是受宠的莲嫔，是江家光耀门楣的希望，江家对待阿媛当然是当祖宗一样供奉着。

多年未见，她和阿媛说了好些体己话，直待到了午膳时间，外头传膳的太监捧着托盘进殿，阿媛才遵从礼法在自己的位子上坐了。

和林氏同来的几位江家的小姐，都极敬畏地坐着，并不敢多话。江心月看着举止拘谨的几个妹妹，笑道："宫里吃食精细，你们正是喜欢吃的年纪，待会儿多吃一点。"

林氏指着一个座次靠前、年纪稍小的女孩道："娘娘，这是嫡三女心璃，今年已满十四岁了。"

江心月听着她的话，心里不禁嗤笑。林夫人进宫来，不仅把阿媛带来和她见面，还带了这么些江家的女儿，有何目的明眼人一看便知。她入宫已经三载了，三年过去，又是该选秀的一年。今年的选秀，正定在秋日的八月。

三年前的选秀之时，江家嫡长女江心月不愿入宫，林氏丝毫不顾念母女情分，一再威逼，最终导致江心月自戕。秀女的年纪限制在十四至十八岁，那时候，江心璃还不到年龄，无法参与选秀。而今年，她已经满十四岁了。

林夫人进宫一趟，真是打得好算盘。

她回头端了一盏黄花云尖，微微掩饰住眉眼间的厌恶，对着林氏笑道："妹妹模样俏，提亲的人定是踏破了门槛。若母亲看着哪家好，我就为她做个主。"

林氏听出了她言语中的含蓄，不由得急了，索性把话敞开了道："再过几个月就要选秀，娘娘在宫里也应该有个照应。娘娘您在宫里的荣辱兴衰，和江家一族是绑在一起的……"

阿奴冒名为江心月进宫之后，的确给江家带来了不少好处。但莲小主盛宠，江荀三年来却只被提拔了一级，他可是知道宫里不如莲小主受宠的几人，家里都鸡犬升天，甚至有人从六品一直提拔到四品大员，官运亨通。

江心月脑仁发疼，江家也不是省油的灯。他们待阿媛好是有条件的，如果她硬是不通融，就是破坏了她和江府的合作关系。江心月微闭了目，其实林氏说的没错，她和江家真的是绑在一起的，一荣俱荣，一损俱损。她毕生都不可能让皇帝知道她的真实身份，她只能永远做江家的女儿。在宫里行走，她需要江家的支持和庇佑。

她看着林氏谄媚的模样，终是不得不应允道："母亲说的是。我是江家的女儿，怎能不为族中考虑？"

林氏老态的面目上顿生笑颜，她听莲嫔说出"江家的女儿"这几个字，心里是一万个舒坦。她笑着拉过江心璃，道："璃儿不仅生了个好模样，还很聪慧，女红和琴瑟都很通。"说着，她又指向其余的几个女孩，"这几个都是庶女，若娘娘看着好，也可挑一两个进宫服侍娘娘。"

江心月冷冷一笑，林氏的野心真是不小，送一个嫡女进宫还嫌不够，还想大片撒网。她暗自摇摇头，抬眼看向低头静坐在一旁的江心璃。这女孩刚满十四岁，满脸都是稚气，此时坐在这里，手脚都缩在一起，连抬头看她一眼都不敢。

她打量了几眼，顿觉江心璃单纯胆小，不像能成事的样子。她侧目一一细看其余的几个庶女，见这些女孩全是谦卑而顺从的模样。江家的境况她是知道的，林氏不仅妒忌心重且有些手段，几个姨娘都被她死死压制着，庶女当然不会好过了。

她朝那几个庶女温言道："母亲的话你们也听到了。你们可愿意进宫来？"

几个女孩齐口称了一声"是"，再无多言。然而，在女孩们答话的时候，江心月却注意到其中一个女孩趁机抬头瞟了一眼，那眼睛里，是对面前荣宠的莲嫔的艳羡，还有，那一抹浅浅地射向林氏的不甘。

不甘！很好，她需要的正是这样的女子。

她永远都记得那个小家碧玉的冯氏庶女，那个女子的心机和胆识令她很欣赏。只有庶女，只有生来就备受压制的庶女，命运由不得自己的庶女，在无尽的卑微和欺辱之下成长起来的庶女，才能有疯狂反抗命运的力量，才能有对尊荣地位强烈的欲望，才能有在宫中争斗的野心！

她眉目婉转地看向那名女子，向林氏问道："这位妹妹本宫看着不错。叫什么名儿？"

林氏不料莲嫔没有关注自己的亲生女儿江心璃，反而去注意一位庶女，心里稍有不安，吞吐着想说点什么。不料她正犹豫，那位庶女却不知哪里来的胆量，兀自朝江心月回话道："回娘娘，臣女是三房所出庶女，江心妍。"

江心月见她这般，心里的赞赏更多了一分。林氏一听她越过自己去回话，脸上的怒色立即掩饰不住，呵斥道："妍丫头没规没矩，娘娘莫生气，臣妇回去定好好管束她。"

江心月朝她冷笑道："母亲，本宫方才就是想令她自己答话，她并无越矩之处，本宫也并未生气。"

她知道江心妍这句简单的回答需要多大的胆子。如果江心妍今日不被选中，回去之后等待她的甚至会是死——林氏不乏狠心，连亲生女儿都能逼死，怎会容忍一个蹬鼻子上脸的庶女？

她侧目细细地打量江心妍，不禁觉得她的姿色也是出众的——柳叶眉婉转轻扬，剪瞳流光，眉目如水。那是一种柔润又不失娇俏的美，虽然不及她江心月美艳冠六宫，但也绝对能令男子心痒难耐。这女孩儿拘谨地坐着，身子却很稳，坐姿也端庄，是个稳当有前途的女子。她恰到好处地低着头，尽量沉稳地掩饰自己的内心，但她眼中莹莹闪动的野心还是被江心月尽收眼底。

江心月顿了顿，才道："母亲，今年的选秀，就令心妍一人来参选吧。"

林氏顿时有些慌张，急道："心璃好歹是嫡女，她是庶女，天家选秀极重身份的……"

江心月抬手吃了一口茶，缓缓道："母亲有所不知。当今圣上喜欢的，并非是出身高贵的女子。您看我启祥宫里的柔小主便知。"

林氏不知如何反驳，只好讪讪地闭了口。江心月瞥一眼坐在一边身子稍稍发抖的江心璃，又道："母亲虽未住在龙城，但对宫中的日子也明白一二吧？"

林氏听了这话，顿时神色一凛。宫里到底是什么样的日子，她身为官家之妇当然是知道的。那一年，这位冒名的江心月被送进慎刑司，从鬼门关走了一遭，皇帝还差点把江家满门抄斩。江心月诞下公主后，便遇上陈氏祸乱，被发落成最低贱的宫女，好不容易才重新爬上嫔位。这些恐怖至极的事情，她都很清楚。

江心月见她沉思，接着道："所以本宫才认为，心妍更适合进宫。"

林氏低了头，又看看自己年幼的嫡女，最终顺服了。莲嫔的话很有道理，且莲嫔同意送一位江家女儿进宫已经是很大的恩典，她再挑三拣四恐怕不好。

第
三
十
九
章
二
阿
媛
有
难
（
一
）

江心月端着茶又吃了几口，平复心里的烦杂，对着林氏道："此事我会尽力的，可是，母亲也知道，每次选秀时，参选的人数以千计，入选的只有寥寥数名，其中还不乏家世显赫之人。这样的事情，我不敢做什么保证，只能尽力。"

林氏顿了一顿，才又笑道："这个自然。"

江心月略疲累地点一点头，不再发话。说话的这一会儿，桌上已经上齐了菜肴，嫔位的份例是六菜二汤二凉菜共计十道膳，今日夫人和小姐们来，特多加了七菜三汤，二十道膳满满地摆了整桌，道道做工考究，外观都做得极好看。江心妍看着桌上奢华精致的盛宴，眼睛都有点呆了。

宫里伴着巨大危险的富贵，真的是这般耀眼。如果有朝一日，她也能像莲嫔娘娘一样坐在这里，她的母亲就能在府里抬得起头了……

林氏一边进膳，一边说些保重身子的话，江心月也笑着谢过母亲关心。几人其乐融融，倒真像是和睦的一家。

用过了膳，花影从外头进来向江心月禀道："主子，为夫人、小姐们准备的偏殿都安置妥帖了。"

江心月点头道："夫人和妹妹们要早些歇息，待到傍晚就该出宫了。"

花影笑道："主子，皇上特地吩咐了，夫人和小姐可在宫中住上三天。"

江心月惊异道："三天？"她只是嫔位，家人进宫已经是特殊的恩典了。而宫妃家眷进宫，大多是不准过夜的。她虽不明白皇帝为何如此，心里仍欣喜万分，口中直道"谢皇上恩"。

阿媛听了也喜不自禁。花影笑看向她道："媛小姐能和娘娘多待些时日了。"

阿媛和花影是从小玩到大的，此时阿媛见花影进来，极欣喜地拉住她道："我和花影姐姐也多年未见了。"

江心月朝花影道："阿媛身子不好，一路上车马劳顿，刚刚又说了许多话，这会子一定累了。你快带她回房吧。"

花影正欲领阿媛下去，却忽地听她道："姐姐，我知道瑶仪姐姐也在宫里，我想她，也该去看看她的。"

江心月一时语塞，过了片刻才道："阿媛，宫里规矩大，你在宫里这几日，只在我的启祥宫好好待着，万不可去别处。若出去了沾惹是非，可不是你我能担待得起的。"

阿媛听了，吐吐舌头不再说了。她初进宫门时，就有姑姑和内监给讲明了规矩，这皇宫里行差踏错一步，都有可能万劫不复。就连和姐姐共处，也有那么些繁复的礼法要遵守。她点头应声道："姐姐放心，我只待在启祥宫，一步也不出去。"

林氏并几位小姐都被安置了下去，江心月唤来菊香，极郑重地吩咐道："我母亲和姊妹们头一次进宫，又要在宫里待上三天，你定要多加留心，不要生出什么乱子。尤其是我最喜爱的妹妹阿媛，她年纪小，心性十分单纯，遇上什么事都没有自保的能力。你叫花影贴身伺候她，寸步都不能离开。"

菊香神色一凛，道："娘娘说得是，这次夫人进宫算是越矩了，不少人都盯着咱们呢，尤其是上头那一位……"她说着，侧目瞥向凤昭宫的位置，又压低了声音道：

"娘娘放心，奴婢万不会让人钻了空子去。"

五月的荔枝从千里外的齐州贡进来，皇帝又特吩咐给启祥宫多分一盘，江心月全都尽数塞给了嘴馋的阿媛。她站在旁侧看着阿媛吃，只感觉这三日的时光，一寸一寸从她的掌心流淌开去都有如珍珠般滑落，可无论她怎样地握紧掌心，那些珍珠都转瞬间从指缝间漏下去，怎么抓也抓不住。

终究是太短暂了。

外头一蓬蓬的金莲开得耀眼，夏日已至，每一日都是万里晴空的好天气。起初江心月教诲阿媛少出屋，但阿媛见黎星阁里的兰贞每日在秋千上玩出许多花样，自己也按捺不住了，便拉着花影在启祥宫里四处耍玩。江心月站在窗栏前看她，倏地眼眶有些潮湿了，喃喃道：

"我的阿媛也能好好地玩了。她小的时候，连玩水都会着凉。"

眨眼便到了第三日，启祥宫的宫人均在忙碌，准备着送夫人、小姐们出宫。江心月早早地起身，正将几株山参细细地包进给阿媛的匣子里，却听外头忽有嘈杂之声，一抬眼，菊香已经惶急地奔到了她跟前，顾不得行礼道：

"主子，媛小姐去了朝露阁，奴婢刚收到消息，道是……皇上此时正在朝露阁里！"

江心月听见"朝露阁"三字，口中一急，猛地呼道："阿媛怎会去那里！本宫不是令她不要离开启祥宫半步么！"

"奴婢并不知，花影也找不见人。娘娘，您快去看看吧，皇上……皇上他也在朝露阁里啊！"

江心月一愣，才回过神来，皇帝也在，皇帝也在！她只觉一声闷雷在头顶上炸开，震得她脑仁剧痛，阿媛的容颜很美，会不会，会不会……

她已经来不及多想，唤来贵喜，和菊香一并从宫里奔出来。奔到凤昭宫时，还未叩门，便有几个执刀的神龙卫上来挡在她身前，言语无一丝恭敬地道："娘娘恕罪，皇上此时正在凤昭宫中，皇后娘娘吩咐了不许人打扰。"

"本宫有要事求见皇上！"她一手推开了侍卫，朝宫门内大呼道，"皇上——臣妾是莲嫔！皇上——"她喊着便要前去叩宫门。

宫卫得了皇后的令务必要拦住莲嫔，此时眼看要坏事，一个队长顾不上礼法上前推搡江心月几人，口里喝道："这是皇后娘娘的令，您若硬要闯宫就是重罪！"

"本宫今日就是要硬闯，是否重罪也要等本宫进去了再治罪！"什么重罪，什么皇帝，什么宫规，江心月全都顾不上了。那队长见她闹得疯狂，突地手中一抖，一把锐利的刀从他的腰间抽出来，恶狠狠地指着江心月道："娘娘若再要闯，小人可顾不上礼法了！"

刀锋的寒光逼视着江心月的眼睛，她凤眸一眯，面目顿生狠厉，接着狠狠一掌掴在眼前的队长脸上，喝道："对内廷主位执刀相向，你的胆子真够大！本宫会被怎样治罪还不得而知，而你，已是死罪！"

队长被她的掌掴和厉喝吓住，手里执着利刃竟还被迫得退却一步。那句"死罪"令他猛地惊起，他虽然有皇后的令，道"无论用何种方式都不得令莲嫔闯入"，可他执刀的动作，确实是违反宫规的死罪，一旦皇后懒得保全他……他心里怕起来，身子稍稍发抖，堪堪让开了距离。江心月趁机便想上前叩门。

"莲嫔娘娘何苦为难一个宫卫！"柔媚姣好的女声骤然响在身后，江心月猛一回头，正撞上一双蓄着漆黑暗流的眸子。来人身着淡紫的累珠叠纱凌锦，纤纤身量端然而立，清丽的面目中满是淡漠。

"澹台瑶仪！"江心月抬手一指她，怒道："你和我姐妹决裂也就罢了，你竟然要害阿媛！"

瑶仪掩嘴吃吃一笑，声色却愈加冷冽："娘娘说笑了，嫔妾哪里是害阿媛姑娘呢？能得帝王青眼是多大的福分，阿媛姑娘应感谢嫔妾呢！"

江心月心中的怒火暴起，再也按压不住。她三两步行至瑶仪面前，两手开弓，一掌又一掌狠厉决绝地掴下去："今日你在此阻止我救亲妹，我便打到你死再去闯宫！"

四周一众宫人侍卫全都被这动作吓住了，"噼啪"的掌嘴声在空旷的宫门前仿佛要响彻云霄。瑶仪嘴角渐渐淌出鲜红，却仍然不肯让开，她知道若今日莲嫔进去了，皇后是不会饶过自己的。

就是昨日，皇后满面得意地朝她笑道：

"莲嫔对待几个妹妹，当真是厚此薄彼，以为旁人看不出来么？"一声冷笑，皇后幽幽地继续道，"那些江家女儿里头，只有一个是莲嫔真心疼爱的妹妹，疼爱得都舍不得送去选秀，反而选了一个姿色不如那姑娘的庶女……本宫要落子，也得落在莲嫔的心头肉上……"

瑶仪听得惊惧，却是不得不从。礼亲王府倒了之后，澹台一族少不得被牵连，若不是皇后襄助，她的族人怕是早被帝王血洗了。什么姐妹，什么情谊……如今她不过是皇后手里的布偶，全族人都要靠皇后提携，她怎敢有半分违抗！

瑶仪身侧的宫女要上前拉开二人，却被贵喜一脚踹倒。江心月打了十几掌，看瑶仪竟还挺身站立不肯让步，突然两眼涌出泪水来。不是愤懑，不是伤心，是绝望！挡在宫门口的是凶神恶煞的宫卫，面前是受皇后之命来阻止自己的瑶仪，而宫门内，是陷入泥沼的阿媛！该怎样才能闯进去！怎样才能闯进去啊！

第四十章 三
阿嫒有难（二）

　　阿嫒在她的心里到底有多高的地位，只有她自己才知道。那一年黄河决口，漫天的大水，爹和兄长都死了，逃难到龙城的她又眼睁睁看着母亲饿死。她怀里抱着奄奄一息的阿嫒，她只有阿嫒一人了，她那个时候就发誓自己死了也会保护阿嫒。

　　就连她的女儿也被取名嫒嫒。她的阿嫒不可以有事，皇后上官合子，皇帝郑昀睿，你们……都绝不可伤害我的阿嫒！

　　二人推搡之时，近旁的宫卫仍挡在宫门前，无一丝让步的样子。突然间，一个蟒服外臣的身影一晃，就出现在了距二人稍远处的青石路上。他并无惊异地看着两位宫妃推搡，只稳稳地行礼，高声道："微臣给莲嫔娘娘请安，给纯小主请安。"

　　江心月被突然的男子声音唬得一愣，停下手去看他。那男子相貌很丑，顶着一个秃肥的脑袋，身子油光肥硕。那几个宫卫见了他，却突然敬畏起来，行礼道："岳大人是要求见皇上么？"

　　岳建充对宫卫们微微颔首道："正是。"他说着抬头看一眼一旁的江心月，又加了一句道："此事很紧急，本官要立刻见到圣上。"

　　国事历来都是最要紧的，尤其是岳大人要禀报的国事，他如今是皇帝眼前的红人，几乎每日都要被帝王传召去乾清宫议事。外臣不得进入后宫院落，故而岳建充只是等在宫门口，等待帝王亲自出来。门口传话的内监不敢耽搁，打开宫门，进去通传。

江心月看着他，突然感觉手里有一丝丝的生机，国事是么……

片刻的等待之中，细细密密的汗珠已经爬满了江心月的面额，她紧攥着濡湿的衣袖，可宫门依旧紧闭。惶急之间，宫门里头突地传来一阵嘈杂。

"啊——"那是女子的声音，惨烈呼痛的声音。江心月的双眸猛地一缩，阿媛，是阿媛么？天哪，天哪……她猛地冲至宫门前，那个队长依旧要来拦住她，她双目紧紧逼着那刀锋，猛烈而决然地，她抬手用臂膀挡开刀剑，血红的颜色瞬间绽开。宫卫们被吓住了，那个队长更是扔下了刀，颤抖地跪了下去。

众人惊惧的瞬间，她抬腿踹开凤昭宫的宫门，挺身而入。朝露阁就在凤昭宫主殿的东侧，无数的姑姑和内监都要来拦她，她疯了一般地往里跑去。贵喜和菊香此时都慌了，却听得主子喝道："今日就是死也要进去！"

贵喜得令，立刻两手拖住了正在拉扯江心月的一个内监。终于，终于她闯到朝露阁，紧锁的阁门她却无论如何也踢不开。她一边被皇后的宫人拖拽着，一边声嘶力竭地大喊："皇上，岳大人求见皇上，是最要紧的国事，皇上——"

国事，只要是国事，郑昀睿再如何都会出来的。今日岳建充能够来，就是老天在帮她。她被那些粗暴的宫人压倒在地上，被划伤的右臂已经整条袖子都是血红，她嘶哑着嗓子喊，喊了很多声，而里面，惨烈的呼痛声夹杂着断断续续的喊话声，揪得她几乎心神俱焚。

紧闭的殿门之内，一个不省人事的绝色女子正瘫在榻上。

殿门外的嘈杂始终未曾停止，吵得他不得安宁。他烦躁地摇一摇头，却有两个字如刺骨的针一般扎进了耳中——"国事"。

他突地有些清醒，再侧耳一听，这声音，这声音……因为是真心的喜欢，所以那个女子所有的印记都深深地烙在他的心上，不仅是容颜，还有声音、气息、喜好，一切他都再熟悉不过。而现在，那声音正响在门外，凄厉而痛苦！

　　他倏地站起身，却觉头脑一阵阵地眩晕。听着殿外揪心的呼喊声，他也顾不得身份，随手端过小几上的海棠雕锦鲤花樽，将其中的水尽数洒在脸上。随意扯过外袍披起，他猛地推开殿门朝外喝道："开宫门！"

　　沉重的朱红色宫门缓缓滑开，门外，那个女子，半身都染着血……帝王的眸色骤然缩紧，脑中的模糊被驱散得一干二净，脚步急遽慌张地奔过去，失色呼道："心月！"

　　江心月的双唇簌簌地抖动着，怔怔看向殿内——那地面上是凌乱的衣衫和杂物。是不是，阿媛已经被……她脑中一急，心神都被打乱了，脚下半步也迈不动，只喃喃唤道："阿媛——"

　　菊香反应极快，已经趁乱冲进了殿内，她将榻上的阿媛扶起，再一探查终于沉下心来，阿媛只是昏迷，并没有受到任何的伤害。她命贵喜回宫拿干净的衣物，再出殿门对着主子直呼道："无事，媛小姐无事！"

　　一句"无事"，江心月的全身都松垮了下来。然而，她侧目，却看到院落里——血，大摊的血，包围着一个熟悉而瘦弱的身子。她踉跄地奔过去，她看到在侧的是几个手执廷杖的孔武内监，腥气猛烈地扑来。她一脚踏在血里，俯身，想把地上的女子扶起来。

　　手里的身体软得像水，她轻微地摇动，却得不到一丝回应。她倏地一惊，有巨大的恐惧漫过心头。

　　明德十一年五月二十二日，花影被杖毙于朝露阁。

　　这个日子，江心月永生都不会忘记。

　　软烟罗绢的里衣浸着汗，濡湿地贴在身上，像是涸泽之鱼身上干乎乎的黏膜，作茧自缚。江心月极难受地微动了下身子，眼帘猛然大大地张开，口中喘息不止。

　　"又在梦魇么？"温润的男子的气息在耳边响起，江心月方才镇定了心神，淡漠地拘礼道："已经第三日了，皇上不应再留在启祥宫了。"

　　连日的梦魇如潮水般剧烈地涌动着，她每次闭上眼睛，周遭的世界便全是血红的，手里捧着的就是花影小小的身子。这刺目的颜色在这深宫里已经司空见惯，可是，可是这一次……被那残酷颜色所包裹的是花影。

菊香后来才告诉她，那一日一大早她还没起身，江心月也睡着，是纯容华派人来请了阿媛，阿媛一听是瑶仪，半句也不听劝就要去。花影在后头跟着去，没想到，瑶仪不在，在的只有帝王。花影闻出了朝露阁里迷迭香的味道，拼了命地阻止，无奈皇帝已经神志不清，她一个宫女怎样都难以挽回。而皇后见她认出了迷迭香，更是留不得她，当场便命杖毙。

花影在被杖打时，依旧在朝着殿内喊，喊皇帝，喊阿媛。

江心月的耳中嗡嗡作响，是那一日惨烈的呼痛声，是花影留给她最后的声音。为何她身边的人会一个个离去，爹和娘是这样，花影也是这样。

儿时她们都是最好的姐妹，花影也没有亲人，她孤身一人，便把姐妹认作亲人。那个时候花影也很喜欢瑶仪的——可是她最后死在了瑶仪的朝露阁里。

宫里的杀戮和险恶一次次地将她们逼入深渊，渐渐长大的花影没了少女的单纯，多的是忧患之感，她总会在闲暇时教江心月一些医术，她说："哪一日我不在了，阿奴姐也要保护好自己。"

为什么要那样说啊，为什么啊？

皇帝见她又在出神，不由得轻揽过她的臂膀，小心地避开她的伤处，道："澹台氏竟敢以迷迭香蛊惑朕，还有皇后宫里那些大胆的宫卫，朕已将他们都处置了。"

江心月苦苦一笑，处置宫卫？那些宫卫也是无辜，他们受了皇后的令，却被帝王当场处死。而澹台瑶仪……想到这个名字，江心月心里已是恨极，脱口而出道："她怀了身孕，又能怎样处置呢？"

那一日在朝露阁，帝王震怒，可瑶仪却那么好运气，不知何时有了身孕。

皇帝厌恶地蹙眉，道："有孕又如何？朕已将她降为最末等的更衣，禁足朝露阁，待产下龙胎便迁入冷宫去。"

"这处置……未免过重了吧？"江心月虽恨瑶仪，但也不由得惊诧。

"若不是她有孕，朕便会赐死她。"皇帝愤然道。澹台氏屋里点了迷迭香，害他把江家二小姐错认为心月，若他真没控制住，那心月这辈子都会恨煞了自己吧……他开了宫门后，竟看见心月被砍伤。那些宫卫自然别想活命，而澹台氏，这贱人敢算计他的心月，留她性命已经是仁慈。

第
四
十
一
章
二

良
妃
掌
宫

"皇后……"皇帝说着低沉了声色道,"她掌宫不力,自己宫里都能出迷迭香的事。朕方才下了旨,让良妃协理六宫,帮着她管事。"

皇帝在凤昭宫震怒时,皇后一口一个冤枉道,以为皇帝在朝露阁临幸纯容华,这种时候当然不许人进来,所以才命宫卫和内监们拦住莲嫔。那个被打死的宫女,也是因她在圣驾面前冲撞,拦都拦不住才命杖毙。她既不知里头躺着的不是纯容华,也不知里头点了迷迭香。皇后看似无辜,可皇帝哪肯被她蒙骗了去?算计江二小姐的事她到底参与了多少?是主使还是推波助澜的人?皇帝虽然宠了皇后多年,也少不得削她的权以做惩戒。

江心月本想不到皇后也会受惩处。澹台瑶仪虽然未死,也是下场凄惨了。这一事过去,她和阿媛都未有损害,看似是此事的赢家。可是,可是……谁会去管那个被杖毙的小宫女呢?在江心月看来,这一遭的难,她输得血本无归。

阿媛出宫的时候,边哭着边对她道:"姐,我再也不会进宫了,是我害死了花影姐。这宫里是吃人的地方,瑶仪姐那么好的人,竟然……竟然做出这样的事,这宫里还有姐妹,还有情谊么?我再也不会进来了,我好怕我下一次来,就会害了姐姐你……"

阿媛从小被她拼命保护着长大，单纯得一点心机也没有，自始至终都认为人可以善良一辈子，姐妹可以做一辈子，可她不明白人为什么会变。她只觉得这宫里是地狱，夺走了花影姐姐，也夺走了瑶仪姐姐。

江心月缓缓闭目，这宫里可不就是地狱么。花影因瑶仪而死，多么讽刺的事啊。

她侧目，见已经陪了她三日的皇帝还没有走的意思，便冷冷地开口劝他离开。虽然此事皇帝也是受了药物蛊惑，但无论是人为还是什么，她的阿媛差点被毁了终身，花影丧命，这笔账，她多多少少都要迁怒到皇帝头上。

皇帝见她言语疏离，也不好再多待下去，面色愁苦地出了启祥宫。

他确实是无辜，那迷迭香哪是人力能抵抗的。可是看着江心月痛苦的模样，他就觉着自己有罪一般。真是，谁先动情谁就输掉，这话一点也不错。

遣走了皇帝，江心月疲累地往下一躺，怔怔望着房檐出神。半晌菊香进来，手里捧着一只香郁的锦盒道："主子，良妃娘娘派人送了些犀角和干鹿茸，都是给主子入药治刀伤用的。"

江心月回过头去，菊香便打开了锦盒让她细看。她淡淡扫一眼，道："我虽只学了些毛皮的医术，也知道都是上品之物。良妃此举有投桃之意。"

良妃此人是江心月颇欣赏的，她品性好，又不似贤妃那样无能，只是多年来无宠无权只求自保，所以湮没在这深宫里了。这次皇帝为了打压皇后，选择她来分掌后宫大权，也是肯定她的才干。

然而皇后即便被打压，也是宫里谁也不可撼动的。良妃头一次掌宫权，多少有些惧怕皇后，这才主动向她示好，以求拉拢上更多的力量。江心月思忖片刻，朝菊香点头道："我如今的处境，正需要良妃这样的帮衬。既然人家来投桃了，我们也应该报李。我的妆匣中还有一些未打磨的红宝石，你去包好了作为回礼吧。良妃娘娘多年轻简素淡，如今终于掌权，也该佩戴些贵重的首饰，才不会被皇后看轻了去。"

菊香应声去妆匣中挑拣。她一边选着，一边带了些笑颜道："皇上身为帝王，心思却细腻。主子您受伤忌食腥辣，皇上怕小厨房伺候不周，特地赏赐了一位江南的厨子，命做些清淡的、利于静养之食。"

江心月听了，勉强勾起嘴角应了一声。花影好端端地就没了，菊香也是难过，却还要想方设法找些话来哄她开心。她不想辜负菊香的好意，就勉强地笑着，可无论她怎么努力，那笑颜都比哭还难看。

伤怀间，她略略移目，却正看见良妃送来的那一盒药材，猛地触景生情，眼泪当即止不住了道："花影曾教我医术，我却从不肯好好学。"她呜咽着，抬手朝着菊香道："菊香，快把库房里的医书翻出来。我要学，花影她要我学的……"

菊香看主子流泪，霎时慌了手脚，再一看主子的目光定在那盒药材上，方才明了，立刻把那盒子塞给一个小宫女令藏进库房里。江心月还在哭，菊香上前去拍着她的脊背，哄着道："花影姑娘是怕主子无法自保，才教主子学医术。但医术很难，不若我们去培植一位太医来保护主子……"

主子见了一盒药材都止不住泪水，如果天天对着医书，那还怎么得了。

"不，我就是要学！"江心月摇头道，"我如果会了医术，就像花影还在身边一样，就好像从来没有失去。"

菊香微叹一声，终于不再阻止。自己这个主子，在这满宫里也算少见的了，不论是当年对梁采女，还是如今对花影，都是少见的重情谊。

她看主子仍伤心难以自拔，便吩咐外头将瑞安公主抱过来，哄主子开心。宫人得令而去，她又在搜肠刮肚地想法子，想有什么开心的事可以说。

突然地，她一拍脑门，对江心月道："主子，还有一事奴婢要向您禀报。那一日，岳大人因国事求见皇上……"

江心月才想起了这事，道："岳大人那时来，我只觉得就像老天在帮我一般。菊香，我们应当去拜谢贤妃娘娘。"

"可用不着拜谢呢。"菊香面上竟然有了喜色的笑，道，"媛小姐说了，那位岳大人是在进宫门时遇上的。那时大人正被淮阳公主取笑，说应该去弄些长头发的药材来吃，脑袋不秃的话总不会这样丑……岳大人是个爽朗的人，看见恰走至身侧的媛小姐，就问小姐是否觉得他很丑。媛小姐心性过于单纯，陌生人问话也回答，就说了句'虽然丑，但看着讨喜'，岳大人就被逗笑了。"菊香絮絮地一长串话说完，才道，"主子您真以为岳大人是有国事求见皇上么？"

江心月终于忍不住笑了，道："那真是岳大人对阿媛有恩了。岳大人一番相貌确实讨喜！那圆溜溜的脑袋，油滚滚的身子，看了就想笑！"她低头思忖半日，道："不过菊香，这都是些没影的事，且要看阿媛她有没有那份心。毕竟岳大人确实……唉，怎会那么丑……"

"那您这是嫌弃岳大人了？主子，人不可貌相啊。"菊香道，"如果阿媛小姐喜欢，又怎么会挑剔他的外表呢？"

江心月点头笑笑，复又抱过公主来逗弄。几日下来心中郁郁，只有此时她才觉得有些好受。

皇帝从启祥宫回去之后，便拟旨，道"莲嫔受刀伤，惊惧难安，晋位贵嫔以示安抚"。几日之后，皇帝又踏足了莜月殿，无奈被江心月冷脸相对，尴尬至极地退出来。之后皇帝就不敢再来，却对偏殿的柔宝林愈加隆宠。

这一年夏日少雨，炎热就更甚了几分。各色的冰碗和瓜果流水一般地送去启祥宫，待到皇后问及"其余宫的姐妹略有微词，是否应均衡分配"时，皇帝不置可否地笑笑，面露些许的宠溺道："兰贞一贯怕热。"

江心月一点也不想理会皇帝到底隆宠哪个，她享用着那些从江南千里运来的瓜果，却依旧冷着脸面对帝王。她关心良妃和皇后之间的琐事，然后在需要她的时候，或在暗处，或在明处，利用她的权势放置一些让皇后头疼的绊脚石。她晋位贵嫔后，六嫔之首迟迟未有人顶上，依着宫里的规矩，她依然握着掌管低阶嫔妃的权力。

她还关心的是降位之后幽禁在朝露阁的澹台瑶仪。她不会毒辣到暗害瑶仪腹中的孩子来复仇，可是她不会放过瑶仪这个人。

第四十二章　二
新秀入宫

　　她常常地梦魇，然后心烦意乱，只好去宫花苑较偏远的角落里，去看攀在宫墙上蓝紫的"夕颜"，去看一蓬蓬粉蕊垂枝的蔷薇，去喂食那些贪婪又憨态的鸽子。乾清宫和凤昭宫近处的花圃中，尽是名贵的蝴蝶兰和百合，她喜欢那些花儿，却从不想去看。

　　然而无论多么幽静，她的生活仍是被波澜翻搅着，因为这是深宫之中，哪里能得静谧呢?

　　那一日黄昏，她正在幽沁园的秋千上闲坐，迷醉氤氲的红霞散着淡淡的余热。从那鱼塘影影绰绰的垂柳之中，轻盈地闪过一个娇小的身影，身后跟着数十名内监和姑姑。

　　江心月的脊背僵硬着，她默默注视着眼前的女子在看到她后，被身后的姑姑们快速而粗鲁地拖拽着离去。菊香在身侧，面色悯然地道："丽妃……"

　　江心月突地深深垂下头，不无歉疚地道："是我不好，我早该想到不应该来这一处。丽妃能够出宫门很不容易，如果没有遇上我，她还能在外头多待一会儿。"

　　原本，丽妃独居在华阳宫，被皇后软禁，华阳宫已然是牢狱一般的地

547

方了。但后来皇后觉着禁足和亲公主传出去不大好听，为着颜面着想，就下懿旨将她赦了出来。现在的丽妃间或有出宫门的机会，但出来了也是在华阳宫附近，且有大批的宫人跟随。

江心月心神郁郁地回了宫。丽妃无助的样子，那么像最后绝望而凄厉嘶喊的花影。

八月时，繁盛了一夏的凤凰花终于到了落下的时节，"扑"的一声，绵软的红瓣跌在泥土里，艳艳的颜色终究不复存在。而此时的宫墙内，蕙兰和秋海棠正吐纳明辉，皇家喜好的菊开在宫花苑最显眼的花圃中，品类繁多不胜数。

三年一次的选秀，也在这个明朗的秋季到来了。

"这日子过得真快，眨眼间，又有新人进宫了。"良妃端庄的容色里蓄着淡然的寂寥，手腕轻抖，将白子随意地落在一处。

她已经过了风华正茂的年纪，即便端庄，也难得圣宠了。江心月这几月来和皇帝冷漠着，但仍是受宠之人，此时听了良妃的寂寥，免不得劝慰她道："姐姐怎用担心那些新人。今年的选秀，皇上特命姐姐和皇后一同协理，姐姐的宫权也越发稳当了。"

选秀是要紧的大事，按大周朝的规矩，殿选时除了皇帝亲临，皇后、皇太后也会参与甄选。今年皇帝令良妃协理，算是殊荣了。

良妃是清秀温润的女子，容长脸儿，唇角生来有着淡雅的弧度，那是一种淡淡的、眉眼不惊的美，不惊艳却看得人很舒服。她随着江心月的话换上了笑颜，道："殿选已经过了两日，明日就是你家妹子面圣的日子。你放心，那姑娘为人稳妥，难叫人挑出错去，殿选也应会顺利的。"

从入宫，到初选，复选，这其中的难关不少，尤其皇后早盯上了江家送来的秀女，还好有良妃从内周旋。江心月感激地道："多谢姐姐这些日子帮衬家妹。"

"我哪有帮衬什么。"良妃说到此处笑了，"就算没有我，江姑娘入选的可能也很大。殿选依照的是其族中官职次序，前两日那些秀女都是出身高的，可皇上偏偏看不上，几个龙城重臣家的女子都撂了牌子。我看着，最后一日才会多选呢。"

江心月闻言心里也明了，皇帝是不会看重那些权臣家的女儿的。如今大周天下尽在皇帝的掌控之中，朝堂之上岳大人权势虽大，但岳家其余诸人再无高官者；另外，年迈的左相已经在任三十余年却从未有什么重权，只是德高望重；武将中上柱国大将军一职一再空缺，其下姚大将军威望最高，但另有一位年轻将领十分得皇帝看重，那年轻人血气方刚，丝毫不惧姚将军，二人整日相争。这样的局面，再无陈氏外戚独大之景。皇帝小心地制衡着朝堂，至于选秀，皇帝也更偏爱那些非世族出身的女子。

江家官位低，反倒是江心妍入选的优势了。

良妃又絮絮地说了这两日选秀的情形。说到入选的秀女，她朝着江心月露出些许的苦笑，道："有一位傅氏很出众。容貌出挑，人又聪慧，其余的那些都被她比了下去。"

"聪慧？是如何的聪慧？"江心月无半点的忧虑，依旧浅笑着问道。

"她有才情，心机也不浅。"良妃徐徐地道，"她前头的是一位内阁大学士之女，文采斐然，赋诗颂大周盛世，皇上看了也喜欢。谁知她却作诗颂太祖长孙皇后，隐喻地指出女子应勤修内德，不应关心政事朝堂。二人的才情都是一等一的出众，可这寓意就……皇上心下一比较，当即撂了那位大学士之女的牌子，还大加赞赏傅氏。"

"原来就是这等手段。"江心月听了，淡淡移过眼去，道，"傅氏有些心思，但过于激进出挑了——赞颂长孙皇后，怕也少不了给自己贴金。若深究起来，她何德何能与长孙皇后相较？"

良妃一听，方才有些明白，道："妹妹说得是呢，傅氏的诗中多是溢美之词，尽述了自己如何效仿长孙皇后。效仿？难道她也想有朝一日得到长孙皇后的地位么？"

江心月点头，抬眼对身侧的菊香吩咐道："心妍明日就要面圣。你去给她送一叠千层藕花包心糖糕，只当是我做姐姐的心意了。"

第三日的殿选，入选者也不是非常多，然而比起前两日算多的了。新晋秀女共计七位，由于出身都不高，故封位远不如三年前那一次的了。其中傅氏最得圣眷，封位才人；其余最高者仅为常在，多数为采女、更衣。

江氏庶女江心妍的封位是最末等的更衣，但唯有她一人得了封号，是一字"涵"。

涵更衣至启祥宫拜见时，江心月正哄着媛媛吃一碗桂花薏米粥。媛媛是个有些挑剔的孩子，不爱吃米粥却偏爱甜食，江心月本不想惯着她，无奈皇帝特地命人送来了香露给媛媛下饭，媛媛就赖上了那些珍贵的香露。

"嫔妾给莲贵嫔娘娘请安——"声音柔润不失清脆。江心月命晴芳抱着媛媛下去，温和地叫起道："你刚获赐了宫殿安置下来，也不怕劳累就赶着来请安。"

江心妍起身，再行一礼，口中道："妹妹给长姊请安，谢长姊提携之恩。"

"什么提携呢，是你自己争气。"江心月阖一阖眼帘，素手拈起盘中的一块花糕，轻言道，"身为宫中女子，端持内敛最是要紧，就像这包心的糖糕，表面上看着不出彩，内里却是甜美的。"

江心妍点头，那一曲静缓流淌而出的《月夜》，琴技算不上顶尖却被帝王赞赏为"娴雅涵韵"。故此容貌不是倾城绝色，出身也卑微的她才能在七名入选秀女中分得一席之地。

屋内一时静默。江心月不经意间多打量了几眼"妹妹"，忽地有种时光沉沦之感。三年前她也是这般低微的新晋秀女，是礼亲王手中的棋子，是孝贞懿皇后对付淑、惠二妃的棋子。可是现在呢？她是启祥宫的主位莲贵嫔，有依附于自己的兰贞，有恭绵贵妃最后留给她的诸多的人手，如今又进来一个帮衬她的庶妹。

原来此时的她，已经是一个棋手了。与良妃结党，与皇后对抗，她已经有能力在这宫里翻云覆雨。

"你刚刚入宫，若有不习惯之处，就来和我说。"江心月说着，褪了一个紫玉手钏给江心妍套上。

"宫中吃住都是上品，哪里会有不习惯呢。"江心妍接了手钏，声色稍稍发滞，但仍是稳了声回答。

江心月看她神色稳当，轻轻点头道："那便最好。"

江心妍被赐居的宫殿是瑜景宫麟暄阁，虽无主位在头上压着，但巧在傅才人与她同居一宫。新晋秀女之中，皇帝最钟爱傅才人，她又是有些手段的人，江心妍自然不愿和她共处一宫。

江心月静坐看着江心妍面上掩饰不去的愁苦，玉指轻抚案几上的一株嫩黄的文心兰，默然了半晌才道："傅氏终有些抢阳斗胜的心思。你既然得了'涵'字封号，就不应和她一般见识。皇上宠她一时，却不见得会宠得长久。"

江心妍垂首应了声"是"，眉眼中的沉稳之色更多了一分。

二人又说了些闲话，江心妍告辞离去时，周遭已是黑而漫长的夜晚。侧耳细细听闻，凤鸾春恩车辚辚的声音远远近近地响着，江心月端然静坐，仿佛还能听到轿中女子柔媚而得意的笑声。

菊香执着银剪刀轻挑烛心，烛火"扑"的一声跃动起来，殿内又多了几分明亮。她回头朝江心月道："果然，皇上头一个召幸的就是傅才人。"

"我当年进宫时，谨贵人也是头一个被召幸的。"江心月轻声道，又兀自一笑，"是我言语有所差池。谨贵人之流怎能和傅才人相比。"

"可是娘娘……分派宫殿住所是皇后操持的。"菊香言及此，面色覆上一层郁郁，道，"原本皇后娘娘将傅才人赐居无主位又无宠妃的瑜景宫，却不料涵更衣跟在后头进来了。"

如果瑜景宫仅有傅才人一个新晋的宫妃，那傅才人就是交到了好运，皇后的拉拢之意昭然若揭。但是，皇后不承想良妃会特意将涵更衣安置在瑜景宫。

"瑜景宫里没有主位，更没有当年惠妃那样肆意张扬的高位。"江心月目色淡然如水，缓缓出言道，"如果一个傅才人她都无力抵挡，那她也不配做本宫的帮衬了。"

把江心妍安置在瑜景宫，是她刻意为之，无非是为了历练她。至于皇后……还是一贯的雷厉风行，这么急就拉拢了新晋宫妃中最得宠的。

第二日，傅才人被晋位为美人。当晚，皇帝依旧召幸了她。

待到第三日，傅美人再次被帝王翻了牌子时，满宫已经是抑制不住地躁动。

傅美人的才名不输于三年前入宫的上官合子。五日之后的中秋家宴上，她以菊为意，咏诵八篇寓旨不同的诗赋作为献礼，博得帝王大悦。那一日，贤妃进献了一匹吐蕃雪狐裘以求帝王欢心，如此稀世珍品却被那八篇咏菊压得半点无光。

皇帝酒过三巡兴起，当即将傅美人的座次安置在自己的右手侧，与左手侧的皇后同高。此时应着傅美人咏菊诗的意兴，各宫嫔妃均在对诗作赋。傅美人与帝王共饮了几杯，突地转首，目光定定地盯在席位稍远的兰贞身上，在皇帝耳畔幽幽道：

"听闻柔美人一贯是活络的，怎的今日缄默了呢？"

皇帝正宠溺她，丝毫不以为意地道："你想和她对诗，就玩去吧。"

江心月的席位趋前，却已经能瞧见兰贞面目上泛起的青白。纵然兰贞平日再能忍，此时被傅美人戳穿了底细讽刺，面上也再难以平息。

她奴籍的出身在这宫里是最刺目的异类，连姓氏都无法拥有，当然不可能有念书识字的机会。两日前，傅美人与皇帝同辇赏菊，皇帝遇见了兰贞后就抛下她去了黎星阁，她遂积怨心中。她被耀眼的荣光晃晕了头，对出身卑贱却同她一样隆宠的兰贞深深地不屑，便这样轻浮地挑起了争端。

对于兰贞的宠，莫说傅美人，宫内的其余女子也是极其厌恶的，那是出身高贵的千金贵女们对于贱奴的厌恶。此时，她们也等待着这出戏的下文。终于，兰贞从座上立起，却是言语无一丝波澜地开口道：

"嫔妾浅薄，不通诗书。"

凌空有暗笑声，在座者多没想到她会直白地承认"浅薄"。

傅美人柳眉一挑，顿觉这位柔美人比自己所听闻的还要倔强。她婉转地一瞥，继续道："我进宫时日不多，只知宫中的姐妹们都以谦逊为德。可此时既然是家宴，诸位姐妹都赋诗助兴，柔美人也不要再谦逊了。"

她是不想罢休的，进宫时日不多，便是说她并不了解柔美人的出身——她必要令这位柔美人亲口说出来，说自己是贱奴出身。

兰贞一双上挑的凤目向旁侧一扫，将目光移至傅美人肆意谑笑的面容上道："本小主文采虽不足，德行却万万不敢有亏。本小主谨记着一句话——女子无才便是德。"

"那柔美人是在讥讽本小主与诸位姐妹失德了么？"傅美人抓住了她言语上的纰漏，面上得意之色更甚。

兰贞唇角不经意间上扬，她迎着傅美人耳边轻盈垂下的紫英石的流光，声色冷然："本小主所言'无德'，指的是你一人，并非其余的姐妹。你我位分同为美人，你却无封号。傅美人，你在本小主面前竟不用敬称，可不是失德么！"

兰贞一向隆宠，已经由宝林晋位为美人了。

江心月闻言便微蹙了眉，兰贞太倔强，要么忍下来，要么出言反击就是锋芒尽显的锐利，傅美人风头正盛她也丝毫不顾忌。

傅美人面目上的自得被这刀锋刮得半点也无，她不用敬语并非刻意的张扬，而是她醉在今晚的荣光上，一时间忘了兰贞比自己多出个封号。然而她即便理亏，却不想就此低头，便用刀子般的目色剜着兰贞，反唇相讥之语几乎就要脱口而出了。她又侧目去看皇帝的面色，想自己几日来得势，定会得到偏袒。

皇帝却正回首和皇后低语，丝毫不想理睬这一边的风波。她面色渐有尴尬，顿觉皇帝冷漠之中的龙威极重，口中的话也不敢再说出了。她吞吐了片刻，低低地称了一声"嫔妾疏忽"，便坐下不语。

"傅美人也不是放肆蠢笨之人。"在侧的云贵嫔轻笑了一声道。

江心月朝着远远的席位处看去，那是末流低阶嫔妃的座位，其中涵更衣离得太远，身影模糊得几乎看不清。帝王连幸傅美人三日后，第四日轮流召幸新人，涵更衣是第三个被召幸的，另有两名新妃至今未得幸。除了傅美人晋位之外，其余人再无晋封或赐号。

中秋宴上，良妃安排了一位未得幸的采女献琴艺，无奈帝王半点不动心，专顾着那傅美人去了。

中秋之后，皇帝依旧眷恋傅美人，同时未忘怀旧人。皇后是每月固定的日子从不会缺，云贵嫔、宛修容、柔美人一众一如从前。只是良妃掌宫后皇帝渐渐地看重她，她原本薄宠，如今是固宠了。

江心月是一月有两三次的雨露，她对皇帝不再冷漠，一是迷迭香之事皇帝确实无辜，二是新妃进宫，新人、旧人娇宠在侧，她哪里敢任性冷落君王。

她有着掌宫的权势，尤其新晋的宫妃们都是低位，都要她来管束。本来，六嫔之首的权柄较小，如之前的祥嫔因有淑、惠二妃掌宫，宫中的事并没有她置喙的权力。可是如今皇帝有心要分皇后的权柄，不仅扶持良妃，对她也多有偏袒，她位分不高却已经握了不少权柄。

满宫之内都有恭绵贵妃留给她的人手，不是很多，但也不是很少，让她不必费太多心思去培植势力。宫廷嫔妃众多，杂乱琐碎，因上有皇后和良妃掌宫，所以她需要打理的均是些琐碎的小事。她一日日地忙碌着，手中握权也觉得踏实。内务府的刘康对她很客气，暗中也常为她行方便，她处事就越发顺畅了。

自良妃掌宫之后，皇后怒不可遏，却不敢有怨言，只能愈加强势地压制良妃与江心月一众。良妃多年淡泊，皇后又是巾帼不让须眉的精干，良妃难免被她弹压住，没法子的时候便只能找江心月商议。

江心月常至良妃的衍庆宫里小坐，或为正事，或是闲话。良妃棋艺甚精妙，在江心月面前也不拘束，每次杀得她大败而归，江心月却以败为乐了。闲暇时，良妃往日的孤苦终于随着帝王的固宠渐渐消散，江心月口中向她贺喜，心里却默然冷冷。郑昀睿的为帝之策简直是经商之策，其原则就是一个利字，良妃牵制皇后有功便给予宠爱为报酬，往昔良妃没有为他做事效劳，品性再出众也得不到丝毫眷顾。

新妃入宫的锋芒尽数集中在傅美人一人身上。两个没有被宠幸的新妃竟然永远地被帝王抛之脑后，宫人们谈笑嘲讽过后，就再也无人记起她们了。

第四十四章 二

纯更衣

九月的一日，禁闭在朝露阁的澹台瑶仪突有滑胎之象，皇后急急招来御医诊治后，终于稳住了龙胎。御医诊出纯更衣是因心绪不宁，郁结不畅导致胎象不稳，皇后禀明了皇帝，最终皇帝为子嗣着想，赦了纯更衣的禁足。

朝露阁是皇后曾经的住处，后有澹台瑶仪复宠，其内的布置趋于奢华。而如今澹台瑶仪触怒皇帝，被重重处罚，里面早已是蒙了尘翳晦暗无光的死寂。江心月由菊香扶着缓慢而端稳地踏进去，院内伺候的宫人半个也没有，殿门紧闭，厚重的帷幔及地，覆盖着殿内的情景。

她小心地轻轻移过目去，瞥着那东侧的角落，却又猛然回过头来。时隔数月，那一日淋漓的血迹早已不复存在，可她仍然不敢直视。

由于没有通传的人，江心月只好自己上前，抬手，用力推开了门。室内的晦暗扑面而来，从八角玲珑门往内室窥探过去，便瞥见纯更衣软软地卧在榻上，一张蜡黄的脸泛着病色。殿内倒是有两个侍奉的宫女，守在她的身侧，看着还有些尽心的样子。

"澹台氏倒是好福气。"随着江心月轻移的莲步入内，一句淡漠的话缓缓从口中脱出。她复瞥一眼两个起身行礼的宫女，道："你们做事用心，该赏。皇后娘娘很是照应澹台氏。"

两个宫女口称"不敢"，却没有否认她的话。她们的确是皇后送来照应纯更衣的，皇后娘娘有过吩咐，定要保得纯更衣的龙胎无事，她们当然尽心。

澹台瑶仪半阖的眼帘微微抖动，无神的目光缓缓定至来人身上。看清来人后，她搭在被衾上的两手暗自一缩，方才缓言道："你来了？"

江心月揽裙坐于榻侧的圆凳上，端然俯视着她道："澹台氏数月幽闭，是否忘了规矩？对本宫怎不用敬语？"

她不称"瑶仪"，也不称"纯更衣"，只是唤她为澹台氏。因她是获罪被处置，江心月是内廷主位，是可以用对待罪妇的方式来称呼她的。

瑶仪面色猛地一紧，半晌才道："是罪妾失言。罪妾拜见莲贵嫔娘娘。"说着她在床上深深叩头下去。

江心月默然注视着她将礼节周全了，突地低沉了声色道："你我能走到这一步，当初是万万料不到的。"

瑶仪听了这话，突地神色凛然了，高声嘶喊道："我没有想到会这样！我没有想到花影会死！皇后命我出去拦你，我不知她随后就下了杖毙之令，如果我知道，如果我知道……"

江心月冷冽地直视她，不发一言，刀锋般的目色直直地似要将她洞穿。瑶仪暗哑而尖利的声音在空旷的朝露阁中冲撞回荡，她最后终于力竭，双手捂住面道："对不起，对不起……我们姐妹缘分虽尽，但是我从来不想害你们致死。我唯皇后马首是瞻，但我心里始终留有底线，那就是不取你们的性命！我不想你们死！"

"那么毁掉阿媛一辈子就是可以的了？只要不是死就可以？"

瑶仪突地顿住，愣了半晌，才讷讷道："那到底是比死要好一点。皇后……我没办法违抗。"

江心月眯眸冷笑一声，瞥着她道："澹台瑶仪，我要你记住——这里是大周后宫，不是你说不想害死我们，我们就不会死！只要你我对立，你我互相厮杀，你就不知道你手里的刀有多快……一旦我们执刀相对，便已经赌上性命。"她说完，仿佛负气一般地幽幽道："哪一日我死在你手里，请不要再抱歉，我们早已义绝，谈不上什么道歉了。"

瑶仪软软地瘫在榻上，面上青白无一丝血色。江心月默然静坐，看着她落魄而虚弱的样子。

二人无声地相对着。又过了很久，江心月才缓缓出言，道："本宫今日来，不是为了嘲弄你，也不是为了斥责你，而是为了劝诫你。"她说着，目光缓缓上移，拂上了瑶仪略微隆起的小腹："皇后真是打得好算盘。本来你是容华之位，又有宠爱，若生下皇子就可能居嫔位。可是……"

瑶仪一手扶上自己的小腹，仿若被戳穿了最后一层遮掩，满面凄凄然道："我的孩子……我明白他即使生下来，也不会是我的……"

江心月丝毫不怜悯她，依旧不疾不徐地说下去："你看，暗害阿媛的事，皇后一口一个无辜，而皇上被迷晕的地方是你的朝露阁，出面来阻拦我的也是你，你看看你啊……"说着唇角的冷笑愈加浓了："皇后仍是皇后，你却被皇上厌恶至极，被降为更衣，禁足朝露阁。你知道么？皇上的旨意不仅于此，还有，就是在你生产之后要将你迁入冷宫去……"

她的话，犹如细密的钢针，无孔不入地刺向瑶仪。澹台瑶仪随着她平缓的语气，尖利的嘶喊声一声高过一声，两手捂住双耳如疯妇一般哭号起来："不要再说了！求你，啊——"

"你以为皇后暗害阿媛，意在中伤于我么？不可能！她不是那么蠢笨的人，害了阿媛只会让我伤心，对我没有实际损害，对她也没有任何好处！她的目的不是我而是你！她是为了将你推下深渊，令你再也无资格抚育皇嗣！"江心月终于说完最后一句话，满意地看着对面的女子声嘶力竭嘶喊的惨状。

她回首过去，命两个服侍的宫女上茶。朝露阁中早就没有好茶，她端着茶盏，也不嫌弃那陈年红茶的碜牙，就这么静候着，等待澹台瑶仪从癫狂至号啕，最后终于缓慢地平息下来。

"澹台氏，时至今日，你仍然要依附皇后么？你明明知道这是与虎谋皮，若还不收手，你终将被她利用得丢掉性命。"她冷冷看着瑶仪道。

瑶仪仿佛遭了雷劈一般，木然落魄。良久，她才缓慢而坚决地摇一摇头。

"你那么想要孩子……"江心月喟叹一声。片刻，却不甘心地追问道，"光耀门楣到底有多么要紧！皇后提携你们澹台一族，你就要为她做出如此牺牲，拱手将亲生孩儿让与她？况且，你遭贬后，皇上也多少迁怒了你的族人。我真是不明白，你为何被皇后掌控得如此牢固！"

"不，我没有办法，皇后她……"瑶仪说着，仍是摇头不止。

"皇后她怎么了？"江心月突地抓住了一丝不对劲的地方。她回眸见殿内两个宫女并菊香都站在旁侧，忙一挥手令她们尽数退下。

"她……我的族中本是礼亲王的党羽，北域之战时，我们是最早抽身而退的，本以为可以免遭祸患，可是，可是……澹台一族和江家不一样，江家不受看重，官位又极卑微，可是我们不一样，我们没有那么好的运气……"

她断断续续，夹杂着呜咽往外说着，可是江心月听了却猛然全身震悚，倏地起身抓住了她的双臂呼道："澹台一族有难，所以你就去求她，把一切和她全盘托出？她知道了你的底细？王府的底细？！所以现在才能威胁你？"

瑶仪摇头道："不，还不知道。当时皇上血洗朝堂，我实在走投无路，只好去求她。我告诉她我们澹台一族和礼亲王交往过密，求她救我的族人，我自然不敢说我们是效忠礼亲王数年的党羽，更不敢说我进宫的目的是另有所图。

"她很看重我，所以，她救了我的全族。上官家那时候权势熏天，又极得皇上信任，所以她轻易地抹平了澹台氏和礼亲王的联系。"

江心月听完，从头到脚都觉得冰凉了，喃喃道："她如今还未掌控你们澹台一族的全部。如果，如果她有一天知道了……"

第四十五章 二

暴露危机

"不！我不会让她知道！交往过密和麾下党羽是不一样的，如果她知道了全部，那就太危险了。皇上心太狠，如果我那时候真的将一切和皇后盘托出，她可就不敢救我了，那可是包庇逆臣的大罪。"瑶仪说起澹台一族的祸患，全身都震悚起来了。

江心月此时只觉无限的烦杂和不安在脑中冲撞。瑶仪，澹台氏……礼亲王倒台的动乱中，澹台氏本来就没有存活下来的命数，可他们硬要活。那些多年的牵扯痕迹，纵然抹平，也是破绽百出的吧？如果哪一日皇上发现了破绽，或者皇后发现了澹台氏真正的底细……天哪，以皇后的手段，在瑶仪暴露之后，她不难顺藤摸瓜牵扯到同样身为礼亲王棋子的江心月身上！

以为老天眷顾，有江家这个障眼法她就能够全身而退吗？

她已经不知自己是如何从朝露阁中步出了。菊香见她失魂落魄而来，忙上前扶住她道："娘娘怎么了？是不是纯更衣冲撞了您？"

"无事，快回宫。"江心月喘息着道。

这种感觉，这种被人釜底抽薪的感觉，恰似那一年废太后对她的威胁。

可是这一次，她还能有当年的运气么？

回宫后，皇帝已经在她的殿内，怀里抱着瑞安公主。媛媛坐在皇帝膝上，咯咯地笑。

她心神不宁，看到媛媛后勉强镇定了些，才上前给皇帝行礼。皇帝被媛媛缠得脱不开身，倒也没注意到她的异常。

皇帝今日的精神极好，用一个七巧板给媛媛拼花样。媛媛顽皮吵闹，指着画册上的图样，一会儿要这个花样，一会儿要那个花样，皇帝一点也不恼，手忙脚乱地给她拼。

江心月看着女儿好动的模样，突地心里就沉静了，那些杀戮，那些疯狂，突地不那么可怕。

她坐在皇帝的一侧，定神暗自思虑着。其实她是被皇后吓怕了，她的身份虽然有暴露的危险，但那也是要在澹台家倒台之后。瑶仪是会死在她前面的，瑶仪无事，她也不会暴露。

瑶仪最看重澹台一族，她就是拼死也会保住这个底细。

江心月思忖着，终于渐渐地放下心去。宫里本来就是暗流涌动，步步杀机的，她不能被吓怕。

只是，瑶仪已经被皇后掌控于股掌了。

"要——要——"瑞安公主的声音突然高起来，江心月一看，有一个小船的样式皇帝拼不出来，她便不依不饶。

瑞安公主一岁半了，正是小魔头般的年纪，她又比一般的孩子好动，每日都将晴芳一众折腾得鸡飞狗跳。宫里孩子的教养特殊，言行举止都有很大的规矩，从小就不许随意哭闹。可皇帝极溺爱瑞安公主，几日就要来启祥宫探望一次，媛媛遂被宠得毫无规矩可言。

皇帝拼不出来，遂用眼神求助江心月。

"要——要——"这是瑞安公主最喜欢说的一个字。江心月有些置气，起身抱过她冷着脸道："你想要什么便要给你什么吗？那是你父皇，不要没大没小。"

皇帝蹙眉止住她，道："不就是个花样么，不要训斥她。"

江心月恼怒，又不能反驳皇帝，一时间不知如何是好。此时殿门微动，王云海从外踏进来，满面喜色道："皇上大喜。方才从西福宫来了消息，叶采女有孕了。"

皇帝果然欣喜，问他道："果真么？"

江心月趁此命晴芳将公主抱下去，对皇帝贺喜道："皇上子嗣延绵，是我大周的福泽。"前头已经有一位有孕的澹台瑶仪了，只是她获罪，有孕也没什么荣光罢了。然现在又有了皇嗣，已经是皇室福泽之景象了。

陈氏外戚独大时，后宫晦暗，皇嗣稀少。如今皇权稳固，皇帝也正当壮年，后宫也逐渐呈现出了生机。

皇帝已经从座上立起，欣然拊掌道："是福泽。朕去西福宫看看，你要陪媛媛玩。"

他最后都不忘加上这一句话。江心月只好无奈地应声称是。

叶采女是新妃中最不起眼的，她最先有孕，隆宠的傅氏却无动静。江心月从妆匣中拈出一枚鸽血玉雕锦鲤玉环，回首对菊香道："这礼既不出挑也不落于人后。你把它包好了，亲自给叶采女送去吧。"

涵更衣来时，正是午后茶歇的娴静时光。她一身湘妃色软缎对襟裙衫，上绣有淡撒的白梨花，裙角开得稍长，移步进殿时褶裙摩擦的声色是"促促"的细碎。她朝着江心月拜下身去请安。

江心月抬眸定睛一瞧，轻柔笑道："你的服饰不错。"

江心妍笑笑道："嫔妾年轻，喜穿这些轻快的颜色。"

江心月点头，她知江心妍是按着皇帝对浅粉色系的喜好来穿着的。"傅美人很得帝心。但你亦能分得一杯羹，已是不错。"

言及傅美人，江心妍的眉眼中带了一抹讽刺，道："虽是得帝心，但早日怀上皇嗣才是一等要紧的。"

傅美人的光辉，几乎把其余的新妃们全都比得黯然失色，只有她是稍稍得宠的人。然这一点点的宠，也被傅美人看不下眼去，二人同住一宫，琐碎的冲撞在所难免，间或还会有极过分令人气不过的事，如上次皇帝歇在江心妍的麟暄阁时，傅美人竟谎称头痛，皇帝便抛下了她去了傅美人处。

如今一个名不见经传的叶采女有孕，她却无动静，江心妍自是要嘲讽一番。

"皇上此时还在叶采女宫中。"江心妍理了理外衫上的褶皱，低低出言道，"此时那里的宫妃不少，当然探望叶采女只是个幌子罢了。长姊，您也觉着我的装束不错，我就这样去最好……"

她说着，一边侧目瞥着江心月的神色，说到最后见江心月微蹙眉头，终是说不下去，讪讪地闭了口。

半晌，江心月才朝她道："你的装束虽好，可是——你穿在身上还是稍逊分毫。"她说着用两指挑起江心妍下裙上玲珑的珠串，缓声道：

"裙角大且坠有珠串的宫装你并不习惯，所以走起路来才会有细碎的响动。你看良妃，她位分高且是掌宫的人，装束繁复，莫不说裙上的玉片和珠串，只发髻上的金簪、步摇、钗环、耳坠就极多，如果走得不好，一路下来便会有躁人的响动。可是她每每露面，你可曾听见一丝一毫的声响？"

江心妍被她说了半晌，方才明白，低了头眼中现出敬畏之色道："嫔妾谨遵长姊的教诲，日后定会多学着良妃娘娘。"

一个"涵"字，说起来简单做起来难。江心妍默默低头思忖着，却又颇有不解之处，张了张口再次道："可是长姊……若我一贯沉静，后宫嫔妃众多，性子沉静的嫔妃也不少，我难免会被湮没了去。"

她说话之时，有些艳羡地偷眼去瞧江心月一张绝色的颜面，江心月姿容冠六宫。她虽有些姿色，但入了这深宫才知自己是平庸之辈。家世不好，姿色不出众，才情不顶尖，她只觉自己是最会被湮没的。

"是珍珠怎会不被赏识呢？"江心月淡淡一笑，又道，"你好在和傅美人同处一宫。傅美人荣光张扬，而你淡然娴雅，皇上想不注意你都难。况且……"她说着放缓了声色，一字一句道：

"在宫里，家世、容貌都不要紧。要紧的是你要聪慧。"

江心妍在用过了茶点之后告辞离去。

第二日的晨省时，江心月去得不早不晚。趁着皇后还未出来，宫妃们均凑在一块儿窃语，那间或的娇笑声比之往日要喧闹许多。

第
四
十
六
章

争
执

二

　　大周后宫嫔妃虽多，但高位者并不多。妃位以上只有贤妃、良妃以及避世的惠妃和有名无分的丽妃。以昭仪为尊的一列中，除宛修容有宠外，其余陆氏、贺兰氏早已被皇帝抛之脑后。其下便是云贵嫔和莲贵嫔了。故此，江心月算得上后宫较高位者，晨省时的座次也是趋前的。

　　皇帝盛宠的是傅美人和兰贞等几名嫔位以下的嫔妃，相比之下，江心月的宠爱并不及她们。

　　"给莲贵嫔娘娘请安。"几个宫妃上前来给江心月行礼，面上的神色都有些欣喜的意味。

　　江心月好笑地朝她们道："今日都被赏赐了金元宝么？你们这样高兴。"

　　按着礼法，今日诸嫔妃们是应当高兴的，因刚被晋位为选侍的叶氏有孕，皇嗣之喜当然应阖宫欢庆。可是，那也只是礼法而已。

　　其中一年纪稍小的宫嫔笑着答她的话道："娘娘还不知么？傅美人昨日被皇上怒斥，已经降位为才人了。"

　　她知柔美人是依附莲贵嫔的，傅才人和柔美人有冲撞，莲贵嫔当然也会厌恶傅才人，故此她眉飞色舞地在莲贵嫔面前说起傅才人降位之事。

　　江心月故作不知地摇头道："本宫的消息没有你们灵通，并不知情。是因着什么降位呢？"

"自然是傅才人举止有差池，触怒了圣上。"那宫嫔得意地道，"昨日皇上在叶选侍处，傅才人过去探望叶选侍。她们二人是有旧怨的，那叶选侍初怀了皇嗣，再不像从前那样惧怕傅才人，二人一个不和就争执起来。傅才人正隆宠，丝毫不顾忌就和她争吵，结果惹得皇上盛怒。"

她说着止不住地笑："她是被宠得昏了头，竟敢和身怀龙嗣的叶选侍争执？皇上看重龙嗣，当然会动怒处置她。"

江心月淡然笑过，只道："宫中姐妹理当和睦。傅才人是你们的前车之鉴，你们要切记勿在宫内拈酸吃醋，挑起纷争。"她有管束的职责，说出来的话多是训诫。她的话贬了傅才人，却也告诫了这几位嬉笑得意的宫妃，令她们不要像傅才人那样拈酸吃醋，趁傅才人失势时得意忘形。

几名宫妃听出了她话中的寓旨，都讪讪地闭口不言。

"傅才人并不蠢笨，怎么会做出和怀孕宫妃争执的事呢？"身后突有一娇脆的女声，江心月回首过去，就见兰贞执着金丝镶边彩染的团扇，薄薄的锦缎下显着轻盈窈窕的身姿。

江心月闻言一笑："你也看出其中的不对劲了？"

"是呢。想必是有人推波助澜，激将了傅才人，让她失了理智。"兰贞摇头轻笑着道。

傅才人是喜好玩弄手段的人，听闻那位叶选侍在选秀时就着了她的道，二人结怨已久。而激将傅才人的人，不用想便知道是谁。

江心妍是个有前途的，她果然没有看错人。

她侧目过去，看兰贞仍执了团扇有一搭没一搭地打着，稍稍蹙眉道："这都九月了，你还执扇，身上又穿这些薄料，就不怕冻着？"

兰贞咯咯地笑道："厚重的衣服行走都不方便，我可不爱穿。"说着不等江心月说话，兀自往后头走去。

江心月看着她，却突地有些艳羡。兰贞身体好，性子随性，喜好什么便做什么，是个极自在的人。而她有宫寒之症，九月就会畏寒，吃穿都要有顾忌；且兰贞那样好的性子她是万万不如的。

说话间，皇后已经由云岚扶着，缓慢而悠然地从里间踱步而来。她坐于上首的凤座上，淡笑着将行礼的众妃叫起，面上是一贯的舒缓从容。

　　良妃坐在与贤妃相对的位子，她浅浅笑着，朝皇后开口道："今日诸位姐妹来得都整齐，只是傅才人迟迟未到，不知是何缘由。"

　　傅才人是依附皇后的，她遭贬皇后理应烦恼。但皇后听了良妃所言，面色动也不动，依旧温婉地道："本宫也不知，已经遣了人去她宫里看了，是有什么事耽搁了吧。"

　　皇后行事从容不乏果毅，在众妃之中积威，此时她坐在这里，那些嬉笑嘲讽傅才人的嫔妃早已闭了口。

　　良妃说了一句，却不敢和皇后说第二句，只静默地坐着做品茗状。少顷，从殿门处移进来一个妃色的倩影，上前盈盈一拜道：

　　"嫔妾来迟了，请皇后娘娘宽恕。"

　　"无妨，本宫还担心你是病了。"皇后温和地笑笑。

　　傅才人谢过皇后，在较远的席位上坐下。此时的大周后宫嫔妃虽多，却远不及三年前了，故傅才人这样的低位也能有座次，不必站在殿外。

　　良妃不喜傅才人，遂追问了她几句想给她难堪。傅才人应答如流，并无被降位的恼怒，然而江心月却能看到她衣袖之下紧扣的五指，那是竭尽全力的忍耐。

　　江心月偏过头去轻笑，傅才人到底是年轻了些。

　　"听闻，昨晚傅姐姐的宫里碎了好些花樽玉瓷，不知姐姐昨晚睡得可安稳？"尖而高亢的声色突然响在大殿里，唬得人一惊。江心月蹙眉转首过去，便见说话者是刚怀了龙嗣的叶选侍。她满面得色，一袭宽大的浅紫对襟宫装随着殿外灌进的秋风飘然扬起。

　　她的身子只有一个月，却这么早换上了宽大的孕装，生怕旁人不知她有孕一般。她以袖掩口，朝距离不远的傅才人轻轻一笑，曼声道："傅姐姐昨晚心神郁结，定睡得不好，今早才起晚了。好在皇后娘娘宽厚，不计较姐姐迟来。"

　　她的话，刻薄而放肆，竟敢将皇后也牵扯其中，点明了皇后偏袒傅才人。江心月暗自摇头，难怪她不受郑昀睿宠爱，可偏偏福气好怀上龙胎。

皇后的面色有微不可见的波澜，却很快如常了，一言不发地端坐着。叶选侍不过一个不得宠的低阶嫔妃，她才不屑于计较。

一旁的傅才人可没有这样好的定力，她的贝齿在唇上咬着，胸口也剧烈地起伏着，却始终不敢回一言。她昨日才因和叶选侍争执而降位，整夜郁郁难以入眠，今日她再不敢争执了。

她气结之下发作不得，只好不停地抓着案几托盘上的果脯来吃。她一个一个地往嘴里塞，仿佛能压下她的火气一般。

涵更衣看着这两位一个得意放肆，一个失势置气，面色上的笑意愈来愈浓。

皇后不理叶选侍，和宛修容一众絮絮地说话，间或对着江心月问上一两句。江家二小姐的事过后，皇后对江心月和良妃两个恨之入骨，情急之下便会失了往日的风范，言语多有刻薄。

江心月每日的晨省都被她明里暗里折辱，日子久了竟然习惯了，常对菊香笑谈道："脸皮越来越厚，被人贬斥都左耳进右耳出了。"

突地一声"啊哟"，诸妃皆被惊起，却见那傅才人捂住胸口呕吐起来。她旁侧的一位嫔妃神色厌恶地瞧着她，絮絮地道："心中有火气怎能吃那么多果脯，你看你，在皇后娘娘的正殿中失仪……"

傅才人面色极尴尬，她稍稍缓过劲来，就忙起身跪下向皇后请罪。

"无妨。"皇后大度地道，末了还甚是关心地问她是否身子不爽利。

"嫔妾无事。只是……这些日子均是如此，吃什么都容易吐。"傅才人说着，又干呕起来。

皇后看着她却眸中一紧，继而道："莫不是……你有了身孕？来人，快去请御医来。"

傅才人一愣，声色稍稍发滞地道："嫔妾只是胃口不好罢了，不必劳烦御医……"她说着见皇后仍然坚持的样子，便道："那请娘娘传召杜太医来此吧。杜太医是平日里为我请平安脉的御医，最熟悉嫔妾的体质。"

皇后并未在意细节，就允了她，点名叫杜太医来此。

等杜太医前来诊过脉之后，其结果便令殿内众人大惊——傅才人果真有了身孕。

傅才人方才还落魄得遭人耻笑，转眼之间，殿内的情势已经大变。皇后率先向她道喜，继而众妃也纷纷贺喜。那位偏远席位的叶选侍面色如纸一样青白，半句话也挤不出来了。

晨省过后，皇帝的旨意便下来了，晋封傅才人为贵人。

　　启祥宫里，江心月正托着下巴，闷闷地坐在案几旁临字。

　　"傅贵人越级晋封，真不知她为何如此得宠。"玉红捧了王羲之的书卷给放在案几上，口中愤愤地咕哝着。

　　江心月见她这样说反而笑了，道："你一贯稳重，怎也说出促狭的话来了？"

　　玉红抿嘴道："奴婢只是看不惯她。"

　　江心月笑过便不再说那傅贵人。她担忧的岂止傅贵人一个呢？宫里三位宫妃有孕，这傅贵人腹中的孩子怕早就被皇后算计着了，澹台瑶仪又十拿九稳地被皇后掌控，皇后的三皇子渐渐地长大，也是聪明伶俐颇受皇帝的喜欢。这么想着，她只觉皇后越发强势，她和良妃则愈加被压制了。

　　她摇一摇头，不再想了。她见玉红还在身侧侍立，就问了她几句绿珠的境况，玉红回道一如往常一般，从不闹事。江心月叫她下去，命她继续盯紧绿珠。

　　她临了两帖楷书，终于心中平静下来，感觉有些许的困意，便靠着贵妃榻想歇一会儿。刚歇下，却从殿外响起恼人的嘈杂，她听着不禁蹙了眉头。

　　菊香肃着面道："奴婢出去看看，是哪个不懂事的宫人。"

一会儿她从外头回来，脸上竟是掩饰不住的笑意，对江心月禀道："回主子，并非是咱莜月殿在嘈杂。是侧殿黎星阁里，柔小主不知又在玩什么了。"

江心月一听，倏地起了玩心。她知自己宫的这个柔小主是个喜欢玩的，深宫女子大多是寂寥苦楚的，她却能玩出千百的花样，从不会无聊。光她江心月所知晓的，就是夏日里遇上大雨的天气，兰贞会把鸽子和鸟雀的翅膀缝上，把院门堵起来蓄水，然后将鸟儿放在水里玩；冬日里她会把兔子的前腿绑起来，看兔子在雪地里刨又走不快；她殿门前的秋千架足有一丈半高，荡几下就可平梁，看得人直惊心；踢毽子她能正着踢反着接，诸如此类。

有她在宫里，江心月只觉得宫里索然无味的日子终于有了些色彩。她催着菊香道："快去看看，上次掷花签我去晚了，这次要赶紧……"

黎星阁的殿门关着，菊香叩门之后，方有宫人前来，见是莲贵嫔便毫不犹豫地开了门。江心月往里一瞧，却见里头又是一声"砰"的响动，兰贞不知怎的摔到地上，然后又爬起来。

"今天玩什么？"江心月忙不迭地问她。

"娘娘，今天不是玩的。"兰贞说着，旁侧的两个宫女又将她的腿向上提起，她则整个身子都贴在墙上。努力了半晌，她终于再次倒立起来。

江心月迷惑不解，看她的姿势又甚是怪异，忙问道："这是做什么啊？我在正殿都听到你摔了很多次。"

兰贞颇神秘地朝她眨眨眼，道："昨日皇上不是召幸了我吗？这一招是我从叶选侍那里学来的，可……可利于……"

她说到此略有些脸红，江心月一听就明了，惊异道："果真有用么？"

兰贞无论做什么都与众不同，这样的姿势也做得出来。

"没有用我也不会这么辛苦啊！"兰贞说着，突然手上一软，又是"砰"的一声，她这次是头撞到了地上。她捂着头痛呼起来。

"快别做了，你身体好也不能这么摔。"江心月赶紧去扶她，一边道，"你这么急着有孕么？"

"怎么不急？"兰贞就势坐在地上，颓然道，"我身子好，却不容易有孕，承宠多年也没有动静。傅贵人和叶选侍才进宫多久，就传来喜讯。"

她面上是掩饰不住的愁苦之色。江心月知她与傅贵人不和，傅贵人未有身孕时就在合宫夜宴上讥讽她，有了身孕更不会容下她。

"傅贵人哪有多么得帝心。"江心月说了一句，又倏地嗤笑道，"你不必因她烦恼。是皇后说什么宫内接连有嫔妃怀孕，是大吉之兆，皇上一时高兴才给了她越级晋封。"

兰贞闻言也点头。然而她不是肯听话的人，她从内室搬了一些软榻垫放在地上，又开始折腾。

江心月无法只能由着她去，只希望她那奇怪的方法的确会管用吧。

九月深秋，天已经凉了下来。待天空逐渐黯淡，外头挺拔的槐树窸窸窣窣地响得厉害，江心月见秋风乍起，盘腿坐在榻上都觉得冷，忙叫人将殿门紧闭不透一点风进来。

不多时，玉红行至她身前，屈身问道："主子是否要传晚膳？"

"传吧，只上两三道就可以。"江心月一手扶额缓缓地说道。她今日小腹处又有些疼，都是老毛病了，遂不想麻烦齐院使，此时要进膳却提不起胃口。

玉红担忧，多问了她几句，她只道今日午膳多食少动，此时并不饿罢了。

少顷，还未等晚膳摆上，敬事房的总领柴进通禀了传话的内监进来，满面堆笑地道今日皇上召幸莲贵嫔。

"召幸？"

"是呢，莲主子。凤鸾春恩车已在外头候着了。"

江心月面有些许疑色，她已经多日未曾到龙吟殿侍寝，因皇帝溺爱瑞安公主，常至启祥宫里来，遂临幸之事都是在启祥宫里。

而且此时她还未进膳，时辰极早，往常柴进这个点来传话时，都只是叫她早些预备。不想今日凤鸾春恩车已经在外等候了。

龙吟殿规矩大，召幸万万不得耽搁。不及多想，她忙由菊香服侍着去沐浴，更衣后随着柴进出去。

凤鸾春恩车一路载着她至殿门。司寝姑姑候在殿外，见了她忙上来搀扶，道："皇上正在西室进膳，已有吩咐道若莲主子来了就过去一同进膳。"

与帝王同进御膳是不小的荣光。江心月不解皇帝之意，多次想问那姑姑，无奈她一路笑而不语，只引着江心月到了西室就退下了。

江心月一人进了西室，帘内荧荧烛火，是那种淡雅柔和的黄烛。民间喜爱这种烛，照在屋子里使人凭空有一种温暖的感觉，宫里并不常用，今日不知为何用上了。殿内的皇帝感觉到门口的异动，一贯地缓声唤了一声："你来了。"

"是。"江心月上前去行了礼，依言坐在帝王席位的偏侧。因是御膳，规矩极大，她只能坐在座椅的边角。

大周御膳是九九八十一道，但到了明德这一朝，皇帝感民间疾苦，嫌八十一道的大宴太奢侈，故每每用膳只有四十几道是可以吃的，其余的不过是摆设。因皇帝如此，后宫中位分高者如皇后一膳六十四道，也减为三十道。

皇帝着了一身宽松的玄色外袍，袖摆开得也不大，不似往日的黑袍或黄袍会给人极有压迫的帝王之威，倒有些闲逸公子的感觉了。他朝江心月温和地笑笑，往日凌厉上扬的剑眉此时却只觉非凡的俊朗。

"朕很饿了。"他懒散地靠在椅背上，随手往桌上的筵席一指，示意江心月服侍他。

"是。"江心月侍奉他三年，无论是规矩还是他的喜好都了如指掌。她执箸夹起一片蒸鹿尾儿，放入帝王面前的什锦葛仙米饭之上。

"不会伺候了么？"皇帝略略不满，却是带着些许笑意说出了一句话。他瞥着那片鹿尾，道，"佳人在侧，又是晚膳，讲那些规矩做什么。"

他的话有些暧昧，但江心月依旧茫然。皇帝终于笑了，吐出一个字："喂。"

江心月只觉头顶有乌云笼罩，真是难伺候的人，规矩就是规矩，为何还要提这些非分的要求？不过帝王之命不可违，她没有办法，只能夹起鹿尾儿，僵硬着胳膊朝皇帝大张着的嘴巴里送去。

第四十八章 三

共进御膳（二）

　　然而她是坐在座椅边角的，而且是远离帝王的边角。按着规矩她的座椅和皇帝本来就有些间隔，这样一来，她想伸长了胳膊去够皇帝的嘴巴显然够不到。怎么办？往皇帝那边挪一挪？可是那样的话她就坐在了座椅的中间，这是不合规矩的。

　　唯一的办法就是，她挪到靠近皇帝的边角上去。她看了看座椅，又看了看皇帝急切的嘴巴，终是硬着头皮将身子挪过去。

　　皇帝苦苦等了她许久，见她挪过来，终于心满意足，张口吞下她递过来的鹿尾儿。

　　她喂完了一口，伸着筷子去够那一盘精熘鲫鱼片，还未夹到，却突有一双夹着炒鹅蛋片的玉箸冷不丁伸到她的嘴边，唬得她差点将筷子掉到桌上。

　　"皇……皇上。"她支吾着，不敢吞下皇帝亲手送过来的菜。皇帝见她犹豫，便性急地将筷子往她嘴里一插，送进去了。

　　"嗯，这样用膳很有意境。"皇帝笑着道，"寻常家的夫妻多有这样吃的。宫里规矩太多，平日里君王和嫔妃连座席都是分开的，多么无趣。"

　　她被插得有些发惊，囫囵吞下了口中的鹅蛋片。她趁着皇帝说话的工夫适应他今日的异常举动，却并不接帝王的话。她知这位皇帝挑弄女子的功夫极深，怎样暧昧的事都做得出，怎样哄人的谎话都说得出，她也不必理会，只要老老实实由着他摆弄就行。

第二片芙蓉燕菜送进嘴里时，她方才用心地品尝，顿觉御膳和她平日的膳食差距极大，这一顿实在太好吃了。且不知为何，她今日本来无甚胃口，但眼前饭桌上的膳食不仅是她爱吃的，且均是暖性食材，正中还摆着一道热气腾腾的锅子，正对她畏寒的身子。她吃了两口，就觉得胃口全部上来了。

皇帝玩的花样让她厌烦，但好歹赚到这么美味的一顿，也算是不亏。

她吃完了这口，又该喂给皇帝。然而，她伸着的筷子还未够到皇帝的嘴，便被他一手扯上袖口往前拉去。她猝不及防，预备侍寝所着的衣料薄且宽松，一扯之下玉臂顿时露了半截。她羞赧难耐，忙用另一只手快速地掩上。

皇帝见她的样子极可爱，不由促狭地笑起来。她被笑得恼怒，满面通红地闷坐着，回头皇帝终于不笑了，两手抚着她臂膀上浅浅的痕迹，道："你的刀伤虽然痊愈，可惜留了疤痕了。"

"臣妾已经用过了去痕霜，现在还有些痕迹，待再过几日就会消掉了。"

"唔，去痕霜倒是有奇效。"皇帝点头，继而脸上又沉下来，道，"朕听闻那东西伤身，还是别用了。你已经很美，多一条疤痕碍不得什么。"

"是。"江心月低首应声，趁着说话的机会快速将被扯的上衫穿好。

二人又互相喂了十多口，皇帝终于有些累了，放下筷子，从锅子里舀出一大碗三鲜木樨汤放至她面前，命令道："全部喝光。"

她看着那样庞大的一碗，不禁犯愁，但皇帝却催促她道："快点喝。进膳已经很久了，晚上还有正事。"

二人喂来喂去，外加皇帝时不时对她捏脸嬉笑，确实耽搁了不少时间。而晚上的正事……江心月顿时脸红，但那确实是皇家的正事。所以她只好努力地喝起汤来。

御膳汤品的味道简直是仙汤一般，但她是女子，胃口有限，喝完还是很艰难的。最后剩小半碗时，她一勺一勺地努力，一边在心里抱怨旁边的人，难道是看她吃撑的丑态好玩才命令喝光么？真是可恶。

终于喝完，她被撑得连连打饱嗝，还好皇帝没继续命令她吃别的，看她吃完了，自己也不再吃，命人进殿撤下了筵席。

"皇上，是要就寝么？"门外响起一声恭敬的通禀。皇帝"嗯"了一声，殿门缓缓滑开，是那位司寝姑姑，后面还跟着两个内监，数名宫女。

"皇上，娘娘。"她上前照例行了礼，道，"请皇上稍候，奴婢这边马上伺候好娘娘。"

皇帝闻言蹙眉道："是搜身裹体么？今日不必了。"

"皇上，龙吟殿的规矩不可废……"司寝姑姑为难地开口想劝阻皇帝，除皇后外，嫔妃至龙吟殿侍寝都需在外间仔细地搜身后，被大红的锦被包裹抬至龙榻上，这是规矩，也是防止嫔妃图谋不轨，在龙榻上谋害圣上。

然而，皇帝一想到江心月会被两个内监扛在肩上，如货物一般地抬进来供自己"享用"，就觉得恼恨异常——自己喜欢的女子怎么可以这般低贱！

只有皇后，才不必遵循这该死的规矩。若她是皇后该多么好……不行，此事就算他是帝王也不能随便做主。

皇帝默然片刻，才对司寝姑姑道："你们伺候吧，就在这里。"

姑姑犹豫了半晌，还是遵从了帝王旨意，将江心月搜身之后命宫女将锦被移过来，如卷一只酥卷一般整个地将她卷起。两个内监刚刚要上前肩扛，皇帝轻轻一摆手止住他们道：

"都退下，朕自己扛她。"

一众下人顿时一惊，呆愣在原地。皇帝不耐烦道："不是说了退下么！"

宫人惧于龙威，那姑姑见莲贵嫔已经包裹好，规矩也差不多做完了，至于由谁来扛……既然皇帝喜欢就让皇帝扛吧。

江心月仍在为皇帝的话发愣，却觉身体猛地被提起，"啊"的一声呼出声来。她被他单手扛起，在空中晃荡着心中惊悸不已。

"你很轻。"皇帝侧头对上她的眉眼道。走了三两步，她心里的惊恐渐渐消失，因为皇帝的力气很大，她感觉到那力道的踏实，知道肯定不会掉下来，就不再害怕了。

第二日，她醒来时，身侧已经无人。

以前至龙吟殿侍寝，她心里都会紧绷着一根弦不要睡过头。然而她在启祥宫侍寝久了，这根弦松了下来。

有宫女上前给挑了床帐，道："皇上五更就上朝去了，特吩咐不要叫醒主子。"

江心月点头起身。她虽然不想在龙榻上睡一整晚，但她如今是贵嫔位分，应当没什么吧。

天色还有些沉沉的晦暗，估摸着皇后那的晨省并不会迟到。

宫女上前扶她，另有几人在侧站着，手捧着启祥宫送来的衣饰。宫女一边服侍她，一边却道："皇后娘娘今日请了众妃去重华宫祈福，各宫的主子们这个时候已经到了。"

第
四
十
九
章

祈
福
（
二
）

江心月一听猛地惊起，失色道："至重华宫祈福？"

"是。因宫内接连有三位嫔妃怀上龙嗣，娘娘深感大周福泽，遂率嫔妃们至重华宫为国祈福，为还未降生的皇嗣祈福。"

宫女是皇帝的心腹，本有心早早叫醒莲贵嫔以免误了祈福，然而皇帝吩咐在莲贵嫔醒来前不许打扰，她不敢抗旨。

江心月顿时心神大乱，她一个贵嫔在龙榻上贪睡至天明，已经有些娇宠了，又在为皇嗣祈福的大事上去迟，这可怎么好。

她命宫女们尽量地快，然诵经祈福是肃穆之事，虽不必梳繁复的发髻，却必须分外整洁，一丝不苟。尽管龙吟殿的宫女手脚利索，她装束好后也已耽搁了不少时候。

菊香和玉红几个启祥宫的宫人早就等在殿门外。江心月出了殿门，便见一乘步辇立在大敞的宫门，贵喜麻溜地上前道："主子快上辇，轿夫脚程快，一会儿就到了。"

"不，本宫不用辇。"江心月搭过菊香的手，脚下急急地朝外赶去，"我在龙吟殿贪睡起晚，若再乘辇过去就是恃宠而骄。我们走快些就可。"

重华宫里缭绕的檀香一跨进宫门便可闻见。江心月走得急，却竭力稳住心神，不肯叫人挑出慌乱的错。

间或有钟磬之声传来，那是厚重的铜磬，声色古朴而沉重。殿内虽是极肃穆的气氛，然人影绰绰可见，步履纷杂可闻，在深宫之中独僻静地的重华宫唯有此时才能显出热闹。

"臣妾给皇后娘娘请安，臣妾来迟，请娘娘恕罪。"江心月疾行至殿门外，俯身叩首。

此时正是上香的时候。一众嫔妃分列两侧，执香静默不敢有丝毫响动。她的声色突然，许多的嫔妃都惊诧地向她看过来。立在佛祖身前的皇后方才上完香，闻声回首过去，面上却是一丝波澜也无，缓声道：

"为皇嗣祈福是肃穆之事，清晨前来更显诚心。莲贵嫔为何迟来？"

"是……臣妾起晚了……"江心月咬唇道。皇后从容稳当，然而她身旁服侍的宫女云岚却没有她那样好的定力，朝着江心月露出掩饰不住的嗫嚅。

江心月眼尖，看到她的神色已经有几分明白了。皇后并不满意她方才的答案，继续道："好端端的怎会起晚？本宫昨日傍晚就将祈福一事晓谕六宫，众妃都知早早地起身，只有你不知么？"

"臣妾……"江心月的心随着她的话被揪起，却又生出几分恼怒——昨晚晓谕了六宫，她怎么可能知道！她早早地被皇帝召到了龙吟殿。今早菊香几人有心早早来告知她，可皇帝偏偏吩咐"莲贵嫔未醒来不得打扰"，龙吟殿重地菊香几个又无法进入……

可恶！皇后算计她在先，皇帝为了一顿御膳玩花样在后，两者一并将她塞进了这个陷阱里。

皇后见她抿嘴踟蹰着不说话，神色越发悠然，静而缓的目色定在她身上，却凭空透出一抹凌厉。一旁的嫔妃中许多人消息灵通，早已知晓莲贵嫔起晚的原因，均忍着笑等她的好戏。

江心月跪在殿外凹凸不平的青石上，搜肠刮肚地思索到底该怎么回话。可想了半天，她一点主意也没有——除了说出她在龙吟殿整晚侍寝的实话，她还有什么可说的呢？

她终于颓然，俯首叩头在地请罪道："臣妾昨夜晚膳时分被召幸至龙吟殿，所以不知。今早又起晚……"

"原来如此。"皇后面色已然静如秋水，声色却冷然如冰霜了，"皇上召幸得早并不怪你，可你安卧龙榻至天明，恃宠而骄，还耽搁了祈福，应两罪并罚。莲贵嫔，你可知罪？"

江心月本是横下了心，是打是罚都认了。可听了皇后最后一句话，她却猛然哽塞——知罪，知罪？不是知错？！

罪和错是不一样的。知错能改善莫大焉，因错受罚是为了督促人改正；罪则应重罚，因罪受罚就是残酷的惩治。

这便是为何皇后可处置嫔妃之罪，而协理六宫的嫔妃无此权力。

江心月倒是不担心会被动杖刑或其他的狠手，因祈福是不可见血的；然而降位禁足却完全有可能，皇后会罚得理直气壮，最可能的……便是剥去她六嫔之首的权柄！怪就怪她不应栽在祈福这样庄重的日子上！

她抬首看了一眼良妃。良妃也在看她，二人却都甚是无助。她和良妃的交往是利益上的相互扶持，然而，若她今日失势，她的今日就会是良妃的明日。皇后从她开始，逐个攻破，终会将失掉的权柄一一收回。

毫无办法。她低低应声道："臣妾知罪。"

皇后满意地颔首，道："本宫管束后宫一向宽和，却不想莲贵嫔因此懈怠。传懿旨，莲贵嫔迁入重华宫诵经，磨砺其心性，无诏不得出。待其改过之后才得赦免。"

江心月闻言，只觉身上的力气渐渐地被抽干了，迁入重华宫？皇后说得真好听！她的罪并不是重罪，不至于迁入北三所，迁入重华宫的惩罚表面看轻了许多，且又未降位，又未褫夺封号，真是宽厚的惩处……磨砺心性，改过后得赦免，真是一位管束得力又仁慈的贤后！可是，她什么时候能改过？

皇后说她改过了，她便是改过；皇后说她未曾改过，她一辈子都无法改过。一辈子都别想被赦免出来！

怎么办，怎么办……她虽几番和皇后对抗，可皇后就是皇后，不经意间便将她打落深渊！

也许皇帝可以救她。不是因为皇帝对她的宠爱，所谓皇宠实在是最不可信任的东西，此时皇上有傅贵人一众新宠在侧，旧人又有宛修容、云贵嫔，且皇后年仅二十岁，年轻干练，正是得宠的时候。满宫里的宠妃不差她一个，皇帝不会因为宠爱而救她出来……

皇帝为制衡后宫，扶持了她和良妃，那么，皇帝会救她的……不对！就算将她从重华宫赦出，凭她的罪过也再无资格掌宫！皇帝救她有何用？还不如再去扶持云贵嫔等人呢。所以，皇帝不会救她的。

江心月颓然瘫倒在地。她深深伏下身去，一字一顿道："臣妾听从发落，必将用心改过。"

心中有多么的愤恨与不甘。她默然闭目，她失势了，瑞安公主怎么办？

她看向良妃。虽然只是利益的关系，但她没有别的人选了。良妃多年无子，她看着皇子公主时总会流露出艳羡，她会对媛媛好的。

方想请旨将公主交与良妃，却突然地，那一股心劲强强地牵扯着她——不行，终究放心不下。良妃终究不是生母，她放心不下。她还没有死，只要不死就不可以认命。

她向皇后再次叩首，口中却道："罪妾慊怠祈福，虽罪过深重，但请娘娘允罪妾跪在此地，向佛祖赎罪。"

她的话说得很好，且自称罪妾——那是获了重罪才有的自称。皇后找不出辩驳的理由，想她已经认罪，祈福过后就会迁居重华宫，遂一抬手允了她。

江心月并没有找到自救的法子，她说此话只是想在这里多待一会儿，只是垂死挣扎罢了。然而她是洪灾里活下来的人，是全村三百户人家中活下来的十几个人之一，挣扎是她的习惯，即使她现在的挣扎貌似一点用处都没有。

跟随她来此的几个下人此时也六神无主，一点办法也无。菊香、贵喜两个还稳当，他们身后几个小宫女已经忍不住哭声，被菊香转头呵斥了一句，仍呜呜咽咽地压抑着抽泣。

第五十章 祈福（二）

殿内的嫔妃依位分至佛祖前上香。佛门重地，肃穆庄严，然仍有不少年轻的嫔妃不时朝她瞥过眼，嘲讽嗤笑的神色毕现。这就是后宫，一人失势则墙倒众人推。

这嘲讽反而使她愈加镇静。她抬手卸下发上钗环，任一头乌发如瀑泻下。几个年小的嫔妃见她以罪妇自持，均更加得意了。

澹台瑶仪因怀有龙嗣，是祈福的主角，故位分低也可跪在靠前的席位。她远远地朝江心月投来一瞥，那不是嘲讽，是怜悯。

几日前她向江心月深深地叩首，一身狼狈；而今日，江心月比她还要狼狈。

澹台瑶仪的脑中突地出现无数的声音：

"本宫的话岂容你忤逆？"

"如果哪一日我死在你手里，请不要再抱歉……"

"花影，不要死啊。"

她突地感觉自己是一只任人捏揉的蚂蚁，这皇宫是一汪无底的黑水。她在水里沉浮，永无出路。

和澹台瑶仪同列的是叶选侍、傅贵人，三人有孕，故与其余嫔妃不同。

今日祈福本是她们的风光日子，然而只有傅贵人的面色是风光的。澹台瑶仪获罪受冷只小心地跪着，叶选侍与傅贵人结怨已久，尤其傅贵人在那日晨省时被叶选侍嘲弄，而后又突地有孕晋位，大起大落之下叶选侍还未过足嘲弄的瘾就要反被她嘲弄，不知生了多少闷气。此时傅贵人傲然跪在自己身侧，她只觉满心的愤懑恼怒。

木檐之下的悬鱼被秋风吹着轻轻晃起，江心月跪在殿外的青石上寒气侵体，不由得双手瑟缩在一块儿。

众妃跪拜已久，皇后体恤，趁着上香毕的间隙吩咐人上了斋饭。三位有孕的宫妃特赏赐了酥、卷、糕等精巧的糕点，怕她们胃口不佳吃不下斋饭。

斋饭是一色清淡的素食，在宫中养尊处优的一众嫔妃显然很不习惯，大多只吃了几口就放下。傅贵人三人则不用受这份苦，她们手中的糕点做工精巧，自然可口。

"这糕点很好吃，叶选侍幼时没有吃到，现在定要好好享用。"此时比起方才的上香，肃穆之意少了许多，故傅贵人大胆地向叶选侍低语了一句话。

叶选侍闻言面上却猛地涨紫，她手上拿着的是一个千光纳福包，在选秀第一日时，她就因此物受到傅氏的羞辱。她的父亲在偏远之地为官，官位又不高，她进宫选秀用膳时竟不认识这个千光纳福包，因此被傅氏嘲讽得半点颜面也无。

叶选侍此时被她说这一句，立刻半点胃口也无，愤愤地将糕点丢在盘内。傅贵人见她这么不经说，脸上越发得意，抬手拈起被弃置在托盘中的糕点，继续道："原来妹妹连一句话都装不下去，这点度量……"她说着"啧啧"地咂嘴，道："真不愧是蜀地仙南县出身……"

叶选侍听了这一句，整个身子都悚了起来，剜着傅贵人的目光仿佛要将她生吞一般。傅贵人娴雅地将糕点放回她的盘内，道："妹妹勿动怒。这可是在重华宫中为皇嗣祈福，不得放肆。"

叶选侍胸口起伏着，忍了又忍，又发作不得。她最终赌气地拿起盘上的糕点，大口咀嚼着往下吞。被你激将了我就不吃了么？我偏要吃！

两个千光纳福包都被她吞下肚去，她仍不解气，侧目狠狠剜着傅贵人。二人之间的冲突极明显，连跪在殿外的江心月都能看个清楚，更别说殿内的嫔妃。而多数嫔妃均静坐含笑地看着这二人，若她们争执起来，如莲贵嫔一般被皇后惩处，甚至伤到了皇嗣，那才是最好的结果呢。

叶选侍心中蓄着怒火，跪坐着胸口都仍在起伏。待到众妃用过斋饭，门外侍立的姑姑领着几位尼姑进殿，开始诵经。

诵经时，嫔妃只需跪坐静默，由师太们诵读。

经文冗长静心，一时间殿内除了诵读的呢喃再无异响。突地，一声尖细的呼喊，唬得众人皆惊，经文乍停。皇后更是起身，怒道："是哪个不守规矩，冲撞佛祖！"

"娘娘，嫔妾……"是叶选侍，她捂着小腹，又惊又怕地呻吟着。

皇后一见是她，立即担忧道："你怎么了？可是龙胎不稳？"

"是，嫔妾肚子痛！"

皇后已经顾不得诵经，即刻遣了下人去传太医。她赶至叶选侍身侧，亲自扶着她道："你今日可吃了什么不该吃的东西？"

"嫔妾之前都是好好的，就是方才吃了糕点才突觉不适，痛感来得快且剧烈，嫔妾好怕……"

糕点是皇后吩咐准备的，此时皇后听她如此说，脸色已经有些泛白，然而还是温言道："你不要慌，御医马上就到。"

御医未到，叶选侍痛得厉害且不明病情，皇后不敢随意挪动她，只好令人铺下几个跪垫，让叶选侍可以躺卧。然而她刚一躺下，就"啊"的一声尖叫起来，显然是又痛得厉害了。

重华宫位置偏远，御医即便快跑也需两刻钟。叶选侍不能躺卧，只能由宫女搀扶着，但如此她的姿势也极不舒服。好在她旁侧就有放置香炉的案几，叶选侍便就近靠在上面，终于觉着好受了些。

叶选侍双手捂着小腹，面色虚弱，却抬起头来直视着傅贵人，艰难道："方才……方才是你激将我，千方百计地诱使我吃了那些糕点！是不是你……"

傅贵人闻言骇然，极力稳下神色道："御医还未到，你怎么就认定是糕点的问题！糕点又不是我做的……"

"可是你拿了，用手拿了……"

傅贵人神色一紧，继而带了些火气道："到底是怎样，御医来了就会知晓！你可知污蔑上位的罪名！"她说着将两手伸开不动，只等御医来看。

江心月在殿外看着，深觉叶选侍太过蠢笨，只看表面现象就认定事实。若傅贵人真心要害她，怎会这么明显地激将她吃那些糕点，还令在侧的嫔妃全部看得清楚？

殿内叶选侍絮絮地说了两句，腹痛一波又一波地袭来，她已经不敢说话，怕牵动了胎儿。江心月心中因自己的祸患而焦灼，无暇顾及殿内的情形。然而，她无意间看一眼软软靠在案几上的叶选侍，却猛地发现那案几在晃动，轻轻地，一下一下地晃动着。

案几上的香炉也在晃动，且晃得更明显，而叶选侍还毫不知情地将身子全部压在案几上。不对，这么下去的话……案几较高，高过叶选侍坐卧时的头顶；香炉趋前，距离她的头很近。她的目光盯在上面看着，复又看一眼皇后和傅贵人几人。

叶选侍痛得厉害，身侧的宫女为了扶住她均将身子背对案几，根本无法发现那轻微的异动。而傅贵人和澹台瑶仪站在案几正前方，挡住了大部分嫔妃的视线。

只有殿外的江心月与众人角度不同，方能从侧面看到晃动。

她终于起身，缓缓向前走去。行至殿门时，她心下一横，若不赌怎能有翻身机会……遂提步急急往内而去。

众妃见她突然闯进，都惊异不解。皇后更是厉喝道："你不在外跪罪，为何闯殿门！"

"皇后娘娘，求娘娘饶了罪妾吧，不要将罪妾迁入重华宫……"江心月跪在她面前叩头道。她不知找什么理由解释她的闯入，唯有这样说了。

云岚在侧斜睨着她，粉面含笑道："莲贵嫔获罪不但不自省，更是连规矩都忘了，是否是嫌皇后娘娘惩处不足？"

皇后的眸中突有精光流转，她侧目往案几上飞去一眼，刚想做什么，不想此刻叶选侍又一声惨呼，身子因痛楚扭动了下，案几受力霎时大动，那香炉倾斜而下，铜铸的鼎炉就要翻滚下来。

正是此刻！江心月所处之地紧贴案几，她早有准备，猛然伸臂揽住铜炉。然而不大的铜炉却重似千斤，案几朝后翻倒的同时所有力道都加在了她一人身上，她的下方堪堪是因案几翻倒而摔在地上的叶选侍。

电光火石的瞬间，她猛地向前发力，铜炉"砰"的一声巨响，磕在叶选侍的右手侧。

随着剧烈的响动，铜炉在地上滚出半圈后停住，原本铜炉掷地之处赫然是一道青白的磕痕。殿内众人都惊得不能自已，叶选侍惊惧更甚，铜炉落地时的声音仿佛响在耳旁的惊雷，她粗粗地喘着气，继而剧痛猛地袭来，她捂住小腹就是一声声惨叫。

御医终于到了，急着给叶选侍诊治。良妃看一眼皇后，上前道："娘娘，既然叶选侍认定是为人所害，傅贵人有嫌，在座诸位也无法自清，还请娘娘下令众妃不得离开此地。"

"就依良妃所言吧。"皇后点头，接着去看顾叶选侍，即使出了事形色也是一贯的从容。

重华宫闹出这等惊魂之事，皇帝得了消息，早朝一过就急急地奔过来，进殿便听得叶选侍一声高过一声的呻吟。他虎着一张脸朝皇后道："叶选侍怎会胎象不稳？重华宫又怎会炉鼎倾倒？"

"回皇上，"皇后见了礼，面有愧色道，"御医已经在诊治了。这案几……是臣妾疏忽，不应让叶选侍靠在上头。"

一众嫔妃随着皇后行礼，每人都是花容失色，吓得不轻又极无辜的样子。皇帝并不理会她们，只朝皇后道："叶选侍因腹痛靠在上头……你是无心，并无过错。"

他抬眼去看那出事的案几，却见江心月散了头发瘫在案几旁，她的宫女菊香正小心地扶着她，不禁失色："你是怎么回事！"

江心月见他脸色铁青，以为他不满今日她祈福来迟而发怒，忙小心地跪正身子答道："臣妾已经知罪了，臣妾定当在重华宫潜心改过……"她这么说着，心里对皇帝的嫌恶却一潮高过一潮——若不是皇帝那一晚偏要玩许多的花样，清早还命不准叫醒她，她也不会落入皇后的掌心！她越发觉得皇帝是她的灾星。

一边的良妃早已会意，立在皇帝身侧准备禀报江心月救皇嗣的功劳，这样大的功莫说会赎罪，还应封赏。

"什么知罪不知罪，朕问你为何披发，臂膀为何受伤！"他指着江心月紧紧掐在右臂上的手道。

良妃自是一一地禀报了，将莲贵嫔去抱那铜鼎的情形描述得绘声绘色，什么"不顾生死"，说得大义凛然。

铜鼎太重了，若不小心砸在自己身上，不死也要残废。江心月心中微涩，宫中的步步惊心她都是在赌命，她料到那铜鼎被用来害命自然会很重，可她没有别的办法，若不拼上命去她怎么解脱祸患？

"你——"皇帝指着江心月突然气结，为了别人肚子里的孩子竟搭上自己的命，怎么这样蠢！她不是说过行善是力所能及才为么？

他还未说出口中的话，诊治的御医便奔过来道："叶小主并未被毒害，是将胃病误以为是龙胎不稳。小主要么是吃坏了东西，要么是过分饱食或进膳时动怒所致……"

御医未说完，傅贵人就急着洗脱嫌疑道："叶选侍冤枉嫔妾，她进食糕点时确有动怒，且怒气极重，想来必是如此才胃痛，诸位姐妹们都看到了……"

皇后颔首道："已经知晓叶选侍非为人所害了，你不要再怪她，她也是惊吓失言。"

皇帝听得叶选侍只是胃痛，心里松下来就想去看顾江心月，不想御医突地高声道："小主本该无事，但受了太多的惊吓，此时已经有滑胎之象！"

叶选侍在胃痛时就以为是胎儿出了问题，一直吓得脸色惨白，最后一只铜鼎"咣当"一声恰巧砸在手边盈尺之地，大理石板都能被磕破，若不是莲贵嫔搭救，这东西掉在身上，害的不是皇嗣而是她的性命……一样样惊魂之事，她有身子的人怎么承受得住。

皇后自是命人将叶选侍抬至重华宫偏殿，几个御医都拥了进去。既然非为人所害，众嫔妃便再无嫌疑，皇后一声"各自回宫"，均被遣散了。只有良妃和江心月尚留在此地。

皇帝止住走在最后的一名御医，命他给江心月看手臂。御医诊治片刻，道只是轻微拉伤，用些药贴就会无碍。

良妃向皇帝直言道："皇上，莲贵嫔今早起晚，耽搁祈福，虽然有错，但她方才舍身救下叶选侍……"

皇后看一眼江心月，面色闪烁不定，终是勉强露出嘉许之色，道："莲贵嫔德行一贯出众。臣妾看，今早的惩处自然不必了，回头该好好赏赐莲贵嫔。"

王云海在侧一一将此事详细禀给皇帝。皇帝终于明白早上出了何事，想斥责皇后的处置过重却说不出口——迁至重华宫磨砺心性而已，既然是懈怠祈福，这样的处置最恰当不过。改过便能回来，看起来很是宽仁。再看跪坐在地上面色有些得意的江心月，他已经猜到她不顾性命救人是为了脱困。

若你被迁入重华宫，朕会坐视不理么！你何须用命换得脱困！他曾经决心要保护江心月，保护她在这深宫里稳稳地走下去，可是……可是她遇难后根本没想到要依靠他，而是凭着自己的本事反败为胜。

她哪里需要他？没有他，她一样和皇后对抗，一样能得意地站在这里。她手握权柄管宫时，皇后强势，良妃不及，还是要倚仗她来出谋划策。

皇帝深吸一口气，檀香入鼻却觉无限的烦闷——江心月太能干，让他这做男人的不知如何是好。

救了皇嗣，这样的大功……好吧，封赏是么？皇帝看向皇后，缓声道："就晋封莲贵嫔为昭仪，赐协理六宫大权。"

皇后霎时瞠目结舌，连江心月都惊异不已，不仅晋位，还赐协理六宫大权，这封赏……

因她先前是有罪过的，这封赏有些过头。然……救皇嗣是大功，也不算太过头了。她叩首谢恩，眼角的余光瞥着皇后青白的面色。

昭仪是九御嫔之首，非修容之流可比肩。依附皇后与她作对的宛修容，日后终于可压制她了。

皇帝处理完这边，转身往叶选侍的偏殿而去。他走时，却扔下一句话道："那个案几和炉鼎，皇后你要仔细查看。王云海，你也在此帮着皇后。"

江心月此时才复看一眼那骇人的炉鼎，其香灰撒了遍地，其内有隐约可见的金光。一位姑姑上前对皇后禀道："这个炉鼎是殿内福鼎，底下放了许多金砖金元宝，只有上面才铺了一层香灰。"

王云海是极精干的人，俯身在侧细细地探查，然他看了半晌也瞧不出什么不妥。

江心月随着他探查的手跟上目光去，案几是贵重坚实的红木所制，无虫蛀，更无刻意的刻痕削角。炉鼎完好，三个腿都是等长无一丝不稳之象。

案几上摆设的瓜果和佛卷均滚到地上，香灰尽撒，狼藉不堪。江心月从身侧拾起一枚铜钱，暗自思忖片刻，终是不想再管这里，随着良妃向皇后告辞离去。

当日午后，叶选侍小产。

她的孩子失掉后，无人受责，她也只是晋位常在以示安抚。

皇帝痛心，继而越发看重傅贵人腹中的孩子。叶选侍小产后，御医的话是"受惊过重导致小产"，也就是说龙胎是被"吓死"的。皇帝听闻后想到被他嫌恶的澹台瑶仪，为免她心绪不宁，皇帝赦了她生产后迁居冷宫的处置。

叶常在在失子后整日哭闹，皇帝本就不喜欢她，这般下来竟一次都不肯去探望她。渐渐地，宫内流言四起，道叶常在在祈福当日遇险，虽有莲昭仪舍命相救，却仍保不住皇嗣，实乃上天降责。叶常在定是不祥之人。

第五十二章 不自量力 二

　　启祥宫里，各宫嫔妃的贺礼流水一般送进来。江心月正在殿内翻看医书，传话的内监进来通禀道，凤昭宫的掌事姑姑云岚亲自来送皇后的贺礼。江心月头也不抬地道："请进来吧。"

　　云岚进了内殿，深深俯身行了礼，双手奉上锦盒道："皇后娘娘赠莲昭仪玉斗一双。"

　　"多谢皇后娘娘。"江心月命人收了玉斗，似笑非笑道，"今日见了云岚姑姑，方知什么叫前倨后恭，判若两人。"

　　云岚面色讪讪地泛白，再行了一礼道："娘娘福泽深厚，怎可能入住重华宫那种地方。"昨日江心月披发向皇后求饶，被云岚折辱，不想片刻后她就成了协理六宫的莲昭仪。

　　江心月凤眸中顿显出嫌恶，她能翻身是以命相搏，什么福泽深厚？如果老天爷真的有眼，这深宫里就不会有那么多冤魂了。

　　"若无事云岚姑姑就请回吧。"江心月盯着手中的医书，不再看她。

　　"皇后娘娘还令奴婢带话过来，道日后协理六宫，请莲昭仪拿捏分寸，量力而行。"

　　云岚抬眼，看到江心月眸中浮起刀锋般凌厉的目光，身子不由得一抖，忙低声丢下一句"奴婢告退"，碎步疾走着出了殿门。

她方踏出殿门，一盏景泰青瓷茶盏就"砰"一声掷在了门口，其后的江心月胸口起伏着，又一掌猛击在案上，笔墨均受震倾翻。

江心月平日里对宫人虽严厉，却极少发这么大的脾气。玉红小心地上来擦拭桌上的墨迹，低声道："娘娘息怒。"

"你下去。将菊香叫过来。"江心月沉着声道。

菊香进殿，瞥过正收拾殿门的两个宫女，轻声道："奴婢方才见云岚出去了。娘娘是否是因皇后置气？"

江心月抬手执起菊香的手，紧紧握着，切齿道："她竟威胁我，她……实在……"

"娘娘……"菊香知主子刚得了协理六宫大权，那一位定会愈加紧逼。

江心月挥手令殿内伺候的人退下，继而从衣袖中捏出了一枚旧铜钱，放在菊香的掌心中。

菊香细细地看它，终于惊疑，指着其上的一抹浅浅的磕痕道："怎么有缺损？"

江心月垂眸道："因为昨日祈福时，它被垫在了案几的一条腿之下。"

菊香骇然："所以那案几才会倾倒？那之上的铜鼎……"

"是。若没有猜错，铜鼎之中的金砖并不是铺在底部，而是被尽数摆在靠近叶常在一侧的内壁。加上这枚垫底的铜钱，当叶常在靠在案几上的身体稍稍移动，就会引得案几晃荡得厉害，最终倾翻。案几会向后翻倒，而铜鼎必定向前砸去。"

菊香喃喃道："真是好巧的心思……叶常在偏偏靠在了那个有问题的案几上，这么巧！她还将胃痛误认为是胎儿不稳，这么奇怪！若她知道只是胃痛而已，定不会出后头的乱子了！"

"怎会巧！"江心月闭目道，"她的席位正在案几旁，若要靠着肯定会靠在近旁的。还有，你看傅贵人的举止多么可疑，她百般设法令叶常在将两个千光纳福包全部吞下肚，也难怪叶常在腹痛后认定是她所害。傅贵人的目的不是毒害，而是引得叶常在因怒极胃痛。若没有猜错，谋算者为求保险，那两个千光纳福包里定掺有巧妙的'杂物'，会引发胃痛且不会被御医诊出。"

"是，定是人为。"菊香也笃定道，"因为她胃痛，所以躺卧会更痛，她才选择了靠在案几上……"

"正是，谋算她的人考虑了这一步。但是菊香，你有没有注意到皇后命人铺下的那几个垫子？正巧放在铜鼎的正前方。就算她没有靠上案几，只要有人不经意间推动案几，将铜鼎倾翻，她仍然难逃一死！谋算之人怕派人去推动案几会被察觉，为了降低风险，才设计令她自己靠上案几。呵，真是好！叶常在真是'不祥'，自个把铜炉倾翻下来砸自个……"

菊香听到这里面色顿时冷下来，猛地道："一切的布置均是皇后，傅贵人是皇后的人，叶常在腹痛后是皇后全权操持，除了她还会有谁！"

菊香说得激动，一捏手中的铜钱，忽地变了脸色道："主子，我们有证据！铜钱上的磕痕，还有鼎炉里的金砖，还有叶常在用过的糕点……"她说着，却突然说不下去，讷讷地张着口。

江心月苦笑一声道："证据？呵！这铜钱是重华宫积福的祥瑞，每个香炉里都撒着几枚，且常年不更换，很多都有损坏。那个倾翻的案几上，自然也有铜钱。铜鼎倾翻后，重重磕在地上且滚了半圈，那里头摆好的金砖早就走了样，你能看出它本来是铺在底下的还是摆在侧面的？那两个千光纳福包被叶常在吃得连渣也不剩……"

菊香静默半晌，突地骇极，睁圆了双目道："天哪，什么叫滴水不漏，天衣无缝，我的天……"

"不仅如此！"江心月厉声道，"她算好了一切，无论发生何种情况，都被算计得万无一失！你看，即使多了我这样大的意外，结果呢？叶常在仍然小产！因为她算好了，若退一万步叶常在没有被砸到，那么，她就会因过度惊恐而小产，就像现在这般！傅贵人羞辱她在先，使得她气血上涌，心绪波动剧烈；而后误以为胎儿有恙，腹痛至极，惊恐不安；最后那只铜鼎砸在距离她不足一尺的地方，那么重，那么响……"

她说完又低低道："还有，我刚刚翻看了医书，肠胃疼痛会使腹部收缩，对胎儿有一定影响……"

殿内一时死寂般静默。良久，一声"真是太过周全了"，菊香颓然吐出了这句话。

"是，很符合那一位行事的风范，果毅而稳妥。"江心月面色愤然，道，"她竟然也这般狠辣！比之当年横行宫中、戕害皇嗣的陈氏，她是有过之而无不及！傅贵人和澹台瑶仪依附她，而叶常在非也，她便不肯放过，急于下手！她和陈氏想的一样，凡是对将来皇位有威胁的皇子，统统除去！"

江心月说着目色猛地凌厉，几乎是怒喝着道："此事在本宫眼下发生，本宫看穿一切，却一丝一毫也奈何她不得！我实在不甘！"她夺过那枚铜钱，狠狠掷出。这铜钱简直是对她的讽刺！

她强自平息了，回首朝菊香道："云岚方才带来了皇后的一句话——拿捏分寸，量力而行！皇后知晓我看穿了，所以来向我示威——即使我看穿了又能怎样！她告诉我，以她的手段，我绝不是对手，根本是不自量力。"

昨日的祈福，无论是谋算叶常在失子，还是谋算江心月失势，皇后的手段都极高明。

若不是上天给了她机会，若不是她拿命去搏，此时早已被圈禁在重华宫，僧袍斋戒，与惠妃为伴了。

她握着菊香的手越来越紧。失去花影之后，她只能倍加珍惜剩下的亲人，珍惜瑞安公主和阿媛，珍惜菊香。

"主子，"菊香摇头道，"皇后强势，但无论前路如何，奴婢都会陪您一起走。"她握着江心月的手也越来越紧。

十日后，是江心月册封为昭仪的册封礼。

因叶常在刚失了皇嗣，江心月向皇后请旨，册封礼一切从简。

她在庄严肃穆的太庙前深深地叩首祭拜，而后听礼监宣旨。嫔位以上才有册封礼，嫔、贵嫔之礼又不甚庄重，而昭仪以上则十分正式了。虽然从简，所用华服仍是繁复厚重，发髻上簪十支竖钗，沉重的分量无不压在颈上。

此身华贵我不贪恋，重要的是协理六宫大权。

礼制行到巳时方才结束。最后一步是皇后例行的教诲，皇后所言无非是些和睦宫闱的官样文章，江心月跪拜之后，出殿朝启祥宫而去。

她的步子略显疲累，跨过了凤昭宫正宫门，打眼一瞧，外头正立着那位异常熟悉的宛修容。她低眸垂首，端正地行礼。

江心月倚风驻足，手指抚上胸前指肚大小的串珠，笑如春风般看着眼前人道："宛修容免礼。今日又来与皇后娘娘叙话么？"

"并非。"宛修容并未被她一身华服盛气所吓，抬眼直视她道，"臣妾有事禀报皇后娘娘。"她未等江心月开口，面上浮起几分假情假意的悲色，低了声音道："叶常在殁了。"

"叶常在？"江心月有些惊异，她虽然位卑且因失子受尽嘲弄，然一个活人说没就没了？

"是呢。她居西福宫，主位懋嫔胆小，白日里看到她吊在房梁上吓得瘫倒，臣妾刚好路过，闻见宫内躁动才进去看了。"宛修容说着，面上的不屑与嫌恶再无可掩饰，也不知是对胆小的懋嫔还是对人人嘲弄的叶常在。

西福宫主位原是禧贵嫔，她获罪被赐死后，默默无闻的懋嫔就捡了便宜成了一宫主位。

宛修容说完，神色突地一跳，忙掩住口道："啊呀，怎好说这些晦气事……臣妾一时口快，忘了今日是莲昭仪娘娘的好日子，哎呀，真是巧了，娘娘的册封礼怎就出了这事呢……还请娘娘恕罪。"

江心月依旧浅笑着道："怎会怪罪你。此事还多亏你了，否则懋嫔吓坏了怎么好。"

"难承娘娘赞誉。"宛修容谦逊道。她抬手，正一正发髻上一支蝙鲲点金镶墨玉步摇，粲然一笑："臣妾常与皇后娘娘叙话，此事由臣妾回禀给娘娘再合适不过。莲昭仪娘娘能有今日荣光，臣妾始料未及，当真惊喜。"

她说着，见江心月眉眼依旧动也不动，复以帕掩口嗤笑了两声，道："臣妾进去了。愿叶常在之死不会折了娘娘的福泽。"

她的身子往门内轻盈一闪，便隐入其中。贵喜在身侧立着，面色有些愤愤："她如今位分低于主子，还敢用晦气事来扰您……"

"好了，跳梁小丑逞口舌之快而已。"江心月眸色静如水，缓缓朝启祥宫踱步而去。

第五十三章 博宠 二

回了启祥宫，院内立着一个窈窕葱绿的身形，见了她忙俯身行礼。

江心月进殿卸下一身的重负，回首瞧她，道："皇上近来眷恋你，还晋位你为采女。你怎不在自个宫里好好待着？不怕皇上去了找不着你？"

江心妍面上有些许惊恐和慌张，疾走几步上前，不顾礼法地扯住江心月的衣袖道："长姊，我……您可知叶常在自戕？我怕啊……"

江心月看着自己袖上尚在颤抖的双手，伸手接了玉红递上的一盏清幽的普洱，蹙眉道："你怕什么？死的是她不是你。"

江心妍强自稳下心神，道："长姊教诲的是。可……可，您可知叶常在是如何死的？是傅贵人！她心肠歹毒！"

江心月缓缓踱步，端然坐在上首，依旧平静地瞧着她道："是什么手段？"

"叶常在小产后，连日哭闹，几近疯癫。傅贵人她就趁机……"江心妍说着又惊恐起来，"近日里那些嘲弄叶常在不祥的流言，就是傅贵人命人散播的！她还对叶常在说那些话，说什么弃置、废妃、冷宫，叶常在本就几近崩溃，傅贵人走后，她就悬梁了！"

"我当是什么。"江心月冷冷道，"只能怪叶常在太不中用，几句话被吓

595

得自戕。"

"长姊，我怕啊！我听到了那些话！她能杀一个，也能杀两个！我和她住在一块儿，我……"

她在府中时虽然林氏紧逼，但宫里的恐怖岂是小小七品县令之家可比拟的？她入宫来，才知人命贱如蝼蚁，而这一次，那杀人者就在身边。

江心月听了，不禁呵斥道："你就因这点事怕她？听到了又怎样，还能算是个握在手里的把柄呢，而你竟然怕！你可知在这宫里随时都要赌上性命，你还未曾赌，便先被吓怕了！"

兰贞当年对付祥嫔，是活活勒死后伪装为悬梁。傅贵人不过说几句话，而叶常在本就心神崩溃才自戕，其狠辣差了许多。江心月看着眼前不中用的女子，内心气结——难道心妍真的过不了傅贵人一关？

江心妍受斥，闭口不敢再说。江心月心一狠，道："你此刻就回宫去。若害怕，也可学着叶氏自戕。江家的女儿有的是。"

江心妍猛然惊住，她要被弃置？

怎么可以被弃置！她心里竭力稳着，最终朝江心月行了一礼后，告辞回宫。

她走后，江心月颇有些烦闷。郁郁中，突想起皇帝已经十多日不曾踏足启祥宫了，忙向菊香问道："这是怎么了，皇上为何冷落我？"

以往皇帝虽临幸她的日子少，但白日来启祥宫坐坐是极频繁的。她在重华宫被晋位昭仪，授予协理六宫大权，本担忧皇帝会过分隆宠，却不料皇帝一日也不肯来了。

菊香摇头道："奴婢也不知。皇上喜怒无常，阴晴不定，主子别往心里去了。"

"并非往心里去……"江心月蹙眉道。她不喜欢郑昀睿。她此生只爱过一个人，但爱错了。郑昀睿又是个品性不好的人，她更不会再喜欢。

她手里的权柄越发大了，皇宠却落下了，这可怎么好！后宫女子无宠怎能立足！

几日来心神难安。到了第五日，外头的天是湛蓝的晴空，鸿雁高飞。

她终于忍耐不住，一手抱着媛媛，扶辇往乾清宫而去。

行至龙吟殿外，小安子满面为难地对她道："宛修容娘娘在内侍奉呢……"

女子"咯"的一声笑从内传来，继而是郑昀睿朗声大笑之声。今日皇帝有些闲暇，政务早早地忙完，故允了送吃食的宛修容进殿。此时，宛修容正坐在皇帝膝上，一勺勺舀着银耳燕窝粥喂给皇帝。

江心月轻蹙眉头，回首朝媛媛柔柔笑道："随母妃在这里等一会儿。"

媛媛一日日长大，如今已经一岁半了。她喜欢龙吟殿，此时见了立刻伸手向前指着，奶声奶气道："爹爹——"

江心月面色微微变了下，公主、皇子应称皇帝为"父皇"，而不是"爹爹"。宫内的孩子教养很特殊，而媛媛一贯被皇帝宠溺，不喊父皇只喊爹爹。在启祥宫里倒没什么，然这里是龙吟殿正殿门外，规矩大不说，里面还有一个宛修容。

"媛媛，要叫父皇。"江心月纠正道。

媛媛并不是不会叫父皇，只是不喜欢叫。母亲要她改正，她却偏偏不想改，仍是一味地道"爹爹——"，声音也越发大了。

江心月见她任性，眉头立刻扬了起来，严厉道："媛媛是公主，要知道规矩！不想叫父皇就不许再叫了。"

媛媛被她的疾言厉色吓到，只觉得委屈至极，"哇"的一声大哭起来。江心月虽生气，却无法再狠心，赶紧去哄她。

媛媛的哭声很响，江心月哄不好，然而这里是龙吟殿，怎能扰了皇帝！晴芳来抱着哄仍不见效，她不禁越发焦急慌乱。

媛媛仿佛知道殿内坐着皇帝，哭声只高不低，非将殿内人引出不可。果然，不消瞬间殿门便打开，皇帝疾奔过来双手夺过她道："媛媛！你为何哭？"

皇帝急急的样子，唬得江心月都愣了神。媛媛抓住皇帝的龙袍，小脑袋朝江心月怨怼地一扭，满眼都是委屈。

皇帝立即明了，带了些火气对江心月道："又责骂她了？朕不是说过你不要太严厉么！"

"恐不是严厉呢！"一声姣好柔媚的女声在身后乍起，宛修容款款移步上前，面色极慈爱地看着瑞安公主，心疼道，"可怜这么小的孩子，被生母苛待，只为了……"

她话内的意蕴再明白不过，江心月心头大震，方才媛媛大哭时她就一直担忧，没想到还是发生了……

她的确是拿媛媛来博宠，可她怎可能为了引皇帝出来，苛待媛媛令其哭闹！

宛修容两手扶上皇帝的一臂，越发心疼地道："皇上，您可要为公主做主啊，公主这么小，莲姐姐却……"她说着一边扯了帕子去擦媛媛脸上的泪珠，一边回首怒视着江心月道："为人母却心狠！再想夺宠也不能苛待幼子啊！臣妾虽位分低于昭仪，但今日，臣妾不得不冒犯！"

皇帝还未说什么，怀里的瑞安公主却猛地甩过脑袋，将宛修容的帕子甩在一边，大声道："她是坏人！"

江心月本在苦苦思量怎样脱险，不料媛媛猛地来了这么一句，令她大为惊叹——媛媛聪颖，说话早，一岁半已经会说不少的话。可是，宛修容的话她本应听不懂的……难道是从宛修容的语气中看出她的恶意？

皇帝此时突地来了些玩味的兴致。他不理会宛修容，而是慢条斯理地问怀里的媛媛道："她为什么是坏人？"

"她欺负娘！"媛媛依旧大声。

"娘待你好不好？"

"好——"媛媛虽这样说着，却突地满脸委屈，小声道，"娘骂我。"

"为何骂你？"

"不许叫爹……"

媛媛说的话虽不清不楚，皇帝也听明白了，江心月曾因"爹"和"父皇"之事和他争执过好几次，然而皇帝喜欢听媛媛叫"爹"，遂一直惯着媛媛不想逼她改过来。

皇帝宠溺地亲在媛媛的额上，道："好媛媛，坏人该怎么办？"

宛修容一听立即骇然。方才瑞安公主指着她喊坏人，她虽然极恼怒，却也只是不甘心江心月会因此脱险；而现在，皇帝竟然将她称作坏人！还问那小魔头"该怎么办"，是想让她听凭小魔头处置么？

"嗯……"媛媛抓着小脑袋思考起来。

宛修容怕得厉害，她知皇帝宠溺瑞安公主，有求必应，就是天上的月亮也恨不得摘下来；待会儿公主口中说什么，她就会被怎样！皇帝生性凉薄，就算公主说出个"死"字，恐怕也会照办，即使她并无过错！

"她走……"媛媛奶声奶气地下了"命令"。

皇帝一听便笑了，这孩子和她母亲一个样，聪慧又善良。他淡漠地侧目瞥向宛修容道："听见公主的话了么？下次再搬弄是非，定不轻饶！"

宛修容如蒙大赦，草草行一礼逃似的小跑了出去。

皇帝再瞥一眼江心月，道："再不许责骂媛媛。"

江心月从方才一直在发惊，先是发惊宛修容之卑鄙，后是发惊媛媛为她解围，又发惊皇帝以幼儿之语处置宛修容……她仍在愣神，手臂却突地被大力一扯，皇帝一手抱着媛媛，一手扯着她进了大殿。

第五十四章 二

作画

　　江心月被他一直拉扯着至书案前。皇帝坐下，怀里抱着媛媛不撒手；她站在一侧，紧皱眉头思忖着将要说出的话。

　　皇帝今日闲暇，书案上并无奏章，只有一部《诗经》。江心月暗自调整了神色，面上浮上一层相思幽怨，视之楚楚动人，方才开口唤道："皇上——几日都未见皇上，公主都极想念皇上了。"

　　皇帝看一眼她厚重的伪装，心里只余叹息，更是一句话也说不出了。

　　后宫的女子无真心者甚多，江心月一贯聪慧，进宫数载媚惑的本事确实不小，然皇帝阅人无数，早也看出了她那些假意。皇帝本就无情，对后宫诸人宠而不爱，后妃只是他制衡朝堂的工具和平日里的消遣，真心？他并不需要。

　　然而他动了那该死的杂念之后，再面对江心月小心翼翼、故作娇柔的侍奉之姿，他或是无奈头疼，或是蹿起一股无名火。然而，他同时也会想起那些令他不知如何面对的旧事——江心月初入宫时被他当作打压陈氏的砖头，当作诞下皇嗣的棋子，"凶天"一案他随意牺牲她让她受了那些酷刑，从未信任过她，任她被陈氏一众苦苦相逼……江心月对他无真心是理所当然，有真心那才叫蠢！

江心月见皇帝眉头紧蹙，满面沉沉之色，心里也被坠着往下沉去——自己方才的神情，妩媚惹人怜，只要是男子都难以抗拒；可皇帝喜怒无常，即便她侍奉了他多年，也根本猜不出他下一刻会做出什么。而最近，皇帝对她的态度愈加怪异了。

她心里突突地跳着，难道她失宠了？她硬着头皮，两手不经意间覆上皇帝的前襟，更加娇柔地道："臣妾……太想念皇上……"

想念？皇帝的眉头皱得更加紧。在重华宫里那种艰难的时刻她都没想起他来，平日里想什么想？唉，为何她不需要他呢。

这几日皇帝每每路过启祥宫，都觉着心里的火气一寸寸地往上蹿，那是一种极难受的窝囊的感觉。

皇帝静坐不语，江心月越发骇然。媛媛此时正在皇帝怀里扭股儿糖一般窜动，她突地一口覆上皇帝的下巴，然后喊着："爹爹——"

皇帝猛然惊起，媛媛在亲他？他顾不得江心月，立马双手捧着媛媛，求她道："再亲一口，再亲一口！"

不知媛媛是否听懂，总之她照做了。皇帝欣喜若狂，脸上的口水丝毫舍不得擦拭，顾不得心里的芥蒂转首对江心月道："朕多日不见媛媛，也想念得紧。"

江心月见他龙心舒畅，顿时松了口气。果然媛媛是她最好的助力。

身后的菊香见皇帝终于展露笑颜，趁着间隙奉上一檀木为轴的画卷，江心月接过两手一抖，卷身翩然展开，赫然是一丰神俊朗的男子。

软糯的声色从口中滑出，江心月笑道："臣妾思君情长，不得已只好作了画作聊慰相思。"

皇帝不料眼前突现出这么一幅佳作，定睛一瞧，那男子正是自己。再看身侧双目含情的江心月，他心里惊喜异常，方想伸首去够她嘴上的胭脂；然而再仔细瞧那画卷，却有一寸寸的恼怒在心中燃起——画上的男子着深重的黑袍，阔袖正随他的臂膀挥舞开，正是帝王下达圣命时的姿态；面上剑眉入鬓，眸光凌厉深邃，脸颊瘦削，棱角分明，那眉头还刻意地填了几笔，勾出一副挑眉怒颜，仿若他的圣命是斩杀之令一般。

江心月画艺算得上是出众，画中人形神兼备，栩栩如生，皇帝打眼看去，此人深沉乌黑的眸子连自己都觉得有几分恐怖——如此画法，虽然显得龙威甚重，帝王至尊，然而难道朕每日都是这般可怕的样子？

他拧眉不语，殿内的气息陡然冷了下来，缓缓浮上一层压抑而迷蒙的雾霭。江心月瞥着皇帝越发不善的面色，锦缎着在身上只觉凉滑束缚，满身满心都被紧紧揪了起来。

皇帝盯着画卷只想将画中人撕裂。他这样置着气，却怎么也无法将怒火宣之于口——这可是心月亲手所作，不论画得好不好，不论真心假意，他怎能糟蹋她的心意？

唔，或许江心月的画风一贯如此，或许她的画艺不精，不擅长描绘神态……皇帝竭力宽慰着自己，笑道："你有心了。"

"小安子——"皇帝侧头一唤，小安子忙不迭地凑上前来，只听皇帝道，"将此画卷装裱好，悬在龙吟殿内。"

小安子两手捧着接过画卷，叩头应声，急急地退下忙差事去了。

虽然画得很不合心意，但好歹是她所作，就将就着挂上吧。

江心月在殿内待了半个时辰，有臣子进宫面圣，她便告退了出来。画卷是她苦心三日的成果，本只想博帝王一笑，却没料到皇帝将其悬在了龙吟殿内。皇帝越发喜怒无常，她也捉摸不透他此时的心思，便懒得多想了。

待江心月走后，侍立在皇帝身后的王云海才敢上前，苦着脸道："皇上……龙吟殿的画卷，均是出自名家，这……嫔妃之作……"

"你这次又想说什么？"

王云海知道皇帝烦闷，然而该说的话还是少不得。他是皇帝最亲近的人，如今眼见着皇帝陷在莲主子那儿，越陷越深，他可不能不劝。上次得了那样珍贵的东西，按律只有皇后有资格服用，皇上竟打着共进御膳的幌子，一股脑儿给莲主子灌下去了。这些时日以来，皇上又为了莲主子彻夜心烦，唉……这哪里是为帝之道啊。

"皇上，先帝的教诲，您……莲主子她……"王云海吞吞吐吐的，却是将那些会惹得龙颜大怒的话一点不差地说了出来。

皇帝听了猛地一震，身子仿若都麻木了一般，久久凝眉不语。

良久，皇帝才缓慢吐出几个字："先帝的教诲……"

"是啊皇上，您是帝王，是天子啊。"王云海擦着额上的冷汗，红颜不可乱君心，前朝的教训历历在目，而先帝正是因为无情、无心，才开得这大好的盛世。皇上是那样冷酷的人，又最重帝王权柄，这些年无论是宝妃，还是三宫六院那些如花的女子，皇帝宠她们，却从未被她们左右。可谁知……来了一个莲主子，皇上竟真的陷进去了。

皇帝突地拧眉，五指在书案上扣紧，却没有斥责王云海。他双目微眯，声色平缓道："朕这些年都秉承先帝的教诲，为王者动情则死，所以朕丢掉了情，丢掉了心。然，朕如今并不赞同此金科玉律。王若无情无心，又怎样去博爱天下万民！

"朕的处境是如此，朕所爱江氏也是如此。后宫女子若心善，若贤良，必会不得善终。你看后宫这些人，哪个不是满手血腥，哪个不是利欲熏心。也怪不得她们，她们只是被这皇宫给逼成这般……只有江心月是个异类！她用尽全力去保持自己的心善，然后用聪慧来抵挡那些灾难。她是唯一不向这座皇宫屈服的人，她不肯为了这座皇宫而改变自己。"

若要做王，就一定要丢掉人性么？既然江心月可以在这宫里活下去，那他也可以做一个有心的王。

皇帝说完，王云海终于讷讷不能言。

自那日之后，启祥宫终于不再受冷，皇帝去得比以往都勤快了。江心月协理六宫，方觉深宫嫔妃众多，琐事烦杂，管束起来颇感麻烦。

她的日子越发忙碌，每日翻看内务府的账簿，为各宫嫔妃分配份例，其间还有大小节日和筵席，虽然只是协理，但分至头上的责任反而更琐碎，更繁多。各宫大小妃妾的生辰都需操持，低位者只需分些赏赐，高位者却需大办筵席，皇后的千秋更是马虎不得。

此时她方才佩服起皇后来——皇后是国母，是后宫真正的主子，其重任不是她和良妃两个协理者可比的。然而再忙碌，再烦杂，皇后仍能有那么些钻营的心思，去杀伐叶氏的皇嗣，去算计她和良妃。

第五十五章 二

生辰

十二月初十，正是江心月的生辰。

前头的十一月份是淮阳公主的生辰，因公主满十周岁是大日子，皇帝又溺爱淮阳公主，遂命大办。到了江心月的生辰，因前头公主的生辰太过奢华隆重，皇后捏着内务府的账簿满面为难地道："这一年的开支不小，都是百姓血汗……"

皇后本以为江心月热衷权柄，必会趁此机会大办生辰以求在宫中立威。然而江心月求稳之心大过求胜，并不想早早立威，遂含笑地顺水推舟道："皇后娘娘心怀百姓，臣妾虽不如也应以娘娘为表率。臣妾只是昭仪位分，哪里能僭越大办呢？"

一切安排呈给皇帝过目时，皇帝无甚异议，令一切由皇后定夺。

江心月的寿宴设在启祥宫。此时，龙城延绵三日的大雪终于停了，冬日暖阳，积雪皑皑。

因积雪未除尽，傅贵人和澹台瑶仪身子金贵均没有出席。其余宫妃有几位告病，也不知是真是假，江心月也没有与她们计较。

江心月是寿星，她的朝云近香髻上插了五支绿雪含梅累金丝玉簪，三寸流苏莹莹垂肩。一身百蝶穿花宝蓝软缎宫装，裙边系着豆绿宫绦、双横比目芙蓉佩。她甚少有这样出挑的装束，只因她如今协理六宫，生辰虽然从简，却不能一简再简，装束上定要有七分华贵。

皇帝来得较早，踏进殿时，便将目光定在江心月身上移不开眼去，欣喜神迷道："你往日不喜奢华，今日好好地装扮一番，就恍若神仙妃子，真令朕惊喜。"

江心月最爱重的便是此身姿容，为博君心她素来会下苦功夫。她今日装束繁复，却不是一味的艳俗，而是花了许多新颖讨巧的心思，当年罪妇陈氏的奢华是万万及不上的。所以皇帝见了才有"神仙妃子"的惊艳之感。

她瞥着皇帝满面的迷醉，垂首低眸，玩心顿起，娇羞地回道："皇上是说臣妾平日不美么？"

皇帝闻言一愣，才意识到自己被她耍弄，不禁大笑："心月一张巧嘴都敢来促狭朕了！"他大踏步过去，牵起她的小手携她往上首走去。

皇后与皇帝同行而来，然而一踏进宫门皇帝却被莲昭仪完全吸引住，此时又携了她的手同行，将她一人晾在殿门处。虽今日莲昭仪是寿星，然……皇帝也不该全然不顾及她。

皇后回了神，面上已然是温婉柔和，她端然提步行至皇帝左侧的席位上坐下。江心月坐在皇帝右手侧，她虽是今日的主角，然尊卑不可废，皇后按照以左为尊仍是坐在皇帝左侧。

各宫嫔妃陆续地赶来，依位分被安置于帝后两侧的席位。长席案几铺展开来，丝竹之声渐强渐弱，筵席已然开始。

乐坊的舞姬由远及近，轻盈踏步而来。手捧托盘的宫女内监们也鱼贯而入。一切布置都是从简，歌舞略去了过分盛大的排场，膳食也未用大量的燕窝、甲鱼等珍贵食材。

"你如今只是昭仪，生辰就算不从简也不会有多隆重。"皇帝紧紧握着江心月的手，侧过头去贴近了她的耳低语道，"以后朕定给你最好的盛宴。"

皇帝说话时，心里稍稍发涩，因为江心月身处低位时，从未好好操办过生辰，甚至那时候皇帝根本不记得她的生辰。如今他想为她大办，却有着诸多的限制和顾忌。

江心月强作喜不自胜的模样谢过皇帝，心里却一丝波澜也未起——当年的郑昀睿也说过"朕心里早有了你的位置"诸如此类的蜜语，结果他一个反手就将她打入慎刑司。在她看来皇后的品性都比皇帝要好一些，至少皇后十句话里能有一句真话，如皇后在戕害了叶氏的皇嗣后毫不掩饰地来讥讽她"量力而行"；而皇帝，她这辈子别想听见他嘴里的真话。

至于生辰，江心月是从不在乎的。因为这根本不是她的生辰，是真正的江家嫡长女江心月的生辰。一则官籍女子生辰八字入了户籍，不可更改；二则她根本记不起自己的生辰。那一年洪灾，她几乎饿死街头，又发着高烧，那些濒临死亡的日子和病痛的折磨使年幼的她忘记了很多事，甚至忘记了自己的名字，所以人们只能叫她"阿奴"。她唯一记得的是妹妹阿媛的乳名，因为她最后怀里抱着阿媛，口中一直重复这个名字，才未被忘记。

即便如此她仍是幸运的，她没有落下病根，而阿媛的身子却被折磨得尽毁。

皇帝举杯朝江心月宠溺地一笑，其余众人跟着皇帝，纷纷向她贺寿。皇帝贪恋那日共进御膳的情形，如今江心月离他这么近，他只想再次一筷子喂到她嘴边。只可惜此时众妃均在场，皇后也在侧，他为了不给江心月惹祸已经同意了皇后"一切从简"的安排，如今可不能因一时兴起再给江心月引来众妃的醋意。

瑞安公主又长大了不少，如今已经能走得很稳了，她由晴芳领着一步步朝最上首的席位而去。到了近前，她像模像样地行了一礼，竭力放大了声音道："儿臣贺母妃寿辰！"

江心月眼前一晃，便从那长长久久的思绪里冲脱而出，面前已是娇小活络、圆润粉嫩的瑞安公主。她一时失神，而后便淡然地笑了，起身离席抱起媛媛，亲了又亲。即使活在天底下最艰难的地方，她仍然活着，她还有女儿和亲妹。

启祥宫内烧着足足的红萝炭，江心月畏寒，一到冬日身子就愈加难熬，今年的冬日，皇帝早早地吩咐给启祥宫准备双份的炭火。此时筵席上觥筹交错，案上锅子里冒着腾腾的热气，冬日里的冷冽寒流已经一丝也无了。

膳食连接不断地端上案几。皇帝时而侧身给江心月夹菜，时而转首同皇后闲话，旁侧有嫔妃起身说些贺词，皇帝也会赏脸地赞上一句。皇后上官合子的皇宠从未消减过，此时皇帝丝毫不冷落她，筵席未开始时的尴尬已经在她心中烟消云散。

　　"今日长姊是寿星，小妹就讨个脸，来敬长姊一杯——"江心妍粉面含笑款款提步上前，她没有在席位上敬酒，而是大胆地行至皇帝面前，举杯笑看着江心月。

　　江心月柔和地一笑，端起三足景泰瓷樽，抬袖掩口一气饮尽，道："长姊谢过你的心意了。"

　　江心妍复行一礼，旋旋转身回首而去。

　　空气中有残余的苏合香的气息，淡淡的，却仿若生着撩人的手一般，一丝丝往毛孔里钻去。江心月轻柔一嗅，不经意间侧目窥视着皇帝的神色。

　　皇帝正两指拈了一枚汁水饱满的紫红葡萄肉，悠悠然往口中送；旁侧的皇后已经剥好另一枚，细心地用小银匙剔去果核待皇帝吃完口中的一枚。

　　垂眸苦笑，江心月闷闷侧目过去。云岚是通医理之人，苏合香已经被皇后早早识破并抢先转移了皇帝的注意。

　　皇后知晓医道在宫里用处大，所以重用云岚，杖毙花影。

　　江心月复看云岚时内心便似有厚重的泥沼，堵在心口的那一处，生生地拨弄不出。只有想到心妍能够精神起来，方觉好受一些。

　　长寿面端上桌，香浓的骨汤里卧着银丝，勾芡的酱汁更是香气扑鼻。皇帝吃了一筷，赞不绝口，突地又微微蹙眉道："媛媛爱吃面食。她向你贺寿之后去哪了？怎么没听见她哭闹？"

　　"合宫家宴，臣妾岂敢令她哭闹扰了皇上和众位姐妹。"江心月笑道，"殿内有些热，又吵闹，晴芳方才领着她下去了。"

　　"唔。待会儿要给她留一碗。"

　　"她馋得等不及，早就预先给了她去侧殿吃了。"江心月说着，又道，"媛媛遇上爱吃的便怎么说都止不住地要吃。臣妾要去看看她，省得她吃撑。"

　　"嗯。去了快些回来。"皇帝点头。

她扶着贵喜的手移步而去。刚跨步出殿门，就见传话的内监疾跑着过来，一看到她，便猛然高声道："主子！"

"宫人言行不得疾于色，筵席之上更不容放肆。你慌跑什么，想吃板子了么！"江心月铁着脸斥责他。她对下人一贯是严厉的，她宫里的人从不许有坏规矩之事。

"主子恕罪……"内监被她训斥得身子稍抖，言语却半点没有放慢，他一手指着宫门外的地方，喘着粗气道，"公主，瑞安公主……"

江心月一听内监急促的语气便知不好，她担心媛媛，焦急与恐惧一并涌上来，当即什么也顾不得，一边揽裙往那太监指的方向疾奔过去，一边朝着后头跟上来的传话的内监喊道："你边跑边说，贵喜，你快去禀给皇上。"

幸好菊香是一直跟在她身后服侍的，此时紧急，她也不必分神去唤菊香。她长久为妃，养尊处优之下怎能跑得快，菊香立马上前挽住她的臂膀拖着她往前去。三人疾行，已丝毫顾不得宫规礼法。

内监边跑着边竭力理清了口舌回禀。原是瑞安公主在启祥宫里玩腻了，想起在宫门外的垂柳上见过的一窝鸟雀，便要出门去看。晴芳拗不过她，又觉着那处地儿只在启祥宫正宫门十丈开外的地方，近在眼前，遂领着她去了，且想着去看一眼便回来。

谁知公主去了之后，鸟雀窝里多了几只新生的小雀。公主嚷着要掏小雀下来，晴芳不准，她却命令一小内监爬上树去掏。那树不矮，树上又积着皑皑白雪，下脚极滑。小内监往日里是个身手灵巧的，但是那积雪太多，他一脚踩空摔了下来……

"那公主怎么样！"江心月喝问着。摔下来？难道……她不敢再想下去。垂柳之地就在大宫门口，她们跑得很快，传话内监说了这么几句，三人就已经跑到了。

眼前赫然是被晴芳抱在怀里大哭不止的媛媛，旁侧立着面色慌乱而紧张的乳娘周氏。江心月猛地上前，疯了一般地抓住晴芳的手，刚想喝问，晴芳就急道："公主无事，一点事也无！"

如千钧重负倏地从肩上卸下一般，江心月猛然瘫坐在地，张大了嘴喘息着。

然而晴芳旁侧几米开外的地方，立着一个十岁上下的孩子。而他身前是一众内监和姑姑，其中的两人扭着一个娇小的女子，将她狠狠地压在雪地里。领头的内监手执拂尘，面目狰狞，正边呵斥边将拂尘往女子身上打去。那男孩子伸手去拉扯打人的内监，反被那内监粗暴地反手推开。他欲再扯，四周其余的几个奴才均围上来，凶神恶煞地瞪着他。

那个男孩子闻见这边的躁动，回首一看，见是一位衣饰华贵、姿容艳丽的女子，眸中立刻闪动起来，仿若抓住了救命稻草一般往这边扑过来，扯住江心月的衣袖哭泣道：

"儿臣不知您是哪宫的娘娘，但求您救救她，那些奴才要打她！求您……"

江心月的目光直直盯在眼前的男孩子脸上，猛然惊呼道："大皇子！"

她方才远远地看这孩子就觉得不对，宫内的确有十岁上下年小的内监，然而这孩子并未着内监的服饰；若他不是内监，宫内除了内监又哪里会有男子？

方才大皇子情急之下，抓住了江心月的衣袖，然而即刻他便觉出不妥，不敢再抓，只是两手紧握在一起，口中仍不停地求她。江心月只是昭仪位分，按礼法皇子要向她行礼，但只需颔首。此时大皇子声泪俱下地恳求她，她无论如何也受不起，忙止住他道：

"我应了你就是，你不要再求。"她说着已经移步往那女子的方向去。大皇子自是收住眼泪跟在她身后。

那个打人的首领太监方才瞧见江心月，稍有顾忌遂不再下手；而两个钳住女子臂膀的姑姑却仍未松手。女子跪坐在雪地里，身形瑟瑟发抖。

"她是谁？"江心月一问，女子便转过头来，唬得江心月大惊，"丽妃娘娘！"

丽妃未说话，那首领太监便抢先一步回话道："莲昭仪娘娘，奴才冒犯丽妃也是不得已。奴才是奉了皇后娘娘的谕令要看住丽妃。丽妃本只能在华阳宫附近走走，然而今日她走得远了些，奴才们都答允了她……没想到她方才竟挣开了一众下人，奴才不得已……"

江心月恨意顿生，丽妃挣脱的那一下，根本就没有抗旨逃跑的意思，可这些刁奴仍要打她。他们不过是趁机欺辱丽妃！

"莲母妃，儿臣有话说。"大皇子终于认出了江心月，眼见这个下作的内监胡扯，他便急急地插嘴。

大皇子的话虽急切，江心月也听得明了了。原来传话的内监只说了一半，小内监爬树时，自然不敢在公主的头顶上爬上去。他摔下时，公主又有晴芳看护，离得远远的，可是他未料到此时大皇子偏偏在树下。

大皇子本是刻意避开瑞安公主，就从这棵大垂柳的下边走过去。树上的小内监一只眼紧盯着小雀，一只眼瞥着远处的公主，想只要摔下来不会砸到公主就好，遂根本没有看到树下的大皇子。

小内监脚下受滑时，大皇子正立在底下。此时却不知从何处飞来一只雪球，砸到大皇子的后颈，接着就是一个尖细的少女的声音："快躲开——"

大皇子向前一扑躲了过去。丽妃方才看到这边的险情，挣脱了一众看押的奴才，将手中正在要玩的雪球掷出同时高声喊了出来，才救得大皇子脱险。

"唉，奴才方才哪里看到大皇子呢？只是丽妃猛地挣开手，又喊又扔雪球的，奴才就只好冒犯。"那个首领内监挤出一脸的苦笑，絮絮地道，"皇后娘娘的谕令是，'不论何时何地何种情况，都要看好丽妃'，方才大皇子阻拦奴才们，奴才也没法子……"

"何时何地何种情况？"江心月猛地蹿上怒火，朝那内监道，"皇后娘娘的谕令是该遵守，然而你们对待大皇子又是何种姿态？你不过是奴才，大皇子是你的主子！你们当着大皇子的面对丽妃动手，大皇子不是喝令你们停手么？你们可曾听命？非但不听命，竟对大皇子动手！奴才对皇子动手，按宫规，动手者当送进慎刑司凌迟，余者未动手但也十足冒犯，应杖毙！"

她虽然想救丽妃，但她深知皇帝厌恶丽妃，所以不敢和丽妃扯上丝毫瓜葛，也不敢称呼丽妃为主子。然而除了丽妃，还有一位大皇子。自陈家灭族，大皇子被废黜太子之位后，已经没有哪个奴才将大皇子当作主子。

此时她便正好借着大皇子之势来惩治这起子奴才。

她说得凌厉狠辣，然而那首领内监却是丝毫不惧，神色依旧倨傲。他是皇后的奴才，如今后宫是皇后掌权，江心月一介妃妾哪里能对他怎样？江心月见他如此，再看一眼那两个仍然压着丽妃的姑姑，回首对菊香道："先给本宫拉开掌嘴！不把牙打掉不许停手。等本宫禀明皇上，再行处置！"

听闻公主出事，贵喜不仅依着主子的令去回禀皇帝，还吩咐了启祥宫内一众得空的宫人全部跟着主子去，以防不测。

此时启祥宫里的大小宫人均侍立在江心月身后。听得主子令，菊香毫不犹豫地领着他们上前，扭开几个姑姑内监，扬手狠狠照着脸上抽。

那个首领内监被两个人压着打，边打口里边不服地呼喊着："话说打狗还要看主人，昭仪娘娘不能打奴才……"

菊香在侧抽出他的拂尘，将锥尖狠狠往下扎在他的脊背上，冷笑一声道："莲昭仪娘娘协理六宫，难道连你一个贱奴都无权处置么？或是皇后娘娘手底下的奴才不是奴才而是主子？"

"都停手！"突地一个威严的声色在身后炸开，江心月身子一抖，回头看去，便见皇帝从宫墙之后闪出，身侧还跟着皇后。

菊香几人被帝王下令停手，都不敢再打，跪下请罪。皇帝一抬手，道："你们无罪。"他转首朝王云海道："听见方才莲昭仪的话了么？就这样处置，动手者凌迟，余者杖毙！"

皇帝早就到了，只是看着瑞安公主和大皇子都无事，又看江心月责罚那些奴才觉着好玩，才站在宫墙后头听。除了皇后，其余嫔妃都得了令并未跟过来。

皇帝说完，回头瞥了眼皇后青白的面色，冷冷道："你就是这样管束奴才的么？罔顾宫规，嚣张跋扈，莲昭仪还管不得他们了？"

皇后咬唇请罪道："是臣妾管束不周。"

这些奴才怎么就撞上刀口了，在皇帝面前欺辱大皇子？大皇子再不受皇帝喜欢，也是亲骨肉。此时听得一众奴才被拉下去时绝望而凄厉的嘶喊，她只能充耳不闻。

损失几个奴才事小，然"管束不周"事大。皇帝如此斥责她，却以莲昭仪之语处置几个奴才，这……岂不是说莲昭仪掌宫比她要出色得多么？

皇帝睨她一眼，抬手对大皇子道："你过来。"

大皇子自陈氏死后，从太子之尊跌落深渊，且皇帝未给他选一位新母妃，而是令他从东宫迁去皇子所居住；不说连奴才都可随意欺辱他，那些受过陈氏迫害的嫔妃对他恨之入骨，他身为皇长子，却在这深宫无一立足之地。

大皇子甚是畏惧皇帝，皇帝血洗陈氏一族后，他对皇帝的恐惧更是如临大敌一般。此时见皇帝要他过去，全身都有些悚然，又将两手紧攥在一起拖着步子上前去。

皇帝看着他走近身前，他记得这个长子已经十一岁了，今日一见却觉得个头那么小，似不满十岁；他身子又瘦，此时步履颤颤地走在雪地里，一贯不喜他的皇帝终于生出些疼惜来。毕竟是亲骨肉，陈氏再有错，再谋算着利用这个长子来谋夺皇位，也不该将陈氏一族之罪扣到这孩子头上，一直嫌恶他……

待大皇子近前行了礼，皇帝伸手拍在他瘦弱的肩上，道："服侍你的宫人呢？你为何一人在这里？"

皇帝嫌恶大皇子，又不想让他有承袭大统的可能，所以未将他交由哪个嫔妃抚养。然而再嫌恶，皇帝也不会不管他，遂指了些能干的奴才服侍他，以免他被往日痛恨陈氏的嫔妃下毒手。

大皇子闻言，方才已经哭得通红的双目突地又现出泪光。皇帝指给他的奴才只是奉皇命不让他被人害死，他是连奴才都不如的落难皇子，哪个会真心待他好？他以前的嬷嬷才是他最亲的人，即使是母后也不如的。因为母后总逼着他没日没夜地读书、习武，即使在他生病的时候，而他学得也并不出众，因此常被母后斥责。只有嬷嬷真心待他好。然"明德宫变"之后，因为嬷嬷是陈家带进宫的下人，遂被处死。

他在这宫里已经没有亲人了。

皇帝见他又在落泪，不禁蹿上几分火气，冷着脸道："身为皇子如何能轻易落泪！"皇帝的目光往下看去，一见大皇子紧紧捏在一块儿的双手，又怒道："你以前就总是这个姿势，胆小无能的姿势，如今依然无半分长进！你若是有玲珑的十分之一朕都会大感宽慰！"

玲珑？大皇子的眸色一紧。玲珑只是公主，其母又不受宠，却鬼使神差地夺走父皇全部的宠爱。他自小就因这个妹妹而整日自卑。

淮阳公主食邑郡王，而他连贝子都不是。宫内的三皇子因年幼未受封，二皇子因病受皇帝怜悯才得封郡王。他已经十一岁了，大周历朝就算是不受宠的皇子，十岁时也会得封贝子。

他从云端跌落的那一日，就知道自己一辈子都不会得封了。

他一副竭力忍住眼泪的委屈模样，看得皇帝越发不喜，拂袖将手从他肩上甩落。江心月在侧小心地看着父子二人，又时不时看向一旁无人搭理、楚楚可怜的丽妃，心里盘算了下，还是上前劝道：

"皇上莫怪大皇子了，他经历了那场宫变，且……已经很久没有见到您了。"

皇帝神色突有些发滞，一时默然无语。他只是吩咐了宫人去服侍大皇子，保住他的性命，却……真的很久很久没有关心过这个儿子了。"明德宫变"那样残酷，大皇子的处境那样可怜……也不怪这孩子如此畏惧自己。

江心月未等皇帝发话，转首向大皇子道："大皇子还未回答圣上，为何一人在这里呢？"

"因为……"大皇子稍稍哽咽了下，道，"今日这里很热闹，儿臣那里……很冷清。姑姑们不许儿臣乱跑，也从不带儿臣出皇子所，儿臣……自己跑出来的……"

那些侍奉的人，只是看着他，让他活着罢了。

他将头低了再低，小声地道："淮阳公主的生辰那日更热闹。然而那是在交泰殿设宴，儿臣去不得。"

交泰殿是国宴所用场所，与凤昭宫、明台等后宫常用的设宴之地是截然不同的。除了款待他国使臣、皇帝万寿或三年一度的选秀等重大的日子所用，就只有太子的生辰能够在交泰殿设宴。淮阳公主十周岁的生辰，算是破例了。

皇帝听着稍有动容。江心月再问道："那你的生辰是几日？"

大皇子的眼泪终于忍不住，抽噎着答道："是昨日……"

皇子的生辰，满宫竟无一人记得。皇帝喟叹一声，终于道："是父皇薄待你了。"

皇帝说着解下墨狐大氅，披在大皇子单薄的身子上。江心月心内暗自松了口气，帮上了一个，却还有另一个。她复对皇帝道："方才大皇子差点遇险，还好躲过去了，真是吉人天相。"

皇帝蹙眉道："朕也有些后怕。还好是……是丽妃救了皇儿？"他转身去看丽妃，她单薄的衣衫上沾着狼狈的雪水污渍，双手抱着肩膀瑟缩着。

丽妃也是最怕皇帝的。她调整身子面朝皇帝跪着，不敢起身，也不敢抬头看他。

皇帝踟蹰片刻，若没有丽妃搭救，大皇子还不知会怎样。丽妃不顾身后看押她的奴才，去救一个素不相识的人，结果被那群奴才压在雪地中殴打……真是单纯的心性。

其实丽妃……一个十三岁的小丫头能成什么事呢？红颜祸国？他不是昏庸的帝王。结党营私里应外合？她又没那个本事。

将她比作恭绵贵妃实在有些过了。

皇帝复看一眼皇后，女子的妒从来都不可低估。

"传旨，伺候丽妃的一众奴才，全部都替换了吧。让刘康选些老实的奴才去伺候。还有丽妃从北域带来的几个奴才本关押在辛者库，如今都放回去吧。丽妃也不要再禁足，妃位的衣食俸禄一概不要缺。"皇帝沉声道。虽因两国政事，他对丽妃无一丝好感，但丽妃至少救大皇子有功，他日后不会再苛待她了。

他说着指了几个奴才，将丽妃送回华阳宫。

而大皇子……皇帝有些犯愁。怎么安置他呢？可不能再将他扔在皇子所不管不顾了。将他交由哪个嫔妃来抚养？良妃、云贵嫔倒是可以，然……如此她们就会生出夺嫡的心思，大皇儿虽是懦弱之人，但为了那个位置也保不准……流着叛贼血脉的孩子是绝不可登上那个位子的。

他抬眼正好扫见皇后，她因那些奴才的事脸色仍是很难看。皇帝蹙眉静思，如今后宫中虽有良妃和江心月协理，然而皇后十分精干强势，她的奴才都是那副目中无人的德行……

皇帝有了定夺，正色对皇后道："朕之前疏忽了大皇儿。日后，大皇儿就由皇后照看吧。"

皇后有亲子，即使要夺嫡也不会扶持大皇子。照料大皇子是个出力不讨好的事，就趁机打压她吧。

　　皇后先是被惊住，眸中猛地一缩，继而面色比纸还白，她怎也未料到皇帝会将大皇子塞给她！方才皇帝对大皇子虽疼惜，但那嫌恶仍是洗不去的；皇帝恨陈氏一族入骨，大皇子没有半分承袭大统的可能，她半分好处都捞不到，皇帝对大皇子的嫌恶反而会拖累她自己。而……大皇子又是皇帝亲骨肉，若照料不好又是万万不可的。还有那些对陈氏恨之入骨的嫔妃们都会是棘手的麻烦……皇后只觉手里接的是个烫手洋芋。

她敛眉定心，朝皇帝道："臣妾已有三皇子，且打理着六宫事务，再抚育大皇子恐力不从心。"

"大皇儿已经十一岁，不是两岁小儿，需要费多大的心思？"皇帝面色越发平静地道，"六宫之事不是有良妃和莲昭仪襄助么？"

六宫之事！皇后一听简直想咬自己的舌头——怎么能提这个……她只觉被皇帝要弄了，若她再不同意，皇帝会削她的权柄，以便给她更多的心力来抚育大皇子！

思索良久，再无办法。皇后终于无奈强笑一声，道："臣妾定会用心照料大皇子……"

大皇子听闻自己被交由皇后抚养，站在一边手脚瑟缩着，目光偷偷地往这边瞥过来。皇后看着他只觉心里堵得慌。

皇后复看一眼皇帝，不得不上前，一手摸着大皇子的后脑，慈爱地唤道："瑢儿。"

"母后……"大皇子犹豫着，而后欣喜地唤了一声。不管这个母亲会不会对他好，他好歹有了母亲了。

"皇上，今日也真是险，若是真砸到了……"皇后叹息着，后怕地说道。她复瞥一眼江心月，道："莲昭仪的奴才为了掏小雀就上树，差点就害了大皇儿。"

"那个摔下来的奴才送去内务府发落。"皇帝点头，复而转首，从晴芳手里接过因受惊而哭闹的媛媛。

"皇上——"皇后不甘心地低低唤一声，道，"莲昭仪……"奴才惹了乱子，她是管束不周，莲昭仪就不是么？

"皇上！"江心月却突地疾走几步，在他面前跪下，道，"若不是公主任性要掏那小雀，大皇子怎会有险情！那个内监并无过错，只是受了命令才爬上树，树上积雪甚多，怎会不摔下来！"

皇帝一听顿时被气得气血上涌，处置个奴才就能揭过此事，你怎么就偏要往自己身上揽！不，你是在往媛媛身上揽……

"媛媛才两岁……"

"皇上！"江心月坚持跪着，一咬下唇，狠下心道，"请皇上惩罚公主。"

"江心月！"皇帝朝她厉喝一声，两手把媛媛抱得更紧。

而皇帝怀里的媛媛明白娘因她而动气，且是动了大气，吓得连哭都不敢了。

皇帝沉下脸道："那朕就不惩治那个小内监。快回去，外头很冷不能多待，你和媛媛的身子都受不住。"

他复看一看愣在旁侧的皇后，道："大皇儿的衣衫都被雪水浸湿。你先带他回凤昭宫吧。"

皇后的面色一直阴沉着。皇帝从来都是喜爱她、信任她的，平日里莲昭仪的宠并不能及上她，每月的召幸也少。而今日皇帝确实在偏帮莲昭仪！

那日宛修容在龙吟殿，也是因往莲昭仪身上搬弄是非，被皇帝厌恶至今。

莲昭仪，此人越发难以对付了。瑞安公主又不知为何被皇帝溺爱到极致！皇后咬牙行了一礼，领着大皇子离去。

皇帝抱着媛媛，也转身往启祥宫而去。

不行，今天就这么算了的话……江心月两手扯住皇帝的锦袍，突地问道："难道皇上想溺爱公主一辈子么？您想要一个一事无成任性妄为的公主，还是想要一个像样的女儿？"

溺爱……皇帝终于停下了步子，再看自己怀里的媛媛，她一张小脸正可怜巴巴地望着自己，扁着嘴，两只眼珠忽闪忽闪地转着——每次她向他要求些什么，都会做出这样的一张小脸，而每次他都会满足她。

再这么下去，媛媛日后会越发任性妄为。

媛媛是公主不是皇子，她不需要去争权夺利，不需要扛起重担。他会保护她，给她指个好夫婿，他会给她安排一辈子……

奇怪！这样的溺爱确实太过了，他是帝王，怎会这样溺爱……

皇帝仿佛才发现了自己对公主的纵容。

他再看跪在自己脚底下的江心月，不由得苦笑一声——得不到你，所以只好将喜欢给了媛媛。

良久，他这么站着，终于妥协。他将怀里的媛媛塞给了跪着的江心月。

他确实不希望媛媛一辈子都任性妄为。

媛媛被塞到江心月手里，只感觉自己羊入虎口，大难临头，"哇——"地大哭起来。皇帝在前几次都想停下脚步去把她解救出来，最终还是忍住了。

江心月的寿宴闹了这一出，只能草草地收场了。皇帝和众妃离去后，整个启祥宫的热闹散去，却只有瑞安公主在哑着嗓子哭泣。

"公主！"江心月气极，脸色也是青白交加。

瑞安公主皱着一张小脸，一步一步小心地挪过去。

江心月一手拉过她，道："你可知做错了事要受罚？"

受罚？瑞安公主从未受过任何惩罚，她吓得又要哭，抬眼一见江心月冷冷的面色，只好生生地将眼泪憋回去。

今日如果没有丽妃……那样的后果江心月想都不敢想。皇长子若有什么闪失，皇后怎能放过这个机会？皇帝也会就此厌弃她。就连媛媛，皇帝还会再喜欢么？

江心月压着火气，冷声道："你一月之内，都不许出莜月殿的门，这是惩罚！还有你吃饭挑食，自此之后再不许以香露下饭。"

"娘，媛媛要出宫去玩……"媛媛霎时哭了出来，侧殿的柔母妃最会玩花样了，也常常陪着她玩，以后都不能玩了么？还有香露，香露啊……

她又哭着道："媛媛的香露……"

"这是惩罚！想出宫玩的话，等一个月吧。香露珍贵，哪能每顿当饭吃！你挑剔的毛病早晚要改。"江心月毫不妥协。

"哇——娘对媛媛不好！媛媛要爹爹——"瑞安公主不依不饶，一屁股坐在地上耍赖起来。

"你爹不会来救你的！"江心月一想到皇帝就来气，若不是一贯的溺爱，媛媛哪会成今天这副样子？她朝晴芳一抬手道："将公主带下去。记好我的令，不准她出莜月殿的门！"

公主半拖半扶地被抱了下去，江心月仍在置气，恼怒地一掌拍在桌上道："这一切都是皇上纵容所致！"

"好在如今公主只有两岁，尚且不晚。"菊香在侧劝道。

"是。日后再也不可有丝毫的纵容！"江心月沉着声道，"我不求她像淮阳公主那样，只求她将来能够自保，而不是一再任性！"

玲珑的母亲懦弱无能，根本无力保护她，玲珑年幼时陈氏外戚横行，她们母女几次都差点性命不保。正因母亲太无能，玲珑只能独自面对陈氏和惠妃一众，她才会有那样英气的性格。而媛媛自小被皇帝保护得密不透风，不需要她自己去面对任何事，她才会事事依靠皇帝，事事任性。

她以为她可以不守宫规，她以为皇帝可以保护她一辈子！

江心月垂眸思忖了半晌，才道："媛媛是公主，必须要有公主的规矩。日后你与晴芳要管束她。还有，她必须称我为母妃，称皇上为父皇。"

"娘娘，若公主与娘娘生分了可怎么好？"

"不会。媛媛是个聪慧的孩子，她不会不知好歹。"江心月沉声道，"我也没有办法，一句母妃，哪有一句娘好听？可我必须为她的将来着想。这是皇宫，由不得她任性，也由不得我任性。"

连着几日过去，瑞安公主起初还哭闹，无奈江心月不肯松口。瑞安公主见无论如何都不会得到满足，纠缠了几日也就放弃了。

明德十一年弹指即逝。除夕依旧大操大办，筵席之上又有两位善舞的嫔妃得了皇帝青眼，原本隆宠的傅贵人因身孕束手束脚，便有不少新人顶了上来。与傅贵人同住的涵采女越发得帝心，晋位封赏不断。这一年的除夕，又是热闹而精彩地过去了。

第五十九章 二

丽妃来访

　　除夕过后，龙城正是最冷的时候。江心月在启祥宫窝着不肯出门，只是与百无聊赖而来访的良妃对弈品茗。江心月的棋力颇有进益，连良妃也无法轻松地赢过她了。

　　兰贞在侧用签子挑着一块一块的水晶酥，半点不闲地直往嘴里送。

　　江心月一局杀了过半，止步不前，便停手思索起来。她一回眸只见盛酥糕的盘子里只剩零星的几颗，不禁骇然道："你怎么这样能吃！"

　　"娘娘您一个人又吃不完。"兰贞说着将剩余的三颗挑成一串，一并送进嘴里。

　　"可你吃得太多了啊，这么吃下去，我都不够吃了。"

　　"那不是还有桂花糖蒸栗粉糕和招积鲍鱼盏么，这一样吃完了还有那一样。"

　　"栗粉糕我总共才分到了两锦盒，你这吃法还不是几天的事情……"江心月说着突地惊起道，"那是我的份例，怎么成了你的了！"

　　"嫔妾只分到了一锦盒，哪里够吃啊。还是娘娘您这里好。"

　　"你……"江心月指着她说不出话，再看案几的另一侧，一盘翡翠芹香虾饺皇也被收拾了大半，惊得嘴巴张得老大，"不许再吃了！"

兰贞听闻不但没有放下签子，还将仅剩的半盘虾饺皇快速地揽过来。良妃看不下去了，忙劝道："不就是些糕点么，你们也抢成这样。"

"这些都是我宫里的糕点，是她每日来蹭吃蹭喝……"江心月看着那一小盘虾饺皇又要进了兰贞的肚子，惊得忙道，"菊香！快去抢回来啊……"

兰贞终于闷闷地放下签子，用绢帕拭去手上的粉末，无不抱怨地道："我现在只是贵人位分，每月的份例才那么一点点……"

"是你太贪吃，我做贵人时从不觉得东西少。"江心月愤愤道。

兰贞又坐了一会儿，始终没有再捞到吃食，只能告辞离去。她一走，良妃便笑得不止："你宫里怎么养了个蹭吃蹭喝的？我以前只知她好玩乐。"

"唉，我以往不知她这样，和她同住一宫她才暴露了本性！"江心月苦笑着摇头，又道，"这还不是最可怕的。她经常哄骗我的媛媛，那一次她拿了个泥人来，从媛媛手里骗走了两大盘桂圆！"

良妃这一次笑得直不起腰了，边笑着，边不迭地道："你要多多教导媛媛，不管柔母妃要换什么一定要回答'不愿意'……"

良妃正笑着，两声突兀的叩门声在外响起，是内监细而尖的声色："两位主子，丽妃娘娘在外，可否请进来？"

江心月仍然在心疼那些糕点，听得此言有些愣神，道："丽妃怎会来此？"

"丽妃如今解了禁足，也可在宫内行走了。"良妃止了笑，徐徐地道，"不过她仍是喜欢待在自个宫里。且因她惧怕皇后，每日晨省都会告假，皇后也不喜欢见到她，她便甚少出现在众妃面前。"

江心月凝眸思忖片刻，还是对外头道："丽妃娘娘初次来我这儿，快请进来吧。"

"你……"良妃听得她说"请进来"不由得一惊，一手拉住了她的衣袖道，"你怎敢让她进来？你看这满宫里的人，哪个敢和她有半点牵扯？"

那一日在华阳宫，为丽妃说话的贤妃可是挨了皇帝一耳光。良妃所知的皇帝动手的次数统共就两次，另一次是对已死的祥嫔。

"良姐姐勿忧心。皇上如今指了奴才照看丽妃，又不许人再苦待她。自大皇子一事后，皇帝对丽妃也不似往日的反感了。我不过见个面，没什么的。"江心月淡淡地道。

说话间，殿门"吱呀"一声，丽妃小小的身子已经进了正殿。她后头只跟了一个年老的嬷嬷，一同进来为她细心地拍去衣衫上的雪片，再将她的大氅脱下。

良妃见了她，脸上强自挤出几分笑，稍稍点了头便坐在一边不言不语。丽妃倒是很客气，上前浅浅颔首道："良妃姐姐。"

良妃一听这声"姐姐"，只觉心里咯噔一下，脸上的笑更是半分也无了。

丽妃看着良妃脸色不善，当即不敢和她再说什么，侧身对江心月道："突然来访，叨扰莲姐姐了。"

又是一声"姐姐"，丽妃位分在江心月之上，本不应如此称呼的。江心月忙给她行礼道："怎会叨扰。快请坐。"

丽妃有些拘谨地坐在一侧，手指搅着帕子，显然不知道初次到访该说些什么。她接了宫女上的热茶，却迟迟不喝下去。

"丽妃娘娘怎么不喝？"江心月试探着道，"是否要再换了旁的茶来？"

"不。"丽妃讪讪地道，"我不习惯这儿的茶……"

江心月倏地明了，北域怎会有茶道。不光是茶，很多东西丽妃也都是不适应的。她一时无话，只揣度着丽妃年幼会爱吃甜食，便推了推眼前的半盘翡翠芹香虾饺皇道："丽妃娘娘尝尝这些吧，虽然也是北域没有的东西，但说不准对娘娘的胃口。"

丽妃看着那一盘糕点，眼里立刻有些异动的光彩。大周后宫里很多吃食她都吃不惯，唯有软烂甜糯的各类糕点最对胃口。她吃过一个后，只觉得异常美味，便不迭地再次拿了一个吃。

中原的糕点水平确实比北域强得多。丽妃这样想着，一块一块地往嘴里塞，只看得江心月又在心疼——方才被兰贞吃了一大半，现在……这一小半也留不住了……

丽妃吃了半晌，吃得只剩两块的时候终于意识到初次到访不应吃光主人家的东西，忙停了手。

江心月此时才问她道："外面还下着雪，娘娘为何前来呢？"

"我……"丽妃低头，讷讷开口道，"我是来谢姐姐……"

"谢我？"江心月惊疑。

"是。那一日姐姐的生辰过后，我就再没有受过苛待了。我虽然年纪小，也能看出那一日姐姐向皇上说的那些话是为了救我。还有皇后娘娘去华阳宫那日……这个宫里，只有姐姐和贤妃姐姐帮过我，我一辈子都会记得。"

"娘娘何出此言！若不是娘娘救了大皇子，真正大难临头的就是臣妾了。是臣妾该谢娘娘才对。"江心月哪里敢受她这样重的谢意，忙不迭地推辞。

丽妃专程来道谢，江心月心里是越发不安——良妃的话没错，她要尽量避免和丽妃有交往。可是，人家都上门致谢了……

丽妃仿佛看出了她所想，接着道："姐姐放心，今日大雪，我还挑着小路走，一路上都未遇到人。旁人绝不会知晓我来谢姐姐。而且……我是空手而来，也不会留下什么东西。"

她说着却又低了头道："我本还想去贤妃姐姐那里道谢。可是她未曾让我进去。那一日是我给她惹了祸患了。"

丽妃说完，便站起了身道："我不便久留，如此便告辞了。"未等江心月说什么，她已经转身推开了殿门。

丽妃走后，殿内的二人面面相觑。良妃许久才缓声出言道："丽妃在这宫里无亲无故还受了那么多欺辱，真是可怜。"

江心月也喟叹一声，道："我也只是在能帮她时帮一点罢了。她还这样感激我。"

丽妃走后，良妃也借故告辞。连日大雪，良妃虽有心来寻江心月为棋伴也来不得了。

因大雪之故，皇后免了众妃请安，江心月在宫里怠懒着，每日吃吃睡睡，另有兰贞弄出许多新奇的玩意来给她解闷。菊香看她吃睡玩乐的样子不禁摇头："娘娘您越发怠懒了，这几日都睡到天大亮呢。"

几日过去，老天终于拨开云雾，天大放晴。江心月不情不愿地早早从暖炕头上爬起来，好好地装束了去皇后宫里请安。

第六十章 赏梅（二）

　　冬日的晴空深蓝且高，一丝一缕的云彩在天上挂着，人走在外头虽冷冽也别有醒神清新之感。江心月畏寒，却极喜欢这空旷清爽的天际，她披着厚重的长毛白狐大氅，手上焐着镂空金制的虎耳手炉，遂并不觉得很冷，扶着步辇不疾不徐地走在方才清扫出的狭窄的宫路上。

　　此时宫内的红梅、白梅竞放，凤昭宫里更是开得好。宫里的梅均不是凡品，"玉蝶""绿萼""洒金"开得花团锦簇，殿外只见一片红白相映，点点灿然。

　　几日的大雪，外头临时清出的道路并不是很好走，然而就算如此，告假的宫妃也只是零星几位。皇后今日兴致好，命人将凤昭宫各色稀罕的名品梅种尽数搬进大殿，供众人赏玩。一众宫妃随着皇后赏梅，梅香清冽幽然，赏之只觉沁人心脾，心神大怡，众嫔妃三五成群凑在一块儿，莺莺燕燕，娇声软语。除夕的热闹还未褪去，凤昭宫里又是一派生机之景。

　　江心月来得并不早，去时跨进宫门，见了殿内这一众鲜妍柔媚的嫔妃们便有些惊奇地小声道："本宫素来不在晨省上怠懒，她们倒也勤勉，大雪路滑来的人却丝毫不少。"

　　"是呢，"菊香微微低了声色，"皇后娘娘恩威并施，在众妃中颇有威望。没有哪个敢怠懒。"

江心月点头，稍稍紧了紧身上的白狐大氅，下辇踏进殿门而去。

因着今日赏梅，殿内不可烧过多的炭火以免热气压了梅花，故殿内也是有些冷冽的。虽冷，众妃却丝毫不以为意，凤昭宫的梅确实开得好，各类幽香直直钻入口鼻中，诸人都陶醉其中，只觉大饱眼福。

"臣妾给皇后娘娘请安。"规规矩矩，不差分毫，江心月行礼一贯恭谨。

皇后正赏玩着一株临安照水梅，见是她来，面色温婉浮上一抹浅笑道："本宫记得你畏寒，今日是化雪之日，比往日都会冷上一二分，你还勤勉地来此，难为你了。"

皇后也是畏寒之人，她今日着了一身玫瑰紫掐心素软缎夹袄，下身着翡翠撒花洋绉裙，与江心月的一身同样厚重。

"臣妾不敢承'难为'二字。"江心月的神色越发恭谨，言语中还透着对皇后体贴的感激之情。二人均是喜欢戴面具的人，皇后的温婉贤淑越发得体，她的恭谨有礼也颇有进益。

江心月见礼过后，自是不想与她闲话，便往西侧的边角而去，寻着良妃、云贵嫔一众说话去了。

云贵嫔爽朗热络，她聊起天来一张嘴又闭不住了。良妃博学，对花卉尤为钟爱，那些众人不识的稀有梅种她均能说得头头是道。江心月不懂这些，只跟着在一旁不迭地点头，间或出言夸赞，几人一时热闹，兴致盎然。

众人正热络着闲话，一语未了，只听殿外有女子娇俏的笑声："冬日赏梅，皇后娘娘当真好兴致！"

"何人放诞无礼？未进殿行礼请安，就高声呼喊？"云贵嫔小声地低语道。

良妃眉眼间闪烁着不快，与众人一同往殿门处望去。来人着一身靠色三湘盘金五彩绣银鼠锦缎，腰间佩着一条蝴蝶长穗宫绦，发髻上簪着翠镶碧玺花扁方，银镀金镶珠双龙点翠条莹莹流光，遍身绮罗，满头珠翠。那粉面含笑却带着几分轻狂的面孔，不是傅贵人是谁？

她一手扶腰，由两个宫女搀扶着款款至皇后身前拜下道："嫔妾本畏惧路滑，可一听娘娘这儿在办'赏梅宴'，就巴巴地来了呢！"

她隆起的小腹在厚重的锦缎遮掩之下，也引得一众宫妃面有妒色地盯着移不开眼。她却丝毫不忌讳这些不善的目光，嘴角浅浅地勾着，姣好的面容笑得如沐春风。

皇后未等她一礼行好，就亲自两手将她扶起道："你的身子已经四个月了，冬日严寒路滑，本宫早已免了你的晨省，你却仍是来了。"皇后说着有些好笑地道："你们年轻的女子真是好玩乐，不过是为了赏花，就不顾及腹中的孩子了。你既然喜爱本宫的梅花，这凤昭宫的梅你就随意挑，看着好本宫即刻就送至你的玉笙楼去。"

傅贵人面上的笑意更浓，无不感激地道："娘娘一贯会疼嫔妾。上月您赏的那几株暮雪冬珊瑚可是娇贵的名种，嫔妾整日侍弄赏玩都不够呢。"

她的话颇有些炫耀的意思，旁侧的宛修容听着便冷了面孔撇过头去。她们二人均依附皇后，然宛修容近日不得帝心，已经有些失宠的危机了；傅贵人却是有孕的新宠，正是风头上的人物，皇后难免看重她更多一些。江心月在侧看着这二人的神情，心里也在偷乐，她们的内斗倒是她想见到的呢。

皇后看着她精神好，却想起仍然胎象不稳的澹台瑶仪，声色稍稍发滞："纯更衣就没有你这样的福气了。因她第一胎小产，多少落下些毛病，第二胎就孕吐得很厉害。"皇后说着怜悯地摇头。

傅贵人听着忙道："纯妹妹被皇上冷落，当真可怜。嫔妾定会去好好劝慰她。"她口里这样说着，眼角却是掩饰不住的不屑与高傲。

"傅贵人有孕之后，骨子里那股张扬的劲儿可是淋漓毕露。"云贵嫔说话直爽，又看不惯傅贵人这类心思不善又张扬的人，遂毫不忌讳地在江心月身侧低语着。

"谁叫皇上偏疼她呢。"良妃闷闷地道。她协理六宫之后虽不似之前默默无宠，然而终究比不上一众年轻的妃妾。

江心月听得此言却是一笑，道："偏疼？她有孕后言行无状，与宫内的不少嫔妃都有了争执，几次还惹得皇后娘娘头疼呢。皇上想也听闻了宫妃们的怨言，对她的宠爱已经不如往常了。她处在风口浪尖上，不但不收敛，还喜欢与人结怨，实为浅薄之人。"

良妃和云贵嫔听得均点头，脸色稍霁。傅贵人此人，江心月从来不屑，遂偏过头去赏玩身侧的一株龙游宫粉梅，却突地有一声清脆的呼喊在身后响起。

"长姊！"江心月回过头去，面前正是许久不见的涵采女。她与兰贞一样年少又不畏寒，着一身薄薄的葱翠撒花小袄，玲珑的身段丝毫未被遮掩，巧笑着给她请安行礼。

江心妍面上是一坨红润，显然精神正好，那日对生死的惊惶畏惧也丝毫不见了。江心月笑着执起她的手道："你近来越发得圣宠，却不知小心身子，若着凉得了风寒可怎么好。"

江心妍笑着谢她关心，偷偷瞥着正站在大殿中央的傅贵人，柔媚道："长姊方才的话不错，皇上确实不似以前隆宠她了，只是她因着有孕，依旧风光罢了。"

她面上的笑意隐秘而阴沉。傅贵人性子张扬，瑜景宫里几位不受宠的低位嫔妃都受过她的欺凌，但皇上哪里会留心这等事？若不是她设计令皇上亲眼见到傅贵人责打一位更衣，皇上也不会知晓这些私底下的事。傅贵人因此事被皇帝所不满，她对江心妍恨之入骨。江心妍如今虽渐渐得宠，却仍是极忌惮这位傅贵人。她每日都在思量着怎样让傅贵人彻底失宠，就像纯更衣一般即使有孕也受冷落。

说话间，傅贵人仿佛是听到了这边关于她的议论，面色不善地侧头看向几人。过了片刻，她竟提步径直往这边而来。

"涵采女的心思仿佛不在这满殿的梅花之上啊。"她眸中现出点点厉色，缓慢地踱步前来，边走着边眯眯打量着江心妍。她华贵曳地的长裙对比着江心妍的一身葱翠，越发衬出她耀目的美艳。

江心妍按着礼仪，不得不恭谨地屈身道："傅贵人金安。"

傅贵人面色却是冷冷，从鼻中哼出一声道："涵采女今日的装束倒是简省。"

"装束不在于繁复，而在于心思巧妙。"江心月淡淡出言道，"涵采女这一身以淡青色为主，上撒梨花桃粉玉瓣，清爽不失柔美。"

傅贵人好似才发觉三位内廷主位的存在，面上轻勾一抹浅笑："昭仪娘娘灵巧的口舌果然名不虚传。良妃娘娘、云贵嫔娘娘也在，方才未瞧见真是失礼了。"

她这一礼行得草草，无奈江心月一众因她有孕也无法与她计较。傅贵人侧目瞧着江心月，眼角缓缓溢出一抹骄色："听闻昭仪娘娘产下公主时伤了身子，就难以有孕了，冬日还会畏寒。不知娘娘最近身子可好？"

此言一出，良妃和云贵嫔登时拉下脸来。宫内嫔妃平日里说话常有带刺，然像傅贵人这般露骨地讥讽高位者还真是少见。云贵嫔更是当即想出言训斥她。

江心月却越过云贵嫔，浅笑着朝傅贵人道："本宫身子很好，不劳傅贵人记挂。傅贵人整日记挂着本宫与涵采女，不如多用些心思在自己的身子上，有了闪失可就不得了了。"

傅贵人脸上的笑意顿时被压得半分也无，她说话露骨，江心月说得也丝毫不逊色，毫不忌讳地诅咒她失子。她刚想反唇相讥，江心妍却从旁侧向前一步，朝她笑道："贵人小主脸色怎么有些不好？是否是昭仪娘娘说话小主听着心里不悦？然而请您勿要忘记，昭仪娘娘是内廷主位，且协理六宫，可不是那些与您起了争执的低位宫妃。您万不可在言语上冒犯了娘娘。"

傅贵人气得脸色涨紫，瞋目挑眉瞪向涵采女，不顾良妃一众在场扬手就要掌掴她。涵采女不料她如此放肆，在皇后正殿中就敢无礼，身子急忙往旁侧闪去躲她的巴掌。不想旁侧正好是一株腊梅，她被枝条狠狠戳在前额上，身子也朝后倒去。

突生变故。江心月在二人身后，眼睁睁看着涵采女往傅贵人的方向砸下去，却根本来不及上前拉她。傅贵人身子笨重竟然未反应过来，生生地被涵采女推倒，压在了身下。

"啊——"的一声，继而是延绵不断痛苦而压抑的呻吟。二人倒在一块儿，旁侧的嫔妃均惊起，皇后更是慌乱地朝这边疾步行来。傅贵人贴身的宫女拽着涵采女的臂膀猛地一扯，涵采女被她拖拽得一个踉跄，又摔在了旁侧。她发髻上一支花簪磕在地上，鬓发散乱，狼狈不堪。当她看清眼前的情形后，更是吓得瘫在当场，连连摆手道："不是我，不是我……是她先要责打，我躲闪不及才……"

她惊慌失措，眼见着面前的傅贵人被人搀扶着坐起，却是满面苍白如纸，浑身都在打着哆嗦，虚弱地呻吟着："皇后娘娘，救救嫔妾……"而她的裙摆上已然有殷红的血污。

"啊！"江心妍看着那血污一声惊呼，双手扯在发髻上，吓得六神无主。

"快传太医！还有，将室内炭火全部生起来。还有，云岚你命人去请皇上过来。"皇后虽慌，却仍然调度得井井有条。她见一众嫔妃均站在身侧，忙道："你们都不要围在此地，空气郁结，于傅贵人更不利。"

"娘娘，传杜太医，杜太医是为我安胎的太医……"傅贵人扯住皇后的袖摆恳求道。

皇后面上突有些许的波澜，然她还是听从傅贵人所言点名指了杜太医。涵采女从侧手脚并用地爬过来，跪在皇后面前凄凄道："皇后娘娘请相信嫔妾，嫔妾只是撞到了梅花枝子，不小心才，才……"

"好了！此时傅贵人最要紧，你再聒噪吵闹扰了傅贵人，罪加一等！"皇后狠厉地朝她喝道。

罪加一等？她已经获罪了？涵采女听得这四字，仿若心神都被抽走了一般，涔涔冷汗从额间淌下。她转首便看见江心月一众，眸子里又突地亮起，朝着江心月呜咽道："长姊，救救我，救救我啊——"

江心月杵在原地，她此时也是心神大骇，根本不知如何是好。若今日傅贵人有闪失，江心妍只有死路一条。她想救江心妍，然而依着皇后的脾性，只要她出手必会被拖下水，最可怕的结果便是被认定为"指使涵采女谋害皇嗣"。若袖手旁观，皇后也一样会往她身上扯，她毕竟是江心妍的亲姐姐。

踟蹰间，杜太医已经火急火燎地赶到。皇后吩咐了宫人将傅贵人小心地抬进内殿，傅贵人不停歇地呻吟呼痛，她方才所处之地也已经是一摊血水。

皇后在内照看傅贵人，另命外殿的嫔妃各自回宫，以免人多嘈杂。涵采女自不必说跪在内殿珠帘旁请罪，江心月、良妃、云贵嫔一众离得近的也被留了下来。

江心月站在殿内，涵采女则是凄凄地望着她这根救命稻草。二人焦头烂额之际，殿内杜太医却颤抖地悲叹："禀皇后娘娘，傅小主的龙嗣……保不住了……"

如千钧重锤砸在心上，江心月和涵采女同时瘫软下来。涵采女只觉死到临头，那哭声再也抑制不住，双手掩口呜咽起来。

"朕的皇嗣保不住？！"突地，一声如惊雷般的男声响起，方才踏进殿内的皇帝堪堪听到了杜太医的禀报，龙颜大怒，疾步步入内室。

涵采女不敢再哭，江心月也急忙站稳，对皇帝行礼。皇帝看了几人一眼，便匆匆行至床榻看那傅贵人。

傅贵人两腿间均是淋漓的鲜血，皇帝一看，再看旁侧跪着发抖的杜太医，不禁痛心长叹道："前头一个叶常在，这次又没了一个。朕的皇嗣为何屡屡不保！"

皇后听了当即跪下，悲戚道："都是臣妾的过错。臣妾不该办什么赏梅，若傅贵人安安稳稳地坐着，哪会出这样的事。"

皇帝听她将过错揽到自己身上，面色稍动了动，伸手拉起她道："你不要跪着。"转首，皇帝便将目光定在跪着的涵采女身上，凌厉地怒喝道："朕已经知晓了此事的情形。涵采女冲撞皇嗣，废去封号位分打入冷宫！"

涵采女听得如遭雷击，软软地瘫着竟连求饶都不会了。而一旁的皇后却是当即劝道："皇上息怒。涵采女的确是撞到了傅贵人，然而究竟是故意还是无心尚无定论，有无主使也未曾得知。依臣妾所见，应将其押入慎刑司，严加审问！"

江心月一听便惶急起来，方才皇帝并未管江心妍是有意还是无心，只说了一个"冲撞"并以废入冷宫来处置江心妍，此事便就此收场，她也不会被牵扯；然而皇后却不依不饶要审问出"幕后主使"！若江心妍真的入了慎刑司，她一个弱女子怎能扛得住严刑逼供！

那"幕后主使"真的审出来，除了她江心月，还会有谁？！

不行，江心妍绝不能进慎刑司！她慌忙跪下道："皇上，最初是因傅贵人掌掴涵采女，涵采女躲避之时撞到了梅花枝子才跌倒。臣妾与良妃娘娘、云贵嫔都有目睹，涵采女的确是无心之过啊！"

"那谁知涵采女不是故意去撞那梅花枝子，以此来制造意外的假象呢？"皇后厉声道，"莲昭仪是涵采女亲长姊，此时应避嫌才是，怎可出言！"

"皇后娘娘，臣妾所言均是事实，无一丝偏袒涵采女之处。还有一点臣妾必须说，若涵采女有谋害之心，定会暗害，又怎会用这样显眼的方法，最后自尝苦果呢！所以这定然不是谋害！"

皇后冷笑着道："所以本宫才说，其幕后可能另有人指使。那人或威胁或利诱，使得涵采女不惜代价飞蛾扑火，就算入了冷宫也要害死皇嗣！莲昭仪这话倒是提醒了本宫，如此说来若真是谋害，那就不可能是涵采女一个人的主意！"皇后说着笑意愈来愈浓，"莲昭仪百般辩解，是否是在害怕审问的结果会与你脱不了干系？"

"臣妾是清白的！"江心月听得骇然，也不顾礼法当即对着皇后一声大喝，然而她片刻便颓然了——皇后的话有理有据，她却已经找不出言语来反击！她此时只觉自己那条"能说会道"的舌头似被人拔下来了一般。她心神俱焦，却又不知如何是好，只觉耳中有"嗡嗡"的烦杂声，心里也越来越乱。

"都勿要再争执！怎样处置朕已有决断，无需再议。"皇帝打断二人，沉着脸道。

"皇上——"皇后犹自不甘，想再次进言。此时有医女端着一碗药汁从外殿进入，正同几个宫女一并扶着傅贵人，侍奉她喝下去。

然而宫女刚刚上前，跪着的杜太医便道："傅贵人小产伤了身，不可被人触碰肚子。你们一定要小心伺候。"

宫女们应了声"是"，小心翼翼地将傅贵人扶起。此时江心月跪在地上，却突觉一丝的诡异，她问向旁侧的良妃道："这殿内为何只有杜太医一人？皇嗣事关重大，不应多请几位太医么？"

"说的是。"良妃也是点头。空气中飘着挥散不去的血腥气息，然而连这气息的味道都有几分不对。江心月近日来钻研医道，一些毛皮的东西还是看得出来的。

江心月再看那傅贵人，突地，一个可能在心中浮出水面。

傅贵人摔倒后，点名要请杜太医；记得那一日傅贵人在皇后宫内呕吐，也是只请杜太医，这才诊出了她怀有身孕。而江心妍与傅贵人共同摔倒，傅贵人的贴身侍女第一反应就是毫不犹豫、不顾礼法地将江心妍从她身上推开。

当时江心月只以为她是护主心切，然而，此时杜太医说了一句"不要触碰肚子"……

"长姊……"跪在她旁边的江心妍怕得厉害，正扯着她的衣袖，满脸泪水地望着她。江心月一瞥她，顿有些恨铁不成钢的恼怒，冷冷道："你再求我，我便不再管你！身处逆境理应自救，而不是一味哭泣！"

江心妍被她震住，讷讷不敢再哭。江心月复看一眼榻上虚弱的傅贵人，稍稍侧过头去，对江心妍低语一番。

江心妍听完只觉大骇，连连抗拒地摆手："若万一我们猜错，那我定会被赐死……"江心月却双目凛然，低声喝道："你可听好，这是唯一的机会，若不冒险你就只能去冷宫！冷宫的滋味会比死要好么？"

一旁的皇后思忖片刻，还是不得不再劝皇帝："皇上，子嗣事关重大，只这样了结……还请皇上严加审问涵采女，她毕竟是莲昭仪之妹，虽然事情尚未定论，然臣妾也少不得怀疑。"

江心妍一听此言更畏惧，慎刑司可比冷宫可怕得多。再一看江心月不容她退却的样子，只得咬了咬牙，挺身上前。

"皇上，皇后娘娘，罪妾虽然不是有心的，然而贵人小主的皇嗣因罪妾而失，罪妾心神难安。皇上，请允许罪妾向贵人小主谢罪！"

皇后听她说这些古怪的话，当即喝止道："你是否有心还应审问才知！你此时不要扰了傅贵人！"

江心妍不肯放弃，跪爬着往前去，一边叩头道："皇上，罪妾无论被废入冷宫还是身受酷刑，都应向贵人小主谢罪，求皇上——"皇帝此时在榻侧看顾着傅贵人，并不想理她，见她不依不饶，面上顿生烦闷。然还未等皇帝发话，江心妍就扑倒在床榻上，叩头泣道："嫔妾对不起贵人小主，小主您要嫔妾如何赎罪都可……"

皇帝转过身便想呵斥她。然而就在此刻，江心妍却突地站起往躺着的傅贵人身上扑去，掀开了傅贵人的被衾，又去掀她的衣衫。殿内众人霎时惊骇，皇帝反应过来，一只大手揪着她的肩便朝外狠狠掷去。

江心妍两手抓着傅贵人的衣衫，还未撕开，然皇帝的力道极大，单手揪住她一拽之下，她立即被甩了出去，她手中傅贵人的衣衫也全然被撕扯开。宫内女眷所穿寝衣均是锦、绸所制的对襟宫装，布料极娇贵，哪里经得住扯，如此一来傅贵人的身子全然没了遮掩。她惊呼一声，抱起一旁的被衾就想盖上，江心月却倏地道：

"皇上快看！傅贵人她的腹部有异样！"

傅贵人已然抱紧了被衾，满脸惊慌。皇帝回头来看她，旁侧离得较近的良妃也上前道："方才傅贵人的衣衫被扯开，臣妾也看到她的腹部有些东西……"

皇帝听得一惊，当即沉沉命令她："将被子拿下来！"

"皇上，杜太医说了不得触摸肚子，且嫔妾……很冷啊……"傅贵人反而将被子抓得越来越紧。

"拿下来！"皇帝的脸色已经阴冷，她推三阻四更是激起了皇帝的疑心。见她仍然抗拒，皇帝便一手按住她，一手大力扯开被衾。

被衾瞬间滑落下去，傅贵人的上身已经暴露无遗，她仿若一个被扒光了的展品，处在这大殿中任人宰割。周围皇后、良妃等人均围了上去，却都是吃惊地大张着口，说不出话。

傅贵人腰上系着的油纸布包已然放尽了其中鲜血，瘪瘪的，如同女子小产后的小腹。

半晌，只闻"砰"的一声，是皇帝将手边的药碗掷在了地上。傅贵人连滚带爬跌下床榻，双手抓着被扯裂的寝衣掩着身体，边泣边道："皇上饶命……"

皇帝两手均攥得极紧，冷冷低呃出声道："后宫竟有人敢愚弄朕。"

他的声色低沉，但皇后、良妃一众听闻均颤了两颤，她们知皇帝动了大气。

皇帝再不看那傅贵人，只缓缓吐出三个字："赐白绫。"

"其余事务皇后你来处置吧。你可是冤了莲昭仪。"皇帝扔下一句话，抬脚头也不回地往殿外走去。

"皇上请留步！"江心月跟在他身后，高呼着。

"何事？"

江心月疾行两步追至皇帝身后，跪下请命道："皇上，请不要赐死傅贵人。傅贵人假孕争宠，后又嫁祸给涵采女，以致臣妾都受到牵连。臣妾以为此事非同小可，假孕欺君傅贵人一人也难有这么大的胆子，恳请皇上细细审问傅贵人！"

皇后在殿内听得此话猛然惊起，遂也疾行步出。她本想劝阻，然而皇帝龙袖一甩，毫不犹豫地便道："就押入慎刑司吧。"

皇后惊愕，却再也无力挽回，只看着圣驾转瞬间便在眼前消失不见。皇后狠狠提了一口气，双目瞋视，却是怒极反笑："莲昭仪果毅，真令本宫欣赏。"

江心月轻抿了嘴角，如赏梅一般盈盈地微笑道："娘娘聪慧，掀被衾的确是臣妾的主意。而将傅贵人送进慎刑司……"她的笑意更浓，身子往皇后的衣襟处拉近了几分道："还要多谢娘娘耳提面命，亲身示范，臣妾怎敢不学着呢！"

"你……"皇后气极，抬起的右手指尖堪堪触及江心月的鼻尖，却终是无力地垂下。她颓然回转过身，殿内正是哭得死去活来，且不忘了向她磕头求救的傅贵人。她目色凛了一凛，切齿道："还不将傅氏押下去！"

江心月看着皇后移步进殿，犹自硬撑着不肯露出半分慌张的步子，不禁悠然浅笑。忽地她想起了还有一事，便在皇后身后唤道：

"娘娘您是否忘了皇上的旨意？涵采女受诬陷，臣妾受牵连，这些余下的事，皇上可是令您来处置的。"

皇后咬唇驻足，良久，终是低低道："传本宫懿旨，另加皇上口谕，晋位涵采女为常在以示安抚。莲昭仪处，令内务府备些赏赐送去。杜太医欺君，即刻处斩。"

皇后有权晋封嫔位以下嫔妃，却无权处死命官，然皇帝有口谕令她全权处置，她方才下了懿旨。她已经被牵连进了傅氏一案，安抚江心妍也不敢糊弄了事，只能大度地晋位。江心月低头谢恩，任心中的快意蔓延着。

第六十三章 二

莫名有孕

　　良妃、云贵嫔和由宫女搀扶着的涵常在从内步出。江心妍面上仍后怕惊惧，那喜悦却是怎么也掩不住。她只是摔了一跤，却得了这样多的好处。傅贵人除了，她也晋位了。

　　良妃和云贵嫔都各自回宫，江心妍不急着走，扯住了江心月坚持要去启祥宫叩谢她的恩情。二人遂同行。

　　江心妍缓步走着，却忍不住腹中的话，低低与江心月道："长姊，上次祈福之事是皇后所为，想不到这一次她仍如此大胆。还好长姊竟猜到了她们的诡计。"

　　江心月嘲讽地一笑："这一次皇后可是被冤枉了。她牵扯进傅氏的谋算里，希望她吉人天相吧。"

　　"被冤？"江心妍不解道，"难道不是皇后陷害你我二人么？"

　　"若是她所为，那么撞上傅贵人的肯定是我而不是你。一个牵连，并不能扳倒我。"江心月徐徐道，"从假孕到陷害，她冒了大风险，难道只为了除掉你一个采女？"

　　"那……"江心妍一时语塞，倏地却道，"那是傅氏一人的主意？天呐，真是胆大包天。"

"傅氏胆大又喜好玩弄手段，却不够周全。她这一计，从太医的收买，到身上的伪装，全部都漏洞百出，我这样粗通医理的人都能闻出那血腥的古怪……"江心月说着嗤笑一声道，"皇后身边有云岚，到了那血包破裂时，皇后已然知晓真相。她虽恼怒却不得不替傅氏隐瞒下去。然而她终究无法弥补傅氏的疏漏，这才被我们破解。你没见皇上走后，傅氏向她求救，她满面全是厌恶与愤懑么？她是对傅氏气极了。"

江心妍听着扑哧一笑："她拉拢上傅氏，真是拉了一个祸包上船呢！"

"好了，你还有脸笑。"江心月想起她在凤昭宫哭泣的模样，不禁恼怒道，"你经历了这一次若还不长进，本宫就不再帮你。"

江心妍低头细声称了一声"是"，便不敢再言语。再行几步，她却突地笑道："长姊，我方才被冤枉时，皇上只发落我去冷宫，并没有赐死我呢！"

江心月驻足，静默片刻才道："是。你害了皇上最看重的皇嗣，这罪过……"是呢，死都算轻的。她继而淡笑道："皇上对你比其余的嫔妃要好些，即便只好一点也是好。你一定要珍惜，要抓住机会。"

江心妍这丫头，虽然如今还欠稳妥，然而江心月对自己的棋子很有信心。她回头望向江心妍道："你日后定要争气。只有你令你长姊满意，江家三夫人才会好。林氏蛮横，三夫人温婉得体，而且你不是还有位庶兄么，我听闻他新中了举人……"

江心妍听得眼睛都直了，江心月对她真是寄予厚望，母亲与兄长……若她能在这后宫立足，能"争气"，那么是不是母亲可以取代林氏的位子，兄长也能谋个好官职……

她立即跪下，颤声道："小妹定不负长姊所托。"

江心月笑着点头，只期盼她能够愈加成长。

她缓缓在前踱着步子，今日好好赏梅，却又成了这般的闹腾。她筹谋了许多，又担惊受怕了许多，身子不禁有些虚浮，忙一手抓住了菊香的手。

"娘娘怎么了？"菊香立即扶住她，惶急地道。

"无事，可能是接近晌午，有些饿了。"江心月微微蹙着眉头，却突觉面前恍惚，继而天地阴沉漆黑下来。她猛地握紧了菊香的手：

"菊香！我……"

深黑不见底的夜幕终于将她完全笼罩。她在倒下的一瞬间，似乎有汹涌的苦涩冲入心头。记得有很多次，她都是这样疲惫地倒下，然后在下一个黎明爬起……

她的唇角悄无声息地动了动，默默地道："要醒来啊……"

迷蒙之中，有明朗的光线从边角上射入她的眼中，让原本柔弱的眼睛生疼起来。

江心月逐渐适应起眼前的明朗，停顿了片刻，她感觉到力量逐渐恢复到四肢之中。

这时候，一声惊喜难抑的欢呼在她的身边响起："娘娘，娘娘，您醒了？！"

她的身体并无太大的不适，只是有些渴。她缓慢地撑起身子，却又听得菊香如方才一般一惊一乍地高呼："娘娘您身上怎样？是否有不适？"

江心月不悦地侧目看她道："我身上很好。你是我的掌事，怎么也变得浮躁起来了？"

菊香才意识到自己的差池，忙敛眉低头，却是低声地，抑制不住欢欣地道：

"娘娘您有了身孕，故此奴婢等欣喜异常。"

江心月一听就睁圆了双目，继而蹙眉："说什么胡话！齐院使早已断言我无法再有孕！"

"娘娘！"菊香无奈道，"齐院使刚刚才走呢，有孕的诊断可是齐大人亲口所言。"她怕江心月不相信，从旁侧案几上拈起一张薄薄的墨文，道："这是齐大人所开安胎的药方，请您过目。"

江心月一手接过药方，上上下下仔细看了三遍，的确是安胎。而药方的左上角也赫然写着一个醒目的"齐"字。

天哪……

什么稀奇古怪的事都会发生啊……

一个宫女早早地捧来茶盏喂她喝下，菊香在侧犹喜不自胜道："皇上也是刚走，是因政务繁多的缘故。且皇上说了，今晚定会来陪主子。"她说着突地一拍脑门，惊道："娘娘恕罪，奴婢将大事忘了。皇上已经下了旨晋封您为妃！"

江心月只觉头脑有些迟钝，半晌，她方才接受了这些"惊喜"。她朝菊香道："所有的事，你一一来回我。我的身孕是多久？胎儿现在如何？封妃是极郑重的，册封礼又是哪一日？"

菊香笑得合不拢嘴，一边答道："娘娘的身孕不足一个月，母子均强健无碍。册封礼依着规矩是十日之后，然皇上说了若娘娘身子不适也可推迟。皇上十分体贴娘娘呢。"

一句"体贴"落在耳中，江心月暗自撇嘴——他体贴的就只是皇嗣而已。

"娘娘虽未行册封礼，然一应份例全是妃位。皇上新赏赐了两位医女，并有旨无论娘娘去何处，两位医女都必须随行。皇上又赏赐了两个齐州、鲁地的厨子，怕您吃腻遂多换些口味。"菊香絮絮地一样一样说着。

江心月在恍惚之中欣喜，惆怅，她不知未来会如何。又是一个生命惊喜地闯入她的人生，她却害怕无力去保护。

倒下的瞬间那些莫名的苦涩，原是欣喜的铺陈。

她透过窗栏朝外远远地看去，已有内监在外院内进进出出地忙碌。他们手上端着的或是大红的锦盒，或是名品花草，或是几人抬的贵重如孔雀蓝釉暗刻麒麟纹三足鼎炉、刘海戏金蟾老镜四条屏等摆设，种种赏赐珍玩，只看得目不暇接。那些内监们均是手脚利索的下人，为新封的莲妃做差事更是小心翼翼，殿外搬动连丝毫的响动都没有。

两位医女侍立在她的床榻侧，寸步不离。她们是太医院最拔尖的医女，又是皇帝的心腹，皇帝对江心月这一胎又是下了血本。

盈盈的笑意在她的眼波中漾开，柔和而沉静的慈爱一点一滴浮上她的面颊，她不禁抬眸自语："皇上当真看重我。"

如此地看重，那么她的孩子，也会如瑞安公主一样得到父皇的珍爱。

皇宠虽惹眼，然而这份看重，却是顶要紧的。

整个启祥宫的宫人均欢欣异常。江心月发了赏钱给众人，黎星阁贪吃的柔贵人趁机索要了不少，另两位偏殿的林、顺二人也得了赏赐，启祥宫众人同庆。

江心月命人撤走莜月殿一切熏香，连殿内花卉都不留。齐院使在下午时又勤快地过来一趟，仔细探查她的殿内。虽有齐院使，她仍自己刻苦地钻研那些医书，她知而今她肚子里的皇嗣是皇后最大的威胁，是将来帝位的威胁，皇后拼尽全力也会除掉这未出生的孩子。

她则是拼尽全力也会保住这孩子。

至傍晚时，皇帝果然来了，眉眼间都溢着喜色。

江心月见过礼便怠懒地倚在榻上，眼帘微微垂着，面颊有如云的酡红娇羞，那是为人母的欣然模样。皇帝在侧轻扬了唇角定定地瞧着她，静默不语，只任凭眸中温柔的缱绻四散浮动开来。

良久，皇帝终觉着这样看着不说话有些尴尬，方才执了她的手温言道："一听到你有孕，朕欢喜得不得了，都不知该如何看顾你了。"

江心月笑启朱唇回道："臣妾并非是唯一有孕之人，皇上赏赐隆重，臣妾受宠若惊。"

皇帝倏地笑了："这话说得冠冕堂皇，却有几分酸气。"

江心月神色微微一滞："臣妾心里确实觉得酸。听闻皇上复了澹台氏容华之位。"

"她……她族中戍守北疆有功。近日来，北域那里有些异动，寿安侯等一众武将已经请战，澹台一族也是有大用的。"皇帝说起战事不免浮上愁颜，凌厉道，"北域新皇果然野心勃勃！"

江心月听闻是军功，心里再不悦也不敢再说了。澹台一族被皇后提携后，竟一路官运亨通，澹台瑶仪的两个兄长也成了封疆官吏，又因几番戍边、击退北域劫掠之事有功步步高升。江心月暗自摇头，澹台一族才是野心勃勃之辈。

皇帝见她神色郁郁，忙哄着道："你有功于社稷，你的族人朕也已经封赏。江荀擢升山东巡抚，你是妃位，族中太过低微也不像话。"

江心月听闻却是一惊，擢升？是，也应该擢升了。大周后宫有尊卑分明的祖训，出身卑贱者不得受封高位。巡抚已是五品，虽算不得很高位，但她在宫内行走也不会遭人嗤笑了。

北域有异动，皇帝本是相当心烦的；傅氏欺君，他也极为震怒。但江心月的有孕，他只觉再多的恼怒与烦忧都如烟云般消散得一干二净。皇帝的两手抓着她的两手，久久都放不开。他的目光落在她尚且平坦的小腹，笑意更是拢不住，道："澹台氏怎能和你相比？咱们的孩子，谁都比不上。"

江心月见皇帝依旧称呼澹台瑶仪为"澹台氏"，心中的郁郁也是消了大半了——皇帝是真厌恶了澹台瑶仪。郑昀睿作为君王最恨旁人操控他，澹台瑶仪以香料蛊惑，逼他情动才是撞上了刀口。

皇帝见她神色稍霁，心里也顿时轻松，两手拉着她将身子靠近了去，细腻的温言软语攀上她的耳垂道："朕今晚特设了夜宴，贺你有孕之喜。"

"皇上说笑了，宫内哪有嫔妃有孕便设宴欢庆的呢？又不是什么节日，臣妾不敢张扬。"

"怎会张扬。"皇帝笑道,"夜宴丰盛,但只有你我二人享用。真把其余的人请来,嘈杂不说,也甚是无趣。"

江心月听着先是惊奇,后受宠若惊,直道:"谢皇上隆恩。"

皇帝淡淡一瞥旁侧几个侍立的宫人,便听小安子高声向外报道:"拔食——"

立即有内监上前摆了案席,金边大红绸的台巾铺展开,席位已然安置好了。

皇帝靠得越来越近,握住江心月的手轻轻吻上道:"朕服侍你好不好?"

江心月"噗"的一声笑了:"皇上是君王,服侍嫔妃像什么样子。"

"此时朕不是君王,而是你的夫君。夫君服侍怀胎的妻子天经地义。"皇帝面上虽笑得温柔,神色也是不容抗拒的。

江心月无法,只好依他。皇帝小心地揽过她的玉肩,两手环着抱起她下地,又接过菊香递来的外衫给她披上,待她在席位上坐稳皇帝方才落座。江心月披着厚重的锦袄,额上不一会儿就沁出汗珠来,忙抱怨道:"启祥宫的炭火太旺了。"说着就想将身上的衣物掀开。

"不可!"皇帝一手按住了她,苦心劝道,"受热没什么,受凉则万万不可!"

"皇上您太过小心了,臣妾胎象稳固,哪有那么娇贵!"江心月恳求着,目色突地瞥到榻上一件略轻薄的外衫,便道,"那臣妾不要穿这一件,若捂出一身痱子可怎么好!"

菊香已经会意地将那轻薄的外衫呈上。皇帝见她恳求的模样很可怜,心里一松,便只好应允了。片刻,皇帝又道:"你说朕太过小心,却是你自己不够小心!你的身孕此时才发觉,以往齐院使为你请平安脉都做什么去了!朕还听闻你常常推托齐院使为你诊治!若早早发现,你也不至于晕倒在宫外,吓得朕心神惊惧。"

江心月闻此无可辩驳,旋即低了头,只小声地道:"齐大人是院使,本是专门看顾皇上、皇后的身子,臣妾平日无病无痛哪里敢劳烦院使。且臣妾的身子已被确诊不会有孕,哪里想到……"

"齐院使一事，你总这样固执！"皇帝声色多了几分严厉，"你是顾忌着旁的人，怕落下娇宠的名头。然而你如今有了身子，这些顾忌统统不要管，齐院使每日都必须来请脉一次！你再不许推托。"

傅氏一事，便出了一个胆大包天的杜太医。保不准会再出一个胆大的，将龌龊事做到江心月身上。只有齐院使最为忠心稳妥，医术又高明，其余人皇帝怎能放心。

江心月低眸答了一声"是"。突地，一双手又被皇帝拉了去，继而被按在铜盆里。皇帝细心地为她净手、擦拭。

被皇帝捉住的双手久久没有被侍弄好。她不禁烦闷：不就是净手么？为何皇上您要掐臣妾的虎口？为何您要捏臣妾的指甲？臣妾的手很好玩么？

她的手指上曾有两道难以磨灭的伤痕，那是三年前在慎刑司留下的。但是她用了齐院使的去痕霜之后，真是有奇效，一点痕迹都看不出了。她很想连肩上的刀疤一并除去，谁知皇帝却不许她用了。

她想把手缩回来，却突地被一拽，一扯，一吮——怎么？她的手指进了皇帝的口里？皇上您为何要吃臣妾的手指！

她更加用力地挣脱起来，无奈皇帝咬着手指不松。然后那手指上感觉到极柔软的舐舔，吮吸，几乎要被那口水含得化掉……皇帝好像吃得很香。

天哪，吃手指是无教养的人才做出来的举动，郑昀睿太不像话了，君王风范都在哪里啊……不可，皇上您不顾言行，本宫还要脸面呢。她思忖半晌，突想到一良计，遂强做出一副暧昧的面色，将红唇高高地噘起送至皇帝的嘴边。

皇帝果然如她所愿地松开了手指，然后狠狠覆上她的唇。唔，夜宴之上亲昵确实有些羞人，然而至少比吃手指要好看。

她心里庆幸着，哪知皇帝咬着她的唇又不肯松口了。夜宴的丝竹之声已经由远而近，端着食盒的宫人也鱼贯而入，宫里若有若无的香气层层浮动而上。她今日醒来后只吃了些五福酥卷，等到这一顿晚膳就已经很饿，此时那些饭菜的香气从她的口鼻直直地钻进，肚子里越来越撑不住了。

她费了九牛二虎之力终于推开皇帝，因吻得时间过长而喘着粗气道：

"皇上，筵席已经开始了……"

"哦。"皇帝停下动作，言语稍有歉意地道，"是朕疏忽，把你饿到了。"

如此一番折腾，江心月终于可以用膳了。

夜宴虽只有二人享用，却办得极其隆重，先是古乐伴奏，由宫女敬献白玉茶，称为"茶台茗叙"；后是"攒盒一品"：龙凤描金攒盒龙盘柱，内盛有四喜干果、虎皮花生、怪味大扁、奶白葡萄、雪山梅等蜜饯；再来是"前菜五品"：龙凤呈祥、洪字鸡丝黄瓜、福字瓜烧里脊、万字麻辣肚丝、年字口蘑发菜；后上"饽饽四品"：御膳豆黄、芝麻卷、金糕、枣泥糕；再上"酱菜四品"：宫廷小黄瓜、酱黑菜、糖蒜、腌水芥皮，并宫娥上御酒称为"敬奉环浆"；然后是"膳汤一品"：龙井竹荪；"御菜三品"：凤尾鱼翅、红梅珠香、宫保野兔；又"饽饽二品"：金丝酥雀、如意卷。盛大筵席上该有的，一应俱全，丝毫不缺。

唯一有些不同的是，一应菜品均是极谨慎地选择，那些于孕妇不利的寒凉、味重、辛辣之物均被换成了别的。

除此之外，皇帝还特赐下一溜的燕窝、参汤、松茸等物。江心月指着那些大补的珍品道："即使要补，一顿也吃不完这么多。"

"那你要更加努力地多吃啊！"皇帝半劝半命令地说道。

心里一愣，再看那几碗溢满苦涩气息的浓重的药汁，江心月顿生恐惧，却不知该如何推托。

"你为人母的人了，为了腹中的孩子怎能怕苦！"皇帝仿佛猜到了她所想，舀了一勺参汤吹过之后，递到她嘴边。

江心月无法，只能顺从地喝下。参汤终于喝过，皇帝又勤快地为她布菜。二人面前是一众舞姬踏着欢愉的步子，两侧是乐师助兴。不仅如此，还有一班杂耍班子表演难度极大的"顶竿""酒坛吐火"等技艺，看得江心月赞叹不止。

"咚"的一声激昂的鼓点，竿顶的那个小生在空中一个鹞子翻身，张嘴衔住底下人抛至空中的金花，继而单足点竿立在竿顶。皇帝道一声"好"，而江心月也欢呼出声。

第六十五章 三

苏更衣

旁侧有宫女奉上御酒，皇帝今日心情极好，便吩咐道："多奉一些酒来，朕要尽兴。"

酒香扑鼻而来，三足金樽之中是清冽的秋露白，江心月的面前却被放置了一盏黄山云尖。皇帝举杯相庆，不忘了叮嘱她道："你可不许沾酒，老实品茶就好。"

这一次，皇帝虽然没有一口一口地喂她，但也是频频为她布菜，然后笑着盯着她吃下去。筵席丰盛，二人均尽欢。

皇帝以酒助兴，开怀畅饮。江心月看着再次奉上的老坛女儿红，不禁劝道："皇上勿贪杯……"

"朕许久没有这般愉悦了。"皇帝有些醉了，突地大笑道，"江心月！我们又有孩子了！真好，真好！"

宴饮持续到亥时，皇帝已经醉得不省人事。江心月不敢多留皇帝，怕耽误了明日的政事，王云海也担忧皇帝的身子，遂命人扶着皇帝回宫。

"皇上爱重娘娘，私办夜宴以庆贺，当真隆宠。"菊香笑吟吟地上前道。

江心月也是极高兴，看着一众宫人撤走筵席，盈盈笑道："本宫这里歌舞升平，却不知皇后娘娘今晚如何。"

"恐是难以入眠吧。"菊香浅笑，眸子轻轻瞥向凤昭宫的方向，道，"您有孕，皇后定吃惊不小；还有傅氏欺君之事令她头疼恼怒。她可有的忧愁呢！"

"傅氏……此事不能草草了结。"江心月说着，面上渐露得意之色，"本宫看她就不像刚烈的女子，在慎刑司不出两日，就算没有主使也会被逼得说些胡话。皇后屡屡设计本宫，这一次本宫也会令她吃苦头！"

"娘娘，我们慎刑司的几个人手定会尽力的……"菊香浓浓的笑意中透着掩饰不住的阴沉与冷冽。

不光是恭绵贵妃留给她的人手，与她有恩怨的秋嬷嬷也早被她收买。江心月满意地"嗯"了一声，由菊香服侍着去更衣沐浴。

一夜安寝。第二日，江心月没有怠懒，而是到了时辰便起身预备去皇后处晨省。她从榻上下来，方唤了一声"菊香"，却见菊香和玉红两人"扑通"一声跪在了她脚下，连连请罪道："奴婢们万死……"

"出了何事？"江心月惊异道。

玉红的面色中有掩饰不住的慌张，咬唇回道："绿珠……她……"

"绿珠惹了乱子么？"江心月蹙眉道，"若是犯规矩，不正好是个机会么？送去内务府处置即可。"

"并不是。"玉红身侧的菊香连连摇头，"比惹了乱子还要麻烦。事情是昨晚上的，因娘娘已经睡下，且此事无可挽回，遂奴婢们没有叫醒娘娘。绿珠她昨夜……就在皇上出咱们启祥宫的宫门时……绿珠她被皇上带回了龙吟殿，然后今早，册封的旨意便下来了！"

江心月听得气血上涌，怒喝道："你们都是做什么的，启祥宫这么多奴才看不住一个绿珠！玉红，本宫交代给你的差事你就给本宫这样的结果？！"

玉红吓得"砰砰"地磕头，口里呜咽道："奴婢万死，求娘娘饶命……"

菊香也叩头请罪道："那绿珠几月以来从不惹是生非，旁人的欺辱她也是忍着，奴婢们不免对她放松了警惕……没想到，昨晚夜宴疏忽，她就……一切都是奴婢的过错，请娘娘责罚奴婢们吧……"

"你们两个给我起来！"江心月咬牙切齿道，"事情已经出了，你们请罪有何用！玉红，什么饶命不饶命，本宫又不会打死你。"

玉红这丫头是可信的人，江心月已经查过她的家底，并没有疑她与绿珠勾结。菊香更不必说。此时江心月震怒，却也不知这火气往哪里发泄。

想来也是绿珠太狡猾，几月来隐忍不发，竟是为了这最后一击。江心月以手抚额，怎么就没有猜到绿珠的意图呢？她还以为皇后将绿珠塞进来只是做耳目之用。

"娘娘息怒，身子要紧啊。"菊香扯着她的衣袖劝道。

"息怒？"江心月拂袖，怒气更甚，"皇上前脚在殿门内还与我温情暖语，后脚出了殿门他便纳我的宫女为新妃！"

"娘娘！"菊香听得此话骇然，忙上前捂她的嘴，"您要慎言呐！皇上是天子啊！"

"是啊，天子……"江心月越发恼怒。天子可随心所欲，天子无论如何都不会有错！皇帝纳新妃她不在乎，然而这新妃是她的宫女！被手底下的奴才蹬鼻子上脸做了主子，她莲妃的脸往哪搁！

强自定了心神，她沉沉出声道："是什么位分？是皇后的懿旨还是皇上的圣旨？"

"末品更衣之位，是皇后的懿旨，遂无封号。"菊香答道。

闻此，嘴角终于溢出一抹冷笑，江心月淡淡道："很好，皇上根本未对她上心。好了，快给我梳妆，晨省万万不能迟了。"

"主子……您有孕时可以告假的，且……今日那绿珠，哦不，是苏更衣也会去参拜皇后。您眼不见为净。"

"本宫难道要躲着她么？"江心月不屑道，"皇后也定是想看本宫的笑话。但愈是如此，本宫愈是要去。"

她一路扶辇往凤昭宫而去。到了地方，她远远地便闻得里头的莺声燕语，娇笑嬉言。踏进殿门，果然是那苏更衣在与皇后说笑，旁侧一众嫔妃还随声附和着。

江心月敛了心神向皇后请安。皇后一见是她，面上的笑意更浓："莲妃有孕还来晨省，果然勤勉。"

"臣妾这一胎极安稳，身上半点不适也没有，哪里有怠懒的理由？"江心月的眼角掠过宛修容一众或掩嘴窃笑，或目有妒意之人，也是笑吟吟地回话，随后在自己的位子上坐下。

她如今是妃位，殿内大半的嫔妃均起身向她行礼，良妃、贤妃等人也笑着贺喜她有孕。江心月一一谢过众人，目色最后定在稍显惊惶的苏更衣身上，却是柔和地笑道：

"你能有福分侍奉皇上，本宫也替你高兴。只是……本宫从来都唤你为绿珠，却不知你原本的名姓……该如何称呼你呢？"

江心月笑得温柔而娴雅，她是绿珠的主子，怎会不知绿珠本名，只是意在提醒她的宫女出身罢了。

绿珠听了脸上登时泛了青色，虽愤懑屈辱至极却不敢与高高在上的莲妃放肆，只能低了声答话："嫔妾苏氏绿绮。"

"哦——绿绮，真是个好名字。"江心月笑得越发温婉，"这名儿是别有深意的吧？"

苏更衣未料到江心月会对她的名字如此感兴趣，然而她从来不知这名字有什么深意，遂不知所以地答道："并没有什么深意。"

"那么是本宫想错了。不过绿绮这名儿实在好，二字的寓意也极美。"江心月笑谈道。

众嫔妃多是名门出身，听得江心月此言也都明白其中意味，只有苏更衣一人不解。良妃在侧盈盈出言道："'绿绮'为汉代文豪司马相如的古琴，其琴韵绝世，名噪一时。可惜流传至我朝已经不知所踪了。"

"本宫原以为苏更衣是精通乐律之人，才会起了这样的名字。"江心月的眸中蓄着浅浅的狡黠，"不想苏更衣竟未曾听说过'绿绮'名琴。"

苏绿绮出身平民，以宫女之身成为嫔妃，宫内诸人都是不屑与厌恶的。此时殿内众人纷纷掩嘴，若不是皇后在众妃中积威，她们早就偷笑出声了。

江心月本也是奴籍，然她有幸受礼亲王府十余年调教，世家女子所擅长的琴棋书画均一样不落地习过。苏绿绮则没有这样的好运，她只是生了一张略有姿色的面孔，从小为奴，闺房技艺哪里会得半点呢。

苏更衣的面色已经涨紫，咬着唇不知如何言语。江心月此话实在太过分，她说"不想苏更衣竟未曾听说过'绿绮'名琴"，那下一句岂不是"这么好的名儿被你给糟蹋了"！

"莲妃今日的话真多，还是少说几句，别动了胎气。"皇后看不过去了，出言帮衬苏更衣。

江心月昂首，对皇后挑眉笑道："不劳皇后娘娘担心。臣妾不是娇贵人，哪里会说几句话就动胎气？"

她回首看向苏更衣，轻笑道："倒是苏更衣，本宫看你的脸色不怎么好啊？"

苏更衣杵在殿内受辱良久，此时再也抑制不住，愤然道："嫔妾虽出身寒微，如今也是侍奉皇上的人……"

她话音未落，便听"啪"的一声脆响，一记耳光重重掴在她面颊上，正是一脸冷笑的贵喜。

苏更衣且怒且惊，抬手指着贵喜厉声道："好！好！凭你一个无根的贱奴也敢掌掴小主！"她转首向皇后拜下道："皇后娘娘方才可是瞧得真真的，莲妃娘娘纵容下人，以下犯上，嫔妾不服！求娘娘为嫔妾做主！"

皇后还未发话，江心月便冷冷一笑，瞋目道："大周后宫有礼法，向上位者回话需敛眉顺目，然而本宫问话你答非所问，语气生硬，神色愤怒，你将宫规置于何地？将祖宗家法置于何地？本宫是协理六宫的正二品莲妃，你只是从八品更衣，本宫面前岂容你放肆！"她说着朝贵喜一努嘴："言行差池者理应掌嘴。接着掌掴她。"

江心月身后随侍的几个宫人不由分说便上前按住了苏更衣，玉红更是揪起她的头发将她一张脸抬得老高。贵喜是有些年头的内监，掌掴极有巧劲，几下上去便打得苏更衣嘴角渗血，双颊高高肿起。殿内众人见此均惊惧，一时之间人人静默，只闻得"噼啪"的掌掴声和苏更衣一声高过一声的呻吟。

"莲妃！"皇后气极，拍案起身道，"嫔妃掌嘴是极大的羞辱，苏更衣错不至此！"

贵喜听了皇后的话丝毫不惧，仍然一掌一掌地打下去。江心月冷笑着朝皇后道："皇后娘娘认为臣妾过分严苛了么？"说着冷哼一声，道："女子三从四德最为要紧，宫中女子更甚。她犯了四德中的'妇言'，怎会是小错！今日不惩处她，难道要等日后她嘴里说出大逆不道的话来，再行惩处么？"

"你……"皇后嗔怒，然莲妃所言句句在理，她根本无法反驳。

打了半晌，直至苏更衣痛楚地弯腰吐出两颗牙齿，嘴里呜咽不成声，江心月方才微抬了手，散漫道："停罢。受过今日之痛，想必苏更衣今后会慎言，再不敢冲撞了。"

晨省毕后，江心月搭着菊香的手，悠然缓慢地从凤昭宫步出。她似有意无意地扫过一众嫔妃，所触及之人均瞬间低垂了首去，不敢与她对视。

"娘娘早该如此刚毅了。"兰贞轻笑着凑近了她耳边，"苏更衣一张脸怕是有些日子不能侍奉皇上了。"

江心月轻抿双唇，含笑与她道："我平日以恭谨为人称道，今日突然立威，不想效果还很好。"她复瞥一眼凤昭宫："也是第一次压了那一位了。"

她在皇后的眼皮子底下狠狠地惩处苏更衣，即便皇后出言阻止也不肯收手。这一出过去，她协理六宫的名头也会越发稳当。

她如今新晋了妃位，又怀有皇嗣，正是立威的最好时候。

江心月暂时为这小小的胜利而得意着。这一日的晚膳后，她却收到消息，道傅氏病死狱中。

回话的内监苦着脸对她禀道："是宛修容身边的宫人以送吃食的名义进去探望傅氏。她们走后傅氏还好，但几个时辰后就高烧而亡，狱医诊断为鼠疫。因病症吓人，人立马就被焚化，以免散播……"

江心月重重叹一声，恼怒道："还是让她们钻了空子了。看来慎刑司也有不少皇后的人手。"

傅氏是受审的重犯，哪里能随意探视？定是有人玩忽职守了。

江心月烦闷着，低低对菊香道："宛修容倒真是对傅氏有怨，亲自出手弄死了她。"

"娘娘勿要忧愁。傅氏一案就算牵扯出什么，也无法对皇后有较大的损伤，就暂且让她们得意几天吧。"菊香在侧劝慰着。

正说着话，却听一声高亢的通传声："皇上驾到——"

皇帝依旧是那般魁梧的身子，明朗的面容。他进殿双手拉起行礼的江心月，似漫不经心地问道："今日身子可好？"

江心月垂眸掩去眼中的不悦，不留痕迹地将手从皇帝怀里抽出，低低道："臣妾很好，皇上何须日日来问。"

皇帝听出她话中的生硬，略尴尬地笑了一声，扳着她的臂膀坐下，道："你在为苏更衣置气？"

"臣妾不敢犯了'妒'，那可是七出之一。"江心月一股倔强劲涌上来，负气地道，"臣妾有孕不便服侍皇上，皇上理应有了新欢。"

"唉，朕昨日是醉酒……"皇帝懊恼道，"你今早不也惩处她出气了么。"

皇帝的声色有点低，江心月听了那后一句，便以为皇帝对她惩治苏更衣一事不满，忙软了神色俯首道："臣妾也是心里堵得慌，苏更衣又言语冒犯，臣妾一时冲动就……还望皇上宽恕。"

皇帝纳哪一位为妃都是天经地义的，哪里容得她置喙？

皇帝看她小心请罪的模样，心里叹一声，还是道："既然是她冲撞你，你协理六宫本就该罚她。你很好。"

江心月心里松了一口气——皇上果然对苏更衣无半点在意。她故做出一副小女儿态，娇笑一声，攀上皇帝的臂膀，软软道："臣妾罚她，确实有私心作祟。臣妾不喜欢她。"

皇帝宠溺道："你不喜欢她，那么朕也不喜欢她。"

皇帝哄着她说了些情话，直说到她面颊覆上红云，再也没心思想那苏更衣。二人说着话，殿外敬事房的内监捧着一朱红底盘龙玉碟进殿，跪下道："奴才请皇上的旨，今晚歇在何处？"

碟中躺着几十枚通身栗色、签首染绿的牌子，正是择寝所用绿头牌。皇帝将摆在上头的几个名字拨开，从最底下拈起一张牌子，上书"丽妃"。

江心月霎时大惊，茫然地看着皇帝却不敢插话。只有王云海在侧喏喏着："皇上，这……这……"

"不必多问。"皇帝正了声色，吩咐那仍呆愣着的敬事房内监道，"还不快去华阳宫传话，令丽妃预备着。"

内监忙应了声告退。

"朕不能陪你了。"皇帝的话带着些许的歉意。顿了顿，又似想起了什么，道："再过些日子，白鹿围场的春狩也要准备了。朕先告诉你此事，你要把身子照顾好，到时不要缺席。"

皇帝说完就提步出了殿门，江心月在其身后行礼恭送，脑子里却是一团迷糊——且不说为何皇上突然要临幸丽妃，春狩之事也怪异得紧。她一个有孕的宫妃，如何能去随驾侍奉皇帝？

总之今日的明德帝又有些邪门。江心月近来习惯了皇帝的怪诞言行，见怪不怪了。丽妃那里不是她能操心的，她怀着身孕去随驾虽很不便，然而皇帝一向重子嗣，不会为了她的美色而把持不住吧？

明德十二年正月，丽妃得幸，后隆宠。

一晃到了二月。天渐渐回暖，料峭的春寒之中有些许的生机乍现。皇帝自那日江心月撒娇之后，果然再不肯临幸苏更衣。苏更衣本是皇后提携的人，但日子久了皇后看她无能无用，也就厌弃了她。

静
柔
公
主

苏更衣居于西福宫一座年久失修的偏殿，独自品尝着连为奴都不如的失宠的滋味。几日后，江心月令她迁居西福宫蘼芜苑，那是叶常在生前所居之地。

她至莜月殿哭闹求饶，江心月冷笑看着她道："你原本的院子太过简陋，本宫怎忍心看你受苦？你还说什么'厉鬼'，这话更说不得。大周后宫乃福泽天佑之圣地，举头三尺有神明，何方鬼怪胆敢放肆？你说这胡话，是嫌本宫给你的掌嘴不够多么？"

苏更衣的前额磕得头破血流，也没能换得丝毫的宽恕。

二月五日，纯容华诞下皇三女，赐封静柔，小字梨澈。

纯容华并未得晋位，皇帝只是命人送去一些赏赐。

那是个很安静的女孩子。江心月曾去探望过她，她极少哭闹，而且很爱笑。她和小魔头媛媛是天差地别的两种孩子。

江心月慈爱地将手指触到她的小脸蛋上，她在这个小女婴身上看到了瑶仪的影子，那是回忆里的瑶仪，她温婉宽厚，总是娴静地笑。

江心月决定今后无论澹台瑶仪如何，她都会保护静柔，只要她力所能及。

澹台瑶仪生产时惨痛了两天两夜，她流了很多血，还好她最终活下来了。她在孕中一直心绪不宁，失宠受冷的痛苦，皇后可怕的威胁，随时可能遭难的族人……她的心力几乎被耗尽了，孕中的辛苦似乎被放大了无数倍。

她此时趴在床榻上，勉强抬头去看自己的女儿，一边看一边笑。

皇后脸上挂着假情假意的笑，一手拉着虚弱的澹台瑶仪道："这孩子会是一个贴心的小棉袄。"

江心月看到皇后眼角的怒意。澹台瑶仪能够复位，她已经极其不满，然而她并未阻止，因她知晓皇帝厌恶瑶仪，即使复位，也无资格抚育皇子。她打好了算盘等着一位皇子，却等来了公主。

皇后随即将目光定在江心月尚未隆起的小腹，眸中一抹慈爱缓缓地溢出，温婉道："纯容华的公主很乖巧。莲妃定要多加小心身子，到时产下如静柔一般的孩子该多么好。"

江心月笑着谢过她的好意，对她言语中含蓄的诅咒丝毫不在意。于醉心权欲的皇后是诅咒，而于她，何尝不是福分呢？如果能再次诞下一位皇女，她和孩子都会安全很多。

她还想多看静柔一会儿，但在侧的两位医女之一却扯了扯她的衣袖，示意她离开。江心月再不敢多留，逃一般地告辞离去。

出了朝露阁的殿门，两位医女才小声地在她耳边道："您身侧宛修容的身上，有些不该有的味儿……"

江心月双手紧攥，目中现出点点凌厉："这么快就坐不住了么！"

每日晨省，都是江心月最警惕小心的时候，因为那是在皇后的宫里。然而，凤昭宫从来没有发觉任何不对劲的地方，两位医女每日随着她踏进殿门，都会说一声"安好"。

皇后此人太过周密，她不肯令自己冒丁点的险，而宛修容则被她当作棋子。江心月心里有些许的烦闷，她只觉自己这一胎，太难保全。皇后连位分低微的叶氏都不放过，怎会放过位高权重的莲妃！

江心月走后，澹台瑶仪一字一顿朝皇后道："嫔妾日后……定会更加尽心地服侍娘娘，求娘娘福泽庇佑我们母女……"

她的意思是，她很愧疚未能诞下皇子，所以她日后会更加尽力地为皇后做事，以弥补她的这一"过失"，为静柔公主换来庇佑。

皇后面色烦闷地点了头。她微一蹙眉，面上又染了几分怒色，道："本宫实在诧异，莲妃到底是如何怀上子嗣的！"

"这……确实很怪异。多位太医均诊治她再无法生养，谁知……"云岚也是不解地道，"她不仅怀上了，而且胎象稳固，母子强健。"

皇后缓缓叹了一口气，道："真是，真是有福分……"

她知江心月不是傅贵人一类的人，她的性子是先求稳，后求胜，断断做不出假孕争宠的事来。然而……那么厉害的宫寒之症，她也能给怀上……皇后只能摇头叹息。

皇后坐了一会儿也移驾离去。她扶着云岚的手低低道："去华阳宫吧。"

郑昀睿素来好色，面对丽妃的绝色，他终于把持不住了。皇后心里恼恨地想着。

如今的华阳宫，已由一座禁地冷宫重新回到了当年的奢华，那是惠妃居于此地时，琉璃金瓦，珠玉玲珑。

原本众人不敢与丽妃结交，如今却多了不少曲意逢迎之人，使得华阳宫门庭若市。皇后甚是提防丽妃，然而她每次劝诫皇帝"雨露均沾"时总会被皇帝糊弄过去，丽妃虽然怕她，她却拿丽妃没办法。

丽妃的隆宠，莫名其妙。

在华阳宫从清冷之地变为夜夜笙歌之地时，阖宫上下已经在准备明德十二年的春狩。这一次与以往不同，北域的可汗和一众部落亲王也被皇帝相邀同去。

凤昭宫里，皇后双手呈上一份春狩随侍的宫妃名册，请皇帝过目。

江心月与良妃作为协理的妃妾，均坐在旁侧，一同商讨春狩事宜。

丽妃、宛修容、柔贵人、安贵人、周采女，皇帝指着名册上的五人，蹙眉道："这点人如何够侍奉？"

"皇上……"皇后喉中一滞，她猜不透皇帝的意思——她认为春狩此行是有着大事的，北域可汗都会亲临。北域近来异动不止，借着春狩定会有要事相商，这样的关键时刻不是沉溺女色的时候。若嫔妃多了令帝王分心可怎么好？所以她只挑选了最为隆宠的几位嫔妃随侍。

皇帝以手指轻叩案几道："多加一些，你现在便写下来，朕与你商讨。"

"是。"皇后受了命，提笔再次写了几个名字。

云贵嫔、景嫔、徐婕妤、戚婕妤、陶才人、杨宝林、涵常在、顾采女。

共计十三人，浩浩荡荡之众，全是平日受宠之人。丽妃是定要去的，因两国政事相商，她会是两国的筹码。皇帝拿起来一瞧，终于点头说了一声"好"。

江心月看着那名单，心里渐渐有些不顺。因为其中有一人——宛修容是不应该出现的，她早已不受宠。皇后浑水摸鱼地将她写进去，皇帝竟没把她挑出来，就是默许她复宠了。

皇帝时常打压皇后。然而这次他帮了皇后。因为她是皇后，皇帝不能将她踩到底。

这便是平衡之策。江心月虽厌恶宛修容，也全做不知。

皇后收起了笔墨，唤来内务府的管事们，令他们早些准备。

皇帝却止住她，瞥一眼旁侧坐着的江心月道："还有一人。你将莲妃也写进去。"

"莲妃？"皇后愕然道，"莲妃有身孕，无法伺候皇上。"

江心月并不插话，她不知皇帝为何要自己去。

其实她很想去。春狩虽然免不了刀光剑影，但随侍的嫔妃里有几个会骑射？她便是不会的，即便没有身孕她也不可能随帝王上马。她们一众柔弱的女子只需在行宫中偷闲享乐，她有孕自然会被额外照料，怎会吃苦？

而按照惯例，皇帝离京，后宫一切便留给了皇后打理，她一介妃妾没了皇帝的扶持，已经很难与皇后抗衡。真正可怕的不是春狩的刀剑，而是皇后手中无形的利刃。就算她拼尽全力，也无法保证在皇帝离宫的数月内，自己肚子里的骨肉会安全。

两年前惠妃有孕，当时的皇后、太后便趁着皇帝南巡的机会，将她肚里的二皇子彻底毁灭掉。若不是那些暗害……恐怕今日坐在皇后位子上的，就不会是上官合子。江心月每每忆起，都是浑身的冷汗。

　　皇帝不听皇后的劝告，只是再次道："将莲妃写进去。"

　　"是。"皇后猜不透皇帝的心思，只好遵旨。她垂眸执笔在册上填了"莲妃"二字，眼角却是掩饰不住的不情不愿。

　　大周历代帝王，无论出巡还是狩猎都不会带有孕的妃妾。明德帝不知犯了什么邪。江心月不解其中意，只是暗自欢欣这从天而降的好运。

　　离宫的日子也就是这几天了。最后的几日，她很忙碌，忙着处理很多的事情。

　　她离宫，她的皇嗣是安全了，唯一担心的便是媛媛。

　　江心月知晓皇后不是废后陈氏那样的愚笨之人，暗害媛媛对她没有任何好处，风险却巨大。但即便如此，江心月仍很不放心，遂将媛媛托给了良妃照料。良妃没有孩子，她相当喜爱媛媛。

　　明德十一年二月十八，帝与北域大汗春狩于白鹿围场。这一日是钦天监亲选的出行之日，大吉。

　　这是江心月第一次出宫，她已经困在这个鬼地方四年之久，对外头的世界渴望至极，即使白鹿围场距离龙城相当近。

　　她看到很多只有书画上才能见到的风景，群山苍茫，霜林叠翠，白桦幽幽，北望是如茵的万顷草原，南临是麒麟峰千里松林。所有的嫔妃都惊异而赞叹地一路将头从轿帘中探出来。

江心月也想掀了轿帘朝外看，然而她不能——因为她旁侧的皇帝不允许："车马行得快，你被冷风扑了身子可怎么好！"

江心月低头讷讷地应了声"是"，她此时的面色极其难堪，所有宫妃的车轿均跟在龙驾之后，只有她坐在龙驾内。隔着数十米，她仿佛仍能听见后头嫔妃们的抱怨。

不过半日，众人便到了围场。江心月本以为围场毗邻草原，她们应该住的是金凤大帐。然而她看到的是一座奢侈而精致的行宫。行宫依麒麟山而建，内引活水凿湖，凡大小亭台楼阁共计百余座。帝宫主殿以汉白玉砌为石阶，建造沿袭龙城建筑的恢弘肃穆特质，其余楼阁则融华贵与塞上粗犷为一体，另有别出心裁之巧思。整个行宫似乎是大周皇宫的缩小版，规模虽小，奢华不减。

行宫特设有安置他国贵客的宫殿，因大周历朝都有借狩猎来和谈政事的惯例。

她的住所与柔贵人、涵常在相近，距皇帝的主殿却远。戚婕妤、周采女一众同皇帝撒娇撒痴，讨要了主殿附近的楼阁来住。江心月是不可能上马骑射的，不仅如此，皇帝还另给了她多重限制，剥夺了她很多出宫赏景的机会。

她与皇帝一再讨价还价，终于讨到了最要紧的恩典——她的身子只有两个月，且无任何不适，作为随驾中位分最高且有协理六宫大权的嫔妃，此次随驾的女眷都由她来管束。

她此时老老实实坐在主殿内恭迎圣驾，而宫外，"哒哒"欢愉的马蹄声正在渐渐驰近，皇帝携着丽妃、云贵嫔进来，云贵嫔一贯爽朗，又是将门之女，除了北域长大的丽妃便只有她能够陪帝王策马。

江心月与一众嫔妃无不艳羡地瞧着她们，只不过江心月艳羡的是塞外风光，其余人艳羡的是伴驾的机会。云贵嫔一张脸上带着明媚的笑容，红扑扑的，她径自回去换下汗湿的骑装。而丽妃的手仍被皇帝紧握，她低着头，笑得极不自然。

"朕陪你去更衣，明月。"皇帝当着一众嫔妃的面，将脸凑近了她的耳边道。

"谢皇上。"丽妃的声色仍在发颤。她隆宠的这些日子以来，一直在抑制自己面对明德帝的颤抖，虽然仍未成功，但有了些长进了。她年纪小，并不能很好地掩饰内心，从而让那难堪的神情流露在外。

"听闻明月笑起来很美，可是此时你做得并不好。"皇帝对她的面色再次提出不满，"希望你以后好好学，朕的这些妃妾都是你的表率。"皇帝一手指着在座的嫔妃道。

江心月正领着在座一众嫔妃笑得妩媚动人。她们都是戴面具的高手，上一刻她们还在笑，下一刻却能做出悲痛万分的模样。

皇帝执起丽妃的手，揽过她的肩膀往内室而去。他对待丽妃与云贵嫔冷热亲疏的区别，也昭示了他的宠。只是云贵嫔从未放在心上罢了。

次日，一贯孕中嗜睡的江心月早早地醒过来，她觉得浑身清爽得紧，也不知是因为那带着鲜草气息的风，还是昨日的手抓羊肉和马奶。她很想吃那些烤过的鹿肉、马肉、熊掌，然而明德帝仍然不允许，不仅如此，小安子也被派到她身边，防止她贪吃贪玩。

今日是春狩正式开始的第一天。她坐在大帐中看神龙卫们将四周的动物向中间驱赶，在北方，大队的戎马拥着一位貂裘虎靴、壮硕魁梧的年轻大汗奔腾疾驰，他的身侧是随行的几个北域部落的亲王与武将。

随驾大周帝王的是姚家的几位将军，还有一位拓跋将军。那位拓跋将军与姚家倚仗父辈军功任职的几位少爷年纪相仿，然而出身非世族的他已经是镇北大将军，年轻气盛地与寿安侯抗衡。几位将军并白鹿围场当地的官员分列在明德帝两侧，看那北域王渐行渐近。

北域王远远看到明德帝身侧被搂紧的丽妃，再看圣驾后的大帐内端坐着十多位妩媚艳丽的女子，不禁剑眉上挑冷笑一声，心想这周国皇帝好女色比之自己的父汗也不会差。他在马上搭弓射箭，一弓上两箭，两支泛着寒光的箭锋直直指向明德帝。这一举动吓坏了一众文臣武将，姚家长子、参军都尉姚凛立即拔剑挡在皇帝身前。

北域王箭锋微微一转，距离明德帝十丈开外的一只羚羊、一只野雉同时被射穿，当场毙命。明德帝抚掌大笑道："你不愧为北域的大汗，百步穿杨，两支同中。"

北域王疾驰几步至大周龙驾面前，下马，他年轻的鹰目中浮动着戏谑的意味，然而他还是遵守臣服藩国的礼节，向明德帝拱手。

"皇上，北域新皇并无和谈之心，只有挑衅的野心。"一文臣低声朝明德帝道。北域因红颜之祸而臣服于大周，再怎样都是不甘的。他们甚至希望下一场战事早早开始。

明德帝并没有接他的话，而是大手一挥，旁侧一内监便奉上一张通身乌黑，看似并不起眼的古朴的弯弓。他拉弓昂首指向天际，只听"嗖"的一声，利器刺破长空，然后两只灰背隼扑棱着翅膀掉在草场上，抽搐一会儿便不动了。捡起一看，竟是一箭贯穿二隼首脑。

四周响起雷动的掌声。明德帝朝北域王爽朗一笑，道："朕看北域王也是心急之人。今日就省了那些繁文缛节，直接开始狩猎罢。"

北域王虎着脸喝了一声"好"，飞身上马道："听闻在大周，每次春狩或秋猎，皇族贵族间均会比试。"

明德帝此时也率几位将军上马，道："不比试哪里有狩猎的趣味？就按照我们大周的规矩，比试日落之前狩猎所得的猎物数量。"

北域王脸上闪过一丝傲慢，在马背上生活的北域人的比试可不是这样简单，草原勇士们会有许多既危险又难度极高的项目。然而此次是在大周的领土，他也遵照这边的规矩罢。

两方不多话，均策马向丛林深处而去。与一身骑装、精简干练的北域王不同，明德帝比试期间也不忘抱着丽妃一同上马。与北域混战，明德帝身侧遂多了大批的人马护驾，然而比试是指个人所得的猎物，明德帝的随从再多也与之无益。

江心月一众在大帐中闲坐，眼前的大队人马转瞬间均钻进了密集的松林。林子里北域的男人们均是骑射的好手，他们所携的猎犬、雄鹰同射出的利箭一同奔向猎物，就连随驾在北域王身侧的两位阏氏也身着飒爽的雪狐皮戎装，搭弓射箭，巾帼不让须眉。而明德帝这边，云贵嫔显然只是粗通皮毛，两箭射偏后被阏氏完颜氏抢了手下猎物。

待到日落西山，两方清点战果，明德帝与北域王所得猎物竟是同等数量，只是北域王手中多是鹿、豺狼等大型猎物，而明德帝手中是野兔、飞鸟等小兽。前者猎物难以一击毙命，危险性也较大，然每只身上均只有一箭；后者猎物精悍迅捷，难以瞄准。这一日的比试，二人不分上下。

"皇上是带着丽妃娘娘一同狩猎的，丽妃在皇上怀中自然会拖累了皇上，否则那北域王怎能与皇上平局？"帐中安贵人为明德帝辩护着，同时发泄着心中对丽妃的不满。

江心月并不出言，她只是静静地看着，她突然发现明德帝一身皮制的戎装比那些繁复贵重的龙袍要好看得多，窄袖、绯绿短衣、长靿靴、蹀躞带，皆胡服也。然而这样的服饰也越发显出明德帝一身的英武凌厉，他身上有点点的血腥与尘土，这样看来，更是武士一般的气质。

听闻皇帝年少时曾随军出征，难怪会有这一身的冷硬而矫健的俊美。大周的皇子们之中，他虽是庶子，却是最杰出的。

此时所有的嫔妃均在看着皇帝，她们也发现了皇帝与往日不同的俊朗，均目不转睛地盯着，一边在面颊上浮上一层一层的红云。其实明德帝并非什么美男子，他的脸部轮廓过于生硬，眉目也不精致，然而整体魅力是不输于人的。

北域王清点过猎物数量后，瞧着明德帝身后仅得一只狡兔的云贵嫔，不屑道："大周女子果真柔弱。"

云贵嫔平日嘴快，此时两国国君面前可不敢放肆，只是涨红着脸缩在明德帝后头。明德帝佯笑一声，大手向后一挥，一位身着水红色白狐毛滚边服饰的女子策马上前，指着她身侧血迹斑斑、捆绑成堆的猎物朗声道："臣女拓跋凌心，今日所得野猪一头，麋鹿三头，雉兔七只，鹰雕两只……"

她话音未落，林场上再次响起掌声与喝彩声，北域王身后的随驾众人也纷纷叫好。北域人性格直爽，丝毫没有因为对方是对手便吝啬喝彩声。

傍晚，双方各自安顿，明德帝一手揽着丽妃，一手紧握着今日狩猎大出风头的女子的手进了行宫大殿。江心月一众嫔妃跟随其后，众人的目光，均紧紧定在拓跋凌心同帝王紧握的两手上。

第二日、第三日，拓跋凌心均伴随帝王左右，而技不如人的云贵嫔早就乖乖地同其余嫔妃一起闲坐在看台的大帐中。第五日的傍晚，草原上举行了篝火晚会，北域人均善舞，他们围着篝火甩袖踏足。

明德帝十分宠溺丽妃，晚宴上特命北域的几位厨子备下奶酥油野鸭子、酒炖羊肉、羊池士等数类丽妃所喜爱的菜肴。北域王见此，便将那几个随行的厨子全都赠予了明德帝，以便日后丽妃回宫仍能享用到家乡的饭菜。

丽妃坐在明德帝身边，紧张地张口吞下明德帝喂过来的一块乳羊肉，耳边却是那令她恐惧的声音："你的兄长就在对面呢，快点笑，笑得好看一点，让你的兄长看看朕待你多么好。"

丽妃勉强地笑了起来，面前的火光映在她脸上，明德帝明显发觉她笑得比前两日要好，于是夸奖道："就是这个样子，要好好地笑。你放心，只要北域一日是我大周的藩属，朕就会一直待你好，给你隆宠。"

丽妃笑得眼泪都快掉下来了，她抬头去看对面的兄长，希望从亲人那里得到些许的温暖。然而那只是她同父异母的哥哥，是亲手将她送进大周后宫这个炼狱的所谓的哥哥，他与她本就没什么兄妹情分。此时北域王朝丽妃爽朗地大笑一声，那鹰目里有鼓励，有赞许，独独没有心疼。

丽妃绝望地撇过目去，继而朝明德帝笑得越发灿烂。

拓跋凌心很适应马奶酒的鲜腥，她饮了一杯又一杯，最终面上泛着两朵红云，硬拉着明德帝加入舞者的行列。草原的舞蹈粗犷豪迈，大周众人受其感染，也纷纷起身畅舞。只有江心月和几位矜持的嫔妃静坐着，她们看着处在众人中央的明德帝与拓跋凌心跳得欢畅，拓跋凌心火红的戎装被塞北的风吹得飘然仙逸，她疾速而热辣地舞着，似一朵旋转的红玫瑰。

这一晚拓跋凌心被明德帝带回了行宫。她是拓跋将军之妹，本应住在官邸，但明德帝特赐予她一座行宫内的殿阁——飞虹落霞居，紧邻帝宫正殿。

她站在飞虹落霞居的殿门前，对面前的莲妃道："娘娘说什么？这是历代皇后随驾的居所？可是圣上将它亲赐予臣女居住。"

江心月挑眉，毫不退让地道："这是祖宗规矩。拓跋姑娘应识大体，顾大局，懂得劝阻皇上。"

"可是，臣女很喜欢这里，只有在这里，才能那样近地仰慕圣上。若娘娘坚持，臣女可以搬到飞虹落霞居的耳房中居住。臣女是经历过沙场的人，哪里都住得下，只要能在圣上附近就可以。"她并不是威胁，她说完真的命身侧的几个宫人拾掇东西去。

江心月蹙眉，落霞居耳房是下人房，怎可给她住？她无奈，只好摇头道："那本宫不打扰姑娘歇息了。"

她闷闷地回到自个的寝殿，便见宛修容领着一众宫妃正在"恭候"她。周采女、安贵人她们看她的目光中透着说不出的不屑。

戚婕妤更是大胆地上前，满面含笑道："莲妃娘娘行事果毅，嫔妾等可都极仰慕娘娘的威望呢。"她所指是江心月处罚苏更衣一事。说罢，她眉目婉转，明眸流光，口中的语气却冷了下来，"可是拓跋姑娘实在有违规矩，这……"

她是在讥讽江心月连一个臣女都无法驯服。

此时，她一双飞扬的凤目正斜斜地瞥着江心月，那是极大胆的不敬。

江心月却懒得与她计较了。她疲累地一叹，转身就要回自己的寝殿去。

她才没有心思管这些挑衅她的嫔妃。她只觉那拓跋氏会是个不小的祸患。

第六日是两国和谈，北域上了洽谈有关商贸、贡税、边城调和、领属等的多道奏表，提出的非分条件较明月公主出嫁时更甚。明德帝忍怒不发，几位文臣只好打着哈哈道："大好的春狩时光，这些俗事再等两日商议也不迟。"

转眼二十日过去，今日是春狩的最后一日，盛大的宴会在草原上举行，江心月今日不被允许参与，她的最高位嫔妃的位子被皇帝赐予了拓跋凌心。此时的明德帝两侧怀抱均是佳人，丽妃绝色，拓跋氏英气。

场上的北域男儿正在表演摔跤、赛马等夺人眼球的北域传统节目。

"看来大周陛下对本汗的皇妹很满意。"北域王终于吐出了几日来的第一句好听的话。

按照藩国对领主国的礼仪，他应自称"臣"，然而他不是自称"我"就是自称"本汗"。

明德帝愈加搂紧了丽妃，道："本该如此，你与我是亲家，我们两国也应和睦。"

北域王此时却是极不悦，因为明德帝虽然宠爱丽妃，却并未被蛊惑。和亲的这一步棋，他又白费力了。

他那酒肉父汗给他留下的烂摊子真不小。他回想着手中那些仍未被明德帝盖玺批准的上表，不禁又火冒三丈。臣服？北域大国怎可做中原的藩属！这一笔账早晚要算。明德帝嘴里说出的"和睦"，不过是想永生永世控制北域！

酒过三巡，场上又摆上了箭靶和羊皮鼓。明德帝与几位将军和北域的将军们比试弓箭，众人均是好箭手，箭锋接连不断地射在靶心上，只听得一浪高过一浪的赞叹喝彩。

第七十章 春狩（三）

北域王三箭同射、三箭同中之后，他终于厌倦这不分胜负的游戏。他一口饮尽身旁阏氏奉上的烈酒，对明德帝道："我们北域勇士的骑射比武，力量与胆识是最重要的。"

明德帝迎着他眼中的傲慢，儒雅而有风度地笑道："那就请尔等来安排一场真正勇士的比试吧。"

北域王抬手向不远处的北方一指，那是白鹿围场驯养熊罴之处，就在昨日，北域十多位将军合力活捉了一头成年棕熊。它此时在笼中声嘶力竭地嗥叫、拍打，不甘心被人类生擒，更不愿意被驯服。

接着，大批的下人按着吩咐，将硕大的铁笼扛至最高的篱笆围栏处，将围栏内牛、羊、马等牲畜驱赶至别处后，又将铁笼卡口处的篱笆拆卸。如此，铁笼与围栏连成一体，只要打开卡口，棕熊便会进入围栏里。

所有随驾者均聚集在外围观看，那头高九尺、重量为千逾二百斤的狂暴的棕熊给人一种难言的恐惧，即使他们面前的围栏足有两丈高，且为硬柳木所制。

而接下来北域人的动作令众人真正恐惧地呼喊起来——阏氏完颜氏打开围栏的正门，不疾不徐地迈步踏了进去，行至中央后站定。她身后的随从将栏门用铜铸铁链锁紧。

完颜氏所着为通身的火红狐裘戎装，那跳跃着鲜艳的颜色，逼得熊罴双目嗜血般地被染红，黑目中射出的两道凶狠锐利的锋芒立即从外围喧闹的众人身上移开，狠狠地定在完颜氏身上，同时它嚎叫挣扎的力度更大。

原来待会儿的比试，便是在棕熊杀死围栏内的女子之前射杀它。猎杀熊与猎杀普通鸟兽是截然不同的，一般的弓箭根本无法穿透它硬而厚实的毛皮，若想造成致命伤则更加艰难，非孔武有力者不能为。先前狩猎时，明德帝以精准见长，他的外表又远不如北域王壮硕魁梧，北域王遂以为力量是他的短处。

而被关在围栏内的女子，也必须具备极大的胆魄。她要站立在中央，熊罴被放出后会疯狂地扑向她，而她不可以慌张逃窜，那样会使熊罴更加狂暴，且熊罴动作太大会增加围栏外射手的难度，或者使得射手误将女子射杀；如果女子无法坚持，便可就地躺下装死，这是对付熊罴最好的伪装，因为它们只吃活物；然而女子一旦躺下，便是认输。有时没有胆量的女子会被吓得昏倒，那么射手便是撞上霉运了。

此时两个草原壮汉抬来一张硕大的硬弓，北域王一手提起它，回头对明德帝豪气干云地道："这是北域最精彩的比武，名为英雄救美。就让本汗先来吧。当然，陛下您可以请人代替。"

他这句话分明是堵死了明德帝的后路。随驾明德帝的文臣武将已有人在摇头，这熊罴岂是人力可战胜的，北域王分明是铁了心令明德帝难堪。

旁侧有北域的臣子大声对众人道："熊罴膘肥体壮，性蠢而极凶，即使以刀剑剖其腹，肚肠血肉流遍地，其仍可掘出泥土松脂塞住伤口，继而奋力扑人性命。只有剁其首脑，洞穿其颈部方可致命。即使在我们北域一年一度的各部落齐聚盛会上，这样的节目也不会轻易拿出手，因为能在熊罴伤害女子之前杀死它的人寥寥无几，常有不测发生……"

"只有这样惊险激昂、性命攸关的弓箭比试，才是我们北域勇士所为。"鞑靼部落的首领粗声粗气地喊道。

北域王已经站定，他用的是镞长五寸、箭长三尺的透甲锥，上箭，拉弓，而后对卡口的随从们大喝道："开——"

铁笼"轰"地洞开，随着"嗷"一声震破苍穹的怒嚎，那熊甩头摆身地从笼中跃出，直直奔向它面前火红的女子，它巨大的熊掌踏在草场上，仿佛大地都被它踏得震颤起来。围栏的面积并不大，凭借它硕大的身子只需几步便可扑倒完颜氏，然而它奋力往前扑去时，一支利锥便狠狠地扎在了它的左腿，箭身洞穿整个腿部，使得它狼狈地栽倒在地。

阏氏完颜氏的脸上溅了三两点血珠，她的凤目不禁缩了两缩，眸中透出一丝淡而无法忽视的惧意，那是人的天性，无法抵抗的求生的天性。然而她仍紧紧攥着两袖，两脚仿若生了根一般一动不动。

熊罴中箭后行动竟丝毫不受阻，它爬起，再次用巨大的熊掌砸在地上，准备朝完颜氏扑去，那声响如雷震天动地。然而就在熊罴从地上爬起，行动并不如奔跑时迅捷的这一瞬，它庞大的身躯如山石崩塌般轰然倒地，浑身抽搐了两下，便再也无力爬起。那脖颈上插着一支银亮的箭矢，箭尾翎羽深深地没入血肉中，一股细细的鲜红从其上淌下，星星点点地洒在草场上。

这么一只庞然大物，竟在两箭之下就去见了阎王。"勇士力拔山河！"周围不知是谁吼了一声，继而众人均向北域王喝彩。北域王亲自打开铜锁，与阏氏完颜氏携手一同步出，完颜氏的面上染了薄薄一层血雾，然而她神采飞扬地笑着，为自己身侧的勇士庆贺。

北域王勇毅不失柔情，他从怀中小心地取出一对赤红色双雕龙凤的指环，亲自执起完颜氏的左手，将其中一只套在她的第四指上，而后将另一只套在自己手上相同的位置。旁侧有直爽的亲王以手肘碰了碰北域王的肩膀笑道："大汗要立正宫阏氏了么？"

北域王盯着完颜氏佩戴着指环的手指，鹰目中透出缱绻的温柔，他朝那位亲王笑道："当然。"

这一对赤红指环是北域最神圣的信仰，只有真心相爱、视彼此为生命中的唯一的夫妻才能佩戴的成对指环。指环即指轮，取其轮回之意，寓旨二人生死相随，生生世世不分离；而红色则代表了直爽的北域人火热的情

671

爱。在北域皇宫，只有正宫阏氏才有资格与大汗佩戴一对指环，也因此，北域的正宫阏氏与大汗多是真心相爱，而非政治联姻。

这边的草原上，明德帝也毫不吝啬地喊了一声"好"。趁着众人欢呼的空当，那只惨死的棕熊被数十名下人拖拽出场，另一只铁笼却已经放置在了篱笆的缺口处。围场协领管事一手指着笼子，大声禀道："回陛下，这只'人熊'高一丈，身重千逾三百五十斤，是白鹿围场最大个的，由于不服管教已经将其饿了三天了。"

北域王看那熊较上一只个头更大，四肢躯体更粗壮，目光也因饥饿而更加疯狂凶残。熊罴挨饿三天其力道丝毫不受影响，而其凶残却会成倍增加。北域王突地豪迈大笑道："白鹿围场不愧是周国皇家狩猎之地，奇珍异兽数不胜数。"

"朕想用与你相异的方法来猎杀它，不知你是否同意？"

明德帝一言既出，北域中已有武将面露不屑与鄙夷。相异的方法？是想投机取巧么？就看你堂堂天子是否丢得起这个脸了。不过若硬要凭真本事射杀，到时出了不测这脸丢得就更大了。

"好！本汗已有言在先，陛下您找人替代都是可以的，方法相异当然可以。"北域王漫不经心地道。他再也不看明德帝，而是闲闲地靠在软椅上与怀中的阏氏完颜氏说情话，仿佛料定了明德帝会输。

与方才一般无二，围栏正门被打开，一个火焰般的红衣女子一步一步迈入死亡的泥沼。

然而这位女子却不是大周后妃，她是拓跋凌心。

"这便是朕与你第一个不同之处。朕听闻'英雄救美'是爱人之间的生死之战，然拓跋姑娘暂时还不是我大周嫔妃。"

他用了一个"暂时"。那么若拓跋氏今日能够活着走出围栏，她就会是大周嫔妃了。

北域王无所谓地咧开嘴笑道："今日比的是胆识与力量，这一点并不相干，无伤大雅。"

"而第二个不同之处，便是在于射手。"明德帝说着，随手执起身侧一位护军的长矛，继而平地跃起，越过两丈高的围栏落入其内。

满座皆惊。皇帝身后那双手捧弓箭准备奉上的护军，顿时颤颤地向前伸着手，拓跋将军失声呼喊道："皇上！"

"'英雄救美'，朕看这名不太恰当。若发生不测，只有女子会死而所谓的'勇士'毫发无伤，这哪里是身为男儿的道理！"皇帝说着双目逼视向笼内的熊罴，继而淡淡道，"虽然今日比试的项目是骑射，然而这么多日下来，骑射恐早就腻味了。朕相信用这种相异的方法，同样符合可汗所言'力量与胆识'的比试。"

第七十一章 二

春狩（四）

　　与熊罴近身搏战是从未有过的事，因为实在是人力不可及，就连北域的历史上，能够以此方法战胜熊罴的唯有武元可汗吴乞买[1]一人，其后再无人能出其右。

　　一众官员骇然至极，劝诫声不断，皇帝回头一个鹰目般的扫视，他们便只能闭嘴。他向那铁笼大手一挥，道："开门——"

　　这一头熊罴显然是饿疯了，它并不如一般的狗熊拖着笨重的身子一步一步地行走，而是从铁笼中猛地跃向半空，如一只迅捷的虎豹。它如小山般的身子"轰"的一声落在地上，尘埃纷纷扬扬地四散开来，那恐怖的声音震得在场众人均颤了一颤。

　　拓跋氏双目圆睁，瞋视着渐渐逼近的魔鬼般的熊罴。其实站立在围栏

---

　　[1] 吴乞买：金太宗完颜吴乞买。在著名的"头鱼宴"事件中，"命诸酋次第起舞；独阿骨打辞以不能。谕之再三，终不从。却因其弟、侄等从猎能呼鹿、刺虎、搏熊，而骤加官爵"。辽国皇帝命令几个部落首领跳舞，阿骨打为保颜面不肯跳，惹怒辽帝；然而他的弟弟（吴乞买，在兄长死后继位）和侄子表演了肉搏狗熊，于是辽帝不但没杀阿骨打，还加官晋爵。
本文中借用并稍作改动。

内的女子是可以闭上眼睛来减轻恐惧的，然而拓跋氏的眼睛却越睁越大，因为如此她便会更加吸引熊罴的注意力，就可以减少熊罴对明德帝的威胁。

"皇上，熊罴蠢笨，请去其后部袭击……"拓跋氏生死关头竟一丝不乱，为明德帝提出战术上的建议。

而明德帝并未接受这个建议，他飞身挡在拓跋氏面前，双目与熊罴对峙着。待熊罴站定后，他稍稍吸气，继而如开山辟地般的一道刺眼白光从手中脱出，直冲向熊罴的颈部。短短电光火石的一瞬，长矛穿透颈部，鲜血淋漓的矛身留在外头。

熊罴毫无悬念地倒地。明德帝回首向拓跋氏豪迈而不失温柔地轻笑一声，然而很快被周遭潮水般涌动的喝彩声淹没。他打横抱起拓跋氏走出围栏。

这一次北域王涨红了脸，一向豪爽的他终于费力地吐出五个字："陛下好身手。"

明德帝笑笑，不再言语，只是细心地替拓跋氏擦净头脸上溅到的熊血，之后二人携手而行。

之后的晚宴上，众人觥筹交错，吃喝甚是欢畅，大周文武官员均因明德帝的惊人表现而欢欣异常。北域王压在袖子里的那些被争论了千百遍的和谈条件，直至宴会结束也没能拿得出来。

所谓的非分的条件从此不了了之。

除了军国政事，最后的晚宴上另有一件不大不小的事情惹人关注。在众人均欢愉至极时，明德帝突地朝拓跋将军笑喝一声道："镇北大将军的妹妹真乃女中豪杰！"

皇帝话出，大周的臣子们即使醉酒，也都停了下来。他们知道皇帝有了些什么决定了。

拓跋将军从来不是会绕圈子的人，他笑着拱手道："臣的妹妹，从幼时起就仰慕圣上，直至今日已经二十岁，却迟迟不肯嫁人。"

他的话再直白不过，在座众人中，十几位后宫嫔妃与姚家的将军们均浑身一颤，他们的脸色已经如同这黑夜。

姚家也曾有一位在后宫叱咤风云的后妃，然而她太不争气了，先是妹妹死后一蹶不振令对手钻了空子，后儿子病发后自请迁入重华宫不问世事，重亲情而不重家门荣耀，这样的女儿真是给姚家丢脸。明德十一年的选秀，姚家又送进几位姑娘参选，却均被明德帝撂了牌子。

在朝堂之上，他们也明显感觉到明德帝对拓跋将军的扶持。

明德帝大手一揽将拓跋凌心倏地拉入怀中，爽朗地对拓跋将军道："你任职四品中郎将时，朕就听闻你这妹妹竟跟着你出入战场，巾帼不让须眉，为我大周立军功。这样出众的女子朕岂能拒之门外！朕要向你讨妹妹，还怕你不应允呢！"

拓跋凌心已然侧身倚在皇帝怀中，满目含情地道："臣女幼时也听闻皇上从军出征之事，近年还灭除陈氏外戚……臣女一直无比钦佩皇上……"

"你还自称'臣女'么？"皇上大笑一声，狡黠地问她道。

拓跋凌心面上越发娇羞，竟羞得说不出话。

宴会散后，龙驾回行宫。明德帝在正殿内对着一众妃妾们道："拓跋氏凌心，自今日起便是我大周的后妃。"

随驾而来的礼部侍郎随即禀道："皇上，拓跋氏名中有一'心'字，犯了莲妃娘娘名讳，应按宫规……"

"只有低阶妃妾或宫女才须避高位妃妾的名讳！"皇帝不满地打断他的话，道，"朕要册封拓跋氏为妃，封号宸。礼部侍郎你速速拟旨吧。"

宸，北极星所在，后借指帝王所居，又引申为王位、帝王的代称。此字意极尊贵，非帝王真心所爱的宠妃便不能得。

皇帝说着，眼角冷漠而嫌恶地掠过呆愣当场的江心月，掠过其余同样惊异的妃妾们，随即拥紧了身侧的拓跋凌心。

北域王在第二日老老实实地被大周以贵礼欢送回北域，之后，龙驾回銮。

皇帝亲自扶着宸妃上了龙驾，而后指着丽妃车轿后的那一乘轿辇对江心月道："你为何站在朕的龙驾面前发愣？难道你不知你的身份只能坐那一顶车轿么？"

江心月看着皇帝怀里的宸妃，眼帘微微地阖下，深深低头恭谨道："臣妾不敢逾矩。"

"莲妃方才说什么？你一张利嘴竟敢卖弄到朕的面前来了！"皇帝挑眉沉沉地朝她低吼。"逾矩"二字，若深究起来的确是对与皇帝同坐龙驾的宸妃的讽刺。然而江心月根本无此意，是皇帝鸡蛋里头挑骨头。

她跪下，任山间的污泥染上她的下裙。她愈加低了头道："臣妾再也不敢了，求皇上宽恕。"

"朕还听闻，你对宸妃在行宫时居住飞虹落霞居一事颇有妒意。"皇帝突然说道，"昨日礼部侍郎所言确实很有道理，你犯了凌心的名讳。"

江心月闻言骇然，她在乎的不是名字，因为这本来就不是她的名字，改一改也无所谓；她在乎的是脸面，若她如宫女和低阶妃妾一般因冲撞高位被改名字，她日后如何抬得起头来？如何掌宫？

皇帝竟为了一个拓跋氏，对身怀龙嗣的她这般羞辱。江心月只觉牙齿和手指一并紧扣，她恨的不是宸妃，是明德帝。

她从来都厌恶这个男人。

然而此时她不得不低头，哀哀道："求皇上饶了臣妾这一回。臣妾的闺名是父母所赐，十分珍视，求……求皇上……若皇上厌恶臣妾，日后就再不必唤臣妾的闺名即可。"

皇帝从鼻子里哼出一声，甩袖道："此次就饶了你。日后再冲撞凌心……哼。"

江心月恹恹地窝在皇帝为她指的那顶马车里。沿途停车休息时，安贵人、周采女一众均特意至她的车轿前"问候"，她们关切地道："车马劳顿，莲妃娘娘有孕是否觉得疲累？"

"本宫很好。从白鹿围场至龙城不过半日的路，怎会累。"

"哦呵呵——"一阵欢愉的嬉笑声在轿外响起，"只是娘娘来时坐在龙驾之中，回时却坐在妃辇之中，当然没有龙驾那般的舒适了……嫔妾们是真心关怀娘娘的身子。"

人就是这样，当你从高处跌落的时候，那些平日在低处仰望你的人，均会如恶狗扑食一般扑向你。

江心月一把掀了轿帘，提高了声色道："本宫谢你们的好意。不过本宫要提醒众位姐妹，在宸妃面前定要谨慎行事，若冲撞了宸妃，你们可担待不起。"

为首的宛修容、戚婕妤听闻均闭了口，莲妃是身怀龙嗣的正二品妃，与宸妃稍有过节便被皇帝斥责，若她们冲撞了宸妃，那下场⋯⋯

此时她们看着莲妃的落魄，均为自身的处境忧患起来。即使没有冲撞，如今皇帝那样喜爱宸妃，她们也受了不少的冷落。

如此，众人均愤愤地望向前头的龙驾。此时皇帝与宸妃下辇闲坐，而皇帝正在剥一个方才用火烤过的栗子，他细细地剥壳后送进宸妃口中。

众妃见此恨得纷纷咬牙，一个个地低声愤愤地窃语，却是不敢让这些愤怒的声色传到前头去。不过片刻，她们均闷着火气回了各自的车轿。

爱猫咪的小樱 | 著

下

辽宁人民出版社

第一章
宸妃（二）

圣驾缓缓地驶入龙城城门，又缓缓地驶入皇宫神武门。

这一次的出行，明德帝大挫北域锐气，得胜而归，其龙威赫赫与那一年南巡遇险的仓促回銮大不相同，迎驾的臣子、妃妾们也神采奕奕，恭谨而热切地期盼着帝王的龙驾。

神武门处，左侧文官、右侧武将整齐地列队相迎，山呼万岁；而官员身后的众嫔妃们则没有这样好的秩序。她们本应按位分列队，然而众人均喜欢那些能被帝王一打眼看到的好位置，在圣驾未到时就你推我搡地争抢，纷纷想挤到前头去。幸好皇后威仪震慑住了众妃，使她们在圣驾讲宫门的一刻安静下来，没被皇帝撞见这不成体统的样子。

一入宫门，皇帝所乘轿辇前明黄色的帘幕便被挑起，其内是皇帝并一位美艳且透着男子般英气的宫妃装束的女子携手同辇。

皇后上前行礼，按着繁复的规矩，口中先道："恭迎圣驾回銮。"再问皇帝路途是否安康，继而一众妃妾行稽首大礼迎驾。

皇帝答一句："一路都好。"下一句便对皇后道："宸妃的寝宫可拾掇好了？"

早有飞鸽传书将新封宸妃的消息告知了皇宫众人，众妃妾们虽对宸妃之隆宠早有准备，然而此时见她与皇帝同辇，且二人亲密无间，神色缱绻，她们仍是不小地吃惊。

众人同时细细窥视起宸妃容颜。她很美，然而那种美与常人大不相同，那肤色不是宫中女子崇尚的白皙水嫩，而是有些日晒的麦色。一双长眉轻扬入鬓，其下神鹿一般的灵动妙目透出极慑人的英气，那眉目中有丹凤眼的妩媚，更有桀骜不驯的野性。乍一看，似是莹白雪地里赫然而出的一枝亮烈红梅。

宸妃显然不喜欢被人盯着看，她目色中陡然现出冷冽的寒光，逼得一众宫妃再也不敢看她。

"早已安置妥帖了。按着皇上的旨意，鸾秀宫内所有妃妾均迁居别宫，主殿柔福殿稍作修缮，几日来赶工完成了花圃与假山的修葺。"皇后答得很稳，但方才刚刚下了车轿，立在皇帝身后的一众随行的宫妃却神色大动——一是她们之中有人居住在鸾秀宫，迁宫之事与她们休戚相关；二是鸾秀宫之奢华较华阳宫有过之而无不及，皇帝再命修缮，难道嫌其奢华得不够么？

周采女的居所正是鸾秀宫，且不说她舍不得那奢侈的寝殿，为了令宸妃独享一宫而被迫迁居别处，这本身就是羞辱。她依仗着一贯的皇宠，大着胆子劝皇帝道："皇上，嫔妾住惯了……"

"什么住惯了！是朕惯得你不像话了！"皇帝一语说得极严重，唬得周采女将后半句话生生地吞进了肚中，讪讪地站着再不敢言语。

"是本宫不喜欢与他人同住。"皇帝身侧的宸妃头一次开口，便是硬生生的一句话砸向周采女。

她一语既出，再无嫔妃敢于开口抱怨。"初来乍到便在众妃间积怨，还不喜欢与人同住，真真是满身的硬刺。"被迫迁宫且又不受宠的梁才人只好嘟囔了一句了事。

皇后看向宸妃的目色是温婉而柔和的，然而细看之下便会发觉她的眼角有些细微的抽动，那是忍着火气强作欢笑的样子。皇后笑着朝皇帝道："宸妃是皇上心尖上的人，臣妾定会好生照拂着。宸妃入宫，妃位的四角也齐全了，真是一桩福泽之事。"

皇后说得冠冕堂皇，然其余的诸妃却神色皆有怒颜，那句"心尖上的人"显然令她们恨得眼眶都能滴出血来。

"朕另有一道旨意。"皇帝徐徐道，"鸾秀宫更名为关雎宫[1]。"

关雎，是《诗经》中吟诵爱恋之情的传世诗篇。

皇后一听就泛白了脸色，她发髻上凤冠所衔的东珠稍稍颤了一颤，而后才道："遵皇上旨意。"

宸妃如一块巨石，投向这深不见底、暗流涌动的后宫，翻搅起千层波浪。皇后此时只觉自己死死盯在莲妃身上的目光被这位宸妃全然吸引了去。

而再看缩在皇帝身后的莲妃，她面上是满满的疲惫与颓然，半点找不出有孕时风头正盛的傲人模样。她的下裙处沾着莫名其妙的污渍，也不知是怎样狼狈地沾染上的。

江心月此时站得极不舒服，她一路在车驾上，即使有换洗的宫装也没有机会来换，只好被迎驾的妃妾们生生地看去了笑话。不过还好，她没有被改名字，这脸还没完全丢尽。

迎龙驾的仪式结束后，皇帝连一句关切的话都未向皇后说，更别提去凤昭宫陪伴皇后了。他不出所料地挽着宸妃的手，陪她去看即将入住的宫殿。

良妃陪着心绪低落的江心月回宫。江心月看到媛媛较她出宫时又胖了一些，便知良妃性子软，从不肯严厉而只知道惯着媛媛。媛媛很久未见娘亲，一见之下，大喜地扑上去赖在江心月怀里不肯下来。

江心月慈爱地看着怀里不停扭动的小人儿，但她即便看着女儿，心中的忧虑也无法被开解。皇帝在圣驾回銮时就开始不喜她，即便她怀着身孕。她如今难道是失宠了么？

良妃徐徐道："宫中已经有传言，道皇上这回真的找着了心上人……然这话听听就是，切莫当真，当年那一位最后的下场不也是……唉，不提也

---

[1]关雎宫，清皇太极一生挚爱——宸妃海兰珠所居宫殿。

罢。我和你说这些只是叫你莫忧心。"

江心月强笑着道:"谢姐姐宽慰我。"明德帝不会动情她是可以肯定的,然……如今的境况是,她需要皇宠,她未出生的孩儿也需要父亲的疼爱,可是……

皇帝一贯溺爱媛媛,可这一次回宫,他竟然没有问一句"媛媛可好",就急着陪宸妃回宫。

江心月越发的颓然。

"万事都要看开,我失宠的滋味尝得够多了,虽不好受,不也受过来了么。"良妃淡淡地道,"我还要和你说一句——此时宸妃隆宠而你受冷,对你并非一点好处都没有。你看方才迎驾,皇后可曾对你说一句不中听的话么?她的两只眼睛都盯在宸妃身上呢。这里头的妙处,你自个儿想去罢。"

送走了良妃,江心月急不可耐地扒下身上这件染了污泥的宫装,继而恹恹地倚着贵妃榻,愁苦地想着怎样复宠,却终觉无计可施。论美貌,她胜过宸妃百倍;论才情,宸妃出身将门不过识几个字罢了;论对男子的媚惑,她是被专门调教出来的,满宫哪一个比得上。然而宸妃有的她却都没有,她想若那一日站在围栏内等待熊罴的人是她,就算拼上所有的勇气,她也定无法坚持。

难道郑昀睿偏偏喜好这样的女子?这和她的气质相差太远了,她学一辈子也学不来。

江心月令晴芳领着媛媛下去,自己便窝在榻上,懒懒地,似舐舐伤口一般咀嚼心底的失落与愁苦。启祥宫依旧是旧时的模样,杏黄色的帷幔寂静而安然地垂着,些许微风吹进来,其上的白玉络子便随之摇摆起来。那白玉是上品的羊脂玉,柔润的光泽淡淡的,给人娴雅的味道,这样成色的玉用来做悬帐的络子显然可惜了,但真正被打磨为发饰得以躺在莲妃妆匣内的玉石则更为珍贵。一点一滴皆是君恩,江心月贪恋的不是富贵,而是这富贵背后能够保得她在宫中存活下去的皇宠的力量。

第二章 宸妃（二）

可是眼下是这般富贵，估摸着过不了多久，她便无福气消受这些富贵了。如今的处境，虽然不是完全失宠，但这冷落的滋味也够受了。

不过，良妃最后那话也很在理，这受冷也不是全无坏处。此时江心月心里这么想着，姑且当是安慰吧。

楠木雕花月洞式的书案上照例堆着一摞厚重的医书和装订精致的《楚辞》一类的古诗篇。江心月浮躁时喜欢舞文弄墨，她此时便命菊香随意抽了一本来看。

"死生契阔，与子成说。执子之手，与子偕老……"江心月读着"啪"的一声合上书册，烦闷道，"菊香你也不知我的喜好了么，这样的书有什么可读。"

菊香一看，果真是拿错了书，唉，她也正在发愁宸妃之事，一时间走神了。不过主子也真是怪异，一般的女子皆喜爱《诗经》一类暖情缱绻的文字，主子先前也是喜爱的，后来不知为何厌恶了。她充满歉意地上前准备将书拿回来。

江心月看一眼这书，再看一眼菊香，却道："《诗经》是你喜爱看的罢？"

菊香忙请罪道："主子恕罪，是奴婢趁着主子不在私自阅览了……"

菊香总是这样谨小慎微，即便在无人时也恪守主仆的礼法。江心月喜欢她稳妥的性子，然而花影是从不会拘束的，她的倩影笑语仿佛还在昨日。

"一本书籍而已。"江心月不经意间拭去眼角的湿润，笑笑道，"你既然喜欢我就赠与你了。"

"主子！"菊香惊呼一声，连连推托。宫制的书册与普通人家的藏书不同，不仅做工极讲究，且其上有历朝内阁大学士所做的批注，天下最渊博之学识尽藏其中。这样珍贵的书籍为奴者是无资格翻阅的。

"你不要推托，我将你当作姐姐看待，我们之间守那些规矩做甚！"江心月将书册塞至她手中道，"我看寒统领也是真心待你好。你也是动了情，才会愈加喜欢这一类的书。"

菊香听闻立即飞红了面颊，急道："主子您取笑我！"

神龙卫的寒统领是军旅之人，那样踏实、率性，若菊香能够嫁与他，也是一桩美事罢……江心月想着，心里却突地被那一丝惆怅与寂寥攫住，他们会有将来，会有结局，他们守着那样美的约定，可是她阿奴呢？她被推进了这深宫，连平安终老都是奢侈，她的结局又会是什么呢？

当那一场错爱轰然崩塌，她的心只觉再也无处安置。她也再不肯相信《诗经》中那些吟诵了千年的美而醉人的诗篇。

菊香尚羞红了脸说不出话来，却听"吱呀"的一声，殿门滑开，通传的内监领了小安子进来。或许是看在江心月腹中骨肉的分上，小安子这一次可不再倨傲，他规矩地道：

"娘娘您随驾有功，奴才来分派各宫的赏赐。"

江心月瞥过他身后两名内监手上所端的东西，那些赏赐很少，也很寒碜，托盘中几个锦囊是普通的货色，绣工还是去年的花样，一点新意也无。她低垂了眼帘道一声"谢皇上恩典"，面上的神色愈加郁郁了。

也不能怪皇帝敷衍她，宸妃怕是因那飞虹落霞居的事儿记恨了她，在皇帝面前吹了耳边风吧，害得她又跪泥地，又差点被改闺名，如今又遭薄待。她此时当真后悔与拓跋凌心争执，若不是得罪了她，现在也不会落到如此境地。兰贞和涵常在她们虽也不如以往受宠，但好歹皇帝并未厌恶她们。

小安子瞧见菊香手中的书册，又打了个千儿对江心月笑道："娘娘您爱看这本书？奴才略微识几个字，知道皇上近来也喜欢这书，真真是有趣。"

江心月随他强笑了两声，皇上也看女儿家的东西确实有趣。她此时听了这个玩笑，心里也的确有些舒畅，不是因为好笑，而是因为小安子对她恭谨有礼，还与她说笑，可见皇上对她也不是完全的冷落。

小安子过来送完了东西并未急着走，而是从那些赏赐中挑出一方不大的朱红色锦盒，上纹黑豹白虎猎鹰，雕工精巧，细微之处如鹰爪的纹路都清晰可辨，其品貌不似中原之物。小安子将它呈至江心月面前，笑道："这是北域进贡之物，皇上特命赐给您的，娘娘您留着把玩吧。"

那盒子精细不凡，打开后，其中所盛装之物却不甚出挑，只是一枚玛瑙玉指环，通体火红，无一丝杂色或缠金丝之类的额外工艺。北域并不是玉石的产地，磨玉工艺也不及中原，江心月妆匣内的指环多了去了，成色水头均较这一枚要好。小安子走后，她索然无味地合上锦盒，命菊香收进库房里，日后做打赏或赠礼之用吧。

"我们娘娘是正二品莲妃，你们这起子奴才也敢来莜月殿放肆……"殿外有刺耳的女子的叫骂声，江心月听得蹙眉，推了殿门往外一看，一个浅粉衣衫的宫女正对着几个小内监劈头盖脸地责骂，那宫女是莜月殿的二等宫女冰绡，那几个小内监却均是生面孔。

在侧的菊香惭愧地告一声"奴婢管束不周"，就匆匆赶了过去，她一个指头戳在冰绡前额上，板着脸道："规矩都忘了么，在宫内喧闹成何体统！"

冰绡见了菊香不由得一惊，跪下边请罪边委屈地道："姑姑恕罪，这几人是新搬过来的周采女的下人，因着上头分的赏赐不足，便来我们莜月殿吵闹。如今他们一个个都能耐了，竟说我们莜月殿私吞……"

江心月听得这声"私吞"，再也闲坐不住，起身踱步出殿朝那几个内监道："赏赐不公的事待会儿再说，你们现在马上回去将周采女宣到我这里来，她既是迁宫过来，首要的事便应是来拜见本宫。"

几个内监方才被冰绡责骂都不敢还口，此时见莲妃发了话，吓得连滚带爬往外跑。不一会儿，周采女低垂着头进了宫门，而后被菊香请到了正殿。

周采女给江心月行了拜见大礼，而后落座，才小心地开口道："嫔妾的下人冲撞娘娘了……"

"私吞一词你的下人也说得出口！真是该管教了。"江心月不悦道。

"是，嫔妾定回去管束他们。"周采女说完，却咬了唇道，"嫔妾伴驾有功，可赏赐下来的东西却……嫔妾不得不来娘娘这儿诉苦。下人们说话是放肆了些，可嫔妾……"

江心月听着眉头一挑，这周采女的胆子真是不小，她的意思是，下人说话有些放肆，但说得确实在理？她确实怀疑莜月殿私吞了她的赏赐么？江心月有些怒气，但想到方才冰绡教训那些内监时盛气凌人的模样，怕是周采女也因此心里有了疙瘩，遂忍怒不发，只平和地对她道：

"本宫知你不忿，可本宫的赏赐也是寒碜的，能比你好到哪里去呢。"

周采女听闻愣了神，道："娘娘您怎可能被敷衍？"她是个小小的采女，因龙驾回銮时说了不该说的话，被宸妃记恨，被皇帝敷衍还说得过去；然莲妃是正二品妃，又怀了龙嗣，即便与宸妃不和皇帝也不能薄待她啊。

江心月烦闷地道："可不就是敷衍么。"她说完见周采女面有愧色，心里那些火气也去了大半，缓声道："你心里委屈本宫知道。你是得罪了宸妃，本宫也是，故此才会被薄待。"

"娘娘说的是。"周采女一听"宸妃"，眸子里越发显出凌厉。顿了顿她却道："此刻皇上仍在关雎宫，宸妃获封高位入宫，各宫均送去贺礼，不少嫔妃还亲自去关雎宫拜访，唉，一众曲意奉承之辈……"

江心月没有心思与她多话，只叫她回去，望她今后不要在启祥宫生事。

周采女走后，江心月朝菊香抬手，道："给本宫梳妆，再随意包一些给宸妃的贺礼，我们去关雎宫。"

"是。"菊香应了声，自吩咐宫人去库房挑些物件装好，又道，"冰绡那丫头，奴婢已罚她去宫门前跪着了。"

"宫门前是六棱石子路，别跪了。"江心月心软道，"她只是护主心切，性子又急躁所致。启祥宫管束严厉，不能不罚，你就罚她去为我煎几日的补药，磨一磨她的性子。"

第三章 宸妃（三）

步辇行得快，她片刻间便到了关雎宫。关雎宫不愧是奢华的宫殿，远远看过去飞檐卷翘，金黄水绿两色的琉璃华瓦在阳光下粼粼如耀目的金波，晃得人睁不开眼睛，一派富贵祥和的盛世华丽之气。

还未进宫门，便从里头出来三个面有怒色的宫妃，为首的那位涨红了脸，手里用力掐着一方绢帕愤愤地道：

"本想依附于她，她不仅不领情，还将我们赶出来……"

江心月在宫门前下辇，见这三位气鼓鼓的样儿不禁有些好笑。看来，宸妃是颇厌恶趋炎附势之人。

她缓慢地踱步而入，已有内监进去殿内通传，片刻后，有宫女出来请了江心月进去。

宫门外所见尽是金玉的贵气，然而其内却别有洞天。外院植大丛的湘妃紫竹，硕大的拱门上下遍生碧绿藤蔓，这个时节看上去是水天一碧的清爽颜色，再过些日子那些藤蔓上便会生出无数的蔷薇、夕颜等花儿，定是美不胜收。

由外而入，进了垂花门，两边是抄手游廊，当中是穿堂，当地放着一个紫檀架子大理石的大插屏，屏上雕梁画栋，各色彩染壁画，所绘鸟兽皆传神；转过插屏，两边是穿山游廊厢房，挂着各色鹦鹉、画眉等鸟雀。九曲回廊处有八九顶巨缸，新植的海棠、桂树、凤凰花皆放置在内，那海棠开得极其茂盛，簇簇桃粉艳红缀于叶间，馥郁芬芳。远远闻见便如痴如醉，心旷神怡。

"宸妃娘娘也是清雅之人，关雎宫一贯金玉堆砌，俗不可耐，皇上却特为了宸妃布置了这般景致。"菊香似在叹息地道。

江心月也是闷闷的，接话道："皇上怕早就想着将这宫殿赠予宸妃，才命按着她的喜好早早布置。"

进了正殿，里头皇帝已经离开，而安贵人则在内与宸妃争吵："嫔妾只是在行宫中与娘娘争辩了几句，娘娘如今是妃位，想整治嫔妾当然是易如反掌！"她一张利嘴一张一合地不停歇，眼泪也随之噼里啪啦地往下掉。

江心月见势头不对，而安贵人言辞过激，便不得不出言道："安贵人，你有何委屈也要守规矩，你怎能这样对宸妃说话！"

安贵人见是莲妃来了，哭得更是厉害，侧头看向她道："莲妃娘娘您难道不怀恨么？若不是宸妃娘娘在行宫中因一座飞虹落霞居与您生了嫌隙，您也不会被皇上冷落……"

"够了！"宸妃瞋目向她一瞪，一手重重地拍在花几上道，"本宫何时整治你了！你自个儿受皇上冷落，与本宫有何干系！在白鹿围场时你我不过穿了撞色的衣衫争执几句，我拓跋凌心还会因这点子事偏要整治你么！你以为本宫和你们这群人一样小肚鸡肠么！"

宸妃乌黑的发上簪了一支攒金丝海兽葡萄纹扁方，垂下的墨玉流珠随着她的动怒而晃动起来，点点碰着她生得很高的发际。

"若不是娘娘在皇上面前吹了耳边风，嫔妾怎会被皇上斥责！娘娘位尊，嫔妾怕是没几日活头了！"安贵人性子也是倔强，不依不饶地顶撞过去。她还想再说几句，见宸妃脸色极难看，那一双星目凌厉毕现地盯着她，她终是不敢再说，冷哼一声急匆匆地离去了。

宸妃见她走了，烦闷地叹了一声，对旁侧的江心月没好气地道："莲妃该不会也把受冷的账算在本宫头上吧？"

江心月一愣，在来的路上她的确是这样想的。此时她略尴尬地干笑两声，道："怎会。皇上性情多变，如今的状况也是正常。"

"本宫真想不到，这大周的后宫里人心叵测，谁都有那些龌龊的弯弯绕儿！"宸妃一贯习武，自是崇尚光明磊落的君子，这深宫中的黑暗令她极不适应。一天下来，她虽隆宠荣极，却也疲累抑郁。

"且如安贵人一般对我积怨的人也着实不少，我就奇怪，为何我都不计较那些所谓的过节，皇上却要斥责或冷落她们！我无心与她们纷争，却不知不觉积怨甚多，树敌甚多！"

"是皇上看重宸妃你，才会冷落我们。"江心月不咸不淡地说些场面话劝慰她。

"哪里会看重到这样的地步！"宸妃烦躁道，"我虽爱慕皇上，然而我也知帝王后宫三千，怎可能钟情于我！不过皇上待我较旁人好，我便知足罢了。"

"那些宫妃们见皇上在我这里，便都一窝蜂地钻过来，还对我卑躬屈膝。皇上一走，她们就又一窝蜂地散去。留下的那几个人竟说什么提携、扶持之类的话，她们以为本宫不知她们以前均是依附皇后，如今见本宫得势便抛弃了旧主……"宸妃絮絮地说了半晌，方才发泄完火气。她侧头一看，见江心月一言不发地听她泄愤，不禁又有些惭愧，歉意道："我性子直，让你见笑了。"

"哪里。"江心月道，"那些跳梁小丑一般的小人，我也厌烦她们。"

宸妃淡淡朝她一笑，似乎是为自己找到知音而高兴。然而她的目色瞥见江心月已然稍稍显怀的小腹，脸上"唰"地一下又冷了下来，喉中哽塞着道："莲妃真是好福气。"

江心月见她盯着自己的小腹，满脸不悦的样子，忙道："宸妃身体强健，若想怀皇嗣也定会很容易。"

宸妃低垂了眼帘，目色黯然。旁人哪里知道，她年少跟着兄长上沙场时受过刀伤，想有孕是天方夜谭了。

"莲妃若无事就请回吧。"宸妃此时看着江心月，越看心里就越不快。

若说她厌恶丽妃是因她厌恶北域人，那么她厌恶莲妃就是不忿，为何她能够为他生儿育女，可自己一辈子都做不到！

江心月见她下了逐客令，也不好再说什么。她令身后的菊香将手中的贺礼放置于殿内那张金玉锦盒堆得满满当当的方几上，方才告辞离去。

她走后，宸妃方才唤过贴身的宫女将那些嫔妃的贺礼一一登记在册，收入库房。那宫女是宸妃的家生丫头，她翻拣着堆积如山的贺礼，一边兴奋地道："宫中果然奢侈，她们所赠之物都是金贵的，娘娘您看，这整块白玉所雕的观音，这镶了墨玉、簪首以南珠攒梅花的金簪，还有这一大匹苏绣……"

她絮絮地说着，宸妃不悦道："这么点金玉你就迷了眼了？她们赠予我厚礼均是想要依附我！金玉越贵重，惹下的祸事也就越多！"她说着，烦闷地道："不必细看，统统丢进库房，只将皇上亲赐的物件拿出来给我看就好。"

宫女讷讷地闭了口，方才认真挑选起来。她刚拿起了一方品貌怪异的朱红色锦盒，便双手捧给宸妃，禀道："娘娘，这个物件有些奇特，应该不是大周的产物。"

宸妃执起，见那木盒之上是雕工精细的虎豹猛兽，不禁笑道："这盒子的做工很好，其上的纹饰我也喜欢。"再打开了看，便见是一玛瑙红玉指环。

"这是方才莲妃娘娘送来的。"宫女回禀道。

"嗯。指环虽不是上品的好玉，颜色却似火焰一般，是个顶好的东西。"宸妃说着，道，"这个不必入库房，就放入妆匣里吧。"

因着宸妃入宫，宫内那些不安的躁动均浮出水面。宸妃是匆忙进宫的，并未习得宫内礼法，皇帝遂免了她半月的晨省，分派了两个嬷嬷用心地教习。然而随即便有风言风语道宸妃骄纵，不喜与皇后见面，遂借礼法不周的缘由推托。好在宸妃性子极爽朗，在宫内居住了几日下来便能放宽心不理会这种风言风语。

春狩之前，北域在大周的边城有些异动，然而寿安侯一众武将均请命戍守边疆，大周边防的驻军大增，北域也不敢妄动；春狩之后，北域王败兴而归，更是找不出理由脱离大周的藩属。一时之间，北疆安宁。

　　几日来，启祥宫的日子虽算不上苦，但江心月的确受了冷落，每日晨省时连一些低阶的嫔妃都难以弹压住，她维持协理六宫的名头越发艰难。好在皇帝看重她的皇嗣，一再叮嘱内务府好好照料，她的一应份例、吃食均无苛待，伺候的下人们也都安分，尤其齐院使和两个医女尽心尽责。如此她腹中的胎儿一直康健无病痛，她的日子也算是不错。

　　日子渐渐暖了。春日里，宫花苑的景致最好，启祥宫里的梨花和海棠只长了叶子连花骨朵也没冒出来，宫花苑里的花已经开了不少，名花迎风吐香，佳木欣欣向荣，加上飞泉碧水喷薄潋滟，奇丽幽美，如在画中，颇惹人喜爱。宫中最喜欢种植娇贵罕见的名种，如一串红、西府海棠、虞美人、三色堇等，皆由花房打理得含苞吐蕊，花团锦簇，熠熠生辉。明艳耀眼的花儿映着宫墙鎏金的琉璃瓦，华贵顿生。出启祥宫不远便是云梦湖。湖中碧波如顷，波光潋滟，远远望去如绿澄澄一汪碧玉，水天一色，倒影生光。池中零星分置数岛，岛上广筑巍峨奇秀的亭台楼阁，更有奇花异草，别具情致风味。三四月里的云梦湖风光正好，沿岸垂杨碧柳盈盈匝地，枝枝叶叶舒展了鲜嫩的一点鹅黄翠绿，像是宫女们精心描绘的黛眉，千条万条绿玉丝绦随风若舞姬的瑶裙轻摆蹁跹。

江心月受冷，皇后早已瞅准机会一点一点地削她的权柄，渐渐地，她连彤史都无资格翻阅了。此时此刻宸妃如日中天，宫内众人或是众星拱月一般地依附于她，或是在其背后拈酸吃醋，倒无人来理会身怀龙嗣的江心月。间或有一两个生嫌隙的嫔妃对她冷嘲热讽，她也早已习惯，从不放在心上。

她的日子闲暇了，便喜欢去风光正好的云梦湖畔小坐，或抚琴，或诵诗，或与良妃几人品茗闲话。这日下午的天气极好，天色明澈如一潭静水，她挑了一处闲适安逸的名唤"幻蝶小筑"的亭子，与纠缠着她要学习水墨画的兰贞一同过去，边赏景，边授业。

亭侧植了一排五六株茂盛的梨树，春风似女子轻柔的手拂过面额，带着漫天飞舞着的轻盈洁白的梨花，如轻扬的雨雾一般飘落，更如纷飞灵动的蝴蝶。难怪这地方名为"幻蝶"。

兰贞一边研习画艺，一边有一搭没一搭地与江心月闲话："那些与宸妃稍有过节的嫔妃，不论那过节多么小，每一人均受到皇帝的厌弃。还好我未与她有什么矛盾……可是即便无过节，这一月大半都是宸妃侍寝，皇上只召幸了我两次，相比以前真算得上落魄……"

"宸妃满宫积怨，也够她烦恼的了。"江心月淡淡地道。

"如今只有云淑媛不仅未受损害，反而愈加得帝心。皇上喜欢她策马的样子，她又伴驾有功，便从贵嫔晋位淑媛……她的性子连我都很喜欢，皇上自然更喜欢……"兰贞正絮絮地说着，突地有些语塞，侧目觑着江心月的神色小心地道，"我的话娘娘可别往心里去。"

兰贞在旁人面前谨慎细致，但她与江心月相处久了，知道江心月是个善心泛滥的人，便从不拘束，说话也越来越学着她喜欢的云淑媛。方才她一个不留神，便随意说起宸妃，却没有顾忌到江心月也是因与宸妃有过节而受皇帝冷落。

江心月有些无奈地叹息一声，道："昨日你从莜月殿拿了一缸锦墨鲤鱼回去耍玩，我还没有与你计较呢。你今日说的话，也要等到你把鲤鱼还给我才能计较……"

"啊哟娘娘，不过是一缸鱼儿嘛，嫔妾自然会还给您……不过，不过……"

"我知道，你养死了一条对吧。"江心月打断了她哽塞的话道。

兰贞低头默然。江心月又叹一声，不再与她说话，专心地描绘自己手里的画卷。

间或有白色的梨花落在宣纸上，江心月便欢喜起来，用雅墨细细地润笔，在那花瓣的边缘勾勒出各色花鸟的形态。花瓣沾了墨黏在纸上，与所作画艺浑然一体，透过墨汁显露出来的星星点点的白色看着灵动而别出心裁，且有悠悠然的香气从中渗透而出。

兰贞拍手道："你心思巧妙，技艺又好，比那些迂腐的画师高明得多！"她说着自己捡起散落在石案之上的花瓣，小心地粘在合适的地方再用墨汁来浸润，然而她连基础的画工都未学好，笔下多了一片花瓣只觉得很碍手，笔锋一扫那花瓣就黏在圭毫上四处游走，在白纸上碾过一道难堪的痕迹。

江心月懒得计较她随口不用敬称的坏习惯，只盯着她玩弄那些笔墨，墨汁溅在她手上、脸上、衣袖上，弄得四处都很狼狈。江心月一边看一边笑。

兰贞发现她笑得促狭，便弃置了笔墨伸着两手来掐她，二人笑闹一团。笑声中，有些许刺耳而尖利的声色混入，一点一点地刺破云梦湖畔柔美的娴雅。

"娘娘，是什么声音？"

江心月也停止了笑闹，凝神去听那躁动的声色。是女子的叫骂声，还有另一女子的求饶哭泣声，呜呜咽咽之中夹杂着尖利的辱骂。

"去看看吧。"她命菊香一众收拾好方才的画卷，与兰贞一并前去。

那声音来源于湖中岛屿上的一处亭子。到了近前，只见一杏红色宫装女子正跪在石阶前，不住地讨饶道："戚嫔娘娘恕罪，嫔妾不知这些石榴花是有主的……"

江心月见了这女子却是一愣，失声道："林选侍？你是怎么冒犯了戚嫔！"

693

林选侍是启祥宫的人，她不受皇帝喜爱，又性子胆小，故一直默默无闻不显锋芒，即使在启祥宫里也是被遗忘一般。她此时见着主位莲妃在此，如抓着了救命稻草一般扯着江心月的裙摆哀求道：

"娘娘，是嫔妾来此闲坐赏花，随意折了几枝石榴花簪在发上，却想不到……这花儿是皇上亲赐予戚嫔娘娘的，戚嫔娘娘要发落嫔妾……"

戚嫔着一身锦茜色彩绣鸟纹对襟长衣，肩上披着一件大镶大绣的银鼠坎肩，腰间系飞云逐月水芙色锦绣缎带，江心月由远及近地看清她，便觉一团贵气逼人，其装束竟不输于她一个正二品妃了。

戚嫔见莲妃来此，先是愣了一愣，继而俯下身去请安行礼，口中道："臣妾有了身子，行礼不能周正，请莲妃娘娘恕罪。"

戚嫔是在前几日被诊出的喜脉，皇帝龙心大悦，将她由婕妤晋位为嫔。这一丛花团锦簇、遍地火红的石榴，想必也是皇帝为讨个吉利赐予她的，以求多子。江心月的目光瞥过那些开得艳丽的花儿，淡淡一笑道："本宫也是有孕，知晓怀胎的辛苦，怎会怪罪你。"

"娘娘……"跪着的林选侍不住地呜咽，她凄凄地仰头望着江心月，目光稍稍触及戚嫔时便畏惧地低下头去，不敢正视。

江心月打眼细细地瞧林选侍，见她如此畏惧戚嫔，左侧面颊上还有一道绯红肿胀的巴掌印，便对面前的戚嫔生出几分怒意来。她蹙眉对戚嫔道："不知者无罪。林选侍事先并不知晓石榴花是皇上亲赐予你，且她只是摘了两朵来簪发，又不是肆意毁坏糟蹋，戚嫔就看在她真心悔过的分上，饶了她吧。"

"莲妃娘娘说的在理。"戚嫔下巴一扬，倨傲之色顿显，"但臣妾并没有将她怎样，只是命她每日早晚来此地浇灌石榴花，为期一月。可是林选侍不服，一味求臣妾收回成命，纠缠不休。"

第五章

戚嫔（二）

"早晚浇灌？"江心月听闻声色陡然提高了，带了几分的怒意道，"打理花卉是外围宫人做的低贱杂役，林选侍身为天子嫔妃，怎可受此折辱！"

戚嫔本就不是懂得收敛的人，她怀了皇嗣更是张扬，此时便抓住了林选侍这个软柿子来欺负。江心月看着她，越发愤然。

"如此惩罚，方能补偿她对皇上亲赐之物的损害。臣妾是内廷主位，难道不可以惩戒一介选侍么？这般惩戒都算轻的了！"戚嫔毫不退让，说完还狠狠地剜了林选侍一眼。

林选侍被戚嫔瞪了那一眼，畏惧之色更甚，整个身子都不住地往江心月的脚边缩，口里不迭道："莲妃娘娘救救嫔妾，嫔妾知道您心善，您往日还替嫔妾求了与家人见面的恩典，嫔妾永生难忘……娘娘，救救嫔妾……"

林选侍不受宠，日子自然不好过，然而江心月成为启祥宫的主位之后，衣食份例从不亏待她，也再不许内务府那些势利眼薄待她。她是真心感激江心月。

江心月自然会救她，她是启祥宫的人，被别宫的人当着主位的面欺辱，若江心月身为主位连自己宫的人都无力维护，传扬出去岂不是笑料？然而此刻戚嫔初有身孕，性子又狂妄倔强，一再地顶撞；而江心月此时正被皇帝冷落，协理六宫的名头有名无实，哪里弹压得住戚嫔？

"戚嫔娘娘是嫔位不错，但娘娘如今居于衍庆宫偏殿，这'内廷主位'的名头也不是随意就能称呼的。祖宗规矩，所谓'内廷主位'，是指嫔位以上且居于主殿，掌一宫主位的宫妃。"

悠然而闲逸的话语娓娓道来，说话的兰贞面上还沾着些许墨迹，看起来有些狼狈的样子，但她的话却句句尖锐，句句刺痛戚嫔。

其实兰贞的话也有些鸡蛋里挑骨头的意味。明德帝后妃太多，宫殿却只有东西十二宫，很多嫔位以上的妃妾无法成为主位。尤其贵嫔、嫔这两个品阶的妃妾，如今贵嫔两位，嫔六位，挤得满满当当却大多得不到主位的恩典。因此明德这一朝"内廷主位"的称呼也不再墨守成规，只要是嫔位以上的宫妃，人人均会尊称一声"内廷主位"。

然而"主位"二字对于戚嫔来说，却是一道最疼痛的伤口。她为婕妤时，原本居在鸾秀宫的偏殿，若不是宸妃入宫，她有了身孕后晋位为嫔，再凭着她往日的皇宠与皇帝软磨硬泡一阵，鸾秀宫的主位定会是她。然而如今，她竟然被迁宫至衍庆宫偏殿。

戚嫔果然大怒，对兰贞喝道："你不过是贵人位分，也敢与我这般说话！"

"那么娘娘不过是嫔位，也能够顶撞莲妃娘娘么？"兰贞的声色很好听，细腻而柔婉，如银丝一般从口中飘然脱出，却如钢针一般狠狠地往戚嫔身上扎。

因戚嫔有孕，江心月是有些顾忌的，不想和她大肆争执；但兰贞则十分凌厉。

戚嫔怒极，抬手指着兰贞便要责骂。然而她还未说出口，便闻身后一慵懒散漫的男子的声音道："大好的春光，你们却在争吵。"

众人闻声俱惊，纷纷仓促地行礼道："皇上万安……"

"闻见你们的声色刺耳，朕如何能安。"皇帝不悦地道。他玄色的衣袍上有些许的褶皱，江心月眼尖地瞧着，方知皇帝是刚从美人怀抱里出来。定是他又兴致勃发地陪着宸妃出来赏景了。

众人皆请罪。戚嫔抢在江心月前头对着皇帝倾诉道："皇上前几日赏的石榴花，臣妾视若瑰宝，却被林选侍随意采摘。臣妾要惩罚她，莲妃娘娘却偏袒护短……"

皇帝明白了事端起因，略略点头，却没有接她的话，而是转向旁侧的兰贞道："你的脸上……"

"嫔妾失仪。"兰贞一边告罪，一边用手朝脸上抹去，想擦去墨迹。然而她忘记了手上和衣袖上均沾有墨迹，这样抹上去整个面颊都黑一条白一条，如花猫一般了。

皇帝看她的样子忍俊不禁道："快别抹了！你方才一脸的墨汁，还和戚嫔争执，朕走近了看才知多么好笑。"

确实，方才兰贞顶着一张花脸，咄咄逼人地与戚嫔针锋相对，那样子当然好笑。皇帝被她逗笑了，心里便偏袒她一二分，遂对戚嫔道："不就是摘了花儿么，你看她……一直跪在地上讨饶，你也不要太过苛责了。"

皇帝所言"她"自然是林选侍，然而皇帝早已不记得她这个人了。跪着的林选侍不禁身子颤了两颤。

"皇上，岂止是苛责，戚嫔命林选侍日日来此浇灌她的石榴花，林选侍不堪折辱一再求饶。"江心月在侧出言道。她是几人当中位分最高的嫔妃，然方才皇帝连一眼都未看她，仿若她不存在一般。

"确实是折辱。"皇帝突地蹙了眉，但他仍旧未看江心月，他的目光定在跪在莲妃脚边，楚楚可怜的林选侍身上。

江心月见皇帝冷淡至此，面色也一丝丝地黯然下去。但她并不知晓的是，皇帝看的不是林选侍，而是她交叠于身前的双手。

皇帝的左手第四指上套着一只火红的指环，此时他细细地去探寻江心月的左手，却没有发现与之成对的另一只指环。他心里郁郁，脸色也如江心月一般黯淡颓然了。

"戚嫔。"皇帝带了些火气，道，"你是在欺辱林选侍。你既然为嫔位，就应有嫔妃的风范，而不是刁蛮横行！"

戚嫔听闻再也倨傲不起来，立即跪地请罪。她不是蠢笨之人，既然皇帝对她动怒，那绝不可在此时撒娇撒痴，皇帝冷硬，她定落不到好。

"回去思过吧。"皇帝的声色淡淡，落在戚嫔耳中却如闻惊雷——思过？那便是禁足。然而期限呢？皇上既然没说，那她就要永远地禁足了。

不过……她是怀了皇嗣的，再不济，到生产那日皇帝必会解了她的禁足。戚嫔心里恼怒着，行礼道一声"臣妾定当悔过"之后，匆匆离去。

"莲妃……"被遗忘了很久，皇帝仿佛这才想起江心月来。江心月忙趋前故作了娇羞的神色道："皇上，您久久未至启祥宫……"

皇帝无视她辛苦伪装出来的魅惑之色，不疾不徐地出言道："方才戚嫔辱没林选侍，你身为协理六宫的妃嫔，连一个嫔位都无力管束。"说着皇帝故作嫌恶地瞥她一眼道："六宫之事你再不必操心了。"

"皇上——"江心月一急，失声道，"皇上恕罪，臣妾日后定当改过……"

"你已经有孕三个月了，不该再操心宫务。"这一句才是皇帝的真心话，此时江心月的孩子才是最最要紧，他早就在盘算着找个借口削她的权柄。

江心月嗫嚅了半晌，终是放弃了，低垂了首不发一言。皇帝也懒得说什么，转身欲离去。

"皇上恕罪——"一宫人惶恐地惊呼一声，继而跪地请罪。她是兰贞的贴身宫女，方才正抱着画卷侍立着，但皇帝走过她身侧时她却不小心将怀中的画卷散落下来，砸在了皇帝脚边。

皇帝驻足，兰贞一看自个的宫人犯错，忙斥责道："翡矜，怎么连几幅画卷都拿不稳！"

翡矜磕头求饶。皇帝身侧早有手脚利索的御前内监捡起了画卷，皇帝不经意间一瞧，看到那幅咏梅纳春图上以白瓣融入墨梅中，顿觉赏心悦目，赞道："画艺精湛，心思巧妙！"

江心月知兰贞故意出手相助，忙把握了机会上前道："皇上谬赞，臣妾闲来无事罢了……"

"原来是莲妃所作。"皇帝又恢复了那样淡漠的声色。他凝神片刻，却是一手揽过了旁侧的兰贞，道："朕有些累了，陪朕回龙吟殿吧。"

皇帝携着兰贞快速地转过身去。他走得很快，他只怕走慢了会控制不住地回去把江心月拉进怀里。

他知道他不可以心软。如今江心月有孕是最危险的时期，她必须被冷落，必须被打压，否则……上官合子那个不简单的女人，早晚会做出不该做的事来。

还好，如今有了隆宠的宸妃，后宫众人包括皇后，均将注意力完全放在了宸妃身上。如此才能挡着那些射向江心月的明枪暗箭。

江心月愣在原地，看皇帝拉着兰贞从她面前渐行渐远。已经从地上起身的林选侍见莲妃被削了权柄，一时也面色惭愧至极，嗫嚅着道："都是嫔妾不好……"

"你哪里有错。"江心月叹一声，看着前头皇帝的龙驾消失得无影无踪，方才道，"我们回吧。"

第六章
花签（二）

正要回启祥宫，突地一声软绵绵的女子的声音在背后响起："臣妾给莲妃娘娘请安——"江心月一回头，便压下一口火气，道："今日云梦湖真是热闹，宛修容也来了。"

"臣妾若不来，怎能看到莲妃娘娘失魂落魄的样子呢？娘娘如今总算不必协理六宫，日后可有的清闲了。"宛修容挑眉道。

这话太过分太直白，直直地往心窝子刺去。菊香听了，纵然再稳重也抑制不住，不顾身份地跨前一步道："你——"

江心月一手攥住了菊香的衣袖，阻止她说下去，才缓缓直视着宛修容，神色波澜不惊地道："宛修容说得不错。一趟春狩，本宫失势了，你却复宠了。"她说着，面上突有些笑意："虽然你复宠，不过是皇上一月召幸了你一晚，不似之前全然的冷落……说起来，你受冷还是因为本宫两岁的瑞安公主，本宫心里很抱歉啊。"

宛修容随着她所说，面上的得意渐渐地崩溃瓦解，却仍是撑着道："娘娘如今怀有龙嗣，在皇上眼里却连臣妾都不如……"

"本宫的确不如。皇上很久都未踏足启祥宫了呢。"江心月丝毫不顾忌地说着。她话锋一转，突地又道："不过，吃水不忘打井人，你要牢记你这份复宠是谁给你的恩典。你定要好生服侍皇后娘娘，忠心耿耿地为她做事。"

她看到宛修容的脸色有些泛白，便索性凑近了她面前，侧身在她耳边笑道："皇后娘娘的为人，你最清楚不过了，今日你受了一寸的恩，明日你就必须拿出一尺的回报……澹台瑶仪的事儿，你是看得清清楚楚，你可要小心，不要哪一日为了报皇后的恩典，连自己的性命都搭进去了。"

宛修容终于面色颤颤，说不出话来。江心月嫌恶地看她一眼，道一声："你好自珍重。"便与林选侍一同往启祥宫而去。

背后有女子气急败坏的跺脚声与暗骂声。江心月听着并不觉得意，只觉满身满心的疲累。

第二日，天气依旧很好，天色蓝澄澄的，日光暖暖透过珠帘射进来，在贵妃榻前的花几上映着斑驳而明媚的日影。微风吹拂着房檐下精雕细琢的"悬鱼"，轻轻地晃荡着。间或有"叮叮"的清脆悦耳的响动，那是悬挂在回廊中彩绘鲤鱼灯笼之下的小银铃，随着春风喜悦地碰撞出声。

很快到了传午膳的时候。为莜月殿供食的是小厨房，皇帝亲赐的几个厨子都尽心尽力，未因莲妃受冷落而怠懒了伺候，遂每日呈上的膳食比之御膳房只精不粗。

妃位的膳食本该有二十四道，遵循用膳俭省的规矩减为十六道，如此仍是奢靡。有蒸熊掌、卤煮咸鸭白肚儿、什锦苏盘、清蒸八宝猪等十余道大膳，另有鲜汤二品、鲜鱼三品，其余酱菜蒸糕鲜果一无所缺，另有因莲妃有孕而赏赐下来的燕窝等补品。一应菜品精细考究，望之垂涎欲滴。

江心月心神郁郁，盯着面前摆满了整整一案几的午膳，一筷子一筷子地往嘴里送。这般吃了很久，菊香终于看不下去，出言劝阻道：

"娘娘不要再吃了，吃坏了肚子可怎么好……"

江心月一经提醒，方才觉得肚里撑得很，停箸道："我不知何时也学了兰贞的毛病，心里不爽利便不住地吃。"

菊香见主子终于不再吃了，趁机撇开话题道："主子心里郁结，奴婢去抱了公主过来可好？"

"嫒嫒午后喜欢睡觉，不要扰她。"

"那奴婢捧了筝来服侍主子。"

"我身上怠懒，也不想弹。"

菊香再无办法，苦思良久，终于想了个主意道："不如请柔小主与涵小主来与主子一同掷花签玩？"

江心月百无聊赖，想想是个好主意，也只有这个好主意了，便允了道："你去准备些新分的茶点，命冰绡几个去请她们过来。"

不多时，前厅便闻见嘈嘈切切的脚步声，门帘处显出一个娉婷而娇小的倩影，再一看，兰贞已挑了帘进来。

"涵常在来不了了，圣驾在麟萱阁那儿呢。"兰贞笑着对她道，一边兀自拣了个方凳坐下。她面前的案几上早已摆上了各色糕点，有双色豆糕、荷叶焖绿豆梅花饼、凤梨雪晶酥、拔丝糖水苹果、核桃蘸等。

江心月听闻面色终于有了笑意，道："昨日你一番苦心，可惜皇上仍不肯理我。还好昨夜你被晋位为容华，此时涵常在也越发得圣宠。我虽然受冷落，看见你们好，心里也好受多了。"

良妃那边也是很好，没出什么乱子。此时江心月一人受冷，若与她同船的这几个也失势，那她们便再别指望翻身了。

说话间，玉红已经捧了一个黄杨木的签筒来，里面放着一把青竹花名签子。江心月拿过签筒，摇了一摇道："我可说在前头，不过是闺阁里的玩意，闹着玩的，可不准像上次那样罚我吃酒。"

兰贞嘴里已经塞了一块双色豆糕，左手抓一块核桃蘸，眼睛一动不动盯着那盘拔丝苹果，含混不清地道："是是，不罚酒。"

她大力咀嚼了两口，将嘴里的东西吞下去，缓了缓，才道："这次我有更好的主意，我们来赌钱吧，比罚酒还要好玩……"

"你个鬼丫头竟敢赌钱！你不知宫里是不准赌的么！"江心月闻言骇然，兰贞没有什么长处，只有在玩乐上头首屈一指，满宫谁也没有她会玩。若真要赌钱，江心月怕是会输得连莜月殿都要赔给她。江心月绝不能让她赌，只好拿宫规来压她。

"好好好，莲妃娘娘。"兰贞没有坚持，因她喜欢案几上的这些吃食，若被江心月赶出去就不好了。

江心月瞪她一眼，率先抽了一支出来，拿起一看，那签首处是一团桃粉锦簇的海棠，上书："山重水复疑无路，柳暗花明又一村。"

菊香在侧瞧见了，笑道："好兆头呢！主子如今虽低落，但只要耐心等待，必定会拨开云雾见月明！"

江心月虽不信这些玩意，但既然抽出来了就博个吉利，心里也是高兴的。此时轮到兰贞来抽，她早拿了签筒，摇出来一签曰"长江绕郭知鱼美，好竹连山觉笋香"。

"我的天！连抽花签都会抽出吃食来，柔容华你上一世该不会是饿死的吧……"江心月牙尖嘴利，这趣话说得太过，连兰贞都听不下去，立即要来掐她。

江心月正嬉笑着躲她，却听外头有"砰砰"叩门的声音，接着是内监传话的声音道："主子，丽妃娘娘来了……"

如今皇帝待丽妃极好，宫里众人也不再害怕与她有牵扯，趋炎附势之人都不少。江心月止了笑，朝外头笑道："请进来吧。"

丽妃眨眼间就进了殿。她再也不是那个受尽欺辱的小丫头，如今她着一身妃色毡盘金彩绣石青妆缎沿边的排穗宫装，腰间以钩织淡鹅黄挽同心结子缀束腰，百褶梨花云边绸曳地，通身贵气，一看便知其隆宠。她身量虽小，然肩若削成，楚腰纤纤，身姿极为袅娜娉婷。面上薄施粉黛，流云髻上坠东珠、金钿等物，姿容之丽色令殿内众人均看得移不开眼去。

几人相互见了礼，江心月方才朝丽妃笑道："丽妃今日怎么得闲，到了我这冷冷清清的启祥宫？"

丽妃听出她话中的寥落，安慰道："莲姐姐身怀龙嗣，再怎样也不会冷清了，皇上那儿……过些时候就好了罢。"

第七章 花签（二）

她说完，又低了头道："我的华阳宫与关雎宫离得近，今日不巧碰上宸妃，她……她的话太直了，我……"

江心月听闻便了然，如今宸妃最盛，但丽妃也不差多少。宸妃上过沙场，有些忠心为国的男儿情怀，她既厌恶丽妃与她夺宠，又厌恶丽妃出身北域，二人自然不和。

丽妃有些尴尬地道："莲姐姐别怪我，我因宸妃的事发闷，才来这儿找您来……"

江心月笑笑道："我怎会怪你。你看，我们正在玩花签，只有两个人，多了你正好热闹。"丽妃在大周后宫无亲无故，此时心里闷也只能来找她。江心月这样想着又觉丽妃可怜。

丽妃年少，正是喜欢玩的年纪，她拿过那个签筒细细地瞧，而后"咯咯"地笑了，道："这东西北域可没有，真新鲜！"

兰贞也希望多些人来玩，见丽妃喜欢，就不迭地拉了她坐下。丽妃笑道："我第一次玩，你们先玩一次我看着。"

江心月依她所言，第二次去拿签筒来摇。摇了不少时候才抽出一支，其余两人纷纷探头过来瞧。

兰贞最先笑出声来道："'山有木兮木有枝，心悦君兮君不知'？就不知是咱们莲妃娘娘心里藏着情，还是谁对莲妃娘娘藏着情，二人却不知对方心意……"

江心月手上一松，签子"啪"的一声掉在了地上，绷了一张脸对兰贞道："你莫要混话！我是天子嫔妃，只会对皇上有情。"

兰贞也知在深宫中最忌讳宫妃牵扯上什么"私情"，遂闭了口不再玩笑。然而她显然不信江心月"对皇上有情"的说辞，江心月此人她还算了解，权谋钻营之人，对皇上全是利用，怎可能有情？

她遂眨巴着狡黠的眸子瞥着江心月。

江心月见她神色有异，便只好再次解释道："这一句诗文，是我曾拿来博宠的，此时现在我身上，倒也合理。"说罢她又鼓着嘴偏过头去道："这玩意也不能信，多少混赖话在上头呢！"

兰贞扑哧一笑，转首对丽妃盈盈笑道："轮到丽妃娘娘了。"

丽妃方才看得仔细，这游戏又不难，此时她便伸着手去抽了一支，摊开给江心月看，道："我不太懂，姐姐帮我看吧。"

江心月接过一看，签子上书："髣髴兮若轻云之蔽月，飘飖兮若流风之回雪"，下侧描着大捧火红的花。

"丽妃真是神妃仙子！"江心月拍手笑道，"这是《洛神赋》中的诗文，赞洛女神之美貌，此时用在丽妃你身上再贴切不过。"

丽妃听她言及自己的美貌，心里一滞，面上却是强作笑颜道："宫内美貌的人多了去了。"

若不是因为太过美貌，她怎么会被当作和亲公主？这之中是福是祸，如人饮水。

一侧的兰贞却指着花签上那一大捧耀眼夺目的火红细瓣石蒜花，道："这花儿我没见过，是什么花这样美艳？看着属石蒜一类的。"

江心月这才留意到签子上所描绘之物，方低头细细地瞧，瞧了片刻面上却陡然失色，忙一手遮掩了丽妃看向签子的目光，一边掩饰着神色朝兰贞强笑道："就是石蒜花儿，不过是红色的罢了。石蒜美艳妖娆，是好意境呢。"

"啊呀，是曼珠沙华！我们北域也有的……"跟在丽妃身侧的小宫女此时突地惊叫起来。

江心月见掩饰不住，只好放开了手叫丽妃看。丽妃盯着那红得几乎滴出血的花儿一阵失神，喃喃道："曼珠沙华，人称'彼岸花'的……"

彼岸花是开在黄泉畔，接引亡灵的血色之花，因其不祥，大周后宫内是不许种植的。但这花签子上却描了它。江心月见众人脸色均透着丝丝的寒气与恐惧，忙急急地道："我就说嘛，这上头的话不能信！闺阁游戏罢了，怎能当真。"

正说着，丽妃宫里的掌事嬷嬷叩门进来，对丽妃道："公主，宸妃娘娘派人送来了这月的膳谱，请您挑选。"

因皇帝将几个北域的厨子留在了后宫，所以丽妃每日的膳食都是由他们来做，与众人不同。丽妃的膳谱不是按着后宫的规矩来安置，而是每月将百十道北域的菜品呈至丽妃面前供她选择。

丽妃一手接过了膳谱，却是惊异道："为何是宸妃派人来送？"

"这……今日皇上赐予了宸妃娘娘协理六宫大权……"

江心月闻此言陡然惊起，道："宸妃才入宫多久，规矩都未摸透，怎可以掌宫！"

那嬷嬷姓翰尔达，是丽妃自幼的乳娘，忠心是不必说的。她此时也有些愤愤，道："确是荒谬的事。然而皇上隆宠，旁人又没有一个敢说什么，只有皇后一再劝阻，却也受了皇上斥责……"皇后此人，丽妃和翰尔达嬷嬷均痛恨至极，此时提及皇后，翰尔达嬷嬷也是满面狠厉之色："听闻皇后深受皇上爱重，从未受过一句重话，然如今她终于也受斥了！"

江心月在侧听着，待翰尔达嬷嬷说完，才道："宸妃掌宫，皇后又因她受斥，如今定恨她入骨。"

嬷嬷叹了一口气，指着膳谱册子对丽妃道："公主与宸妃不和，她如今掌宫，恐怕会苛待您呢……您先看看这些膳谱吧。"

丽妃垂首去看册子上繁多的菜名，江心月与兰贞此时也探头过来看。生烤狍肉、砂锅煨鹿筋、大泽鲟鱼豆花、奶皮子等诸类，看得兰贞眼睛都直了："这些菜肴只看名儿便知是珍稀昂贵之物。"

的确是名贵的菜品。那大泽鲟鱼江心月知晓，大泽位于北域偏北之地，极寒，其内所产鲟鱼最为珍贵，听闻其"肉肥美爽滑，入口即融"，与大周江河湖海之中的鲟鱼大不相同。而这鱼要从大泽运送过来，需八百里加急，皇帝也当真隆宠丽妃。

翰尔达嬷嬷有些尴尬地道："倒是没有做手脚来苛待我们公主……"

"宸妃是爽络的人，不屑于做这等背地里的小动作。"江心月淡淡道。宸妃与丽妃冲撞，她对丽妃说出的话定会很难听，丽妃才闷闷地到这里来散心。然而那话再难听，也是敞开天窗说亮话，江心月与皇后同是喜爱权谋钻营的人，此时与宸妃相较倒有些惭愧。

时辰已经不早，丽妃起身告辞道："我要回去了，不好再叨扰姐姐。"

因丽妃抽的那一支花签不祥，江心月也不想再玩下去，遂好生地送了丽妃出宫。兰贞又坐了一会儿，也告辞了。

其后的几日，江心月并不常出门了，她陪着媛媛待在启祥宫，享受一份女儿给她带来的宁静与欢欣。

媛媛很聪慧，两岁就已经在识字了。江心月极喜欢教她，不厌其烦地指着字帖，一遍一遍地给她念。

"母妃，这个是'娘'字，这个是'爹'字……"媛媛初学，连"人""大"之类的字都不会认，却对这两个很难认的字记得相当清楚。

江心月听她念，心中有些许的酸楚。她低头温柔地凝望媛媛稚气的面孔，道："很抱歉，媛媛喜欢叫娘，娘却不许你叫。"

"母妃，媛媛明白！媛媛生在皇宫，要守规矩……"

江心月点头，复而愈加认真地瞧着媛媛，道："你要记住，无论是称呼、名字，还是身份，都只是外表而已，人有时候不得不改变外表，但是最珍贵的东西一直藏在心里。我们生活在皇宫，所以不得不说那些不喜欢的称呼。但是，只要你心里想着爹和娘，就已经足够了。"

这个道理，江心月尽量讲得通俗，然媛媛显然还是不太懂。江心月淡淡地笑过，接着教她认字。

第八章 考校功课

学了一会儿，媛媛昂起小脑袋，乌黑的小眼珠滴溜溜地转着对江心月道："母妃，媛媛饿了，媛媛要吃黑米羹。"

"你一个时辰前才用过膳，这么快就饿了？"江心月眯着眼瞧她。

"真的饿了……"媛媛一边低着头，一边在她怀里蹭来蹭去地撒娇。

媛媛是个顽皮的孩子，对于认字这种辛苦活她起初还觉得新鲜，但学了几日就腻歪了，常常想方设法地逃避。江心月当然不许，对她道："念完这一页再吃。"

媛媛的小嘴顿时嘟得能挂上好几个油瓶，气鼓鼓地去看那一页的字。她被江心月调教了很久，已经不敢再任性地无理取闹，此时也没有似以前一般躺在地上打滚。

然而她勉强念了几个字，突地再次扬起了小脸道：

"母妃，媛媛用不着学这些！媛媛知道一句话，叫作女子无才……总之女子无才是很好的事！满宫里的人都是这样说的！"

江心月一听愕然，女子无才便是德？！不知媛媛小小年纪怎会学会这么难懂的句子，令她一时不知如何解释。

正踟蹰间，媛媛突地一拍脑门，道："今天媛媛要出去玩！母妃，姐姐前几日说过了，今天哥哥姐姐们都会去凤昭宫里玩！"

江心月蹙眉道："为什么？"

"姐姐的话是'父皇要考哥哥们的学识。母后另有话，让公主们也去凑热闹玩'。"

江心月眉头皱得越发的紧，她将菊香、晴芳、乳娘周氏几人全部唤来，将媛媛所说一一同她们问过，菊香却道："娘娘，根本无人来我们启祥宫告知此事。"

晴芳也道："应该是淮阳公主与瑞安公主私下里说的。奴婢们一点不知。"

江心月听罢，一掌拍在小几上："考校皇子功课是大事，皇后还特地发了话令公主去凑热闹，却故意不肯知会我们启祥宫！皇子公主们要凑在一块儿去玩，别宫的孩子都去，只有我们公主不去，到时候本宫没脸，公主也没脸！皇后真是越发不堪，看本宫失势竟连孩子们的事都要算计本宫！"

说着她愤愤地起身，吩咐道："快更衣。"

等她与媛媛到了凤昭宫，往宫门内探头望去，便见几个怡和宫的下人侍立在殿外，大皇子、三皇子的教引嬷嬷们也立在外头。凤昭宫的几个宫人见是她来了，纷纷摆出倨傲的神色，并无人上前。

立在大殿门口的小安子却是瞧见了江心月，忙一溜烟跑过来道："莲妃娘娘您可是来了。皇上和皇后娘娘在大殿里头，考校大皇子的功课呢。淮阳公主陪着三皇子在东侧殿玩，您也领瑞安公主过去吧。"

不知小安子是因曾对江心月不敬而差点吃苦头，还是什么其他的原因，总之江心月如今失势，他仍能恭谨相待。江心月揣着几分感激，由他引着去东侧殿。

到了东侧殿，在殿外便能闻见幼子的嬉笑声。江心月叩门而入，她身侧的媛媛如一只小兔子一般蹿了进去，蹭到淮阳公主和三皇子的手边道："皇姐，三哥哥——"

江心月向贤妃见了礼，才对媛媛道："你又忘规矩了？"

媛媛醒悟过来，忙有模有样地向贤妃行礼道："贤母妃安——"

贤妃笑着对她道："媛媛喜欢哥哥姐姐们，就别拘束了，过来看看喜欢玩什么，蹴鞠球，风铃塔，泥人，还有七巧板。"

媛媛自然喜欢玩，她和三皇子只差一岁，凑在一块儿什么都玩得来。淮阳公主领着他们，两个小孩子都很听她的话。

贤妃见孩子们玩去了，拉着江心月坐下，道："三皇子虽然年幼，却也认了不少的字，方才皇上考他《千字文》，他大半都会念，皇上极力地夸奖了呢。"

"是啊，珪儿这孩子开窍早，极聪慧，臣妾也很喜欢。"江心月笑着道。虽然她厌恶皇后，但幼子无辜，她不会去厌恶三皇子。

三皇子听两位母妃都在夸他，就不迭地跑过来，小嘴一咧，露出两颗门牙笑着道："珪儿最好学！母后说了，珪儿要好好念书，博古通今，成为最出色的皇子，日后才能担负最大的重任！"

童子吐真言。江心月脸色稍稍一滞，"最大的重任"？皇后果然是按着帝位的标准来教养三皇子。她顿了片刻，才对三皇子笑道："珪儿很不错。"

三皇子身后跟着乳娘。她听见三皇子这话出口，脸色有些讪讪，怕待会儿三皇子再被哄着说些什么，忙拉着他去耍玩，不肯再靠近江心月面前。

江心月朝那乳娘嗤笑一声，她莲妃还不至于哄骗一个三岁幼儿说出不该说的话，以此来打压皇后。

几个孩子在一旁玩耍，江心月与贤妃坐着叙话。贤妃一直不得宠，如今进来一位宸妃，皇帝更是将她抛之脑后。她看江心月如今失势，心里有些同病相怜的感觉，二人闲来无事如此说着话，也说得投机。

"若不是看在玲珑的分上，皇上连每月初二固定的日子都不会来我宫里呢。"贤妃叹息着道，"这宫里呀，什么恩宠、位分，都是虚的。只有自己的亲骨肉才是真正能依靠的。"

江心月一手抚上小腹，满面慈爱地道："姐姐说得极是。"她很喜欢玲珑，且多亏了玲珑告知媛媛今日考校功课的事。她遂带了几分感激地对贤妃道："姐姐有福气，养了这么好的公主。"

贤妃并未谦逊，而是满面春风地道："我如今虽不受宠，却没什么不满足的。玲珑懂事又很能干，只要看着她平安出嫁就好，宫里的权势、皇宠，我再懒得去争了。这样我每日倒悠闲，日子又舒坦。"

皇帝对玲珑不仅是宠爱，甚至有些如皇子般的器重在里头，他已经提拔岳家的族人为淮阳封地的大小官员。只要有玲珑一天，贤妃的日子就不会差。不仅如此，贤妃的娘家兄弟岳建充是极圆滑的人，他知道如何为官，既受皇帝器重，又不会被皇帝忌惮。放眼后宫，皇后最强势，然过得最舒坦的却应数贤妃。

"皇上息怒……皇上，大皇子是个刻苦的孩子，勤能补拙……"殿外突地响起杂乱的脚步声和女子的劝慰声。江心月知道那是皇上和皇后一同往这里过来了，便起身准备迎驾。

皇帝到了殿门口，迟迟没有进殿，而是在殿外带着怒气大声道："你看看，朕记得他前年还会背《孙子兵法》，可今年朕考他，莫说兵法，他竟然连'四书'都忘得一干二净！朕问他几个名篇的注解，他竟解释得风马牛不相及！朕看他是越学越痴愚了！"

皇帝的声色压抑而恼怒，很有恨铁不成钢的意味在里头。淮阳公主将两个弟弟妹妹一手一个领着过来准备接驾，贤妃也起身，蹙眉道："看来皇上是对大皇子极不满了。"

"也不能全怪大皇子。"江心月怜悯地道，"自从陈氏死后，他很久以来无人管束，功课当然会落下。"

正说着，皇帝已经跨步进殿。贤妃一众忙行礼问安，之后也不敢发话，等着皇帝消气。

皇帝面上的怒色仍然很重。皇后紧随其后，小心翼翼地开解道："大皇子如今也才十一岁，还是可以调教的。皇上就暂时不要忧愁了。"她说着朝三皇子招手，将他唤到跟前，又对皇帝笑道："皇上您不是夸珪儿聪颖么？珪儿，给父皇背一段昨日学的《百家姓》，父皇就不生气了。"

第九章 三皇子

三皇子听从母亲之命，扬着一张稚气的小脸看着皇帝，一字一字清晰而流畅地背起来。皇帝听着脸色稍霁。

媛媛不顾哥哥在背书，蹦着跳着奔过来两手抱住皇帝，拖长了声音叫道："父皇——"

"媛媛？"皇帝有些惊异，再往贤妃后头一看，才发现了自他踏进殿就一直默然的江心月。皇帝脸上稍稍有些闪烁不明的意味，片刻后才强自撇过头，不去看她。

媛媛缠在父亲的腿上，噘着小嘴撒娇道："父皇好久没有去看媛媛了！媛媛想父皇！"

媛媛奶声奶气的声音，几乎将皇帝的心都喊化了。皇帝一把抱起她，歉疚地道："是父皇不好，没有好好陪你。"

江心月看皇帝溺爱媛媛的样子，心里便燃起了些希望，然而她在侧巴巴看着皇帝，皇帝仍然不肯看她。最后她终于放弃了，兀自与贤妃在一侧角落的位子上坐下。

皇后方才看见媛媛，脸色有些许的郁郁。虽然公主没有什么威胁，然她也不希望媛媛夺了珪儿的宠爱，才故意没有去启祥宫通传。但此时她看莲妃落魄的样子，心里很是畅快，今日她们来了又如何，皇帝溺爱媛媛又如何，莲妃终是失宠了。

再怎样的艳丽妖娆，帝王总有烦腻的时候，何况莲妃不知好歹地撞上了皇帝的新宠。

目前莲妃仗着肚里的孩子，皇帝还特命内务府好生照料，算是给她一些体面；而若孩子生下来，莲妃怕就是颗无用的棋子。若自己所猜不错，皇帝会将莲妃的骨肉给宸妃抚育……皇后这样想着，心里对莲妃轻松下来的同时，不禁对宸妃越发恼怒了。后宫有不少的传言，道宸妃是皇帝真心所爱之人，皇后不会相信这样的蠢话，但即使不是真心，宸妃的兄长不仅是能够抵挡北域的良将，还是皇帝制衡姚家的重要棋子。宸妃本人也不是省油的灯……

皇后正在思量着大事，这么一会儿，三皇子已经背完了书。皇帝欣然道："珪儿才三岁，就学有所成，朕心甚宽慰。"

"哪里算得上学有所成啊。"皇后笑道，"如今不过是认了几个字，算是启蒙了。只求他今后勤勉，不要倚仗着聪慧而怠懒就好。"

皇后这话说得明贬暗褒。皇帝即使听得出来，面上也仍是高兴的。他的子嗣不多，年幼的珪儿的确出色。

媛媛和三皇子在皇帝面前不拘束，他们拿了泥人来捏，捏得满手脏，脏了又往衣襟上面蹭。玲珑赶紧捏住他们的手，用自己的绢帕给他们擦。

"如今瑞安公主也长大不少。再等几年，等静柔公主长大了，戚嫔的孩子也长大了，再有哪位妹妹为皇上添个一儿半女，咱大周后宫可就热闹了。"皇后温婉而慈爱地说着。

此时便是几个孩子承欢膝下，皇后与皇帝琴瑟相和，外人看来怎样都是一大家子的温馨场景。皇帝甚是喜悦，对大皇子的怒意已经烟消云散。

"大皇子呢？方才他背得极差，朕不是命他将《论语》温习后至朕面前背诵么！他怎么还没有来？"皇帝正笑着，突然变了脸色，朝王云海问道。

王云海并不知大皇子的去向，便丢了个眼色给小安子。小安子一哈腰道："奴才去看看。"他不敢怠慢，碎步跑出殿外找了服侍大皇子的宫人来问。片刻，他回来禀道："皇上，大皇子去校场练习骑射去了。"

皇帝听了有些惊奇，道："他以往最不喜习武，今日还勤恳了？是找了个借口来逃避朕吧。"

"并不是呢，皇上。"皇后笑道，"瑁儿最近也不知怎的，突地喜好上了武艺，常常天不亮就爬起来练习。他还向臣妾讨要了一匹北域进贡的汗血马，那汗血马身躯甚壮硕高大，他也不怕，铁了心要练成。"

"唔。"皇帝点头，道，"如你所言甚好，否则大皇儿岂不是一事无成了？他习武你要多留心，刀剑无眼。"

江心月与贤妃不言不语地坐着，仿佛是殿里两个被遗忘的人一般。而皇帝坐在距江心月一丈开外的主位上，他时不时地偷偷去瞄江心月，却只能看到江心月低头的姿势。

坐了半晌，皇帝终觉肚子里如一只小猫在挠他的心肺一般，他坐立不安，再无法在这殿内待下去。皇后正与宸妃相争，此时与皇帝相处着，为了博宠便不停地说些令皇帝开心的话。皇帝以往对皇后较宠爱，而今日不知为何，他觉得皇后很吵。终于，皇帝坐不住了，起身道："朕还有些政务。皇后，你陪着孩子们多玩一会儿吧。"

皇后见皇帝要走，本就心里有些郁郁，而皇帝方才对她说话，竟然称呼她为"皇后"？

皇帝一般会称她为"合子"，而不是"皇后"！她此时心里如有厚重的棉絮塞住一般，喘不过气，又咽不下这口气——宸妃，都是宸妃这个女人！那一日皇帝因宸妃被赐予协理六宫大权而当众斥责自己，那是她第一次受斥责！从宸妃进宫开始，皇上对她，就没有从前的情分了！

莲妃失势了，宸妃却愈加棘手……不过，今日就会发生一些事情，皇上马上就要回龙吟殿了，而宸妃……姑且看看今日你会有什么结果吧。皇后这么想着，面上又现出一抹意味不明的笑意。

江心月跟在贤妃身后恭送皇帝离去。她一直低着头，她知道若再次博宠只会令皇帝愈加厌恶。

"莲母妃！媛媛不见了！"淮阳公主突地慌张起来，疾步至江心月面前道，"媛媛方才还在净手，怎么这么一晃，人就没了？"

江心月一听大惊："这小东西又跑到哪里去了？"她惊惶地命菊香、晴芳还有周乳娘一众去找，此时却从外头进来一个宫人，向她道："奴婢是贤妃娘娘的婢女。方才奴婢瞧见瑞安公主跟在龙驾后头跑出去了！"

江心月一手扶额，叹道："真是个会惹祸的丫头……"她随即仓促地向皇后、贤妃辞别，领着菊香等人追媛媛去了。

媛媛今日穿着洋红色的绣老虎的小袄，她步子小，跑得慢，追不上前头的龙驾，便愈加卖力地跑。如此过往的宫人、嫔妃们便都能看到一个如火焰般跳跃的小女娃两手提着衣裙，在青石路上迈着两条可怜的小细腿慌乱又急切地跑，她额前的刘海儿沾着汗水贴在面上，手上、脸上还有方才玩泥人的印记，真是狼狈不堪。

而她后头则是远远地追着的莲妃一众。江心月有孕不能疾奔，小心再小心地被菊香、玉红两个扶着，看着前头火红色的小女娃又心焦急切。还好贵喜跑得快，早早地跑在前头，等抓了公主就抱回来。

媛媛听到后头嘈嘈切切的脚步声，不经意间回头一望，在看到自己娘亲的刹那便惊恐得如见到了怪物一般张大嘴巴，而后更加努力地往前疾奔。然而她哪里跑得过贵喜，才跑两步便被追上，贵喜伸着手就要来抓她。

"父皇——爹——救命呀！喜公公你放过我吧……"媛媛被平地拎起，登时在贵喜手里挣扎起来，也不顾规矩地呼喊了起来。

皇帝在前，终于听到后头的吵闹，一看背后的场景也是吃惊不小，忙叫停龙辇，下了辇朝媛媛赶过来道："你怎么跟来了！"

"父皇很久没有来看媛媛了！好不容易见到父皇，父皇又要走！"媛媛被皇帝抱在怀里，半委屈半撒娇地道。

贵喜早就不知所措地侍立在一旁。片刻后江心月终于追上来，急急地行礼道："皇上恕罪，公主冲撞圣驾了，臣妾这就领她回去……"

她是没有什么奢望的，即便此时是个极好的机会，她可以用媛媛来博宠。可是……她却不敢冒险，怕被皇帝斥责。如今这境况，她真是连宛修容都不如了。

皇帝看她小心而谦卑的模样，心里涌着无比的酸楚。他终于抑制不住地道："不，你们随朕走吧。朕很想念嫒嫒，朕要将嫒嫒带去龙吟殿陪她一会儿。"

江心月一愣，继而一喜，而后就已经被皇帝拉上了龙辇。皇帝方想命"行辇"，再想一想还是不妥，遂冷下脸对江心月道："这不是你该坐的，快下去。"

江心月一直在愣神，她不知皇帝为何热切地将她拉上辇，又冷着脸赶她下去。然而皇帝不将她赶回启祥宫就已经是天大的恩典。她遂心里喜悦着下辇。

她仓促之下由凤昭宫出来追嫒嫒，自然没有备辇，只能跟在一侧步行。皇帝怕她疾行伤胎，便令龙驾走得极慢。如此一家三口如蜗牛一般往龙吟殿挪去。

到了乾清宫，皇帝依旧冷漠地对江心月道："你至东暖阁等候吧。"而后抱着嫒嫒往龙吟殿而去。江心月此时已经很满足，行了礼往偏殿去了。

　　"莲妃怎么也来了？"宸妃正缓缓踱步从东暖阁中步出，行至江心月面前问道。

　　江心月不料宸妃会在此，转念一想便知她是在等皇帝。心里微微发滞，江心月顿觉自己是个多余的人，这东暖阁也不知是进还是不进了。

　　"莲妃，今日龙吟殿有一出好戏，你来了正好热闹，多一个人也多一份见证。你不如随我去看看？"

　　"好戏？"江心月听了一惊，难道宸妃算计了哪个不成？江心月不明就里，但仍是跟在宸妃后头往龙吟殿而去。

　　皇帝还未进殿门。宸妃上前不拘束地挽了皇帝的左臂，道："皇上昨日命臣妾来拿乾清宫御膳的膳谱，臣妾来了恰好皇上不在，臣妾就在东暖阁等着您。"

　　皇帝见是她，再看看怀里的媛媛，终是不舍得放下，只笑着对宸妃道："朕让你久等了。你进宫不久就要协理六宫，操心御膳这些琐事，真难为你了。"

　　宸妃并未在意皇帝怀里的媛媛，她缱绻地挽着皇帝的手进殿。少顷，她转首对后面的江心月道："莲妃也请进来吧。"

717

"莲妃？"皇帝面色不悦道，"我们二人说话，为何将旁人请过来？"

宸妃却没有接皇帝的话。她状似无意地将身子贴近了书案，脚下猛地用力，就在那刹那间，只闻"啊"的一声，一个女子尖利而凄惨的号叫声响彻大殿。

"什么人在里面！"皇帝倏地惊起。龙吟殿是何等重要的所在，且今日……因他预备着今晚要批折子，所以那些折子都没有收拾，就这么摞在书案上……如果进来了刺客或其余不该进来的人……

皇帝且惊且怒，顺着方才声音的来源寻觅过去，突地，他单手狠狠地将那书案整个掀翻，然后，一个惊慌失措的女子暴露出来。她跪在地上，不住地磕头求饶，声音已然因极大的恐惧而断断续续："皇上……皇上饶命，不要杀我……"

宸妃也十分惊骇，她指着那女子道："宛修容！你怎会出现在这里！还藏在皇上的书案之下？你是何居心！"她瞥着宛修容被踩得血肉模糊的左手，面上冷笑连连。

"我……我……皇上，请听臣妾解释，臣妾不是擅闯龙吟殿，臣妾只是来……"

"来做什么？"皇帝暴怒，额上的青筋都鼓起了，道，"龙吟殿，是大周天下政务的中心，是天下最严密的地方！乾清宫有规矩，朕离了龙吟殿，殿门务必会锁，而你，在锁殿门之前溜了进来。不该出现的人出现在龙吟殿，只有两种可能性！第一是行刺，第二是窃国！宛修容，你认哪一条？"

宛修容显然怕得心神都要崩溃，伏在地上哆嗦着吐不出话来。没有借口，没有解释，她无论如何也找不出理由来说她为何会出现在龙吟殿，即使是歪理！

皇帝的暴怒不是没有理由的。宛修容赫连氏是特殊的，她与她的宗族均在"明德宫变"中与陈氏有牵连，本该被处死；然而赫连一族想尽办法，付出了极大的代价，又依附上官一族终于保得性命。因为赫连一族付出的代价太大，临阵倒戈时也为皇帝出了不少力，皇帝遂原谅了他们。然而今时今日，宛修容所为不得不令多疑的皇帝再次起疑心。

此事如点燃了干柴一般，火势迅猛，已经用不着宸妃的推波助澜。皇帝遇到威胁国祚的事件，便异常清醒，吩咐道：

"将皇后请到龙吟殿！后宫女子之事本应她来管，今日朕与皇后一同审问宛修容！"

皇帝已命人将媛媛领下去。片刻，凤辇已经匆忙地行至宫门处。皇后下辇，疾步往殿内而来。

皇后由小安子引着进了殿，她的面上有一丝难以察觉的慌张，发髻上的玉凤步摇正颤动着，垂下的玛瑙玉石颗颗摇动着，点着她雪白的颈，如湖面中碧水荡漾的涟漪。

她方行了礼坐在龙案侧刚刚搬过来的方榻上，宸妃、莲妃二人也忙对她行礼，而后依着规矩站在一旁。龙吟殿是没有她们的位子的。

皇帝见江心月站着，便道："给宸妃搬个小榻。哦，莲妃也搬一个吧，好歹是有孕。"

众人坐定。几个小内监正手脚麻利地拾掇翻倒在地的书案，王云海在亲自整理那些散落的奏章。而宛修容，她瘫倒在大殿的中央，浑身战栗。

"皇上，这……臣妾来得匆忙，未能得知事件始末。"

皇帝方想令人给皇后解释。但一侧的宸妃却抢先道："皇后娘娘，臣妾方才目睹，不如由臣妾为娘娘阐明。"

皇后看向她的目光，如吐着红信子的毒蛇，如千年腐尸怨愤冲天的两个深深的眼窝，从内透出冰一般冷冽的杀意。宸妃却极闲适地坐着，淡淡开口道：

"臣妾因着宫务上的琐事要求见皇上，遂一直在东暖阁等候。方才皇上回来，臣妾与皇上一同进入大殿，便发现宛修容藏在大殿书案下。事关重大，皇上遂请皇后娘娘来此，一同审问。"

皇后听着她所言，面上不由自主地抽动了一下，继而竭力镇定下来。她看向狼狈地趴在地上的宛修容，怒极反笑，对宸妃道："你来得倒是巧。"

"皇后娘娘说哪里话。"宸妃眉头一挑，武者的凌厉之色顿显，"臣妾要处理宫务，遂来乾清宫取一份膳谱；而宛修容，才是好巧不巧地出现在龙吟殿的书案底下呢！"

"快些审问吧。"皇帝朝皇后说着，便转向了宛修容，道，"朕第二次问你，你为何出现在这里？"

如之前一般，宛修容支吾着答不上来。

"看来要动刑了。"皇帝朝王云海道，"去将慎刑司总管、主事传唤来此，让他们带上刑具。"

皇后有些发惊，忙道："皇上……"她一出言阻止便觉不妥，但她不能让宛修容受刑，否则她吐出不该吐出的话……皇后思忖片刻，便正襟危坐了对宛修容道：

"你是何时溜进龙吟殿的？"

这话还真像审案的风范。宛修容今日来此地是受了皇后的命令，想陷害宸妃给她扣上擅闯龙吟殿的罪名，不想她被宸妃反将一军，擅闯龙吟殿的人成了她自己。她此时见皇后问自己话，如抓住了救命稻草，以为自己会脱险，遂实话道："是未时一刻。"

皇帝一听她肯说，便扬手止住王云海，接着道："你说是未时一刻？那是午膳刚过的时候，那时朕方才从龙吟殿离开。而龙吟殿上锁，会在朕离开一刻之后。你是在那一刻钟的时段，溜了进来？"

宛修容抬眼瞟着皇后，得到肯定后方才咬牙道了一声"是"。

"后来你被锁在殿内，无法逃脱，只好藏匿起来，可对？"

"是。"

江心月在旁侧察言观色，此时已看出不少的门道来。宸妃满面得意，皇后略显慌张。她不禁心下冷笑，皇后真是雷厉风行，这么快就与宸妃正面交锋。

皇帝未继续下去，他抬眼看向皇后，示意皇后发问。

皇后心里稍稍安宁，毕竟皇上仍是很信任自己的。她凝眉片刻，道：

"皇上，臣妾先有一言，请容臣妾说完再问。"

皇帝点头后，她方才道："赫连一族与陈氏外戚确有些干系，尤其宛修容她曾与废后陈梓潼交往甚密。宛修容擅闯龙吟殿，若细细探究起来，其目的恐怕不简单。"

殿内的气息有些凉滑的压抑之感，宛修容显然被方才皇后的话吓到了，刚想辩驳些什么，却又听皇后道："然而，赫连一族为了帮着皇上瓦解陈家，族中嫡系的三位公子都被暗害致死，以致赫连家如今除了宛修容一个嫡女，嫡系一脉已经断绝……且宛修容生父及两位伯父如今都扣在宗人府为质，赫连家再怎样，也无法图谋什么不轨。"

皇帝听得眉头有些松动，显然是同意皇后所言。皇后说完，似下了极大的决心一般，道："臣妾的建议是，请皇上不要牵连赫连一族。"

一时之间，殿内悄然无声。江心月敏锐地感觉到，那跪在地上的宛修容的面上有些忽明忽暗的焦灼，那是一种极度的挣扎，还有苍白无力的死寂，以及濒死一般的决然。突地，江心月知道将要发生什么了。

此时只需要她的一个选择，就能打破皇后与宸妃之间博弈的平衡。如今她受冷全是因为宸妃，后宫人也都言宸妃日后前途无量，然……就在这一瞬间，她决定今日她要帮的偏偏是宸妃。

那是嗜血争斗中，人对于对手最敏感的直觉。江心月知道，皇后这个对手比宸妃难缠百倍。

第十一章
擅闯龙吟殿（二）

然后，宛修容果然从地上撑起身子，猛烈而决绝地往大殿的台柱之上撞去。然而她此刻连死亡都无法自己做主，她被贵喜和小杏子、小李子两个合力拦了下来。

小杏子、小李子均是武力太监，他们丝毫不客气，抓住宛修容的鬓发将她面部向下死死摁在地上。皇后正惊惧不已，江心月已幽幽地开口道：

"皇后娘娘方才的话真是巧妙，这宛修容听了也不知犯了什么魔怔，就要自戕……"

"莲妃，你说什么？！"皇后且怒且惊，面孔都泛白了。方才她以赫连氏一族威逼宛修容，若今日宛修容死了，那这案子就成了无头案，而赫连一族因被皇帝信任也不会被牵连……宛修容的生死皇后懒得管，重要的是宛修容死后她自己就不会被牵连了，而且，赫连与上官两族交好，她今日逼死宛修容，也是为了保赫连一族……可是，莲妃竟横插一刀，坏了她的事！

此时莲妃竟还不罢休，实实地往她身上牵连起来！

此时皇帝也显然十分明白。细想方才皇后的话，仿若一开始她的目的就是逼死宛修容。这擅闯龙吟殿的案子，还真是愈加复杂。皇帝沉声道："宛修容废去封号位分，暂时押入宗人府吧。"

"皇上！宗人府是审理皇亲、扣押人质的地儿，后宫妃妾自有慎刑司……"

"这是朕的旨意！此案皇后不必再过问了。还有，令宗人府严加看管赫连氏，不要让她有机会寻死。"皇帝打断了皇后的话。皇后身子颤了两颤，终于不敢再说话，她握在袖中的手正颤颤地抖着。

她是难以镇定下来了。她对宸妃的出招太狠，擅闯龙吟殿本就是"窃国"一类的罪名，然而她没想到会输得很彻底，以致自己都被牵连。这可不是后宫中的谋算，这是与龙吟殿有关的案子。就算皇帝不怀疑她有什么不轨的"窃国"企图，那么……她利用龙吟殿来陷害嫔妃，本身就是置国祚于不顾。

且皇帝已经怀疑自己……慎刑司里有她的人手，可宗人府里她怎可能控制！宛修容自是被送到宗人府去了，之后不久，后妃三人便一同从龙吟殿出来。

今日的天有些阴，云朵很多，日光被遮在后头，透出的那一点点的光泽也是黯淡得压抑。皇后走在最前面，她赭色绣鸾凤金滚边的裙摆上有十三道褶，那是皇后的尊荣，而她身后的莲妃、宸妃的衣裙上只有七道褶。

十三褶裙委地生辉，皇后步履端庄而平稳，那裙摆无一丝多余的震颤，如光滑平静的碧波湖。江心月跟在其后，突地娇笑出声道："娘娘稳重，非我等可及。"

都已经被牵扯了，还能走得这样沉稳、得体。江心月这一句夸赞，恰如其分。

"本宫谢莲妃夸奖。"皇后施施然回转过身，面色倨傲地睨着宸妃、莲妃二人，道，"宸妃，你令本宫很欣赏，反败为胜不说，还能反击到如此地步；莲妃，你浑水摸鱼的功夫也见长了。"

宸妃冷冷一笑道："娘娘以为本宫初来，对宫里的规矩不熟悉，会贸然进入龙吟殿……所以，娘娘才命赫连氏以小小一份膳谱为诱饵？"说着她竟嗤笑出声，道："若臣妾真的进去了，不过一瞬间的事，宛修容就会反手将殿门锁住……那今日被送进宗人府的可就是臣妾了！臣妾如今还后怕呢！"

她的确不熟悉宫规，不知龙吟殿是不可以随意进入的。所以，宛修容轻轻巧巧地对她道："那膳谱皇上都会放在殿内案几上，娘娘拿就是；反正娘娘早已得了皇上的允许了……"

　　"皇后娘娘真是好筹谋。"宸妃接着道，"那个时候正值皇上刚离了龙吟殿，殿门处连一个侍卫、一个内监都没有——内监是随着圣驾侍奉去了，可侍卫呢？臣妾可是习武之人，对守卫有着天生的敏感。大殿怎可能没有侍卫？他们定是被故意遣走了，所以那里头一定有问题。"

　　皇后低低道："是本宫身处后宫太久，所见之人均是柔弱的女子。你倒是个例外了。你不但识破了，还将宛修容打晕扔进殿内，夺下她手中的钥匙锁住殿门。宸妃，你很好。"

　　"皇后娘娘谬赞。"宸妃盈盈施一礼，笑道，"今日之事，是娘娘对臣妾的教诲，臣妾多有长进呢。"

　　皇后被她的笑意惹怒，登时就要发作，江心月却在侧笑着劝她道："娘娘勿动怒，您还是担忧赫连氏吧。"虽然宸妃与她不和，但此时此刻，她们协力给了皇后绊子，她心中着实畅快。

　　皇后没有回答她，只甩了二人一个白眼，兀自匆匆地回凤昭宫去了。

　　宸妃并未与江心月多话，不咸不淡地瞟她一眼，也加快了步子往回而去。

　　其后一连几日均下着雨，淅淅沥沥的，雨点子忽而大忽而小，砸在窗棂上"噼噼啪啪"地作响。江心月有孕极怕染上风寒，不敢出宫，只能缩在启祥宫里。

　　赫连氏那里还没有消息，江心月也不急，这不是她该管的事。她自有平淡日子中无限的惊喜，那是她腹中一日日长大的胎儿，还有一日日长大的媛媛。

　　她很欣喜地看着媛媛在认真地念那些字。她笑着道："媛媛为何变得勤奋了？"

　　"是大皇姐对媛媛说的——身为女子，也要读书认字，也要勤恳。"

　　江心月"扑哧"一声笑了。她没有要媛媛如男子一样勤恳，只是不希望她不学无术。玲珑那样要强的个性，她并不想让媛媛效仿。

丽妃很喜欢来她的启祥宫，即使外头在下雨。她只是半大的孩子，与江心月相处时总有一种寻求依靠与保护的感觉。她一口一个"莲姐姐"地叫，时间久了，江心月不得不将她当作妹妹看待。

而媛媛也很喜爱丽妃，她用小手蹭上丽妃的面颊，转头对江心月道："母妃，丽母妃比母妃好看多了！"

江心月沉下脸道："就因为母妃不如丽母妃好看，你就赖在丽母妃怀里了？你不喜欢母妃了？"

媛媛抓抓小脑袋，道："当然喜欢母妃……可是，丽母妃就像仙女姐姐一样，真好看！"

仙女姐姐？江心月突地想起了什么。是，是啊，那是很多年前，玲珑对宝妃说："仙女姐姐——"

江心月突然感到难过。魏紫衣也许已经死了，对玲珑母女有恩的孝贞懿皇后死了，对她有恩的梁真宁也死了。仙女姐姐？再多再多的美好，都会在大周后宫的刀光剑影中被侵蚀得魂销骨散。

"媛媛快下来吧，你很重了，你丽母妃年纪小，力气也小……"江心月正欲说下去，却是玉红叩门进殿，行礼道："禀娘娘，凤昭宫那边出了点事。大皇子练习骑射时不小心摔了下来，皇上正在斥责皇后娘娘。"

"摔下来？！"江心月还未说什么，丽妃却率先惊起，面色有几分忽明忽暗的慌乱。

江心月看她一眼，才对玉红道："为何会摔下来？有没有伤着？"

"并没有受伤，只是受惊。那匹汗血宝马还没有被驯服，大皇子亲自骑上去驯，但他衣衫上的线头松了，散开的衣襟缠住了马鞍，硬是扯不下来。那马儿难以驯服，大皇子却难以摆脱它，旁侧的护卫想砍断衣衫，又因马儿动作剧烈怕伤了大皇子。最后是寒统领出手相救。"

玉红说得详尽。丽妃在侧细细地听着，最后却是既忧心又恼怒地道："真是的。何必日日勤奋地练习骑射！还偏爱北域产出的汗血宝马。"

她小巧而柔润的红唇抿成一丝红线，耳垂上一耳三钳的墨玉坠莹光流转，反射出点点的星芒在屋子里晃动着，晃动着。

第十二章 二
惠妃异动

江心月低头思忖着，半晌才道："那衣衫……皇后娘娘也的确粗心，身为母后，大皇子的衣衫线松了也不知么？"

"这……总之皇上正在怒斥呢。"

"大皇子是块烫手的洋芋。"江心月摇头道，"皇后她才憋屈。她一向谨慎，行事周全，如何能连大皇子的衣衫这样简单的事都出差错？况且下头伺候的人又不是没用的，皇子的衣衫是多么好的料子，缝得多么仔细，怎能说松线就松线了？"

她不再说下去了。宫里恨大皇子的人实在太多了，她都无法断定是哪个做的。不过还好大皇子吉人天相，皇后则可怜地受连累了。

而且，这种事定出了不止一次，正是因次数太多了，才终于有了一次成功。

江心月方想遣玉红退下，玉红却又道：

"娘娘，还有一事。关押在宗人府的赫连氏病死狱中。"

"病死？！"江心月惊道。慎刑司的傅氏病死，宗人府的赫连氏竟也能病死！皇后她有多么神通广大！

丽妃也是愤然："皇后真以为她可以只手遮天么！"

待到傍晚丽妃走后，江心月遣退殿内所有的下人，独独叫了菊香进来。

"娘娘是否因皇后之事忧愁？"菊香端了一盏祁门红茶，奉至江心月的手边。

"并不是忧愁。"江心月接过茶摇头道，"这一次她逃过一劫，我也没什么法子。然而我很怀疑，她到底是用了什么手段，能将手伸到宗人府？"

"那娘娘可有想到什么？"

江心月点头，道："我虽对宗人府所知不多，但掌管宗人府的宗令大人，我却知道他姓姚。菊香，自从宸妃进宫我就有这种预感，那位居在重华宫里的……"

"惠妃娘娘？难道她与皇后……可是，她当年是自请入重华宫的。奴婢也看得出来，惠妃娘娘极看重骨肉至亲，她一心照料悯郡王，已经失了在宫中纷争的野心了。"

"她失了野心，不代表她背后的姚家失了野心。"江心月将茶盏往案几上重重一搁，道，"宸妃入宫，对姚家来说是一记警钟。如今朝堂上，拓跋一族崛起，姚家一再受压制，他们已经坐不住了。而去年选秀，姚家女儿均未能入侍，如此，他们在宫廷内的希望只剩下惠妃。"

菊香叹一声，道："当年陈氏为后时，惠妃迁宫之前将所有权柄与所培植的人手交给当时的婧昭媛，期望她替自己复仇。后来陈氏灭，惠妃也算了了心事。如此，她与皇后，还有几分的交情呢。"

"故此，我们日后要多留心重华宫了。"江心月闭目，疲惫地道，"菊香，恭绵贵妃留给我的人手中，在重华宫恰有一枚棋子。你暗中与她交代。"

"敢问娘娘，您所希望见到的是什么结果？"

江心月眸色一紧，道："最好，惠妃一辈子都待在重华宫。一旦那边有什么异动，你就要及早告知我，我才可应对。"

"是。娘娘放心，奴婢会做好。"

纵然宫内有些许的烦杂，江心月这一胎仍是风平浪静，安安稳稳。

而宸妃，那个干练而聪颖的女子，她跟随良妃学宫务，几月下来就能独当一面。

连绵的阴雨终于停歇，这日天气放晴，外头十分清爽怡人，连前院花围内十分娇贵难养活的榆叶丁香也在春雨过后，从顶上结出一盏一盏浅紫的五叶花灯。江心月午睡醒来，和周乳娘一同哄睡了媛媛，正看着殿内几个宫女坐着打络子。年轻的女孩子都手巧，满把攥着五颜六色的珠线、鼠线、金线，全凭十个手指头，往来不停地编织，挑、钩、拢、合，编织成各色繁复而有趣的图案，看得江心月满眼都是艳羡。

她将媛媛交由周乳娘抱回去，便心痒难耐地坐在宫女们中间，要她们教她。几个宫女拘谨地起身不敢与她同坐，菊香却打趣道："主子您甭费这心思了，谁不知您在丝线上的'功夫'啊！"

江心月立刻鼓起了嘴巴，她绣工极差，编织的功夫也是如此，总之与丝线有关的都讨不了好。

今日还偏偏要学。她令众人坐下，自己拿了一把银丝来编。她身侧的冰绡正在用长针把线的一头钉在坐垫上，另一端用牙把主轴线咬紧、绷直，十个手指往来如飞。江心月看得眼睛都呆了，道："这是个大蝙蝠啊！和咱启祥宫门外飞的活蝙蝠一模一样！"

冰绡笑道："奴婢也就会这点子手艺，编一个博公主一笑罢了。"

江心月拿在手里，"啧啧"赞叹了好一通。此时却有一道姣好的女子的声色，在殿门处突兀地响起，道："你这里虽受着冷落，却依旧热闹。"

江心月蓦然抬头，却见良妃颀长而娉婷的身子站在重重飞檐之下，也不晓得是何时进来的。江心月不觉道："姐姐来了也不通传一声，唬了我一跳。"

良妃淡然一笑，漫不经心地道："也没什么，路过你这里就想进来看看了。"

殿内的宫女们自然不敢再坐着，纷纷找了自己的位子侍立。菊香收拾了案几上的丝线请良妃坐下。

方才的热闹仿佛突然地消散不见，大殿里沉静如水。午后柔和的光线照得满眼皆是明媚，案几上的一株金盏菊仿佛随着那光辉颤了两颤，于悠然静谧中滑出一抹沁人的幽香，萦萦绕在鼻尖底下。

"良姐姐——宸妃如今掌宫，倒是很好。"江心月率先开了口。

良妃扣在案几边缘的五指倏地一缩，道："皇后与宸妃……其实我也明白，我只是一个被用来制衡六宫的棋子，怎能与皇后、与宸妃相较？皇后与宸妃之间……我如今除了帮衬宸妃，还能怎样呢？"

"姐姐做得很好。"江心月拢了拢鬓间的珠花，淡笑道，"她们二人与我均不和，但皇后，是绝不可与之同谋的。姐姐，我如今落魄，毫无价值可言，但你还念着往昔的情分特地来向我解释，我已经很感激。"

"你说的什么话……"良妃趋前了身子，一手握住她的小臂道，"你至少还有龙嗣啊！"

"龙嗣又如何！恐怕……恐怕我生产后，孩子会被交与宸妃抚育！"江心月咬紧了唇，面上泛起一阵无力的苍白，她俯身在良妃耳边低低道，"皇上一向无情。宸妃是他拉拢拓跋氏的棋子，皇后是他稳固上官氏的棋子和平衡六宫的工具，只有我……我没什么用处了！在后宫我再如何挣扎，也争不过朝堂的权谋啊！皇上……"

良妃骇然，忙捂住她的嘴："皇上岂是可随意议论的！"

江心月方才缓了下来，极淡然而缓慢地道："我并不慌乱。至少我是孩子们的母亲，皇上也会给我几分体面。到时候，我在宫中与世无争就好。"

半晌，良妃长长叹息一声，抬手悄然掩面道："我还记得你初进宫那会儿，人人传言你容貌过于妖冶，侍奉皇上时也有媚惑之态……但你看这后宫里，多少女子毓秀名门，容颜端庄，却表里不一，做下那些不是人做出的事……你和她们不一样，所以我对你也有些喜欢的。"

江心月此时不知如何言语，只能愈加紧握着良妃的手。

静默片刻，良妃突地又道："宸妃她……其实她不该来这宫里的。"

"宸妃……"江心月喃喃地念着，缓缓地，她微阖上眼帘，道，"宸妃对皇上，唉——不说也罢，咱们看得清，她却看不清。"

"是呢。宸妃在宫里颇有结怨，其实她这个人并不是多么难相处，而是……"说着良妃已经不敢说下去。若不是皇上从中作梗，那些嫔妃也不会纷纷怨怼宸妃。

第十三章
生产

二人正坐着，不觉殿外有大队的仪仗，再朝外望去时，却见是皇帝进来了，他的身后还跟着皇后。江心月边起身边有些许的怔忡，她的启祥宫冷了这么久，皇帝竟还肯来。

身子被良妃猛地一拽，她方才回过神来，行礼接驾。皇帝十分安静地缓缓踱步到她的近前，并没有伸手来扶，只是道一声"免礼"。

皇帝今日着的是闲暇时的白锦常服，头上的紫金白玉冠熠熠生辉，像极了悠闲贵公子的装束。而他的面孔是冷硬坚毅的线条，下颌棱角分明，本就是武者一般魄力非凡的气质，而那眉毛与胡楂都被精心地打理过，更显得他英勇神武了。启祥宫的几个年轻的宫女在殿外侍立着，目色都不由自主地朝这边瞥过来，眸中满是钦慕。

这样的男子，又有着天下至尊的身份，怪不得那些年轻女子们会稀里糊涂陷进温柔陷阱里去。而江心月并不在意皇帝以什么样的外表出现在自己面前——他龙威赫赫时令人胆寒，他丰神俊朗时她也不会多看一眼。她只是小心翼翼地站在距离他稍远的一旁，低眉敛目，神色谦卑——作为妾，她是应当卑微地侍奉他的。

王云海在殿外打了个哈欠，暗自咕哝着："女为悦己者容，不想这话还能用在男人身上……"

皇后扶着皇帝在主位上坐下，由良妃为皇帝上了茶。他这样静坐片刻，江心月不愿意讲话，良妃也是个一贯沉静的，这大殿里静如止水，还有些压抑的味道。

室内没有香料，那些东西在莲妃有孕后统统都不用了。此时殿内飘着一股甜丝丝的蜜瓜的香气，萦萦地绕在人的鼻尖上，闻起来极舒服——那是启祥宫以果香代替焚香。

皇帝有些尴尬，他今日是心痒难耐才来启祥宫，只想好好看看江心月。然而他对她刻意冷落了许久，此时心痒，却不知该说什么。

皇后瞧着江心月与皇帝均不说话的样子，淡笑一声，对江心月关切道："皇上与本宫今日是特地来看莲妃的。莲妃如今的身子还好？"

"谢皇后娘娘。臣妾与胎儿都安好。"

皇帝仿佛终于找到了话说，他跟着道："嗯，这就好。"

他的声色仍很淡泊。

"谢皇上，胎儿一切都好。"江心月同样淡漠，将对皇后的回答略微修改了一下，才答给皇帝。她知皇帝来一趟，只是看重她的龙嗣，对她怎会有什么情分。

她的胎儿确实很好。齐院使和医女、嬷嬷们都十分尽心。

而后，皇帝例行公事一般地询问侍奉江心月的医女和嬷嬷，问她们龙嗣的情况。医女对皇帝回话道："娘娘的身孕已经六个月了，然除了身子笨重，脚踝有些许浮肿外，没有其余不适的症状。"

皇帝点头，道一声："好好给你们主子安胎。"

说完这一句，他起身，对外头散漫地招了招手道："去关雎宫吧，朕今日答应了凌儿一同用膳的。皇后，你也回宫吧。"

皇后笑着送皇帝出去，转身，却将目光定在江心月的小腹上，慈爱地道："希望莲妃这一胎能一直安稳下去。"

她慈爱的样子，看上去便是一位淑惠的贤后。然而江心月却有些不安，因为皇后眼角的抽动与面颊的僵硬无法瞒过她。

自从宸妃入宫后，皇后对她莲妃虽厌恶，但再也没有因她而动什么大气。通常，皇后面对她时会神色倨傲，眼眸斜视以表不屑。但她的眼角抽动，则是心中抑郁或恼怒到极致的表现。

让江心月更不安的是，皇后的眼角发泄着无比的恼怒，面上却极力抑制，并表现出极温婉柔和的神情。此时她落魄，难道皇后对她还需要隐忍什么么？

她想不通，便只好不去想了。

帝后二人走后，良妃蓄着一抹淡淡的无奈与伤怀，凑近了江心月身边对她道：

"不要灰心，若诞下的是位皇子，皇上看着孩子高兴，你也就翻身了呢。"

"我不在乎。"江心月回眸，突地露出极为清澈的笑，那笑很美，"我哪里求权势地位，只求我的亲人能够平安。看着皇后与宸妃二人互斗，我很闲适呢。"

良妃看着她的笑，还想再说什么，江心月却又道："咦？良姐姐，方才皇上唤宸妃为'凌儿'？"

良妃的目色倏地黯然了，有些尴尬地道："不过是皇上喜欢这么叫。"

之后二人均不再说话。凌儿，谁不知是因莲妃、宸妃二人的闺名中有一相同的"心"字，按着皇上所言，是江心月犯了宸妃的名讳。皇上对宸妃无论真心假意，这一份恩宠当真是叫人艳羡的。

江心月沉静而安然地坐着，品尝这些寂寞与落魄。

她沉默良久，突地又道："听闻戚嫔解了禁足了。她也是有些手段的人，如今皇上常常会去哄她说些情话，让她安心养胎。唉——她有孕，终究是荣光的。"

同样是有孕，戚嫔可比她好得太多。皇帝来她这里，只是草草了事。

戚嫔住在良妃的衍庆宫，她虽不是个无事生非、唯恐天下不乱的主，但也实实是不安分，良妃并不喜她。此时良妃不知如何劝慰江心月，静默半晌，终于缓慢地道："你的庶妹涵宝林如今很得帝心。安贵人、周采女一众失宠，戚嫔有孕不能侍寝，涵宝林如今早压过了景嫔、徐婕妤几人，甚至柔容华也不如她。除了上头的宸妃，她已经算得上隆宠。"

江心月这才有些笑颜，点头道："这就好，没有枉费我的教导。"

日子一日日地过去，江心月就这么安稳地、安稳地养胎。

其间皇帝再也没有来，倒是皇后贤淑体贴，几次前来探望她，还赏赐与她很多珍稀的补品。

江心月不认为皇后的目的是笼络她，以求共同应对宸妃。因为她每次前来，神情均似那一日与皇帝一同来时的样子，怒极却又隐忍至极。江心月笑着受她的赏赐，却从不敢将那些珍贵的东西入口，即使齐院使一再检验均无什么异样。

到了明德十二年的八月，启祥宫里的金桂香飘十里，江心月坐在院内的石凳上，掬起双手捧起一捧浸透了阳光的晒干的桂花，将它们装在一只未完成的香囊中。

媛媛坐在她身侧，左手里拿着冰绡给编的大蝙蝠，右手拽着冰绡的臂膀吵闹道："再给我编一个大金鲤鱼吧！"

江心月正要叫她不要吵，却突觉一阵剧烈而令人眩晕的疼痛，她"啊"的一声惊呼出来。

她临产的日子就是这几日了，启祥宫上下早已准备稳妥，一众稳婆、医女均寸步不离地守在她身侧。医女上前摸了她的脉，之后就吩咐道："快将娘娘挪到殿内，冰绡姑娘去请齐院使……"

江心月觉得很痛，然而这样的痛比起生媛媛时要轻得太多了。她深深地呼吸着，唇角却溢出一抹喜悦而欣然的笑意——上苍眷顾，这一胎如此安稳，如今终于有结果了……

她尽量平稳地躺着，一阵一阵的痛苦袭来，她透过高悬的华贵帷幔，看到繁多却不杂乱的下人们在为她忙碌。不多时，宫女对她禀报齐院使并两个医官已到，皇帝与皇后也来了。

涵宝林被特允进殿内，作为"亲妹妹"来照料江心月。她握着江心月的手，一字一顿地道："长姊，您一定要安稳地产下皇子，这样才有翻身的可能。"

　　江心月疲惫地一笑道："这谁说得准……不过谢你吉言了。"

　　"我就在这守着，您要努力……您不知这几个月，皇上虽宠爱我，但是宸妃她对我步步紧逼，皇后也极厌恶我，所以长姊您一定要顺利生产……"

　　"你辛苦了。"江心月柔和地道。虽然江心妍这话有些自私，但江心月也没觉得不悦，她也只是利用她而已。她失势后江心妍就失去了倚仗，自然辛苦。

外面除了皇帝、皇后，协理六宫的宸妃与良妃也在。

一切都很顺利。接生的几位嬷嬷都是极熟练的人，江心月很快就感觉到下体温热的潮湿，那剧痛越来越强烈，她也呼喊得愈来愈大声。江心妍陪着江心月，与她说话，半个时辰过去后，良妃竟然也挑了帘进内，她坐下道："你喊得声音大，皇后娘娘特地叫我也过来陪着呢。"

江心月极勉强地笑道："我谢你……我喊得大声，是因为已经开始生产了。你和心妍都在这里，我很安心。"

殿内没有焚香，连水果也撤走了，宫女端着热水进殿，里面便有温润的热气氤氲着，室内飘着产房特有的味道，除此之外再无其他。

皇帝在外等着，眉头微蹙。宸妃吩咐人端了一碗苦丁茶来为他舒缓心绪，然而她拿着茶的手微微颤抖，一个不小心将茶碗洒在了皇帝的外袍上。

"皇上恕罪！皇上没有烫到么？"宸妃惊惶地跪在地上，用绢帕去擦拭赭色龙袍之上黯淡的污渍。

"宸妃妹妹今日为何这么慌乱啊！"皇后在侧轻笑出声。

皇帝一把搀起宸妃，道："不过是洒了一碗茶，脏了件衣裳，朕没有烫到。倒是凌儿你的手有没有烫到？"

皇后的面色一暗，继而刻意撇过面往殿内看去，装作担忧的样子。

"没有。臣妾服侍皇上去更衣吧。"宸妃低头诺诺道。此时她的面色比皇后也好不了多少，即使皇帝如今宠爱，比起启祥宫里头呼痛的那一位来，她仍是万分不甘。这没有办法，身为女子无法为心爱的人生儿育女是件残酷的事，但她只能忍受。

皇帝将她的手圈在手心内往偏殿去更衣。皇帝走着，最后仍是有几分担忧地往主殿投来一瞥。他隐隐有些不安。

就在他踏进偏殿，要合上殿门之时，从主殿响起一声恐惧的尖叫："快来人啊，娘娘是难产……"

皇帝顿时疾奔过去。殿内，影影绰绰的人影纷杂地移动着，几个医女一窝蜂地扑在床榻前，涵宝林和良妃因此变故而惊惧不已，被心神急切的医女和嬷嬷们推挤至一旁，一点忙也帮不上。

启祥宫顿时乱了。江心月此时是撕心裂肺的惨痛和苍白无力的绝望。汗水和泪水同时在她的脸上蔓延，她听到外面杂乱的喧嚣，听到御医们惶恐的告罪声，还有皇帝怒极的声音："方才不是顺产么！怎么会有变故！"

然后是皇后同样带着怒气地道："若莲妃有个三长两短，启祥宫上下宫人都打发到辛者库去！"

那些痛苦把江心月整个湮没了，从下体流失的血也快速地抽走她的生命。难产，难产？怎会如此……她且惊且惧，然而，怔忡的瞬间，她面前的人影已经模糊……

突然有人死死地扣住她的左臂，那寸长的指甲扎进来，将她的皮肉都捅破了。她猛地睁大了眼睛，菊香伏在她耳边道："您深呼吸，使劲吸几口气，再咬住舌头，就不会晕过去……娘娘，请不要死……"

不要死……当然不可以死！她大口大口艰难地喘息着，那空气是湿润而温热的，没有一丝香料的味道，呼吸时只觉得很干净。然而，每一口吸进去，她的嗓子眼里都要涌出些腥臭的气息。她空洞无神的明眸睁得大大的，定在床檐上垂下的两只大红五福锦鲤，那样喜庆的红色，却和那血液是同样的颜色……

她的两只臂膀再也无力抓住那垂下的白色的软绫锦带。她的思想一分一分地凝滞着，渐渐地她的意识越来越模糊，也早已无法思考些什么。然而那从肺腑之中散发出来的鲜腥的味道，根本不必思考便知是中毒的表现，何况江心月粗通医理。这岂止难产，难产是因为中毒……巨大的恐惧湮没了她的整个心神，她的呼吸越来越急促，疼痛越来越疯狂，那种痛，简直如抽筋拔骨一般，这世上的地狱也不过如此吧。

　　她的大脑僵硬地想着——今日的空气里好干净，连她一贯喜好的果香都没有……

　　她在昏迷过去之前，最后一眼看到的便是皇帝不顾礼法闯进内殿的急促的步子。她想说些什么，然而她突地止不住地咳嗽起来，咳得她五脏六腑都在震颤，之后一口黑紫的鲜血从她口中涌出。她无力地陷入最后的麻木，再也无法去抗争什么了。

　　殿外的皇后显然比皇帝冷静得多。她喝止住几个手脚慌乱的宫人，威声道："来人，多分派一些产婆来此。"

　　此时涵宝林与良妃却从中步出，良妃急切道："皇后娘娘，此时叫产婆有何用？莲妃不是简单的难产，她是中毒！应将殿内的宫女全部遣出，只留一两个接生的嬷嬷，再多传召一些医女来帮三位御医治疗莲妃！"

　　皇后见二人出来，脸色倏地一变，面目上有些忽明忽暗的闪烁之色。她沉着声道："你们二人出来做什么？涵宝林，你快进去将皇上劝回来，帝王进血房不合礼法；良妃，你平日一贯稳重，此时殿内有些乱，你应进去守着……"

　　良妃蹙眉道："里面的人太多，臣妾们进去了只会添乱，皇后娘娘……"

　　殿内响起此起彼伏的尖叫声，有胆小的宫女不顾礼法地呼喊道："娘娘吐血了，娘娘……"

　　皇后的凤目婉转地看向里面，那帷幕与珠帘之下是影影绰绰慌乱的人影。涵宝林已经急得眼泪都出来了，她"咚"的一声将膝盖磕在台阶上，叩头道："皇后娘娘，求您传召擅解毒的御医来此吧，殿内除了齐院使，那两位协助的医官均是妇科的，哪里精通解毒，齐院使一人又手忙脚乱，还有殿内的医女也不够啊……"

皇后正欲命人拉开她，然皇帝却很快从内出来，大声道："将里面的人全给朕拉出去，看押起来……"

人总是生于忧患死于安乐，郑昀睿、江心月还有启祥宫上下都未料到会有这样的变故发生。

菊香听到齐院使口中说出的那两个字之后，她只觉天都快塌了下来。

齐院使说，莲妃和肚里的皇嗣均中了"凶夭"的毒。明德帝大怒。

"凶夭"二字如一只沉重的铁锤，从天而降砸碎了启祥宫所有的平和与娴静，也砸得满宫震颤。这么多日来都安安稳稳，然而最后的关头，江心月竟然连丝毫的挣扎都做不了。

明德八年的时候，"凶夭"一案并未害死哪位皇子公主或哪位有孕的宫妃，但那个极神秘阴狠的方子仍被很多人铭记。这一次，宫内的人们都觉莲妃不可能有生机。

然而很幸运地，齐院使从古籍中发现了"凶夭"的解药。已经在床榻上挣扎了一天一夜的莲妃，终于起死回生。

明德十二年八月二十日，莲妃诞下四皇子，赐名润。当日钦天监言"紫薇坦[1]有祥光五彩之气"，帝大悦，言四皇子的降生是皇室福泽。

第二日，莲妃晋位从一品德妃。六宫上下宫人各赏一个月的月例，绸缎一匹，启祥宫上下各赏三月月例，绸缎十匹。

莲德妃中毒命悬一线，九死一生，此时不仅平安且受圣上隆恩，荣极一时。宫内诸妃皆侧目，妒其恩宠。

然而还好，四皇子被赐的名字很平常，寓意祥和，没有什么登帝位的期盼。

江心月是在晋位的旨意传下之后醒来的，看到满殿的宫人均喜极而泣。

菊香给她看了四皇子润儿，那孩子正躺在乳母怀里贪婪地吮吸，他初生的粉红色的皮肤仿若透明一般，那样脆弱。

---

[1]紫薇坦：星相，寓旨皇室。

第十五章 事变（二）

　　江心月向前伸出手去，颤颤地将手指触到小孩子小小的脸颊上。那孩子专心吮着乳汁，也不哭，只略略动了下身子作为回应。她疲倦地一扯嘴角，道："我竟然还有命看到他。"

　　她本以为，受冷落不露锋芒就是一种保护，她以为她日后会永远平安而默默无闻地在宫内生活下去，即使四皇子被宸妃收养，只要他能平安长大，江心月也心甘情愿。然而，她错了，她不知为何无比落魄却仍要被杀戮。

　　也许这就是深宫无可改变的命运吧。

　　菊香握着她的手，哽咽道："娘娘放心，毒已经解了。小皇子一点事也没有。"

　　此时媛媛也被乳母领过来，宫人们不敢告诉她母亲中毒的事情，她只是欣喜地爬上江心月的床榻，瞪着大眼睛去瞧新生的弟弟。

　　江心月看着自己的儿女们，笑得越发温柔，她的手指放在四皇子的脸颊上不肯移开。终于四皇子不喜欢她的手指，小脑袋一侧，细细弱弱地哭了起来。

　　江心月突地有些惊骇，她失声道："他的哭声为何这么弱？"

菊香见掩饰不住，终于落泪道："娘娘，娘娘您千万不要担心，是因为中毒影响了您的生产，四皇子才会体弱。然而齐院使妙手回春，毒已经解了，四皇子体内也没有余毒，日后只要好好调养很快就会恢复的。"

此时江心月的头脑才清醒过来，她问菊香道："是什么毒？"

菊香将头深深地低下，吐出两个字："凶夭。"

仿佛黑夜中"咔嚓"的一声闪电，将苍穹猛烈地劈开。江心月的手倏地一把拽住了床沿，死死地用指甲扣着。她想起那一年，那一年怡和宫里狠狠被掷在地上的一锅"雪蛤红枣鲷鱼汤"，那一年殿外鹅毛般倾泻而下的大雪，那一年慎刑司阴冷而黑暗的牢房，那一年审讯室里的鞭子抽在身上的声音……

花影对此毒的描述是：可使孕妇流产，幼儿中毒，均难逃一死。它的奇妙之处有二，一在于其毒辣非常，不必入口，闻其味便可杀人；二在于只对孕妇和孩子有效。

那种奇毒没有味道也没有颜色，她一直恐惧，她知道这东西的毒效一定是极猛烈的，所以当年她才会救人。然而如今她终于知道这东西用在身上会有什么样的效果了。

真是疼得生不如死，嘴里不光是血腥，还有腐臭，那口黑紫的毒血喷出来，血液沾在她的嘴唇上，嘴唇都会觉得疼。

那一年她死里逃生，却不承想多年之后她仍然逃不过那东西的毒手。菊香在侧劝慰着她道："娘娘，您不要怕，这种奇毒狠辣凶猛，然一旦遇到解药就会被极力压制，被清得一干二净。所以您和四皇子的身体都绝对不会有事……"

江心月呆滞地静默半晌，方才喃喃地道：

"齐院使虽医术高明，然而……他还没有那么大的能耐吧……"

菊香愣了片刻，才回道："确实是齐院使立下大功。他是从古籍中发现的解药的配方。"

江心月摇头道："不可能。那一年出事的时候，我就知道宫里没有'凶夭'的解药。"

菊香答不上来，她不再说话了。江心月的身子毕竟很虚，她软软地靠在背后叠起的两个垫枕上，想了一会儿便觉头疼。她丢开了齐院使的事，再次问菊香道："是谁做下的？"

这一次，菊香的头低得更低了。她的声色几不可闻，却极其清晰。她说："是良妃。"

江心月先是一愣，继而嗤笑道："胡话。良妃如今怎样？她是被当成替罪羊，但皇帝应不会赐死她吧？"

她说话时透着隐隐的担忧，皇帝冷酷，赐死良妃的事也完全做得出来。不过良妃是左相的孙女，族中虽已经没有势力了，然皇上若有些良心，就应顾及左相曾经的恩德。

"你的聪慧，果真在我之上，瞬间就能猜出良妃的冤情。"菊香还未来得及说话，便从殿外闯进一紫衣女子，她身侧仅跟着一个宫女。

"宸妃娘娘？"江心月惊呼道。

"娘娘何必尊称于我。您原来是刚醒，很多消息还不灵通，连自个晋位都不知呢。"宸妃低低屈一礼，道，"臣妾给德妃娘娘请安。"

江心月听闻一声"德妃"，又是一阵惊愕，她半晌才道："皇上对本宫……"

"不错。你翻身了。"宸妃的笑容妖媚而冷冽。她平静地、絮絮地将皇帝对莲德妃的隆恩、对四皇子的隆恩如叙述历史一般地缓缓讲出来，然后满面冰冷地看着江心月惊愕的样子。

江心月惊多于喜，她与孩子历尽生死，如何欢喜得起来？然而她对那突如其来的皇宠，突如其来的什么"紫薇坦祥瑞"，确实十分惊愕。

宸妃讲完了，随即冷冷一哼道："你就当是大难不死，定有后福吧，你如今的荣耀，可是九死一生换来的。然而……"她说着面上的冷色更甚，道："你是捡回一条命，我也是捡回一条命。因为你，我才是差点万劫不复。"

"此话怎讲？我与我的孩子差点一尸两命，与你有关？"

宸妃逼视着她道："当然！你出事后，守在你殿内的良妃黎如身上被搜出了毒源，可盛装那东西的香囊是我赠予她的！那里头装的全是桂花，天知道怎会有'凶夭'毒粉跑进去！"

江心月看她良久，才挤出一丝苦笑道："我相信你的话。"

"谢你信我，我来此地无非是为了澄清自己。即使你我不和，我也最厌恶被无辜冤枉的感觉。"宸妃极疲倦地闭上眼睛，叹一声道，"我被推进这个血坑中，竭尽全力却仍是无力翻身，我找不出那个谋算者的漏洞。皇上没有办法，他拿良妃来替我背黑锅。良妃被褫夺封号贬为嫔，圈禁北三所，我这才捡回一条命。"

宸妃说完，惨然一笑道："我与良妃一同协理六宫，她的封号'良'字名副其实，她确实是个温良的人。她教我那些琐碎的宫务，帮衬我去应付皇后，虽然我们也只是利益相交，她也毕竟是在帮我。然而……然而我却害她至此。"

江心月一句话也说不出，她为良妃难过，更为她自己难过。

宸妃摇头叹息，忽而眸色一转，又是满面凌厉地盯着江心月道："钦天监里的那群老骨头，见人说人话，见鬼说鬼话，竟说四皇子是什么紫薇坦的祥瑞，皇上一高兴，您便成了德妃。这往后啊，皇上可就不能隆宠臣妾一人了……"她说着目色凛然："只是不知你用了什么手段蛊惑了皇上。"

"宸妃说完了话就请回吧。"江心月听她最后一句话心里极不悦，便冷下脸来下了逐客令。

"我很厌恶你。"宸妃斜斜地瞥着她道，"但我更厌恶凤昭宫的那一位。"

宸妃走后，江心月因说了太多的话，身子很虚，随即躺下歇息。

这一次生子，变数太多。中毒，得救，又得势，她这样静静地平躺在床榻上，内心的烦杂却汹涌着。她想着那"凶夭"剧毒，又想着晋位和封赏的无上荣耀。宠辱交替，宫闱沉浮，她如一叶孤舟一般起起落落，风浪翻涌。此时的她，心中只余劫后余生的惊悸和挣扎沉沦的疲倦。她心力交瘁，极深沉地睡了过去。

待到傍晚时，她才被唤醒起来，由菊香给她喂一些清粥。

之后，她将玉红、菊香、贵喜几个心腹全都叫进了大殿。她虽然身体仍很病弱，然她已经再也不得宁静了。

"凶夭"奇毒是她恐惧的噩梦，四皇子如今体弱也令她恨得咬牙，她命宫内所有的人手均开始彻查此事。菊香对她极详尽地描述道：

"当时是齐院使在良妃身上发现了不对劲的香囊，那香囊的确是宸妃赠予良妃的。娘娘生产当日，宸妃举止慌张，曾将茶碗都打翻在了皇上的衣服上……"

"可以理解，她是嫉恨我能够得子，不一定是因为非作歹而慌张。"江心月摇头道。

"您就这么相信宸妃？"

"比起皇后，我当然会选择相信她。"

第十六章　二

事变（二）

　　菊香继续说道："还有，因为宸妃当日的慌乱，皇后在审问时以此为借口，指宸妃为凶。且良妃与娘娘交好，宸妃与娘娘交恶，宸妃遂百口莫辩。

　　"还有，良妃之所以能够进殿，是皇后命她进去陪娘娘。之后良妃觉殿内人多，退出殿外，然皇后仍命她进去陪护娘娘。奴婢以为此事定是皇后所为，'凶夭'那样珍稀的东西，非位高权重者不能得……"

　　江心月打断她道："可以肯定为凶者是皇后，但是宸妃她都一丝漏洞都找不出，我若想以此将皇后扳倒恐怕也不易。我现在要查的不是皇后，是皇后的帮手。皇后的为人我太了解，她不可能自己去犯险，将毒粉用自己的手投进去，也不可能动用凤昭宫的宫人去做。所以，投毒之人另有人在。还有菊香，那东西使用时是有很多顾忌的，宫里有年幼的皇子、公主，所以良妃的那只香囊不可以早早地被塞进毒粉，只能在最后时刻才能下手。"

　　"娘娘是怀疑启祥宫有细作？"

　　"不一定。我生产时启祥宫人多手杂，医女、嬷嬷、御医都有机会来下手，特别是与良妃离得近的人。还有，那人可能是良妃的宫人，甚至可能在良妃的宫内下手后，良妃才来了启祥宫。"

　　"若是这样想去，那么良妃来启祥宫时，六宫中许多嫔妃皆来过启祥宫，她们是依着礼法来探望娘娘生产是否顺利。虽然她们很快被皇后命各自回宫，但她们毕竟来过，也和良妃同时站在殿外。娘娘，如此，这事情难查了。"

江心月叹一口气，又问道："那么澹台瑶仪呢？她来了没有？"

菊香略略回想了下，又同旁侧的玉红问了几句，才答道："纯容华也来过。还有，苏更衣也来过。苏更衣受冷后被满宫嗤笑，但她依旧有脸出宫。听闻她来时与皇后说了几句话，然皇后神色不耐烦，并未搭理她。"

"这也很合理。她每日晨省时都会苦苦哀求云岚，让她能够与皇后说上几句话。她是不想被皇后弃置。"江心月思忖着，却突地蹙了眉，"可是……她来的目的是为了见皇后，既然皇后不想理她，那么她就仍是一个弃子，就更不可能参与了投毒。"

"可是，谁知她与皇后不是在做戏呢？"

菊香的一句话，令江心月顿感事情实在太复杂。做戏？投毒的那人必然是在做戏的了，做得让谁都找不出漏洞。谁都有可能，谁都有下手的机会。

她叹息良久，终于道："接着查下去吧，没有线索，也要查。那个人在暗处，本宫在明处，必须把他找出来。还有，我们启祥宫最要紧。若说与良妃离得近，那就是在我殿内伺候我的宫人们离得最近！自己家门内出了细作，比什么都可怕。"

她说得严重，菊香听了也是一凛——那一年的小福子，还有那个被淑妃利用的宫女，都掀起了令人心惊的事端。她低低屈身，一字一顿道："娘娘放心，若那人在我们宫内，奴婢定会将他找出来。"

随着四皇子的出生，宫内的局势已经大变。莲妃东山再起，各宫嫔妃也都热络起来，启祥宫门庭若市。

皇帝对她宠眷优渥，亲赐的赏赐之多自不必说。然而他却没有跨入启祥宫一步。各宫嫔妃自然不会以为皇帝对莲德妃仍然有嫌隙，因为皇帝也未踏入她们的寝宫一步。

皇帝每日都在龙吟殿忙得天昏地暗。

皇后曾依着礼法，来探望过江心月。但是她的脸色极差，眉眼中对江心月的厌恶如锋芒毕露的刀光。她对江心月再也隐忍不住了。

那刀锋是从未有过的狠厉，江心月却丝毫不惧地迎着她的眸子，咬唇切齿道：

"皇后娘娘，四皇子如今是平安了，还得了紫薇坦的祥瑞福泽。这一切都是老天保佑。"

皇后闻言几乎站不住身子，她的面上如沉沉的夜色一般黯淡下去，江心月有些惊异地看着她这般神情，那黯淡的面孔竟然有深深的颓然与疲惫。

在她的印象中，皇后从来都是坚强果毅的，她被陈氏威胁着生死时也没有这般神情，更遑论一贯稳妥的她竟会因江心月一句带刺的话而站立不稳。

皇后定定站了片刻，没有说话，只是转身离去。江心月在其身后，嘴角狠厉地勾起，她默念道："我今生必取你性命。"

皇后前脚走后，后脚来探望江心月的兰贞告诉她道："宫中传闻，皇后已经失了帝心了。"

江心月再次惊愕道："怎会？即便皇上偏袒宸妃，本宫复起，皇后也不至于失宠。"

兰贞摇头道："谁知道是怎么回事呢。不过这几日皇帝都在龙吟殿日夜议事，皇后娘娘曾去送过夜宵，但皇上竟连食盒都给她退了出来。因此宫内盛传皇后娘娘失宠。"

江心月有些迷惑地点了点头。皇后如今到底怎么样，等她出了月子，再慢慢探究吧。

启祥宫的热闹不止于此。江家夫人再次入宫，获恩典在宫中居住二十日，看护照料德妃的月子。

这样的恩典，已经昭示了江心月不输于宸妃的隆宠。宫内人皆言四皇子的确福泽深厚，令受冷的莲妃自此翻身。

这一次林氏只带了阿媛一人来。江心月命人封锁了她中毒的消息，故而她们只知道为她欣喜，却不知她的生死劫难。

这种事情阿媛就不要再承受了吧。

林氏进内殿请安行礼，面上笑靥如花："德妃娘娘，皇上真是天恩浩荡，天恩浩荡！老爷他已经擢升了大理寺少卿！"

江心月微微一惊，脱口道："大理寺少卿？那可是要紧的差事。"

林氏掩饰不住喜色，眉眼都笑得眯成一条缝，道："可不是么！如今我们老爷也是京官了。京官与外放的官员相比，即使是同品级也尊贵很多呢！"

江心月撇过眼去不看林氏一副兴高采烈的嘴脸，继而有些疲累地调整了下身子。阿媛在她身边同坐着扶她。

她凝眉思忖了许久，方才正色道："母亲，请您将本宫的话带给父亲。"

林氏起身低首，恭谨地道："娘娘请吩咐。"

"官场险恶。请父亲不要贪功，不要激进，只求平安稳妥就好。"

江心月的话极明白清晰。林氏听了，也不反驳，只道："臣妇与老爷定将听从娘娘的意思。"

江心月轻颔了首，眯着眼瞧着她，她看到林氏低顺的眉眼中有如火光般跳跃的荧荧星芒，那是她无可掩饰的野心。林氏都是如此，可想而知，她所遵从的夫君江荀更不知是何等的野心。

江心月一声轻叹。不过若日后江家仍想跻身世家之列，还要问问她这位作为顶梁柱的德妃是否同意了。她与江家只是互相利用，江家人过得好不好与她半点干系都没有，只是江家既不能没落到令她在宫中无法立足，也不能官场冒进以致被姚家他们打压迫害，更不能强势崛起令帝王顾忌。

其实她所思虑的这些，对江家均是有益无害，只是她在这宫内看得清楚明白，江家身处朝廷的名利场，利欲熏心，倒看得不明白了。

她又说了些场面的套话，林氏也关切地与她说些四皇子的事情，片刻过后，她再懒得与林氏说话，命她下去看看四皇子。林氏面上的喜色甚浓，口中连连道："娘娘福泽深厚，总算给皇室添了一位皇子，日后前途无量啊……"

江心月看着她老态的背影嗤笑，四皇子是江家的皇外孙，多么大的荣耀，又是多么大的前途！

第十七章 阿媛 二

　　林氏出去后，殿内一众服侍的二等宫女也被遣了出去，只剩阿媛与菊香陪着。阿媛静静地坐着，双手规矩地在膝上交叠，面上也脱了少女的稚气，倒有几分沉稳娴静的感觉。

　　江心月看她这个样子，非但没有觉得高兴，反而心里极酸楚——若不是她经历了那件事，她也不会变得静默无言。然而，这样的成长又是所有官家女儿必须经历的。贵女生活的世界是利欲、黑暗、是非的纠葛交织，怎容许阿媛永远单纯。

　　涵宝林在林氏一众进宫后，就来启祥宫拜见。她对江心月行稽首大礼，贺她晋封之喜。

　　江心月不迭地道："都是自家姐妹，你行这么大的礼做什么？我还要感谢你那一日为了我与皇后相争。"

　　生产的那日，江心月已经中毒，皇后却命更多的产婆来启祥宫，想令大殿乱上加乱。听闻江心妍为了阻止皇后，膝盖都被磕破了。她的阻止虽没什么用，但还好有皇帝在，没容得皇后一手遮天。

　　江心妍淡笑道："嫔妾是您的妹妹，做这些事理所应当。只是今日，我们的母亲进宫来……"

江心月淡淡一笑，她早就知道江心妍今日的目的。她柔和地道："你放心，我会与母亲交代，为你的庶兄谋个一官半职。"

江心妍喜上眉梢，连连道："长姊曾教导妹妹要在这宫中争气。您如此提携，妹妹没齿难忘，定会竭力协助姐姐。"

江心月笑着点头："很好。你如今已经很争气了。"

她说的没错。如今的江心妍仍是极受宠的势头，皇帝忙于政务，她去龙吟殿送滋补的虎鞭汤时甚至得到了皇帝的赏赐，而很多宫妃去送吃食，皇帝看也不看就无趣地将食盒退了回来。

她心里为江心妍的争气而高兴。她瞥到江心妍的发髻，却有些惊疑地道："你为何佩戴莲花状的发簪？你平日不是喜欢百合花么？"

莲花是江心月经常佩戴的纹饰，因为她喜爱的是莲。其实她早已不喜爱这花了，但皇帝已经认准了这是她的喜好，她不好改动而已。

江心妍稍稍愣了下，才抬手正一正那支簪首为并蒂莲花的发簪，有些勉强地干笑道："长姊莫怪，只是妹妹一时兴起戴上罢了。"

宫妃之间，若穿了撞色的衣裳，或佩戴撞形的首饰，都是令人不喜的。宸妃隆宠，宫内有些女子便学着她的装束以求博宠，结果被宸妃厌恶反而失宠。但是江心妍是江心月所信任的庶妹，江心月当然不会责怪她，只随意说几句"你戴上也很合宜"之类的话。

之后，江心月叫她去偏殿看看母亲。江心妍笑得如沐春风，她行礼告退道："嫔妾真是想念母亲呢！"

江心月很扶持她，竟还给她羞辱林氏的机会。

不过林氏也只是江心月的工具而已。她对江心妍的承诺是真心的，那里头有她自己的考量——听闻那位三姨娘有些懦弱，被林氏欺辱打压至极。若她能取代林氏成为嫡妻，或许江家的野心会收敛一些。毕竟江荀野心勃勃多少是有林氏的原因。

殿内刚有些清净，便从前头又来了禀报，贤妃、安贵人、周采女、徐婕妤等人均在宫院中等候。江心月面上显出烦躁，菊香是极有眼力的人，未等主子说话便吩咐道：

"娘娘身子很倦，不便见客。"

传话的内监自是下去通禀了。但江心月刚被阿媛扶着歇下一会儿，就突地坐起来，道："方才小庆子说什么？是否贤妃也来了？"

菊香凝眉一沉思，才面有愧色地道："娘娘恕罪，奴婢耳朵不好使了。奴婢这就出去看看。"

安贵人一众趋炎附势之人也就罢了，但贤妃是从不喜欢四处走动的，她能来此也是有要紧事。况且江心月与贤妃的关系还算不错。

片刻，前堂有窸窸窣窣的脚步声，内殿的帘儿一掀，贤妃已端然立在江心月面前。她屈了身子行礼道："给德妃娘娘请安——"

菊香忙过去扶她，江心月不迭道："姐姐不要与我生分了，我的位分虽在姐姐之前，但我们同是从一品……"

贤妃一贯地淡淡道："礼法不可废，娘娘。"

江心月知她最守礼法，遂不再坚持，坐正身子受了她的礼。

阿媛按着臣女的礼法，也极规矩地向贤妃行礼。贤妃落座，目光便瞧在阿媛身上，瞧了片刻才笑道："这位就是二小姐吧？娘娘的妹妹与您一样，都是国色天香的美貌女子。"

阿媛自贤妃进殿就有些拘谨，她毕竟是没经历过什么大场面的，而贤妃又是高位。她早离了江心月的床榻，趁着行礼的工夫又往后退了几步，坐在贤妃座次对面偏下首的位置。

江心月谦逊道："姐姐说哪里话，家妹怎可称'国色'。"

"美貌是好，只是端庄守礼更重要。臣妾看，二小姐很守礼。"贤妃看着阿媛举止拘谨，反而有些欣然地道。

江心月听了心里倏地一跳，难道贤妃今日来的目的……难道岳建充此人对阿媛真这样上心？

她顿时有些不适的感觉。她虽然已经知道岳建充对阿媛有意，可是谈婚论嫁之事她根本未做好准备。她觉得阿媛的心性不够成熟，远远不如那些真正官宦人家的贵女，若早早地嫁与位高权重的岳家，受了欺凌可怎么好？

且，这大家族之间的联姻毕竟是不简单的……江心月想到这些，又甚觉头疼。岳家显赫，江家只是初露头角，这样的结合自然不是门当户对的。她越想越犯愁——这里头有多少家族的利益要考量，而阿媛，她也要承担这一切么？

世家大族的后院里，暗流涌动，钩心斗角，比皇宫之内也差不了多少。此时贤妃亲自上门来看阿媛，江心月才有些发惊——其实她更希望阿媛嫁与一位不甚显贵的人。

阿媛也知贤妃是岳建充的亲长姊。她猜出贤妃的来意，面上竟浮现出羞赧的淡粉颜色，低垂了头道："贤妃娘娘谬赞了……"

江心月多么眼尖，一见她这模样便什么都明白了，心里那些想法也不得不压抑了去。阿媛这孩子是真的对岳建充有意了，她怎好阻止。

贤妃面上说不上喜悦，也说不上沉闷，她只是较为满意地看着阿媛，然后吩咐身后的宫女将一些包着精致点心的食盒赠与阿媛。

之后，贤妃也没有多留，她客气地问了江心月身体可好，就告辞了。

阿媛垂首坐着，面上的红色仍没有褪去。江心月见屋里没有外人，遂对她挑明了道："你是真对岳大人有意么？你可想好，这是你一辈子最大的事。"

阿媛被她突然地这么一说，面上立即羞赧地挂不住了，吞吞吐吐道："姐姐，我，我……"

她一句清楚的话都没说得出来，但江心月看她那恨不得找个缝儿钻进去的样子，更是明白了她的心意。她轻言道："阿媛，岳家的权势不是我们江家小族可比的。你已经知道这宫内不是人过的日子，那世家大族里，日子也和这宫里差不多……"

她的话还没说完，没想到阿媛立即站了起来，急急道："姐姐，我不怕的，我这次进宫的时候，岳大人他还特意来宫里见我。他年轻有为，虽然样子丑了些，可是那些想高攀求富贵的女子多如牛毛，他都从不理睬。一般的男子，二十弱冠之后早会娶妻了，可他已经二十七岁了……"

江心月听她絮絮地说完，继而摇头苦笑道："你看看你，真是陷进去了，我是不能有丝毫的不满了。"

"姐姐！"阿媛以为她不同意，焦急万分地叫了起来。

江心月无奈一笑："我哪有不满！岳大人也是极有才干的人，且他是真心喜欢你，才会告知了贤妃。你既然倾心，就是有人阻拦我也会顺了你的心意。"

岳建充此人她确实满意。他极勤勉奋发，任职偏远地区的巡抚时励精图治，才得皇帝看重调任龙城，之后平步青云。而他在"明德宫变"中的睿智更是令人钦佩。最可贵的是，他不但未娶妻，连个妾室也没有。他前几年不纳妾是因他太过奋发，不肯分丝毫的精力至男女之事上，而这两年他已经叱咤朝堂，即使为了家门荣辱也应娶进一些贵女来笼络她们的家族，然而他仍未有婚约。

他是真在等着阿媛。

阿媛见长姊并不反对，立刻欣喜地坐下了，低着头不说话。

菊香在侧打开了食盒给主子们看。其内的点心确实是上品，但也均是得宠或高位的宫妃们素日吃的那些，并没有什么稀罕难得的。

贤妃此人没什么心机，也不会掩饰自己的思绪，她心里所想江心月一眼就能看透。此时她看这食盒，再想贤妃方才的神色，便觉出贤妃对阿媛的态度。她并不是非常喜欢阿媛，也不是不满意，只是她的弟弟确实执着，她才不得不接纳阿媛。她是规规矩矩的人，阿媛单纯谨慎，也合了她的心思。

而阿媛的纯美与良善，恐怕就是令岳建充倾心的所在了。

二十日后，林氏与二小姐出宫。

江心月的身子已经恢复了很多，她扶辇送家人直至顺贞门。在门前，她看到了岳建充等在那里。那半个肥胖的身子闪在回廊朱红色立柱的后面，伸着一颗脑袋来瞧渐行渐近的一众人，面上是极紧张的神色。

她不禁掩嘴笑了。岳建充肥得很丑，一贯是圆滑的样子，此时他紧张得满脸通红，额上冒汗，看起来只觉十分滑稽。他是重臣，是皇上跟前的红人，进宫时从来都众星拱月，人人曲意逢迎，哪会这般偷偷摸摸。

阿媛自是向她告别，深深地行礼后往宫门而去。江心月笑着看她被岳建充叫住，又捂着嘴偷笑两声，才命扶辇回宫。

她曾经为一个不属于她的男子痛苦万分，她这一生都没有资格拥有这般缱绻的真心，然而如今她的亲妹妹终于能得到这些了。

阿媛，请替我去享受这些珍贵吧。

第十八章　满月礼　二

明德十二年九月二十日，是四皇子的满月宴。

皇子满月的礼仪是极隆重的，尤其是宠眷优渥的四皇子。

江心月坐着八人抬的步辇，身后跟随着浩荡的仪仗，一路众星拱月一般来到交泰殿。她的身侧，是两顶高大而华贵的红缎曲柄伞，由有力的内监执着，是为从一品妃之首德妃的尊荣。

皇帝站在交泰殿殿门处，明朗的秋日照在他俊朗的面额上，他看着江心月下辇，然后朝她遥遥地伸出手来。江心月为莲嫔时，他也是这般姿态，那样的温柔缱绻的情意，那光辉中玉树临风的男子，让江心月看得一阵错愕。

她已经很久没有见到皇帝了，上一次见他，她还是受冷的莲妃，默默忍受皇帝一张淡漠无情的面孔。今日皇帝的宠溺，她还有些不适应。

她稍有呆滞，然而片刻她便再次端然而立。她一步一步昂首踏上由殿门直铺开来、足足有三丈长的红毯。她是个堪称国色的女子，更是那种妖媚如狐妖一般的美艳，她此时一身荣华，将皇帝身后同样按品大妆的皇后等人比得黯然失色。

她身后跟着的是乳母怀里以明黄色锦缎裹着的四皇子，那是多么明亮耀眼的颜色，这个皇子，又是受了紫薇坦福泽的庇佑。今日的盛宴，江心月期盼已久，她不仅仅是东山再起，她是浴火重生。

一心求安稳却仍遭人暗算，满身落魄却反而陷入最毒辣的祸患，那么从此以后，她会锋芒毕露，通身锐利，与那些胆敢谋害她的女子不死不休。

她缓缓地走着，那是宫中端庄而耐看的"莲步"，她这样一步一步地走近了皇帝。她终于站在了皇帝面前，俯身行礼，皇帝双手拉住她，道："朕多么高兴，能看到你好好地站在这里。"

她笑着道："皇上，臣妾如何舍得离开皇上呢？即便再多的磨难，臣妾都会竭力求生。"

皇帝眼眸一缩，大为欣喜。他盯着江心月故作妩媚的眉眼，他明明知道这是谎话，然而他仍是感动得一塌糊涂。

他是输得一塌糊涂了。

江心月转而向皇后行礼，她直直地盯着皇后阴冷而颓废的面容，笑得明媚鲜妍。

礼乐奏起，皇帝与她执手进殿。江心月的手中是男子暖暖的缱绻，她并不为所动，然而下一刻，她的耳边却也攀上了温热而柔情的气息——

皇帝对她说话，一字一顿声色低沉地道："江心月，你可知你这条命，需要朕用什么代价来换么……"

江心月一个激灵，然而皇帝的声音太过低沉，旁侧又是高声奏起的礼乐，她几乎听不清他到底说了什么。

凝滞的瞬间，皇帝已将她扶在自己的右手侧坐下。皇后位于左手侧，其下是嫔位以上的宫妃们分列两侧。而嫔位以下之人则只需在满月礼开始后前来恭贺、赠礼，之后即可回宫。

满殿喜色，入目均是大红的剪纸窗花与各色绘锦鲤、祥云、腾龙、鸾凤的高悬的灯笼。嫔妃与礼部的官员们齐声朝贺，贺四皇子满月之喜，贺大周皇室开枝散叶之喜。

四皇子被乳娘抱在大殿的中央，由重华宫一位上了年纪的、慈眉善目的老尼为他剃去胎发，旁侧有四皇子的八位教引嬷嬷侍立，为首的姜嬷嬷将皇子的胎发小心地封存于一只金丝绣四爪腾龙的锦囊中，另有掌礼司的主事内监高声宣读贺词，祝祷，这第一项剃胎发的礼数就极繁复。

按例，皇子要分配一位乳母，八位教引嬷嬷，数位宫女内监。乳母自然最要紧，四皇子的乳母阮氏是江心月从江家家奴中选出的，早早送进宫来考量了几月才敢派去伺候。八位教引嬷嬷也是打眼位子，皇帝本赏赐下来一众入宫早、资历高的心腹嬷嬷，然江心月不喜欢用旁人的心腹，为首的嬷嬷她便没要皇帝亲赐，而是用了自己忠心的人手姜嬷嬷。

此时四皇子不哭不闹，眨巴着机灵的小眼睛，安静地往坐在上首的父皇母妃那里望去。皇帝本怜他体弱，此时又见他乖巧，心里对这个历尽磨难的孩子更是疼惜万分。

皇后如泥胎木偶一般地静坐着，她面露喜色，然而那喜色全然是雕刻上去的一般，僵硬而没有生机。另一边的江心月正满面笑颜地看着受礼的四皇子，那内监所宣读的福瑞吉祥的语句虽然只是套话，然她仍万分喜悦，在心中随之默念，期盼她的润儿能如这祝词中写的一般，"福寿延绵""宏图有志"。

内监高亢的声色，如钟磬一般响在大殿之中。宣毕，皇帝满面喜色地踱步下去，抱紧了四皇子，在众人面前对江心月道："润儿是朕最珍爱的孩子。"

润儿降生时便"天有异象"，又是死里逃生才得活的皇子，皇帝最最珍爱他恐也是实话了。江心月极欢欣，嘴上却对皇帝娇嗔道："皇上有了润儿，可别将媛媛抛之脑后啊。"

皇帝被她逗笑，愈加溺爱地看向四皇子。殿内嫔妃均面有妒色，如今莲德妃一子一女均被皇帝珍爱，她竟还在大殿上如此炫耀，她们怎能不恨之入骨。但江心月转首便以凌厉的目色一一与她们对峙，就连宸妃那张最为艳羡与嫉恨的面孔她也丝毫不留情。

此时她再不是失势的莲妃了，她是天佑福泽的四皇子生母，宠眷优渥的莲德妃。她在盘算着，不日她就要夺回协理六宫大权。

第十九章
册封礼
二

之后，是叩拜、祈福、团寿等繁多的礼数。四皇子体弱，江心月怕他在殿内待久了不适，遂代替乳母亲自抱着他完成余下的礼节。

满月礼繁重而忙碌。江心月无时无刻不在欣赏皇后一张麻木而死寂的面孔，而皇帝连一个正视的眼神都不肯留给她，江心月遂知皇后的确失宠了。

然而再不得帝心，她也还是皇后，执掌六宫、手握重权的皇后，背后有着深得皇帝信任与重视的上官一族的支持的皇后。皇帝再冷落她，也要给她一份体面与敬重。

江心月只觉她与皇后的对峙，才刚刚开始，今后的日子只会愈来愈险。

礼毕已近黄昏时分，傍晚时分还有夜宴，整日下来，十分疲累忙碌。而江心月要照料体弱的四皇子，更是受累。待夜宴终于散去，皇帝见江心月劳累，怜惜地对她道："你身子刚好，不应受累。朕已经推迟了你的册封礼至十日后。"

皇帝体贴，江心月亦感激。然……稍作思量，她淡笑着回话道："册封礼也是极重，还是不要推迟了吧。"

从一品德妃的册封礼是定在四皇子满月礼的第二日，九月二十日与二十一日均是六辰值日的吉日。特别是九月二十一日，逐月长久之日，其道家祥瑞非比寻常。

然两个日子是挨在一起的，礼仪繁复当然会累。可是江心月却极喜欢这样的安排——双日同庆，才是最大的荣耀。且逐月长久之日也是不可错失的荣光。

如今她非但不怕锋芒太盛，反而十分热衷——她要立威，要拉拢势力，为她能够协理六宫积蓄力量，使她最终能够对抗皇后。之前她尽力避开锋芒是为了自保，然而，若所有的敌人都能被踩在脚下，若上官合子能够死在她面前，那不就是最大的自保么？

皇帝何尝不明白她所想，他思忖片刻，还是允了。

"北域真是不消停。"皇帝对她说着，面色凌厉之中透着疲倦，"朕这一月都没能去看你，今日总算政事清闲了些，否则连润儿的满月礼都要缺席了。"

皇帝身后的王云海是多精明的人，早命人备好龙驾预备着往启祥宫去。

江心月柔柔一笑道："宸妃娘娘也很思念皇上啊。"

"宸妃……"皇帝有些犹豫，他知江心月的意思，也知如今拓跋将军已经领军往北域戍边，他理应多偏爱宸妃一些。就算不去宸妃那儿，他也最应去丽妃那儿。

"皇上——"江心月再次劝着，做足了贤惠的姿态。宸妃，真是多亏了她的好兄长。不过……我们之间的博弈，也是来日方长的罢？

皇帝朝她一笑，终是点头，命龙驾往关睢宫而去。

江心月回了宫，一众宫人赶紧服侍她沐浴，歇息，以备第二日同样隆重的册封礼。

当第二日的黎明到来时，她已经撑着疲累的身子从榻上坐起，由数十名宫女侍奉她起身净面漱口。赤金牙云盆里漾着红艳艳的玫瑰香汁，玉红用一方绣孔雀纹的毛巾浸润了那水为她擦拭，只觉满面馥郁的芬芳。

玫瑰是艳丽的花儿，其芳香也是透着贵气的浓香，以往江心月不喜晨起用花瓣浸泡过的水来净面，最多用兰花或荷叶撒入水中。但今日她却用了玫瑰。

妆镜台上平摊着从一品德妃的金边绣九翟鸾凤祥云纹蜀锦吉服，那是极深沉的朱红色，虽不是正红，然也是正统尊贵，令人惧于直视。宽大的袖摆以金丝滚边，腰系玉革带，佩和田玉、吐蕃玛瑙天珠，上纹发明神鸟、麒麟等鸟兽，皆用密绣海棠含蕊图案，缀满雪色小珠。最耀目的是那前襟上镶满三十六颗东珠，颗颗浑圆硕大，乳白色的光泽一晃一晃的，晃着江心月的眼睛。

她从床榻上下来，用手覆上吉服领口处那颗个头最大、光泽云白且掺着金色的东珠，满面笑颜。伺候更衣的一个二等宫女在侧喜滋滋地道："娘娘有所不知，这一颗东珠是临江江底的一只'夹层蚌'所产，那小蚌被大蚌囫囵吞食后未死，在大蚌体内寄居，小蚌内的明珠才会有乳白中透着金光的颜色。这珠子十足珍贵，临江采珠人在采得此珠后曾模仿大蚌吞食小蚌的方法，希望再多得一些'金珠'，然一直未得如愿。这'金珠'，满宫上下仅此一颗呢！"

今日启祥宫上下均是喜色，一贯嘴上直爽的冰绡也不拘束，为讨主子开心便接了那宫女的话道："这真真是浑然天成，若人力强为想再得'金珠'谈何容易！可见这金珠的福泽只有娘娘才能享用呢！"她说着，殿内余下众人也随声附和。

江心月心里喜悦，听冰绡说得放肆也不动怒，只点了她的额头道："不许再这么说，本宫只是德妃而已。"

今日是册封礼，她的确十分欢欣。如今，这满目耀眼的荣华就是她的地位与权势，就是她自保的利器，她已经再也不畏惧什么了，在这宫墙内，默默无争于她来说根本是条死路，只有赌上一切地去争，才是唯一的出路。

一位极年迈的嬷嬷颤颤地由人扶着进殿，她屈身行礼，口中不卑不亢地道："老奴是来为娘娘梳一品大髻的……"

江心月看见她，神色突地一滞，忙双手亲自搀扶她起来，客气地道："徐娘是为先帝梳发的尚仪姑姑，本宫何德何能，要令您来为本宫梳妆。"

一品妃不同于普通妃妾，其册封礼极隆重，连梳头的姑姑都只能请宫内资历极高、手艺极精的宫人，而不能随意由自己宫的下人来伺候。启祥宫里早早地就候着这位梳头姑姑，只是想不到来者竟然会是徐娘。

徐娘抿嘴含笑，她虽年迈，但口齿仍十分清晰地道："老奴在这宫里许久未做事，这几年也都享着清福，真是怠懒了。这一遭娘娘晋德妃，是皇上亲自请了老奴来。娘娘，皇上待您真是不一般，您又诞下了小皇子，老奴能沾您和小皇子的祥瑞也是难得的喜事啊！"

江心月听着她的讨喜的话也很欢欣。徐娘所言"皇帝待她不一般"，她虽不甚赞同，但皇帝细心地指了徐娘来为她簪发，给她这样的荣耀，她也十分感激。她笑着拿过手边一柄和田玉精雕华云、锦鲤、麒麟、九翟的玉如意递与徐娘道："徐尚仪为本宫贺喜，这点薄礼就赠与你了。"

这如意虽很珍贵，但徐娘也知德妃心诚，遂推辞了两下就收了。她行事勤勉，已经坐在江心月特赐的高凳上，散开江心月的秀发，细细地涂上膏脂后绾发。徐娘不愧是宫里梳头手艺最顶尖的姑姑，她的十指灵巧非常，半点不似人老的样子，那手指上下翻飞之中，一个"惊鸿朝天髻"的雏形已经形成。

江心月对镜端坐，啧啧赞叹。外殿的长几上，玉红已经带着人上好了早膳，殿外的仪仗和轿辇也早已备好。满宫正一片忙碌，突地从外跑进一个稍显慌乱的内监，又急又乱地道："娘娘，衍庆宫里的戚嫔临产了……"

江心月将手中把玩的玉簪往镜台上重重一搁，虎着脸道："戚嫔临产与本宫的册封礼有何干系？小庆子，你忘了我们启祥宫的规矩了么？这般张皇行事，本宫看你这传话太监是不想做了！正好咱宫里缺几名粗役太监呢！"

小庆子额上冒着冷汗，磕头道："娘娘恕罪……那戚嫔娘娘，她是早产呐，如今状况堪忧，皇上十分焦急……"

江心月倏地醒悟过来，戚嫔的身子只有七个月，当然是早产。而她如今生产危急，皇上都忧心焦虑，她德妃还在宫苑内行隆重的册封礼？那她这个所谓的"德妃"，岂不是为了自己的荣耀置皇嗣安危于不顾？

江心月这么一想，当即怒火上涌，恨恨道："她这早产，可真是好巧的时候！"

第二十章 二 戚嫔生产

"娘娘息怒。"菊香忙劝慰道。

"本宫所怒的难道是所谓的'凑巧'么？"江心月强压下火气，道，"此时境况，我自然不能按着安排来隆重行礼。而如今戚嫔难产，保不准是哪个做下的龌龊事，要除掉戚嫔还不够，还要捎带着损了本宫……"

她从鼻中哼出一声："好了，如今我也没什么法子。玉红，你去凤昭宫禀报一声，道本宫自请册封礼从简，让内务府再做安排。"

玉红自是去禀报了。待江心月梳妆、盘发、定髻、更衣等做完，玉红便回来了，道一声："皇后娘娘允了。"

辰时，德妃起驾。那册封礼果然俭省无比，只需至太庙叩头，然后礼部的册封使宣读册文，最后接下德妃所用的金册、金宝便算礼成。原本，江心月最后必须至凤昭宫接受皇后的训导，然而皇后那边竟然传了话，道如今戚嫔与皇嗣性命堪忧，皇后早已至衍庆宫等待戚嫔生产，德妃的册封礼便免了这最后一步。

正一品妃的册封礼本应从清晨持续至午后，可如此一来，礼制不到一个时辰便结束了。

江心月听闻后几乎将牙咬碎——礼仪俭省就俭省罢，可缺了这最后的步骤，这册封礼就是不完整的，可不是俭省那么简单了。

她的册封礼寒碜简陋，定是会损她德妃的威望；而册封礼不完整，日后若遇到什么事端，那些有心思的人便会借机大做文章，道她不是名正言顺的正一品妃，给她使绊子。

菊香觑着江心月满面的怒色，小心地道："娘娘快回宫更衣吧，戚嫔那儿还等着您去。各宫的嫔妃都去了，虽然只是去走个探望的过程，露个脸便会回来，但总归是要去啊……"

"当然要去。"江心月咬着唇道，"本宫是搭上了一日的册封礼，来显示本宫对戚嫔和皇嗣的担忧。再不去，册封礼不是白白牺牲了！"

菊香忙命轿辇往启祥宫而去。方走了几步，却听主子道："慢着。我们不必回宫了，直接去衍庆宫。"

"娘娘，您这一身朝服……那一年还是婧容华的皇后娘娘生产时，莹贵嫔就是因装束过于华丽而被贬……"

"是啊娘娘……"玉红和菊香同时劝阻着。

江心月微微抬手，道："不必。本宫自有打算。你们快些走，越快越好。"

一众宫人再无话，几位轿夫均卖力地急急赶路，几乎是在小跑了。待到了衍庆宫，江心月在宫门外下辇，又双手揽起委地的裙摆，由两个宫女扶着她，匆忙而急切地前往戚嫔所居的穆宁轩。

穆宁轩的外殿中已坐了数位后妃。江心月突然之间闯进其中，且是头戴十四支雕凤纹、双凤口中衔红宝长串挑珠牌的赤金镂空大钗，惊鸿髻振翅双飞的羽翼之上佩着一品妃玉冠，身着大袖长裙的朝服，其烦琐贵气，盛气凌人，尤其是朝服之上那以一颗金色东珠为首的满镶的珠翠，玲珑炫目，逼得人不敢直视。

众妃皆惊异地望向她这身华服。江心月却似无事一般，向皇帝、皇后行礼问安。

皇后当即起身，蹙眉呵斥她道："莲德妃，如今戚嫔久久无法生产，境况危急，你这装束……你难道不知礼法么？"

皇后今日的服饰只是软锦琵琶襟的宫装，外裳罩一墨绿软烟罗翠衫，发髻上更是连凤钗步摇都未佩戴，更遑论东珠的首饰。她身侧坐着宸妃、贤妃、云淑媛几位高位的宫妃，她们也是天不亮被惊起来此，装束简约，发髻都梳得慌乱。

几位宫妃皆起身向江心月行礼。宸妃扯起嘴角一笑，道："皇后娘娘说哪里话。咱们德妃娘娘最是知礼谨慎，怎会出这等差错？"她说着，凤目流转地看向江心月，抬袖掩嘴，吃吃笑道："德妃娘娘怕是听错了消息，还以为皇嗣已经出生，才着了朝服来此庆贺吧！"

宸妃这话说得也巧妙，德妃平日知礼谨慎，那为何独独今日出差错呢？哪里是无心的差错，分明是有意为之啊！皇帝此时坐在上首，也是蹙蹙眉头，不发一言。

江心月睨了她一眼，方才向皇帝深深伏下身去，道："臣妾今日的装束确实不该，在此请罪了。臣妾本在行册封礼，然戚嫔妹妹如此艰难，臣妾于心难安，故特地俭省了礼仪。礼成后，臣妾实在心中太过焦急，便等不及回宫更衣直接来了这里……"

她言语稍有哽塞，那凄凄然的面色也是十足地为戚嫔难过一般。

她未说完，皇帝已经动容，起身至她面前双手扶起她道："你是过于担忧戚嫔，哪里有错。且你这么早就到了此地，那你的册封礼实在太俭省了些，还不足一个时辰便结束。"

江心月朝皇帝一笑，道："臣妾这一身实在不好，请皇上允臣妾去侧殿更衣。"一边又对几个侍立在侧的戚嫔的宫女道："本宫可否借用戚嫔平日的衣饰？"

几个宫女哪里敢拒绝，那为首的姑姑忙在前引路，领江心月去侧殿。

待她更衣过后回来，已经卸下满头珠翠，只斜插了一支和田玉雕莲花的簪子，并几朵珠花在发上。一身杏色素锦，盛气虽无，然她妩媚的倾城之色却愈加令人移不开眼。她朝着皇帝笑笑，又一手指了宸妃，高声道：

"你一身月白色宫装，难道是要诅咒戚嫔与皇嗣么！此时戚嫔难产，但还不到哭丧的时候！"

宸妃方才见她扭转局势，面色已然十分不悦。此时德妃拿了她来开刀，她只满面瞠目结舌，不知如何应对。其实她这一身宫装很是规矩，虽然颜色偏白了些，却不是纯白，算不上什么"诅咒"。可是，方才她与皇后对德妃发难、嘲讽，言语苛刻严厉，如今德妃挑她的不是，她要是辩驳岂不成了"只许州官放火，不许百姓点灯"一类？

她愤然而不知所措之间，江心月却娴雅大度地一笑，道："你不必惊慌，你这一身算不得素白，也是合宜的。不过偏白总归不好，日后你注意些就是。"

宸妃气得面色惨白，如今她是协理宫务的妃子，莲德妃虽位高，却无协理大权。此时她被德妃指责，自然威仪大损。

皇帝在侧听着，已经几次差点偷笑出声了。待这二人说完，他才咳了一声，道："方才朕听闻德妃还未请皇后教诲，这册封礼真是委屈了德妃。"他说着，正色道："德妃江氏入宫数载，其德行有目共睹。德妃这个位分，名副其实。"

皇帝已不需多说，众人心中都了然——若论德行，满宫之内确实难有人及得上德妃。德妃在为才人时，"凶天"一案为救皇子、公主被冤；后在陈氏动乱中揭发了废太后对孝颐显皇后（皇帝生母，追封为皇后）的罪行；她为贵嫔时，也因救叶氏的皇嗣有功被晋位。且德妃心善众所周知，其协理六宫时额外体谅众妃，每月还严加督查内务府分配的份例，以免他们苛待那些失宠的妃妾。

众人皆默然无言，皇后与宸妃面色都晦暗着。虽德妃今日的册封礼不完整，但有皇帝这句话，她德妃的位子就稳固非常，日后谁还能说一句什么"名分不实"呢？

江心月在皇帝的右手侧端坐。她的目的已达成，自是得意地瞥着皇后、宸妃二人。

内殿里，数名御医、产婆、医女都慌乱地忙碌着。皇帝与众人在外等了两个多时辰，里头的消息依然是"戚嫔难产，皇嗣被闷在体内，至今连头都没有露出来"。

皇帝愈加烦闷担忧，不禁呵斥了御医几句。待到午膳时分，皇后与宸妃均劝他移驾回宫，在这里苦等只会令龙体疲惫。皇帝虽担忧，但也没什么好法子，只好先与众妃回宫去，单留皇后、宸妃二人守着。

江心月最为疲累，两日的大礼下来，今日又遇上戚嫔的麻烦事，她只觉骨头都要散架了。听得皇上一声赦令，她忙扶着宫人回宫歇息。

然而几人还未跨出宫门，却从殿内传来一声喜极的惊呼："娘娘开始生产了！"

皇帝脚下一驻，继而满面喜色地匆匆回去，一姑姑对他禀道："皇上龙威庇佑，娘娘终于过了这道坎了……"

明德十二年九月二十一日，戚嫔诞下五皇子，赐名翊。

五皇子于大吉之日诞生，且戚嫔生产时有祥龙腾空遗梦，帝欣喜其福泽，第二日晋戚嫔为贵嫔，赐掌衍庆宫主位。

戚贵嫔晋位、封赏的消息晓谕六宫之时，江心月正在启祥宫的小厨房里亲自准备膳食。冰绡极不忿地在侧边回禀边抱怨地道：

"如今五皇子也是沾着祥瑞诞生，戚贵嫔可是风光了，那势头，一点不比咱们的四皇子差。什么祥龙遗梦，胡扯！咱们的娘娘那是钦天监亲言的紫薇坦祥瑞，她倒好，仿照着来了个遗梦来糊弄皇上，可别到时候画虎不成反类犬！"

江心月心里虽也不快，但听冰绡如此说，就不由冷了脸色斥责她道："嘴上越来越放肆了！戚贵嫔是主子，也是你能议论的？不仅议论，你竟还明面上折辱！"

宫内后妃倾轧，常会互相怨怼，但那都是在自个宫里悄声地说几句泄愤，哪有像冰绡这样口无遮拦地高声辱没。

冰绡受斥，自是不敢再说。她身后的菊香正挑了门帘进来，看冰绡这副样子就带着火气道："你说话忒不知规矩，上次罚了你，你却一点长进也无！给我下去，去粗役房做两月的苦工，若再有差池，就再别回主子跟前伺候。"

第二十一章 三
五皇子

江心月这一次没有心软地阻止，她知冰绡确实放肆了，不吃点苦头恐日后再犯。

冰绡已低着头面有愧色地退下。江心月转首对菊香叹息道："戚贵嫔也是因祸得福了。九月二十一日本就是大吉的日子，她又编出什么遗梦来哄骗皇上。且……她生产艰难，皇上额外怜惜。这么一来，她在宫里的势头是越发强盛。"

"如此，她的五皇子也是抢足了四皇子的风头了。"菊香也是苦笑着，道，"娘娘，戚贵嫔娘娘确有些手段。"

江心月嗤笑一声，道："祥龙腾空的遗梦也算是手段？皇上未必被她哄骗，只是四皇子、五皇子接连降生，皇上心里高兴，就顺着她罢了。"

"说的也是呢。"菊香帮着她备下打糕所用的糯米，道，"戚贵嫔这次得势，宫内已经颇有微词，那些嫔妃、宫女们议论的，也和冰绡说的差不多，什么画虎不成反类犬的，自然难听。"

江心月笑笑，道："她这祥龙遗梦的伎俩实在太矫情了些。"

戚贵嫔确实是个矫情的人，整日靠撒娇撒痴来侍奉郑昀睿，而郑昀睿竟然也吃她这一套，真是个喜好繁多的男人。但戚贵嫔也是受过苦难的人，她得宠有些年头了，却一直被废后陈氏压制，不得有孕也不敢有孕。如今陈家一倒，她的好日子才算到来，细心调养了两年被陈氏折腾坏的身子，终于有孕。

她效仿着四皇子，为五皇子争夺尊荣，江心月心里确实厌恶她。然而念及她多年的日子不好过，此次生子又遭人迫害，心里多少有些怜悯。

"不过，五皇子的名儿倒是奇怪。翊，辅佐也。一位皇子难道要辅佐谁么？"菊香突然地道。

"不要瞎猜。翊也可作恭敬之意。"

"恭敬更是不对劲啊！"

"这……我想不明白了。总之不要再议论这等事了。"江心月道。她在宫内行走数年，觉得最可笑的一事便是——皇上最爱想些虚名哄骗人。大皇子的"瑨"字最是尊贵，却不过是迷惑陈氏的障眼法。宸妃的关雎宫也是一样。要是信了这些虚名，才是掉进那圈套中了。

菊香"嗯"了一声，又笑道："倒是咱们四皇子的'润'很好，温润如玉，是个娴雅的名儿。"

江心月随意点了头。她轻哼一声，又低了声色道："不过戚贵嫔念念不忘的一宫主位的名分终于被她得到了，也算得上有手段。"

说到主位，菊香不由得黯然了神色："原本衍庆宫的主位是良妃娘娘……"

"良妃……哦不，如今是黎嫔了。"江心月摇头叹道。良妃是被皇上利用到极致了。若她仍是数年前默默无闻也无宠的良淑仪，如今还能过着安稳闲逸的日子呢。

自从良妃被赐予协理六宫大权以制衡皇后，她已经从后宫的角落里走向是非杀戮场。她如今被当成宸妃的替罪羊，一朝跌落，也是她参与了红颜战场之后不可避免的宿命。从头到尾，从掌宫到顶罪，她都是皇帝手中的布偶，当有所需的时候她就会被牺牲。

"那么娘娘您是想照应黎嫔，要将这些送去北三所那儿？"菊香指着江心月手中未完成的双色藕粉桂花糕道。

江心月并不善于料理，这些糕点、各色水晶包都是她在那位苏州厨子的帮衬下完成的。说是帮衬，不如说是她为那厨子打下手，然即使如此最后做出来的东西也因她的"捣乱"而不尽如人意。她笑着对菊香道："你真是聪慧，冰绡那丫头还以为我要亲手做了给皇上送去呢。我为皇上冲些宁心茶还拿得出手，真要让我准备膳食，皇上吃了恐怕再也不敢来咱启祥宫了。"

菊香笑过，又道："黎嫔娘娘那里……娘娘掌宫时就免不了结怨，与皇后针锋相对更是惹了皇后的恼恨。还有衍庆宫内的戚贵嫔之前也与她不睦。如今黎嫔幽闭北三所，落魄是其次，这性命安危……"

菊香说着不再说下去了。江心月端过手边一只青瓷玉釉小碗，将淘澄净的桂花香汁倒进糯米中，用象牙匙搅拌着，一边道："眼下我还不担心她的性命。宸妃对她有愧，暗中常照应她，还安插了几个人手在那边，短时间内她不会为人所害。"

"这倒也是。"菊香点头。

"娘娘，这一份蟹黄翠玉糖皮包的馅料已经做好了。"做厨子的内监来福在一旁道。

所谓蟹黄翠玉糖皮包，是以蟹黄为主料，以韭菜、鲜菇、茄丁、豆豉为辅料做成馅，以荷叶煮水的香汁掺进面粉中，再加入白糖为皮料，因皮色浅绿，遂称"翠玉糖皮"。江心月接过一瞧，笑道："你的手艺真令本宫羡慕。这还未下锅蒸，就已经闻之扑鼻，观之五彩斑斓。这就是你们做厨子所言的'色、香、味俱全'吧。"

来福忙低头谦逊地道"娘娘谬赞"。他是手脚伶俐、有眼力价儿的内监，一份份的馅料已经垫在一张张的翠玉糖皮上，糖皮也被他卷好、裹好，到时主子简单地一捏，将包子的口封上就成了。江心月却并不急着包，她先遣了来福退下，待小厨房内只剩她与菊香两个人时，她才从袖中取出一小条绣着字迹的绫锦布条，塞进其中一只小糖包内。

菊香骇然道："娘娘！如今黎嫔幽闭，不许人进去探望，这私自夹带消息也是不准的啊！"

"什么私自夹带！"江心月佯怒道，"你看看，那绫锦上写了什么？"

菊香用两指从那包子中将布条拈出，一看之下却是疑惑："'珍重自身，平安为上，切勿丧志……'娘娘，您对黎嫔说这些没用的话做什么？"

"当然是要她珍重喽。"江心月散漫道。

"娘娘别逗奴婢了！您到底想做什么？"菊香一脸的好奇与紧张。

江心月"扑哧"一声笑了，神秘地道："怎能单凭表面就做出判断呢？总之你定要亲自将这些糕点吃食送到黎嫔手中，且你要小心，不要让看管黎嫔的宫女发现了包子中的字条。她可是宸妃的人。"

菊香方想说什么，江心月又道："不过即使发现了也无事。你就放心地去送吧。"

"是，奴婢不问了。总之奴婢听从主子吩咐就成。"菊香笑着回话。

她将布条塞好，帮着江心月一同捏那糖皮。一边做活，她又想起了冰绡的事，道："主子，冰绡这一罚两个月，她本是在殿内伺候杂活的，虽不是什么要职，但也要有人顶上不是。您看咱宫里哪个人可行？"

"这个……"江心月犹豫着。这偌大的启祥宫，每个宫人的底细江心月均细细地查过，殿内伺候的菊香、玉红两个心腹自不必说，首领内监贵喜及几个掌管账簿、库房的内监她也都探查得一清二楚，最是放心。然而其余不是心腹的人，特别是殿外侍奉的人，她虽也查过，却算不得全然掌控。她静默半晌，才道："就语儿吧。菊香，她可行？"

菊香对宫内下人的了解比江心月要清楚。她思虑着道："语儿这丫头是去年进宫的宫女，一来就分到了咱启祥宫，并没伺候过别的主子，确实是个底细清白的……然她才十三岁，小了些，不够稳妥吧？奴婢看与她一同当差的紫芊、紫水两个还不错……"

"她们两个榆木疙瘩。"江心月摇头道，"我不是嫌她们不伶俐，伶俐的有你和玉红就够了，我只需要忠心。你可知道，会咬人的狗不叫。苏更衣在启祥宫后院为奴时，可不就是整日静默无言，装乖讨巧，最后却给我来那么一下子。语儿虽年少，但她没冰绡那么大胆嘴快，就留她吧。"

"主子说的也是。"菊香点头，道，"年少也容易调教，若语儿做得好，等冰绡回来也不必让她回去，就留内殿吧。"江心月点头应允。

　　身为嫔妃自是长日无聊，间或的节日筵席便是乐趣所在，遂后宫中除了逢年过节，平日也常会办些赏花的家宴。古人云"兰既春敷，菊又秋荣"，这一年宫里的菊开得好，皇后遂于九月三十日，在凤昭宫内设宴赏菊。

　　皇后说是赏菊，其实也是因宫内两位皇子接连降生，喜气盈盈，故而想趁势设宴博个福瑞的彩头。

　　已入深秋，龙城飒飒的北风吹过深宫的红墙金瓦、高檐大殿、亭台楼阁，那冷冽的寒气如冰雪一般深入骨髓。宫妃们即使爱美也不得不裹了宽大厚重的锦缎，连兰贞也不敢穿薄薄的丝织棉料了。

　　江心月与兰贞几个同行。她今日没有扶辇，只是一步一步地由宫人扶着走，风钻入她宽大的袖裳，将她一身浅紫浮光锦绣大朵牡丹宫装的裙摆和披帛吹得飘然扬起，苏绣丝织的绸缎带在她身侧纷飞着。黄昏的落霞在云梦湖面镀上滟滟的金光，碧波晃荡时跃动的芒点透着星星点点的晚霞的红色。湖畔历经百年沧桑的垂柳舞动着少女发丝一般的柔嫩枝条，江心月走在湖边，衬着湖中倒映的彩霞，旁侧是时不时碰上衣襟袖口的深翠色的柳枝，与她高高扬起的阔袖与缂带交错，远远看去，她如仙子一般有着五彩的羽翼，飘然行在仙境之中。

她身上所着的浮光锦是内务府那儿奉上的上品，料子金贵，自然不会冷。瑞安公主最是喜欢热闹，怎能老老实实待在宫里，也要跟着同去赏菊宴。她本应由周乳娘抱着，但她如今一日日地长大，十分讨厌时刻被人禁锢在怀里，走了一半的路程便闹着要下来自己走。江心月无法，看时候还早也不会迟到，就顺了她的心意。因为媛媛走不快，江心月与兰贞几人也只好迁就她，一行人均走得很慢。

旁侧间或有同路的各宫嫔妃，皆恭谨地向江心月行礼。有几个得宠的嫔妃曾在江心月受冷时冲撞过她，此时均神色忐忑不安，哆哆嗦嗦地道一声"德妃安"便匆匆前行而去。徐婕妤曾在晨省时当众奚落过江心月，她在一条岔路上好巧不巧地瞧见了这位德妃，竟吓得转身小跑回去，绕到另一条小路上去了。

兰贞在后面看着止不住笑："德妃娘娘如今是牛鬼蛇神，人人避之不及啊！"

江心月很想回头掐她，但她此时穿着一品妃的繁复的宫装，两侧还有曲柄伞的仪仗，她可不能为了兰贞这只捣乱的兔子失了气度。

"给莲德妃娘娘请安——"突地一声清冽而空旷的女子的声音在侧惊起，江心月转头一看，不禁哂笑："原来是纯容华。本宫已许久未见你了，听闻你染了风寒一直不能出宫，今日身子可好？"

"娘娘福泽庇佑，嫔妾已经无碍了。"澹台瑶仪说话的声音稍显沙哑，应是还未好全。

她说着，看向身后被乳母抱着的红色锦被包裹的女婴，对江心月道："德妃娘娘素来喜欢梨澈，今日是庆贺大周子嗣绵延的日子，几个孩子凑在一块儿，一定很热闹。"

江心月见她将静柔公主带来赴宴，心里越发厌恶，赏菊宴上不满周岁的女婴如何能参与？只是澹台瑶仪如今一心复宠，不择手段，稍有机会就必定要将公主带去给皇上瞧。

兰贞说话不留情面，见她提起公主更是讥讽道："纯容华曾惹怒皇上，如今复了位分又诞下公主，也算苦尽甘来了。然……"她话锋一转，掩袖笑道："我却听闻皇上并未踏足朝露阁，即使要看公主也是命人来接了去。不知纯容华这风寒是否是心中郁结所致？"

澹台瑶仪面色一白，虽愤懑至极，然碍着面前的德妃，她根本无从发作，只能以贝齿死死扣在下唇上隐忍着。但她毕竟风寒未愈，这样一动气，就抑制不住地咳了出来，她抬袖掩口，俯身剧烈而不间断地咳嗽着。

"她也真是可怜。"兰贞在江心月的旁侧低低道，"她这病拖了一个月了，本早就该好，但她偏要拖着，以为皇上能稍加怜悯。可是皇上看都懒得看她一眼呢。"

江心月这才明了，转首斜斜地看着澹台瑶仪，道："本宫记得，你初进宫时住在西福宫，主位禧贵嫔常常称病来夺宠。你那时候十分不屑她的行为，如今却也学上了？你可要记得，禧贵嫔不得好死，你别步了她的后尘。"

瑶仪听了身子一滞，继而咳得越发剧烈。她何尝想用这种方式争宠，无非是走投无路而已。如今皇后逼得又紧，她若不能复宠……若让她用静柔来夺宠，她更是万万不肯伤害孩子一分一毫的，遂别无他法。

她旁侧的宫女极心疼地用手去抚她的背，一边流着泪一边低声哽咽道："小主您还是回去罢，今日这样大的秋风，您为何要去凑热闹呢？就算不回去，咱们也快些走吧，德妃娘娘的安也请过了……"

江心月一听这宫女所言，却是有了几分兴趣。她只是低微的婢女，连她的主子纯容华都在德妃面前俯首低眉，她却敢为了主子说出这么一番话。她让纯容华快些离开德妃，是怕德妃加害纯容华，但她这样说出来，却会惹得德妃恼怒。

即便如此，江心月却没有丝毫想惩治她的意思，因她这份护主之心令人欣赏。只是……她如今看着这宫女，却骤然想起当年背叛瑶仪的阿珍……说来，她与澹台瑶仪今日所有的裂隙，都是以阿珍为源头的——是阿珍害死瑶仪的第一个孩子，牵连上江心月，瑶仪悲痛之中却还要为了保护江心月放任凶手。

阿珍的事，也令瑶仪幡然醒悟，明白这宫里再不可相信什么"姐妹"。

如果，当年的阿珍也能够如这名忠心的宫女一般就好了……也许那样，她和瑶仪就不会走到今天这一步。

江心月正出神地想着，一回神，她突地嗤笑出声——就算没有阿珍，也会有旁人，没有旁人，也会有上官一族对澹台一族的胁迫，有上官合子对澹台瑶仪的胁迫……这一切都是既成的宿命，是深宫之中杀戮场上的宿命，无可改变。

她不知是在嗤笑澹台瑶仪，还是在嗤笑她自己。

姐妹？这在宫里确实是不存在的。她朝澹台瑶仪冷冷一笑，不理她依旧干咳的样子，提步从她身侧走过。

就在此时，一个宫女极惊恐地高声呼喊道："瑞安公主——"

这喊声如惊雷乍起，那"瑞安"二字惊得江心月的一颗心几乎漏跳一拍，她猛然回头，继而就见媛媛跌倒在湖畔一处泥泞湿滑的地方，她身侧是同样跌倒的纯容华，还有半跪在地上，一手拉住媛媛的兰贞。

媛媛身前便是碧波万顷的云梦湖，她小小的额头已经触到那些水草，前身几乎是悬在湖畔之上；她的身子被澹台瑶仪和兰贞合力拽着，才不至于掉下去。

惶急而恐惧的瞬间，江心月疾奔过去，毫不留情地将澹台瑶仪往旁侧一拽，两手将媛媛拖至身前急急道："你伤着了没有？伤着了没有？"

在媛媛受惊又跌倒之后一声高过一声的哭喊中，她且惊且惧，她脚下的这一块地方是近水的泥沼，十分滑脚，这云梦湖虽是皇家池沼，但水深十数尺，若真跌下去……她不敢再想，两手紧紧抓着媛媛，由菊香几人扶着小心又小心地往后退步。她头上一支墨玉双凤鎏金钗上垂下的三寸流苏颤颤地晃动着，在她的颈上不住地滑动。

方退出了那一块湿滑的水畔，江心月心神惊惧后怕之下，不分青红皂白地便对澹台瑶仪厉喝道："你方才为何在媛媛的身侧！是不是你，是不是你推了媛媛！"

澹台瑶仪方才这么一跌之下，口里灌了好些冷冽的寒风，那咳嗽就犯得越发严重。两个丫鬟在她旁侧帮她顺气，她捂着口一声一声地闷咳，已经无法去回答江心月的话。

第二十三章 赏菊宴（二）

"澹台瑶仪！你给我说清楚，你是否对我的媛媛……"江心月心惊之下也是有些乱，登时便要朝瑶仪问罪，却被兰贞一把拉住臂膀，道："娘娘您别急，方才不是纯容华的错……纯容华在公主身旁，是为了救公主，若不是她，公主早就跌下水去了……"

江心月一愣，半天未反应过来。她不知澹台瑶仪为何会那样好心地去救她的媛媛，因方才那处泥泞之地又湿滑又极靠近水，若一个闪失，跌进去可是性命攸关的事。且如今是九月，水性阴冷，在水中手脚马上就会被冻得麻木，更容易溺死。

媛媛一张小脸哭得通红，也是吓得不轻。然而她却依然头脑清醒，渐渐地止住哭声，抬了小脸对江心月道："母妃，真是她救了我。刚刚是我想去摘那边的花儿，脚下很滑……我滚下去的时候，就是她上来扑住我……"

江心月这才明白了事情始末，她抬眼，极不可置信地看向那正蜷缩着、干咳着的澹台瑶仪。她费了好半天才回转过神，亲自过去扶起她道："抱歉，是我不好，我该好好谢你……"

瑶仪缓过劲来，朝她苍白地一笑，极小声地在她耳边道："阿奴……"

江心月凤目倏地睁圆了，身子一颤，仿佛听到了什么惊天的秘密一般。

瑶仪继而淡笑道："德妃娘娘，虽然我们不和，但嫔妾也是为人母的人，怎会眼睁睁地看着瑞安公主跌下湖中？公主无事，嫔妾也就安心了。"

江心月一时语塞，澹台瑶仪这是要与她修好么？然……她可是被皇后掌控的人啊，她怎敢忤逆皇后……她这边一团乱麻地思量着，澹台瑶仪又朝她道：

"德妃娘娘，您与柔容华，还有公主都染了污泥在衣裙上了。您还是快些回去更衣吧，不要迟了晚宴。"

江心月这才想起今晚的正事。她朝澹台瑶仪极感激地一笑，道："瑞安公主顽皮，连累纯容华也受了惊。本宫今日万分感谢你搭救。"

不管澹台瑶仪以前如何，她今日救了媛媛，江心月就感激至极。虽然江心月对她的示好迷惑不解，然而若瑶仪诚心要修好，就冲着她今日的搭救，江心月也会就此原谅她曾经的一切。

瑶仪朝她娴雅而温和地一笑，自是回宫更衣去了。

林选侍等人先行前去夜宴之上，江心月与兰贞一并急急地往回赶去。她一边走，一边训斥身侧被周乳娘抱着的媛媛："你一贯顽皮也就罢了，那云梦湖畔是好玩的么？宫里有水的地方不准靠近，有树的地方不准爬上去，这些话母妃跟你说了几千遍？你记不住么？你看见了什么好看的花偏要大胆地去摘……"

晴芳也在侧请罪道："娘娘莫怪公主，奴婢是公主的教引姑姑，管束公主是奴婢的责任，都是奴婢没有看好公主。"

"哪里是你没有看好她！"江心月带着火气道，"你已经够稳妥尽心了，但媛媛实在太淘气，她在启祥宫就常常变着法儿耍弄你和周乳娘，你们根本看顾不暇。今日她本该由人抱着，却要自己走；且不说如此，她竟还偏要跟在柔容华身侧，要柔容华给她说故事玩，不肯让你们近身服侍她！"

兰贞听德妃提及自己，也忙请罪道："也是我不好，媛媛在我身边，我该看住她的，谁知刚刚一眨眼的工夫她就溜到那水塘边上去，我看她的时候，她已经摔倒。我离她最近，就扑过去拉她，可是竟没拉着……那时我真是吓坏了，还好纯容华眼疾手快。"

"更怪不得你！"江心月道，"上次她在凤昭宫同三皇子一同玩耍，我们满宫的人都没看住她，不知她什么时候溜出去跟在皇上的龙驾后头跑了！她想溜的时候，哪个能看得住！"

媛媛两手紧攥着自己杏红色的小襦裙，被母妃责骂得泪水都在眼里打转转，她自知理亏，扁起小嘴道："母妃不要生气，媛媛下次再也不敢了……"

"还有下次！你母妃早晚会被你气死！"

"媛媛不敢了！都是那花儿太好看了，像铃铛一样，还是粉色的……"

江心月正在气头上，还欲再说她几句，但媛媛的话却令她一个激灵，她抓住了那话中不对劲的地方。她向媛媛问道："铃铛一样，粉红色的花？"

媛媛抓着脑袋道："是啊，可好看了！那花儿就长在水塘边上，一串一串的。我以前也玩过这花儿，但都是白色的，没有这个好看。"

菊香是花房出身，她已经反应过来，对江心月道："娘娘，公主所描述的是'铃兰'。可是，这个时节，不应该是铃兰花开的时候。"

"菊香，你将这花儿仔细地说与我听。"

"是，娘娘。"菊香应声，便一边走着，一边絮絮地道，"铃兰花是宫花苑内常见的，它并不是兰花的一种，而是属于百合一类。论珍稀名贵，它比不得牡丹、菊花、茉莉，也比不得同品类的天香重瓣百合，但那只是相对于普通的铃兰而言的。铃兰中有一种特殊的品类，瓣呈鲜艳的桃粉色，人们称之为'茜桃铃兰'，这种花儿确实是很稀有，咱宫里还未见得，听闻只有大理那边有人栽培。而且，它的花期也不是深秋，而是盛夏。"

江心月越听越觉出异样："那么，它可能在深秋开花么？"

"当然是有可能，奴婢是花房出身，什么样的名种花都见过。为了博主子们开心，冬日的梅花能培育成夏日开放的，夏日的玫瑰又能延长花期至秋日，秋菊、月季中也有新培育出的绿菊、紫玉蝶、纹月季等稀罕的名种。姑姑们手巧技艺高，更有民间请来的那几位远近闻名的'花娘'，一种新奇的花草，只要潜心钻研，费些功夫便可成。"菊香提起花房的手艺是赞叹不绝，然而她略略思忖着，又蹙了眉道，"不过要使盛夏的花儿在深秋开放，难度确实不小。且茜桃铃兰本身就是娇贵的名种，更难成活。"

"既然是这般稀罕的花，那它本应被栽到宫花苑里最贵重的花圃中，而不是出现在云梦湖畔的那处泥泞中！"江心月突地提高了声色说道。

"这花儿通身都透着古怪！"兰贞在一旁道，"花儿难得也就罢了，可这事情也出得太巧！媛媛她打小就喜欢铃铛，颜色中又最喜欢粉色。我宫里种了好些铃兰花，不过都是白色，媛媛就十分喜欢，经常去摘一串来玩。今日她见了这粉色的铃兰，当然要控制不住去摘一把了。"

媛媛的玩具中，最喜爱的确实是铃铛，而她喜爱粉色则完全是像极了郑昀睿。江心月反复思量着，终于一个顿足，面上柳眉倒竖，大怒道："是澹台瑶仪在戏弄本宫！"

她此言一出，菊香等宫人也均驻足，兰贞思忖着道："您说得没错。那花儿定是她故意栽在那儿的，目的就是让公主不顾一切地跑过去摘花，然后滑倒跌入湖中。她再过去扑救公主，就是立了大功了。"

"她定是早有筹谋！"菊香也说道，"奴婢想起来了，方才纯容华就恰好站在那泥沼的近旁！"

江心月越想越气，声色俱厉道："她为了复宠，竟敢设计我的媛媛！虽然她拉住了媛媛，但……但若一个不小心，媛媛就会掉下湖中，她……"

江心月只觉气血上涌，肺腑均被那怒火填满，澹台瑶仪假惺惺地做戏，她竟还以为她多么好心去搭救她的媛媛！她竟还对她万分感激！她竟还以为她要与她修好！这样被人耍弄，江心月真是恼怒至极。

最让她无法忍受的是，澹台瑶仪拿媛媛来冒这么大的险！

"澹台瑶仪打着多么好的算盘！她多么好心，不要命地去救媛媛！经此一事，皇帝就算以往嫌恶她，也必定会封赏，她日后隆宠复起也是指日可待！"江心月怒极，狠厉地高声喝道。

"娘娘，您先不要动怒！我们本该及时去赴晚宴，可纯容华她设计这一出，我们都不得不回宫更衣……"兰贞拉着她的臂膀劝道，"纯容华是想借此事来复宠，但是，我们去晚了恐也是她的目的之一！所以娘娘，当务之急是尽快赶到凤昭宫去啊！"

"柔小主说得没错！"菊香也急急道，"赴宴来迟并不是什么大事，然若有什么事端发生就不好了！纯容华既然如此设计，定是会有事端的。"

江心月听她们二人分析，也顿觉十分赞同。当下便不耽搁，快步回宫换了衣衫后扶辇去凤昭宫。

媛媛被她留在了启祥宫，不准参与筵席，以作惩罚。

路过那处泥泞之地时，江心月特地让菊香去查看，果然是茜桃铃兰无疑。

等到了凤昭宫，里头的丝竹管弦之声不绝于耳，显然筵席已经开始。侍立在宫门处的内监见了莲德妃，忙碎步小跑过来，满脸堆笑地伶俐道："莲主子您快进去吧，皇上来得早，此时里头众妃也都早到了，就等您来了！"

江心月点头跨进宫门，进了主殿，其内已经是觥筹交错，热气氤氲扑面而来，几个水腰曼妙的舞姬正在殿前献艺。

"臣妾来迟了。"江心月转瞬间做出满面的笑颜，从殿门处款款而入，至皇帝面前俯身道，"臣妾给皇上请安，给皇后请安。"

皇帝笑道："你做什么去了，这么久才来？今日朕不饶你，你要自罚三杯才成。"说着亲自拉了她在自己的右手侧坐下。

"臣妾不胜酒力，皇上饶了这一遭吧。"江心月打着趣，随手将身后的兰贞拽上来道，"柔容华平日好吃好喝，让她来替臣妾喝。"

皇帝笑着对兰贞道："你可别想给她挡，你也来迟，你自己还有三杯呢！"说着他对侍立的宫女抬手道："将那坛'台山菊酿'拿上来，给兰儿满上六杯。"皇帝说着，促狭地瞥向江心月。

兰贞一听吓坏了，忙推辞道："德妃娘娘您还是自个来吧，嫔妾可不想在这儿出丑……"

兰贞正不住地与江心月推来推去，突地从侧闪出一位着嫩黄色水袖舞衣的身姿窈窕的舞娘，她莲步轻移往前席这边走来，手执一柄青花玉壶，媚眼如丝，纤手如玉，袅娜地来至皇帝面前，用手中小巧的玉壶将皇帝身前的三足金樽注满了清冽浓香的"台山菊酿"。

"皇上，是要为柔小主满上六杯么？"她朱唇轻启，盈盈灿笑着道。

江心月一见她，目色一愣，浑身便惊住了。她拧眉道："苏更衣？你为何着舞娘的装束来为皇上斟酒？"

"咕，是绿绮啊。"皇帝笑着，转首对江心月道，"她今日唱的小曲很不错，她还偏要为朕斟酒，朕就留她在这儿了。"

江心月登时铁青了面色，而一旁站着被罚酒的兰贞面色更是难看，愤愤地低头对江心月耳语道："唱小曲虽不是什么登得上台面的事，但若方才我在场，哪里有她开口的机会……"

兰贞当年由宫女得皇帝圣恩，就是因着一把好嗓子。宫内嫔妃善舞者多，善歌者相对要少，而兰贞在宫内不说唱得最妙，也是鲜少有人能在其上。只是她所唱的那些江南小调并不是多么清雅的乐色，为诸妃所不屑娄了。

然而郑昀睿恰恰偏爱这些不入流的小曲，而不喜欢高雅肃穆的曲子，那几个能与兰贞比歌喉的妃妾均出身名门，她们唱的那些并不为皇帝欣赏。而今日同样是宫女出身的苏更衣也以此博了皇宠了。

江心月终于知道了澹台瑶仪到底要了些什么把戏，她的计划之二便是帮苏更衣夺宠。她令江心月一众迟来，其实是令兰贞迟来。瑞安公主一贯喜欢兰贞，出门时，她常与兰贞走在一块儿，若公主有什么闪失，离她最近的兰贞自然要去看护。没了兰贞，苏更衣才能出彩头为皇上唱曲。

可惜她们万分急切地赶路过来，却还是来迟了！那苏更衣已经为皇帝唱完了小曲，且还成功博得了皇帝的喜欢！

此时苏更衣衣着娇艳，那舞衣的前襟开得极大。她为江心月和兰贞分别倒了三杯，便捧起一杯，媚笑着端到江心月身前道："德妃娘娘请用——"

那澄清的"台山菊酿"泛着浓烈馥郁的酒香，伴着秋菊的淡淡的清幽。江心月轻执起那酒杯，朝苏更衣柔柔笑道："苏更衣是天子嫔妃，给本宫斟酒真是有些委屈了。"

"哪里会委屈。"苏更衣的笑中透着掩饰不住的得意，道，"只要皇上高兴，嫔妾做什么都好。"

江心月压着火气，看她一脸小人得志的神色却不知如何发作。再想她的得意是澹台瑶仪设计了媛媛才得来的，心里更是怒极，只想顺手将这一杯"台山菊酿"泼在她面上才能解恨。

"德妃娘娘，您为何不饮下呢？"苏更衣见她面色不善，得意更甚了，仿佛是找回了那时被掌掴的侮辱一般。她回眸靠近了皇帝，极妩媚地笑道："皇上，德妃娘娘不依罚呢……"

凤昭宫的几个宫女正手捧大红色绢布为底的托盘，躬身上前为皇帝、皇后布膳，之后又转身为皇后之下的最高位德妃布膳。其中一个小宫女似乎极不屑于苏更衣，她一边做活一边嘴里嘟囔着："以优伶之姿获宠，真是卑贱！她也不过是宫女出身而已，和我们一样的人……"

德妃虽然坐在皇帝的右手侧，但她与皇帝、皇后并不同列，而是比皇后低了一位，与她对面的贤妃才是同列，所以德妃的座次与皇帝还是有些距离。此时苏更衣腻在皇帝身侧，这几个小宫女也敢随口抱怨。她们的声色极小，几乎不可闻。

那宫女身侧一位年纪稍大的宫女接话道："她可是费了好大一番功夫才得来今日的宠。那事情真不是好做的……"

事情不是好做的？！江心月却恰恰听到了这么半句，不由猛地一惊。

手心中有滑凉的冷汗渗出，她浑身不由自主地哆嗦起来，衣衫也如一层厚重的白色的茧，被汗水浸湿了紧紧黏附在身上。

"江心月，"皇帝此时却突地推开了隔在他与江心月二人中间的苏更衣，俯身低头趴在江心月的耳边道，"朕记得你不喜欢苏更衣？"

"什么？"江心月还没回过神来，她心里正拼命咀嚼那宫女的半句话。

"朕是说，你不喜欢苏更衣对不对？"皇帝面色有些歉疚。因为他忘了苏更衣这号人，方才苏更衣的小曲唱得好，他就准了她在侧斟酒，纯当是消遣的玩物了。然而此时他见江心月脸色不好，才想起来她不喜欢苏更衣。

"皇上……"江心月仍是未认真地回答皇帝的话。她想到了一件极重要的事情——那深深掩藏在心底的伤害，那对于"凶夭"的恐惧，那死里逃生的惊魂，许多的恨与怕再一次地渗入江心月的五脏六腑中。

她生产时被"凶夭"所毒害，可帮着皇后投毒的人却迟迟无法查到。方才宫女说的那句话……难道，苏更衣就是那个人？

一直以来的谜团终于揭开了。苏更衣已经是皇后的弃子，但她如今能被皇后、纯容华二人帮衬着得宠，正是因她做了一件不简单的事情。那会是什么事呢？

江心月心里翻江倒海一般疯狂思考着。如果是苏更衣，那么那一日她在启祥宫被皇后冷落，她们二人就是在做戏！菊香曾与她极详细地说过，良妃位高，所以她在殿外时与皇后坐得极近，苏更衣向皇后请安时，也免不了会与良妃离得极近……那一日启祥宫太过忙碌，宫女内监进进出出，外面的许多嫔妃来探视一遭就回宫去，也是出出入入，人多手杂。若那个时候，苏更衣手快一些，将良妃的香囊打开然后塞入毒粉，也不是多难的事情……

而良妃进殿，正是在苏更衣走后。

江心月想到此，浑身都震悚起来了。这样分析来，应该就是苏更衣无误了……

"皇上，您在与德妃说些什么呢？"因为皇帝一直在扯着身子趴在江心月的耳边，一侧的皇后便出口问道。

现在的她，每次看到皇帝与江氏之间这副温情的样子，便会难以抑制心中的愤懑。

皇帝有些不悦地瞥了皇后一眼，并未理她，却是对一侧侍奉的苏更衣冷下脸道："你下去吧，你在这儿碍着朕与德妃了。"

皇后当即有些难堪，方才她是有些激进了，才说出那句有些妒意的话，可皇上却当众拂她的脸面。

此时贤妃之下的宸妃见皇帝如此态度，便捂着嘴朝皇后窃笑了一声。皇后一见之下，对宸妃更是愤恨，她虽是个失宠的皇后，然而皇帝看在上官家的分上至少给了她体面，她手中的权势也很稳固，一众嫔妃即使奚落于她也不敢在明面上。可宸妃确实很可恶。

"皇上！"江心月却突地唤了一声，一手拉扯住皇帝的衣袖道，"苏更衣就在这伺候吧，臣妾也挺喜欢她伺候。"

"你真的喜欢她？"皇帝疑惑道。

江心月重重地点头，道："臣妾想明白了。以往臣妾与苏更衣有嫌隙，无非是因她原本是臣妾宫里的宫女。但……她能得蒙皇恩，伺候皇上开心，臣妾看着也就高兴，哪里计较那些事呢。苏更衣小曲唱得好，臣妾也喜欢啊。"

苏更衣，此人定要细细地查探，最后才能揪出皇后的尾巴……江心月心里且惊且恨，只想先让她得宠顺心，日后探查起来也容易。

皇帝见她编出来这么一通冠冕堂皇的贤德的话，突然就很想笑，好不容易忍住了才道："那她就留这儿伺候吧。"

苏更衣也是迷惑，她不知这帝妃二人的心思，但最后皇帝能让她留下就好。皇帝端过酒杯，依旧拉着江心月不肯饶她。

　　江心月与皇帝推来推去，最终还是被硬灌了两杯。她并不好酒，这菊酿虽然不是烈酒，但因浸泡了太多的菊花，有些苦涩。她最讨厌苦涩的东西，喜欢的酒也是那些甜糯的米酒。眼看最后一杯就要被灌下去，她索性偏过头不去接。

　　皇帝在她耳边窃笑道："快喝。你这丫头偏爱甜食，菊酿微苦，却是好东西。你再不喝朕就要用特殊的办法……"

　　特殊的办法？江心月一个激灵回过头，她知皇帝有诸多恶习，且经常以玩弄折磨她为乐。他说一句"特殊"，那估计是以他的嘴为酒杯来……江心月不敢想下去，忙乖乖地接了最后一杯酒。

　　她这里正被皇帝摆弄，后头便有人来禀，道纯容华带着静柔公主到了。她忙吞下最后一口酒，绷起了心神往殿门处瞧去。

　　皇帝只点头道："把静柔带过来吧，朕有日子未见她了。"并未多提一句纯容华。

　　皇后有些疑惑地转首对江心月道："你和柔容华、纯容华三个都来得好迟，可是有什么事耽搁了么？"

　　江心月听皇后如此说，便知她是要为纯容华推波助澜，心里恨意顿生。

然而未等她说话，后面的纯容华已经移步而来，向皇帝皇后请安，又道："皇后娘娘说得没错，嫔妾与德妃娘娘、柔容华均是有事耽搁了。"

澹台瑶仪苦心钻营，以身犯险，就是为了她能够借机复宠。但江心月恨极她的设计耍弄，怎会令她如愿！眼见皇后正故作不知地问道"是为了什么事"，澹台瑶仪刚想答话，江心月早已抢先道：

"哪里有事。只是臣妾与柔容华同行，行至一处泥泞之地，脏了鞋子裙摆回去换了而已。"

江心月答得极自然，面上挂着如沐春风的笑，丝毫没有媛媛方才差点掉进湖中的惊恐之色。澹台瑶仪听她如此说，眉头一拧，继而迷惑不解地看向她。

澹台瑶仪本以为江心月即使与她心存芥蒂，那也应看在媛媛的分上与她修好，且方才在云梦湖畔她不是已经道谢了么？怎么此时倒讲这样的话，是想抹去她纯容华的功劳么？

虽然皇上极不喜欢自己，但若将此事禀报上去，皇上多少会有些好感，论功封赏更是应该。澹台瑶仪心里困惑，还是继续道："禀皇后娘娘，嫔妾是在云梦湖畔……"

"皇后娘娘，云梦湖畔的一株茜桃铃兰长得真喜人！"江心月满面笑颜地打断了澹台瑶仪的话。

茜桃铃兰？！澹台瑶仪浑身一震，她的额角已经缓缓沁出几分冷汗，口中要说出的话更是硬生生地吞了回去。

"怎么，纯容华也看见了那株花儿？"

"不……没有……"澹台瑶仪极紧张，但她随之便镇定下来，道，"皇后娘娘，是云梦湖畔那处的路上有些淤泥，嫔妾也是脏了裙摆才回去换的。"

她说完之后只觉浑身无力。茜桃铃兰好不容易才得到，她又冒了极大的风险来筹谋，可是……竟然被看穿了……

皇帝散漫地道："既然没什么事，你就快回席位上去吧。"

澹台瑶仪复行一礼，低眉小步退去。她最后一眼看向旁侧的德妃，却被德妃一个狠厉的眼刀子逼上来，刮得她浑身一震，继而逃似的往下席而去。

江心月看她张皇的样子，想起耳边那一声"阿奴"，不由得惨然而笑。

有内监抱了静柔给皇帝看。皇帝问了些公主的近况，命抱下去的时候，笑着对江心月道："梨澈很听话。朕看着她才觉得媛媛太顽劣。"

"皇上既然知道，就要多加管束。"江心月正色道。

"可是……朕还是偏心媛媛多一些。她是我们的孩子。"皇帝缓慢而轻巧地说道。

面前的长几上，已有宫人上了一道菊露竹荪肉羹，奶白的羹汤泛着菊特有的清香的味道，精巧地盛装在象牙五福盅内。今日的菜品多是与菊有关，而御膳房手巧艺高，鼓捣出几十种不同的花样，口味繁多，各类菜品大不相同。而这道"菊露竹荪肉羹"虽量少，却是今晚极有分量的一道膳。

坐在江心月下首的丽妃见这羹汤乳白，上附有一层清亮的露水般的香汁，迫不及待地舀了一勺含进口中。她吃完一口，不禁对江心月惊叹道：

"莲姐姐，这里面的肉丁是天山幼鹿！我们北域人喜食鹿肉，但这一道膳里的鹿肉与我们那儿不同，虽有浓郁的酱香，却又透着清香，不腻口，还有些凉滑的感觉。"

江心月笑道："自然不同。你不要小看这一小碗的羹汤，它所用的菊露是去年第一场霜露降下时，从菊瓣中收集，封入酒坛中酿制一年才能使用。这鹿肉也是经过数十道工序，先是用鸡汁蒸熟，切成碎丁后再与香菌、新笋、竹荪、五香腐干等一并炸了煨干，再……我不善厨艺，余下就不懂了。总之这东西极复杂难做。"

丽妃听了更是赞叹，道："中原的食物就是讲究精细。"她又舀了一大勺细细品尝，咽下后十分开心地抹着嘴道："这个鹿肉是我们天山出产的，真好。"

"皇上专门吩咐了用你家乡的鹿肉。皇上体贴，这点细节都要想着你。"江心月柔柔笑道。

"皇上确实对我愈来愈好了。"丽妃缓缓道。她突地抬头，道："莲姐姐……那'凶夭'的毒……"

"为何突然提这个？"江心月一听"凶夭"二字，心里恐惧，手中的汤匙差点掉在桌上。

"没什么，只是想问问姐姐的身子有没有好全。"

江心月一笑，只当她是关心，道："齐院使医术高超，那解药一下去，我就无碍了。"

"嗯，姐姐。"丽妃点头，道，"不过姐姐日后要注意，要少食甜食。"

江心月听她说，却极疑惑地道："你怎么懂得'凶夭'的顾忌？"

"我……我只是听说，中过烈性毒药的人，要忌食甜。"丽妃稍一迟疑道。之后，她不再说话，专心吃着面前的羹汤。

江心月此时却突有一丝警惕——丽妃她……

不，不对。她生产的那一日，丽妃根本没有去探望，没有下手的机会。且刚刚丽妃所言，均是为了关心她。

而且丽妃没有任何理由害她。

她无奈地笑笑，刚刚几乎确定了是苏更衣，这会儿又仅凭丽妃的只言片语怀疑她，真是草木皆兵了。

之后，皇后又搬了几株新得的菊种，摆在殿中供众人赏玩。花房的姑姑指着那些奇异美艳的花儿一一道："这一株嫩黄色的是'月明星稀'，一株开花数百朵，小菊呈整枝垂悬状，花团锦簇，琳琅满目，如满天繁星与明月相伴；这一株名为'十丈珠帘'，花朵硕大，重瓣，花型为莲座，形似牡丹，整株呈一个'品'字……"

众人随着那姑姑所指，皆赞叹不绝。这些日子朝堂上因着北域的异动而不得闲暇，然后宫里接连有皇子诞生，大周皇室仍是一派喜气的。皇帝心情愉悦，赏菊也兴起，赞道：

"皇后安排的这些花儿很好。"

皇后听了喜上眉梢，她被皇帝甩了太多的冷脸，此时一句体面的话就令她心生大悦。她温婉地笑着道："众位妹妹都很喜欢，那……皇上，您来给妹妹们赏赐花儿吧。"

"这么些稀罕的名种，皇后娘娘也随手拿来赏我们？"宸妃笑道，"臣妾实在感谢娘娘。娘娘最为大度，臣妾等都要以您为表率呢。"

那句"大度"落在皇后耳中，她只能勉强地扯起嘴角干笑。

她如今可是大度的贤后了。她失了皇上的宠爱，匀出好些龙恩雨露，一众妃妾都极感激她的"大度"。

"心月，凌儿，丽妃，你们三个先挑。"皇帝宠溺地道。他又转身对王云海道："将那盆'胭脂点雪'送到衍庆宫去，戚贵嫔会喜欢。"

此时众妃均艳羡地望着德妃、宸妃、丽妃三人挑挑拣拣，又私下窃语德妃和戚贵嫔的得势。这宫里，皇嗣真是一等要紧的，皇子又是更为要紧的。因诞下皇子，德妃复起，戚贵嫔扶摇直上，且日后的帝位也是有了机会。

戚贵嫔还未出月子，遂今晚的菊宴无法出席。然而即便如此，皇帝也能想着她，体贴她。

深宫妃妾均是爱花之人，而今日分花也昭示了各自的恩宠，故此众人皆急切期盼着皇帝点到自己的名。但名种的菊只有寥寥十数株，自然不够分，皇上分完了，多数人都是艳羡得双眼发愣，最后空手而归。苏更衣站在帝王身侧如宫女一般服侍着，但皇帝此时却丁点没有想起她来，她只能盯着江心月手中的"月明星稀"，望菊兴叹。

"一介小小的更衣就敢奢望这等恩宠么？"突然地，不知谁说了这么一句，声音不大不小。苏更衣听了满面涨红转头去寻那说话之人，却见涵宝林正双手捧了一小盆绿菊站在席前，极嫌恶地瞥着她。

"你……"苏更衣咬唇切齿，却碍于此时在筵席之上，不好争执。江心月淡淡瞥过她们二人，朝江心妍一招手令她近前。

江心妍将手中的花儿递给身后的侍女，提步走至德妃的席前，犹自愤愤地道："妹妹就是看不惯她那样子，当初她是怎么到莜月殿哭泣求饶，今日一朝得势，在您面前也敢摆一张得意的脸……"

"你既然知道她是那德行，就不必计较。"江心月拉了她的手道。

"谁跟长姊作对，妹妹就要跟谁作对！"江心妍一跺脚，坚决地道。

"好了，我知道你要维护我。"江心月笑道。这个妹妹她还是很信任的，毕竟她和她的母亲兄长都要依靠她德妃。

"你快回去准备，马上就该你上去了。"江心月低头对江心妍耳语道。

"长姊放心，小妹准备已久，定不会令您失望。"江心妍成竹在胸，满面喜色地退了下去。

大殿内的舞姬、乐师随着一个节目的结束，纷纷领了赏退下。乐府的掌事姑姑在殿门处忙碌着，准备下一份献艺。然而等了约莫一刻钟，迟迟未有曲目呈上。皇后拧眉对身侧人道："下去看看怎么回事。"

"皇后娘娘……"乐府的姑姑满面冷汗地从后侧绕到皇后的侧旁，声色颤颤而低沉地道，"筵席已经快结束了，下个曲目就是压轴大戏，可是……可是那些戏子的戏服……戏服不小心染了颜料……"

"什么？你们是怎么做事的？"皇后严厉道，"戏服坏了难道没有备份么？"

"这……梳妆用的大染桶翻了，所有的戏服都给染了……"那姑姑几乎是哭着说出来的。

"真是……"皇后气结，她一贯做事稳妥，竟然在这样一个小小的赏菊宴上出差错。宴会若虎头蛇尾，草草了结，她的面子可往哪儿搁！

"皇后娘娘，为何曲目迟迟不上啊？"江心月一手把玩着耳上垂下的镶墨玉银坠丝线，明艳地笑着朝皇后问道。

正在受宸妃敬酒的皇帝此时也发现了筵席的纰漏，他侧目望向皇后。

皇后面色有些难看，她略略思忖，方想举荐了哪个嫔妃来献艺，江心月却一个回眸，笑看着皇帝，高声道："许是后头的戏子们耽搁了。不过皇上，臣妾另有一节目，本想私下里呈给皇上博君一笑，但今日好像也能派上用场了。"

"唔？心月你准备了什么？"皇帝极感兴趣地道。

江心月神秘地一笑，不需她多言，殿外已经有忙碌的脚步声。众位嫔妃皆探头去望，不知德妃拉拢了哪个来献艺博宠了。

"是嫔妾备好了技艺要呈给皇上。"是甜糯的女子声色，江心妍不知何时晃到了皇帝的席前，然而她没有换舞衣，只穿着方才的宫装，手上也未有琵琶一类的乐器。此时的众人，包括江心月都迷惑了，不知她要献什么技艺。

说话间，几名内监将一张方形案几抬至殿中央，又有宫女奉上笔墨纸砚。江心妍曼声笑道："今日的赏菊宴歌舞升平，嫔妾在这儿就不以歌舞献丑了。嫔妾有咏菊题词一道，愿与皇上及众位姐妹共赏。"

铺纸，磨墨，江心妍双手各执一狼毫，提笔落定于她面前铺开的两张长形六吉生宣上，两手如游龙般挥洒自如，不过片刻，已成。

侍奉的宫人上前，一人一张两手铺开了呈给众人观看。她方才双笔同下，众人已啧啧赞叹，此时见了她的字，更是钦佩赞赏。宫妃们平日虽多有争执，这夜宴上露头脸的人也少不了遭人嫉恨，然而若遇上了精彩的节目，她们也无法吝啬口中的赞叹了。

那纸上赫然是一副对子：

凭遗世傲骨清秋独秀

借天地灵气人间增芳

这咏菊的对子算不得高明，但江心妍的一手好字却是引人注目的。

皇帝果然十分满意，大赞了几句好，笑问江心妍道："以往朕并不知你写得一手好字，今日你是给了朕一个惊喜了。"

江心妍受赞，低头满面娇羞不语。

"书法极难修成，看来涵宝林是下了苦功了。"一贯沉静的贤妃出言道。她看着江心妍的字确实可圈可点，便由衷地赞赏了。

江心妍知贤妃曾以书画著称，遂极谦逊地道："贤妃娘娘在此，嫔妾实在是班门弄斧了。"

贤妃淡笑道："哪里。古人云：术业有专攻。本宫喜欢的是赵孟頫的秀逸，而你这字不像寻常女子所书，倒像那些喜爱'颜筋柳骨[1]'的书生们，笔力遒劲，结力紧密，颇具气势。"

---

[1] 颜筋柳骨：指颜真卿与柳公权的书法风格。他们二人的字像筋、骨那样挺劲有力而又有所差异。

"其实说到字体遒劲，你这字较德妃还是差了许多。"皇帝品评道。他侧看向江心月，道："那一年选秀，你一手如男儿般的行书，朕至今还记得。这么些年过去，满宫里也再无人能及得上你。且，你也喜好练习双笔同时行书，你的手极灵巧，速度上就比涵宝林快出许多。"

皇帝说着仿佛极甜美的回味一般。他第一次见江心月双笔同下，是在她刚封了昭仪的那些时日里。那一次，皇帝惊艳不已，紧紧地搂住她如获至宝。

江心月勉强笑了两声道："是贤妃姐姐说得对，术业有专攻。宫内不少姐妹的字体娟秀，十分耐看，臣妾不过与她们不同罢了。"

江心妍事先一直胸有成竹，但江心月却不料她所准备的技艺是这样。

"涵小主真不愧与德妃娘娘出自一家，字体相似且均是这样精彩，嫔妾十分艳羡。"周采女近来一直在竭力巴结着江心月，她的席位较远，却仍高声出言赞赏江心妍。不过她巴结得虽卖力，江心月却一直未看重她。

"嗯。"皇帝点头，道，"涵宝林是下了苦功练字。勤修内德，果然不辜负朕给你的一个'涵'字。"他说着，转首对王云海道："传旨，涵宝林晋位才人。"

"谢皇上隆恩——"江心妍极欣喜地跪地谢恩，她本只想博宠而已，但皇帝竟然给她晋了位，这一遭真是收获丰厚。

"'才人'是个好封位。"皇帝笑道，"你姐姐的字远胜于你，你日后要同她好好学。"

这一晚的晚宴终于结束。江心妍跟在江心月身后，满面得意地絮絮道：

"长姊，皇上如今待我愈加恩宠了。长姊苦心为妹妹安排了这个机会，妹妹万分感激……"

"是，你很好。"江心月心不在焉地道。任何人都不会喜欢旁人学着她的本事来获利，江心妍虽是她得力的棋子，但她心里也是别扭的。

二人一前一后地走着。刚走出不远，却有内监上来传话，道皇上今晚召幸涵才人，令速做准备。江心妍的笑意如夏日里郁金香浓烈散播开的芬芳，她朝江心月深深俯首行礼，才急急地朝瑜景宫的方向行去了。

江心月面色稍霁，无论如何心妍隆宠总是没有坏处的。

　　她今日被澹台瑶仪折腾了一道，晚宴结束后便觉疲惫，扶着菊香的手匆匆要回启祥宫。入夜的风尤其大，菊香细心，早预备了坎肩给她披上。

　　跨出凤昭宫的正宫门时，又是那个她来时遇到的伶俐的内监，伺候在她身边送她出去。这次他的嘴上更加的甜，不住地道："德妃娘娘慢走，夜里风大……"

　　"呵？来公公，你今日的礼数也太周全了些吧？"江心月斜睨着他道。

　　这内监名叫小来子，江心月认得，是凤昭宫殿外伺候的二等内监，差事是接引来访的主子们。但江心月同样记得，她生子之前境况落魄，每每来到凤昭宫，这个小来子都仿佛看不到她一般，斜瞥着目色倨傲地立着，从不上前服侍。如今她成了得势的德妃，这兔崽子就成了这副伶俐德行。

　　小来子听出了她话中的不对，吓得一哆嗦就跪下了："德妃娘娘饶命，奴才哪里敢当娘娘一句'公公'……"

　　一贯沉静的玉红上前，愤然道："怎么不敢当？几个月前，你每次见了我们娘娘，都以为自己是主子了。遑论一个'公公'的敬称。"

　　"玉红姑姑，您饶了奴才吧，奴才以前是瞎了眼珠子烧坏了脑子，求您给德妃娘娘说说好话……"小来子惊恐之下，以为德妃要惩治他，便对同为下人的玉红也磕起头来。

　　江心月见他欺软怕硬、胆小如鼠，反而有些好笑了，道："你倒是承认得快。"她抬手正一正发髻上的流云步摇，又冷然道："本宫懒得与你计较。"

　　她说完便跨出了凤昭宫的门槛。她不计较，无非是因小来子是皇后的奴才，打狗还应看主人。皇后虽失宠，其权势却还是不容小觑的。

第二十七章 三 戚贵嫔（二）

身侧有三五成群的花朵一般娇艳的嫔妃走过，江心月上了轿辇，却见人群中有一抹清丽而孤寂的身影，正是澹台瑶仪。

"走快些，跟上纯容华。"江心月对下人们吩咐道。

纯容华似乎发现了背后的来者，回望一眼看清之后，登时如见了鬼怪一般满面恐惧，加快了步子急匆匆地往前行去。江心月愠怒道："贵喜，给本宫截住她。"

贵喜到了关键时候最是胆大，丝毫不顾及澹台瑶仪是小主，领着小杏子、小李子两手扭住她。她惶急而惊惧地挣扎起来，一边回头被强按着跪下，口中嗫嚅道："莲德妃娘娘……"

"你既然知道是本宫，不但不行礼，竟转身便跑？这便是纯容华应对尊上的态度么？宫中的规矩你是忘得一干二净了吧？"江心月毫不留情地道。

"嫔妾……嫔妾失礼……"澹台瑶仪口中诺诺着，随之深深叩头在地。

"失礼，当罚。"江心月抬手抚正前襟上垂下的和田玉双衡比目佩，散漫地稍稍昂了首，睨视着她道。

她的令一下，贵喜的巴掌立刻迎上了澹台瑶仪白皙的面孔。一阵破空的"噼啪"声响过，澹台瑶仪的两颊已肿胀到难以言语。

她艰难地双手撑在地上，口中勉强地道："求娘娘宽恕……"

"失礼而已，本宫罚过就会宽恕你。"江心月的声色极淡，如一滴墨汁渗入无边的大泽一般。但她随即低沉了声色，一字一顿道："你做下的其余的事儿，本宫却永远不会宽恕。"

澹台瑶仪默然无言，一时四周是冰冷的死寂，路过的嫔妃见德妃盛气凌人，纷纷避而远之，不敢从其侧旁过。她就如此跪了整整一刻钟，江心月悠然地坐在轿辇上，待四周无人之后，方从辇上步下，缓缓踱步至瑶仪面前。

瑶仪很怕。她今日虽然捧上了一个苏更衣，但她自己……她仍是输给江心月了。

"今日茜桃铃兰的事儿，本宫证据不足，没法子和你计较。"江心月压抑着恼怒道。她多么想令澹台瑶仪得到应有的惩罚，然而瑶仪明面上是不顾生死地扑救公主，她单凭一株花儿来论瑶仪的罪过，很难服众。且她知花房的姑姑们均是皇后的势力。

"但是——"江心月话锋一转，冷笑道，"本宫今晚给你这十下，就是想告诉你，本宫如今是受皇恩的德妃，是四皇子与瑞安公主的生母，本宫想整治你易如反掌。"

她说完，低下身子靠近了澹台瑶仪，在她耳边低低道："你最好不要再生事。"继而转身上辇离去。

背后有女子悲切而压抑的呜咽之声，江心月本不屑于回过头去，但她心里一驻，不由自主地命轿夫停下步子。

她声色冷然道："还有一句话我忘了说。澹台瑶仪，那个名字，你再也不要叫了。你今日利用它来算计我，就是对你我昔日情谊的最大讽刺。"

澹台瑶仪浑身一震，内心再也无法压抑，号啕出声。

她那一声"阿奴"，就是为了迷惑江心月，让江心月以为她有修好之心，令江心月放松警惕。

只是，无论现实破碎成何等的程度，内心永远都会有疯狂而力竭的嘶喊——不是的，不应该是这个样子的。阿奴，我们不应该走到今日。

她的哭声惨烈而震颤，一声一声，映衬着随风发出沙沙响动的大丛寂寞的紫竹，还有她旁侧冷而坚硬的宫墙。

江心月再也不理会她，命速回启祥宫。

回宫后，因为媛媛的一再要求，她不得不命人将那株茜桃铃兰移栽至了启祥宫内。

第二日，皇帝下朝后来了启祥宫看她。晚间时，皇帝召幸宸妃。

这一日正好是十月初一，是该皇后侍寝的日子。江心月听闻后心中舒畅地道："失了帝心，即便是皇后，这日子也是不好过的。"

"皇后娘娘风光了许多年，风水轮流转，也该有落魄之时了。"菊香一贯温和，此时也落井下石地讽刺了。

"对了娘娘，黎嫔那边的事……"菊香言语稍稍凝滞，道，"奴婢未能完成娘娘的托付。"

"怎么？东西没能送进去？"

菊香苦着脸道："送是送进去了。只是一会儿就被扔出来了。"

江心月蹙眉一叹，道："我那些心思倒是白费了。宸妃她……她极力防范我。"说着，突地又嗤笑一声："她定是以为我要与黎嫔密谋什么。其实，我不过是想问我生产那日的情况，看黎嫔能否提供一些新的线索。"

她那张布条是极隐秘的，所用正是当年她向礼亲王传递消息的手法。其实她的目的不仅是黎嫔——若宸妃查出了她夹带的东西，宸妃就会大张旗鼓地治罪于她，到时候布条一亮出来，宸妃估计就会得一个"掌宫不利，无事生非"的罪名了。

可宸妃的性子真够直。她应是早早命令了那婢女，无论莲德妃送什么东西来，都要扔出去。

"娘娘，'凶夭'这事还真不是好查的。"菊香接话道，"我们的那些人手，都没发现什么有价值的线索。"

"算了，我也不催你们了，我知道难查。"

这事当然难查。"凶夭"这种东西，风险巨大，赌注巨大，皇后定是做得密不透风。

"对了，黎嫔如今怎样？"江心月问道。

"奴婢不能与黎嫔娘娘见面，只是私下里打听了下。"菊香道，"她刚被关进去时还哭闹不休，但如今都好了，能吃下饭，也能睡着觉。"

"她能想开就好。"江心月略略放心。

戚贵嫔很快就出了月子，她的五皇子郑怀翊按制也行了极正统的满月礼。江心月听闻她为了这个满月礼准备得极费心思，大到仪仗小到装束衣饰，均力求耀目夺人，不肯输于四皇子。

然而当江心月端坐在交泰殿内，极力做出满面慈爱的样子等待刚满月的五皇子时，她却发现交泰殿内的布置远没有四皇子的满月礼奢华。房檐上所悬挂的福灯、鲤鱼、彩锦，穿堂大画屏上鸟兽的彩绘，殿内巨铜鼎的大小和数目，供奉佛祖的香火，还有礼炮和烟花的布置，总之一切相比四皇子，仿佛是绿叶之于红花的映衬一般。

江心月偷眼去瞧上首的皇后。近日来，皇后都因失宠而神情黯淡，但今日她总算露出了些许笑颜。而那一边的宸妃几人也都面色舒坦。

众人当然都是舒坦的。然而戚贵嫔就不那么舒坦了。她盛装步入交泰殿时，便是勉强压抑着不悦与愤懑。然她却必须满面笑颜，做出高傲得意的样子，满月礼的布置已经输给了四皇子，她不能在气势上再不及人。

"五皇子的满月礼，娘娘操办得甚好。"江心月低低地笑着，对皇后道。

但皇后听了这话并不高兴。四皇子的满月礼是皇帝一再叮嘱了礼部和内务府按大事操办，皇后即使想做些什么也无法。

戚贵嫔缓缓步入，方看清殿内众人后，她竭力高傲扬起的面孔却倏地变得煞白，因为她看到龙椅上空无一人。

皇帝没有到场。因为他今日的奏章堆积如山。

戚贵嫔紧抿着唇，一双凤目微微闪烁着，眼角不住地抽动。江心月见了却是一惊——那是不甘，极大的不甘。她本以为戚贵嫔会委屈愤懑，然而这女子的野心比她所预料的还要大。

她生产后极力为五皇子争夺尊荣，颇有与四皇子一争高下之感。江心月此时不禁起了戒心——难道她在觊觎帝位么？！前有皇后嫡子与最受皇帝珍爱的四皇子，她的氏族也只是明德一朝的新贵，因在"明德宫变"中有功才得崛起，离那些世家大族差得好远，她也敢做此想！

一个皇子，的确可以改变人的很多东西——惠妃如此，戚贵嫔也如此。看着戚贵嫔瘦削柔弱的身子轻微地颤动，还有她身后被明黄锦缎包裹得严严实实，却仍能看出身子极小而瘦弱的五皇子，江心月厌恶之余也不免同情她。

五皇子何辜？不知是哪个做下的黑手，令他七个月便早产。他体弱至极，听闻产下后的头几日连呼吸都是困难的，能活下来实属不易。

第二十八章 三 戚贵嫔(二)

一日忙碌。礼毕后，众妃散去，戚贵嫔的侍女却不知不觉间行至江心月的身侧，从容行礼道："我家主子邀德妃娘娘明日午后至初亭小坐。"

这邀约得有些突兀。江心月略略愣了一下，才云淡风轻地道："不知戚贵嫔所为何事？"

那宫女轻巧地笑了，俏声道："能有何事呢！初亭那儿的枫叶极美，遂我家主子想与娘娘共赏，也好叙话。"

"好，"江心月抬手拢了拢臂上的青玉手钏，温婉地笑着，"本宫也喜爱枫叶的红艳，定不会爽约。"

第二日，又是一日闲逸安然的时光。此时是秋末冬初的时节，虽有些冷，但日头暖暖的也照得人舒服。这几日的北风没有往日厉害，江心月只着了一身浅妃色琵琶襟绣宛锦宫装缎子，并未有披帛，她已施施然立在枫叶荼靡红似火的初亭之内。

片刻后，有嘈嘈切切的脚步声由远及近，戚贵嫔一身玲珑的姿态款款而来，她看见了这一边的江心月，便"咯咯"娇笑着，道："娘娘好早！倒教臣妾惭愧。"

她盈盈上前行礼。昨日在交泰殿，江心月与她坐得有些远，看不太清她的身形；今日近看，她才觉戚贵嫔早产当真是走了一次鬼门关，仿佛柔弱无骨，腰肢不盈一握，下巴也尖细得仿若能摸到她透明的青色的血管。不过戚贵嫔本是美艳女子，如今瘦了很多，越发有些楚楚可怜之姿，倒未影响她的美艳。

江心月所受的那"凶夭"之毒，毒性虽烈，但其遇解药必被克，只要有解便无碍。遂她的身子倒没受什么损伤。连体弱的四皇子最近调养着，也渐渐与常人无异了。

这样想着她就有些怜悯戚贵嫔。遂堪堪上前虚扶她一把，笑道："是本宫来得太早，不怪妹妹。"

戚贵嫔略略低头道谢。江心月看到她的发上簪了两片玛瑙翠一般的枫叶，那叶子甚娇艳，柔嫩的汁水仿佛要滴出一般。戚贵嫔面色本有些苍白，配了这枫叶倒是弥补了。

"你以枫叶为饰物，很是新奇。"江心月赞道。

戚贵嫔抬手轻抚上额发，抿嘴娇笑道："嫔妃们多喜欢簪新鲜盛开的花儿，然枫叶火红，其鲜妍比之芍药牡丹一类有过之而无不及。那些花儿只是美丽而已，却难得有枫叶火焰一般的气韵。"

"戚贵嫔很喜欢火么？"江心月说着起身，随手折了旁侧枫树的一片新发的嫩叶，在手中把玩着。

"当然。"戚贵嫔说话间有一丝渴求与不甘，"燃烧跃动的火焰，很好看。"

江心月打量着这一处狭小却风景别致的亭子。戚贵嫔在侧笑道："娘娘位尊，哪里能看得上这一座小小的初亭？皇上赏赐娘娘的湖心漪澜殿才是绝妙的去处，听闻那个岛屿之上遍植贵重的紫竹，四周是最为珍贵的各类莲花，也只有娘娘您能得到那样的好地方了。"

她说得艳羡至极，又有着一丝丝不快之意。江心月淡笑着看向她的眼睛，那眸子里，是满满的野心。

"戚贵嫔不要妄自菲薄，初亭这儿别有一番韵味，枫叶、石榴都是耀眼火红的颜色，且这枫树是名种'元宝复叶槭'，才能有这般鲜艳的颜色。"

初亭是皇帝赏赐与戚贵嫔的，亭子旁侧除了大片的枫树林子，其南侧还有大丛的石榴花圃。上次林选侍被欺辱，她失去协理六宫大权，就是在这亭子的石阶处。她此时看着这里，想起那次的事，心里便隐隐有些不悦。

"德妃娘娘，"戚贵嫔柔柔地开口，道，"娘娘的四皇子很招人喜爱。那一对乌黑的小眼珠，像栗子一样满是灵气，一看就是个聪颖异常的孩子。难怪皇上如此珍爱。"

江心月回过神来，一愣之下，才浅浅笑道："贵嫔的五皇子也是喜人的孩子。"

"还是四皇子更加得帝心。"戚贵嫔与她笑道。虽然她面上笑得温婉，江心月多么善于察言观色，当然知她心里的愤懑。帝王从来都是偏心的，对嫔妃如此，对皇子、公主也是如此。五皇子虽然受皇帝怜惜，但远不及四皇子。

二人坐在亭内的围廊之上，如交好的嫔妃一般说说笑笑。戚贵嫔今日的话比较多，她忽而提及四皇子如何尊荣，忽而提及初为人母的喜悦，又忽而提及照料小孩子如何费心。江心月随意应着她的话，外人看来，这不过是两个母亲关于自己孩子的温情的叙话。

江心月虽一面微笑一面回答她，心里却是在悄然地出神。她对戚贵嫔的絮絮叨叨有些不耐烦，只是喜欢那亭子四周层林尽染的红叶，自顾自地欣赏着这美妙的景致。

"娘娘您看，翊儿他的鼻骨真好看，臣妾听嬷嬷讲，鼻骨高而挺拔的男子不仅俊美，且是能够建功立业的征兆呢！"

不知什么时候，五皇子竟然被戚贵嫔的宫人抱了过来。那小小的一团被锦缎裹得密不透风，一张小嘴扁扁地抿着，身子有些不适地动来动去，却因为太过体弱连哭闹都是软绵绵细细弱弱的声色。

江心月见了顿生怜悯，蹙眉道："秋日天气凉，你为何将他带出来？不怕吹风受寒么？"

"这不是要带过来给娘娘看看么。"戚贵嫔笑道，随即从乳娘怀里接过孩子，两手抱着。然而她抱的姿势很不正确，遂惹得五皇子越发哭闹得厉害。

她哄了半日，没法子，只好再交给乳娘。江心月略略不满地瞧着她道："你平日都不照顾这孩子么？虽然宫里有乳娘，但亲生的孩儿还要自己多费心。"

戚贵嫔有些尴尬，还是低头连连称是。

二人遂一边坐着，一边哄着五皇子。"娘娘，五皇子喜欢您呢，他一直盯着您看。"戚贵嫔笑着道。

五皇子早已经不哭了，而是一直将两只黑亮的小眼睛定在江心月身上。其实这也正常，因为江心月喜欢小孩子，尤其怜惜五皇子，遂一直极慈爱温和地盯着五皇子看。小孩子对关爱的感觉很灵敏，当然会喜欢江心月。如此他们二人就互相盯着移不开眼了。

"娘娘，您抱一抱他吧！"戚贵嫔一手拉过了江心月的左臂，将她的手按在五皇子的被衾上道。

江心月不着痕迹地抽回手，道："本宫生产之后身子一直不好，今日手上无力，恐摔了五皇子。"

戚贵嫔关切地问了几句江心月身子的情况，转首又见五皇子伸着小手，颤颤地指着江心月。她不禁道："五皇子许是看上娘娘身上的佩饰了，不知娘娘能否赏赐？"

江心月浅浅一笑，抬手摸向自己的发髻，一边道："本宫的润儿也喜欢玉饰一类好看的东西。"她摸索了半天，最终却再次歉疚地道："真是不凑巧。本宫今日的发饰全是赤金的钗环，尖头的地方恐会扎了五皇子。本宫身上这岫岩玉纹凤鸾的佩饰也是一枚寒玉，小孩子体弱，摸不得寒玉的。"

立在亭外侍奉的菊香、贵喜两个心都快跳出来了。戚贵嫔三番五次地邀请，分明是想利用五皇子来在江心月身上耍花招。若江心月抱了五皇子，或者给了他一件什么佩饰，不出片刻五皇子就会发生中毒一类的险情。

戚贵嫔见她油盐不进，只好作罢，只是兀自坐着逗弄着五皇子，与她有一搭没一搭地说些景致与花卉。

江心月坐了半日，见戚贵嫔甚是无趣，又怕她一会儿要出更龌龊的花招，便起身向她告辞离去。

第二十九章
悯郡王（二）

"这里的景致美，娘娘不如再坐一会儿……"戚贵嫔在她身后道。

江心月连步子都未停住，只扶着贵喜的手下了石阶，缓慢而温和地道："不了。本宫要早些回去，润儿午觉该醒了，他找不着娘会哭的。还有——本宫有一句话要告诉戚贵嫔，喜欢火焰不是坏事，但小心不要玩火自焚了。"

"娘娘，您何必来一趟呢，您看她这副样子……"菊香、贵喜一众均小声而愤然地道。

江心月却是冷冽地笑着，道："她那点子把戏，还入不了本宫的眼。本宫有何畏惧，有何不能来！"

他们身后的戚贵嫔有些气愤地驻足，双手握着帕子低低自语道："五皇子哪里比四皇子差！我今日找不到机会，以后也会有……"

她这一时生着闷气，旁侧的五皇子却又细细地哭了起来。她不禁觉得烦恼，回头一看，却当即惊呼道："你……你是哪里来的小奴才……"

那是一个滴着满嘴鼻涕的三四岁的小娃，他满身都沾了枯萎的枫叶和尘泥，浑身上下只能用一个"脏"字来形容。他不知何时爬进了初亭，扯住五皇子乳娘的裙角爬着，又用手去够包裹五皇子的锦缎。

那个乳娘一时疏忽，不料被这么个小奴才扯住，不禁一边怒骂他一边抬脚，想将他踹出去。戚贵嫔身侧的宫人也赶忙上前，几人粗鲁地拉住这个小娃往外拖拽。

那小孩子毕竟很小，哪里挣得过几个大人，一会儿就被扯开。戚贵嫔见他脏，既嫌恶又恼恨地厉喝道："你是哪个司、哪个院的小奴才？你的管事公公没有看住你么？"

宫里面，三四岁就被"净身"送进来调教的小内监也是有的。若是伶俐聪慧的，便可被挑选侍奉小皇子。然而宫里三皇子跟前得脸的两位小内监戚贵嫔都认识，四皇子不满周岁，还没有选小内监。这样，戚贵嫔便知这小脏娃绝对不是什么得脸奴才。

五皇子被小脏娃吓得一直哭闹。那小脏娃却一点不知规矩，不怕四周的人，也不肯回答戚贵嫔的话，仍然呜呜哇哇地无礼地大叫着，他对五皇子好像很好奇。然而他的叫声令五皇子哭得更厉害。

江心月在前未行几步，便听后头一片嘈杂，似乎生了事端。她便转身回去探看。

戚贵嫔被那小娃的叫喊声与五皇子的哭闹声吵得头疼，又越发恼怒，一看那手无缚鸡之力的小娃，连连甩手道："什么卑贱的小奴才，竟然冒犯本宫与五皇子。给本宫扔到云梦湖中。"

宫内奴才命如蝼蚁，况且是这么一个脏兮兮令人嫌恶的小娃。戚贵嫔的宫人们没有犹豫，由一个体态肥硕的内监两手抓着小娃的臂膀，拎起他往水畔走去。

"给本宫住手！"江心月见此一幕，不禁朝那个擒住小娃的内监高声厉喝。那内监见是德妃命住手，也不敢再妄动，呆愣地抓着小娃立在原地。

江心月蹙眉上前几步，近了戚贵嫔的身前，声色严厉地道："这么一丁点大的孩子，你要下什么杀手！"

"娘娘，他满身污秽，举止无礼，定是个低劣的奴才。"戚贵嫔伸手一指小娃，厌恶道，"他冲撞五皇子，自然该死！"

"本宫早就听闻你曾苛待过自个儿宫的奴才。"江心月看着她，愈加不喜地道，"奴才也是人，方才他的冲撞，罪不至死。草菅人命难道是天子嫔妃应有的德行典范么？况且他只是孩子，毫无反抗之力，戚贵嫔处死他不觉太过分了么？"

戚贵嫔被说得讷讷不能言。德妃位高，她即使被责骂不服，也只能低头听训。

江心月一边说着，一边移目看向那正在哭闹挣扎的小脏娃。他双手乱舞，脚蹬足踢，口中还"呜呜哇哇"地又哭又喊，却没有一句能为人所听懂。

"娘娘，他……举止很异样，倒像个痴傻儿。"菊香在侧不由得道。

此时江心月与戚贵嫔也注意到了这小娃的异样。他不是那种单纯地因被抓的恐惧及年纪幼小而哭闹，倒像是一种癫狂的叫闹。突然地，一丝细细的芒线在江心月的脑中划过。

她仔细往小脏娃那一身被污泥覆盖的衣裳上看去。那上面已经脏得认不出颜色，然而却隐约能看到衣襟处映着一星半点的金色的光亮。这在普通奴才身上是不可能出现的。江心月盯着他的衣襟，对奢华之物极其熟悉又洞察敏锐的她，只觉那光亮似乎是纺织所用的贵重的金丝。

这孩子……那一位恰恰也是个痴傻的孩子……

事实果然不出她所料。凝滞的瞬间，枫叶林中突地闪出两个步履慌乱的嬷嬷，她们的面色极焦灼，一见那小娃被戚贵嫔的一众内监拉扯着，其中一个便惊呼道："郡王小祖宗，您怎么跑到这里来了？"

一声"郡王"，惊得戚贵嫔及她手下的宫人瞠目结舌，那个肥硕的内监也再不敢拉扯小娃，几个宫人纷纷腿软跪地。

戚贵嫔更是手足无措。她怎也不曾料到眼前的小脏娃会是郡王，而按制郡王品阶高贵，只需向妃位以上的长辈行礼，按着戚贵嫔的品阶，她在悯郡王面前反而是身份低微的。

这边的江心月却是微微眯起了凤目，看向那两个突然出现的嬷嬷。悯郡王不是随惠妃居在重华宫么？那不仅不属于内廷，且是佛门重地，惠妃当年自请带发修行，已经永不得出入内廷了，她的儿子怎会乱跑出来？

小娃见到两个嬷嬷，又被解开了束缚，当即一边大哭着一边没命地朝两人奔将过去，口中号啕着："阿嬷……"

这一声"阿嬷"，他终于喊得清晰无比。然而，当他奔到嬷嬷们身边时，却一个趔趄趴在了地上，从口中吐出大口的白沫。

然后，他两眼一翻躺倒在地上，小小的身子不停抽搐。白黄的沫汁，缓缓沿着他的嘴角流淌而下。

乱极了。江心月只觉得乱极了。

一个嬷嬷大惊之下，将悯郡王紧紧抱起，不顾他口中吐出的污秽，慌乱而心疼地哄拍着他；另一个嬷嬷则双膝跪地，朝江心月叩头哭求道："莲德妃娘娘，求您救救我家主子，他又发病了，求您救救他……"

她们二人的哭号声令江心月脑仁发疼，再看悯郡王抽搐呻吟的病痛的模样，她又觉心里紧张焦灼，当即不由得道："都愣着做什么，悯郡王发病，快去传太医来此……"

"悯郡王不得踏出重华宫，如今这是怎么回事？"突地一个清冽的声色在背后响起，回头望去，却是扶着妃辇、仪仗繁复的宸妃。

宸妃施施然下辇，移步至江心月面前低头屈礼道："莲德妃娘娘安。这一处景致好，又很热闹，臣妾路过此地远远地闻见声音，便循声而来了。"

她发上插着一支琥珀蝶戏双花鎏金的玛瑙簪，通身映着熠熠的光泽，簪首处镶着一颗极大的琥珀珠子，那里面裹着两只张牙舞爪的大虫，二虫保持着缠斗之姿，十分骇人。江心月见了她这簪子不禁倒退一步，口中惊道："你真大胆，这么恐怖的饰物也敢戴在头上，我是碰也不敢碰的。"

宸妃轻漫一笑，有些讥讽地道："不过是千年的死物，普通的女子们却偏偏要怕。"她抬手抚着那簪子上的琥珀，扯起嘴角笑道："这簪子是吐蕃新贡奉的物件，琥珀大而通透，两只大虫扑斗却同时被包裹更是罕见至极，足见其珍贵。有皇后和莲德妃娘娘在，按理说臣妾是轮不上这么好的东西的。然而娘娘们都很怕它，皇上没法子，只好赏给了臣妾。"

她说着媚笑起来，自顾自地炫耀着那支有她才敢佩戴的饰物，似乎忘记了那位呻吟病痛的悯郡王。她又往江心月面前凑了几步，微微低了头将簪子靠近江心月的面孔，笑道："娘娘您看，这东西多么好，连虫儿脚足上划开的水纹都清晰可见，臣妾真是得了便宜了……"

江心月和多数女子一般无二，都怕这些虫虫蚁蚁，尤其是这么大的虫。她连连倒退数步，不迭道："你喜欢就好，本宫对它可没有兴趣……"

宸妃见她胆小，不禁觉得无趣，回首缓缓踱步往悯郡王那边走去。她靠近了两个嬷嬷，并不似江心月一般因悯郡王的病痛而怜悯，却是眉目倏地凌厉起来，道："宫里的规矩，你们是越发不放在眼里了！悯郡王随意出重华宫，你们两个侍婢该当何罪！"

两个嬷嬷听闻惊惧起来，均朝宸妃跪下，连连讨饶，一边哭着求道："娘娘如何处置奴婢们都可，只求娘娘快些宣太医，救治我家的小王爷……"

而悯郡王此时并未完全晕厥，他只是无力地抽搐着，呻吟着，不成人形。然而当他看到宸妃发髻上那颗硕大的琥珀珠子时，陡然惊恐，猛地高声哭号一声，继而渐渐地失去意识。

这很正常，很多小孩子也是怕大虫的。尤其是悯郡王这样神经出了问题的小孩。几个嬷嬷见他呻吟声渐小，抽搐却越来越厉害，不由得愈加惊惶地向两位妃位娘娘求救："娘娘快救救我家主子吧，这样发病下去，性命堪忧……"

而宸妃却依旧面色淡漠，没有一丝搭救的意思。

"宸妃，眼下悯郡王病重，你还纠缠什么宫规？"江心月朝宸妃蹙眉道。

"娘娘很久不曾掌宫权，怕是生疏了吧？"宸妃毫不退让地回敬道，"您菩萨心肠，只顾着怜悯，却将宫规抛之脑后了吧。"

她分明是在炫耀她掌宫的权势。江心月再看躺在嬷嬷怀里，越发神志不清的悯郡王，不由提高了声色道："宸妃，本宫位高于你，即使你掌宫权也不可顶撞本宫。来人，将悯郡王移至就近的衍庆宫主殿，再宣几位太医过来。"

江心月吩咐完，自有宫人上前行动。宸妃在侧瞧着虽不满，却也实实不敢顶撞位高又隆宠的莲德妃，只好带了几分怒意与被拂脸面的尴尬立在原地。

"戚贵嫔，劳烦借你的寝殿一用，你无异议吧？"江心月朝戚贵嫔斜斜飞去一眼道。

"自然无异议……"戚贵嫔低头诺诺。

江心月微微颔首，目色中却透了几分凌厉，道："你方才要取悯郡王的性命，实在大胆。"

戚贵嫔惊惧之下跪地道："臣妾并不知晓……"

"你不知？"宸妃突地冷笑一声，挑眉看着戚贵嫔道，"你是明知悯郡王的身份，却故意想趁机残害！悯郡王衣襟上是苏绣金丝的工艺，你不认得么？还以为他是个小奴才？"

戚贵嫔不料宸妃会冤枉她，霎时惨白了面色，手足慌乱。

她说的是实话。方才，悯郡王一身污泥，那点子露出的金丝若非眼力极好是绝观察不到的。她当然是在不知情的状况下下了处死令。她方要辩驳，却只见宸妃微微一抬手，轻巧而散漫地道："给本宫拖下去，押入慎刑司听候发落。"

戚贵嫔还未反应过来，就已经被宸妃手下的宫人拖拽了下去。宸妃回头望一眼江心月，颇嘲讽地一扯嘴角道："莲德妃娘娘心善，然戚氏这等人是万万不值得怜悯的。您真以为她的早产是遭了毒手？"

"什么？难道她……"

"她那分明是自行催产！"宸妃面色厌恶地道，"她谋夺帝位，为了与您的四皇子和皇后的三皇子相争，连自己的骨肉都不顾。早产不仅能够赶上九月二十一日逐月长久的大吉日，且会博得皇上的疼惜，就如您中毒九死一生产下四皇子一样。"

江心月听完才觉惊骇。血浓于水，哪里能够为了权谋对亲骨肉下毒手？早产后的五皇子羸弱不堪，时常病痛，她竟也忍得下心！

其实也是，皇后虽权势强盛却不至于有通天的本事，她失宠受冷，哪里有闲暇去注意戚贵嫔。

江心月思及之前对戚贵嫔的怜悯，此时只觉十分可笑。

她望向亭外的几十名宫人，他们之中有她的人，有宸妃的宫人，也有跪在地上正求饶的戚贵嫔的宫人。她冷冷一笑，大声道："戚贵嫔是蓄意加害悯郡王，方才你们都看清楚了？"

宸妃和她自己的宫人们自然答道"看清楚了"，而戚贵嫔的宫人们却低头不语。此时，一个穿着碧色宫装、看着模样有些头脸的宫女突地叩头道："禀莲德妃娘娘，方才我家主子的确不知悯郡王的身份啊……"

"空口虚言，欺瞒上位。"江心月淡淡地瞥着她，朝旁侧一努嘴，道出两个字，"杖毙。"

那宫女吓得一个哆嗦，两只臂膀已经被人架了起来。她在一边挣扎，江心月已经吩咐了下一个命令："衍庆宫主位戚贵嫔有罪，你们这些奴才也脱不了干系。"她说着抬手一指那个擒住悯郡王的肥硕内监，道："此人冒犯郡王，就地杖毙。其余人赶到辛者库里去吧。"

她说完，侧首向宸妃道："宸妃协理六宫，对本宫的处置无异议吧？"

"娘娘英明。"宸妃终于朝她真诚地笑了起来。

除掉戚贵嫔对二人都有利，这么好的机会何乐而不为呢？

之后，哀号求饶声不绝于耳，还夹杂着二人惨烈的呼痛声。江心月则与宸妃一同带着病重的悯郡王，朝衍庆宫行去。

江心月在路上朝宸妃冷笑："宸妃掌宫之后，耳报神是越来越灵了。连戚贵嫔早产的事都能探听到。"

"不敢当。"宸妃也是冷笑，"只是娘娘您十月怀胎，对宫中事务生疏了。"

等二人到了衍庆宫，几位太医也都到了。众人自是忙着看顾悯郡王。

在外殿，宸妃对江心月道："莲德妃娘娘不应怜悯戚贵嫔，更不应怜悯他。重华宫里的惠妃多年不问世事，此时悯郡王怎会偷跑出来？她打着什么算盘娘娘理当一清二楚。这悯郡王的发病表面上看着吓人，实则……当不是什么危及性命的事。否则惠妃怎放心让他出来。"

悯郡王在重华宫时，平日就常有发病，这些宸妃与江心月都是知晓的。要想拿捏准时机让他在外头发病也十分简单，两个嬷嬷必然知道该如何做。不过是一出简单的苦肉计罢了。

"这些本宫当然清楚。"江心月眼中带着怒意道，"惠妃如今也不安分了。可是你，宸妃，即使悯郡王的病并不危险，他一个三四岁的小娃受病痛折磨也是可怜，你怎能不搭救？"

"即使是小娃，那也是惠妃的骨血……"

江心月闻此更是愤然："拓跋一族与姚家有嫌隙，但稚子无辜！你何必

809

迁怒于他。如今惠妃的圈套我们已经疏于防范了，若不救治悯郡王，他躺在外头发病更容易闹到皇帝耳中！你只为了私仇而厌恶他，何必如此呢？"

二人的话未说完，里面已传来嬷嬷们惊惶的声音："小王爷，您可千万不能有事啊！赵大人，您怎能说小王爷凶多吉少呢？他怎会有事……"

江心月与宸妃对望一眼，均起身步入内殿。床榻之上的悯郡王半清醒半昏迷，仍时不时抽搐，然床榻前的几位太医和两个嬷嬷均跪在地上。

那个姓赵的御医见了江心月二人，忙手脚并用地爬过来，抖着官袍颤声道："娘娘饶命，小郡王病发凶猛，恐撑不了多久。微臣无能……"

宸妃却倏地笑了，瞥一眼床榻上的人，道："痴傻儿中常有患'羊角风'的，悯郡王的症状，本宫看着和'羊角风'无异。这在民间是极常见的病症，根本不会致死，且如今悯郡王的抽搐少了些，神志也较之前清醒，应是病症减轻了，何来'撑不了多久'？你是在哄骗本宫与莲德妃娘娘，还是在诅咒于悯郡王？"

宸妃的一番口舌也算是凌厉而巧妙。赵御医听了身子抖得更厉害了。宸妃却是极嘲讽地笑道："方才你抖袍子抖得好生奇怪，这一次你才是真的在发抖吧？"

而江心月见了他，却比宸妃还要愤然。她厉声喝道："本宫明明吩咐了传召张御医和几位医官来此，根本未传召你！张御医呢？他在哪里！"

江心月知赵御医是皇后的人手，而今日惠妃要演这出戏，定少不了皇后的推波助澜。果然，果然她的猜测没有错，皇后与惠妃联手了。

赵御医在她脚边，支支吾吾道："张御医他今日闹肚子……"

"他病得真是时候啊。"江心月冷冷道。

张御医并不是江心月的心腹，而是宸妃的人手。江心月最信任的人是齐院使，然而他却是皇帝的心腹。没法子，只有选了张御医来。

此时两个嬷嬷却又发出一声惨号，似乎是悯郡王又抽搐了下。她们极悲切地求道："娘娘，求您通禀皇上吧，小王爷此时境况危急，理当告知皇上啊！"

这戏辛辛苦苦地演了这么久，为的不就是这句话么！若皇帝来了，见到悯郡王的惨相，自然会极疼惜，还少不得要将惠妃叫过来，其中再做一些推波助澜，这惠妃……宸妃当即气恼，道："近日政务繁忙，皇上怎有闲暇来此！本宫看悯郡王没什么要紧，无需回禀圣上。"

她这话说得并没有底气。按照赵御医所说的，悯郡王病危，当然应当通禀皇帝。宸妃她想将事情压下来，也是不容易，毕竟还有皇后在呢。

"皇上那边，自然会派人去通禀。"江心月淡淡道，"不过，皇上很可能正召见着哪位大人，所以你们要等等了。"她朝玉红耳语了几句，便见玉红急急地跑了出去。

两个嬷嬷见莲德妃如此，不禁有些意外，但下一刻她们便反应过来——莲德妃嘴上说去请皇上，可鬼知道刚刚那宫女跑出去是做什么去了！

然而她们也一点法子都没有，总不能说不相信莲德妃吧？然而江心月这边仍是处于劣势，若她们两个和这个赵御医一直坚持下去，闹得久了皇上想不知道都难，她还没有那个通天的本事封锁这种消息。

场面僵持着，两个嬷嬷继续号啕大哭，赵御医继续磕头请罪。江心月不由觉得烦腻，起身朝外殿而去。

宸妃滞后一步，却是顿了脚步道："擅长儿科的御医只有你一人么？既然你说你无能为力，那就多传召几位御医来此吧。"

"娘娘，今日皇后娘娘头风发作，内医院此时除了微臣，已经没有得闲的御医……"

赵御医此言一出又惹得宸妃愤然无比，但她却丁点法子都没有，只能不住地发着火气道："皇后娘娘多么娇贵的身子，头风发作要请那么些御医去诊治！这病得也真是时候！"

"宸妃，你性子太直，还是收敛些吧。皇后身为国母，这样做理所应当。"江心月忍着火气，闷闷地道。

宸妃也是无力。她再如何掌宫权，最大的权柄仍在皇后手中。她只好随江心月至外殿静候。

然不过片刻，玉红就已然急急地奔将回来，她竭力稳着神色地朝江心月耳语了几句。

她说，咱们在重华宫的那颗棋子，被掌事红琴姑姑乱棍打死了。

还有，红琴姑姑此时正往龙吟殿那边去。

江心月听完就慌乱了。她是真的很慌，因为她知红琴明明是宸妃的人手。因着拓跋一族与姚家的纷争尖锐，宸妃从进宫起就防范着惠妃，有红琴在，重华宫的人被管束得甚严，惠妃与悯郡王及身侧的一众宫人都死死地守着规矩，不得踏出重华宫一步，每日吃斋念佛。惠妃一众不得出来，掌事红琴却是可随意出入的，她此时去请皇上……

她要禀报的事情，定然是——悯郡王不见了，求皇上满宫搜寻。

她如今是在为惠妃效犬马之劳了。

但江心月的定性极好，面上丝毫未有波澜，一双妙目仍然平静如秋日中的云梦湖水。她听完玉红所说，轻缓而自然地流淌出一抹笑意对宸妃道："这事还可拖延一会儿。柔容华和涵才人两个已经在拖住皇上了。"

宸妃当即也笑了，道："你的法子倒是灵巧。"

然而江心月随即却再次与玉红耳语。玉红听后，也再次跑了出去。

她偷眼瞧着宸妃。宸妃在微末枝节上的洞察力果真不如江心月。她并未因玉红的再次出殿而感到异样。

江心月只安静而娴雅地坐着，面上在极短的瞬间，透出一丝诡异的冷笑。

宸妃，你很喜欢这协理六宫之权呵……不过，本宫也很喜欢。

天色将近黄昏。远处那一抹紫金辉煌的霞光已渐渐从重叠的山峦中透出，颜色愈加美艳，红日悬在山头，落日之美令人惊叹，此时四周的温度却缓缓地凉了下来。江心月有些冷，遂命扣下了窗栏。她不经意间有些急切地望向殿门的方向。

宸妃则依旧恼怒地盯着殿内的一众折腾胡闹的人。她时不时回过头对江心月道："这还有什么法子么？这么下去，就算我掌宫权，也是不敢再压下事端，皇后少不得要抓我们的把柄呢……"

然而江心月却柔和地朝她一笑，道："是啊。悯郡王病重瞒而不报，这是个不小的罪名呢，宸妃。"

宸妃有些惊异于她诡异的话。下一刻，从殿门外却急惶惶地闯进一个明黄色的身影，他高声快语地道："熙儿在里面么？他如今怎样了……"

宸妃霎时惊愕，她与江心月均仓促地行了礼，跟在皇帝身后进内殿去。两个嬷嬷与赵御医见了皇帝，如同沙漠中饥渴难耐的人见了一泓甘泉，三人手脚并用地爬到皇帝面前哭求道："皇上，您总算是来了，小郡王性命堪忧啊……"

皇帝身后的齐院使已经赶至悯郡王的床榻前。皇帝听了赵御医的禀报更为忧虑，不禁奔过去探看悯郡王。悯郡王此时的病症却比之前严重得多，他口中也再次往外吐出白沫。

宸妃已经且惊且惧不知所措，麻木地立在皇帝身侧，低头不语。江心月一见悯郡王的样子却是愤懑，她猛地往两个嬷嬷那里怒视而去，果然有一个嬷嬷紧紧蹙眉，神色闪烁。

她们应当是悯郡王最亲近的人，当然很疼爱他。然而……然而为了惠妃的大计，她们也不得不让悯郡王吃些苦头了。

江心月缓缓闭目，无声地叹息着。这些年，重华宫里的惠妃对她唯一的痴傻儿费尽了心血。悯郡王无知不懂事，即使三四岁了也不会说话，连将喂到嘴边的饭咽下都无法做好，平日呕吐或玩闹更是将全身染满污秽。然而惠妃十分尽心，几个姚家选出的医女片刻不离地守在重华宫，她则日夜亲自照料悯郡王，日日晨起求佛祈福。

但为了走出重华宫，她没有法子，终于拿了她最要紧的骨肉来利用了。

皇帝在焦急过后，显然十分恼怒，回头对着宸妃厉喝道："熙儿这个样子，你为何要瞒报！若不是德妃遣宫女过去传了话，朕还不知朕的骨肉生死未卜！"

宸妃倏地大惊，她不可置信地看着旁侧的江心月，然后，她惊恐愕然的目色逐渐变得狠厉，最后终于连那抹狠厉都被隐去，只余满满的死灰一般的沉寂黯然。江心月回应她的，依旧是柔和而温婉的浅笑。

宸妃长长一叹，微闭了目缓缓跪下，却仍是不甘心地道："臣妾冤枉。"

"皇上，宸妃的事先放一放吧，此时悯郡王要紧。"江心月在侧柔柔地劝道。

皇帝一手握住了她，喟叹一声："只有心月你会救助熙儿。"他继而朝宸妃一指道："你给朕去殿外跪着，听候发落。"

宸妃突地挺直了上身，急急道："皇上！莲德妃她也是……她……"

"宸妃，你慌乱之下连规矩也忘了么？你对本宫怎不用敬语？本宫还道是你掌宫权，最重礼法规矩的。"江心月打断了她，又朝皇帝道，"宸妃这个样子，恐哭闹起来扰了悯郡王。"

皇帝点头。旁侧已有御前的宫人不顾宸妃的身份，将她拖拽了下去。

而宸妃听了江心月最后一句话，反而怕"扰了悯郡王"，果真不敢再闹了。

江心月看着她狼狈而无力反击的样子，终于从唇角沁出一抹畅快的冷笑。宸妃，连自个的棋子都无法掌控好，如今的下场只能怪自个了。

而惠妃……江心月没有想到，她隐居重华宫不问世事，竟还有这等的本事，连宸妃的人都收为己用。红琴去请皇上的时候，江心月已经来不及派人去阻拦，便知无力扭转局势，只能顺了惠妃的心意了。今日她栽在了惠妃和皇后手里，但好歹她拉下来一个宸妃，也算不得败落。输得最惨的，只有宸妃。

第
三
十
二
章

悯
郡
王
（
四
）

　　此时皇帝急切而紧张地去看悯郡王一张面无血色、双眼翻白的面孔。他愈加动怒，朝齐院使急道："你诊出来没有！他如今到底怎样？"

　　齐院使却没有皇帝那样紧张，他最后翻了一下悯郡王的眼皮，才道："皇上不必忧心，小王爷是发了'羊角风'，性命无碍的。这病症也是平日里常犯，用些药物就会缓过来。"

　　皇帝终于舒一口气，沉沉道："朕本就愧对这孩子，若他有什么闪失……"

　　"皇上福泽庇佑，悯郡王应当不会有事的。"江心月挽着皇帝的臂膀道。

　　只是，悯郡王无事又能怎样？皇帝已经多年未见他，此时看见他病发怎能不疼惜？而惠妃……

　　齐院使自是写了药方交与医女下去煎药。此时跪在一边的赵御医却是大胆地道："皇上，微臣虽无能，然微臣窃以为悯郡王的病需要更多的御医照料，长久待在重华宫于病情不利。"

　　皇帝并未驳斥，只是看向齐院使。

　　此时江心月心里真是一片死灰了。其实悯郡王数年来都居在重华宫，被惠妃照料得很好，四周又是僻静的佛门，静心养病最合适不过。然而，这赵御医的理由也十分充分，内廷里距离内医院更近，更方便御医去照料，也可以安置几位御医专程看顾；重华宫那地方毕竟肃穆，平日里御医也不好大肆进出，都是几个随居在重华宫里的医女在照料。

齐院使思忖片刻也道："回皇上，赵御医所言确有道理。虽然脑中的疾病最难医治，然而多几位御医看顾总归是有益的。"

皇帝在榻侧坐了下来，他也在思量。只是，江心月知他考虑的可不只是悯郡王的病情，而是惠妃以及她身后的姚家。

他虽然不知内情，但从表面上便可知惠妃与姚家的算盘。

其实权衡之策，是极微妙而变数无穷的。若说拓跋一族要牵制姚家，那么姚家也是在牵制拓跋一族。如今北域异动，边关急需将才，皇帝显然不想像对待陈家一般处置姚家。

姚家有野心，拓跋家又何尝不是呢？宸妃对皇帝真心，然宸妃的兄长却是个期盼家门荣耀、好建功立业的人物，他不仅举荐了很多拓跋氏的子弟任军中要职，且对自己妹妹打的算盘也不少，否则去白鹿围场时他为何要刻意带上拓跋凌心？皇帝一再打压姚家，但打压过了头可不是好事。

这么想着，皇帝心里便有些动摇了。他终于朝背后的王云海道：

"传旨，惠妃迁出重华宫，迁居……瑜景宫主殿吧。"

惠妃终于如愿，皇后，也是如愿了。江心月心里泛着疲惫与忧虑。

她凝神的瞬间，手却又被皇帝给拉住了。她无奈地一笑，却是转头朝皇帝道：

"臣妾将悯郡王送到此处时，赵御医一口一个'病危'，臣妾慌得不行。可是如今齐院使却诊治是无性命之忧。皇上，这赵御医是否太无能了些？连是否危及性命都诊不出来。"

赵御医一听，浑身都悚然起来了，但他总不能说自己是在欺瞒主子们吧？他只能慌乱地趴跪着叩头，口里喊着："微臣无能……"

江心月瞧着他冷笑。这人虽身份不高，却是极要紧的御医，皇后的势力，她能肃清一个算一个吧。

皇帝此时无心理会他，挥了挥手，只道："既然无能，就革去职位轰出宫去。"

皇帝处置了赵御医，方才起身至外殿，命人将跪在院落中的宸妃唤进来。宸妃面色惨白，进殿磕了一个头，低低地跪在殿中央。

江心月坐在旁侧，却是蹙眉瞧着她道："宸妃，你如今戴罪之身，为何不卸下钗环？"

宸妃一怔，却是咬唇道："皇上，臣妾冤枉。臣妾不是罪妇，无需披发。"

宸妃毕竟是隆宠的高位。皇帝朝她点头，给她解释的机会。

"皇上，方才臣妾并不是要瞒报，只是莲德妃娘娘说已经派人去回禀皇上了，遂臣妾才未派遣宫人去。臣妾……没有丝毫的过错。"

"唔。"皇帝仿佛有些相信，问江心月道，"她说的可对？"

宸妃所言，自然是事实，即便江心月那回禀皇上的话不过是哄骗两个嬷嬷，即便她宸妃的确想瞒报。江心月却连眉头都不动一下，轻一摇头道：

"皇上，她说得不错。然而宸妃，你还记得你的话么？你说，'近日政务繁忙，皇上怎有闲暇来此！本宫看悯郡王没什么要紧，无需回禀圣上'。本宫见你不肯，才不得不遣了人去通禀皇上。"

这话说的也是事实。宸妃惶急道："一开始是臣妾不相信悯郡王病危，齐院使不也说过么，悯郡王的确无碍……"

"宸妃并不通医理，怎敢质疑赵御医呢？"

江心月一个反驳，宸妃便无话可说了。此时她只是悔恨至极，为何她要直率地说出那样的话，让莲德妃抓住把柄。

皇帝并不发话，他仍在思量。江心月知皇帝是会偏袒宸妃的，此时还不足以给宸妃定罪。她并不忧虑，只是抬手抓了身侧方几上的一把折扇，猛地打在宸妃发髻上的琥珀簪子上。

宸妃的发髻霎时被击得凌乱，琥珀簪子受力摔在地上，那极其珍稀的大颗宝石之上裂开了一道清晰的裂纹，这稀世珍宝算是给毁了。

宸妃大惊之下，倏地怒起，喝道："莲德妃娘娘！如今臣妾还未定罪，不可受辱！"

江心月冷冷一哼，朝皇帝道："听闻这支簪子是吐蕃进贡的珍品，满宫里仅此一支，平日里宸妃是不舍得佩戴的。然而今日她在初亭那儿见了悯郡王，却偏偏给戴上了。"

皇帝看着那碎了的琥珀中，模糊有着两只体态狰狞的大虫在搏斗。他也蹙眉道："朕不是说过，你不要轻易佩戴这东西，很多人都会被吓着么？"

"臣妾今日只是想去见皇上，臣妾……"

"胡说！"江心月挑眉道，"你这簪子要戴给皇上看？本宫看你是专程戴给悯郡王看的吧！"她转首对皇帝道："臣妾听闻，有'羊角风'的人，惊吓恐惧也会导致病发。当时宸妃来时，悯郡王已经发病，然当宸妃靠近悯郡王时，却导致他晕了过去。臣妾猜测就是这簪子的缘由。"

皇帝面色沉沉，好一会儿才道："戚贵嫔的事朕也知晓了。熙儿病发，多半是被戚氏吓着了。你戴这簪子也是不该。"

"皇上，臣妾只是路过，怎会知道会遇见悯郡王啊！"宸妃依旧辩解着。

之后，皇帝并未在宸妃身上耽搁太多的时间，只是命她回宫禁足思过。

晚间时，郑昀睿有两道旨意晓谕六宫，废宸妃协理六宫大权，降为嫔，禁足三月。戚贵嫔废位，入冷宫，五皇子迁至启祥宫，并寄在莲德妃名下。

一个时辰后，第三道旨意也下来了，复莲德妃协理六宫大权。

江心月一日疲惫地回来，最后宫里却多出一个羸弱可怜、与四皇子差不多大小的小婴孩。玉红、贵喜一众喜滋滋地为五皇子安置，均向江心月贺喜道："娘娘又多添了一位皇子……"

皇子、公主失去生母后，养在其余嫔妃宫中和寄在这位嫔妃名下是截然不同的——如大皇子，无论是内务府的宫录，祖宗的祠堂里，还是将来大周的国史之上，他都会被记录为废后陈氏所出，由上官皇后抚育；而五皇子，他会被记录为莲德妃江氏所出。

从今往后，他的母亲只有一位，就是江心月。

江心月是怎么也料不到会有这样的结果。她要的只是宫权，而不是多出一个五皇子。

喜也有，惊也有，惧也有。总之，她是亲自去探看了拾掇出来的五皇子的寝殿，然后安顿好了五皇子。五皇子的乳娘颤颤地立在她面前磕头行拜见主子的大礼，如今她是衍庆宫主殿里唯一有了好下场的宫人了。

江心月坦然受了她的礼，并未和她多说什么，只是吩咐她今夜初来，先安置好了早早歇息。她出殿门的时候，步子仍然是战战兢兢的，刚出了门就遇见从外头进来的菊香，她又"扑通"一声跪下道："掌事姑姑……"

菊香好笑地令她免礼退下，方进了殿门，与江心月道："文容姑姑是吓坏了，娘娘您可是对她说什么了？"

江心月也淡笑一声道："我自是和颜悦色，哪里有威逼她。只是，外头的那些流言如今也猖獗了，都道我复起之后性子凌厉，一个个的将我比作洪水猛兽。文容她还未见我，就已经吓得趴下了。"

她近来为了夺宫权，一向是妆容华丽，言语举止较强势的。但说她凌厉，她真觉着冤枉，她可不是戚贵嫔那种一日得势便欺辱低位嫔妃的人。

菊香听了有些置气，道："宫里的女人，就是喜好嚼舌根子。她们不过是对娘娘有妒意。说凌厉的还算好听，五皇子的事，她们说的那些……奴婢都听不下去。"

第三十三章 二

惠妃复出

戚氏自始至终都不肯认罪，连连道是莲德妃与宸妃联手陷害。而苏更衣等人则有妄言，道是莲德妃为了五皇子而算计了戚氏。这其中有真有假，江心月只是淡笑着道："流言而已，这是皇后的老招数了。苏更衣倒是个好用的嘴巴。"

皇后如今有了惠妃这个臂膀，气势更为强盛，也更有心思去对付莲德妃了。不过，她始终无法复宠。

"不过娘娘，这一次的事端，您才是最大的赢家。"菊香并不是曲意逢迎，她说的是实话。

赢家？确实如此啊。多了一个五皇子，就多了一分夺帝位的筹码。然而，然而……江心月心下不由苦涩，什么时候她也眼红那个位子了？

这是皇宫，是天底下最为权势熏天的地方，是最惨烈的战场，是同时拥有地狱与仙境的最为诡异的所在。最后留下来的人只有一个，她会是最终的赢家，而其余的人……都会得到比死亡还悲惨的下场。

即便不是皇后这类贪图权势的人，即便只是想活下去这么简单，江心月已经卷入纷争，再也不可能全身而退。她必须要去争那个尊位。

江心月终于轻笑着，对菊香道："你说得很好。"

她被悯郡王折腾了半日，已经疲倦不堪。然而她仍是撑着靠在贵妃榻上，去翻看刚刚从内务府奉过来的账簿、彤史。

菊香亲自去为她煮了一壶普洱，玉红跪在她身侧为她捏揉有些酸胀的小腿。

她看了一会儿，突地道："宸嫔……她未被褫夺封号，也未被迁宫。你们看这上头——内务府给她的衣料还都是上品。"

"哪个敢苛待她呢。"菊香无奈道，"皇上下旨的同时，还一再吩咐了内务府将她照料好。她的封号'宸'字多么荣耀，只要她仍拥有这个字，就永远不算失势。"

"是，她的福气好。"江心月并不忧虑，只是淡笑，"无论如何，宸嫔想要复起是太难太难了。后宫权势就是一块金子，这么多的人是不够瓜分的，皇后、惠妃，还有本宫，岂会令她如愿。"

菊香也是点头。顿了顿，又道："不过戚氏……她的处罚可比宸嫔悲惨百倍。两相比较，迥然不同。"

戚氏好歹育有皇子，被冤之后却就此入冷宫，她的这一生已经算是完结了。江心月淡漠而冷冽地笑道："她这是咎由自取。宸嫔的罪过只是瞒报，而戚氏是谋害。如此处罚，也不会不服众。"

旨意上的罪名，确实是这样写的。关于那块琥珀，皇上并没有追究，宸嫔也就没有了谋害的罪名。

江心月早就料到会如此。如今北域还没划入大周的版图呢，宸嫔的价值还没有被利用完，她怎么会有事？同样的，惠妃怎么会不如愿？

戚氏苦心经营的五皇子，最后却落到了江心月手里。前人种树，后人乘凉，也不知她如今在冷宫是何等心境。

江心月方要安寝时，却是拉着菊香在她耳边道："文容此人是侍奉过戚氏的，我不能手软。我会另选得力的乳娘伺候五皇子，文容的事你令贵喜去办，让她三日之内不要再出现在我面前了。"

菊香一点也未有惊恐之色，只点头应下来。

衍庆宫的主殿一夜之间人去楼空，戚贵嫔败落后，许多人都额手相庆。

江心月听了下人的禀报不禁嗤笑道："她那个性子，真是得罪了不少人了。"

玉红也笑道："是呢，冰绡曾说的那些话虽难听，但如今都应验了。"

戚贵嫔争了一世，最后果真是画虎不成反类犬了。

"你们不要太过欢喜了。"江心月叮嘱道，"你看如今的戚氏，就更应该明白，后宫中得宠与失势实在是变幻莫测的事。我能有今日，不也是经历了多少次的九死一生、大起大落么。此时安乐，你们心里也要紧绷着弦，我风光的时候正是旁人最想对我喋血扒皮的时候，万事都不可大意了。"

玉红与一众宫人纷纷称是。菊香自是去训导，令宫内人不许在外张狂生事。

余下的几日，宫里人均盯着那位重回内廷的惠妃。

江心月前去瑜景宫时，正是下了两日的大雪刚刚停歇，路上还十分湿滑的一日。她裹着雪豹裘的大氅，一身鹅黄大绣裳并蒂莲的彩晕锦缎，扶辇而行。

瑜景宫主殿映雪殿仍是一如往昔，穿堂、回廊之中干净得一尘不染，却也干净得没有那些雕梁画栋的彩绘与石山摆设。前院后院遍植梅树，那些梅是曾经梅贵嫔盛宠时皇帝赐予的名种，梅贵嫔殁了之后，皇后与宫妃们均嫌晦气，并未有谁想贪图这些花儿。遂它们一年一年地在此地生长着，由花房例行公事地照料，在每一年的冬日盛开得美不胜收，却无人欣赏。

梅贵嫔除了贪恋名种梅花之外，对其余的荣华富贵均无兴趣。映雪殿清冷，院落内除了梅，也真找不着旁的什么入眼的花儿。不过，如今正是冬日，瑜景宫里梅花开得好，远远地便闻见十里清幽，再步入宫门，面前一丛丛或粉白，或玉白，或红艳的梅枝，映得江心月忍不住惊喜。

惠妃的殿门敞开着，而她自己则坐在一处照水梅的旁侧，与丫鬟们拿了银剪子修梅枝。她见江心月来此，方放下了手里的活计上来行礼道：

"早该去拜见莲德妃娘娘了……"

江心月虚扶一把，笑道："惠妃不要与本宫客套了。本宫还记着当年咱们同处一宫的情分呢。"

她说完这话只在暗自嗤笑——这话可说得表里不一，虚伪至极了。若说不要客套，那为何还要一口一个惠妃，一口一个本宫呢？

惠妃神色动也不动，只是淡笑，恭谨地引了江心月至殿内坐。她淡然而缓慢地道："数年不见，您果真扶摇直上，直入云端了。臣妾在此恭喜娘娘如今得享高位，又儿女双全。"

数年前，江心月还只是华阳宫里受尽欺凌的小小的选侍，而惠妃是一宫主位。后来她成为惠妃的臂膀，也是俯首侍奉她，为她所用。然而今日，江心月竟然位高于惠妃。

不得不说世事难料。

江心月颔首谢她的恭贺，一边坐下笑着打量她。惠妃今日的衣衫是蟹壳青点翠撒花的素软缎，发髻上只斜插一支从一品妃位的品级金凤簪子，并无金钿。

她那恭谨的样子，更是与昔日的飞扬跋扈差了十万八千里。江心月只觉心沉沉地往下坠去。

她吃了一口清冽的梅云飞霜茶，唇齿留香，十分清爽怡人，虽不如启祥宫和凤昭宫里的黄花云尖、碧螺春等珍贵，却喝着很舒坦。她放下了茶盏，笑道："惠妃如今怎喜欢这些素淡了？"

"臣妾久居重华宫，一心向佛，当然素淡了。"惠妃理着衣衫上一只祥云白玉络子，轻柔地道。

"你原本是居在华阳宫的。"江心月有些惋惜地道，"瑜景宫毕竟简约了些，只怕你住不惯。只是不想你如今并不喜奢华了。"

其实皇帝指了这一处素净的地方，也有打压惠妃的意思。他完全可以如江心月重回内廷时还有宸妃入宫时那样，翻修宫殿，奢华布置，但是他没有。

惠妃笑而不语。她抬首瞥见江心月身后宫人手上的雪豹大氅，不由得道："只是莲德妃娘娘隆宠盛势，这雪豹臣妾认得，是长白山那处与北域交界的地方所产，不说豹类骁勇灵巧，难以猎杀，这雪豹却是千头豹中只能出一头。雪豹的皮毛，若臣妾没有记错，每年宫内也只得两三匹的进贡。"

第三十四章 二

掌权之道

江心月点头赞许道："惠妃不愧是将门之女，认得这类东西。本宫如今是掌宫权的人，想素淡也是无法了。"

二人一边品茗，一边聊一些孩子们的事。她们同是为人母，如今也只有这一点能够有些共同的话题了。惠妃说起自家的悯郡王，只一面哀伤一面疼惜地道：

"他一年前还不会讲话，就在今年初春，他叫我一声娘。我当时眼泪就下来了……"

江心月此时也柔声道："我早就听闻你对悯郡王多么尽心，连喂饭都是亲自来做，若是旁人，早就推给下人们了。不知如今悯郡王的境况如何？"

惠妃往东暖阁的方向望一眼，才笑道："他很好。皇上疼惜，分派过来的御医都尽心伺候，这几日'羊角风'也没有发作。"

江心月一时入情，张口便想说"我可否进去探望他"，但只一刻她便看到惠妃眼中的警惕，最终只得将话吞进了肚内。

她本还想说些媛媛的趣事，但最终也是没有说出口。媛媛惹人头疼的胡闹与任性，却是惠妃一辈子都奢望不得的。江心月虽然与惠妃对立，但她不想用此事来残忍地伤害惠妃。

不多时，惠妃便有些突然地道："娘娘今日来访，不知有何要事呢？"

江心月低低浅笑，惠妃这是不想留她在此了。她只是越发温婉，道："本宫确实是有事。惠妃，如今本宫掌宫，你新从重华宫迁过来，定有些不适的地方。本宫才特地过来看看。你这瑜景宫有没有安置好？还缺什么不缺？"

惠妃一愣，不承想她会这样好心。

她低眉思忖了片刻，才感激地道："莲德妃娘娘德行出众，果真名副其实。臣妾如今一切都很好，哪里有缺什么。"

"那样最好。"江心月笑道，"若日后有什么不习惯，你尽管来启祥宫求见本宫。"

惠妃此时却是笑了，她真有什么事，那也是求见皇后。莲德妃今日的态度既体贴，却又疏远，让她摸不着头绪。

一盏茶慢慢地磨着喝下，转眼江心月的茶盏空了，旁侧的宫女已经再次添了一盏。而江心月却仍拉着惠妃说些关切的话，没有要走的意思。

终于，江心月觉着待得够久了，方才告辞而去。

她这一次并没有扶辇回去，而是慢慢地踱着步子，一步一步挪回启祥宫。她面色平静如水，步子也是端然袅娜，并未因路途不畅而走得难看。

然而当她回了启祥宫，却是将大氅甩手扔在案几上，带着火气道："惠妃在重华宫住了多年，性子真是磨得很好！"

如今的惠妃可不像以往了。她沉稳，冷静，越发难以对付。

"娘娘，那我们手里的这些账簿……"

"如今她这般做派，本宫还能拿她怎样。"江心月蹙眉接过玉红手里的册子，也是随意地扔在案几上。那上头是内务府这月发下的份例，而惠妃的份例明显超出了从一品妃的规制，是皇后的拉拢与那些下人们的曲意逢迎所致。

"就算她在份例上逾矩了，但她衣食住行都是简约的，本宫也无法说她奢靡。"江心月走了一遭瑜景宫，很是失望。她自然不是诚心去关怀惠妃，她本是带着账簿去挑惠妃的错处的。

菊香为江心月端了炭盆过来驱寒，缓缓地道："不过娘娘，您也不是一无所获。"

江心月听了她所说，终于笑了，道："你最知我的心思。我不屑与皇后这等狠辣无情的人为伍，但她的长处我也应好好讨教。如今我体贴了惠妃，也算博了个贤名。"

她对惠妃的体贴也自然不是因着心中的怜悯。

第二日，她体贴众妃，给各宫多添了这一冬的炭火。其中她发现内务府造办处的几个内监有克扣的行为，当即命人杖毙。那些平日不得宠的妃妾得到关照，对莲德妃额外感激。

然而并不是所有人都会感激她的。第三日，景嫔、徐婕妤、陶才人三位满腹怨怼地奔到启祥宫里来。

此时江心月刚哄了五皇子睡觉。翊儿体弱，方才请了齐院使过来开药，她与乳娘折腾了很久才给他喂下药去，又费了很大的心思才给哄睡。病弱的小孩子额外难伺候，还好江心月已经有了两个孩子，养孩子对她来说并不难。

三个嫔妃在外喧闹求见，江心月生怕吵了五皇子，忙令乳娘蓝氏给抱下去。文容已经"病死"宫中了，蓝氏是她精挑细选且知根知底的人，定不会出差错。

抱走了五皇子，江心月才厌烦地吩咐宫人请她们进来。她端然坐于上首，蹙眉看着下头面色不善的三人。

"娘娘，这月的螺子黛只发了三钱，怎可能够用啊！"景嫔位高，率先跪下向她哭诉抱怨。

"是啊娘娘，嫔妾的象耳白鱼翅迟迟未发下来，禾麻鲍也给换成了难吃的青边鲍鱼，不知内务府是怎样当差，一个个的玩忽职守，苛待我们！"陶才人在景嫔身后跪着，愤愤然地道。

"内务府的人苛待你？陶才人，你这话的意思是说本宫在苛待你吧？"江心月冷笑道。

"嫔妾不敢。可是……我们这月的份例都发得极少，这……于娘娘的贤德也有损……"

"陶才人有话还是直说吧。"江心月斜斜地瞥着她道，"你真的认为本宫是在克扣你们的份例？"

三人均默默无言。然而她们面上的不甘与愤懑却是最好的回答。徐婕妤胆小，她跪在景嫔身后压抑着抽泣的声音，眸目通红，一张精致的面容梨花带雨。江心月只觉得她的抽泣声十分吵闹。

她抬手揉了揉太阳穴，方才淡淡开口道："宫制，嫔位每月得螺子黛三钱，青雀儿黛一两。景嫔，本宫给你的没有少一分一毫吧？贵人以下，若非尊位赏赐，鱼翅、燕窝、鹿茸、松露、青边鲍鱼每月可得一海碗，禾麻鲍贵重，不得享用。"她絮絮而声色严厉地念完，才以目色逐一扫过面前的三人，道："你们方才的抱怨，本宫实在听不懂。"

江心月给每个宫里多分了炭火，还照应那些受冷的嫔妃。如今减少了宠妃们的穷奢极侈，总的开支一算下来，反而比往年要少。江心月暗自夸赞自己掌宫的才能。

三人此时才觉发惊。她们均是宫内的宠妃，内务府总会竭力巴结奉承，使她们的日子远远超出了宫制。而对于每月应得多少份例，她们早已经不熟悉了。

陶才人仍是不服，口中低低道："既然如此，嫔妾等也不求娘娘了。嫔妾们要去凤昭宫，或者去乾清宫……"

景嫔随之行礼跪安，道："臣妾们叨扰娘娘了，如此便告退。"

"等等！"江心月倏地提高了声色，道，"你们的话说完了，本宫却还有话吩咐。"她看到三人重新坐在自己的座次上，又冷笑着道："本宫要问你们的错处。为何都坐着？给本宫跪下。"

三人一惊，互相对视一眼，片刻后仍不得不顺从地跪下。

江心月吃了一口茶，悠悠道："你们以往的月例，都是超出了宫制的。这一点，本宫也不罚你们，只命你们将之前每月多领的东西折成银子，还回来就是。"

"娘娘！"陶才人一听就不依了，她们这些宠妃，哪个不是过得奢侈至极，若真一点点清算了补回来，那要补多少？

江心月不搭理她，继续道："第二个，你们方才是想去凤昭宫、乾清宫讨个公平么？"她嗤笑一声，道："违宫制多贪份例不仅不自省，反而执迷不悟，不知悔改。本宫罚你们三月月俸。"

三月月俸的处罚并不重。然而三人都是宫里出了名的喜奢侈，这个处罚够她们受的了。她瞥着底下越发惊恐的三人，淡笑道："好了，本宫的话说完了，你们可以走了。你们可以去凤昭宫，也可以去乾清宫，就看皇后娘娘是否肯为了你们违抗宫制，皇上是否对你们宠溺到放纵的地步。"

三人此时才对面前的莲德妃瞠目结舌，毫无办法。皇帝对她们宠爱，但皇帝更宠爱莲德妃，且皇帝一贯懒得管这些后宫琐事，她们依附皇后，但这等违反宫制的事情，皇后若维护了她们，怎有皇后的颜面！

最终她们老老实实地回了自个儿的宫里。

江心月继续翻着那本账簿。其实内务府跟红顶白，捧高踩低，这事在历代皇朝历代皇帝都是不可避免的，她从未想过将后宫变成一处"公平的净土"。她只是挑了几个太过喜奢侈、平日又与她作对的嫔妃，削了她们额外的份例，她可不想一刀削下去得罪一大片的人。而景嫔三人被罚月例，只是她们来启祥宫哭闹、威胁的苦果，她的目的就是立威。

她满意地合上账本一笑，喃喃道："恩威并施啊……"

每月的初二，是江心月侍寝的固定日子。她早早地在寝殿中熏香，沐浴，又以香兰草新染了指甲。此时距离晚膳还有一个多时辰，她正安稳地坐着，十指上均缠着紫竹的碧叶。

然而很快就从外头来了敬事房的人，他进殿禀报道："皇上宣莲德妃娘娘至漪澜殿……"

江心月一愣之下问他道："皇上宣本宫可有什么要事？"

那传话的内监倏地笑了，低头道："娘娘好福气，能有什么要事呢……"

他方才进殿的时候，江心月有些分神，并没听清他是敬事房的人，还以为是郑昀睿身边的小内监过来传话。此时她听着小内监言语有些暧昧的味道，才突地发惊起来，道："漪澜殿？不应当是龙吟殿么！且时辰这么早……"

"这……皇上就是这样的旨意。娘娘,您快些拾掇了吧。"小内监一边回话,一边觍着脸讨好地笑着。在他看来,皇上这么早就请了莲德妃过去,这恩宠……

江心月这边却是惊骇恐惧,忧愁不堪。她脑子里冒出了无数八爪怪物一般恐怖的东西。

皇上要在漪澜殿里召幸她么?漪澜殿处在云梦湖最中心的小岛上,它的殿内用的是一种有着暧昧意味的浅粉色夜明珠,床榻很大,以紫竹搭制,与内殿相接的便是沐浴的温泉,可以想象氤氲的热气会从沐浴时一直渲染到殿内,而那种暧昧的情愫更是会在悠悠然的竹榻上,在浅粉色柔光的映照下,获得最大的升温。还有,殿内所用的均是轻薄纱制的帷幔——有湘妃色,有藕荷色,还有杏色,那些颜色都是令人沉醉而疯狂的。

更可怕的是,那芙蓉香木所制的案几上,永远都会准备上品的"十里红妆",那种酒与清冽的菊酿一类不同,它有些暖情的味道,沉醉,即为沉沦。所有的一切令漪澜殿失去庄严,而所有的一切又全部是郑昀睿的设计。

郑昀睿将这处"好地方"赏给了江心月,江心月却不敢常去那儿闲坐。嫔妃召寝都是在龙吟殿,今晚若是去了这一处,那实在——有失君王颜面,也有失从一品妃的颜面。

她江心月一贯是以闺房魅惑之术见长的,然而如今,她越来越发现在这方面郑昀睿比她高明得多——那姑且可以称为男子对女子的魅惑之术吧,比如今日这漪澜殿的安排,在江心月眼里就是那种魅惑。

可是……可是,第一,她对郑昀睿的"魅惑"十分不解,第二,她已经受够了他花样繁多的玩弄。

她头脑凌乱地思考着,一旁的小内监不得不再次出言催促。半晌,她方才抬头挤出一抹勉强的笑意,道:"本宫今日身子不适,烦你回禀皇上……"

小内监得令而去,江心月方才稍稍松了口气。然而两刻钟之后,启祥宫的院落里就有了纷杂的脚步声,王云海的声音依旧高亢,他呼喊着:"皇上驾到——"

江心月吓得手在案几上一抖，左手小指上缠好的竹叶也松开了。她还未回过神来，皇帝已经一转眼踏进殿内，拧眉道："你不是身子不适么？还有心思染指甲？"

江心月怎么也没料到皇帝会亲自来，难道只是为了抓她的现行么？皇帝这样喜欢看她撒谎后穿帮的样子？她慌乱之下"扑通"跪在了地上。

然而谎话已经说了，若能圆下去最好不过。她竭力稳定了心神，思忖后才道："皇上，臣妾今日腹胀，不能躺卧，只好静坐着染指甲。"

皇帝点头，对这个解释表示满意。他接着道："你是吃多了撑着了么？"

"是。"江心月低头回话，一边将身子稍稍蜷缩起来，做腹胀状。

"唔，那就好。"皇帝笑着道，"这样并不会耽误今晚的事。"

"皇上？"江心月疑道，"臣妾不能躺卧……"

皇帝笑而不语，将她打横抱起后攀上龙驾，直奔漪澜殿而去。

江心月一路上扶额苦笑，没想到她最终还是被皇帝拉了过来。她如今是体面的从一品妃，漪澜殿那地方，她平日从不许外人进，不许人知道那里头的布置。但宫里哪有不透风的墙，传闻仍是纷飞四起。这样的话，明日……明日她被送回来，这脸面可往哪儿搁……

漪澜殿四面临水，只能走水路上去。皇帝领着她上了一叶小舫，船很小，除二人之外只坐了王云海一个下人，再加上一个在外头划船当差的内监。

江心月与皇帝挤在小舱里，漪澜殿模糊的轮廓已然在眼前，愈走越发清晰。江心月最后一次扯了扯皇帝的衣袖，小声道："皇上，我们去龙吟殿吧。"

皇帝有些不满地瞧着她，道："你真是个不会享乐的人。这里多么美，多么好的意境，龙吟殿多死板的地方。"

"可是按宫制……"

"江心月，你好像很不喜欢朕的安排啊！"皇帝终于严厉了起来。他看江心月有些畏惧的样子，突地伸出食指戳了戳身下的船板，幽幽道："其实不去漪澜殿也可以……"

他们所乘坐的小舫并不是宫内一贯使用的龙舟，而是漂泊在江南绿水桥头之中的画舫，舟小而精致。二人泛舟湖中，颇有怡然自得的娴雅气韵。这样的小舟，若放下舱外那桃色的纱帐，甚至会令人有点浮想联翩。

一盏茶的工夫，二人已经上了湖心岛。跨进宫门，漪澜殿北墙上的一扇巨大的窗栏敞开着，一抹杏色的月影百合纱飘然扬起，随之溢出殿外的还有淡然而陶醉的芙蓉香木与湘妃紫竹的味道。

皇帝朝她一笑，道："今日你腹胀不能仰卧，不过这一点都无妨。朕还因此想出了很多办法……"

很多办法？江心月咀嚼着这句话。一回神，皇帝已然拉着她一步步拾级而上。

漪澜殿几乎是一个紫竹所构造的竹苑楼阁，冬日里别有一番清爽的味道。红萝炭与银丝炭烧得很足，使得竹榻不会有寒气。而四面围墙上均有极大的窗栏，之前撑开了那么久，里头也不会觉着闷。

江心月有些忐忑地随皇帝进殿，但皇帝的步子却突地停住，厉声道："谁在殿内！"

皇帝的武力不差，眼力自然也很好。贸然闯入殿内的人听闻这一声怒吼，当即连滚带爬地从鎏金八角立柜后头爬出来，跪到郑昀睿面前泣道："皇上恕罪……"

江心月一见面前人便恍然了——苏更衣为了博宠，曾几次到她这漪澜殿来想与皇帝"偶遇"。说来可笑，漪澜殿的主人江心月不常来这地方，皇帝却很喜欢常来坐坐。故此苏更衣觉得来这里见到皇帝的概率很大，被莲德妃抓住的风险却小。

然而今日好巧不巧的，她探听到了皇帝在漪澜殿，却没有探听到皇帝会召莲德妃在此处侍寝。毕竟这事有点荒唐。

若是在平时，江心月一定会命人将眼前的女子押下，治她一个闯宫之罪。但是今日……

她极温婉而大度地拉起苏更衣，笑道："苏妹妹很久不见皇上了，定然思念。皇上，今日就不要让苏更衣回去了吧……"

苏更衣自那次赏菊宴上唱了曲之后，虽不是从前那样被弃置，但皇帝也并不宠爱她。她见江心月竟然肯给她机会，迷惑不解之余自然不想错失机遇。她抬手捋了捋额前的一抹乱发，又跪正了身子，小声地掩袖抽泣着。此时她的哭相比方才求饶时好看得多，仿若一株雨中飘摇的海棠。

她低低泣道："皇上，嫔妾真的是……太过思念皇上。今日嫔妾有错，但凭皇上惩处，只要见到皇上嫔妾就已经心满意足……"

她说得很动情。皇帝微微抬眼，看着江心月那一副期盼的样子，不由怒火中烧——她这是要将今晚的事推给苏更衣了。

江心月看到他面目上流露出的怒意，也明白他在怒些什么。但她并不慌张，她只是道："皇上，苏更衣留在这儿，臣妾也会留在这儿的。"

这就是说她不会赖掉今晚的事了。不过……苏更衣妖媚的本事也不小，真让她留下来，谁知道她和皇上之间会发生什么事呢？那时候皇上沉醉不知归路，江心月也就脱身了。

皇帝思忖片刻，终于皱着眉头点了点头。他指着苏更衣道："既然莲德妃喜欢你在这儿，你就留下给朕与德妃献艺吧。"

苏更衣听了这话却是一惊，方才的惊喜期盼之色如烟云般消散不见，换之的是沉沉的愤懑与屈辱。给莲德妃献艺？唱小曲？她好歹是天子嫔妃而不是歌姬。

而在郑昀睿眼里，她的身份从赏菊宴起就一直没有改变。

不过是个唱小曲的。

那时候她在启祥宫里费尽心思得幸，也是在皇帝醉酒之后，以空谷黄莺般的声色博了他的喜欢。然而……然而，与她极其相似的女子柔容华，却从不会被皇帝如此侮辱。她不论怎样努力，始终都是个最末流的更衣，而出身比她还要卑贱的柔容华已经逼近嫔位。

然而她也永远不会懂得，柔容华虽卑贱却有自己的骨气，而她除了争宠、献媚，再无其他。

没有灵魂的女子，皇帝怎会喜欢呢？

皇帝已然挽着江心月进殿。江心月指甲上缠着的竹片早就尽数散落了下来，还未染好的指甲色泽不均。这一次的染色显然是白费了，必须洗了重新染。不仅如此，未干的花汁子抹在袖上、衣襟上，四处是花花红红的颜色，江心月看着自己这一身与这双手，心里不满皇帝打搅了她染指甲。

皇帝仿佛知道她心里所想一般，唤了宫人打水，准备各色的花汁，然后亲自给江心月净手。

江心月身上的衣衫被染了，需要换下来。皇帝嫌麻烦，便命直接换上侍寝所用的薄凉的寝衣，怕她冷又再为她披了一件较厚的外裳。江心月的心随着皇帝的动作一揪一提又一落——还好如今是冬日，她不能只穿一件寝衣坐在这儿，否则……

没有人理会苏更衣。如果她觉得受辱，此时只要告退一声，专心致志、心无旁骛的皇帝就会轻易允了她。但是她没有——不过是为莲德妃唱曲而已，又不是伺候莲德妃捶足捏脚。为了她的皇宠，这一点还是忍了吧。

她再次抬头，面上已经不见泪痕，更不见疲惫与委屈。她俏丽而鲜妍地笑着踏进殿内，站定，婉转地开口唱了起来。

"齐眉举，彩侍紫霞记……"

江心月在外人面前被皇帝伺候，有些过意不去，堪堪想要将手从皇帝手里抽出来。但皇帝并不许她逃脱。他用一只手扼住了她的两只手腕，将她的双手从水里提上来，另一手取了白色的巾子给她擦拭。他仔仔细细地将她笋尖一般的十指上残余的杂色给拭去，一根一根手指地擦。

皇帝的手劲很大，显然不是江心月能够挣扎开的，她没法子，只好顺着。

旁侧有语儿等几个启祥宫随侍的宫女跪着，她们是等着伺候莲德妃染指甲的。然而她们并无用武之地，皇帝亲手挑了一盒凤仙花的脂水盒，用棉絮蘸着一根手指一根手指地染过去。

江心月笑了，"咯咯咯"地一直笑，道："皇上您怎么喜欢做女儿家的事？"

"唔。这不是很好玩么？"皇帝也笑道。

"花水乞君三十斛，秋风记我一联诗。"苏更衣依旧在唱，婉转娇柔地唱，曲调细滑如江南温润的流水。江心月被郑昀睿伺候得很舒服，听着苏更衣的小曲也很舒服，便微微眯起双目，靠上身后的软榻，闲逸安然地享乐起来。

皇帝染好了一只手，对她道："你睁开眼睛看看，朕的手艺如何？"

江心月"唔"了一声，低头验看皇帝的成果，却倏地不满地叫起来道："您将染料涂得连指肚上都被染了！这样还要费劲擦洗。还有这个中指，您看这边还漏了一小块白地没涂上呢！"

"朕已经很尽力了。"皇帝低头道。江心月还没见过他低头的样子，又觉得很好笑，一边笑一边道："臣妾来教皇上吧……"

皇帝由江心月指点着去涂那一个指甲。染指的工艺其实很复杂，先要上一层底色，再染主色，最后染装饰所用的各类"点梅"，最后才能用竹叶缠起固定。皇帝从未做过这样细致的活，江心月遂叫了语儿来帮忙，两人一起帮衬着皇帝。

半个时辰过去，十只手指终于完成了所有的工艺。皇帝十分有成就感地笑道："你看，进益很多呢……"

他们面前的苏更衣已经唱了五支小曲，嗓子都发疼了。她不由得停下来缓一缓。

皇帝对面前的江心月专心致志，江心月却对苏更衣的小曲很欣赏。苏更衣一停下来，她就不满地道："怎么不唱了？"

"嫔妾……嫔妾……"苏更衣心里既屈辱又不甘。唱了这么久，皇帝都没有往她这边多看一眼。而若是继续唱下去，她的嗓子会受不住的。她心里挣扎地开始选择。

最终她一咬唇，低低道："嫔妾的嗓子不适，无法再给皇上娘娘献艺了。"嗓子是她最要紧的东西，而今日这皇宠……还是放弃吧。

皇帝懒得说话。江心月也不为难她，只笑道："你唱得很好。既然嗓子不适就回去歇歇吧，改日再来本宫的启祥宫里唱。"她转首对玉红道："苏更衣唱得好，该打赏。"

江心月并未说赏什么，只是如对待一般的歌姬那样说一声"打赏"。玉红也知她的意思，便至漪澜殿的妆匣里头随意取出一支不起眼的玉簪，赏给了苏更衣。

苏更衣握着这支簪子，手上的力道几乎要将它生生地扼碎。打赏？日后还要去启祥宫里唱曲？莲德妃真的将她当成歌妓了！

"快退下吧。"江心月无趣地道。她今日对苏更衣很失望，因为她丝毫没有引起皇帝的兴趣。接下来的受苦受难还是要江心月自个来扛。

苏更衣再不忿，再恼怒，也不得不告退离去。而皇帝细心伺候江心月的模样，在她的脑中挥之不去。她在离开的这一刻突地下了决心——莲德妃不是她能够企及的。今后，她再也不想与莲德妃作对了。

之后，由御前伺候的内监们呈上了晚膳。今日的膳食有些简约，因为皇帝只准备了一个人的份，他对江心月道："你先等朕吃完吧，也顺便晾你的两只手。"江心月方想疑惑地问他"为何没有臣妾的份"，却突然想起来——她今日腹胀！

江心月和兰贞待久了，对美食也越来越喜好，如今饿着肚子眼睁睁地看着皇帝一人进膳，她如何受得了！她不由得伸出小巧红润的舌尖舔着双唇，然而她马上就警惕起来，若这副眼馋的样子被皇帝看到，她岂不是犯了欺君之罪？想到此，她又忙背过身去竭力忍耐着，不肯让皇帝看出异样。

此时她十分后悔自己编造出腹胀这一条理由。

终于挨到皇帝吃完。他撤了晚膳，突地凑近了江心月身前，将她背了起来。江心月惊呼一声，再看四周，伺候的宫人们早被遣走了。郑昀睿不喜欢按规矩来，而漪澜殿正好给了他一个不守规矩的机会。此时没有司寝嬷嬷来搜身裹锦被，也就没有了麻烦。

皇帝将她放在榻上。床榻很大，比龙吟殿内的龙床都大了一倍。薄如红雾一般的纱幔从空里悠悠地垂下，那不是普通床榻所用的仅垂在床沿处的帐幔，这床榻上有纵横数十道帷幔，每一道均可随意收放，长度则堪堪触及被衾。江心月得了漪澜殿的赏赐之后就对这张床榻十分不解——床沿处悬挂帷幔不就可以了么？设这样多有什么用呢？

皇帝将一盏小巧的象牙白青釉花樽递到江心月手上，道："从酒开始吧……"

夜色终于沉沉落下来。而殿内的粉色光亮却愈来愈显眼，那是一种极柔和、色浅、温润的颜色，如一层雾气一般笼罩着二人，江心月一睁开眼睛，便能看到皇帝的面容上蒙了一层雾气，明明近在咫尺看得很清晰，却有几分隐约的美感。而那垂下的帐幔在面孔上投下的阴影，又令人感觉影影绰绰。

第二日，江心月疲累至极地从漪澜殿扶辇回去。冬日的黎明，天刚蒙蒙亮时还是寒气逼人的，她用大氅把自己裹得如一只圆滚滚的小猪一般，半眯着眼睛卧在辇上。

旁侧有赶早去向皇后请安的嫔妃们。她们均知莲德妃昨夜去了漪澜殿侍寝，也知那漪澜殿里是如何布置。江心月一见她们，脸上就红得似无法见人一般，差点就想找个地缝钻进去。她可是从一品妃之首的德妃，昨晚那样的事……

且她是有着"媚惑"名头的，在漪澜殿过了这一夜之后，她狐媚惑主的嫌疑会被无限地夸张扩大。

几位嫔妃见了她，都驻足俯身行礼。其中一位年少的妃妾看她的目色透着十足的艳羡。待行过礼、莲德妃的车辇往前而去时，她竟在其后与旁侧的嫔妃低低窃语道：

"皇上实在太宠爱莲德妃娘娘了！皇上对我可从不会花那样的心思。那漪澜殿里头的布置，只要想想都觉得是仙境一般的享受……"

旁侧另一嫔妃接了她的话，如做白日梦一般的口气说道："说的是啊！若皇上将漪澜殿赏赐于我……"

"姐姐您不要奢望了，我们哪里有那个福分啊。上次我求着皇上赏一个小小的亭子，皇上都懒得应我……"

江心月听到她们的私语，登时震惊得双目圆睁，原来她与皇帝昨夜的所作所为已经被众妃羡慕到这等程度了。其实这些嫔妃们也是表里不一，人人都端着贤淑，然而到了皇帝的龙床上，哪个不是"狐媚惑主"的？漪澜殿里的那些布置，根本就是无上的恩宠。

又行了几步，所遇的诸人与方才的几人无甚区别，另有不少嫉恨之人说些什么"狐媚子"之类的话。然而最令江心月无法想象的是，那个诋毁她的妃妾说完之后，她旁侧的人竟然说道："本小主猜测，莲德妃娘娘定是因为比我们都要懂得'媚惑'，才博得皇上为她布置漪澜殿！今后，我们也要多学学人家啊！"

江心月听着她们一语惊过一语的议论，差点没从步辇上翻下去。

待回了启祥宫，菊香正领着众人焦灼地等待。江心月被四个宫女直接扶进了汤浴殿里，由菊香、玉红两个伺候。

江心月将身子歇进热腾腾的大木桶中，头一仰枕在垫着白色巾子的桶沿，疲累地闭目等菊香去按揉那全身的青紫。

她尽量舒缓地躺着，整个身子都沉在水里静静地调养那些疲惫与伤痕，一点也不急着起来。她今日这个样子，是不可能去给皇后请安了，遂菊香早遣人去凤昭宫那儿告了病。

然而等了好久都不见菊香过来伺候，她有些不耐地睁眼，却见菊香正很紧张地将小屋的房门紧闭，玉红凑到她耳边道：

"娘娘，咱们宫里出事了。"

江心月被她们这般紧张的样子给吓着了，忙道："怎么了？"

第
三
十
八
章
三

语
儿

"五皇子这几日一直吐奶，昨儿晚上，五皇子一口奶也吃不下，一张小脸都饿得发黄。奴婢已经查明，是乳娘蓝氏的吃食里被人动了手脚！娘娘，咱们宫里有细作。"菊香急切而有些愤愤地道。

还多亏了菊香对启祥宫的管束严，能够及早发现。否则再等些日子，谁知会捅出多大的娄子。

"细作？"江心月蹙眉道，"五皇子吐了好几天奶了，都说是因体弱所致，然我一直怀疑是人为，不想的确如此。平日喜欢和蓝氏一起用饭的宫女都有哪几个？"

"这……这就多了。"菊香有些为难，"您知道她们就喜欢凑在一块儿，用饭说话什么的。殿外伺候的怡春、怡雪几个，殿内的语儿，一到饭点就和蓝氏跑到一处。"

"语儿！"江心月骤然大怒，道，"将她扣起来送到内务府发落！若她不肯说出她背后的主子，就命内务府杖毙。"

待江心月从汤浴出来的时候，她被几个宫女扶着至榻上，便听见外头语儿大呼冤枉。贵喜进来告罪道："吵着娘娘了。奴才们这就将她送去内务府。"

"不，让她进来。"江心月面色沉沉，道，"她不是说冤枉么？若这么就捆去了内务府，旁人还会戳本宫的脊梁骨呢。让她进来伸冤，也让她走得心服口服。"

语儿被两个内监押着进殿。她哭得双目皆肿，鬓发散乱，一进来就扑到榻前双手拽着宫绦，号啕道："奴婢不知如何开罪了娘娘！为何要冤枉奴婢！"

菊香几个也是不解的。她们并未抓着语儿的证据。江心月由宫女给揉着腰，一边瞥着语儿，道："你冤枉？本宫看着你年少，本觉着你会老实！不想你是个吃里扒外的！"

"娘娘！"语儿哭得更厉害了，道，"那么多的人都有机会给乳娘的吃食里做手脚，娘娘却审也不审，就将黑锅扔给了奴婢！"

语儿说话愈加难听，后头的贵喜不由得踹了她一脚，使得她一头撞在了雕凤纹象牙鎏金的床沿上，狼狈不堪。她更加委屈愤懑，压抑着哭声道："奴婢是要死在这儿了……"

"若是你肯指认你背后的人，也是用不着死的。"江心月冷冷道，"本宫先不问你乳娘蓝氏的事。本宫只问你，昨日晚上在漪澜殿，你为何逾矩佩戴一支雕祥云镂空银翅蝴蝶？为何还要用苏绣木槿花的绢帕？"

语儿惊她问及昨晚的事，立即不再哭闹，有些紧张地道："那……娘娘，奴婢只是逾矩而已，宫女不得佩戴金银，也不得穿棉裳以外的面料，然……奴婢罪不至死啊！"

"你们瞧瞧。"江心月朝菊香几个笑道，"她原本在宫里可是个年纪小不甚能干的丫头。今天她的口舌怎么变得这样灵巧。"

语儿听得她如此说，更是惊恐，闭了嘴巴连话都不敢说了。

江心月朝她道："你的罪过岂止是逾矩！本宫看你是生出了不该有的心思。你说本宫冤枉你，但怡春、怡雪她们几个都是平日贪吃，她们与乳娘蓝氏凑在一块儿只是因蓝氏身为乳母，吃食都有额外的赏赐。而你，你平日可是老实懂事，从不去小厨房馋嘴的。你和蓝氏在一块儿做什么？"

语儿终于惊惧地张大了嘴巴，不知如何分辩。江心月继续道："一个月前，本宫还发现有人动了本宫的宝印。那时候发现得早，那人本想篡改本宫发往内务府的旨意却未得逞，而在殿内伺候的人都是有机会去动的。后来宝印宝册被菊香单独收着了，那人就再无法去动。"她说着倏地笑了，道：

"后来本宫查了殿内的人，也只有你和另外两人最有可能。今儿这事出了，你也是有嫌疑的。这么多的事相互重叠，不就剩了一个你么！"

此时菊香一众也终于明白。无需多言，语儿也再无法抵赖。她被贵喜他们拖去了内务府。

几日后，内务府传了消息道语儿被杖毙。菊香听了摇头道："娘娘，人心不可测。语儿年纪小，平日总装着不太会做事的样子，不想她的本事真不小。"

江心月正拿着一支螺子黛往眉上画。她有些疲累地道："这挑进内殿伺候的人，一点马虎不得。我是真想不到她早早地就有了别的主子。"

"可惜她最后也不肯说出宸嫔。她倒是忠心。"菊香愤愤地道。

江心月已派人探查了语儿的家底，她的父亲正是拓跋大将军的人。江心月嗤笑道："语儿是早早被插到咱们宫里来的，宸嫔早就算计着我了。她曾进军旅，自诩是举止正直不肯行小人所为的，然而她如今进宫，还不是喜欢做这类安插细作的龌龊事！"

"真是可惜了，没能用语儿扳倒她。"菊香摇头道。

"还好她只是想苛待五皇子，然后给本宫落下一个罪过。"江心月说着目色中透出狠厉，"若她是给蓝氏服毒，那么本宫无论如何都不会容她！"

菊香与几个宫人一起服侍她梳妆。菊香拿了一枚赤金的花钿粘在江心月的前额上，似是劝慰地道："如今宸嫔被禁闭着，语儿也被咱们查了出来，她暂时无法与娘娘作对了。"

但江心月听了这一句却并不觉宽慰。她叹息忧愁地道："她再过一个月有余就会给放出来，那时候才麻烦。"

麻烦？这后宫里头，麻烦可是每日都不计其数的，尤其是对于江心月这类处于纷争旋涡最中心的人来说。

说话的这会儿，她已经簪好了发，由玉红服侍着套上一身厚重的宽裳大袖紫金凤鸾绣祥云的宫装，要去凤昭宫见皇后了。

将近年关，皇后与莲德妃是最忙碌的。遂皇后请了她来一同商议操办除夕的事宜。

江心月扶辇进了凤昭宫主殿。她扶着菊香缓缓地踱步走着，从殿内传出一些莺声笑语，往内一看，惠妃与苏更衣也都在。

江心月今日的大氅是产自青海的墨狐皮所制，有些厚重，她进殿就赶忙褪下了交由后头的贵喜托着。贵喜两手捧着，通身贵气的墨色将他的一张脸都遮住了半搭。惠妃见了，好笑地道：

"墨狐皮倒是厚重暖和，德妃的奴才都快拿不住了。"

贵喜听了忙两手往上一端，将大氅抱得更稳当，以显示自己并不会拿不住。惠妃低了声色，带着几抹冷笑的意味道："那一日臣妾见了莲德妃娘娘的雪豹大氅，十分艳羡；不想今日……这一件可是比那雪豹好太多了。墨狐皮本只有皇上有一件。今年西北那边好不容易又出了一匹贡进宫里来，也只有莲德妃能够享用了。"

惠妃说着，面上带笑地看向皇后。若不是皇后失了皇帝的喜爱，这一件东西于情于理都无法落到江心月头上。如今……皇后心中的怨怼与屈辱可想而知。

江心月不是废后陈氏一类张狂又无能的女子，她学着掌宫管事，这些年已经颇有长进。那日她从惠妃那儿出来之后，惠妃就发觉宫内人竟然说什么"莲德妃宽仁，连惠妃也照应有加"之类的话。她只觉江心月这么多年过去，也是越来越难对付了。

皇后最是稳当不露声色的人，她眉头动也不动，只笑笑道："莲德妃是皇上心尖上的人，连漪澜殿都能享用，遑论一件大氅。"

这话听着好似皇后是位贤德大度的嫡妻，但惠妃与苏更衣听了均面露愤慨，显然是有煽风点火的效用了。漪澜殿那一晚上，江心月本以为会有"狐媚惑主"之类的麻烦，然而这倒是没有发生，真正的麻烦是后宫的醋意。

苏更衣娇声娇气地道："莲德妃娘娘何时竟越过了皇后娘娘去？然……这也不能算逾矩，皇上定是早允了莲德妃娘娘这件墨狐皮了。"

江心月听她们一唱一和，面上渐渐冷了下来，道：

"臣妾惶恐。娘娘不知内务府得了两件墨狐皮么？臣妾先用的这一件是次等，边角处有些残缺。"她身后的贵喜立即将大氅抖开了，给皇后等众人探看。她指着毛领上的一处道："娘娘您看，这里的料子不好，所以这领口只能做到肩膀的高度。风烈的时候，就会往领子里灌风的。"

皇后与惠妃蹙眉看着那一处低低的领口，突地皇后有些苦笑，她竟然没发现这点瑕疵。江心月朝她浅浅一笑，起身拜道：

"内务府另一匹皮料还在赶工。那是为着皇后娘娘准备的，臣妾特地吩咐了针凿处要额外细致做工，所以娘娘您还要等上两日才能拿到了。不过娘娘，臣妾看您很喜欢的样子，臣妾一定会去催促他们赶工的。"

"有劳莲德妃了。"皇后讪讪地笑着道。但只一瞬她便神色如常，再次笑吟吟道："莲德妃掌宫倒是很有才能，本宫都不知内务府得了几件墨狐皮，你却十分清楚。"

"臣妾是帮衬着娘娘掌宫的。这些琐事，臣妾理当做好。"江心月谦逊地道。

皇后的眼底掩饰不住怒意。帮衬？琐事？这一件皮料是琐事，宫里造办处的所有金银玉器，丝织绫罗，每位嫔妃的份例，这些东西的分发与掌控，怎会是琐事？她知今日这事，绝不是拈酸吃醋这么简单，却是——她身为六宫之主的皇后，已经被莲德妃削了权势了。内务府那里……莲德妃愈加掌控得严实，而那个刘康也不知吃了什么定心丸，一心以莲德妃马首是瞻。

第三十九章 二

捐资（二）

"娘娘，"江心月浅笑着看向皇后，道，"皇后娘娘今日传召臣妾来，不是要商议宫务么？娘娘莫非太过喜爱墨狐大氅，忘记了今日的正事吧？"

"你……"皇后一怒，却发作不得，只好干咳了一声道，"怎会忘记。"

她身侧的云岚奉上了一份宫册，捧至江心月面前道："莲德妃娘娘，这是各宫嫔妃要分发的赏赐。皇后娘娘已经做好了决断，不知娘娘可有什么异议？"

江心月"扑哧"一声娇笑，云岚也是有意思，皇后已经做了决断，她只是协理的妃妾，怎可有"异议"？

皇后有些不满地看着她满面嘲讽的样子，蹙眉道："你一贯掌宫得力，赶紧看看吧。"

江心月忙正了面色，状似顺服地低头应了一声，接过宫册一一翻看。半晌，她指着一处道："娘娘，冷宫和北三所这两处，是否也应分发一些份例？"

这一次，轮到皇后掩嘴嗤笑了。她盈盈道："这两处关押的都是罪妇，何须照应？"

皇后与协理六宫的妃妾理应关怀众妃，且又是邀买人心、博取贤名之

845

策。然而冷宫这样的地方，里头的人都是没有价值的，照应了又有什么用？

"娘娘，我朝的宫制，即使是冷宫也应有赏赐与恩泽的。娘娘不会不熟悉宫制吧？"江心月带着几分挑衅，瞥着皇后道。

大周的宫制的确如此，冷宫原本也不是叫冷宫，而是叫作"恕德堂"，是关押罪妇的地方，久而久之被人们口称为"冷宫"。另，北三所、辛者库一类的处所，与恕德堂均为大周后宫的宫殿，直至先帝在位时，这些地方虽然是赎罪的处所，却也是受着龙恩的。而后来几经政变、宫变，很多规矩已经潜移默化地被更改了，这些地方变得更为恐怖，已经是没有人性的待遇了。

江心月此时提出这"宫制"来，并非空穴来风，宫制是确实存在的。她要照应宫内的罪妇们，也不全是善心使然，最关键的是黎嫔至今还关在北三所里，宸嫔又失势禁闭无法照应她，若江心月不帮衬着，她也极难熬过这一年的冬天。

皇后好笑地点头道："莲德妃倒是慈悲。"她并不计较江心月令人恼火的态度，因她那宫册上头，有数项是会令莲德妃不满的，如瑜景宫翻修之类。然而江心月并未与她计较这些，只是不痛不痒地提了个无甚价值的异议，算是在此事上顺服于她了。

瑜景宫的事，江心月的确不想与皇后争执。她只是笑着看向惠妃，柔柔地说道："瑜景宫的主殿几年未住人，里头没一点生人气儿，还有几分晦气。上一次本宫过去看，里头的院墙都有缺损。皇上迟迟不下旨翻修，想必是国务繁忙给忘了。不过如今有皇后娘娘做主，瑜景宫也能修缮一番，也不算委屈了惠妃你。"

惠妃面色一滞，久久说不出话，少顷，她才勉强挤出一抹笑道："都是皇后娘娘的恩典。"

江心月说得很不堪，什么"没一点生人气儿"，将好好的一座瑜景宫映雪殿描述成了北三所一类的宫殿。惠妃无论权柄还是皇宠均万万不及江心月，此时也只有忍着气了。

江心月淡笑着，没再说什么来讥讽她。惠妃在重华宫那些年，足够让皇帝将她抛之脑后，幸好她有姚家的家世，皇帝才没有冷落她。

皇后几年历练下来，每每面对江心月一张毒辣的利嘴也镇定自若。她又吩咐了些琐碎的事宜，命江心月仔细置办，之后就道一声"乏了"，请江心月回宫。而自始至终，惠妃和苏更衣两个都陪在皇后身侧，待她走后，身后又传来了女子娇软的闲话声。

江心月突地回了头，朝惠妃轻轻浅浅地一笑，那几分嘲讽的意味顷刻流淌而出。惠妃如今与上官合子为伍，惠妃不是隆宠，上官合子失宠，这二人在江心月眼里倒有些好笑。

另一个苏更衣在江心月眼中更是蝼蚁一般，若不是江心月要留着她揪出"凶夭"那事中为凶的皇后，她也早无资格坐在凤昭宫里。只是她并不知晓这些，仍以为皇帝对她有几分宠爱，而皇后对她也有几分重视。

明德十二年的除夕，过得并不出彩也并不简陋。因北域几日前突然攻入了边城，皇帝已然下旨令寿安侯等一众将领守边抗击，战火之中，宫内不宜铺张浪费。

只是宸嫔被提前赦出来了。拓跋将军为国效力，皇帝要安定臣子之心，遂给了宸嫔恩典。

除夕之后的几日，皇后在凤昭宫召见诸位嫔妃。她将发上的两支鸾凤点翠玉攒梅凤钗卸下放入云岚手中的大红托盘中，笑道："金玉都是身外之物，本宫戴着这两支大凤也觉得压得慌。如今边关将领浴血奋战，我们妇孺之辈也应为国库尽些绵薄之力。这些宫内的东西拿出去变卖，也是一笔不小的价钱。"

旁侧立即有嫔妃立起身子，俯首拜道："皇后娘娘贤明！我等后宫嫔妃理当为前朝捐资捐物。我大周长孙皇后就曾令后宫嫔妃为战事捐资，如今的皇后娘娘也可称一代贤后了！"

皇后笑道："本宫怎可与长孙皇后相提并论。只是，这捐资的好主意是惠妃出的，本宫起先还没想到。要论贤德，也有惠妃的一份功。"

惠妃在一旁笑着道"不敢居功"，在座的众妃却面色闪烁不定。角落里一个低位的妃妾苦着脸朝旁侧几人窃语道："我每月的份例才五十两银，平日皇上又不宠爱我，一年到头不见什么赏赐。除夕才分发了两匹好些的浮光锦，此时捐物，也只有它能拿得出手。哎哟，这一年除夕可是半点油水都没得着了。"

她身后的一人更是怨妇一般，委屈且愤慨地道："姐姐您苦，妹妹我就更不好过了。不仅位分低，且皇上恐怕连妹妹的名儿都不记得的，那起子内务府的小人更是捧高踩低，若不是莲德妃娘娘宽仁照应，嫔妾如今连膳食都会被苛待呢。此时要捐物，若不捐或者捐得不像话，少不得会被皇后娘娘责罚。皇后娘娘威严，我等岂敢触怒。"

其实宫内的嫔妃，如江心月一般隆宠的能有几个？更多的人将最美的年华埋葬在深宫的角落中，永远未曾被人重视，却还要忍受宫内黑暗的侵蚀与每日生活的艰辛。如当年的梁采女，身为天子嫔妃竟被惠妃苛待得衣食堪忧。

皇后扔在盘内的两支大凤，是前些日子内务府为她专程赶制出来的，不说赤金分量极足，上头镶嵌的墨玉与羊脂玉均是最最上品的。最惹眼的是凤首处衔着的硕大的天珠，那东西江心月认得，是吐蕃的产物，每年吐蕃会供奉数枚天珠至大周，只有皇后、太后能够享用，这么大的两颗江心月是从未见过的。

内务府每年为皇后赶制的首饰、宫装与众妃不同，这两支大凤正是皇后这一年的朝服大装，是国母能够出席的国宴等一类最正式场合的发饰。即使莲德妃再受宠，这两颗天珠也轮不到她头上。

皇后拿出大凤来捐资，是极舍得了。若再有国宴要着朝服，她在明德十三年里头只能佩戴明德十二年的老旧的发饰，这足以令人赞赏。而余下的嫔妃若只捐些不像话的银器一类，可就要被扣上"不识大体，不顾国祚"的大罪了。

江心月浅浅笑着，吩咐贵喜回去拿了她册封德妃时的朝服，命将衣襟上那颗泛着金光的大珠给取下来。她恭谨而敬重地看向皇后，盈盈道："皇后娘娘是我等妃妾的表率。这颗珠子娘娘也知晓，是'夹层蚌'所产的金珠。虽比不得娘娘的东西，也是臣妾的一番心意了。"

第四十章 二

捐资（二）

皇后捐资的举动是有些激进了，她这样做固然可以博取贤名，也是复宠的机会，但代价便是会得罪许多人。江心月此时看着她，眉眼中倒透出几分不加掩饰的讽刺，仿佛在嘲笑她失宠后为了复宠的狼狈。

皇后很聪明地说"此事是惠妃的主意"，一则给了惠妃功劳，二则将众妃的怨恨分给了惠妃。她自是命云岚好好地收着了，对江心月笑道："你一贯是识大体的，不辜负本宫赏识你。"

"赏识"二字在江心月听来倒有些像"对付"。也是，只有她江心月才配做上官皇后的对手。她谦逊地道一声"理当如此"，又朝惠妃道：

"惠妃也懂得忧国忧民了。本宫刚进宫那会儿，惠妃的名声不太好，不过如今也都好了。本宫与皇后娘娘都十分欣慰，定然会禀报皇上，为你请功的。"

这话说得不留情面，惠妃的脸骤然一沉，方才的喜笑之色半点都不见了。"名声不太好"，说得自然是惠妃数年前跋扈张扬，在宫内横行。今儿凤昭宫殿内的人很多，众妃不论品阶高低都被传召来了，江心月的话说完，殿内就有抑制不住的窃笑声。显然一些人对惠妃有私仇，还有些人对惠妃今日这个"好主意"十分不满。

皇后轻咳一声，殿内便再无人敢窃笑了。眼见皇后与莲德妃均捐出了贵重之物，余下的妃妾们纷纷脱簪或卸下手上的指环等物，无人敢糊弄。片刻后，皇后扫一眼众人道：

"宸嫔今日怎么未到？"

旁侧一个首领模样的内监回话道："娘娘，宸嫔刚解了禁足，身子却病了。方才有关睢宫的人来告假了。"

皇后"哦"了一声，眉头却皱得更紧，显然是想趁此机会对宸嫔发难。不一会儿，便从殿外进来几名宫女，打头的宫女手上的托盘内放着一柄墨绿色的短匕，对皇后下拜道：

"宸嫔娘娘得知了凤昭宫这儿在捐物，特命奴婢等奉上此物。"

早有人捧了短匕呈给皇后。皇后见着刀剑一类的东西先是有些畏惧地一缩，看清之后才发现不过是一支未开刃的玉匕，是装饰之用。只是那玉不是凡品，不但颜色老旧厚重，且上头有细碎的纹理，有些历史沉淀的意味。

贤妃正坐在皇后的右下首第一位，她有些惊异地瞧着玉匕，道："这东西……莫非是千年前夏国国君的珍宝'青刚'？"

进献玉匕的宫女稳声答道："贤妃娘娘博学，此物正是'青刚'。我家主子喜好收藏玉匕一类的东西，这一件是北域进贡而来的，皇上当时特赏赐给了我家主子。"

"既是如此，宸嫔也是费了心思的。"皇后称赞道。她的面色透着不悦，今儿想找宸嫔的错处是没法子了。

她心里惋惜，且有些隐隐的忧虑——昔日拓跋氏盛宠历历在目，虽然皇帝宠爱她是有很多目的的……但如今拓跋将军驰骋沙场，宸嫔也被解了禁足，日后的隆宠指日可待。

她虽然心里不快，但表面是不肯落人话柄的。她又夸赞了宸嫔几句，关切道："宸嫔的身子一向很好，怎么说病就病了？是否是冬日里受了寒？"

"谢娘娘关怀，"那宫女拜谢道，"确实是受了寒，调养几日就会好。"

但旁侧却有嫔妃吃吃一笑，正是与宸嫔结下梁子的安贵人："受寒？嫔妾却听闻宸嫔娘娘是心绪郁结致病的啊！想是娘娘太久未见到皇上了吧。"

"妹妹这话错了，宸嫔娘娘才解了禁足出来，理当是欣喜才对，心里再思念皇上，不也马上能见着了么？"另一位嫔妃嬉笑着道。

"啊呀，说得也是。不过……嫔妾的确听闻是宸嫔娘娘心绪不宁。那么……应该是宸嫔娘娘突然受了解禁的恩典，心绪波动得太厉害吧。"安贵人掩着帕子窃笑道。

这二人一唱一和，将并未在场的宸嫔好生奚落了一番。宸嫔虽然解了禁足，但她那禁足降位可是满宫的笑柄。另很多嫔妃都与她不和，她们此时也是看着宸嫔提前解了禁足，心里极为不快才出言讽刺。

那个关雎宫的宫女满面愤然之色，却一句话都不敢顶撞。皇后见几人放肆，不成体统，呵斥了几句止住她们的嘴。

皇后面上在斥责她们，眼底的快意却是难以掩饰的。宸嫔树敌颇多，而这一切均是皇帝的功劳，不能不说是个讽刺。

关雎宫的宫人们很快便退下了。云岚等几个宫女继续依次至每位嫔妃面前，请她们捐物。

待到午膳时分，托盘内的物件已经堆得如小山一般，其中金玉发饰及佩饰、名品珍玩不计其数。皇后大悦，赏众人于凤昭宫内进午膳。

江心月索然无味地往口里送了一勺西湖甲鱼白玉羹，听近旁的几位嫔妃抱怨着："本宫的一枚羊脂玉双衡镶南珠的玉佩，竟只换了一道午膳？！皇后真打得好算盘，她自个儿倒是博了贤名，还提起长孙皇后……"

此时的殿内是怨声载道的，但皇后今日宽容，即使听到了也装作未听到。她举了金樽向众妃道："今日多亏了姐妹们慷慨解囊。本宫定会奏请皇上，皇上也会嘉奖众位姐妹们。"

江心月心里冷笑，嘉奖？真正得到嘉奖的只能是皇后与惠妃，其余的人……满宫几十位嫔妃，怎么嘉奖？

皇后接着淡笑道："怎么说这是惠妃给本宫的进言。本宫看，惠妃颇有些看顾大局的才能，处事也极巧妙。"

看顾……大局？江心月听着这话，突地有些发愣。

此时，另有一嫔妃从席间起身，朝皇后道："娘娘，惠妃娘娘也曾掌宫，若说看顾大局，处事有方，惠妃娘娘自然是担得起的。"

"哦？惠妃也曾掌宫？"皇后听着她的话，突地笑了，道，"是本宫忘了。几年前，孝贞懿皇后在位时，惠妃的确曾协理宫务。"

那起身向皇后进言的嫔妃，正是澹台瑶仪。江心月此时已全然明白，五指均在袖中狠狠一缩，满面冷冽地看向殿内的皇后、惠妃、澹台氏三人。

"娘娘，如何是好？"她身侧服侍的菊香也有些急了。

江心月没有说话。皇后与惠妃是选了好时机，前线战乱，皇帝已经给了宸嫔恩典，给惠妃恩典也是理所应当。而皇后领着众妃捐资捐物以充盈国库，这样的事，明德帝定是会大力赞赏的。

她有些头痛地扶了额，低低道："为何本宫就没早些想出这个好主意呢？本宫的脑子倒没有惠妃灵巧，竟让她抢了功……"

待午膳用好，皇后已命人将一应物件尽数送往乾清宫交由皇帝过目。众妃也均被遣回了各自宫里。

江心月扶着菊香，缓慢地踏上肩舆。她此时只在不住地想法子，她好不容易将宫权从宸嫔手里抢回来，可不能拱手送给惠妃。

方命回宫，便从后头跟来了嘈嘈切切的脚步声，几个凤昭宫的内监小跑至她的肩舆底下，道："莲德妃娘娘留步……"

江心月问了几句方问清楚了，原是冷宫里的戚氏殁了，刚有宫人将消息禀给了皇后。她对戚氏半分怜悯也没有，倒有些厌恶。她挥手道："戚氏罪妇，殁了就殁了，冷宫不是有掌事处理么。"

"娘娘，您还是下辇吧，皇后娘娘在殿内等着与您商议呢。"内监坚持道。

江心月疑惑地进了内殿，却见方才还挂着温婉笑意的皇后此时却满面愤然。她向江心月道："戚氏是被毒杀而死的。虽然罪妇之死是小事，但毒杀……这宫里头，即使是冷宫也不可滥杀！"

江心月身子一震，她不仅吃惊于戚氏的死因，更吃惊的是皇后的言行。皇后并没什么仁慈之心，也从未关心过冷宫里每日被滥杀的人。因冷宫那地方的残酷，时常有因争抢食物而被殴打致死的事，皇后从来懒得过问。

　　江心月虽不解，仍是守着自己的职责问道："娘娘，毒杀可是确认了的？可有什么凶手的线索么？"

　　"自然是确认了，已查明戚氏的吃食里被放了砒霜。"皇后面色冷冽道，"戚氏好歹是产下过皇嗣的人，她受毒害本宫不能不理。"

　　此话江心月更觉得好笑，皇后何时对戚氏这般好了？

第
四
十
一
章

戚
氏
之
死

二

　　皇后沉吟片刻，继续道："若说她要自裁，那也应选择悬梁一类简易的法子。砒霜是冷宫里禁得极严的，她怎能自己弄到手？至于为凶者，如今是没法子确认，然而……"

　　她突地抬眸，气定神闲地瞧着江心月，口里幽幽道：

　　"只是那些吃食，正是莲德妃命人送过去的。"

　　凤昭宫里，江心月已辩解了半日。最终她却被遣回启祥宫，暂待发落。

　　她被架着出凤昭宫的殿门时，皇后紧随其后上了凤辇，命往乾清宫那儿去。她坐在辇上，居高临下地看着江心月笑道："本宫要去与皇上请众姐妹们捐物的嘉奖。本宫相信，皇上定会大力褒奖惠妃的。"

　　江心月恨得牙根痒痒。

　　被凤昭宫的人毫无礼遇地送回启祥宫，贵喜几个当即又惊又慌地围了上来，道："娘娘，怎会出这样的乱子？戚氏……"

　　冰绡的城府心机不如贵喜他们，一听"发落"二字就慌了神，跪在江心月面前泣道："这可怎么好，皇后娘娘要惩处主子了！"

　　江心月心里极烦闷，她不耐地止住冰绡，道："什么发落。这事是没影的，本宫送了吃食进去，那也有可能被人途中下手。就算皇后有本事定本宫的罪，戚氏是个罪妇，比奴才还不如，本宫又能被怎么惩处！"

"此事不在于惩处。"菊香沉沉道，"皇后将小事闹大，无非是想往咱们娘娘身上泼一身脏水。娘娘失了贤德，惠妃又正好处事有方，这炙手可热的宫权恐怕真的要令惠妃捡便宜了。"

江心月送去冷宫的东西，正是她分至冷宫的赏赐，本只想顺路照应冷宫，却被皇后找着了机会。她微一咬牙，抓了一只茶盏想要动怒，终是忍住了。

茶碗被重重地搁在小花几上，一汪残茶便洒了出来。江心月怒道："很好！皇后在冷宫的势力倒不小！她以为本宫不知，戚氏是与废后陈氏有仇怨的，曾五次三番暗害大皇子，皇后早就对她存着一口恶气！她碾死戚氏还不够，还要顺带着嫁祸于本宫！"

"奴婢有罪！都是奴婢疏于防范，让她们钻了空子。"菊香双膝跪地，面色愧然地道。送往冷宫的份例正是她给送去的，本想着不过是照应一二，冷宫那地方也没什么有价值之处，皇后却真在这里头下手了。且用的不过是砒霜，是最简单的毒物了，所用手法也是简单至极。

"不怪你。"江心月沉沉道，"是我思虑不周。五皇子来了咱启祥宫之后，外头的流言蜚语就没有停歇过，此时戚氏之死与我有关，那传言只会愈演愈烈，到时人人都会认为戚氏进冷宫也是我的算计了。而如今我取她性命也是为绝后患，在外人看来再合理不过了。这么个好空子，皇后自然要钻。"

她的声色平稳中透着怒气，却没有一分的悔意与愧色。她也知戚氏确实是被她陷害的。但这宫里本就没有公平，戚氏那样的人更是死不足惜，她并未觉得自己不应陷害戚氏。

江心月说着眉头皱得愈加的紧。她此时已经有些明白，如今戚氏的死与她有斩不断的牵连，之前戚氏也曾放言道"莲德妃与宸妃二人害她"，后来五皇子又拱手让给了江心月，这一桩桩一件件，即使无法取证，也会令皇帝疑心。关键之处不在于是否有罪，而在于只要皇帝有一分的疑心，也足以令江心月失去很多。

如今乾清宫里，必定是皇后在邀功请赏。她思来想去，仍是心存不甘，若什么都不做就只能等着废宫权的旨意下来。

念及此，她便立即朝外道："备辇。"

肩舆直往乾清宫的方向去。到了地方，见皇后的凤辇仍停在外头，心里微松，皇后未走此事就有转圜的余地。

"皇上，惠妃也是堪当大任的人……"皇后娴雅而柔和的声色从龙吟殿内传出，江心月不由蹙眉，急急地揽裙步上殿前的阶石。

王云海等几个内监正清点着所得之物，大多不是凡品，各色玉石珍玩的光泽晃着殿内人的眼睛。江心月进了殿，便当即跪到了皇帝面前，大呼道："臣妾冤枉……"

皇后不料江心月贸然闯进来，面色陡然凌厉，回眸朝她斥责道："你不在启祥宫中思过，来乾清宫吵闹些什么！"

"臣妾是冤枉的，冷宫的戚氏之死与臣妾半分干系都没有，皇上，求皇上明鉴……"江心月此时也没别的法子，她只能一口咬定不认罪，而方才她察言观色，见皇帝虽有愉悦之色，但他并不肯提及惠妃的功，只是顺着皇后的话夸赞几句。遂她料定了皇帝根本不想令惠妃如愿。

她只能尽力地将皇帝的心往自己这儿扳回来几分。

"你冤枉？"皇帝突地看向她，低低一问，那声色凌厉而低沉，她只觉自己对明德帝的恐惧又泛上来了，仍是硬着头皮答道："臣妾委实冤枉。"

"皇上，戚氏的事确实不能下定论，只是那致死之物是莲德妃命送去的，"皇后在侧柔柔地开口道，"皇上，您也知宫内的传言，都道莲德妃为了得到五皇子，做下了不该做的事。而若戚氏死了，对莲德妃最是有益。"

江心月恨极皇后浑水摸鱼。她说着"不能下定论"，好似在宽宥她江心月一般；可她又句句有所指，不住地要引起皇帝更大的疑心。

"哼。"皇帝冷冷一声，透出无尽的烦闷。江心月听着帝王没好气的声音，不知皇帝这声是说给皇后听，还是说给自己听。想一想，怎会是对皇后不满呢？当然是说给自己听的，帝王一旦先入为主后，就不会相信她所谓的冤枉，反而会觉得她在狡辩。

江心月心里狠狠一沉，皇帝果真相信了皇后么？

下一刻，却又突地听皇帝道：

"这点小事，去内务府查查不就知晓了么。"他随意抬手一指王云海，道，"去看看，这月的砒霜都是哪个宫里领取的。"

江心月听到此只想摇头——这法子会洗脱她的嫌疑么？砒霜这东西，平日里哪个宫会去领取？只有宫女被处死时才会用到砒霜。皇后指责莲德妃毒杀戚氏，也是觉得莲德妃是从宫外弄来的砒霜，这东西不是什么稀罕之物，从宫外进来也是容易。

两刻钟后，小安子等三名内监从内务府回来。小安子碎步趋前，朝皇帝道："禀皇上，只有苏更衣曾去讨要过。苏更衣每月都会去要一二钱，分量极少，却要得频繁。"

此言一出，皇后与江心月均大惊。

片刻之后，苏更衣已被传召了过来。她并不清楚出了何事，只是进殿后请安，却见皇帝满面阴沉地瞧着她，不由身上有些哆嗦。

"苏氏，你为何要去内务府领取砒霜？"率先发问的是皇后。她此时对苏更衣只有气恼，气恼她坏了自己的大事。宫里没有谁会去接触砒霜这种东西，苏氏却偏偏莫名其妙地每月去讨要。

苏绿绮一怔，愣了半晌才道："砒霜可令女子皮肤白皙……"

殿内三位主子听了都有些意外，静默片刻，江心月才开口道："这……的确有此功效么？"她盯着苏绿绮一张娇颜细细地瞧去，苏绿绮本不是绝色，她的五官并不精致，但她的确比普通女子都要白。大周推崇白皙的女子，苏更衣这才能比一般的宫女都要耐看，也能得皇帝青睐。

"是。砒霜虽剧毒，但少量的话并无大碍，嫔妾一直用这个偏方，比珍珠粉那些有效得多。"苏更衣不知她身处的险情，如今皇帝问她，她只能据实回话。且她还觉着吃亏，因她今日透露了砒霜的功效，旁的嫔妃就会学了去。

皇帝倏地冷笑，散漫道："既然苏更衣确实有领取过砒霜，这事儿就清明了。传旨，苏更衣毒杀戚氏，又陷害莲德妃，赐死。"

这……就这样便解决了？电光火石的瞬间，甚至连江心月都未反应过来，她已经脱险，而苏更衣成了替罪羊。苏更衣更是不料她来了一趟龙吟殿便要被赐死。皇后愣了半晌，才一手扯住皇帝的袖裳劝道："皇上……"

"不必多言！"皇帝冷着脸甩开她的手，道，"就这样处置。"

之后，苏更衣声嘶力竭地号啕着被拖了下去，而皇后满面怒意，双目瞋视着江心月。江心月料不到皇帝处置得如此果决，想也是因他对惠妃的态度，而苏更衣只是在合适的时机做了合适的事，能够为他所利用罢了。

不论如何，江心月是交了好运了。

皇后犹自不甘，她杵在龙吟殿内看内监们记录所捐的财物，不肯离去。

皇帝这些日子都是忙碌的，北域的军情连日来不断地送往宫内。说话的这一会儿，已有内监呈了新奏报的六百里加急递进来。皇后见此情景，退下觉不甘，继续留在这儿又觉不妥。她张了张口，还是道："皇上，惠妃……"

皇帝放下折子，面色不耐烦地看向她。

在侧的江心月心里发笑，皇后今儿无论是博宠还是夺权都有些失败。她轻瞥向身前一只托盘内的物品，突地蹙眉，不由得上前两手拈了一枚翠玉佩，道："皇后娘娘，这……怎么可以捐出这样的东西呢……"

皇后本想着如何应对皇帝，听江心月突然插话，不由一愣，转过身来看莲德妃手中之物，当即面色也有些尴尬。莲德妃拿着的是一枚通透水灵的翡翠佩饰，这本没什么稀奇，唯一稀奇的是那之上刻着"瑶仪"二字，正是纯容华的闺名。

江心月"哎哟"一声娇叹，走近了皇帝身侧道："皇上，纯妹妹是一片好心，只是，宫内嫔妃的闺名，是不应流传出去的。"

她并没说得太露骨，皇帝就已经很不悦了，面色沉沉，剑眉都蹙在一块儿。刻有闺名的佩饰便是女子贴身之物，纯容华是天子的女人，这块玉若被男子购得，再每日佩于身上，这……这实在是大不敬了。

"皇后娘娘，"江心月未等皇帝说话，便侧目看向皇后，盈盈笑着道，"娘娘忧国忧民，可细枝末节之处恐怕就有所疏忽了。您本应早些提醒姐妹们，不要捐错了东西。"

皇后一张端然的面孔顿时涨紫，她也实在是疏忽，却不想莲德妃的脑子太灵光。她咬唇低了头，道："是臣妾疏忽了。"

"好了，既然疏忽了，下次就别再犯。"皇帝依旧是有些烦闷的。也是，战事当前，帝王自然会烦闷。他轻一抬手道："都退下吧，朕很忙。皇后，你日后要多学着莲德妃的细心与善心。"

皇后听了此言，满面是不可置信的震惊——学学莲德妃？那是说她掌宫无才无德，不如莲德妃做得好？

"皇后娘娘，"江心月两手扶住了有些摇摇欲坠的皇后，轻笑道，"臣妾与娘娘一同回去吧，皇上这儿忙于军国大计，我们女子就不要久留了。"

"好，很好。"皇后咬牙，半晌只吐出了这么几个字。

继而她甩开了江心月的手，匆匆向皇帝告退，一人快步往殿外走去。

江心月掩嘴嗤笑一声，再抬头见皇帝正有些玩味地看着她，不禁心头一震，忙也匆匆行了礼退下。

"德妃——"她未走出殿门，便被皇帝在身后唤住了。皇帝对她道："听闻岳建充要求娶你的二妹？"

"是……"江心月一滞，不料皇帝连这事都知晓了。

"那你的意思呢？"

"臣妾，自然是同意的。"江心月答道。

"那好。朕就赐婚于岳、江两家吧。"皇帝说得云淡风轻，说完后又低头忙碌起来。

立在殿内的江心月却是万分惊愕，皇帝日理万机，能够了解到阿媛的婚事已经出乎人的意料，能够赐婚更是无上的隆恩。不过再转念一想，岳建充是皇帝跟前第一等的红人，他的婚事得此殊荣也是应该，皇上定是看在他的面子上才赐婚的。

江心月兀自为阿媛欣喜着，却突地有冷不丁的声音在耳旁炸开："江心月，你不谢恩么？"

心内骤然一震，忙慌乱地行礼拜下道："臣妾替家妹谢皇上隆恩……"

"嗯，回去吧，要记着朕的恩典。"皇帝淡淡地道。

江心月告退出来时，心里仍是无法平静下来。她总觉着皇帝最后一句话十分……十分别扭——你要记着朕的恩典？那便是这恩典是要还的。她怎么还？去漪澜殿里还？糟了，或许皇帝真是这么想的……

之后的十日，江心月只一心筹备着阿媛的事了。

阿媛是涉世未深的女子，心里一日有了情郎，就盼星星盼月亮一般，等不及要嫁。只是她是官宦人家的贵女，岳建充又是朝中大员，这样的婚事不是他们一厢情愿就能够如愿。岳家一拖再拖，不过是有诸多的麻烦要解决，如几个想与岳家攀亲的氏族，还有江荀在官场上错综复杂的牵连，一切都要慢慢地来。不过皇帝一道赐婚的圣旨，倒是将所有的麻烦全都省去了。

拖了很久的时光，岳建充也有些急切了，遂嫁娶之日便定在元月十五，也是与团圆节重叠的吉日。

另外有一事，便是有关苏更衣的。江心月从龙吟殿回来后，就急切地往西福宫里去了。在宫门外便能闻见里头女子凄切而惨烈的呼喊声。

里头的苏更衣不似人形，鬓发披散着，被两个内监扯住双臂压着跪在地上，口里还不住地喊着"求见圣上"。

她见得江心月进殿，更是立马红了眼睛，脖子往前一挺，死死盯着江心月满口污秽地咒骂着，道："江氏贱人，是你害我！我死之后定会化作厉鬼寻仇……"

小安子是负责行圣旨的人，他一见莲德妃来此，赶忙上前赔笑道："娘娘，她污言秽语脏了您的耳目了。您小心，她疯魔了，这屋子里的东西都被她砸了个遍。"说着，旁侧早已有内监拿了白绫堵住苏氏的口。

江心月冷着眼瞧着她，淡淡向小安子问道："她不肯就死？"

"是呢娘娘。"小安子面上有些厌恶，往苏更衣那儿丢了一个白眼，道，"她与娘娘作对，死了都是轻的。奴才这就结果了她？"

宫里嫔妃赐自尽，很多不肯就死的都是被人活活弄死的，也不计较是否真的是"自尽"。江心月轻移凤目，看向苏绿绮狼狈不堪的一张颜面，心里还是有几分怜悯的。苏绿绮以宫女卑贱之躯，费尽心机成为嫔妃，却永远只是个无足轻重的棋子。同为奴才的人多半是厌恶她的，背后的冷嘲热讽从来未曾停过。她好不容易靠着小曲复宠后，也只是受皇后赏识迁出了叶常在生前的晦气屋子，皇上那儿，真未曾正眼瞧过她。

江心月朝小安子淡淡一笑，轻言道："你这嘴巴也越来越甜了。本宫有几句话想问苏氏，你先领着人退下吧。"

小安子行了礼告退。江心月身后的小杏子、小李子两个立刻上来摁住了苏氏，他们不是一般的内监，苏氏被他们扯住后半分也无法挣扎，嘴里也被塞住，只能呜呜咽咽地从喉中发声，再以极狠厉的目色盯着江心月。

江心月缓慢地踱步近了她的身前，双目定定地瞧着她，道：

"苏氏，你想活命么？"

活命？苏绿绮倏地愣住了，也不再呜咽了。圣上赐死，皇后又不肯施以援手，她怎会活命？莲德妃与她有旧怨，更是不可能帮她。

江心月迎着她一副不可置信的模样，伸手取下了她口里的绫锦，笑道："本宫自然有法子让你不死。你的罪名是毒杀废妃，并嫁祸本宫，戚氏蝼蚁之命，毒杀她并不足以令你被赐死，而嫁祸高位嫔妃就是大罪过了。若本宫肯原谅你，肯替你求情，你也就用不着死了。"

苏氏呆了半晌，才喑哑地低低道："你……真能救我性命？"

"自然是有条件的。"江心月轻笑，道，"本宫只问你，你是用了什么法子，令纯容华与皇后帮衬你复宠的？"

苏绿绮能够留到现在，无外乎是为着如今的一句问话。苏氏轻咳了一声，调整了喉中的不适，才顺服地答话道："我……我为她做了事……"

"什么事！"江心月急切地按着她的肩膀。

"那茜桃铃兰，是我费尽心机弄到手的……"

茜桃铃兰……江心月此时只觉万分无力，她颓然瘫坐在了地上。

这不是她想要的答案。

可是，苏氏濒死关头，为了求生是没有理由欺骗她的。苏绿绮自小又是无亲无故，更不会被皇后抓着血亲来要挟。

所以，那"凶夭"的下手者，根本就不是她。

第四十三章 二

阿媛出嫁

　　江心月无力地被人扶起，她面前的苏氏急切而慌乱地呼道："娘娘，莲德妃娘娘，罪妾已经说了实话，您要救罪妾一条命啊！"

　　"嗯。"江心月点头。她已经承诺了，断不会更改。

　　"不过还有一事。"江心月沉吟片刻，才道，"你是皇后的棋子，定然知道很多本宫所不知的东西。你将宫内所有与皇后走得近的嫔妃、宫女、内监等，统统写下来吧。"

　　既然此时苏氏对她言听计从，那她必会挖掘出苏氏所有的价值。此时来挖皇后的势力，是最好不过的机会了。

　　苏氏自然遵命。

　　片刻之后，江心月出了西福宫，便遣人去了乾清宫传话。又过了些时辰，皇帝的旨意也下来了，道苏氏不必赐死，打入冷宫即可。

　　阿媛出嫁的那日，无疑是风光的，以十里红妆来形容都不为过。

　　启祥宫添了多于江家三倍的嫁妆，而江家上下也歌舞升平，江荀在江心月面前将腰弯得极低，谄媚道："托娘娘洪福……"

　　的确是托了莲德妃的福分。江荀仕途顺畅，江家又能与岳家攀亲，一切都是莲德妃的支撑。

十六日，阿媛与岳建充进宫来向皇帝谢恩时，岳建充一张油光秃老肥的脸蛋笑得如一只裂开的冬瓜。他向江心月行礼时，说话都有些不完整了："长姊，我……我我一定……"

江心月"扑哧"一声笑了，她知道岳建充会好好照顾阿媛的。

她又看向阿媛，极疼惜地道："你终于出阁，也结了我的心事了。"

阿媛满面均是小女儿的娇羞，一双眉眼顾盼神飞，偷眼瞧着旁侧的夫君。江心月见之不由轻叹——阿媛啊，你是贵女，不是平民女子。你所嫁的也是名门贵胄之族。你今日为了爱情而欣喜异常，却不知来日会有多少深重的苦痛。

只是，有你长姊在一日，我必会倾尽所有来庇护你。

江心妍是江家女儿，也与江心月一道见了阿媛，送上贺福。待阿媛终于不舍地离去时，她方对江心月开口道：

"长姊，我……林氏她……"

江心月一笑，道："允诺了你的事，还会反悔么？林氏半月前得肺痨死了，这几日阿媛出嫁，日子喜庆，也该为江家扶一位继夫人。本宫今晚就会命人传家书回去。"

"谢长姊大恩！"江心妍欣喜道。林氏的死自然是人为，而接下去能够成为嫡妻的便是江心妍的生母三姨娘。

之后的日子，堪称静如止水。惠妃与皇后没再翻起风浪来，而丽妃自北域挑起战乱以来也连日称病。皇帝对于丽妃是极模糊不清的态度，在战火燃起之后，定是不会再宠爱她，但也没有全然弃置。

皇后上一回的捐资未能复宠，澹台瑶仪也因捐错了东西被皇帝愈加厌恶。江心月如今的日子颇为轻松，其实那一日捐错东西的人不止瑶仪一个，她只是特意地抓了瑶仪来说事，无非是想见到如今的结果。

另外，宸嫔的病好似很严重，直到这几日才稍稍好转，却仍出不了宫门。

关雎宫依旧是那般耀眼。宸嫔在榻上一声又一声地干咳着，她透过重重的珠帘，能够看到那一抹越发接近了的明黄色。

皇帝疼惜地接过药碗，亲自舀了一勺喂给她，道："你一向身子好，好好调养定会很快痊愈的。"

"皇上，臣妾这病您知道的……臣妾是因太过担忧哥哥，交战之地是北疆，这么个严寒的时候，那么危险的先锋……他太危险了……"宸嫔说着声色已有哽咽。

皇帝手上一滞，继而冷了声道："战事就要有牺牲。北域那边，总要有人去担当前锋的。"

"是，臣妾不敢对此不满。"宸嫔低头道，"臣妾明白，哥哥为国效力，只要皇上有令，怎么做都是应当的。"

皇帝听她如此说，不禁软了下来，柔柔道："凌儿，朕知你最识大体。你放心，拓跋将军领兵勇武，定会平安归来的。等拓跋将军凯旋，朕便复你的妃位。"

宸嫔稍稍移开了目色，转首看向花几上的两株白得如雪花一般的梅花。这年冬日真的很冷，梅也因此开得好。她倚在面前男人厚实的臂弯里，突地，有丝丝如蛇信子般的冷气渐渐漫入心头。

平安归来么……呵，那只是一个夙愿罢了。复妃位，倒是个极大的诱惑。不过，她何曾在乎位分呢？

皇帝接着舀了一勺汤药，用唇试了温度后才喂到宸嫔口中。拓跋凌心不由苦笑，张口接过了吞下去。她没有办法逃避，郑昀睿实在太懂得如何捆住女子的心，而于她来讲，他的温柔缱绻根本就是罂粟一般的毒药。

明知贻害无穷，却无法自拔。《诗经》中有讲，"女之耽兮，不可说也"。

她抬手轻抚上男子棱角分明的面庞。郑昀睿十分契合地抓了她的手，如捧着珍宝一般地执着。

"皇上？"拓跋凌心突觉皇帝的神色有几分凝滞，不由开口唤了一声。

皇帝依旧抓着她的手，面上渐渐失去了温柔，星星点点的冷冽从目色中透出。他的面目上一丝表情都没有，已经无法窥探出心思。

"皇上，怎么了？"拓跋凌心仿佛感觉到那愈来愈厚重的寒气。

那执药碗的手一抖，浓浓的药汁便尽数被泼洒在了被衾上。拓跋凌心当即惊惧，下一刻她的左手已被皇帝死死钳住，他擎着那只手，将上面的一只火红色的指环大力褪下来。

"啊——皇上，您弄痛臣妾了……"拓跋凌心呼痛道。

"拓跋氏！"突地一声冰冷没有任何温度的称呼，从男子的口中脱出，他冷冷睨视着拓跋凌心，"你这东西是哪儿来的？"

"皇上，不就是一只指环么？"拓跋凌心根本不知出了何事。

"呵！你竟敢觊觎她在朕心里的位置！你是想取代她么！"皇帝狠厉道，继而狠狠甩开拓跋凌心的手，虚弱的她受力不由得往后一倾，后脑便磕在了床沿上。她一手抱着头，身子蜷缩成小小的一团，压抑而凄切地呜咽起来。

她从不是会掉泪的人，然而今日……她无法忍受了。

身前，皇帝已迈步往外而去。他决然的声色透过冰冷的空气，破空一般传来——

"关雎宫，封宫！"

封宫？为了一个指环？拓跋凌心突觉浑身的力气都被抽干了。她大大地睁着一双星辰般的美目，远远地望着前头男人的背影。然而她已经看不到了，面前的一切事物都模糊起来，她陷入了模糊不清的昏迷中。

前殿，皇帝怒气未消，只有王云海敢于近前，劝道："皇上，拓跋将军在外征战……"

皇帝稍一迟疑，终是有了些理智，低低道："那就只将宸嫔禁足吧。"

连日来唯一的波动，便是宸嫔的再次禁足了。无论皇后，还是江心月，还是惠妃，众人均不知其内出了什么事。

但无论怎样，宫内众人大多是额手相庆了。皇后与江心月均担忧宸嫔被放出来后复宠，可笑的是她刚解禁足半月，竟然又给禁闭了，且是未有期限的，也不知是怎么触犯了逆鳞。

安乐之中，必有隐忧，江心月是从不敢掉以轻心的。

元月二十日的傍晚，皇帝掀了莲德妃的牌子。不过地点不是龙吟殿，依旧是漪澜殿。

外头的风很大，夹杂着一粒粒的冰花，风扑到面上便觉呼吸都被冻住了。然即便很冷，江心月也不想坐肩舆，她宁愿走得慢些，晚一些到地方。

从柴房回来的冰绡一张嘴巴有所收敛，却依旧闲不住，在江心月身侧扶着她一边逗趣："娘娘您可是宫里头一份的恩宠，漪澜殿这样的好地方……"

江心月正为漪澜殿烦心，听她这么说也起了不耐，便冷哼一声道："你的嘴巴就不能消停会儿么？"

冰绡吐了吐舌头不敢再说了。一行人极缓慢地挪着步子，临近湖畔，晚风吹得没叶子的光秃秃的垂柳枝子飒飒地扬起，湖水中冰冷的气息也随风而至。云梦湖早就结了一湖的冰霜，也不知何时才会消融。

"娘娘……"也不知是怎么回事，受了斥责的冰绡竟再度开口。江心月恼怒地瞥她一眼，刚想责骂，却听她声色颤抖地道：

"您看那边，那边有团黑影……"

江心月猛地一惊，随着她所指的方向看去，果然，一团人影就在近水的湖畔处。倏地止步细细听去，在呼呼的北风呼号之中还夹杂着女子的说话声。江心月惊住了，忙回头对菊香道："这么晚了谁会在外头呢！且看那人形就是鬼鬼祟祟的样子。"

"娘娘，这……说不定是坏规矩的事。"菊香略一思忖，道，"这儿邻近娘娘的启祥宫，若不管管，恐留下什么话柄。娘娘？"

"也是。"江心月微一点头道，"本宫的职责不能疏忽了。来人，上去押住前面的人。"

贵喜立刻领着人上前去了，江心月扶着一众不少的宫人跟在后头，等那人影一被押住，便立即没命地挣扎起来。有内监为江心月打了灯笼在前头，走近了方看清，竟然是丽妃和大皇子两个人。

而大皇子的手正拽着丽妃的广袖，见莲德妃来此忙惊惶地松了手，跪到地上喊了一声道："莲母妃！"

江心月是过来人，怎会不知他们俩在做什么。她先是带着怒气对大皇子道："你起来！你是皇子，给本宫下跪算什么样子！"

大皇子没有起身，却是愈加凄切地泣道："莲母妃，今儿的事与她没关系，都是我一人的主意。求您放过她。"

"什么放过？"江心月又急又怒，命人将他死死拉起来，道，"大皇子，你忘了礼法与规制了么！丽妃是你的庶母！"

大皇子是软弱之人，他落到此境地更是惊慌失措，不仅听不进去莲德妃的话，且又想跪下来求饶。江心月叹着气瞥他一眼，转首望向了丽妃，道："还是你来说吧，哪里来的胆子与皇子幽会！"

"臣妾没有！"丽妃却是大呼冤枉，道，"臣妾知道大皇子的心意，然臣妾并不喜欢他，从未有苟且的想法。臣妾是——是收到人传信，道娘娘您今晚在此处等候，要与臣妾说要紧的事。臣妾在宫里只有您一个姐姐，臣妾看了传信就来了……"

"什么？！本宫……"江心月且惊且疑，那边的大皇子又道，"莲母妃，真的不干她的事，是我，是我约了她出来！可是……我在传信上根本没有写莲母妃您啊……"

"如果大皇子真要约我出来，我是万万不会答应的。是看到信上写莲姐姐约我，我才出来！"丽妃也惊惶而凌乱地道。

江心月惊在当场，当即觉有万分的危机，猛一跺脚，急切道："快走！你们快走。是有人设计了你们了。"

但二人还未来得及反应，背后已经有窸窸窣窣的脚步声渐行渐近。突地，一女子高亢而娇俏的声色在冷风里炸开："给本宫截住前面的人！"

惠妃转眼间就到了跟前，橙红色的宫灯映着她姣好白皙的面容，那面上却只有狰狞之色。已经来不及脱身了。江心月无奈地一叹，今日这事即使她有心去帮，也帮不上了罢。

"哎哟，这么大晚上的，丽妃与大皇子在一块儿做什么呢！"惠妃吃吃地掩嘴笑着，回头又看看江心月，笑道，"莲德妃娘娘也在啊，真够热闹。臣妾今日是听了人传消息，道你们两个在做坏规矩的事。本宫原本不信，来此一看，想不到还真是……"

江心月并不说话，惠妃便伸手指着丽妃二人，"啧啧"两声，道："你们两个倒是相配！一个十五岁，一个十三岁，都是情窦初开的年纪。"她说着，竟然扬起右手，狠狠一掌掴在丽妃面上。丽妃惊呼一声，被打得倒退两步差点跌进身后的冰湖里。

"惠妃！事情还未问清，你为何动手！"江心月怒道。

"未问清？呵！这不是明摆着的么！"惠妃失笑道。她一瞥大皇子紧缩在袖中的右手，道："把那东西拿出来，本宫也是过来人，怎么会看不出来！"

她话音刚落，已经有几个手脚粗大的姑姑上前硬将大皇子的右手掰开。那掌心里赫然是一枚同心羊脂血玉佩。

"呵！"惠妃极得意地笑道，"鸽血玉雕成红豆状，且是同心相合的'半阙'。除了有情人，谁又会有半阙的佩环呢？"她移目瞥着江心月，道："如此，莲德妃娘娘仍想包庇他们？您真是掌得好宫权。"

"惠妃……"江心月满面怒颜，惠妃仍是在觊觎宫权。不行，她救不了眼前的两个人了，若强为，恐被惠妃算计着"包庇之罪"而丢了宫权。她压抑着火气，良久才道："本宫也是刚到。"

丽妃与大皇子二人顿时眼中一片死灰。丽妃更是跪倒，迭声道："冤枉，冤枉啊……"

又是一记响亮的耳光落在丽妃面上。惠妃甩了甩手，厉声道："你冤枉？皇后娘娘早就说你举止不洁，如今看来果然如此！我大周好好的皇子，都是受了你的媚惑！你是摆夷子人的女儿，骨子里就有那不端不洁的劲，摆夷子人粗蛮鄙陋，你是他们的公主，更粗野，更不堪！"

"我没有媚惑！我们北域人也不是摆夷子！"丽妃不堪辱骂，脖子一梗便与惠妃对上，却见又一记狠厉的巴掌落下来。惠妃想要再打，终究被江心月命人拉住道："你是从一品妃，动手失了体统。"

惠妃碍于莲德妃在场，不再动手，却依旧口中凌厉："你媚惑皇子，大罪！北域犯我大周，你作为和亲公主本就该死！出了此事，你以为你还有活命的机么！你的兄长与本宫的父亲刀兵相向，本宫今日不结果了你，怎对得起战场上的父亲！"

江心月眸色一暗，便不再说话了。惠妃要害死丽妃，还捎带着大皇子，无非是战火纷飞中的家仇。

"此事事关重大。"惠妃唇角噙了一抹得意的冷笑，道，"本宫会好生地向皇上、皇后娘娘禀报的。"

几番折腾下来，便连等在漪澜殿的皇帝都惊动了。皇帝本闲逸地等着江心月，没想到半路上出了事端。他遂遣人来传了旨意，将两个犯大罪的人先押进宗人府，听候审处。

皇子与嫔妃苟且是宫里最不堪的事了，皇帝怒不可遏，没了与江心月共度良宵的心情，连夜回了龙吟殿。江心月不敢劝，只能自个回了启祥宫。

这样令皇室蒙羞的事，从来都是不肯宣之于众的，但无论是后宫，还是前朝，都闻见了一些风吹草动，明眼人也多少猜到了些。皇帝一连两日大动肝火，连新婚的岳建充都莫名其妙地挨了责骂，其余的臣子一个个噤若寒蝉，不敢触帝王的怒火。

两日来江心月去皇后宫里晨省，都只能见到皇后一张愁苦的面目，而六宫嫔妃没有一位敢提及那个晚上的事，连为此得意的惠妃也是不敢说一句。到了第三日的大早，皇后终于难以静默，待众妃散去后才苦着脸对德妃、惠妃两个道：

"这事情出了，不能不管。皇上总是拖下去也不是个办法。"

江心月闷闷地点头，道："娘娘说得是。"

"德妃你有协理的职责，惠妃你是抓了他们两个的人。本宫想着，不如我们一同去乾清宫求见皇上。"皇后思忖着道，"这样的事，正是该我们出面去劝皇上。"

两位从一品妃均点头同意。三人遂一同往乾清宫而去。

今日如昨日一般，皇帝并没有在早朝后召见臣子，而是将几个上奏琐事的官员给骂了出去。皇后行至乾清宫正宫门，问了句"今日有无军情奏报"，宫人答了一句"无"之后，她才命去通禀。

皇帝这一次终于未将人拒于门外。江心月随着皇后进殿，心内仍是捏着小心，想待会儿说话千万要多顾忌一些。

皇帝的面色显然是烦闷的。皇后不是肯畏惧的人，干脆挑明了话率先道："皇上，大皇子的事，还要早做决断。"

　　皇帝凝眉，将手边的茶盏端起来啜了一口，才道："是该处理了。皇后，你看该如何办？"

　　皇后方才欣喜他不动怒，听了此言却又惊住了——要她来说该如何办？

　　她思忖了半晌，方才小心地开口道："这……此事分明是丽妃媚惑大皇子。大皇子这孩子年纪小不甚懂事，一切都是丽妃的罪过。臣妾以为……丽妃应被赐死。"

　　江心月无力地闭目，心中只余悲凉的一叹。皇后的话虽残忍，却是极正确的，皇室内出了这种事，从来都是舍嫔妃保皇子。

　　即便过错全在于大皇子，而丽妃无罪。

　　皇帝微一点头，却声色沉沉地道："可是，宗人府里的大皇子两日来只说一句话，那便是'一切是我的过错，与丽妃无干'。而丽妃，她只大呼冤枉。"

　　皇后一愣之下，突地跪倒在了地上，道："都是臣妾教导不力。皇上，可否让臣妾去劝劝大皇儿？臣妾会教他该怎么说。"

　　皇后身后的惠妃也跟着跪下，道："臣妾求皇上不要牵连大皇子，只处死丽妃即可。"

皇帝看着地上的二人，静默半晌，突地问道："你们，真想令丽妃被赐死？"

二人一愣，不料皇帝有此一问。难道一个丽妃有什么舍不得的么？

皇帝见二人均不语，便转首向另一侧的江心月道："莲德妃，你不跟着她们一同跪下，必是有什么异议。你来说，你是如何看待此事的？"

江心月见皇帝问到自己，方才深深拜了两拜，道："臣妾以为，不可处死丽妃。"

此话一出，旁侧的惠妃便低低嗤笑了一声。心慈手软的人难当大任，尤其在这宫里，怜悯之心早晚会害了自己。

皇帝"哦"了一声，继续问道："你的缘由呢？"

"回皇上。"江心月稳声答道，"此时北域与我大周交战。若不出意外北域败后，便会划入大周版图。而北域皇族却不可尽数斩杀，大周还需要册封一些能够掌控的人为郡王，协同大周派遣的督军来治国，以安抚民心。而作为桥梁的明月公主，很长时间内都不可以死。"

说完，她再拜，道："臣妾女子之身，不该干涉朝政。臣妾逾矩了。"

她说的是极有道理的，历朝历代收复蛮夷之地，都要用这等方法。

"德妃甚知朕心！"皇帝突地大声道。他伸手拉过江心月道："女子能有你这样的深谋远虑，实属难得。朕不怪你逾矩。你掌宫最合适不过。"说着他神情淡漠地瞥了一眼惠妃。

惠妃一惊，更是低了头不敢再看皇帝，继而她才随着皇后面色泛白地起身。她们不得不服，因她们确实没有考虑得那样深远。

过了半晌，才听皇后道："那么丽妃……"

"此事朕会令宗人府审理。"皇帝道，"丽妃会有该去的地方。皇后，你要尽力压下事端，不能令皇室蒙羞。你教导大皇子不力，可给朕记着这一遭。"

皇后一凛，额角便有冷汗渗出，忙应声遵旨。片刻，她才咬了咬下唇道："让臣妾去宗人府劝服大皇儿吧，总该教他说出正确的话才是。"

不久之后，三人就一同告退了出来。她们本是同行而来的，然而在殿内皇后与惠妃均被落了颜面，德妃受皇帝称赞，故回宫时皇后便与惠妃同行，将江心月一人晾着。

江心月自个儿无趣地回了启祥宫。

一日沉闷，只有午后时兰贞与涵才人两个过来了一趟。涵才人说了些话便走了，兰贞则被瑞安公主抓着了要求陪吃陪玩。

江心月心里已好受了许多。大皇子自个儿不争气，怨不得人；丽妃也总算不用死了。她看着媛媛扯着一个花团满屋子乱跑的模样，面上终于有了几分笑意。

兰贞被媛媛折腾累了，方停下来，喘着气到江心月身侧拿茶盏来吃。她灌了几口放下，对江心月道：

"娘娘，听闻大皇子仍不肯改口啊。"

江心月听她谈及此事，不由蹙了眉，道："我也听说了。皇后进去劝了半日，大皇子却咬着说是他要约丽妃出来，一切与丽妃无关。"她说着将手掌往案几上一扣，道："真是没出息的，为了女子连自己的前途性命都不要了！"

"是没出息，但也是情比金坚不是？只是，听闻丽妃对他并没那份心。"兰贞摇头道。

"皇宫之内，哪里容得他情比金坚！"江心月愤愤地道。说完了，她却有些惊疑——那是大皇子与丽妃的事，她一个局外人有什么可恼怒的？

不过好似她每每遇上这类不切实际的情爱，都会觉当事人蠢笨不堪。

她稍稍叹了一口气，对兰贞道："皇后会好好劝服他的。"

"我还听闻皇后受了皇上的斥责。"兰贞说着，掰了一块栗子糕塞进正在脚底下扯着她裙边的媛媛口里，堵住小公主的嘴巴，她才能够与江心月说话，"娘娘，皇后教导不力，惹得皇上对她极恼恨呢。说起来，此事是惠妃揭露出来的。惠妃是死死容不下丽妃的，却也是给皇后惹了麻烦。"

江心月暗暗一忖，道："你说得对。皇后……她应该会对惠妃有所不满。不过她也奇怪，好像并没和惠妃生出什么嫌隙。"

二人正说着话，却有御前的内监进了启祥宫，对江心月传话，道皇上请莲德妃一同过去宗人府。

江心月与兰贞对视一眼，问他道："那事情……皇上要审理了？大皇子肯说明白了？"

"是呢，正是那事情。"内监回话道，"皇后娘娘总算劝动了大殿下，皇上早就过去了。娘娘您协理六宫，也应去宗人府瞧瞧的。"

江心月点头道："本宫马上就到。"

她将媛媛交由了兰贞哄着玩，自己扶了菊香、玉红等人往宗人府行去。宗人府是属于前朝的，要过乾清宫才能到，平日无旨意后宫嫔妃也不得随意进入的。地方有些远，她遂坐了肩舆前往。

宗人府是管束皇室宗亲之地，一进入其内便甚感浓重的压抑肃穆。江心月是第一次来这里，由人引着路曲曲折折地进到一个后院里。

冬日暖阳透过遍植的柏树滤下来，院落十分寂静，只有紧闭的房门里头有压抑呜咽的人声。一会儿，江心月被人请了进去，里头皇帝、皇后都在。大皇子跪在台下，从房门透进的逆光中依稀可见他身上有如云梦湖一般粼粼的波光跃动，上上下下地波动。走近了看，方知那是他身上所着的绫锦缎子在簌簌地抖动。

"母后与你说的那些话，你可都记在心里了？别杵着了，快说给父皇听。"皇后仍在温言温语地劝慰着。

移步进殿，江心月给皇帝与皇后请了安。大皇子闻见身后响动，方麻木地转过头来，愣愣地对江心月行礼。他浮肿而青黑的两只眼睛闪烁着空洞的悲哀。

皇帝也只是朝江心月微微点头，示意她落座。大皇子也不知跪了多久，只是看着他面色泛白，便知极不好受了。皇后见他仍不肯开口说一句话，不禁有些急了，蹙了眉头道："母后哪里忍心你在这儿受苦？你看看，你一张小脸都瘦成什么样子了。你只要按母后的话来说，立刻就能够回咱们凤昭宫去。大皇儿，你是要担大任的皇子，不要在乎旁人。"

大皇子的嘴唇微微抿着，他仿佛在做极难办的抉择。

"父皇……"他终于开口了。他咬着嘴唇，对上首那位威严的帝王道："儿臣给父皇闯下大祸……"

皇帝显然对他厌恶到了极致，只冷冷一哼，道："逆子，你好好把事情说明白了，朕还会留你在宫内。否则……"

"是，父皇。"大皇子的身子随皇帝一句狠厉的话而抖了一抖，又看向与皇帝同列而坐的皇后。这二人均是十足的威仪，那种压抑而残酷的威严。

他俯身将头低得不能再低，一字一顿地开口道："丽母妃是冤枉的。"

江心月一愣，再看皇帝，他面上的青筋几乎都要暴起。他三两步从座上踱到大皇子面前，咬牙切齿地问道："你说什么？"

第
四
十
六
章
　
连
环
套
（
二
）

"回父皇，不干丽母妃的事。"大皇子带着哭腔，颤颤地道，"儿臣那晚要见的人不是丽母妃，是莲母妃！"

时光，仿若有些许的停驻。朦胧而昏暗的宗人府宅院内，有些带着血腥气息的东西一点点地从空中落下来。江心月觉着耳朵四周嗡嗡地响，怔忡的瞬间，只听得皇帝再次问了同一句话——"你说什么？！"

这话比方才更加凌厉狠绝，仿佛灌注了全部的惊与怒。

宫闱沉浮数载，江心月终究是不会在此刻乱了阵脚。她稳稳对着皇帝跪下，缓慢而清晰地道："大皇子，请将此事说明白。"

大皇子此时却再也不哭了，他面色极镇定，身子也不再抖。他微微抬眼看了看皇后，再看一眼惊怒交加的皇帝，才以同样平稳的声色说道：

"今日这里没有外人，儿臣就一股脑儿说出来。儿臣原是鬼迷心窍了才会嫁祸给丽母妃，可是如今进了宗人府，那些定情信物，还有相邀的书信，都是无可抵赖的证据。儿臣……儿臣无法再隐瞒下去，即使想保莲母妃也保不得了。"

很久，仿佛过了漫长的时光，他才再次俯首，对皇帝行大礼道："儿臣听从母后的教诲。儿臣是年纪小不懂事，儿臣，只是被蛊惑而已。"

眼下变故，是最始料不及而令人恐惧的。江心月只觉得很乱，却仍是跪地分辩道："臣妾冤枉。"

皇后也是惊异，她定了半晌，才对皇帝劝道："皇上，此事要慎重啊。臣妾……臣妾也料不到大皇儿会这样说……然而，既然他说了，总归要查一查的。当晚抓着人的时候，莲德妃恰巧就在场，这事谁说得清呢？只是惠妃听的消息是有关丽妃的，所以我们都认为做下罪的是丽妃。如今看来，可能是弄错了。"

"查？这么荒谬的事，怎样查！"皇帝突地高声厉喝了起来，唬得皇后身子一抖。然而她一惊之下却并未被吓住，而是再次拉了皇帝的袖口道："皇上息怒。不论如何，也是要查的啊，也好还莲德妃一个清白。其实这事……若是胆大妄为者也是能够做出来的，莲德妃今年不过二十岁，也是虎狼一般的年纪。大皇儿方才说信物，还有书信，这些东西一查便知。"

"住嘴！"皇帝已然大怒，拂袖将皇后狠狠往外一甩。皇后差点站立不稳，幸亏后头有云岚扶住了，她立在那儿，面上缓缓现出悲愤之色。

江氏何德何能，令你维护到如此地步……

宗人府的屋子里不是寝殿，根本没有地龙与毯子。如今大冷的冬日，丝丝寒气便顺着江心月的双膝一点点地往上攀爬，那些冰冷的疼痛渐渐侵入体内，却使得她的内心愈加清明了，疑点有三。

第一，大皇子一向是无能懦弱之人，但他方才的话十分清晰且使人信服。按着他的意思，他喜欢的人是江心月，那么他嫁祸丽妃就是为了保护，如今掩盖不住了，他才不得不说实话。江心月清楚地知道这是最大的谎话，但以大皇子的本事，是编不出来这种话的。

第二，大皇子与天子嫔妃苟且，皇后因此事受了皇帝的斥责，而挑起此事的是惠妃。这不合理。惠妃即使要杀丽妃，也不应该做令皇后受损的事。

第三，也是最关键的一点。大皇子与皇后二人均提到的——信物与书信。暂不提信物，那书信，那书信……给丽妃的书信上，明明白白地写着是莲德妃相邀。

原来如此，原来如此……

然而江心月终于想明白的时候，却已经掉进了圈套，再也走不出来了。

皇帝再怒，也是要查下去的。他下旨先将莲德妃送回启祥宫，暂且软禁。

御前的小安子领着人将江心月送回宫去。那些宫人们是守礼而客气的，因皇帝交代过"要查一查，还莲德妃清白"，皇帝根本还是在偏袒莲德妃的。

江心月心思极乱，她顺服地待在自己的大殿内，她想挣扎，却发现根本不知该做什么，仿佛只有等待那残酷命运的降临。果然，不过一个时辰之后，外头便人声暴起，呼啦啦地来了大群的内监与侍从。皇后走在前头，她闯进了莜月殿的正殿之内。

江心月心如死灰一般地抬头，望向她一张掩饰不住得意的面孔，淡淡道："书信找着了？"

皇后一笑，道："好妹妹，自然是找着了，你还很明白的啊。"

江心月苦笑一声："是，我明白得太晚了。丽妃不过是个幌子，皇后娘娘，您的连环套臣妾佩服。"

"那信件是你送错了，你本应秘密送给大皇子，却阴差阳错送到了丽妃那儿。那上头写得清清楚楚，是莲德妃相邀云梦湖东畔，只是没写清楚是邀约谁。所以丽妃误打误撞地去了。"皇后微一睐眼，道，"本宫说得可对？"

江心月咬唇低低道："不，并非如此。"

"呵。"皇后冷冷一声，道，"算了，你有胆子做，却没胆子承认。不过……"她说着往外头微微扬了下巴。立刻有几个姑姑上来不由分说地扭住了江心月，为首的姑姑将她发上的钗环饰物尽数扯下，她一头堆云墨发狼狈不堪地披散下来。菊香几个都吓坏了，上去扯着哭喊道："我家娘娘是莲德妃，你们不能无礼……"

"给本宫闭嘴吧，她已经是罪妇了。"皇后带来的宫人很多，菊香几个很快也被人扭住了。皇后带着几分讽刺地道："你我是一同进宫的秀女。本宫知道你的骨头很硬，不过，本宫还是要将你送到慎刑司里去。本宫想知道是否真的连慎刑司都撬不开你的嘴。”

瞳孔猛然一缩，果然，果然皇后会用最狠厉的法子来对付自己。

她惶急而恐惧，当年那些刑具的阴影她仍是挥之不去的，毕竟只是女子，怎么可能不怕。然而她还未思虑出什么，已有一些宫人闯进了内室、暖阁，她们将四皇子、五皇子还有瑞安公主抱着出来了。

“不！你不能碰我的孩子！”江心月疯了一般地想挣开那些扭着她的奴才，皇后轻笑道：“你很久没有尝过落魄的滋味了。不过你放心，本宫是他们的嫡母，一定会好好地照顾他们。”

一切都在身边如水一般流失而去。为何，这么简单就被打倒，她的媛媛，还有润儿，还有翊儿，都要失去了。

头脑中甚至有些昏迷的前兆，她不知，为何，为何会输到如此地步！

她只能一次又一次地挣扎着，那姑姑扭得她整条臂膀几乎要断裂一般，她却丝毫挣脱不开，她眼睁睁地看着三个儿女被抱着往殿外而去。

“皇上有旨——”很突兀的声音。皇后恼怒地向后看去。

是王云海亲自来传旨，皇帝的旨意是将莲德妃暂押于莜月殿，四皇子、五皇子还有瑞安公主，均领到乾清宫里。

是天降的救星么？江心月突有一瞬间的恍惚。

无论如何，她与孩子们都暂时安全了。皇后此时却是怒极，她命道：“此事是本宫负责审问的。书信是找着了，还有信物。”她阴阴地看一眼江心月，道：“搜启祥宫。”

无数的人影从大殿外头闯进来，他们丝毫不留情面地四处翻找，瓷器、玉器落地的声音不绝于耳。

“皇后娘娘！”突地有尖利而惊慌的女子的声音在身后响起，却是随着江心月前来的冰绡，她极不合时宜、不顾身份地跪地，高呼道，“我家娘娘是冤枉的，大皇子在诬陷我家娘娘！”

江心月大惊，平日冰绡说话直爽，但她也不会蠢笨到此时以宫女身份强辩的地步。她方想斥责冰绡，皇后却抢先一步道：

"莲德妃，这是你教出来的好奴才？"她冷冷一笑，道，"这奴才竟敢指责皇子，可见是个胆大妄为的！"

"冰绡！"江心月喝道。皇后却道："莲德妃一贯大胆，出了淫乱六宫的事也是合情合理。你以为本宫不知？你宫里的这个叫冰绡的丫头常有妄言，她说过的话，本宫的人记得一清二楚！光是那些话就足以治你莲德妃的罪过了！"

江心月此时心里是有些乱的，菊香在侧道："奴婢是启祥宫的掌事，奴婢愿意受皇后娘娘惩治。"

第四十七章　连环套（二）

　　"菊香……"江心月惶急地看向她。然皇后倏地一笑，指着菊香道："你这个掌事所犯的罪过，比那小丫鬟要厉害得多。你与神龙卫统领的事，本宫也是清楚的。你可知宫规？宫女在宫里一天便是皇上的女人，不得有苟且之意，只有被放出宫之后才能嫁娶。"

　　她朝那几个姑姑努一努嘴，道："将这两名宫女押下去。"

　　"不！菊香！"江心月伸手想要护住她。然而不能够，她和菊香两个都被扭得死死的。皇后转首朝她笑道："江氏，你淫乱后宫，你的宫女也和你一样不知廉耻！启祥宫真可谓上行下效！"

　　江心月此时无论如何也无法护住任何人了。

　　其实菊香与寒统领的事，本是没什么的，因菊香是有头脸的宫女，背后又有得势的主子，到时就是指婚的喜事。大周后宫里不许内监与宫女苟且，但侍卫是有身份的人，看上哪个宫女即使暗通款曲也会得到理解，等宫女被放出来后就能嫁娶。只是，皇后以此来处置菊香，无非是趁着江心月落难，落井下石而已。

　　江心月浑身无力地看着很多人进进出出，很多东西被翻倒在地。然而那么快，便有一个内监举着一只胭脂盒子，高声道："禀皇后娘娘，东西找着了，正是那另一半的同心佩。"

江心月已经惊得不能自已，怎么会，连信物也能在她的宫里翻出来？皇后拿过一看，便道："正是这东西，那日大皇子拿在手里的便是一半，这里还有一半，那这东西就是莲德妃送与大皇子的了。"

她转首，声色中透着几分幽幽然的冷气，道："江氏，既然皇上有旨，你就待在启祥宫吧。不过，如今的证据确凿，想必也不用审问了。你再不肯认罪也是枉然。"

有很多持刀的侍卫，团团围住了莜月殿。江心月颓然瘫在殿内。

再也无人对她客气，那些守卫们凶相毕露，他们均知里头的人不是莲德妃，只是个罪妇。

傍晚并未有人送饭过来，好在小厨房有些剩余的糕点。莜月殿里，贵喜和玉红几个都陪江心月坐着。

几人咬着自己手里的糕点，都不说话。

第二日，外头依旧是黎明，里头却是浑浑噩噩。江心月不知不觉中，竟然和几个宫人坐了一夜。

贵喜颤声道："主子，您歇歇吧。"

"我不是主子了。我不仅跌落云端，还连累了你们。"江心月闭目叹道。

"主子，您说什么呢。"玉红哭了起来。

"我的罪过，足以赐死了。"她又叹一声，"冰绡胆大妄言，菊香也被处置，皇后说本宫大胆，这启祥宫上上下下倒都很大胆。"

"主子，主子！"贵喜急急道，"那同心佩到底是怎么回事啊？昨儿涵才人她们来过，但主子您明明吩咐了……不应该啊，不应该被钻了空子。"

"是啊，"江心月竟也落下泪来，双目都是血红的颜色，"我竟然让她钻到空子。对了，冰绡她……"

玉红此时也突地惊起，道："冰绡？"

"冰绡！"江心月猛地睁大了双目，道，"只有她！她的言行不对劲。"

是啊，冰绡本是个管不住嘴巴的人，但是她昨日在皇后面前的行为就很不对劲了。而且她说的那些话，那些妄言，怎么都被皇后知道得一清二楚？

"主子，那，出事的那天夜里，就是冰绡指了人影给您看的！"玉红捂住了嘴巴惊呼道。

冬日的启祥宫里，十足是一座冰窖。

外头的关雎宫也是一样的境况，与冷宫一般无二的样子。宫内人都会因她们的遭遇而欣喜异常，而皇后，她如今终于得到了一切。

失去皇宠又如何，她已经是宫廷中的胜者了。

元月二十七日的那天，江心月曾被"提审"过一次，那一次只有皇帝和皇后两个人在场。她胆战心惊地不敢去看郑昀睿的眼睛，她知道这个威仪而霸道的男子不会容忍嫔妃的"红杏出墙"，哪怕是一丝一毫的牵连与嫌疑。

可是皇帝并未如她想的一般暴怒。他很冷漠、压抑，一双星目里是黑漆漆的一片，没有颜色。然而江心月看到他的样子更加恐惧，她希望他能够发怒，那样也比这压抑的感觉要好受。

皇后温婉地劝皇帝，说："证据已经够多了，无论莲德妃如何抵赖……皇上，要早做决断啊。"

江心月随着她的话愈加绝望。是啊，要早做决断，这种事儿拖得越久对皇室声誉越有害。

接下去皇后带来了冰绡和菊香两个。冰绡在皇帝面前哭叫求饶，道自己不懂规矩，完全是启祥宫内人人行事张狂，莲德妃更是胆大妄为。

"江氏胆大，难怪做出这样不知廉耻的事来。"皇后面色不齿地道。她扬一扬眉看向江心月："你还想抵赖到何时？真想进慎刑司受尽苦楚才肯招认吗？不过无妨，冰绡已经招认了一切，再给菊香这丫头上上刑，她也该招认了。"

"招认？"江心月目色凛然地刮向冰绡，"你都招了什么？"

冰绡丝毫不惧地迎着她的目光，道："娘娘，这……这都是实打实的罪过，您那天夜里明面上是去漪澜殿，却只带了我们最心腹的人去，您还命我们到了湖畔就守在四周，不要近前，也要留心附近的人。只是丽妃的出现打乱了计划而已。当时奴婢们还不知您的心思，否则，奴婢定会劝诫您的……"

江心月也不辩驳，只是冷笑道："我疏忽你了，竟然让你有机会将那枚同心佩塞进我的屋里。只是不知你有什么亲眷在皇后手里，令你赔上性命都要害本宫。"

"狂言。"皇后冷冷一声，道，"那玉佩怎会是陷害？分明就是你的贴身之物。本宫已经查明，那玉上的雕纹是山东郡邹城的花样，江家祖籍不就是邹城么？"

"娘娘，您还是一贯的行事周密，这个圈套，万无一失的。"江心月到了此地步，竟然不顾皇帝在场，也不顾皇后的身份了。

皇后恨她的张狂之态，她抬头看向皇帝，正色道："江氏淫乱后宫，又妄图狡辩，请皇上立即诛之。"

皇帝却是不肯应下。他只是道："事关重大，皇后。"

皇后面色苦苦地摇一摇头。事关重大，不可妄下定论？那这到底要拖到什么时候？

她心里的恨发作不得，只能转首对跪在地上的菊香道："你这蹄子，今日晚上就预备着受刑吧。你真要庇护你这个淫乱无耻的主子么？"

江心月也是苦苦一笑，她懒得计较皇后口中的侮辱了。菊香看向她，几乎落泪："主子，我们该怎么办啊……"

菊香进了慎刑司几日，是做苦役舂米的，然而再不顺服的话就要上酷刑了。与她相好的寒统领本是受皇帝器重的人，他平白受牵连，早已丢了官职被送进宗人府。

江心月面色凄凄，对菊香道："菊香，你顺服了吧。"

"主子！"菊香料不到她会这么说。

"菊香，我是说真的。你招供吧，求你了。"

求你了？菊香的身子一震。

黄昏时江心月被带了回去。启祥宫的大殿很冷，玉红与她靠在一块儿坐着。贵喜进来道："主子，咱们的炭火不够了。"

"还能撑几天？"江心月疲惫地抬眼问道。

"五天，不能再多了。"贵喜一点也未隐瞒。

江心月突地笑了，道："五天足够了。五天之后，我们要么一起死，要么一起活。"

玉红和贵喜都觉着这话是临死前的征兆一般。他们抱头痛哭，呼号道："娘娘，我们活不过五日了么？"

江心月虚脱一般地倚在玉红的脊背上，道："也许呵……"

残酷的事情一件接着一件发生。第二日的时候，便有姑姑来劝服江心月道："你还拧个什么劲呐！你的掌事菊香什么都招供了，你再撑下去也是枉然。"

玉红几个宫人都如天塌了一般，手脚并用地爬过来泣道："菊香姑姑怎会背弃主子呢！"

江心月不悲不喜，面上麻木得仿佛是一个人形的木偶。她盯着那姑姑，一字一顿道："冤枉。"

"你……"梁姑姑烦了，干脆道，"皇后娘娘是想给你脸面，才不草率定论，要你自己认罪。可是你再这么下去，皇上会一直护着你么？皇上宠你是一码事，皇室颜面是另一码事。"

江心月突地嗤笑，道："皇后娘娘早想将本宫推上刑架，但皇上不允，她没有法子。你说得多好听？给本宫脸面？她分明是想做而做不得。梁姑姑，不是本宫张狂，皇上就是宠爱本宫，即便是皇后，又能如何？"

她说得一点没错，郑昀睿很宠爱她。自从有了四皇子之后，宸嫔被弃，宫内再也无人及她隆宠。

而这一次，她本以为自己不可能翻身了，可皇上竟然为了她拖延时间。她觉得奇怪，这不是郑昀睿此人能做出来的事，但姑且就认为是皇上宠她吧。

梁姑姑气得满面涨紫，厉喝道："你就等着死吧！我回头就向皇后娘娘禀报，报你猖狂，到了这等地步还敢辱没皇后娘娘！"

第四十八章 连环套（二）

梁姑姑一无所获地回去交差了，莜月殿里却是冰冷得死寂一般。贵喜几人也都慌张了，他们想不到菊香会招认。

玉红从小厨房里拿了几个发冷的肉包子，一人一个分给主子和宫人们。她拿着自己的那个，坐在地上咬了一口，泪水却肆意地倾泻下来，淌得满脸都是潮乎乎的。

江心月见她这样，不禁道："你还哭得止不住了？吃东西的时候还哭，不怕噎着。"

玉红仿佛置气一般，猛地咬了一大口包子，含含糊糊地道："主子！我们真活不久了啊！您看，上头连吃食都不给送，炭火又不够，我们只好啃冷包子。皇后想我们死，皇上也不想我们活了！奴婢还是噎死算了。"

"傻孩子，能吃上冷包子也是福气啊，我们好歹在启祥宫里。若在慎刑司里，连包子皮都吃不上呢。"江心月也咬了一口自己的包子。

玉红止不住哭。她的声音引得贵喜等人也都开始哭，一时间殿内呜呜咽咽地一片哭号声。江心月无奈地道："你们昨日哭，今日还哭。没被赐死反而会哭死了。"

还是贵喜最有胆识，他哭到一半，突然不哭了。

"都别哭，听我说。"他突然地道，"外头不送吃食，你们便觉得要死了？你们想想，外头若是送了吃食，你们敢吃吗？"

这话终于提醒了众人。江心月叹一声，道："若我死在这里，那就是羞耻难耐而自戕，最合理不过了。嫔妃做出这样不要脸的事，一死才是痛快。"第四日，侍从们押了江心月出去。果然，最后的时候来了，来得这样快。

江心月被带进去的地方昏暗而阴冷，空气里弥漫着丝丝血腥的气味。她有些惊恐地发现，这里是慎刑司。

里头的主审者只有皇后一人。她居高临下地看着被强压跪在地上的江心月，道："你今日，无论如何是回不去启祥宫了。"

皇后微微抬手，便进来两个内监，手里拖着一名女子。那女子看到江心月，便惊慌失措地爬起来跪到她面前，道："娘娘，对不起，奴婢对不起您……"

江心月伸手扶住她的双肩，摇头道："没事的菊香，没事。"

"原来所谓众叛亲离，就是这个样子的。"皇后淡漠而低沉地说着，一边缓慢踱步至上首的位子坐下，"本宫还以为她有多厉害，原来是个软骨头。烙铁还没上去就哭爹喊娘，要顺服于本宫了。江心月，你真是可怜，连最亲近的心腹宫女也要背弃你。"

菊香将头低得不能再低。江心月也静默着，不肯说话。

皇后的凤目在江心月身上定了半晌，才开口道：

"我听闻你曾有妄言，道你的隆宠连本宫都奈何不了你？"

江心月闻言倏地一笑，道："确实如此。"

皇后一愣，最后却也跟着笑了，道："走到这一步，你也十分不容易了。你的话只对了一半，皇上的确非常喜欢你，即便如此，本宫也能够扳倒你。"

二人没说上几句话，皇帝便到了。皇后忙迎上去行了礼，恭谨地笑道："皇上这几日政务繁忙，后宫这等事交由臣妾处置就好，何须亲自来呢。"

她说得很对，北域进犯，战事当前，皇帝怎会不忙碌？后宫里出了这么大的乱子，也真是给前朝添乱。

她见皇帝并不反感，便再次道："皇上，江氏的心腹宫女也都招了，这事情也该有个决断了。"

皇帝拧着眉，却是简单地微微点头。

宫人们伺候着皇帝落座。帝后二人坐于上首，江心月跪在堂下，此处又是慎刑司的大堂，这真真是一副审犯人的样子了。

皇帝的脸色有些阴沉，对着皇后道："听闻你又探查到了新证人。传进来吧。"

江心月回头，往门槛的方向看去，只见一花甲老妪被人带了上来。她有些慌张地进来，一见上头坐着的是一位龙袍加身、威仪极重的人，当即腿一抖跪在了地上。

带着她的姑姑是云岚，那这个老妪定是极重要的证人了。老妪身侧的两个宫女赶忙拖着她跪正身子，道："圣驾面前，你要仔细。"

云岚朝帝后二人行礼，回话道："皇后娘娘，她就是邹城最有名气的玉雕人。江家未进龙城之前，都是请她来雕玉饰物的。"

皇后点头，眼角处浮着一抹志得意满的意味，她命人将那两块同心玉佩一同呈上来，双玉合一，呈给那老妪看。

"张平娘，你要好好地看，这两块玉是不是江家的东西。"云岚将两块玉佩用两只手捧着，捧到张平娘的鼻子底下。

此时无论江心月，还是皇帝，还是旁侧的宫人，都紧张地盯在张平娘身上。张平娘年轻时雕玉为生，如今年纪大了已经有好些年没做过老本行，她眼睛也不太好，遂大大地睁着双目凑近了细细地瞧。

皇后趁着这个空当，对皇帝温婉地道："皇上不是担心江氏被诬陷么？她也一口一个这玉是旁人塞到她宫里去的。如今只要验一验，若真是江家的东西，那江氏无论如何也跑不掉了。"

底下的张平娘看了半晌，又颤颤地伸出一双手想去摸。云岚点头道："你不要怕，随意摸。只要你能验出来就好。"

"这……这玉，"她摸了好一会儿，才出声道，"这就是江家的东西呀，江家的子女出生，按着他们家的家法都会配给这样的一块玉，玉一分为二，另一半是给将来嫁娶的姑爷或媳妇的。这东西，在江家是极重要的咧。"

皇后的眉头猛地一跳，那兴奋的颜色怎样都无法掩饰住了。"你看仔细了，没有错？"皇帝却是先皇后一步问话了。

"草民不会看错。草民为江家做了一辈子玉，小辈们的玉佩都是出自草民之手。那上头的雕纹，是江家的族符呢。"张平娘虽畏惧帝后，回话倒是还稳当。

"皇上——"皇后对着皇帝唤了一声。皇帝此时已经双眉紧蹙，阴沉沉的面目令人愈加畏惧。

皇后的心底无疑是苦楚的，然……证据已经得到了，江氏就算有通天的本事也无法翻身了。她一手搭在了皇帝的心口，似是劝慰地道："皇上息怒，您别为了江氏气坏了身子。"

她见皇帝仍不肯说话，便有些急了，道："皇上，求您下旨吧。江氏这样的罪过，只能处死。到时候再对外称是暴病而亡……"

"什么处死！"皇帝大喝一声。

江心月与皇后均被他这样子吓了一跳。皇后的手都有些抖，她知道郑昀睿为何会如此反应，她知道了最关键的东西，所以她才明白江心月此人是后宫中最难对付的。

然而无论多么难，她此时已经赢了，她今日必须令江氏死去，即便被郑昀睿如何地厌恶也必须做到。

"皇上，大局为重啊，您怎能为了一个女子而置皇室于不顾！"皇后终于说出了最激进的话。她实在没有法子了。

这句话，也是她压抑了数年一直想要说出来的。她早已不可能得到郑昀睿的好感，又何惧这一遭呢？她今日彻底地明白，得宠又如何？失宠又如何？不过如镜中花水中月。既为皇后，便只要将宫权紧紧抓在手中就行了。

皇帝并没有动怒。他终于下旨，却是道："江氏，废位送入静慈寺为尼……"

"皇上！这是死罪……"皇后不肯让步，她知道以江心月的性子，只要不死，日后必不会服输。出家为尼就能结束吗？不会！

第四十九章 二
连环套（四）

"皇上！"江心月也突地高呼出声。她却是没有求饶或谢恩，而是叩首，一字一顿地道："臣妾有一句话要问张平娘。"

皇帝与皇后此时都愣了神。

"皇上，江氏定是要狡辩，皇上，求您即刻处置了她，不要让她妖言惑众！"皇后急了，她不是废后陈氏那样的蠢货，她从不会给对手留下机会。而江心月此人她太过了解，只要有一丝一毫的生机，都会被她抓住翻过身来。

"你住嘴。"皇帝厌恶地看她一眼，继而对堂下道，"江心月，你问话吧。"

江心月心内一松，当即不耽搁，朝张平娘道："我，是江家嫡长女江心月。你好好看这玉，这玉是我的么？"

张平娘一愣，抬起一张褶皱的老脸看了她一眼，面露惊色道："您就是大小姐啊，听闻您做了娘娘……"

江心月并不担心自己的身份会暴露，因她早就知张平娘在十多年前因年老不济，不能再雕玉了，她也就再没去过江府。她认识江家嫡长女时，江心月还不满十岁，如今她已经二十岁，张平娘早不可能认出她是否是真的江心月。

江心月一点头，催促张平娘快些看那玉。

张平娘却只是散漫地瞥了一眼盘中之物，道："这一块佩饰，旁人或许看不出门道，但草民知道。这块玉不是大小姐的，大小姐是嫡女，左下角应该雕刻有五片鱼鳞，而这一块上头四片鱼鳞，是庶子庶女才会有的……"

情形急转直下，皇后大惊之下，不可置信一般地追问道："你可看清楚了？"

张平娘抿嘴一笑，她是雕玉行当里有头脸的人，即使在皇帝面前，提起自己的手艺也是万分自信的："草民雕玉几十年，即使眼神不好使了，从自己手里出去的东西也断不会错。"

江心月此时已经出了一身的薄汗了。连日来积压的紧张、恐惧、绝望，都变成了此时的疲累。

皇帝见她瘫坐着，浑身是汗，身上又在打哆嗦，便吩咐她先回宫去。皇后又急又怒，她突地高声道："皇上，您就这样简单地确认她无罪？皇上，您不是说要慎重此事么……"

她看着托盘内的两枚同心佩饰，只觉万分讽刺——是她，她为了致江氏于死地才找到了张平娘。然而她万万不承想，张平娘竟会是江氏的生机。

皇帝此时压了一肚子的怒火，便想统统朝皇后发泄而去。然而江心月却不知什么时候爬了起来，向他恳求道："皇上，求您让臣妾留在这儿吧。臣妾受冤，不能这么就走了。"

皇帝无奈，只好留下了她，却是吩咐道："给莲德妃拿一条毯子来。慎刑司这地方太冷。"

江心月被人扶着落座，又接过宫人的毯子，将全身都包成一个圆滚滚的球。菊香刚被解了枷锁，一瘸一拐地凑到前头担忧地问道："娘娘，您没事吧？是不是冻着了？"

"没事，没事的。"江心月连连道。她当然不是冻着了，而是吓坏了。这一遭的事，她赌得太险。

张平娘说出的那些话，任谁都明白了其中的关窍。张平娘被带下去后，皇帝立刻下旨传召了涵才人。

对涵才人的审问是极顺畅的，她一听江心月说出那玉佩中的关窍，身子便已经摇摇欲坠了。

她本该由皇后来问话，但皇后却麻木地坐在一旁，神色黯淡，一句话都不想多说。皇帝不想兜圈子，只简单地问她道："莲德妃曾说，这玉佩是有人栽赃。你说，是不是你在为非作歹？"

江心妍此时已经再无挣扎之力，她嗫嚅了半晌终是点头，从口里吐出一个字"是"。

她是没有任何生机了。宫里头江家的庶女只有她一个。虽然如今她的母亲三姨娘被扶了正房，但这玉佩是出生时就给雕刻好的，无法改变。

嫡庶的悲哀，即使是继夫人也与原配有着天壤之别，一切都无法改变。

她拿出自个儿的玉来栽赃江心月，无非是为着周全考虑，令江心月无从抵赖。且最关键的是，她知眼前的江心月根本不是她的长姊，这个冒名者根本不会知晓江家这块玉的秘密。然而，然而……如今竟然……

她竟然利用这个关窍，反败为胜。

此事终于有了转折。宫里姐妹相残的事儿多了去了，皇帝连稍微的惊讶都没有。他只吩咐将江心妍扣在慎刑司里等候审处，又如下圣旨一般说了一句"莲德妃冤枉"，给江心月彻底洗脱了嫌疑。

之后，他命摆驾回乾清宫，而皇后与江心月此时也应回去。

皇后的面色是惨白的，因为江心月跪下向皇帝请命，道：

"此事错综复杂。先有惠妃揭露，后有大皇子反口捏造谎言，又有皇后娘娘审问得不清不楚。臣妾以为，此事不是一个涵才人这样简单。"

皇帝"唔"了一声，道："自然要彻查。"

"恳请皇上将此事交由臣妾来查。"

皇后惊住了，喃喃道："莲德妃与大皇子有牵连……"

皇帝却是极不悦地驳斥道："你未听清方才江心妍的话么？她已经承认是栽赃，莲德妃必然是有冤屈。她与大皇子还有什么牵连？"

江心月冷冷地看向皇后，终于淡漠一笑，道："臣妾说过了，皇后娘娘查证此事，审问得不清不楚。"

查证不力，且弄出了冤案，这件事情皇后显然没有资格再做主。

如数九寒天里一桶冰水从头浇下。皇后的面目已然青白冰冷。江心月的话不但令她受辱，且如此一来，查证的大权真的会交到她手中……

"就这么办。"皇帝果决地道了一声。

"皇上！"突地又一声高呼，却并不是皇后说话，而是众人身后，已经被人按压住的江心妍。她满面都透出恐惧与绝望。

她很怕，她知道不可以令江心月来查证此事，那样的话，她绝无生机。她要令皇后来查，因皇后必须要尽力保她。

可是，她如今一个阶下囚，怎能改变帝王的意愿？

她一声高呼之后，反而不知该说些什么了。

"妹妹，你老老实实待在这儿吧。"江心月倏地转首，朝她笑道，"你放心，本宫会公平处置，绝不会亏待了你。"

不会亏待……

这四个字，令江心妍万分恐惧起来。

是啊，这一次的事，本来是万无一失会扳倒江心月，然而……她输了，皇后输了，惠妃也输了。都输掉了。而她……她此时才发现，她会是此事中下场最惨烈的那一个。等待她的命运只有死，甚至生不如死。她了解江心月，她知道她对待敌人从不会手软。

疯狂的绝望漫过心头，她已经失去神志，那些埋藏在心底的东西再也抑制不住。

横竖都是一死了。

"皇上！您为什么要偏袒她！如果，如果不是皇上在拖延时间，她根本不可能翻身！"江心妍声嘶力竭地呼喊起来。

此事，从一开始，江心月就不应该活下来，就不应该有任何的机会。书信，玉佩信物，这些东西已经足够定罪了，可是皇帝不肯。

皇帝的剑眉已经挑起。他不容许一个罪妇挑战他的龙威。慎刑司的掌事内监、姑姑们立即愈加用力地按住江心妍，又将烧锅炉的煤炭抓了一把要往她的嘴里塞。慎刑司对待口舌不干净的人，都是含煤，而不是塞布条那么仁慈。

江心月看她癫狂的样子，只不经意间投去冷漠的笑意。江心妍死到临头，有何可畏惧的呢？她知道她身份的秘密，但知道了又如何？她若不想令江家一族尽数被诛杀，就应管好自己的嘴巴。

"长姊——"江心妍此时对江心月仍是如此称呼。她将头一甩，先是避开了姑姑手里的煤，又高呼道："长姊，为什么皇上会爱上你？这不公平！长姊，你看看这多可笑，皇上对你挖空了心，这多可笑啊，皇上您是帝王啊！竟然对一个女人……更可笑的是……"

她说着嘴里已经被塞了一把煤。但是她不顾污秽，一边竭力往外吐一边接着高声呼喊："更可笑的是，这……这事情，我知道，皇后也知道，只有你不知道！你多傻，多可笑！"

她口中含煤之后，呜呜咽咽的声音比鬼魅还要恐怖，然她还在说，一直说到口中被塞满煤炭："你为什么还不死！你要是死了，皇上爱的就会是我，我即便做你的影子也心甘情愿啊！为什么，这么不公平……我连做一个影子都不能如愿……"

第五十章 帝王情（二）

　　她是江心月的"亲妹妹"，即便相貌并不相似，但这一层关系是旁人所没有的，也只有她能做江心月的影子。作为江心月的党羽和棋子，她受到了很多提携，然而这远远不够——她那么受宠，也只是小小的才人。江心月能给她的有多少？且她每时每刻都要被江心月所利用，所牺牲。她不满足于仅仅做一个棋子。

　　她还要说，即使声色模糊不清，再也不能被人分辨。她的口舌在与煤炭的摩擦之下，混合着污秽的血液滴滴流淌而出。突然间，一双铁钳般的手掌扼住了她的咽喉。

　　皇帝显然是不顾身份了。他掐住这女子，咬牙切齿，手上不住地用力。

　　为什么，为什么要在这种时候，这种场合说出来？朕还没有准备好，江心月也没有准备好，你坏了朕最大的事。这可恶的女人。

　　江心月此时杵在原地，只觉得头脑中嗡嗡作响，如一团乱麻剪不断理还乱。今日的变故太多了，那一场生死之争堪堪险胜，而此时……

　　二十年的人生，江心月沉淀下来的东西不是情与爱，而是权与谋。

　　所以在最混乱的时刻，她脑子里只记清了一件事。她揽裙跟跟跄跄地上前，两手拖住了皇帝的一双铁钳道：

"不要杀她！她留着还有用，臣妾要揪出她背后的人！"

"江心月？"皇帝看到她的时候，顿时恢复了一切理智。他松开了手里的江心妍，面色忽明忽暗地看向江心月。

他为帝十三载，从未像此时这般紧张过。

甚至在他只是个身份低微的庶出皇子时，他也从没像此时一般不知所措。

他不知该说什么，做什么，他费劲地嗫嚅了半天才吐出了几个字："我……我……"

这说的是什么啊。

"皇上……"还是江心月率先开口了，她清晰而平稳地道：

"前朝的军情急，皇上在此事上耽搁了精力，应早些回去才好。此事，臣妾定会尽心查证，不负所托。"

皇帝一愣，之后才麻木地道了一声"哦"。

"臣妾告退。"江心月扔下四个字，急匆匆地从他面前逃开了。

等皇帝回过神来的时候，慎刑司的大堂里，只有他一个主子了。身侧的王云海等人面目闪烁着，不知在想什么。皇后更不知什么时候溜了回去。

突地，他将双手捂在面上，愁苦道："王云海，她跟朕说的那话，是个什么意思啊……"

"皇上，莲主子什么意思都没有啊！她说的全是公事。"

"她是在逃避吗？她，她只是想扯开话题？明明已经说得这么透彻了，她却……她这是不肯容朕了？"

王云海见皇帝一副苦大仇深的模样，极为不忍，劝道："皇上，您别这么杞人忧天。"

皇帝长叹一声。就这么说出来了？

龙驾往乾清宫而去，坐在其上的帝王今日却半点威仪都没有，反而有几分萎靡消沉的样子。

这一日恰有前线的急报递进来。岳建充被召进了龙吟殿，议政一直持续到午夜。

898

其实北疆那儿的交战，大周一直是占极大优势的，这次递进来的依旧是捷报。谁也不知的是，皇帝留岳建充在殿内，只是一遍又一遍地问他，道：

"朕该怎么办呢？直接对她说？一直说朕喜欢她，真心地喜欢？"

"皇上，这不行。您和宸嫔娘娘也这么说过，而且是当着众位主子小主的面说的。还有以前，您和陈氏、惠妃、梅嫔，如今的皇后娘娘从前的婧嫔，还有很多很多的主子，您全都说过这样的话，而且说得情比金坚。"岳建充摇头道。

"可是朕对她不一样！朕为了保护她连国祚都不顾，宸嫔也拿来利用……"

"这就更不行了皇上。您保护的结果一点也不乐观，臣的内姊不仅受了'凶夭'的害，后来又摊上了一大堆的迫害，您看这一次也是。"岳建充一个肥硕的脑袋摇得如拨浪鼓一般，"皇上，她不会相信您的。"

"那么你说朕该怎么做！"皇帝急得如热锅上的蚂蚁。

"微臣也是刚刚娶亲，这方面的经验怎可与皇上您相比！"

"朕除了你这个心腹，别人哪里敢去问？岳建充你是不是想换主子了？你一口一个'内姊'，你觉得你与她的姻亲比朕与她的距离还要近么？"

"微臣不敢……不过若能成为内姊的党羽倒也不错。"

"你……"

"皇上，臣是真的不知道怎么办。皇上，您不是问了王公公么，他年纪大……"

"他又没有娶亲！"

"……"

江心月被押到慎刑司受审时，当然不会有宫人跟着伺候。她洗脱了冤屈回宫时，身边竟无人伺候着回宫。

皇后经此一事几乎乱了阵脚，她知道莲德妃负责查证，对她来说是多么大的危机。她趁着皇帝发怒之前回了宫，慌乱之中竟忘了吩咐人将莲德妃送回去，这可是有损贤名的。而江心月在皇帝面前一心想要逃跑，她遂急急地告退，不给皇帝任何的时间。

最后是她带着一个受了好多天镣铐折磨而步履踉跄的菊香，两个人互相搀扶着回宫。

今日是二月初二，龙抬头的日子，天气中有柔柔的暖意。云梦湖的冰霜在这一日消融了。

同日，启祥宫的冰霜也消融了。

启祥宫四周的守卫早撤走了。内务府的人最是机灵，刚收到消息就忙给启祥宫送了午膳和炭火。刘康大总管亲自跟着过来，战战兢兢地与江心月道：

"奴才们这些日子疏忽娘娘了。娘娘千万要饶命，奴才们上头有皇后娘娘，您那是因罪扣押不是普通的禁足，奴才们也不敢照应您……"

"不怪你，"江心月笑道，"你平日就尽忠于我，这一次的难不是你们能帮我的。"

刘康赔着笑，又道："娘娘，皇上真心爱重您……"

"刘康！你与我说这个做什么！"江心月突地有了怒火，她绷着一张脸，道，"你快退下吧。"

刘康悻悻而去，他是皇帝的人，也早受了皇帝的令要帮着莲主子。其实莲主子这事，他看清楚了，王公公更是看得清楚，就连皇后与涵才人两个都明白，只有莲主子一人什么都不明白。

等刘康一走，江心月便唤来了菊香，对她道：

"放心吧，寒统领已经复职了。你们二人的事，我很快就会求一个恩典下来。"

"主子……"菊香感激道，"主子是我们二人的大恩人。"

"什么恩人，是我连累了你们。"江心月微微一叹，道，"这次我化险为夷，还是多亏了你。不过皇后日后要视你为眼中钉肉中刺了。"

"那又怎样。"菊香厌恶道，"奴婢定会陪着您一道，令她身败名裂。"

菊香那日受到江心月的暗示，向皇后假意顺服，并招认了一切。皇后问什么她便全部都据实回答。皇后问她那两块玉，她便将知道的全部都说了出去。

她与江心月实在太过亲密，故江家的许多事她都知道，也都告知了皇后。当然她只将与案子有关的事说出去，皇后想旁敲侧击打探些旁的，她可一点都没透露。她当时还胆战心惊，不知江心月为何要命她这么做，能不能翻身心里可一点谱都没有。

皇后听了她的话去找那雕玉人张平娘。然而一转眼，那个能够置主子于死地的张平娘被找出来，竟然救了主子一命。这一遭的难，用"置之死地而后生"来形容都不及了。

江心月疲累地靠在贵妃榻上，喃喃道："这一次，真的太险、太险了。我的运气也实在太好，所下的赌注全部是正确的。"

"娘娘，您快歇一会儿吧，"玉红端了一盆热水进来，拧一条帕子放在她的膝上，道，"您这几日消瘦了很多。这种折腾真不是人受的。"

"不可！"江心月却猛地坐起，道，"哪里有时间歇息。快，我们快些去慎刑司。我如今有了查证的权力，这事情一定要越快越好。"

这个时候，皇后也在有所动作。皇后是谋划这个连环套的人，如今连环套失败，江心月由笼中的兔子变为猎狗，而皇后不得不成为待宰的兔子——这便是杀戮中的变换。

皇后如今必须想方设法逃脱江心月的追查。等拖延了时机，她终究会有法子逃脱。

拖延时机……江心月咀嚼着这四个字，今日在慎刑司里的那些事……皇帝郑昀睿……

无可否认，这一次的事端中，郑昀睿不仅选择了相信江心月，且还为她拖延时机。

江心妍最后说的那些话……

江心月突地嗤笑起来。这事儿太复杂，太不可理喻了，她甚至觉得是皇帝串通了江心妍在做戏。郑昀睿那种人会有情爱吗？不可能！

启祥宫的人劝不动她，只得备辇往慎刑司而去。片刻之后，江心月再次到了这地方，只是，这一次她不是罪妇了。

不过半日的时光，里头的江心妍已经被折磨得不似人形。她身上道道血痕，显然是受了鞭刑，口里的煤炭也一直没被取出来。

江心月近到她身前时，命人将她口中冲洗干净。秋嬷嬷刚被江心月提了掌司姑姑，她极殷勤地上来伺候，道："奴婢定然会令她按着娘娘的意思说话。"

江心月朝她笑道："本宫知道你的本事。也不急着动刑，本宫让你掌管这么一个慎刑司，你最要紧的差事就是……要让她好生地活着。你知道，盯着她想让她死的人可不少。"

这正是她最担心的一点，江心妍是个关窍，皇后不会留她的。

幸好慎刑司的秋嬷嬷是忠心于她的人。秋嬷嬷当年被她设计，然而如今却仍然愿意效忠，用秋嬷嬷的话来讲，就是"您有起码的良心，那些主子们，连人性都没有了。奴婢还是愿意忠心于您"。

之后，江心月屏退了人，连菊香、贵喜两个都不留。又令秋嬷嬷到门外守着。

里头只剩了她与江心妍两个。江心妍被关在牢房里，她扒着柳木栏杆，并不喊叫，只是睁着一双漆黑如夜的眼睛，死死盯着面前的江心月。

她那眼睛里并不是空洞无物的，那里面是满满的不甘。

江心月也盯着她看，看着看着倏地笑了："当年我选中你，也是看上了这份不甘。只是没想到，你的不甘连我都无法掌控。"

江心妍又静默了半晌，突然道："我是个没有人生的人，这一辈子都在争斗。我输了也没什么后悔。"她说话仍有些不便，停顿了一会儿，才又道："你早就怀疑我了？你是怎么发现的？"

"是。至于怎么发现……你记得苏更衣吗？她因我而死，却又因我而活命。她为了活命给我写下了皇后在宫内的势力，其中就包括你。"

"不可能！我与皇后之间最隐秘不过！"

"是啊，是很隐秘。苏氏在写的时候，也只是说你与皇后走得近。"江心月笑笑道，"但是我已经不可能再信任你了。我被冤之后，偏偏那玉佩是江家的东西。我这才确定你为细作。"

"可是……可是你，你怎么知道那玉佩……"

"你这傻孩子。"江心月一笑，道，"我是冒名的又怎样？我仍是江家女儿啊。江家的一切，我都翻查了千百遍了，那是我在宫内多年养成的习惯，将所有的境况摸得清清楚楚才能安心睡觉啊。我知道的比你这个真正女儿知道的都多呢。"

她瞧着江心妍，顿了顿，又道："你稍稍露出马脚之后，我便处处防范你。大皇子与丽妃事发后，你曾经来到我宫里，你是为着那玉佩吧？可惜你无从下手。最后你没法子，只好又找上了皇后，让皇后手底下的冰绡帮你。我千防万防，只是漏了一个冰绡而已。"

　　她说着，仍不想停下，只继续道："此时只有我们姐妹二人，我就好好地与你说明一切。我也差一点死了啊，这一次，太险太险了。我赌得很险，我赌你和皇后之间的关系！我赌你并没有被皇后掌控！所以你们互相猜忌，互相利用，皇后找了张平娘进宫都没有告诉你，而你也没有将玉佩的关窍告诉皇后！皇后，呵，她在不明所以的情况下，搬起石头砸了自己的脚。你们两个的合作太不稳固了，所以才能被我找到机会。"

　　她说这些话时仍是万分后怕的，若不是从苏更衣那里得到了消息，她根本不会怀疑江心妍。

　　听到此处，江心妍终于颓然瘫坐下去。她口中喃喃道："你，你的城府太深，疑心又太重！我死在你手里也是应当。我自诩聪明，所以从不肯做皇后的棋子，我不想走澹台瑶仪与宛修容的后路！可是……即便如此，我没死在皇后手里，倒死在你手里。而皇后……连她都快被你弄死了。"

　　"不过，不过……"她说着，突然如鬼魅一般大笑起来，道，"你也差一点就死了啊！你知道你缺在哪里吗？你和皇上……哈哈，我一想起来就想笑！你总认为我不可能背叛你，因为没有理由。可是你不知道，你不知道皇上喜欢你！你知道了也不会相信！但我明白！皇上隆宠我无非是因着你的关系，你死了我就能取代你，皇上会好好地待我，因为我是你亲妹妹……所以我才要杀你！这就是理由！"

　　"你不觉得可悲吗？你为了做我的影子，你竟然喜欢做影子……"

　　"那又如何！"江心妍抹了一把脸上，那上头似乎有潮湿的泪光，"我是个没有人生的人。我是庶女，我这辈子都只想得到权势与地位。为了这些东西，我做什么都行！你觉得我可怜，你自己呢！你活得值得吗？"她的声色逐渐逐渐地低下去，然那话语中阴森森的冷气却愈演愈烈：

　　"你不也做了一辈子的棋子，你连情爱都不肯相信……你看看你自己，你除了孩子和阿媛这些血亲，你还剩下什么！你和皇上，真可笑啊！可笑！"

"住嘴！"江心月突地也被激了起来，她扯住江心妍手上的镣铐将她摁在柳木栏杆上，而江心妍被折磨得已经虚弱的身子此时却出奇的力大，她挣扎着，拽着铁链想要反击。"哗啦哗啦"响动的声音惊起了门外的人，秋嬷嬷与菊香贵喜几个一起进来，几人三两下就抓住了江心妍令她无法再动，纷纷惊道："娘娘，这贱人疯魔了，您不要与她单独待在一块儿……"

江心月命秋嬷嬷领着慎刑司的人仍出去守着，只留下了菊香等启祥宫的人。贵喜几个内监都押着江心妍。

江心妍倒也顺服，她不再挣扎，任由这些人将她的一张脸挤在牢门上。

她稍稍地喘了口气，道："你要利用我揪出皇后？"

"没错。不仅是这一次的事，还有……'凶天'，你不会忘了吧？我可是一辈子都不会忘。给黎嫔的香囊里塞进毒粉，是你做的吧？"

江心妍毫不犹豫地道："就是我。可惜你那一次都没死。"

"可惜我当时竟没想到！你和黎嫔才是坐得最近的！"

"那你想做什么？你要我将皇后的事都咬出来？"江心妍突地再次大笑，道，"不可能！我偏要保住皇后，我要在天上看着她弄死你！你知道我的性子，就算死，我也绝不会独自死去……"

她立即被贵喜扇了一个巴掌，很响，打得她嘴上立刻肿了。她却是竭力呼喊道："江心月，我不甘心！为什么你得到的竟然是帝王情！这不公平，我费了这么多心思，却连个影子都做不成！"

"你不要失了理智。你死了之后，江家就在本宫的手中，你亲生母亲与兄长都在我手里……"

第五十二章 帝王情（三）

"你才是不要失了理智！"江心妍冷冷地笑道，"如今江家当家的可是我的母亲！你天高皇帝远，怎能完全掌控！就算你要用对付林氏的法子来对付我母亲，那也需要时间。你别忘了，咱们的妹妹江心媛是岳家的新媳妇，对于江家这份姻亲，岳家本就不是多么满意，只是岳建充太喜欢阿媛而已。只要我母亲稍稍做些手脚，你觉得岳家人会怎么对待她？短时间内我母亲完全可以毁了江心媛。"

江心月缓缓地低了头，更加凑近了她几分，面上却是一副慈爱的样子。她温柔地道："好妹妹，你真是个小傻瓜。"

江心妍一愣，却听江心月道："你真以为如今的江家正室夫人是你母亲？错了，二姨娘温婉大方，懂得持家，她才是合适的继夫人。"

江心妍的面上突地涌起疯狂的恐惧，她圆睁着双目，喑哑道："不，不，你不是扶了我母亲吗……"

"怎会？"江心月柔柔地笑道，"苏更衣告诉我消息之后，我已经不信任你了啊。即使那个时候我没有确认你是细作，即使是一分的不信任，我也会死死地防范你。我怎么可能令你的母亲成为正室？"

"可是我得到的消息明明是……"

"你不过是个小小的才人。"江心月再次笑了，"本宫在宫内的势力能够与皇后抗衡，还管不住那些消息吗？"

她朝江心妍微微地一叹，似是惋惜地道："你啊，你想与我抗衡，实在是太不理智了。你好好掂量掂量自己的心智城府，你哪里及得上我与皇后的十中之一？想一想就知你不可能在皇后与我的夹缝中生存下来，你还想周旋于我们两个？你不甘，却也是不甘得过头了。"

牢房内再度静默。江心妍低着头，不知在想些什么。

江心月见她这样，不由得劝道："你何必较真呢？我拉了皇后这样尊贵的人陪你死去，不是很好的事么？你放心，乱坟岗里你和她会被扔在一块儿，你死后也可以嘲讽她为乐。"

江心妍定定地看了她半晌，才道："你真是个魔鬼，这样的话都说得出口。"

"对待敌人，本宫一向如此。"江心月淡淡道。

"黎嫔那儿我也会去吩咐，她的冤情早该昭雪了。"江心月转身，由贵喜伺候着披上那墨狐的大氅，悠悠然地说道，"到时你与她都把实话说出来就好，我也不教你再编排些别的什么。皇后做下的那些事足够让她死，我都用不着设计她。"

她看着江心妍面如死灰地点头，终于满意地一笑，道："你不必担心你的母亲与庶兄。本宫会给你庶兄谋个好官职，也会照应你的母亲。"

庶出子女的悲凉……江心月想着，这也算是对江心妍的怜悯吧。她的母亲三姨娘性格懦弱，庶兄也是无能受嫡子欺凌的，他们都是可怜人。

她最后吩咐了秋嬷嬷严加看管。之后想想还是不放心，遂将慎刑司里不是心腹的人尽数撤换，一个都没留下。

她慢慢地从慎刑司里踱步出来。二月二是个好日子，外头有一些宫女在抽陀螺玩，"噼嚓""噼嚓"的声音，听着就很喜庆。

"冬日马上就要过去了。"菊香突然地说了一句，"娘娘，将来的日子会变得暖和，不是吗？"

将来？什么将来？

"其实江心妍说得对。"江心月却道，"我们是没有人生的人。"

她的面目上空洞无物。

"娘娘。"菊香叹道。

江心月回头去看这个比姐妹还要亲密的宫女。她落寞而冰冷地说道："菊香，你不懂，你和我不一样。"

菊香懂什么呢？她连郑昀淳与江心月之间的事都不知道。她能理解什么呢？江心月苦苦地想。

"有什么不一样呢，娘娘？有什么不懂，有什么放不下，有什么不可跨越的呢？"菊香却是极激进地抓了她的手臂，高声说道。

"谢谢你劝我。我知道你的意思。"江心月突地淡淡地笑起来。

那一年，那一场国宴，郑昀淳和魏紫衣是她永远不愿意去回忆的两个人，她在那个寂寞而冰冷的宫墙角落里倒下，她曾经决定一辈子都会一个人走下去，虽然孤独但却不会被伤害。

然而如今……如今……

她不知该如何回忆自己残破不堪的人生，更不知该如何面对那一颗千疮百孔的心。一个冰冷的帝王站在她面前，帝王动情？她不肯相信。

"娘娘，一切皆在人心。"菊香摇头道。

"皇上为你赐婚了，你知道吗？不是我去求的，是寒英去的。"江心月朝她笑道，"还好，你和我不一样。"

她看着菊香面上的欣喜，心里也觉得好受了，她淡淡笑道："再也不会有人拿宫规来诟病你们了。"

菊香还想说什么，江心月却不想听了。她打断了菊香的话，道：

"别想这些旁的事了。丽妃，她如今怎么样了？"

菊香愣了一愣，才稳了声色，道："回主子，圣旨已经下来，定丽妃的罪为'暗中毒害大皇子'，因其和亲公主的身份不会废位，但等同废位。"

江心月闭目一叹。丽妃之前被放出来了，然而江心月脱险之后，她又成了"媚惑皇子"的罪人，这一次皇帝十分果决，兼又因着大皇子说得清楚明白是"受人蛊惑"，遂不犹豫地给丽妃定罪发落了。

"暗中毒害大皇子"，这个罪名倒有些"冠冕堂皇"。她与大皇子苟且的罪过不能宣之于众，便扣上了这么一顶帽子。对内，嫔妃们心里清楚，这处置也公平；对外，天下臣民不知其详，便以为丽妃确实毒害了大皇子。

"毒害"，这说得极其恰当。丽妃那一张面孔就是天大的祸水，是男子的毒药，这一点连她自己都无可奈何。

江心月踱着步子暗自思忖片刻，突地道："丽妃的罪名坐实，如今是被特殊看管着吧？她身份特殊，定是不能简单地关入冷宫。本宫要立即下旨，将丽妃押进慎刑司里头。"

贵喜从后头上来，忐忑地禀报道："娘娘，丽妃被关押在宗人府呢。"

江心月一咬牙，胸中那团怒火便蹿上来，低低喝道："皇后命关进宗人府去？可如今有权查证此事的是本宫！本宫要令其迁到慎刑司，她能不允？"

"可是，她好歹是皇后……"

也是，如今的皇后身上可没有污水，只是失宠，手里的权势却还在。江心月拧眉思忖着。

突地，她绷紧了面，道："皇后又如何！本宫这一次就是要冒犯。你去内务府、宗人府传话，不论怎样都要将丽妃拖回慎刑司，即使背上顶撞皇后的罪过本宫也在所不惜。"

这一次若真的成事，区区的顶撞之罪算得了什么？宗人府是惠妃与皇后的势力，丽妃在那里江心月是绝难掌控的。

贵喜小跑着做事去了。菊香扶着江心月，后头跟着很多的宫人。

江心月缓缓地踱步，一边细细地问菊香道："皇后可有什么动作？"

"主子，表面没什么动作。"

"可是大皇子在凤昭宫里。"江心月低低地道，"最关键的还是他。"

然而要怎么办呢？大皇子是皇后的养子，自然会听从于她。

启祥宫里头，四皇子与五皇子都被送了回来。四皇子的哭声很响亮，乳娘抱着他对江心月回禀道："四殿下一切都好，只是看不见娘娘，才哭得厉害。"

江心月很想去抱他，无奈的是，她怀里已经有了一个五皇子。五皇子已经止住哭声，但他一进到江心月怀里，就抓着江心月的衣襟不肯撒手。

江心月只好一直这样抱着五皇子，再一边哄着四皇子。平心而论，她定是偏心亲生的润儿，但对于翊儿则更多的是怜悯。翊儿失去生母，身体又极差。

哄着两个孩子，江心月却突然发惊，问晴芳道："公主呢？她怎么没回来？"

晴芳喉中一滞，面上就十分闪烁不定，支支吾吾地道："主子，公主……公主在乾清宫，好好的呢……"

江心月一听"乾清宫"三字，只觉得万分别扭。她拧着眉道："本宫既然回来了，公主还留在乾清宫像什么话！"

"娘娘，"晴芳似十分为难，吞吞吐吐半晌还是说道，"皇上说好久不见公主，想念得紧呢。公主她，您知道的，她很喜欢留在皇上身边……"

江心月听了这话，突地就蹿上三分无名火，怒道："她是要爹不要娘了么！"

晴芳的身子一个哆嗦。她是公主的教引嬷嬷，她知道自己真正的主子是公主而不是莲德妃。莲德妃一向不是很宠爱公主吗？虽然比较严厉，但她平日何曾会对公主真的动怒？

晴芳面色忽明忽暗地闪动。皇上和莲德妃的事本是他们两个人的事，偏偏皇帝没心没肺地将公主拉进来。她想维护自己的主子，却不知如何下手，对莲德妃劝也不是，不劝也不是。

她觑着江心月一张铁青的脸，只能不住地道"娘娘息怒，公主年幼"之类的话。她不禁觉着公主真的很可怜。

将两个小娃哄睡了之后，江心月倒头就扑在了床榻上。她抱着被子西边滚到东边，辗转难眠。最后她还是抱着被子坐起来，烦闷地对着一干宫人们道：

"你们，谁去把公主带回来？"

底下的人面面相觑。如今殿内伺候的人只有玉红、菊香还有几个江府送进来的宫女。她们都是江心月的心腹，此时却没有一个敢应主子的话。

"菊香！玉红！"江心月指着两个人道，"你们两个平日最能干，就你们去。"

可想而知，她们二人是不可能办好这个差事的。一个时辰之后，两人面色惶惶地回来，菊香两手一摊，道："不行啊，主子，奴婢们的嘴皮子都磨破了，小安子还有那几个姑姑就是不肯放公主回来。他们说是皇上的令，公主要在乾清宫多待些时日。"

江心月仰头倒在榻上。

晚些时候，有凤昭宫的三名宫人前来，他们手上捧着满满的金玉，为首的宫女正是云岚。她立在江心月面前，道：

"这些是皇后娘娘赏赐下来的，莲德妃娘娘受冤，以示安抚……"

江心月正面对着满桌子的大餐，食之无味。她用象牙箸挑着一块拔丝苹果，挑一下，那糖丝黏在筷子上，她就顺势将糖丝一圈一圈地缠在上头。

她这样玩了半晌，才抬眼瞧了瞧面前的云岚，笑道："不过是一份赏赐，也劳得云岚姑姑大驾。"

云岚连连称不敢。

江心月瞥着她的神色，见她面上仍是不卑不亢的，没有畏惧的神色。她不禁笑道："皇后娘娘真是稳当人，都这个时候了，还记着安抚本宫这样的小事。"

"皇后娘娘一向如此。"云岚缓缓道,那声色里竟然带了几分的傲气。

也是。皇后还是皇后,她还没有定罪呢。

云岚送了赏赐就急急地告退了。不仅是皇后,还有宫内其余的嫔妃,都送来了不少的东西。她们眼看着莲德妃再次坠入深渊,却又转眼间化险为夷。

菊香和玉红在殿内清点,各类的金玉、古玩、绫罗绸缎,还有一些书画等,前来趋炎附势的人比以往还要多了。贵喜也在殿内殿外地小跑着忙碌,前些日子皇后带着人进来搜宫,偌大的一个莜月殿被他们折腾得鸡飞狗跳,弄坏了很多东西。

江心月依旧在用膳,她这些日子吃得不好,理应大快朵颐才是,然而她却一点胃口都没有。一会儿,贵喜拿着一条雕花木的桌子腿到她面前,道:

"娘娘,这是我们宫里最好的一张案几,武夷山千年的红木所做。不知被哪个小兔崽子砸烂了,如今是修不好了。"

江心月看了一眼那条木头,接着低头散漫地道:"贵喜,所有损坏的物件你都好好地记录在册,到时呈给凤昭宫,让那一位尽数赔回来。像这红木雕花案几这种珍稀的东西她若是没有,你就让她折腾成银子来赔。"

贵喜钦佩地道:"娘娘英明,娘娘睿智,娘娘持家有道。"

他奉承了几句,刚想继续去忙碌,突地一拍脑门想起来一事,道:"娘娘,凤昭宫那儿都做脸面赏赐下来东西了,这,这乾清宫却一点动静都没有。往日出了这样的事,皇上早就来咱们宫里了,这一次连丁点的东西都没下来……"

江心月"哦"了一声,表示自己知道了。她又低头往嘴里送了一口蛋花汤,才缓慢地道:"没动静就没动静吧。本宫失宠不是什么了不得的事。"

"啊?失宠?"贵喜吓了一跳,"娘娘您说什么呢!"

江心月不说话了。

的确如她所想,之后一连七日皇帝都没有踏足启祥宫一步。

然而满宫内没有人认为莲德妃失宠了，因为皇帝也没有去其他的宫里，甚至没有召幸任何嫔妃。众人皆言"定是前朝军情忙碌"之类的话。

江心月是没心思管皇帝的。她十分忙碌，她还再次去了慎刑司，去见丽妃。

第七日时皇帝去了凤昭宫。但是他不是去见皇后，而是去见大皇子。

大皇子经此一事暂且被禁闭在凤昭宫内。皇帝这些天焦头烂额，根本没心思惩处他。他是皇子，明面上当然不会背负罪名，然而他也不可能安然无恙。

听闻皇帝进了凤昭宫后就单独讯问了大皇子，连皇后都被挡在外头不许进来，也不知他在里头怎么责骂大皇子。

这一日的天色逐渐地黑下来。长夜寂寂，星冷无光。江心月合了眼欲睡去，然而心里却有什么东西搅动着，一颗心悬着放不下。似眠非眠中恍惚听得更漏长一声短一声，声色冷冷清脆，却扰得人头痛。

想一想，必是因今晚没有媛媛承欢膝下，没有听得她道一声"晚安"了。四皇子、五皇子两个襁褓里的婴孩只会哭，到底只有媛媛能够在她跟前四处跑动，缠着她要吃的。已经七日了，乾清宫那边既不肯送媛媛回来，也不肯给江心月一个说法。

皇帝连日不进后宫，只是王云海曾说了一句，道只要江心月肯亲自去一趟，公主铁定是能回来的。然而江心月根本不想主动去觐见。

这么想着，江心月极犯愁——不知何时才能把媛媛争回来？

她辗转反侧，终于心中难安，抱着被子坐了起来。藕荷色芙蓉垂银丝的暖帐外依稀有人影伫立，是菊香轻声唤道："娘娘，睡不下么？可是想瑞安公主了？"

"心里悬着，也不全是因着媛媛。"江心月睁着眼睛道，"总觉得会有大事来临。"

"长夜漫漫，"菊香朝着窗外一望，缓缓地道，"也该有什么事情要发生了罢？"

旁侧又上来两个宫女伺候江心月。她慢慢地披衣坐起，喝了一口热茶，道："是呢。七日，七日里我做得够多了，总要惊出些波澜不是？"

江心月睡不着，菊香遂陪着她一同坐在床榻上。江心月看着菊香在缝一个荷包，飞针走线，她用的是红色的鲜亮的锦缎，看着很喜庆。

江心月看着看着，倏地笑了："你这么快就备嫁妆了？"

菊香脸上一红，立即不做了塞进袖口里。以往这个样子她定是要跟江心月打趣两句，然而今日她方觉着不该在主子面前做这样的活计。遂面上有些悔意，低头不语。

江心月也不说话了，殿内一时静默无声。

第五十四章 二

帝王情（五）

半晌，似有风吹动门帘的声音。殿门被打开了，一个宫女进来禀报，道："娘娘，皇上传召您去龙吟殿里。"

提到龙吟殿，江心月有些发惊。她问道："传召？"她往外头看了一眼，并没有凤鸾春恩车的影子。

那宫女接着说道："皇后娘娘与大皇子都在那儿了。"

并非是侍寝的旨意。江心月猛地从榻上下来，吩咐道："快更衣。"

此时是夜里的戌时三刻，主子、小主们大多都睡下了，往龙吟殿去的一路上，四周的宫殿都漆黑且阴冷。只有远一些的地方，那些外围的造办处、针凿处等下人的住所亮着星星点点的灯火，他们还在辛苦地做活。

夜里风大，江心月裹得衣裳厚重。往龙吟殿内看去，便可见里头的皇后跪在地上，她的墨发用一道银丝带牢牢地束起盘髻，上头一应珠翠首饰都被卸下了，竟已经是戴罪之身的样子。

江心月并不惊讶于皇后的模样——这些是早已预料到的，是她这些日子来费尽心力所想要看到的满意的结果。

此时慎刑司的秋嬷嬷也刚好到了。她看到江心月也在外头，便赔笑上来道："娘娘来了？娘娘放心，江庶人老奴伺候得很好，今晚就遵着您的命令带过来了。"

她身后的下人打着宫灯，有一名素服的女子被人押着。江心月满意地点头，道："你做得好，回去一定有赏。你们暂且等在外头，等有人传召再进去。"

已经有内监进殿去传话，道莲德妃到了。江心月站在距离殿门一丈远的阴暗不见光的地方，她再偷偷地往里看一眼，却好巧不巧地对上皇帝正巧往外头张望的目光，霎时低头不敢再看。

她磨磨蹭蹭地不想进去，然而站在这里也不像话。无奈，小安子赔着笑过来催促，道："娘娘，还要再通禀一次吗？"

"不必了，本宫进去就是。"江心月有些尴尬地笑了一下。她深深吸了一口气，搭着菊香的手往内走去。

她心里十分紧张，不知是不是因着皇后的事。

龙吟殿里头燃着明晃晃的红烛，亮如白昼，更是将她整个人都映照起来，无处遮掩。她稍稍闭了闭目，只看着殿下跪着的皇后，还有其身后同样跪着的、面色憔悴苦楚的大皇子。

大皇子一见她，竟然不顾皇帝在场，手脚并用地爬过来抱在她的膝上，哭号道："莲母妃，儿臣错了，求您饶了儿臣吧。您有再多的怨恨都冲着儿臣来，不要迁怒丽母妃啊……"

江心月低头瞧着这个孩子，虽有怜悯，却是冷冷地道："你是皇子就应该有担当。这件事的后果，你只能去承受。丽妃已经在慎刑司里待了很多天，她会为你说错话而付出代价。她是和亲的公主，死不得。但本宫有很多法子对付她。"

"什么？莲母妃？"大皇子有一瞬间的愕然，片刻之后他便满面惨白，浑身筛糠一般地抖起来，怔怔道，"您，您真的对她动刑？那些宫人传言，起初我还不信……您不是最有善心的么，您怎么能，做错事的是我不是她啊，您怎么能……"

"放肆！"皇帝终于出声喝止，他对这个儿子已经失望且极其厌恶了，他面目上无一丝颜色，只是冷冷地道，"你跪着就好，朕在亲自审理你母后，你的事还要等着发落呢。"

江心月膝下的大皇子缓缓地松了手。她这才想起自己还未向皇帝见礼，便忙屈下身子道一声"皇上安"。

皇帝听到她对自己说话，突地面上仿佛停滞一般，张了张口，才哽塞地说出一声"免"。

他说完，立刻偏过头去，双目无神地看着大殿角落里的一架紫檀木雕暗八仙多宝格。夜里的风透过窗棂无孔不入地吹进来，吹得他额上的发丝浮动，也吹得第三层格架上一本《诗经》窸窸窣窣地翻开。

皇帝遂盯着那翻开了首页的《诗经》，定定地移不开眼。

江心月也如他一般将目光移开，只是她低头看向皇后。皇后身着了一件深赭色藤纹散花锦的宫装，边角滚绣的银丝端然而不张扬。依旧是开衩大袖的凤袍，只是那黯淡而厚重的颜色看在人眼中，无形中便有压抑难过的感觉。

皇后抬眼与她对视，突地冷哼一声，道："你还未给本宫见礼。"

"娘娘待罪，臣妾无需尊敬您。"江心月面上浮着一抹绝然而快意的冷笑。

皇后胸口一起一伏，仿佛有无尽的怒意要喷薄而出。她阴冷低沉地道："你不仅将丽妃强行拖到慎刑司，还故意放出了那些传言，你威逼我的大皇儿……"

"您说错了，臣妾不敢威逼。"江心月笑着，温婉守礼地道，"大皇子只是说了实话而已。"

大皇子最是好蒙骗的人。他在凤昭宫里本被皇后掌控着，然而一听到丽妃被莲德妃折磨报复的消息，他吓得心神俱裂，将皇后教他诬陷莲德妃的事一股脑儿招认给了皇帝。

江心月当然不会真的那么做。但为了这一次的事，她连贤名都不顾了。

"皇上——"江心月终于唤了一声。她心口堵得慌，但此时此刻她又必须要和皇帝说话。

她说："皇上，诬陷臣妾的人，确定是皇后娘娘了？"

皇帝负手立着。他缓慢而笃定地道了一声"是"。

"但是皇后所做的错事不止这一件。"她继续道。

随后江心妍被传唤了进来，而一同进来的竟然还有北三所幽闭的黎嫔。皇后一看到二人，面色便惨白得如一张薄薄的生宣。她没有施脂粉，眼角处细碎的纹路一点一点地铺展开，倒教江心月看得心生惊异。

皇后，也不过二十三岁的年纪。二十三岁，在宫内不算年轻了，却也万万不到衰败的时候，那正是女子如牡丹一般花团锦簇的华丽的时光。然而她已经有了细纹。

江心月心底突地生出悲怆，那是一种同病相怜的悲哀——这么多年了，她坐在最尊贵的位子上，哪一日又曾真正好过呢？权谋，杀戮，每一日都是刀光剑影、如履薄冰的日子，一月月一年年无休无止地算计与争夺。

之后江心妍与黎嫔所说的每一句话，都令皇后更加绝望一分。

她无可抵赖，甚至当皇帝问她有关"凶夭"之事，她也并未犹豫就承认了。

江心月笑着朝她道："皇后娘娘气度非凡，即使输了，也输得有颜面。"

之后，皇帝一一下旨。其一，黎嫔受冤，复其封号与妃位；其二，庶人江氏赐死；其三，命大皇子迁至天寿山，为先帝守陵。

而最后一道旨意，便是废后。"皇后上官氏既失内德，天祚不佑，不能抚循他子，训长异室。既无关雎之德，而有吕、霍之风，岂可母仪天下，恭承明祀？今收皇后玺绶，安置其于重华宫，非死不得出。"

王云海苍老的声音回荡在空旷的殿宇内。江心月突地心头一跳，惊道："皇上……"

而跪着的废后上官氏也是惊异，她喃喃地道："皇上，您不杀我吗？"

"你确实该死。"皇帝闭了目，声色冷然中透着无限的厌恶，"你差点害死朕最爱的女人。"

"是，您确实爱她，但这很可笑！"皇后突地面色凛然，抑制不住地疯癫大笑起来，"您为了她去寻碧藕圣物，否则她怎可能有孕产下皇子！您还为了从丽妃手里换'凶夭'的解药，将幽云十二城划给了北域，您置国祚于不顾……王动情则死，您忘了吗？"

"但是如今朕死了吗？"皇帝冰冷地瞥着她，道，"北域，即将归入我大周的版图。幽云十二城又如何，他们如今连整个国家都输掉了。"

北疆的前线，战争还在继续。然而大周已经必胜了。

幽云十二城算是这场战争的导火索。大周皇帝许诺了北域，却在拿到解药之后反悔，北域遂愤然反叛出兵。

皇帝将一封捷报甩在皇后面上，傲然道："王动情则死……想出这话的人，只是无能的懦夫。一个真正的帝王能够拥有天下，更能够拥有情爱，因为他足够强大所以做得到。"

皇后与江庶人等人均被带了下去。而江心月却愣愣地立在殿内，不知退下。

皇帝有些疲惫地坐在了明黄书案之后的御座上。

他低低垂着头，一手撑在书案沿上，朝江心月微微招一招手，道："你不应过来侍奉朕么？"

君王之命不可违。江心月一怔，定定地呆了半晌，方才挪着步子上前去。她不知道该如何侍奉，若是以往她肯定是知道的。可是今晚她很迷茫。

她看到王云海极有眼力价儿地端了一碗热茶出现在她身侧。她方会意，接了茶盏双手递到皇帝的面前。

她一双胳膊伸得老长，人距离明德帝远远地站着，与那一年她刚刚从最低贱的下人房里回来，来到龙吟殿里伺候时的场景一般无二。

皇帝眯眸一笑，一手接过了江心月递上来的茶盏，另一手却突地钳住了她的下颌。他用力抬着她小巧的头，逼着她与自己对视：

"江心月，朕不该由着你的小性子的。你让朕寝食难安，心力交瘁，朕等不起了。"

"皇上……"江心月闭上了双目。她一时间无法接受眼前的事实，她一贯以来的理智令她总是将明德帝往坏的方面想，然而上官合子说出那些事的时候，再麻木不仁的人都会动容了。

她莫名其妙地怀上润儿本身就是个天大的奇迹，除了服下碧藕圣物之外再没有更好的解释了；"凶夭"的解药也绝对不是齐院史能找得到的，"凶夭"此毒本就源自北域，满宫内也只有丽妃可能有它的解药。而丽妃虽然与她交好，但没有血缘的情谊怎能抵得过国家血亲的牵绊，要她拿出解药来皇帝必须付出极高昂的代价……

而且这一次扳倒上官合了的事，也是皇帝主动去凤昭宫见了大皇子，是他猜到自己的计划所以才推波助澜，暗中相助，所以这事才能解决得那样快。还有她折磨丽妃的事，丽妃的身份定是不容许她被随意处置的，然皇上对她的行为故作不知，任由她"折磨"。

郑昀睿爱上了她，这是个荒谬无比的事实，这个事实令她无法接受。

她头脑中充斥着无数的抗拒。郑昀睿霸道地钳制着她，突地手上一用力，竟捏着她的下颌生生地往自己身边拉过来。江心月哪里及得上他的力大，身子一个趔趄便顺势倒在了郑昀睿怀里，脊背上又立即被他一双臂膀给环住了……

江心月一直在挣扎。她不愿意，不想要，她紧紧闭着双唇，而郑昀睿却偏偏在拼命地用舌齿撬开她的唇。郑昀睿火一般的身子笼着她，而她的双颊却在不知不觉中淌满泪水……

郑昀睿触及她面上冰冷的湿润，突然间愣住了，所有的动作都停止下来。他愣愣地看着面前闭目流泪的女子，有些慌张地道："江心月？我……我……"

江心月双手捂住面庞，低低地抽泣起来。

皇帝双手捧住江心月的面，双目通红地道："你为什么直到今日都要抗拒朕！朕将心都掏给你了，你看不明白吗？你为什么不愿意！朕是真的喜欢你啊！你和后宫的那群女人不一样，你多良善，又多聪慧，朕拿宸妃给你当挡箭牌，朕冷落你都是为了保护你，朕为了你幽云十二城都不要了，以至于北域进犯……你知道吗，这场战争根本不像表面那样容易……"

他说着哆哆嗦嗦地转身，伸手在身后的玲珑七星柜的暗格上按了几下，继而从内抽出一张明黄色的丝帛，展开递到她面前："你看，这是封后的诏书，这东西朕三年前就拟好了，朕从爱上你的那一刻就决定要立你为后，什么上官氏，她也不过是棋子……江心月，你做朕的皇后好不好？我们就做一对平常的夫妻，只有我们两个人。后宫那些女人，全是摆设……"

江心月拼命地摇头，捂着面庞不肯见他，任泪水在指缝间肆意流淌。皇帝说话时几乎已经是恳求的语气了："朕知道那些年朕亏待过你，那时候是朕眼睛瞎了不识珍珠，朕大权旁落心里的权谋欲太强，就一味地想利用你……你不能原谅朕吗？你看，如今我们已经有了媛媛和润儿两个骨肉了，血浓于水，你还不肯接纳朕吗？"

郑昀睿认为孩子是他最大的筹码，因为无论世族还是平民，女子出嫁之后即使不受夫君的喜欢，只要能够有孩子，就能一点一点地拉回夫君的心。这一条在女子身上适用，在男子身上应该也一样。

他看到江心月依旧不肯说话，便接着道："你知道我为什么给咱们的孩子取名为'润'？你不觉得这个字的读音和'睿'十分相似吗？其实'润'就是我小时候的名字，那是我母妃在怀着我时给我取的，然而她死了。后来为了夺皇位，我的养母，那个陈氏将我的名字改成了'睿'，她觉得'润'这个字太过柔软，不够凌厉气盛。我自己无福气用这个字，我就把它给咱们的孩子。江心月，润儿和媛媛都是我最珍爱的孩子，我真的很偏心，其余的，就算三皇子也万万及不上，将来继承大统的只能是我们的润儿。

还有翙儿，他是戚氏的孩子，可是我老早就算计着将这孩子给你，我要他将来辅佐润儿……"

说着说着，他言语中的"朕"已经变成了"我"。

"不！皇上！"江心月突地放下了双手，她迎着郑昀睿乞求的目色，道，"皇上，您是帝王啊，这里是皇宫啊……"

帝王，皇宫，她一连说了好多遍。

皇帝愕然了。的确，他是帝王，帝王本就没有资格享有人间的真情，前朝有帝王钟情一人，但最后那女子的下场极悲惨；这是皇宫，是由不得人的充斥着杀戮的皇宫。即使他再怎样喜欢她，都无法保得她不受伤害，以前无法保证，今后也无法保证。

江心月拿起那张封后的诏书，好生地卷了之后递到皇帝手中，缓缓道："皇上，臣妾家世低微，担不起这个后位。"

两个人在一起吗？不，她不需要。她从来都认为自己是个坚强的女人，她能够在后宫这全天下最恐怖的炼狱中存活，她能够一个人孤独地走下去，挺直脊梁地走下去，她不需要面前这个身为帝王的所谓的"夫君"的支撑。

郑昀睿的情分，她无法接受，无法信任。她固执地认为郑昀睿冷血无情，这样的男人太危险，他即便做了这么多，付出了这么多，她仍觉得他的真心不可相信。就算他真把心给剜出来，她也会觉得帝王真心与常人的一定是不一样的，她不敢，不敢去接受。

她固执地认为，爱上帝王便会是万劫不复的下场，况且是郑昀睿这样总是没有任何良心地去利用别人，在情爱上万万难以去相信、去托付的可怕的帝王。

"什么家世低微！"皇帝低吼一声，道，"这些琐碎的问题何足困扰，我将江家提拔上去就好。只要你点头应一声，我什么都能为你做到。对了，你是否是为上官氏置气？你恨我不杀她？心月，这事你就稍稍谅解我吧，她是上官家的女儿，我不能杀。我这些年铲除了陈氏，牵连绞杀了与陈氏有关的一大片的官员，还打压姚家，还有拓跋家……你可知道北域那里的征战不容易？我是命拓跋凌风去做先锋了，那样的大战先头兵怎可能活着……我为了稳妥取胜，搭上了拓跋凌风的性命……大周这么多功臣、名将、世家大族，我怕他们功高震主，为了权衡朝野，我杀了那么多人，打压了那么多人，如今朝中只剩下上官家、岳家、姚家等这些，我不能都给杀光了啊。心月，你看看我多么艰难，你看我多么无奈，这些年朝中多少人说我，议论我冷血无情，过河拆桥，我要是杀了上官合子，满朝的臣民都会寒心的。"

皇帝拉着她，越说越是动容："江心月，这些年我多不容易，你也是看得见的。我多无奈，知道你在后宫受尽了委屈，可我没有办法。我多想将皇后、惠妃、宸妃这些人全部都废黜，但我不能……我要权衡她们的家族。我拼命地护着你，不敢隆宠你，可你还是受了那么多伤害。你看这一次也是，我从一开始就明白你是被人陷害的，我从来都相信你，可是……可是我相信你没有用，她们不肯放过你。那些证据一摆上来，我一点办法都没有，我再怎样争取也只能让你进重华宫，姑且保住性命。后宫这些女人都不简单，我多想只宠爱你一个，可是不行，若是掌控不好这些嫔妃也就掌控不住她们身后的势力，我的皇权也就完了……"

皇帝说着说着竟然流泪了，他这些年的压抑与艰难也在这一晚爆发了。他最喜欢的人站在他面前，却因为他帝王的身份无法接受这份真心，他实在难以忍受了。

"皇上，臣妾不是为上官氏置气。"江心月边泣边道，"皇上，您不必提拔江家，也不要再为我做那些逾矩的事了。皇上，您的喜欢臣妾承受不起，请不要喜欢臣妾……"

今夜龙吟殿的烛火不知亮到了什么时候。殿外站着二三十名内监宫女，皆垂首侍立，等得又苦又累却不知要等到什么时候。

小安子苦着脸朝自己的师傅王云海嘟囔道："您老腿脚受得住吗？我这两条腿都在打战，快站不住了。您年纪大了别硬撑，您要不要往小的我身上靠着歇歇？"

"师傅好好的呢，你个兔崽子历练的功夫还不到家。"王云海瞥他一眼。

"可是里头到底在干什么啊？师傅您看，前殿里灯火通明，后殿里漆黑一片，里头只有皇上和娘娘两位，一个伺候的下人都没有，连师傅您都被遣出来了。这二位主子在前殿里能做些什么啊？"小安子嘴巴不消停，道，"我的皇上啊，求求您早些安寝吧，小的们也能回去睡觉了……"

"闭嘴，敢编排起主子来了！"王云海将手里的拂尘往他头上一抽，道，"没听见里头在说话吗？说要紧的话呢！"

"什么要紧话？"小安子惊问道，"皇上这些天都浑浑噩噩的，难道是为了莲主子？"

王云海好笑地看他一眼，小安子还真是有些年轻，刘康那个人精早就看明白了，他这还看不明白。他又用拂尘顶戳了小安子腰上一下，道："以前皇上给你的命令是后宫里头，莲主子最大，得罪了皇后也要帮莲主子。

今天这命令改了，师傅我来教你。你记着啊，今后啊，皇宫里头莲主子最大，得罪了皇上也不能得罪莲主子……"

"啊？"小安子惊得一双黑亮的眼睛睁得老大。他看见侍奉莲德妃的菊香姑姑就站在不远处，忙凑近了嘴巴上去道："菊香姐姐，好姐姐，你也过来和我们说说吧……"

菊香白了他一眼，懒得接话。她心里可比小安子这些人都焦急慌乱。自家主子那个脾气，唉……

突然地，旁边的司仪姑姑朝二人凑过来，道："你们听，里头在哭呢，不像是莲主子的声音，是皇上在哭？"

小安子又是一惊，竖直了耳朵去听，果真听到呜呜咽咽的声音，夹杂着说话的哽咽。他听不清说了些什么，但男子呜咽的声音总归不会判断错，不禁骇然道："真的是！皇上怎么还哭上了？这……这……"

"老奴伺候了圣上这么些年，那些年陈家大权在握，每天都有逼宫的危险，皇上都没哭呢。"司仪姑姑连连道，"再大的难关都没见皇上哭过。"

"这一次的难关可是一道难过的坎。"王云海摇头道，"这比陈家逼宫还艰难。"

子时一刻的时候，突然地，殿门"吱呀"一声，缓缓有了滑动的痕迹。小安子等人赶紧停下嘴巴恭恭敬敬地站好。

是江心月一个人出来了。她低着头，一步一步地缓慢地从大殿的汉白玉石阶上下来。

菊香忙迎上去，刚刚被王云海教导过的小安子也赔着笑上前去。菊香搀着她的臂膀，道："娘娘，怎么样了？皇上他——"

"娘娘，这么晚了您不留在这？怎么还回去啊？"小安子也问道。

小安子思忖着，皇上与莲主子说话说了一个多时辰，最后天色这样晚，合该留莲主子侍寝啊。

江心月什么都不想说，她只是疲累地靠在菊香身上，道一声："回启祥宫。"

菊香、贵喜等人不敢怠慢，忙服侍她上了肩舆。启祥宫的肩舆走得极快，一溜烟就在宫门口消失不见了，后头的小安子等人瞧着，怎么看怎么像逃命的样子。

他回过头，里头的皇帝已经在招手，命人进去伺候了。不过他看到皇帝是整个身子栽倒在案几上的。

唉，皇上今儿也不知怎么了。小安子边摇头边急急地赶进去。

明德十三年二月初十，帝第三任皇后上官氏遭废黜。

不仅如此，皇帝还命人取走她当年被册封为昭媛的宝印与宝册，且不许她带发修行，命她在重华宫削发为尼，只留她性命。可谓恩断义绝。

后位空悬。后宫之内以位分最高且育有两子一女的莲德妃为尊，帝令一应宫务皆由莲德妃打理。

宫廷朝野之内议论纷纷，人心浮动如潮。外有北疆征战，内有后宫纷乱，朝内朝外，时局动荡。

上官氏被废，由此受牵连的会有许许多多的嫔妃，她们都依附着上官氏，与莲德妃为敌。而如今，莲德妃已经成了六宫内的实际掌权者，她们怎能不怕。

"娘娘，惠妃又跑到龙吟殿那里去了，还是为着那宫权的事。唉，她前日就去求过，今日又去求了两次了。"是玉红，她丝毫不急切地进了启祥宫的宫门，朝正坐在梅树下头的主子禀报。

江心月淡淡笑道："她还不死心呐。"随即接过旁侧小宫女剔好的牡蛎，用绢帕垫着将汁水吮进嘴里。

菊香在边上拿着小银剪子剪梅树上的花枝："惠妃娘娘也是可怜，世族里逼迫得紧，想不争都不行。"

江心月听她言及"世族"，不由得默然了。她只觉得皇帝昨晚上与她说的尽是疯言疯语，什么"后宫女子都是摆设"，这么一个惠妃他就解决不了。冷落吗？废黜吗？都不可能。姚家在那后头摆着呢。

与帝王携手相爱一生，这怎么听都像是一个疯狂且注定了是悲剧的童话。

　　"惠妃娘娘倒是想替我们家娘娘分忧。"贵喜也过来凑着热闹说话，"什么分忧，不就是要争权么，说得好听。可皇上这几日谁都不肯见，根本懒得搭理惠妃，更不可能应她的请求。"

　　贵喜见江心月不说话，接着道："如今后位空悬，前朝的大人们连连上折子道'后宫不可一日无主'，要皇上立后呢。宫里头只有娘娘您的呼声最高，可惠妃也是不容小觑，毕竟……她那家世……且如今北疆捷报连连，等姚将军回来……"

　　贵喜并不敢再继续说下去，他知自家主子的家世与惠妃相较，差距实在太大了。这一次姚家又立下军功，前朝姚家的党羽均上书要求立惠妃为后。皇后是为国母，家世是顶顶重要的，江家是新崛起的小族，哪里能够攀皇后之尊。

　　"贵喜你专想着家世。"玉红突地伸手给了贵喜一个指头，嗔道，"你别忘了，咱们娘娘育有二子一女，惠妃她就只有一个悯郡王。要想立后，子嗣、家世、德行，这些都是不可少的。"

　　玉红说的也万分在理，当年上官合子以昭媛之位登上后位，不仅是因着上官家的大功，也是因她膝下有三皇子。本来惠妃育有皇子，这方面是没什么问题的，然而可怜的是她那悯郡王是个特殊的孩子，悯郡王不可能有任何前途，是个没用的皇子，也就相当于没有。

江心月却白了玉红一眼，道："你一贯是个娴静的，怎么也学着贵喜这样多话。"

"娘娘您难道不想做皇后吗？"玉红一张嘴巴却是丝毫不收敛，"娘娘别怪奴婢多嘴，这样要紧的事，奴婢怎能不劝诫娘娘呢。自古嫡妻的位子才是女子最好的归宿，娘娘，这次这样好的机会，您只要争取一下不就成了吗？"

"好了，你们都下去吧，本宫要回房忙内务府交上来的那些宫务了。"江心月不肯接玉红的话，只是简单地将他们一众多嘴的宫人全部都打发了。

菊香服侍着她回屋里。外头贵喜一众人见江心月在立后的事上没有一丝一毫的热情，也不敢再多嘴，均三三两两地散去各自做活去了。

"娘娘，您为何将那立后的旨意给辞了呢？"菊香皱着眉头对江心月道。

龙吟殿那晚发生的事并没有漏出消息来。知道那封立后诏书，知道皇帝对江心月的心思的，也就只有王云海和菊香这样的心腹了。

连玉红都不知皇帝与江心月之间究竟发生了什么，惠妃当然也是不知道的。

"菊香，你也觉得我应该去争那个位子？"江心月摇了摇头，道，"后位，天下女子最尊荣的位子。可是，那样云端之中的位子，也是高处不胜寒，即使登上了后位，想要坐稳也是万万不容易。一旦我坐上了那个位子，就会成为众矢之的，明德朝一共出了三任皇后，没有哪一个有好下场。你看上官合子，我直至今日都认为她是最合适的皇后人选，她的智谋、手腕丝毫不逊色于我，可是她还不是被我这个宠妃给扳倒了……我若成了皇后，明德后宫几十位嫔妃，我一个一个地去应付，说不准就会栽在哪一位的手里，重蹈上官氏的覆辙。"

她顿了顿，又道："其实惠妃也未必看不明白，她在佛堂里磨练心性，也早参透了争与不争之间的微妙。但可恨的是，她背后的姚家急功近利。

我没有那样傻，贤妃也是如此。她的家世已经不比惠妃差了，资历更是最老，只是没有儿子而已，朝中还真有人支持贤妃为后。可贤妃虽无能，这样的事倒一点不犯傻，她和岳家都没有去争的心思。"

"可是娘娘，您和她们都是不一样的啊！"菊香不由得急切道，"您做了皇后，和那些只为了平衡朝野的皇后是大不相同的，皇上是真的喜欢您。您一向睿智果敢，怎么到了这事上头就迷糊不清了呢？您不接这后位，就是不想接受皇上。您至今都不肯相信皇上。您看不清，我们这些局外人可是看得清。"

江心月咬着唇，并不肯说话。菊香继续道："娘娘，唉，那日夜里皇上一整宿没睡，喝得大醉……"

"别和我提皇上了。"江心月打断她，道，"他不论怎样强求，我都不想应他。菊香，皇上他这人太过可怕，我每次见了他都只有怕……你令我怎么去接纳？那一年孝贞懿皇后就那么死在我面前。"

"娘娘，皇上他可怕，可是如今他就怕您一个人呐。"菊香摇头道，"您真想这辈子一个人走下去？"

此事旁人是劝不动的。菊香微微叹一口气，心道她再等几月也该出嫁了，是皇帝给了恩典，不必等到二十五岁出宫的。在此之前她想将主子的事给解决了，日后她就不能在主子身边了。

瑞安公主在那一日夜里就给送了回来。皇上也是明白了，江心月这样的倔脾气不是一个媛媛能够拉住的。

江心月安静地伏在书案上，稍稍闭眼歇息。

一日又是萧索无味地过去。第二日，江心月照例起得很早。

后宫无主，莲德妃为尊，故众妃均是到江心月的启祥宫里来晨省的。江心月第一次遇到这样的境况，自己坐在上首，静静地瞧着堂下的嫔妃们跪拜如仪。她不是拿不起来那个威仪的范儿，而是厌恶人们将这样的场面与立后联系起来。

惠妃与贤妃分坐两侧，贤妃仍是老样子，只懒懒地坐在椅子上吃茶，清闲不理世事，而惠妃的面色却是有些尴尬与难堪。

良妃的座次是左手第二位。她的面色自然是憔悴的，也不肯与旁边的嫔妃闲话。她在北三所里被关押了数月，这冤屈也真是害苦了她。

许多嫔妃皆对江心月恭谨得过分。她们几日来都是如此，曲意逢迎，想要依附于江心月。启祥宫的门槛都快被踩烂了。

江心月淡淡地笑着，一一受过她们的请安跪拜。

周懿本就是启祥宫的人，她在宸嫔第二次禁足后复宠，如今已经是选侍的位分了。她一贯都想依附莲德妃，如今莲德妃荣极一时，她更是费尽心力来逢迎。

她照例觍着脸与江心月说了一些贴心的话，说到一半却是有些忧愁，转了声色道：

"皇上这些日子仍不肯来后宫。"她好看的柳叶眉蹙成了一个"川"字，半嗔半忧地道，"加上前些时候皇上忙碌，算算下来，皇上已经有整整二十日没有召幸嫔妃了。"

周选侍的话是大家心中均想要说出来的。"可不是吗？"她对面的安贵人立刻接话道，"莫说召幸，就连见上一面都困难。前朝的事儿有那么忙碌么？"

她继而不经意间看向了上首的江心月，道："莲德妃娘娘，这般下去，不仅后宫的姐妹们心里郁郁，且于皇室开枝散叶也是不利的啊。"

她的意思再明白不过。既然后宫是德妃掌权，那么劝诫皇上的事自然也是莲德妃所应该做的。

江心月却是浅浅一笑，朝安贵人道："你心心念念地想着皇上，这无可厚非。"她突地转了面色，带着几分严厉道："可是，你方才说'前朝的事儿'，安贵人，这话是你应该说的么？"

安贵人不料莲德妃会揪着她的错处，忙离席屈礼请罪，也再不敢说什么劝皇上之类的话了。江心月抬眼一一在众妃身上扫过，方开口道："北疆战事未平，皇上能不忙碌么！你们都应好好地在后宫待着，不要整日处心积虑地想着见皇上，徒增皇上的烦忧。"

"处心积虑"，惠妃听了这个词面上不由得一拧。莲德妃这是在讽刺她三番五次地去求见皇上的事。

而，莲德妃说什么"北疆战事"，这样的事蒙骗得了别人，却瞒不过惠妃。如今她的父亲已经往北域的都城围攻过去，等不日破城，北域也就亡国了。在金銮殿上欣喜等待北域这块新领土的明德帝，此时可不应再从早忙到天黑。

然而……她却真的不知皇帝到底为什么不肯进后宫。

嫔妃之中真正知道原因的，也只有江心月一人而已。她不可能如安贵人所说拿开枝散叶的道理去劝诫皇帝，遂只能扯谎道皇帝确实很忙。

之后周选侍等人又赔着笑与她说话，她疲于应对，一会儿便道一声"散了"。然此时良妃却突地起身，对江心月道：

"娘娘，臣妾有一事相求。"

江心月一愣，继而淡笑道："良姐姐有何事说就是了，不必拘礼。"

此时此刻她仍是以"姐姐"来称呼良妃等人。昔日上官合子为皇后时，可不会对嫔妃们尊称"姐姐"，即便是年长于她且位分又尊贵的贤妃与惠妃。上官合子是个太过野心勃勃，又太过喜欢至高无上的尊荣的人。

而如今江心月的态度令众妃都感到心安。其实她本就是个平和的人，即使要立威也不会如上官合子一般严苛。

　　良妃道了谢，才颇为难地开口道："娘娘，臣妾不适宜抚育三皇子……"

　　江心月闻得此话更是惊愕。自上官合子被废后，三皇子先是被交由贤妃抚养，然而只过了几日贤妃就去求了皇上，以各种各样的理由推掉了对三皇子的抚养；皇帝无奈又交与良妃，可如今良妃又要推托了。

　　这真真是大周百年以来的稀罕事——一个本该人人争夺的皇子，竟然被人人推托。三皇子不是大皇子，他可是有着登帝位的前途的。

　　"姐姐，你膝下无子，性情又好，谁会比你更适宜养育皇子呢？"江心月朝良妃问道。

　　"娘娘，臣妾知道给娘娘和皇上添麻烦了，可……可臣妾的确是个不会养孩子的人，恐带不好三皇子。臣妾以为，云淑媛、王修仪等人也是可托付的。臣妾这些日子见不着皇上，只好与娘娘说此事，等待娘娘与皇上商议。"良妃低着头道。

　　江心月听着都不知该说什么好。不会养孩子，这是什么歪理……不过良妃的确一点也不想养三皇子了。

　　三皇子就这样被蹴鞠一般地踢来踢去么？江心月抬眼环视座下的嫔妃，但并非所有人都和良妃、贤妃一般，想要争夺三皇子的大有人在。嫔位以下者无资格，嫔位以上的那些人，景嫔、成嫔、王修仪、陆昭容一众均用热切的目光盯着江心月。江心月顺着那道最为渴望的目光瞧过去，那赫然是满面期盼的惠妃。

　　惠妃……

　　是呢！惠妃正需要一个皇嗣，那不仅是将来的希望，也是夺凤座的筹码。

　　江心月此时也理解了贤妃、良妃的所为了。她们均是不想卷入后位的纷争。即使良妃没有夺位的资格，她也不想被惠妃给盯上。

　　良妃从北三所出来之后，性情多少变了一些。从前她性子就淡，现在简直淡得要隐居于世了。她更是畏惧宫廷之内的纷争，不论何事能避则避。

她当年掌宫权，虽然风光了一段时日，然最后的结局也不过如此。她后悔当年被郑昀睿利用接了宫权，若不是她卷入纷争，也不会被上官合子盯上，那么江心月生产时那些毒粉也就不会放入她的香囊里。

江心月理解良妃的苦衷。然而，第一她没有想好要将三皇子送给谁，若处理不当惠妃那儿便会是一场风雨；第二是此事她不能做主，要去求见皇上，可她如今根本无法去见皇帝。因此，她也面露为难地看着良妃，道：

"皇上忙碌，即便是本宫也是暂时见不到的。姐姐暂且抚育着三皇子，等皇上不忙了，再做定夺吧。"

良妃无奈，也只好应下了。

之后的日子，皇帝依旧不进后宫。后宫的嫔妃们有几位便是戍边大将家里的女子，她们知晓北疆战场的实情，当然不肯相信江心月的话。而她们在闲暇无事时三五成群地嘴碎，这样消息就渐渐传遍了满宫。

于是宫内的躁动愈加激烈，人心难安。

江心月的日子忙碌而纷乱。她每日压抑着那些嫔妃的忧愁与相思，自然辛苦。

不仅仅是辛苦，她也骤然之间有了一种内心纷杂的感觉，那是面对郑昀睿之后所充斥在她内心的挣扎。她再怎样冷漠也都是有着七情六欲的，她无法在帝王的疯狂攻势下保持着心如止水。

其实，女人的确是为爱而生的，何况她曾经也是个执着于爱的女子。

她时常感到内心烦躁不安。

其间惠妃又去了乾清宫求见皇帝。这一次她如愿见到皇帝的面，但她陈明来意之后，皇帝并不肯答允她的任何请求，无论是"为莲德妃分忧"还是"抚养三皇子"。

无奈，三皇子只能继续养在良妃膝下。惠妃整日虎视眈眈，良妃十分愁苦，然而也是无法，只能这样拖下去。江心月已经抚养了三个孩子，两个小娃是吃奶的时候，媛媛又是淘气的时候，她不可能分心去接受三皇子；她也知道皇帝的意思，皇帝选择良妃、贤妃正是看中了她们的不争，若是给惠妃或是那几位修仪、昭容、贵嫔，那惹起的后位纷争就会更加激烈。

这一日天朗气清，日头很暖，玉红与几个小宫女将一冬的棉被捧到外头来晒。宫女们用手拍打着被面，院子里充满了棉絮晒着阳光的味道。

江心月今日难得有闲暇，她与菊香一起抱了一卷卷的书墨，展开摊在石桌子上，也随着玉红她们一起晾晒。郑昀睿知道她善书善画，曾赏赐她大量的古籍、名家大作，她也喜欢，一想起来就拿出来或临摹或观赏。

一面晒东西，江心月一面漫不经心地问菊香道："宫里头上官合子的势力清理得怎么样了？"

菊香淡笑着回话道："她人都进了重华宫，内廷里自然是我们掌控。那些相干的宫女、内监都该贬的贬，该放出宫的放出宫。至于曾经是心腹的人，他们都……"

江心月点头。她知道这一次，她的手上又沾了很多的血腥了。

这一双手自进宫以来就从未干净过。

然而即便如此，江心月仍然认为对得起自己的良心。

她伸手拂开一卷以赭色装裱的有些古旧的画卷，那是一幅早春图，冬雪消融春日回暖的样子，与当下的时光十分相宜。江心月小心地吹一吹上头因潮湿而有些渗出的墨汁，摊开了放在日光底下。

菊香在侧，声色不大不小："娘娘，重华宫那边也是一切都好。听闻那一位潜心礼佛，并没有闹出事端。"

"是啊，她获的是死罪，能留下一条命已经是皇上隆恩。她应当日日念佛感恩才是。"江心月淡淡地道。

"宫里终于无人能够压制娘娘了。"菊香轻松地笑着，道，"她在位时，我们每日提心吊胆、如履薄冰，却仍是每每被她钻到空子往死里迫害。如今她终于被娘娘扳倒，娘娘也再不必惧怕什么了。"

"惧怕？"江心月突地嗤笑一声，道，"我何曾惧怕过她。再怎样艰难，我不都赢过她了么？"她顿了顿，突地凑近了菊香的耳侧，低低道：

"菊香，我要杀她。"

菊香听了却是大惊，张大了嘴巴竭力压抑着声色道："娘娘不可！留她性命是为了安抚上官家，也是为了不令臣子们寒心，这些都是皇上的意思。娘娘不能忤逆圣上！"

江心月却是摇头，道："但是我实在是太痛恨她了。她身上背着花影的一条命，还差点害了阿媛和我的孩子。"

"娘娘！您不要冲动！"菊香极力劝道，"她如今从云端跌落深渊，在重华宫里苟且偷生，她比死都要难受呢！且云岚这些人，还有当年对花影动手的人，他们都被处死了，也算是为花影报了仇。"

"不行。她必须死。"江心月依旧坚持着道，"我不是冲动。她那样的人哪一日能够真正放下野心呢？说不定此时此刻她就在谋划着如何走出重华宫。她那样城府深沉、心机狡诈之人，我断断留不得，必须斩草除根，彻底断绝后患。"

她说着，语气已经强硬得不容辩驳："菊香，不论如何我都要她死。此事由你亲自去做，而且要做得干干净净，不让皇上发现一丁点蛛丝马迹。"

菊香是最忠心于她的，即使并不同意她的命令也会无条件地去执行。遂菊香不再争辩，沉声应下。

江心月说完，心里却突地有些莫名的恐慌。她知道她在怕，因为这一次她的对手是郑昀睿。她能够扳倒上官合子，但她却万万不敢和郑昀睿比试心机手腕。

然而，不管多么冒险她都要去做。她在乎的不是上官合子所谓的东山再起的野心，而是……

是那一份深深埋在尘埃之中，连菊香都无从知晓的秘密。她不是真正的江心月，她只是一个孤女，甚至她是以礼亲王细作的身份入宫来的。宫内除了她便只有澹台瑶仪知晓这个恐怖的秘密，然而……可怕的是上官合子手里握着澹台瑶仪的秘密。天知道，她可以利用这个秘密做什么？她手里抓住的是澹台瑶仪这样一条线索，这个线索的另一端连着的就是江心月。若她能够将这条线索拽到底，那么……

今日早上晨省的时候，一贯坐在角落里的澹台瑶仪凑近了她，不经意间给她传了消息。澹台瑶仪与她的意思一致，都是杀。

只要有万分之一潜藏的危机，江心月都不会掉以轻心。

这一日入夜时分，外头来了别宫的宫人求见。菊香本以为又是那些趋炎附势的人要送什么东西，且天色很晚，她心里不想开门。最后她终于极勉强地打开宫门，却见是小安子立在外头。

小安子一贯笑得有些诏媚："是菊香姐姐啊！姐姐还亲自来给我开门来！"

他牢牢记下了王云海的教诲，日后要以莲主子为尊，莲主子比皇上大。所以菊香便也是他的姐姐，是他要讨好的人。

菊香横了他一眼，啐道："你就贫嘴吧！你看看，几日不见，你叫姐姐倒叫上瘾了！"

她嘴上不饶人，脚下却麻利地将小安子引了进来，御前的人怠慢不得。

江心月此时正在敷夜间养颜的珍珠粉。她见了小安子心下便有惊恐，一手往脸上胡乱地涂抹，一边试探地问道："是皇上有什么令给本宫吗？"

"嗐，瞧您说的，皇上这时候能有什么吩咐啊。"小安子脸上堆着三层笑，说着将放在桌上的食盒盖儿一掀，道，"皇上给您送东西来了。您看这是蜀地第一批的枇杷，很新鲜。因为距离太远快马加鞭地赶路，路上烂掉的、颠簸掉的太多了，到了皇宫只剩下十颗了。"

江心月往食盒里头一瞧，果真，里面躺着十颗黄澄澄的枇杷，一丝丝甜而不腻的香气飘开来萦绕在鼻尖底下。江心月贪婪地一嗅，她喜爱这种香甜的水果，但冬日里只有冰里储藏的水果可以吃，搁置了那么久即使没坏掉也是口味大不如前。

这可是初春，却能够吃到南方第一批的枇杷，还是百里加急运送过来的，真是不容易的事。

"莲主子，皇上一再命奴才定要送到，且要趁着夜里无人的时候过来送。您知道的，皇上不入后宫，不肯理会众妃，却独独地给您送这些……"小安子看江心月喜欢，脸上的笑又多了一层，接着在侧说话。他不是刘康那样肥硕的人，他想将脸上的肉堆起来堆得讨喜，也是比较难做的。然而他今日在莲主子面前，那是定要把脸上的功夫做好了。

江心月听着小安子所言，知道是皇帝细心为她着想，心下亦感激。她再看那食盒，却突然地有些发愣——这食盒里有十颗，可小安子说宫里总共只运进来了十颗？

那么是郑昀睿舍不得吃都留给她了。

这样一想她便再不敢受这一盒枇杷，忙盖上盖儿想递给小安子。然而小安子仿佛早就预料到一般，急急地道："小的还有差事耽搁不起，这就告退了。"说着如兔子一般从门口蹿了出去。

小安子一溜烟跑掉，转眼已经消失了身影。江心月愣愣地看着他夸张的动作，又看看食盒内的东西，突地心内就生出些恼怒来。

"喂！喂！"江心月气鼓鼓地一手挎着食盒追出来，不顾身份地喊道，"你给本宫回来！你以为十颗枇杷就能收买本宫吗？本宫是不会屈从于这些小恩小惠的！"

玉红和贵喜面面相觑，都不知这十颗枇杷怎么惹到了主子。主子所说的话他们更是一头雾水，什么"收买"，什么"屈从"，主子和小安子之间究竟发生了什么啊……

还是贵喜最先反应过来，一拍脑门道："哦！是主子和皇上之间究竟发生了什么……"

只有菊香是个明白的，她赶紧将江心月推回殿内紧闭殿门，以免她失了威仪。

江心月面对着十颗枇杷，发泄了一通后突然就泄了气，低着头道："菊香，你看如今该怎么办呢？皇上是不会死心了。"她说着似乎有些迷茫："皇上……唉，若他是普通的百姓，我或许就不会如此固执了。"

菊香并不再劝她，劝也是没用的。她只是静默之间小心地剥了一颗枇杷，递到江心月的手上。

江心月看了菊香一眼，并不拒绝，而是顺手接了过来。当然要吃，皇上既然送过来了，不吃白不吃。

之后的每日傍晚，小安子都会偷偷摸摸地过来，放下一些东西再偷偷摸摸地回去。江心月实在不想接受皇帝的赏赐，因为越是接受就意味着皇帝的机会越大。然而可恶的是，小安子第二次来就带来了皇令——是必须要收下赏赐的皇令。皇帝又动用了他身为帝王的无人可违逆的特权了，令江心月又气又无可奈何。

只是，那些并不显眼的礼物都是讨巧的，有江心月爱吃的鲍鱼盏，有媛媛爱玩的从宫外买回来的泥人，还有并不珍贵却在宫廷内稀奇无比的糖葫芦……糖葫芦这样的东西一向被认为上不了台面，所以宫内的御膳房不会做，那些出身高贵的女子们也不喜欢吃。然而对江心月来讲，那却是极遥远而美丽的回忆。

一切东西都令她无法拒绝。郑昀睿也实在很聪明，每一样都是江心月喜欢得舍不得扔掉的。

江心月有时候好笑地想，郑昀睿此时不敢面对她，她也不想面对郑昀睿，或许是他自己怕被她忘了，才每日用这些来牵挂。更为好笑的是，此时宫内的女子对皇帝焦急万分，很多嫔妃都借由送吃食的名义去龙吟殿想见皇帝。吃食在满宫之内成为取悦对方的手段，于嫔妃如此，于皇帝也是如此。

　　大周后宫的纷乱与压抑持续着，北疆的战事却已经接近了尾声。

　　明德十三年三月初十，周军攻破北域王城。

　　北域亡国。明德帝诏告天下，令原北域国土，即天门关直至大泽之间共计两千里地域一分为三州郡，任命原北域皇族为藩王，另调任数位大周官员为总督、都尉、辅政，等等。

　　经此一战攻城略地破国，此后，三州郡地域皆被称为"北地"。"北域"国号再无人敢提起。

　　大周出征的三军将士凯旋，帝厚加封赏，另赦天下臣民。其中姚氏一族与拓跋一族居功甚伟。

　　举国欢庆之时，大周后宫里却是愈加纷乱不堪。

　　惠妃与莲德妃之间的后位之争并未翻起什么大风浪，因皇帝丝毫不肯理会惠妃，而朝堂之上沉溺于得胜的欢庆与北地三郡政务的繁忙之中，立后之事暂且松懈；后明德帝又驳斥了以姚家氏族为首的官员，道"后位乃朕家事，北地三郡为国事，国事当前，重家事者即为主次不分之庸臣"。此后，催促皇帝立后的呼声日益趋弱，直至消退。

　　可是，另有极多的事务令后宫波涛愈烈。第一件，皇帝对后宫的冷漠态度令众妃恐慌却无计可施，宫内满是怨愤、相思之苦楚，妃嫔们每日晨省时的抱怨与恳求几乎淹没了启祥宫的房顶。

第二件便是，明德帝复了宸嫔妃位，并解禁足。宸妃这颗石头，继续翻搅着不得安宁的大周后宫。

第三件，是一件不大不小的事——三月十五那一日，重华宫削发为尼的上官氏悬梁自戕。上官氏虽然被废了，但她仍然是属于皇帝的女人，按制，她的自戕会使族中负罪。但明德帝宽厚，不仅未降罪上官氏族，且另加重金封赏，以表其族中的几位小辈在北域战场之上的军功。

莲德妃代行皇后凤令，竭力压制着后宫的不安。

启祥宫无疑是宫内最热闹的场所，每日均有妃嫔来访，江心月不胜烦扰。这一日她也不得闲，几名二等宫女往殿内端着果盘与茶盏，殿外侍立着数十名宫女内监，显然又是有别宫的主子来觐见了。然而，这次的来者却是一位不常见的客人。

此时江心月坐在大殿的主位之上，她面前赫然跪着一名着藏青色宫装的女子，正是纯容华澹台氏。

纯容华今日的装束极素淡，一袭淡墨绣蝶纹撒小碎玉的交织绫罗裙，发上除了一枚镂空祥云状的红珊瑚花钿，便只有数朵颜色浅淡的绢花，面上并无脂粉，只略略点了唇而已。

她并不悲切却十分暗哑黯淡的声音低低地响在大殿里，声色零落如秋日里簌簌下落的枯黄的叶子："德妃娘娘，求娘娘……求娘娘看在嫔妾最终悔过的分上，饶了嫔妾吧。就算您要杀了嫔妾，也请饶了公主的性命吧。"

她低垂着眼睛动也不动地俯身跪着，那是谦卑而乞求的神色。

"纯容华真是好笑，平白无故地来本宫这儿说些有的没的。"江心月玩弄着左手腕上一只镶红宝石扭珠点金蕊的和田玉镯子，漫不经心地缓缓道，"你说的话本宫不明白，什么饶命？"

澹台瑶仪苦苦一笑："娘娘……嫔妾错了，嫔妾跟错了主子。然而……嫔妾最后是真的悔过了。"

江心月稍稍瞥她一眼，旋即又移开了眉目去。她自然十分明白澹台瑶仪的话，而澹台瑶仪所说的"悔过"，她也并不否认——因为在上官氏对她的连环陷害之中，还有以前的"凶夭"一事，澹台瑶仪都未参与进来。

一盏滚着热气的龙井被递到手边上，江心月接了茶细细地品起来。待品了将近两刻钟，她方放下茶盏，看向身前仍然跪着的澹台瑶仪。

澹台瑶仪跪得腿都软了。今日的启祥宫也不知怎么了，大殿里竟然撤了毯子，只余冰冷的大理石来给她跪。她穿得也不多，从始至终已经足足跪了一个时辰，膝盖处定是完全青紫了。

"你是真知错了？"江心月终于问了一句切题的话。

澹台瑶仪一听便觉有了生机，忙道："是，嫔妾知错了。嫔妾不该与娘娘作对，嫔妾不该成为上官氏的帮凶，不该害阿媛，不该害花影，不该参与上官氏的那些毒计。一切都是嫔妾的错。"

她走到这一步，无疑是悔恨万分的。她将所有的赌注都押在了上官皇后身上，然而令她万万没有料到的是，出身微贱的阿奴竟然扳倒了上官皇后，成为如今宫内最为盛势的人物，甚至直逼后位。

江心月定定地瞧着她，又瞧了半响。

江心月此时是颇为难的——她不知该如何处理澹台瑶仪。她与瑶仪有着共同的秘密，这个秘密需要二人齐心协力来守护，而这个秘密也成为双方手中的把柄——只是，若一方想利用此秘密迫害另一方，二者定然会同时赴死。例如如果澹台瑶仪曝出了江心月的秘密，她自己的秘密也同时会守不住，她斩杀江心月要付出的代价是她与澹台全族的灭亡。

而江心月同样无法对澹台瑶仪下杀手。因为澹台瑶仪是守护秘密的力量，若她死了，她的氏族便会衰落，那时澹台一族面对官场政敌的攻击之时有极大的可能被查出当年之事，而牵扯出江心月也只是时间问题了。

江心月凝眉思忖着。她以中指轻轻扣了扣案几，突地凝眉道：

"纯容华……"

她说着微微叹了一口气，才道："本宫原谅你。"

"娘娘？"澹台瑶仪突地有一瞬间的恍惚。她想不到江心月这样轻易地说出了"原谅"一词。

"是啊，你已经认错了，本宫会既往不咎的。"江心月缓慢而淡然地说道。

"原谅"是么？世界上不是所有的事都能得到原谅的，然而若看在静柔公主的分上或许可以原谅她，江心月心道。

静柔公主是江心月在瑶仪身上唯一能感觉到温暖的地方。她曾经下定决心无论今后澹台瑶仪做出什么样的事，都会保护静柔。而江心月也知晓，澹台瑶仪曾被上官皇后死死地掌控，她没有参与"凶天"一案与最后连环套的陷害，完全是为了静柔，她不想给静柔带来危险，特别是在"凶天"那件事上，若她真受了皇后的命令，那静柔被毒害的危险简直太大了。

因为忤逆皇后，她付出的代价也十分高昂——澹台一族的两位嫡子在北域战场上立下军功，却接连被查出了诸多的罪过，如寻花问柳、私吞军饷等；另有澹台瑶仪的父亲与几个伯父被上官氏族弹劾，被明德帝在朝堂上好生地申饬了一番。澹台氏族不仅没有在战事结束后受到封赏，反而接连有人丢了官职，或贬或削。

澹台瑶仪是以整个家门的衰落为代价换得静柔的平安。而悲哀的是，澹台瑶仪从进宫至成为皇后的棋子直至与阿奴决裂，一切的付出、一生的牺牲都是为了澹台一族的荣耀与崛起。

她此时也定定地看着江心月，她缓缓地落下泪来，道："你真的肯放过我？我知道，你是为了我们共同的……共同的那件事，所以你无法杀我，对吗？你放心，我会死死地守住那件事。日后你吩咐我做什么都行，只要你能饶过公主。"

"我怎会伤害静柔。"江心月却是摇头，"我留你一条活路纵然是为了那件事……然而，也不全是。我日后也不会像上官氏那样将你当作棋子，你只需要活下去就可以了。"

你就在宫墙的角落里默默无闻地活下去吧。

澹台瑶仪曾经对她的伤害令她痛苦万分，然而平心而论，瑶仪的确没有做出取她性命或取她孩子们性命的事情来。原来这就是她与瑶仪今生的羁绊，上官氏已死，她们竟然又从宿敌做回了齐心协力的姐妹。她们要共同地活下去。

澹台氏很快告退了。菊香亲自送了她出去，回来与江心月道："纯容华也终于安分了。娘娘，自从上官氏除了之后，宫内的形势比昔日好得太多了。"

看起来是如此。上官氏被废后，江心月成了六宫的实际掌权者，曾经的敌人纷纷或被清扫或妥协。然而江心月却微微一摇头，道："可惜惠妃还不安分，宸妃又被恢复妃位放了出来，立后一事波澜无穷。我本无意卷入争斗的旋涡，但无奈，我便是旋涡中最中心的那个。"

菊香心道：立后……算了吧。此事不是她能劝得动江心月的，只是这些日子以来皇帝的"糖果战术"貌似有些许的效果，至少主子面对那些想扔又舍不得扔的礼物时能说出一两句感激皇帝的话了。

她暗忖了片刻，才道："娘娘，其实宸妃不足为患。她自解禁足后一直告病，不仅从不来娘娘这儿晨省，甚至连宫门都很少出。奴婢去打探了，她这次并非是真的病了，却有些避世的感觉了。娘娘您也知道，此次北域灭国，但拓跋凌风战死，所以宸妃这复位看似荣宠，也不过是其兄长牺牲性命所得到的微末的补偿罢了。"

菊香是江心月最心腹的人，也是宫内最为有头脸的姑姑，她这些年随着莲德妃由选侍成为从一品妃，她在宫内已然成了人精一般，哪里有她打探不到的事？她得到的消息自然是准确的。

江心月朝她淡然笑笑，微一叹息道："宸妃也是可怜。"

她是一个心底柔软的人，所以当她得知宸妃是受了皇帝利用来保护她时，她的心内不可能没有愧疚，且不仅仅是愧疚。宸妃和她之间，与当年她和宝妃之间几乎如出一辙——郑昀淳利用了她，白白牺牲她的执着只为了他心中那唯一的魏紫衣；而郑昀睿对宸妃的利用也是如此，且其残忍丝毫不差。

几日后，江心月已经忙得不可开交。她是代行皇后凤令，因此皇后该做的一切，如北域灭国后藩王至大周朝拜明德帝的礼仪国宴，都要由她来操劳。

皇后的责任不是好担的，就如这一次的藩王朝见，是关乎国祚社稷的大事，不能出一丁点纰漏。好在江心月掌宫也是多年了，历练下来，并没有什么担不起的。

明德十三年三月二十五日，北地三藩王携降书、贡物等抵达龙城。

那三位藩王是北域仅剩的皇族了，且是原本受尽北域可汗排挤的皇族。他们朝拜的仪式烦琐异常，江心月曾经问过礼部得知，原本不需要这般烦琐的，然而一方面明德帝十分想将征讨北域的功绩名扬天下、流芳千古，另一方面为了立大周之威，迫使三位藩王日后勿要生出谋反的心思，遂朝拜的方面下了许多额外的功夫。

朝拜大礼是二十五、二十六、二十七三日，本来皇后是应当陪同皇帝出席的，但大周后位空悬，江心月只是代行凤令却并不是皇后，遂她不必出席。一直等到三月二十八日时，宫内大设筵席，妃位以上者可列席。

此时江心月便作为位分最高者，坐在平日里皇后才能坐的位子上，列席大宴。

皇帝与她同列，就在距离她不足两尺的地方；他们的席下是后宫的几位高位妃，大周三品以上的官员，以及那三个唯唯诺诺的藩王及他们随行的臣子。大宴才刚刚开始，交泰殿面积大且气宇恢宏，其内由礼部、内务府并莲德妃共同布置，一应奢华，不肯折了大周的气势。

耳边是庄严肃穆的献曲，那是《大雅》中的篇章，殿内的众人均正襟危坐。江心月听着这类的乐色从来只会犯困，她只好端起青牙方口的酒樽微微地抿了一口，酒不烈，入喉有些甜丝丝的感觉，她觉得很好喝。遂以湖蓝色弹墨的绢子拭了拭唇角，不经意间又抬着广袖，眯起眼睛小口小口地品起来。

突地凭空里生出一只手臂来，从广袖内横着伸过来，一手钳住了她的酒杯。江心月一惊之下也有些恼怒，回首瞪着皇帝低低道："这样重要的场合，您还和臣妾闹什么？"

皇帝却也蹙着眉头，朝她道："朕是要提醒你不要喝太多。"他随即指指那酒杯里头清汪汪的"玉液"，道："听闻你吃甜越来越厉害，也不知道克制。这酒你最喜欢，故朕特地选了它来，可你要是喝得不节制朕下次就再不选它了。"

江心月诺诺地听完他的絮絮叨叨，低头道一声"是"，便忍了心里的渴望不去看酒杯。她放下杯子却觉得心内突突地跳得厉害，方才是她一月以来第一次与皇帝见面，第一次与皇帝说话，可是却是以这样直接的方式……她与皇帝同列时心里就在发愁，想着待会儿不可能一句话也不与皇帝说，她要怎么开这个头？然而如今好说了。

只是她偷偷侧眼去瞧郑昀睿时，却发现他放在膝上的手也在微微地颤抖。随即，他也端着酒杯抿了一口，似乎要平息那些颤抖。

那一瞬间，江心月十分想笑——皇帝在紧张吗？他那样子太好玩了。

奏乐的声音一直没有停。江心月无聊之下，便去看席下的众人。她看到了坐在贤妃身侧的宸妃，她低着头，让人看不清容颜。她又看到了惠妃，惠妃的嘴角噙着一抹若隐若现的笑意，江心月顺着她的目色看过去，才发现她所看的正是北域一战凯旋的寿安侯。他是她的父亲，他立下大功归来，她则要借着这份功企及后位了。

其实战场之上第一份的军功并不是寿安侯，而是拓跋大将军。不过那人已经死在了北疆，马革裹尸，再多的追封又有何意义呢？倒是寿安侯，姚氏一门的气势越来越盛，他们才是这场战争中实际的赢家。

惠妃的笑意中是透着疲倦的，她再不是当年那个急功近利的宠妃，她明白争夺后位所需要付出的代价。然而她无可选择了，家门的荣耀系于一身，父亲的命令也不可违抗。

礼乐渐渐地弱下来，最终停止。此时却另有一众宫人从大殿的正宫门迈步进来，他们簇拥着一位身着一水桂子绿大绣金鸾提花绡宫装的丽人，缓慢而平稳地鱼贯而入。

皇帝站了起来，对那三位藩王说道："今日朕特恩准丽妃前来。你们也都知道，丽妃在我大周的后宫获罪被罚，然而今日你们藩王都在，朕就借吉日特赦了她的罪过。"

三位藩王都起身谢恩。其中的平律王是丽妃最小的皇兄，是皇族庶子，也是三藩王中血统最尊贵的。因为其余的两位不过是北域曾经的小部落首领而已。

平律王因着与丽妃有更近的关系，遂还特地下拜行礼，口中连连道"丽妃给皇帝添了麻烦"之类告罪的话。明德帝朗声一笑，道："不必拘礼。丽妃是朕最宠爱的妃子，朕怎会不原谅她呢。"

皇帝的话，示和意味甚浓，那三位藩王也面上愈加欢颜。

丽妃自是谢过皇帝的饶恕，列席就座。她一直被关押在慎刑司，看管十分严厉，但她的气色尚好。因皇帝特吩咐了许多仆从去照应她，就是要令她今日好生地出现在国宴的席位上。至于大皇子那件事，皇帝只是气自己出了个逆子，而这件事并不会影响丽妃今后的路。

第六十二章 大宴（二）

作为和亲公主的丽妃今日装束艳丽，便是为着增添国宴的喜色；而余下的嫔妃也是同样按品大妆——只是在江心月看来，很多人的装束并不合宜。如景嫔的脂粉涂得太厚，发上插着一并八支累金丝镂空舞蝶振翅簪子，那些欲飞的镶着翠玉的蝴蝶十分妖娆，仿若真的置身花丛中一般。这样看去，景嫔的装束就是太过妩媚，不够庄重了；还有，王修仪身着宝蓝色轻烟彩绣祥云的大袖裰蜀锦宫装，虽是修仪的位分，但看着却比上首的莲德妃还要贵气，她的装束无疑太过奢华。

最令江心月不悦的是，她闻着这交泰殿里总有过于浓郁的各类香包的味道。她心下置气，那些不懂事的人面见外臣也敢不庄重，她们多日见不到皇帝，此时见到了竟也不顾国宴的庄严，按着自己的性子来装束、焚香，只为了皇帝能多看她一眼。江心月一个一个地扫过眼去，暗暗记下那些不成体统的嫔妃，想等今日回去了定要好好地训诫惩治。

宴会起始时的行礼、奏乐等礼仪已经行毕，有许多宫人呈上皇室的大膳替换掉原本小盘的凉菜，大宴这才真正开始。平律藩王获得大周的封爵，又获得了三个州郡之中土地最肥沃的一个，他与丽妃的亲缘又最近，他显然是如今北地最得意的皇族。他好似对大周皇帝十分感激，频频上前敬酒谢恩，奴颜媚骨，曲意逢迎。丽妃也是一样，她今后的全部倚仗便是明德帝一人，她再不是从前那个没长大的胆怯的小女孩，她也随着兄长上前拜谢。作为宠妃的她言笑晏晏，与明德帝说话时的声色也是柔媚的，仿若真是个要争宠的嫔妃。

明德帝对眼下的一切十分满意，他欣喜之下举杯相和，时不时点头大笑。在他看来，北地人的奴相与拜谢便是忠诚。

宴会过了段时间，便见一大队的北地仆从肩扛着酒缸从外而入。平律王起身，朝明德帝笑道："陛下，这些是北地产出的'烧刀子'，是最有名的烈酒，小王特献上此物，为大宴助兴。"

明德帝大笑一声，便接受了他的好意命宫人斟上此酒。大周许多的官吏都好酒，那寿安侯一众见了烈酒更是兴奋，一个个地都满上金樽。丽妃举杯起身，款款上前到了皇帝身侧，柔柔笑着敬道："皇上龙威赫赫，平定四海，天下大安。"

这样的话，实在太中听了。明德帝最大的理想便是成为千古一帝，什么安天下，定四海，这样伟大的功绩怎能不令人振奋？如今连倔强的北域都被征服了。他自然十分给面子地举杯与丽妃相碰。

但丽妃也许有些紧张，她呈酒时手腕微微一抖，整杯的"烧刀子"竟然泼洒在了明德帝的衣衫与其身前的案几上。她忙跪下请罪，颤声道："臣妾失仪，冲撞了皇上……"

"不碍事。"皇帝大度地道了一声，旁侧的江心月与几个宫女内监便上前扶住皇帝起身，要去后院更衣。

然而还未等皇帝离席，突地竟有一块烧着的铁块砸过来。皇帝身侧的数名内监都不是一般的内监，一名五指套着铁甲的精干武力内监立即一拳上去，准确地砸开了来犯之物。然而，接下去却有倾盆大雨一般的烈酒从旁侧浇上来，是那些手捧酒缸的北地仆从，他们带来的酒缸多达上百口，方才斟酒只用了一缸不到，剩余的百缸烈酒均被浇在了大周嫔妃与外臣的席位上。

官员嫔妃们均是狼狈，很多的酒缸几乎是从头浇下，一个个湿淋淋的，如落汤鸡一般。大殿之内，霎时响起了此起彼伏的尖叫声与"护驾"的声音，近在眼前的神龙卫如潮水般涌动着上前，要拿下那群北地人。

"不，不要管那些人，快护驾，护送朕与德妃出去……"皇帝大吼道。他上过沙场自有武者的警觉，眼下境况他已然明白了那群北地人要做什么。只是他明白得太晚，在那些人进献烈酒时就该想到的，可他竟被平律王的曲意逢迎冲昏了头脑，当真相信他们的忠诚……

王云海等护卫的内监也十分明白，几个武力内监斩杀了靠近皇帝的北域仆从，又有几人夺下了酒缸，暂时皇帝与德妃的身上还没被淋湿。只是大殿纷乱哪里能够幸免，皇帝本就被丽妃泼了一杯酒，江心月身上也沾了旁人蹭过来的烈酒，虽然因为护卫得力不似那些落汤鸡一般的人，但也是极容易烧起来的。

北地人当然不会放任他们出殿门。已经有越来越多的烧着火的物件砸过来，江心月定睛一看，那些东西竟然是锅子底下燃烧的小灶，是大膳的一道。不仅如此，更多的北地仆从掏出了打火石一类的东西，而大殿内，火势已经随着满地浓浓的烈酒蹿了起来。

一道火焰顺着沾了烈酒的宫绦、梁柱，直直地往房梁上蹿去，气焰冲天。随着这道火墙的蹿起，距离其最近的王修仪竟然被烧成了一个火人，她在浑身的火苗跃动中声嘶力竭地尖叫着，疯狂挥舞着手臂奔逃，却将更多的人身上沾惹了火焰。江心月是手无缚鸡之力的女子，她捂着嘴巴看着眼前这一切，眼前人头攒动，大殿内无数的男臣女眷都在冲撞、尖叫，人人都明白发生了什么，人人都在不顾一切地朝大殿外奔逃，然而他们哪里逃得掉，他们的衣衫上都被烈酒淋了个遍，一沾上火星子就着起来了。

江心月已经被惊骇与恐惧占据了全身，但她仍然保持着理智与宫人们一道护卫在皇帝身侧。她知道身为妃妾的她只是皇帝的奴才，她不能独自逃命，否则即使她活下来也会被处以大罪，下场更为惨烈。一只被打火石点燃的木制食盒从空里掉下来，往皇帝头上招呼过来，江心月本着身为奴才的本分，本能地要去为皇帝挡开。

还没等到食盒掉在自己身上，她却发觉头上被一只手掌按了下去，她当即被按倒在地。她抬眼，却看到皇帝把她死死地摁着，一边怒道："你个蠢货……"

同时那只食盒从二人头上飞过去，被皇帝身后的神龙卫统领寒英一脚又踢了回去，落在一位北地藩王的席位上。那个藩王身处前席，也免不了被酒淋到，他转瞬间与王修仪一样成了一个火人。

江心月张大了口，喃喃道："皇上与寒统领身手敏捷……"

"给朕闭嘴！不要乱动！"皇帝气急败坏地朝她吼道，同时将她摁得越来越死，一只大手将她的两只臂膀扭着，她只觉得胳膊上的筋骨都快被他扭断了。

混乱不堪。皇帝本想快速从殿门出去，然而他的位置是大殿最靠近里头的地方，前方已经形成了火墙，人又太多，根本不可能硬闯。护驾的人只好拥着皇帝朝大殿后头没有被酒浇到的角落里退去，皇帝的手里则拽着江心月。

寿安侯等臣子们此时不敢独自奔命，均至后头来护驾。但北地人使用火攻，他们都处在火海中，身上沾了火的人若是赶过来反而会害了皇帝。大乱之下，皇帝眼见短时间无法逃脱，便命令先斩杀北地人，因为他们仍在源源不断地制造火焰。

刀剑开始碰撞，平律王以拳脚打杀了一名神龙卫后抢下他的佩剑，执剑混战在人群中。殿内越来越乱，被砍杀、被烧死的尸体躺倒在地上，火势也越来越猛烈，几乎封住了大殿的出口。

殿外"走水"的喊声由远及近，一桶一桶救火的水泼进来，却压制不住火势。殿内的臣子早已顾不上救驾了，嫔妃们更是吓得肝胆俱裂，他们没命地从殿门处奔逃出来，不少人却已经被烧伤，浑身血肉模糊，惨烈无比。

皇帝在大殿的最里头，他身侧有里三层外三层的神龙卫与宫人保护，看着好像安全，然而却是十分危险。火势蔓延的速度太快了，江心月从来没有经历过火灾，她直到今日才知道火的速度有多么快。从起火到整个大殿陷入火海，只用了一盏茶不到的时间；而前方的一道火墙顺着地面泼洒的烈酒朝他们这边扑过来，已经快要吞噬她与皇帝了。

"大殿另有旁门，去那边……"皇帝一边下着命令，一边拽着江心月。王云海是扶着皇帝的人，他看到皇帝这个样子便上去抓了江心月的胳膊，道："莲德妃娘娘，您别这么贴着皇上啊，您这样皇上的速度会很慢的。"

江心月自然明白他的意思。王云海唯一的主子就是皇帝，在他眼里皇帝的命比她这个嫔妃的命要值钱百倍。她便用力想去挣开皇帝的手："皇上，放开臣妾，臣妾会拖累皇上。"

然而手上却被按得更加紧了，她动弹不得，仿佛是被皇帝押解着的犯人。皇帝虎着脸喝道："你给我老老实实的，再敢挣脱……"

江心月被他阴冷的脸色吓到了，不敢再挣扎。皇帝又转向了王云海，吼一声"闭嘴"，便再无人敢说什么了。

大殿已经开始坍塌，一根硕大的龙柱轰然砸在地上，当场砸死了一名臣子，也砸得大地震颤，人心慌乱。江心月竭力抑制着恐惧，她知道今日凶多吉少了，但是她不想死，那是人求生的本能。她与皇帝艰难地往出口逃去，他们不仅要躲避火焰，还要躲避北地人的攻击，还有随时会坍塌的梁柱。

很多人与皇帝一样选择了从侧门逃命。江心月眼前一晃，便看到了一个紫色的倩影从面前晃过去，那个女子灰头土脸地疯狂奔逃着，正是惠妃。她一个人往侧门逃命，然而江心月知道她的两个兄长在片刻前已经逃了出去，没想到他们却没有管她。

平律王执剑朝皇帝冲过来，他们最终的目的是弑君，当然不会仅仅满足于杀几个嫔妃臣子。惠妃一声惊呼之下，平律王已经到了她的面前。平律王已经杀红了眼，看到她的身后就是皇帝，便举刀想一并杀了惠妃再去杀皇帝。惠妃也是他必须要杀的人，因为她的父亲寿安侯杀了太多的北域兵马。

寒英本着神龙卫的职责，便令两名下属上前援救惠妃。然而皇帝当即喝止住了他们，不远的前方，惠妃绝望地望着这边不肯出手相救的皇帝，她的腹部已经被刀剑刺穿。

江心月眼睁睁地看着她倒下，她死前死死盯着皇帝，直到皇帝对她说出一声"放心"，她才安然闭目。她明白他的那句"放心"是指他会好好照顾悯郡王。

皇帝到了这种时候仍不忘杀戮。江心月知道惠妃一死，姚家在宫内就没有希望了，这也是一种打压。

转眼间平律王已经到了跟前，他涂满了鲜血的刀刃又砍杀了皇帝身侧的一名神龙卫，接着直直朝皇帝刺去。然而皇帝身边的心腹护卫太多，他显然不是对手，几个回合下来就被寒英砍中了脖颈，不甘心地大睁着眼睛倒下。

皇帝身前又是一根大梁坍塌下来，幸好皇帝与江心月都没有被砸到，王云海急得都有些慌乱了，领着一众武力内监拖着皇帝朝角门那边跑。然而此时竟然从侧面新来了五六名扛着酒缸、捏着打火石的北域人，一个个的目露凶光，颇有破釜沉舟、宁死不退之势。他们的身前，恰恰是一身华服宫装、身量纤纤的丽妃，她指着皇帝，大喊道："都给我上，杀了大周皇帝，为我们的国家报仇！"

江心月愣愣地瞧着她，仿佛不相信这个女子能喊出这样一番话来。她早该想到的，北域人最是倔强有血性，丽妃也是如此。她再如何年幼、如何柔弱，即便成为国家的牺牲品也不会背叛自己的国家。丽妃看到了她，突地苦苦一笑，以口型对她说道：

"对不起。"

江心月是她在大周后宫里唯一的朋友，然而国破家亡的仇恨容不得她心软，纵然江心月今日可能会死，她也必须制造今日的灾难。

北地人一个个的不畏死亡地上前，一缸烈酒从天而降，几名武力内监将皇帝与江心月往前一推，他们自己的身上便被浇上了酒，然后就烧了起来。剩余的护卫拥着皇帝继续往角门奔去，丽妃急急地喊着："他们要从那里逃，封住那个出口，一定要杀了大周皇帝！"

江心月脚下突地一滞，不想自己的宫装裙摆太过繁复，缎带竟然缠住了脚使得她跌倒下去。她再次爬起来的时候，脚上已经疼得撕心裂肺，定是崴到了。心里不禁又急又慌，不想越是要逃命的时候越是出事。拽着她的皇帝忙俯下身来问她怎么了，她眼中因疼痛而闪着泪花，她忍着疼，道："臣妾的脚扭了，跑不动了。请皇上不要管臣妾了，时间紧迫……"

皇帝定定地看着她，面色闪烁不定。突然，他抓着她的手将她往后一推，冷冷地道：

"那你就在这里待着吧。你太拖累朕了。"

江心月不可置信地看着皇帝一张冷冽的面孔，只觉得身上的血液都冷了下来。她喃喃地道："你不是说喜欢我吗？你就是这么喜欢的……"

她方才嘴里说着"请不要管臣妾",其实心里万分希望皇帝能够救她。从起火到现在,一直是皇帝在抓着她的手,虽然被抓得很痛,但她很喜欢这种感觉,这种在绝境中不孤单的感觉。她发现她对郑昀睿的喜欢是有些渴望的,她渴望被喜欢,被保护!尤其是她知道郑昀睿为她做了那么多,付出那么多之后,她的内心都有些动摇了。

然而……然而此时此刻,这个浑蛋竟然要抛下她……这浑蛋,浑蛋!她方才竟然还傻傻地以为郑昀睿会救她出去?实在是太傻了!

"朕再喜欢你也要考虑朕自己的生命!你看如今的境况,朕带着一个行动不便的你怎能逃生?朕是这大周的皇帝,朕还有千万的子民,朕要惜命。"皇帝一边往前行走,一边头也不回地说着。

惜命……江心月恨得牙根痒痒,她早就应该知道,郑昀睿这种自私自利的小人怎么可能真心地喜欢她?他这辈子只喜欢他自己!

"浑蛋,浑蛋!"江心月低低地自语。她不敢大声说出来,因为今日即使是死了,日后她的三个孩子也要倚仗郑昀睿才能在宫中活下去。然而她是绝不想死的,她在皇帝身后一瘸一拐地扶着柱子走,她咬着牙,她不能死在这儿便宜郑昀睿这个浑蛋!她还有媛媛,还有润儿,还有翊儿,她要活下去,让郑昀睿看着她好好地活下去!

然而此时却有一道身影从身侧扶住了她,继而将她猛地向上一提,她便被扛在了一个人的肩头。她惊呼一声,一看之下才发现那人是寒英。寒英喘着粗气,坚定地道:"娘娘别怕,您既然是菊香的主子也就是微臣的主子,微臣会带您出去。"

第
六
十
四
章

走
水
二

　　"你……本宫在此谢过……"此时此刻，江心月心内也坦然了——皇帝
无情，但她有自己的势力！寒英是喜欢菊香的人，寒英会帮她，这就是她
自己的势力！没事的，没事的，没有皇帝，她一样可以活下去，她从来就
是个能够自己走下去的女人！

　　可是，寒英扛着她并没有跟在皇帝的身后，他转而朝另一个角门奔跑
过去。那个出口距离此地较远，江心月觉得很奇怪，她奇怪寒英为何舍近
求远，然而下一刻……

　　下一刻，随着丽妃的一声大喊"烧掉那里，那个房梁就会掉下来"，那
几个北地人已经冲向了皇帝所奔向的那个角门处。霎时，冲天的火焰蹿了
上来，整个角门轰然坍塌。江心月的面前是一片尘土与燃烧产生的浓烟，
浓浓黑雾中面前的一切都模糊不清，她看不见，只能听到四周有此起彼伏
的尖叫声。被房梁砸到的护卫们大声呼痛，更多的护卫则在喊着："皇上，
皇上，您在哪儿呢！快来人啊，皇上出事了……"

　　江心月知道，皇帝所奔向的那个角门处吸引了丽妃所带领的北地人，
他们烧了一截摇摇欲坠的房梁想堵住出口，然而……然而如今，恐怕皇帝
不是被堵住了，而是被压在房梁下了……

怔忡的瞬间，突然有一丝清明涌进脑中，郑昀睿他……

是啊，郑昀睿是北域人最终的目标，而江心月的生死对他们来讲无关紧要，甚至因为有丽妃在，只要可以，他们就会放过江心月。

可是若江心月与皇帝在一起，那她的危险就大多了。

江心月睁圆了双目看着眼前角门坍塌的惨象，突然声嘶力竭地喊了起来："郑昀睿你这个浑蛋啊！你真是个浑蛋，你这杀千刀的，你除了骗我还会做什么——"

浑蛋，他是要用自己的命来换她的命吗？这杀千刀的，这算什么啊！她刚才真是被他气糊涂了，竟然真上了他的当以为他要惜命……寒英来救她的时候她就应该想到，寒英是皇帝的心腹，他即使是菊香的夫君也不可能抛下了皇帝去救她，除非他是受了皇帝的命令！

她在寒英的背上挣扎起来，一边高声地呼喊着："放我下去，我要去找他！郑昀睿——你应我一声啊！你是皇帝，你怎么可能死呢？你怎么不应我一声？你在哪里啊！"她又扑打着身下的寒英，骂道："你怎么不去救皇上！你若敢不去，本宫出去了就罢你的职，本宫会狠狠处置你！"

"娘娘，您别乱动了，微臣要送您出去。"寒英死死地摁着她，不肯让她由着自己的性子做事。

寒英与王云海是不一样的，虽然同为皇帝的心腹，但是寒英是行伍出身，他身上更多的特质是服从，而不是如王云海一般看到皇帝的行为与自己心中的想法不一样，便要劝诫。所以当皇帝命令他"不管发生了什么都要把德妃带出去"的时候，他便只记住了这句话。

当时皇帝的命令不容辩驳，他本还在犹豫，但皇帝说："如果德妃死了，朕会生不如死，那滋味比死还难受。"他那时候便理解皇帝了。他也有爱的人，他比王云海更理解那种感觉。

那个坍塌的角门已经燃烧起来，空里只能听见"噼噼啪啪"的木材化为灰烬的声音，那声音太恐怖了。江心月眼前一片火热，她被寒英钳制着下不来，她因为绝望而泪流满面。她仍然在喊，可是一直没人来回应她，最后她心里都崩溃了，只不断重复地喊着："你这杀千刀的浑蛋……"

喊着喊着，肩膀上却突地一痛，意识便开始模糊。该死！她被寒英打昏了！寒英出奇的冷静，他再没有说话，只是扛着江心月在黑烟滚滚视线不清的大殿内摸索着出口。很快，寒英三两步蹿出去，江心月在迷蒙之中只觉眼前一亮，她已经获救了。

她被寒英打中了穴位，所以失去了知觉。但她并没有受伤，她在启祥宫的床榻上悸动不安，昏昏沉沉之中，她的眼前依旧是大火与浓烟，然后房梁"轰隆"一声砸下来，那个角门就坍塌了。

塌了，塌了……她喃喃地喊着："你在哪儿呢？你为什么不应我一声？"

她在昏迷不醒的黑暗之中拼了命地要往前冲，她想过去扒开那些废墟，她在一片浓烟滚滚中摸索着前行。可是，可是走了很远，她都没有到达角门，仿佛有魔鬼拖着她的足下一般。她哭着，喊着，越来越绝望，突地一阵火光在眼前一闪而过，她定睛一瞧，竟然是一个血肉模糊的人站在她面前。她吓得尖叫一声，那噩梦也就清醒了。

短短的两个时辰之后，她便腾地一下从床上坐起，胡乱抓了一只搭在她床榻边的手，瞪着眼睛问道：

"皇上呢？"

她从未感觉如此恐惧。梦中的那个血肉模糊的男人是什么意思呢？不可以，不可以那样……

那个被她抓住手的人是菊香，她又惊又喜地道："娘娘醒了？您没事实在太好了。"

"我问你皇上哪去了？那个杀千刀的，他在哪儿啊！"江心月大力摇着她的手，惶急道。

菊香惊得想捂住她的嘴，道："娘娘您怎么能辱骂皇上呢！"

"本宫就是要骂！要是他死了，本宫从今往后天天挂在嘴边骂！本宫要辱骂得他在地底下都不得安生！"江心月的泪已经流淌下来，她一边抹眼泪一边恨恨地说着。

"娘娘，您说什么傻话？咱们皇上怎么会死？"菊香摇着她的肩膀，笑着道。

一阵狂喜的感觉从天而降，那感觉仿佛是人生中最贵重的东西失而复得一般。她在大火之中绝望得连心神都崩溃了，她不知道若那浑蛋死了她该怎么办，那角门烧起来的时候她只觉得天塌了一般。而此时此刻，她怔怔地张大了口，问道："真的没死？"

"没有的事，皇上只是受了点伤……"

"什么？他伤了？"江心月大惊，又猛地从榻上下来，顾不得梳洗，一个人跌跌撞撞地往殿门处走去。她要去找他，她要去看看他。

菊香急忙小跑着跟上去，一手扯了江心月的臂膀道："娘娘您别急啊，娘娘您脚扭了不能这么跑……"

此时此刻江心月哪里顾得上脚，她忍着痛跨过门槛，一边走一边抓着菊香的手急急地问道："他是怎么伤了？是被房梁砸到了吗？是被烧伤了吗？"

"不是的，只是受了轻伤。"菊香摇头道，"皇上本来是安然无恙地出来了，那个门虽然塌了，但皇上恰巧在那些梁木的缝隙里，皇上是天佑福泽的人，一点事都没有。角门外的宫人很快就将皇上救了出来，等那角门全烧起来的时候皇上也早脱身了。"

"那他是怎么伤的？你快点说啊！"

菊香却是掩着嘴笑了，一边笑一边道："啊呀，这就是个奇事了。皇上出来之后，宸妃娘娘就在不远的地方。宸妃娘娘趁着皇上不注意，竟然上去一脚把皇上踹出去了。宸妃那脚力真不小，所以皇上受了点皮外伤。"

大周明德朝的宸妃是史上唯一对皇帝动手的嫔妃，而且是下了狠手。听闻当时的宸妃踹完之后，撂下一句话，说："你在本宫眼里就是一个人渣"。之后就在拓跋家几位将军的掩护下从宫墙处逃了出去。

拓跋家在宫内有些势力，当时交泰殿走水，满宫太过混乱，所以宸妃轻易地逃出了宫。而皇帝当时被踹倒的样子相当狼狈，没被北域的刺客打伤反而被嫔妃踢伤这样的事传出去又太过丢人，所以他当即下令封锁消息。如今除了江心月与菊香这样的人，整个天下的人都知道皇帝是被刺客袭击而受伤。

宸妃的冲动丝毫没有牵连到拓跋家，因为拓跋凌风是大周最大的功臣，皇帝不能拂了拓跋家的颜面，又不能将宸妃的行为公之于众，所以此事不了了之。而宸妃本人出宫之后，便在大周销声匿迹，无人知道她究竟去了哪里。所以最后宸妃反而被正史记载为"在交泰殿大火中丧生"。

　　当然这些全都是后话。此时江心月只知道皇帝受了伤，即使是轻伤她也迫不及待地要看到他。菊香拗不过她，只能命人抬了步辇过来将她扶上去，往乾清宫的方向快速行去。

江心月闯进乾清宫的时候，大殿四门紧闭。乾清宫的宫人们并未上前阻止她的闯入，而是有几个内监飞奔向大殿龙吟殿处，想要禀报。江心月比他们还着急，她没有按着规矩在宫门处停下轿辇，反而令人一直抬着她行至龙吟殿的殿门处。

她下了轿辇，刚刚想要推门而入，不想那殿门自己打开了，里面站着的人正是皇帝。

她大吃一惊，再次见到活生生的他，那些惊喜夹杂着复杂的情愫一齐涌上来，她只愣愣地呆在原地，连话也说不出了。

其实想一想，皇帝只是被踹了一脚，有武艺在身的他能有什么事？只是她抵不过内心的担忧，心里全是他一副被烧伤、砸伤后血肉模糊的样子，直到真正看到郑昀睿依旧丰神俊朗地站在她面前，没掉块肉也没少块皮，她才真正放下心来。

皇帝伸手拉了她进屋，回身又关紧了房门，将其余不相干的人全都隔绝在了外头。

皇帝抓着她的肩膀，一时之下也不知说什么好。他早已得知江心月无事，他也想像她一般急不可耐地亲自去见她，但他却更想让她主动来找自己，就像如今这般。

江心月定定地瞧着他，也忘了行礼，只问道："皇上没事吧？"

郑昀睿"嗯"了一声，道："朕一直在这里等着你来。你总算来了。"他放下抓在江心月肩膀上的手，又道："你在交泰殿里一直喊朕，你都喊了些什么？"

江心月一愣，怎么问这事……在交泰殿里喊了什么？她喊出来的那些话哪里敢再说一遍？此时她心下突地又生恼怒，郑昀睿难道要计较她当时的失言么？

她诺诺地低下头，声如蚊蚋："臣妾当时急糊涂了，现在清醒过来，早就忘记了当时的话。"

"嗯？忘了？"郑昀睿玩味地笑起来。他抬手捏住江心月的脸颊，贴近了她的面，威胁道："朕可是记得清楚！你要让朕亲自来说出你的罪过吗？"

江心月冷不丁被他吓出一身冷汗，无论如何，这个男人总是令她畏惧的。她无奈，只好硬着头皮道："臣妾有罪，臣妾说……皇上是杀千刀的……"

"嗯！"郑昀睿突然兴奋起来，他趁势在江心月的面颊上咬了一口，道，"你这话真好听！"

"啊？皇上？"江心月彻底傻眼了，她喃喃地嘟囔着，"你个杀千刀的……"

"你不知，宫外的寻常百姓家，妇人都喜欢说这句话。"皇帝欢喜道，"那些大户人家，规矩多，女眷对夫君言听计从、低眉顺目，多无趣！宫里就更憋闷了。还是寻常百姓家的日子舒心。"

他说着将江心月打横抱起，直直地奔进内殿里，将她扔在龙榻上。江心月的臂膀被他的两只大手压着，身上动弹不得。她撇着嘴瞧他，却不知哪儿来的勇气，突地抬手捶在他的肋骨上："你就是个杀千刀的！"

皇帝听了还是高兴："随你怎么叫。"

"你就是该骂！你说，在交泰殿里的时候我一直叫你，你为何一声也不吭？我知道你明明在那角门的缝隙里头。你好歹告诉我一声，说你没事啊。"江心月又捶了两下。郑昀睿的手按在她的胳膊上，她抬起手只能捶到他的腰间，若不是被按着，她定要捶到他心窝子上才解气。

皇帝却是笑了一声，觍着脸道："你在里头一直喊，你那时候说的话，我这辈子都会记得。那些话……实在太好听了。我就想听你一直说下去，当然不肯应你了。"

江心月顿时发怒，拧着眉道："你又在戏弄我！你在那里听着我的话心里偷着乐，害得我以为你出了事。你就知道骗我，吓我！"

皇帝仍在傻傻地笑着，他听到那些话时自己还在缝隙里并没有出去，可是他那时候就想，就算当场死了也是无憾了。江心月一直在喊他，最后还是一边哭一边声嘶力竭地喊，他心里偷着乐的同时也在算计着——就让她以为自己真的出了事，让她体会那种失去的感觉，只有这样以后的日子她才会更加在乎自己……

他乐呵呵地笑着，腰上不知怎的又被捶了好几拳。江心月怒视着他，噘着嘴道："你实在太可恶了！你骗我，你说你要抛下我，可是你却自己去引敌。你这个骗子！"

直到现在，她想想当时的情况仍是后怕。房梁掉下来的时候皇帝是被卡在缝隙里的，最后毫发无伤。可是……若是那些横木稍稍偏移一点，他不是就会被砸到吗？随后那地方就烧起来了，若他出来得慢一点，不也就烧到了吗？

她上头压着的身子慢慢地靠近了她。她感到那身子很热，她自己的身子也是火热……

交泰殿走水是明德朝的大事，三藩王谋反、北地另立藩王，经此一事明德帝对北地的操控愈加严厉。丽妃葬身火海，三藩王中唯一存活的一个则被凌迟，以儆效尤，以申龙威。

封后的旨意是第二日下来的。惠妃遇刺身亡之后，后宫内就只剩了一个莲德妃，她为皇后众妃都没什么异议。只是朝堂之中有些波澜，大部分的反对者都道"江氏出身不足"。

第三日，皇帝提拔了江荀为大理寺卿，由此，江家才算得上有头有脸的大族了。

皇帝本还想给江家什么爵位，但被江心月阻止了。她明白江荀的野心，江家人又不是她真正的亲人，她用不着考虑什么"光宗耀祖"。

这些年来，皇帝手中的权势不断膨胀，等到如今拓跋凌风战死、惠妃遇刺，姚家与拓跋家已经不似以往风光惹眼了。而朝中年轻的新臣子们均是皇帝一手提拔上来的势力。所以，皇帝的心意已决，以岳建充为首的臣子便大力支持，其余反对的人也无力转圜了。

明德十三年四月初十，莲德妃封后。

册封的仪式十分烦琐。天还未亮的时候，江心月就被菊香一众唤醒，仔细地梳洗上妆。皇后的凤袍、凤冠、朝珠、朝褂套在身上，压得她脖子都快断了。

外头的一切早已准备停当。銮仪卫陈设法驾卤簿于太和殿外，陈设皇后仪驾于宫阶下及宫门外；乐部将乐器太和殿外；礼部鸿胪寺官设节案于太和殿内正中南向，设册案于左西向、宝案于右东向、龙亭二座于内阁门外；内监设丹陛乐于宫门外、节案于宫内正中，设册宝案于宫门内两旁，东西向，设皇后拜位于香案之南。

十六人抬的凤辇上坐着明德朝第四位皇后江氏。凤辇先至太庙，礼部官自内阁捧出金册、金宝及宣读册文、宝文。以礼部官十人为前导，礼部侍郎捧节、銮仪卫抬亭，由中路入太和门，至太和殿阶下。

再由内阁、礼部官手捧金册、金宝，由中阶进入殿和门，将节陈设于中案、册设于左案、宝设于右案。设毕退出。

随之，正副册使祗俟于丹墀东、卤簿之南。大学士一人立殿东檐下，西面宣读制文；其身后之鸿胪寺官举册、宝案；内阁、礼部官分立东西檐下，东西面为身着朝服的王公、百官。

第六十六章 三

封后（二）

当江心月疲累地支撑着沉重的头冠出现在金銮殿上时，皇帝已经从龙椅上站起了身。只见发髻上十六支大拉翅凤钗上凤首衔东珠，三寸长的流苏垂至她雪白的颈上，只有凉而滑的感觉。凤冠很重，凤袍也很重，身后大红的后裾委地至一丈长短，被两名姑姑捧着。她一步一步地踏着脚下柔软的红毯，今日的装束上就连锦履都是充满了重量的，抬脚之间都要用力。她浑身上下都承受着重压，但是她明白，这些压力只是一个开始。

面前的男人站在高高的御座前，他也是一身最为庄重尊贵的龙袍，龙威赫赫，俊朗无双。然而一刹那间，他突然从龙椅上走下来，走下来。他走到大红台阶的下方，朝着她遥遥地伸出手来。

这个场景何其熟悉。那些时候，他总是喜欢在启祥宫里等着，他总会站在莜月殿的殿门前，迎着从南至北的日光站立着，朝她伸出手。

而这一次……这一次……

金銮殿东西两侧的阁门是敞开的，所以那些明朗的日光依旧从外而入，照在了皇帝的面额上。他一直伸着手，微笑地伸着手等待她。

这一次她是他的嫡妻了，而不是妃妾。她是他名正言顺的正统的妻。

突然之间江心月做出了决定——

因为这个出现在她生命中的阳光下的男子，她可以冲破那些固执，与他一同走下去了。

遥远的记忆中有无限的哀伤，那是她错误的十多年里的伤害，然而这一切都能够放下了。她还有将来，还有无限的可能。

将来是什么样的呢？她不知道，但她明白那是母仪天下的将来。那是一个沉重的担子，但，或许在这个专情男人的支持下，一切沉重都会不再沉重。

她尽力挺直了上身，支撑起凤冠的沉重，一步一步地朝那个男人走去。

其实，封后大典时皇帝不需要起身相迎，只需坐在龙驾上等待即可。能够让帝王步下台阶相迎的皇后，整个大周也只有高祖皇帝的长孙皇后了。

金銮殿两侧的文武百官均愣愣地看着眼前的皇后江氏。他们终于明白这个女子在皇帝心中的分量了。明德帝曾经与三位女子一同站在这里，然而这一次不一样了。帝王眸中的缱绻与深情定定地盯在皇后江氏的身上，这个冷漠的王，终于还是动了情啊。

越来越近。终于，江心月的掌心内传来熟悉而缱绻的温暖，是郑昀睿握住了她的手。手上的力道越来越紧，她抬头撞上他的眸子，只看到他孩子般地一笑：

"我终于得到你了啊。"

她委实不客气地将他的手往自己身侧狠狠一拉，也笑道："我也得到你了！"

原来真心的喜欢会让人变得霸道。不知不觉中，郑昀睿在江心月眼里已经成了旁人不可染指的珍宝。她得到了他！他是她一个人的！

他执着她的手站到了高台上。帝后二人的身形相合，皇后容色艳丽无双、端庄大气，皇帝长身玉立、俊朗明媚。一红一黄的身影交织，仿佛有无数的光泽从二人身上升腾而起。

堂下的满朝文武纷纷跪地，山呼万岁、千岁。那声音当真地动山摇，因为大殿外头还有数千的大小官员，这样淹没如潮的声音之中凸显的是明德朝第四位皇后、明德帝一生挚爱江氏的尊荣。

朝见的这一环节完成了。皇帝看到江心月被凤冠压得脖子都直不起来，不禁心疼道："很重吧？"

　　"太重了！"江心月稍稍晃了晃脖子，却没办法在众目睽睽之下抬手去捏揉。皇帝思忖了一会儿，道："我有个办法，来，你把头靠在我肩膀上吧。"

　　江心月有些迟疑："皇上，那样子……太不庄重了。"

　　"管那些做什么！"皇帝笑道，一边动了动自己的右肩膀，示意江心月靠上去。

　　江心月想了想，最终抵不过头上的重量靠上去了。面前的臣子们立刻对这二人射出惊讶不已的目光，皇帝却颇享受地道：

　　"这样真好。我们紧紧地挨着，真好。谁敢说我们今天的样子不好看，我定饶不了他。"

　　江心月"扑哧"一声笑了："嗯，我们这个样子最好看。"

　　她此时此刻只觉得是郑昀睿在帮她承担重量。这种有支撑不孤单的感觉，真好。

　　原来两个人一起走是这么好的事啊。

　　之后焚香、叩拜先祖、祭祀天地，种种的仪制一直持续到黄昏。其中大宴本应设在交泰殿，但交泰殿在十数日前焚毁，想要重建完成至少是几月之后了。结果在皇帝的旨意下，晚间的大宴竟然设在了太和殿——便是别称"金銮殿"的皇帝早朝的大殿，也是整个宫内最尊荣的举世无双的场所。

　　用膳毕后，朝臣们告退，江心月小声嘟囔着"终于结束了"。然皇帝却在侧偷着捏捏她俏挺的小鼻子，笑道：

　　"还没完呢。"

　　江心月吓了一跳："还有什么礼制啊？我的脖子真的要断了！"

　　她朝四周一望，果然执礼的礼官都没有退下。从人群中走出一个身着喜服的嬷嬷，她至江心月身侧，谦恭道："娘娘，请随奴婢至暖阁更衣。之后的礼制是最重要的，是您与皇上的洞房合卺之礼。"

　　江心月惊骇异常。她转向身侧的皇帝，怔怔地道："臣妾是继后……"

的确，无论是皇家还是普通的人家，继夫人都是无需行洞房合卺之礼的。但是在百姓间，即便是迎娶小妾也会简略地行一下洞房礼仪，夫妻二人拜天地，拜高堂，最后送入洞房，是人世间最美好不过的事。自然原配嫡妻的礼制会比侧室更为烦琐庄重，但是侧室若被升为正室，这个礼制是无需再重复一遍的。

可是最悲哀的是，在皇家，作为侧室的妃妾们根本无法拥有这样的美好。她们人生中最重大的洞房之日，便是被两个大力内监卷在锦被中扛着，如货物一般地运送到皇帝的龙榻上。

皇帝突地双臂张开，狠狠地往前一抱将身侧的女子环在了身前。他温热的气息喷在她的耳垂上，喃喃地道："我要给你最好的。只有你是我的妻，其余都不是，原配上官氏也不是。"

反正现在没有成百上千的臣子在眼前，抱就好好地抱吧！他都等不及了。

几个礼官想上前制止，但均被明德帝给瞪回去了。

其实，洞房合卺之礼是人生中最重要的礼仪。作为继后，封后大典的整整一日礼制繁复、庄严、尊贵，且要接受百官朝贺，第二日还会接受众妃与众命妇的拜见。然而这一切所谓的尊贵，都及不上一个洞房来得实在！

再尊荣又有何用呢？真正幸福的女子一生所求怎会是地位与权势？只有夫君的情爱才是女子能够得到的最美好的珍宝。

江心月在又惊又喜的怔忡中，乖乖被几个嬷嬷带进了后头的暖阁。出现在她面前的是——果然，是一幅大红的喜帕，还有一道红绸所制成的"红线"。她愣愣地傻笑着，由几个嬷嬷为她盖上喜帕，在腰间系上红线。眼前的视线被完全遮挡住，手臂上便有人扶住了她。那个人凑近了她的耳边，小声道："夫人——"

"菊香？怎么是你！"江心月惊异。封后大典太过庄严，所有服侍江心月的宫女内监全是宫内最有资历、有头脸的人，菊香年轻，还轮不上的。

菊香在她耳侧笑道："按着民间的规矩，只有贴身的丫鬟才能送新娘子进洞房，不是吗，夫人？"

夫人？这个称谓落在江心月耳中，她只觉浑身一阵温暖。

她缓缓地抬脚迈步，由菊香引着小步前趋。跨过门槛时，她感觉腰间一动，她知道那红线的另一头定是被系在另一个人的身上了。

参拜先祖、祭祀天地已经完成了，所以郑昀睿直接与她进行了夫妻对拜。江心月的面前被大红喜帕遮挡着，她隐约听到不远处有窸窸窣窣的声音，她知道那是龙袍与地面摩擦的声音。

她心里突突地乱跳，她很想看郑昀睿对着她下拜的样子，可惜被这喜帕挡着看不见了。她知道这一个过程在迎娶原配皇后的时候都是绝对不会出现的——皇帝是九五之尊，他与普通百姓怎能一概而论？他是不可以与皇后对拜的。

好在礼部那些迂腐的文臣们都被遣退了，剩下的人都是郑昀睿的心腹了。郑昀睿这一步完全是偷偷摸摸进行的，否则他会被臣子们的口水淹死。

起身后，她伸手握住了自己身上的红色缎带，手上有些许的力量在拉扯着，她知道，那是另一头也被人拽了起来。

一道道的台阶、门槛在脚下慢慢地走过，她与郑昀睿走向他们的喜房。跨入龙吟殿时，她隔着喜帕也能感觉到眼前突然亮起的红色光泽，是龙凤双红烛，大大的如婴儿手臂粗的两支烛火，点在龙榻的两侧。

那是多年前，她带着满腹的委屈与隐忍被几个内监扔在龙榻上，用媚惑之姿取悦面前至高无上的男人。那个时候他如面对一个玩物一般破了她的处子之身，而她也是如同面对一个工具一般，百般逢迎只为了自己的利益，还有不可告人的谋夺。

五年过去，如今这个迟来的洞房花烛夜算不得圆满，却令她万分满足。

"喂，你在犹豫什么呢？快挑喜帕啊！"她轻轻地用脚碰了碰身边的人。

"我……有点紧张啊。"那男人吞了吞口水说道。

"呵，你还紧张？快点啦！我的凤冠很重，还有，我很着急啊。你不急吗？"

"唔，我也着急。"皇帝诺诺地道。下一瞬间，江心月的眼前一亮……

皇后封后，后宫也有了些变动。

明德十三年五月，帝诏告天下，立皇后嫡子、四皇子怀润为太子。

皇后、太子位定，后宫也少了波澜，觊觎权势之人不再动荡。三皇子无人再争夺，只交由良妃安心地抚育。

另，皇后改宫制，废数十种酷刑、惩罚，立制命"废除嫔妃在帝崩后殉葬、削发为尼等"，一应宫制深得人心，另有数位嫔妃晋位，等等。

凤昭宫果然是凤位之地。这里的每一个屋子都很大，宽敞明亮，气宇恢宏，不是启祥宫能比的。

江心月在这儿住了月余了。她不喜欢过于奢华，所以没有命过多地布置，但是凤昭宫宫殿的气度天成，即使不奢华也是璀璨夺目的。

此时她刚刚接受了几位诰命夫人的拜见，那些人都是重臣之妻，不可怠慢的。几位夫人说了半日的话，一一退下之后，江心月方才疲倦地往椅子背上一靠，对着玉红招手：

"快来给我捏捏，一上午正襟危坐的，腰都快断了。"

玉红手脚麻利地上前来，几个伶俐的小宫女也立马跪在皇后的身侧为她捶腿。一个二等宫女一边捏着一边抱怨道："娘娘真是辛苦，夫人们的话也太多了些，前日朝见，今日又来拜见。"

江心月抬手点了一下那宫女的额头，佯怒道："夫人们也是你能议论的吗？本宫早就说过，如今本宫是皇后，全天下的眼睛都盯着呢。皇后与妃妾不一样，以后说话做事都要万分谨慎。"

那个宫女也是伺候了江心月多年，识礼数懂进退的，这一次忍不住抱怨了一声便被斥责，立即乖乖地闭口不敢再说。

捏了半日，终于腰上不酸了。江心月遣退了几个二等宫女，只剩一个玉红在身边伺候。她抬手抚一抚凤座的扶手，那上面雕着祥云、麒麟、九翟、鸾凤，她抚摸着那些泛着金光、凹凸不平的纹路，突地喉中一叹：

"玉红啊，这凤昭宫的大殿，太大了些。"

玉红随着她的目光环视着整个殿宇，半晌，也是点头："确实太大了。我们站在这儿，面前一大片的空旷，心里都空落落的。"

在她的角度看下去，大殿都显得空旷，在江心月看来就更甚了。因为江心月坐在上首的凤座上，凤座下有三阶汉白玉铺明黄、大红相间的毛毯，凤座高于地面半米多。江心月这样居高临下地俯视着，整个大殿尽收眼底，自然更加的空旷。

大殿的两侧是供贵妇、嫔妃来拜见时的座椅，两列一个一个地依次排下去。过去无数的时光里，江心月都是坐在这些座椅上的芸芸众生中的一人，她向上首的皇后叩拜时总有一种百鸟朝凤的感觉；然而等她坐在了上首，她终于明白那上面的滋味不是威仪与骄傲，而是落寞与沉重。

她想了想，一手搭在了玉红手臂上，愈加落寞地道："连菊香都走了。我们住在这么大的屋子里，真冷清啊。"

"娘娘，您说什么话呢！"玉红笑道，"菊香姐姐是找到了好归宿，可是姐姐也说过了，她会永远保护娘娘。她不在这儿，却牵挂着娘娘。而且，寒统领如今也是最忠心于娘娘了，我们都是娘娘的人，我们不会离开娘娘。"

她回转了眸子，伸手握了一下江心月的手，道："娘娘，我们的凤昭宫从来不会冷清。皇上日日都来，夜里若有闲暇也会来，要么是亲自来接您去龙吟殿里，这些日子皇上就没有召幸过别人。"

想到那个男人，江心月的唇角终于有了一丝笑意。她低了头笑道："是啊，我们这儿，从来都不冷清。"

她是个不一样的皇后，她与那些为了帝王的权谋而被册立的皇后不一样。如果没有皇帝的真心，也就没有这一日一日的留恋与情爱，那她现在会怎样呢？每一日的黑夜独自面对着这样空空落落的大房子？每一日的黎明看着那些昨夜被帝王宠幸的花朵一般的嫔妃前来拜见自己？一年一月地扛着身为国母的重任也扛着夫君的"敬而不爱"甚至是利用与背叛？

她不禁想，那前面的三任皇后都是怎样熬过来的呢？那是多么难过的日子啊。特别是孝贞懿皇后，她与那两位也不一样，她又是怎么过来的？

做皇后与做妃妾，实在是太不一样了。不过幸好，她不是为了权谋为了利欲才做皇后。她只是为了一个人。这样的情分填充了她的前路，一切都不再落寞。

她如往常一般询问了些宫内的近况。玉红一一地答了，道："宫内还是那些事。众人不满柔嫔娘娘的晋位，那几个贵嫔还有王昭容等人都上表了陈情书至皇上那儿了，道柔嫔娘娘出身微贱，按宫制不可为嫔。只是皇上说了，后宫一切事务交由皇后打理。"

江心月点头道："让她们说去。柔嫔都不在乎，本宫也不管她们。"

兰贞是她日后最好的助手，她身为国母即使掌着满宫的权柄也不可能面面俱到。她需要帮手。而兰贞恰恰是个最明白聪慧的人，她即便是知道了皇帝动了真心也甘心辅助江心月。

那是十多日前，江心月得了皇帝的允诺后，下了晋位兰贞为嫔的懿旨。而兰贞，她只是在凤昭宫内笑得直不起腰。她对江心月道：

"娘娘，臣妾所要的不过是荣华富贵而已。"

江心月也笑道："好一个荣华富贵。"

柔嫔这样的女子，万万无法如惠妃一样染指最尊贵的权势，她深深地明白世上不是所有的事都能够强为的，所以那最高的权势她也没有想去抢夺。

第六十八章 三
皇后之路（一）

"这还只是小事。"玉红蹙了眉头，道，"最大的麻烦是，皇上从不召幸其余的嫔妃，只专宠您一人。不说后宫，连前朝都有些躁动了，那些劝诫之言……"

她还未说完，便从外头进来几个内监，是凤昭宫当差的传话人领了御前的安公公进来。小安子笑着上前打千儿，道：

"皇后娘娘，皇上叫您过去呢。与往常一样，您多带些宫装什么的，今夜应该还是会宿在龙吟殿。"

此时的后宫与往日已经大不相同。皇帝即使在白日里也会传召皇后，或者驾临凤昭宫，很多时候皇后在龙吟殿一待就是一天一夜，有一次甚至连宿了三日，住在龙吟殿不挪窝儿。按着礼制，即使皇后有正大光明留宿龙吟殿的权力，这个样子也是不像话了。

江心月稍稍蹙眉，简单地"嗯"了一声道："本宫马上拾掇了就过去。"

凤辇在宫门处静候。宫女们扶了皇后上辇，其身后便举起了明黄顶盖、大红宫绦的华盖，皇后仪仗威仪地一路行去。

乾清宫里一切如旧，甚至江心月对这里的熟悉更甚于凤昭宫。只是今日，龙吟殿的大殿门前多了几位妆容艳丽、身姿娉婷的宫装女子，她们远远地看到皇后仪仗，悉数屈礼下拜。

江心月下辇道一声"免礼"，又问道："你们在此求见皇上吗？"

昭容陆氏是几个女子中位分最高的，她趋前一步答话道："臣妾等正是在求见皇上。可是……"她说着面目中显出一丝隐忍的怨恨："可是王公公传了话，道皇上忙碌，不见后宫。"

她的话说得也明白，皇上不见后宫，可为何偏偏要传召皇后？她身后的景嫔和几个婕妤、贵人均伸长了脖子来看江心月的反应。

皇帝已经晾了后宫女子数月了，后宫因此闹得鸡犬不宁，怨恨与相思满天飞。很多宫妃不甘于此想出了无数的法子，称病什么的是家常便饭，另有重金贿赂敬事房内监与司寝姑姑的、在太和殿下早朝的必经之路上长跪不起的、每日往龙吟殿送吃食珍宝古玩的，等等，不胜枚举。可惜的是，皇帝似乎真的遗忘了除皇后之外的三千佳丽。

江心月对视着陆昭容的面目，一时之下也不知怎样回答。皇后霸宠的事连朝臣们都议论纷纷了，遑论后宫。她干咳了一声，只得道："皇上这些日子的确忙碌，传召本宫应也是为着什么事。"

陆昭容显然不服，想要再说些什么。但江心月身侧的小安子却上前，正色道：

"几位主子、小主，你们怎么还等在这儿？皇上已经说了不见，这就请回去吧。皇上传召皇后娘娘还有正事。"

陆昭容等人见小安子这样，也不好强求，况且皇后的威仪也是不小的。几个嫔妃面上郁郁的，一一转身离了乾清宫。

江心月推开龙吟殿的殿门时，果然见皇帝正闲闲地坐着，手上描绘着一幅"秋松"来打发时光。江心月笑道："皇上明明没事情做，也不请几位嫔妃进来见一面。"

皇帝"唔"了一声，也笑着道："那些女子对我无非是利用，她们博宠，哪个不是为了身后的氏族？我看着都烦。"他抬手对她招了招，令她坐在自己身侧，一手拉住了她的臂膀，道："今日我的事情少，我们来作画吧？你的画艺在我之上，我们俩一起，你拿一支笔，我拿另一支。"

"什么时候，皇上你也由着自己的性子来做事了呢？"江心月说得并不客气，她一手拉着皇帝的衣袖，秀眉微微蹙起，"皇上，你每日总想着和我一起，不论是白日还是黑夜。可是，这些日子为着后宫嫔妃的事，群臣的上表你怎能不管不顾？你甚至将敬事房的绿头牌悉数撤掉。"

不知何时，她与皇帝已经你我相称，皇帝在她面前懒得说"朕"，她在皇帝面前也越来越懒得守礼。只是这一切只能在私底下做，若有旁人在场，该怎样还是要怎样的。

皇帝放下了笔墨，面上也积了几分不快："你要为那些女子说话？你真的想让我去宠幸她们？"

江心月不说话，算是默认了。

"江心月，你知道我的心思。我不喜欢她们。"皇帝握着她的手道，"我去宠幸她们，你不会难受吗？"

江心月苦苦一笑，道："我怎么会不难受。可是皇上，您是天子，我是皇后。您不能专宠，我不能霸宠。这后宫里的每一个女人都不简单，皇上您不能这样晾着她们。朝臣们已经在戳我的脊梁骨了，也在不断地以此事来烦扰皇上，长此以往，后宫与前朝都会出问题的。"

这一次皇帝不说话了。他慢慢地低下了头，道："我很想与你一起，只要你一个……可是为什么做不到呢？"

"当然做不到啊。"江心月的手臂缓缓移上了皇帝的胸膛，她摇头道，"你不仅仅有我一个，还有这个天下。你不去理会那些嫔妃，你逆着朝臣们的意思，这些都是不可以的。你就想想我们的将来，我们的大周天下，皇上你不是要建一个明德盛世吗？你不是要留给我们的润儿一个太平天下吗？你晾了嫔妃们也就晾了她们的氏族，那些臣子们还怎样对您效忠？他们还指望着你宠爱他们的女儿来得到权势地位。"

她继续絮絮叨叨地说下去："还有，皇上如今只有五位皇子，其中两位都是不成大器的。皇嗣方面，仍然不够充裕。皇上，您还要为大周的开枝散叶考虑啊。"

说到开枝散叶，江心月是最为难过的——真正喜欢自己夫君的女子，是不会容忍其余的女子为他生儿育女的。然而她必须容忍，不仅要容忍，而且要做一个贤德大度的嫡母。

皇帝默然不语。半晌，他却突然地道：

"江心月，原来世间最简单不过的心愿却这样难以实现。做一个帝王即使拥有了情爱，也不可能奢求一生一世一双人了。江心月，你不觉得……我在委屈你吗？"

"没有。"江心月极为坚定地道，"在接受封后的诏书时，我已经预料到今日所有的一切。但我……终究抗拒不住你的执着啊。而且我也不会很难过，喜欢一个人就要为他承担重量。皇上，我是皇后，我会支持着你开创这个明德盛世，我会为你打理这个后宫，我会帮你做很多事。我们无法安静地在一起，但是我已经满足了。"

的确满足了。他是帝王，她怎能要求更多呢？爱并不是自私，而是有担当。

皇帝抬眼，用极深邃的眸子瞧着她。终于他紧紧握住了她的手，道："你真好。"

江心月笑出了声。一声"真好"，她再多的委屈也都能承受了。她从广袖中掏出一卷笔墨，展开了放在皇帝的书案上，伸手指着其上的名字道：

"你来看，我都给你圈好了。陆修仪的父亲是北地二品辅政，皇上你前日不还赞赏了此人的才干吗？你第一个就召幸陆修仪吧。北地是一块需要治理的国土，不能没有良臣。"

皇帝不情不愿地点头，嘴里嘟囔道："陆氏那女子……说话的声色太娇声娇气了，我听得鸡皮疙瘩都起来了。"

江心月看他一眼，皇帝触及她的目光，轻抿了抿嘴唇没再说下去。当年的陈氏都能忍，今日的陆氏……不就是说话难听吗？忍就忍吧。

江心月又指了另一个名字，道："这一位景嫔，她的大伯是翰林院大学士，皇上您曾指名要了那位大人，等润儿到了上书房的年纪就另请他做师傅。皇上，景嫔的氏族这段时间还安分吗？若是安分，景嫔也可以获宠爱的。"

"景嫔？"皇帝突地惊道，"几日之前我听闻宫内有嫔妃不小心跌落云梦湖，好像就是这个景嫔！"

"正是她。皇上，她博宠都不择手段了，若是再把她晾下去，出了人命也未可知。她要是出事了，你怎样和秦家交代？"

皇帝咬着牙道："这女子性子太厉害，一定很难缠。"

连跳湖的事都做得出来，还有什么是不敢做的？大周后宫的女子真是人才辈出，皇帝要应付起来也是辛苦的。

江心月点头，有些怜悯地瞧着皇帝："若皇上还想要给润儿一个好师傅，就不要厌恶景嫔吧。"

皇帝凝眉思忖了片刻，才道："秦家……倒是可以，至少忠君是不差的。景嫔的大伯学识太优秀，若不做咱们润儿的师傅就可惜了。"说着他又点头，道："那就把景嫔也记上。"

如今皇帝要考虑的不仅仅是明德一朝的天下，还有将来润儿的天下。他一边思忖着，突然又道："岳家！岳家最重要。江心月，昨日岳建充已经同意，他今后不仅会忠心于我，更会忠心于你和润儿。我想着，应该为润儿培养势力了。"

江心月吃了一惊，道："忠心于我？"

"怎么不可以？"皇帝道，"江家和岳家本就有姻亲，岳家最适合做你的力量。你可要好好地拉拢岳家，好好地拉拢淮阳公主，那是将来我们润儿的基石。"

江心月静默了很久，终于点头同意。既然这个男人如此信任她，她又有什么好拒绝的呢？况且岳家真的是要留给润儿的。润儿有淮阳公主这样巾帼不让须眉的长姊来辅佐，也是一大幸事。

皇帝执笔在贤妃的名字上又画了一个圈，道："过几日要去贤妃宫里坐坐。"

说完了一应嫔妃，江心月将第一卷笔墨小心地收在皇帝的书案一角上，以便他日日翻看按照上面的人名来召幸；她又从袖子里拿出第二卷，同样在皇帝面前打开了，道：

"这些是有封位、诰命在身的夫人们。皇上，朝堂上的臣子我不熟悉，我要听从你的意思。你来勾画，看哪位夫人要拉拢，哪些是不能见面的？"

皇后掌管内命妇、外命妇，内命妇即宫妃，外命妇即贵族妻女。江心月自封后之后，接见命妇自然少不了，那些从宫外至凤昭宫觐见的夫人都不是省油的灯。

皇帝执着笔，轻缓地一一勾画过去。放下笔墨时，他指着其中一个加重了的名字，细细地叮嘱江心月道："这一个是今年科举状元的嫡妻，那个年轻的后生我是看重的……"

江心月笑道："是，我明日便下旨召见她。"

她突然觉得她与皇帝这个样子，坐在一起议事，一起去完成那个明德盛世，这是多么美好的场景。

他和她并不完美，但是这已经够了。

之后皇帝不再专宠皇后一人，后宫重新平静下来。皇后掌宫有道，六宫比昔日的三位皇后在位时都要安宁。江心月善识人心，善权谋，却又宽厚不严苛，仁慈贤德不输于孝贞懿皇后，手腕决断不输于上官合子，宫内众人皆敬畏。

明德十三年是安稳而和乐的一年。皇帝励精图治，皇后贤德聪慧，天下大定，四海为安。北地荒蛮地区与中原通婚、通商贸，皇帝新任用北地有才德之人为官，北地这一块土地，也渐渐地成为大周稳固的领土。

明德十四年时却有些波澜。依祖制，这一年是要选秀女了。

江心月与郑昀睿两个一同坐在凤昭宫的床榻上，二人手里捧着厚厚的一摞名册，面色均是愁苦。

江心月拿了最上头的那一本，伸手递过去道："皇上，您还是看看吧。选秀是老祖宗定下的规矩，咱们两个要是毁了它，那些顽固的臣子定会不依不饶。"

"不依不饶啊……"皇帝叹一声，道，"身为天子，哪里能得自由？"

江心月见他懒得看，只好自己打开了翻阅。皇帝愁苦，她作为皇后便要贤德不是？摆在头一位的是西节度使之女，那是一位皮肤极白皙的女子，五官精致而端庄，连江心月一眼看上去都被吸引得移不开双目。江心月只觉心内漏跳一拍，"啪嗒"一声合上了册子，喃喃道："这不行，这一个不可以入宫……"

皇帝被她的动作吸引了，他伸手想拿过那个册子，江心月却一手将它擎得远远地道："你不许看这个女子！"

皇帝好笑地道："看看，我就知道你容不下。你何必这么怕呢？她再美能比得上你么？"

江心月恼怒地道："我容颜虽是上乘，但皇上别忘了，我今年已经二十一岁了，而这位王小姐只有十六岁。"

皇帝捏着她的小鼻子道："那么该怎么办呢？除了王氏，这里还有这么多女子。过几日就是殿选了。"

江心月咬着唇不说话。她知道选秀是个最大的问题，三年一选，不得耽搁。如今她还是二十一岁，那么下一个三年呢？她要如何应对那些花朵一样明艳的女子？

她是个最普通不过的女人，即便与夫君再怎样相爱，她始终容不得无数的女人在他们中间来来往往。

她恼怒地叹息出声，道："后宫里的女子还不够多吗？选秀，选秀，一批又一批的女人，何时才会有尽头？"

"江心月！"皇帝却突然地叫了一声。他两手按住了江心月的肩膀，欣喜道："别担心，我想出办法了！"

第二日，皇帝依旧勤勉，早早地便要起身上朝。近日大周境内并无事端，只有选秀是一桩大事，遂这一日的早朝上，几位礼官、大学士纷纷奏报，为此事的置办操劳。

皇帝一一听完他们的话，坐在龙椅上轻咳一声，却是道："你们对于今年的选秀，只有这么些建议吗？"

那位四品典仪的礼官有些紧张地道："回皇上，一切都置办妥当了。过了初选的秀女们共计三百一十五名，均安置在储秀宫，钦天监择了三月十五日殿选。皇上……难道臣等有什么纰漏吗？"

皇帝并不说话。此时一位御史却从稍远处站出来，大声道："关于今年的选秀，臣有本启奏。"

皇帝点头。那位御史正了正身子，颇有几分正气风骨地说道："臣以为，大周后宫已有妃妾三十九位，后宫充裕，根本不需要再选秀。连年选秀劳民伤财，助长皇室奢侈盛气，且不利于皇上的贤名。"

此言一出，满座哗然。一位大学士立即出列，道："刘大人难道要改祖宗规矩吗？皇上正当壮年，如何能废止选秀？"

刘御史不甘示弱地道："后宫的女子数量太多，皇上已经有了沉迷女色的名声。谢大人，您难道不为皇上的贤名考虑吗？"

当下殿内更加躁动。这刘大人说得真是有理，明德帝一直有好色的名头，那些年的选秀里，他纳妃的数量较之先帝多了数倍，且他也从宫女之中甚至民间挑了不少妩媚的女子充盈后宫。多数人以为明德帝是真的好色，只是他们不知，纳妃众多是因为他要拉拢的臣子众多，随意将民间女子带进宫就是为了形成他好色的名头，以此来麻痹他的敌人们。

甚至这好色之名传遍天下，传到了几年前未被征服的北域那里，于是北域可汗以明月公主和亲，投其所好。

谢大学士并不气馁，继续以祖宗规矩据理力争。二人争了半日，上首的皇帝却突然抬手，道："都不要吵了。朕已有决策。"

臣子们均安静下来，等待皇帝的话。皇帝缓慢而平稳地道："两位爱卿所言均是正确的。然而朕这儿有个两全其美的法子。"他瞥一眼底下的臣子，又道：

"从今往后，选秀改为礼聘。每隔三年，由礼官至氏族之中选出贵女，以彩礼聘入后宫。礼聘选妃的贵女身份较高，数量也很少，只从合适的氏族中挑选合适的女子，参与选聘的人只有那么几家，并不网罗四海、兴师动众。"

从合适的氏族中挑选合适的女子？

臣子们面面相觑，静候半晌，突地不知谁跪地赞了一句"皇上英明"，继而所有的臣子们纷纷跪地，一片赞叹附和的声音。

第七十章 事变（二）

明德十四年三月初十，帝改选秀为礼聘。

这一年，定下能够参与选聘的氏族只有不到二十家。但是这些已经足够了，因为能够对大周天下、对明德帝产生足够影响的也就是这些氏族，其余的小族即使心内不忿也无可奈何。

这二十家大族能够被划入选聘的范围内，本身就是一种肯定与荣耀。再者，他们少了许多对手。如此，明德帝并没有得罪任何人。

层层甄选再次展开。皇后与皇帝共同殿选，一一接受女子们的拜见。

第一个进殿的女子正是那位令江心月感到威胁的王小姐。她的容颜比画中更美，操行举止也是端庄得无可挑剔，家世又是一等一的出挑。她进殿时，江心月只觉得自己的手都在缓缓地攥紧。

她偷眼去瞧皇帝的反应，却发现这人正懒懒地靠在座榻上，闭目养神。她不由得在底下踢了他一脚，道："皇上醒醒。礼聘庄重，你不能这样懈怠。"

他惺忪地睁了睁眼，稍稍靠近了江心月说道："夫人，一切有你就好。我能够给他们这个礼聘的机会已经是隆恩浩荡，至于怎么选，他们就管不着了。你装模作样地看看这些女子，至于留不留，我会依照她们的家世跟你说。"

"王小姐留不留？"

"不留。她的兄长刚在龙城犯下打死平民的案子，我额外开恩没有处死他。我不选王家的秀女，他们还敢说一个字么？"

江心月点头，继而笑意温婉地看向底下的王小姐。她对王氏称赞了几句"举止得体"之后，就令人拿了一支箫给她要考校她的才品。可怜王氏旁的都十分精通，只有吹箫是没天赋的，一个曲子吹得惨淡无比，漏洞百出，台上的皇后便皱着眉头，简单地吐出一个"撂"字。

所有女子的特质细节都掌握在江心月手中，人无完人，想撂一个人的牌子那还简单？

这一日殿选，众位秀女都被一一认真地看过。然而，最终的结果令人大出所料——这一年，所有的女子都被撂了牌子。皇后与皇帝挑三拣四，左右都不满意，不是嫌弃人家的容貌、学识，就是嫌弃生辰八字相冲。所以明德十四年的礼聘，无一人入选。

"皇上，一个人都不要？这样真的可以吗？"最后二人要回宫时，江心月忍不住问了这一句。

皇帝笑道："这一年时局稳定，没必要刻意拉拢哪个氏族了。其实我本来就想从此废掉选秀，改为礼聘，不过是留一些余地罢了，以防止什么时候必须要纳新妃。"

后宫的女子已经够多了。他是皇帝，无法做到专一，便只能想尽办法，尽量减少江心月所受的委屈。

江心月笑着点头。

这一年以来，她一次一次压抑而难过地将别的女人亲手送上皇帝的龙床。然而她并不是很委屈——大部分的女子皇帝连碰都不碰，只是给一个"侍寝"的名头罢了。只有极为必须，皇帝才会真的去碰她们。她与皇帝一手设计着所有女子的人生，后宫近四十位嫔位中只选取其母家对大周有价值的十几位，其余人活生生成了后宫的摆设，永远无法得到恩宠，只能在自己宫里守活寡。

她知道郑昀睿在努力，努力对她做到专一。

明德十五年的春日。

这一年的节气出奇的好，春日暖融融。江心月在漪澜殿遍布紫竹的庭院内弹曲子，她每日忙碌，难得有闲暇享乐的时候。

她渐渐地喜欢上漪澜殿了。皇帝在这里宠她的方式令她害羞，却又令她沉沦得不可自拔。这感觉真好，漪澜殿真是享乐的所在。

"吱呀"一声，殿门滑开，一个小宫女推门而入。她在皇后的面前跪下，道："打搅娘娘了。"

江心月今日的心情好，道："不必告罪。是有什么要紧事吧？"

"正是。"那宫女不急不缓地稳稳答道，"是静悦宫里的纯容华又病重了。"

江心月听着蹙起了眉头。纯容华对她来说是极重要的，江心月遂命宫人随时注意着，一切有关纯容华的事都是要紧事。她希望纯容华能够默默无闻地存在下去，可是纯容华的身子不争气，在明德十四年时一病不起，之后一直靠大补的药剂吊着。

今日怎么又病重了呢？她要是有个三长两短，对江心月是万万不利的。江心月微微一叹，命摆驾静悦宫。

纯容华在两年前迁居至静悦宫，这也是江心月的意思。默默无闻，自然是要找个僻静地儿静养了。

静悦宫里果然僻静。这个宫殿距离乾清宫、凤昭宫较远，其内除了纯容华便只有一个数年前就失宠的贵人。皇帝很多年没有踏足这个宫殿，只是每月命人将静柔公主抱到乾清宫里去看一次。这个宫殿无疑是东西十二宫内最冷清的一个，两个宫妃在此地如被人遗忘一般地生存着。

不过如今的后宫，冷清的地儿多了去了。大半的嫔妃彻底失宠，连年不见君颜，这静悦宫好歹还有个公主能让皇帝挂心呢。

江心月踏进此地时，正看到一只白色的小猫在她的眼前"嗖"地一下蹿过去，转眼跑出了宫门不见踪影。纯容华的掌事宫女诚惶诚恐地上来行礼，静悦宫已经许久没有人来了，今日来了人，却是最为尊贵的皇后娘娘。

江心月淡淡点头，问那宫女："纯容华还喜欢侍弄花草和猫狗？"

"是呢，娘娘。"宫女回话道，"应娘娘的旨意，纯小主喜欢什么，就给小主送什么。小主养了几只白猫和一群鸽子，这正院小园子里的红玫瑰和君子兰也都是小主亲自侍弄的。"

江心月赞许地看她一眼，一边往大殿那儿走着，一边道："你很好。纯容华寂寞孤苦，养这些东西权当是散心。"

玉红在江心月的身侧扶着，赔笑道："娘娘宽厚，对宫内所有的嫔妃都照应有加，对纯小主更是照顾。娘娘对内务府最为严厉，不许他们苛待哪个嫔妃，逢年过节还命奴婢们去各个宫探看，怕谁缺了衣食什么的……"

玉红的奉承，江心月并没有在意。她待嫔妃们好是因为她心善，那些女子已经被皇帝负了终生，对她又没什么威胁，让她们活得好一点有何不可呢？可是纯容华就不一样了。自纯容华患病，她每月往静悦宫赏赐的补药和珍物多不胜数，她只知道，澹台瑶仪绝不能早早地死去。

然而她终是感觉有心无力。当她推开殿门时，便看到了一个形容枯槁的女子，那女子无神地趴在炕上的小几上，四周有几个宫女拿着湿热的巾子给她擦脸擦手。

江心月吃了一惊，责问跟进来的掌事宫女道："你怎么伺候纯容华的！几日前还病情稳定，今日怎么成了这样子！"

那宫女跪下告罪，道："小主的病发得凶猛，太医院的大人们来了好几趟，山参也没少炖，可还是……"

江心月皱着眉头令她退下，同时令殿内伺候的人都退下。澹台瑶仪缓慢地抬起头来看她，也不挣扎着行礼，只道一句："你来了。"

江心月在她的身侧坐下，有几分怜悯地道："不是说过了吗？你要活着。"

"呵。"澹台瑶仪幽幽地开口，道，"你是为了你自己才要我活着，不过我也知道你心善，我曾经做过错事，你今日还能怜悯我……我也想活着，澹台家至少还需要我。可是你看……我都这个样子了。"

江心月不顾她的形容一手抓了她枯瘦的手指，道："你这次的病情加重，

984

到底是怎么了？"

　　突然地，澹台瑶仪一双无神的双目凝聚起来，她盯着江心月道："我是忧思过度。你知道的，我的这个病本来就是心理引起的，当年上官氏几次逼迫我，逼迫我牺牲静柔来对付你，我又怕又怒，急火攻心，几年下来身子就给拖垮了。而这一次……这一次，我又犯了心急。"

　　她说着声色几近哀求："皇后娘娘，您要帮帮我，我父亲出事了，他贪赃，贪了很多。皇上这些年都在'行廉洁之风'，对贪赃罪最为严厉，我父亲他，他正巧撞上刀口了！"

第七十一章 事变（二）

"你是说你们澹台家要出事了吗？"江心月惊骇地问道。

纯容华以袖掩面，哀哀道："是，娘娘。如今能够救父亲的人，只有娘娘您一人了。"

江心月从静悦宫出来的时候，神色一直怔怔的，漫无目的地随玉红拉扯着行走。玉红担忧地和几个小宫女一同扶着她，道："娘娘怎么了？是在担心纯小主吗？可是娘娘，您和纯小主虽然是昔日的姐妹，但后来纯小主做了那些事……娘娘，您何必担忧至此呢！"

江心月紧紧地抓着她的手，喃喃道："你不明白。"

玉红怎么会明白呢？这种事情连菊香都不知道。这么多年了，她独自一人扛着这个秘密，辛苦不言而喻。

"澹台家……"突然地，她低低地说了一声。

玉红见她神色越发不对，便命等在宫门处的凤辇抬进来，一直抬到她的面前。玉红扶着她，柔声安慰道："娘娘上辇吧。我们快些回凤昭宫，再请齐院史开些安神的药就好了。"

江心月愣了半晌，却突地摇头："不！没有时间回凤昭宫了。我们去乾清宫。"

"娘娘！您要做什么？"玉红不解地道。

江心月不容她多言，急急地上了凤辇，命一路往乾清宫速速行去。

这些年皇帝待皇后不一般，乾清宫这种地方，皇后从来都是可以随意出入的。甚至有时有外臣在此，皇帝还会特传召皇后，与其共商国是。乾清宫的小安子等人见了皇后，连通禀都省去了，一一上前赔笑道："娘娘来了？"

皇帝刚出了殿门，他迎面撞上步履匆忙的江心月，便笑道："我正要去你宫里，不想你自己来了。你是很想念我吗？我们三个时辰之前才刚见过面。"

"是，当然是想你……"江心月立即掩饰了神色，敷衍道。

皇帝"哈哈"笑了一声，道："漪澜殿那儿我布置好了，我们现在过去吗？"

"不了。我……我有些事要和你说，是朝堂的事。"

皇帝很习惯她干涉朝政——这些年的干涉，本身就是他给她的权力与职责。他拉着她进了龙吟殿，二人并肩坐着。

江心月从未像今日这样说话没底气。以往，她所有的干政都是为了这个国家，为了眼前的男人，她用她的聪慧提出的那些见解也令郑昀睿称赞。可是今日，她是为了私欲，是对面前男人的背叛。她该怎么说呢？

她内心思忖了良久，才小心地问道："皇上，我听闻了几个臣子贪赃的事，其中有一个通政司参议……"

不等她说完，皇帝却是一拍案几，道："通政司参议，那个澹台氏族的人？他生性贪婪，这次查证出来就数他贪得最多，上千万两的白银！我已经下旨，此人必死，澹台一族也要抄家，几个相关的人都要流放。这些年朝中没什么大事，正是肃清贪赃的机会，澹台一族没什么分量，我无需顾忌，拿来杀鸡儆猴最好不过了。"

江心月的心沉沉地坠入谷底。她不死心地继续道："可是皇上，近来有臣子上书道您太过严厉。我想，斩首一人也就够了吧，抄家流放……您宽厚些吧。"

她太紧张了，连敬语都说出来了。她已经很久不对郑昀睿用敬语了。

郑昀睿愣了一下，继而凝眉道："不行，这一次要做得绝，才能有效果。"

江心月还想再劝，她张了张口，却是将嘴边的话给吞了回去——不能急，越急越容易出事。皇帝心意已定，她再怎么扭转？而且这次肃清贪赃的事，皇帝严厉惩处的决断分明是最正确的，她所谓的宽厚，对朝堂无益。

再劝，说不定会自掘坟墓。

她敷衍地与皇帝说了几句玩笑，便又急匆匆地从乾清宫告退出来。

还好，皇帝并未对她起疑心。一月又一月，一年又一年，世上还有谁比她与他二人更相知呢？他怎么可能起疑心？

江心月回了凤昭宫之后，即刻命准备笔墨，她要写几封家书，她不能眼睁睁地看着澹台一族被抄家。澹台瑶仪父亲的生死她没有看在眼里，但澹台一族不能倒。她写完那些书信手都有些发抖，她甚至抑制不住脑中对于此事的恐惧——官场险恶，哪个氏族在朝中没有政敌？可以想象如果抄家，澹台一族那些陈年旧案都会被翻出来，墙倒众人推不假，可旁人不知的是……澹台一族曾经与礼亲王府的联系……

江心月想到此处，手上抖得更厉害了。又是与郑昀睿作对！那个男人的权谋在她之上，真要作对，她赢不了。

不仅仅是输与赢。她还感觉到深深的愧疚，那个男人是她的爱人，怎能无愧？她背叛过他，一开始就是背叛的，这无可争议。他对她付出的那样多，可就是如此，他付出的越多，她内心的愧疚便越多。如今……如今她却还要用权谋来骗他。

"对不起……"她喃喃地道，"只有这一次，就一次。今后，我再也不会骗你了。"

她自言自语地呢喃着，一手将几封书信交到玉红手上，郑重道："这些东西，定要早日送至江老爷手里。你记住，不能让人知道这上头写了什么，更不能让人知道本宫今日曾送书信出宫！"

玉红吓了一跳，惊骇之色毕现。自从上官氏身死、江心月封后，她与江心月已经很久没有经历过这样的紧张。

江心月看着她，低了声色道："就连你，也不可以得知书信的内容……这是生死攸关之事。"

玉红做事最是稳当，她再无多问就急急地捧着书信出宫去了。

澹台家是要抄家么？江心月有些慌张与惊恐，却不会不知所措——如今她的势力遍布朝野，在郑昀睿的默许下她已经不是一个简单的皇后。江府和岳府可以为她做很多事情，让澹台家抄家之后什么都抄不出来，这并不是难事。甚至在这一次的劫难过去之后，那深深埋藏在尘埃之下的背叛会被保守得更加严密，永远都不会再见天日。

明德十五年三月，帝深恶贪赃，连斩十一名五品以上朝臣，以正大周国祚。

此事掀起了些许波澜，很快，朝堂上的臣子们都懂得了收敛，皇帝极为满意眼下的效果。

朝堂后宫再次趋于平静。

江心月的日子一如从前。皇帝还是待她那样好，澹台家倒了之后那些秘密并没有被曝出来，她算是安稳地渡过了一次劫难。只是，澹台瑶仪在这一年的初夏时病死在静悦宫。

江心月以嫔位礼仪将她下葬，同时收养静柔公主。瑶仪的死对江心月再不是致命的了，澹台家都倒了，那秘密就永远地尘封下去了。

如此甚好，仿佛卸下了千钧的重担一般，江心月再不必担惊受怕了。

她安心地操劳着明德十五年的端午。节庆的喜气弥漫，凤昭宫更是热闹。贵喜领着一众小内监捧贺礼进殿，对江心月禀报道："娘娘，皇上的赏赐甚多，库房都快装不下了。"

"那就将东院腾出来，再当作一个库房吧。"江心月笑道。她怎么会嫌东西多呢？若有人说她奢侈就随意说吧，郑昀睿送来的东西她可不想还回去。

"除了这些，还有一份大礼呢。"贵喜喜滋滋地笑着，他再拜一礼，趋前道："娘娘，皇上特传召了江大人、夫人、老夫人进宫。皇上说了，您数年不见家人，该好好地聚一聚。日子就定在端午之前，五月初四。"

第七十二章

事变（二）

"传召本宫的家人？皇上很体贴。"江心月的笑意愈加的浓。然而不过一瞬间，她突然地消退了所有的欣喜，她张皇地闪烁着面色，手指紧紧扣住了自己的指甲，喃喃道：

"传召……"

"娘娘怎么了？"贵喜惊异于她阴沉恐惧的面色，小心地问道，"可是有什么不妥？"

江心月失神地静静坐着，一言不发。良久，她才对几个下人抬了抬手，道："都退下吧，本宫累了。"

玉红照例领着几个手上功夫好的宫女上来伺候。江心月止住她道："你们也下去，今日不捏了，我一个人躺躺就好。"

她一个人上了床榻，蜷缩着裹紧了被子。深宫沉浮七载，她最为熟悉的便是危险的气味，传召，传召……

真的是已经知道了吗？他知道了吗？

她的手脚都开始冰凉起来，澹台氏抄家时是否真的查出了什么，郑昀睿起了疑心才会传她所谓的"父母亲人"进宫讯问？她再往深里想，不禁越想越觉得恐惧，是啊，一定是这样，否则为何无缘无故地传召亲人呢？

她想起了江心妍，她这个所谓的妹妹虽然姿容上乘，却与她半点相似之处都没有。同父异母而已，她那些年也以为这个解释够了。但是……但是若郑昀睿真的起了疑心……

　　她在恐惧中难以入眠，不得已，坐起来去抓了案几上安神的药丸。她吃了之后真有几分效果，那是齐院史为她开的药，用料都是珍贵之物，她吃下去便觉得心跳得正常了，手脚也恢复了温度。

　　她安慰着自己，喃喃地道："不会，不会的。他只是想让我与亲人见面，这只是他的恩宠，没有旁的意思。"

　　确实，她已经两三年没有见到亲人了，郑昀睿在端午时赏赐她这样的大礼，理所应当。她为了此事动用了江家与岳家的势力，若说让澹台家最后除了贪赃，旁的什么都查不出来，这一点以她的人手完全做得到。

　　她用这些理由压住内心的不安。迷迷糊糊的一下午过去，她醒过来时，天已黄昏。卧榻前的两盆牡丹顶着大朵朱红色的重瓣花儿，开在暗淡无光的黄昏里，郁郁地压抑着人的眼睛。

　　她揉了揉眼睛，一个守在榻前的宫女正打瞌睡，听见窸窸窣窣的响动才知皇后醒了，忙上来伺候着起身。殿内的烛火也立刻被她点亮，光色暖暖的。

　　江心月将一将搭在额前的头发，手指摸上去是湿漉漉的一片。她一惊，才对那宫女道："准备沐浴吧，本宫出了很多汗。这天也热起来了。"

　　那宫女应了声，出去传话。接着又从外头进来几个宫女，她们伺候着江心月下榻，更衣。江心月催促她们道："快一些。时候不早了，可能一会儿乾清宫的人就要来。"

　　"娘娘不必急促。"一个宫女沉稳地答道，"一个时辰前从乾清宫传了话过来，道皇上今日不传召娘娘您了。"

　　江心月"哦"了一声，缓慢地放下手中篦头发的篦子。但她的手随即又紧了起来，她抓着妆镜台的边角，急促地问道："那皇上今晚做什么去了？"

　　"奴婢不甚清楚。但听安公公说，好似是要召见臣子。具体是哪几位大人，安公公就没说了。"

江心月又"哦"一声，缓缓地坐了下来，她想了想，一时之下想不出什么头绪，心里的担忧依旧是隐隐的，却很牢固，无法消除。

半晌，她迟疑地问道："那么今日是几日？"

"娘娘，是初三啊。后日就是端午了。"那个宫女有些诧异，她知道皇后手底下管着很多的事，一向勤勉聪慧又脑子清明，怎会不记得今日是几日？

"都初三了，时候真不早……"江心月低低呢喃着。真是有些糊涂了，端午将近，她却因为澹台家的事心神不宁，差点耽搁了端午的操办。她瞥一眼书案上内务府提交上来的大沓的册子，凝眉道："你去请柔嫔过来。本宫这几日脑仁发疼，看不进去这些账簿什么的。"

这一日江心月与兰贞两个一直忙到深夜。端午是大日子，不可疏忽。

又是昏昏沉沉的一夜。江心月睡得晚，心里又存着心事，故辗转反侧直到将近黎明时才睡着。她是皇后，辰时又必须起床去接受众妃的晨省，她迷迷糊糊地被玉红叫起来的时候，两只眼睛下头都是青黑色，上下眼皮努力了半天才分开。

玉红为她净面，将厚重的脂粉涂到她的眼皮底下，掩饰那些疲倦的颜色。玉红一边伺候着，一边道："娘娘，今日有喜事呢。"

"对啊，有喜事，是我的父母亲人要进宫。"江心月点头道。她这两日一直在心里吊着的就是这件事，片刻都不会忘记。

玉红却笑着摇头，道："除了这个还有别的事。娘娘，菊香姑姑今日早上回来了，她说端午的好日子，一定要进宫拜见娘娘，伺候娘娘一遭。"

纵然心里有再多的惊慌，此时此刻江心月也是喜上眉梢。不等她问下一句，殿门处已经有细碎的挑帘的声音，她往外头望去，便见到一个黛绿色的颀长的倩影。

二人并不是许久不见面，因为菊香经常进宫来看她。她笑着拉了菊香过来坐，问道："你说要服侍我几日？可你是人家的媳妇，端午节怎能不在家里过？"

菊香也笑道："不会，娘娘。也就是今日与您待一日，明日端午，我就要回去了。"

江心月突然感到心安。五月初四的这一日是她最难熬的一日，但是她最亲近的人此时就在她身边，那些恐惧仿佛都远离了。

最亲近的人不是她所谓的父母，而是眼前陪伴她走过一切泥泞与挣扎的宫女。

之后，她着了正红色的凤袍至前殿去，看那些嫔妃们对她行礼问安。晨省后，她依旧忙碌端午的事。她传召了内务府的刘康和礼部、内阁的外臣命妇等，明日就是要紧日子，她问了那些人许多的事，确保一切无虞。

菊香和贵喜一众在凤昭宫里忙碌。今日江老爷会来，不过外臣不得入后宫，依着安排，江心月会去乾清宫见父亲；江府老夫人、夫人则会到凤昭宫这边来叙话、用膳等，估计会至傍晚才出宫。菊香等人要预备许多的事，还要安顿寝殿供夫人与老夫人歇息，等等。

所有的事都静静地朝着预定的方向进展，一如往常。

可是，只有一件事是不正常的。江心月在大殿中端坐着等待亲人入宫的消息，可是直至正午，仍是一点消息都无。

日头渐渐地大起来，凤昭宫的大殿早早地预备下冰块，还有四名宫女在江心月的身侧打扇。然即便如此，她还是觉得很热，那汗湿的衣襟黏在身上，仿佛是作茧自缚一般。她定定地瞧着窗外，那神色几乎望穿了秋水。

菊香等在侧宽慰道："娘娘别急，许是路上耽搁了。"

她们不懂，她们只以为皇后是太过思念亲人。

江心月心不在焉地"嗯"了一声，动了动身子，却觉腿下面闷闷的湿热，如坐针毡。她拧着眉头问贵喜道："我母亲与祖母不过来，皇上那儿也没有消息吗？他总应遣人来告诉一声，告诉我是路上因何事耽搁了。"

"这……没有消息呢。"贵喜想了想，道，"一上午了，别说小安子，御前的宫女们都没有一个来咱们凤昭宫的。"

江心月突地五指一缩，心里"突突突"地跳起来。她一把抓住了菊香的臂膀，急道："快，快出去打探。"

菊香被她突然的举止吓了一跳，按着她的手道："娘娘，您要我们做什么？"

江心月也是有些慌张，方才连话都没说清楚。她竭力镇定着，脑子里将几日来的事情过了一遍，才郑重地道："玉红，你去打探我父母亲人的消息。菊香，你要跟着玉红一起去，你帮她一起打探。贵喜，你本就是御前的人，如今皇上跟前伺候的有头脸的人都和你有些交情，你去打探昨儿晚上皇上召见了哪几位大人。"

她一一吩咐下去，说完时，她长长地呼一口气，似乎在预备着应对接下来的狂风暴雨。

幸好有菊香在。菊香虽然嫁了人，凤昭宫的掌事也由玉红来顶替，然菊香多年下来积累的人脉不是玉红能比的。她即便不再是宫里的姑姑，也仍是宫里的人精，她想打探就没有打探不到的事。

贵喜被她派去打探乾清宫的事，因为江心月总觉得昨晚并不简单。传召臣子，议事至深夜……而近日来朝堂内并没有发生什么大事——值得帝王重视的大事。

　　她的这几个人手都是她的心腹，是她的左膀右臂，也是最精干稳重的人。三人均觉得主子的命令极怪异，但他们都没有多问，只是照着吩咐去做事了。

　　短短的半个时辰过去，贵喜最先回来，他面上的神色并不好看。他凑近了江心月跟前，清晰地道："皇上召见的，是上官氏的两位大人。他们二人是废后上官氏的幼弟。"

　　贵喜是明白人，他即使不清楚江心月的事，凭着皇帝召见上官氏，他已经捕捉到了危险。

　　江心月的心渐渐绞痛起来。上官氏，上官氏？！那是上官合子，那个女人，她知道瑶仪的秘密，她手里握着线索……她已经被江心月暗暗处死了，可是如今，她的两个幼弟又来见皇上做什么？

　　这其中丝丝缕缕的关联，仿佛是炸药引爆之前的导火索。而江心月，她觉得自己就是那个被绑在炸药上的人。

　　"啊"的一声惊呼，江心月几乎站立不稳。她扶着妆镜台跌落下去，贵喜惶急道："娘娘，娘娘……"

　　"你退下，退下！"江心月大声地朝他喊着，她的胸口一起一伏，大口地喘息着。贵喜从没见过主子这样，他跑到了殿外，想命几个宫女去传太医。

江心月摇摇晃晃地站起来，却是指着贵喜道："你退下就好，旁的什么都不要做！我没有事，你不要过问我的事……"

她遣退了贵喜时，菊香和玉红两个恰好回来了。菊香扶着失魂落魄的她，不敢怠慢地禀报道："娘娘，老夫人和夫人至今都没进宫，皇上命暂且在驿馆歇息。老爷倒是进了宫，可老爷一直在龙吟殿里，皇上传召了老爷，已经说了很久的话了。"

"天，我的天……"江心月一阵阵地头昏。她咬着牙，一字一顿地对菊香道："说下去，你说，还有什么事发生？"

菊香撑着江心月的身子，她感觉到这身子一直在发抖。她的聪慧让她察觉到不对劲。她继续说道："还有一事。娘娘，您记得云岚吗？她没有死，她一直在重华宫里活着，她瞒过了我们的眼睛。我也是今日才知道，因为今日……皇上也传召了她。"

"云岚啊……"江心月满目无神地呢喃道，"她是上官合子的爪牙，她竟然没死……"

江心月是大周历代最有权势的皇后，整个后宫都在她的掌控之下，无人能够威胁到她。她曾经以为自己能够"一手遮天"，能够铲除所有的危险，能够保护所有的秘密。然而今日她终于明白，这世上没有不透风的墙。

做过的事不会消失，因为曾经存在过，她再怎样努力，都无法抹去一切痕迹。

再完美的谎言都会有漏洞。

她当年的旨意是肃清上官氏所有的势力，云岚作为其最心腹的人，自然会被处死。然而……然而，云岚真的命大活了下来。

她已经无力去管云岚是怎么活下来的。她只是攥着菊香的手指，道："眼下的境况是怎样？云岚，她怎样了？"

"娘娘，她死了，就是刚刚的事。她在见过了皇上之后，投井自尽。"

江心月终于感到最后的绝望。

她命殿内的下人尽数退下，她一个人软软地撑在地上，那真的是绝望。玉红退下了，但是菊香不肯退下，她将殿门都锁紧了，才扶着江心月道："娘娘，您别怕。"

　　菊香何等聪明的人，怎会看不出江心月是藏着天大的秘密。她知道江心月的城府，她也没打算让江心月说出来，她只知道那是些沉重难以担负的东西，却不知该如何支撑和安慰江心月。

　　"菊香，这里只有我们两个人了。"江心月突然坐直了身子，定定地看着菊香。

　　"娘娘？"

　　"菊香，我一直把你当姐姐。我想和你说，我真的不想再一个人撑下去了。"江心月的手颤颤地发抖。她长长地呼了几口气，突地神色一凛，道："我背叛了皇上，从一开始就是背叛的。我是礼亲王的人，我进宫的目的就是为了帮礼亲王夺皇位。"

　　说出来的时候，原来是这么简单清晰。

　　菊香一时惊骇得说不出话，她不知自己是因为什么惊骇。是因为此事本身的疯狂，还是因为江心月将这样疯狂的事情告诉了她？

　　到了这个时候，江心月的声色反而出奇的平静。她缓慢地，一点一点地说道："菊香，这事瞒不住了。皇上他已经知道了，我想，我的气数尽了。菊香，我的三个骨肉都是皇上的骨肉，皇上不会不留情。我死后，你要和玉红他们一起保护公主皇子们……"

　　"娘娘，您说什么啊！"菊香急道，"您怎么会死？皇上他喜欢您啊！"

　　"已经背叛了，我这样的女子还有什么值得喜欢？任何一个男人都不会容忍背叛。"江心月的声色越来越低。

　　任何男人都不会容忍背叛，何况是皇帝？何况是对她付出了那样多的郑昀睿？付出越多，绝望与痛恨也会越多。

　　菊香再说些什么话，江心月已经听不清了。她知道此时谁也帮不了她。她躺在菊香的怀里，二人一块儿坐在凤昭宫冰冷的大理石地面上，眼前是大片大片的空旷。

"我就在这儿等着，等着他过来赐下一卷白绫。"江心月喃喃地道。

她感到恐惧，那不是对死亡的恐惧，而是对孤独的恐惧。原来她的结局就是这样，如当年的孝贞懿皇后一样死在冰冷空旷的凤昭宫里，刺目的红色会包裹她的全身。她会一个人孤零零地躺着，等待下人们将她的尸身抛到乱坟岗里。

她愈加贴紧了菊香，她贪恋这种亲人的温暖，走到最后，陪着她的也只有这个宫女了。她不敢将媛媛他们三个抱过来，她不想让孩子们看到她一身鲜血的模样。

菊香已经安静了很久了，因为她无能为力，她只能默默地抱着江心月。半晌，她听到江心月对她说："菊香，陪我说话吧。"

"嗯，娘娘。我在这儿呢。"

"你看，我当年接受封后的诏书时，就想到了今日。我想我终会有身败名裂的一日，我以为我会被新妃害死，但原来我是被旧仇害死了。真可笑，我揽权数载，最后竟然被上官合子一个死人害死。"

上官氏的两个兄弟为什么会去见皇上？云岚为什么会活着？若江心月猜得不错，那澹台氏抄家的那一日，少不了有上官氏在里头动手脚。

冤冤相报，逃不了的。上官合子死在江心月手里，她怎会甘心？今日的这一切，便是两年前她濒死时最后的谋略。

再怎样揽权，再怎样强势，却终究会有云岚这样的漏网之鱼。江心月长长地呼吸着，她往窗外那高高的苍穹上望去，怔怔地笑道："这就是结局吗？"

在后宫之中有这样的结局，岂不是恰到好处？

凭空里有"哒""哒"的声音，沉闷地从殿外传进来，由远及近，由弱渐强。

那是人的脚步声。凤昭宫的大小宫人全被江心月遣走了，她不想连累那些下人。此时一步一步地走进大殿的人，会是谁呢？

江心月想着，应该是王云海吧。秘密处死皇后的事只能他来做，且他对帝王与自己的情分本就是反对的。当年的一幕一幕在江心月的脑子里不停地纷飞，从她入宫的执着，到得知真相之后的心碎，到冰封的冷漠，到被郑昀睿攻破心底，就像一个冗长的梦，她沉溺在与郑昀睿的欢爱中，她以为可以陪他一辈子，她以为她的人生已经被救赎了。然而……然而……

殿门终于滑开，外头寂寂无声，只有那个人一步一步地走上前推门的声音。

"菊香，你从侧殿的偏门出去吧。"她最后推开了菊香的手道，"你只能陪我到这里了。"

她将菊香也遣走了，她只剩下一个人，静静地等候那门帘之外的命运。

门开了，她发现来人并不是王云海，而是郑昀睿。那个男人棱角分明的脸庞衬着他背后的逆光，一片阴影之下他的神色无可窥探。

她突然地笑了："真好，最后你还能来看我。"

这是她的爱人，是她交出了真心的人。她此时觉得若是死了也不会遗憾，因为她看了他最后一眼。这么多年她承受着他的情爱，可那深深藏在心底的愧疚一直令她难以安心。曾经发生的事无法抹去。

他和她都在沉默，平静如水。她突然地有些不甘，是不甘，因为她爱过这个男人，她还有那一丝丝的奢望……这样想着，她便开口了：

"郑昀睿，你赐死我之后能够原谅我吗？我对你做过错事，可是我真的爱上你了。"

她认为这个要求是有希望被满足的，毕竟他那样爱过她，她会用死亡为欺君、背叛这两个罪名付出代价，若她死了，他多少会原谅吧？

纵然不原谅，她也希望他在这最后的濒死的时光能够骗骗她，骗她说原谅了。

郑昀睿带上了大殿的房门，"吱嘎"的声音厚重古朴，将天地与这空旷的寝殿隔开。他回过身，凝眉瞧着她，声色平缓柔软一如往日："江心月，你还是那么想死。"

"皇上，我的罪过怎能不死呢？对不起，我知道我让你失望了。对不起。我担不起你的喜欢，我不值得。"江心月坐在地上絮絮地说。她没有好好地跪着，也没有行礼，在他与她之间已经不需要这些虚礼了。而且，欺君事小，背叛事大。

皇帝几不可闻地叹了一声，居然也在她面前席地而坐。江心月这才发现他只有一个人，他的身后没有任何的宫人跟着。这大殿内此时就只有他们两个。

这样面对面席地而坐的情景不止一次地发生在二人之间，每一次都是美丽而缱绻的回忆。郑昀睿和她独处的时候喜欢这样坐着，说说情话。可是今日，她要面对的却是这份感情的决裂。没有办法，打破规则的人是她自己。

他不疾不徐地缓缓开口道："明德七年，江氏嫡长女江心月在礼亲王府自戕身死，礼亲王以一女奴代之，送入深宫。明德八年，这名女奴入选为妃。"

"是，你说的没错。我是礼亲王的人，我从一开始就是你的敌人。"江心月丝毫都不想隐瞒了，她清晰无比地说道，"我做你的嫔妃是为了魅惑你，当年废太后陈氏之死是我一手造成，恭绵贵妃的逃宫我也有参与。礼亲王死后，我为自保斩断大量证据，我与礼亲王曾经的爪牙江家互相利用。最后的废后上官氏也被我暗自处死后伪装为悬梁。"

她继续地说着，坦白一切："这些年我从来不为江家说一句提携的话，除了江心媛是我的亲妹妹，其余的'亲人'，全都是假的。当年废太后由此看出了我与江家的关系不正常，你也是明察秋毫的人，你恐怕也能看出一二。我不是江家的女儿，我只是个女奴，是礼亲王的棋子……"

郑昀睿静默着。明察秋毫么？不，不是的。他从未认真想过江心月与江家的不对劲，因为他沉湎于欢爱不能自拔。若不是澹台氏抄家得来的证据，还有上官家的铁证，他又怎可能怀疑真心喜欢的爱人呢？

江心月说了很多，最后才微微地抬头，却不敢看他的眼睛："郑昀睿，你赐死我吧。"

郑昀睿没有接她的话，而是道："你到底是谁呢，江心月？"

"我是谁……"江心月愣愣地重复着。她是谁呢？她怎么知道？她忘掉了父母，忘掉了家乡，更忘掉了自己的名字。

这是一个一无所有的开始，幼年的一场灾难让她成为街头濒死的小娃，她本就是个什么都没有的孤女。

片刻，她才回过神来道："我应该是个庶民吧，或许甚至是奴籍。我不知道我的身世，我连自己的名字都不知道。你要信我，我说的是实话。"

"嗯，我相信。"郑昀睿默然道。

然后她的手被面前的人抓住了，她吃了一惊，道："郑昀睿……"

"我们去漪澜殿吧，我们都喜欢那个地方。"郑昀睿轻而缓地对她说道。她的双手被他攥得很紧，根本挣脱不开。

她突地长长呼出一口气，道一声："也好。"

她不知道郑昀睿要怎么处置她，但她猜到的就是他会在漪澜殿秘密地处死她。双手被攥紧的感觉，到死都不可以逃离的感觉，即使背叛却也不会被抛弃，很显然他根本放不下她。

她曾听闻过前朝一位宠妃的传奇——那个女子被帝王爱上，但她却不肯接受帝王。最后，自私的帝王将她毒杀后封入冰窖，将她冰封的尸身置于自己的寝宫内，永生永世不许她逃离。这个故事听起来很骇人，但江心月此时想的却是——若郑昀睿能效法那个帝王，于她来说未尝不是好事。

也许死了以后真的会被原谅吧？

她缓缓地被他拉起来，二人并肩行走。层叠的宫门在他们面前次第打开，一座鎏金的明黄色龙驾停在不远的地方，迎接这一对通身贵气的人。前院里，无数的宫人朝他们跪下。

在旁人看来，这是世间最精妙美好的一对璧人，皇后倾城惊艳，皇帝英武威仪，还有那从深宫皇院内纷飞出去的传言——传言道，后宫三千无非是摆设，皇帝眼睛里唯一看得到的只有皇后。世人常道，拥有了专情而温柔的帝王，世上有比皇后更有福泽的人吗？

江心月一步一步地走向自己的命运，她看到小安子和几个御前的姑姑恭敬地在她面前屈膝，她自嘲地一笑，他们还不知道即将发生的事情，他们还以为她仍是那个受尽恩宠权势熏天的皇后。

通往漪澜殿的路熟悉得不能再熟悉。她的记忆涤荡向极远的远方，她不停地触及那些曾经的美好，却发现已经再也回不去。一开始她对他就是有目的的，一开始就是敌人，一开始就背叛了。

漪澜殿里飘着醉人的"十里红妆"的味道。江心月被郑昀睿扶着下辇，她看到一个御前的小宫女眼睛中流露出无限的倾慕与艳羡。

这样温柔的动作，她已经享受了很多年了。可是今日却是最后一次。

郑昀睿带着她跨进宫门。在石阶的前方，他驻足扶着她的身子，一手指向不远处缓慢而悠然地对她说道：

"你看那里，我们的莲花开了。"

映入眼帘的是大片大片的碧绿，那之中有红白的点缀，清幽入骨袭来。漪澜殿就是被各类名贵的莲所包围的，如今是五月，满池的花苞都绽开了。

江心月突然双目都被染红了，她滚着泪珠道："别说了，对不起。我根本不喜欢莲，我连这个都是骗你的。"

"嗯，我知道。"他依旧不疾不徐地说着。他说道："真可惜，我在这里种了这么多，而且都很贵。你不喜欢，以后就要拔了栽别的。"

"以后？"江心月蓦然惊愕。

在她惊愕的一瞬间，她的身子已经不由自主地倒下去，她更加惊愕地呼喊道："皇上，你要做什么……"

她被郑昀睿扛在了肩膀上，那是久违的力量，郑昀睿的步子迈得太急切，晃晃荡荡的，她眼前的世界都缥缈地晃动起来。她有些惊恐地伏在他的肩头，他们绕花穿树，绕过曲曲折折的画廊，绕过一丈高堆云砌墨的五彩石屏，绕过一丛一丛翠绿中透着淡紫色的、带着湘妃泪的紫竹。夏季的空气中飘着花与叶的气息，一只燕子扑棱着翅膀飞过，婉转低鸣。

前院与大殿的一应情景在她的眼前纷乱而过，他扛着她一直走，走到了最里间的"云池"。氤氲的白雾横在眼前，一池春水冒着温柔的热气，这里并没有一个宫婢伺候，安静得一如往日。

他将她扔在一处软而轻的竹榻上，突然地，他身子往前一探，两手撑在了竹榻上。竹榻后头就是石砌的白色高墙，江心月无处逃遁，一张面容几乎贴近了面前男子的脸颊。

他逼着她的目光道："你怎么这样想死！"

江心月这次真的落泪了，她说道："你要放过我吗？不，别这样了。你即使放过我，你以后也不会再喜欢我了，对我来说，你的冷漠比死亡更难以接受。你要我在宫中孤苦地活着直到死吗？"

他"呵"了一声，幽幽地道："你还是和以前一样，总是把我往坏处想。"

"我曾经是你政敌的爪牙，我曾经威胁了你的皇权，你不应该放过我。"江心月一边哭一边摇头，"你怎么不怀疑我呢？也许今天的我对你的皇权仍然有威胁，我手里握着那么多的权势，可是偏偏辜负了你的信任。一个头脑清醒的帝王不会容忍任何对皇权的威胁，所有的政敌都应该被肃清，尤其是我这样的人……我那样骗你，我们之前的情分怎么可能继续下去，你一定很恨我。所以，于公于私，你都不可能再喜欢我了。"

她越说越觉得崩溃，那一年的封后大典，那一年的夫妻对拜，那一年的洞房花烛，一切遥远的记忆都在她的心内翻滚沉沦，她突然想，如果她没有接受他的情分，也许就不会走到今天这一步。

是啊，如果她没有爱上他，那么她现在会做些什么呢？她一定会想尽一切办法求生，用尽一切权谋去与郑昀睿周旋，甚至她会出逃，因为她想活着。可是现在，她不想活了，因为死了可以赎罪，活着却是受了郑昀睿的恩典和施舍。她得到赦免之后就会永远地活在宫墙内冰冷的一角，眼睁睁地看着自己被所爱的人厌弃冷淡，她会生不如死。

原来这就是爱上的代价。

　　她沉溺于无限美好的欢爱，却忘掉了曾经不堪入目的过往。那是她身上的一块永远都洗不掉的丑陋的烙印，一旦被撕开了掩饰公之于众，她便失去了一切。

　　曾经的丑陋无可逃脱，她算计了一切，却想不到那澹台氏偏偏要贪赃，且贪了那么多。这不是算计就能避免的，人算不如天算。

　　他倏地笑了："你觉得无法挽回吗？"

　　她点头。

　　"你真傻。"他摇头道，"只要我说没事，不就可以挽回了吗？"

　　她霎时惊愕得不能自已，她喃喃地道："你怎么可能不在乎以前……"

　　他一只大手抓住了她的肩膀，越加靠近了她道："礼亲王曾经的爪牙，你说，你还会与我为敌吗？"

　　江心月一愣，继而被他逼得不得不与他对视。她哭泣着道："不会！礼亲王死后一切就都结束了，我只是为了活着才在宫里继续斗下去，我和江家互相利用也是为了活着。我只想活下去，只想保护我的孩子和妹妹……"

　　"是啊，既然都结束了，那还有什么不可挽回呢？"郑昀睿盯着她的眼睛说道。

殿内顿时一片死寂。"云池"中的热气越发地翻滚上来，将二人的面颊都熏得微微泛红。江心月咬着唇，她的神色是一片迷茫。

"以前的那些事，能够结束吗？"她低声地问道。

"你真是个奇怪的女人。"郑昀睿睇睚道，"你巴不得我杀了你？你看，这多么奇怪，明明是你做错了事，却要我来一次一次地向你妥协。"

她低下头没有说话。他扳着她的肩膀道："我相信你不会再与我为敌，这些年我们都在一起，我们一起守着这个天下，这个江山。"

这些年都是如此的，她用她的权谋来辅佐帝王，他与她是最相配的帝后。她成为皇后的这两年一直在帮他，他一直信任她，她也再不可能做出背叛的事情来。

过往的事情无法被抹去，然而……如果硬要抹去呢？

郑昀睿放开了她，他沾着湿湿的水汽进到池子里，他对她伸着手道："过来啊，漪澜殿这么好的地方……"

江心月怔怔地发傻。她突地奔过去抓住了眼前的男人，极郑重地问道："真的可以结束？我们真的，可以继续下去吗？"

太不可置信了，就算是平常的男人，遇到这种事情也不会原谅那女子的。

郑昀睿却突地嗤笑一声，道："江心月，无论你之前是什么样的，我都已经陷进去了啊。我还能怎么办？"

他一直笑，笑着说道："我今日才发现你很可笑。我查到了那些事，我原以为你会谋划一切来应对我。你是那么喜欢权谋的人，你应该和我周旋啊。"

江心月苦苦一笑，这种事情有什么好周旋的？权谋赢得了生存的资格，却赢不回一颗心。

郑昀睿看到她迟疑着慢慢地走了过来，他们二人并肩坐在"云池"的温水边上，热气浓浓，染得江心月整个身子都微红发烫。她安静地坐着，雪白的双足低低地浸在热水中，她无意之中划一划水，那水花溅开来就溅到了郑昀睿的腿上。

就这样原谅了吗？江心月心里潺潺地动荡着。她浅浅地抬眼去窥视帝王的神色，眼前却只有一片迷蒙的雾气。

郑昀睿此时只觉得哭笑不得，他觉得可以挽回，但这女人却很奇怪。他与她并肩坐着，他缓缓地开口道："和氏璧微瑕，以金玉弥补其缺损的一角。"

玉碎尚且可以挽回，何况在他心里，眼前的这个女人比和氏璧还贵重。

他微微侧目看着她："当年的事，都是命数。郑昀淳对你有救命之恩，你为他做事也是应该。不过如今，那些事都结束了。"

汤浴里十分寂静，只能听到"哗啦"几声轻微的划水的声音。郑昀睿安静地坐着，他只是在想若当年在龙城的街头，第一个遇见那个五岁孤女的人是他而不是郑昀淳的话……那该多完美。

可惜世上怎会有完美的事。

"你的本名到底是什么？你真的忘了吗？我只知道礼亲王府的人称你为'奴'。"郑昀睿突然地说道。

"本名？"江心月抬头，却倏地又摇了摇头，道，"我忘记了，真的。我那一年差点饿死街头，我和妹妹都发了高烧，我病糊涂了，什么都忘了。"

"哦，什么都忘了……"郑昀睿喃喃地道，"你的童年这样辛苦。"

他在想，可惜他没有早早地出现在她的生命中。

"这么说来，我们两个的遗憾也实在太多了。"他又道，"我连你的名字都不知道。"

真是不完美啊。每日心心念念的"江心月"，却是另外一个已经死去的毫不相干的女子。可是她的本名又想不起来，他以后也只能叫她"江心月"。

可是，他也习惯了这个"别人的名字"，他爱上她的时候，也正是爱上了这个名字。算了，残缺就残缺吧。

以前的她做过背叛的事，她的家世、身份、姓名统统都是假的，这一切都布满了残缺与错误。但是……眼前这个人还是他所爱的人，不管她是什么身份，什么名字，有什么样的过去。

二人默然地静坐着，以往他们也喜欢坐在漪澜殿这个清幽而暧昧的地方，坐得久了他们就会情不自禁。今日身处在最温热最撩人的"云池"边上，郑昀睿的心里更加痒痒了。

果然他耐不住了，就势拥住了旁侧的女子。然而他没有与往常一般动作，而是贴近了她的耳际，问道："你所有的秘密都坦承了吗？你没有再隐瞒些什么了吗？"

再没有隐瞒了吗？一点都没有隐瞒吗？

江心月突然地就惶急起来，她张着嘴，胸口喘息得越来越急促。

她隐瞒了，她隐瞒了最重要的一个事实……

可是她认为就算死亡即将来临，她也不想将这个事实说出来。所以她坚定地摇头，道："没有，我的一切已经尽数呈现在你面前，没有一丝保留。"

郑昀睿定定地瞧着她，突然，他笑起来了。他说道："我当然相信你。"

他感觉到身边女子"咚咚"的心跳的声音，一下一下的，快而慌张。然而他却在下一刻用手指按在了她的胸口处，他浅浅地笑道：

"江心月，把你的过去忘了吧。"

"我早已经忘掉了。"她回答道。是的，在她得知郑昀淳与魏紫衣的真相之后，她就选择了忘记。

郑昀睿依旧笑着，他的笑容与从前一样柔软。他听到自己的心房也在"咚咚"地跳着，跳得厉害。

你这女人啊，你真是……无论你有怎样的过去，都无法放下你，你真是个妖精。

其实他何曾不知道她隐瞒了什么？他连她过去的"阿奴"的称呼都能查到，何况那件显眼的事情。

他清楚地知道，她人生中第一个交付真心的男人不是他，而是郑昀淳。

他曾经疯狂地挣扎着，因为他知道，人一辈子里只有第一次是最刻骨铭心的，一旦交出了真心，即便将来遇到了更好的姻缘，也不可能忘掉第一次。他在查证到江心月的过去之后，他最痛苦的不是她曾经是郑昀淳的棋子，而是她曾经爱过郑昀淳。

然而即便如此，他在挣扎之中却根本无法放下，他不想失去。

现在他终于结束了挣扎，他下了决定，那就是不可以失去。这么些年了，她一直在他身后帮着他，他们一直稳稳地走在一起，每一个与她相处的日夜都提醒着他，她是真的在爱他。

既然如今是真心相对，过去又算得了什么呢。

半晌，他笑着对她说了一句话："你真傻啊。"

她当然很傻啊，她的脑子糊涂了，竟然猜不到他已经知道了真相这回事。其实不是她猜不到，而是她不想去猜。

她也不想失去啊，即使是死也不想失去啊。

那么，就让这个心照不宣的"秘密"存在下去吧，就当他不知道。不，就当从没发生过！